U0105824

# 三國演義

羅貫中 著

（上）

商務印書館

## 三國演義（全二冊）

作　　者：〔明〕羅貫中

封面繪畫：董培新

責任編輯：吳一帆

責任校對：張長久

封面設計：涂　慧

出　　版：商務印書館（香港）有限公司

　　　　　香港筲箕灣耀興道 3 號東滙廣場 8 樓

　　　　　http://www.commercialpress.com.hk

發　　行：香港聯合書刊物流有限公司

　　　　　香港新界荃灣德士古道 220–248 號荃灣工業中心 16 樓

印　　刷：美雅印刷製本有限公司

　　　　　九龍觀塘榮業街 6 號海濱工業大廈 4 樓 A 室

版　　次：2023 年 4 月第 1 版第 3 次印刷

　　　　　© 2017 商務印書館（香港）有限公司

　　　　　ISBN 978 962 07 4564 5

　　　　　Printed in Hong Kong

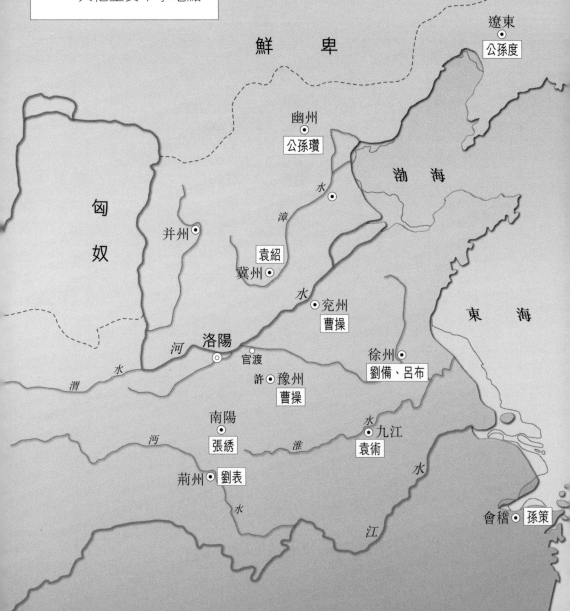

東漢末年羣雄割據圖

| 曹操 | 軍閥名 |
| ◎ | 國都 |
| ⊙ | 重要軍事城市 |
| ○ | 其他重要軍事地點 |

鮮　卑

遼東
公孫度

匈

奴

幽州
公孫瓚

渤　海

漳　水

并州

袁紹

冀州

水

兗州
曹操

東　海

河　水

洛陽

官渡

渭　水

許　豫州
曹操

徐州
劉備、呂布

南陽
張繡

沔　水

淮　水

九江
袁術

水

荊州　劉表

水

江

水

會稽　孫策

三國鼎立圖

**魏** 國名
◎ 國都
◉ 重要軍事城市
○ 其他重要軍事地點

烏　孫

葱嶺

西域長史府
◉

◉敦煌

西　　羌

江

挹

婁

丸都

鮮卑

渤海

河

渭水

魏
(220~265)

水 官渡

洛陽

東海

建業

水

巴東

成都

荊州 赤壁

蜀
(221~263)

吳
(222~280)

交州

夷洲

南海
(漲海)

朱崖洲

吳

朱崖洲

南海
(漲海)

# 目　錄

詞曰：

滾滾長江東逝水，浪花淘盡英雄。是非成敗轉頭空：青山依舊在，幾度夕陽紅。

白髮漁樵江渚上，慣看秋月春風。一壺濁酒喜相逢：古今多少事，都付笑談中。

# 第一回

## 宴桃園豪傑三結義
## 斬黃巾英雄首立功

話說天下大勢，分久必合，合久必分：周末七國分爭，并入於秦；及秦滅之後，楚、漢分爭，又并入於漢；漢朝自高祖斬白蛇[1]而起義，一統天下，後來光武中興，傳至獻帝，遂分為三國。推其致亂之由，始於桓、靈二帝。桓帝禁錮善類[2]，崇信宦官。及桓帝崩，靈帝即位，大將軍竇武、太傅陳蕃，共相輔佐。時有宦官曹節等弄權，竇武、陳蕃謀誅之，機事不密，反為所害。中涓[3]自此愈橫。

建寧二年四月望日，帝御[4]溫德殿。方陞座，殿角狂風驟起，只見一條大青蛇，從梁上飛將下來，蟠於椅上。帝驚倒，左右急救入宮，百官俱奔避。須臾，蛇不見了。忽然大雷大雨，加以冰雹，落到半夜方止，壞卻房屋無數。建寧四年二月，洛陽地震，又海水泛溢，沿海居民，盡被大浪捲入海中。光和元年，雌雞化雄。六月朔，黑氣十餘丈，飛入溫德殿中。秋七月，有虹見於玉堂；五原山岸，盡皆崩裂。種種不祥，非止一端。帝下詔問羣臣以災異之由，議郎蔡邕上疏，以為蛻墮雞化[5]，乃婦寺[6]干政之所致，言頗切直。帝覽奏歎息，因起更衣。曹節在後竊視，悉宣告左右，遂以他事陷邕於罪，放歸田里。後張讓、趙忠、封諝、段珪、曹節、侯覽、蹇碩、程曠、夏惲、郭勝十人朋比為奸，號為"十常侍"。帝尊信張讓，呼為"阿父"，朝政日非，以致天下人心思亂，盜賊蜂起。

時鉅鹿郡有兄弟三人：一名張角，一名張寶，一名張梁。那張角本是個不第秀才，因入山採藥，遇一老人，碧眼童顏，手執藜杖，喚角至一洞中，以天書三卷授之，曰："此名《太平要術》。汝得之，當代天宣化，普救世人；若萌異心，必獲惡報。"角拜問姓名，老人曰："吾乃南華老仙也。"言訖，化陣清風而去。角得此書，曉夜攻習，能呼風喚雨，號為"太平道人"。中平元年正月內，疫氣流行，張角散施符水，為人治病，自稱"大賢良師"。角有徒弟五百餘人，雲遊四方，皆能書符念咒。次後徒眾日多，角乃立三十六方，大方萬餘人，小方六七千，各立渠帥[7]，稱為將軍；訛言："蒼天已死，黃天當立"，又云："歲在甲子，天下大吉。"令人各以白土，書"甲子"二字於家中大門上。青、幽、徐、冀、荊、揚、兖、豫八州之人，家家侍奉大賢良師張角名字。角遣其黨馬元義，暗齎金帛，結交中涓封諝，以為內應。角與二弟商議曰："至難得者，民心也。今民心已順，若不乘勢取天下，誠為可惜。"遂一面私造黃旗，約期舉事；一面使弟子唐周，馳書報封諝。唐周乃逕赴省中告變。帝召大將軍何進調兵擒馬元義，斬之；次收封諝等一干人下獄。張角聞知事露，星夜舉兵，自稱"天公將軍"，張寶稱"地公將軍"，張梁稱"人公將軍"。角言於眾曰："今漢運將終，大聖人出。汝等皆宜順天從正，以樂太平。"四方百姓，裹黃巾從張角反者四五十萬。賊勢浩大，官軍望風而靡。何進奏帝火速降詔，令各處備禦，討賊立功；一面遣中郎將盧植、皇甫嵩、朱雋，各引精兵，分三路討之。

且說張角一軍，前犯幽州界分。幽州太守劉焉，乃江夏竟陵人氏，漢魯恭王之後也。當時聞得賊兵將至，召校尉鄒靖計議。靖曰：「賊兵眾，我兵寡，明公宜作速招軍應敵。」劉焉然其說，隨即出榜招募義兵。榜文行到涿縣，引出涿縣中一個英雄。那人不甚好讀書；性寬和，寡言語，喜怒不形於色；素有大志，專好結交天下豪傑；生得身長七尺五寸，兩耳垂肩，雙手過膝，目能自顧其耳，面如冠玉，脣若塗脂；中山靖王劉勝之後，漢景帝閣下玄孫：姓劉，名備，字玄德。昔劉勝之子劉貞，漢武時封涿鹿亭侯，後坐酎金失侯[8]，因此遺這一枝在涿縣。玄德祖劉雄，父劉弘。弘曾舉孝廉[9]，亦嘗作吏，早喪。玄德幼孤，事母至孝；家貧，販屨織蓆為業。家住本縣樓桑村。其家之東南，有一大桑樹，高五丈餘，遙望之，童童如車蓋。相者云：「此家必出貴人。」玄德幼時，與鄉中小兒戲於樹下，曰：「我為天子，當乘此車蓋。」叔父劉元起奇其言，曰：「此兒非常人也！」因見玄德家貧，常資給之。年十五歲，母使遊學，嘗師事鄭玄、盧植；與公孫瓚等為友。及劉焉發榜招軍時，玄德年已二十八歲矣。

當日見了榜文，慨然長歎。隨後一人厲聲言曰：「大丈夫不與國家出力，何故長歎？」玄德回視其人：身長八尺，豹頭環眼，燕頷虎鬚，聲若巨雷，勢如奔馬。玄德見他形貌異常，問其姓名。其人曰：「某姓張，名飛，字翼德。世居涿郡，頗有莊田，賣酒屠豬，專好結交天下豪傑。恰纔見公看榜而歎，故此相問。」玄德曰：「我本漢室宗親，姓劉，名備。今聞黃巾倡亂，有志欲破賊安民；恨力不能，故長歎耳。」飛曰：「吾頗有資財，當招募鄉勇，與公同舉大事，如何？」玄德甚喜，遂與同入村店中飲酒。正飲間，見一大漢，推着一輛車子，到店門首歇了；入店坐下，便喚酒保："快斟酒來吃，我待趕入城去投軍。"玄德看其人：身長九尺，髯長二尺；面如重棗，脣若塗脂；丹鳳眼，臥蠶眉：相貌堂堂，威風凜凜。玄德就邀他同坐，叩其姓名。其人曰："吾姓關，名羽，字長生，後改雲長，河東解良人也。因本處勢豪，倚勢凌人，被吾殺了；逃難江湖，五六年矣。今聞此處招軍破賊，特來應募。"玄德遂以己志告之。雲長大喜。同到張飛莊上，共議大事。

飛曰："吾莊後有一桃園，花開正盛；明日當於園中祭告天地，我三人結為兄弟，協力同心，然後可圖大事。"玄德、雲長齊聲應曰："如此甚好。"次日，於桃園中，備下烏牛白馬祭禮等項，三人焚香再拜而說誓曰："念劉備、關羽、張飛，雖然異姓，既結為兄弟，則同心協力，救困扶危；上報國家，下安黎庶[10]；不求同年同月同日生，但願同年同月同日死。皇天后土，實鑒此心。背義忘恩，天人共戮。"誓畢，拜玄德為兄，關羽次之，張飛為弟。祭罷天地，復宰牛設酒，聚鄉中勇士，得三百餘人，就桃園中痛飲一醉。來日收拾軍器，但恨無馬匹可乘。正思慮間，人報有兩個客人，引一夥伴儅，趕一羣馬，投莊上來。玄德曰："此天祐我也！"三人出莊迎接。原來二客乃中山大商：一名張世平，一名蘇雙，每年往北販馬，近因寇發而回。玄德請二人到莊，置酒管待，訴說欲討賊安民之意。二客大喜，願將良馬五十匹相送；又贈金銀五百兩，鑌鐵一千斤，以資器用。玄德謝別二客，便命良匠打造雙股劍。雲長造青龍偃月刀，又名"冷豔鋸"，重八十二斤。張飛造丈八點鋼矛。各置全身鎧甲。共聚鄉勇五百餘人，來見鄒靖。鄒靖引見太守劉焉。三人參見畢，各通姓名。玄德說起宗派，劉焉大喜，遂認玄德為姪。

不數日，人報黃巾賊將程遠志統兵五萬來犯涿郡。劉焉令鄒靖引玄德等三人，統兵五百，前去破敵。玄德等欣然領軍前進，直至大興山下，與賊相見。賊眾皆披髮，以黃巾抹額。當下兩軍相對，玄德出馬，左有雲長，右有翼德，揚鞭大罵：「反國逆賊，何不早降！」程遠志大怒，遣副將鄧茂出戰。張飛挺丈八蛇矛直出，手起處，刺中鄧茂心窩，翻身落馬。程遠志見折了鄧茂，拍馬舞刀，直取張飛。雲長舞動大刀，縱馬飛迎。程遠志見了，早吃一驚，措手不及，被雲長刀起處，揮為兩段。後人有詩讚二人曰：

> 英雄露穎在今朝，一試矛兮一試刀。
> 初出便將威力展，三分好把姓名標。

眾賊見程遠志被斬，皆倒戈而走。玄德揮軍追趕，投降者不計其數，大勝而回。劉焉親自迎接，賞勞軍士。次日，接得青州太守龔景牒文，言黃巾賊圍城將陷，乞賜救援。劉焉與玄德商議。玄德曰：「備願往救之。」劉焉令鄒靖將兵五千，同玄德、關、張，投青州來。賊眾見救軍至，分兵混戰。玄德兵寡不勝，退三十里下寨。玄德謂關、張曰：「賊眾我寡，必出奇兵，方可取勝。」乃分關公引一千軍伏山左，張飛引一千軍伏山右，鳴金為號，齊出接應。次日，玄德與鄒靖，引軍鼓譟而進。賊眾迎戰，玄德引軍便退。賊眾乘勢追趕，方過山嶺，玄德軍中一齊鳴金，左右兩軍齊出，玄德麾軍回身復殺。三路夾攻，賊眾大潰。直趕至青州城下，太守龔景亦率民兵出城助戰。賊勢大敗，剿戮極多，遂解青州之圍。後人有詩讚玄德曰：

> 運籌決算有神功，二虎還須遜一龍。
> 初出便能垂偉績，自應分鼎在孤窮。

龔景犒軍畢，鄒靖欲回。玄德曰：“近聞中郎將盧植與賊首張角戰於廣宗，備昔曾師事盧植，欲往助之。”於是鄒靖引軍自回，玄德與關、張引本部五百人投廣宗來。至盧植軍中，入帳施禮，具道來意。盧植大喜，留在帳前聽調。

時張角賊眾十五萬，植兵五萬，相拒於廣宗，未見勝負。植謂玄德曰：“我今圍賊在此，賊弟張梁、張寶在穎川，與皇甫嵩、朱儁對壘。汝可引本部人馬，我更助汝一千官軍，前去穎川打探消息，約期剿捕。”玄德領命，引軍星夜投穎川來。時皇甫嵩、朱儁領軍拒賊，賊戰不利，退入長社，依草結營。嵩與儁計曰：“賊依草結營，當用火攻之。”遂令軍士，每人束草一把，暗地埋伏。其夜大風忽起。二更以後，一齊縱火，嵩與儁各引兵攻擊賊寨，火燄張天，賊眾驚慌，馬不及鞍，人不及甲，四散奔走。

殺到天明，張梁、張寶引敗殘軍士，奪路而走。忽見一彪軍馬，盡打紅旗，當頭來到，截往去路。為首閃出一將，身長七尺，細眼長髯；官拜騎都尉，沛國譙郡人也：姓曹，名操，字孟德。操父曹嵩，本姓夏侯氏，因為中常侍曹騰之養子，故冒姓曹。嵩生操，小字阿瞞，一名吉利。操幼時，好遊獵，喜歌舞；有權謀，多機變。操有叔父，見操游蕩無度，嘗怒之，言於曹嵩。嵩責操。操忽心生一計：見叔父來，詐倒於地，作中風之狀。叔父驚告嵩，嵩急視之，操故無恙。嵩曰：“叔言汝中風，今已愈乎？”操曰：“兒自來無此病，因失愛於叔父，故見罔[11]耳。”嵩信其言。後叔父但言操過，嵩並不聽。因此，操得恣意放蕩。時人有橋玄者，謂操曰：“天下將亂，非命世之才不能濟。能安之者，其在君乎？”南陽何顒見操，言：“漢室將亡，安天下者，必此人也。”汝南許劭，有知人之名。操往見之，問曰：“我何如人？”劭不答。又問，劭曰：“子治世之能臣，亂世之奸雄也。”操聞言大喜。年二十，舉孝廉，為郎，除洛陽北都尉。初到任，即設五色棒十餘條於縣之四門。有犯禁者，不避豪貴，皆責之。中常侍蹇碩之叔，提刀夜行，操巡夜拏住，就棒責之。由是，內外莫敢犯者，威名頗震。後為頓丘令。因黃巾起，拜為騎都尉，引馬步軍五千，前來潁川助戰。正值張梁、張寶敗走，曹操攔住，大殺一陣，斬首萬餘級，奪得旗旛、金鼓、馬匹極多。張梁、張寶死戰得脫。操見過皇甫嵩、朱雋，隨即引兵追襲張梁、張寶去了。

卻說玄德引關、張來潁川，聽得喊殺之聲，又望見火光燭天，急引兵來時，賊已敗散。玄德見皇甫嵩、朱雋，具道盧植之意。嵩曰："張梁、張寶勢窮力乏，必投廣宗去依張角。玄德可即星夜往助。"玄德領命，遂引兵復回。到得半路，只見一簇軍馬，護送一輛檻車。車中之囚，乃盧植也。玄德大驚，滾鞍下馬，問其緣故。植曰："我圍張角，將次可破；因角用妖術，未能即勝。朝廷差黃門左豐前來體探，問我索取賄賂。我答曰：'軍糧尚缺，安有餘錢奉承天使？'左豐挾恨，回奏朝廷，說我高壘不戰，惰慢軍心，因此朝廷震怒，遣中郎將董卓來代將我兵，取我回京問罪。"張飛聽罷，大怒，要斬護送軍人，以救盧植。玄德急止之曰："朝廷自有公論，汝豈可造次？"軍士簇擁盧植去了。

關公曰："盧中郎已被逮，別人領兵，我等去無所依，不如且回涿郡。"玄德從其言，遂引軍北行。行無二日，忽聞山後喊聲大震。玄德引關、張縱馬上高岡望之，見漢軍大敗，後面漫山塞野，黃巾蓋地而來，旗上大書"天公將軍"。玄德曰："此張角也！可速戰！"三人飛馬引軍而出。張角正殺敗董卓，乘勢趕來，忽遇三人衝殺，角軍大亂，敗走五十餘里。三人救了董卓回寨。卓問三人現居何職。玄德曰："白身。"卓甚輕之，不為禮。玄德出，張飛大怒曰："我等親赴血戰，救了這廝，他卻如此無禮！若不殺之，難消我氣！"便要提刀入帳來殺董卓。正是：人情勢利古猶今，誰識英雄是白身？安得快人如翼德，盡誅世上負心人！畢竟董卓性命如何，且聽下文分解。

## 註　釋

1　高祖斬白蛇：漢高祖劉邦擔任亭長時，曾遇到大蛇擋住前路，而拔劍斬蛇。這被視為白帝（秦）滅亡，赤帝（漢）興起的徵兆。

2　禁錮善類：禁止忠義人士出任官職和從事政治活動。

3　中涓：宦官。

4　御：皇帝登殿。

5　蜺墮雞化：虹霓墜落，雌雞變雄。古人認為這是不祥的預兆。

6　婦寺：婦人和宦官。

7　渠帥：首領。

8　坐酎金失侯：犯了沒有按規定繳納酎金的罪，而被除去侯爵。"酎金"是漢朝諸侯每年獻給皇帝祭祀宗廟用的貢金。

9　舉孝廉：由各郡、國向朝廷推薦孝順父母又清廉的士人，以任官職。這是漢朝選拔官吏的一種制度。

10　黎庶：老百姓。

11　罔：冤枉。

# 第 二 回

## 張翼德怒鞭督郵
## 何國舅謀誅宦豎

　　且說董卓字仲穎，隴西臨洮人也。官拜河東太守，自來驕傲。當日怠慢了玄德，張飛性發，便欲殺之。玄德與關公急止之曰：“他是朝廷命官，豈可擅殺？”飛曰：“若不殺這廝，反要在他部下聽令，其實不甘！二兄要便住在此，我自投別處去也！”玄德曰：“我三人義同生死，豈可相離？不若都投別處去便了。”飛曰：“若如此，稍解吾恨。”

　　於是三人連夜引軍來投朱雋。雋待之甚厚，合兵一處，進討張寶。是時曹操自跟皇甫嵩討張梁，大戰於曲陽。這裏朱雋進攻張寶。張寶引賊眾八九萬，屯於山後。雋令玄德為其先鋒，與賊對敵。張寶遣副將高昇出馬搦戰[1]。玄德使張飛擊之。飛縱馬挺矛，與昇交戰，不數合，刺昇落馬。玄德麾軍直衝過去。張寶就馬上披髮仗劍，作起妖法。只見風雷大作，一股黑氣，從天而降，黑氣中似有無限人馬殺來。玄德連忙回軍，軍中大亂，敗陣而歸，與朱雋計議。雋曰：“彼用妖術，我來日可宰豬羊狗血，令軍士伏於山頭；候賊趕來，從高坡上潑之，其法可解。"玄德聽令，撥關公、張飛各引軍一千，伏於山後高岡之上，盛豬羊狗血並穢物準備。次日，張寶搖旗擂鼓，引軍搦戰，玄德出迎。交鋒之際，張寶作法，風雷大作，飛砂走石，黑氣漫天，滾滾人馬，自天而下。玄德撥馬便走，張寶驅兵趕來。將過山頭，關、張伏軍放起號礮，穢物齊潑。但見空中紙人草馬，紛紛墜地，風雷頓息，砂石不飛。張寶見解了法，急欲退軍。左關公，右張飛，兩軍都出，背後玄德、朱雋一齊趕上，賊兵大敗。玄德望見"地公將軍"旗號，飛馬趕來，張寶落荒而走。玄德發箭，中其左臂。張寶帶箭逃脫，走入陽城，堅守不出。朱雋引兵圍住陽城攻打，一面差人打探皇甫嵩消息。探子回報，具說："皇甫嵩大獲勝捷，朝廷以董卓屢敗，命嵩代之。嵩到時，張角已死；張梁統其眾，與我軍相拒，被皇甫嵩連勝七陣，斬張梁於曲陽。發張角之棺，戮屍梟首[2]，送往京師。餘眾俱降。朝廷加皇甫嵩為車騎將軍，領冀州牧。皇甫嵩又表奏盧植有功無罪，朝廷復盧植原官。曹操亦以有功，除濟南相，即日將班師赴任。"朱雋聽說，催促軍馬，悉力攻打陽城。賊勢危急，賊將嚴政，刺殺張寶，獻首投降。朱雋遂平數郡，上表獻捷。

時又黃巾餘黨三人——趙弘、韓忠、孫仲，聚眾數萬，望風燒劫；稱與張角報仇。朝廷命朱雋即以得勝之師討之。雋奉詔，率軍前進。時賊據宛城，雋引兵攻之，趙弘遣韓忠出戰。雋遣玄德、關、張攻城西南角。韓忠盡率精銳之眾，來西南角抵敵。朱雋自縱鐵騎二千，逕取東北角。賊恐失城，急棄西南而回。玄德從背後掩殺，賊眾大敗，奔入宛城。朱雋分兵四面圍定，城中斷糧，韓忠使人出城投降。雋不許。玄德曰："昔高祖之得天下，蓋為能招降納順；公何拒韓忠耶？"雋曰："彼一時，此一時也。昔秦、項之際，天下大亂，民無定主，故招降賞附，以勸來耳。今海內一統，惟黃巾造反；若容其降，無以勸善。使賊得利恣意劫掠，失利便投降：此長寇之志，非良策也。”玄德曰：“不容寇降是矣。今四面圍如鐵桶，賊乞降不得，必然死戰。萬人一心，尚不可當，況城中有數萬死命之人乎？不若撤去東南，獨攻西北。賊必棄城而走，無心戀戰，可即擒也。”雋然之，隨撤東南二面軍馬，一齊攻打西北。韓忠果引軍棄城而奔。雋與玄德、關、張率三軍掩殺，射死韓忠，餘皆四散奔走。正追趕間，趙弘、孫仲引賊眾到，與雋交戰。雋見弘勢大，引軍暫退。弘乘勢復奪宛城。雋離十里下寨，方欲攻打，忽見正東一彪人馬到來。為首一將，生得廣額闊面，虎體熊腰，吳郡富春人也：姓孫，名堅，字文臺，乃孫武子之後。年十七歲時，與父至錢塘，見海賊十餘人，劫取商人財物，於岸上分贓。堅謂父曰：“此賊可擒也。”遂奮力提刀上岸，揚聲大叫，東西指揮，如喚人狀。賊以為官兵至，盡棄財物奔走。堅趕上，殺一賊。由是郡縣知名，薦為校尉。後會稽妖賊許昌造反，自稱“陽明皇帝”，聚眾數萬；堅與郡司馬招募勇士千餘人，會合州郡破之，斬許昌并其子許韶。刺史臧旻上表奏其功，除堅為鹽瀆丞，又除盱眙丞、下邳丞。今見黃巾寇起，聚集鄉中少年及諸商旅，并淮泗精兵一千五百餘人，前來接應。朱雋大喜，便令堅攻打南門，玄德打北門，朱雋打西門，留東門與賊走。孫堅首先登城，斬賊二十餘人，賊眾奔潰。趙弘飛馬挺槊，直取孫堅。堅從城上飛身奪弘槊，刺弘下馬；卻騎弘馬，飛身往來殺賊。孫仲引賊突出北門，正迎玄德，無心戀戰，只待奔逃。玄德張弓一箭，正中孫仲，翻身落馬。朱雋大軍，隨後掩殺，斬首數萬級，降者不可勝計。南陽一路，十數郡皆平。雋班師回京，詔封為車騎將軍，河南尹。雋表奏孫堅、劉備等功。堅有人情，除別郡司馬上任去了；惟玄德聽候日久，不得除授。

三人鬱鬱不樂，上街閒行，正值郎中張鈞車到。玄德見之，自陳功績。鈞大驚，隨入朝見帝曰：“昔黃巾造反，其原皆由十常侍賣官鬻爵，非親不用，非仇不誅，以致天下大亂。今宜斬十常侍，懸首南郊，遣使者布告天下，有功者重加賞賜，則四海自清平也。”十常侍奏帝曰：“張鈞欺主。”帝令武士逐出張鈞。十常侍共議：“此必破黃巾有功者，不得除授，故生怨言。權且教省家銓注微名，待後卻再理會未晚。”因此玄德除授定州中山府安喜縣尉，剋日赴任。玄德將兵散回鄉里，止帶親隨二十餘人，與關、張來安喜縣中到任。署縣事一月，與民秋毫無犯，民皆感化。到任之後，與關、張食則同桌，寢則同牀。如玄德在稠人廣坐，關、張侍立，終日不倦。

　　到縣未及四月，朝廷降詔，凡有軍功為長吏者當沙汰<sup>3</sup>。玄德疑在遣中。適督郵行部至縣，玄德出郭迎接，見督郵施禮。督郵坐於馬上，惟微以鞭指回答。關、張二公俱怒。及到館驛，督郵南面高坐，玄德侍立階下。良久，督郵問曰：“劉縣尉是何出身？”玄德曰：“備乃中山靖王之後，自涿郡剿戮黃巾，大小三十餘戰，頗有微功，因得除今職。”督郵大喝曰：“汝詐稱皇親，虛報功績！目今朝廷降詔，正要沙汰這等濫官汙吏！”玄德喏喏連聲而退。歸到縣中，與縣吏商議。吏曰：“督郵作威，無非要賄賂耳。”玄德曰：“我與民秋毫無犯，那得財物與他？”次日，督郵先提縣吏去，勒令指稱縣尉害民。玄德幾番自往求免，俱被門役阻住，不肯放參。

　　卻說張飛飲了數盃悶酒，乘馬從館驛前過，見五六十個老人，皆在門前痛哭。飛問其故。眾老人答曰：“督郵逼勒縣吏，欲害劉公；我等皆來苦告，不得放入，反遭把門人趕打！”張飛大怒，睜圓環眼，咬碎鋼牙，滾鞍下馬，逕入館驛，把門人那裏阻擋得住，直奔後堂，見督郵正坐廳上，將縣吏綁倒在地。飛大喝：“害民賊！認得我麼？”

督郵未及開言，早被張飛揪住頭髮，扯出館驛，直到縣前馬椿上縛住；攀下柳條，去督郵兩腿上着力鞭打，一連打折柳條十數枝。玄德正納悶間，聽得縣前喧鬧，問左右，答曰：「張將軍綁一人在縣前痛打。」玄德忙去觀之，見綁縛者乃督郵也。玄德驚問其故，飛曰：「此等害民賊，不打死等甚！」督郵告曰：「玄德公救我性命！」玄德終是仁慈的人，急喝張飛住手。傍邊轉過關公來，曰：「兄長建許多大功，僅得縣尉，今反被督郵侮辱。吾思枳棘叢中，非棲鸞鳳之所，不如殺督郵，棄官歸鄉，別圖遠大之計。」玄德乃取印綬，挂於督郵之頸，責之曰：「據汝害民，本當殺卻；今姑饒汝命。吾繳還印綬，從此去矣。」督郵歸告定州太守，太守申文省府，差人捕捉。玄德、關、張三人往代州投劉恢。恢見玄德乃漢室宗親，留匿在家不題。

卻説十常侍既握重權，互相商議，但有不從己者，誅之。趙忠、張讓差人問破黃巾將士索金帛，不從者奏罷職。皇甫嵩、朱雋皆不肯與，趙忠等俱奏罷其官。帝又封趙忠等為車騎將軍，張讓等十三人皆封列侯。朝政愈壞，人民嗟怨。於是長沙賊區星作亂；漁陽張舉、張純反：舉稱天子，純稱大將軍。表章雪片告急，十常侍皆藏匿不奏。

一日，帝在後園與十常侍飲宴，諫議大夫劉陶，逕到帝前大慟。帝問其故。陶曰：「天下危在旦夕，陛下尚自與閹官共飲耶！」帝曰：「國家承平，有何危急？」陶曰：「四方盜賊並起，侵掠州郡。其禍皆由十常侍賣官害民，欺君罔上。朝廷正人皆去，禍在目前矣！」十常侍皆免冠跪伏於帝前曰：「大臣不相容，臣等不能活矣！願乞性命歸田里，盡將家產以助軍資。」言罷痛哭。帝怒謂陶曰：「汝亦有近侍之人，何獨不容朕耶？」呼武士推出斬之。劉陶大呼：「臣死不惜！可憐漢室天下，四百餘年，到此一旦休矣！」武士擁陶出，方欲行刑，一大臣喝住曰：「勿得下手，待我諫去。」眾視之，乃司徒陳耽。逕入宮中來諫帝曰：「劉諫議得何罪而受誅？」帝曰：「毀謗近臣，冒瀆朕躬。」耽曰：「天下人民，欲食十常侍之肉，陛下敬之如父母，身無寸功，皆封列侯；況封諝等結連黃巾，欲為內亂：陛下今不自省，社稷立見崩摧矣！」帝曰：「封諝作亂，其事不明。十常侍中，豈無一二忠臣？」陳耽以頭撞階而諫。帝怒，命牽出，與劉陶皆下獄。是夜，十常侍即於獄中謀殺之；假帝詔以孫堅為長沙太守，討區星。

不五十日，報捷，江夏平。詔封堅為烏程侯；封劉虞為幽州牧，領兵往漁陽征張舉、張純。代州劉恢以書薦玄德見虞。虞大喜，令玄德為都尉，引兵直抵賊巢，與賊大戰數日，挫動銳氣。張純專一兇暴，士卒心變，帳下頭目刺殺張純，將頭納獻，率眾來降。張舉見勢敗，亦自縊死。漁陽盡平。劉虞表奏劉備大功，朝廷赦免鞭督郵之罪，除下密丞，遷高堂尉。公孫瓚又表陳玄德前功，薦為別部司馬，守平原縣令。玄德在平原，頗有錢糧軍馬，重整舊日氣象。劉虞平寇有功，封太尉。


中平六年，夏四月，靈帝病篤，召大將軍何進入宮，商議後事。那何進起身屠家，因妹入宮為貴人，生皇子辯，遂立為皇后，進由是得權重任。帝又寵幸王美人，生皇子協。何后嫉妒，酖殺王美人。皇子協養於董太后宮中。董太后乃靈帝之母，解瀆亭侯劉萇之妻也。初因桓帝無子，迎立解瀆亭侯之子，是為靈帝。靈帝入繼大統，遂迎養母氏於宮中，尊為太后。

董太后嘗勸帝立皇子協為太子。帝亦偏愛協，欲立之。當時病篤，中常侍蹇碩奏曰：「若欲立協，必先誅何進，以絕後患。」帝然其說，因宣進入宮。進至宮門，司馬潘隱謂進曰：「不可入宮。蹇碩欲謀殺公。」進大驚，急歸私宅，召諸大臣，欲盡誅宦官。座上一人挺身出曰：“宦官之勢，起自沖、質之時；朝廷滋蔓極廣，安能盡誅？倘機不密，必有滅族之禍。請細詳之。”進視之，乃典軍校尉曹操也。進叱曰：“汝小輩安知朝廷大事！”正躊躇間，潘隱至，言：“帝已崩。今蹇碩與十常侍商議，祕不發喪，矯詔宣何國舅入宮，欲絕後患，冊立皇子協為帝。”說未了，使命至，宣進速入，以定後事。操曰：“今日之計，先宜正君位，然後圖賊。”進曰：“誰敢與吾正君討賊？”一人挺身出曰：“願借精兵五千，斬關入內，冊立新君，盡誅閹豎，掃清朝廷，以安天下！”進視之，乃司徒袁逢之子，袁隗之姪：名紹，字本初，見為司隸校尉。何進大喜，遂點御林軍五千。紹全身披掛。何進引何顒、荀攸、鄭泰等大臣三十餘員，相繼而入，就靈帝柩前，扶立太子辯即皇帝位。

百官呼拜已畢，袁紹入宮收蹇碩。碩慌走入御園，花陰下為中常侍郭勝所殺。碩所領禁軍，盡皆投順。紹謂何進曰：“中官[4]結黨。今日可乘勢盡誅之。”張讓等知事急，慌入告何后曰：“始初設謀陷害大將軍者，蹇碩一人，並不干臣等事。今大將軍聽袁紹之言，欲盡誅臣等，乞娘娘憐憫！”何太后曰：“汝等勿憂，我當保汝。”傳旨宣何進入。太后密謂曰：“我與汝出身寒微，非張讓等，焉能享此富貴？今蹇碩不仁，既已伏誅，汝何聽信人言，欲盡誅宦官耶？”何進聽罷，出謂眾官曰：“蹇碩設謀害我，可族滅其家。其餘不必妄加殘害。”袁紹曰：“若不斬草除根，必為喪身之本。”進曰：“吾意已決，汝勿多言。”眾官皆退。

次日，太后命何進參錄尚書事，其餘皆封官職。董太后宣張讓等入宮商議曰：“何進之妹，始初我擡舉他。今日他孩兒即皇帝位，內外臣僚，皆其心腹，威權太重，我將如何？”讓奏曰：“娘娘可臨朝，垂簾聽政。封皇子協為王；加國舅董重大官，掌握軍權；重用臣等：

大事可圖矣。"董太后大喜。次日設朝,董太后降旨,封皇子協為陳留王,董重為驃騎將軍,張讓等共預朝政。

何太后見董太后專權,於宮中設一宴,請董太后赴席。酒至半酣,何太后起身捧盃再拜曰:"我等皆婦人也,參預朝政,非其所宜。昔呂后因握重權,宗族千口皆被戮。今我等宜深居九重;朝廷大事,任大臣元老自行商議,此國家之幸也。願垂聽焉。"董后大怒曰:"汝酖死王美人,設心嫉妒。今倚汝子為君,與汝兄何進之勢,輒敢亂言!吾敕驃騎斷汝兄首,如反掌耳!"何后亦怒曰:"吾以好言相勸,何反怒耶?"董后曰:"汝家屠沽小輩,有何見識?"兩宮互相爭競,張讓等各勸歸宮。何后連夜召何進入宮,告以前事。何進出,召三公共議。來早設朝,使廷臣奏董太后原係藩妃,不宜久居宮中,合仍遷於河間安置,限日下即出國門。一面遣人起送董后;一面點禁軍圍驃騎將軍董重府宅,追索印綬。董重知事急,自刎於後堂。家人舉哀,軍士方散。張讓、段珪見董后一枝已廢,遂皆以金珠玩好結搆何進弟何苗并其母舞陽君,令早晚入何太后處,善言遮蔽,因此十常侍又得近幸。

六月,何進暗使人鴆殺董后於河間驛庭,舉柩回京,葬於文陵。進託病不出,司隸校尉袁紹入見進曰:"張讓、段珪等流言於外,言公酖殺董后,欲謀大事。乘此時不誅閹宦,後必為大禍。昔竇武欲誅內豎,機謀不密,反受其殃。今公兄弟部曲將吏,皆英俊之士;若使盡力,事在掌握。此天贊之時,不可失也。"進曰:"且容商議。"左右密報張讓,讓等轉告何苗,又多送賄賂。苗入奏何后云:"大將軍輔佐新君,不行仁慈,專務殺伐。今無端又欲殺十常侍,此取亂之道也。"后納其言。少頃,何進入白后,欲誅中涓。何后曰:"中官統領禁省[5],漢家故事。先帝新棄天下,爾欲誅殺舊臣,非重宗廟也。"進本是沒決斷之人，聽太后言，唯唯而出。袁紹迎問曰："大事若何？"進曰："太后不允，如之奈何？"紹曰："可召四方英雄人士，勒兵來京，盡誅閹豎。此時事急，不容太后不從。"進曰："此計大妙！"便發檄至各鎮，召赴京師。主簿陳琳曰："不可！俗云：'掩目而捕燕雀'，是自欺也。微物尚不可欺以得志，況國家大事乎？今將軍仗皇威，掌兵要，龍驤虎步，高下在心；若欲誅宦官，如鼓洪爐燎毛髮耳。但當速發雷霆，行權立斷，則天人順之。卻反外檄大臣，臨犯京闕，英雄聚會，各懷一心，所謂倒持干戈，授人以柄，功必不成，反生亂矣！"何進笑曰："此懦夫之見也！"傍邊一人鼓掌大笑曰："此事易如反掌，何必多議！"視之，乃曹操也。正是：欲除君側宵人[6]亂，須聽朝中智士謀。不知曹操說出甚話來，且聽下文分解。

**註 釋**

1　搦戰：挑戰。

2　梟首：砍下人頭，掛在木杆上示眾。這是古代的一種刑罰。

3　沙汰：淘汰。

4　中官：宦官。

5　禁省：皇帝的住處叫禁中，裏面用於辦公的地方叫省中，合稱"禁省"。

6　宵人：小人。

# 第三回

# 議溫明董卓叱丁原
# 饋金珠李肅說呂布

　　且說曹操當日對何進曰："宦官之禍，古今皆有；但世主不當假之權寵，使至於此。若欲治罪，當除元惡，但付一獄吏足矣，何必紛紛召外兵乎？欲盡誅之，事必宣露。吾料其必敗也。"何進怒曰："孟德亦懷私意耶？"操退曰："亂天下者，必進也。"進乃暗差使命齎密詔，星夜往各鎮去。

　　卻說前將軍鰲鄉侯西涼刺史董卓，先為破黃巾無功，朝廷將治其罪，因賄賂十常侍幸免；後又結託朝貴，遂任顯官，統西州大軍二十萬，常有不臣[1]之心。是時得詔大喜，點起軍馬，陸續便行；使其壻中郎將牛輔，守住陝西，自己卻帶李傕、郭汜、張濟、樊稠等提兵望洛陽進發。卓壻謀士李儒曰："今雖奉詔，中間多有暗昧。何不差人上表，名正言順，大事可圖。"卓大喜，遂上表。其略曰：

竊聞天下所以亂逆不止者，皆由黃門常侍張讓等侮慢天常之故。臣聞揚湯止沸，不如去薪；潰癰雖痛，勝於養毒。臣敢鳴鐘鼓、入洛陽，請除讓等。社稷幸甚！天下幸甚！

　　何進得表，出示大臣。侍御史鄭泰諫曰："董卓乃豺狼也，引入京城，必食人矣。"進曰："汝多疑，不足謀大事。"盧植亦諫曰："植素知董卓為人，面善心狠；一入禁庭，必生禍患。不如止之勿來，免致生亂。"進不聽，鄭泰、盧植皆棄官而去。朝廷大臣，去者大半。進使人迎董卓於澠池，卓按兵不動。

　　張讓等知外兵到，共議曰："此何進之謀也。我等不先下手，皆滅族矣。"乃先伏刀斧手五十人於長樂宮嘉德門內，入告何太后曰："今大將軍矯詔召外兵至京師，欲滅臣等，望娘娘垂憐賜救。"太后曰："汝等可詣大將軍府謝罪。"讓曰："若到相府，骨肉齏粉矣！望娘娘宣大將軍入宮諭止之。如其不從，臣等只就娘娘前請死。"太后乃降詔宣進。進得詔便行。主簿陳琳諫曰："太后此詔，必是十常侍之謀，切不可去。去必有禍。"進曰："太后詔我，有何禍事？"袁紹曰："今謀已泄，事已露，將軍尚欲入宮耶？"曹操曰："先召十常侍出，然後可入。"進笑曰："此小兒之見也。吾掌天下之權，十常侍敢待如何？"紹曰："公必欲去，我等引甲士護從，以防不測。"於是袁紹、曹操各選精兵五百，命袁紹之弟袁術領之。袁術全身披掛，引兵布列青瑣門外。紹與操帶劍護送何進至長樂宮前。黃門傳懿旨云："太后特宣大將軍，餘人不許輒入。"將袁紹、曹操等都阻住宮門外。何進昂然直入。至嘉德殿門，張讓、段珪迎出，左右圍住，進大驚。讓厲聲責進曰："董后何罪，妄以酖死？國母喪葬，託疾不出！汝本屠沽小輩，我等薦之天子，以致榮貴；不思報効，欲相謀害！汝言我等甚濁，其清者是誰？"進慌急，欲尋出路，宮門盡閉，伏甲齊出，將何進砍為兩段。後人有詩歎之曰：

漢室傾危天數終，無謀何進作三公。
幾番不聽忠臣諫，難免宮中受劍鋒。

讓等既殺何進，袁紹久不見進出，乃於宮門外大叫曰："請將軍上車！"讓等將何進首級從牆上擲出，宣諭曰："何進謀反，已伏誅矣。其餘脅從，盡皆赦宥。"袁紹厲聲大叫："閹官謀殺大臣！誅惡黨者前來助戰！"何進部將吳匡，便於青瑣門外放起火來。袁術引兵突入宮庭，但見閹官，不論大小，盡皆殺之。袁紹、曹操斬關入內。趙忠、程曠、夏惲、郭勝四個被趕至翠花樓前，剁為肉泥。宮中火燄沖天。張讓、段珪、曹節、侯覽將太后及太子并陳留王劫去內省，從後道走北宮。時盧植棄官未去，見宮中事變，擐甲持戈，立於閣下。遙見段珪擁逼何后過來，植大呼曰："段珪逆賊，安敢劫太后！"段珪回身便走。太后從窗中跳出，植急救得免。吳匡殺入內庭，見何苗亦提劍出。匡大呼曰："何苗同謀害兄，當共殺之！"眾人俱曰："願斬謀兄之賊！"苗欲走，四面圍定，砍為虀粉。紹復令軍士分頭來殺十常侍家屬，不分大小，盡皆誅絕，多有無鬚者誤被殺死。曹操一面救滅宮中之火，請何太后權攝大事，遣兵追襲張讓等，尋覓少帝。

且說張讓、段珪劫擁少帝及陳留王，冒煙突火，連夜奔走至北邙山。約二更時分，後面喊聲大舉，人馬趕至；當前河南中部掾吏閔貢，大呼："逆賊休走！"張讓見事急，遂投河而死。帝與陳留王未知虛實，不敢高聲，伏於河邊亂草之內。軍馬四散去趕，不知帝之所在。帝與王伏至四更，露水又下，腹中飢餒，相抱而哭；又怕人知覺，吞聲草莽之中。陳留王曰："此間不可久戀，須別尋活路。"於是二人以衣相結，爬上岸邊。滿地荊棘，黑暗之中，不見行路。正無奈何，忽有流螢千百成羣，光芒照耀，只在帝前飛轉。陳留王曰：「此天助我兄弟也！」遂隨螢火而行，漸漸見路。行至五更，足痛不能行。山岡邊見一草堆，帝與王臥於草堆之畔。草堆前面是一所莊院。莊主是夜夢兩紅日墜於莊後，驚覺，披衣出戶，四下觀望。見莊後草堆上紅光沖天，慌忙往視，卻是二人臥於草畔。莊主問曰：「二少年誰家之子？」帝不敢應。陳留王指帝曰：「此是當今皇帝，遭十常侍之亂，逃難到此。吾乃皇弟陳留王也。」莊主大驚，再拜曰：「臣先朝司徒崔烈之弟崔毅也。因見十常侍賣官嫉賢，故隱於此。」遂扶帝入莊，跪進酒食。

　　卻說閔貢趕上段珪揪住，問天子何在。珪言已在半路相失，不知何往。貢遂殺段珪，懸頭於馬項下，分兵四散尋覓；自己卻獨乘一馬，隨路追尋。偶至崔毅莊，毅見首級，問之，貢說詳細。崔毅引貢見帝，君臣痛哭。貢曰：「國不可一日無君，請陛下還都。」崔毅莊上只有瘦馬一匹，備與帝乘。貢與陳留王共乘一馬。離莊而行，不到三里，司徒王允、太尉楊彪、左軍校尉淳于瓊、右軍校尉趙萌、後軍校尉鮑信、中軍校尉袁紹，一行人眾，數百人馬，接着車駕，君臣皆哭。先使人將段珪首級往京師號令，另換好馬與帝及陳留王騎坐，簇帝還京。先是洛陽小兒謠曰：「帝非帝，王非王，千乘萬騎走北邙。」至此果應其讖。

　　車駕行不到數里，忽見旌旗蔽日，塵土遮天，一枝人馬到來。百官失色，帝亦大驚。袁紹驟馬出問：「何人？」繡旗影裏，一將飛出，厲聲問：「天子何在？」帝戰慄不能言。陳留王勒馬向前，叱曰：「來者何人？」卓曰：「西涼刺史董卓也。」陳留王曰：「汝來保駕耶？汝來劫駕耶？」卓應曰：「特來保駕。」陳留王曰：「既來保駕，天子在此，何不下馬？」卓大驚，慌忙下馬，拜於道左。陳留王以言撫慰董卓，自初至終，並無失語。卓暗奇之，已懷廢立[2]之意。是日還宮，見何太后，俱各痛哭。檢點宮中，不見了傳國玉璽。董卓屯兵城外，每日帶鐵甲馬軍入城，橫行街市，百姓惶惶不安。卓出入宮庭，略無忌憚。後軍校尉鮑信，來見袁紹，言董卓必有異心，可速除之。紹曰：「朝廷新定，未可輕動。」鮑信見王允，亦言其事。允曰：「且容商議。」信自引本部軍兵，投泰山去了。

董卓招誘何進兄弟部下之兵，盡歸掌握。私謂李儒曰：「吾欲廢帝立陳留王，何如？」李儒曰：「今朝廷無主，不就此時行事，遲則有變矣。來日於溫明園中，召集百官，諭以廢立；有不從者斬之，則威權之行，正在今日。」卓喜。次日大排筵會，遍請公卿。公卿皆懼董卓，誰敢不到。卓待百官到了，然後徐徐到園門下馬，帶劍入席。酒行數巡。卓教停酒止樂，乃厲聲曰：「吾有一言，眾官靜聽。」眾皆側耳。卓曰：「天子為萬民之主，無威儀不可以奉宗廟社稷。今上懦弱，不若陳留王聰明好學，可承大位。吾欲廢帝，立陳留王，諸大臣以為何如？」諸官聽罷，不敢出聲。座上一人推案直出，立於筵前，大呼：「不可！不可！汝是何人，敢發大語？天子乃先帝嫡子，初無過失，何得妄議廢立？汝欲為篡逆耶？」卓視之，乃荊州刺史丁原也。卓怒叱曰：「順我者生，逆我者死！」遂掣佩劍欲斬丁原。時李儒見丁原背後一人，生得器宇軒昂，威風凜凜，手執方天畫戟，怒目而視。李儒急進曰：「今日飲宴之處，不可談國政；來日向都堂[3]公論未遲。」眾人皆勸丁原上馬而去。

卓問百官曰：「吾所言，合公道否？」盧植曰：「明公差矣。昔太甲不明，伊尹放之於桐宮；昌邑王登位方二十七日，造惡三千餘條，故霍光告太廟而廢之。今上雖幼，聰明仁智，並無分毫過失。公乃外郡刺史，素未參與國政，又無伊、霍之大才，何可強主廢立之事？聖人云：‘有伊尹之志則可，無伊尹之志則篡也。’”卓大怒，拔劍向前欲殺植。侍中蔡邕、議郎彭伯諫曰：“盧尚書海內人望，今先害之，恐天下震怖。”卓乃止。司徒王允曰：“廢立之事，不可酒後相商，另日再議。”於是百官皆散。

　　卓按劍立於園門，忽見一人躍馬持戟，於園門外往來馳驟。卓問李儒：“此何人也？”儒曰：“此丁原義兒：姓呂，名布，字奉先者也。主公且須避之。”卓乃入園潛避。次日，人報丁原引軍城外搦戰。卓怒，引軍同李儒出迎。兩陣對圓，只見呂布頂束髮金冠，披百花戰袍，擐唐猊鎧甲，繫獅蠻寶帶，縱馬挺戟，隨丁建陽出到陣前。建陽指卓罵曰：“國家不幸，閹官弄權，以致萬民塗炭。爾無尺寸之功，焉敢妄言廢立，欲亂朝廷？”董卓未及回言，呂布飛馬直殺過來，董卓慌走，建陽率軍掩殺。卓兵大敗，退三十餘里下寨，聚眾商議。卓曰：“吾觀呂布非常人也。吾若得此人，何慮天下哉！”帳前一人出曰：“主公勿憂。某與呂布同鄉，知其勇而無謀，見利忘義。某憑三寸不爛之舌，說呂布拱手來降，可乎？”卓大喜，觀其人，乃虎賁中郎李肅也。卓曰：“汝將何以說之？”肅曰：“某聞主公有名馬一匹，號曰‘赤兔’，日行千里。須得此馬，再用金珠，以利結其心。某更進說詞，呂布必反丁原，來投主公矣。”卓問李儒曰：“此言可乎？”儒曰：“主公欲取天下，何惜一馬？”卓欣然與之，更與黃金一千兩、明珠數十顆、玉帶一條。

　　李肅齎了禮物，投呂布寨來。伏路軍人圍住。肅曰：“可速報呂將軍，有故人來見。”軍人報知，布命入見。肅見布曰：“賢弟別來無恙！”布揖曰：“久不相見，今居何處？”肅曰：“見任虎賁中郎將之職。聞賢弟匡扶社稷，不勝之喜。有良馬一匹，日行千里，渡水登山，如履平地，名曰‘赤兔’，特獻與賢弟，以助虎威。”布便令牽過來看。果然那馬渾身上下，火炭般赤，無半根雜毛，從頭至尾，長一丈；從蹄至項，高八尺；嘶喊咆哮，有騰空入海之狀。後人有詩單道赤兔馬曰：

> 奔騰千里蕩塵埃，渡水登山紫霧開。
> 掣斷絲韁搖玉轡，火龍飛下九天來。

布見了此馬，大喜，謝肅曰：“兄賜此良駒，將何以為報？”肅曰：“某為義氣而來，豈望報乎！”布置酒相待，酒酣，肅曰：“肅與賢弟少得相見，令尊卻常會來。”布曰：“兄醉矣！先父棄世多年，安得與兄相會？”肅大笑曰：“非也。某說今日丁刺史耳。”布惶恐曰：“某在丁建陽處，亦出於無奈。”肅曰：“賢弟有擎天駕海之才，四海孰不欽敬？功名富貴，如探囊取物，何言無奈而在人之下乎？”布曰：“恨不逢其主耳。”肅笑曰：“‘良禽擇木而棲，賢臣擇主而事。’見機不早，悔之晚矣。”布曰：“兄在朝廷，觀何人為世之英雄？”肅曰：“某遍觀群臣，皆不如董卓。董卓為人敬賢禮士，賞罰分明，終成大業。”布曰：“某欲從之，恨無門路。”肅取金珠、玉帶列於布前。布驚曰：“何為有此？”肅令叱退左右，告布曰：“此是董公久慕大名，特令某將此奉獻。赤兔馬亦董公所贈也。”布曰：“董公如此見愛，某將何以報之？”肅曰：“如某之不才，尚為虎賁中郎將；公若到彼，貴不可言。”布曰：“恨無涓埃[4]之功，以為進見之禮。”肅曰：“功在翻手之間，公不肯為耳。”布沉吟良久曰：“吾欲殺丁原，引軍歸董卓，何如？”肅曰：“賢弟若能如此，真莫大之功也！但事不宜遲，在於速決。”布與肅約於明日來降，肅別去。

是夜二更時分，布提刀逕入丁原帳中。原正秉燭觀書，見布至，曰：“吾兒來有何事故？”布曰：“吾堂堂丈夫，安肯為汝子乎！”原曰：“奉先何故心變？”布向前，一刀砍下丁原首級，大呼左右：丁原不仁，吾已殺之。肯從吾者在此，不從者自去！”軍士散其大半。次日，布持丁原首級，往見李肅。肅遂引布見卓。卓大喜，置酒相待。卓先下拜曰：“卓今得將軍，如旱苗之得甘雨也。”布納卓坐而拜之曰：“公若不棄，布請拜為義父。”卓以金甲錦袍賜布，暢飲而散。卓自是威勢越大，自領前將軍事，封弟董旻為左將軍鄠侯，封呂布為騎都尉中郎將都亭侯。

　　李儒勸卓早定廢立之計。卓乃於省中設宴，會集公卿，令呂布將甲士千餘，侍衛左右。是日，太傅袁隗與百官皆到。酒行數巡，卓拔劍曰：“今上闇弱，不可以奉宗廟；吾將依伊尹、霍光故事，廢帝為弘農王，立陳留王為帝。有不從者斬！”羣臣惶怖莫敢對。中軍校尉袁紹挺身出曰：“今上即位未幾，並無失德；汝欲廢嫡立庶，非反而何？”卓怒曰：“天下事在我！我今為之，誰敢不從？汝視我之劍不利否？”袁紹亦拔劍曰：“汝劍利，吾劍未嘗不利！”兩個在筵上對敵。正是：丁原仗義身先喪，袁紹爭鋒勢又危。畢竟袁紹性命如何，且聽下文分解。

## 註　釋

1　不臣：對皇帝不忠。

2　廢立：廢除原有的皇帝，另立新君。

3　都堂：大臣議論政事的地方。

4　涓埃：微薄。

# 第 四 回

## 廢漢帝陳留踐位
## 謀董賊孟德獻刀

　　且說董卓欲殺袁紹，李儒止之曰：“事未可定，不可妄殺。”袁紹手提寶刀，辭別百官而出，懸節東門，奔冀州去了。卓謂太傅袁隗曰：“汝姪無禮，吾看汝面，姑恕之。廢立之事若何？”隗曰：“太尉所見是也。”卓曰：“敢有阻大議者，以軍法從事。”羣臣震恐，皆云：“一聽尊命。”宴罷，卓問侍中周毖、校尉伍瓊曰：“袁紹此去若何？”周毖曰：“袁紹忿忿而去，若購之急，勢必為變。且袁氏樹恩四世，門生故吏，遍於天下；倘收豪傑以聚徒眾，英雄因之而起，山東非公有也。不如赦之，拜為一郡守，則紹喜於免罪，必無患矣。”伍瓊曰：“袁紹好謀無斷，不足為慮；誠不若加之一郡守，以收民心。”卓從之，即日差人拜紹為渤海太守。

　　九月朔，請帝陞嘉德殿，大會文武。卓拔劍在手，對眾曰：“天子闇弱，不足以君天下。今有策文一道，宜為宣讀。”乃命李儒讀策曰：

孝靈皇帝，早棄臣民；皇帝承嗣，海內側望。而帝天資輕佻，威儀不恪，居喪慢惰：否德既彰，有忝大位。皇太后教無母儀，統政荒亂。永樂太后暴崩。眾論惑焉。三綱之道，天地之紀，毋乃有闕？陳留王協，聖德偉懋，規矩肅然；居喪哀戚，言不以邪；休聲美譽，天下所聞：宜承洪業，為萬世統。茲廢皇帝為弘農王，皇太后還政。請奉陳留王為皇帝，應天順人，以慰生靈之望。

李儒讀策畢，卓叱左右扶帝下殿，解其璽綬，北面長跪，稱臣聽命。又呼太后去服候敕。帝后皆號哭。羣臣無不悲慘。階下一大臣，憤怒高叫曰："賊臣董卓，敢為欺天之謀，吾當以頸血濺之！"揮手中象簡，直擊董卓。卓大怒，喝武士拏下：乃尚書丁管也。卓命牽出斬之。管罵不絕口，至死神色不變。後人有詩歎曰：

> 董賊潛懷廢立圖，漢家宗社委丘墟。
> 滿朝臣宰皆囊括，惟有丁公是丈夫。

卓請陳留王登殿。羣臣朝賀畢，卓命扶何太后并弘農王及帝妃唐氏於永安宮閒住，封鎖宮門，禁羣臣無得擅入。可憐少帝四月登基，至九月即被廢。卓所立陳留王協，表字伯和，靈帝中子，即獻帝也，時年九歲。改元初平。董卓為相國，贊拜不名，入朝不趨，劍履上殿[1]，威福莫比。李儒勸卓擢用名流，以收人望，因薦蔡邕之才。卓命徵之，邕不赴。卓怒，使人謂邕曰："如不來，當滅汝族。"邕懼，只得應命而至。卓見邕大喜，一月三遷其官，拜為侍中，甚見親厚。

　　卻說少帝與何太后、唐妃困於永安宮中，衣服飲食，漸漸欠缺；少帝淚不曾乾。一日，偶見雙燕飛於庭中，遂吟詩一首。詩曰：

嫩草綠凝煙，裊裊雙飛燕。

　　洛水一條青，陌上人稱羨。

　　遠望碧雲深，是吾舊宮殿。

　　何人仗忠義，洩我心中怨！

董卓時常使人探聽。是日獲得此詩，來呈董卓。卓曰：“怨望作詩，
殺之有名矣。”遂命李儒帶武士十人，入宮弒帝。帝與后、妃正在樓
上，宮女報李儒至，帝大驚。儒以鴆酒奉帝，帝問何故。儒曰：“春
日融和，董相國特上壽酒。”太后曰：“既云壽酒，汝可先飲。”儒怒
曰：“汝不飲耶？”呼左右持短刀白練於前曰：“壽酒不飲，可領此二
物！”唐妃跪告曰：“妾身代帝飲酒，願公存母子性命。”儒叱曰：“汝
何人，可代王死？”乃舉酒與何太后曰：“汝可先飲！”后大罵何進
無謀，引賊入京，致有今日之禍。儒催逼帝，帝曰：“容我與太后作
別。”乃大慟而作歌。其歌曰：

　　天地易兮日月翻，棄萬乘兮退守藩。

　　為臣逼兮命不久，大勢去兮空淚潸！

唐妃亦作歌曰：

　　皇天將崩兮后土頹，身為帝姬兮命不隨。

　　生死異路兮從此畢，奈何煢速兮心中悲！

歌罷，相抱而哭。李儒叱曰：“相國立等回報，汝等俄延，望誰救耶？”
太后大罵：“董賊逼我母子，皇天不佑！汝等助惡，必當滅族！”儒大
怒，雙手扯住太后，直攛下樓，叱武士絞死唐妃，以鴆酒灌殺少帝，
還報董卓。卓命葬於城外。自此每夜入宮，姦淫宮女，夜宿龍牀。嘗
引軍出城，行到陽城地方，時當二月，村民社賽，男女皆集。卓命軍

士圍住，盡皆殺之，掠婦女財物，裝載車上，懸頭千餘顆於車下，連軫[2]還都，揚言殺賊大勝而回；於城門下焚燒人頭，以婦女財物分散眾軍。

越騎校尉伍孚，字德瑜，見卓殘暴，憤恨不平。嘗於朝服內披小鎧，藏短刀，欲伺便殺卓。一日，卓入朝，孚迎至閣下，拔刀直刺卓。卓氣力大，兩手摳住；呂布便入，揪倒伍孚。卓問曰：“誰教汝反？”孚瞪目大喝曰：“汝非吾君，吾非汝臣，何反之有？汝罪惡盈天，人人願得而誅之！吾恨不車裂[3]汝以謝天下！”卓大怒，命牽出剖剮之。孚至死罵不絕口。後人有詩讚之曰：

> 漢末忠臣說伍孚，沖天豪氣世間無。
> 朝堂殺賊名猶在，萬古堪稱大丈夫！

董卓自此出入常帶甲士護衛。

時袁紹在渤海，聞知董卓弄權，乃差人齎密書來見王允。書略曰：

> 卓賊欺天廢主，人不忍言；而公恣其跋扈，如不聽聞，
> 豈報國效忠之臣哉？紹今集兵練卒，欲掃清王室，未敢輕動。
> 公若有心，當乘間[4]圖之。若有驅使，即當奉命。

王允得書，尋思無計。一日，於侍班閣子內見舊臣俱在，允曰：“今日老夫賤降[5]，晚間敢屈眾位到舍小酌。”眾官皆曰：“必來祝壽。”當晚王允設宴後堂，公卿皆至。酒行數巡，王允忽然掩面大哭。眾官驚問曰：“司徒貴誕，何故發悲？”允曰：“今日並非賤降，因欲與眾位一敘，恐董卓見疑，故託言耳。董卓欺主弄權，社稷旦夕難保。想高皇誅秦滅楚，奄有天下；誰想傳至今日，乃喪於董卓之手。此吾所以哭也。”於是眾官皆哭。坐中一人撫掌大笑曰：“滿朝公卿，夜哭

到明，明哭到夜，還能哭死董卓否？"允視之，乃驍騎校尉曹操也。允怒曰："汝祖宗亦食祿漢朝，今不思報國而反笑耶？"操曰："吾非笑別事，笑眾位無一計殺董卓耳。操雖不才，願即斷董卓頭，懸之都門，以謝天下。"允避席問曰："孟德有何高見？"操曰："近日操屈身以事卓者，實欲乘間圖之耳。今卓頗信操，操因得時近卓。聞司徒有七寶刀一口，願借與操入相府刺殺之，雖死不恨！"允曰："孟德果有是心，天下幸甚！"遂親自酌酒奉操。操瀝酒設誓，允隨取寶刀與之。操藏刀，飲酒畢，即起身辭別眾官而去。眾官又坐了一回，亦俱散訖。

次日，曹操佩着寶刀，來至相府，問丞相何在。從人云："在小閣中。"操逕入。見董卓坐於牀上，呂布侍立於側。卓曰："孟德來何遲？"操曰："馬羸行遲耳。"卓顧謂布曰："吾有西涼進來好馬，奉先可親去揀一騎賜與孟德。"布領令而去。操暗忖曰："此賊合死！"即欲拔刀刺之。懼卓力大，未敢輕動。卓胖大不耐久坐，遂倒身而臥，轉面向內。操又思曰："此賊當休矣！"急掣寶刀在手。恰待要刺，不想董卓仰面看衣鏡中，照見曹操在背後拔刀，急回身問曰："孟德何為？"時呂布已牽馬至閣外，操惶遽，乃持刀跪下曰："操有寶刀一口，獻上恩相。"卓接視之，見其刀長尺餘，七寶嵌飾，極其鋒利，果寶刀也，遂遞與呂布收了。操解鞘付布。卓引操出閣看馬。操謝曰："原借試一騎。"卓就教與鞍轡。操牽馬出相府，加鞭望東南而去。布對卓曰："適來曹操似有行刺之狀，及被喝破，故推獻刀。"卓曰："吾亦疑之。"正說話間，適李儒至，卓以其事告之。儒曰："操無妻小在京，只獨居寓所。今差人往召，如彼無疑而便來，則是獻刀；如推託不來，則必是行刺，便可擒而問也。"卓然其說，即差獄卒四人往喚操。去了良久，回報曰："操不曾回寓，乘馬飛出東門。門吏問之，操曰：'丞相差我有緊急公事'，縱馬而去矣。"儒曰："操賊心虛逃竄，行刺無疑矣。"卓大怒曰："我如此重用，反欲害我！"儒曰："此必有同謀者，待拏住曹操便可知矣。"卓遂令遍行文書，畫影圖形，捉拏曹操。擒獻者，賞千金，封萬戶侯；窩藏者同罪。

　　且說曹操逃出城外，飛奔譙郡。路經中牟縣，為守關軍士所獲，擒見縣令。操言："我是客商，覆姓皇甫。"縣令熟視曹操，沉吟半晌，乃曰："吾前在洛陽求官時，曾認得汝是曹操，如何隱諱！且把來監下，明日解去京師請賞。"把關軍士賜以酒食而去。至夜分，縣令喚親隨人暗地取出曹操，直至後院中審究；問曰："我聞丞相待汝不薄，何故自取其禍？"操曰："'燕雀安知鴻鵠志哉！'汝既拏住我，便當解去請賞。何必多問！"縣令屏退左右，謂操曰："汝休小覷我。我非俗吏，奈未遇其主耳。"操曰："吾祖宗世食漢祿，若不思報國，與禽獸何異？吾屈身事卓者，欲乘間圖之，為國除害耳。今事不成，乃天意也！"縣令曰："孟德此行，將欲何往？"操曰："吾將歸鄉里，發矯詔，召天下諸侯興兵共誅董卓，吾之願也。"縣令聞言，乃親釋其縛，扶之上坐，再拜曰："公真天下忠義之士也！"曹操亦拜，問縣令姓名。縣令曰："吾姓陳，名宮，字公臺。老母妻子，皆在東郡。今感公忠義，願棄一官，從公而逃。"操甚喜。是夜陳宮收拾盤費，與曹操更衣易服，各背劍一口，乘馬投故鄉來。

　　行了三日，至成皋地方，天色向晚。操以鞭指林深處謂宮曰："此間有一人姓呂，名伯奢，是吾父結義弟兄；就往問家中消息，覓一宿，如何？"宮曰："最好。"二人至莊前下馬，入見伯奢。奢曰："我聞朝廷遍行文書，捉汝甚急，汝父已避陳留去了。汝如何得至此？"操告以前事，曰："若非陳縣令，已粉骨碎身矣。"伯奢拜陳宮曰："小姪若非使君，曹氏滅門矣。使君寬懷安坐，今晚便可下榻草舍。"說罷，即起身入內。良久乃出，謂陳宮曰：“老夫家無好酒，容往西村沽一樽來相待。”言訖，匆匆上驢而去。

操與宮坐久，忽聞莊後有磨刀之聲。操曰：“呂伯奢非吾至親，此去可疑，當竊聽之。”二人潛步入草堂後，但聞人語曰：“縛而殺之，何如？”操曰：“是矣！今若不先下手，必遭擒獲。”遂與宮拔劍直入，不問男女，皆殺之，一連殺死八口。搜至廚下，卻見縛一豬欲殺。宮曰：“孟德心多，誤殺好人矣！”急出莊上馬而行。行不到二里，只見伯奢驢鞍前鞽懸酒二瓶，手攜果菜而來，叫曰：“賢姪與使君何故便去？”操曰：“被罪之人，不敢久住。”伯奢曰：“吾已分付家人宰一豬相歉，賢姪、使君何惜一宿？速請轉騎。”操不顧，策馬便行。行不數步，忽拔劍復回，叫伯奢曰：“此來者何人？”伯奢回頭看時，操揮劍砍伯奢於驢下。宮大驚曰：“適纔誤耳，今何為也？”操曰：“伯奢到家，見殺死多人，安肯干休？若率眾來追，必遭其禍矣。”宮曰：“知而故殺，大不義也！”操曰：“寧教我負天下人，休教天下人負我。”陳宮默然。

當夜行數里，月明中敲開客店門投宿。餵飽了馬，曹操先睡。陳宮尋思：“我將謂曹操是好人，棄官跟他；原來是個狠心之徒！今日留之，必為後患。”便欲拔劍來殺曹操。正是：設心狠毒非良士，操卓原來一路人。畢竟曹操性命如何，且聽下文分解。

## 註　釋

1　贊拜不名，入朝不趨，劍履上殿：指董卓入朝拜見漢獻帝時，贊禮者不呼他的姓名，董卓不小步快走，帶着佩劍、穿着鞋子上殿。這些舉動本是古代君王對尊貴臣子的極高優待，而董卓則逼迫漢獻帝給自己這些優待。

2　連軫：車首車尾相接，連成車隊。

3　車裂：俗稱五馬分屍，即將人的四肢和頭分別拴在五輛車上，令馬同時分馳，撕裂肢體。這是古代的一種酷刑。

4　乘間：利用機會。

5　賤降：生日。

# 第五回

## 發矯詔諸鎮應曹公
## 破關兵三英戰呂布

卻說陳宮臨欲下手殺曹操，忽轉念曰：“我為國家跟他到此，殺之不義。不若棄而他往。”插劍上馬，不等天明，自投東郡去了。操覺，不見陳宮，尋思：“此人見我説了這兩句，疑我不仁，棄我而去；吾當急行，不可久留。”遂連夜到陳留，尋見父親，備説前事；欲散家資，招募義兵。父言：“資少恐不成事。此間有孝廉衞弘，疏財仗義，其家巨富；若得相助，事可圖矣。”

操置酒張筵，拜請衞弘到家，告曰：“今漢室無主，董卓專權，欺君害民，天下切齒。操欲力扶社稷，恨力不足。公乃忠義之士，敢求相助。”衞弘曰：“吾有是心久矣，恨未遇英雄耳。既孟德有大志，願將家資相助。”操大喜，於是先發矯詔，馳報各道，然後招集義兵，豎起招兵白旗一面，上書“忠義”二字。不數日間，應募之士，如雨駢集。

一日，有一個陽平衞國人：姓樂，名進，字文謙，來投曹操。又有一個山陽鉅鹿人：姓李，名典，字曼成，也來投曹操。操皆留為帳前史。又有沛國譙人夏侯惇，字元讓，乃夏侯嬰之後；自小習槍棒；年十四從師學武，有人辱罵其師，惇殺之，逃於外方；聞知曹操起兵，與其族弟夏侯淵兩個，各引壯士千人來會。此二人本操之弟兄：操父曹嵩原是夏侯氏之子，過房與曹家，因此是同族。不數日，曹氏兄弟曹仁、曹洪各引兵千餘來助。曹仁字子孝，曹洪字子廉：二人弓馬熟嫻，武藝精通。操大喜，於村中調練軍馬。衛弘盡出家財，置辦衣甲旗旛。四方送糧者，不計其數。

時袁紹得操矯詔，乃聚麾下文武，引兵三萬，離渤海來與曹操會盟。操作檄文以達諸郡。檄文曰：

> 操等謹以大義布告天下：董卓欺天罔地，滅國弒君；穢亂宮禁，殘害生靈；狼戾不仁，罪惡充積！今奉天子密詔，大集義兵，誓欲掃清華夏，剿戮群凶。望興義師，共洩公憤；扶持王室，拯救黎民。檄文到日，可速奉行！

操發檄文去後，各鎮諸侯，皆起兵相應：

第一鎮，後將軍南陽太守袁術。

第二鎮，冀州刺史韓馥。

第三鎮，豫州刺史孔伷。

第四鎮，兗州刺史劉岱。

第五鎮，河內郡太守王匡。

第六鎮，陳留太守張邈。

第七鎮，東郡太守喬瑁。

第八鎮，山陽太守袁遺。

第九鎮，濟北相鮑信。

第十鎮，北海太守孔融。

第十一鎮，廣陵太守張超。

第十二鎮，徐州刺史陶謙。

第十三鎮，西涼太守馬騰。

第十四鎮，北平太守公孫瓚。

第十五鎮，上黨太守張楊。

第十六鎮，烏程侯長沙太守孫堅。

第十七鎮，祁鄉侯渤海太守袁紹。

諸路軍馬，多少不等，有三萬者，有一二萬者，各領文官武將，投洛陽來。

且説北平太守公孫瓚，統領精兵一萬五千，路經德州平原縣。正行之間，遙見桑樹叢中，一面黃旗，數騎來迎。瓚視之，乃劉玄德也。瓚問曰：“賢弟何故在此？”玄德曰：“舊日蒙兄保備為平原縣令，今聞大軍過此，特來奉候，就請兄長入城歇馬。”瓚指關、張而問曰：“此何人也？”玄德曰：“此關羽、張飛，備結義兄弟也。”瓚曰：“乃同破黃巾者乎？”玄德曰：“皆此二人之力。”瓚曰：“今居何職？”玄德答曰：“關羽為馬弓手，張飛為步弓手。”瓚歎曰：“如此可謂埋沒英雄！今董卓作亂，天下諸侯，共往誅之。賢弟可棄此卑官，一同討賊，力扶漢室，若何？”玄德曰：“願往。”張飛曰：“當時若容我殺了此賊，免有今日之事。”雲長曰：“事已至此，即當收拾前去。”

玄德、關、張引數騎跟公孫瓚來。曹操接着。眾諸侯亦陸續皆至，各自安營下寨，連接二百餘里。操乃宰牛殺馬，大會諸侯，商議進兵之策。太守王匡曰：“今奉大義，必立盟主；眾聽約束，然後進兵。”操曰：“袁本初四世三公，門多故吏，漢朝名相之裔，可為盟主。”紹再三推辭。眾皆曰：“非本初不可。”紹方應允。次日築臺三層，遍列五方旗幟，上建白旄黃鉞[1]，兵符將印，請紹登壇。紹整衣佩劍，慨然而上，焚香再拜。其盟曰：

> 漢室不幸，皇綱失統。賊臣董卓，乘釁縱害，禍加至尊，虐流百姓。紹等懼社稷淪喪，糾合義兵，並赴國難。凡我同盟，齊心戮力，以致臣節，必無二志。有渝此盟，俾墜其命，無克遺育[2]。皇天后土，祖宗明靈，實皆鑒之！

讀畢，歃血。眾因其辭氣慷慨，皆涕泗橫流。歃血已罷，下壇。眾扶紹升帳而坐，兩行依爵位年齒分列坐定。操行酒數巡，言曰：“今日既立盟主，各聽調遣，同扶國家，勿以強弱計較。”袁紹曰：“紹雖不才，既承公等推為盟主，有功必賞，有罪必罰。國有常刑，軍有紀律，各宜遵守，勿得違犯。”眾皆曰：“惟命是聽。”紹曰：“吾弟袁術總督糧草，應付諸營，無使有缺。更須一人為先鋒，直抵汜水關挑戰。餘各據險要，以為接應。”

長沙太守孫堅出曰：“堅願為前部。”紹曰：“文臺勇烈，可當此任。”堅遂引本部人馬殺奔汜水關來。守關將士，差流星馬往洛陽丞相府告急。董卓自專大權之後，每日飲宴。李儒接得告急文書，逕來稟卓。卓大驚，急聚眾將商議。溫侯呂布挺身出曰：“父親勿慮。關外諸侯，布視之如草芥。願提虎狼之師，盡斬其首，懸於都門。”卓大喜曰：“吾有奉先，高枕無憂矣！”言未絕，呂布背後一人高聲出曰：“‘割雞焉用牛刀？’不勞溫侯親往。吾斬眾諸侯首級，如探囊取物耳。”卓視之，其人身長九尺，虎體狼腰，豹頭猿臂；關西人也：姓華，名雄。卓聞言大喜，加為驍騎校尉，撥馬步軍五萬，同李肅、胡軫、趙岑星夜赴關迎敵。眾諸侯內有濟北相鮑信，尋思孫堅既為前部，怕他奪了頭功，暗撥其弟鮑忠，先將馬步軍三千，逕抄小路，直到關下搦戰。華雄引鐵騎五百，飛下關來，大喝：“賊將休走！”鮑忠急待退，被華雄手起刀落，斬於馬下，生擒將校極多。華雄遣人齎鮑忠首級來相府報捷，卓加雄為都督。

卻說孫堅引四將直至關前。那四將？——第一個，右北平土垠人：姓程，名普，字德謀，使一條鐵脊蛇矛；第二個，姓黃，名蓋，字公覆，零陵人也，使鐵鞭；第三個，姓韓，名當，字義公，遼西令支人也，使一口大刀；第四個，姓祖，名茂，字大榮，吳郡富春人也，使雙刀。孫堅披爛銀鎧，裹赤幘，橫古錠刀，騎花鬃馬，指關上而罵曰：“助惡匹夫，何不早降！”華雄副將胡軫引兵五千出關迎戰。程普飛馬挺矛，直取胡軫。鬥不數合，程普刺中胡軫咽喉，死於馬下。堅揮軍直殺至關前，關上矢石如雨。孫堅引兵回至梁東屯住，使人於袁紹處報捷，就於袁術處催糧。

或說術曰：“孫堅乃江東猛虎，若打破洛陽，殺了董卓，正是除狼而得虎也。今不與糧，彼軍必散。”術聽之，不發糧草。孫堅軍缺食，軍中自亂，細作[3]報上關來。李肅為華雄謀曰：“今夜我引一軍從小路下關，襲孫堅寨後，將軍揮其前寨，堅可擒矣。”雄從之，傳令軍士飽餐，乘夜下關。是夜月白風清。到堅寨時，已是半夜，鼓譟直進。堅慌忙披掛上馬，正遇華雄。兩馬相交，鬥不數合，後面李肅軍到，竟令軍放起火來。堅軍亂竄。眾將各自混戰，止有祖茂跟定孫堅，突圍而走。背後華雄追來。堅取箭，連放兩箭，皆被華雄躲過。再放第三箭時，因用力太猛，拽折了鵲畫弓，只得棄弓縱馬而奔。祖茂曰：“主公頭上赤幘射目，為賊所識認。可脫幘與某戴之。”堅就脫幘換茂盔，分兩路而走。雄軍只望赤幘者追趕，堅乃從小路得脫。祖茂被華雄追急，將赤幘挂於人家燒不盡的庭柱上，卻入樹林潛躲。華雄軍於月下遙見赤幘，四面圍定，不敢近前。用箭射之，方知是計，遂向前取了赤幘。祖茂於林後殺出，揮雙刀欲劈華雄；雄大喝一聲，將祖茂一刀砍於馬下。殺至天明，雄方引兵上關。

程普、黃蓋、韓當都來尋見孫堅，再收拾軍馬屯紮。堅為折了祖茂，傷感不已，星夜遣人報知袁紹。紹大驚曰：「不想孫文臺敗於華雄之手！」便聚眾諸侯商議。眾人都到，只有公孫瓚後至，紹請入帳列坐。紹曰：「前日鮑將軍之弟不遵調遣，擅自進兵，殺身喪命，折了許多軍士。今者孫文臺又敗於華雄：挫動銳氣，為之奈何？」諸侯並皆不語。紹舉目遍視，見公孫瓚背後立着三人，容貌異常，都在那裏冷笑。紹問曰：「公孫太守背後何人？」瓚呼玄德出曰：「此吾自幼同舍兄弟，平原令劉備是也。」曹操曰：「莫非破黃巾劉玄德乎？」瓚曰：「然。」即令劉玄德拜見。瓚將玄德功勞，並其出身，細說一遍。紹曰：「既是漢室宗派，取坐來。」命坐。備遜謝。紹曰：「吾非敬汝名爵，吾敬汝是帝室之冑耳。」玄德乃坐於末位，關、張叉手侍立於後。

忽探子來報：「華雄引鐵騎下關，用長竿挑着孫太守赤幘，來寨前大罵搦戰。」紹曰：「誰敢去戰？」袁術背後轉出驍將俞涉曰：「小將願往。」紹喜，便著俞涉出馬。即時報來：「俞涉與華雄戰不三合，被華雄斬了。」眾大驚。太守韓馥曰：「吾有上將潘鳳，可斬華雄。」紹急令出戰。潘鳳手提大斧上馬。去不多時，飛馬來報：「潘鳳又被華雄斬了。」眾皆失色。紹曰：「可惜吾上將顏良、文醜未至！得一人在此，何懼華雄？」言未畢，階下一人大呼出曰：「小將願往斬華雄頭，獻於帳下！」眾視之，見其人身長九尺，髯長二尺；丹鳳眼，臥蠶眉；面如重棗，聲如巨鐘；立於帳前。紹問何人。公孫瓚曰：「此劉玄德之弟關羽也。」紹問見居何職。瓚曰：「跟隨劉玄德充馬弓手。」帳上袁術大喝曰：「汝欺吾眾諸侯無大將耶？量一弓手，安敢亂言！

與我打出！"曹操急止之曰："公路息怒。此人既出大言，必有勇略；試教出馬，如其不勝，責之未遲。"袁紹曰："使一弓手出戰，必被華雄所笑。"操曰："此人儀表不俗，華雄安知他是弓手？"關公曰："如不勝，請斬某頭。"操教釃熱酒一盃，與關公飲了上馬。關公曰："酒且斟下，某去便來。"出帳提刀，飛身上馬。眾諸侯聽得關外鼓聲大振，喊聲大舉，如天摧地塌，岳撼山崩，眾皆失驚。正欲探聽，鸞鈴響處，馬到中軍，雲長提華雄之頭，擲於地上，其酒尚溫。後人有詩讚之曰：

威鎮乾坤第一功，轅門畫鼓響鼕鼕。
雲長停盞施英勇，酒尚溫時斬華雄。

曹操大喜。只見玄德背後轉出張飛，高聲大叫："俺哥哥斬了華雄，不就這裏殺入關去，活拏董卓，更待何時！"袁術大怒，喝曰："俺大臣尚自謙讓，量一縣令手下小卒，安敢在此耀武揚威！都與趕出中帳去！"曹操曰："得功者賞，何計貴賤乎？"袁術曰："既然公等只重一縣令，我當告退。"操曰："豈可因一言而誤大事耶？"命公孫瓚且帶玄德、關、張回寨。眾官皆散。曹操暗使人齎牛酒撫慰三人。

卻說華雄手下敗軍，報上關來。李肅慌忙寫告急文書，申聞董卓。卓急聚李儒、呂布等商議。儒曰："今失了上將華雄，賊勢浩大。袁紹為盟主，紹叔袁隗，現為太傅；倘或裏應外合，深為不便，可先除之。請丞相親領大軍，分撥剿捕。"卓然其說，喚李傕、郭汜領兵五百，圍住太傅袁隗家，不分老幼，盡皆誅絕，先將袁隗首級去關前號令。卓遂起兵二十萬，分為兩路而來，一路先令李傕、郭汜引兵五萬，把住汜水關，不要廝殺；卓自將十五萬，同李儒、呂布、樊稠、張濟等守虎牢關。這關離洛陽五十里。軍馬到關，卓令呂布領三萬大軍，去關前紮住大寨。卓自在關上屯住。

流星馬探聽得，報入袁紹大寨裏來。紹聚眾商議。操曰：「董卓屯兵虎牢，截俺諸侯中路，今可勒兵一半迎敵。」紹乃分王匡、喬瑁、鮑信、袁遺、孔融、張楊、陶謙、公孫瓚八路諸侯，往虎牢關迎敵。操引軍往來救應。八路諸侯，各自起兵。河內太守王匡，引兵先到。呂布帶鐵騎三千，飛奔來迎。王匡將軍馬列成陣勢，勒馬門旗下看時，見呂布出陣：頭戴三叉束髮紫金冠，體挂西川紅錦百花袍，身披獸面吞頭連環鎧，腰繫勒甲玲瓏獅蠻帶；弓箭隨身，手持畫戟；坐下嘶風赤兔馬：果然是「人中呂布，馬中赤兔」！王匡回頭問曰：「誰敢出戰？」後面一將，縱馬挺槍而出。匡視之，乃河內名將方悅。兩馬相交，無五合，被呂布一戟刺於馬下，挺戟直衝過來。匡軍大敗，四散奔走。布東西衝殺，如入無人之境。幸得喬瑁、袁遺兩軍皆至，來救王匡，呂布方退。三路諸侯，各折了些人馬，退三十里下寨。隨後五路軍馬都至，一處商議，言呂布英雄，無人可敵。

正慮間，小校報來：「呂布搦戰。」八路諸侯，一齊上馬。軍分八隊，布在高岡。遙望呂布一簇軍馬，繡旗招颭，先來衝陣。上黨太守張楊部將穆順，出馬挺槍迎戰，被呂布手起一戟，刺於馬下。眾大驚。北海太守孔融部將武安國，使鐵鎚飛馬而出。呂布揮戟拍馬來迎。戰到十餘合，一戟砍斷安國手腕，棄鎚於地而走。八路軍兵齊出，救了武安國。呂布退回去了。眾諸侯回寨商議。曹操曰：「呂布英勇無敵，可會十八路諸侯，共議良策。若擒了呂布，董卓易誅耳。」

正議間，呂布復引兵搦戰。八路諸侯齊出。公孫瓚揮槊親戰呂布。戰不數合，瓚敗走。呂布縱赤兔馬趕來。那馬日行千里，飛走如風。看看趕上，布舉畫戟望瓚後心便刺。旁邊一將，圓睜環眼，倒豎虎鬚，挺丈八蛇矛，飛馬大叫："三姓家奴休走！燕人張飛在此！"呂布見了，棄了公孫瓚，便戰張飛。飛抖擻精神，酣戰呂布。連鬥五十餘合，不分勝負。雲長見了，把馬一拍，舞八十二斤青龍偃月刀，來夾攻呂布。三匹馬丁字兒廝殺。戰到三十合，戰不倒呂布。劉玄德掣雙股劍，驟黃鬃馬，刺斜裏也來助戰。這三個圍住呂布，轉燈兒般廝殺。八路人馬，都看得呆了。呂布架隔遮攔不定，看着玄德面上，虛刺一戟，玄德急閃。呂布蕩開陣角，倒拖畫戟，飛馬便回。三個那裏肯捨，拍馬趕來。八路軍兵，喊聲大震，一齊掩殺。呂布軍馬望關上奔走；玄德、關、張隨後趕來。古人曾有篇言語，單道着玄德、關、張三戰呂布：

> 漢朝天數當桓靈，炎炎紅日將西傾。
> 奸臣董卓廢少帝，劉協懦弱魂夢驚。
> 曹操傳檄告天下，諸侯奮怒皆興兵。
> 議立袁紹作盟主，誓扶王室定太平。
> 溫侯呂布世無比，雄才四海誇英偉。
> 護軀銀鎧砌龍鱗，束髮金冠簪雉尾。
> 參差寶帶獸平吞，錯落錦袍飛鳳起。
> 龍駒跳踏起天風，畫戟熒煌射秋水。
> 出關搦戰誰敢當？諸侯膽裂心惶惶。
> 踴出燕人張翼德，手持蛇矛丈八槍。
> 虎鬚倒豎翻金線，環眼圓睜起電光。
> 酣戰未能分勝敗，陣前惱起關雲長。
> 青龍寶刀燦霜雪，鸚鵡戰袍飛蛺蝶。
> 馬蹄到處鬼神嚎，目前一怒應流血。
> 梟雄玄德掣雙鋒，抖擻天威施勇烈。

三人圍繞戰多時，遮攔架隔無休歇。

喊聲震動天地翻，殺氣迷漫牛斗寒。

呂布力窮尋走路，遙望家山拍馬還。

倒拖畫桿方天戟，亂散銷金五彩旛。

頓斷絨縧走赤兔，翻身飛上虎牢關。

　　三人直趕呂布到關下，看見關上西風飄動青羅傘蓋。張飛大叫：
"此必董卓！追呂布有甚強處？不如先拿董賊，便是斬草除根！"拍馬
上關，來擒董卓。正是：擒賊定須擒賊首，奇功端的[4]待奇人。未知
勝負如何，且聽下文分解。

註　釋

1　白旄黃鉞：白旄，以氂牛尾做旗飾的旗幟；黃鉞，塗金的斧。

2　遺育：存留後代。

3　細作：間諜、打探消息的人。

4　端的：真的。

# 第 六 回

## 焚金闕董卓行兇
## 匿玉璽孫堅背約

卻說張飛拍馬趕到關下，關上矢石如雨，不得進而回。八路諸
侯，同請玄德、關、張賀功，使人去袁紹寨中報捷。紹遂移檄孫堅，
令其進兵。堅引程普、黃蓋至袁術寨中相見。堅以杖畫地曰：「董卓
與我，本無讎隙。今我奮不顧身，親冒矢石，來決死戰者，上為國家
討賊，下為將軍家門之私；而將軍卻聽讒言，不發糧草，致堅敗績，
將軍何安？」術惶恐無言，命斬進讒之人，以謝孫堅。

忽人報堅曰：「關上有一將，乘馬來寨中，要見將軍。」堅辭袁
術，歸到本寨，喚來問時，乃董卓愛將李傕。堅曰：「汝來何為？」傕
曰：「丞相所敬者，惟將軍耳。今特使傕來結親：丞相有女，欲配將
軍之子。」堅大怒，叱曰：「董卓逆天無道，蕩覆王室，吾欲夷其九族，
以謝天下，安肯與逆賊結親耶！吾不斬汝，汝當速去，早早獻關，饒
你性命！倘若遲誤，粉骨碎身！」

李傕抱頭鼠竄，回見董卓，說孫堅如此無禮。卓怒，問李儒。儒

曰："溫侯新敗，兵無戰心。不若引兵回洛陽，遷帝於長安，以應童謠。近日街市童謠曰：'西頭一個漢，東頭一個漢。鹿走入長安，方可無斯難。'臣思此言，'西頭一個漢'，乃應高祖旺於西都長安，傳一十二帝；'東頭一個漢'，乃應光武旺於東都洛陽，今亦傳一十二帝。天運合回，丞相遷回長安，方可無虞。"卓大喜曰："非汝言，吾實不悟。"遂引呂布星夜回洛陽，商議遷都。聚文武於朝堂，卓曰："漢東都洛陽，二百餘年，氣數已衰。吾觀旺氣實在長安，吾欲奉駕西幸[1]。汝等各宜促裝。"司徒楊彪曰："關中殘破零落。今無故捐宗廟，棄皇陵，恐百姓驚動。天下動之至易，安之至難。望丞相鑒察。"卓怒曰："汝阻國家大計耶？"太尉黃琬曰："楊司徒之言是也：往者王莽篡逆，更始赤眉之時，焚燒長安，盡為瓦礫之地；更兼人民流移，百無一二；今棄宮室而就荒地，非所宜也。"卓曰："關東賊起，天下播亂。長安有崤、函之險；更近隴右，木石磚瓦，尅日可辦，宮室營造，不須月餘。汝等再休亂言。"司徒荀爽諫曰："丞相若欲遷都，百姓騷動不寧矣。"卓大怒曰："吾為天下計，豈惜小民哉！"即日罷楊彪、黃琬、荀爽為庶民。卓出上車，只見二人望車而揖；視之，乃尚書周毖、城門校尉伍瓊也。卓問有何事，毖曰："今聞丞相欲遷都長安，故來諫耳。"卓大怒曰："我始初聽你兩個，保用袁紹；今紹已反，是汝等一黨！"叱武士推出都門斬首。遂下令遷都，限來日便行。李儒曰："今錢糧缺少，洛陽富戶極多，可籍沒入官。但是袁紹等門下，殺其宗黨而抄其家貲，必得巨萬。"

卓即差鐵騎五千，遍行捉拏洛陽富戶，共數千家，插旗頭上，大書"反臣逆黨"，盡斬於城外，取其金貲。李傕、郭汜，盡驅洛陽之民數百萬口，前赴長安。每百姓一隊，間軍一隊，互相拖押；死於溝壑者，不可勝數。又縱軍士淫人妻女，奪人糧食；啼哭之聲，震動天地。

如有行得遲者，背後三千軍催督，軍手執白刃，於路殺人。卓臨行，教諸門放火，焚燒居民房屋，並放火燒宗廟宮府。南北兩宮，火燄相接；長樂宮庭，盡為焦土。又差呂布發掘先皇及后妃陵寢，取其金寶。軍士乘勢掘官民墳塚殆盡。董卓裝載金珠緞疋好物數千餘車，劫了天子並后妃等，竟望長安去了。

卻說卓將趙岑，見卓已棄洛陽而去，便獻了汜水關。孫堅驅兵先入，玄德、關、張殺入虎牢關，諸侯各引軍入。

且說孫堅飛奔洛陽，遙望火燄沖天，黑煙鋪地，二三百里，並無雞犬人煙。堅先發兵救滅了火，令眾諸侯各於荒地上屯住軍馬。曹操來見袁紹曰："今董賊西去，正可乘勢追襲，本初按兵不動，何也？"紹曰："諸兵疲困，進恐無益。"操曰："董賊焚燒宮室，劫遷天子，海內震動，不知所歸：此天亡之時也，一戰而天下定矣。諸公何疑而不進？"眾諸侯皆言不可輕動。操大怒曰："豎子不足與謀！"遂自引兵萬餘，領夏侯惇、夏侯淵、曹仁、曹洪、李典、樂進，星夜來趕董卓。

且說董卓行至滎陽地方，太守徐榮出接。李儒曰："丞相新棄洛陽，防有追兵。可教徐榮伏軍滎陽城外山塢之旁：若有兵追來，可竟放過；待我這裏殺敗，然後截住掩殺。令後來者不敢復追。"卓從其計，又令呂布引精兵遏後。

布正行間，曹操一軍趕上。呂布大笑曰："不出李儒所料也"！將軍馬擺開。曹操出馬，大叫："逆賊！劫遷天子，流徙百姓，將欲何往？"呂布罵曰："背主懦夫，何得妄言！"夏侯惇挺槍躍馬，直取呂布。戰不數合，李傕引一軍，從左邊殺來，操急令夏侯淵迎敵。右邊喊聲又起，郭汜引軍殺到，操急令曹仁迎敵。三路軍馬，勢不可當。夏侯惇抵敵呂布不住，飛馬回陣。布引鐵騎掩殺，操軍大敗，回望滎陽而走。走至一荒山腳下，時約二更，月明如晝。方纔聚集殘兵，正欲埋鍋造飯，只聽得四圍喊聲，徐榮伏兵盡出。曹操慌忙策馬，奪路奔逃，正遇徐榮，轉身便走。榮搭上箭，射中操肩膊。操帶箭逃命，踅過山坡。兩個軍士伏於草中，見操馬來，二槍齊發，操馬中槍而倒。操翻身落馬，被二卒擒住。只見一將飛馬而來，揮刀砍死兩個步軍，下馬救起曹操。操視之，乃曹洪也。操曰：“吾死於此矣，賢弟可速去！”洪曰：“公急上馬！洪願步行。”操曰：“賊兵趕上，汝將奈何？”洪曰：“天下可無洪，不可無公。”操曰：“吾若再生，汝之力也。”操上馬，洪脫去衣甲，拖刀跟馬而走。約走至四更餘，只見前面一條大河，阻住去路，後面喊聲漸近。操曰：“命已至此，不得復活矣！”洪急扶操下馬，脫去袍鎧，負操渡水。纔過彼岸，追兵已到，隔水放箭。操帶水而走。比及天明，又走三十餘里，土岡下少歇。忽然喊聲起處，一彪人馬趕來，卻是徐榮從上流渡河來追。操正慌急問，只見夏侯惇、夏侯淵引十數騎飛至，大喝：“徐榮無傷吾主！”徐榮便奔夏侯惇，惇挺槍來迎。交馬數合，惇刺徐榮於馬下，殺散餘兵。隨後曹仁、李典、樂進各引兵尋到，見了曹操，憂喜交集；聚集殘兵五百餘人，同回河內。卓兵自往長安。

卻說眾諸侯分屯洛陽。孫堅救滅宮中餘火，屯兵城內，設帳於建章殿基上。堅令軍士掃除宮殿瓦礫。凡董卓所掘陵寢，盡皆掩閉。於太廟基上，草創殿屋三間，請眾諸侯立列聖神位，宰太牢祀之。祭畢，皆散。堅歸寨中，是夜星月交輝，乃按劍露坐，仰觀天文。見紫微垣中白氣漫漫，堅歎曰：“帝星不明，賊臣亂國，萬民塗炭，京城一空！”言訖，不覺淚下。

傍有軍士指曰：“殿南有五色毫光起於井中。”堅喚軍士點起火把，下井打撈。撈起一婦人屍首，雖然日久，其屍不爛：宮樣裝束，項下帶一錦囊。取開看時，內有硃紅小匣，用金鎖鎖着。啟視之，乃一玉璽：方圓四寸。上鐫五龍交紐；傍缺一角，以黃金鑲之；上有篆文八字云：“受命於天，既壽永昌”。堅得璽，乃問程普。普曰：“此傳國璽也。此玉是昔日卞和於荊山之下，見鳳凰棲於石上，載而進之楚文王。解之，果得玉。秦二十六年，令玉工琢為璽，李斯篆此八字於其上。二十八年，始皇巡狩至洞庭湖，風浪大作，舟將覆，急投玉璽於湖而止。至三十六年，始皇巡狩至華陰，有人持璽遮道，與從者曰：‘持此還祖龍[2]。’言訖不見。此璽復歸於秦。明年，始皇崩。後來子嬰將玉璽獻與漢高祖。後至王莽篡逆，孝元皇太后將璽打王尋、蘇獻，崩其一角，以金鑲之。光武得此寶於宜陽，傳位至今。近聞十常侍作亂，劫少帝出北邙，回宮失此寶。今天授主公，必有登九五[3]之分。此處不可久留，宜速回江東，別圖大事。”堅曰：“汝言正合吾意。明日便當託疾辭歸。”商議已定，密諭軍士勿得洩漏。

誰想數中一軍，是袁紹鄉人，欲假此為進身之計，連夜偷出營寨，來報袁紹。紹與之賞賜，暗留軍中。次日，孫堅來辭袁紹曰：“堅抱小疾，欲歸長沙，特來別公。”紹笑曰：“吾知公疾，乃害傳國璽耳。”堅失色曰：“此言何來？”紹曰：“今興兵討賊，為國除害。玉璽乃朝廷之寶，公既獲得，當對眾留於盟主處，候誅了董卓，復歸朝廷。今匿之而去，意欲何為？”堅曰：“玉璽何由在吾處？”紹曰：“建章殿井中之物何在？”堅曰：“吾本無之，何強相逼？”紹曰：“作速取出，免自生禍。”堅指天為誓曰：“吾若果得此寶，私自藏匿，異日不得善終，死於刀箭之下！”眾諸侯曰：“文臺如此說誓，想必無之。”紹喚軍士出曰：“打撈之時，有此人否？”堅大怒，拔所佩之劍，要斬那軍士。紹亦拔劍曰：“汝斬軍人，乃欺我也。”紹背後顏良、文醜皆拔劍出鞘。堅背後程普、黃蓋、韓當亦掣刀在手。眾諸侯一齊勸住。堅隨即上馬,拔寨離洛陽而去。紹大怒,遂寫書一封,差心腹人連夜往荊州,送與刺史劉表,教就路上截住奪之。

次日,人報曹操追董卓,戰於滎陽,大敗而回。紹令人接至寨中,會眾置酒,與操解悶。飲宴間,操歎曰:"吾始興大義,為國除賊。諸公既仗義而來,操之初意,欲煩本初引河內之眾,臨孟津;酸棗諸將固守成皋,據廒倉,塞轘轅、大谷,制其險要;公路率南陽之軍,駐丹、析,入武關,以震三輔;皆深溝高壘,勿與戰,益為疑兵,示天下形勢,以順誅逆,可立定也。今遲疑不進,大失天下之望。操竊恥之!"紹等無言可對。既而席散,操見紹等各懷異心,料不能成事,自引軍投揚州去了。公孫瓚謂玄德、關、張曰:"袁紹無能為也,久必有變。吾等且歸。"遂拔寨北行。至平原,令玄德為平原相,自去守地養軍。兗州太守劉岱,問東郡太守喬瑁借糧。瑁推辭不與,岱引軍突入瑁營,殺死喬瑁,盡降其眾。袁紹見眾人各自分散,就領兵拔寨,離洛陽,投關東去了。

卻說荊州刺史劉表,字景升,山陽高平人也,乃漢室宗親;幼好結納,與名士七人為友,時號"江夏八俊"。那七人?——汝南陳翔,字仲麟;同郡范滂,字孟博;魯國孔昱,字世元;渤海范康,字仲真;山陽檀敷,字文友;同郡張儉,字元節;南陽岑晊,字公孝。劉表與此七人為友。有延平人蒯良、蒯越,襄陽人蔡瑁為輔。當時看了袁紹書,隨令蒯越、蔡瑁引兵一萬來截孫堅。堅軍方到,蒯越將陣擺開,當先出馬。孫堅問曰:"蒯英度何故引兵截吾去路?"越曰:"汝既為漢臣,如何私匿傳國之寶?可速留下,放汝歸去!"堅大怒,命黃蓋出戰。蔡瑁舞刀來迎。鬥到數合,蓋揮鞭打瑁,正中護心鏡。瑁撥回馬走,孫堅乘勢殺過界口。山背後金鼓齊鳴,乃劉表親自引軍來到。孫堅就馬上施禮曰:"景升何故信袁紹之書,相逼鄰郡?"表曰:"汝匿傳國璽，將欲反耶？"堅曰："吾若有此物，死於刀箭之下！"表曰："汝若要我聽信，將隨軍行李，任我搜看。"堅怒曰："汝有何力，敢小覷我？"方欲交兵，劉表便退。堅縱馬趕去，兩山後伏兵齊出，背後蔡瑁、蒯越趕來，將孫堅困在垓心。正是：玉璽得來無用處，反因此寶動刀兵。畢竟孫堅怎地脫身，且聽下文分解。

# 第七回

# 袁紹磐河戰公孫
# 孫堅跨江擊劉表

　　卻說孫堅被劉表圍住，虧得程普、黃蓋、韓當三將死救得脫，折兵大半，奪路引兵回江東。自此孫堅與劉表結怨。

　　且說袁紹屯兵河內，缺少糧草。冀州牧韓馥，遣人送糧以資軍用。謀士逢紀說紹曰：「大丈夫縱橫天下，何待人送糧為食！冀州乃錢糧廣盛之地，將軍何不取之？」紹曰：「未有良策。」紀曰：「可暗使人馳書與公孫瓚，令進兵取冀州，約以夾攻，瓚必興兵。韓馥無謀之輩，必請將軍領州事；就中取事，唾手可得。」紹大喜，即發書到瓚處。瓚得書，見說共攻冀州，平分其地，大喜，即日興兵。紹卻使人密報韓馥。馥慌聚荀諶、辛評二謀士商議。諶曰：「公孫瓚將燕、代之眾，長驅而來，其鋒不可當。兼有劉備、關、張助之，難以抵敵。今袁本初智勇過人，手下名將極廣，將軍可請彼同治州事，彼必厚待將軍，無患公孫瓚矣。」韓馥即差別駕關純去請袁紹。長史耿武諫曰：“袁紹孤客窮軍，仰我鼻息，譬如嬰兒在股掌之上，絕其乳哺，立可餓死。奈何欲以州事委之？此引虎入羊羣也。”馥曰：“吾乃袁氏之故吏，才能又不如本初。古者擇賢者而讓之，諸君何嫉妒耶？”耿武歎曰：“冀州休矣！”於是棄職而去者三十餘人。獨耿武與關純伏於城外，以待袁紹。數日後，紹引兵至。耿武、關純拔刀而出，欲刺殺紹。紹將顏良立斬耿武，文醜砍死關純。紹入冀州，以馥為奮威將軍，以田豐、沮授、許攸、逢紀分掌州事，盡奪韓馥之權。馥懊悔無及，遂棄下家小，匹馬往投陳留太守張邈去了。

卻說公孫瓚知袁紹已據冀州，遣弟公孫越來見紹，欲分其地。紹曰：“可請汝兄自來，吾有商議。”越辭歸。行不到五十里，道旁閃出一彪軍馬，口稱：“我乃董丞相家將也！”亂箭射死公孫越。從人逃回見公孫瓚，報越已死。瓚大怒曰：“袁紹誘我起兵攻韓馥，他卻就裏取事；今又詐董卓兵射死吾弟，此冤如何不報！”盡起本部兵，殺奔冀州來。

紹知瓚兵至，亦領軍出。二軍會於磐河之上：紹軍於磐河橋東，瓚軍於橋西。瓚立馬橋上，大呼曰：“背義之徒，何敢賣我！”紹亦策馬至橋邊，指瓚曰：“韓馥無才，願讓冀州於吾，與爾何干？”瓚曰：“昔日以汝為忠義，推為盟主；今之所為，真狼心狗行之徒，有何面目立於世間！”袁紹大怒曰：“誰可擒之？”言未畢，文醜策馬挺槍，直殺上橋。公孫瓚就橋邊與文醜交鋒。戰不到十餘合，瓚抵擋不住，敗陣而走。文醜乘勢追趕。瓚走入陣中，文醜飛馬逕入中軍，往來衝突。瓚手下健將四員，一齊迎戰；被文醜一槍，刺一將下馬，三將俱走。文醜直趕公孫瓚出陣後，瓚望山谷而逃。文醜驟馬厲聲大叫：“快下馬受降！”瓚弓箭盡落，頭盔墮地；披髮縱馬，奔轉山坡；其馬前失，瓚翻身落於坡下。文醜急捻槍來刺。忽見草坡左側轉出一個少年將軍，飛馬挺槍，直取文醜。公孫瓚扒上坡去，看那少年：生得身長八尺，濃眉大眼，闊面重頤，威風凜凜，與文醜大戰五六十合，勝負未分。瓚部下救軍到，文醜撥回馬去了。那少年也不追趕。瓚忙下土坡，問那少年姓名。那少年欠身答曰：「某乃常山真定人也，姓趙，名雲，字子龍。本袁紹轄下之人，因見紹無忠君救民之心，故特棄彼而投麾下，不期於此處相見。」瓚大喜，遂同歸寨，整頓甲兵。

次日，瓚將軍馬分作左右兩隊，勢如羽翼。馬五千餘匹，大半皆是白馬。因公孫瓚曾與羌人戰，盡選白馬為先鋒，號為「白馬將軍」。羌人但見白馬便走，因此白馬極多。袁紹令顏良、文醜為先鋒，各引弓弩手一千，亦分作左右兩隊；令在左者射公孫瓚右軍，在右者射公孫瓚左軍。再令麴義引八百弓手，步兵一萬五千，列於陣中。袁紹自引馬步軍數萬，於後接應。公孫瓚初得趙雲，不知心腹，令其另領一軍在後。遣大將嚴綱為先鋒。瓚自領中軍，立馬橋上，傍豎大紅圈金線「帥」字旗於馬前。從辰時擂鼓，直至巳時，紹軍不進。麴義令弓手皆伏於遮箭牌下，只聽礮響發箭。嚴綱鼓譟吶喊，直取麴義。義軍見嚴綱兵來，都伏而不動；直到來得至近，一聲礮響，八百弓弩手一齊俱發。綱急待回，被麴義拍馬舞刀，斬於馬下，瓚軍大敗。左右兩軍，欲來救應，被被顏良、文醜引弓弩手射住。紹軍並進，直殺到界橋邊。麴義馬到，先斬執旗將，把繡旗砍倒。公孫瓚見砍倒繡旗，回馬下橋而走。麴義引軍直衝到後軍，正撞着趙雲，挺槍躍馬，直取麴義。戰不數合，一槍刺麴義於馬下。趙雲一騎馬飛入紹軍，左衝右突，如入無人之境。公孫瓚引軍殺回，紹軍大敗。

卻說袁紹先使探馬看時，回報麴義斬將搴旗，追趕敗兵，因此不作準備，與田豐引着帳下持戟軍士數百人，弓箭手數十騎，乘馬出觀，呵呵大笑曰：「公孫瓚無能之輩！」正說之間，忽見趙雲衝到面前。弓箭手急待射時，雲連刺數人，眾軍皆走。後面瓚軍團團圍裹上來。田豐慌對紹曰：“主公且於空牆中躲避！”紹以兜鍪撲地，大呼曰：“大丈夫願臨陣鬥死，豈可入牆而望活乎！”眾軍士齊心死戰，趙雲衝突不入，紹兵大隊掩至，顏良亦引軍來到，兩路并殺。趙雲保公孫瓚殺透重圍，回到界橋。紹驅兵大進，復趕過橋，落水死者，不計其數。袁紹當先趕來，不到五里，只聽得山背後喊聲大起，閃出一彪人馬，為首三員大將，乃是劉玄德、關雲長、張翼德——因在平原探知公孫瓚與袁紹相爭，特來助戰。當下三匹馬，三般兵器，飛奔前來，直取袁紹。紹驚得魂飛天外，手中寶刀墜於馬下，忙撥馬而逃，眾人死救過橋。公孫瓚亦收軍歸寨。玄德、關、張動問畢，瓚曰：“若非玄德遠來救我，幾乎狼狽。”教與趙雲相見。玄德甚相敬愛，便有不捨之心。

卻說袁紹輸了一陣，堅守不出。兩軍相拒月餘，有人來長安報知董卓。李儒對卓曰：“袁紹與公孫瓚，亦當今豪傑。見在磐河厮殺，宜假天子之詔，差人往和解之。二人感德，必順太師矣。”卓曰：“善。”次日便使太傅馬日磾、太僕趙岐，齎詔前去。二人來至河北，紹出迎於百里之外，再拜奉詔。次日二人至瓚營宣諭，瓚乃遣使致書於紹，互相講和。二人自回京復命。瓚即日班師，又表薦劉玄德為平原相。玄德與趙雲分別，執手垂淚，不忍相離。雲歎曰：“某曩日誤認公孫瓚為英雄；今觀所為，亦袁紹等輩耳！”玄德曰：“公且屈身事之，相見有日。”灑淚而別。

卻說袁術在南陽，聞袁紹新得冀州，遣使來求馬千匹。紹不與，術怒。自此，兄弟不睦。又遣使往荊州，問劉表借糧二十萬，表亦不與。術恨之，密遣人遺書於孫堅，使伐劉表。其書略曰：

前者劉表截路，乃吾兄本初之謀也。今本初又與表私議
欲襲江東。公可速興兵伐劉表，吾為公取本初，二讎可報。
公取荊州，吾取冀州，切勿誤也！

堅得書曰：“叵耐劉表！昔日斷吾歸路，今不乘時報恨，更待何年！”
聚帳下程普、黃蓋、韓當等商議。程普曰：“袁術多詐，未可准信。”
堅曰：“吾自欲報讎，豈望袁術之助乎？”便差黃蓋先來江邊，安排戰
船，多裝軍器糧草，大船裝載戰馬，尅日興師。江中細作探知，來報
劉表。表大驚，急聚文武將士商議。蒯良曰：“不必憂慮。可令黃祖
部領江夏之兵為前驅，主公率荊襄之眾為援。孫堅跨江涉湖而來，安
能用武乎？”表然之，令黃祖設備，隨後便起大軍。

卻說孫堅有四子，皆吳夫人所生：長子名策，字伯符；次子名權，
字仲謀；三子名翊，字叔弼；四子名匡，字季佐。吳夫人之妹，即為
孫堅次妻，亦生一子一女：子名朗，字早安；女名仁。堅又過房俞氏
一子，名韶，字公禮。堅有一弟，名靜，字幼臺。堅臨行，靜引諸子
列拜於馬前而諫曰：“今董卓專權，天子懦弱，海內大亂，各霸一方；
江東方稍寧，以一小恨而起重兵，非所宜也。願兄詳之。”堅曰：“弟
勿多言。吾將縱橫天下，有讎豈可不報！”長子孫策曰：“如父親必欲
往，兒願隨行。”堅許之，遂與策登舟，殺奔樊城。黃祖伏弓弩手於
江邊，見船傍岸，亂箭俱發。堅令諸軍不可輕動，只伏於船中來往誘
之；一連三日，船數十次傍岸。黃祖軍只顧放箭，箭已放盡。堅卻拔
船上所得之箭，約十數萬。當日正值順風，堅令軍士一齊放箭。岸上
支吾不住，只得退走。堅軍登岸，程普、黃蓋分兵兩路，直取黃祖營
寨。背後韓當驅兵大進。三面夾攻，黃祖大敗，棄卻樊城，走入鄧城。
堅令黃蓋守住船隻，親自統兵追襲。黃祖引軍出迎，布陣於野。堅列
成陣勢，出馬於門旗之下。孫策也全副披掛，挺槍立馬於父側。黃祖

引二將出馬：一個是江夏張虎，一個是襄陽陳生。黃祖揚鞭大罵：“江東鼠賊，安敢侵犯漢室宗親境界！”便令張虎搦戰。堅陣內韓當出迎。兩騎相交，戰三十餘合，陳生見張虎力怯，飛馬來助。孫策望見，按住手中槍，扯弓搭箭，正射中陳生面門，應弦落馬。張虎見陳生墜地，吃了一驚，措手不及，被韓當一刀，削去半個腦袋。程普縱馬直來陣前捉黃祖。黃祖棄卻頭盔、戰馬，雜於步軍內逃命。孫堅掩殺敗軍，直到漢水，命黃蓋將船隻進泊漢江。

　　黃祖聚敗軍，來見劉表，備言堅勢不可當。表慌請蒯良商議。良曰：“目今新敗，兵無戰心；只可深溝高壘，以避其鋒；卻潛令人求救於袁紹，此圍自可解也。”蔡瑁曰：“子柔之言，直拙計也。兵臨城下，將至壕邊，豈可束手待斃！某雖不才，願請軍出城，以決一戰。”劉表許之。蔡瑁引軍萬餘，出襄陽城外，於峴山布陣。孫堅將得勝之兵，長驅大進。蔡瑁出馬。堅曰：“此人是劉表後妻之兄也，誰與吾擒之？”程普挺鐵脊矛出馬，與蔡瑁交戰。不到數合，蔡瑁敗走。堅驅大軍，殺得屍橫遍野。蔡瑁逃入襄陽。蒯良言瑁不聽良策，以致大敗，按軍法當斬。劉表以新娶其妹，不肯加刑。

　　卻說孫堅分兵四面，圍住襄陽攻打。忽一日，狂風驟起，將中軍“帥”字旗竿吹折。韓當曰：“此非吉兆，可暫班師。”堅曰：“吾屢戰屢勝，取襄陽只在旦夕，豈可因風折旗竿，遽爾罷兵？”遂不聽韓當之言，攻城愈急。蒯良謂劉表曰：“某夜觀天象，見一將星欲墜。以分野[1]度之，當應在孫堅。主公可速致書袁紹，求其相助。”劉表寫書，問誰敢突圍而出。健將呂公，應聲願往。蒯良曰：“汝既敢去，可聽吾計：與汝軍馬五百，多帶能射者衝出陣去，即奔峴山。他必引軍來趕，汝分一百人上山，尋石子準備；一百人執弓弩伏於林中。但有追兵到時，不可逕走；可盤旋曲折，引到埋伏之處，矢石俱發。若能取勝，放起連珠號礮，城中便出接應。如無追兵，不可放礮，趲程而去。今夜月不甚明，黃昏便可出城。"呂公領了計策，拴束軍馬。黃昏時分，密開東門，引兵出城。孫堅在帳中，忽聞喊聲，急上馬引三十餘騎，出營來看。軍士報說："有一彪人馬殺將出來，望峴山而去。"堅不會諸將，只引三十餘騎趕來。呂公已於山林叢雜去處，上下埋伏。堅馬快，單騎獨來，前軍不遠。堅大叫："休走！"呂公勒回馬來戰孫堅。交馬只一合，呂公便走，閃入山路去。堅隨後趕入，卻不見了呂公。堅方欲上山，忽然一聲鑼響，山上石子亂下，林中亂箭齊發。堅體中石、箭，腦漿迸流，人馬皆死於峴山之內；壽止三十七歲。

呂公截住三十騎，並皆殺盡，放起連珠號礮。城中黃祖、蒯越、蔡瑁分頭引兵殺出，江東諸軍大亂。黃蓋聽得喊聲震天，引水軍殺來，正迎着黃祖。戰不兩合，生擒黃祖。程普保着孫策，急待尋路，正遇呂公。程普縱馬向前，戰不到數合，一矛刺呂公於馬下。兩軍大戰，殺到天明，各自收軍。劉表軍自入城。孫策回到漢水，方知父親被亂箭射死，屍首已被劉表軍士扛擡入城去了，放聲大哭。眾軍俱號泣。策曰："父屍在彼，安得回鄉！"黃蓋曰："今活捉黃祖在此，得一人入城講和，將黃祖去換主公屍首。"言未畢，軍吏桓階出曰："某與劉表有舊，願入城為使。"策許之。桓階入城見劉表，具說其事。表曰："文臺屍首，吾已用棺木盛貯在此。可速放回黃祖，兩家各罷兵，再休侵犯。"桓階拜謝欲行。階下蒯良出曰："不可！不可！吾有一言，令江東諸軍片甲不回——請先斬桓階，然後用計。"正是：追敵孫堅方殞命，求和桓階又遭殃。未知桓階性命如何，且聽下文分解。

**註　釋**

1　分野：以星辰的位置來劃分地面上的區域。

# 第 八 回

# 王司徒巧使連環計
# 董太師大鬧鳳儀亭

卻説蒯良曰："今孫堅已喪，其子皆幼。乘此虛弱之時，火速進軍，江東一鼓可得。若還屍罷兵，容其養成氣力，荊州之患也。"表曰："吾有黃祖在彼營中，安忍棄之？"良曰："捨一無謀黃祖而取江東，有何不可？"表曰："吾與黃祖心腹之交，捨之不義。"遂送桓階回營，相約以孫堅屍換黃祖。

劉表換回黃祖，孫策迎接靈柩，罷戰回江東，葬父於曲阿之原。喪事已畢，引軍居江都，招賢納士，屈己待人，四方豪傑，漸漸投之，不在話下。

卻説董卓在長安，聞孫堅已死，乃曰："吾除卻一心腹之患也！"問："其子年幾歲矣？"或答曰："十七歲。"卓遂不以為意。自此愈加驕橫，自號為"尚父[1]"，出入僭天子儀仗；封弟董旻為左將軍鄠侯，姪董璜為待中，總領禁軍。董氏宗族，不問長幼，皆封列侯。離長安城二百五十里，別築郿塢，役民夫二十五萬人築之，其城郭高下厚薄一如長安。內蓋宮室倉庫，屯積二十年糧食。選民間少年美女八百人實其中。金玉、彩帛、珍珠堆積不知其數。家屬都住在內。卓往來長安，或半月一回，或一月一回，公卿皆候送於橫門外。卓常設帳於路，與公卿聚飲。一日，卓出橫門，百官皆送。卓留宴，適北地招安降卒數百人到。卓即命於座前，或斷其手足，或鑿其眼睛，或割其舌，或以大鍋煮之。哀號之聲震天，百官戰慄失筯，卓飲食談笑自若。又一日，卓於省臺大會百官，列坐兩行。酒至數巡，呂布逕入，向卓耳邊言不數句，卓笑曰：“原來如此。”命呂布於筵上揪司空張溫下堂。百官失色。不多時，侍從將一紅盤，托張溫頭入獻。百官魂不附體。卓笑曰：“諸公勿驚。張溫結連袁術，欲圖害我。因使人寄書來，錯下在吾兒奉先處，故斬之。公等無故，不必驚畏。”眾官唯唯而散。

司徒王允歸到府中，尋思今日席間之事，坐不安席。至夜深月明，策杖步入後園，立於荼蘼架側，仰天垂淚。忽聞有人在牡丹亭畔，長吁短歎。允潛步窺之，乃府中歌伎貂蟬也。其女自幼選入府中，教以歌舞，年方二八，色伎俱佳，允以親女待之。是夜允聽良久，喝曰：“賤人將有私情耶？”貂蟬驚跪答曰：“賤妾安敢有私！”允曰：“汝無所私，何夜深於此長歎？”蟬曰：“容妾伸肺腑之言。”允曰：“汝勿隱匿，當實告我。”蟬曰：“妾蒙大人恩養，訓習歌舞，優禮相待，妾雖粉身碎骨，莫報萬一。近見大人兩眉愁鎖，必有國家大事，又不敢問。今晚又見行坐不安，因此長歎。不想為大人窺見。倘有用妾之處，萬死不辭。”允以杖擊地曰：“誰想漢天下卻在汝手中耶！隨我到畫閣中來。”貂蟬跟允到閣中，允盡叱出婦妾，納貂蟬於坐，叩頭便拜。貂蟬驚伏於地曰：“大人何故如此？”允曰：“汝可憐漢天下生靈！”言訖，淚如泉湧。貂蟬曰：“適間賤妾曾言：但有使令，萬死不辭。"允跪而言曰："百姓有倒懸之危，君臣有累卵之急，非汝不能救也。賊臣董卓，將欲篡位，朝中文武，無計可施。董卓有一義兒，姓呂，名布，驍勇異常。我觀二人皆好色之徒，今欲用'連環計'：先將汝許嫁呂布，後獻與董卓；汝於中取便，諜間他父子反顏，令布殺卓，以絕大惡。重扶社稷，再立江山，皆汝之力也。不知汝意若何？"貂蟬曰："妾許大人萬死不辭，望即獻妾與彼。妾自有道理。"允曰："事若洩漏，我滅門矣。"貂蟬曰："大人勿憂。妾若不報大義，死於萬刃之下。"允拜謝。

次日，便將家藏明珠數顆，令良匠嵌造金冠一頂，使人密送呂布。布大喜，親到王允宅致謝。允預備嘉殽美饌；候呂布至，允出門迎迓，接入後堂，延之上坐。布曰："呂布乃相府一將，司徒是朝廷大臣，何故錯敬？"允曰："方今天下別無英雄，惟有將軍耳。允非敬將軍之職，敬將軍之才也。"布大喜。允殷勤敬酒，口稱董太師并布之德不絕。布大笑暢飲。允叱退左右，只留侍妾數人勸酒。酒至半酣，允曰："喚孩兒來。"少頃，二青衣引貂蟬豔妝而出。布驚問何人。允曰："小女貂蟬也。允蒙將軍錯愛，不異至親，故令其與將軍相見。"便命貂蟬與呂布把盞。貂蟬送酒與布，兩下眉來眼去。允佯醉曰："孩兒央及將軍痛飲幾盃。吾一家全靠着將軍哩。"布請貂蟬坐，貂蟬假意欲入。允曰："將軍吾之至友，孩兒便坐何妨？"貂蟬便坐於允側。呂布目不轉睛的看。又飲數盃，允指蟬謂布曰："吾欲將此女送與將軍為妾，還肯納否？"布出席謝曰："若得如此，布當効犬馬之報。"允曰："早晚選一良辰，送至府中。"布欣喜無限，頻以目視貂蟬。貂蟬亦以秋波送情。少頃席散，允曰："本欲留將軍止宿，恐太師見疑。"布再三拜謝而去。

過了數日，允在朝堂，見了董卓，趁呂布不在側，伏地拜請曰：

"允欲屈太師車騎，到草舍赴宴，未審鈞意若何？"卓曰："司徒見招，即當趨赴。"允拜謝歸家，水陸畢陳，於前廳正中設座，錦繡鋪地，內外各設幃幔。次日晌午，董卓來到。允具朝服出迎，再拜起居。卓下車，左右持戟甲士百餘，簇擁入堂，分列兩傍。允於堂下再拜，卓命扶上，賜坐於側。允曰："太師盛德巍巍，伊、周不能及也。"卓大喜。進酒作樂，允極其致敬。天晚酒酣，允請卓入後堂。卓叱退甲士。允捧觴稱賀曰："允自幼頗習天文，夜觀乾象，漢家氣數已盡。太師功德振於天下，若舜之受堯，禹之繼舜，正合天心人意。"卓曰："安敢望此！"允曰："自古'有道伐無道，無德讓有德'，豈過分乎！"卓笑曰："若果天命歸我，司徒當為元勳。"允拜謝。堂中點上畫燭，止留女使進酒供食。允曰："教坊[2]之樂，不足供奉；偶有家伎，敢使承應。"卓曰："甚妙。"允教放下簾櫳，笙簧繚繞，簇捧貂蟬舞於簾外。有詞讚之曰：

> 原是昭陽宮裏人，驚鴻宛轉掌中身，
> 只疑飛過洞庭春，按徹梁州蓮步穩。
> 好花風裊一枝新，畫堂香煖不勝春。

又詩曰：

> 紅牙催拍燕飛忙，一片行雲到畫堂。
> 眉黛促成遊子恨，臉容初斷故人腸。
> 榆錢不買千金笑，柳帶何須百寶粧。
> 舞罷隔簾偷目送，不知誰是楚襄王。

舞罷，卓命近前。貂蟬轉入簾內，深深再拜。卓見貂蟬顏色美麗，便問："此女何人？"允曰："歌伎貂蟬也。"卓曰："能唱否？"允命貂蟬檀板低謳一曲。正是：

> 一點櫻桃啟絳脣，兩行碎玉噴陽春。
> 丁香舌吐衡鋼劍，要斬姦邪亂國臣。

卓稱賞不已。允命貂蟬把盞。卓擎盃問曰：“青春幾何？”貂蟬曰：“賤妾年方二八。”卓笑曰：“真神仙中人也！”允起曰：“允欲將此女獻上太師，未審肯容納否？”卓曰：“如此見惠，何以報德？”允曰：“此女得侍太師，其福不淺。”卓再三稱謝。允即命備氈車，先將貂蟬送到相府。卓亦起身告辭。允親送董卓直到相府，然後辭回。

乘馬而行，不到半路，只見兩行紅燈照道，呂布騎馬執戟而來，正與王允撞見，便勒住馬，一把揪住衣襟，厲聲問曰：“司徒既以貂蟬許我，今又送與太師，何相戲耶？”允急止之曰：“此非說話處，且請到草舍去。”布同允到家，下馬入後堂。敍禮畢，允曰：“將軍何故怪老夫？”布曰：“有人報我，說你把氈車送貂蟬入相府，是何意故？”允曰：“將軍原來不知！昨日太師在朝堂中，對老夫說：‘我有一事，明日要到你家。’允因此準備小宴等候。太師飲酒中間，說：‘我聞你有一女，名喚貂蟬，已許吾兒奉先。我恐你言未準，特來相求，並請一見。’老夫不敢有違，隨引貂蟬出拜公公。太師曰：‘今日良辰，吾即當取此女回去，配與奉先。’將軍試思：太師親臨，老夫焉敢推阻？”布曰：“司徒少罪。布一時錯見，來日自當負荊。”允曰：“小女頗有妝奩，待過將軍府下，便當送至。”布謝去。

次日，呂布在府中打聽，絕不聞音耗。逕入堂中，尋問諸侍妾。待妾對曰：“夜來太師與新人共寢，至今未起。”布大怒，潛入卓臥房後窺探。時貂蟬起於窗下梳頭；忽見窗外池中照一人影，極長大，頭戴束髮冠；偷眼視之，正是呂布。貂蟬故蹙雙眉，做憂愁不樂之態，復以香羅頻拭眼淚。呂布窺視良久，乃出；少頃，又入。卓已坐於中堂，見布來，問曰：「外面無事乎？」布曰：「無事。」侍立卓側。卓方食，布偷目竊望，見繡簾內一女子往來觀覷，微露半面，以目送情。布知是貂蟬，神魂飄蕩。卓見布如此光景，心中疑忌，曰：「奉先無事且退。」布怏怏而出。

董卓自納貂蟬後，為色所迷，月餘不出理事。卓偶染小疾，貂蟬衣不解帶，曲意逢迎，卓心愈喜。呂布入內問安，正值卓睡。貂蟬於牀後探半身望布，以手指心，又以手指董卓，揮淚不止。布心如碎。卓矇矓雙目，見布注視牀後，目不轉睛；回身一看，見貂蟬立於牀後。卓大怒，叱布曰：「汝敢戲吾愛姬耶！」喚左右逐出，今後不許入堂。呂布怒恨而歸，路偶李儒，告知其故。儒急入見卓曰：「太師欲取天下，何故以小過見責溫侯？倘彼心變，大事去矣。」卓曰：「奈何？」儒曰：「來朝喚入，賜以金帛，好言慰之，自然無事。」卓依言。次日，使人喚布入堂，慰之曰：「吾前日病中，心神恍惚，誤言傷汝，汝勿記心。」隨賜金十斤，錦二十疋。布謝歸；然身雖在卓左右，心實繫念貂蟬。

卓疾既愈，入朝議事。布執戟相隨，見卓與獻帝共談，便乘間提戟出內門，上馬逕投相府來；繫馬府前，提戟入後堂，尋見貂蟬。蟬曰：「汝可去後園中鳳儀亭邊等我。」布提戟逕往，立於亭下曲欄之傍。良久，見貂蟬分花拂柳而來，果然如月宮仙子，泣謂布曰：「我雖非王司徒親女，然待之如己出。自見將軍，許侍箕帚，妾已生平願足；誰想太師起不良之心，將妾淫汙。妾恨不即死，止因未與將軍一訣，故且忍辱偷生。今幸得見，妾願畢矣。此身已汙，不得復事英雄；願死於君前，以明妾志！」言訖，手攀曲欄，望荷花池便跳。呂布慌忙抱住，泣曰：「我知汝心久矣！只恨不能共語！」貂蟬手扯布曰：「妾今生不能與君為妻，願相期於來世。”布曰：“我今生不能以汝為妻，非英雄也！”蟬曰：“妾度日如年，願君憐而救之。”布曰：“我今偷空而來，恐老賊見疑，必當速去。”蟬牽其衣曰：“君如此懼怕老賊，妾身無見天日之期矣！”布立住曰：“容我徐圖良策。”語罷，提戟欲去。貂蟬曰：“妾在深閨，聞將軍之名，如雷灌耳，以為當世一人而已，誰想反受他人之制乎！”言訖，淚下如雨。布羞慚滿面，重復倚戟，回身摟抱貂蟬，用好言安慰。兩個偎偎倚倚，不忍相離。

卻說董卓在殿上，回頭不見呂布，心中懷疑，連忙辭了獻帝，登車回府。見布馬繫於府前，問門吏，吏答曰：“溫侯入後堂去了。”卓叱退左右，逕入後堂中，尋覓不見；喚貂蟬，蟬亦不見。急問侍妾，侍妾曰：“貂蟬在後園看花。”卓尋入後園，正見呂布和貂蟬在鳳儀亭下共語，畫戟倚在一邊。卓怒，大喝一聲。布見卓至，大驚，回身便走。卓搶了畫戟，挺着趕來。呂布走得快，卓肥胖趕不上，擲戟刺布。布打戟落地。卓拾戟再趕，布已走遠。卓趕出園門，一人飛奔前來，與卓胸膛相撞，卓倒於地。正是：沖天怒氣高千丈，仆地肥軀做一堆。未知此人是誰，且聽下文分解。

## 註　釋

1　尚父：董卓自比為呂望。周朝時，武王尊稱呂望為“尚父”。
2　教坊：音樂、歌舞機關。唐朝才有這名稱，本處係作者借用的。

# 第九回

## 除暴兇呂布助司徒
## 犯長安李傕聽賈詡

卻說那撞倒董卓的人，正是李儒。當下李儒扶起董卓，至書院中坐定。卓曰：“汝為何來此？”儒曰：“儒適至府門，知太師怒入後園，尋問呂布。因急走來，正遇呂布奔走，云：‘太師殺我！’儒慌趕入園中勸解，不意誤撞恩相。死罪！死罪！”卓曰：“叵耐逆賊！戲吾愛姬，誓必殺之！”儒曰：“恩相差矣。昔楚莊王‘絕纓’之會[1]，不究戲愛姬之蔣雄，後為秦兵所困，得其死力相救。今貂蟬不過一女子，而呂布乃太師心腹猛將也。太師若就此機會，以蟬賜布，布感大恩，必以死報太師。太師請自三思。”卓沈吟良久曰：“汝言亦是，我當思之。”儒謝而出。

卓入後堂，喚貂蟬問曰：“汝何與呂布私通耶？”蟬泣曰：“妾在後園看花，呂布突至。妾方驚避，布曰：‘我乃太師之子，何必相避？’提戟趕妾至鳳儀亭。妾見其心不良，恐為所逼，欲投荷池自盡，卻被這廝抱住。正在生死之間，得太師來，救了性命。”董卓曰：“我今將汝賜與呂布，何如？"貂蟬大驚，哭曰："妾身已事貴人，今忽欲下賜家奴，妾寧死不辱！"遂掣壁間寶劍欲自刎。卓慌奪劍擁抱曰："吾戲汝！"貂蟬倒於卓懷，掩面大哭曰："此必李儒之計也！儒與布交厚，故設此計；卻不顧惜太師體面與賤妾性命。妾當生噬其肉！"卓曰："吾安忍捨汝耶？"蟬曰："雖蒙太師憐愛，但恐此處不宜久居，必被呂布所害。"卓曰："吾明日和你歸郿塢去，同受快樂，慎勿憂疑。"蟬方收淚拜謝。

次日，李儒入見曰："今日良辰，可將貂蟬送與呂布。"卓曰："布與我有父子之分，不便賜與。我只不究其罪。汝傳我意，以好言慰之可也。"儒曰："太師不可為婦人所惑。"卓變色曰："汝之妻肯與呂布否？貂蟬之事，再勿多言；言則必斬！"李儒出，仰天歎曰："吾等皆死於婦人之手矣！"後人讀書至此，有詩歎之曰：

> 司徒妙算托紅裙，不用干戈不用兵。
> 三戰虎牢徒費力，凱歌卻奏鳳儀亭。

董卓即日下令還郿塢，百官俱拜送。貂蟬在車上，遙見呂布於稠人之內，眼望車中。貂蟬虛掩其面，如痛哭之狀。車已去遠，布緩轡於土岡之上，眼望車塵，歎惜痛恨。忽聞背後一人問曰："溫侯何不從太師去，乃在此遙望而發歎？"布視之，乃司徒王允也。

相見畢，允曰："老夫日來因染微恙，閉門不出，故久未得與將軍一見。今日太師駕歸郿塢，只得扶病出送，卻喜得晤將軍。請問將軍，為何在此長歎？"布曰："正為公女耳。"允佯驚曰："許多時尚未與將軍耶？"布曰："老賊自寵幸久矣！"允佯大驚曰："不信有此事！"布將前事一一告允。允仰面跌足，半晌不語；良久，乃言曰："不意太師作此禽獸之行！"因挽布手曰："且到寒舍商議。"

布隨允歸。允延入密室，置酒款待。布又將鳳儀亭相遇之事，細述一遍。允曰：“太師淫吾之女，奪將軍之妻，誠為天下恥笑。非笑太師，笑允與將軍耳！然允老邁無能之輩，不足為道；可惜將軍蓋世英雄，亦受此汙辱也！”布怒氣沖天，拍案大叫。允急曰：“老夫失語，將軍息怒。”布曰：“誓當殺此老賊，以雪吾恥！”允急掩其口曰：“將軍勿言，恐累及老夫。”布曰：“大丈夫生居天地間，豈能鬱鬱久居人下！”允曰：“以將軍之才，誠非董太師所可限制。”布曰：“吾欲殺此老賊，奈是父子之情，恐惹後人議論。”允微笑曰：“將軍自姓呂，太師自姓董。擲戟之時，豈有父子情耶？”布奮然曰：“非司徒言，布幾自誤！”允見其意已決，便說之曰：“將軍若扶漢室，乃忠臣也，青史傳名，流芳百世；將軍若助董卓，乃反臣也，載之史筆，遺臭萬年。”布避席下拜曰：“布意已決，司徒勿疑。”允曰：“但恐事或不成，反招大禍。”布拔帶刀，刺臂出血為誓。允跪謝曰：“漢祀不斬，皆出將軍之賜也。切勿洩漏！臨期有計，自當相報。”布慨諾而去。

允即請僕射士孫瑞、司隸校尉黃琬商議。瑞曰：“方今主上有疾新愈，可遣一能言之人，往郿塢請卓議事；一面以天子密詔付呂布，使伏甲兵於朝門之內，引卓入誅之：此上策也。”琬曰：“何人敢去？”瑞曰：“呂布同郡騎都尉李肅，以董卓不遷其官，甚是懷怨。若令此人去，卓必不疑。”允曰：“善。”請呂布共議。布曰：“昔日勸吾殺丁建陽，亦此人也。今若不去，吾先斬之。”使人密請肅至。布曰：“昔日公說布使殺丁建陽而投董卓；今卓上欺天子，下虐生靈，罪惡貫盈，人神共憤。公可傳天子詔往郿塢，宣卓入朝，伏兵誅之，力扶漢室，共作忠臣。尊意若何？”肅曰：“我亦欲除此賊久矣，恨無同心者耳。今將軍若此，是天賜也，肅豈敢有二心？”遂折箭為誓，允曰：“公若能幹此事，何患不得顯官？”

次日，李肅引十數騎，前到郿塢。人報天子有詔，卓教喚入。李肅入拜。卓曰：“天子有何詔？”肅曰：“天子病體新痊，欲會文武於未央殿，議將禪位於太師，故有此詔。”卓曰：“王允之意若何？”肅曰：“王司徒已命人築‘受禪臺’，只等主公來。”卓大喜曰：“吾夜夢一龍罩身，今果得此喜信。時哉不可失！”便命心腹將李傕、郭汜、張濟、樊稠四人領飛熊軍三千守郿塢，自己即日排駕回京；顧謂李肅曰：“吾為帝，汝當為執金吾。”肅拜謝稱“臣”。卓入辭其母。母時年九十餘矣，問曰：“吾兒何往？”卓曰：“兒將往受漢禪，母親早晚為太后也！”母曰：“吾近日肉顫心驚，恐非吉兆。”卓曰：“將為國母，豈不預有驚報！”遂辭母而行。臨行，謂貂蟬曰：“吾為天子，當立汝為貴妃。”貂蟬已明知就裏，假作歡喜拜謝。

卓出塢上車，前遮後擁，望長安來。行不到三十里，所乘之車，忽折一輪，卓下車乘馬。又行不到十里，那馬咆哮嘶喊，掣斷轡頭。卓問肅曰：“車折輪，馬斷轡，其兆若何？”肅曰：“乃太師應紹漢禪，棄舊換新，將乘玉輦金鞍之兆也。”卓喜而信其言。次日，正行間，忽然狂風驟起，昏霧蔽天。卓問肅曰：“此何祥[2]也？”肅曰：“主公登龍位，必有紅光紫霧，以壯天威耳。”卓又喜而不疑。即至城外，百官俱出迎接。只有李儒抱病在家，不能出迎。卓進至相府，呂布入賀。卓曰：“吾登九五，汝當總督天下兵馬。”布拜謝，就帳前歇宿。是夜有十數小兒於郊外作歌，風吹歌聲入帳。歌曰：“千里草，何青青！十日卜，不得生！”歌聲悲切。卓問李肅曰：“童謠主何吉凶？”肅曰：“亦只是言劉氏滅、董氏興之意。”

次日侵晨，董卓擺列儀從入朝，忽見一道人，青袍白巾，手執長竿，上縛布一丈，兩頭各書一“口”字。卓問肅曰：“此道人何意？”肅曰：“乃心恙[3]之人也。”呼將士驅去。卓進朝，羣臣各具朝服，迎謁於道。李肅手執寶劍扶車而行。到北掖門，軍兵盡擋在門外，獨有御車二十餘人同入。董卓遙見王允等各執寶劍立於殿門，驚問肅曰："持劍是何意？"肅不應，推車直入。王允大呼曰："反賊至此，武士何在？"兩旁轉出百餘人，持戟挺槊刺之。卓裏甲不入，傷臂墮車，大呼曰："吾兒奉先何在？"呂布從車後厲聲出曰："有詔討賊！"一戟直刺咽喉，李肅早割頭在手。呂布左手持戟，右手懷中取詔，大呼曰："奉詔討賊臣董卓，其餘不問！"將史皆呼萬歲。後人有詩歎董卓曰：

> 霸業成時為帝王，不成且作富家郎。
> 誰知天意無私曲，郿塢方成已滅亡。

卻說當下呂布大呼曰："助卓為虐者，皆李儒也！誰可擒之？"李肅應聲願往。忽聽朝門外發喊，人報李儒家奴已將李儒綁縛來獻。王允命縛赴市曹[4]斬之；又將董卓屍首，號令通衢。卓屍肥胖，看屍軍士以火置其臍中為燈，膏流滿地。百姓過者，莫不手擲其頭，足踐其屍。王允又命呂布同皇甫嵩、李肅領兵五萬，至郿塢抄籍董卓家產、人口。

卻說李傕、郭汜、張濟、樊稠聞董卓已死，呂布將至，便引了飛熊軍連夜奔涼州去了。呂布至郿塢，先取了貂蟬。皇甫嵩命將塢中所藏良家子女，盡行釋放。但係董卓親屬，不分老幼，悉皆誅戮。卓母亦被殺。卓弟董旻、姪董璜皆斬首號令。收籍塢中所蓄黃金數十萬、白金數百萬，綺羅、珠寶、器皿、糧食不計其數，回報王允。允乃大犒軍士，設宴於都堂，召集眾官，酌酒稱慶。

正飲宴間，忽人報曰："董卓暴屍於市，忽有一人伏其屍而大哭。"允怒曰："董卓伏誅，士民莫不稱賀；此何人，獨敢哭耶！"遂喚武士：“與吾擒來！”須臾擒至。眾官見之，無不驚駭：原來那人不是別人，乃侍中蔡邕也。允叱曰：“董卓逆賊，今日伏誅，國之大幸。汝為漢臣，乃不為國慶，反為賊哭，何也？”邕伏罪曰：“邕雖不才，亦知大義，豈肯背國而向卓？只因一時知遇之感，不覺為之一哭，自知罪大。願公見原：倘得黥首刖足，使續成漢史，以贖其辜，邕之幸也。”眾官惜邕之才，皆力救之。太傅馬日磾亦密謂允曰：“伯喈曠世逸才，若使續成漢史，誠為盛事。且其孝行素著，若遽殺之，恐失人望。”允曰：“昔孝武不殺司馬遷，後使作史，遂致謗書流於後世。方今國運衰微，朝政錯亂，不可令佞臣執筆於幼主左右，使吾等蒙其訕議也。”日磾無言而退，私謂眾官曰：“王允其無後乎！善人，國之紀也；制作，國之典也。滅紀廢典，豈能久乎？”當下王允不聽馬日磾之言，命將蔡邕下獄中縊死。一時士大夫聞者，盡為流涕。後人論蔡邕之哭董卓，固自不是；允之殺之，亦為已甚。有詩歎曰：

> 董卓專權肆不仁，侍中何自竟亡身？
> 當時諸葛隆中臥，安肯輕身事亂臣。

且說李傕、郭汜、張濟、樊稠逃居陝西，使人至長安上表求赦。王允曰：“卓之跋扈，皆此四人助之；今雖大赦天下，獨不赦此四人。”使者回報李傕。傕曰：“求赦不得，各自逃生可也。”謀士賈詡曰：“諸君若棄軍單行，則一亭長能縛君矣。不若誘集陝人，并本部軍馬，殺入長安，與董卓報讎。事濟，奉朝廷以正天下；若其不勝，走亦未遲。”傕等然其說，遂流言於西涼州曰：“王允將欲洗蕩此方之人矣。”眾皆驚惶。乃復揚言曰：“徒死無益，能從我反乎？”眾皆願從。於是聚眾十餘萬，分作四路，殺奔長安來。路逢董卓女壻中郎將牛輔，引軍五千人，欲去與丈人報讎，李傕便與合兵，使為前驅。四人陸續進發。

　　王允聽知西涼兵來，與呂布商議。布曰：「司徒放心。量此鼠輩，何足數也！」遂引李肅將兵出敵。肅當先迎戰，正與牛輔相遇，大殺一陣。牛輔抵敵不過，敗陣而去。不想是夜二更，牛輔乘肅不備，竟來劫寨。肅軍亂竄，敗走三十餘里，折軍大半，來見呂布。布大怒曰：「汝何挫吾銳氣！」遂斬李肅，懸頭軍門。次日，呂布進兵與牛輔對敵。量牛輔如何敵得呂布，仍復大敗而走。是夜牛輔喚心腹人胡赤兒商議曰：「呂布驍勇，萬不能敵；不如瞞了李傕等四人，暗藏金珠，與親隨三五人棄軍而去。」胡赤兒應允。是夜收拾金珠，棄營而走，隨行者三四人。將渡一河，赤兒欲謀取金珠，竟殺死牛輔，將頭來獻呂布。布問起情由，從人出首：「胡赤兒謀殺牛輔，奪其金寶。」布怒，即將赤兒誅殺。領軍前進，正迎着李傕軍馬。呂布不等他列陣，便挺戟躍馬，麾軍直衝過來。傕軍不能抵當，退走五十餘里，依山下寨，請郭汜、張濟、樊稠共議，曰：「呂布雖勇，然而無謀，不足為慮。我引軍守住谷口，每日誘他廝殺。郭將軍可領軍抄擊其後，效彭越撓楚之法，鳴金進兵，擂鼓收兵。張、樊二公，卻分兵兩路，逕取長安。彼首尾不能救應，必然大敗。」眾用其計。

　　卻說呂布勒兵到山下，李傕引軍搦戰。布忿怒衝殺過去，傕退走上山。山上矢石如雨，布軍不能進。忽報郭汜在陣後殺來，布急回戰。只聞鼓聲大震，汜軍已退。布方欲收軍，鑼聲響處，傕軍又來。未及對敵，背後郭汜又領軍殺到。及至呂布來時，卻又擂鼓收軍去了，激得呂布怒氣填胸。一連如此幾日，欲戰不得，欲止不得。正在惱怒，忽然飛馬報來，說張濟、樊稠兩路軍馬，竟犯長安，京城危急。布急領軍回，背後李傕、郭汜殺來。布無心戀戰，只顧奔走，折了好些人馬。比及到長安城下，賊兵雲屯雨集，圍定城池，布軍與戰不利。軍士畏呂布暴厲，多有降賊者，布心甚憂。

數日之後，董卓餘黨李蒙、王方在城中為賊內應，偷開城門，四路賊軍一齊擁入。呂布左衝右突，攔擋不住，引數百騎往青瑣門外，呼王允曰：“勢急矣！請司徒上馬，同出關去，別圖良策。”允曰：“若蒙社稷之靈，得安國家，吾之願也；若不獲已，則允奉身以死。臨難苟免，吾不為也。為吾謝關東諸公，努力以國家為念！”呂布再三相勸，王允只是不肯去。不一時，各門火燄竟天，呂布只得棄卻家小，引百餘騎飛奔出關，投袁術去了。

李傕、郭汜縱兵大掠，太常卿种拂、太僕魯馗、大鴻臚周奐、城門校尉崔烈、越騎校尉王頎皆死於國難。賊兵圍繞內庭至急，侍臣請天子上宣平門止亂。李傕等望見黃蓋，約住軍士，口呼萬歲。獻帝倚樓問曰：“卿不候奏請，輒入長安，意欲何為？”李傕、郭汜仰面奏曰：“董太師乃陛下社稷之臣，無端被王允謀殺，臣等特來報讎，非敢造反。但見王允，臣便退兵。”王允時在帝側，聞知此言，奏曰：“臣本為社稷計。事已至此，陛下不可惜臣，以誤國家。臣請下見二賊。”帝徘徊不忍。允自宣平門樓上跳下樓去，大呼曰：“王允在此！”李傕、郭汜拔劍叱曰：“董太師何罪而見殺？”允曰：“董賊之罪，彌天互地，不可勝言。受誅之日，長安士民，皆相慶賀，汝獨不聞乎？”傕、汜曰：“太師有罪；我等何罪，不肯相赦？”王允大罵：“逆賊何必多言！我王允今日有死而已！”二賊手起，把王允殺於樓下。史官有詩讚曰：

> 王允運機籌，奸臣董卓休。
> 心懷家國恨，眉鎖廟堂憂。
> 英氣連霄漢，忠心貫斗牛。

至今魂與魄，猶繞鳳凰樓。

眾賊殺了王允，一面又差人將王允宗族老幼，盡行殺害。士民無不下淚。當下李傕、郭汜尋思曰：“既到這裏，不殺天子謀大事，更待何時？”便持劍大呼，殺入內來。正是：臣魁伏罪災方息，從賊縱橫禍又來。未知獻帝性命如何，且聽下文分解。

**註　釋**

1　“絕纓”之會：春秋時，楚莊王夜宴羣臣，燭滅了，有人趁機奉扯王后的衣服，結果王后揪下他的帽纓，請求追查，但莊王卻反命眾臣都將帽纓扯下，繼續歡樂。後來，吳國攻楚，有一個人迎敵表現得非常勇敢，一問，才知道是當晚被王后揪下帽纓的人。這裏的蔣雄是作者捏造的；迎戰的也不是秦國。

2　祥：預兆。

3　心恙：瘋子；頭腦有問題的人。

4　市曹：商店集中的地方。

# 第 十 回

## 勤王室馬騰舉義
## 報父讎曹操興師

　　卻説李、郭二賊欲弒獻帝。張濟、樊稠諫曰："不可。今日若便殺之，恐眾人不服，不如仍舊奉之為主，賺諸侯入關，先去其羽翼，然後殺之，天下可圖也。"李、郭二人從其言，按住兵器。帝在樓上宣諭曰："王允既誅，軍馬何故不退？"李傕、郭汜曰："臣等有功王室，未蒙賜爵，故不敢退軍。"帝曰："卿欲封何爵？"李、郭、張、樊四人各自寫職銜獻上，勒要如此官品。帝只得從之：封李傕為車騎將軍池陽侯，領司隸校尉，假節鉞；郭汜為後將軍美陽侯，假節鉞：同秉朝政；樊稠為右將軍萬年侯；張濟為驃騎將軍平陽侯，領兵屯弘農。其餘李蒙、王方等，各為校尉。然後謝恩，領兵出城。又下令追尋董卓屍首，獲得些零碎皮骨，以香木雕成形體，安湊停當，大設祭祀，用王者衣冠棺槨，選擇吉日，遷葬郿塢。臨葬之期，天降大雷雨，平地水深數尺，霹靂震開其棺，屍首提出棺外。李傕候晴再葬，是夜又復如是。三次改葬，皆不能葬。零皮碎骨，悉為雷火消滅。天之怒卓，可謂甚矣！

且說李傕、郭汜既掌大權，殘虐百姓，密遣心腹侍帝左右，觀其動靜。獻帝此時舉動荊棘。朝廷官員，並由二賊陞降。因採人望，特宣朱雋入朝，封為太僕，同領朝政。一日，人報西涼太守馬騰、并州刺史韓遂二將引軍十餘萬，殺奔長安來，聲言討賊。原來二將先曾使人入長安，結連侍中馬宇、諫議大夫种邵、左中郎將劉範三人為內應，共謀賊黨。三人密奏獻帝，封馬騰為征西將軍、韓遂為鎮西將軍，各受密詔，併力討賊。當下李傕、郭汜、張濟、樊稠聞二軍將至，一同商議禦敵之策。謀士賈詡曰："二軍遠來，只宜深溝高壘，堅守以拒之。不過百日，彼兵糧盡，必將自退，然後引兵追之，二將可擒矣。"李蒙、王方出曰："此非好計。願借精兵萬人，立斬馬騰、韓遂之頭，獻於麾下。"賈詡曰："今若即戰，必當敗績。"李蒙、王方齊聲曰："若吾二人敗，情願斬首；吾若戰勝，公亦當輸首級與我。"詡謂李傕、郭汜曰："長安西二百里盩厔山，其路險峻，可使張、樊兩將軍屯兵於此，堅壁守之；待李蒙、王方自引兵迎敵，可也。"李傕、郭汜從其言，點一萬五千人馬與李蒙、王方。二人忻喜而去，離長安二百八十里下寨。

西涼兵到，兩個引軍迎去。西涼軍馬攔路擺開陣勢。馬騰、韓遂聯轡而出，指李蒙、王方罵曰："反國之賊！誰去擒之？"言未絕，只見一位少年將軍，面如冠玉，眼若流星；虎體猿臂，彪腹狼腰；手執長槍，坐騎駿馬，從陣中飛出。原來那將即馬騰之子馬超，字孟起，年方十七歲，英勇無敵。王方欺他年幼，躍馬迎戰。戰不到數合，早被馬超一槍刺於馬下。馬超勒馬便回。李蒙見王方刺死，一騎馬從馬超背後趕來。超只做不知。馬騰在陣門下大叫："背後有人追趕！"聲猶未絕，只見馬超已將李蒙擒在馬上。原來馬超明知李蒙追趕，卻故意俄延，等他馬近，舉槍刺來，超將身一閃，李蒙搠個空，兩馬相並，被馬超輕舒猿臂，生擒過去。軍士無主，望風奔逃。馬騰、韓遂乘勢追殺，大獲勝捷，直逼隘口下寨，把李蒙斬首號令。

李傕、郭汜聽知李蒙、王方皆被馬超殺了，方信賈詡有先見之明，重用其計，只理會緊守關防，由他搦戰，並不出迎。果然西涼軍未及兩月，糧草俱乏，商議回軍。恰好長安城中馬宇家僮出首家主與劉範、种邵，外連馬騰、韓遂，欲為內應等情。李傕、郭汜大怒，盡收三家老少良賤斬於市，把三顆首級，直來門前號令。馬騰、韓遂見軍糧已盡，內應又泄，只得拔寨退軍。李傕、郭汜令張濟引軍趕馬騰，樊稠引軍趕韓遂，西涼軍大敗。馬超在後死戰，殺退張濟。樊稠去趕韓遂，看看趕上，相近陳倉，韓遂勒馬向樊稠曰：「吾與公乃同鄉之人，今日何太無情？」樊稠也勒住馬答道：「上命不可違！」韓遂曰：「吾此來亦為國家耳，公何相逼之甚也？」樊稠聽罷，撥轉馬頭，收兵回寨，讓韓遂去了。

不隄防李傕之姪李別，見樊稠放走韓遂，回報其叔。李傕大怒，便欲興兵討樊稠。賈詡曰：「目今人心未寧，頻動干戈，深為不便；不若設一宴，請張濟、樊稠慶功，就席間擒稠斬之，毫不費力。」李傕大喜，便設宴請張濟、樊稠。二將忻然赴宴。酒半闌，李傕忽然變色曰：「樊稠何故交通韓遂，欲謀造反？」稠大驚；未及回言，只見刀斧手擁出，早把樊稠斬首於案下。嚇得張濟俯伏於地。李傕扶起曰：「樊稠謀反，故爾誅之；公乃吾之心腹，何須驚懼？」將樊稠軍撥與張濟管領。張濟自回弘農去了。

李傕、郭汜自戰敗西涼兵，諸侯莫敢誰何。賈詡屢勸撫安百姓，結納賢豪。自是朝廷微有生意。不想青州黃巾又起，聚眾數十萬，頭目不等，劫掠良民。太僕朱雋，保舉一人，可破羣賊。李傕、郭汜問是何人。朱雋曰：「要破山東羣賊，非曹孟德不可。」李傕曰：「孟德今在何處？」雋曰：「見為東郡太守，廣有軍兵。若命此人討賊，賊可尅日而破也。」李傕大喜，星夜草詔，差人齎往東郡，命曹操與濟北相鮑信一同破賊。操領了聖旨，會合鮑信，一同興兵，擊賊於壽陽。鮑信殺入重地，為賊所害。操追趕賊兵，直到濟北，降者數萬。操即用賊為前驅，兵馬到處，無不降順。不過百餘日，招安到降兵三十餘萬、男女百餘萬口。操擇精銳者，號為「青州兵」，其餘盡令歸農。操自此威名日重。捷書報到長安，朝廷加曹操為鎮東將軍。

操在兗州，招賢納士。有叔姪二人來投操：乃潁川潁陰人，姓荀，名彧，字文若，荀昆之子也；舊事袁紹，今棄紹投操；操與語大悅，曰：「此吾之子房也！」遂以為行軍司馬。其姪荀攸，字公達，海內名士，曾拜黃門侍郎，後棄官歸鄉，今與其叔同投曹操，操以為行軍教授。荀彧曰：「某聞兗州有一賢士，今此人不知何在。」操問是誰，彧曰：「乃東郡東阿人，姓程，名昱，字仲德。」操曰：「吾亦聞名久矣。」遂遣人於鄉中尋問。訪得他在山中讀書，操拜請之。程昱來見，曹操大喜。昱謂荀彧曰：「某孤陋寡聞，不足當公之薦。公之鄉人姓郭，名嘉，字奉孝，乃當今賢士，何不羅而致之？」彧猛省曰：「吾幾忘卻！」遂啟操徵聘郭嘉到兗州，共論天下之事。郭嘉薦光武嫡派子孫，淮南成德人，姓劉，名曄，字子陽。操即聘曄至。曄又薦二人：一個是山陽昌邑人，姓滿，名寵，字伯寧；一個是武城人，姓呂，名虔，字子恪。曹操亦素知這兩個名譽，就聘為軍中從事。滿寵、呂虔共薦一人，乃陳留平邱人，姓毛，名玠，字孝先。曹操亦聘為從事。

又有一將引軍數百人，來投曹操：乃泰山鉅平人，姓于，名禁，字文則。操見其人弓馬熟嫻，武藝出眾，命為點軍司馬。一日，夏侯惇引一大漢來見，操問何人，惇曰：「此乃陳留人，姓典，名韋，勇力過人。舊跟張邈，與帳下人不和，手殺數十人，逃竄山中。惇出射獵，見韋逐虎過澗，因收於軍中。今特薦之於公。」操曰：「吾觀此人容貌魁梧，必有勇力。」惇曰：「他曾為友報讎殺人，提頭直出鬧市，數百人不敢近。只今所使兩枝鐵戟，重八十斤，挾之上馬，運使如飛。」操即令韋試之。韋挾戟驟馬，往來馳騁。忽見帳下大旗為風所吹，岌岌欲倒，眾軍士挾持不定；韋下馬，喝退眾軍，一手執定旗桿，立於風中，巍然不動。操曰：「此古之惡來[1]也！」遂命為帳前都尉，解身上錦襖，及駿馬雕鞍賜之。

　　自是曹操部下文有謀臣，武有猛將，威鎮山東。乃遣泰山太守應劭，往瑯琊郡取父曹嵩。嵩自陳留避難，隱居瑯琊；當日接了書信，便與弟曹德及一家老小四十餘人，帶從者百餘人，車百餘輛，逕望兗州而來。道經徐州，太守陶謙，字恭祖，為人溫厚純篤，向欲結納曹操，正無其由；知操父經過，遂出境迎接，再拜致敬，大設筵宴，款待兩日。曹嵩要行，陶謙親送出郭，特差都尉張闓，將部兵五百護送。曹嵩率家小行到華、費間，時夏末秋初，大雨驟至，只得投一古寺歇宿。寺僧接入，嵩安頓家小，命張闓將軍馬屯於兩廊。眾軍衣裝，都被雨打濕，同聲嗟怨。張闓喚手下頭目於靜處商議曰：「我們本是黃巾餘黨，勉強降順陶謙，未有好處；如今曹家輜重車輛無數，你們欲得富貴不難，只就今夜三更，大家砍將入去，把曹嵩一家殺了，取了財物，同往山中落草[2]。此計何如？」眾皆應允。是夜風雨未息，曹嵩正坐，忽聞四壁喊聲大舉。曹德提劍出看，就被搠死。曹嵩忙引一妾奔入方丈後，欲越牆而走；妾肥胖不能出，嵩慌急，與妾躲於廁中，被亂軍所殺。應邵死命逃脫，投袁紹去了。張闓殺盡曹嵩全家，取了財物，放火燒寺，與五百人逃奔淮南去了。後人有詩曰：

> 曹操奸雄世所誇，曾將呂氏殺全家。
> 如今闔戶逢人殺，天理循環報不差。

當下應劭部下有逃命的軍士，報與曹操。操聞之，哭倒於地。眾人救起。操切齒曰：「陶謙縱兵殺吾父，此讎不共戴天！吾今悉起大軍，洗蕩徐州，方雪吾恨！」遂留荀彧、程昱領軍三萬守鄄城、范縣、東阿三縣，其餘盡殺奔徐州來。夏侯惇、于禁、典韋為先鋒。操令但得城池，將城中百姓，盡行屠戮，以雪父讎。當有九江太守邊讓，與陶謙交厚，聞知徐州有難，自引兵五千來救。操聞之大怒，使夏侯惇於路截殺之。時陳宮為東郡從事，亦與陶謙交厚；聞曹操起兵報讎，欲盡殺百姓，星夜前來見操。操知是為陶謙作說客，欲待不見，又滅不過舊恩，只得請入帳中相見。宮曰：「今聞明公以大兵臨徐州，報尊父之讎，所到欲盡殺百姓，某因此特來進言。陶謙乃仁人君子，非好利忘義之輩；尊父遇害，乃張闓之惡，非謙罪也。且州縣之民，與明公何讎？殺之不祥。望三思而行。」操怒曰：「公昔棄我而去，今有何面目復來相見？陶謙殺吾一家，誓當摘膽剜心，以雪吾恨！公雖為陶謙游說，其如吾不聽何？」陳宮辭出，歎曰：「吾亦無面目見陶謙也！」遂馳馬投陳留太守張邈去了。

且說操大軍所到之處，殺戮人民，發掘墳墓。陶謙在徐州，聞曹操起軍報讎，殺戮百姓，仰天慟哭曰：「我獲罪於天，致使徐州之民，受此大難！」急聚眾官商議。曹豹曰：「曹兵既至，豈可束手待死！某願助使君破之。」陶謙只得引兵出迎，遠望操軍如鋪霜湧雪，中軍豎起白旗二面，大書「報讎雪恨」四字。軍馬列成陣勢。曹操縱馬出陣，身穿縞素，揚鞭大罵。陶謙亦出馬於門旗下，欠身施禮曰：「謙本欲結好明公，故託張闓護送。不想賊心不改，致有此事。實不干陶謙之故。望明公察之。"操大罵曰："老匹夫！殺吾父，尚敢亂言！誰可生擒老賊？"夏侯惇應聲而出。陶謙慌走入陣。夏侯惇趕來，曹豹挺槍躍馬，前來迎敵。兩馬相交，忽然狂風大作，飛沙走石，兩軍皆亂，各自收兵。

陶謙入城，與眾計議曰："曹兵勢大難敵，吾當自縛往操營，任其剖割，以救徐州一郡百姓之命。"言未絕，一人進前言曰："府君久鎮徐州，人民感恩。今曹兵雖眾，未能即破我城。府君與百姓堅守勿出；某雖不才，願施小策，教曹操死無葬身之地！"眾人大驚，便問計將安出。正是：本為納交反成怨，那知絕處又逢生。畢竟此人是誰，且聽下文分解。

註 釋

1 惡來：商紂王的臣子，以勇力著稱。

2 落草：做強盜。

## 第十一回

### 劉皇叔北海救孔融
### 呂溫侯濮陽破曹操

　　卻說獻計之人，乃東海朐縣人，姓麋，名竺，字子仲。此人家世富豪。嘗往洛陽買賣，乘車而回，路遇一美婦人，來求同載，竺乃下車步行，讓車與婦人坐。婦人請竺同載。竺上車端坐，目不邪視。行及數里，婦人辭去。臨別對竺曰："我乃南方火德星君也，奉上帝勅，往燒汝家。感君相待以禮，故明告君。君可速歸，搬出財物。吾當夜來。"言訖不見。竺大驚，飛奔到家，將家中所有，疾忙搬出。是晚果然廚中火起，盡燒其屋。竺因此廣捨家財，濟貧拔苦。後陶謙聘為別駕從事。當日獻計曰："某願親往北海郡，求孔融起兵救援；更得一人往青州田楷處求救。若二處軍馬齊來，操必退兵矣。"謙從之，遂寫書二封，問帳下誰人敢去青州求救。一人應聲願往。眾視之，乃廣陵人，姓陳，名登，字元龍。陶謙先打發陳元龍往青州去訖，然後命麋竺齎書赴北海，自己率眾守城，以備攻擊。

　　卻說北海孔融，字文舉，魯國曲阜人也，孔子二十世孫，泰山都尉孔宙之子。自小聰明。年十歲時，往謁河南尹李膺，閽人[1]難之，融曰：“我係李相通家[2]。”及入見，膺問曰：“汝祖與吾祖何親？”融曰：“昔孔子曾問禮於老子，融與君豈非累世通家？”膺大奇之。少頃，太中大夫陳煒至。膺指融曰：“此奇童也。”煒曰：“小時聰明，大時未必聰明。”融即應聲曰：“如君所言，幼時必聰明者。”煒等皆笑曰：“此子長成，必當代之偉器也。”自此得名。後為中郎將，累遷北海太守。極好賓客，常曰：“座上客常滿，樽中酒不空，吾之願也。”在北海六年，甚得民心。

當日正與客坐，人報徐州糜竺至。融請入見，問其來意，竺出陶謙書，言：“曹操攻圍甚急，望明公垂救。”融曰：“吾與陶恭祖交厚，子仲又親到此，如何不去？只是曹孟德與我無讎，當先遣人送書解和。如其不從，然後起兵。”竺曰：“曹操倚仗兵威，決不肯和。”融教一面點兵，一面差人送書。正商議間，忽報黃巾賊黨管亥部領羣寇數萬殺奔前來。孔融大驚，急點本部人馬，出城與賊迎戰。管亥出馬曰：“吾知北海糧廣，可借一萬石，即便退兵；不然，打破城池，老幼不留！”孔融叱曰：“吾乃大漢之臣，守大漢之地，豈有糧米與賊耶！”管亥大怒，拍馬舞刀，直取孔融。融將宗寶挺槍出馬，戰不數合，被管亥一刀，砍宗寶於馬下。孔融兵大亂，奔入城中。管亥分兵四面圍城，孔融心中鬱悶。糜竺懷愁，更不可言。

次日，孔融登城遙望，賊勢浩大，倍添憂惱。忽見城外一人挺槍躍馬殺入賊陣，左衝右突，如入無人之境，直到城下大叫：“開門！”孔融不識其人，不敢開門。賊眾趕到壕邊，那人回身連搠十數人下馬，賊眾倒退，融急命開門引入。其人下馬棄槍，逕到城上，拜見孔融。融問其姓名，對曰：“某東萊黃縣人也，覆姓太史，名慈，字子義。老母重蒙恩顧。某昨自遼東回家省親，知賊寇城，老母說：‘屢受府君深恩，汝當往救。'某故單馬而來。"孔融大喜。原來孔融與太史慈，雖未識面，卻曉得他是個英雄。因他遠出，有老母住在離城二十里之外，融常使人遺以粟帛。母感融德，故特使慈來救。當下孔融重待太史慈，贈與衣甲鞍馬。慈曰："某願借精兵一千，出城殺賊。"融曰："君雖英勇，然賊勢甚盛，不可輕出。"慈曰："老母感君厚德，特遣慈來；如不能解圍，慈亦無顏見母矣。願決一死戰。"融曰："吾聞劉玄德乃當世英雄，若請得他來相救，此圍自解，只無人可使耳。"慈曰："府君修書，某當急往。"融喜，修書付慈。慈摜甲上馬，腰帶弓矢，手持鐵槍，飽食嚴裝，城門開處，一騎飛出。近壕，賊將率眾來戰。慈連搠死數人，透圍而出。管亥知有人出城，料必是請救兵的，便自引數百騎趕來，八面圍定。慈倚住槍，拈弓搭箭，八面射之，無不應弦落馬。賊眾不敢來追。

太史慈得脫，星夜投平原來見劉玄德。施禮罷，具言孔北海被圍求救之事，呈上書札。玄德看畢，問慈曰："足下何人？"慈曰："某太史慈，東海之鄙人也。與孔融親非骨肉，比非鄉黨，特以氣誼相投，有分憂共患之意。今管亥暴亂，北海被圍，孤窮無告，危在旦夕。聞君仁義素著，能救人危急，故特令某冒鋒突圍，前來求救。"玄德斂容答曰："孔北海知世間有劉備耶？"乃同雲長、翼德點精兵三千，往北海郡進發。管亥望見救軍來到，親自引兵迎敵；因見玄德兵少，不以為意。玄德與關、張、太史慈立馬陣前，管亥忿怒直出。太史慈卻待向前，雲長早出，直取管亥。兩馬相交，眾軍大喊；量管亥怎敵得雲長，數十合之間，青龍刀起，劈管亥於馬下。太史慈、張飛兩騎齊出，雙槍並舉，殺入賊陣。玄德驅兵掩殺。城上孔融望見太史慈與關、張趕殺賊眾，如虎入羊群，縱橫莫當，便驅兵出城。兩下夾攻，大敗羣賊，降者無數，餘黨潰散。

孔融迎接玄德入城，敘禮畢，大設筵宴慶賀。又引糜竺來見玄德，具言張闓殺曹嵩之事：“今曹操縱兵大掠，圍住徐州，特來求救。”玄德曰：“陶恭祖乃仁人君子，不意受此無辜之冤。”孔融曰：“公乃漢室宗親，今曹操殘害百姓，倚強欺弱，何不與融同往救之？”玄德曰：“備非敢推辭，奈兵微將寡，恐難輕動。”孔融曰：“融之欲救陶恭祖，雖因舊誼，亦為大義。公豈獨無仗義之心耶？”玄德曰：“既如此，請文舉先行，容備去公孫瓚處，借三五千人馬，隨後便來。”融曰：“公切勿失信。”玄德曰：“公以備為何如人也？聖人云：‘自古皆有死，人無信不立。’劉備借得軍或借不得軍，必然親至。”孔融應允，教糜竺先回徐州去報，融便收拾起程。太史慈拜謝曰：“慈奉母命前來相助，今幸無虞。有揚州刺史劉繇，與慈同郡，有書來喚，不敢不去。容圖再見。”融以金帛相酬，慈不肯受而歸。其母見之，喜曰：“我喜汝有以報北海也！”遂遣慈往揚州去了。

　　不說孔融起兵。且說玄德離北海來見公孫瓚，且說欲救徐州之事。瓚曰：“曹操與君無讎，何苦替人出力？”玄德曰：“備已許人，不敢失信。”瓚曰：“我借與君馬步軍二千。”玄德曰：“更望借趙子龍一行。”瓚許之。玄德遂與關、張引本部三千人為前部，子龍引二千人隨後，往徐州來。

　　卻說糜竺回報陶謙，言北海又請得劉玄德來助；陳元龍也回報青州田楷欣然領兵來救；陶謙心安。原來孔融、田楷兩路軍馬，懼怕曹兵勢猛，遠遠依山下寨，未敢輕進。曹操見兩路軍到，亦分了軍勢，不敢向前攻城。

　　卻說劉玄德軍到，見孔融。融曰：“曹兵勢大，操又善於用兵，未可輕戰。且觀其動靜，然後進兵。”玄德曰：“但恐城中無糧，難以久持。備令雲長、子龍領軍四千，在公部下相助；備與張飛殺奔曹營，逕投徐州去見陶使君商議。"融大喜，會合田楷，為掎角之勢；雲長、子龍領兵兩邊接應。

是日，玄德、張飛引一千人馬殺入曹兵寨邊。正行之間，寨內一聲鼓響，馬軍步軍，如潮似浪，擁將出來。當頭一員大將，乃是于禁，勒馬大叫："何處狂徒！往那裏去！"張飛見了，更不打話，直取于禁。兩馬相交，戰到數合，玄德掣雙股劍麾兵大進，于禁敗走。張飛當前追殺，直到徐州城下。城上望見紅旗白字，大書"平原劉玄德"，陶謙急令開門。玄德入城，陶謙接着，共到府衙。禮畢，設宴相待，一壁勞軍。陶謙見玄德儀表軒昂，語言豁達，心中大喜，便命糜竺取徐州牌印，讓與玄德。玄德愕然曰："公何意也？"謙曰："今天下擾亂，王綱不振，公乃漢室宗親，正宜力扶社稷。老夫年邁無能，情願將徐州相讓。公勿推辭。謙當自寫表文，申奏朝廷。"玄德離席再拜曰："劉備雖漢朝苗裔，功微德薄，為平原相猶恐不稱職。今為大義，故來相助。公出此言，莫非疑劉備有吞併之心耶？若舉此念，皇天不佑！"謙曰："此老夫之實情也。"再三相讓，玄德那裏肯受。糜竺進曰："今兵臨城下，且當商議退敵之策。待事平之日，再當相讓可也。"玄德曰："備當遺書於曹操，勸令解和。操若不從，廝殺未遲。"於是傳檄三寨，且按兵不動；遣人齎書以達曹操。

卻說曹操正在軍中，與諸將議事，人報徐州有戰書到。操拆而觀之，乃劉備書也。書略曰：

　　備自關外得拜君顏，嗣後天各一方，不及趨侍。向者，尊父曹侯，實因張闓不仁，以致被害，非陶恭祖之罪也。目今黃巾遺孽，擾亂於外；董卓餘黨，盤踞於內。願明公先朝廷之急，而後私讎；撤徐州之兵，以救國難，則徐州幸甚，天下幸甚！

曹操看書，大罵：「劉備何人，敢以書來勸我！且中間有譏諷之意！」命：「斬來使，一面竭力攻城！」郭嘉諫曰：「劉備遠來救援，先禮後兵，主公當用好言答之，以慢備心；然後進兵攻城，城可破也。」操從其言，款留來使，候發回書。正商議間，忽流星馬飛報禍事。操問其故，報說呂布已襲破兗州，進據濮陽。原來呂布自遭李、郭之亂，逃出武關，去投袁術。術怪呂布反覆不定，拒而不納。投袁紹，紹納之，與布共破張燕於常山。布自以為得志，傲慢袁紹手下將士。紹欲殺之，布乃去投張楊，楊納之。時龐舒在長安城中，私藏呂布妻小，送還呂布。李傕、郭汜知之，遂斬龐舒，寫書與張楊，教殺呂布。布因棄張楊去投張邈。恰好張邈弟張超引陳宮來見張邈。宮說邈曰：「今天下分崩，英雄並起，君以千里之眾，而反受制於人，不亦鄙乎！今曹操征東，兗州空虛，而呂布乃當世勇士，若與之共取兗州，霸業可圖也。」張邈大喜，便令呂布襲破兗州，隨據濮陽。止有鄄城、東阿、范縣三處，被荀彧、程昱設計死守得全，其餘俱破。曹仁屢戰，皆不能勝，特此告急。操聞報大驚曰：「兗州有失，使吾無家可歸矣，不可不亟圖之！」郭嘉曰：「主公正好賣個人情與劉備，退軍去復兗州。」操然之，即時答書與劉備，拔寨退兵。

且說來使回徐州，入城見陶謙，呈上書札，言曹兵已退。謙大喜，差人請孔融、田楷、雲長、子龍等赴城大會。飲宴既畢，謙延玄德於上座，拱手對眾曰：「老夫年邁，二子不才，不堪國家重任。劉公乃帝室之胄，德廣才高，可領徐州。老夫情願乞閒養病。」玄德曰：「孔文舉令備來救徐州，為義也。今無端據而有之，天下將以備為無義人矣。”麋竺曰：“今漢室陵遲[3]，海宇顛覆，樹功立業，正在此時。徐州殷富，戶口百萬，劉使君領此，不可辭也。”玄德曰：“此事決不敢應命。”陳登曰：“陶府君多病，不能視事，明公勿辭。”玄德曰：“袁公路四世三公，海內所歸，近在壽春，何不以州讓之？”孔融曰：“袁公路塚中枯骨，何足挂齒！今日之事，天與不取，悔不可追。”玄德堅執不肯。陶謙泣下曰：“君若捨我而去，我死不瞑目矣！”雲長曰：“既承陶公相讓，兄且權領州事。”張飛曰：“又不是我強要他的州郡，他好意相讓，何必苦苦推辭？”玄德曰：“汝等欲陷我於不義耶？”陶謙推讓再三，玄德只是不受。陶謙曰：“如玄德必不肯從，此間近邑，名曰小沛，足可屯軍。請玄德暫駐軍此邑，以保徐州，何如？”眾皆勸玄德留小沛，玄德從之。陶謙勞軍已畢，趙雲辭去，玄德執手揮淚而別。孔融、田楷亦各相別，引軍自回。玄德與關、張引本部軍來至小沛，修葺城垣，撫諭居民。

卻說曹操回軍，曹仁接着，言呂布勢大，更有陳宮為輔，兗州、濮陽已失，其鄄城、東阿、范縣三處，賴荀彧、程昱二人設計相連，死守城郭。操曰：“吾料呂布有勇無謀，不足慮也。”教且安營下寨，再作商議。呂布知曹操回兵，已過滕縣，召副將薛蘭、李封曰：“吾欲用汝二人久矣。汝可引軍一萬，堅守兗州。吾親自率兵，前去破曹。”二人應諾。陳宮急入見曰：“將軍棄兗州，欲何往乎？”布曰：“吾欲屯兵濮陽，以成鼎足之勢。”宮曰：“差矣。薛蘭必守兗州不住。此去正南一百八十里，泰山路險，可伏精兵萬人在彼。曹兵聞失兗州，必然倍道而進，待其過半，一擊可擒也。”布曰：“吾屯濮陽，別有良謀，汝豈知之！”遂不用陳宮之言，而用薛蘭守兗州而行。曹操兵行至泰山險路，郭嘉曰：“且不可進，恐此處有伏兵。”曹操笑曰：“呂布無謀之輩，故教薛蘭守兗州，自往濮陽，安得此處有埋伏耶？"教曹仁："領一軍圍兗州，吾進兵濮陽，速攻呂布。"陳宮聞曹兵至近，乃獻計曰："今曹兵遠來疲困，利在速戰，不可養成氣力。"布曰："吾匹馬縱橫天下，何愁曹操！待其下寨，吾自擒之。"

卻說曹操兵近濮陽，下住寨腳。次日引眾將出，陳兵於野。操立馬於門旗下，遙望呂布兵到。陣圓處，呂布當先出馬，兩邊排開八員健將：第一個雁門馬邑人，姓張，名遼，字文遠；第二個泰山華陰人，姓臧，名霸，字宣高。兩將又各引六員健將：郝萌、曹性、成廉、魏續、宋憲、侯成。布軍五萬，鼓聲大震。操指呂布而言曰："吾與汝自來無讎，何得奪吾州郡？"布曰："漢家城池，諸人有分，偏爾合得？"便叫臧霸出馬搦戰。曹軍內樂進出迎。兩馬相交，雙槍齊舉。戰到三十餘合，勝負不分。夏侯惇拍馬便出助戰，呂布陣上張遼截住廝殺。惱得呂布性起，挺戟驟馬，衝出陣來，夏侯惇、樂進皆走。呂布掩殺，曹軍大敗，退三四十里。布自收軍。曹操輸了一陣，回寨與諸將商議。于禁曰："某今日上山觀望，濮陽之西，呂布有一寨，約無多軍。今夜彼將謂我軍敗走，必不準備，可引兵擊之；若得寨，布軍必懼：此為上策。"操從其言，帶曹洪、李典、毛玠、呂虔、于禁、典韋六將，選馬步二萬人，連夜從小路進發。

卻說呂布於寨中勞軍。陳宮曰："西寨是個要緊去處，倘或曹操襲之，奈何？"布曰："他今日輸了一陣，如何敢來？"宮曰："曹操是極能用兵之人，須防他攻我不備。"布乃撥高順并魏續、侯成引兵往守西寨。

卻說曹操於黃昏時分，引軍至西寨，四面突入。寨兵不能抵擋，四散奔走，曹操奪了寨。將及四更，高順方引軍到，殺將入來。曹操自引軍馬來迎，正逢高順，三軍混戰。將及天明，正西鼓聲大震，人報呂布自引救軍來了。操棄寨而走。背後高順、魏續、侯成趕來；當頭呂布親自引軍來到。于禁、樂進雙戰呂布不住，操望北而行。山後一彪軍出：左有張遼，右有臧霸。操使呂虔、曹洪戰之，不利。操望西而走。忽又喊聲大震，一彪軍至：郝萌、曹性、成廉、宋憲四將攔住去路。眾將死戰，操當先衝陣。梆子響處，箭如驟雨射將來。操不能前進，無計可脫，大叫：「誰人救我！」馬軍隊裏，一將踴出，乃典韋也——手挺雙鐵戟，大叫：「主公勿憂！」飛身下馬，插住雙戟，取短戟十數枝，挾在手中，顧從人曰：「賊來十步乃呼我！」遂放開腳步，冒箭前行。布軍數十騎追至，從人大叫：「十步矣！」韋曰：「五步乃呼我！」從人又曰：「五步矣！」韋乃飛戟刺之，一戟一人墜馬，並無虛發，立殺十數人。眾皆奔走。韋復飛身上馬，挺一雙大鐵戟，衝殺入去。郝、曹、成、宋四將不能抵擋，各自逃去。典韋殺散敵軍，救出曹操，眾將隨後也到，尋路歸寨。看看天色傍晚，背後喊聲起處，呂布驟馬提戟趕來，大叫：「操賊休走！」此時人困馬乏，大家面面相覷，各欲逃生。正是：雖能暫把重圍脫，只怕難當勁敵追。不知曹操性命如何，且聽下文分解。

**註　釋**

1　閽人：看門的人。

2　通家：世交。

3　陵遲：衰微。

# 第 十 二 回

## 陶恭祖三讓徐州
## 曹孟德大戰呂布

曹操正慌走間，正南上一彪軍到，乃夏侯惇引軍來救援，截住呂
布大戰。鬥到黃昏時分，大雨如注，各自引軍分散。操回寨，重賞典
韋，加為領軍都尉。

卻說呂布到寨，與陳宮商議。宮曰：「濮陽城中有富戶田氏，家
僮千百，為一郡之巨室，可令彼密使人往操寨中下書，言『呂溫侯殘
暴不仁，民心大怨。今欲移兵黎陽，止有高順在城內，可連夜進兵，
我為內應。』操若來，誘之入城，四門放火，外設伏兵。曹操雖有經
天緯地之才，到此安能得脫也？」呂布從其計，密諭田氏使人逕到操
寨。操因新敗，正在躊躇，忽報田氏人到，呈上密書云：「呂布已往
黎陽，城中空虛。萬望速來，當為內應。城上插白旗，大書『義』字，
便是暗號。」操大喜曰：「天使吾得濮陽也！」重賞來人，一面收拾起
兵。劉曄曰：「布雖無謀，陳宮多計。只恐其中有詐，不可不防。明
公欲去，當分三軍為三隊：兩隊伏城外接應，一隊入城，方可。」

操從其言，分軍三隊，來至濮陽城下。操先往觀之，見城上遍豎旗旛，西門角上，有一「義」字白旗，心中暗喜。是日午牌，城門開處，兩員將引軍出戰：前軍侯成，後軍高順。操即使典韋出馬，直取侯成。侯成抵敵不過，回馬望城中走。韋趕到弔橋邊，高順亦攔擋不住，都退入城中去了。數內有軍人乘勢混過陣來見操，說是田氏之使，呈上密書。約云：「今夜初更時分，城上鳴鑼為號，便可進兵。某當獻門。」操撥夏侯惇引軍在左、曹洪引軍在右，自己引夏侯淵、李典、樂進、典韋四將，率兵入城。李典曰：「主公且在城外，容某等先入城去。」操喝曰：「我不自往，誰肯向前？」遂當先領兵直入。時約初更，月光未上。只聽得西門上吹嬴殼聲，喊聲忽起，門上火把燎亂，城門大開，弔橋放落。曹操爭先拍馬而入。直到州衙，路上不見一人。操知是計，忙撥回馬，大叫：「退兵！」州衙中一聲礮響，四門烈火，轟天而起；金鼓齊鳴，喊聲如江翻海沸。東巷內轉出張遼，西巷內轉出臧霸，夾攻掩殺。操走北門，道傍轉出郝萌、曹性，又殺一陣。操急走南門，高順、侯成攔住。典韋怒目咬牙，衝殺出去。高順、侯成倒走出城。典韋殺到弔橋，回頭不見了曹操，翻身復殺入城來，門下撞着李典。典韋問：「主公何在？」典曰：「吾亦尋不見。」韋曰：「汝在城外催救軍，我入去尋主公。」李典去了。典韋殺入城中，尋覓不見；再殺出城壕邊，撞着樂進。進曰：「主公何在？」韋曰：「我往復兩遭，尋覓不見。」進曰：「同殺入去救主！」兩人到門邊，城上火礮滾下，樂進馬不能入，典韋冒煙突火，又殺入去，到處尋覓。

　　卻說曹操見典韋殺出去了，四下裏人馬截來，不得出南門；再轉北門，火光裏正撞見呂布挺戟躍馬而來。操以手掩面，加鞭縱馬竟過。呂布從後拍馬趕來，將戟於操盔上一擊，問曰：「曹操何在？」操反指曰：「前面騎黃馬者是他。」呂布聽說，棄了曹操，縱馬向前追趕。曹操撥轉馬頭，望東門而走，正逢典韋。韋擁護曹操，殺條血路，到城門邊，火燄甚盛，城上推下柴草，遍地都是火。韋用戟撥開，飛馬冒煙突火先出。曹操隨後亦出。方到門道邊，城門上崩下一條火梁來，正打着曹操戰馬後胯，那馬撲地倒了。操用手托梁推放地上，手臂鬚髮，盡被燒傷。典韋回馬來救，恰好夏侯淵亦到。兩個同救起曹操，突火而出。操乘淵馬，典韋殺條大路而走。直混戰到天明，操方回寨。

　　眾將拜伏問安，操仰面笑曰：“誤中匹夫之計，吾必當報之！”郭嘉曰：“計可速發。”操曰：“今只將計就計：詐言我被火傷，已經身死。布必引兵來攻。我伏兵於馬陵山中，候其兵半渡而擊之，布可擒矣。”嘉曰：“真良策也！”於是令軍士挂孝發喪，詐言操死。早有人來濮陽報呂布，說曹操被火燒傷肢體，到寨身死。布隨點起軍馬，殺奔馬陵山來。將到操寨，一聲鼓響，伏兵四起。呂布死戰得脫，折了好些人馬；敗回濮陽，堅守不出。是年蝗蟲忽起，食盡禾稻。關東一境，每穀一斛，直錢五十貫，人民相食。曹操因軍中糧盡，引兵回鄄城暫往。呂布亦引兵出屯山陽就食。因此二處權且罷兵。

　　卻說陶謙在徐州，時年已六十三歲，忽然染病，看看沉重，請糜竺、陳登議事。竺曰：“曹兵之去，止為呂布襲兗州故也。今因歲荒罷兵，來春又必至矣。府君兩番欲讓位於劉玄德，時府君尚強健，故玄德不肯受；今病已沉重，正可就此而與之，玄德不肯辭矣。”謙大喜，使人來小沛，請劉玄德商議軍務。玄德引關、張帶數十騎到徐州，陶謙教請入臥內。玄德問安畢，謙曰：“請玄德公來，不為別事，止因老夫病已危篤，朝夕難保，萬望明公可憐漢家城池為重，受取徐州牌印，老夫死亦瞑目矣！”玄德曰：“君有二子，何不傳之？”謙曰：“長子商，次子應，其才皆不堪任。老夫死後，猶望明公教誨，切勿令掌州事。”玄德曰：“備一身安能當此大任？”謙曰：“某舉一人，可為公輔：係北海人，姓孫，名乾，字公祐。此人可使為從事。”又謂糜竺曰：“劉公當世人傑，汝當善事之。”玄德終是推託，陶謙以手指心而死。眾軍舉哀畢，即捧牌印交送玄德。玄德固辭。次日，徐州百姓，擁擠府前哭拜曰：“劉使君若不領此郡，我等皆不能安生矣！”關、張二公亦再三相勸。玄德乃許權領徐州事；使孫乾、糜竺為輔，陳登為幕官；盡取小沛軍馬入城，出榜安民，一面安排喪事。玄德與大小軍士，盡皆挂孝，大設祭奠。祭畢，葬於黃河之原。將陶謙遺表，申奏朝廷。

操在鄄城，知陶謙已死，劉玄德領徐州牧，大怒曰：“我讎未報，汝不費半箭之功，坐得徐州！吾必先殺劉備，後戮謙屍，以雪先君之怨！”即傳號令，剋日起兵去打徐州。荀彧入諫曰：“昔高祖保關中，光武據河內，皆深根固本，以正天下。進足以勝敵，退足以堅守，故雖有困，終濟大業。明公本首事兗州，且河、濟乃天下之要地，是亦昔之關中、河內也。今若取徐州，多留兵則不足用，少留兵則呂布乘虛寇之，是無兗州也。若徐州不得，明公安所歸乎？今陶謙雖死，已有劉備守之。徐州之民，既已服備，必助備死戰。明公棄兗州而取徐州，是棄大而就小，去本而求末，以安而易危也，願熟思之。”操曰：“今歲荒乏糧，軍士坐守於此，終非良策。”彧曰：“不如東略陳地，使軍就食汝南、潁川。黃巾餘黨何儀、黃劭等，劫掠州郡，多有金帛、糧食，此等賊徒，又容易破。破而取其糧，以養三軍，朝廷喜，百姓悅，乃順天之事也。”

操喜，從之，乃留夏侯惇、曹仁守鄄城等處，自引兵先略陳地，次及汝、潁。黃巾何儀、黃劭知曹兵到，引眾來迎，會於羊山。時賊兵雖眾，都是狐羣狗黨，並無隊伍行列。操令強弓硬弩射住，令典韋出馬。何儀令副元帥出戰，不三合，被典韋一戟刺於馬下。操引眾乘勢趕過羊山下寨。次日，黃劭自引軍來。陣圓處，一將步行出戰，頭裹黃巾，身披綠襖，手提鐵棒，大叫：「我乃截天夜叉何曼也！誰敢與我廝鬥？」曹洪見了，大喝一聲，飛身下馬，提刀步出。兩下向陣前廝殺，四五十合，勝負不分。曹洪詐敗而走，何曼趕來。洪用拖刀背砍計，轉身一跕，砍中何曼，再復一刀，殺死。李典乘勢飛馬直入賊陣。黃劭不及隄備，被李典生擒活捉過來。曹兵掩殺賊眾，奪其金帛、糧食無數。何儀勢孤，引數百騎奔走葛陂。正行之間，山背後撞出一軍。為頭一個壯士，身長八尺，腰大十圍；手提大刀，截住去路。何儀挺槍出迎，只一合，被那壯士活挾過去。餘眾着忙，皆下馬受縛，被壯士盡驅入葛陂塢中。

卻說典韋追襲何儀到葛陂，壯士引軍迎住。典韋曰：「汝亦黃巾賊耶？」壯士曰：「黃巾數百騎，盡被我擒在塢內！」韋曰：「何不獻出？」壯士曰：「你若贏得手中寶刀，我便獻出！」韋大怒，挺雙戟向前來戰。兩個從辰至午，不分勝負，各自少歇。不一時，那壯士又出搦戰，典韋亦出。直戰到黃昏，各因馬乏暫止。典韋手下軍士，飛報曹操。操大驚，忙引眾將來看。次日，壯士又出搦戰。操見其人威風凜凜，心中暗喜，分付典韋，今日且詐敗。韋領命出戰，戰到三十合，敗走回陣。壯士趕到陣門中，弓弩射回。操急引軍退五里，密使人掘下陷坑，暗伏鈎手。次日，再令典韋引百餘騎出。壯士笑曰：「敗將何敢復來！」便縱馬接戰。典韋略戰數合，便回馬走。壯士只顧望前趕來，不隄防連人帶馬，都落於陷坑之內，被鈎手縛來見曹操。操下帳叱退軍士，親解其縛，急取衣衣之，命坐，問其鄉貫姓名。壯士曰：「我乃譙國譙縣人也，姓許，名褚，字仲康。向遭寇亂，聚宗族數百人，築堅壁於塢中以禦之。一日寇至，吾令眾人多取石子準備，吾親自飛石擊之，無不中者，寇乃退去。又一日寇至，塢中無糧，遂與賊和，約以耕牛換米。米已送到，賊驅牛至塢外，牛皆奔走回還，被我雙手挈二牛尾，倒行百餘步。賊大驚，不敢取牛而走，因此保守此處無事。”操曰：“吾聞大名久矣，還肯降否？”褚曰：“固所願也。”遂招宗族數百人俱降。操拜許褚為都尉，賞勞甚厚。隨將何儀、黃劭斬訖。汝、潁悉平。

曹操班師，曹仁、夏侯惇接見，言近日細作報說：兗州薛蘭、李封軍士皆出擄掠，城邑空虛，可引得勝之兵攻之，一鼓可下。操遂引軍逕奔兗州。薛蘭、李封出其不意，只得引兵出城迎戰。許褚曰：“吾願取此二人，以為贄見之禮。”操大喜，遂令出戰，李封使畫戟，向前來迎。交馬兩合，許褚斬李封於馬下。薛蘭急走回陣，弔橋邊李典攔住。薛蘭不敢回城，引軍投鉅野而去，卻被呂虔飛馬趕來，一箭射於馬下，軍皆潰散。

曹操復得兗州，程昱便請進兵取濮陽。操令許褚、典韋為先鋒，夏侯惇、夏侯淵為左軍，李典、樂進為右軍，操自領中軍，于禁、呂虔為合後。兵至濮陽，呂布欲自將出迎，陳宮諫：“不可出戰。待眾將聚會後方可。”呂布曰：“吾怕誰來？”遂不聽宮言，引兵出陣，橫戟大罵。許褚便出。鬥二十合，不分勝負。操曰：“呂布非一人可勝。”便差典韋助戰，兩將夾攻。左邊夏侯惇、夏侯淵，右邊李典、樂進齊到，六員將共攻呂布。布遮攔不住，撥馬回城。城上田氏，見布敗回，急令人拽起弔橋。布大叫：“開門！”田氏曰：“吾已降曹將軍矣。”布大罵，引軍奔定陶而去。陳宮急開東門，保護呂布老小出城。操遂得濮陽，恕田氏舊日之罪。劉曄曰：“呂布乃猛虎也，今日困乏，不可少容。"操令劉曄等守濮陽,自己引軍趕至定陶。時呂布與張邈、張超盡在城中,高順、張遼、臧霸、侯成巡海打糧未回。操軍至定陶,連日不戰,引軍退四十里下寨。正值濟郡麥熟,操即令軍割麥為食。細作報知呂布,布引軍趕來。將近操寨,見左邊一望林木茂盛,恐有伏兵而回。操知布軍回去,乃謂諸將曰:"布疑林中有伏兵耳,可多插旌旗於林中以疑之。寨西一帶長堤,無水,可盡伏精兵。明日呂布必來燒林,堤中軍斷其後,布可擒矣。"於是止留鼓手五十人於寨中擂鼓,將村中擄來男女在寨內吶喊。精兵多伏堤中。

卻説呂布回報陳宮。宮曰:"操多詭計,不可輕敵。"布曰:"吾用火攻,可破伏兵。"乃留陳宮、高順守城。布次日引大軍來,遙見林中有旗,驅兵大進,四面放火,竟無一人;欲投寨中,卻聞鼓聲大震。正自疑惑不定,忽然寨後一彪軍出,呂布縱馬趕來。礮響處,堤內伏兵盡出:夏侯惇、夏侯淵、許褚、典韋、李典、樂進驟馬殺來。呂布料敵不過,落荒而走。從將成廉,被樂進一箭射死。布軍三停[1]去了二停,敗卒回報陳宮。宮曰:"空城難守,不若急去。"遂與高順保着呂布老小,棄定陶而走。曹操將得勝之兵,殺入城中,勢如劈竹。張超自刎,張邈投袁術去了。山東一境,盡被曹操所得。安民修城,不在話下。

卻説呂布正走,逢諸將皆回。陳宮亦已尋着。布曰:"吾軍雖少,尚可破曹。"遂再引軍來。正是:兵家勝敗真常事,捲甲重來未可知。不知呂布勝負如何,且聽下文分解。

## 註 釋

1 三停:三分。

# 第十三回

## 李傕郭汜大交兵
## 楊奉董承雙救駕

卻說曹操大破呂布於定陶，布乃收集敗殘軍馬於海濱，眾將皆來會集，欲再與曹操決戰。陳宮曰：“今曹兵勢大，未可與爭。先尋取安身之地，那時再來未遲。”布曰：“吾欲再投袁紹，何如？”宮曰：“先使人往冀州探聽消息，然後可去。”布從之。

且說袁紹在冀州，聞知曹操與呂布相持，謀士審配進曰：“呂布，豺虎也，若得兗州，必圖冀州。不若助操攻之，方可無患。”紹遂遣顏良將兵五萬，往助曹操。細作探知這個消息，飛報呂布。布大驚，與陳宮商議。宮曰：“聞劉玄德新領徐州，可往投之。”布從其言，竟投徐州來。有人報知玄德。玄德曰：“布乃當今英勇之士，可出迎之。”糜竺曰：“呂布乃虎狼之徒，不可收留；收則傷人矣。”玄德曰：“前者非布襲兗州，怎解此郡之禍？今彼窮而投我，豈有他心？”張飛曰：“哥哥心腸忒好。雖然如此，也要準備。”

玄德領眾出城三十里，接着呂布，並馬入城。都到州衙廳上，講禮畢，坐下。布曰：“某自與王司徒計殺董卓之後，又遭催、汜之變，飄零關東，諸侯多不能相容。近因曹賊不仁，侵犯徐州，蒙使君力救陶謙，布因襲兗州以分其勢；不料反墮奸計，敗兵折將。今投使君，共圖大事，未審尊意如何？”玄德曰：“陶使君新逝，無人管領徐州，因令備權攝州事。今幸將軍至此，合當相讓。”遂將牌印送與呂布。呂布卻待要接，只見玄德背後關、張二公各有怒色。布乃佯笑曰：“量呂布一勇夫，何能作州牧乎？”玄德又讓。陳宮曰：“‘強賓不壓主’，請使君勿疑。”玄德方止。遂設宴相待，收拾宅院安下。次日，呂布回席請玄德，玄德乃與關、張同往。飲酒至半酣，布請玄德入後堂。關、張隨入。布令妻女出拜玄德。玄德再三謙讓。布曰：“賢弟不必推讓。”張飛聽了，瞋目大叱曰：“我哥哥是金枝玉葉，你是何等人，敢稱我哥哥為賢弟！你來！我和你鬥三百合！”玄德連忙喝住，關公勸飛出。玄德與呂布陪話曰：“劣弟酒後狂言，兄勿見責。”布默然無語。須臾席散。布送玄德出門，張飛躍馬橫槍而來，大叫：“呂布！我和你併三百合！”玄德急令關公勸止。

次日呂布來辭玄德曰：“蒙使君不棄，但恐令弟輩不能相容。布當別投他處。”玄德曰：“將軍若去，某罪大矣。劣弟冒犯，另日當令陪話。近邑小沛，乃備昔日屯兵之處。將軍不嫌淺狹，權且歇馬，如何？糧食軍需，謹當應付。”呂布謝了玄德，自引軍投小沛安身去了。玄德自去埋怨張飛不題。


卻說曹操平了山東，表奏朝廷，加操為建德將軍費亭侯。其時李催自為大司馬，郭汜自為大將軍，橫行無忌，朝廷無人敢言。太尉楊彪、大司農朱雋暗奏獻帝曰：“今曹操擁兵二十餘萬，謀臣武將數十員，若得此人扶持社稷，剿除奸黨，天下幸甚。”獻帝泣曰：“朕被二賊欺凌久矣，若得誅之，誠為大幸！"彪奏曰："臣有一計：先令二賊自相殘害，然後詔曹操引兵殺之，掃清賊黨，以安朝廷。"獻帝曰："計將安出？"彪曰："聞郭汜之妻最妒，可令人於汜妻處用反間計，則二賊自相害矣。"

帝乃書密詔付楊彪。彪即暗使夫人以他事入郭汜府，乘間告汜妻曰："聞郭將軍與李司馬夫人有染，其情甚密。倘司馬知之，必遭其害。夫人宜絕其往來為妙。"汜妻訝曰："怪見他經宿不歸！卻幹出如此無恥之事！非夫人言，妾不知也。當慎防之。"彪妻告歸，汜妻再三稱謝而別。過了數日，郭汜又將往李傕府中飲宴。妻曰："傕性不測，況今兩雄不並立，倘彼酒後置毒，妾將奈何？"汜不肯聽，妻再三勸住。至晚間，傕使人送酒筵至。汜妻乃暗置毒於中，方始獻入。汜便欲食。妻曰："食自外來，豈可便食？"乃先與犬試之，犬立死。自此汜心懷疑。一日朝罷，李傕力邀郭汜赴家飲宴。至夜席散，汜醉而歸，偶然腹病。妻曰："必中其毒矣！"急令將糞汁灌之，一吐方定。

汜大怒曰："吾與李傕共圖大事，今無端欲謀害我，我不先發，必遭毒手。"遂密整本部甲兵，欲攻李傕。早有人報知傕。傕亦大怒曰："郭阿多安敢如此！"遂點本部甲兵，來殺郭汜。兩處合兵數萬，就在長安城下混戰，乘勢擄掠居民。傕姪李暹引兵圍住宮院，用車二乘，一乘載天子，一乘載伏皇后，使賈詡、左靈監押車駕；其餘宮人內侍，並皆步走。擁出後宰門，正遇郭汜兵到，亂箭齊發，射死宮人不知其數。李傕隨後掩殺，郭汜兵退，車駕冒險出城，不由分說，竟擁到李傕營中。郭汜領兵入宮，盡搶擄宮嬪采女入營，放火燒宮殿。次日，郭汜知李傕劫了天子，領軍來營前廝殺。帝后都受驚恐。後人有詩歎之曰：

光武中興興漢世，上下相承十二帝。

桓靈無道宗社墮，閹臣擅權為叔季。

無謀何進作三公，欲除社鼠招奸雄。

豺獺雖驅虎狼入，西州逆豎生淫凶。

王允赤心托紅粉，致令董呂成矛盾。

渠魁殄滅天下寧，誰知李郭心懷憤。

神州荊棘爭奈何，六宮饑饉愁干戈。

人心既離天命去，英雄割據分山河。

後王規此存兢業，莫把金甌等閒缺。

生靈糜爛肝腦塗，剩水殘山多怨血。

我觀遺史不勝悲，今古茫茫歎〈黍離〉。

人君當守苞桑戒，太阿誰持全綱維。

　　卻說郭汜兵到，李傕出營接戰。汜軍不利，暫且退去。傕乃移帝后車駕於郿塢，使姪李暹監之，斷絕內使，飲食不繼，侍臣皆有飢色。帝令人問傕取米五斛，牛骨五具，以賜左右。傕怒曰：“朝夕上飯，何又他求？”乃以腐肉朽糧與之，皆臭不可食。帝罵曰：“逆賊直如此相欺！”侍中楊琦急奏曰：“傕性殘暴。事勢至此，陛下且忍之，不可攖其鋒也。”帝乃低頭無語，淚盈袍袖。

　　忽左右報曰：“有一路軍馬，槍刀映日，金鼓震天，前來救駕。”帝教打聽是誰，乃郭汜也。帝心轉憂。只聞塢外喊聲大起。原來李傕引兵出迎郭汜，鞭指郭汜而罵曰：“我待你不薄，你如何謀害我？”汜曰：“爾乃反賊，如何不殺你！”傕曰：“我保駕在此，何為反賊？”汜曰：“此乃劫駕，何為保駕？”傕曰：“不須多言！我兩個各不許用軍士，只自併輸贏。贏的便把皇帝取去罷了。”二人便就陣前廝殺。戰到十合，不分勝負。只見楊彪拍馬而來，大叫：“二位將軍少歇，老夫特邀眾官，來與二位講和。"傕、汜乃各自還營。楊彪與朱儁會合朝廷官僚六十餘人，先詣郭汜營中勸和。郭汜竟將眾官盡行監下。眾官曰："我等為好而來，何乃如此相待？"汜曰："李傕劫天子，偏我劫不得公卿！"楊彪曰："一劫天子，一劫公卿，意欲何為？"汜大怒，便拔劍欲殺彪。中郎將楊密力勸，汜乃放了楊彪、朱儁，其餘都監在營中。彪謂儁曰："為社稷之臣，不能匡君救主，空生天地間耳！"言訖，相抱而哭，昏絕於地。儁歸家成病而死。自此之後，傕、汜每日廝殺，一連五十餘日，死者不知其數。

卻說李傕平日最喜左道妖邪之術，常使女巫擊鼓降神於軍中。賈詡屢諫不聽。侍中楊琦密奏帝曰："臣觀賈詡雖為李傕腹心，然實未嘗忘君，陛下當與謀之。"正說之間，賈詡來到。帝乃屏退左右，泣諭詡曰："卿能憐漢朝，救朕命乎？"詡拜伏於地曰："固臣所願也。陛下且勿言，臣自圖之。"帝收淚而謝。少頃，李傕來見，帶劍而入。帝面如土色。傕謂帝曰："郭汜不臣，監禁公卿，欲劫陛下。非臣則駕被擄矣。"帝拱手稱謝，傕乃出。時皇甫酈入見帝。帝知酈能言，又與李傕同鄉，詔使往兩邊解和。酈奉詔，走至汜營說汜。汜曰："如李傕送出天子，我便放出公卿。"酈即來見李傕曰："今天子以某是西涼人，與公同鄉，特令某來勸和二公。汜已奉詔，公意若何？"傕曰："吾有敗呂布之大功，輔政四年，多著勳績，天下共知。郭阿多盜馬賊耳，乃敢擅劫公卿，與我相抗，誓必誅之！君試觀我方略士眾，足勝郭阿多否？"酈答曰："不然。昔有窮后羿，恃其善射，不思患難，以致滅亡。近董太師之強，君所目見也，呂布受恩而反圖之，斯須[1]之間，頭懸國門。則強固不足恃矣。將軍身為上將，持鉞仗節，子孫宗族，皆居顯位，國恩不可謂不厚。今郭阿多劫公卿，而將軍劫至尊，果誰輕誰重耶？"李傕大怒，拔劍叱曰："天子使汝來辱我乎？我先斬汝頭！"

騎都尉楊奉諫曰：“今郭汜未除，而殺天使，則汜興兵有名，諸侯皆助之矣。”賈詡亦力勸，催怒少息。詡遂推皇甫酈出。酈大叫曰：“李催不奉詔，欲弒君自立！”侍中胡邈急止之曰：“無出此言！恐於身不利。”酈叱之曰：“胡敬才！汝亦為朝廷之臣，如何附賊？‘君辱臣死’，吾被李催所殺，乃分也！”大罵不止。帝知之，急令皇甫酈回西涼。

卻說李催之軍，大半是西涼人氏，更賴羌兵為助。卻被皇甫酈揚言於西涼人曰：“李催謀反，從之者即為賊黨，後患不淺。”西涼人多有聽酈之言，軍心漸渙。催聞酈言，大怒，差虎賁王昌追之。昌知酈乃忠義之士，竟不往追，只回報曰：“酈已不知何往矣。”賈詡又密諭羌人曰：“天子知汝等忠義，久戰勞苦，密詔使汝還郡，後當有重賞。”羌人正怨李催不與爵賞，遂聽詡言，都引兵去。詡又密奏帝曰：“李催貪而無謀，今兵散心怯，可以重爵餌之。”帝乃降詔，封催為大司馬。催喜曰：“此女巫降神祈禱之力也！”遂重賞女巫，卻不賞軍將。騎都尉楊奉大怒，謂宋果曰：“吾等出生入死，身冒矢石，功反不及女巫耶？”宋果曰：“何不殺此賊，以救天子？”奉曰：“你於中軍放火為號，吾當引兵外應。”二人約定是夜二更時分舉事。不料其事不密，有人報知李催。催大怒，令人擒宋果先殺之。楊奉引兵在外，不見號火。李催自將兵出，恰遇楊奉，就寨中混戰到四更。奉不勝，引軍投西安去了。李催自此軍勢漸衰。更兼郭汜常來攻擊，殺死者甚多。忽人來報：“張濟統領大軍，自陝西來到，欲與二公解和；聲言如不從者，引兵擊之。”催便賣個人情，先遣人赴張濟軍中許和。郭汜亦只得許諾。張濟上表，請天子駕幸弘農。帝喜曰：“朕思東都久矣。今乘此得還，乃萬幸也！”詔封張濟為驃騎將軍。濟進糧食酒肉，供給百官。汜放公卿出營。催收拾車駕東行，遣舊有御林軍數百，持戟護送。

鑾輿過新豐，至霸陵，時值秋天，金風驟起。忽聞喊聲大作，數百軍兵來至橋上攔住車駕，厲聲問曰："來者何人？"侍中楊琦拍馬上橋曰："聖駕過此，誰敢攔阻？"有二將出曰："吾等奉郭將軍命，把守此橋，以防奸細。既云聖駕，須親見帝，方可准信。"楊琦高揭珠簾。帝諭曰："朕躬在此，卿何不退？"眾將皆呼萬歲，分於兩邊，駕乃得過。二將回報郭汜曰："駕已去矣。"汜曰："我正欲哄過張濟，劫駕再入郿塢，你如何擅自放了過去？"遂斬二將，起兵趕來。車駕正到華陰縣，背後喊聲震天，大叫："車駕且休動！"帝泣告大臣曰："方離狼窩，又逢虎口，如之奈何？"眾皆失色。賊軍漸近，只聽得一派鼓聲，山背後轉出一將，當先一面大旗，上書"大漢楊奉"四字，引軍千餘殺來。原來楊奉自為李傕所敗，便引軍屯終南山下；今聞駕至，特來保護。當下列開陣勢。汜將崔勇出馬，大罵楊奉反賊。奉大怒，回顧陣中曰："公明何在？"一將手執大斧，飛驟驊騮，直取崔勇。兩馬相交，只一合，斬崔勇於馬下。楊奉乘勢掩殺，汜軍大敗，退走二十餘里。奉乃收軍來見天子。帝慰諭曰："卿救朕躬，其功不小！"奉頓首拜謝。帝曰："適斬賊將者何人？"奉乃引此將拜於車下曰："此人河東楊郡人，姓徐，名晃，字公明。"帝慰勞之。楊奉保駕至華陰駐蹕。將軍段煨，具衣服飲膳上獻。是夜，天子宿於楊奉營中。

郭汜敗了一陣，次日又點軍殺至營前來。徐晃當先出馬。郭汜大軍八面圍來，將天子、楊奉困在垓心。正在危急之中，忽然東南上喊聲大震，一將引軍縱馬殺來。賊眾奔潰。徐晃乘勢攻擊，大敗汜軍。那人來見天子，乃國戚董承也。帝哭訴前事。承曰："陛下免憂。臣與楊將軍誓斬二賊，以靖天下。"帝命早赴東都。連夜駕起，前幸弘農。

卻說郭汜引敗軍回，撞着李傕，言："楊奉、董承救駕往弘農去了。若到山東，立腳得定，必然布告天下，令諸侯共伐我等，三族不能保矣。"催曰："今張濟兵據長安，未可輕動。我和你乘間合兵一處，至弘農殺了漢君，平分天下，有何不可？"汜喜諾。二人合兵，於路劫掠，所過一空。楊奉、董承知賊兵遠來，遂勒兵回，與賊大戰於東澗。催、汜二人商議："我眾彼寡，只可以混戰勝之。"於是李催在左，郭汜在右，漫山遍野擁來。楊奉、董承兩邊死戰，剛保帝后車出；百官宮人，符冊典籍，一應御用之物，盡皆拋棄。郭汜引軍入弘農劫掠。承、奉保駕走陝北，催、汜分兵趕來。

　　承、奉一面差人與催、汜講和，一面密傳聖旨往河東，急召故白波帥韓暹、李樂、胡才三處軍兵前來救應。那李樂亦是嘯聚山林之賊，今不得已而召之。三處軍聞天子赦罪賜官，如何不來；並拔本營軍士，來與董承約會一齊，再取弘農。其時李催、郭汜但到之處，劫掠百姓，老弱者殺之，強壯者充軍；臨敵則驅民兵在前，名曰"敢死軍"，賊勢浩大。李樂軍到，會於渭陽。郭汜令軍士將衣服物件拋棄於道。樂軍見衣服滿地，爭往取之，隊伍盡失。催、汜二軍，四面混戰，樂軍大敗。楊奉、董承遮攔不住，保駕北走，背後賊軍趕來。李樂曰："事急矣！請天子上馬先行！"帝曰："朕不可捨百官而去。"眾皆號泣相隨。胡才被亂軍所殺。承、奉見賊追急，請天子棄車駕，步行到黃河岸邊。李樂等尋得一隻小舟作渡船。時值天氣嚴寒，帝與后強扶到岸。邊岸又高，不得下船，後面追兵將至。楊奉曰："可解馬轡繩接連，拴縛帝腰，於下船去。"人叢中國舅伏德，挾白絹十數疋至，曰："我於亂軍中拾得此絹，可接連拽輦。"行軍校尉尚弘用絹包帝及后，令眾先挂帝往下放之，乃得下船。李樂仗劍立於船頭上，后兄伏德，負后下船中。岸上有不得下船者，爭扯船纜。李樂盡砍於水中。渡過帝后，再放船渡眾人。其爭渡者，皆被砍下手指，哭聲震天。

既渡彼岸，帝左右止剩得十餘人。楊奉尋得牛車一輛，載帝至大陽。絕食，晚宿於瓦屋中，野老進粟飯，上與后共食，粗糲不能下咽。次日詔封李樂為征北將軍，韓暹為征東將軍，起駕前行。有二大臣尋至，哭拜車前，乃太尉楊彪、太僕韓融也。帝后俱哭。韓融曰："催、汜二賊，頗信臣言；臣捨命去說二賊罷兵。陛下善保龍體。"韓融去了。李樂請帝入楊奉營暫歇。楊彪請帝都安邑縣。駕至安邑，苦無高房，帝后都居於茅屋中；又無門關閉，四邊插荊棘以為屏蔽。帝與大臣議事於茅屋之下，諸將引兵於籬外鎮壓。李樂等專權，百官稍有觸犯，竟於帝前毆罵；故意送濁酒粗食與帝，帝勉強納之。李樂、韓暹又連名保奏無徒、部曲、巫醫、走卒二百餘名，並為校尉、御史等官。刻印不及，以錐畫之，全不成體統。

　　卻說韓融曲說催、汜二賊，二賊從其言，乃放百官及宮人歸。是歲大荒，百姓皆食棗菜，餓莩[2]遍野。河內太守張楊獻米肉，河東太守王邑獻絹帛，帝稍得寧。董承、楊奉商議，一面差人修洛陽宮院，欲奉車駕還東都，李樂不從。董承謂李樂曰："洛陽本天子建都之地。安邑乃小地面，如何容得車駕？今奉駕還洛陽是正理。"李樂曰："汝等奉駕去，我只在此處住。"承、奉乃奉駕起程。李樂暗令人結連李催、郭汜，一同劫駕。董承、楊奉、韓暹知其謀，連夜擺布軍士，護送車駕前奔箕關。李樂聞知，不等催、汜軍到，自引本部人馬前來追趕。四更左側，趕到箕山下，大叫："車駕休行！李催、郭汜在此！"嚇得獻帝心驚膽戰。山上火光遍起。正是：前番兩賊分為二，今番三賊合為一。不知漢天子怎離此難，且聽下文分解。

# 第十四回

## 曹孟德移駕幸許都
## 呂奉先乘夜襲徐郡

卻說李樂引軍詐稱李傕、郭汜來追車駕，天子大驚。楊奉曰："此李樂也。"遂令徐晃出迎之，李樂親自出戰。兩馬相交，只一合，被徐晃一斧砍於馬下，殺散餘黨，保護車駕過箕關。太守張楊具粟帛迎駕於軹道。帝封張楊為大司馬。楊辭帝屯兵野王去了。帝入洛陽，見宮室燒盡，街市荒蕪，滿目皆是蒿草，宮院中只有頹牆壞壁，命楊奉且蓋小宮居住。百官朝賀，皆立於荊棘之中。詔改興平為建安元年。是歲又大荒。洛陽居民，僅有數百家，無可為食，盡出城去剝樹皮掘草根食之。尚書郎以下，皆自出城樵採，多有死於頹牆壞壁之間者。漢末氣運之衰，無甚於此。後人有詩歎之曰：

> 血流芒碭白蛇亡，赤幟縱橫遊四方。
> 秦鹿逐翻興社稷，楚騅推倒立封疆。
> 天子懦弱姦邪起，氣色凋零盜賊狂。

看到兩京遭難處，鐵人無淚也悽惶。

太尉楊彪奏帝曰：“前蒙降詔，未曾發遣。今曹操在山東，兵強將盛，可宣入朝，以輔王室。”帝曰：“朕前既降詔，卿何必再奏？今即差人前去便了。”彪領旨，即差使命赴山東，宣召曹操。

卻說曹操在山東，聞知車駕已還洛陽，聚謀士商議。荀彧進曰：“昔晉文公納周襄王，而諸侯服從；漢高祖為義帝發喪，而天下歸心。今天子蒙塵[1]，將軍誠因此時首倡義兵，奉天子以從眾望，不世[2]之略也。若不早圖，人將先我而為之矣。”曹操大喜，正要收拾起兵，忽報有天使齎詔宣召。操接詔，剋日興師。

卻說帝在洛陽，百事未備，城郭崩倒，欲修未能。人報李傕、郭汜領兵將到。帝大驚，問楊奉曰：“山東之使未回，李、郭之兵又至，為之奈何？”楊奉、韓暹曰：“臣願與賊決死戰，以保陛下。”董承曰：“城郭不堅，兵甲不多，戰如不勝，當復如何？不若且奉駕往山東避之。”帝從其言，即日起駕望山東進發。百官無馬，皆隨駕步行。

出了洛陽，行無一箭之地，但見塵頭蔽日，金鼓喧天，無限人馬到來，帝、后戰慄不能言。忽見一騎飛來，乃前差往山東之使命也，至車前拜啟曰：“曹將軍盡起山東之兵，應詔前來。聞李傕、郭汜犯洛陽，先差夏侯惇為先鋒，引上將十員，精兵五萬，前來保駕。”帝心方安。少頃，夏侯惇引許褚、典韋等，至駕前面君，俱以軍禮見。帝慰諭方畢，忽報正東又有一路軍到。帝即命夏侯惇往探之，回奏曰：“乃曹操步軍也。”須臾，曹洪、李典、樂進來見駕。通名畢，洪奏曰：“臣兄知賊兵至近，恐夏侯惇孤力難為，故又差臣等倍道而來協助。”帝曰：“曹將軍真社稷臣也！”遂命護駕前行。探馬來報：“李傕、郭汜領兵長驅而來。”帝令夏侯惇分兩路迎之。惇乃與曹洪分為兩翼，馬軍先出，步軍後隨，儘力攻擊。催、汜賊兵大敗，斬首萬餘。於是請帝還洛陽故宮。夏侯惇屯兵於城外。次日，曹操引大隊人馬到來。安營畢，入城見帝，拜於殿階之下。帝賜平身，宣諭慰勞。操曰：“臣向蒙國恩，刻思圖報。今催、汜二賊，罪惡貫盈；臣有精兵二十餘萬，以順討逆，無不克捷。陛下善保龍體，以社稷為重。”帝乃封操領司隸校尉、假節鉞、錄尚書事。

卻說李催、郭汜知操遠來，議欲速戰。賈詡諫曰：“不可。操兵精將勇，不如降之，求免本身之罪。”催怒曰：“爾敢滅吾銳氣！”拔劍欲斬詡，眾將勸免。是夜賈詡單馬走回鄉里去了。次日，李催軍馬來迎操兵。操先令許褚、曹仁、典韋領三百鐵騎，於催陣中衝突三遭，方纔布陣。陣圓處，李催姪李暹、李別出馬陣前，未及開言，許褚飛馬過去，一刀先斬李暹。李別吃了一驚，倒撞下馬，褚亦斬之，雙挽人頭回陣。曹操撫許褚之背曰：“子真吾之樊噲[3]也！”隨令夏侯惇領兵左出、曹仁領兵右出，操自領中軍衝陣。鼓響一聲，三軍齊進。賊兵抵敵不住，大敗而走。操親掣寶劍押陣，率眾連夜追殺，剿戮極多，降者不計其數。催、汜望西逃命，忙忙似喪家之狗，自知無處容身，只得往山中落草去了。曹操回兵，仍屯於洛陽城外。楊奉、韓暹兩個商議：“今曹操成了大功，必掌重權，如何容得我等？”乃入奏天子，只以追殺催、汜為名，引本部軍屯於大梁去了。

帝一日命人至操營，宣操入宮議事。操聞天使至，請入相見。只見那人眉清目秀，精神充足。操暗想曰：“今東都大荒，官僚軍民，皆有飢色，此人何得獨肥？”因問之曰：“公尊顏充腴，以何調理而至此？”對曰：“某無他法，只食淡三十年矣。”操乃頷之；又問曰：“君居何職？”對曰：“某舉孝廉。原為袁紹、張楊從事。今聞天子還都，特來朝覲，官封正議郎。濟陰定陶人，姓董，名昭，字公仁。”曹操避席曰：“聞名久矣！幸得於此相見。”遂置酒帳中相待，令與荀彧相會。忽人報曰：“一隊軍往東而去，不知何人。”操急令人探之。董昭曰：“此乃李傕舊將楊奉，與白波帥韓暹，因明公來此，故引兵欲投大梁去耳。”操曰：“莫非疑操乎？”昭曰：“此乃無謀之輩，明公何足慮也？”操又曰：“李、郭二賊此去若何？”昭曰：“虎無爪，鳥無翼，不久當為明公所擒，無足介意。”

操見昭言語投機，便問以朝廷大事。昭曰：“明公興義兵以除暴亂，入朝輔佐天子，此五霸[4]之功也。但諸將人殊意異，未必服從。今若留此，恐有不便，惟移駕幸許都為上策。然朝廷播越[5]，新還京師，遠近仰望，以冀一朝之安；今復徙駕，不厭眾心。夫行非常之事，乃有非常之功，願將軍決計之。”操執昭手而笑曰：“此吾之本志也。但楊奉在大梁，大臣在朝，不有他變否？”昭曰：“易也。以書與楊奉，先安其心。明告大臣，以京師無糧，欲車駕幸許都，近魯陽，轉運糧食，庶無欠缺懸隔之憂。大臣聞之，當欣從也。”操大喜。昭謝別。操執其手曰：“凡操有所圖，惟公教之。”昭稱謝而去。

操由是日與眾謀士密議遷都之事。時侍中太史令王立私謂宗正劉艾曰：“吾仰觀天文，自去春太白犯鎮星於斗牛，過天津，熒惑又逆行，與太白會於天關，金火交會，必有新天子出。吾觀大漢氣數將終，晉、魏之地，必有興者。”又密奏獻帝曰：“天命有去就，五行不常盛。代火者土也。代漢而有天下者，當在魏。”操聞之，使人告立曰：“知公忠於朝廷，然天道深遠，幸勿多言。”操以是告彧。彧曰：“漢以火德王，而明公乃土命也。許都屬土，到彼必興。火能生土，土能旺木：正合董昭、王立之言。他日必有興者。”操意遂決。次日，入見帝，奏曰：“東都荒廢久矣，不可修葺，更兼轉運糧食艱辛。許都地近魯陽，城郭宮室，錢糧民物，足可備用。臣敢請駕幸許都，惟陛下從之。"帝不敢不從；羣臣皆懼操勢，亦莫敢有異議。遂擇日起駕。操引軍護行，百官皆從。

行不到數程，前至一高陵。忽然喊聲大舉，楊奉、韓暹領兵攔路。徐晃當先，大叫："曹操欲劫駕何往！"操出馬視之，見徐晃威風凜凜，暗暗稱奇，便令許褚出馬與徐晃交鋒。刀斧相交，戰五十餘合，不分勝敗。操即鳴金收軍，召謀士議曰："楊奉、韓暹誠不足道；徐晃乃真良將也。吾不忍以力併之，當以計招之。"行軍從事滿寵曰："主公勿慮。某向與徐晃有一面之交，今晚扮作小卒，偷入其營，以言說之，管教他傾心來降。"操欣然遣之。

是夜滿寵扮作小卒，混入彼軍隊中，偷至徐晃帳前，只見晃秉燭被甲而坐。寵突至其前，揖曰："故人別來無恙乎！"徐晃驚起，熟視之曰："子非山陽滿伯寧耶？何以至此？"寵曰："某現為曹將軍從事。今日於陣前得見故人，欲進一言，故特冒死而來。"晃乃延之坐，問其來意。寵曰："公之勇略，世所罕有，奈何屈身於楊、韓之徒？曹將軍當世英雄，其好賢禮士，天下所知也；今日陣前，見公之勇，十分敬愛，故不忍以健將決死戰，特遣寵來奉邀。公何不棄暗投明，共成大業？"晃沈吟良久，乃喟然歎曰："吾固知奉、暹非立業之人，奈從之久矣，不忍相捨。"寵曰："豈不聞'良禽擇木而棲，賢臣擇主而事'。遇可事之主，而交臂失之，非丈夫也。"晃起謝曰："願從公言。"寵曰："何不就殺奉、暹而去，以為進見之禮？"晃曰："以臣弒主，大不義也。吾決不為。"寵曰："公真義士也！"晃遂引帳下數十騎，連夜同滿寵來投曹操。早有人報知楊奉。奉大怒，自引千騎來追，大叫："徐晃反賊休走！"正追趕間，忽然一聲礮響，山上山下，火把齊明，伏軍四出。曹操親自引軍當先，大喝："我在此等候多時，休教走脫！"楊奉大驚，急待回軍，早被曹兵圍住。恰好韓暹引兵來救，兩軍混戰，楊奉走脫。曹操趁彼軍亂，乘勢攻擊，兩家軍士大半多降。楊奉、韓暹勢孤，引敗兵投袁術去了。

曹操收軍回營，滿寵引徐晃入見。操大喜，厚待之。於是迎鑾駕到許都，蓋造宮室殿宇，立宗廟社稷、省臺司院衙門，修城郭府庫；封董承等十三人為列侯。賞功罰罪，並聽曹操處置。操自封為大將軍武平侯，以荀彧為侍中尚書令，荀攸為軍師，郭嘉為司馬祭酒，劉曄為司空掾曹，毛玠、任峻為典農中郎將，催督錢糧，程昱為東平相，范成、董昭為洛陽令，滿寵為許都令，夏侯惇、夏侯淵、曹仁、曹洪皆為將軍，呂虔、李典、樂進、于禁、徐晃皆為校尉，許褚、典韋皆為都尉；其餘將士，各各封官。自此大權皆歸於曹操：朝廷大務，先稟曹操，然後方奏天子。

操既定大事，乃設宴後堂，聚眾謀士共議曰：“劉備屯兵徐州，自領州事。近呂布以兵敗投之，備使居於小沛，若二人同心引兵來犯，乃心腹之患也。公等有何妙計可圖之？”許褚曰：“願借精兵五萬，斬劉備、呂布之頭，獻於丞相。”荀彧曰：“將軍勇則勇矣，不知用謀。今許都新定，未可造次用兵。彧有一計，名曰：‘二虎競食之計’。今劉備雖領徐州，未得詔命。明公可奏請詔命實授備為徐州牧，因密與一書，教殺呂布。事成則備無猛士為輔，亦漸可圖；事不成，則呂布必殺備矣。此乃‘二虎競食之計’也。”操從其言，即時奏請詔命，遣使齎往徐州，封劉備為征東將軍宜城亭侯，領徐州牧；並附密書一封。

卻說劉玄德在徐州，聞帝幸許都，正欲上表慶賀。忽報天使至，出郭迎接入郡，拜受恩命畢，設宴管待來使。使曰：“君侯得此恩命，實曹將軍於帝前保薦之力也。”玄德稱謝。使者乃取出私書遞與玄德。玄德看罷，曰：“此事尚容計議。”席散，安歇來使於館驛。玄德連夜與眾商議此事。張飛曰：“呂布本無義之人，殺之何礙？”玄德曰：“他勢窮而來投我，我若殺之，亦是不義。”張飛曰：“好人難做！”玄德不從。次日，呂布來賀，玄德教請入見。布曰：“聞公受朝廷恩命，特來相賀。”玄德遜謝。只見張飛扯劍上廳，要殺呂布，玄德慌忙阻住。布大驚曰：“翼德何故只要殺我？”張飛叫曰：“曹操道你是無義之人，教我哥哥殺你！”玄德連聲喝退。乃引呂布同入後堂，實告前因；就將曹操所送密書與呂布看。布看畢，泣曰：“此乃曹賊欲令我二人不和耳！”玄德曰：“兄勿憂，劉備誓不為此不義之事。”呂布再三拜謝。備留布飲酒，至晚方回。關、張曰：“兄長何故不殺呂布？”玄德曰：“此曹孟德恐我與呂布同謀伐之，故用此計，使我兩人自相吞併，彼卻於中取利。奈何為所使乎？”關公點頭道是。張飛曰：“我只要殺此賊以絕後患！”玄德曰：“此非大丈夫之所為也。”

次日，玄德送使命回京，就拜表謝恩，並回書與曹操，只言容緩圖之。使命回見曹操，言玄德不殺呂布之事。操問荀彧曰：“此計不成，奈何？”彧曰：“又有一計，名曰‘驅虎吞狼之計’。”操曰：“其計如何？”彧曰：“可暗令人往袁術處通問，報說劉備上密表，要略南郡。術聞之，必怒而攻備，公乃明詔劉備討袁術。兩邊相併，呂布必生異心：此‘驅虎吞狼之計’也。”操大喜，先發人往袁術處，次假天子詔，發人往徐州。

卻說玄德在徐州，聞使命至，出郭迎接，開讀詔書，卻是要起兵討袁術。玄德領命，送使者先回。糜竺曰：“此又是曹操之計。”玄德曰：“雖是計，王命不可違也。”遂點軍馬，尅日起程。孫乾曰：“可先定守城之人。”玄德曰：“二弟之中，誰人可守？”關公曰：“弟願守此城。”玄德曰：“吾早晚欲與爾議事，豈可相離？”張飛曰：“小弟願守此城。”玄德曰：“你守不得此城：你一者酒後剛強，鞭撻士卒；二者作事輕易，不從人諫。吾不放心。”張飛曰：“弟自今以後，不飲酒，不打軍士，諸般聽人勸諫便了。”糜竺曰：“只恐口不應心。”飛怒曰：“吾跟哥哥多年，未嘗失信，你如何輕料我！”玄德曰：“弟言雖如此，吾終不放心。還請陳元龍輔之。早晚令其少飲酒，勿致失事。”陳登應諾。玄德分付了當，乃統馬步軍三萬，離徐州望南陽進發。

卻說袁術聞說劉備上表，欲吞其州縣，乃大怒曰：“汝乃織蓆編屨之夫，今輒占據大郡，與諸侯同列；吾正欲伐汝，汝卻反欲圖我！深為可恨！”乃使上將紀靈起兵十萬，殺奔徐州。兩軍會於盱眙。玄德兵少，依山傍水下寨。那紀靈乃山東人，使一口三尖刀，重五十斤。是日引兵出陣，大罵：“劉備村夫，安敢侵吾境界！”玄德曰：“吾奉天子詔，以討不臣。汝今敢來相拒，罪不容誅！”紀靈大怒，拍馬舞刀，直取玄德。關公大喝曰：“匹夫休得逞強！”出馬與紀靈大戰。一連三十合，不分勝負。紀靈大叫少歇，關公便撥馬回陣，立於陣前候之。紀靈卻遣副將荀正出馬。關公曰：“只教紀靈來，與他決個雌雄！”荀正曰：“汝乃無名下將，非紀將軍對手！”關公大怒，直取荀正；交馬一合，砍荀正於馬下。玄德驅兵殺將過去，紀靈大敗，退守淮陰河口，不敢交戰，只教軍士來偷營劫寨，皆被徐州兵殺敗。兩軍相拒，不在話下。

卻說張飛自送玄德起身後，一應雜事，俱付陳元龍管理；軍機大務，自家參酌。一日，設宴請各官赴席。眾人坐定，張飛開言曰：“我兄臨去時，分付我少飲酒，恐致失事。眾官今日盡此一醉，明日都各戒酒，幫我守城。今日卻都要滿飲。”言罷，起身與眾官把盞。酒至曹豹面前，豹曰：“我從天戒，不飲酒。”飛曰：“廝殺漢如何不飲酒？我要你吃一盞。”豹懼怕，只得飲了一盃。張飛把遍各官，自斟巨觥，連飲了幾十盃，不覺大醉，卻又起身與眾官把盞。酒至曹豹，豹曰：“某實不能飲矣。”飛曰：“你恰纔吃了，如今為何推卻？”豹再三不飲，飛醉後使酒，便發怒曰：“你違我將令，該打一百！”便喝軍士拏下。陳元龍曰：“玄德公臨去時，分付你甚來？”飛曰：“你文官，只管文官事，休來管我！”曹豹無奈，只得告求曰：“翼德公，看我女婿之面，且恕我罷。”飛曰：“你女婿是誰？”豹曰：“呂布是也。”飛大怒曰：“我本不欲打你，你把呂布來嚇我，我偏要打你！我打你，便是打呂布！”諸人勸不住。將曹豹鞭至五十，眾人苦苦告饒，方止。席散，曹豹回去，深恨張飛，連夜差人齎書一封，逕投小沛見呂布，備說張飛無禮；且云：玄德已往淮南，今夜可乘飛醉，引兵來襲徐州，不可錯此機會。

呂布見書，便請陳宮來議。宮曰：“小沛原非久居之地。今徐州既有可乘之隙，失此不取，悔之晚矣。”布從之，隨即披挂上馬，領五百騎先行；使陳宮引大軍繼進，高順亦隨後進發。小沛離徐州只四五十里，上馬便到。呂布到城下時，恰纔四更，月色澄清，城上更不知覺。布到城門邊叫曰：“劉使君有機密使人至。”城上有曹豹軍報知曹豹，豹上城看之，便令軍士開門。呂布一聲暗號，眾軍齊入，喊聲大舉。張飛正醉臥府中，左右急忙搖醒，報說：“呂布賺開城門，殺將進來了！”張飛大怒，慌忙披挂，綽了丈八蛇矛；纔出府門，上得馬時，呂布軍馬已到，正與相迎。張飛此時酒猶未醒，不能力戰。呂布素知飛勇，亦不敢相逼。十八騎燕將，保着張飛，殺出東門，玄德家眷在府中，都不及顧了。

卻說曹豹見張飛只十數人護從，又欺他醉，遂引百十人趕來。飛見豹，大怒，拍馬來迎。戰了三合，曹豹敗走，飛趕到河邊，一槍正刺中曹豹後心，連人帶馬，死於河中。飛於城外招呼士卒，出城者盡隨飛投淮南而去。呂布入城安撫居民，令軍士一百人守把玄德宅門，諸人不許擅入。

卻說張飛引數十騎，直到盱眙見玄德，具說曹豹與呂布裏應外合，夜襲徐州。眾皆失色。玄德歎曰："得何足喜，失何足憂！"關公曰："嫂嫂安在？"飛曰："皆陷於城中矣。"玄德默然無語。關公頓足埋怨曰："你當初要守城時，說甚來？兄長分付你甚來？今日城池又失了，嫂嫂又陷了，如何是好！"張飛聞言，惶恐無地，掣劍欲自刎。正是：舉盃暢飲情何放？拔劍捐生悔已遲！不知性命如何，且聽下文分解。

註　釋

1　蒙塵：在外流亡。

2　不世：不尋常。

3　樊噲：漢劉邦的勇將，曾數次救劉邦脫險。

4　五霸：春秋時，五個有勢力的諸侯，即齊桓公、秦穆公、宋襄公、晉文公和楚莊王。

5　播越：四處流亡。

# 第十五回

# 太史慈酣鬥小霸王
# 孫伯符大戰嚴白虎

　　卻說張飛拔劍要自刎，玄德向前抱住，奪劍擲地曰：“古人云：‘兄弟如手足，妻子如衣服。’衣服破，尚可縫；手足斷，安可續？吾三人桃園結義，不求同生，但願同死。今雖失了城池家小，安忍教兄弟中道而亡？況城池本非吾有；家眷雖被陷，呂布必不謀害，尚可設計救之。賢弟一時之誤，何至遽欲捐生耶！”說罷大哭。關、張俱感泣。

　　且說袁術知呂布襲了徐州，星夜差人至呂布處，許以糧五萬斛、馬五百匹、金銀一萬兩、綵緞一千疋，使夾攻劉備。布喜，令高順領兵五萬襲玄德之後。玄德聞得此信，乘陰雨撤兵，棄盱眙而走，思欲東取廣陵。比及高順軍來，玄德已去。高順與紀靈相見，就索所許之物。靈曰：“公且回軍，容某見主公計之。”高順乃別紀靈回軍，見呂布具述紀靈語。布正在遲疑，忽有袁術書至。書意云：“高順雖來，而劉備未除；且待捉了劉備，那時方以所許之物相送。”布怒罵袁術失信，欲起兵伐之。陳宮曰：“不可。術據壽春，兵多糧廣，不可輕敵。不如請玄德還屯小沛，使為我羽翼。他日令玄德為先鋒，那時先取袁術，後取袁紹，可縱橫天下矣。」布聽其言，令人齎書迎玄德回。

卻說玄德引兵東取廣陵，被袁術劫寨，折兵大半。回來正遇呂布之使，呈上書札，玄德大喜。關、張曰：「呂布乃無義之人，不可信也。」玄德曰：「彼既以好情待我，奈何疑之？」遂來到徐州。布恐玄德疑惑，先令人送還家眷。甘、糜二夫人見玄德，具說呂布令兵把定宅門，禁諸人不得入，又常使侍妾送物，未嘗有缺。玄德謂關、張曰：「我知呂布必不害我家眷也。」乃入城謝呂布。張飛恨呂布，不肯隨往，先奉二嫂往小沛去了。玄德入見呂布拜謝。呂布曰：「我非欲奪城；因令弟張飛在此恃酒殺人，恐有失事，故來守之耳。」玄德曰：「備欲讓兄久矣。」布假意仍讓玄德。玄德力辭，還屯小沛住紮。關、張心中不忿。玄德曰：「屈身守分，以待天時，不可與命爭也。」呂布令人送糧米緞疋。自此兩家和好，不在話下。


卻說袁術大宴將士於壽春。人報孫策征廬江太守陸康，得勝而回。術喚策至，策拜於堂下。問勞已畢，便令侍坐飲宴。原來孫策自父喪之後，退居江南，禮賢下士；後因陶謙與策母舅丹陽太守吳景不和，策乃移母并家屬居於曲阿，自己卻投袁術。術甚愛之，常歎曰：「使術有子如孫郎，死復何恨！」因使為懷義校尉，引兵攻涇縣大帥祖郎得勝。術見策勇，復使攻陸康，今又得勝而回。

當日筵散，策歸營寨。見術席間相待之禮甚傲，心中鬱悶，乃步月於中庭。因思父孫堅如此英雄，我今淪落至此，不覺放聲大哭。忽見一人自外而入，大笑曰：「伯符何故如此？尊父在日，多曾用我。君若有不決之事，何不問我，乃自哭耶？」策視之，乃丹陽臨漳人，姓朱，名治，字君理，孫堅舊從事官也。策收淚而延之坐曰：「策所哭者，恨不能繼父之志耳。"治曰："君何不告袁公路，借兵往江東，假名救吳景，實圖大業，而乃久困於人之下乎？"正商議間，一人忽入曰："公等所謀，吾已知之。吾手下有精壯百人，暫助伯符一馬之力。"策視其人，乃袁術謀士，汝南湘陽人，姓呂，名範，字子衡。策大喜，延坐共議。呂範曰："只怕袁公路不肯借兵。"策曰："吾有亡父留下傳國玉璽，以為質當。"範曰："公路欲得此久矣！以此相質，必肯發兵。"三人計議已定。

次日，策入見袁術，哭拜曰："父讎不能報，今母舅吳景，又為揚州刺史劉繇所逼；策老母家小，皆在曲阿，必將被害。策敢借雄兵數千，渡江救難省親。恐明公不信，有亡父遺下玉璽，權為質當。"術聞有玉璽，取而視之，大喜曰："吾非要你玉璽，今且權留在此。我借兵三千、馬五百匹與你。平定之後，可速回來。你職位卑微，難掌大權。我表你為折衝校尉、殄寇將軍，尅日領兵便行。"

策拜謝，遂引軍馬，帶領朱治、呂範，舊將程普、黃蓋、韓當等，擇日起兵。行至歷陽，見一軍到。當先一人，姿質風流，儀容秀麗；見了孫策，下馬便拜。策視其人，乃廬江舒城人，姓周，名瑜，字公瑾。原來孫堅討董卓之時，移家舒城，瑜與孫策同年，交情甚密，因結為昆仲。策長瑜兩月，瑜以兄事策。瑜叔周尚，為丹陽太守；今往省親，到此與策相遇。策見瑜大喜，訴以衷情。瑜曰："某願施犬馬之力，共圖大事。"策喜曰："吾得公瑾，大事諧矣。"便令與朱治、呂範等相見。瑜謂策曰："吾兄欲濟大事，亦知江東有'二張'乎？"策曰："何為'二張'？"瑜曰："一人乃彭城張昭，字子布；一人乃廣陵張紘，字子綱。二人皆有經天緯地之才，因避亂隱居於此。吾兄何不聘之？"策喜，即便令人齎禮往聘，俱辭不至。策乃親到其家，與語大悅，力聘之，二人許允。策遂拜張昭為長史，兼撫軍中郎將；

張紘為參謀正議校尉；商議攻擊劉繇。

卻說劉繇字正禮，東萊牟平人也，亦是漢室宗親，太尉劉寵之姪，兗州刺史劉岱之弟；舊為揚州刺史，屯於壽春，被袁術趕過江東，故來曲阿。當下聞孫策兵至，急聚眾將商議。部將張英曰：“某領一軍屯於牛渚，縱有百萬之兵，亦不能近。”言未畢，帳下一人高叫曰：“某願為前部先鋒。”眾視之，乃東萊黃縣人太史慈也。慈自解了北海之圍後，便來見劉繇，繇留於帳下。當日聽得孫策來到，願為前部先鋒。繇曰：“你年尚輕，未可為大將，只在吾左右聽命。”太史慈不喜而退。張英領兵至牛渚，積糧十萬於邸閣。孫策引兵到，張英出迎。兩軍會於牛渚灘上。孫策出馬，張英大罵，黃蓋便出與張英戰。不數合，忽然張英軍中大亂，報說寨中有人放火。張英急回軍，孫策引軍前來，乘勢掩殺。張英棄了牛渚，望深山而逃。原來那寨後放火的，乃是兩員健將：一人乃九江壽春人，姓蔣，名欽，字公奕；一人乃九江下蔡人，姓周，名泰，字幼平。二人皆遭世亂，聚人在洋子江中，劫掠為生；久聞孫策為江東豪傑，能招賢納士，故特引其黨三百餘人，前來相投。策大喜，用為車前校尉。收得牛渚邸閣糧食、軍器，并降卒四千餘人，遂進兵神亭。

卻說張英敗回見劉繇，繇怒欲斬之。謀士笮融、薛禮勸免，使屯兵零陵城拒敵。繇自領兵於神亭嶺南下營，孫策於嶺北下營。策問土人曰：“近山有漢光武廟否？”土人曰：“有廟在嶺上。”策曰：“吾夜夢光武召我相見，當往祈之。”長史張昭曰：“不可。嶺南乃劉繇寨，倘有伏兵，奈何？”策曰：“神人佑我，吾何懼焉？”遂披挂綽槍上馬，引程普、黃蓋、韓當、蔣欽、周泰等共十三騎，出寨上嶺，到廟焚香。下馬參拜已畢，策向前跪祝曰：“若孫策能於江東立業，復興故父之基，即當重修廟宇，四時祭祀。”祝畢，出廟上馬，回顧眾將曰：“吾欲過嶺，探看劉繇寨柵。”諸將皆以為不可。策不從，遂同上嶺，南望村林。早有伏路小軍飛報劉繇。繇曰：“此必是孫策誘敵之計，不可追之。”太史慈踴躍曰：“此時不捉孫策，更待何時？”遂不候劉繇將令，竟自披挂上馬，綽槍出營，大叫曰：“有膽氣者，都跟我來！”諸將不動。惟有一小將曰：“太史慈真猛將也！吾可助之！”拍馬同行。眾將皆笑。

　　卻說孫策看了半晌，方始回馬。正行過嶺，只聽得嶺上叫：“孫策休走！”策回頭視之，見兩匹馬飛下嶺來。策將十三騎一齊擺開。策橫槍立馬於嶺下待之。太史慈高叫曰：“那個是孫策？”策曰：“你是何人？”答曰：“我便是東萊太史慈也，特來捉孫策！”策笑曰：“只我便是。你兩個一齊來併我一個，我不懼你！我若怕你，非孫伯符也！”慈曰：“你便眾人都來，我亦不怕！”縱馬橫槍，直取孫策。策挺槍來迎。兩馬相交，戰五十合，不分勝負，程普等暗暗稱奇。慈見孫策槍法無半點兒滲漏，乃佯輸詐敗，引孫策趕來。慈卻不由舊路上嶺，竟轉過山背後。策趕到，大喝曰：“走的不算好漢！”慈心中自忖：“這廝有十二從人，我只一個，便活捉了他，也喫眾人奪去。再引一程，教這廝沒尋處，方好下手。”於是且戰且走。策那裏肯捨，一直趕到平川之地。慈兜回馬再戰，又到五十合。策一槍搠去，慈閃過，挾住槍；慈也一槍搠去，策亦閃過，挾住槍。兩個用力只一拖，都滾下馬來。馬不知走的那裏去了。兩個棄了槍，揪住廝打，戰袍扯得粉碎。策手快，掣了太史慈背上的短戟，慈亦掣了策頭上的兜鍪。策把戟來刺慈，慈把兜鍪遮架。忽然喊聲後起，乃劉繇接應軍到來，約有千餘。策正慌急，程普等十二騎亦衝到，策與慈方纔放手。慈於軍中討了一匹馬，取了槍，上馬復來。孫策的馬，卻是程普收得，策亦取槍上馬。劉繇一千餘軍，和程普等十二騎混戰，逶迤殺到神亭嶺下。喊聲起處，周瑜領軍來到。劉繇自引大軍殺下嶺來。時近黃昏，風雨暴至，兩下各自收軍。

次日，孫策引軍到劉繇營前，劉繇引軍出迎。兩陣圓處，孫策把槍挑太史慈的小戟於陣前，令軍士大叫曰：“太史慈若不是走的快，已被刺死了！”太史慈亦將孫策兜鍪挑於陣前，也令軍士大叫曰：“孫策頭已在此！”兩軍吶喊，這邊誇勝，那邊道強。太史慈出馬，要與孫策決個勝負，策遂欲出。程普曰：“不須主公勞力，某自擒之。”程普出到陣前，太史慈曰：“你非我之敵手，只教孫策出馬來！”程普大怒，挺槍直取太史慈。兩馬相交，戰到三十合，劉繇急鳴金收軍。太史慈曰：“我正要捉拿賊將，何故收軍？”劉繇曰：“人報周瑜領軍襲取曲阿，有廬江松滋人陳武，字子烈，接應周瑜入去。吾家基業已失，不可久留。速往秣陵，會薛禮、笮融軍馬，急來接應。”太史慈跟着劉繇退軍，孫策不趕，收住人馬。長史張昭曰：“彼軍被周瑜襲取曲阿，無戀戰之心，今夜正好劫營。”孫策然之，當夜分軍五路，長驅大進。劉繇軍兵大敗，眾皆四紛五落。太史慈獨力難當，引十數騎連夜投涇縣去了。

卻說孫策又得陳武為輔，其人身長七尺，面黃睛赤，形容古怪。策甚敬愛之，拜為校尉，使作先鋒，攻薛禮。武引十數騎突入陣去，斬首級五十餘顆。薛禮閉門不敢出。策正攻城，忽有人報劉繇會合笮融去取牛渚。孫策大怒，自提大軍竟奔牛渚。劉繇、笮融二人出馬迎敵。孫策曰：“吾今到此，你如何不降？”劉繇背後一人挺槍出馬，乃部將于糜也。與策戰不三合，被策生擒過去，撥馬回陣。繇將樊能，見捉了于糜，挺槍來趕。那槍剛搠到策後心，策陣上軍士大叫：“背後有人暗算！”策回頭，忽見樊能馬到，乃大喝一聲，聲如巨雷。樊能驚駭，倒翻身撞下馬來，破頭而死。策到門旗下，將于糜丟下，已被挾死。一霎時挾死一將，喝死一將，自此，人皆呼孫策為"小霸王"。

當日劉繇兵大敗，人馬大半降策。策斬首級萬餘。劉繇與笮融走豫章投劉表去了。孫策還兵復攻秣陵，親到城壕邊，招諭薛禮投降。城上暗放一冷箭，正中孫策左腿，翻身落馬。眾將急救起，還營拔箭，以金瘡藥傅之。策令軍中詐稱主將中箭身死。軍中舉哀，拔寨齊起。薛禮聽知孫策已死，連夜起城內之軍，與驍將張英、陳橫殺出城來追之。忽然伏兵四起，孫策當先出馬，高聲大叫曰："孫郎在此！"眾軍皆驚，盡棄槍刀，拜於地下。策令休殺一人。張英撥馬回走，被陳武一槍刺死。陳橫被蔣欽一箭射死。薛禮死於亂軍中。策入秣陵，安輯居民，移兵至涇縣來捉太史慈。

卻說太史慈招得精壯二千餘人，并所部兵，正要來與劉繇報讎。孫策與周瑜商議活捉太史慈之計。瑜令三面攻縣，只留東門放走；離城二十五里，三路各伏一軍，太史慈到那裏，人困馬乏，必然被擒。原來太史慈所招軍大半是山野之民，不諳紀律。涇縣城頭，苦不甚高。當夜孫策命陳武短衣持刃，首先爬上城放火。太史慈見城上火起，上馬投東門走，背後孫策引軍趕來。太史慈正走，後軍趕至三十里，卻不趕了。太史慈走了五十里，人困馬乏，蘆葦之中，喊聲忽起。慈急待走，兩下裏絆馬索齊來，將馬絆翻了，生擒太史慈，解投大寨。策知解到太史慈，親自出營喝散士卒，自釋其縛，將自己錦袍衣之，請入寨中，謂曰："我知子義真丈夫也。劉繇蠢輩，不能用為大將，以致此敗。"慈見策待之甚厚，遂請降。

策執慈手笑曰："神亭相戰之時，若公獲我，還相害否？"慈笑曰："未可知也。"策大笑，請入帳，邀之上坐，設宴款待。慈曰："劉君新破，士卒離心，某欲自往收拾餘眾，以助明公，不識能相信否？"

策起謝曰：“此誠策所願也。今與公約：明日日中，望公來還。”慈應諾而去。諸將曰：“太史慈此去必不來矣。”策曰：“子義乃信義之士，必不背我。”眾皆未信。次日，立竿於營門以候日影。恰將日中，太史慈引一千餘眾到寨。孫策大喜。眾皆服策之知人。於是孫策聚數萬之眾，下江東，安民恤眾，投者無數。江東之民，皆呼策為“孫郎”。但聞孫郎兵至，皆喪膽而走。及策軍到，並不許一人擄掠，雞犬不驚，人民皆悅，齎牛酒到寨勞軍。策以金帛答之，懽聲遍野。其劉繇舊軍願從軍者聽從，不願為軍者給賞歸農。江南之民，無不仰頌。由是兵勢大盛。策乃迎母叔諸弟俱歸曲阿，使弟孫權與周泰守宣城。策領兵南取吳郡。

　　時有嚴白虎，自稱“東吳德王”，據吳郡，遣部將守住烏程、嘉興。當日白虎聞策兵至，令弟嚴輿出兵，會於楓橋。輿橫刀立馬於橋上。有人報入中軍，策便欲出。張紘諫曰：“夫主將乃三軍之所繫命，不宜輕敵小寇。願將軍自重。”策謝曰：“先生之言如金石，但恐不親冒矢石，則將士不用命耳。”隨遣韓當出馬。比及韓當到橋上時，蔣欽、陳武早駕小舟從河岸邊殺過橋裏，亂箭射倒岸上軍，二人飛身上岸砍殺，嚴輿退走。韓當引軍直殺到閶門下，賊退入城裏去了。策分兵水陸並進，圍住吳城。一困三日，無人出戰。策引眾軍到閶門外招諭，城上一員裨將，左手托定護梁，右手指着城下大罵。太史慈就馬上拈弓取箭，顧軍將曰：“看我射中這廝左手！”說聲未絕，弓弦響處，果然射個正中，把那將的左手射透，反牢釘在護梁上。城上城下人見者，無不喝采。眾人救了這人下城。白虎大驚曰：“彼軍有如此人，安能敵乎！”遂商量求和。次日，使嚴輿出城，來見孫策。策請輿入帳飲酒。酒酣，問輿曰：“令兄意欲如何？”輿曰：“欲與將軍平分江東。"策大怒曰："鼠輩安敢與吾相等！"命斬嚴輿。輿拔劍起身，策飛劍砍之，應手而倒，割下首級，令人送入城中。白虎料敵不過，棄城而走。

策進兵追襲，黃蓋攻取嘉興，太史慈攻取烏程，數州皆平。白虎奔餘杭，於路劫掠，被土人凌操領鄉人殺敗，望會稽而走。凌操父子二人來接孫策，策使為從征校尉，遂同引兵渡江。嚴白虎聚寇，分布於西津渡口。程普與戰，復大敗之，連夜趕到會稽。

會稽太守王朗，欲引兵救白虎。忽一人出曰："不可。孫策用仁義之師，白虎乃暴虐之眾，還宜擒白虎以獻孫策。"朗視之，乃會稽餘姚人，姓虞，名翻，字仲翔，見為郡吏。朗怒叱之，翻長歎而出。朗遂引兵會合白虎，同陳兵於山陰之野。兩陣對圓，孫策出馬，謂王朗曰："吾興仁義之兵，來安浙江，汝何故助賊？"朗罵曰："汝貪心不足！既得吳郡，而又強併吾界！今日特與嚴氏雪讎！"孫策大怒，正待交戰，太史慈早出。王朗拍馬舞刀，與慈戰。不數合，朗將周昕，殺出助戰；孫策陣中黃蓋，飛馬接住周昕交鋒。兩下鼓聲大震，互相鏖戰。忽王朗陣後先亂，一彪軍從背後抄來。朗大驚，急回馬來迎：原來是周瑜與程普引軍刺斜殺來，前後夾攻。王朗寡不敵眾，與白虎、周昕殺條血路，走入城中；拽起弔橋，堅閉城門。孫策大軍乘勢趕到城下，分布眾軍，四門攻打。王朗在城中見孫策攻城甚急，欲再出兵決一死戰。嚴白虎曰："孫策兵勢甚大，足下只宜深溝高壘，堅壁勿出。不消一月，彼軍糧盡，自然退走。那時乘虛掩之，可不戰而破也。"朗依其議，乃固守會稽城而不出。孫策一連攻了數日，不能成功，乃與眾將計議。孫靜曰："王朗負固守城，難可卒拔。會稽錢糧，大半屯於查瀆；其地離此數十里，莫若以兵先據其內：所謂攻其無備，出其不意也。"策大喜曰："叔父妙用，足破賊人矣！"即下令於各門燃火，虛張旗號，設為疑兵，連夜撤圍南去。周瑜進曰：「主公大兵一起，王朗必然出城來趕，可用奇兵勝之。」策曰：「吾今準備下了，取城只在今夜。」遂令軍馬起行。

卻說王朗聞報孫策軍馬退去，自引眾人來敵樓上觀望，見城下煙火並起，旌旗不雜，心下遲疑。周昕曰：「孫策走矣，特設此計以疑我耳。可出兵襲之。」嚴白虎曰：「孫策此去，莫非要去查瀆？我令部兵與周將軍追之。」朗曰：「查瀆是我屯糧之所，正須隄防。汝引兵先行，吾隨後接應。」白虎與周昕領五千兵出城追趕。將近初更，離城二十餘里，忽密林裏一聲鼓響，火把齊明。白虎大驚，便勒馬回走。一將當先攔住，火光中視之，乃孫策也。周昕舞刀來迎，被策一槍刺死。餘眾皆降。白虎殺條血路，望餘杭而走。王朗聽知前軍已敗，不敢入城，引部下奔逃海隅去了。孫策復回大軍，乘勢取了城池，安定人民。不隔一日，只見一人將着嚴白虎首級來孫策軍前投獻。策視其人，身長八尺，面方口闊。問其姓名，乃會稽餘姚人，姓董，名襲，字元代。策喜，命為別部司馬。自是東路皆平，令叔孫靜守之，令朱治為吳郡太守，收軍回江東。

卻說孫權與周泰守宣城，忽山賊竊發，四面殺至。時值更深，不及抵敵，泰抱權上馬。數十賊眾，用刀來砍。泰赤體步行，提刀殺賊，砍殺十餘人。隨後一賊躍馬挺槍直取周泰，被泰扯住槍，拖下馬來，奪了槍馬，殺條血路，救出孫權。餘賊遠遁。周泰身被十二槍，金瘡發脹，命在須臾。策聞之大驚。帳下董襲曰：「某曾與海寇相持，身遭數槍，得會稽一個賢郡吏虞翻薦一醫者，半月而愈。」策曰：「虞翻莫非虞仲翔乎？」襲曰：「然。」策曰：「此賢士也。我當用之。」乃令張昭與董襲同往聘請虞翻。翻至，策優禮相待，拜為功曹，因言及求醫之意。翻曰：「此人乃沛國譙郡人，姓華，名佗，字元化。真當世之神醫也。當引之來見。」不一日引至。策見其人，童顏鶴髮，飄然有出世之姿，乃待為上賓，請視周泰瘡。佗曰：「此易事耳。」投之以藥，一月而愈。策大喜，厚謝華佗。遂進兵殺除山賊。江南皆平。孫策分撥將士，守把各處隘口；一面寫表申奏朝廷；一面結交曹操；一面使人致書與袁術取玉璽。

　　卻說袁術暗有稱帝之心，乃回書推託不還；急聚長史楊大將，都督張勳、紀靈、橋蕤，上將雷薄、陳蘭等三十餘人，商議曰：「孫策借我軍馬起事，今日盡得江東地面，乃不思報本，而反來索璽，殊為無禮。當以何策圖之？」長史楊大將曰：「孫策據長江之險，兵精糧廣，未可圖也。今當先伐劉備，以報前日無故相攻之恨，然後圖取孫策未遲。某獻一計，使備即日就擒。」正是：不去江東圖虎豹，卻來徐郡鬥蛟龍。不知其計若何，且聽下文分解。

# 第十六回

## 呂奉先射戟轅門
## 曹孟德敗師清水

　　卻說楊大將獻計欲攻劉備。袁術曰："計將安出？"大將曰："劉備軍屯小沛，雖然易取，奈呂布虎踞徐州，前次許他金帛糧馬，至今未與，恐其助備。今當令人送與糧食，以結其心，使其按兵不動，則劉備可擒。先擒劉備，後圖呂布，徐州可得也。"術喜，便具粟二十萬斛，令韓胤齎密書往見呂布。呂布甚喜，重待韓胤。胤回告袁術，術遂遣紀靈為大將，雷簿、陳蘭為副將，統兵數萬，進攻小沛。玄德聞知此信，聚眾商議。張飛要出戰，孫乾曰："今小沛糧寡兵微，如何抵敵？可修書告急於呂布。"張飛曰："那廝如何肯來！"玄德曰："乾之言善。"送修書與呂布。書略曰：

　　　　伏自將軍垂念，令備於小沛容身，實拜雲天之德。今袁術欲報私雠，遣紀靈領兵到縣，亡在旦夕，非將軍莫能救。望驅一旅之師，以救倒懸之急，不勝幸甚！

呂布看了書，與陳宮計議曰："前者袁術送糧致書，蓋欲使我不救玄德也。今玄德又來求救。吾想玄德屯軍小沛，未必遂能為我害；若袁術併了玄德，則北連泰山諸將以圖我，我不能安枕矣：不若救玄德。"遂點兵起程。

卻說紀靈起兵長驅大進，已到沛縣東南，紮下營寨。晝列旌旗，遮映山川；夜設火鼓，震明天地。玄德縣中，止有五千餘人，也只得勉強出縣，布陣安營。忽報呂布引軍離縣一里、西南上紮下營寨。紀靈知呂布領兵來救劉備，急令人致書於呂布，責其無信。布笑曰："我有一計，使袁、劉兩家都不怨我。"乃發使往紀靈、劉備寨中，請二人飲宴。玄德聞布相請，即便欲往。關、張曰："兄長不可去。呂布必有異心。"玄德曰："我待彼不薄，彼必不害我。"遂上馬而行。關、張隨往。到呂布寨中，入見。布曰："吾今特解公之危，異日得志，不可相忘。"玄德稱謝。布請玄德坐。關、張按劍立於背後。人報紀靈到，玄德大驚，欲避之。布曰："吾特請你二人來會議，勿得生疑。"玄德未知其意，心下不安。紀靈下馬入寨，卻見玄德在帳上坐，大驚，抽身便回，左右留之不住。呂布向前一把扯回，如提童稚。靈曰："將軍欲殺紀靈耶？"布曰："非也。"靈曰："莫非殺大耳兒[1]乎？"布曰："亦非也。"靈曰："然則為何？"布曰："玄德與布乃兄弟也，今為將軍所困，故來救之。"靈曰："若此則殺靈也？"布曰："無有此理。布平生不好鬥，惟好解鬥。吾今為兩家解之。"靈曰："請問解之之法？"布曰："我有一法，從天所決。"乃拉靈入帳與玄德相見。二人各懷疑忌。布乃居中坐，使靈居左，備居右，且教設宴行酒。

酒行數巡，布曰："你兩家看我面上，俱各罷兵。"玄德無語。靈曰："吾奉主公之命，提十萬之兵，專捉劉備，如何罷得？"張飛大怒，拔劍在手，叱曰："吾雖兵少，覷汝輩如兒戲耳！你比百萬黃巾何如？你敢傷我哥哥！"關公急止之曰："且看呂將軍如何主意，那時各回營寨廝殺未遲。"呂布曰："我請你兩家解鬥，須不教你廝殺！"這邊紀靈不忿，那邊張飛只要廝殺。布大怒，教左右："取我戟來！"布提畫戟在手。紀靈、玄德，盡皆失色。布曰："我勸你兩家不要廝殺，盡在天命。"令左右接過畫戟，去轅門外遠遠插定，乃回顧紀靈、玄德曰："轅門離中軍一百五十步。吾若一箭射中戟小枝，你兩家罷兵；如射不中，你各自回營，安排廝殺。有不從吾言者，併力拒之。"紀靈私忖："戟在一百五十步之外，安能便中？且落得應允。待其不中，那時憑我廝殺。"便一口許諾。玄德自無不允。布都教坐。再各飲一盃酒。酒畢，布教取弓箭來。玄德暗祝曰："只願他射得中便好！"只見呂布挽起袍袖，搭上箭，扯滿弓，叫一聲："着！"正是：弓開如秋月行天，箭去似流星落地，一箭正中畫戟小枝。帳上帳下將校，齊聲喝采。後人有詩讚之曰：

温侯神射世間稀，曾向轅門獨解危。
落日果然欺后羿，號猿直欲勝由基。
虎觔弦響弓開處，雕羽翎飛箭到時。
豹子尾搖穿畫戟，雄兵十萬脫征衣。

當下呂布射中畫戟小枝，呵呵大笑，擲弓於地，執紀靈、玄德之手曰："此天令你兩家罷兵也！"喝教軍士："斟酒來！各飲一大觥。"玄德暗稱慚愧。紀靈默然半晌，告布曰："將軍之言，不敢不聽；奈紀靈回去，主人如何肯信？"布曰："吾自作書覆之便了。"酒又數巡，紀靈求書先回。布謂玄德曰："非我則公危矣。"玄德拜謝，與關、張回。次日，三處軍馬都散。

不說玄德入小沛，呂布歸徐州。卻說紀靈回淮南見袁術，說呂布轅門射戟解和之事，呈上書信。袁術大怒曰：“呂布受吾許多糧米，反以此兒戲之事，偏護劉備。吾當自提重兵，親征劉備，兼討呂布！”紀靈曰：“主公不可造次。呂布勇力過人，兼有徐州之地；若布與備首尾相連，不易圖也。靈聞布妻嚴氏有一女，年已及笄。主公有一子，可令人求親於布。布若嫁女於主公，必殺劉備：此乃‘疏不間親之計’也。”袁術從之，即日遣韓胤為媒，齎禮物往徐州求親。胤到徐州見布，稱說：“主公仰慕將軍，欲求令愛為兒婦，永結‘秦晉之好’。”布入謀於妻嚴氏。原來呂布有二妻一妾：先娶嚴氏為正妻，後娶貂蟬為妾；及居小沛時，又娶曹豹之女為次妻。曹氏先亡無出，貂蟬亦無所出，惟嚴氏生一女，布最鍾愛。當下嚴氏對布曰：“吾聞袁公路久鎮淮南，兵多糧廣，早晚將為天子。若成大事，則吾女有后妃之望。只不知他有幾子？”布曰：“止有一子。”妻曰：“既如此，即當許之。縱不為皇后，吾徐州亦無憂矣。”布意遂決，厚款韓胤，許了親事。韓胤回報袁術。術即備聘禮，仍令韓胤送至徐州。呂布受了，設席相待，留於館驛安歇。

次日，陳宮竟往館驛內拜望韓胤。講禮畢，坐定。宮乃叱退左右，對胤曰：“誰獻此計，教袁公與奉先聯姻？意在取劉玄德之頭乎？”胤失驚，起謝曰：“乞公臺勿洩！”宮曰：吾自不洩，只恐其事若遲，必被他人識破，事將中變。”胤曰：“然則奈何？願公教之。”宮曰：“吾見奉先，使其即日送女就親，何如？”胤大喜，稱謝曰：“若如此，袁公感佩明德不淺矣！”宮遂辭別韓胤，入見呂布曰：“聞公女許嫁袁公路，甚善。但不知於何日結親？”布曰：“尚容徐議。”宮曰：“古者自受聘成婚之期，各有定例：天子一年，諸侯半年，大夫一季，庶民一月。”布曰：“袁公路天賜國寶，早晚當為帝，今從天子例，可乎？”

宮曰：“不可。”布曰：“然則仍從諸侯例？”宮曰：“亦不可。”布曰：“然則將從卿大夫例矣？”宮曰：“亦不可。”布笑曰：“公豈欲吾依庶民例耶？”宮曰：“非也。”布曰：“然則公意欲如何？”宮曰：“方今天下諸侯，互相爭雄；今公與袁公路結親，諸侯保無有嫉妒者乎？若復遠擇吉期，或竟乘我良辰，伏兵半路以奪之，如之奈何？為今之計：不許便休；既已許之，當趁諸侯未知之時，即便送女到壽春，另居別館，然後擇吉成親，萬無一失也。”布喜曰：“公臺之言甚當。”遂入告嚴氏。連夜具辦妝奩，收拾寶馬香車，令宋憲、魏續一同韓胤送女前去。鼓樂喧天，送出城外。

時陳元龍之父陳珪，養老在家，聞鼓樂之聲，遂問左右。左右告以故。珪曰：“此乃‘疏不間親之計’也。玄德危矣。”遂扶病來見呂布。布曰：“大夫何來？”珪曰：“聞將軍死至，特來弔喪。”布驚曰：“何出此言？”珪曰：“前者袁公路以金帛送公，欲殺劉玄德，而公以射戟解之；今忽來求親，其意蓋欲以公女為質，隨後就來攻玄德而取小沛。小沛亡，徐州危矣。且彼或來借糧，或來借兵。公若應之，是疲於奔命，而又結怨於人；若其不允，是棄親而啟兵端也。況聞袁術有稱帝之意，是造反也。彼若造反，則公乃反賊親屬矣，得無為天下所不容乎？”布大驚曰：“陳宮誤我！”急命張遼引兵，追趕至三十里之外，將女搶歸；連韓胤都拏回監禁，不放歸去。卻令人回復袁術，只說女兒妝奩未備，俟備畢便自送來。陳珪又說呂布，使解韓胤赴許都。布猶豫未決。

忽人報：“玄德在小沛招軍買馬，不知何意。”布曰：“此為將者本分事，何足為怪？”正話間，宋憲、魏續至，告布曰：“我二人奉明公之命，往山東買馬，買得好馬三百餘匹；回至沛縣界首，被強寇劫去一半。打聽得是劉備之弟張飛，詐妝山賊，搶劫馬匹去了。”呂布聽了大怒，隨即點兵往小沛來鬥張飛。玄德聞之大驚，慌忙領兵出迎。兩陣圓處，玄德出馬曰：“兄長何故領兵到此？”布指罵曰：“我轅門射戟，救你大難，你何故奪我馬匹？”玄德曰：“備因缺馬，令人四下收買。安敢奪兄馬匹？”布曰：“你便使張飛奪了我好馬一百五十匹，尚自抵賴！”張飛挺槍出馬曰：“是我奪了你好馬！你今待怎麼？”布罵曰：“環眼賊！你累次渺視我！”飛曰：“我奪你馬你便惱，你奪我哥哥的徐州便不說了！”布挺戟出馬來戰張飛，飛亦挺槍來迎。兩個酣戰一百餘合，未見勝負。玄德恐有疏失，急鳴金收軍入城。呂布分軍四面圍定。玄德喚張飛責之曰：“都是你奪他馬匹，惹起事端！如今馬匹在何處？”飛曰：“都寄在各寺院內。”玄德隨令人出城，至呂布營中，說情願送還馬匹，兩相罷兵。布欲從之。陳宮曰：“今不殺劉備，久後必為所害。”布聽之，不從所請，攻城愈急。玄德與糜竺、孫乾商議。孫乾曰：“曹操所恨者，呂布也。不若棄城走許都，投奔曹操，借軍破布，此為上策。”玄德曰：“誰可當先破圍而出？”飛曰：“小弟情願死戰。”玄德令飛在前，雲長在後；自居於中，保護老少。當夜三更，乘着月明，出北門而走。正遇宋憲、魏續，被翼德一陣殺退，得出重圍。後面張遼趕來，關公敵住。呂布見玄德去了，也不來趕，隨即入城安民，令高順守小沛，自己仍回徐州去了。

卻說玄德前奔許都，到城外下寨，先使孫乾來見曹操，言被呂布追逼，特來相投。操曰：“玄德與吾，兄弟也。”便請入城相見。次日，玄德留關、張在城外，自帶孫乾、糜竺入見操。操待以上賓之禮。玄德備訴呂布之事。操曰：“布乃無義之輩，吾與賢弟併力誅之。”玄德稱謝。操設宴相待，至晚送出。荀彧入見曰：“劉備英雄也，今不早圖，後必為患。”操不答。彧出，郭嘉入。操曰：“荀彧勸我殺玄德，當如何？"嘉曰："不可。主公興義兵，為百姓除暴，惟仗信義以招俊傑，猶懼其不來也；今玄德素有英雄之名，以困窮而來投，若殺之，是害賢也。天下智謀之士，聞而自疑，將裹足不前，主公誰與定天下乎？夫除一人之患，以阻四海之望：安危之機，不可不察。"操大喜曰："君言正合吾心。"次日，即表薦劉備領豫州牧。程昱諫曰："劉備終不為人之下，不如早圖之。"操曰："方今正用英雄之時，不可殺一人而失天下之心，此郭奉孝與吾有同見也。"遂不聽昱言，以兵三千、糧萬斛送與玄德，使往豫州到任，進兵屯小沛，招集原散之兵，攻呂布。玄德至豫州，令人約會曹操。

操正欲起兵，自往征呂布，忽流星馬報說張濟自關中引兵攻南陽，為流矢所中而死；濟姪張繡統其眾，用賈詡為謀士，結連劉表，屯兵宛城，欲興兵犯闕奪駕。操大怒，欲興兵討之，又恐呂布來侵許都，乃問計於荀彧。彧曰："此易事耳：呂布無謀之輩，見利必喜；明公可遣使往徐州，加官賜賞，令與玄德解和。布喜，則不思遠圖矣。"操曰："善。"遂差奉軍都尉王則，齎官誥并和解書，往徐州去訖；一面起兵十五萬，親討張繡。分軍三路而行，以夏侯惇為先鋒。軍馬至淯水下寨。賈詡勸張繡曰："操兵勢大，不可與敵，不如舉眾投降。"張繡從之，使賈詡至操寨通款。操見詡應對如流，甚愛之，欲用為謀士。詡曰："某昔從李傕，得罪天下；今從張繡，言聽計從，不忍棄之。"乃辭去。次日引繡來見操，操待之甚厚。引兵入宛城屯紮，餘軍分屯城外，寨柵聯絡十餘里。一住數日。繡每日設宴請操。

一日操醉，退入寢所，私問左右曰："此城中有妓女否？"操之兄子曹安民，知操意，乃密對曰："昨晚小姪窺見館舍之側，有一婦人，生得十分美麗。問之，即繡叔張濟之妻也。"操聞言，便令安民領五十甲兵往取之。須臾，取到軍中。操見之，果然美麗。問其姓，婦答曰：“妾乃張濟之妻鄒氏也。”操曰：“夫人識吾否？”鄒氏曰：“久聞丞相威名，今夕幸得瞻拜。”操曰：“吾為夫人故，特納張繡之降，不然滅族矣。”鄒氏拜曰：“實感再生之恩。”操曰：“今日得見夫人，乃天幸也。今宵願同枕席，隨吾還都，安享富貴，何如？”鄒氏拜謝。是夜，共宿於帳中。鄒氏曰：“久住城中，繡必生疑，亦恐外人議論。”操曰：“明日同夫人去寨中住。”次日，移於城外安歇，喚典韋就中軍帳房外宿衛。他人非奉呼喚，不許輒入。因此，內外不通。操每日與鄒氏取樂，不想歸期。

張繡家人密報繡。繡怒曰：“操賊辱我太甚！”便請賈詡商議。詡曰：“此事不可洩漏。來日等操出帳議事，如此如此。”次日，操坐帳中，張繡入告曰：“新降兵多有逃亡者，乞移屯中軍。”操許之，繡乃移屯其軍，分為四寨，刻期舉事。因畏典韋勇猛，急切難近，乃與偏將胡車兒商議。那胡車兒力能負五百斤，日行七百里，亦異人也。當下獻計於繡曰：“典韋之可畏者，雙鐵戟耳。主公明日可請他來吃酒，使盡醉而歸。那時某便溷入他跟來軍士數內，偷入帳房，先盜其戟，此人不足畏矣。”繡甚喜，預先準備弓箭、甲兵，告示各寨。至期令賈詡致意請典韋到寨，殷勤待酒。至晚醉歸，胡車兒雜在眾人隊裏，直入大寨。是夜曹操於帳中與鄒氏飲酒，忽聽帳外人言馬嘶，操使人觀之。回報是張繡軍夜巡，操乃不疑。時近二更，忽聞寨內吶喊。報說草車上火起。操曰：“軍人失火，勿得驚動。”須臾，四下裏火起，操始着忙，急喚典韋。韋方醉臥，睡夢中聽得金鼓喊殺之聲，便跳起身來，卻尋不見了雙戟。時敵兵已到轅門，韋急掣步卒腰刀在手。只見門首無數軍馬，各挺長槍，搶入寨來。韋奮力向前，砍死二十餘人。馬軍方退，步軍又到，兩邊槍如葦列。韋身無片甲，上下被數十槍，兀自死戰。刀砍缺不堪用，韋即棄刀，雙手提着兩個軍人迎敵，擊死者八九人。羣賊不敢近，只遠遠以箭射之，箭如驟雨。韋猶死拒寨門。爭奈寨後賊軍已入，韋背上又中一槍，乃大叫數聲，血流滿地而死。死了半晌，還無一人敢從前門而入者。

卻說曹操賴典韋當住寨門，乃得從寨後上馬逃奔，只有曹安民步隨。操右臂中了一箭，馬亦中了三箭。虧得那馬是大宛良馬，熬得痛，走得快。剛剛走到淯水河邊，賊兵追至，安民被砍為肉泥。操急驟馬衝波過河，纔上得岸，賊兵一箭射來，正中馬眼，那馬撲地倒了。操長子曹昂，即以己所乘之馬奉操。操上馬急奔。曹昂卻被亂箭射死。操乃走脫。路逢諸將，收集殘兵。時夏侯惇所領青州之兵，乘勢下鄉，劫掠民家；平虜校尉于禁，即將本部軍於路剿殺，安撫鄉民。青州兵走回，迎操泣拜於地，言于禁造反，趕殺青州軍馬。操大驚。須臾，夏侯惇、許褚、李典、樂進都到。操言于禁造反，可整兵迎之。

卻說于禁見操等俱到，乃引軍射住陣角，鑿塹安營。或告之曰：“青州軍言將軍造反，今丞相已到，何不分辯，乃先立營寨耶？”于禁曰：“今賊追兵在後，不時即至；若不先準備，何以拒敵？分辯小事，退敵大事。”安營方畢，張繡軍兩路殺至。于禁身先出寨迎敵。繡急退兵。左右諸將，見于禁向前，各引兵擊之，繡軍大敗，追殺百餘里。繡勢窮力孤，引敗兵投劉表去了。曹操收軍點將，于禁入見，備言青州之兵，肆行劫掠，大失民望，某故殺之。操曰：“不告我，先下寨，何也？”禁以前言對。操曰：“將軍在匆忙之中，能整兵堅壘，任謗任勞，使反敗為勝，雖古之名將，何以加茲！”乃賜以金器一副，封益壽亭侯；責夏侯惇治兵不嚴之過。又設祭祭典韋，操親自哭而奠之，顧謂諸將曰：“吾折長子、愛姪，俱無深痛；獨號泣典韋也。”眾皆感歎。次日下令班師。

不說曹操還兵許都。且說王則齎詔至徐州，布迎接入府，開讀詔書——封布為平東將軍，特賜印綬。又出操私書。王則在呂布面前極道曹公相敬之意。布大喜。忽報袁術遣人至，布喚入問之。使言：“袁公早晚即皇帝位，立東宮，催取皇妃早到淮南。”布大怒曰：“反賊焉敢如此！”遂殺來使，將韓胤用枷釘了，遣陳登齎謝表，解韓胤一同王則上許都來謝恩；且答書於操，欲求實授徐州牧。操知布絕婚袁術，大喜，遂斬韓胤於市曹。陳登密諫操曰：“呂布豺狼也，勇而無謀，輕於去就，宜早圖之。”操曰：“吾素知呂布狼子野心，誠難久養。非公父子莫能究其情，公當與吾謀之。”登曰：“丞相若有舉動，某當為內應。”操喜，表贈陳珪治中二千石，登為廣陵太守。登辭回，操執登手曰：“東方之事，便以相付。”登點頭允諾，回徐州見呂布。布問之，登言：“父贈祿，某為太守。”布大怒曰：“汝不為吾求徐州牧，而乃自求爵祿！汝父教我協同曹公，絕婚公路，今吾所求，終無一獲；而汝父子俱各顯貴，吾為汝父子所賣耳！”遂拔劍欲斬之。登大笑曰：“將軍何其不明之甚也！”布曰：“吾何不明？”登曰：“吾見曹公，言養將軍譬如養虎，當飽其肉；不飽則將噬人。曹公笑曰：‘不如卿言。吾待溫侯，如養鷹耳：狐兔未息，不敢先飽，飢則為用，飽則颺去。’某問：‘誰為狐兔？’曹公曰：‘淮南袁術、江東孫策、冀州袁紹、荊襄劉表、益州劉璋、漢中張魯，皆狐兔也。’”布擲劍笑曰：“曹公知我也！”正說話間，忽報袁術軍取徐州。呂布聞言失驚。正是：秦晉未諧吳越鬥，婚姻惹出甲兵來。畢竟後事如何。且聽下文分解。

## 註　釋

1　大耳兒：對劉備的蔑稱。“兩耳垂肩”是劉備的特徵。

# 第 十 七 回

## 袁公路大起七軍
## 曹孟德會合三將

卻說袁術在淮南，地廣糧多，又有孫策所質玉璽，遂思僭稱帝號；大會羣下議曰：「昔漢高祖不過泗上一亭長，而有天下；今歷年四百，氣數已盡，海內鼎沸。吾家四世三公，百姓所歸；吾欲應天順人，正位九五，爾眾人以為何如？」主簿閻象曰：「不可。昔周后稷積德累功，至於文王，三分天下有其二，猶以服事殷。明公家世雖貴，未若有周之盛；漢室雖微，未若殷紂之暴也。此事決不可行。」術怒曰：「吾袁姓出於陳。陳乃大舜之後。以土承火，正應其運。又讖云：『代漢者，當塗高¹也。』吾字公路，正應其讖。又有傳國玉璽，若不為君，背天道也。吾意已決，多言者斬！」遂建號仲氏，立臺省等官，乘龍鳳輦，祀南北郊，立馮方女為后，立子為東宮。因命使催取呂布之女為東宮妃，卻聞布已將韓胤解赴許都，為曹操所斬，乃大怒。遂拜張勳為大將軍，統領大軍二十餘萬，分七路征徐州：

第一路大將張勳居中，

第二路上將橋蕤居左，

第三路上將陳紀居右，

第四路副將雷薄居左，

第五路副將陳蘭居右，

第六路降將韓暹居左，

第七路降將楊奉居右。

各領部下健將，尅日起行。命兗州刺史金尚為太尉，監運七路錢糧。尚不從，術殺之，以紀靈為七路都救應使。術自引軍三萬，使李豐、梁剛、樂就為催進使，接應七路之兵。

呂布使人探聽得張勳一軍從大路逕取徐州，橋蕤一軍取小沛，陳紀一軍取沂都，雷薄一軍取瑯琊，陳蘭一軍取碣石，韓暹一軍取下邳，楊奉一軍取浚山：七路軍馬，日行五十里，於路劫掠將來，乃急召眾謀士商議。陳宮與陳珪父子俱至。陳宮曰：“徐州之禍，乃陳珪父子所招，媚朝廷以求爵祿，今日移禍於將軍，可斬二人之頭獻袁術，其軍自退。”布聽其言，即命擒下陳珪、陳登。陳登大笑曰：“何如是之懦也？吾觀七路之兵，如七堆腐草，何足介意！”布曰：“汝若有計破敵，免汝死罪。”陳登曰：“將軍若用老夫之言，徐州可保無虞。”布曰：“試言之。”登曰：“術兵雖眾，皆烏合之師，素不親信；我以正兵守之，出奇兵勝之，無不成功。更有一計，不止保安徐州，並可生擒袁術。”布曰：“計將安出？”登曰：“韓暹、楊奉乃漢舊臣，因懼曹操而走，無家可依，暫歸袁術；術必輕之，彼亦不樂為術用。若憑尺書結為內應，更連劉備為外合，必擒袁術矣。”布曰：“汝須親到韓暹、楊奉處下書。”陳登允諾。布乃發表上許都，並致書與豫州，然後令陳登引數騎，先於下邳道上候韓暹。暹引兵至，下寨畢，登入見。暹問曰：“汝乃呂布之人，來此何幹？”登笑曰：“某為大漢公卿，何謂呂布之人？若將軍者，向為漢臣，今乃為叛賊之臣，使昔日關中保駕之功，化為烏有，竊為將軍不取也。且袁術性最多疑，將軍後必為其所害。今不早圖，悔之無及。”暹歎曰：“吾欲歸漢，恨無門耳。”登乃出布書。暹覽書畢曰：“吾已知之。公先回。吾與楊將軍反戈擊之。但看火起為號，溫侯以兵相應可也。”登辭暹，急回報呂布。

布乃分兵五路：高順引一軍進小沛，敵橋蕤；陳宮引一軍進沂都，敵陳紀；張遼、臧霸引一軍出瑯琊，敵雷薄；宋憲、魏續引一軍出碣石，敵陳蘭；呂布自引一軍出大道，敵張勳。各領軍一萬，餘者守城。呂布出城三十里下寨。張勳軍到，料敵呂布不過，且退二十里屯住，待四下兵接應。是時二更時分，韓暹、楊奉分兵到處放火，接應呂家軍入寨。勳軍大亂。呂布乘勢掩殺，張勳敗走。呂布趕到天明，正撞紀靈接應。兩軍相迎，恰待交鋒，韓暹、楊奉兩路殺來。紀靈大敗而走，呂布引兵追殺。山背後一彪軍到，門旗開處，只見一隊軍馬，打龍鳳日月旗旛，四斗五方旌幟，金瓜銀斧，黃鉞白旄，黃羅銷金傘蓋之下，袁術身披金甲，腕懸兩刀，立於陣前，大罵呂布：“背主家奴！”布怒，挺戟向前。術將李豐挺槍來迎，戰不三合，被布刺傷其手，豐棄槍而走。呂布麾兵衝殺，術軍大亂。呂布引軍從後追趕，搶奪馬匹衣甲無數。袁術引着敗軍，走不上數里，山背後一彪軍出，截住去路。當先一將乃關雲長也，大叫：“反賊！還不受死！”袁術慌走，餘眾四散奔逃，被雲長大殺了一陣。袁術收拾敗軍，奔回淮南去了。呂布得勝，邀請雲長並楊奉、韓暹等一行人馬到徐州，大排筵宴管待。軍士都有犒賞。次日，雲長辭歸。布保韓暹為沂都牧、楊奉為瑯琊牧，商議欲留二人在徐州。陳珪曰：“不可。韓、楊二人據山東，不出一年，則山東城郭皆屬將軍也。”布然之，遂送二將暫於沂都、瑯琊二處屯紮，以候恩命。陳登私問父曰：“何不留二人在徐州，為殺呂布之根？”

珪曰：“倘二人協助呂布，是反為虎添爪牙也。”登乃服父之高見。

卻說袁術敗回淮南，遣人往江東問孫策借兵報讎。策怒曰：“汝賴吾玉璽，僭稱帝號，背反漢室，大逆不道！吾方欲加兵問罪，豈肯反助叛賊乎？”遂作書以絕之。使者齎書回見袁術。術看畢，怒曰：“黃口孺子，何敢乃爾！吾先伐之！”長史楊大將力諫方止。

卻說孫策自發書後，防袁術兵來，點軍守住江口。忽曹操使至，拜策為會稽太守，令起兵征討袁術。策乃商議，便欲起兵。長史張昭曰：“術雖新敗，兵多糧足，未可輕敵；不如遺書曹操，勸他南征，吾為後應。兩軍相援，術軍必敗。萬一有失，亦望操救援。”策從其言，遣使以此意達曹操。

卻說曹操至許都，思慕典韋，立祀祭之；封其子典滿為中郎，收養在府。忽報孫策遣使致書，操覽書畢，又有人報袁術乏糧，劫掠陳留。欲乘虛攻之，遂興兵南征。令曹仁守許都，其餘皆從征：馬步兵十七萬，糧食輜重千餘車。一面先發人會合孫策與劉備、呂布。兵至豫章界上，玄德早引兵來迎，操命請入營。相見畢，玄德獻上首級二顆。操驚曰：“此是何人首級？”玄德曰：“此韓暹、楊奉之首級也。”操曰：“何以得之？”玄德曰：“呂布令二人權住沂都、瑯琊兩縣，不意二人縱兵掠民，人人嗟怨。因此備乃設一宴，詐請議事；飲酒間，擲盞為號，使關、張二弟殺之，盡降其眾。今特來請罪。”操曰：“君為國家除害，正是大功，何言罪也？”遂厚勞玄德，合兵到徐州界。呂布出迎，操善言撫慰，封為左將軍，許於還都之時，換給印綬。布大喜。操即分呂布一軍在左，玄德一軍在右，自統大軍居中，令夏侯惇、于禁為先鋒。

袁術知操兵至，令大將橋蕤引兵五萬作先鋒，兩軍會於壽春界口。橋蕤當先出馬，與夏侯惇戰不三合，被夏侯惇搠死。術軍大敗，奔走回城。忽報孫策發船攻江邊西面，呂布引兵攻東面，劉備、關、張引兵攻南面，操自引兵十七萬攻北面。術大驚，急聚眾文武商議。楊大將曰：“壽春水旱連年，人皆缺食；今又動兵擾民，民既生怨，兵至難以拒敵。不如留軍在壽春，不必與戰。待彼糧盡，必然生變。陛下且統御林軍渡淮，一者就熟，二者暫避其銳。”術用其言，留李豐、樂就、梁剛、陳紀四人分兵十萬，堅守壽春；其餘將卒并庫藏金玉寶貝，盡數收拾過淮去了。

卻說曹兵十七萬，日費糧食浩大，諸郡又荒旱，接濟不及。操催軍速戰，李豐等閉門不出。操軍相拒月餘，糧食將盡，致書於孫策，借得糧米十萬斛，不敷支散。管糧官任峻部下倉官王垕入稟操曰：“兵多糧少，當如之何？”操曰：“可將小斛散之，權且救一時之急。”垕曰：“兵士倘怨，如何？”操曰：“吾自有策。”垕依命，以小斛分散。操暗使人各寨探聽，無不嗟怨，皆言丞相欺眾。操乃密召王垕入曰：“吾欲問汝借一物，以壓眾心，汝必勿吝。”垕曰：“丞相欲用何物？”操曰：“欲借汝頭以示眾耳。”垕大驚曰：“某實無罪！”操曰：“吾亦知汝無罪，但不殺汝，軍心變矣。汝死後，汝妻子吾自養之，汝勿慮也。”垕再欲言時，操早呼刀斧手推出門外一刀斬訖，懸頭高竿，出榜曉示曰：“王垕故行小斛，盜竊官糧，謹按軍法。”於是眾怨始解。

次日，操傳令各營將領：“如三日內不并力破城，皆斬！”操親自至城下，督諸軍搬土運石，填壕塞塹。城上矢石如雨，有兩員裨將畏避而回，操掣劍親斬於城下，遂自下馬接土填坑。於是大小將士無不向前，軍威大振。城上抵敵不住。曹兵爭先上城，斬關落鎖，大隊擁入。李豐、陳紀、樂就、梁剛都被生擒。操令皆斬於市。焚燒偽造宮室殿宇、一應犯禁之物；壽春城中，收掠一空。商議欲進兵渡淮，追趕袁術。荀彧諫曰：“年來荒旱，糧食艱難，若更進兵，勞軍損民，未必有利，不若暫回許都，待來春麥熟，軍糧足備，方可圖之。”操躊躇未決。忽報馬到，報說：“張繡依託劉表，復肆猖獗；南陽、江陵諸縣復反；曹洪拒敵不住，連輸數陣，今特來告急。”操乃馳書與孫策，令其跨江布陣，以為劉表疑兵，使不敢妄動；自己即日班師，別議征張繡之事。臨行，令玄德仍屯兵小沛，與呂布結為兄弟，互相救助，再無相侵。呂布領兵自回徐州。操密謂玄德曰：“吾令汝屯兵小沛，是‘掘坑待虎之計’也。公但與陳珪父子商議，勿致有失。某當為公外援。”話畢而別。

　　卻說曹操引軍回許都，人報段煨殺了李傕，伍習殺了郭汜，將頭來獻。段煨並將李傕合族老小二百餘口活解入許都。操令分於各門處斬，傳首號令，人民稱快。天子陞殿，會集文武，作太平筵宴。封段煨為盪寇將軍、伍習為珍虜將軍，各引兵鎮守長安。二人謝恩而去。操即奏張繡作亂，當興兵伐。天子乃親排鑾駕，送操出師。時建安三年夏四月也。操留荀彧在許都，調遣兵將，自統大軍進發。行軍之次，見一路麥已熟。民因兵至，逃避在外，不敢刈麥。操使人遠近遍諭村人父老，及各處守境官吏曰：“吾奉天子明詔，出兵討逆，與民除害。方今麥熟之時，不得已而起兵，大小將校，凡過麥田，但有踐踏者，並皆斬首。軍法甚嚴，爾民勿得驚疑。”百姓聞諭，無不歡喜稱頌，望塵遮道而拜。官軍經過麥田，皆下馬以手扶麥，遞相傳送而過，並不敢踐踏。操乘馬正行，忽田中驚起一鳩，那馬眼生，竄入麥中，踐壞一大塊麥田。操隨呼行軍主簿，擬議自己踐麥之罪。主簿曰：“丞相豈可議罪？”操曰：“吾自制法，吾自犯之，何以服眾？”即掣所佩之劍欲自刎。眾急救住。郭嘉曰：“古者《春秋》之義：法不加於尊。

丞相總統大軍，豈可自戕？"操沈吟良久，乃曰："既《春秋》有'法不加於尊'之義，吾姑免死。"乃以劍割自己之髮，擲於地曰："割髮權代首。"使人以髮傳示三軍曰："丞相踐麥，本當斬首號令，今割髮以代。"於是三軍悚然，無不懍遵軍令。後人有詩論之曰：

> 十萬貔貅十萬心，一人號令眾難禁。
> 拔刀割髮權為首，方見曹瞞詐術深。

卻説張繡知操引兵來，急發書報劉表，使為後應；一面與雷敍、張先二將領兵出城迎敵。兩陣對圓，張繡出馬，指操罵曰："汝乃假仁義無廉恥之人，與禽獸何異？"操大怒，令許褚出馬。繡令張先接戰。只三合，許褚斬張先於馬下，繡軍大敗。操引軍趕至南陽城下。繡入城，閉門不出。操圍城攻打，見城壕甚闊，水勢又深，急難近城，乃令軍士運土填壕；又用土布袋並柴薪草把相雜，於城邊作梯凳；又立雲梯窺望城中；操自騎馬遶城觀之。如此三日。傳令教軍士於西門角上，堆積柴薪，會集諸將，就那裏上城。城中賈詡見如此光景，便謂張繡曰："某已知曹操之意矣。今可將計就計而行。"正是：強中自有強中手，用詐還逢識詐人。"不知其計若何，且聽下文分解。

註　釋

1　塗高：指袁術。袁術，名術，字公路，"塗"通"途"，與袁術的字"公路"相通。

# 第 十 八 回

# 賈文和料敵決勝
# 夏侯惇拔矢啖睛

　　卻說賈詡料知曹操之意，便欲將計就計而行，乃謂張繡曰：“某在城上見曹操遶城而觀者三日。他見城東南角磚土之色，新舊不等，鹿角[1]多半毀壞，意將從此處攻進；卻虛去西北上積草，詐為聲勢，欲哄我撤兵守西北，彼乘夜黑必爬東南角而進也。”繡曰：“然則奈何？”詡曰：“此易事耳。來日可令精壯之兵，飽食輕裝，盡藏於東南房屋內；卻教百姓假扮軍士，虛守西北，夜間任他在東南角上爬城。俟其爬進城時，一聲礮響，伏兵齊起，操可擒矣。”繡喜，從其計。早有探馬報曹操，說張繡盡撤兵在西北角上，吶喊守城，東南卻甚空虛。操曰：“中吾計矣！”遂命軍中密備鍬钁爬城器具，日間只引軍攻西北角。至二更時分，卻領精兵於東南角上爬過壕去，砍開鹿角。城中全無動靜，眾軍一齊擁入。只聽得一聲礮響，伏兵四起。曹操急退，背後張繡親驅勇壯殺來。曹軍大敗，退出城外，奔走數十里。張繡直殺至天明方收軍入城。曹操計點敗軍，折五萬餘人，失去輜重無數。

呂虔、于禁俱各被傷。

卻說賈詡見操敗走，急勸張繡遺書劉表，使起兵截其後路。表得書，即欲起兵。忽探馬報孫策屯兵湖口。蒯良曰：“策屯兵湖口，乃曹操之計也。今操新敗，若不乘勢擊之，後必有患。”表乃令黃祖堅守隘口，自己統兵至安眾縣截操後路；一面約會張繡。繡知表兵已起，即同賈詡引兵襲操。

且說操軍緩緩而行，至襄城，到淯水，操忽於馬上放聲大哭。眾驚問其故。操曰：“吾思去年於此地折了吾大將典韋，不由不哭耳！”因即下令屯住軍馬，大設祭筵，弔奠典韋亡魂。操親自拈香哭拜，三軍無不感歎。祭典韋畢，方祭姪曹安民及長子曹昂，并祭陣亡軍士；連那匹射死的大宛馬，也都致祭。次日，忽荀彧差人報說：“劉表助張繡屯兵安眾，截吾歸路。”操答彧書曰：“吾日行數里，非不知賊來追我，然吾計畫已定，若到安眾，破繡必矣。君等勿疑。”便催軍行至安眾縣界。劉表軍已守險要，張繡隨後引軍趕來。操乃令眾軍黑夜鑿險開道，暗伏奇兵。及天色微明，劉表、張繡軍會合，見操兵少，疑操遁去，俱引兵入險擊之。操縱奇兵出，大破兩家之兵。曹兵出了安眾隘口，於隘外下寨。劉表、張繡各整敗兵相見。表曰：“何期反中曹操奸計！”繡曰：“容再圖之！”於是兩軍集於安眾。

且說荀彧探知袁紹欲興兵犯許都，星夜馳書報曹操。操得書心慌，即日回兵。細作報知張繡，繡欲追之，賈詡曰：“不可追也，追之必敗。”劉表曰：“今日不追，坐失機會矣。”力勸繡引軍萬餘同往追之。約行十餘里，趕上曹軍後隊。曹軍奮力接戰，繡、表兩軍大敗而還。繡謂詡曰：“不用公言，果有此敗。”詡曰：“今可整兵再往追之。”繡與表俱曰：“今已敗，奈何復追？”詡曰：“今番追去，必獲大勝；如其不然，請斬吾首。”繡信之。劉表疑慮，不肯同往。繡乃自引一軍往追。操兵果然大敗，軍馬輜重，連路散棄而走。繡正往前追趕，忽山後一彪軍擁出。繡不敢前追，收軍回安眾。劉表問賈詡曰：“前以精兵追退兵，而公曰必敗；後以敗卒擊勝兵，而公曰必克：究竟悉如公言。何其事不同而皆驗也？願公明教我。”詡曰：“此易知耳。將軍雖善用兵，非曹操敵手。操軍雖敗，必有勁將為後殿，以防追兵；我兵雖銳，不能敵之也，故知必敗。夫操之急於退兵者，必因許都有事；既破我追軍之後，必輕車速回，不復為備；我乘其不備而更追之，故能勝也。”劉表、張繡俱服其高見。詡勸表回荊州，繡守襄城，以為脣齒。兩軍各散。

且說曹操正行間，聞報後軍為繡所追，急引眾將回身救應，只見繡軍已退。敗兵回告操曰：“若非山後這一路人馬阻住中路，我等皆被擒矣。”操急問何人，那人綽槍下馬，拜見曹操，乃鎮威中郎將，江夏平春人，姓李，名通，字文達。操問何來。通曰：“近守汝南，聞丞相與張繡、劉表戰，特來接應。”操喜，封之為建功侯，守汝南西界，以防表、繡。李通拜謝而去。操還許都，表奏孫策有功，封為討逆將軍，賜爵吳侯，遣使齎詔江東，諭令防剿劉表。操回府，眾官參見畢，荀彧問曰：“丞相緩行至安眾，何以知必勝賊兵？”操曰：“彼退無歸路，必將死戰，吾緩誘之而暗圖之，是以知其必勝也。”荀彧拜服。

郭嘉入。操曰：“公來何暮也？”嘉袖出一書，白操曰：“袁紹使人致書丞相，言欲出兵攻公孫瓚，特來借糧借兵。”操曰：“吾聞紹欲圖許都，今見吾歸，又別生他議。”遂拆書觀之。見其詞意驕慢，乃問嘉曰：“袁紹如此無狀，吾欲討之，恨力不及，如何？”嘉曰：“劉、項之不敵，公所知也。高祖惟智勝，項羽雖強，終為所擒。今紹有十敗，公有十勝，紹兵雖盛，不足懼也：紹繁禮多儀，公體任自然，此道勝也；紹以逆動，公以順率，此義勝也；桓、靈以來，政失於寬，紹以寬濟，公以猛糾，此治勝也；紹外寬內忌，所任多親戚，公外簡內明，用人惟才，此度勝也；紹多謀少決，公得策輒行，此謀勝也；紹專收名譽，公以至誠待人，此德勝也；紹恤近忽遠，公慮無不周，此仁勝也；紹聽讒惑亂，公浸潤[2]不行，此明勝也；紹是非混淆，公法度嚴明，此文勝也；紹好為虛勢，不知兵要，公以少克眾，用兵如神，此武勝也。公有此十勝，於以敗紹無難矣。"操笑曰："如公所言，孤何足以當之！"荀彧曰："郭奉孝十勝十敗之說，正與愚見相合。紹兵雖眾，何足懼耶？"嘉曰："徐州呂布，實心腹大患。今紹北征公孫瓚，我當乘其遠出，先取呂布，掃除東南，然後圖紹，乃為上計，否則我方攻紹，布必乘虛來犯許都，為害不淺也。"操然其言，遂議東征呂布。荀彧曰："可先使人往約劉備，待其回報，方可動兵。"操從之，一面發書與玄德，一面厚遣紹使，奏封紹為大將軍太尉，兼都督冀、青、幽、并四州，密書答之云："公可討公孫瓚，吾當相助。"紹得書大喜，便進兵攻公孫瓚。

且說呂布在徐州，每當賓客宴會之際，陳珪父子必盛稱布德。陳宮不悅，乘間告布曰："陳珪父子面諛將軍，其心不可測，宜善防之。"布怒叱曰："汝無端獻讒，欲害好人耶？"宮出歎曰："忠言不入，吾輩必受殃矣！"意欲棄布他往，卻又不忍；又恐被人嗤笑，乃終日悶悶不樂。一日，帶領數騎去小沛地面圍獵解悶，忽見官道上一騎驛馬，飛奔前去。宮疑之，棄了圍場，引從騎從小路趕上，問曰："汝是何處使命？"那使者知是呂布部下人，慌不能答。陳宮令搜其身，得玄德回答曹操密書一封。宮即連人與書，擎見呂布。布問其故。來使曰："曹丞相差我往劉豫州處下書，今得回書，不知書中所言何事。"

布乃拆書細看。書略曰：

奉明命欲圖呂布，敢不夙夜用心。但備兵微將少，不敢輕動。丞相若興大師，備當為前驅。謹嚴兵整甲，專待鈞命。

呂布見了，大罵曰：“操賊焉敢如此！”遂將使者斬首，先使陳宮、臧霸結連泰山寇孫觀、吳敦、尹禮、昌豨，東取山東兗州諸郡；令高順、張遼取沛城，攻玄德；令宋憲、魏續西取汝、潁；布自總中軍為三路救應。

且説高順等引兵出徐州，將至小沛，有人報知玄德。玄德急與眾商議。孫乾曰：“可速告急於曹操。”玄德曰：“誰可去許都告急？”階下一人出曰：“某願往。”視之，乃玄德同鄉人，姓簡，名雍，字憲和，現為玄德幕賓。玄德即修書付簡雍，使星夜赴許都求援；一面整頓守城器具。玄德自守南門，孫乾守北門，雲長守西門，張飛守東門，令糜竺與其弟糜芳守護中軍。原來糜竺有一妹，嫁與玄德為次妻。玄德與他兄弟有郎舅之親，故令其守中軍保護妻小。高順軍至，玄德在敵樓上問曰：“吾與奉先無隙，何故引兵至此？”順曰：“你結連曹操，欲害吾主，今事已露，何不就縛？”言訖，便麾軍攻城。玄德閉門不出。次日，張遼引兵攻打西門。雲長在城上謂之曰：“公儀表非俗，何故失身於賊？”張遼低頭不語。雲長知此人有忠義之氣，更不以惡言相加，亦不出戰。遼引兵退至東門，張飛便出迎戰。早有人報知關公。關公急來東門看時，只見張飛方出城，張遼軍已退。飛欲追趕，關公急召入城。飛曰：“彼懼而退，何不追之？”關公曰：“此人武藝不在你我之下。因我以正言感之，頗有自悔之心，故不與我等戰耳。”飛乃悟，只令士卒堅守城門，更不出戰。

卻説簡雍至許都見曹操，具言前事。操即聚眾謀士議曰：“吾欲攻呂布，不憂袁紹掣肘，只恐劉表、張繡議其後耳。"荀攸曰："二人新破，未敢輕動。呂布驍勇，若更結連袁術，縱橫淮、泗，急難圖矣。"郭嘉曰："今可乘其初叛，眾心未附，疾往擊之。"操從其言，即命夏侯惇與夏侯淵、呂虔、李典領兵五萬先行，自統大軍陸續進發，簡雍隨行。早有探馬報知高順。順飛報呂布。布先令侯成、郝萌、曹性引二百餘騎接應高順，使離沛城三十里去迎曹軍，自引大軍隨後接應。玄德在小沛城中見高順退去，知是曹家兵至，乃只留孫乾守城，糜竺、糜芳守家，自己卻與關、張二公，提兵盡出城外，分頭下寨，接應曹軍。

卻說夏侯惇引軍前進，正與高順軍相遇，便挺槍出馬搦戰。高順迎敵。兩馬相交，戰有四五十合，高順抵敵不住，敗下陣來。惇縱馬追趕，順遶陣而走。惇不捨，亦遶陣追之。陣上曹性看見，暗地拈弓搭箭，覰得親切，一箭射去，正中夏侯惇左目。惇大叫一聲，急用手拔箭，不想連眼珠拔出，乃大呼曰："父精母血，不可棄也！"遂納於口內啖之，仍復挺槍縱馬，直取曹性。性不及隄防，早被一槍搠透面門，死於馬下。兩邊軍士見者，無不駭然。夏侯惇既殺曹性，縱馬便回。高順從背後趕來，麾軍齊上，曹兵大敗。夏侯淵救護其兄而走。呂虔、李典將敗軍退去濟北下寨。高順得勝，引軍回擊玄德。恰好呂布大軍亦至，布與張遼、高順分兵三路，夾攻玄德、關、張三寨。正是：啖睛猛將雖能戰，中箭先鋒難久持。未知玄德勝負如何，且聽下文分解。

## 註　釋

1　鹿角：阻止敵人兵馬前進的軍事障礙物。因形狀像鹿角，所以就以此為名。
2　浸潤：時時說人壞話，陷害別人，以達到自己的目的。是"浸潤之譖"的省話。

# 第 十 九 回

## 下邳城曹操鏖兵
## 白門樓呂布殞命

　　卻説高順引張遼擊關公寨，呂布自擊張飛寨，關、張各出迎戰，
玄德引兵兩路接應。呂布分軍從背後殺來，關、張兩軍皆潰，玄德引
數十騎奔回沛城。呂布趕來，玄德急喚城上軍士放下弔橋。呂布隨後
也到。城上欲待放箭，又恐射了玄德。被呂布乘勢殺入城門，把門將
士，抵敵不住，都四散奔避。呂布招軍入城。玄德見勢已急，到家不
及，只得棄了妻小，穿城而過，走出西門，匹馬逃難。呂布趕到玄德
家中，糜竺出迎，告布曰：“吾聞大丈夫不廢人之妻子。今與將軍爭
天下者，曹公耳。玄德常念轅門射戟之恩，不敢背將軍也。今不得已
而投曹公，惟將軍憐之。”布曰：“吾與玄德舊交，豈忍害他妻子？”
便令糜竺引玄德妻小，去徐州安置。布自引軍投山東兗州境上，留高
順、張遼守小沛。此時孫乾已逃出城外。關、張二人亦各自收得些人
馬，往山中住紮。

　　且説玄德匹馬逃難，正行間，背後一人趕至，視之乃孫乾也。玄

德曰："吾今兩弟不知存亡，妻小失散，為之奈何？"孫乾曰："不若且投曹操，以圖後計。"玄德依言，尋小路投許都。途次絕糧，嘗往村中求食。但到處，聞劉豫州，皆爭進飲食。一日，到一家投宿，其家一少年出拜，問其姓名，乃獵戶劉安也。當下劉安聞豫州牧至，欲尋野味供食，一時不能得，乃殺其妻以食之。玄德曰："此何肉也？"安曰："乃狼肉也。"玄德不疑，乃飽食了一頓，天晚就宿。至曉將去，往後院取馬，忽見一婦人殺於廚下，臂上肉已都割去。玄德驚問，方知昨夜食者，乃其妻之肉也。玄德不勝傷感，灑淚上馬。劉安告玄德曰："本欲相隨使君，因老母在堂，未敢遠行。"玄德稱謝而別，取路出梁城。忽見塵頭蔽日，一彪大軍來到。玄德知是曹操之軍，同孫乾逕至中軍旗下，與曹操相見，具說失沛城、散二弟、陷妻小之事。操亦為之下淚。又說劉安殺妻為食之事，操乃令孫乾以金百兩往賜之。

軍行至濟北，夏侯淵等迎接入寨，備言兄夏侯惇損其一目，臥病未痊。操臨臥處視之，令先回許都調理；一面使人打探呂布現在何處。探馬回報云："呂布與陳宮、臧霸結連泰山賊寇，共攻兗州諸郡。"操即令曹仁引三千兵打沛城。操親提大軍，與玄德來戰呂布。前至山東，路近蕭關，正遇泰山寇孫觀、吳敦、尹禮、昌豨領兵三萬餘攔去路。操令許褚迎戰，四將一齊出馬。許褚奮力死戰，四將抵敵不住，各自敗走。操乘勢掩殺，追至蕭關，探馬飛報呂布。

時布已回徐州，欲同陳登往救小沛，令陳珪守徐州。陳登臨行，珪謂之曰："昔曹公曾言東方事盡付與汝。今布將敗，可便圖之。"登曰："外面之事，兒自為之；倘布敗回，父親便請糜竺一同守城，休放布入，兒自有脫身之計。"珪曰："布妻小在此，心腹頗多，為之奈何？"登曰："兒亦有計了。"乃入見呂布曰："徐州四面受敵，操必力攻，我當先思退步。可將錢糧移於下邳，倘徐州被圍，下邳有糧可救。主公盍早為計？"布曰："元龍之言甚善。吾當并妻小移去。"遂令宋憲、魏續保護妻小與錢糧移屯下邳；一面自引軍與陳登往救蕭關。到半路，登曰："容某先到關探曹兵虛實，主公方可行。"布許之，登乃先到關上。陳宮等接見。登曰："溫侯深怪公等不肯向前，要來責罰。"宮曰："今曹兵勢大，未可輕敵。吾等緊守關隘，可勸主公深保沛城，乃為上策。"陳登唯唯。至晚，上關而望，見曹兵直逼關下，乃乘夜連寫三封書，拴在箭上，射下關去。次日辭了陳宮，飛馬來見呂布曰："關上孫觀等皆欲獻關，某已留下陳宮守把，將軍可於黃昏時殺去救應。"布曰："非公則此關休矣。"便教陳登飛騎先至關，約陳宮為內應，舉火為號。登逕往報宮曰："曹兵已抄小路到關內，恐徐州有失。公等宜急回。"宮遂引眾棄關而走。登就關上放起火來。呂布乘黑殺至，陳宮軍和呂布軍在黑暗裏自相掩殺。曹操望見號火，一齊殺到，乘勢攻擊。孫觀等各自四散逃避去了。

　　呂布直殺到天明，方知是計；急與陳宮回徐州。到得城邊叫門時，城上亂箭射下。糜竺在敵樓上喝曰："汝奪吾主城池，今當仍還吾主，汝不得復入此城也。"布大怒曰："陳珪何在？"竺曰："吾已殺之矣。"布回顧宮曰："陳登安在？"宮曰："將軍尚執迷而問此佞賊乎？"布令遍尋軍中，卻只不見。宮勸布急投小沛，布從之。行至半路，只見一彪軍驟至，視之乃高順、張遼也。布問之，答曰："陳登來報說主公被圍，令某等急來救解。"宮曰："此又佞賊之計也。"布怒曰："吾必殺此賊！"急驅馬至小沛。只見城上盡插曹兵旗號。原來曹操已令曹仁襲了城池，引軍守把。呂布於城下大罵陳登。登在城上指布罵曰："吾乃漢臣，安肯事汝反賊耶！"布大怒。正待攻城，忽聽背後喊聲大起，一隊人馬來到。當先一將乃是張飛。高順出馬迎敵，不能取勝。布親自接戰。正鬥間，陣外喊聲復起，曹操親統大軍衝殺前來。

呂布料難抵敵，引軍東走。曹兵隨後追趕。呂布走得人困馬乏。忽又閃出一彪軍攔住去路，為首一將，立馬橫刀，大喝：「呂布休走！關雲長在此！」呂布慌忙接戰。背後張飛趕來。布無心戀戰，與陳宮等殺開條路，逕奔下邳。侯成引兵接應去了。

關、張相見，各灑淚言失散之事。雲長曰：「我在海州路上住紮，探得消息，故來至此。」張飛曰：「弟在芒碭山住了這幾時，今日幸得相遇。」兩個敘話畢，一同引兵來見玄德，哭拜於地。玄德悲喜交集，引二人見曹操，便隨操入徐州。糜竺接見，具言家屬無恙，玄德甚喜。陳珪父子亦來參拜曹操。操設一大宴，犒勞諸將。操自居中，使陳珪居右、玄德居左。其餘將士，各依次坐。宴罷，操嘉陳珪父子之功，加封十縣之祿，授登為伏波將軍。

且說曹操得了徐州，心中大喜，商議起兵攻下邳。程昱曰：「布今止有下邳一城，若逼之太急，必死戰而投袁術矣。布與術合，其勢難攻。今可使能事者守住淮南徑路，內防呂布，外當袁術。況今山東尚有臧霸、孫觀之徒未曾歸順，防之亦不可忽也。」操曰：「吾自當山東諸路。其淮南徑路，請玄德當之。」玄德曰：「丞相將令，安敢有違？」次日，玄德留糜竺、簡雍在徐州，帶孫乾、關、張引軍往守淮南徑路。曹操自引兵攻下邳。

且說呂布在下邳，自恃糧食足備，且有泗水之險，安心坐守，可保無虞。陳宮曰：「今操兵方來，可乘其寨柵未定，以逸擊勞，無不勝者。」布曰：「吾方屢敗，不可輕出。待其來攻而後擊之，皆落泗水矣。」遂不聽陳宮之言。過數日，曹兵下寨已定。操統眾將至城下，大叫：「呂布答話！」布上城而立。操謂布曰：「聞奉先又欲結婚袁術，吾故領兵至此。夫術有反逆大罪，而公有討董卓之功，今何自棄其前功而從逆賊耶？倘城池一破，悔之晚矣！若早來降，共扶王室，當不失封侯之位。”布曰：“丞相且退，尚容商議。”陳宮在布側大罵曹操奸賊，一箭射中其麾蓋。操指宮恨曰：“吾誓殺汝！”遂引兵攻城。

宮謂布曰：“曹操遠來，勢不能久。將軍可以步騎出屯於外，宮將餘眾閉守於內。操若攻將軍，宮引兵擊其背；若來攻城，將軍為救於後。不過旬日，操軍食盡，可一鼓而破：此乃掎角之勢也。”布曰：“公言極是。”遂歸府收拾戎裝。時方冬寒，分付從人多帶綿衣。布妻嚴氏聞之，出問曰：“君欲何往？”布告以陳宮之謀。嚴氏曰：“君委全城，捐妻子，孤軍遠出，倘一旦有變，妾豈得為將軍之妻乎？”布躊躇未決，三日不出。宮入見曰：“操軍四面圍城，若不早出，必受其困。”布曰：“吾思遠出不如堅守。”宮曰：“近聞操軍糧少，遣人往許都去取，早晚將至。將軍可引精兵往斷其糧道。此計大妙。”布然其言，復入內對嚴氏說知此事。嚴氏泣曰：“將軍若出，陳宮、高順安能堅守城池？倘有差失，悔無及矣！妾昔在長安，已為將軍所棄，幸賴龐舒私藏妾身，再得與將軍相聚；孰知今又棄妾而去乎？將軍前程萬里，請勿以妾為念！”言罷痛哭。布聞言愁悶不決，入告貂蟬。貂蟬曰：“將軍與妾作主，勿輕騎自出。”布曰：“汝無憂慮。吾有畫戟、赤兔馬，誰敢近我！”乃出謂陳宮曰：“操軍糧至者，詐也。操多詭計，吾未敢動。”宮出歎曰：“吾等死無葬身之地矣！”布於是終日不出，只同嚴氏、貂蟬飲酒解悶。謀士許汜、王楷入見布，進計曰：“今袁術在淮南，聲勢大振。將軍舊曾與彼約婚，今何不仍求之？彼兵若至，內外夾攻，操不難破也。”布從其計，即日修書，就着二人前去。許汜曰：“須得一軍引路衝出方好。”布令張遼、郝萌兩個引兵一千，送出隘口。是夜二更，張遼在前，郝萌在後，保着許汜、王楷殺出城去。抹過玄德寨，眾將追趕不及，已出隘口。郝萌將五百人，跟許汜、王楷而去。張遼引一半軍回來，到隘口時，雲長攔住。未及交鋒，高順引兵出城救應，接入城中去了。

且說許汜、王楷至壽春，拜見袁術，呈上書信。術曰：「前者殺吾使命，賴我婚姻，今又來相問，何也？」汜曰：「此為曹操奸計所誤，願明上詳之。」術曰：「汝主不因曹兵困急，豈肯以女許我？」楷曰：「明上今不相救，恐脣亡齒寒，亦非明上之福也。」術曰：「奉先反覆無信，可先送女，然後發兵。」許汜、王楷只得拜辭，和郝萌回來。到玄德寨邊，汜曰：「日間不可過。夜半吾二人先行，郝將軍斷後。」商量停當。夜過玄德寨，許汜、王楷先過去了。郝萌正行之次，張飛出寨攔路。郝萌交馬只一合，被張飛生擒過去，五百人馬盡被殺散。張飛解郝萌來見玄德，玄德押往大寨見曹操。郝萌備說求救許婚一事。操大怒，斬郝萌於軍門，使人傳諭各寨，小心防守，如有走透呂布及彼軍士者，依軍法處治。各寨慄然。玄德回營，分付關、張曰：「我等正當淮南衝要之處。二弟切宜小心在意，勿犯曹公軍令。」飛曰：「捉了一員賊將，操不見有甚褒賞，卻反來諕嚇，何也？」玄德曰：「非也。曹操統領多軍，不以軍令，何能服人？弟勿犯之。」關、張應諾而退。

卻說許汜、王楷回見呂布，具言袁術先欲得婦，然後起兵救援。布曰：「如何送去？」汜曰：「今郝萌被獲，操必知我情，預作準備。若非將軍親自護送，誰能突出重圍？」布曰：「今日便送去，如何？」汜曰：「今日乃凶神值日，不可去。明日大利，宜用戌、亥時。」布命張遼、高順：「引三千軍馬，安排小車一輛；我親送至二百里外，卻使你兩個送去。」次夜二更時分，呂布將女以綿纏身，用甲包裹，負於背上，提戟上馬。放開城門，布當先出城，張遼、高順跟着。將次到玄德寨前，一聲鼓響，關、張二人攔住去路，大叫：「休走！」布無心戀戰，只顧奪路而行。玄德自引一軍殺來，兩軍混戰。呂布雖勇，終是縛一女在身上，只恐有傷，不敢衝突重圍。後面徐晃、許褚皆殺來，眾軍皆大叫曰："不要走了呂布！"布見軍來太急，只得仍退入城。玄德收軍，徐晃等各歸寨，端的不曾走透一個。呂布回到城中，心中憂悶，只是飲酒。

　　卻說曹操攻城，兩月不下，忽報："河內太守張楊出兵東市，欲救呂布；部將楊醜殺之，卻將頭獻丞相，卻被張楊心腹將眭固所殺，反投犬城去了。"操聞報，即遣史渙追斬眭固。因聚眾將曰："張楊雖幸自滅，然北有袁紹之憂，東有表、繡之患，下邳久圍不克。吾欲捨布還都，暫且息戰，何如？"荀攸急止曰："不可。呂布屢敗，銳氣已墮。軍以將為主，將衰則軍無戰心。彼陳宮雖有謀而遲。今布之氣未復，宮之謀未定，作速攻之，布可擒也。"郭嘉曰："某有一計，下邳城可立破，勝於二十萬師。"荀彧曰："莫非決沂、泗之水乎？"嘉笑曰："正是此意。"操大喜，即令軍士決兩河之水。曹兵皆居高原，坐視水淹下邳。下邳一城，只剩得東門無水；其餘各門，都被水淹。眾軍飛報呂布。布曰："吾有赤兔馬，渡水如平地，又何懼哉！"乃日與妻妾痛飲美酒。因酒色過傷，形容銷減。一日取鏡自照，驚曰："吾被酒色傷矣！自今日始，當戒之。"遂下令城中，但有飲酒者皆斬。

　　卻說侯成有馬十五匹，被後槽人盜去，欲獻與玄德。侯成知覺，追殺後槽人，將馬奪回；諸將與侯成作賀。侯成釀得五六斛酒，欲與諸將會飲；恐呂布見罪，乃先以酒五瓶詣布府，稟曰："托將軍虎威，追得失馬。眾將皆來作賀，釀得些酒，未敢擅飲，特先奉上微意。"布大怒曰："吾方禁酒，汝卻釀酒會飲，莫非同謀伐我乎？"命推出斬之。宋憲、魏續等諸將俱入告饒。布曰："故犯吾令，理合斬首。今看眾將面，且打一百！"眾將又哀告，打了五十背花，然後放歸。眾將無不喪氣。宋憲、魏續至侯成家來探視，侯成泣曰："非公等則吾死矣！"憲曰："布只戀妻子，視吾等如草芥。"續曰："軍圍城下，水遶壕邊，吾等死無日矣！"憲曰："布無仁無義，我等棄之而走，何如？"續曰："非丈夫也。不若擒布獻曹公。"侯成曰："我因追馬受責，而布所倚恃者，赤兔馬也。汝二人果能獻門擒布，吾當先盜馬去見曹公。"三人商議定了。是夜侯成暗至馬院，盜了那匹赤兔馬，飛奔東門來。魏續便開門放出，卻佯作追趕之狀。侯成到曹操寨，獻上馬匹，備言宋憲、魏續插白旗為號，準備獻門。曹操聞此信，便押榜[1]數十張射入城去。其榜曰：

> 大將軍曹，特奉明詔，征伐呂布。如有抗拒大軍者，破城之日，滿門誅戮。上至將校，下至庶民，有能擒呂布來獻，或獻其首級者，重加官賞。為此榜諭，各宜知悉。

次日平明，城外喊聲震地。呂布大驚，提戟上城，各門點視，責罵魏續走透侯成，失了戰馬，欲待治罪。城下曹兵望見城上白旗，竭力攻城，布只得親自抵敵。從平明直打到日中，曹兵稍退。布少憩門樓，不覺睡着在椅上。宋憲趕退左右，先盜其畫戟，便與魏續一齊動手，將呂布繩纏索綁，緊緊縛住。布從睡夢中驚醒，急喚左右，卻都被二人殺散，把白旗一招，曹兵齊至城下。魏續大叫："已生擒呂布矣！"夏侯淵尚未信。宋憲在城上擲下呂布畫戟來，大開城門，曹兵一擁而入。高順、張遼在西門，水圍難出，為曹兵所擒。陳宮奔至南門，為徐晃所獲。

曹操入城，即傳令退了所決之水，出榜安民；一面與玄德同坐白門樓上，關、張侍立於側，提過擒獲一干人來。呂布雖然長大，卻被繩索綑作一團。布叫曰："縛太急，乞緩之！"操曰："縛虎不得不急。"布見侯成、魏續、宋憲皆立於側，乃謂之曰："我待諸將不薄，汝等何忍背反？"憲曰："聽妻妾言，不聽將計，何謂不薄？"布默然。須臾，眾擁高順至。操問曰："汝有何言？"順不答。操怒命斬之。徐晃解陳宮至。操曰："公臺別來無恙！"宮曰："汝心術不正，吾故棄汝！"操曰："吾心不正，公又奈何獨事呂布？"宮曰："布雖無謀，不似你詭詐奸險。"操曰："公自謂足智多謀，今竟何如？"宮顧呂布曰："恨此人不從吾言！若從吾言，未必被擒也。"操曰："今日之事當如何？"宮大聲曰："今日有死而已！"操曰："公如是，奈公之老母妻子何？"宮曰："吾聞以孝治天下者，不害人之親；施仁政於天下者，不絕人之祀。老母妻子之存亡，亦在於明公耳。吾身既被擒，請即就戮，並無挂念。"操有留戀之意。宮逕步下樓，左右牽之不住。操起身泣而送之。宮並不回顧。操謂從者曰："即送公臺老母妻子回許都養老。怠慢者斬。"宮聞言，亦不開口，伸頸就刑。眾皆下淚。操以棺槨盛其屍，葬於許都。後人有詩歎之曰：

> 生死無二志，丈夫何壯哉！
> 不從金石論，空負棟梁材。
> 輔主真堪敬，辭親實可哀。
> 白門身死日，誰肯似公臺！

方操送宮下樓時，布告玄德曰："公為坐上客，布為階下囚，何不發一言而相寬乎？"玄德點頭。及操上樓來，布叫曰："明公所患，不過於布；布今已服矣。公為大將，布副之，天下不難定也。"操回顧玄德曰："何如？"玄德答曰："公不見丁建陽、董卓之事乎？"布目視玄德曰："是兒最無信者！"操令牽下樓縊之。布回顧玄德曰："大耳兒！不記轅門射戟時耶？"忽一人大叫曰："呂布匹夫！死則死耳，何懼之有！"眾視之，乃刀斧手擁張遼至。操令將呂布縊死，然後梟首。後人有詩歎曰：

> 洪水滔滔淹下邳，當年呂布受擒時：
> 空餘赤兔馬千里，漫有方天戟一枝。
> 縛虎望寬今太懦，養鷹休飽昔無疑。
> 戀妻不納陳宮諫，枉罵無恩"大耳兒"。

又有詩論玄德曰：

> 傷人餓虎縛休寬，董卓丁原血未乾。
> 玄德既知能啖父，爭如留取害曹瞞？

卻說武士擁張遼至。操指遼曰："這人好生面善。"遼曰："濮陽城中曾相遇，如何忘卻？"操笑曰："你原來也記得！"遼曰："只是可惜！"操曰："可惜甚的？"遼曰："可惜當日火不大，不曾燒死你這國賊！"操大怒曰："敗將安敢辱吾！"拔劍在手，親自來殺張遼。遼全無懼色，引頸待殺。曹操背後一人攀住臂膊，一人跪於面前，說道："丞相且莫動手！"正是：乞哀呂布無人救，罵賊張遼反得生。畢竟救張遼的是誰，且看下文分解。

註　釋

1　押榜：簽字在文告上。

# 第 二 十 回

# 曹阿瞞許田打圍
# 董國舅內閣受詔

　　話説曹操舉劍欲殺張遼，玄德攀住臂膊，雲長跪於面前。玄德曰：
"此等赤心之人，正當留用。"雲長曰："關某素知文遠忠義之士，願
以性命保之。"操擲劍笑曰："我亦知文遠忠義，故戲之耳。"乃親釋
其縛，解衣衣之，延之上坐。遼感其意，遂降。操拜遼為中郎將，賜
爵關內侯，使招安臧霸。霸聞呂布已死，張遼已降，遂亦引本部軍投
降。操厚賞之。臧霸又招安孫觀、吳敦、尹禮來降；獨昌豨未肯歸順。
操封臧霸為瑯琊相，孫觀等亦各加官，令守青、徐沿海地面。將呂布
妻女載回許都，大犒三軍，拔寨班師。路過徐州，百姓焚香遮道，請
留劉使君為牧。操曰："劉使君功大，且待面君封爵，回來未遲。"百
姓叩謝。操喚車騎將軍車胄權領徐州。操軍回許昌，封賞出征人員，
留玄德在相府左近宅院歇定。

　　次日，獻帝設朝，操表奏玄德軍功，引玄德見帝。玄德具朝服拜
於丹墀[1]。帝宣上殿問曰："卿祖何人？"玄德奏曰："臣乃中山靖王

之後，孝景皇帝閣下玄孫，劉雄之孫，劉弘之子也。"帝教取宗族世譜檢看，令宗正卿宣讀曰：

> 孝景皇帝生十四子。第七子乃中山靖王劉勝。勝生陸城亭侯劉貞。貞生沛侯劉昂。昂生漳侯劉祿。祿生沂水侯劉戀。戀生欽陽侯劉英。英生安國侯劉建。建生廣陵侯劉哀。哀生膠水侯劉憲。憲生祖邑侯劉舒。舒生祁陽侯劉誼。誼生原澤侯劉必。必生潁川侯劉達。達生豐靈侯劉不疑。不疑生濟川侯劉惠。惠生東郡范令劉雄。雄生劉弘。弘不仕。劉備乃劉弘之子也。

帝排世譜，則玄德乃帝之叔也。帝大喜，請入偏殿敍叔姪之禮。帝暗思："曹操弄權，國事都不由朕主，今得此英雄之叔，朕有助矣！"遂拜玄德為左將軍宜城亭侯。設宴款待畢，玄德謝恩出朝。自此人皆稱為劉皇叔。

曹操回府，荀彧等一班謀士入見曰："天子認劉備為叔，恐無益於明公。"操曰："彼既認為皇叔，吾以天子之詔令之，彼愈不敢不服矣。況吾留彼在許都，名雖近君，實在吾掌握之內，吾何懼哉？吾所慮者，太尉楊彪係袁術親戚；倘與二袁為內應，為害不淺。當即除之。"乃密使人誣告彪交通袁術，遂收彪下獄，命滿寵按治之。時北海太守孔融在許都，因諫操曰："楊公四世清德，豈可因袁氏而罪之乎？"操曰："此朝廷意也。"融曰："使成王殺召公，周公可得言不知耶？"操不得已，乃免彪官，放歸田里。議郎趙彥憤操專橫，上疏劾操不奉帝旨、擅收大臣之罪。操大怒，即收趙彥殺之。於是百官無不悚懼。謀士程昱說操曰："今明公威名日盛，何不乘此時行王霸之事？"操曰："朝廷股肱尚多，未可輕動。吾當請天子田獵，以觀動靜。"

　　於是揀選良馬、名鷹、俊犬，弓矢俱備，先聚兵城外，操入請天子田獵。帝曰："田獵恐非正道。"操曰："古之帝王，春蒐夏苗，秋獮冬狩，四時出郊，以示武於天下。今四海擾攘之時，正當借田獵以講武。"帝不敢不從，隨即上逍遙馬，帶寶雕弓、金鈚箭，排鑾駕出城。玄德與關、張各彎弓插箭，內穿掩心甲，手持兵器，引數十騎隨駕出許昌。曹操騎爪黃飛電馬，引十萬之眾，與天子獵於許田。軍士排開圍場，週廣二百餘里。操與天子並馬而行，只爭一馬頭。背後都是操之心腹將校。文武百官，遠遠侍從，誰敢近前。當日獻帝馳馬到許田，劉玄德起居[2]道旁。帝曰："朕今欲看皇叔射獵。"玄德領命上馬，忽草中趕起一兔。玄德射之，一箭正中那兔。帝喝采。轉過土坡，忽見荊棘中趕出一隻大鹿。帝連射三箭不中，顧謂操曰："卿射之。"操就討天子寶雕弓、金鈚箭，扣滿一射，正中鹿背，倒於草中。羣臣將校，見了金鈚箭，只道天子射中，都踴躍向帝呼萬歲。曹操縱馬直出，遮於天子之前以迎受之。羣皆失色。玄德背後雲長大怒，剔起臥蠶眉，睜開丹鳳眼，提刀拍馬便出，要斬曹操。玄德見了，慌忙搖手送目。關公見兄如此，便不敢動。玄德欠身向操稱賀曰："丞相神射，世所罕及！"操笑曰："此天子洪福耳。"乃回馬向天子稱賀，竟不獻還寶雕弓，就自懸帶。圍場已罷，宴於許田。宴畢，駕回許都。眾人各自歸歇。雲長問玄德曰："操賊欺君罔上，我欲殺之，為國除害，兄何止我？"玄德曰："'投鼠忌器'。操與帝相離只一馬頭，其心腹之人，週迴擁侍；吾弟若逞一時之怒，輕有舉動，倘事不成，有傷天子，罪反坐我等矣。"雲長曰："今日不殺此賊，後必為禍。"玄德曰："且宜祕之，不可輕言。"

卻說獻帝回宮，泣謂伏皇后曰：“朕自即位以來，奸雄並起：先受董卓之殃，後遭傕、汜之亂。常人未受之苦，吾與汝當之。後得曹操，以為社稷之臣；不意專國弄權，擅作威福。朕每見之，背若芒刺。今日在圍場上，身迎呼賀，無禮已極！早晚必有異謀，吾夫婦不知死所也！”伏皇后曰：“滿朝公卿，俱食漢祿，竟無一人能救國難乎？”言未畢，忽一人自外而入曰：“帝、后休憂，吾舉一人，可除國害。”帝視之，乃伏皇后之父伏完也。帝掩淚問曰：“皇丈亦知操賊之專橫乎？”完曰：“許田射鹿之事，誰不見之？但滿朝之中，非操宗族，則其門下。若非國戚，誰肯盡忠討賊？老臣無權，難行此事。車騎將軍國舅董承可託也。”帝曰：“董國舅多赴國難，朕躬素知；可宣入內，共議大事。”完曰：“陛下左右皆操賊心腹，倘事泄，為禍不淺。”帝曰：“然則奈何？”完曰：“臣有一計：陛下可製衣一領，取玉帶一條，密賜董承；卻於帶襯內縫一密詔以賜之，令到家見詔，可以晝夜畫策；神鬼不覺矣。”帝然之，伏完辭出。

帝乃自作一密詔，咬破指尖，以血寫之，暗令伏皇后縫於玉帶紫錦襯內，卻自穿錦袍，自繫此帶，令內史宣董承入。承見帝禮畢，帝曰：“朕夜來與后說霸河之苦，念國舅大功，故特宣入慰勞。”承頓首謝。帝引承出殿，到太廟，轉上功臣閣內。帝焚香禮畢，引承觀畫像。中間畫漢高祖容像。帝曰：“吾高祖皇帝起身何地？如何創業？”承大驚曰：“陛下戲臣耳。聖祖之事，何為不知？高皇帝起自泗上亭長，提三尺劍，斬蛇起義，縱橫四海，三載亡秦，五年滅楚，遂有天下，立萬世之基業。帝曰：“祖宗如此英雄，子孫如此懦弱，豈不可歎！”因指左右二輔之像曰：“此二人非留侯張良、酇侯蕭何耶？”承曰：“然也。高祖開基創業，實賴二人之力。”帝回顧左右較遠，乃密謂承曰：“卿亦當如此二人立於朕側。”承曰：“臣無寸功，何以當此？”帝曰：

“朕想卿西都救駕之功，未嘗少忘，無可為賜。”因指所着袍帶曰：“卿當衣朕此袍，繫朕此帶，常如在朕左右也。”承頓首謝。帝解袍帶賜承，密語曰：“卿歸可細觀之，勿負朕意。”承會意，穿袍繫帶，辭帝下閣。早有人報知曹操曰：“帝與董承登功臣閣説話。”操即入朝來看。董承出閣，纔過宮門，恰遇操來；急無躲避處，只得立於路側施禮。操問曰：“國舅何來？”承曰：“適蒙天子宣召，賜以錦袍玉帶。”操問曰：“何故見賜？”承曰：“因念某舊日西都救駕之功，故有此賜。”操曰：“解帶我看。”承心知衣帶中必有密詔，恐操看破，遲延不解。操叱左右：“急解下來！”看了半晌，笑曰：“果然是條好玉帶！再脱下錦袍來借看。”承心中畏懼，不敢不從，遂脱袍獻上。操親自以手提起，對日影中細細詳看。看畢，自己穿在身上，繫了玉帶，回顧左右曰：“長短如何？”左右稱美。操謂承曰：“國舅即以此袍帶轉賜與吾，何如？”承告曰：“君恩所賜，不敢轉贈；容某別製奉獻。”操曰：“國舅受此衣帶，莫非其中有謀乎？”承驚曰：“某焉敢？丞相如要，便當留下。”操曰：“公受君賜，吾何相奪？聊為戲耳。”遂脱袍帶還承。

　　承辭操歸家，至夜獨坐書院中，將袍仔細反覆看了，並無一物。承思曰：“天子賜我袍帶，命我細觀，必非無意；今不見其蹤跡，何也？”隨又取玉帶檢看，乃白玉玲瓏，碾成小龍穿花，背用紫錦為襯，縫綴端整，亦並無一物。承心疑，放於桌上，反覆尋之。良久，倦甚。正欲伏几而寢，忽然燈花落於帶上，燒着背襯。承驚拭之，已燒破一處，微露素絹，隱見血迹。急取刀拆開視之，乃天子手書血字密詔也。詔曰：

　　　　朕聞人倫之大，父子為先；尊卑之殊，君臣為重。近
　　日操賊弄權，欺壓君父；結連黨伍，敗壞朝綱；勑賞封罰，

不由朕主。朕夙夜憂思，恐天下將危。卿乃國之大臣，朕之至戚，當念高帝創業之艱難，糾合忠義兩全之烈士，殄滅奸黨，復安社稷，祖宗幸甚！破指灑血，書詔付卿，再四慎之，勿負朕意！建安四年春三月詔。

董承覽畢，涕淚交流，一夜寢不能寐。晨起，復至書院中，將詔再三觀看，無計可施。乃放詔於几上，沉思滅操之計。忖量未定，隱几而臥。忽侍郎王子服至。門吏知子服與董承交厚，不敢攔阻，竟入書院。見承伏几不醒，袖底壓着素絹，微露"朕"字。子服疑之，默取看畢，藏於袖中，呼承曰："國舅好自在！虧你如何睡得着！"承驚覺，不見詔書，魂不附體，手腳慌亂。子服曰："汝欲殺曹公！吾當出首。"承泣告曰："若兄如此，漢室休矣！"子服曰："吾戲耳。吾祖宗世食漢祿，豈無忠心？願助兄一臂之力，共誅國賊。"承曰："兄有此心，國之大幸。"子服曰："當於密室同立義狀，各捨三族，以報漢君。"承大喜，取白絹一幅，先書名畫字。子服亦即書名畫字。書畢，子服曰："將軍吳子蘭，與吾至厚，可與同謀。"承曰："滿朝大臣，惟有長水校尉种輯、議郎吳碩是吾心腹，必能與我同事。"正商議間，家僮入報种輯、吳碩來探。承曰："此天助我也！"教子服暫避於屏後。承接二人入書院。坐定，茶畢。輯曰："許田射獵之事，君亦懷恨乎？"承曰："雖懷恨，無可奈何。"碩曰："吾誓殺此賊，恨無助我者耳！"輯曰："為國除害，雖死無怨。"王子服從屏後出曰："汝二人欲殺曹丞相！我當出首，董國舅便是證見。"种輯怒曰："忠臣不怕死！吾等死作漢鬼，強似你阿附國賊！"承笑曰："吾等正為此事，欲見二公。王侍郎之言乃戲耳。"便於袖中取出詔來與二人看。二人讀詔，揮淚不止。承遂請書名。子服曰："二公在此少待，吾去請吳子蘭來。"子服去不多時，即同子蘭至，與眾相見，亦書名畢。

承邀於後堂會飲。

忽報西涼太守馬騰相探。承曰："只推我病，不能接見。"門吏回報。騰大怒曰："我夜來在東華門外，親見他錦袍玉帶而出，何故推病耶！吾非無事而來，奈何拒我！"門吏入報，備言騰怒。承起曰："諸公少待，暫容承出。"隨即出廳延接。禮畢，坐定。騰曰："騰入覲將還，故來相辭，何見拒也？"承曰："賤軀暴疾，有失迎候，罪甚。"騰曰："面帶春色，未見病容。"承無言可答。騰拂袖便起，嗟歎下階曰："皆非救國之人也！"承感其言，挽留之，問曰："公謂何人非救國之人？"騰曰："許田射獵之事，吾尚氣滿胸膛；公乃國之至戚，猶自耽於酒色，而不思討賊，安得為皇家救難扶災之人乎！"承恐其詐，佯驚曰："曹丞相乃國之大臣，朝廷所倚賴，公何出此言？"騰大怒曰："汝尚以曹賊為好人耶？"承曰："耳目甚近，請公低聲。"騰曰："貪生怕死之徒，不足以論大事！"説罷，又欲起身。承知騰忠義，乃曰："公且息怒。某請公看一物。"遂邀騰入書院，取詔示之。騰讀畢，毛髮倒豎，咬齒嚼脣，滿口流血。謂承曰："公若有舉動，吾即統西涼兵為外應。"承請騰與諸公相見，取出義狀，教騰書名。騰乃取酒歃血為盟曰："吾等誓死不負所約！"指坐上五人言曰："若得十人，大事諧矣。"承曰："忠義之士，不可多得。若所與非人，則反相害矣。"騰教取《鴛行鷺序簿》來檢看。檢到劉氏宗族，乃拍手言曰："何不共此人商議？"眾皆問何人。馬騰不慌不忙，説出那人來。正是：本因國舅承明詔，又見宗潢[3]佐漢朝。畢竟馬騰之言如何，且聽下文分解。

## 註　釋

1　丹墀：皇帝殿前紅色的石階。

2　起居：請安。

3　宗潢：皇帝的宗族子孫。

第二十一回

# 曹操煮酒論英雄
# 關公賺城斬車冑

　　卻說董承等問馬騰曰：“公卻用何人？”馬騰曰：“見有豫州牧劉玄德在此，何不求之？”承曰：“此人雖係皇叔，今正依附曹操，安肯行此事耶？”騰曰：“吾觀前日圍場之中，曹操迎受眾賀之時，雲長在玄德背後，挺刀欲殺操，玄德以目視之而止。玄德非不欲圖操，恨操牙爪多，恐力不及耳。公試求之，當必應允。”吳碩曰：“此事不宜太速，當從容商議。”眾皆散去。次日黑夜裏，董承懷詔，逕往玄德公館中來。門吏入報，玄德迎出，請入小閣坐定。關、張侍立於側。玄德曰：“國舅夤夜至此，必有事故。”承曰：“白日乘馬相訪，恐操見疑，故黑夜相見。”玄德命取酒相待。承曰：“前日圍場之中，雲長欲殺曹操，將軍動目搖頭而退之，何也？”玄德失驚曰：“公何以知之？”承曰：“人皆不見，某獨見之。”玄德不能隱諱，遂曰：“舍弟見操僭越，故不覺發怒耳。”承掩面而哭曰：“朝廷臣子，若盡如雲長，何憂不太平哉！”玄德恐是曹操使他來試探，乃佯言曰：“曹丞相治國，為

166　　三國演義

何憂不太平？"承變色而起曰："公乃漢朝皇叔，故剖肝瀝膽以相告，公何詐也？"玄德曰："恐國舅有詐，故相試耳。"於是董承取衣帶詔令觀之。玄德不勝悲憤。又將義狀出示，上止有六位：一，車騎將軍董承；二，工部侍郎王子服；三，長水校尉种輯；四，議郎吳碩；五，昭信將軍吳子蘭；六，西涼太守馬騰。玄德曰："公既奉詔討賊，備敢不效犬馬之勞。"承拜謝，便請書名。玄德亦書"左將軍劉備"，押了字，付承收訖。承曰："尚容再請三人，共聚十義，以圖國賊。"玄德曰："切宜緩緩而行，不可輕洩。"共議到五更，相別去了。

玄德也防曹操謀害，就下處後園種菜，親自澆灌，以為韜晦[1]之計。關、張二人曰："兄不留心天下大事，而學小人之事，何也？"玄德曰："此非二弟所知也。"二人乃不復言。

一日，關、張不在，玄德正在後園澆菜，許褚、張遼引數十人入園中曰："丞相有命，請使君便行。"玄德驚問曰："有甚緊事？"許褚曰："不知。只教我來相請。"玄德只得隨二人入府見操。操笑曰："在家做得好大事！"諕得玄德面如土色。操執玄德手，直至後園曰："玄德學圃不易。"玄德方纔放心，答曰："無事消遣耳。"操曰："適見枝頭梅子青青，忽感去年征張繡時，道上缺水，將士皆渴；吾心生一計，以鞭虛指曰：'前面有梅林。'軍士聞之，口皆生唾，由是不渴。今見此梅，不可不賞。又值煮酒正熟，故邀使君小亭一會。"玄德心神方定。隨至小亭，已設樽俎：盤置青梅，一樽煮酒。二人對坐，開懷暢飲。

酒至半酣，忽陰雲漠漠，驟雨將至。從人遙指天外龍挂，操與玄德憑欄觀之。操曰："使君知龍之變化否？"玄德曰："未知其詳。"操曰："龍能大能小，能升能隱；大則興雲吐霧，小則隱介藏形；升則飛騰於宇宙之間，隱則潛伏於波濤之內。方今春深，龍乘時變化，猶人得志而縱橫四海。龍之為物，可比世之英雄。玄德久歷四方，必知當世英雄。請試指言之。」玄德曰：「備肉眼安識英雄？」操曰：「休得過謙。」玄德曰：「備叨恩庇，得仕於朝。天下英雄，實有未知。」操曰：「既不識其面，亦聞其名。」玄德曰：「淮南袁術，兵糧足備，可為英雄？」操笑曰：「塚中枯骨，吾早晚必擒之！」玄德曰：「河北袁紹，四世三公，門多故吏；今虎踞冀州之地，部下能事者極多，可為英雄？」操笑曰：「袁紹色厲膽薄，好謀無斷；幹大事而惜身，見小利而忘命：非英雄也。」玄德曰：「有一人名稱八俊，威鎮九州——劉景升可為英雄？」操曰：「劉表虛名無實，非英雄也。」玄德曰：「有一人血氣方剛，江東領袖——孫伯符乃英雄也？」操曰：「孫策藉父之名，非英雄也。」玄德曰：「益州劉季玉，可為英雄乎？」操曰：「劉璋雖係宗室，乃守戶之犬耳，何足為英雄！」玄德曰：「如張繡、張魯、韓遂等輩皆何如？」操鼓掌大笑曰：「此等碌碌小人，何足挂齒！」玄德曰：「捨此之外，備實不知。」操曰：「夫英雄者：胸懷大志，腹有良謀，有包藏宇宙之機，吞吐天地之志者也。」玄德曰：「誰能當之？」操以手指玄德，後自指曰：「今天下英雄，惟使君與操耳。」玄德聞言，吃了一驚，手中所執匙筯，不覺落於地下。時正值天雨將至，雷聲大作。玄德乃從容俯首拾筯曰：「一震之威，乃至於此。」操笑曰：「丈夫亦畏雷乎？」玄德曰：「聖人迅雷風烈必變，安得不畏？」將聞言失筯緣故，輕輕掩飾過了。操遂不疑玄德。後人有詩讚曰：

> 勉從虎穴暫趨身，說破英雄驚殺人。
> 巧借聞雷來掩飾，隨機應變信如神。

天雨方住，見兩個人撞入後園，手提寶劍，突至亭前，左右攔擋不住。操視之，乃關、張二人也。原來二人從城外射箭方回，聽得玄德被許褚、張遼請將去了，慌忙來相府打聽；聞說在後園，只恐有失，故衝突而入，卻見玄德與操對坐飲酒。二人按劍而立。操問二人何來。雲長曰："聽知丞相和兄飲酒，特來舞劍，以助一笑。"操笑曰："此非'鴻門會'，安用項莊、項伯乎？"玄德亦笑。操命："取酒與二'樊噲'壓驚。"關、張拜謝。須臾席散，玄德辭操而歸。雲長曰："險些驚殺我兩個！"玄德以落筯事說與關、張。關、張問是何意。玄德曰："吾之學圃，正欲使操知我無大志；不意操竟指我為英雄，我故失驚落筯。又恐操生疑，故借懼雷以掩飾之耳。"關、張曰："兄真高見！"

　　操次日又請玄德。正飲間，人報滿寵去探聽袁紹而回。操召入問之。寵曰："公孫瓚已被袁紹破了。"玄德急問曰："願聞其詳。"寵曰："瓚與紹戰不利，築城圍圈，圈上建樓，高十丈，名曰易京樓，積粟三十萬以自守，戰士出入不息。或有被紹圍者，眾請救之。瓚曰：'若救一人，後之戰者只望人救，不肯死戰矣。'遂不肯救。因此袁紹兵來，多有降者。瓚勢孤，使人持書赴許都求救，不意中途為紹軍所獲。瓚又遣書張燕，暗約舉火為號，裏應外合。下書人又被袁紹擒住，卻來城外放火誘敵。瓚自出戰，伏兵四起，軍馬折其大半。退守城中，被袁紹穿地直入瓚所居之樓下，放起火來。瓚無走路，先殺妻子，然後自縊，全家都被火焚了。今袁紹得了瓚軍，聲勢甚盛。紹弟袁術在淮南驕奢過度，不恤軍民，眾皆背反。術使人歸帝號於袁紹。紹欲取玉璽，術約親自送至，見今棄淮南欲歸河北。若二人協力，急難收復。乞丞相作急圖之。"玄德聞公孫瓚已死，追念昔日薦己之恩，不勝傷感；又不知趙子龍如何下落，放心不下。因暗想曰："我不就此時尋個脫身之計，更待何時？"遂起身對操曰："術若投紹，必從徐州過。備請一軍就半路截擊，術可擒矣。"操笑曰："來日奏帝，即便起兵。"

次日，玄德面奏君。操令玄德總督五萬人馬，又差朱靈、路昭二人同行。玄德辭帝，帝泣送之。玄德到寓，星夜收拾軍器鞍馬，挂了將軍印，催促便行。董承趕出十里長亭來送。玄德曰："國舅寧耐。某此行必有以報命。"承曰："公宜留意，勿負帝心。"二人分別。關、張在馬上問曰："兄今番出征，何故如此慌速？"玄德曰："吾乃籠中鳥、網中魚。此一行如魚入大海、鳥上青霄，不受籠網之羈絆也！"因命關、張催朱靈、路昭軍馬速行。時郭嘉、程昱考較錢糧方回，知曹操已遣玄德進兵徐州，慌入諫曰："丞相何故令劉備督軍？"操曰："欲截袁術耳。"程昱曰："昔劉備為豫州牧時，某等請殺之，丞相不聽；今日又與之兵，此放龍入海，縱虎歸山也。後欲治之，其可得乎？"郭嘉曰："丞相縱不殺備，亦不當使之去。古人云：'一日縱敵，萬世之患。'望丞相察之。"操然其言，遂令許褚將兵五百前往，務要追玄德轉來。許褚應諾而去。

卻說玄德正行之間，只見後面塵頭驟起，謂關、張曰："此必曹兵追至也。"遂下了營寨，令關、張各執軍器，立於兩邊。許褚至，見嚴兵整甲，乃下馬入營見玄德。玄德曰："公來此何幹？"褚曰："奉丞相命，特請將軍回去，別有商議。"玄德曰："'將在外，君命有所不受。'吾面過君，又蒙丞相鈞語。今別無他議，公可速回，為我稟覆丞相。"許褚尋思："丞相與他一向交好，今番又不曾教我來廝殺，只得將他言語回覆，另候裁奪便了。"遂辭了玄德，領兵而回；回見曹操，備述玄德之言。操猶豫未決。程昱、郭嘉曰："備不肯回兵，可知其心變矣。"操曰："我有朱靈、路昭二人在彼，料玄德未必敢心變。況我既遣之，何可復悔？"遂不復追玄德。後人有詩歎玄德曰：

　　束兵秣馬去匆匆，心念天言衣帶中。

撞破鐵籠逃虎豹，頓開金鎖走蛟龍。

卻說馬騰見玄德已去，邊報又急，亦回西涼州去了。玄德兵至徐州，刺史車胄出迎。公宴畢，孫乾、糜竺等都來參見。玄德回家探視老小，一面差人探聽袁術。探子回報："袁術奢侈太過，雷薄、陳蘭皆投嵩山去了。術勢甚衰，乃作書讓帝號於袁紹，紹命人召術，術乃收拾人馬、宮禁御用之物，先到徐州來。"

玄德知袁術將至，乃引關、張、朱靈、路昭五萬軍出，正迎着先鋒紀靈至。張飛更不打話，直取紀靈。鬥無十合，張飛大喝一聲，刺紀靈於馬下，敗軍奔走。袁術自引軍來鬥。玄德分兵三路：朱靈、路昭在左，關、張在右，玄德自引兵居中，與術相見，在門旗下責罵曰："汝反逆不道，吾今奉明詔前來討汝！汝當束手受降，免你罪犯。"袁術罵曰："織蓆編屨小輩，安敢輕我！"麾兵趕來。玄德暫退，讓左右兩路軍殺出。殺得術軍屍橫遍野，血流成渠；兵卒逃亡，不可勝計。又被嵩山雷薄、陳蘭劫去錢糧草料。欲回壽春，又被羣盜所襲，只得住於江亭。止有一千餘眾，皆老弱之輩。時當盛暑，糧食盡絕，只剩麥三十斛，分派軍士。家人無食，多有餓死者。術嫌飯粗，不能下咽，乃命庖人取蜜水止渴。庖人曰："止有血水，安有蜜水？"術坐於牀上，大叫一聲，倒於地下，吐血斗餘而死。時建安四年六月也。後人有詩曰：

漢末刀兵起四方，無端袁術太猖狂。
不思累世為公相，便欲孤身作帝王。
強暴枉誇傳國璽，驕奢妄說應天祥。
渴思蜜水無由得，獨臥空牀嘔血亡。

袁術已死，姪袁胤將靈柩及妻子奔廬江來，被徐璆盡殺之。璆奪得玉璽，赴許都獻於曹操。操大喜，封徐璆為高陵太守。此時玉璽歸操。

卻說玄德知袁術已喪，寫表申奏朝廷，書呈曹操，令朱靈、路昭回許都；留下軍馬保守徐州；一面親自出城，招諭流散人民復業。

且説朱靈、路昭回許都見曹操，説玄德留下軍馬。操怒，欲斬二人。荀彧曰："權歸劉備，二人亦無奈何。"操乃赦之。彧又曰："可寫書與車冑就內圖之。"操從其計，暗使人來見車冑，傳曹操鈞旨。冑隨即請陳登商議此事。登曰："此事極易。今劉備出城招民，不日將還；將軍可命軍士伏於甕城邊，只作接他，待馬到來，一刀斬之；某在城上射住後軍，大事濟矣。"冑從之。

陳登回見父陳珪，備言其事。珪命登先往報知玄德。登領父命，飛馬去報，正迎着關、張，報説如此如此。原來關、張先回，玄德在後。張飛聽得，便要去厮殺。雲長曰："他伏甕城邊待我，去必有失。我有一計，可殺車冑：乘夜扮作曹軍到徐州，引車冑出迎，襲而殺之。"飛然其言。那部下軍原有曹操旗號，衣甲都同。當夜三更，到城邊叫門。城上問是誰，眾應是曹丞相差來張文遠的人馬。報知車冑，冑急請陳登議曰："若不迎接，誠有疑；若出迎之，又恐有詐。"冑乃上城回言："黑夜難以分辨，平明了相見。"城下答應："只恐劉備知道，疾快開門！"車冑猶豫未定，城外一片聲叫開門。車冑只得披挂上馬，引一千軍出城；跑過弔橋，大叫："文遠何在？"火光中只見雲長提刀縱馬直迎車冑，大叫曰："匹夫安敢懷詐，欲殺吾兄！"車冑大驚，戰未數合，遮攔不住，撥馬便回。到弔橋邊，城上陳登亂箭射下，車冑遶城而走。雲長趕來，手起一刀，砍於馬下，割下首級提回，望城上呼曰："反賊車冑，吾已殺之；眾等無罪，投降免死！"諸軍倒戈投降，軍民皆安。

　　雲長將胄頭去迎玄德，具言車胄欲害之事，今已斬首。玄德大驚曰："曹操若來，如之奈何？"雲長曰："弟與張飛迎之。"玄德懊悔不已，遂入徐州。百姓父老，伏道而接。玄德到府，尋張飛，飛已將車胄全家殺盡。玄德曰："殺了曹操心腹之人，如何肯休？"陳登曰："某有一計，可退曹操。"正是：既把孤身離虎穴，還將妙計息狼煙[2]。不知陳登説出甚計來，且聽下文分解。

**註　釋**

---

1　韜晦：將光芒收斂起來。

2　狼煙：指戰爭。古代軍中燃燒曬乾的狼糞，其煙直升不散，因此被用來當成報警的烽火。

# 第二十二回

# 袁曹各起馬步三軍
# 關張共擒王劉二將

卻說陳登獻計於玄德曰：“曹操所懼者袁紹。紹虎踞冀、青、幽、并諸郡，帶甲百萬，文官武將極多，今何不寫書遣人到彼求救？”玄德曰：“紹向與我未通往來，今又新破其弟，安肯相助？”登曰：“此間有一人與袁紹三世通家。若得其一書致紹，紹必來相助。”玄德問何人。登曰：“此人乃公平日所折節敬禮者，何故忘之？”玄德猛省曰：“莫非鄭康成先生乎？”登笑曰：“然也。”

原來鄭康成名玄，好學多才，嘗受業於馬融。融每當講學，必設絳帳，前聚生徒，後陳聲妓，侍女環列左右。玄聽講三年，目不邪視，融甚奇之。及學成而歸，融歎曰：“得我學之祕者，惟鄭玄一人耳！”玄家中侍婢俱通《毛詩》。一婢嘗忤玄意，玄命長跪階前。一婢戲謂之曰：“‘胡為乎泥中[1]？’”此婢應聲曰：“‘薄言往愬，逢彼之怒。[2]’”其風雅如此。桓帝朝，玄官至尚書。後因十常侍之亂，棄官歸田，居於徐州。玄德在涿郡時，已曾師事之。及為徐州牧，時時造廬請教，敬禮特甚。

當下玄德想出此人，大喜，便同陳登親至鄭玄家中，求其作書。玄慨然依允，寫書一封，付與玄德。玄德便差孫乾星夜齎往袁紹處投遞。紹覽畢，自忖曰：「玄德攻滅吾弟，本不當相助，但重以鄭尚書之命，不得不往救之。」遂聚文武官，商議興兵伐曹操。謀士田豐曰：「兵起連年，百姓疲弊，倉廩無積，不可復興大軍。宜先遣人獻捷天子，若不得通，乃表稱曹操隔我王路，然後提兵屯黎陽；更於河內增益舟楫，繕置軍器，分遣精兵，屯紮邊鄙。三年之中，大事可定也。」謀士審配曰：「不然。以明公之神武，撫河朔之強盛，興兵討曹賊，易如反掌，何必遷延日月？」謀士沮授曰：「制勝之策，不在強盛。曹操法令既行，士兵精練，比公孫瓚坐受困者不同。今棄獻捷良策，而興無名之兵，竊為明公不取。」謀士郭圖曰：「非也，兵加曹操，豈曰無名？公正當及時早定大業。願從鄭尚書之言，與劉備共仗大義，剿滅曹賊，上合天意，下合民情，實為幸甚！」四人爭論未定，紹躊躇不決。忽許攸、荀諶自外而入。紹曰：「二人多有見識，且看如何主張。」二人施禮畢，紹曰：「鄭尚書有書來，令我起兵助劉備，攻曹操。起兵是乎？不起兵是乎？」二人齊聲應曰：「明公以眾克寡，以強攻弱，討漢賊以扶王室：起兵是也。」紹曰：「二人所見，正合我心。」便商議興兵。先令孫乾回報鄭玄，並約玄德準備接應；一面令審配、逢紀為統軍，田豐、荀諶、許攸為謀士，顏良、文醜為將軍，起馬軍十五萬，步兵十五萬，共精兵三十萬，望黎陽進發。分撥已定，郭圖進曰：「以明公大義伐操，必須數操之惡，馳檄各郡，聲罪致討，然後名正言順。」紹從之，遂令書記陳琳草檄。琳字孔璋，素有才名；桓帝時為主簿，因諫何進不聽，復遭董卓之亂，避難冀州，紹用為記室。當下領命草檄，援筆立就。其文曰：

蓋聞明主圖危以制變，忠臣慮難以立權。是以有非常之人，然後有非常之事；有非常之事，然後立非常之功。夫非常者，固非常人所擬也。

曩者，強秦弱主，趙高執柄，專制朝權，威福由己；時人迫脅，莫敢正言；終有望夷之敗，祖宗焚滅，汙辱至今，永為世鑒。及臻呂后季年，產、祿專政，內兼二軍，外統梁、趙；擅斷萬機，決事省禁；下陵上替，海內寒心。於是絳侯、朱虛興兵奮怒，誅夷逆暴，尊立太宗，故能王道興隆，光明顯融：此則大臣立權之明表也。

司空曹操：祖父中常侍騰，與左悺、徐璜並作妖孽，饕餮放橫，傷化虐民。父嵩乞匄攜養，因贓假位；輿金輦璧，輸貨權門；竊盜鼎司，傾覆重器。操贅閹遺醜，本無懿德；犷狡鋒協，好亂樂禍。

幕府董統鷹揚，掃除凶逆。續遇董卓，侵官暴國，於是提劍揮鼓，發命東夏，收羅英雄，棄瑕取用。故遂與操同諮合謀，授以裨師，謂其鷹犬之才，爪牙可任。至乃愚佻短略，輕進易退，傷夷折衄，數喪師徒。幕府輒復分兵命銳，修完補輯，表行東郡領兗州刺史，被以虎文，獎蹴威柄，冀獲秦師一剋之報。而操遂承資跋扈，恣行凶忒，割剝元元[3]，殘賢害善。

故九江太守邊讓，英才俊偉，天下知名；直言正色，論不阿諂；身首被梟懸之誅，妻孥受灰滅之咎。自是士林憤痛，民怨彌重；一夫奮臂，舉州同聲。故躬破於徐方，地奪於呂布；彷徨東裔，蹈據無所。幕府惟強幹弱枝之義，且不登叛人之黨，故復援旌擐甲，席捲起征。金鼓響振，布眾奔沮。

拯其死亡之患，復其方伯之位。則幕府無德於兗土之民，而大有造於操也。

後會鑾駕返旆，羣虜寇攻。時冀州方有北鄙之警，匪遑離局；故使從事中郎徐勛，就發遣操，使繕修郊廟，翊衞幼主。操便放志：專行脅遷，當御省禁；卑侮王室，敗法亂紀；坐領三臺，專制朝政；爵賞由心，刑戮在口；所愛光五宗，所惡滅三族；羣談者受顯誅，腹議者蒙隱戮；百僚鉗口，道路以目；尚書記朝會，公卿充員品而已。

故太尉楊彪，典歷二司，享國極位。操因緣眥睚，被以非罪；榜楚參并，五毒備至；觸情任忒，不顧憲綱。又議郎趙彥，忠諫直言，義有可納，是以聖朝含聽，改容加飾。操欲迷奪時明，杜絕言路，擅收立殺，不俟報聞。又梁孝王，先帝母昆，墳陵尊顯；桑梓松柏，猶宜肅恭；而操帥將校吏士，親臨發掘，破棺裸屍，掠取金寶。至今聖朝流涕，士民傷懷！

操又特置“發丘中郎將”、“摸金校尉”，所過隳突，無骸不露。身處三公之位，而行桀虜之態，汙國害民，毒施人鬼！加其細政慘苛，科防互設；罾繳充蹊，坑阱塞路；舉手挂網羅，動足觸機陷。是以兗、豫有無聊之民，帝都有呼嗟之怨。歷觀載籍，無道之臣，貪殘酷烈，於操為甚！

幕府方詰外姦，未及整訓；加緒含容，冀可彌縫。而操豺狼野心，潛包禍謀，乃欲摧撓棟梁，孤弱漢室，除滅忠正，專為梟雄。往者伐鼓北征公孫瓚，強寇桀逆，拒圍一年。操因其未破，陰交書命，外助王師，內相掩襲。會其行人發露，瓚亦梟夷，故使鋒芒挫縮，厥圖不果。

今乃屯據敖倉，阻河為固，欲以螳螂之斧，御隆車之隧。幕府奉漢威靈，折衝宇宙；長戟百萬，驍騎千羣；奮中黃、育、獲之士，騁良弓勁弩之勢；并州越太行，青州涉濟、漯；大軍汎黃河而角其前，荊州下宛、葉而犄其後；雷震虎步，若舉炎火以焫飛蓬，覆滄海以沃熛炭，有何不滅者哉？

又操軍吏士，其可戰者，皆出自幽、冀，或故營部曲，咸怨曠思歸，流涕北顧。其餘兗、豫之民，乃呂布、張楊之餘眾，覆亡迫脅，權時苟從；各被創夷，人為讎敵。若回旆反旌，登高岡而擊鼓吹，揚素揮以啟降路，必土崩瓦解，不俟血刃。

方今漢室陵遲，綱維弛絕；聖朝無一介之輔，股肱無折衝之勢；方畿之內，簡練之臣，皆垂頭搨翼，模所憑恃；雖有忠義之佐，脅於暴虐之臣，焉能展其節？

又操持部曲精兵七百，圍守宮闕，外託宿衛，內實拘執，懼其篡逆之萌，因斯而作。此乃忠臣肝腦塗地之秋，烈士立功之會，可不勗哉！

操又矯命稱制，遣使發兵。恐邊遠州郡，過聽給與，違眾旅叛，舉以喪名，為天下笑，則明哲不取也。

即日幽、并、青、冀四州並進。書到荊州，便勒見兵，與建忠將軍協同聲勢。州郡各整義兵，羅落境界，舉武揚威，並匡社稷，則非常之功於是乎著。

其得操首者，封五千戶侯，賞錢五千萬。部曲偏裨將校諸吏降者，勿有所問。廣宣恩信，班揚符賞，布告天下，咸使知聖朝有拘迫之難。如律令。

紹覽檄大喜，即命使將此檄遍行州郡，並於各處關津隘口張挂。檄文傳至許都，時曹操方患頭風，臥病在牀。左右將此檄傳進，操見之，毛骨悚然，出了一身冷汗，不覺頭風頓愈，從牀上一躍而起，顧謂曹洪曰：“此檄何人所作？”洪曰：“聞是陳琳之筆。”操笑曰：“有文事者，必須以武略濟之。陳琳文事雖佳，其如袁紹武略之不足何！”遂聚謀士商議迎敵。

孔融聞之，來見操曰：“袁紹勢大，不可與戰，只可與和。”荀彧曰：“袁紹無用之人，何必議和？”融曰：“袁紹土廣民強。其部下如許攸、郭圖、審配、逢紀皆智謀之士；田豐、沮授皆忠臣也；顏良、文醜勇冠三軍；其餘高覽、張郃、淳于瓊等俱世之名將——何謂紹為無用之人乎？”彧笑曰：“紹兵多而不整。田豐剛而犯上，許攸貪而不智，審配專而無謀，逢紀果而無用。此數人者，勢不相容，必生內變。顏良、文醜，匹夫之勇，一戰可擒。其餘碌碌等輩，縱有百萬，何足道哉！”孔融默然。操大笑曰：“皆不出荀文若之料。”遂喚前軍劉岱、後軍王忠引軍五萬，打着丞相旗號，去徐州攻劉備。原來劉岱舊為兗州刺史；及操取兗州，岱降於操，操用為偏將，故今差他與王忠一同領兵。操卻自引大軍二十萬，進黎陽，拒袁紹。程昱曰：“恐劉岱、王忠不稱其使。”操曰：“吾亦知非劉備敵手，權且虛張聲勢。”分付：“不可輕進。待我破紹，再勒兵破備。”劉岱、王忠領兵去了。

曹操自引兵至黎陽。兩軍隔八十里，各自深溝高壘，相持不戰。自八月守至十月。原來許攸不樂審配領兵，沮授又恨紹不用其謀，各不相和，不圖進取。袁紹心懷疑惑，不思進兵。操乃喚呂布手下降將臧霸守把青、徐；于禁、李典屯兵河上；曹仁總督大軍，屯於官渡。操自引一軍，竟回許都。

且説劉岱、王忠引軍五萬，離徐州一百里下寨。中軍虛打曹丞相旗號，未敢進兵，只打聽河北消息。這裏玄德也不知曹操虛實，未敢擅動，亦只探聽河北。忽曹操差人催劉岱、王忠進戰。二人在寨中商議。岱曰：“丞相催促攻城，你可先去。”王忠曰：“丞相先差你。”岱曰：“我是主將，如何先去？”忠曰：“我和你同引兵去。”岱曰：“我與你拈鬮，拈着的便去。”王忠拈着“先”字，只得分一半軍馬，來攻徐州。玄德聽知軍馬到來，請陳登商議曰：“袁本初雖屯兵黎陽，奈謀臣不和，尚未進取。曹操不知在何處。聞黎陽軍中，無操旗號，如何這裏卻反有他旗號？”登曰：“操詭計百出，必以河北為重，親自監督，卻故意不建旗號，乃於此處虛張旗號。吾意操必不在此。”玄德曰：“兩弟誰可探聽虛實？”張飛曰：“小弟願往。”玄德曰：“汝為人躁暴，不可去。”飛曰：“便是有曹操也拿將來！”雲長曰：“待弟往觀其動靜。”玄德曰：“雲長若去，我卻放心。”於是雲長引三千人馬出徐州來。

　　時值初冬，陰雲布合，雪花亂飄，軍馬皆冒雪布陣。雲長驟馬提刀而出，大叫王忠打話。忠出曰：“丞相到此，緣何不降？”雲長曰：“請丞相出陣，我自有話說。”忠曰：“丞相豈肯輕見你！”雲長大怒，驟馬向前。王忠挺槍來迎。兩馬相交，雲長撥馬便走。王忠趕來，轉過山坡，雲長回馬，大叫一聲，舞刀直取。王忠攔截不住，恰待驟馬奔逃，雲長左手倒提寶刀，右手揪住王忠勒甲絛，拖下鞍鞒，橫擔於馬上，回本陣來。王忠軍四散奔走。雲長押解王忠，回徐州見玄德。玄德問：“爾乃何人？見居何職？敢詐稱曹丞相！”忠曰：“焉敢有詐？奉命教我虛張聲勢，以為疑兵。丞相實不在此。”玄德教付衣服酒食，且暫監下，待捉了劉岱，再作商議。雲長曰：“某知兄有和解之意，故生擒將來。”玄德曰：“吾恐翼德躁暴，殺了王忠，故不教去。此等人殺之無益，留之可為解和之地。"張飛曰："二哥捉了王忠，我去生擒劉岱來！"玄德曰："劉岱昔為兗州刺史，虎牢伐董卓時，也是一鎮諸侯。今日為前軍，不可輕敵。"飛曰："量此輩何足道哉！我也似二哥生擒將來便了！"玄德曰："只恐壞了他性命，誤我大事。"飛曰："如殺了，我償他命！"玄德遂與軍三千。飛引兵前進。

　　卻說劉岱知王忠被擒，堅守不出。張飛每日在寨前叫罵，岱聽知是張飛，越不敢出。飛守了數日，見岱不出，心生一計：傳令今夜二更去劫寨，日間卻在帳中飲酒詐醉，尋軍士罪過，打了一頓，縛在營中曰："待我今夜出兵時，將來祭旗！"卻暗使左右縱之去。軍士得脫，偷走出營，逕往劉岱營中來報劫寨之事。劉岱見降卒身受重傷，遂聽其說，虛紮空寨，伏兵在外。是夜張飛卻分兵三路，中間使三十餘人，劫寨放火；卻教兩路軍抄出他寨後，看火起為號，夾擊之。三更時分，張飛自引精兵，先斷劉岱後路；中路三十餘人，搶入寨中放火。劉岱伏兵恰待殺入，張飛兩路兵齊出。岱軍自亂，正不知飛兵多少，各自潰散。劉岱引一隊殘軍，奪路而走，正撞見張飛，狹路相逢，急難回避，交馬只一合，早被張飛生擒過去。餘眾皆降。飛使人先報入徐州。玄德聞之，謂雲長曰："翼德自來粗莽，今亦用智，吾無憂矣。"乃親自出郭迎之。飛曰："哥哥道我躁暴，今日如何？"玄德曰："不用言語相激，如何肯使機謀？"飛大笑。

　　玄德見縛劉岱過來，慌下馬解其縛曰："小弟張飛誤有冒瀆，望乞恕罪。"遂迎入徐州，放出王忠，一同管待。玄德曰："前因車冑欲害備，故不得不殺之。丞相錯疑備反，遣二將軍前來問罪。備受丞相大恩，正思報効，安敢反耶？二將軍至許都，望善言為備分訴，備之幸也。"劉岱、王忠曰："深荷使君不殺之恩，當於丞相處方便，以某兩家老小保使君。"玄德稱謝。次日盡還原領軍馬，送出郭外。劉岱、王忠行不上十餘里，一聲鼓響，張飛攔路大喝曰："我哥哥忒沒分曉！捉住賊將如何又放了？"諕得劉岱、王忠在馬上發顫。張飛睜眼挺槍趕來，背後一人飛馬大叫："不得無禮！"視之，乃雲長也。劉岱、王忠方纔放心。雲長曰："既兄長放了，吾弟如何不遵法令？"飛曰："今番放了，下次又來。"雲長曰："待他再來，殺之未遲。"劉岱、王忠連聲告退曰："便丞相誅我三族，也不來了。望將軍寬恕。"飛曰："便是曹操自來，也殺他片甲不回！今番權且記下兩顆頭！"劉岱、王忠抱頭鼠竄而去。

雲長、翼德回見玄德曰："曹操必然復來。"孫乾謂玄德曰："徐州受敵之地，不可久居，不若分兵屯小沛，守邳城，為犄角之勢，以防曹操。"玄德用其言，令雲長守下邳；甘、糜二夫人亦於下邳安置。甘夫人乃小沛人也，糜夫人乃糜竺之妹也。孫乾、簡雍、糜竺、糜芳守徐州。玄德與張飛屯小沛。劉岱、王忠回見曹操，具言劉備不反之事。操怒罵："辱國之徒，留你何用！"喝令左右推出斬之。正是：犬豕何堪共虎鬥，魚蝦空自與龍爭。不知二人性命如何，且聽下文分解。

---

## 註　釋

1　胡為乎泥中：為甚麼在泥漿中，文中指"為甚麼跪在地上"。是〈詩經·邶風·式微〉中的詩句。

2　薄言往愬，逢彼之怒：前去報告事務，正遇上他發火。是〈詩經·邶風·柏舟〉中的詩句。

3　元元：百姓。

# 第二十三回

## 禰正平裸衣罵賊
## 吉太醫下毒遭刑

　　卻說曹操欲斬劉岱、王忠。孔融諫曰：“二人本非劉備敵手，若斬之，恐失將士之心。”操乃免其死，黜罷爵祿，欲自起兵伐玄德。孔融曰：“方今隆冬盛寒，未可動兵，待來春未為晚也。可先使人招安張繡、劉表，然後再圖徐州。”操然其言，先遣劉曄往說張繡。曄至襄城，先見賈詡，陳說曹公盛德。詡乃留曄於家中。次日來見張繡，說曹公遣劉曄招安之事。正議間，忽報袁紹有使至。繡命入。使者呈上書信。繡覽之，亦是招安之意。詡問來使曰：“近日興兵破曹操，勝負何如？”使曰：“隆冬寒月，權且罷兵。今以將軍與荊州劉表俱有國士之風，故來相請耳。”詡大笑曰：“汝可便回見本初，道：‘汝兄弟尚不能容，何能容天下國士乎！’”當面扯碎書，叱退來使。

　　張繡曰：“方今袁強曹弱；今毀書叱使，袁紹若至，當如之何？”詡曰：“不如去從曹操。”繡曰：“吾先與操有讎，安得相容？”詡曰：“從操其便有三：夫曹公奉天子明詔，征伐天下，其宜從一也；紹強盛，我以少從之，必不以我為重，操雖弱，得我必喜，其宜從二也；曹公王霸之志，必釋私怨，以明德於四海，其宜從三也。願將軍無疑焉。”繡從其言，請劉曄相見。曄盛稱操德，且曰：“丞相若記舊怨，安肯使某來結好將軍乎？”繡大喜，即同賈詡等赴許都投降。繡見操，拜於階下。操忙扶起，執其手曰：“有小過失，勿記於心。”遂封繡為揚武將軍，封賈詡為執金吾使。操即命繡作書招安劉表。賈詡進曰：“劉景升好結納名流，今必得一有文名之士往說之，方可降耳。”操問荀攸曰：“誰人可去？”攸曰：“孔文舉可當其任。”操然之。攸出見孔融曰：“丞相欲得一有文名之士，以備行人之選。公可當此任否？”融曰：“吾友禰衡，字正平，其才十倍於我。此人宜在帝左右，不但可備行人而已。我當薦之天子。”於是遂上表奏帝。其文曰：

臣聞洪水橫流，帝思俾乂；旁求四方，以招賢俊。昔世宗繼統，將弘基業；疇咨熙載，羣士響臻。陛下叡聖，篆承基緒，遭遇厄運，勞謙日昃；維嶽降神，異人並出。竊見處士平原禰衡，年二十四，字正平，淑質貞亮，英才卓躒；初涉藝文，升堂覩奧。目所一見，輒誦之口；耳所暫聞，不忘於心。性與道合，思若有神。弘羊潛計，安世默識[1]，以衡準之，誠不足怪。忠果正直，志懷霜雪；見善若驚，嫉惡若讎。任座抗行，史魚厲節[2]，殆無以過也。鷙鳥累百，不如一鶚。使衡立朝，必有可觀。飛辯騁詞，溢氣坌涌；解疑釋結，臨敵有餘。

昔賈誼求試屬國，詭係單于；終軍[3]欲以長纓，牽制勁越：弱冠慷慨，前世美之。近日路粹、嚴象亦用異才，擢拜臺郎。衡宜與為比。如得龍躍天衢，振翼雲漢，揚聲紫微，垂光虹蜺，足以昭近署之多士，增四門之穆穆。鈞天廣樂，必有奇麗之觀；帝室皇居，必蓄非常之寶。若衡等輩，不可多得。〈激楚〉、〈陽阿〉，至妙之容，掌伎者之所貪；飛兔、騕褭，絕足奔放，良、樂之所急也。臣等區區，敢不以聞？陛下篤慎取士，必須效試。乞令衡以褐衣召見。如無可觀采，臣等受面欺之罪。”

帝覽表，以付曹操。操遂使人召衡至。禮畢，操不命坐。禰衡仰天歎曰：“天地雖闊，何無一人也！”操曰：“吾手下有數十人，皆當世英雄，何謂無人？”衡曰：“願聞。”操曰：“荀彧、荀攸、郭嘉、程昱：機深智遠，雖蕭何、陳平不及也。張遼、許褚、李典、樂進：勇不可當，雖岑彭、馬武不及也。呂虔、滿寵為從事；于禁、徐晃為先鋒；夏侯惇天下奇才；曹子孝世間福將。安得無人？”衡笑曰：“公言差矣。此等人物，吾盡識之：荀彧可使弔喪問疾，荀攸可使看墳守墓，程昱可使關門閉戶，郭嘉可使白詞念賦，張遼可使擊鼓鳴金，許褚可使牧牛放馬，樂進可使取狀讀招，李典可使傳書送檄，呂虔可使磨刀鑄劍，滿寵可使飲酒良糟，于禁可使負版築牆，徐晃可使屠豬殺狗。夏侯惇稱為‘完體將軍’，曹子孝呼為‘要錢太守’。其餘皆是衣架、飯囊、酒桶、肉袋耳！”操怒曰：“汝有何能？”衡曰：“天文地理，無一不通；三教九流，無所不曉；上可以致君為堯、舜，下可以配德於孔、顏。豈與俗子共論乎！”時止有張遼在側，掣劍欲斬之。操曰：“吾正少一鼓吏；早晚朝賀宴享，可令禰衡充此職。”衡不推辭，應聲而去。遼曰：“此人出言不遜，何不殺之？”操曰：“此人素有虛名，遠近所聞。今日殺之，天下必謂我不能容物。彼自以為能，故令為鼓吏以辱之。”

來日，操於省廳上大宴賓客，令鼓吏撾鼓。舊吏云：「撾鼓必換新衣。」衡穿舊衣而入，遂擊鼓為〈漁陽三撾〉，音節殊妙，淵淵有金石聲。坐客聽之，莫不慷慨流涕。左右喝曰：「何不更衣！」衡當面脫下舊破衣服，裸體而立，渾身盡露。坐客皆掩面。衡乃徐着褲，顏色不變。操叱曰：「廟堂之上，何太無禮？」衡曰：「欺君罔上乃謂無禮。吾露父母之形，以顯清白之體耳！」操曰：「汝為清白，誰為汙濁？」衡曰：「汝不識賢愚，是眼濁也；不讀詩書，是口濁也；不納忠言，是耳濁也；不通古今，是身濁也；不容諸侯，是腹濁也；常懷篡逆，是心濁也！吾乃天下名士，用為鼓吏，是猶陽貨輕仲尼、臧倉毀孟子耳！欲成霸王之業，而如此輕人耶？」

　　時孔融在坐，恐操殺衡，乃從容進曰：「禰衡罪同胥靡[4]，不足發明王之夢。」操指衡而言曰：「令汝往荊州為使。如劉表來降，便用汝作公卿。」衡不肯往。操教備馬三匹，令二人扶挾而行；卻教手下文武，整酒於東門外送之。荀彧曰：「如禰衡來，不可起身。」衡至，下馬入見，眾皆端坐。衡放聲大哭。荀彧問曰：「何為而哭？」衡曰：「行於死柩之中，如何不哭？」眾皆曰：「吾等是死屍，汝乃無頭狂鬼耳！」衡曰：「吾乃漢朝之臣，不作曹瞞之黨，安得無頭？」眾欲殺之。荀彧急止之曰：「量鼠雀之輩，何足汙刀！」衡曰：「吾乃鼠雀，尚有人性，汝等只可謂之蜾蟲！」眾恨而散。

　　衡至荊州，見劉表畢，雖頌德，實譏諷。表不喜，令去江夏見黃祖。或問表曰：「禰衡戲謔主公，何不殺之？」表曰：「禰衡數辱曹操，操不殺者，恐失人望，故令作使於我，欲借我手殺之，使我受害賢之名也。吾今遣去見黃祖，使曹操知我有識。」眾皆稱善。

　　時袁紹亦遣使至。表問眾謀士曰：「袁本初又遣使來，曹孟德又差禰衡在此，當從何便？」從事中郎將韓嵩進曰：「今兩雄相持，將軍若欲有為,乘此破敵可也。如其不然,將擇其善者而從之。今曹操善能用兵,賢俊多歸,其勢必先取袁紹,然後移兵向江東,恐將軍不能禦,莫若舉荊州以附操,操必重待將軍矣。"表曰:"汝且去許都,觀其動靜,再作商議。"嵩曰:"君臣各有定分。嵩今事將軍,雖赴湯蹈火,一唯所命。將軍若能上順天子,下從曹公,使嵩可也;如持疑未定,嵩到京師,天子賜嵩一官,則嵩為天子之臣,不復為將軍死矣。"表曰:"汝且先往觀之。吾別有主意。"嵩辭表,到許都見操。操遂拜嵩為侍中,領零陵太守。荀彧曰:"韓嵩來觀動靜,未有微功,重加此職。禰衡又無音耗,丞相遣而不問,何也?"操曰:"禰衡辱吾太甚,故借劉表手殺之,何必再問?"遂遣韓嵩回荊州說劉表。嵩回見表,稱頌朝廷盛德,勸表請子入侍。表大怒曰:"汝懷二心耶!"欲斬之。嵩大叫曰:"將軍負嵩,嵩不負將軍!"蒯良曰:"嵩未去之前,先有此言矣。"劉表遂赦之。

人報黃祖斬了禰衡,表問其故。對曰:"黃祖與禰衡共飲,皆醉。祖問衡曰:'君在許都有何人物?'衡曰:'大兒孔文舉,小兒楊德祖。除此二人,別無人物。'祖曰:'似我何如?'衡曰:'汝似廟中之神,雖受祭祀,恨無靈驗!'祖大怒曰:'汝以我為土木偶人耶!'遂斬之。衡至死罵不絕口。"劉表聞衡死,亦嗟呀不已,令葬於鸚鵡洲邊。後人有詩歎曰:

> 黃祖才非長者儔,禰衡珠碎此江頭。
> 今來鸚鵡洲邊過,惟有無情碧水流。

卻說曹操知禰衡受害,笑曰:"腐儒舌劍,反自殺矣!"因不見劉表來降,便欲興兵問罪。荀彧諫曰:"袁紹未平,劉備未滅,而欲用兵江、漢,是猶舍心腹而顧手足也。可先滅袁紹,後滅劉備,江、漢可一掃而平矣。"操從之。

且說董承自劉玄德去後，日夜與王子服等商議，無計可施。建安五年，元旦朝賀，見曹操驕橫愈甚，感憤成疾。帝知國舅染病，令隨朝太醫前去醫治。此醫乃洛陽人，姓吉，名太，字稱平，人皆呼為吉平，當時名醫也。平到董承府用藥調治，旦夕不離；常見董承長吁短歎，不敢動問。

時值元宵，吉平辭去，承留住，二人共飲。飲至更餘，承覺困倦，就和衣而睡。忽報王子服等四人至，承出接入。服曰："大事諧矣！"承曰："願聞其說。"服曰："劉表結連袁紹，起兵五十萬，共分十路殺來。馬騰結連韓遂，起西涼軍七十二萬，從北殺來。曹操盡起許昌兵馬，分頭迎敵，城中空虛。若聚五家僮僕，可得千餘人。乘今夜府中大宴，慶賞元宵，將府圍住，突入殺之。不可失此機會！"承大喜，即喚家奴各人收拾兵器，自己披挂綽槍上馬，約會都在內門前相會，同時進兵。夜至二鼓，眾兵皆到。董承手提寶劍，徒步直入，見操設宴後堂，大叫："操賊休走！"一劍剳去，隨手而倒。霎時覺來，乃南柯一夢，口中猶罵操賊不止。吉平向前叫曰："汝欲害曹公乎？"承驚懼不能答。吉平曰："國舅休慌。某雖醫人，未嘗忘漢。某連日見國舅嗟歎，不敢動問。恰纔夢中之言，已見真情。幸勿相瞞。倘有用某之處，雖滅九族，亦無後悔。"承掩面而哭曰："只恐汝非真心！"平遂咬下一指為誓。

承乃取出衣帶詔，令平視之；且曰："今之謀望不成者，乃劉玄德、馬騰各自去了，無計可施，因此感而成疾。"平曰："不消諸公用心。操賊性命，只在某手中。"承問其故。平曰："操賊常患頭風，痛入骨髓；纔一舉發，便召某醫治。如早晚有召，只用一服毒藥，必然死矣，何必舉刀兵乎？”承曰：“若得如此，救漢朝社稷者，皆賴君也！”時吉平辭歸。承心中暗喜，步入後堂，忽見家奴秦慶童同侍妾雲英在暗處私語。承大怒，喚左右捉下，欲殺之。夫人勸免其死，各人仗脊四十，將慶童鎖於冷房。慶童懷恨，黃夜將鐵鎖扭斷，跳牆而出，逕入曹操府中，告有機密事。操喚入密室問之。慶童云：“王子服、吳子蘭、种輯、吳碩、馬騰五人在家主府中商議機密，必然是謀丞相。家主將出白絹一段，不知寫着甚的。近日吉平咬指為誓，我也曾見。”曹操藏匿慶童於府中，董承只道逃往他方去了，也不追尋。

次日，曹操詐患頭風，召吉平用藥。平自思曰：“此賊合休！”暗藏毒藥入府。操臥於牀上，令平下藥。平曰：“此病可一服即愈。”教取藥罐，當面煎之。藥已半乾，平已暗下毒藥，親自送上。操知有毒，故意遲延不服。平曰：“乘熱服之，少汗即愈。”操起曰：“汝既讀儒書，必知禮義。君有疾飲藥，臣先嘗之；父有疾飲藥，子先嘗之。汝為我心腹之人，何不先嘗而後進？”平曰：“藥以治病，何用人嘗？”平知事已泄，縱步向前，扯住操耳而灌之。操推藥潑地，磚皆迸裂。操未及言，左右已將吉平執下。操曰：“吾豈有疾，特試汝耳！汝果有害我之心！”遂喚二十個精壯獄卒，執平至後園拷問。操坐於亭上，將平縛倒於地。吉平面不改容，略無懼怯。操笑曰：“量汝是個醫人，安敢下毒害我？必有人唆使你來。你説出那人，我便饒你。”平叱之曰：“汝乃欺君罔上之賊，天下皆欲殺汝，豈獨我乎！”操再三磨問。平怒曰：“我自欲殺汝，安有人使我來？今事不成，惟死而已！”操怒，教獄卒痛打。打到兩個時辰，皮開肉裂，血流滿階。操恐打死。無可對證，令獄卒揪去靜處，權且將息。

傳令次日設宴，請眾大臣飲酒。惟董承託病不來。王子服等皆恐操生疑，只得俱至。操於後堂設席。酒行數巡，曰：“筵中無可為樂，我有一人，可為眾官醒酒。"教二十個獄卒："與吾牽來！"須臾，只見一長枷釘着吉平，拖至階下。操曰："眾官不知，此人連結惡黨，欲反背朝廷，謀害曹某；今日天敗，請聽口詞。"操教先打一頓，昏絕於地，以水噴面。吉平甦醒，睜目切齒而罵曰："操賊！不殺我，更待何時？"操曰："同謀者先有六人，與汝共七人耶？"平只是大罵。王子服等四人面面相覷，如坐鍼氈。操教一面打，一面噴。平並無求饒之意。操見不招，且教牽去。

眾官席散，操只留王子服等四人夜宴。四人魂不附體，只得留待。操曰："本不相留，爭奈有事相問。汝四人不知與董承商議何事？"子服曰："並未商議甚事。"操曰："白絹中寫着何事？"子服等皆隱諱。操教喚出慶童對證。子服曰："汝於何處見來？"慶童曰："你迴避了眾人，六人在一處畫字，如何賴得？"子服曰："此賊與國舅侍妾通奸，被責誣主，不可聽也。"操曰："吉平下毒，非董承所使而誰？"子服等皆言不知。操曰："今晚自首，尚猶可恕；若待事發，其實難容！"子服等皆言並無此事。操叱左右將四人挐住監禁。

次日，帶領眾人逕投董承家探病。承只得出迎。操曰："緣何夜來不赴宴？"承曰："微疾未痊，不敢輕出。"操曰："此是憂國家病耳。"承愕然。操曰："國舅知吉平事乎？"承曰："不知。"操冷笑曰："國舅如何不知？"喚左右："牽來與國舅起病。"承舉措無地。須臾，二十獄卒推吉平至階下。吉平大罵："曹操逆賊！"操指謂承曰："此人曾攀下王子服等四人，吾已挐下廷尉。尚有一人，未曾捉獲。"因問平曰："誰使汝來藥我？可速招出！"平曰："天使我來殺逆賊！"操怒教打。身上無容刑之處。承在座觀之，心如刀割。操又問平曰："你原有十指，今如何只有九指？"平曰："嚼以為誓，誓殺國賊！"操教取刀來，就階下截去其九指，曰："一發截了，教你為誓！"平曰："尚有口可以吞賊，有舌可以罵賊！"操令割其舌。平曰："且勿動手。吾今熬刑不過，只得供招。可釋吾縛。"操曰："釋之何礙？"遂命解其縛。平起身望闕拜曰："臣不能為國家除賊？乃天數也！"拜畢，撞階而死。操令分其肢體號令。時建安五年正月也。史官有詩曰：

漢朝無起色，醫國有稱平：
立誓除姦黨，捐軀報聖明。
極刑詞愈烈，慘死氣如生。
十指淋漓處，千秋仰異名。

操見吉平已死，教左右牽過秦慶童至面前。操曰："國舅認得此人否？"承大怒曰："逃奴在此！即當誅之！"操曰："他首告謀反，今來對證，誰敢誅之？"承曰："丞相何故聽逃奴一面之說？"操曰："王子服等吾已擒下，皆招證明白，汝尚抵賴乎？"即喚左右拏下，命從人直入董承臥房內，搜出衣帶詔并義狀。操看了，笑曰："鼠輩安敢如此！"遂命："將董承全家良賤，盡皆監禁，休教走脫一個。"操回府以詔狀示眾謀士商議，要廢獻帝，更立新君。正是：數行丹詔成虛望，一紙盟書惹禍殃。未知獻帝性命如何，且聽下文分解。

## 註　釋

1　弘羊潛計，安世默識：桑弘羊是西漢大臣，善於理財和心算。張安世是西漢時的丞相，記性特別強，能默記書本的內容。

2　任座抗行，史魚厲節：任座是戰國時魏文侯的臣子，品德美好，曾當面指責魏文侯。史魚是春秋時衛國的大夫，節操高尚，曾以死諫諍衛王。以直言敢諫著稱。

3　終軍：西漢時人。武帝派他出使南越，他曾表示將用長繩把南越王縛到漢朝來，使南越降服。

4　胥靡：服勞役的囚犯。

# 第二十四回

## 國賊行兇殺貴妃
## 皇叔敗走投袁紹

卻説曹操見了衣帶詔，與眾謀士商議，欲廢卻獻帝，更擇有德者立之。程昱諫曰：“明公所以能威震四方，號令天下者，以奉漢家名號故也。今諸侯未平，遽行廢立之事，必起兵端矣。”操乃止。只將董承等五人，并其全家老小，押送各門處斬。死者共七百餘人。城中官民見者，無不下淚。後人有詩歎董承曰：

> 密詔傳衣帶，天言出禁門。
> 當年曾救駕，此日更承恩。
> 憂國成心疾，除奸入夢魂。
> 忠貞千古在，成敗復誰論。

又有歎王子服等四人詩曰：

> 書名尺素矢忠謀，慷慨思將君父酬。

赤膽可憐捐百口，丹心自是足千秋。

且說曹操既殺了董承等眾人，怒氣未消，遂帶劍入宮，來弒董貴妃。貴妃乃董承之妹，帝幸之，已懷孕五月。當日帝在後宮，正與伏皇后私論董承之事，至今尚無音耗。忽見曹操帶劍入宮，面有怒容，帝大驚失色。操曰：“董承謀反，陛下知否？”帝曰：“董卓已誅矣。”操大聲曰：“不是董卓！是董承！”帝戰慄曰：“朕實不知。”操曰：“忘了破指修詔耶？”帝不能答。操叱武士擒董妃至。帝告曰：“董妃有五月身孕，望丞相相憐。”操曰：“若非天敗，吾已被害。豈得復留此女，為吾後患？”伏后告曰：“貶於冷宮，待分娩了，殺之未遲。”操曰：“欲留此逆種，為母報讎乎？”董妃泣告曰：“乞全屍而死，勿令彰露。”操令取白練至面前。帝泣謂妃曰：“卿於九泉之下，勿怨朕躬！”言訖，淚下如雨。伏后亦大哭。操怒曰：“猶作兒女態耶！”叱武士牽出，勒死於宮門之外。後人有詩歎董妃曰：

春殿承恩亦枉然，傷哉龍種並時捐。
堂堂帝主難相救，掩面徒看淚湧泉。

操諭監宮官曰：“今後但有外戚宗族，不奉吾旨，輒入宮門者，斬。守禦不嚴，與同罪。”又撥心腹人三千充御林軍，令曹洪統領，以為防察。

操謂程昱曰：“今董承等雖誅，尚有馬騰、劉備，亦在此數，不可不除。”昱曰：“馬騰屯軍西涼，未可輕取；但當以書慰勞，勿使生疑，誘入京師圖之，可也。劉備現在徐州，分布掎角之勢，亦不可輕敵。況今袁紹屯兵官渡，常有圖許都之心。若我一旦東征，劉備勢必求救於紹。紹趁虛來襲，何以當之？"操曰："非也。備乃人傑也。今若不擊，待其羽翼既成，急難圖矣。袁紹雖強，事多懷疑不決，何足憂乎？"正議間，郭嘉自外而入。操問曰："吾欲東征劉備，奈有袁紹之憂，如何？"嘉曰："紹性遲而多疑，某謀士各相妒忌，不足憂也。劉備新整軍兵，眾心未服，丞相引兵東征，一戰可定矣。"操大喜曰："正合吾意。"遂起二十萬大軍，分兵五路下徐州。

細作探知，報入徐州。孫乾先往下邳報知關公，隨至小沛報知玄德。玄德與孫乾計議曰："此必求救於袁紹，方可解危。"於是玄德修書一封，遣孫乾至河北。乾乃先見田豐，具言其事，求其引進。豐即引孫乾入見紹，呈上書信。只見紹形容憔悴，衣冠不整。豐曰："今日主公何故如此？"紹曰："我將死矣！"豐曰："主公何出此言？"紹曰："吾生五子，惟最幼者極快吾意。今患疥瘡，命已垂絕。吾有何心更論他事乎？"豐曰："今曹操東征劉玄德，許昌空虛。若以義兵乘虛而入，上可以保天子，下可以救萬民。此不易得之機會也，惟明公裁之。"紹曰："吾亦知此最好，奈我心中恍惚，恐有不利。"豐曰："何恍惚之有？"紹曰："五子中惟此子生得最異，倘有疏虞，吾命休矣。"遂決意不肯發兵，乃謂孫乾曰："汝回見玄德，可言其故。倘有不如意，可來相投，吾自有相助之處。"田豐以杖擊地曰："遭此難遇之時，乃以嬰兒之病，失此機會，大事去矣！可痛惜哉！"跌足長歎而出。

孫乾見紹不肯發兵，只得星夜回小沛見玄德，具說此事。玄德大驚曰："似此如之奈何？"張飛曰："兄長勿憂。曹兵遠來，必然困乏；乘其初至，先去劫寨，可破曹操。"玄德曰："素以汝為一勇夫耳；前者捉劉岱時，頗能用計，今獻此策，亦中兵法。"乃從其言，分兵劫寨。

且說曹操引軍往小沛來。正行間，狂風驟至，忽聽一聲響亮，將一面牙旗吹折。操便令軍兵且住，聚眾謀士問吉凶。荀彧曰：「風從何方來？吹折甚顏色旗？」操曰：「風自東南方來，吹折角上牙旗，旗乃青紅二色。」彧曰：「不主別事，今夜劉備必來劫寨。」操點頭。忽毛玠入見曰：「方纔東南風起，吹折青紅牙旗一面。主公以為主何吉凶？」操曰：「公意若何？」毛玠曰：「愚意以為今夜必主有人來劫寨。」後人有詩歎曰：

> 吁嗟帝胄勢孤窮，全仗分兵劫寨功。
> 爭奈牙旗折有兆，老天何故縱奸雄？

操曰：「天報應我，當即防之。」遂分兵九隊，只留一隊向前虛紮營寨，餘眾八面埋伏。是夜月色微明。玄德在左，張飛在右，分兵兩隊進發，只留孫乾守小沛。

且說張飛自以為得計，領輕騎在前，突入操寨，但見零零落落，無多人馬，四邊火光大起，喊聲齊舉。飛知中計，急出寨外。正東張遼、正西許褚、正南于禁、正北李典、東南徐晃、西南樂進、東北夏侯惇、西北夏侯淵，八處軍馬殺來。張飛左衝右突，前遮後當；所領軍兵原是曹操手下舊軍，見事勢已急，盡皆投降去了。飛正殺間，逢着徐晃大殺一陣，後面樂進趕到。飛殺條血路突圍而走，只有數十騎跟定。欲還小沛，去路已斷；欲投徐州、下邳，又恐曹軍截住，尋思無路，只得望芒碭山而去。

卻說玄德引軍劫寨，將近寨門，忽然喊聲大震，後面衝出一軍，先截去了一半人馬。夏侯惇又到。玄德突圍而走，夏侯淵又從後趕來。玄德回顧，止有三十餘騎跟隨；急欲奔還小沛，早望見小沛城中火起，只得棄了小沛；欲投徐州、下邳，又見曹軍漫山塞野，截住去路。玄德自思無路可歸，想：「袁紹有言『倘不如意，可來相投』，今不若暫往依棲，別作良圖。」遂望青州路而走，正逢李典攔住。玄德匹馬落荒望北而逃，李典擄將從騎去了。

且說玄德匹馬投青州，日行三百里，奔至青州城下叫門。門吏問了姓名，來報刺史。刺史乃袁紹長子袁譚。譚素敬玄德，聞知匹馬到來，即便開門相迎，接入公廨，細問其故。玄德備言兵敗相投之意。譚乃留玄德於館驛中住下，發書報父袁紹；一面差本州人馬，護送玄德。至平原界口，袁紹親自引眾出鄴郡三十里迎接玄德。玄德拜謝，紹忙答禮曰：「昨為小兒抱病，有失救援，於心怏怏不安。今幸得相見，大慰平生渴想之思。」玄德曰：「孤窮劉備，久欲投於門下，奈機緣未遇，今為曹操所攻，妻子俱陷，想將軍容納四方之士，故不避羞慚，逕來相投。望乞收錄，誓當圖報。」紹大喜，相待甚厚，同居冀州。

且說曹操當夜取了小沛，隨即進兵攻徐州。糜竺、簡雍守把不住，只得棄城而走。陳登獻了徐州。曹操大軍入城，安民已畢，隨喚眾謀士議取下邳。荀彧曰：「雲長保護玄德妻小，死守此城；若不速取，恐為袁紹所竊。」操曰：「吾素愛雲長武藝人材，欲得之以為己用，不若令人說之使降。」郭嘉曰：「雲長義氣深重，必不肯降。若使人說之，恐被其害。」帳下一人出曰：「某與關公有一面之交，願往說之。」眾視之，乃張遼也。程昱曰：「文遠雖與雲長有舊，吾觀此人，非可以言詞說也。某有一計，使此人進退無路，然後用文遠說之，彼必歸丞相矣。」正是：整備窩弓射猛虎，安排香餌釣鰲魚。未知其計若何，且聽下文分解。

# 第二十五回

# 屯土山關公約三事
# 救白馬曹操解重圍

　　卻說程昱獻計曰："雲長有萬人之敵，非智謀不能取之。今可即差劉備手下投降之兵，入下邳，見關公，只說是逃回的，伏於城中為內應；卻引關公出戰，詐敗佯輸，誘入他處，以精兵截其歸路，然後說之可也。"操聽其謀，即令徐州降兵數十，逕投下邳來降關公。關公以為舊兵，留而不疑。次日，夏侯惇為先鋒，領兵五千來搦戰。關公不出，惇即使人於城下辱罵。關公大怒，引三千人馬出城，與夏侯惇交戰。約戰十餘合，惇撥回馬走。關公趕來，惇且戰且走。關公約趕二十里，恐下邳有失，提兵便回。只聽得一聲礮響，左有徐晃，右有許褚，兩隊軍截住去路。關公奪路而走，兩邊伏兵排下硬弩百張，箭如飛蝗。關公不得過，勒兵再回，徐晃、許褚接住交戰。關公奮力殺退二人，引軍欲回下邳，夏侯惇又截住廝殺。公戰至日晚，無路可歸，只得到一座土山，引兵屯於山頭，權且少歇。曹兵團團將土山圍住。關公於山上遙望下邳城中火光沖天，卻是那詐降兵卒偷開城門，曹操自提大軍殺入城中，只教舉火以惑關公之心。關公見下邳火起，心中驚惶，連夜幾番衝下山來，皆被亂箭射回。

捱到天曉，再欲整頓下山衝突，忽見一人跑馬上山來，視之乃張遼也。關公迎謂曰：「文遠欲來相敵耶？」遼曰：「非也。想故人舊日之情，特來相見。」遂棄刀下馬，與關公敘禮畢，坐於山頂。公曰：「文遠莫非說關某乎？」遼曰：「不然。昔日蒙兄救弟，今日弟安得不救兄？」公曰：「然則文遠將欲助我乎？」遼曰：「亦非也。」公曰：「既不助我，來此何幹？」遼曰：「玄德不知存亡，翼德未知生死。昨夜曹公已破下邳，軍民盡無傷害，差人護衞玄德家眷，不許驚擾。如此相待，弟特來報兄。」關公怒曰：「此言特說我也。吾今雖處絕地，視死如歸。汝當速去，吾即下山迎戰。」張遼大笑曰：「兄此言豈不為天下笑乎？」公曰：「吾仗忠義而死，安得為天下笑？」遼曰：「兄今即死，其罪有三。」公曰：「汝且說我那三罪？」遼曰：「當初劉使君與兄結義之時，誓同生死；今使君方敗，而兄即戰死，倘使君復出，欲求兄相助，而不可復得，豈不負當年之盟誓乎？其罪一也。劉使君以家眷付託於兄，兄今戰死，二夫人無所依賴，負卻使君依託之重。其罪二也。兄武藝超羣，兼通經史，不思共使君匡扶漢室，徒欲赴湯蹈火，以成匹夫之勇，安得為義。其罪三也。兄有此三罪，弟不得不告。」

公沉吟曰：「汝說我有三罪，欲我如何？」遼曰：「今四面皆曹公之兵，兄若不降，則必死；徒死無益，不若且降曹公，卻打聽劉使君音信，如知何處，即往投之。一者可以保二夫人，二者不背桃園之約，三者可留有用之身。有此三便，兄宜詳之。」公曰：「兄言三便，吾有三約。若丞相能從，我即當卸甲；如其不允，吾寧受三罪而死。」遼曰：「丞相寬洪大量，何所不容？願聞三事。」公曰：「一者，吾與皇叔設誓，共扶漢室，吾今只降漢帝，不降曹操；二者，二嫂處請給皇叔俸祿養贍，一應上下人等，皆不許到門；三者，但知劉皇叔去向，不管千里萬里，便當辭去。三者缺一，斷不肯降。望文遠急急回報。"張遼應諾，遂上馬，回見曹操，先説降漢不降曹之事。操笑曰："吾為漢相，漢即吾也。此可從之。"遼又言："二夫人欲請皇叔俸給，并上下人等不許到門。"操曰："吾於皇叔俸內，更加倍與之。至於嚴禁內外，乃是家法，又何疑焉？"遼又曰："但知玄德信息，雖遠必往。"操搖首曰："然則吾養雲長何用？此事卻難從。"遼曰："豈不聞豫讓眾人國士之論[1]乎？劉玄德待雲長不過恩厚耳。丞相更施厚恩以結其心，何憂雲長之不服也？"操曰："文遠之言甚當，吾願從此三事。"

　　張遼再往山上回報關公。關公曰："雖然如此，暫請丞相退軍，容我入城見二嫂，告知其事，然後投降。"張遼再回，以此言報曹操。操即傳令，退軍三十里。荀彧曰："不可。恐有詐。"操曰："雲長義士，必不失信。"遂引軍退。關公引兵入下邳，見人民安妥不動，竟到府中，來見二嫂。甘、糜二夫人聽得關公到來，急出迎之。公拜於階下曰："使二嫂受驚，某之罪也。"二夫人曰："皇叔今在何處？"公曰："不知去向。"二夫人曰："二叔今將若何？"公曰："關某出城死戰，被困土山，張遼勸我投降，我以三事相約。曹操已皆允從，故特退兵，放我入城。我不曾得嫂嫂主意，未敢擅便。"二夫人問："那三事？"關公將上項三事，備述一遍。甘夫人曰："昨日曹軍入城，我等皆以為必死；誰想毫髮不動，一軍不敢入門。叔叔既已領諾，何必問我二人？只恐日後曹操不肯容叔叔去尋皇叔。"公曰："嫂嫂放心，關某自有主張。"二夫人曰："叔叔自家裁處，凡事不必問俺女流。"

　　關公辭退，遂引數十騎來見曹操。操自出轅門相接。關公下馬入拜，操慌忙答禮。關公曰："敗兵之將，深荷不殺之恩。"操曰："素慕雲長忠義，今日幸得相見，足慰平生之望。"關公曰："文遠代稟三事，蒙丞相應允，諒不食言。"操曰："吾言既出，安敢失信？"關公曰："關某若知皇叔所在，雖蹈水火，必往從之。此時恐不及拜辭，伏乞見原。"操曰："玄德若在，必從公去；但恐亂軍中亡矣。公且寬心，尚容緝聽[2]。"關公拜謝。操設宴相待。

次日班師還許昌。關公收拾車仗，請二嫂上車，親自護車而行。於路安歇館驛，操欲亂其君臣之禮，使關公與二嫂共處一室。關公乃秉燭立於戶外，自夜達旦，毫無倦色。操見公如此，愈加敬服。既到許昌，操撥一府與關公居住。關公分一宅為兩院，內門撥老軍十人把守。關公自居外宅。操引關公朝見獻帝，帝命為偏將軍。公謝恩歸宅。

操次日設大宴，會眾謀臣武士，以客禮待關公，延之上座；又備綾錦及金銀器皿相送。關公都送與二嫂收貯。關公自到許昌，操待之甚厚：小宴三日，大宴五日；又送美女十人，使侍關公。關公盡送入內門，令伏侍二嫂。卻又三日一次於內門外躬身施禮，動問二嫂安否。二夫人回問皇叔之事畢，曰："叔叔自便。"關公方敢退回。操聞之，又歎服關公不已。

一日，操見關公所穿綠錦戰袍已舊，即度其身品，取異錦作戰袍一領相贈。關公受之，穿於衣底，上仍用舊袍罩之。操笑曰："雲長何如此之儉乎？"公曰："某非儉也。舊袍乃劉皇叔所賜，某穿之如見兄面，不敢以丞相之新賜而忘兄長之舊賜，故穿於上。"操歎曰："真義士也！"然口雖稱羨，心實不悅。一日，關公在府，忽報："內院二夫人哭倒於地，不知為何，請將軍速入。"關公乃整衣跪於內門外，問二嫂為何悲泣。甘夫人曰："我夜夢皇叔身陷於土坑之內，覺來與糜夫人論之，想在九泉之下矣！是以相哭。"關公曰："夢寐之事，不可憑信。此是嫂嫂想念之故。請勿憂愁。"

正説間，適曹操命使來請關公赴宴。公辭二嫂，往見操。操見公有淚容，問其故。公曰：“二嫂思兄痛哭，不由某心不悲。”操笑而寬解之，頻以酒相勸。公醉，自綽其髯而言曰：“生不能報國家，而背其兄，徒為人也！”操問曰：“雲長髯有數乎？”公曰：“約數百根。每秋月約退三五根。冬月多以皂紗囊裹之，恐其斷也。”操以紗錦作囊，與關公護髯。次日，早朝見帝。帝見關公一紗錦囊垂於胸次，帝問之。關公奏曰：“臣髯頗長，丞相賜囊貯之。”帝令當殿披拂，過於其腹。帝曰：“真美髯公也！”因此人皆呼為“美髯公”。

　　忽一日，操請關公宴。臨散，送公出府，見公馬瘦，操曰：“公馬因何而瘦？”關公曰：“賤軀頗重，馬不能載，因此常瘦。”操令左右備一馬來。須臾牽至。那馬身如火炭，狀甚雄偉。操指曰：“公識此馬否？”公曰：“莫非呂布所騎赤兔馬乎？”操曰：“然也。”遂并鞍轡送與關公。關公再拜稱謝。操不悅曰：“吾累送美女金帛，公未嘗下拜；今吾贈馬，乃喜而再拜，何賤人而貴畜耶？”關公曰：“吾知此馬日行千里，今幸得之，若知兄長下落，可一日而見面矣。”操愕然而悔。關公辭去。後人有詩歎曰：

　　　　威傾三國著英豪，一宅分居義氣高。
　　　　奸相枉將虛禮待，豈知關羽不降曹。

操問張遼曰：“吾待雲長不薄，而彼常懷去心，何也？”遼曰：“容某探其情。”次日，往見關公。禮畢，遼曰：“我薦兄在丞相處，不曾落後？”公曰：“深感丞相厚意，只是吾身雖在此，心念皇叔，未嘗去懷。”遼曰：“兄言差矣。處世不分輕重，非丈夫也。玄德待兄，未必過於丞相，兄何故只懷去志？”公曰：“吾固知曹公待吾甚厚，奈吾受劉皇叔厚恩，誓以共死，不可背之。吾終不留此。要必立効以報曹公，然後去耳。”遼曰：“倘玄德已棄世，公何所歸乎？”公曰：“願從於地下。”遼知公終不可留，乃告退，回見曹操，具以實告。操歎曰：“事主不忘其本，乃天下之義士也！”荀彧曰：“彼言立功方去，若不教彼立功，未必便去。”操然之。

卻說玄德在袁紹處，旦夕煩惱。紹曰：“玄德何故常憂？”玄德曰：“二弟不知音耗，妻小陷於曹賊；上不能報國，下不能保家，安得不憂？”紹曰：“吾欲進兵赴許都久矣。方今春煖，正好興兵。”便商議破曹之策。田豐諫曰：“前操攻徐州，許都空虛，不及此時進兵；今徐州已破，操兵方銳，未可輕敵。不如以久持之，待其有隙而後可動也。”紹曰：“待我思之。”因問玄德曰：“田豐勸我固守，何如？”玄德曰：“曹操欺君之賊，明公若不討之，恐失大義於天下。”紹曰：“玄德之言甚善。”遂欲興兵。田豐又諫。紹怒曰：“汝等弄文輕武，使我失大義！”田豐頓首曰：“若不聽臣良言，出師不利。”紹大怒，欲斬之。玄德力勸，乃囚於獄中。沮授見田豐下獄，乃會其宗族，盡散家財，與之訣曰：“吾隨軍而去，勝則威無不加，敗則一身不保矣！”眾皆下淚送之。

紹遣大將顏良作先鋒，進攻白馬。沮授諫曰：“顏良性狹，雖驍勇，不可獨任。”紹曰：“吾之上將，非汝等可料。”大軍進發至黎陽，東郡太守劉延告急許昌。曹操急議興兵抵敵。關公聞知，遂入相府見操曰：“聞丞相起兵，某願為前部。”操曰：“未敢煩將軍。早晚有事，當來相請。”關公乃退。操引兵十五萬，分三隊而行。於路又連接劉延告急文書，操先提五萬軍親臨白馬，靠土山紮住。遙望山前平川曠野之地，顏良前部精兵十萬，排成陣勢。操駭然，回顧呂布舊將宋憲曰：“吾聞汝乃呂布部下猛將，今可與顏良一戰。”宋憲領諾，綽槍上馬，直出陣前。顏良橫刀立馬於門旗下，見宋憲馬至，良大喝一聲，縱馬來迎。戰不三合，手起刀落，斬宋憲於陣前。曹操大驚曰："真勇將也！"魏續曰："殺我同伴，願去報讎！"操許之。續上馬持矛，逕出陣前，大罵顏良。良更不打話，交馬一合，照頭一刀，劈魏續於馬下。操曰："今誰敢當之？"徐晃應聲而出，與顏良戰二十合，敗歸本陣。諸將慄然。曹操收軍，良亦引軍退去。

操見連折二將，心中憂悶。程昱曰："某舉一人可敵顏良。"操問是誰。昱曰："非關公不可。"操曰："吾恐他立了功便去。"昱曰："劉備若在，必投袁紹；今若使雲長破袁紹之兵，紹必疑劉備而殺之矣。備既死，雲長又安往乎？"操大喜，遂差人去請關公。關公即入辭二嫂。二嫂曰："叔今此去，可打聽皇叔消息。"

關公領諾而出，提青龍刀，上赤兔馬，引從者數人，直至白馬來見曹操。操敍說："顏良連誅二將，勇不可當，特請雲長商議。"關公曰："容某觀之。"操置酒相待。忽報顏良搦戰，操引關公上土山觀看。操與關公坐，諸將環立。曹操指山下顏良排的陣勢，旗幟鮮明，槍刀森布，嚴整有威，乃謂關公曰："河北人馬，如此雄壯！"關公曰："以吾觀之，如土雞瓦犬耳！"操又指曰："麾蓋之下，繡袍金甲，持刀立馬者，乃顏良也。"關公舉目一望，謂操曰："吾觀顏良，如插標賣首耳！"操曰："未可輕視。"關公起身曰："某雖不才，願去萬軍中取其首級，來獻丞相。"張遼曰："軍中無戲言，雲長不可忽也。"關公奮然上馬，倒提青龍刀，跑下山來，鳳目圓睜，蠶眉直豎，直衝彼陣，河北軍如波開浪裂。關公逕奔顏良。顏良正在麾蓋下，見關公衝來，方欲問時，關公赤兔馬快，早已跑到面前。顏良措手不及，被雲長手起一刀，刺於馬下。忽地下馬，割了顏良首級，拴於馬項之下，飛身上馬，提刀出陣，如入無人之境。河北兵將大驚，不戰自亂。曹軍乘勢攻擊，死者不可勝數；馬匹器械，搶奪極多。關公縱馬上山，眾將盡皆稱賀。公獻首級於操前。操曰："將軍真神人也！"關公曰："某何足道哉！吾弟張翼德於百萬軍中取上將之首，如探囊取物耳。"操大驚，回顧左右曰："今後如遇張翼德，不可輕敵。"令寫於衣袍襟底以記之。

卻說顏良敗軍奔回，半路迎見袁紹，報說被赤面長鬚使大刀一勇將，匹馬入陣，斬顏良而去，因此大敗。紹驚問曰："此人是誰？"沮授曰："此必是劉玄德之弟關雲長也。"紹大怒，指玄德曰："汝弟斬吾愛將，汝必通謀，留爾何用！"喚刀斧手推出玄德斬之。正是：初見方為座上客，此日幾同階下囚。未知玄德性命如何，且聽下文分解。

## 註 釋

1 豫讓眾人國士之論：豫讓是戰國時人。他曾發表這樣的論調：君王若以對待一般人（眾人）的態度對待我，我便以眾人的態度對待他；如果是以對待傑出人才（國士）的態度對待我，我則以國士的態度回報他。

2 緝聽：到處打探消息。

# 第二十六回

# 袁本初敗兵折將
# 關雲長挂印封金

　　卻說袁紹欲斬玄德。玄德從容進曰："明公只聽一面之詞，而絕
向日之情耶？備自徐州失散，二弟雲長未知存否；天下同貌者不少，
豈赤面長鬚之人，即為關某也？明公何不察之？"袁紹是個沒主張的
人，聞玄德之言，責沮授曰："誤聽汝言，險殺好人。"遂仍請玄德上
帳坐，議報顏良之讎。帳下一人應聲而進曰："顏良與我如兄弟，今
被曹賊所殺，我安得不雪其恨？"玄德視其人，身長八尺，面如獬豸，
乃河北名將文醜也。袁紹大喜曰："非汝不能報顏良之讎。吾與十萬
兵，便渡黃河，追殺曹賊！"沮授曰："不可。今宜留屯延津，分兵官
渡，乃為上策。若輕舉渡河，設或有變，眾皆不能還矣。"紹怒曰："皆
是汝等遲緩軍心，遷延日月，有妨大事！豈不聞'兵貴神速'乎？"沮
授出，歎曰："上盈其志，下務其功；悠悠黃河，吾其濟乎！"遂託疾
不出議事。玄德曰："備蒙大恩，無可報効，意欲與文將軍同行：一
者報明公之德，二者就探雲長的實信。"紹喜，喚文醜與玄德同領前

部。文醜曰："劉玄德屢敗之將，於軍不利。既主公要他去時，某分三萬軍，教他為後部。"於是文醜自領七萬軍先行，令玄德引三萬軍隨後。

且說曹操見雲長斬了顏良，倍加欽敬，表奏朝廷，封雲長為漢壽亭侯，鑄印送關公。忽報袁紹又使大將文醜渡黃河，已據延津之上。操乃先使人移徙居民於西河，然後自領兵迎之；傳下將令：以後軍為前軍，以前軍為後軍；糧草先行，軍兵在後。呂虔曰："糧草在先，軍兵在後，何意也？"操曰："糧草在後，多被摽掠，故令在前。"虔曰："倘遇敵軍劫去，如之奈何？"操曰："且待敵軍到時，卻又理會。"虔心疑未決。操令糧食輜重沿河塹至延津。操在後軍，聽得前軍發喊，急教人看時，報說："河北大將文醜兵至，我軍皆棄糧草，四散奔走。後軍又遠，將如之何？"操以鞭指南阜曰："此可暫避。"人馬急奔土阜。操令軍士皆解衣卸甲少歇，盡放其馬。文醜軍掩至。眾將曰："賊至矣！可急收馬匹，退回白馬！"荀攸急止之曰："此正可以餌敵，何故反退？"操急以目視荀攸而笑。攸知其意，不復言。文醜軍既得糧草車仗，又來搶馬。軍士不依隊伍，自相雜亂。曹操卻令軍將一齊下土阜擊之，文醜軍大亂。曹兵圍裹將來，文醜挺身獨戰，軍士自相踐踏。文醜止遏不住，只得撥馬回走。操在土阜上指曰："文醜為河北名將，誰可擒之？"張遼、徐晃，飛馬齊出，大叫："文醜休走！"文醜回頭見二將趕上，遂按住鐵槍，拈弓搭箭，正射張遼。徐晃大叫："賊將休放箭！"張遼低頭急躲，一箭射中頭盔，將簪纓射去。遼奮力再趕，坐下戰馬，又被文醜一箭射中面頰。那馬跪倒前蹄，張遼落地。文醜回馬復來，徐晃急輪大斧，截住廝殺。只見文醜後面軍馬齊到，晃料敵不過，撥馬而回。文醜沿河趕來。忽見十餘騎馬，旗號翩翻，一將當頭提刀飛馬而來，乃關雲長也，大喝："賊將休走！”與文醜交馬，戰不三合，文醜心怯，撥馬遶河而走。關公馬快，趕上文醜，腦後一刀，將文醜斬下馬來。曹操在土阜上，見關公砍了文醜，大驅人馬掩殺。河北軍大半落水，糧草馬匹仍被曹操奪回。

雲長引數騎東衝西突。正殺之間，劉玄德領三萬軍隨後到。前面哨馬探知，報與玄德云：“今番又是紅面長髯的斬了文醜。”玄德慌忙驟馬來看，隔河望見一簇人馬，往來如飛，旗上寫着“漢壽亭侯關雲長”七字。玄德暗謝天地曰：“原來吾弟果然在曹操處！”欲待招呼相見，被曹兵大隊擁來，只得收兵回去。袁紹接應至官渡，下定寨柵。郭圖、審配入見袁紹，説：“今番又是關某殺了文醜，劉備佯推不知。”袁紹大怒，罵曰：“大耳賊！焉敢如此！”少頃，玄德至，紹令推出斬之。玄德曰：“某有何罪？”紹曰：“你故使汝弟又壞我一員大將，如何無罪？”玄德曰：“容伸一言而死：曹操素忌備，今知備在明公處，恐備助公，故特使雲長誅殺二將。公知必怒。此借公之手以殺劉備也。願明公思之。”袁紹曰：“玄德之言是也。汝等幾使我受害賢之名。”喝退左右，請玄德上帳而坐。玄德謝曰：“荷明公寬大之恩，無可補報，欲令一心腹人持密書去見雲長，使知劉備消息，彼必星夜來到，輔佐明公，共誅曹操，以報顏良、文醜之讎，若何？”袁紹大喜曰：“吾得雲長，勝顏良、文醜十倍也。”玄德修下書札，未有人送去。紹令退軍武陽，連營數十里，按兵不動。操乃使夏侯惇領兵守住官渡隘口，自己班師回許都，大宴眾官，賀雲長之功。因謂呂虔曰：“昔日吾以糧草在前者，乃餌敵之計也。惟荀公達知吾心耳。”眾皆歎服。正飲宴間，忽報汝南有黃巾劉辟、龔都，甚是猖獗。曹洪累戰不利，乞遣兵救之。雲長聞言，進曰：“關某願施犬馬之勞，破汝南賊寇。”操曰：“雲長建立大功，未曾重酬，豈可復勞征進？”公曰：“關某久閒，必生疾病。願再一行。”曹操壯之，點兵五萬，使于禁、樂進為副將，次日便行。荀彧密謂操曰："雲長有歸劉之心，倘知消息必去，不可頻令出征。"操曰："今天收功，吾不復教臨敵矣。"

且説雲長領兵將近汝南，紮住營寨。當夜營外拿了兩個細作人來。雲長視之，內中認得一人，乃孫乾也。關公叱退左右，問乾曰："公自潰散之後，一向踪跡不聞，今何為在此處？"乾曰："某自逃難，飄泊汝南，幸得劉辟收留。今將軍為何在曹操處？未識甘、糜二夫人無恙否？"關公因將上項事，細説一遍。乾曰："近聞玄德公在袁紹處，欲往投之，未得其便。今劉、龔二人歸順袁紹，相助攻曹。天幸得將軍到此，因特令小軍引路，教某為細作，來報將軍。來日二人當虛敗一陣，公可速引二夫人投袁紹處，與玄德公相見。"關公曰："既兄在袁紹處，吾必星夜而往。但恨吾斬紹二將，恐今事變矣。"乾曰："吾當先往探彼虛實，再來報將軍。"公曰："吾見兄長一面，雖萬死不辭。今回許昌，便辭曹操也。"當夜密送孫乾去了。次日，關公引兵出，龔都披挂出陣。關公曰："汝等何故背反朝廷？"都曰："汝乃背主之人，何反責我？"關公曰："我何為背主？"都曰："劉玄德在袁本初處，汝卻從曹操，何也？"關公更不打話，拍馬舞刀向前。龔都便走，關公趕上。都回身告關公曰："故主之恩，不可忘也。公當速進，我讓汝南。"關公會意，驅軍掩殺。劉、龔二人佯輸詐敗，四散去了。雲長奪得州縣，安民已定，班師回許昌。曹操出郭迎接，賞勞軍士。

宴罷，雲長回家，參拜二嫂於門外。甘夫人曰："叔叔兩番出軍，可知皇叔音信否？"公答曰："未也。"關公退，二夫人於門內痛哭曰："想皇叔休矣！二叔恐我姊妹煩惱，故隱而不言。"正哭間，有一隨行老軍，聽得哭不絕，於門外告曰："夫人休哭。主人見在河北袁紹處。"夫人曰："汝何由知之？"軍曰："跟關將軍出征，有人在陣上說來。"夫人急召雲長責之曰："皇叔未嘗負汝,汝今受曹操之恩,頓忘舊日之義,不以實情告我,何也?"關公頓首曰："兄今委實在河北。未敢教嫂嫂知者,恐有洩漏也。事須緩圖,不可欲速。"甘夫人曰："叔宜上緊。"公退,尋思去計,坐立不安。

原來于禁探知劉備在河北,報與曹操。操令張遼來探關公意。關公正悶坐,張遼入賀曰："聞兄在陣上知玄德音信,特來賀喜。"關公曰："故主雖在,未得一見,何喜之有?"遼曰："兄與玄德交,比弟與兄交何如?"公曰："我與兄,朋友之交;我與玄德,是朋友而兄弟、兄弟而主臣者也。豈可共論乎?"遼曰："今玄德在河北,兄往從否?"關公曰："昔日之言,安肯背之?文遠須為我致意丞相。"張遼將關公之言,回告曹操。操曰："吾自有計留之。"

且說關公正尋思間,忽報有故人相訪。及請入,卻不相識。關公問曰："公何人也?"答曰："某乃袁紹部下南陽陳震也。"關公大驚,急退左右,問曰："先生此來,必有所為?"震出書一緘,遞與關公。公視之,乃玄德書也。其略云:

> 備與足下,自桃園締盟,誓以同死。今何中道相違,割
> 恩斷義?君必欲取功名、圖富貴,願獻備首級以成全功!書
> 不盡言,死待來命!

關公看書畢,大哭曰："某非不欲尋兄,奈不知所在也。安肯圖富貴而背舊盟乎?"震曰："玄德望公甚切,公既不背舊盟,宜速往見。"關公曰："人生天地間,無終始者,非君子也。吾來時明白,去時不可不明白。吾今作書,煩公先達知兄長,容某辭卻曹操,奉二嫂來相見。震曰："倘曹操不允,為之奈何?"公曰："吾寧死,豈肯久留於此!"震曰："公速作回書,免致劉使君懸望。"關公寫書答云:

竊聞義不負心，忠不顧死。羽自幼讀書，粗知禮義，觀羊角哀、左伯桃之事，未嘗不三歎而流涕也。前守下邳，內無積粟，外無援兵；欲即効死，奈有二嫂之重，未敢斷首捐軀，致負所託；故爾暫且羈身，冀圖後會。近至汝南，方知兄信；即當面辭曹公，奉二嫂歸。羽但懷異心，神人共戮。披肝瀝膽，筆楮難窮。瞻拜有期，伏惟照鑒！

陳震得書自回。關公入內告知二嫂，隨即至相府，拜辭曹操。操知來意，乃懸迴避牌於門。關公怏怏而回，命舊日跟隨人役，收拾車馬，早晚伺候；分付宅中，所有原賜之物，盡皆留下，分毫不可帶去。次日再往相府辭謝，門首又挂迴避牌。關公一連去了數次，皆不得見。乃往張遼家相探，欲言其事，遼亦託疾不出。關公思曰：「此曹丞相不容我去之意。我去志已決，豈可復留？」即寫書一封，辭謝曹操。書略曰：

羽少事皇叔，誓同生死；皇天后土，實聞斯言。前者下邳失守，所請三事，已蒙恩諾。今探知故主見在袁紹軍中，回思昔日之盟，豈容違背？新恩雖厚，舊義難忘。茲特奉書告辭，伏惟照察。其有餘恩未報，願以俟之異日。

寫畢，封固，差人去相府投遞；一面將累次所受金銀，一一封置庫中，懸漢壽亭侯印於堂上，請二夫人上車。關公上赤兔馬，手提青龍刀，率領舊日跟隨人役，護送車仗，逕出北門。門吏擋之。關公怒目橫刀，大喝一聲，門吏皆退避。關公既出門，謂從者曰：「汝等護送車仗先行，但有追趕者，吾自當之，勿得驚動二位夫人。」從者推車，望官道進發。

卻說曹操正論關公之事未定，左右報關公呈書。操即看畢，大驚曰：“雲長去矣！”忽北門守將飛報：“關公奪門而去，車仗鞍馬二十餘人，皆望北行。”又關公宅中人來報說：“關公盡封所賜金銀等物。美女十人，另居內室。其漢壽亭侯印懸於堂上。丞相所撥人役，皆不帶去，只帶原跟從人，及隨身行李，出北門去了。”眾皆愕然。一將挺身出曰：“某願將鐵騎三千，去生擒關某，獻與丞相！”眾視之，乃將軍蔡陽也。正是：欲離萬丈蛟龍穴，又遇三千狼虎兵。蔡陽要趕關公，畢竟如何，且聽下文分解。

# 第二十七回

## 美髯公千里走單騎
## 漢壽侯五關斬六將

　　卻說曹操部下諸將中，自張遼而外，只有徐晃與雲長交厚，其餘亦皆敬服；獨蔡陽不服關公，故今日聞其去，欲往追之。操曰："不忘故主，來去明白，真丈夫也。汝等皆當效之。"遂叱退蔡陽，不令去趕。程昱曰："丞相待關某甚厚，今彼不辭而去，亂言片楮，冒瀆鈞威，其罪大矣。若縱之使歸袁紹，是與虎添翼也。不若追而殺之，以絕後患。"操曰："吾昔已許之，豈可失信？彼各為其主，勿追也。"因謂張遼曰："雲長封金挂印，財賄不以動其心，爵祿不以移其志，此等人吾深敬之。想他去此不遠，我一發結識他做個人情。汝可先去請住他，待我與他送行，更以路費征袍贈之，使為後日記念。"張遼領命，單騎先往。曹操引數十騎隨後而來。

　　卻說雲長所騎赤兔馬，日行千里，本是趕不上，因欲護送車仗，不敢縱馬，按轡徐行。忽聽背後有人大叫："雲長且慢行！"回頭視之，見張遼拍馬而至。關公教車仗從人，只管望大路緊行；自己勒住赤兔馬，按定青龍刀，問曰：“文遠莫非欲追我回乎？”遼曰：“非也。丞相知兄遠行，欲來相送，特先使我請住台駕，別無他意。”關公曰：“便是丞相鐵騎來，吾願決一死戰！”遂立馬於橋上望之。見曹操引數十騎，飛奔前來；背後乃是許褚、徐晃、于禁、李典之輩。操見關公橫刀立馬於橋上，令諸將勒住馬匹，左右排開。關公見眾人手中皆無軍器，方始放心。操曰：“雲長行何太速？”關公於馬上欠身答曰：“關某前曾稟過丞相；今故主在河北，不由某不急去。累次造府，不得參見，故拜書告辭，封金挂印，納還丞相。望丞相勿忘昔日之言。”操曰：“吾欲取信於天下，安肯有負前言？恐將軍途中乏用，特具路資相送。”一將便從馬上托過黃金一盤。關公曰：“累蒙恩賜，尚有餘資。留此黃金以賞將士。”操曰：“特以少酬大功於萬一，何必推辭？”關公曰：“區區微勞，何足挂齒。”操笑曰：“雲長天下義士，恨吾福薄，不得相留。錦袍一領，略表寸心。”令一將下馬，雙手捧袍過來。雲長恐有他變，不敢下馬，用青龍刀尖挑錦袍披於身上，勒馬回頭稱謝曰：“蒙丞相賜袍，異日更得相會。”遂下橋望北而去。許褚曰：“此人無禮太甚，何不擒之？”操曰：“彼一人一騎，吾數十餘人，安得不疑？吾言既出，不可追也。”曹操自引眾將回城，於路歎想雲長不已。

不說曹操自回。且說關公來趕車仗，約行三十里，卻只不見。雲長心慌，縱馬四下尋之。忽見山頭一人，高叫：“關將軍且住！”雲長舉目視之，只見一少年，黃巾錦衣，持槍跨馬，馬項下懸着首級一顆，引百餘步卒，飛奔前來。公問曰：“汝何人也？”少年棄槍下馬，拜伏於地。雲長恐是詐，勒馬持刀問曰：“壯士，願通姓名。”答曰：“吾本襄陽人，姓廖，名化，字元儉。因世亂流落江湖，聚眾五百餘人，劫掠為生。恰纔同伴杜遠下山巡哨，誤將兩夫人劫掠上山。吾問從者，知是大漢劉皇叔夫人。且聞將軍護送在此，吾即欲送下山來。杜遠出言不遜，被某殺之。今獻頭與將軍請罪。"關公曰："二夫人何在？"
化曰："現在山中。"關公教急取下山。不移時，百餘人簇擁車仗前
來。關公下馬停刀，又手於車前問候曰："二嫂受驚否？"二夫人曰：
"若非廖將軍保全，已被杜遠所辱。"關公問左右曰："廖化怎生救夫
人？"左右曰："杜遠劫上山去，就要與廖化各分一人為妻。廖化問起
根由，好生拜敬；杜遠不從，已被廖化殺了。"關公聽言，乃拜謝廖化。
廖化欲以部下人送關公。關公尋思此人終是黃巾餘黨，未可作伴，乃
謝卻之。廖化又拜送金帛，關公亦不受。廖化拜別，自引人伴投山谷
中去了。

　　雲長將曹操贈袍事，告知二嫂，催促車仗前行。至天晚，投一村
莊安歇。莊主出迎，鬚髮皆白，問曰："將軍姓甚名誰？"關公施禮
曰："吾乃劉玄德之弟關某也。"老人曰："莫非斬顏良、文醜的關公
否？"公曰："便是。"老人大喜，便請入莊。關公曰："車上還有二
位夫人。"老人便喚妻女出迎。二夫人至草堂上，關公又手立於二夫
人之側。老人請公坐，公曰："尊嫂在上，安敢就坐？"老人乃令妻女
請二夫人入內室款待，自於草堂款待關公。關公問老人姓名。老人曰：
"吾姓胡，名華。桓帝時曾為議郎，致仕[1]歸鄉。今有小兒胡班，在滎
陽太守王植部下為從事。將軍若從此處經過，某有一書寄與小兒。"
關公允諾。

　　次日早膳畢，請二嫂上車，取了胡華書信，相別而行，取路投洛
陽來。前至一關，名東嶺關。把關將姓孔，名秀，引五百軍兵在嶺上
把守。當日關公押車仗上嶺，軍士報知孔秀，秀出關來迎。關公下馬，
與孔秀施禮。秀曰："將軍何往？"公曰："某辭丞相，特往河北尋
兄。"秀曰："河北袁紹，正是丞相對頭。將軍此去，必有丞相文憑。"
公曰："因行期慌迫，不曾討得。"秀曰："既無文憑，待我差人稟過

丞相，方可放行。"關公曰："待去稟時，須誤了我行程。"秀曰："法度所拘，不得不如此。"關公曰："汝不容我過關乎？"秀曰："汝要過去，留下老小為質。"關公大怒，舉刀就殺孔秀。秀退入關去，鳴鼓聚軍，披挂上馬，殺下關來，大喝曰："汝敢過去麼！"關公約退車仗，縱馬提刀，竟不打話，直取孔秀。秀挺槍來迎。兩馬相交，只一合，鋼刀起處，孔秀屍橫馬下。眾軍便走。關公曰："軍士休走。吾殺孔秀，不得已也，與汝等無干。借汝眾軍之口，傳語曹丞相，言孔秀欲害我，我故殺之。"眾軍俱拜於馬前。

關公即請二夫人車仗出關，望洛陽進發。早有軍士報知洛陽太守韓福。韓福急聚眾將商議。牙將孟坦曰："既無丞相文憑，即係私行；若不阻擋，必有罪責。"韓福曰："關公勇猛，顏良、文醜俱為所殺。今不可力敵，只須設計擒之。"孟坦曰："吾有一計：先將鹿角攔定關口，待他到時，小將引兵和他交鋒，佯敗誘他來追，公可用暗箭射之。若關某墜馬，即擒解許都，必得重賞。"商議停當，人報關公車仗已到。韓福彎弓插箭，引一千人馬，排列關口，問："來者何人？"關公馬上欠身言曰："吾漢壽亭侯關某，敢借過路。"韓福曰："有曹丞相文憑否？"關公曰："事冗不曾討得。"韓福曰："吾奉丞相鈞命，鎮守此地，專一盤詰往來奸細。若無文憑，即係逃竄。"關公怒曰："東嶺孔秀，已被吾殺。汝亦欲尋死耶？"韓福曰："誰人與我擒之？"孟坦出馬，輪雙刀來取關公。關公約退車仗，拍馬來迎。孟坦戰不三合，撥回馬便走。關公趕來。孟坦只指望引誘關公，不想關公馬快，早已趕上，只一刀，砍為兩段。關公勒馬回來，韓福閃在門首，盡力放了箭，正射中關公左臂。公用口拔出箭，血流不住，飛馬逕奔韓福，衝散眾軍。韓福急走不迭，關公手起刀落，帶頭連肩，斬於馬下；殺散眾軍，保護車仗。

關公割帛束住箭傷，於路恐人暗算，不敢久住，連夜投沂水關來。把關將乃并州人氏，姓卞，名喜，善使流星鎚；原是黃巾餘黨，後投曹操，撥來守關。當下聞知關公將到，尋思一計：就關前鎮國寺中，埋伏下刀斧手二百餘人，誘關公至寺，約擊盞為號，欲圖相害。安排已定，出關迎接關公。公見卞喜來迎，便下馬相見。喜曰：“將軍名震天下，誰不敬仰！今歸皇叔，足見忠義！”關公訴説斬孔秀、韓福之事。卞喜曰：“將軍殺之是也。某見丞相，代稟衷曲。”關公甚喜，同上馬過了沂水關，到鎮國寺前下馬。眾僧鳴鐘出迎。原來那鎮國寺乃漢明帝御前香火院，本寺有僧三十餘人。內有一僧，卻是關公同鄉人，法名普淨。當下普淨已知其意，向前與關公問訊，曰：“將軍離蒲東幾年矣？”關公曰：“將及二十年矣。”普淨曰：“還認得貧僧否？”公曰：“離鄉多年，不能相識。”普淨曰：“貧僧家與將軍家只隔一條河。”卞喜見普淨敍出鄉里之情，恐有走泄，乃叱之曰：“吾欲請將軍赴宴，汝僧人何得多言！”關公曰：“不然。鄉人相遇，安得不敍舊情耶？”普淨請關公方丈待茶。關公曰：“二位夫人在車上，可先獻茶。”普淨教取茶先奉夫人，然後請關公入方丈。普淨以手舉所佩戒刀，以目視關公。公會意，命左右持刀緊隨。卞喜請關公於法堂筵席。關公曰：“卞君請關某，是好意，還是歹意？”卞喜未及回言，關公早望見壁衣[2]中有刀斧手，乃大喝卞喜曰：“吾以汝為好人，安敢如此！”卞喜知事泄，大叫：“左右下手！”左右方欲動手，皆被關公拔劍砍之。卞喜下堂遶廊而走，關公棄劍執大刀來趕。卞喜暗取飛鎚擲打關公。關公用刀隔開鎚，趕將入去，一刀劈卞喜為兩段，隨即回身來看二嫂。早有軍人圍住，見關公來，四下奔走。關公趕散，謝普淨曰：“若非吾師，已被此賊害矣。”普淨曰：“貧僧此處難容，收拾衣鉢，亦往他處雲游也。後會有期，將軍保重。”關公稱謝，護送車仗，往滎陽進發。

　　滎陽太守王植，卻與韓福是兩親家；聞得關公殺了韓福，商議欲暗害關公，乃使人守住關口。待關公到時，王植出關，喜笑相迎。關公訴說尋兄之事。植曰："將軍於路驅馳，夫人車上勞困，且請入城，館驛中暫歇一宵，來日登途未遲。"關公見王植意甚慇懃，遂請二嫂入城。館驛中皆鋪陳了當。王植請公赴宴，公辭不往；植使人送筵席至館驛。關公因於路辛苦，請二嫂晚膳畢，就正房歇定；令從者各自安歇，飽餵馬匹。關公亦解甲憩息。

　　卻說王植密喚從事胡班聽令曰："關某背丞相而逃，又於路殺太守并守關將校，死罪不輕！此人武勇難敵。汝今晚點一千軍圍住館驛，一人一個火把，待三更時分，一齊放火；不問是誰，盡皆燒死！吾亦自引軍接應。"胡班領命，便點起軍士，密將乾柴引火之物，搬於館驛門首，約時舉事。胡班尋思："我久聞關雲長之名，不識如何模樣，試往窺之。"乃至驛中，問驛吏曰："關將軍在何處？"答曰："正廳上觀書者是也。"胡班潛至廳前，見關公左手綽髯，於燈下凭几看書。班見了，失聲歎曰："真天人也！"公問何人。胡班入拜曰："滎陽太守部下從事胡班。"關公曰："莫非許都城外胡華之子否？"班曰："然也。"公喚從者於行李中取書付班。班看畢，歎曰："險些誤殺忠良！"遂密告曰："王植心懷不仁，欲害將軍，暗令人四面圍住館驛，約於三更放火。今某當先去開了城門，將軍急收拾出城。"關公大驚，忙披挂提刀上馬，請二嫂上車，盡出館驛，果見軍士各執火把聽候。關公急來到城邊，只見城門已開。關公催車仗急急出城。胡班還去放火。關公行不到數里，背後火把照耀，人馬趕來。當先王植大叫："關某休走！"關公勒馬，大罵："匹夫！我與你無讎，如何令人放火燒我？"王植拍馬挺槍，逕奔關公，被關公攔腰一刀，砍為兩段。人馬都趕散。

關公催車仗速行，於路感胡班不已。

行至滑州界首，有人報與劉延。延引數十騎，出郭而迎。關公馬上欠身而言曰："太守別來無恙！"延曰："公今欲何往？"公曰："辭了丞相，去尋家兄。"延曰："玄德在袁紹處，紹乃丞相讎人，如何容公去？"公曰："昔日曾言定來。"延曰："今黃河渡口關隘，夏侯惇部將秦琪據守。恐不容將軍過渡。"公曰："太守應付船隻，若何？"延曰："船隻雖有，不敢應付。"公曰："我前者誅顏良、文醜，亦曾與足下解厄。今日求一渡船而不與，何也？"延曰："只恐夏侯惇知之，必然罪我。"關公知劉延無用之人，遂自催車仗前進。到黃河渡口，秦琪引軍出問："來者何人？"關公曰："漢壽亭侯關某也。"琪曰："今欲何往？"關公曰："欲投河北去尋兄長劉玄德，敬來借渡。"琪曰："丞相公文何在？"公曰："吾不受丞相節制，有甚公文？"琪曰："吾奉夏侯將軍將令，守把關隘，你便插翅，也飛不過去！"關公大怒曰："你知我於路斬戮攔截者乎？"琪曰："你只殺得無名下將，敢殺我麼？"關公怒曰："汝比顏良、文醜若何？"秦琪大怒，縱馬提刀，直取關公。二馬相交，只一合，關公刀起，秦琪頭落。關公曰："當吾者已死，餘人不必驚走。速備船隻，送我渡河。"軍士急撑舟傍岸。關公請二嫂上船渡河。渡過黃河，便是袁紹地方。關公所歷關隘五處，斬將六員。後人有詩歎曰：

> 掛印封金辭漢相，尋兄遙望遠途還。
> 馬騎赤兔行千里，刀偃青龍出五關。
> 忠義慨然沖宇宙，英雄從此震江山。
> 獨行斬將應無敵，今古留題翰墨間。

關公於馬上自歎曰："吾非欲沿途殺人，奈事不得已也。曹公知之，必以我為負恩之人矣。"正行間，忽見一騎自北而來，大叫："雲長少住！"關公勒馬視之，乃孫乾也。關公曰："自汝南相別，一向消息若何？"乾曰："劉辟、龔都自將軍回兵之後，復奪了汝南，遣某往河北結好袁紹，請玄德同謀破曹之計。不想河北將士，各相妒忌。田豐尚囚獄中；沮授黜退不用；審配、郭圖各自爭權；袁紹多疑，主持不定。某與劉皇叔商議，先求脫身之計。今皇叔已往汝南會合劉辟去了。恐將軍不知，反到袁紹處，或為所害，特遣某於路迎接將來。幸於此得見。將軍可速往汝南與皇叔相會。"關公教孫乾拜見夫人。夫人問其動靜。孫乾備說："袁紹二次欲斬皇叔，今幸脫身往汝南去了。夫人可與皇叔到此相會。"二夫人皆掩面垂淚。關公依言，不投河北去，逕取汝南來。正行之間，背後塵埃起處，一彪人馬趕來。當先夏侯惇大叫："關某休走！"正是：六將阻關徒受死，一軍攔路復爭鋒。畢竟關公怎生脫身，且聽下文分解。

註　釋

1　致仕：辭官。
2　壁衣：裝飾牆壁的大型帷幕，可藏多人。

# 第二十八回

# 斬蔡陽兄弟釋疑
# 會古城主臣聚義

　　卻說關公同孫乾保二嫂向汝南進發，不想夏侯惇領三百餘騎，從後追來。孫乾保車仗前行。關公回身勒馬按刀問曰：“汝來趕我，有失丞相大度。”夏侯惇曰：“丞相無明文傳報，汝於路殺人，又斬吾部將，無禮太甚！我特來擒你，獻與丞相發落！”言訖，便拍馬挺槍欲鬥。只見後面一騎飛來，大叫：“不可與雲長交戰！”關公按轡不動。來使於懷中取出公文，謂夏侯惇曰：“丞相敬愛關將軍忠義，恐於路關隘攔截，故遣某持齎公文，遍行諸處。”惇曰：“關某於路殺把關將士，丞相知否？”來使曰：“此卻未知。”惇曰：“我只活捉他去見丞相，待丞相自放他。”關公怒曰：“吾豈懼汝耶！”拍馬持刀，直取夏侯惇。惇挺槍來迎。兩馬相交。戰不十合，忽又一騎飛至，大叫：“二將軍少歇！”惇停槍問來使：“丞相叫擒關某乎？”使者曰：“非也。丞相恐守關諸將阻擋關將軍，故又差某馳公文來放行。”惇曰：“丞相知其於路殺人否？”使者曰：“未知。”惇曰：“既未知其殺人，不可放去。"指揮手下軍士,將關公圍住。關公大怒,舞刀迎戰。兩個正欲交鋒,陣後一人飛馬而來,大叫:"雲長、元讓,休得爭戰!"眾視之,乃張遼也。二人各勒住馬。張遼近前言曰:"奉丞相鈞旨:因聞知雲長斬關殺將,恐於路有阻,特差我傳諭各處關隘,任便放行。"惇曰:"秦琪是蔡陽之甥。他將秦琪託付我處,今被關某所殺,怎肯干休?"遼曰:"我見蔡將軍,自有分解。既丞相大度,教放雲長去,公等不可廢丞相之意。"夏侯惇只得將軍馬約退。遼曰:"雲長今欲何往?"關公曰:"聞兄長又不在袁紹處,吾今將遍天下尋之。"遼曰:"既未知玄德下落,且再回見丞相,若何?"關公笑曰:"安有是理!文遠回見丞相,幸為我謝罪。"說畢,與張遼拱手而別。於是張遼與夏侯惇領兵自回。

關公趕上車仗,與孫乾說知此事。二人並馬而行。行了數日,忽值大雨滂沱,行裝盡濕。遙望山岡邊有一所莊院,關公引着車仗,到彼借宿。莊內一老人出迎。關公具言來意。老人曰:"某姓郭,名常,世居於此。久聞大名,幸得瞻拜。"遂宰羊置酒相待,請二夫人於後堂暫歇。郭常陪關公、孫乾於草堂飲酒。一邊烘焙行李,一邊餵養馬匹。至黃昏時候,忽見一少年,引數人入莊,逕上草堂。郭常喚曰:"吾兒來拜將軍。"因謂關公曰:"此愚男也。"關公問何來。常曰:"射獵方回。"少年見過關公,即下堂去了。常流涕言曰:"老夫耕讀傳家,止生此子,不務本業,惟以游獵為事。是家門不幸也!"關公曰:"方今亂世,若武藝精熟,亦可以取功名,何云不幸?"常曰:"他若肯習武藝,便是有志之人;今專務游蕩,無所不為,老夫所以憂耳!"關公亦為歎息。至更深,郭常辭出。關公與孫乾方欲就寢,忽聞後院馬嘶人叫。關公急喚從人,卻都不應,乃與孫乾提劍往視之。只見郭常之子倒在地上叫喚，從人正與莊客廝打。公問其故。從人曰：「此人來盜赤兔馬，被馬踢倒。我等聞叫喚之聲，起來巡看，莊客們反來廝鬧。」公怒曰：「鼠賊焉敢盜吾馬！」恰待發作，郭常奔至告曰：「不肖子為此歹事，罪合萬死！奈老妻最憐愛此子，乞將軍仁慈寬恕！」關公曰：「此子果然不肖，適纔老翁所言，真『知子莫若父』也。我看翁面，且姑恕之。」遂分付從人看好了馬，喝散莊客，與孫乾回草堂歇息。次日，郭常夫婦出拜於堂前，謝曰：「犬子冒瀆虎威，深感將軍恩恕。」關公令：「喚出，我以正言教之。」常曰：「他於四更時分，又引數個無賴之徒，不知何處去了。」

關公謝別郭常，奉二嫂上車，出了莊院，與孫乾並馬，護着車仗，取山路而行。不及三十里，只見山背後擁出百餘人，為首兩騎馬：前面那人，頭裹黃巾，身穿戰袍；後面乃郭常之子也。黃巾者曰：「我乃天公將軍張角部將也！來者快留下赤兔馬，放你過去！」關公大笑曰：「無知狂賊！汝既從張角為盜，亦知劉、關、張兄弟三人名字否？」黃巾者曰：「我只聞赤面長髯者名關雲長，卻未識其面。汝何人也？」公乃停刀立馬，解開鬚囊，出長髯令視之。其人滾鞍下馬，腦揪[1]郭常之子拜獻於馬前。關公問其姓名。告曰：「某姓裴，名元紹。自張角死後，一向無主，嘯聚山林，權於此處藏伏。今早這廝來報：『有一客人，騎一匹千里馬，在我家投宿。』特邀某來劫奪此馬。不想卻遇將軍。」郭常之子拜伏乞命。關公曰：「吾看汝父之面，饒你性命！」郭子抱頭鼠竄而去。

公謂元紹曰：「汝不識吾面，何以知吾名？」元紹曰：「離此二十里有一臥牛山。山上有一關西人，姓周，名倉，兩臂有千斤之力，板肋虬髯，形容甚偉；原在黃巾張寶部下為將，張寶死，嘯聚山林。他多曾與某説將軍盛名，恨無門路相見。」關公曰：「綠林中非豪傑托足之處，公等今後可各去邪歸正，勿自陷其身。"元紹拜謝。正說話間，遙望一彪人馬來到。元紹曰："此必周倉也。"關公乃立馬待之。果見一人，黑面長身，持槍乘馬，引眾而至。見了關公，驚喜曰："此關將軍也！"疾忙下馬，俯伏道傍曰："周倉參拜。"關公曰："壯士何處曾識關某來？"倉曰："舊隨黃巾張寶時，曾識尊顏，恨失身賊黨，不得相隨。今日幸得拜見。願將軍不棄，收為步卒，早晚執鞭隨鐙，死亦甘心！"公見其意甚誠，乃謂曰："汝若隨我，汝手下人伴若何？"倉曰："願從則俱從；不願從者，聽之可也。"於是眾人皆曰："願從。"關公乃下馬至車前稟問二嫂。甘夫人曰："叔叔自離許都，於路獨行至此，歷過多少艱難，未嘗要軍馬相隨。前廖化欲相投，叔既卻之，今何獨容周倉之眾耶？我輩女流淺見，叔自斟酌。"公曰："嫂嫂之言是也。"遂謂周倉曰："非關某寡情，奈二夫人不從。汝等且回山中，待我尋見兄長，必來相招。"周倉頓首告曰："倉乃一粗莽之夫，失身為盜；今遇將軍，如重見天日，豈忍復錯過？若以眾人相隨為不便，可令其盡跟裴元紹去。倉隻身步行，跟隨將軍，雖萬里不辭也！"關公再以此言告二嫂。甘夫人曰："一二人相從，無妨於事。"公乃令周倉撥人伴隨裴元紹去。元紹曰："我亦願隨關將軍。"周倉曰："汝若去時，人伴皆散；且當權時統領。我隨關將軍去，但有住紮處，便來取你。"元紹怏怏而別。

周倉跟着關公，往汝南進發。行了數日，遙見一座山城。公問土人："此何處也？"土人曰："此名古城。數月前有一將軍，姓張，名飛，引數十騎到此，將縣官逐去，占住古城，招軍買馬，積草屯糧。今聚有三五千人馬，四遠無人敢敵。"關公喜曰："吾弟自徐州失散，一向不知下落，誰想卻在此！"乃令孫乾先入城通報，教來迎接二嫂。

卻說張飛在芒碭山中，住了月餘，因出外探聽玄德消息，偶過古城，入縣借糧；縣官不肯，飛怒，因就逐去縣官，奪了縣印，占住城池，權且安身。當日孫乾領關公命，入城見飛。施禮畢，具言：「玄德離了袁紹處，投汝南去了。今雲長直從許都送二位夫人至此，請將軍出迎。」張飛聽罷，更不回言，隨即披挂持矛上馬，引一千餘人，逕出北門。孫乾驚訝，又不敢問，只得隨出城來。關公望見張飛到來，喜不自勝；付刀與周倉接了，拍馬來迎。只見張飛圓睜環眼，倒豎虎鬚，吼聲如雷，揮矛向關公便搠。關公大驚，連忙閃過，便叫：「賢弟何故如此？豈忘了桃園結義耶？」飛喝曰：「你既無義，有何面目來與我相見！」關公曰：「我如何無義？」飛曰：「你背了兄長，降了曹操，封侯賜爵。今又來賺我！我今與你併個死活！」關公曰：「你原來不知！我也難說。現放着二位嫂嫂在此，賢弟請自問。」二夫人聽得，揭簾而呼曰：「三叔何故如此？」飛曰：「嫂嫂住着。且看我殺了負義的人，然後請嫂嫂入城。」甘夫人曰：「二叔因不知你等下落，故暫時棲身曹氏。今知你哥哥在汝南，特不避險阻，送我們到此。三叔休錯見了。」糜夫人曰：「二叔向在許都，原出於無奈。」飛曰：「嫂嫂休要被他瞞過了！忠臣寧死而不辱。大丈夫豈有事二主之理！」關公曰：「賢弟休屈了我。」孫乾曰：「雲長特來尋將軍。」飛喝曰：「如何你也胡說！他那裏有好心！必是來捉我！」關公曰：「我若捉你，須帶軍馬來。」飛把手指曰：「兀的[2]不是軍馬來也！」

關公回顧，果見塵埃起處，一彪人馬來到。風吹旗號，正是曹軍。張飛大怒曰：「今還敢支吾麼？」挺丈八蛇矛便搠將來。關公急止之曰：「賢弟且住，你看我斬此來將，以表我真心。」飛曰：「你果有真心，我這裏三通鼓罷，便要你斬來將！」關公應諾。須臾，曹軍至。為首一將，乃是蔡陽，挺刀縱馬大喝曰：「你殺吾外甥秦琪，卻原來逃在此！吾奉丞相命，特來拿你！"關公更不打話，舉刀便砍。張飛親自擂鼓。只見一通鼓未盡，關公刀起處，蔡陽頭已落地。眾軍士俱走。關公活捉執認旗的小卒過來，問取來由。小卒告說："蔡陽聞將軍殺了他外甥，十分忿怒，要來河北與將軍交戰。丞相不肯，因差他往汝南攻劉辟。不想在這裏遇着將軍。"關公聞言，教去張飛前告說其事。飛將關公在許都時事細問小卒；小卒從頭至尾，説了一遍，飛方纔信。

正説間，忽城中軍士來報："城南門外有十數騎來的甚緊，不知是甚人。"張飛心中疑慮，便轉出南門看時，果見十數騎輕弓短箭而來。見了張飛，滾鞍下馬。視之，乃糜竺、糜芳也。飛亦下馬相見。竺曰："自徐州失散，我兄弟二人逃難回鄉。使人遠近打聽，知雲長降了曹操，主公在於河北；又聞簡雍亦投河北去了。只不知將軍在此。昨於路上遇見一夥客人説：'有一姓張的將軍，如此模樣，今據古城。'我兄弟度量必是將軍，故來尋訪。幸得相見！"飛曰："雲長兄與孫乾送二嫂方到，已知哥哥下落。"二糜大喜，同來見關公，并參見二夫人。飛遂迎請二嫂入城。至衙中坐定，二夫人訴説關公歷過之事，張飛方纔大哭，參拜雲長。二糜亦俱傷感。張飛亦自訴別後之事，一面設宴賀喜。

次日，張飛欲與關公同赴汝南見玄德。關公曰："賢弟可保護二嫂，暫住此城，待我與孫乾先去探聽兄長消息。"飛允諾。關公與孫乾引數騎奔汝南來。劉辟、龔都接着，關公便問："皇叔何在？"劉辟曰："皇叔到此住了數日，為見軍少，復往河北袁本初處商議去了。"關公怏怏不樂。孫乾曰："不必憂慮。再苦一番驅馳，仍往河北去報知皇叔，同至古城便了。"關公依言，辭了劉辟、龔都，回至古城，與張飛説知此事。張飛便欲同至河北。關公曰："有此一城，便是我等安身之處，未可輕棄。我還與孫乾同往袁紹處，尋見兄長，來此相會。賢弟可堅守此城。”飛曰：“兄斬他顏良、文醜，如何去得？”關公曰：“不妨。我到彼當見機而變。”遂喚周倉問曰：“臥牛山裴元紹處，共有多少人馬？”倉曰：“約有四五百。”關公曰：“我今抄近路去尋兄長。汝可往臥牛山招此一枝人馬，從大路上接來。”倉領命而去。

關公與孫乾只帶二十餘騎投河北來。將至界首，乾曰：“將軍未可輕入，只在此間暫歇。待某先入見皇叔，別作商議。”關公依言，先打發孫乾去了。遙望前村有一所莊院，便與從人到彼投宿。莊內一老翁攜杖而出，與關公施禮。公具以實告。老翁曰：“某亦姓關，名定。久聞大名，幸得瞻謁。”遂命二子出見，款留關公，并從人俱留於莊內。

且說孫乾匹馬入冀州見玄德，具言前事。玄德曰：“簡雍亦在此間，可暗請來同議。”少頃，簡雍至，與孫乾相見畢，共議脫身之計。雍曰：“主公明日見袁紹，只說要往荊州，說劉表共破曹操，便可乘機而去。”玄德曰：“此計大妙！但公能隨我去否？”雍曰：“某亦自有脫身之計。”商議已定。次日，玄德入見袁紹，告曰：“劉景升鎮守荊襄九郡，兵精糧足，宜與相約，共攻曹操。”紹曰：“吾嘗遣使約之，奈彼未肯相從。”玄德曰：“此人是備同宗，備往說之，必無推阻。”紹曰：“若得劉表，勝劉辟多矣。”遂命玄德行。紹又曰：“近聞關雲長已離了曹操，欲來河北；吾當殺之，以雪顏良、文醜之恨！”玄德曰：“明公前欲用之，吾故召之。今何又欲殺之耶？且顏良、文醜比之二鹿耳，雲長乃一虎也。失二鹿而得一虎，何恨之有？”紹笑曰：“吾實愛之，故戲言耳。公可再使人召之，令其速來。”玄德曰：“即遣孫乾往召之可也。”紹大喜從之。玄德出，簡雍進曰：“玄德此去，必不回矣。某願與偕往：一則同說劉表，二則監住玄德。”紹然其言，便命簡雍與玄德同行。郭圖諫紹曰：“劉備前去説劉辟，未見成事；今又使與簡雍同往荊州，必不返矣。”紹曰：“汝勿多疑，簡雍自有見識。”郭圖嗟呀而出。

卻説玄德先命孫乾出城，問報關公；一面與簡雍辭了袁紹，上馬出城。行至界首，孫乾接着，同往關定莊上。關公迎門接拜，執手啼哭不止。關定領二子拜於草堂之前。玄德問其姓名。關公曰：“此人與弟同姓，有二子：長子關寧，學文；次子關平，學武。”關定曰：“今愚意欲遣次子跟隨關將軍，未識肯容納否？”玄德曰：“年幾何矣？”定曰：“十八歲矣。”玄德曰：“既蒙長者厚意；吾弟尚未有子，今即以賢郎為子，若何？”關定大喜，便命關平拜關公為父，呼玄德為伯父。玄德恐袁紹追之，急收拾起行。關平隨着關公，一齊起身。關定送了一程自回。

關公教取路往臥牛山來。正行間，忽見周倉引數十人帶傷而來。關公引他見了玄德，問其何故受傷，倉曰：“某未至臥牛山之前，先有一將單騎而來，與裴元紹交鋒，只一合，刺死裴元紹，盡數招降人伴，占住山寨。倉到彼招誘人伴時，止有這幾個過來，餘者俱懼怕，不敢擅離。倉不忿，與那將交戰，被他連勝數次，身中三槍。因此來報主公。”玄德曰：“此人怎生模樣？姓甚名誰？”倉曰：“極其雄壯，不知姓名。”於是關公縱馬當先，玄德在後，逕投臥牛山來。周倉在山下叫罵，只見那將全副披挂，持槍驟馬，引眾下山。玄德早揮鞭出馬大叫曰：“來者莫非子龍否？”那將見了玄德，滾鞍下馬，拜伏道旁。原來果然是趙子龍。玄德、關公俱下馬相見，問其何由至此。雲曰：“雲自別使君，不想公孫瓚不聽人言，以致兵敗自焚。袁紹屢次招雲，雲想紹亦非用人之人，因此未往。後欲至徐州投使君，又聞徐州失守，雲長已歸曹操，使君又在袁紹處。雲幾番欲來相投，只恐袁紹見怪。四海飄零，無容身之地。前偶過此處，適遇裴元紹下山來欲奪吾馬，雲因殺之，借此安身。近聞翼德在古城，欲往投之，未知真實。今幸得遇使君！"玄德大喜，訴說從前之事。關公亦訴前事。玄德曰："吾初見子龍，便有留戀不捨之情。今幸得相遇！"雲曰："雲奔走四方，擇主而事，未有如使君者。今得相隨，大稱平生。雖肝腦塗地，無恨矣。"當日就燒毀山寨，率領人眾，盡隨玄德前赴古城。

張飛、麋竺、麋芳迎接入城，各相拜訴。二夫人具言雲長之事，玄德感歎不已。於是殺牛宰馬，先拜謝天地，然後遍勞諸軍。玄德見兄弟重聚，將佐無缺，又新得了趙雲，關公又得了關平、周倉二人，歡喜無限，連飲數日。後人有詩讚之曰：

> 當時手足似瓜分，信斷音稀杳不聞。
> 今日君臣重聚義，正如龍虎會風雲。

時玄德、關、張、趙雲、孫乾、簡雍、麋竺、麋芳、關平、周倉部領馬步軍校共四五千人。玄德欲棄了古城去守汝南，恰好劉辟、龔都差人來請。於是遂起軍往汝南駐紮，招軍買馬，徐圖征進，不在話下。

且說袁紹見玄德不回，大怒，欲起兵伐之。郭圖曰："劉備不足慮。曹操乃勁敵也，不可不除。劉表雖據荊州，不足為強。江東孫伯符威鎮三江，地連六郡，謀臣武士極多，可使人結之，共攻曹操。"紹從其言，即修書遣陳震為使，來會孫策。正是：只因河北英雄去，引出江東豪傑來。未知其事如何，且聽下文分解。

## 註　釋

1　腦揪：抓住腦後的頭髮。
2　兀的：猶言"這"。

# 第二十九回

## 小霸王怒斬于吉
## 碧眼兒坐領江東

卻說孫策自霸江東，兵精糧足。建安四年，襲取廬江，敗劉勳，使虞翻馳檄豫章，豫章太守華歆投降。自此聲勢大振，乃遣張紘往許昌上表獻捷。曹操知孫策強盛，歎曰：“獅兒難與爭鋒也！”遂以曹仁之女許配孫策幼弟孫匡，兩家結婚。留張紘在許昌。孫策求為大司馬，曹操不許。策恨之，常有襲許都之心。於是吳郡太守許貢，乃暗遣使赴許都上書於曹操。其略曰：

孫策驍勇，與項籍相似。朝廷宜外示榮寵，召還京師；不可使居外鎮，以為後患。

使者齎書渡江，被防江將士所獲，解赴孫策處。策觀書大怒，斬其使，遣人假意請許貢議事。貢至，策出書示之，叱曰：“汝欲送我於死地耶！”命武士絞殺之。貢家屬皆逃散。有家客三人，欲為許貢報讎，恨無其便。

一日，孫策引軍會獵於丹徒之西山，趕起一大鹿，策縱馬上山逐之。正趕之間，只見樹林之內，有三個人持槍帶弓而立。策勒馬問曰："汝等何人？"答曰："乃韓當軍士也。在此射鹿。"策方舉轡欲行，一人拈槍望策左腿便刺。策大驚，急取佩劍從馬上砍去，劍刃忽墜，止存劍靶在手。一人早拈弓搭箭射來，正中孫策面頰。策就拔面上箭，取弓回射放箭之人，應弦而倒。那二人舉槍向孫策亂搠，大叫曰："我等是許貢家客，特來為主人報讎！"策別無器械，只以弓拒之，且拒且走。二人死戰不退。策身被數槍，馬亦帶傷。正危急之時，程普引數人至。孫策大叫："殺賊！"程普引眾齊上，將許貢家客砍為肉泥。看孫策時，血流滿面，被傷至重，乃以刀割袍，裹其傷處，救回吳會養病。後人有詩讚許家三客曰：

孫郎智勇冠江湄，射獵山中受困危。
許客三人能死義，殺身豫讓未為奇。

卻說孫策受傷而回，使人尋請華佗醫治。不想華佗已往中原去了，止有徒弟在吳，命其治療。其徒曰："箭頭有藥，毒已入骨。須靜養百日，方可無虞。若怒氣衝激，其瘡難治。"孫策為人最是性急，恨不得即日便愈。將息到二十餘日，忽聞張紘有使者自許昌回，策喚問之。使者曰："曹操甚懼主公；其帳下謀士，亦俱敬服，惟有郭嘉不服。"策曰："郭嘉曾有何說？"使者不敢言。策怒，固問之。使者只得從實告曰："郭嘉曾對曹操言主公不足懼也：輕而無備，性急少謀，乃匹夫之勇耳，他日必死於小人之手。"策聞言，大怒曰："匹夫安敢料吾！吾誓取許昌！"遂不待瘡愈，便欲商議出兵。張昭諫曰："醫者戒主公百日休動，今何因一時之忿，自輕萬金之軀？"

正話間，忽報袁紹遣使陳震至。策喚入問之。震具言袁紹欲結東吳為外應，共攻曹操。策大喜，即日會諸將於城樓上，設宴款待陳震。飲酒之間，忽見諸將互相耳語，紛紛下樓。策怪問何故。左右曰：“有于神仙者，今從樓下過，諸將欲往拜之耳。”策起身憑欄觀之，見一道人，身披鶴氅，手攜藜杖，立於當道，百姓俱焚香伏首而拜。策怒曰：“是何妖人？快與我擒來！”左右告曰：“此人姓于，名吉。寓居東方，往來吳會。普施符水，救人萬病，無有不驗。當世呼為神仙，未可輕瀆。”策愈怒，喝令：“速速擒來！違者斬！”左右不得已，只得下樓，擁于吉至樓上。策叱曰：“狂道怎敢煽惑人心！”于吉曰：“貧道乃瑯琊宮道士。順帝時曾入山採藥，得神書於陽曲泉水上，號曰《太平青領道》，凡百餘卷，皆治人疾病方術。貧道得之，惟務代天宣化，普救萬人。未曾取人毫釐之物，安得煽惑人心？”策曰：“汝毫不取人，衣服飲食，從何而得？汝即黃巾張角之流。今若不誅，必為後患！”叱左右斬之。張昭諫曰：“于道人在江東數十年，並無過犯，不可殺害。”策曰：“此等妖人，吾殺之，何異屠豬狗！”眾官皆苦諫，陳震亦勸。策怒未息，命且囚於獄中。眾官俱散。陳震自歸館驛安歇。

孫策歸府，早有內侍傳說此事與策母吳太夫人知道。夫人喚孫策入後堂，謂曰：“吾聞汝將于神仙下於縲絏。此人多曾醫人疾病，軍民敬仰，不可加害。”策曰：“此乃妖人，能以妖術惑眾，不可不除！”夫人再三勸解。策曰：“母親勿聽外人妄言。兒自有區處。”乃出喚獄吏取于吉來問。原來獄吏皆敬信于吉，吉在獄中時，盡去其枷鎖；及策喚取，方帶枷鎖而出。策訪知大怒，痛責獄吏，仍將于吉械繫下獄。張昭等數十人，連名作狀，拜求孫策，乞保于神仙。策曰：“公等皆讀書人，何不達理？昔交州刺史張津，聽信邪教，鼓瑟焚香，常以紅帕裹頭，自稱可助出軍之威，後竟為敵軍所殺。此等事甚無益，諸君自未悟耳。吾欲殺于吉，正思禁邪覺迷也。"

呂範曰："某素知于道人能祈風禱雨。方今天旱，何不令其祈雨以贖罪？"策曰："吾且看此妖人若何。"遂命於獄中取出于吉，開其枷鎖，令登壇求雨。吉領命，即沐浴更衣，取繩自縛於烈日之中。百姓觀者，填街塞巷。于吉謂眾人曰："吾求三尺甘霖，以救萬民，然我終不免一死。"眾人曰："若有靈驗，主公必然敬服。"于吉曰："氣數至此，恐不能逃。"少頃，孫策親至壇中下令："若午時無雨，即焚死于吉。"先令人堆積乾柴伺候。將及午時，狂風驟起。風過處，四下陰雲漸合。策曰："時已近午，空有陰雲，而無甘雨，正是妖人！"叱左右將于吉扛上柴堆，四下舉火，燄隨風起。忽見黑煙一道，沖上空中，一聲響喨，雷電齊發，大雨如注。頃刻之間，街市成河，溪澗皆滿，足有三尺甘雨。于吉仰臥於柴堆之上，大喝一聲，雲收雨住，復見太陽。於是眾官及百姓，共將于吉扶下柴堆，解去繩索，再拜稱謝。孫策見官民俱羅拜[1]於水中，不顧衣服，乃勃然大怒，叱曰："晴雨乃天地之定數，妖人偶乘其便，你等何得如此惑亂！"掣寶劍令左右速斬于吉。眾官力諫。策怒曰："爾等皆欲從于吉造反耶！"眾官乃不敢復言。策叱武士將于吉一刀斬頭落地。只見一道青氣，投東北去了。策命將其屍號令於市，以正妖妄之罪。

是夜風雨交作，及曉，不見了于吉屍首。守屍軍士報知孫策。策怒，欲殺守屍軍士。忽見一人，從堂前徐步而來，視之，卻是于吉。策大怒，正欲拔劍斫之，忽然昏倒於地。左右急救入臥內，半晌方甦。吳太夫人來視疾，謂策曰："吾兒屈殺神仙，故招此禍。"策笑曰："兒自幼隨父出征，殺人如麻，何曾有為禍之理？今殺妖人，正絕大禍，安得反為我禍？"夫人曰："因汝不信，以致如此；今可作好事以禳之。"策曰："吾命在天，妖人決不能為禍，何必禳耶？"夫人料勸不信，乃自令左右暗修善事禳解。

　　是夜二更，策臥於內宅，忽然陰風驟起，燈滅而復明。燈影之下，見于吉立於牀前。策大喝曰：「吾平生誓誅妖妄，以靖天下！汝既為陰鬼，何敢近我！」取牀頭劍擲之，忽然不見。吳太夫人聞之，轉生憂悶。策乃扶病強行，以寬母心。母謂策曰：「聖人云：『鬼神之為德，其盛矣乎！』又云：『禱爾于上下神祇。』鬼神之事，不可不信。汝屈殺于先生，豈無報應？吾已令人設醮於郡之玉清觀內，汝可親往拜禱，自然安妥。」策不敢違母命，只得勉強乘轎至玉清觀。道士接入，請策焚香，策焚香而不謝。忽香爐中煙起不散，結成一座華蓋，上面端坐着于吉。策怒，唾罵之；走離殿宇，又見于吉立於殿門首，怒目視策。策顧左右曰：「汝等見妖鬼否？」左右皆云：「未見。」策愈怒，拔佩劍望于吉擲去，一人中劍而倒。眾視之，乃前日動手殺于吉之小卒，被劍斫入腦袋，七竅流血而死。策命扛出葬之。比及出觀，及見于吉走入觀門來。策曰：「此觀亦藏妖之所也！」遂坐於觀前，命武士五百人拆毀之。武士方上屋揭瓦，卻見于吉立於屋上，飛瓦擲地。策大怒，傳令逐出本觀道士，放火燒燬殿宇。火起處，又見于吉立於火光之中。策怒歸府，又見于吉立於府門前。策乃不入府，隨點起三軍，出城外下寨，傳喚眾將商議，欲起兵助袁紹夾攻曹操。眾將俱曰：「主公玉體違和，未可輕動。且待平愈，出兵未遲。」

　　是夜孫策宿於寨內，又見于吉披髮而來。策於帳中叱喝不絕。次日，吳太夫人傳令，召策回府。策乃歸見其母。夫人見策形容憔悴，泣曰：「兒失形矣！」策即引鏡自照，果見形容十分瘦損，不覺失驚，顧左右曰：「吾奈何憔悴至此耶！」言未已，忽見于吉立於鏡中。策拍鏡大叫一聲，金瘡迸裂，昏絕於地。夫人令扶入臥內。須臾甦醒，自歎曰：「吾不能復生矣！」隨召張昭等諸人，及弟孫權，至臥榻前，囑付曰：“天下方亂，以吳越之眾，三江之固，大可有為。子布等幸善相吾弟。”乃取印綬與孫權曰：“若舉江東之眾，決機於兩陣之間，與天下爭衡，卿不如我；舉賢任能，使各盡力以保江東，我不如卿。卿宜念父兄創業之艱難，善自圖之！”權大哭，拜受印綬。策告母曰：“兒天年已盡，不能奉慈母。今將印綬付弟，望母朝夕訓之。父兄舊人，慎勿輕怠。”母哭曰：“恐汝弟年幼，不能任大事，當復如何？”策曰：“弟才勝兒十倍，足當大任。倘內事不決，可問張昭；外事不決，可問周瑜——恨周瑜不在此，不得面囑之也！”又喚諸弟囑曰：“吾死之後，汝等並輔仲謀。宗族中敢有生異心者，眾共誅之。骨肉為逆，不得入祖墳安葬。”諸弟泣受命。又喚妻喬夫人謂曰：“吾與汝不幸中途相分，汝須孝養尊姑。早晚汝妹入見，可囑其轉致周郎，盡心輔佐吾弟，休負我平日相知之雅。”言訖，瞑目而逝。年止二十六歲。後人有詩讚曰：

獨戰東南地，人稱“小霸王”。
運籌如虎踞，決策似鷹揚。
威鎮三江靖，名聞四海香。
臨終遺大事，專意屬周郎。

孫策既死，孫權哭倒於牀前。張昭曰：“此非將軍哭時也。宜一面治喪事，一面理軍國大事。”權乃收淚。張昭令孫靜理會喪事，請孫權出堂，受眾文武謁賀。孫權生得方頤大口，碧眼紫髯。昔漢使劉琬入吳，見孫家諸昆仲，因語人曰：“吾遍觀孫氏兄弟，雖各才氣秀達，然皆祿祚不終。惟仲謀形貌奇偉，骨格非常，乃大貴之表，又享高壽，眾皆不及也。”

且說當時孫權承孫策遺命，掌江東之事。經理未定，人報周瑜自巴丘提兵回吳。權曰："公瑾已回，吾無憂矣。"原來周瑜守禦巴丘，聞知孫策中箭被傷，因此回來問候；將至吳郡，聞策已亡，故星夜來奔喪。當下周瑜哭拜於孫策靈柩之前。吳太夫人出，以遺囑之語告瑜。瑜拜伏於地曰："敢不効犬馬之力，繼之以死！"少頃，孫權入。周瑜拜見畢，權曰："願公無忘先兄遺命。"瑜頓首曰："願以肝腦塗地，報知己之恩。"權曰："今承父兄之業，將何策以守之？"瑜曰："自古'得人者昌，失人者亡'。為今之計，須求高明遠見之人為輔，然後江東可定也。"權曰："先兄遺言：內事託子布，外事全賴公瑾。"瑜曰："子布賢達之士，足當大任。瑜不才，恐負倚託之重，願薦一人以輔將軍。"權問何人。瑜曰："姓魯，名肅，字子敬，臨淮東川人也。此人胸懷韜略，腹隱機謀。早年喪父，事母至孝。其家極富，嘗散財以濟貧乏。瑜為居巢長之時，將數百人過臨淮，因乏糧，聞魯肅家有兩囷米，各三千斛，因往求助。肅即指一囷相贈。其慷慨如此。平生好擊劍騎射，寓居曲阿。祖母亡，還葬東城。其友劉子揚欲約彼往巢湖投鄭寶，肅尚躊躇未往。今主公可速召之。"權大喜，即命周瑜往聘。瑜奉命親往，見肅敘禮畢，具道孫權相慕之意。肅曰："近劉子揚約某往巢湖，某將就之。"瑜曰："昔馬援對光武云：'當今之世，非但君擇臣，臣亦擇君。'今吾孫將軍親賢禮士，納奇錄異，世所罕有。足下不須他計，只同我往投東吳為是。"肅從其言，遂同周瑜來見孫權。權甚敬之，與之談論，終日不倦。

　　一日，眾官皆散，權留魯肅共飲，至晚同榻抵足而臥。夜半，權問肅曰："方今漢室傾危，四方紛擾；孤承父兄餘業，思為桓、文之事，君將何以教我？"肅曰："昔漢高祖欲尊事義帝而不獲者，以項羽為害也。今之曹操可比項羽，將軍何由得為桓、文乎？肅竊料漢室不可復興，曹操不可卒除。為將軍計，惟有鼎足江東以觀天下之釁。今乘北方多務，剿除黃祖，進伐劉表，竟長江所極而據守之。然後建號帝王，以圖天下：此高祖之業也。"權聞言大喜，披衣起謝。次日厚贈魯肅，并將衣服幃帳等物賜肅之母。肅又薦一人見孫權：此人博學多才，事母至孝；覆姓諸葛，名瑾，字子瑜，瑯琊南陽人也。權拜之為上賓。瑾勸權勿通袁紹，且順曹操，然後乘便圖之。權依言，乃遣陳震回，以書絕袁紹。

卻說曹操聞孫策已死，欲起兵下江南。侍御史張紘諫曰："乘人之喪而伐之，既非義舉；若其不克，棄好成讎[1]；不如因而善遇之。"操然其說，乃即奏封孫權為將軍，兼領會稽太守；既令張紘為會稽都尉，齎印往江東。孫權大喜，又得張紘回吳，即命與張昭同理政事。張紘又薦一人於孫權：此人姓顧，名雍，子元歎，乃中郎蔡邕之徒；其為人少言語，不飲酒，嚴厲正大。權以為丞，行太守事。自是孫權威震江東，深得民心。

且說陳震回見袁紹，具說："孫策已亡，孫權繼立。曹操封之為將軍，結為外應矣。"袁紹大怒，遂起冀、青、幽、并等處人馬七十餘萬，復來攻取許昌。正是：江南兵革方休息，冀北干戈又復興。未知勝負如何，且聽下文分解。

**註 釋**

1 羅拜：四面圍繞着下拜。

# 第 三十 回

# 戰官渡本初敗績
# 劫烏巢孟德燒糧

　　卻說袁紹興兵，望官渡進發。夏侯惇發書告急。曹操起軍七萬，前往迎敵，留荀彧守許都。紹兵臨發，田豐從獄中上書諫曰：“今且宜靜守以待天時，不可妄興大兵，恐有不利。”逢紀譖曰：“主公興仁義之師，田豐何得出此不祥之語？”紹因怒，欲斬田豐。眾官告免。紹恨曰：“待吾破了曹操，明正其罪！”遂催軍進發：旌旗遍野，刀劍如林。行至陽武，下定寨柵。沮授曰：“我軍雖眾，而勇猛不及彼軍；彼軍雖精，而糧草不如我軍。彼軍無糧，利在急戰；我軍有糧，宜且緩守。若能曠以日月，則彼軍不戰自敗矣。”紹怒曰：“田豐慢我軍心，吾回日必斬之。汝安敢又如此！”叱左右：“將沮授鎖禁軍中，待我破曹之後，與田豐一體治罪！”於是下令，將大軍七十萬，東西南北，周圍安營，連絡九十餘里。

　　細作探知虛實，報至官渡。曹軍新到，聞之皆懼。曹操與眾謀士商議。荀攸曰：“紹軍雖多，不足懼也。我軍俱精銳之士，無不一以當十。但利在急戰。若遷延日月，糧草不敷，事可憂矣。"操曰："所言正合吾意。"遂傳令軍將鼓譟而進。紹軍來迎，兩邊排成陣勢。審配撥弩手一萬，伏於兩翼；弓箭手五千，伏於門旗內：約礮響齊發。三通鼓罷，袁紹金盔金甲，錦袍玉帶，立馬陣前。左右排列着張郃、高覽、韓猛、淳于瓊等諸將。旌旗節鉞，甚是嚴整。曹陣上門旗開處，曹操出馬。許褚、張遼、徐晃、李典等，各持兵器，前後擁衛。曹操以鞭指袁紹曰："吾於天子之前，保奏你為大將軍；今何故謀反？"紹怒曰："汝託名漢相，實為漢賊！罪惡彌天，甚於莽、卓，乃反誣人造反耶！"操曰："吾今奉詔討汝！"紹曰："吾奉衣帶詔討賊！"操怒，使張遼出戰。張郃躍馬來迎。二將鬥了四五十合，不分勝負。曹操見了，暗暗稱奇。許褚揮刀縱馬，直出助戰。高覽挺槍接住。四員將捉對兒廝殺。曹操令夏侯惇、曹洪，各引三千軍，齊衝彼陣。審配見曹軍來衝陣，便令放起號礮：兩下萬弩並發，中車內弓箭手一齊擁出陣前亂射。曹軍如何抵敵，望南急走。袁紹驅兵掩殺，曹軍大敗，盡退至官渡。

袁紹移軍逼近官渡下寨。審配曰："今可撥兵十萬守官渡，就曹操寨前築起土山，令軍人下視寨中放箭。操若棄此而去，吾得此隘口，許昌可破矣。"紹從之，於各寨內選精壯軍人，用鐵鍬土擔，齊來曹操寨邊，壘土成山。曹營內見袁軍堆築土山，欲待出去衝突，被審配弓弩手當住咽喉要路，不能前進。十日之內，築成土山五十餘座，上立高櫓，分撥弓弩手於其上射箭。曹軍大懼，皆頂着遮箭牌守禦。土山上一聲梆子響處，箭下如雨。曹軍皆蒙楯伏地，袁軍吶喊而笑。曹操見軍慌亂，集眾謀士問計。劉曄進曰："可作發石車以破之。"操令曄進車式，連夜造發石車數百乘，分布營牆內，正對着土山上雲梯。候弓箭手射箭時，營內一齊拽動石車，礮石飛空，往上亂打。人無躲處，弓箭手死者無數。袁軍皆號其車為“霹靂車”。由是袁軍不敢登高射箭。審配又獻一計：令軍人用鐵鍫暗打地道，直透曹營內，號為“掘子軍”。曹兵望見袁軍於山後掘土坑，報知曹操。操又問計於劉曄。曄曰：“此袁軍不能攻明而攻暗，發掘伏道，欲從地下透營而入耳。”操曰：“何以禦之？”曄曰：“可遶營掘長壍，則彼伏道無用也。”操連夜差軍掘壍。袁軍掘伏道到壍邊，果不能入，空費軍力。

卻說曹操守官渡，自八月起，至九月終，軍力漸乏，糧草不繼，意欲棄官渡退回許昌；遲疑未決，乃作書遣人赴許昌問荀彧。彧以書報之。書略曰：

> 承尊命，使決進退之疑。愚以袁紹悉眾聚於官渡，欲與明公決勝負，公以至弱當至強，若不能制，必為所乘：是天下之大機也。紹軍雖眾，而不能用；以公之神武明哲，何向而不濟？今軍實雖少，未若楚、漢在滎陽、成皋間也。公今畫地而守，扼其喉而使不能進，情見勢竭，必將有變。此用奇之時，斷不可失。惟明公裁察焉。

曹操得書大喜，令將士効力死守。紹軍約退三十餘里，操遣將出營巡哨。有徐晃部將史渙獲得袁軍細作，解見徐晃。晃問其軍中虛實。答曰：“早晚大將韓猛運糧至軍前接濟，先令我等探路。”徐晃便將此事報知曹操。荀攸曰：“韓猛匹夫之勇耳。若遣一人引輕騎數千，從半路擊之，斷其糧草，紹軍自亂。”操曰：“誰人可往？”攸曰：“即遣徐晃可也。”操遂差徐晃將帶史渙并所部兵先出，後使張遼、許褚引兵救應。當夜韓猛押糧車數千輛，解赴紹寨。正走之間，山谷內徐晃、史渙引軍截住去路，韓猛飛馬來戰。徐晃接住廝殺，史渙便殺散人夫，放火焚燒糧車。韓猛抵當不住，撥回馬走。徐晃催軍燒盡輜量。袁紹軍中，望見西北上火起，正驚疑間，敗軍報來："糧草被劫。"紹急遣張郃、高覽去截大路，正遇徐晃燒糧而回。恰欲交鋒，背後張遼、許褚軍到。兩下夾攻，殺散袁軍，四將合兵一處，回官渡寨中。曹操大喜，重加賞勞；又分軍於寨前結營，為掎角之勢。

卻說韓猛敗軍還營，紹大怒，欲斬韓猛，眾官勸免。審配曰："行軍以糧食為重，不可不用心隄防。烏巢乃屯糧之處，必得重兵守之。"袁紹曰："吾籌策已定，汝可回鄴都監督糧草，休教缺乏。"審配領命而去。袁紹遣大將淳于瓊，部領督將眭元進、韓莒子、呂威璜、趙叡等，引二萬人馬，守烏巢。那淳于瓊性剛好酒，軍士多畏之；既至烏巢，終日與諸將聚飲。

且說曹操軍糧告竭，急發使往許昌教荀彧作速措辦糧草，星夜解赴軍前接濟。使者齎書而往，行不上三十里，被袁軍捉住，縛見謀士許攸。那許攸字子遠，少時曾與曹操為友，此時卻在袁紹處為謀士。當下搜得使者所齎曹操催糧書信，逕來見紹曰："曹操屯軍官渡，與我相持已久，許昌必空虛；若分一軍星夜掩襲許昌，則許昌可拔，而操可擒也。今操糧草已盡，正可乘此機會，兩路擊之。"紹曰："曹操詭計極多，此書乃誘敵之計也。"攸曰："今若不取，後將反受其害。"正話間，忽有使者自鄴郡來，呈上審配書。書中先說運糧事；後言許攸在冀州時，嘗濫受民間財物，且縱令子姪輩多科稅錢糧入己，今已收其子姪下獄矣。紹見書大怒曰："濫行匹夫！尚有面目於吾前獻計耶！汝與曹操有舊，想今亦受他財賄，為他作奸細，啜賺[1]吾軍耳！本當斬首，今權且寄頭在項！可速退出，今後不許相見！"許攸出，仰天歎曰："忠言逆耳，豎子不足與謀！吾子姪已遭審配之害，吾何顏復見冀州之人乎！"遂欲拔劍自刎。左右奪劍勸曰："公何輕生至此？袁紹不納直言，後必為曹操所擒。公既與曹公有舊，何不棄暗投明？"只這兩句言語，點醒許攸；於是許攸逕投曹操。後人有詩歎曰：

> 本初豪氣蓋中華，官渡相持枉歎嗟。
> 若使許攸謀見用，山河爭得屬曹家？

卻說許攸暗步出營，逕投曹寨，伏路軍人拿住。攸曰："我是曹丞相故友，快與我通報，說南陽許攸來見。"軍士忙報入寨中。時操方解衣歇息，聞說許攸私奔到寨，大喜，不及穿履，跣足出迎。遙見許攸，撫掌歡笑，攜手共入，操先拜於地。攸慌扶起曰："公乃漢相，吾乃布衣，何謙恭如此？"操曰："公乃操故友，豈敢以名爵相上下乎！"攸曰："某不能擇主，屈身袁紹，言不聽，計不從，今特棄之來見故人。願賜收錄。"操曰："子遠肯來，吾事濟矣。願即教我以破紹之計。"攸曰："吾曾教袁紹以輕騎乘虛襲許都，首尾相攻。"操大驚曰："若袁紹用子言，吾事敗矣。"攸曰："公今軍糧尚有幾何？"操曰："可支一年。"攸笑曰："恐未必。"操曰："有半年耳。"攸拂袖而起，趨步出帳曰："吾以誠相投，而公見欺如是，豈吾所望哉！"操挽留曰："子遠勿嗔，尚容實訴：軍中糧實可支三月耳。"攸笑曰："世人皆言孟德奸雄，今果然也。"操亦笑曰："豈不聞'兵不厭詐'！"遂附耳低言曰："軍中止有此月之糧。"攸大聲曰："休瞞我，糧已盡矣！"操愕然曰："何以知之？"攸乃出操與荀彧之書以示之曰："此書何人所寫？"操驚問曰："何處得之？"攸以獲使之事相告。操執其手曰："子遠既念舊交而來，願即有以教我。"攸曰："明公以孤軍抗大敵，而不求急勝之方，此取死之道也。攸有一策，不過三日，使袁紹百萬之眾，不戰自破。明公還肯聽否？"操喜曰："願聞良策。"攸曰：“袁紹軍糧輜重，盡積烏巢，今撥淳于瓊把守。瓊嗜酒無備，公可選精兵詐稱袁將蔣奇領兵到彼護糧，乘間燒其糧草輜重，則紹軍不三日將自亂矣。”操大喜，重待許攸，留於寨中。

次日，操自選馬步軍士五千，準備往烏巢劫糧。張遼曰：“袁紹屯糧之所，安得無備？丞相未可輕往。恐許攸有詐。”操曰：“不然。許攸此來，天敗袁紹。今吾軍糧不給，難以久持；若不用許攸之計，是坐而待困也。彼若有詐，安肯留我寨中？且吾亦欲劫寨久矣。今劫糧之舉，計在必行，君請勿疑。”遼曰：“亦須防袁紹乘虛來襲。”操笑曰：“吾已籌之熟矣。”便教荀攸、賈詡、曹洪同許攸守大寨，夏侯惇、夏侯淵領一軍伏於左，曹仁、李典領一軍伏於右，以備不虞。教張遼、許褚在前，徐晃、于禁在後，操自引諸將居中：共五千人馬，打着袁軍旗號，軍士皆束草負薪，人銜枚，馬勒口，黃昏時分，望烏巢進發。是夜星光滿天。

且說沮授被袁紹拘禁在軍中，是夜因見眾星朗列，乃命監者引出中庭，仰觀天象。忽見太白逆行，侵犯牛、斗之分，大驚曰：“禍將至矣！”遂連夜求見袁紹。時紹已醉臥，聽說沮授有密事啟報，喚入問之。授曰：“適觀天象，見太白逆行於柳、鬼之間，流光射入牛、斗之分，恐有賊兵劫掠之害。烏巢屯糧之所，不可不隄備。宜速遣精兵猛將，於間道山路巡哨，免為曹操所算。”紹怒叱曰：“汝乃得罪之人，何敢妄言惑眾！”因叱監者曰：“吾令汝拘囚之，何敢放出！”遂命斬監者，別喚人監押沮授。授出，掩淚歎曰：“我軍亡在旦夕，我屍骸不知落何處也！”後人有詩歎曰：

> 逆耳忠言反見仇，獨夫袁紹少機謀。
> 烏巢糧盡根基拔，猶欲區區守冀州。

卻說曹操領兵夜行，前過袁紹別寨，寨兵問是何處軍馬。操使人應曰：“蔣奇奉命往烏巢護糧。”袁軍見是自家旗號，遂不疑惑。凡過數處，皆詐稱蔣奇之兵，並無阻礙。及到烏巢，四更已盡。操教軍士將束草周圍舉火，眾將校鼓譟直入。時淳于瓊方與眾將飲了酒，醉臥帳中；聞鼓譟之聲，連忙跳起問：“何故喧鬧？”言未已，早被撓鈎拖翻。眭元進、趙叡運糧方回，見屯上火起，急來救應。曹軍飛報曹操，說：“賊兵在後，請分軍拒之。”操大喝曰：“諸將只顧奮力向前，待賊至背後，方可回戰！”於是眾軍將無不爭先掩殺。一霎時，火燄四起，煙迷太空。眭、趙二將驅兵來救，操勒馬回戰。二將抵敵不住，皆被曹軍所殺，糧草盡行燒絕。淳于瓊被擒見操，操命割去其耳鼻手指，縛於馬上，放回紹營以辱之。

卻說袁紹在帳中，聞報正北上火光滿天，知是烏巢有失，急出帳召文武各官，商議遣兵往救。張郃曰：“某與高覽同往救之。”郭圖曰：“不可。曹軍劫糧，曹操必然親往；操既自出，寨必虛空，可縱兵先擊曹操之寨；操聞之，必速還：此孫臏‘圍魏救趙’之計也。”張郃曰：“非也。曹操多謀，外出必為內備，以防不虞。今若攻操營而不拔，瓊等見獲，吾屬皆被擒矣。”郭圖曰：“曹操只顧劫糧，豈留兵在寨耶？”再三請劫曹營。紹乃遣張郃、高覽引軍五千，往官渡擊曹營；遣蔣奇領兵一萬，往救烏巢。

且說曹操殺散淳于瓊部卒，盡奪其衣甲旗幟，偽作淳于瓊部下敗軍回寨，至山僻小路，正遇蔣奇軍馬。奇軍問之，稱是烏巢敗軍奔回。奇遂不疑，驅馬逕過。張遼、許褚忽至，大喝：“蔣奇休走！”奇措手不及，被張遼斬於馬下，盡殺蔣奇之兵。又使人當先偽報云：“蔣奇已自殺散烏巢兵了。”袁紹因不復遣人接應烏巢，只添兵往官渡。

卻說張郃、高覽攻打曹營，左邊夏侯惇，右邊曹仁，中路曹洪，一齊衝出：三下攻擊，袁軍大敗。比及接應軍到，曹操又從背後殺來，四下圍住掩殺。張郃、高覽奪路走脫。袁紹收得烏巢敗殘軍馬歸寨，見淳于瓊耳鼻皆無，手足盡落。紹問："如何失了烏巢？"敗軍告說："淳于瓊醉臥，因此不能抵敵。"紹怒，立斬之。郭圖恐張郃、高覽回寨證對是非，先於袁紹前譖曰："張郃、高覽見主公兵敗，心中必喜。"紹曰："何出此言？"圖曰："二人素有降曹之意，今遣擊寨，故意不肯用力，以致損折士卒。"紹大怒，遂遣使急召二人歸寨問罪。郭圖先使人報二人云："主公將殺汝矣。"及紹使至，高覽問曰："主公喚我等為何？"使者曰："不知何故。"覽遂拔劍斬來使。郃大驚。覽曰："袁紹聽信讒言，必為曹操所擒；吾等豈可坐而待死？不如去投曹操。"郃曰："吾亦有此心久矣。"於是二人領本部兵馬，往曹操寨中投降。夏侯惇曰："張、高二人來降，未知虛實。"操曰："吾以恩遇之，雖有異心，亦可變矣。"遂開營門命二人入。二人倒戈卸甲，拜伏於地。操曰："若使袁紹肯從二將軍之言，不至有敗。今二將軍肯來相投，如微子去殷，韓信歸漢也。"遂封張郃為偏將軍都亭侯，高覽為偏將軍東萊侯。二人大喜。

　　卻說袁紹既去了許攸，又去了張郃、高覽，又失了烏巢糧，軍心皇皇。許攸又勸曹操作速進兵；張郃、高覽請為先鋒。操從之，即令張郃、高覽領兵往劫紹寨。當夜三更時分，出軍三路劫寨。混戰到明，各自收兵，紹軍折其大半。荀攸獻計曰："今可揚言調撥人馬，一路取酸棗，攻鄴郡；一路取黎陽，斷袁兵歸路。袁紹聞之，必然驚惶，分兵拒我；我乘其兵動時擊之，紹可破也。"操用其計，使大小三軍，四遠揚言。紹軍聞此信，來寨中報說："曹操分兵兩路：一路取鄴郡，一路取黎陽去也。"紹大驚，急遣袁譚分兵五萬救鄴郡，辛明分兵五萬救黎陽，連夜起行。曹操探知袁紹兵動，便分大隊軍馬，八路齊出，直衝紹營。袁軍俱無鬥志，四散奔走，遂大潰。袁紹披甲不迭，單衣幅巾上馬；幼子袁尚後隨。張遼、許褚、徐晃、于禁四員將，引軍追趕袁紹。紹急渡河，盡棄圖書車仗金帛，止引隨行八百餘騎而去。操軍追之不及，盡獲遺下之物。所殺八萬餘人，血流盈溝，溺水死者不計其數。操獲全勝，將所得金寶緞疋，給賞軍士。於圖書中檢出書信一束，皆許都及軍中諸人與紹暗通之書。左右曰：“可逐一點對姓名，收而殺之。”操曰：“當紹之強，孤亦不能自保，況他人乎？”遂命盡焚之，更不再問。

卻說袁紹兵敗而奔，沮授因被囚禁，急走不脫，為曹軍所獲，擒見曹操。操素與沮授相識。授見操，大呼曰：“授不降也！”操曰：“本初無謀，不用君言，君何尚執迷耶？吾若早得足下，天下不足慮也。”因厚待之，留於軍中。授乃於營中盜馬，欲歸袁氏。操怒，乃殺之。授至死神色不變。操歎曰：“吾誤殺忠義之士也！”命厚禮殯殮，為建墳安葬於黃河渡口，題其墓曰“忠烈沮君之墓”。後人有詩讚曰：

> 河北多名士，忠貞推沮君。
> 凝眸知陣法，仰面識天文。
> 至死心如鐵，臨危氣似雲。
> 曹公欽義烈，特與建孤墳。

操下令攻冀州。正是：勢弱只因多算勝，兵強卻為寡謀亡。未知勝負如何，且看下文分解。

---

## 註 釋

1 啜賺：哄騙。

# 第三十一回

# 曹操倉亭破本初
# 玄德荊州依劉表

　　卻說曹操乘袁紹之敗，整頓軍馬，迤邐追襲。袁紹幅巾單衣，引八百餘騎，奔至黎陽北岸，大將蔣義渠出寨迎接。紹以前事訴與義渠，義渠乃招諭離散之眾。眾聞紹在，又皆蟻聚，軍勢復振，議還冀州。軍行之次，夜宿荒山。紹於帳中聞遠遠有哭聲，遂私往聽之。卻是敗軍相聚，訴說喪兄失弟，棄伴亡親之苦，各各搥胸大哭，皆曰："若聽田豐之言，我等怎遭此禍！"紹大悔曰："吾不聽田豐之言，兵敗將亡，今回去，有何面目見之耶！"次日，上馬正行間，逢紀引軍來接。紹對逢紀曰："吾不聽田豐之言，致有此敗。吾今歸去，羞見此人。"逢紀因譖曰："豐在獄中聞主公兵敗，撫掌大笑曰：'果不出吾之料！'"袁紹大怒曰："豎儒怎敢笑我！我必殺之！"遂命使者齎寶劍先往冀州獄中殺田豐。

　　卻說田豐在獄中。一日，獄吏來見豐曰："與別駕賀喜。"豐曰："何喜可賀？"獄吏曰："袁將軍大敗而回，君必見重矣。"豐笑曰：

"吾今死矣！"獄吏問曰："人皆為君喜，君何言死也？"豐曰："袁將軍外寬而內忌，不念忠誠。若勝而喜，猶能赦我；今戰敗則羞，吾不望生矣。"獄吏未信。忽使者齎劍至，傳袁紹命，欲取田豐之首，獄吏方驚。豐曰："吾固知必死也。"獄吏皆流淚。豐曰："大丈夫生於天地間，不識其主而事之，是無智也！今日受死，夫何足惜！"乃自刎於獄中。後人有詩曰：

> 昨朝沮授軍中失，今日田豐獄內亡。
> 河北棟梁皆折斷，本初焉不喪家邦！

田豐既死，聞者皆為歎惜。

袁紹回冀州，心煩意亂，不理政事。其妻劉氏勸立後嗣。紹所生三子：長子袁譚字顯思，出守青州；次子袁熙字顯奕，出守幽州；三子袁尚字顯甫，是紹後妻劉氏所出，生得形貌俊偉，紹甚愛之，因此留在身邊。自官渡兵敗之後，劉氏勸立尚為後嗣。紹乃與審配、逢紀、辛評、郭圖四人商議。原來審、逢二人，向輔袁尚；辛、郭二人，向輔袁譚。四人各為其主。當下袁紹謂四人曰："今外患未息，內事不可不早定，吾將議立後嗣：長子譚，為人性剛好殺；次子熙，為人柔懦難成；三子尚，有英雄之表，禮賢敬士，吾欲立之。公等之意若何？"郭圖曰："三子之中，譚為長，今又居外；主公若廢長立幼，此亂萌也。今軍威稍挫，敵兵壓境，豈可復使父子兄弟自相爭亂耶？主公且理會拒敵之策，立嗣之事，毋容多議。"袁紹躊躇未決。

忽報袁熙引兵六萬，自幽州來；袁譚引兵五萬，自青州來；外甥高幹亦引兵五萬，自并州來：各至冀州助戰。紹喜，再整人馬來戰曹操。時操引得勝之兵，陳列於河上，有土人簞食壺漿以迎之。操見父老數人，鬚髮盡白，乃命入帳中賜坐，問之曰："老丈多少年紀？"答曰：“皆近百歲矣。”操曰：“吾軍士驚擾汝鄉，吾甚不安。”父老曰：“桓帝時，有黃星見於楚、宋之分，遼東人殷馗善曉天文，夜宿於此，對老漢等言：‘黃星見於乾象，正照此間。後五十年，當有真人起於梁、沛之間。’今以年計之，整整五十年。袁本初重斂於民，民皆怨之。丞相興仁義之師，弔民伐罪，官渡一戰，破袁紹百萬之眾，正應當時殷馗之言，兆民可望太平矣。”操笑曰：“何敢當老丈所言？”遂取酒食絹帛賜老人而遣之。號令三軍：如有下鄉殺人家雞犬者，如殺人之罪。於是軍民震服。操亦心中暗喜。

人報袁紹聚四州之兵，得二三十萬，前至倉亭下寨。操提兵前進，下寨已定。次日，兩軍相對，各布成陣勢。操引諸將出陣，紹亦引三子一甥及文官武將出到陣前。操曰：“本初計窮力盡，何尚不思投降？直待刀臨項上，悔無及矣！”紹大怒，回顧眾將曰：“誰敢出馬？”袁尚欲於父前逞能，便舞雙刀，飛馬出陣，來往奔馳。操指問眾將曰：“此何人？”有識者答曰：“此袁紹三子袁尚也。”言未畢，一將挺槍早出。操視之，乃徐晃部將史渙也。兩騎相交，不三合，尚撥馬刺斜而走。史渙趕來，袁尚拈弓搭箭，翻身背射，正中史渙左目，墜馬而死。袁紹見子得勝，揮鞭一指，大隊人馬，擁將過來混戰。大殺一場，各鳴金收軍還寨。

操與諸將商議破紹之策。程昱獻“十面埋伏”之計，勸操：“退軍於河上，伏兵十隊，誘紹追至河上；我軍無退路，必將死戰，可勝紹矣。”操然其計。左右各分五隊。左：一隊夏侯惇，二隊張遼，三隊李典，四隊樂進，五隊夏侯淵；右：一隊曹洪，二隊張郃，三隊徐晃，四隊于禁，五隊高覽。中軍許褚為先鋒。次日，十隊先進，埋伏左右已定。至半夜，操令許褚引兵前進，偽作劫寨之勢。袁紹五寨人馬，一齊俱起。許褚回軍便走。袁紹引軍趕來，喊聲不絕；比及天明，趕至河上，曹軍無去路。操大呼曰：“前無去路，諸軍何不死戰？”眾軍回身奮力向前。許褚飛馬當先，力斬十數將。袁軍大亂。袁紹退軍急回，背後曹軍趕來。正行間，一聲鼓響，左邊夏侯淵，右邊高覽，兩軍衝出。袁紹聚三子一甥，死衝血路奔走。又行不到十里，左邊樂進，右邊于禁殺出，殺得袁軍屍橫遍野，血流成渠。又行不到數里，左邊李典，右邊徐晃，兩軍截殺一陣。袁紹父子膽喪心驚，奔入舊寨，令三軍造飯。方欲待食，左邊張遼，右邊張郃，逕來衝寨。紹慌上馬，前奔倉亭。人馬困乏，欲待歇息，後面曹操大軍趕來，袁紹捨命而走。正行之間，左邊曹洪，右邊夏侯惇，擋住去路。紹大呼曰：“若不決死戰，必為所擒矣！”奮力衝突，得脫重圍。袁熙、高幹皆被箭傷。軍馬死亡殆盡。紹抱三子痛哭一場，不覺昏倒。眾人急救，紹口吐鮮血不止，歎曰：“吾自歷戰數十場，不意今日狼狽至此！此天喪吾也！汝等各回本州，誓與曹賊一決雌雄！”便教辛評、郭圖火急隨袁譚前往青州整頓，恐曹操犯境；令袁熙仍回幽州，高幹仍回并州：各去收拾人馬，以備調用。袁紹引袁尚等入冀州養病，令尚與審配、逢紀暫掌軍事。

卻說曹操自倉亭大勝，重賞三軍，令人探察冀州虛實。細作回報：“紹臥病在牀。袁尚、審配緊守城池。袁譚、袁熙、高幹皆回本州。”眾皆勸操急攻之。操曰：“冀州糧食極廣，審配又有機謀，未可急拔。見今禾稼在田，恐廢民業，姑待秋成後取之未晚。”正議間，忽荀彧有書到，報說：“劉備在汝南得劉辟、龔都數萬之眾。聞丞相提軍出征河北，乃令劉辟守汝南，備親自引兵乘虛來攻許昌。丞相可速回軍禦之。”操大驚，留曹洪屯兵河上，虛張聲勢。操自提大兵往汝南來迎劉備。

卻說玄德與關、張、趙雲等，引兵欲襲許都。行近穰山地面，正遇曹兵殺來，玄德便於穰山下寨。軍分三隊：雲長屯兵於東南角上，張飛屯兵於西南角上，玄德與趙雲於正南立寨。曹操兵至，玄德鼓譟而出。操布成陣勢，叫玄德打話。玄德出馬於門旗下。操以鞭指罵曰：「吾待汝為上賓，汝何背義忘恩？」玄德曰：「汝託名漢相，實為國賊！吾乃漢室宗親，奉天子密詔，來討反賊！」遂於馬上朗誦衣帶詔。操大怒，教許褚出戰。玄德背後趙雲，挺槍出馬。二將相交，三十合不分勝負。忽然喊聲大震：東南角上，雲長衝突而來；西南角上，張飛引軍衝突而來。三處一齊掩殺。曹軍遠來疲困，不能抵當，大敗而走。玄德得勝回營。

次日，又使趙雲搦戰。操兵旬日不出。玄德再使張飛搦戰，操兵亦不出。玄德愈疑。忽報龔都運糧至，被曹軍圍住，玄德急令張飛去救。忽又報夏侯惇引軍抄背後逕取汝南，玄德大驚曰：「若如此，吾前後受敵，無所歸矣！」急遣雲長救之。兩軍皆去。不一日，飛馬來報夏侯惇已打破汝南，劉辟棄城而走，雲長現今被圍。玄德大驚。又報張飛去救龔都，也被圍住了。玄德急欲回兵，又恐操兵後襲。忽報寨外許褚搦戰，玄德不敢出戰。候至天明，教軍士飽餐，步軍先起，馬軍後隨，寨中虛傳更點。玄德等離寨約行數里，轉過土山，火把齊明，山頭上大呼曰：「休教走了劉備！丞相在此專等！」玄德慌尋走路。趙雲曰：「主公勿憂，但跟某來。」趙雲挺槍躍馬，殺開條路，玄德掣雙股劍後隨。正戰間，許褚追至，與趙雲力戰。背後于禁、李典又到。玄德見勢危，落荒而走。聽得背後喊聲漸遠，玄德望深山僻路，單馬逃生。捱到天明，側首一彪軍衝出。玄德大驚，視之，乃劉辟引敗軍千餘騎，護送玄德家小前來；孫乾、簡雍、糜芳亦至，訴說：「夏侯惇軍勢甚銳，因此棄城而走。曹兵趕來，幸得雲長當住，因此得脫。玄德曰：「不知雲長今在何處？」劉辟曰：「將軍且行，卻再理會。」行到數里，一棒鼓響，前面擁出一彪人馬。當先大將，乃是張郃，大叫：「劉備快下馬受降！」玄德方欲退後，只見山頭上紅旗磨動，一軍從山塢內擁出，為首大將，乃高覽也。玄德兩頭無路，仰天大呼曰：「天何使我受此窘極耶！事勢至此，不如就死！」欲拔劍自刎。劉辟急止之曰：「容某死戰，奪路救君。」言訖，便來與高覽交鋒。戰不三合，被高覽一刀砍於馬下。玄德正慌，方欲自戰，高覽後軍忽然自亂，一將衝陣而來，槍起處，高覽翻身落馬。視之，乃趙雲也。玄德大喜。雲縱馬挺槍，殺散後隊，又來前軍獨戰張郃。郃與雲戰三十餘合，撥馬敗走。雲乘勢衝殺，卻被郃兵守住山隘，路窄不得出。正奪路間，只見雲長、關平、周倉引三百軍到。兩下相攻，殺退張郃。各出隘口，占住山險下寨。玄德使雲長尋覓張飛。原來張飛去救龔都，龔都已被夏侯淵所殺。飛奮力殺退夏侯淵，迤邐趕去，卻被樂進引軍圍住。雲長路逢敗軍，尋蹤而去，殺退樂進，與飛同回見玄德。人報曹軍大隊趕來，玄德教孫乾等保護老小先行。玄德與關、張、趙雲在後，且戰且走。操見玄德去遠，收軍不趕。

　　玄德敗軍不滿一千，狼狽而奔。前至一江，喚土人問之，乃漢江也。玄德權且安營。土人知玄德，奉獻羊酒，乃聚飲於沙灘之上。玄德歎曰：「諸君皆有王佐之才，不幸跟隨劉備。備之命窘，累及諸君。今日身無立錐，誠恐有誤諸君。君等何不棄備而投明主，以取功名乎？」眾皆掩面而哭。雲長曰：「兄言差矣。昔日高祖與項羽爭天下，數敗於羽；後九里山一戰成功，而開四百年基業。勝負兵家之常，何可自隳其志？」

　　孫乾曰：「成敗有時，不必喪志。此離荊州不遠。劉景升坐鎮九郡，兵強糧足，更且與公皆漢室宗親，何不往投之？」玄德曰：「但恐不容耳。”乾曰：“某願先往說之，使景升出境而迎主公。”玄德大喜，便令孫乾星夜往荊州。到郡入見劉表。禮畢，劉表問曰：“公從玄德，何故至此？”乾曰：“劉使君天下英雄，雖兵微將寡，而志欲匡扶社稷。汝南劉辟、龔都素無親故，亦以死報之。明公與使君，同為漢室之冑；今使君新敗，欲往江東投孫仲謀。乾諫言曰：‘不可背親而向疏。荊州劉將軍禮賢下士，士歸之如水之投東，何況同宗乎？’因此使君特使乾先來拜白，惟明公命之。”表大喜曰：“玄德，吾弟也。久欲相會，而不可得。今肯惠顧，實為幸甚。”蔡瑁譖曰：“不可。劉備先從呂布，後事曹操，近投袁紹，皆不克終，足可見其為人。今若納之，曹操必加兵於我，枉動干戈，不如斬孫乾之首，以獻曹操，操必重待主公也。”孫乾正色曰：“乾非懼死之人也。劉使君忠心為國，非曹操、袁紹、呂布等比。前此相從，不得已也。今聞劉將軍漢朝苗裔，誼切同宗，故千里相投。爾何獻讒而妒賢如此耶？”劉表聞言，乃叱蔡瑁曰：“吾主意已定，汝勿多言。”蔡瑁慚恨而出。劉表遂命孫乾先往報玄德，一面親自出郭三十里迎接。玄德見表，執禮甚恭。表亦相待甚厚。玄德引關、張等拜見劉表，表遂與玄德同入荊州，分撥院宅居住。

卻說曹操探知玄德已往荊州，投奔劉表，便欲引兵攻之。程昱曰：“袁紹未除，而遽攻荊襄，倘袁紹從北而起，勝負未可知矣。不如還兵許都，養軍蓄銳，待來年春暖，然後引兵先破袁紹，後取荊襄：南北之利，一舉可收也。”操然其言，遂提兵回許都。至建安八年，春正月，操復商議興兵。先差夏侯惇、滿寵鎮守汝南，以拒劉表；留曹仁、荀彧守許都；親統大軍前赴官渡屯紮。

且說袁紹自舊歲感冒吐血症候，今方稍愈，商議欲攻許都。審配諫曰：“舊歲官渡、倉亭之敗，軍心未振，尚當深溝高壘，以養軍民之力。”正議間，忽報曹操進兵官渡，來攻冀州。紹曰：“若候兵臨城下，將至壕邊，然後拒敵，事已遲矣。吾當自領大軍出迎。”袁尚曰：“父親病體未痊，不可遠征。兒願提兵前去迎敵。”紹許之，遂使人往青州取袁譚，幽州取袁熙，并州取高幹：四路同破曹操。正是：纔向汝南鳴戰鼓，又從冀北動征鼙。未知勝負如何，且聽下文分解。

# 第三十二回

## 奪冀州袁尚爭鋒
## 決漳河許攸獻計

卻說袁尚自斬史渙之後，自負其勇，不待袁譚等兵至，自引兵數萬出黎陽，與曹軍前隊相迎。張遼當先出馬，袁尚挺槍來戰，不三合，架隔遮攔不住，大敗而走。張遼乘勢掩殺，袁尚不能主張，急急引軍奔回冀州。袁紹聞袁尚敗回，又受了一驚，舊病復發，吐血數斗，昏倒在地。劉夫人慌救入臥內，病勢漸危。劉夫人急請審配、逢紀，直至袁紹榻前，商議後事。紹但以手指而不能言。劉夫人曰：“尚可繼後嗣否？”紹點頭。審配便就榻前寫了遺囑。紹翻身大叫一聲，又吐血斗餘而死。後人有詩曰：

> 累世公卿立大名，少年意氣自縱橫。
> 空招俊傑三千客，漫有英雄百萬兵。
> 羊質虎皮功不就，鳳毛難膽事難成。
> 更憐一種傷心處，家難徒延兩弟兄。

袁紹既死，審配等主持喪事。劉夫人便將袁紹所愛寵妾五人，盡行殺害；又恐其陰魂於九泉之下再與紹相見，乃髡其髮，刺其面，毀其屍：其妒惡如此。袁尚恐寵妾家屬為害，并收而殺之。審配、逢紀立袁尚為大司馬將軍，領冀、青、幽、并四州牧，遣使報喪。此時袁譚已發兵離青州；知父死，便與郭圖、辛評商議。圖曰：“主公不在冀州，審配、逢紀必立顯甫為主矣。當速行。”辛評曰：“審、逢二人，必預定機謀。今若速往，必遭其禍。”袁譚曰：“若此當何如？”郭圖曰：“可屯兵城外，觀其動靜。某當親往察之。”譚依言。郭圖遂入冀州，見袁尚。禮畢，尚問：“兄何不至？”圖曰：“因抱病在軍中，不能相見。”尚曰：“吾受父親遺命，立我為主，加兄為車騎將軍。目下曹軍壓境，請兄為前部，吾隨後便調兵接應也。”圖曰：“軍中無人商議良策，願乞審正南、逢元圖二人為輔。”尚曰：“吾亦欲仗此二人早晚畫策，如何離得？”圖曰：“然則於二人內遣一人去，何如？”尚不得已，乃令二人拈鬮，拈着者便去。逢紀拈着，尚即命逢紀齎印綬，同郭圖赴袁譚軍中。紀隨圖至譚軍，見譚無病，心中不安，獻上印綬。譚大怒，欲斬逢紀。郭圖密諫曰：“今曹軍壓境，且只款留逢紀在此，以安尚心。待破曹之後，卻來爭冀州不遲。”

　　譚從其言。即時拔寨起行，前至黎陽，與曹軍相抵。譚遣大將汪昭出戰，操遣徐晃迎敵。二將戰不數合，徐晃一刀斬汪昭於馬下。曹軍乘勢掩殺，譚軍大敗。譚收敗軍入黎陽，遣人求救於尚。尚與審配計議，只發兵五千餘人相助。曹操探知救軍已到，遣樂進、李典引兵於半路接着，兩頭圍住盡殺之。袁譚知尚止撥兵五千，又被半路坑殺，大怒，乃喚逢紀責罵。紀曰：“容某作書致主公，求其親自來救。”譚即令紀作書，遣人到冀州致袁尚。尚與審配共議。配曰：“郭圖多謀，前次不爭而去者，為曹軍在境也。今若破曹，必來爭冀州矣。不如不發救兵，借操之力以除之。"尚從其言，不肯發兵。使者回報，譚大怒，立斬逢紀，議欲降曹。早有細作密報袁尚。尚與審配議曰："使譚降曹，并力來攻，則冀州危矣。"乃留審配并大將蘇由固守冀州，自領大軍來黎陽救譚。尚問軍中誰敢為前部，大將呂曠、呂翔兄弟二人願去。尚點兵三萬，使為先鋒，先至黎陽。譚聞尚自來，大喜，遂罷降曹之議。譚屯兵城中，尚屯兵城外，為掎角之勢。

不一日，袁熙、高幹皆領軍到城外，屯兵三處，每日出兵與操相持。尚屢敗，操兵屢勝。至建安八年春二月，操分路攻打，袁譚、袁熙、袁尚、高幹皆大敗，棄黎陽而走。操引兵追至冀州。譚與尚入城堅守；熙與幹離城三十里下寨，虛張聲勢。操兵連日攻打不下。郭嘉進曰："袁氏廢長立幼，而兄弟之間，權力相併，各自樹黨，急之則相救，緩之則相爭；不如舉兵南向荊州，征討劉表，以候袁氏兄弟之變。變成而後擊之，可一舉而定也。"操善其言，命賈詡為太守，守黎陽；曹洪引兵守官渡。操引大軍向荊州進兵。

譚、尚聽知曹軍自退，遂相慶賀。袁熙、高幹各自辭去。袁譚與郭圖、辛評議曰："我為長子，反不能承父業，尚乃繼母所生，反承大爵：心實不甘。"圖曰："主公可勒兵城外，只做請顯甫、審配飲酒，伏刀斧手殺之，大事定矣。"譚從其言。適別駕王修自青州來，譚將此計告之。修曰："兄弟者，左右手也。今與他人爭鬥，斷其右手，而曰我必勝，安可得乎？夫棄兄弟而不親，天下其誰親之？彼讒人離間骨肉，以求一朝之利，願塞耳勿聽也。"譚怒，叱退王修，使人去請袁尚。尚與審配商議。配曰："此必郭圖之計也。主公若往，必遭奸計；不如乘勢攻之。"袁尚依言，便披挂上馬，引兵五萬出城。袁譚見袁尚引軍來，情知事泄，亦即披挂上馬，與尚交鋒。尚見譚大罵。

譚亦罵曰：“汝藥死父親，篡奪爵位，今又來殺兄耶！”二人親自交鋒，袁譚大敗。尚親冒矢石，衝突掩殺。譚引敗軍奔平原，尚收兵還。袁譚與郭圖再議進兵，令岑璧為將，領兵前來。尚自引兵出冀州。兩陣對圓，旗鼓相望。璧出罵陣；尚欲自戰，大將呂曠，拍馬舞刀，來戰岑璧。二將戰無數合，曠斬岑璧於馬下。譚兵又敗，再奔平原。審配勸尚進兵，追至平原。譚抵當不住，退入平原，堅守不出。尚三面圍城攻打。譚與郭圖計議。圖曰：“今城中糧少，彼軍方銳，勢不相敵。愚意可遣人投降曹操，使操將兵攻冀州，尚必還救。將軍引兵夾擊之，尚可擒矣。若操擊破尚軍，我因而斂其軍實以拒操。操軍遠來，糧食不繼，必自退去。我可以仍據冀北，以圖進取也。”譚從其言，問曰：“何人可為使？”圖曰：“辛評之弟辛毗，字佐治，見為平原令。此人乃能言之士，可命為使。”譚即召辛毗。毗欣然而至。譚修書付毗，使三千軍送毗出境。

毗星夜齎書往見曹操。時操屯軍西平伐劉表，表遣玄德引兵為前部以迎之。未及交鋒，辛毗到操寨。見操禮畢，操問其來意，毗具言袁譚相求之意，呈上書信。操看書畢，留辛毗於寨中，聚文武計議。程昱曰：“袁譚被袁尚攻擊太急，不得已而來降，不可准信。”呂虔、滿寵亦曰：“丞相既引兵至此，安可復捨表而助譚？”荀攸曰：“三公之言未善。以愚意度之：天下方有事，而劉表坐保江、漢之間，不敢展足，其無四方之志可知矣。袁氏據四州之地，帶甲數十萬，若二子和睦，共守成業，天下事未可知也；今乘兄弟相攻，勢窮而投我，我提兵先除袁尚，後觀其變。并滅袁譚，天下定矣。此機會不可失也。”操大喜，便邀辛毗飲酒，謂之曰：“袁譚之降，真耶詐耶？袁尚之兵，果可必勝耶？”毗對曰：“明公勿問真與詐也，只論其勢可耳。袁氏連年喪敗，兵革疲於外，謀臣誅於內；兄弟讒隙，國分為二；加之饑饉並臻，天災人困：無問智愚，皆知土崩瓦解，此乃天滅袁氏之時也。今明公提兵攻鄴，袁尚不還救，則失巢穴；若還救，則譚踵襲其後。以明公之威，擊疲憊之眾，如迅風之掃秋葉也。不此之圖，而伐荊州，荊州豐樂之地，國和民順，未可搖動。況四方之患，莫大於河北。河北既平，則霸業成矣。願明公詳之。”操大喜曰：“恨與辛佐治相見之晚也！”即日督軍還取冀州。玄德恐操有謀，不敢追襲，引兵自回荊州。

　　卻說袁尚知曹軍渡河，急急引軍還鄴，命呂曠、呂翔斷後。袁譚見尚退軍，乃大起平原軍馬，隨後趕來。行不到數十里，一聲礮響，兩軍齊出：左邊呂曠，右邊呂翔，兄弟二人截住袁譚。譚勒馬告二將曰：“吾父在日，吾並未慢待二將軍，今何從吾弟而見逼耶？”二將聞言，乃下馬降譚。譚曰：“勿降我，可降曹丞相。”二將因隨譚歸營。譚候操軍至，引二將見操。操大喜，以女許譚為妻，即令呂曠、呂翔為媒。譚請操攻取冀州。操曰：“方今糧草不接，搬運勞苦，我濟河，遏淇水入白溝，以通糧道，然後進兵。”令譚且居平原。操引軍退屯黎陽，封呂曠、呂翔為列侯，隨軍聽用。郭圖謂袁譚曰：“曹操以女許婚，恐非真意。今又封賞呂曠、呂翔，帶去軍中，此乃牢籠河北人心，後必終為我禍。主公可刻將軍印二顆，暗使人送與二呂，令作內應。待操破了袁尚，可乘便圖之。”譚依言，遂刻將軍印二顆，暗送與二呂。二呂受訖，逕將印來稟曹操。操大笑曰：“譚暗送印者，欲汝等為內助，待我破袁尚之後，就中取事耳。汝等且權受之，我自有主張。”自此曹操便有殺譚之心。

　　且說袁尚與審配商議：“今曹兵運糧入白溝，必來攻冀州，如之奈何？”配曰：“可發檄使武安長尹楷屯毛城，通上黨運糧道；令沮授之子沮鵠守邯鄲，遙為聲援。主公可進兵平原，急攻袁譚。先絕袁譚，然後破曹。”袁尚大喜，留審配與陳琳守冀州，使馬延、張顗二將為先鋒，連夜起兵攻打平原。譚知尚兵來近，告急於操。操曰：“吾今番必得冀州矣。”正說間，適許攸自許昌來；聞尚又攻譚，入見操曰：“丞相坐守於此，豈欲待天雷擊殺二袁乎？”操笑曰：“吾已料定矣。”遂令曹洪先進兵攻鄴，操自引一軍來攻尹楷。兵臨本境，楷引軍來迎。楷出馬，操曰：“許仲康安在？”許褚應聲而出，縱馬直取尹楷。楷措手不及，被許褚一刀斬於馬下，餘眾奔潰。操盡招降之，即勒兵取邯鄲。沮鵠進兵來迎。張遼出馬，與鵠交鋒。戰不三合，鵠大敗，遼從後追趕。兩馬相離不遠，遼急取弓射之，應弦落馬。操指揮軍馬掩殺，眾皆奔散。於是操引大軍前抵冀州。曹洪已近城下。操令三軍遶城築起土山，又暗掘地道以攻之。審配設計堅守，法令甚嚴，東門守將馮禮，因酒醉有誤巡警，配痛責之。馮禮懷恨，潛地出城降操。操問破城之策，禮曰：“突門內土厚，可掘地道而入。”操便命馮禮引三百壯士，黈夜掘地道而入。

卻說審配自馮禮出降之後，每夜親自登城點視軍馬。當夜在突門閣上，望見城外無燈火。配曰：“馮禮必引兵從地道而入也。”急喚精兵運石擊突閘門；門閉，馮禮及三百壯士，皆死於土內。操折了這一場，遂罷地道之計，退軍於洹水之上，以候袁尚回兵。袁尚攻平原，聞曹操已破尹楷、沮鵠，大軍圍困冀州，乃掣兵回救。部將馬延曰：“從大路去，曹操必有伏兵；可取小路，從西山出滏水口去劫曹營，必解圍也。”尚從其言，自領大軍先行，令馬延與張顗斷後。早有細作去報曹操。操曰：“彼若從大路上來，吾當避之；若從西山小路而來，一戰可擒也。吾料袁尚必舉火為號，令城中接應。吾可分兵擊之。”於是分撥已定。

卻說袁尚出滏水界口，東至陽平，屯軍陽平亭，離冀州十七里，一邊靠着滏水。尚令軍士堆積柴薪乾草，至夜焚燒為號；遣主簿李孚扮作曹軍都督，直至城下，大叫：「開門！」審配認得是李孚聲音，放入城中，說：「袁尚已陳兵在陽平亭，等候接應；若城中兵出，亦舉火為號。」配教城中堆草放火，以通音信。孚曰：「城中無糧，可發老弱殘兵并婦人出降；彼必不為備，我即以兵繼百姓之後出攻之。」配從其論。次日，城上豎起白旗，上寫「冀州百姓投降」。操曰：「此是城中無糧，教老弱百姓投降，後必有兵出也。」操教張遼、徐晃各引三千軍馬，伏於兩邊。操自乘馬、張麾蓋至城下。果見城門開處，百姓扶老攜幼，手持白旗而出。百姓纔出盡，城中兵突出。操教將紅旗一招，張遼、徐晃兩路兵齊出亂殺，城中兵只得復回。操自飛馬趕來，到弔橋邊，城中弩箭如雨，射中操盔，險透其頂。眾將急救回陣。操更衣換馬，引眾將來攻尚寨，尚自迎敵。時各路軍馬一齊殺至，兩軍混戰，袁尚大敗。尚引敗兵退往西山下寨，令人催取馬延、張顗軍來。不知曹操已使呂曠、呂翔去招安二將。二將隨二呂來降，操亦封為列侯。即日進兵攻打西山，先使二呂、馬延、張顗截斷袁尚糧道。尚情知西山守不住，夜走濫口。安營未定，四下火光並起，伏兵齊出，人不及甲，馬不及鞍。尚軍大潰，退走五十里，勢窮力極，只得遣豫州刺史陰夔至操營請降。操佯許之，卻連夜使張遼、徐晃去劫寨。尚盡棄印綬、節鉞、衣甲、輜重，望中山而逃。

操回軍攻冀州。許攸獻計曰：「何不決漳河之水以淹之？」操然其計，先差軍於城外掘壕塹，周圍四十里。審配在城上見操軍在城外掘塹，卻掘得甚淺。配暗笑曰：「此欲決漳河之水以灌城耳。壕深可灌，如此之淺，有何用哉？」遂不為備。當夜曹操添十倍軍士并力發掘，比及天明，廣深二丈，引漳水灌之城中，水深數尺。更兼糧絕，軍士皆餓死。辛毗在城外，用槍挑袁尚印綬衣服，招安城內之人。審配大怒，將辛毗家屬老小八十餘口，就於城上斬之，將頭擲下。辛毗號哭不已。審配之姪審榮，素與辛毗相厚，見辛毗家屬被害，心中懷忿，乃密寫獻門之書，拴於箭上，射下城來。軍士拾獻辛毗，毗將書獻操。操先下令：如入冀州，休得殺害袁氏一門老小；軍民降者免死。次日天明，審榮大開西門，放曹兵入。辛毗躍馬先入，軍將隨後，殺入冀州。審配在東南城樓上，見操軍已入城中，引數騎下城死戰，正迎徐晃交馬。徐晃生擒審配，綁出城來，路逢辛毗。毗咬牙切齒，以鞭鞭配首曰："賊殺才！今日死矣！"配大罵辛毗："賊徒！引曹操破我冀州，我恨不殺汝也！"徐晃解配見操。操曰："汝知獻門接我者乎？"配曰："不知。"操曰："此汝姪審榮所獻也。"配怒曰："小兒不行，乃至於此！"操曰："昨孤至城下，何城中弩箭之多耶？"配曰："恨少！恨少！"操曰："卿忠於袁氏，不容不如此。今肯降吾否？"配曰："不降！不降！"辛毗哭拜於地曰："家屬八十餘口，盡遭此賊殺害。願丞相戮之，以雪此恨！"配曰："吾生為袁氏臣，死為袁氏鬼，不似汝輩讒諂阿諛之賊！可速斬我！"操教牽出。臨受刑，叱行刑者曰："吾主在北，不可使我面南而死！"乃向北跪，引頸就刃。後人有詩歎曰：

> 河北多名士，誰如審正南：
> 命因昏主喪，心與古人參。
> 忠直言無隱，廉能志不貪。
> 臨亡猶北面，降者盡羞慚。

審配既死，操憐其忠義，命葬於城北。眾將請曹操入城。操方欲起行，只見刀斧手擁一人至，操視之，乃陳琳也。操謂之曰："汝前為本初作檄，但罪狀孤，可也；何乃辱及祖、父耶？"琳答曰："箭在弦上，不得不發耳。"左右勸操殺之；操憐其才，乃赦之，命為從事。

卻說操長子曹丕，字子桓，時年十八歲。丕初生時，有雲氣一片，其色青紫，圓如車蓋，覆於其室，終日不散。有望氣者，密謂操曰："此天子氣也：令嗣貴不可言。"丕八歲能屬文，有逸才，博古通今，善騎射，好擊劍。時操破冀州，丕隨父在軍中，先領隨身軍，逕投袁紹家，下馬拔劍而入。有一將當之曰："丞相有命，諸人不許入紹府。"丕叱退，提劍入後堂。見兩個婦人相抱而哭，丕向前欲殺之。正是：四世公侯已成夢，一家骨肉又遭殃。未知性命如何，且聽下文分解。

## 第三十三回

# 曹丕乘亂納甄氏
# 郭嘉遺計定遼東

　　卻說曹丕見二婦人啼哭，拔劍欲斬之。忽見紅光滿目，遂按劍而問曰：“汝何人也？”一婦人告曰：“妾乃袁將軍之妻劉氏也。”丕曰：“此女何人？”劉氏曰：“此次男袁熙之妻甄氏也。因熙出鎮幽州，甄氏不肯遠行，故留於此。”丕拖此女近前，見披髮垢面。丕以衫袖拭其面而觀之，見甄氏玉肌花貌，有傾國之色。遂對劉氏曰：“吾乃曹丞相之子也。願保汝家，汝勿憂慮。”遂按劍坐於堂上。

　　卻說曹操統領眾將入冀州城，將入城門，許攸縱馬近前，以鞭指城門而呼操曰：“阿瞞，汝不得我，安得入此門？”操大笑。眾將聞言，俱懷不平。操至紹府門下，問曰：“誰曾入此門來？”守將對曰：“世子在內。”操喚出責之。劉氏出拜曰：“非世子不能保全妾家，願獻甄氏為世子執箕帚。”操教喚出甄氏拜於前。操視之曰：“真吾兒婦也！”遂令曹丕納之。

　　操既定冀州，親往袁紹墓下設祭，再拜而哭，甚哀，顧謂眾官曰：

"昔日吾與本初共起兵時，本初問我曰：'若事不輯，方面何所可據？'吾問之曰：'足下意欲若何？'本初曰：'吾南據河北，阻燕、代，兼沙漠之眾，南向以爭天下，庶可以濟乎？'吾答曰：'吾任天下之智力，以道御之，無所不可。'此言如昨，而今本初已喪，吾不能不為流涕也！"眾皆歎息。操以金帛糧草賜紹妻劉氏。乃下令曰："河北居民遭兵革之難，盡免今年租賦。"一面寫表申朝；操自領冀州牧。

一日，許褚走馬入東門，正迎許攸。攸喚褚曰："汝等無我，安能出入此門乎？"褚怒曰："吾等千生萬死，身冒血戰，奪得城池，汝安敢誇口！"攸罵曰："汝等皆匹夫耳，何足道哉！"褚大怒，拔劍殺攸，提頭來見曹操，說："許攸如此無禮，某殺之矣。"操曰："子遠與吾舊交，故相戲耳。何故殺之？"深責許褚，令厚葬許攸。乃令人遍訪冀州賢士。冀民曰："騎都尉崔琰，字季珪，清河東武城人也。數曾獻計於袁紹，紹不從，因此託疾在家。"操即召琰為本州別駕從事，因謂曰："昨按本州戶籍，共計三十萬眾，可謂大州。"琰曰："今天下分崩，九州幅裂，二袁兄弟相爭，冀民暴骨原野，丞相不急存問風俗，救其塗炭，而先計校戶籍，豈本州士女所望於明公哉？"操聞言，改容謝之，待為上賓。

操已定冀州，使人探袁譚消息。時譚引兵劫掠甘陵、安平、渤海、河間等處，聞袁尚敗走中山，乃統軍攻之。尚無心戰鬥，逕奔幽州投袁熙。譚盡降其眾，欲復圖冀州。操使人召之，譚不至。操大怒，馳書絕其婚，自統大軍征之，直抵平原。譚聞操自統軍來，遣人求救於劉表。表請玄德商議。玄德曰："今操已破冀州，兵勢正盛，袁氏兄弟，不久必為操擒，救之無益；況操常有窺荊襄之意，我只養兵自守，未可妄動。"表曰："然則何以謝之？"玄德曰："可作書與袁氏兄弟，以和解為名，婉詞謝之。"表然其言，先遣人以書遺譚。書略曰：

君子違難，不適讎國。日前聞君屈膝降曹，則是忘先人之讎，棄手足之誼，而遺同盟之恥矣。若"冀州"不弟，當降心相從。待事定之後，使天下平其曲直，不亦高義耶？

又與袁尚書曰：

"青州"天性峭急，迷於曲直。君當先除曹操，以卒先公之恨。事定之後，乃計曲直，不亦善乎？若迷而不返，則是韓盧、東郭自困於前，而遺田父之獲也。

譚得表書，知表無發兵之意，又自料不能敵操，遂棄平原，走保南皮。曹操追至南皮，時天氣寒肅，河道盡凍，糧船不能行動。操令本處百姓敲冰拽船，百姓聞令而逃。操大怒，欲捕斬之。百姓聞得，乃親往營中投首。操曰："若不殺汝等，則吾號令不行；若殺汝等，吾又不忍，汝等快往山中藏避，休被我軍士擒獲。"百姓皆垂淚而去。

袁譚引兵出城，與曹軍相敵。兩陣對圓，操出馬以鞭指譚而罵曰："吾厚待汝，汝何生異心？"譚曰："汝犯吾境界，奪吾城池，賴吾妻子，反說我有異心耶！"操大怒，使徐晃出馬。譚使彭安接戰。兩馬相交，不數合，晃斬彭安於馬下。譚軍敗走，退入南皮。操遣軍四面圍住。譚著慌，使辛評見操約降。操曰："袁譚小子，反覆無常，吾難准信。汝弟辛毗，吾已重用，汝亦留此可也。"評曰："丞相差矣。某聞主貴臣榮，主憂臣辱。某久事袁氏，豈可背之！"操知其不可留，乃遣回。評回見譚，言操不准投降。譚叱曰："汝弟見事曹操，汝懷二心耶？"評聞言，氣滿填胸，昏絕於地。譚令扶出，須臾而死。譚亦悔之。郭圖謂譚曰："來日盡驅百姓當先，以軍繼其後，與曹操決一死戰。"譚從其言。當夜盡驅南皮百姓，皆執刀槍聽令。次日平明，大開四門，軍在後，驅百姓在前，喊聲大舉，一齊擁出，直抵曹寨。兩軍混戰，自辰至午，勝負未分，殺人遍地。操見未獲全勝，棄馬上山，親自擊鼓。將士見之，奮力向前，譚軍大敗。百姓被殺者無數。曹洪奮威突陣，正迎袁譚，舉刀亂砍，譚竟被曹洪殺於陣中。郭圖見陣大亂，急馳入城中。樂進望見，拈弓搭箭，射下城壕，人馬俱陷。操引兵入南皮，安撫百姓。忽有一彪軍來到，乃袁熙部將焦觸、張南也。操自引軍迎之。二將倒戈卸甲，特來投降。操封為列侯。又黑山賊張燕，引軍十萬來降，操封為平北將軍。

下令將袁譚首級號令，敢有哭者斬。頭挂北門外。一人布冠衰衣，哭於頭下。左右拏來見操。操問之，乃青州別駕王修也，因諫袁譚被逐，今知譚死，故來哭之。操曰：“汝知吾令否？”修曰：“知之。”操曰：“汝不怕死耶？”修曰：“我生受其辟命[1]，亡而不哭，非義也。畏死忘義，何以立世乎！若得收葬譚屍，受戮無恨。”操曰：“河北義士，何其如此之多也！可惜袁氏不能用！若能用，則吾安敢正眼覷此地哉？”遂命收葬譚屍，禮修為上賓，以為司金中郎將。因問之曰：“今袁尚已投袁熙，取之當用何策？”修不答。操曰：“忠臣也。”問郭嘉，嘉曰：“可使袁氏降將焦觸、張南等自攻之。”操用其言，隨差焦觸、張南、呂曠、呂翔、馬延、張顗，各引本部兵，分三路進攻幽州；一面使李典、樂進會合張燕，打并州，攻高幹。

且說袁尚、袁熙知曹兵將至，料難迎敵，乃棄城引兵，星夜奔遼西投烏桓去了。幽州刺史烏桓觸，聚幽州眾官，歃血為盟，共議背袁向曹之事。烏桓觸先言曰：“吾知曹丞相當世英雄，今往投降，有不遵令者斬。”依次歃血，循至別駕韓珩。珩乃擲劍於地，大呼曰：“吾受袁公父子厚恩，今主敗亡，智不能救，勇不能死，於義缺矣！若北面而降操，吾不為也！”眾皆失色。烏桓觸曰：“夫興大事，當立大義。事之濟否，不待一人。韓珩既有志如此，聽其自便。"推珩而出。烏桓觸乃出城迎接三路軍馬，逕來降操。操大喜，加為鎮北將軍。

忽探馬來報："樂進、李典、張燕攻打并州，高幹守住壺關口，不能下。"操自勒兵前往。三將接着，說："幹拒關難擊。"操集眾將共議破幹之計。荀攸曰："若破幹，須用詐降計方可。"操然之。喚降將呂曠、呂翔，附耳低言如此如此。呂曠等引軍數十，直抵關下，叫曰："吾等原係袁氏舊將，不得已而降曹。曹操為人詭譎，薄待吾等，吾今還扶舊主。可疾開門相納。"高幹未信，只教二將自上關說話。二將卸甲棄馬而入，謂幹曰："曹軍新到，可乘其軍心未定，今夜劫寨。某等願當先。"幹喜從其言，是夜教二呂當先，引萬餘軍前去。將至曹寨，背後喊聲大震，伏兵四起。高幹知是中計，急回壺關城。樂進、李典已奪了關。高幹奪路走脫，往投單于。操領兵拒住關口，使人追襲高幹。幹到單于界，正迎北番左賢王。幹下馬拜伏於地，言："曹操吞併疆土，今欲犯王子地面，萬乞救援，同力克復，以保北方。"左賢王曰："吾與曹操無讎，豈有侵我土地？汝欲使我結怨於曹氏耶！"叱退高幹。幹尋思無路，只得去投劉表。行至上洛，被都尉王琰所殺，將頭解送曹操。曹封琰為列侯。

并州既定，操商議西擊烏桓。曹洪等曰："袁熙、袁尚兵敗將亡，勢窮力盡，遠投沙漠。我今引兵西擊，倘劉備、劉表乘虛襲許都，我救應不及，為禍不淺矣。請回師勿進為上。"郭嘉曰："諸公所言差矣。主公雖威震天下，沙漠之人，恃其邊遠，必不設備；乘其無備，卒然擊之，必可破也。且袁紹與烏桓有恩，而尚與熙兄弟猶存，不可不除。劉表坐談之客耳，自知才不足以御劉備，重任之，則恐不能制；輕任之，則備不為用。雖虛國遠征，公無憂也。"操曰："奉孝之言極是。"遂率大小三軍，車數千輛，望前進發。但見黃沙漠漠，狂風四起；道路崎嶇，人馬難行。操有回軍之心，問於郭嘉。嘉此時不伏水土，臥病車中。操泣曰："因我欲平沙漠，使公遠涉艱辛，以至染病，吾心何安？"嘉曰："某感丞相大恩，雖死不能報萬一。"操曰："吾見北地崎嶇，意欲回軍，若何？"嘉曰："兵貴神速。今千里襲人，輜重多而難以趨利，不如輕兵兼道以出，掩其不備。但須得識徑路者為引導耳。"

遂留郭嘉於易州養病，求鄉導官以引路。人薦袁紹舊將田疇深知此境，操召而問之。疇曰："此道秋夏間有水，淺不通車馬，深不載舟楫，最難行動。不如回軍，從盧龍口越白檀之險，出空虛之地，前近柳城，掩其不備，蹋頓可一戰而擒也。"操從其言，封田疇為靖北將軍，作鄉導官，為前驅。張遼為次。操自押後，倍道輕騎而進。田疇引張遼前至白狼山，正遇袁熙、袁尚會合蹋頓等數萬騎前來。張遼飛報曹操。操自勒馬登高望之，見蹋頓兵無隊伍，參差不整。操謂張遼曰："敵兵不整，便可擊之。"乃以麾授遼。遼引許褚、于禁、徐晃分四路下山，奮力急攻。蹋頓大亂。遼拍馬斬蹋頓於馬下，餘眾皆降。袁熙、袁尚引數千騎投遼東去了。

操收軍入柳城，封田疇為柳亭侯，以守柳城。疇涕泣曰："某負義逃竄之人耳，蒙厚恩全活，為幸多矣；豈可賣盧龍之寨，以邀賞祿哉！死不敢受侯爵。"操義之，乃拜疇為議郎。操撫慰單于人等，收得駿馬萬匹，即日回兵。時天氣寒且旱，二百里無水，軍又乏糧，殺馬為食；鑿地三四十丈，方得水。操回至易州，重賞先曾諫者；因謂眾將曰："孤前者乘危遠征，僥倖成功。雖得勝，天所佑也，不可以為法。諸君之諫，乃萬安之計，是以相賞。後勿難言。"操到易州時，郭嘉已死數日，停柩在公廨。操往祭之，大哭曰："奉孝死，乃天喪吾也！"回顧眾官曰："諸君年齒，皆孤等輩，惟奉孝最少。吾欲託以後事，不期中年夭折，使吾心腸崩裂矣！"嘉之左右，將嘉臨死封之書呈上曰："郭公臨死，親筆書此，囑曰：'丞相若從書中所言，遼東事定矣。'"操拆書視之，點頭嗟歎。諸人皆不知其意。次日，夏侯惇引眾人稟曰："遼東太守公孫康，久不賓服。今袁熙、袁尚又往投之，必為後患。不如乘其未動，速往征之，遼東可得也。"操笑曰："不煩諸公虎威，數日之後，公孫康自送二袁之首至矣。"諸將皆不肯信。

卻說袁熙、袁尚引數千騎奔遼東。遼東太守公孫康，本襄平人，武威將軍公孫度之子也。當日知袁熙、袁尚來投，遂聚本部屬官商議此事。公孫恭曰："袁紹存日，常有吞遼東之心；今袁熙、袁尚兵敗將亡，無處依棲，來此相投，是鳩奪鵲巢之意也。若容納之，後必相圖。不如賺入城中殺之，獻頭與曹公，曹公必重待我。"康曰："只怕曹操引兵下遼東，又不如納二袁使為我助。"恭曰："可使人探聽。如曹兵來攻，則留二袁；如其不動，則殺二袁，送與曹公。"康從之，使人去探消息。

卻說袁熙、袁尚至遼東，二人密議曰："遼東軍兵數萬，足可與曹操爭衡。今暫投之，後當殺公孫康而奪其地，養成氣力而抗中原，可復河北也。"商議已定，乃入見公孫康。康留於館驛，只推有病，不即相見。不一日，細作回報："曹操兵屯易州，並無下遼東之意。"公孫康大喜，乃先伏刀斧手於壁衣中，使二袁入。相見禮畢，命坐。時天氣嚴寒，尚見牀榻上無裀褥，謂康曰："願鋪坐席。"康瞋目言曰："汝二人之頭，將行萬里！何席之有？"尚大驚。康叱曰："左右何不下手！"刀斧手擁出，就坐席上砍下二人之頭，用木匣盛貯，使人送到易州，來見曹操。時操在易州，按兵不動。夏侯惇、張遼入稟曰："如不下遼東，可回許都——恐劉表生心。"操曰："待二袁首級至，即便回兵。"眾皆暗笑。忽報遼東公孫康遣人送袁熙、袁尚首級至，眾皆大驚。使者呈上書信。操大笑曰："不出奉孝之料！"重賞來使，封公孫康為襄平侯左將軍。眾官問曰："何為不出奉孝之所料？"操遂出郭嘉書以示之。書略曰：

> 今聞袁熙、袁尚往投遼東，明公切不可加兵。公孫康久畏袁氏吞併，二袁往投必疑。若以兵擊之，必併力迎敵，急不可下；若緩之，公孫康、袁氏必自相圖，其勢然也。

眾皆踴躍稱善。操引眾官復設祭於郭嘉靈前，亡年三十八歲。從征十有一年，多立奇勳。後人有詩讚曰：

> 天生郭奉孝，豪傑冠羣英；
> 腹內藏經史，胸中隱甲兵。
> 運謀如范蠡，決策似陳平。
> 可惜身先喪，中原梁棟傾。

操領兵還冀州，使人先扶郭嘉靈柩於許都安葬。

程昱等請曰："北方既定，今還許都，可早建下江南之策。"操笑曰："吾有此志久矣。諸君所言，正合吾意。"是夜宿於冀州城東角樓上，憑欄仰觀天文。時荀攸在側。操指曰："南方旺氣燦然，恐未可圖也。"攸曰："以丞相天威，何所不服？"正看間，忽見一道金光，從地而起。攸曰："此必有寶於地下。"操下樓令人隨光掘之。正是：星文方向南中指，金寶旋從北地生。不知所得何物，且聽下文分解。

---

註　釋

1　辟命：徵召，任命。

# 第三十四回

# 蔡夫人隔屏聽密語
# 劉皇叔躍馬過檀溪

　　卻說曹操於金光處，掘出一銅雀，問荀攸曰：“此何兆也？”攸曰：“昔舜母夢玉雀入懷而生舜。今得銅雀，亦吉祥之兆也。”操大喜，遂命作高臺以慶之。乃即日破土斷木，燒瓦磨磚，築銅雀臺於漳河上之上。約計一年而工畢。少子曹植進曰：“若建層臺，必立三座：中間高者，名為銅雀；左邊一座，名為玉龍；右邊一座，名為金鳳。更作兩條飛橋，橫空而上，乃為壯觀。”操曰：“吾兒所言甚善。他日臺成，足可娛吾老矣！”原來曹操有五子，惟植性敏慧，善文章，曹操平日最愛之。於是留曹植與曹丕在鄴郡造臺，使張燕守北寨。操將所得袁紹之兵，共五六十萬，班師回許都，大封功臣；又表贈郭嘉為貞侯，養其子奕於府中。復聚眾謀士商議，欲南征劉表。荀彧曰：“大軍方北征而回，未可復動。且待半年，養精蓄銳，劉表、孫權，可一鼓而下也。”操從之，遂分兵屯田，以候調用。

　　卻說玄德自到荊州，劉表待之甚厚。一日，正相聚飲酒，忽報降將張武、陳孫在江夏擄掠人民，共謀造反。表驚曰：「二賊又反，為禍不小！」玄德曰：「不須兄長憂慮，備請往討之。」表大喜，即點三萬軍，與玄德前去。玄德領命即行，不一日，來到江夏。張武、陳孫引兵來迎。玄德與關、張、趙雲出馬在門旗下。望見張武所騎之馬，極其雄駿。玄德曰：「此必千里馬也。」言未畢，趙雲挺槍而出，逕衝彼陣。張武縱馬來迎，不三合，被趙雲一槍刺落馬下，隨手扯住轡頭，牽馬回陣。陳孫見了，隨趕來奪。張飛大喝一聲，挺矛直出，將陳孫刺死。眾皆潰散。玄德招安餘黨，平復江夏諸縣，班師而回。表出郭迎接入城，設宴慶功。酒至半酣，表曰：「吾弟如此雄才，荊州有倚賴也。但憂南越不時來寇；張魯、孫權皆足為慮。」玄德曰：「弟有三將，足可委用：使張飛巡南越之境；雲長拒固子城，以鎮張魯；趙雲拒三江，以當孫權。何足慮哉？」表喜，欲從其言。蔡瑁告其姊蔡夫人曰：「劉備遣三將居外，而自居荊州，久必為患。」蔡夫人乃夜對劉表曰：「我聞荊州人多與劉備往來，不可不防之。今容其居住城中，無益，不若遣使他往。」表曰：「玄德仁人也。」蔡氏曰：「只恐他人不似汝心。」表沈吟不答。

次日出城，見玄德所乘之馬極駿，問之，知是張武之馬，表讚不已。玄德遂將此馬送與劉表。表大喜，騎回城中。蒯越見而問之。表曰：「此玄德所送也。」越曰：「昔先兄蒯良，最善相馬；越亦頗曉。此馬眼下有淚槽，額邊生白點，名為的盧，騎則妨主。張武為此馬而亡。主公不可乘之。」表聽其言。次日請玄德飲宴，因言曰：「昨承惠良馬，深感厚意。但賢弟不時征進，可以用之。敬當送還。」玄德起謝。表又曰：「賢弟久居此間，恐廢武事。襄陽屬邑新野縣，頗有錢糧。弟可引本部軍馬於本縣屯紮，何如？」玄德領諾。次日，謝別劉表，引本部軍馬逕往新野。方出城門，只見一人在馬前長揖曰：「公所騎馬，不可乘也。”玄德視之，乃荊州幕賓伊籍，字機伯，山陽人也。玄德忙下馬問之。籍曰：“昨聞蒯異度對劉荊州云：‘此馬名的盧，乘則妨主。’因此還公，公豈可復乘之？”玄德曰：“深感先生見愛。但凡人死生有命，豈馬所能妨哉！”籍深服其高見，自此常與玄德往來。

　　玄德自到新野，軍民皆喜，政治一新。建安十二年春，甘夫人生劉禪。是夜有白鶴一隻，飛來縣衙屋上，高鳴四十餘聲，望西飛去。臨分娩時，異香滿室。甘夫人嘗夜夢仰吞北斗，因而懷孕，故乳名阿斗。此時曹操正統兵北征。玄德乃往荊州，說劉表曰：“今曹操北征，許昌空虛，若以荊襄之眾，乘間襲之，大事可就也。”表曰：“吾坐據九郡足矣，豈可別圖？”玄德默然。表邀入後堂飲酒。酒至半酣，表忽然長歎。玄德曰：“兄長何故長歎？”表曰：“吾有心事，未易明言。”玄德再欲問時，蔡夫人出立屏後。劉表乃垂頭不語。須臾席散，玄德自歸新野。

　　至是年冬，聞曹操自柳城回，玄德甚歎表之不用其言。忽一日，劉表遣使至，請玄德赴荊州相會。玄德隨使而往。劉表接着，敍禮畢，請入後堂飲宴；因謂玄德曰：“近聞曹操提兵回許都，勢日強盛，必有吞併荊襄之心，昔日悔不聽賢弟之言，失此好機會！”玄德曰：“今天下分裂，干戈日起，機會豈有盡乎？若能應之於後，未足為恨也。”表曰：“吾弟之言甚當。”相與對飲。酒酣，表忽潸然下淚。玄德問其故。表曰：“吾有心事，前者欲訴與賢弟，未得其便。”玄德曰：“兄長有何難決之事？倘有用弟之處，弟雖死不辭。”表曰：“前妻陳氏所生長子琦，為人雖賢，而柔懦不足立大事；後妻蔡氏所生少子琮，頗聰明。吾欲廢長立幼，恐礙於禮法；欲立長子，爭奈蔡氏族中，皆掌軍務，後必生亂，因此委決不下。”玄德曰：“自古廢長立幼，取亂之道。若憂蔡氏權重，可徐徐削之，不可溺愛而立少子也。”表默然。

原來蔡夫人素疑玄德，凡遇玄德與表敘論，必來竊聽。是時正在屏風後，聞玄德此言，心甚恨之。玄德自知語失，遂起身如廁。因見己身髀肉復生，亦不覺潸然流淚。少頃復入席。表見玄德有淚容，怪問之。玄德長歎曰：“備往常身不離鞍，髀肉皆散；今久不騎，髀裏肉生。日月蹉跎，老將至矣，而功業不建，是以悲耳！”表曰：“吾聞賢弟在許昌，與曹操青梅煮酒，共論英雄；賢弟盡舉當世名士，操皆不許，而獨曰：‘天下英雄，惟使君與操耳。’以曹操之權力，猶不敢居吾弟之先，何慮功業不建乎？”玄德乘着酒興，失口答曰：“備若有基本，天下碌碌之輩，誠不足慮也。”表聞言默然。玄德自知失語，託醉而起，歸館舍安歇，後人有詩讚玄德曰：

　　　　曹公屈指從頭數：“天下英雄獨使君。”
　　　　髀肉復生猶感歎，爭教寰宇不三分？

　　卻説劉表聞玄德語，口雖不言，心懷不足，別了玄德，退入內宅。蔡夫人曰：“適間我於屏後聽得劉備之言，甚輕覷人，足見其有吞併荊州之意。今若不除，必為後患。”表不答，但搖頭而已。蔡氏乃密召蔡瑁入，商議此事。瑁曰：“請先就館舍殺之，然後告知主公。”蔡氏然其言。瑁出，便連夜點軍。

　　卻説玄德在館舍中秉燭而坐，三更以後，方欲就寢，忽一人叩門而入，視之乃伊籍也。原來伊籍探知蔡瑁欲害玄德，特奮夜來報。當下伊籍將蔡瑁之謀，報知玄德，催促玄德速速起身。玄德曰：“未辭景升，如何便去？”籍曰：“公若辭，必遭蔡瑁之害矣。”玄德乃謝別伊籍，急喚從者，一齊上馬。不待天明，星夜奔回新野。比及蔡瑁領軍到館舍時，玄德已去遠矣。瑁悔恨無及，乃寫詩一首於壁間，逕入見表曰：“劉備有反叛之意，題反詩於壁上，不辭而去矣。”表不信，親詣館舍觀之，果有詩四句。詩曰：

> 數年徒守困，空對舊山川。
> 龍豈池中物，乘雷欲上天！

劉表見詩大怒，拔劍言曰："誓殺此無義之徒！"行數步，猛省曰："吾與玄德相處許多時，不曾見他作詩，此必外人離間之計也。"遂回步入館舍，用劍尖削去此詩，棄劍上馬。蔡瑁請曰："軍士已點齊，可就往新野擒劉備。"表曰："未可造次，容徐圖之。"蔡瑁見表持疑不決，乃暗與蔡夫人商議：即日大會眾官於襄陽，就彼處謀之。次日，瑁稟表曰："近年豐熟，合聚眾官於襄陽，以示撫慰之意。請主公一行。"表曰："吾近日氣疾作，實不能行。可令二子為主待客。"瑁曰："公子年幼，恐失於禮節。"表曰："可往新野請玄德待客。"瑁暗喜正中其計，便差人請玄德赴襄陽。

卻說玄德奔回新野，自知失言取禍，未對眾人言之。忽使者至，請赴襄陽。孫乾曰："昨見主公匆匆而回，意甚不樂。愚意度之，在荊州必有事故。今忽請赴會，不可輕往。"玄德方將前項事訴與諸人。雲長曰："兄自疑心語失。劉荊州並無嗔責之意。外人之言，未可輕信。襄陽離此不遠，若不去，則荊州反生疑矣。"玄德曰："雲長之言是也。"張飛曰："'筵無好筵，會無好會'，不如休去。"趙雲曰："某將馬步軍三百人同往，可保主公無事。"玄德曰："如此甚好。"

遂與趙雲即日赴襄陽。蔡瑁出郭迎接，意甚謙謹。隨後劉琦、劉琮二子，引一班文武官僚出迎。玄德見二公子俱在，並不疑忌。是日請玄德於館舍暫歇。趙雲引三百軍圍遶保護。雲披甲挂劍，行坐不離左右。劉琦告玄德曰："父親氣疾作，不能行動，特請叔父待客，撫勸各處守牧之官。"玄德曰:"吾本不敢當此;既有兄命,不敢不從。"次日,人報九郡四十二州官員,俱已到齊。蔡瑁預請蒯越計議曰:"劉備世之梟雄,久留於此,後必為害,可就今日除之。"越曰:"恐失士民之望。"瑁曰:"吾已密領劉荊州言語在此。"越曰:"既如此,可預作準備。"瑁曰:"東門峴山大路,已使吾弟蔡和引軍守把;南門外已使蔡中守把;北門外已使蔡勳守把。止有西門不必守把——前有檀溪阻隔,雖數萬之眾,不易過也。"越曰:"吾見趙雲行坐不離玄德,恐難下手。"瑁曰:"吾伏五百軍在城內準備。"越曰:"可使文聘、王威二人另設一席於外廳,以待武將。先請住趙雲,然後可行事。"瑁從其言。當日殺牛宰馬,大張筵席。玄德乘的盧馬至州衙,命牽入後園拴繫。眾官皆至堂中。玄德主席,二公子兩邊分坐,其餘各依次而坐。趙雲帶劍立於玄德之側。文聘、王威入請趙雲赴席。雲推辭不去。玄德令雲就席,雲勉強應命而出。蔡瑁在外收拾得鐵桶相似,將玄德帶來三百軍,都遣歸館舍,只待半酣,號起下手。酒至三巡,伊籍起把盞,至玄德前,以目視玄德,低聲謂曰:"請更衣。"玄德會意,即起如廁。伊籍把盞畢,疾入後園,接着玄德,附耳報曰:"蔡瑁設計害君,城外東、南、北三處,皆有軍馬守把。惟西門可走,公宜急逃!"玄德大驚,急解的盧馬,開後園門牽出,飛身上馬,不顧從者,匹馬望西門而走。門吏問之,玄德不答,加鞭而出。門吏當之不住,飛報蔡瑁。瑁即上馬,引五百軍隨後追趕。

　　卻說玄德撞出西門,行無數里,前有大溪,攔住去路。那檀溪闊數丈,水通湘江,其波甚緊。玄德到溪邊,見不可渡,勒馬再回,遙望城西塵頭大起,追兵將至。玄德曰:"今番死矣!"遂回馬到溪邊。回頭看時,追兵已近。玄德着慌,縱馬下溪。行不數步,馬前蹄忽陷,浸濕衣袍。玄德乃加鞭大呼曰:"的盧!的盧!今日妨吾!"言畢,那馬忽從水中湧身而起，一躍三丈，飛上西岸。玄德如從雲霧中起。後來蘇學士有古風一篇，單詠躍馬檀溪事。詩曰：

老去花殘春日暮，宦遊偶至檀溪路；
停驂遙望獨徘徊，眼前零落飄紅絮。
暗想咸陽火德衰，龍爭虎鬥交相持；
襄陽會上王孫飲，坐中玄德身將危；
逃生獨出西門道，背後追兵復將到；
一川烟水漲檀溪，急叱征騎往前跳；
馬蹄踏碎青玻璃，天風響處金鞭揮；
耳畔但聞千騎走，波中忽見雙龍飛；
西川獨霸真英主，坐下龍駒兩相遇。
檀溪溪水自東流，龍駒英主今何處？
臨流三歎心欲酸，斜陽寂寂照空山；
三分鼎足渾如夢，蹤跡空留在世間。

玄德躍過溪西，顧望東岸。蔡瑁已引軍趕到溪邊，大叫：“使君何故逃席而去？”玄德曰：“吾與汝無讎，何故欲相害？”瑁曰：“吾並無此心，使君休聽人言。”玄德見瑁手將拈弓取箭，乃急撥馬望西南而去。瑁謂左右曰：“是何神助也？”方欲收軍回城，只見西門內趙雲引三百軍趕來。正是：躍去龍駒能救主，追來虎將欲誅讎。未知蔡瑁性命如何，且聽下文分解。

# 第三十五回

## 玄德南漳逢隱淪
## 單福新野遇英主

卻說蔡瑁方欲回城，趙雲引軍趕出城來。原來趙雲正飲酒間，忽見人馬動，急入內觀之，席上不見了玄德。雲大驚，出投館舍，聽得人說：「蔡瑁引軍望西趕去了。」雲火急綽槍上馬，引着原帶來三百軍，奔出西門，正迎着蔡瑁，急問曰：「吾主何在？」瑁曰：「使君逃席而去，不知何往。」趙雲是謹細之人，不肯造次，即策馬前行；遙望大溪，別無去路，乃復回馬，喝問蔡瑁曰：「汝請吾主赴宴，何故引着軍馬追來？」瑁曰：「九郡四十二州縣官僚俱在此，吾為上將，豈可不防護？」雲曰：「汝逼吾主何處去了？」瑁曰：「聞使君匹馬出西門，到此卻又不見。雲驚疑不定。直來溪邊看時，只見隔岸一帶水跡。雲暗忖曰：「難道連馬跳過了溪去？……」令三百軍四散觀望，並不見蹤跡。雲再回馬時，蔡瑁已入城去了。雲乃擎守門軍士追問，皆說：「劉使君飛馬出西門而去。」雲再欲入城，又恐有埋伏，遂急引軍歸新野。

卻說玄德躍馬過溪，似醉如癡；想："此闊澗一躍而過，豈非天意！"迤邐望南漳策馬而行，日將沉西。正行之間，見一牧童跨於牛背上，口吹短笛而來。玄德歎曰："吾不如也！"遂立馬觀之。牧童亦停牛罷笛，熟視玄德曰："將軍莫非破黃巾劉玄德否？"玄德驚問曰："汝乃村僻小童，何以知吾姓字？"牧童曰："我本不知；因常侍師父，有客到日，多曾說有一劉玄德，身長七尺五寸，垂手過膝，目能自顧其耳，乃當世之英雄。今觀將軍如此模樣，想必是也。"玄德曰："汝師何人也？"牧童曰："吾師覆姓司馬，名徽，字德操，潁川人也。道號'水鏡先生'。"玄德曰："汝師與誰為友？"小童曰："與襄陽龐德公、龐統為友。"玄德曰："龐德公乃龐統何人？"童子曰："叔姪也。龐德公字山民，長俺師父十歲；龐統字士元，小俺師父五歲。一日，我師父在樹上採桑，適龐統來相訪，坐於樹下，共相議論，終日不倦。吾師甚愛龐統，呼之為弟。"玄德曰："汝師今居何處？"牧童遙指曰："前面林中，便是莊院。"玄德曰："吾正是劉玄德，汝可引我去拜見你師父。"

童子便引玄德。行二里餘，到莊前下馬，入至中門，忽聞琴聲甚美。玄德教童子且休通報，側耳聽之，琴聲忽住而不彈。一人笑而出曰："琴韻清幽，音中忽起高抗之調，必有英雄竊聽。"童子指謂玄德曰："此即吾師水鏡先生也。"玄德視其人，松形鶴骨，器宇不凡。慌忙進前施禮，衣襟尚濕。水鏡曰："公今日幸免大難！"玄德驚訝不已。小童曰："此劉玄德也。"水鏡請入草堂，分賓主坐定。玄德見架上滿堆書卷，窗外盛栽松竹，橫琴於石牀之上，清氣飄然。水鏡問曰："明公何來？"玄德曰："偶爾經由此地，因小童相指，得拜尊顏，不勝欣幸。"水鏡笑曰："公不必隱諱，公今必逃難至此。"玄德遂以襄陽一事告之。水鏡曰："吾觀公氣色，已知之矣。"因問玄德曰："吾久聞明公大名，何故至今猶落魄不偶[1]耶？”玄德曰：“命途多蹇，所以至此。”水鏡曰：“不然。蓋因將軍左右不得其人耳。”玄德曰：“備雖不才，文有孫乾、糜竺、簡雍之輩，武有關、張、趙雲之流，竭忠輔相，頗賴其力。”水鏡曰：“關、張、趙雲，皆萬人敵，惜無善用之人。若孫乾、糜竺輩，乃白面書生，非經綸濟世之才也。”玄德曰：“備亦嘗側身以求山谷之遺賢，奈未遇其人何！”水鏡曰：“豈不聞孔子云：‘十室之邑，必有忠信。’何謂無人？”玄德曰：“備愚昧不識，願賜指教。”水鏡曰：“公聞荊襄諸郡小兒之謠言乎？其謠曰：‘八九年間始欲衰，至十三年無孑遺。到頭天命有所歸，泥中蟠龍向天飛。’此謠始於建安初：建安八年，劉景升喪卻前妻，便生家亂，此所謂‘始欲衰’也；‘無孑遺’者，不久則景升將逝，文武零落無孑遺矣；‘天命有歸’、‘龍向天飛’，蓋應在將軍也。”玄德聞言驚謝曰：“備安敢當此！”水鏡曰：“今天下之奇才，盡在於此，公當往求之。”玄德急問曰：“奇才安在？果係何人？”水鏡曰：“伏龍、鳳雛，兩人得一，可安天下。”玄德曰：“伏龍、鳳雛，何人也？”水鏡撫掌大笑曰：“好！好！”玄德再問時，水鏡曰：“天色已晚，將軍可於此暫宿一宵，明日當言之。”即命小童具飲饌相待，馬牽入後院餵養。

　　玄德飲膳畢，即宿於草堂之側。玄德因思水鏡之言，寢不成寐。約至更深，忽聽一人叩門而入，水鏡曰：“元直何來？”玄德起牀密聽之，聞其人答曰：“久聞劉景升善善惡惡[2]，特往謁之。及至相見，徒有虛名，蓋善善而不能用，惡惡而不能去者也。故遺書別之，而來至此。”水鏡曰：“公懷王佐之才，宜擇人而事，奈何輕身往見景升乎？且英雄豪傑，只在眼前，公自不識耳。”其人曰：“先生之言是也。”玄德聞之大喜，暗忖此人必是伏龍、鳳雛，即欲出見，又恐造次。

　　候至天曉，玄德求見水鏡，問曰：“昨夜來者是誰？”水鏡曰：

"此吾友也。"玄德求與相見。水鏡曰："此人欲往投明主,已到他處去了。"玄德請問其姓名。水鏡笑曰："好!好!"玄德再問："伏龍、鳳雛,果係何人?"水鏡亦只笑曰："好!好!"玄德拜請水鏡出山相助,同扶漢室。水鏡曰："山野閒散之人,不堪世用。自有勝吾十倍者來助公,公宜訪之。"正談論間,忽聞莊外人喊馬嘶,小童來報:"有一將軍,引數百人到莊來也。"玄德大驚,急出視之,乃趙雲也。玄德大喜。雲下馬入見曰："某夜來回縣,尋不見主公,連夜跟問到此。主公可作速回縣。只恐有人來縣中厮殺。"玄德辭了水鏡,與趙雲上馬,投新野來。行不數里,一彪人馬來到,視之,乃雲長、翼德也,相見大喜。玄德訴說躍馬檀溪之事,共相嗟訝。

到縣中,與孫乾等商議。乾曰："可先致書於景升,訴告此事。"玄德從其言,即令孫乾齎書至荊州。劉表喚入問曰："吾請玄德襄陽赴會,緣何逃席而去?"孫乾呈上書札,具言蔡瑁設謀相害,賴躍馬檀溪得脫。表大怒,急喚蔡瑁責罵曰："汝焉敢害吾弟!"命推出斬之。蔡夫人出,哭求免死,表怒猶未息。孫乾告曰："若殺蔡瑁,恐皇叔不能安居於此矣。"表乃責而釋之,使長子劉琦同孫乾至玄德處請罪。琦奉命赴新野,玄德接着,設宴相待。酒酣,琦忽然墮淚。玄德問其故。琦曰："繼母蔡氏,常懷謀害之心;姪無計免禍,幸叔父指教。"玄德勸以"小心盡孝,自然無禍"。次日,琦泣別。玄德乘馬送琦出郭,因指馬謂琦曰："若非此馬,吾已為泉下之人矣。"琦曰:"此非馬之力,乃叔父之洪福也。"說罷,相別。劉琦涕泣而去。

玄德回馬入城,忽見市上一人,葛巾布袍,皂絛烏履,長歌而來。歌曰:

天地反覆兮,火欲殂[3];

大廈將崩兮，一木難扶。

山谷有賢兮，欲投明主；

明主求賢兮，卻不知吾。

　　玄德聞歌，暗思：「此人莫非水鏡所言伏龍、鳳雛乎？」遂下馬相見，邀入縣衙，問其姓名。答曰：「某乃潁上人也，姓單，名福。久聞使君納士招賢，欲來投託，未敢輒造，故行歌於市，以動尊聽耳。」玄德大喜，待為上賓。單福曰：「適使君所乘之馬，再乞一觀。」玄德命去鞍牽於堂下。單福曰：「此非的盧馬乎？雖是千里馬，卻要妨主，不可乘也。」玄德曰：「已應之矣。」遂具言躍檀溪之事。福曰：「此乃救主，非妨主也；終必妨一主。某有一法可禳。」玄德曰：「願聞禳法。」福曰：「公意中有讎怨之人，可將此馬賜之；待妨過了此人，然後乘之，自然無事。」玄德聞言變色曰：「公初至此，不教吾以正道，便教作利己妨人之事，備不敢聞教。」福笑謝曰：「向聞使君仁德，未敢便信，故以此言相試耳。」玄德亦改容起謝曰：「備安能有仁德及人，惟先生教之。」福曰：「吾自潁上來此，聞新野之人歌曰：『新野牧，劉皇叔，自到此，民豐足。』可見使君之仁德及人也。」玄德乃拜單福為軍師，調練本部人馬。

　　卻說曹操自冀州回許都，常有取荊州之意，特差曹仁、李典并降將呂曠、呂翔等領兵三萬，屯樊城，虎視荊襄，就探看虛實。時呂曠、呂翔稟曹仁曰：「今劉備屯兵新野，招軍買馬，積草儲糧，其志不小，不可不早圖之。吾二人自降丞相之後，未有寸功，願請精兵五千，取劉備之頭，以獻丞相。」曹仁大喜，與二呂兵五千，前往新野廝殺。探馬飛報玄德。玄德請單福商議。福曰：「既有敵兵，不可令其入境。

可使關公引一軍從左而出，以敵來軍中路；張飛引一軍從右而出，以敵來軍後路；公自引趙雲出兵前路相迎：敵可破矣。”玄德從其言，即差關、張二人去訖；然後與單福、趙雲等，共引二千人馬出關相迎。行不數里，只見山後塵頭大起，呂曠、呂翔引軍來到。兩邊各射住陣角。玄德出馬於旗門下，大呼曰：“來者何人？敢犯吾境！”呂曠出馬曰：“吾乃大將呂曠也。奉丞相命，特來擒汝！”玄德大怒，使趙雲出馬。二將交戰，不數合，趙雲一槍刺呂曠於馬下。玄德麾軍掩殺，呂翔抵敵不住，引軍便走。正行間，路傍一軍突出，為首大將，乃關雲長也；衝殺一陣。呂翔折兵大半，奪路走脫。行不到十里，又一軍攔住去路，為首大將，挺矛大叫：“張翼德在此！”直取呂翔，翔措手不及，被張飛一矛刺中，翻身落馬而死。餘眾四散奔走。玄德合軍追趕，大半多被擒獲。玄德班師回縣，重待單福，犒賞三軍。

卻說敗軍回見曹仁，報說：“二呂被殺，軍士多被活捉。”曹仁大驚，與李典商議。典曰：“二將欺敵而亡，今只宜按兵不動，申報丞相，起大兵來征剿，乃為上策。”仁曰：“不然。今二將陣亡，又折許多兵馬，此讎不可不急報。量新野彈丸之地，何勞丞相大軍？”典曰：“劉備人傑也，不可輕視。”仁曰：“公何怯也！”典曰：“兵法云：‘知彼知己，百戰百勝。’某非怯戰，但恐不能必勝耳。”仁怒曰：“公懷二心耶？吾必欲生擒劉備！”典曰：“將軍若去，某守樊城。”仁曰：“汝若不同去，真懷二心矣。”典不得已，只得與曹仁點起二萬五千軍馬，渡河投新野而來。正是：偏裨[4]既有輿尸[5]辱，主將重興雪恥兵。未知勝負何如，且聽下文分解。

1　不偶：命運不好。

2　善善惡惡：喜歡好人，憎惡壞人。

3　火欲殂：火，指漢朝。殂，滅亡。"火欲殂"即漢朝將亡。

4　偏裨：副將。

5　輿尸：戰敗而死，抬回屍體。

# 第三十六回

## 玄德用計襲樊城
## 元直走馬薦諸葛

卻說曹仁忿怒，遂大起本部之兵，星夜渡河，意欲踏平新野。

且說單福得勝回縣，謂玄德曰："曹仁屯兵樊城，今知二將被誅，必起大軍來戰。"玄德曰："當何以迎之？"福曰："彼若盡提兵而來，樊城空虛，可乘間奪之。"玄德問計。福附耳低言如此如此。玄德大喜，預先準備已定。忽報馬報說："曹仁引大軍渡河來了。"單福曰："果不出吾之料。"遂請玄德出軍迎敵。兩陣對圓，趙雲出馬喚彼將答話。曹仁命李典出陣，與趙雲交鋒。約戰十數合，李典料敵不過，撥馬回陣。雲縱馬追趕，兩翼軍射住，遂各罷兵歸寨。李典回見曹仁，言："彼軍精銳，不可輕敵，不如回樊城。"曹仁大怒曰："汝未出軍時，已慢吾軍心；今又賣陣，罪當斬首！"便喝刀斧手推出李典要斬。眾將苦告方免。乃調李典領後軍，仁自引兵為前部。次日鳴鼓進軍，布成一個陣勢，使人問玄德曰："識吾陣勢？"單福便上高處觀望畢，謂玄德曰："此'八門金鎖陣'也。八門者：休、生、傷、杜、景、死、驚、開。如從生門、景門、開門而入則吉；從傷門、驚門、休門而入則傷；從杜門、死門而入則亡。今八門雖布得整齊，只是中間通欠主持。如從東南角上生門擊入，往正西景門而出，其陣必亂。"玄德傳令，教軍士把住陣角，命趙雲引五百軍從東南而入，逕往西出。雲得令，挺槍躍馬，引兵逕投東南角上吶喊，殺入中軍。曹仁便投北走。雲不追趕，卻突出西門，又從西殺轉東南角上來。曹仁軍大亂。玄德麾軍衝擊，曹兵大敗而退。單福命休追趕，收軍自回。

卻說曹仁輸了一陣，方信李典之言；因復請典商議，言："劉備軍中必有能者。吾陣竟為所破。"李典曰："吾雖在此，甚憂樊城。"曹仁曰："今晚去劫寨。如得勝，再行計議；如不勝，便退軍回樊城。"李典曰："不可。劉備必有準備。"仁曰："若如此多疑，何以用兵？"遂不聽李典之言，自引軍為前隊，使李典為後應，當夜二更劫寨。

卻說單福正與玄德在寨中議事，忽信風驟起。福曰："今夜曹仁必來劫寨。"玄德曰："何以敵之？"福笑曰："吾已預算定了。"遂密密分撥已畢。至二更，曹仁兵將近寨，只見寨中四圍火起，燒着寨柵。曹仁知有準備，急令退軍。趙雲掩殺將來。仁不及收兵回寨，急望北河而走。將到河邊，纔欲尋船渡河，岸上一彪軍殺到：為首大將，乃張飛也。曹仁死戰，李典保護曹仁下船渡河。曹軍大半淹死水中。曹仁渡過河面，上岸奔至樊城，令人叫門。只見城上一聲鼓響，一將引軍而出，大喝曰："吾已取樊城多時矣！"眾驚視之，乃關雲長也。仁大驚，撥馬便走。雲長追殺過來。曹仁又折了好些軍馬，星夜投許昌。於路打聽，方知有單福為軍師，設謀定計。

不說曹仁敗回許昌。且說玄德大獲全勝，引軍入樊城，縣令劉泌出迎。玄德安民已定。那劉泌乃長沙人，亦漢室宗親，遂請玄德到家，設宴相待。只見一人侍立於側。玄德視其人器宇軒昂，因問泌曰：

"此何人？"泌曰："此吾之甥寇封，本羅侯寇氏之子也；因父母雙亡，故依於此。"玄德愛之，欲嗣為義子。劉泌欣然從之，遂使寇封拜玄德為父，改名劉封。玄德帶回，令拜雲長、翼德為叔。雲長曰："兄長既有子，何必用螟蛉[1]？後必生亂。"玄德曰："吾待之如子，彼必事吾如父，何亂之有？"雲長不悅。玄德與單福計議，令趙雲引一千軍守樊城。玄德領眾自回新野。

卻説曹仁與李典回許都，見曹操，泣拜於地請罪，具言損將折兵之事。操曰："勝負乃軍家之常。但不知誰為劉備畫策？"曹仁言是單福之計。操曰："單福何人也？"程昱笑曰："此非單福也。此人幼好學擊劍；中平末年，嘗為人報讎殺人，披髮塗面而走，為吏所獲；問其姓名不答，吏乃縛於車上，擊鼓行於市，令市人識之，雖有識者不敢言；而同伴竊解救之，乃更姓名而逃，折節[2]向學，遍訪名師，嘗與司馬徽談論。此人乃潁川徐庶，字元直。單福乃其託名耳。"操曰："徐庶之才，比君何如？"昱曰："十倍於昱。"操曰："惜乎賢士歸於劉備！羽翼成矣！奈何？"昱曰："徐庶雖在彼，丞相要用，召來不難。"操曰："安得彼來歸？"昱曰："徐庶為人至孝。幼喪其父，止有老母在堂。現今其弟徐康已亡，老母無人侍養。丞相可使人賺其母至許昌，令作書召其子，則徐庶必至矣。"

操大喜，使人星夜前去取徐庶母。不一日，取至。操厚待之，因謂之曰："聞令嗣徐元直，乃天下奇才也。今在新野，助逆臣劉備，背叛朝廷，正猶美玉落於汙泥之中，誠為可惜。今煩老母作書，喚回許都，吾於天子之前保奏，必有重賞。"遂命左右捧過文房四寶，令徐母作書。徐母曰："劉備何如人也？"操曰："沛郡小輩，妄稱'皇叔'，全無信義，所謂外君子而內小人者也。"徐母厲聲曰："汝何虛誑之甚也！吾久聞玄德乃中山靖王之後，孝景皇帝閣下玄孫，屈身下士，恭己待人，仁聲素著。世之黃童、白叟、牧子、樵夫皆知其名：真當世之英雄也。吾兒輔之，得其主矣。汝雖託名漢相，實為漢賊。乃反以玄德為逆臣，欲使吾兒背明投暗，豈不自恥乎！"言訖，取石硯便打曹操。操大怒，叱武士執徐母出，將斬之。程昱急止之。入諫操曰："徐母觸忤丞相者，欲求死也。丞相若殺之，則招不義之名，而成徐母之德。徐母既死，徐庶必死心助劉備以報讎矣；不如留之，使徐庶身心兩處，縱使助劉備，亦不盡力也。且留得徐母在，昱自有計賺徐庶至此，以輔丞相。"操然其言，遂不殺徐母，送於別室養之。程昱日往問候，詐言曾與徐庶結為兄弟，待徐母如親母；時常餽送物件，必具手啟。徐母因亦作手啟答之。程昱賺得徐母筆跡，乃做其字體，詐修家書一封，差一心腹人，持書逕奔新野縣，尋問"單福"行幕。軍士引見徐庶。庶知母有家書至，急喚入問之。來人曰："某乃館下走卒，奉老夫人言語，有書附達。"庶拆封視之。書曰：

> 近汝弟康喪，舉目無親。正悲悽間，不期曹丞相使人賺至許昌，言汝背反，下我於縲絏，賴程昱等救免。若得汝來降，能免我死。如書到日，可念劬勞之恩，星夜前來，以全孝道；然後徐圖歸耕故園，免遭大禍。吾今命若懸絲，專望救援！更不多囑。

徐庶覽畢，淚如泉湧，持書來見玄德曰："某本潁川徐庶，字元直；為因逃難，更名單福。前聞劉景升招賢納士，特往見之；及與論事，方知是無用之人；故作書別之，奔夜至司馬水鏡莊上，訴說其事。水鏡深責庶不識主，因說：'劉豫州在此，何不事之？'庶故作狂歌於市，以動使君；幸蒙不棄，即賜重用。爭奈老母今被曹操奸計，賺至許昌囚禁，將欲加害。老母手書來喚，庶不容不去。非不欲効犬馬之勞，以報使君；奈慈親被執，不得盡力。今當告歸，容圖後會。"玄德聞言大哭曰："子母乃天性之親，元直無以備為念。待與老夫人相見之後，或者再得奉教。"徐庶便拜謝欲行。玄德曰："乞再聚一宵，來日餞行。"孫乾密謂玄德曰："元直天下奇才，久在新野，盡知我軍中虛實。今若使歸曹操，必然重用，我其危矣。主公宜苦留之，切勿放去。操見元直不去，必斬其母。元直知母死，必為母報讎，力攻曹操也。"玄德曰："不可。使人殺其母，而吾用其子，不仁也；留之不使去，以絕其子母之道，不義也。吾寧死，不為不仁不義之事。"眾皆感歎。

　　玄德請徐庶飲酒，庶曰："今聞老母被囚，雖金波玉液不能下咽矣。"玄德曰："備聞公將去，如失左右手，雖龍肝鳳髓，亦不甘味。"二人相對而泣，坐以待旦。諸將已於郭外安排筵席餞行。玄德與徐庶並馬出城，至長亭，下馬相辭。玄德舉盃謂徐庶曰："備分淺緣薄，不能與先生相聚，望先生善事新主，以成功名。"庶泣曰："某才微智淺，深荷使君重用。今不幸半途而別，實為老母故也。縱使曹操相逼，庶亦終身不設一謀。"玄德曰："先生既去，劉備亦將遠遁山林矣。"庶曰："某所以與使君共圖王霸之業者，恃此方寸[3]耳；今以老母之故，方寸亂矣；縱使在此，無益於事。使君宜別求高賢輔佐，共圖大業，何便灰心如此？"玄德曰："天下高賢，無有出先生右者。"庶曰："某樗櫟庸材，何敢當此重譽。"臨別，又顧謂諸將曰："願諸公善事使君，以圖名垂竹帛，功標青史，切勿效庶之無始終也。"諸將無不傷感。玄德不忍相離，送了一程，又送一程。庶辭曰："不勞使君遠送，庶就此告別。"玄德就馬上執庶之手曰："先生此去，天各一方，未知相會卻在何日！"說罷，淚如雨下。庶亦涕泣而別。玄德立馬於林畔，看徐庶乘馬與從者匆匆而去。玄德哭曰：「元直去矣！吾將奈何？」凝淚而望，卻被一樹林隔斷。玄德以鞭指曰：「吾欲盡伐此處樹木。」眾問何故。玄德曰：「因阻吾望徐元直之目也。」

正望間，忽見徐庶拍馬而回。玄德曰：「元直復回，莫非無去意乎？」遂欣然拍馬向前迎問曰：「先生此回，必有主意。」庶勒馬謂玄德曰：「某因心緒如麻，忘卻一語：此間有一奇士，只在襄陽城外二十里隆中。使君何不求之？」玄德曰：「敢煩元直為備請來相見。」庶曰：「此人不可屈致，使君可親往求之。若得此人，無異周得呂望、漢得張良也。」玄德曰：「此人比先生才德何如？」庶曰：「以某比之，譬猶駑馬並麒麟、寒鴉配鸞鳳耳。此人每嘗自比管仲、樂毅；以吾觀之，管、樂殆不及此人。此人有經天緯地之才，蓋天下一人也。」玄德喜曰：「願聞此人姓名。」庶曰：「此人乃瑯琊陽都人，覆姓諸葛，名亮，字孔明。乃漢司隸校尉諸葛豐之後。其父名珪，字子貢，為泰山郡丞，早卒。亮從其叔玄。玄與荊州劉景升有舊，因往依之，遂家於襄陽。後玄卒，亮與弟諸葛均躬耕於南陽。嘗好為〈梁父吟〉。所居之地有一岡，名臥龍岡，因自號為‘臥龍先生’。此人乃絕代奇才，使君急宜枉駕見之。若此人肯相輔佐，何愁天下不定乎？」玄德曰：「昔水鏡先生曾為備言：‘伏龍、鳳雛，兩人得一，可安天下。’今所云莫非即伏龍、鳳雛乎？」庶曰：「鳳雛乃襄陽龐統也。伏龍正是諸葛孔明。」玄德踴躍曰：「今日方知伏龍、鳳雛之語。何期大賢只在目前。非先生言，備有眼如盲也！」後人有讚徐庶走馬薦諸葛詩曰：

> 痛恨高賢不再逢，臨岐泣別兩情濃。
> 片言卻似春雷震，能使南陽起臥龍。

徐庶薦了孔明，再別玄德，策馬而去。玄德聞徐庶之語，方悟司馬德操之言，似醉方醒，如夢初覺。引眾將回至新野，便具厚幣，同關、張前去南陽請孔明。

且説徐庶既別玄德，感其留戀之情，恐孔明不肯出山輔之，遂乘馬直至臥龍岡下，入草廬見孔明。孔明問其來意。庶曰：“庶本欲事劉豫州，奈老母為曹操所囚，馳書來召，只得捨之而往。臨行時，將公薦與玄德。玄德即日將來奉謁，望公勿推阻，即展平生之大才以輔之，幸甚！”孔明聞言作色曰：“君以我為享祭之犧牲乎？”説罷，拂袖而入。庶羞慚而退，上馬趲程，赴許昌見母。正是：囑友一言因愛主，赴家千里為思親。未知後事若何，下文便見。

## 註　釋

1　螟蛉：義子。蜾蠃常捕螟蛉餵牠的幼蟲，古人誤以為牠養螟蛉為子，所以把 “義子” 稱為螟蛉。

2　折節：改變平時的志向和行為。

3　方寸：心。

# 第三十七回

# 司馬徽再薦名士
# 劉玄德三顧草廬

卻說徐庶趲程赴許昌。曹操知徐庶已到，遂命荀彧、程昱等一班謀士往迎之。庶入相府拜見曹操。操曰：「公乃高明之士，何故屈身而事劉備乎？」庶曰：「某幼逃難，流落江湖，偶至新野，遂與玄德交厚。老母在此，幸蒙慈念，不勝愧感。」操曰：「公今至此，正可晨昏侍奉令堂，吾亦得聽清誨矣。」庶拜謝而出。急往見其母，泣拜於堂下。母大驚曰：「汝何故至此？」庶曰：「近於新野事劉豫州；因得母書，故星夜至此。」徐母勃然大怒，拍案罵曰：「辱子！飄蕩江湖數年，吾以為汝學業有進，何其反不如初也！汝既讀書，須知忠孝不能兩全。豈不識曹操欺君罔上之賊？劉玄德仁義布於四海，況又漢室之冑，汝既事之，得其主矣。今憑一紙偽書，更不詳察，遂棄明投暗，自取惡名，真愚夫也！吾有何面目與汝相見！汝玷辱祖宗，空生於天地間耳！」罵得徐庶拜伏於地，不敢仰視。母自轉入屏風後去了。少頃，家人出報曰：「老夫人縊於梁間。」徐庶慌入救時，母氣已絕。後人有〈徐母讚〉曰：

> 賢哉徐母，流芳千古：守節無虧，於家有補；
> 教子多方，處身自苦；氣若丘山，義出肺腑；
> 讚美“豫州”，毀觸魏武；不畏鼎鑊，不懼刀斧；
> 唯恐後嗣，玷辱先祖；伏劍同流，斷機堪伍；
> 生得其名，死得其所；賢哉徐母，流芳千古！

徐庶見母已死，哭絕於地，良久方甦。曹操使人齎禮弔問，又親往祭奠。徐庶葬母柩於許昌之南原，居喪守墓。凡曹操所賜，庶俱不受。

時操欲商議南征，荀彧諫曰：“天寒未可用兵；姑待春煖，方可長驅大進。”操從之，乃引漳河之水作一池，名玄武池，於內教練水軍，準備南征。

卻說玄德正安排禮物，欲往隆中謁諸葛亮，忽人報：“門外有一先生，峨冠博帶，道貌非常，特來相探。”玄德曰：“此莫非即孔明否？”遂整衣出迎。視之，乃司馬徽也。玄德大喜，請入後堂高坐，拜問曰：“備自別仙顏，日因軍務倥傯，有失拜訪。今得光降，大慰仰慕之私。”徽曰：“聞徐元直在此，特來一會。”玄德曰：“近因曹操囚其母，徐母遣人馳書喚回許昌去矣。”徽曰：“此中曹操之計矣！吾素聞徐母最賢，雖為操所囚，必不肯馳書召其子：此書必詐也。元直不去，其母尚存；今若去，母必死矣。”玄德驚問其故。徽曰：“徐母高義，必羞見其子也。”玄德曰：“元直臨行，薦南陽諸葛亮，其人若何？”徽笑曰：“元直欲去，自去便了，何又惹他出來嘔心血也？”玄德曰：“先生何出此言？”徽曰：“孔明與博陵崔州平、潁川石廣元、汝南孟公威與徐元直四人為密友。此四人務於精純，惟孔明獨觀其大略。嘗抱膝長吟，而指四人曰：‘公等仕進可至刺史、郡守。’眾問孔明之志若何，孔明但笑而不答。每常自比管仲、樂毅，其才不可量也。”玄德曰：“何潁川之多賢乎！”徽曰：“昔有殷馗善觀天文，嘗謂‘羣星聚於潁分，其地必多賢士。’”時雲長在側曰：“某聞管仲、樂毅，乃春秋、戰國名人，功蓋寰宇。孔明自比此二人，毋乃太過？”徽笑曰：“以吾觀之，不當比此二人；我欲另以二人比之。”雲長問：“那二人？”徽曰：“可比興周八百年之姜子牙、旺漢四百年之張子房也。”眾皆愕然。徽下階相辭欲行。玄德留之不住。徽出門仰天大笑曰：“臥龍雖得其主，不得其時，惜哉！”言罷，飄然而去。玄德歎曰：“真隱居賢士也！”

次日，玄德同關、張并從人等來隆中，遙望山畔數人，荷鋤耕於田間，而作歌曰：

蒼天如圓蓋，陸地似棋局。世人黑白分，往來爭榮辱。
榮者自安安，辱者定碌碌。南陽有隱居，高眠臥不足。

玄德聞歌，勒馬喚農夫問曰：“此歌何人所作？”答曰：“乃臥龍先生所作也。”玄德曰：“臥龍先生住何處？”農夫曰：“自此山之南，一帶高岡，乃臥龍岡也。岡前疎林內茅廬中，即諸葛先生高臥之地。”玄德謝之，策馬前行。不數里，遙望臥龍岡，果然清景異常。後人有古風一篇，單道臥龍居處。詩曰：

襄陽城西二十里，一帶高岡枕流水：
高岡屈曲壓雲根，流水潺湲飛石髓；
勢若困龍石上蟠，形如單鳳松陰裏。
柴門半掩閉茅廬，中有高人臥不起。

修竹交加列翠屏，四時籬落野花馨。

牀頭堆積皆黃卷，座上往來無白丁。

叩戶蒼猿時獻菓，守門老鶴夜聽經。

囊裏名琴藏古錦，壁間寶劍挂七星。

廬中先生獨幽雅，閒來親自勤畊稼。

專待春雷驚夢回，一聲長嘯安天下。

　　玄德來到莊前，下馬親叩柴門，一童出問。玄德曰：“漢左將軍、宜城亭侯、領豫州牧、皇叔劉備，特來拜見先生。”童子曰：“我記不得許多名字。”玄德曰：“你只說劉備來訪。”童子曰：“先生今早少出。”玄德曰：“何處去了？”童子曰：“蹤跡不定，不知何處去了。”玄德曰：“幾時歸？”童子曰：“歸期亦不定，或三五日，或十數日。”玄德惆悵不已。張飛曰：“既不見，自歸去罷了。”玄德曰：“且待片時。”雲長曰：“不如且歸，再使人來探聽。”玄德從其言，囑付童子：“如先生回，可言劉備拜訪。”

　　遂上馬，行數里，勒馬回觀隆中景物，果然山不高而秀雅，水不深而澄清；地不廣而平坦，林不大而茂盛；猿鶴相親，松篁交翠：觀之不已。忽見一人，容貌軒昂，丰姿俊爽，頭戴逍遙巾，身穿皂布袍，杖藜從山僻小路而來。玄德曰：“此必臥龍先生也！”急下馬向前施禮，問曰：“先生非臥龍否？”其人曰：“將軍是誰？”玄德曰：“劉備也。”其人曰：“吾非孔明，乃孔明之友：博陵崔州平也。”玄德曰：“久聞大名，幸得相遇。乞即席地權坐，請教一言。”二人對坐於林間石上，關、張侍立於側。州平曰：“將軍何故欲見孔明？”玄德曰：“方今天下大亂，四方雲擾，欲見孔明，求安邦定國之策耳。”州平笑曰：“公以定亂為主，雖是仁心，但自古以來，治亂無常。自高祖斬蛇起義，誅無道秦，是由亂而入治也；至哀、平之世二百年，太平日久，王莽篡逆，又由治而入亂；光武中興，重整基業，復由亂而入治；至今二百年，民安已久，故干戈又復四起：此正由治而入亂之時，未可猝定也。將軍欲使孔明斡旋天地，補綴乾坤，恐不易為，徒費心力耳。豈不聞‘順天者逸，逆天者勞’、‘數之所在，理不得而奪之；命之所在，人不得而強之’乎？”玄德曰：“先生所言，誠為高見。但備身為漢胄，合當匡扶漢室，何敢委之數與命？”州平曰：“山野之夫，不足與論天下事，適承明問，故妄言之。”玄德曰：“蒙先生見教，但不知孔明往何處去了？”州平曰：“吾亦欲訪之，正不知其何往。”玄德曰：“請先生同至敝縣，若何？”州平曰：“愚性頗樂閒散，無意功名久矣；容他日再見。”言訖，長揖而去。玄德與關、張上馬而行。張飛曰：“孔明又訪不着，卻遇此腐儒，閒談許久！”玄德曰：“此亦隱者之言也。”

三人回至新野，過了數日，玄德使人探聽孔明。回報曰：“臥龍先生已回矣。”玄德便教備馬。張飛曰：“量一村夫，何必哥哥自去，可使人喚來便了。”玄德叱曰：“汝豈不聞孟子云：‘欲見賢而不以其道，猶欲其入而閉之門也。’孔明當世大賢，豈可召乎！”遂上馬再往訪孔明。關、張亦乘馬相隨。時值隆冬，天氣嚴寒，彤雲密布。行無數里，忽然朔風凜凜，瑞雪霏霏；山如玉簇，林似銀妝。張飛曰：“天寒地凍，尚不用兵，豈宜遠見無益之人乎！不如回新野以避風雪。”玄德曰：“吾正欲使孔明知我慇懃之意。如弟輩怕冷，可先回去。”飛曰：“死且不怕，豈怕冷乎！但恐哥哥空勞神思。”玄德曰：“勿多言，只相隨同去。”將近茅廬，忽聞路旁酒店中有人作歌。玄德立馬聽之。其歌曰：

壯士功名尚未成，嗚呼久不遇陽春！君不見：東海老叟辭荊榛，後車遂與文王親；八百諸侯不期會，白魚入舟涉孟津；牧野一戰血流杵，鷹揚偉烈冠武臣。又不見：高陽酒徒起草中，長揖芒碭"隆準公"；高談王霸驚人耳，輒洗延坐欽英風；東下齊城七十二，天下無人能繼蹤。二人功蹟尚如此，至今誰肯論英雄？

歌罷，又有一人擊桌而歌。其歌曰：

吾皇提劍清寰海，創業垂基四百載。桓、靈季業火德衰，奸臣賊子調鼎鼐。青蛇飛下御座傍，又見妖虹降玉堂。羣盜四方如蟻聚，奸雄百輩皆鷹揚。吾儕長嘯空拍手，悶來村店飲村酒。獨善其身盡日安，何須千古名不朽！

二人歌罷，撫掌大笑。玄德曰："臥龍其在此間乎？"遂下馬入店。見二人憑桌對飲：上首者白面長鬚，下首者清奇古貌。玄德揖而問曰："二公誰是臥龍先生？"長鬚者曰："公何人？欲尋臥龍何幹？"玄德曰："某乃劉備也。欲訪先生，求濟世安民之術。"長鬚者曰："我等非臥龍，皆臥龍之友也：吾乃潁川石廣元，此位是汝南孟公威。"玄德喜曰："備久聞二公大名，幸得邂逅。今有隨行馬匹在此，敢請二公同往臥龍莊上一談。"廣元曰："吾等皆山野慵懶之徒，不省治國安民之事，不勞下問。明公請自上馬，尋訪臥龍。"

玄德乃辭二人，上馬投臥龍岡來；到莊前下馬，扣門問童子曰："先生今日在莊否？"童子曰："現在堂上讀書。"玄德大喜，遂跟童子而入。至中門，只見門上大書一聯云："淡泊以明志"，"寧靜而致遠"。玄德正看間，忽聞吟詠之聲，乃立於門側窺之，見草堂之上，一少年擁爐抱膝，歌曰：

> 鳳翱翔於千仞兮，非梧不棲；士伏處於一方兮，非主
> 不依。樂躬耕於隴畝兮，吾愛吾廬；聊寄傲於琴書兮，以待
> 天時。

玄德待其歌罷，上草堂施禮曰："備久慕先生，無緣拜會。昨因
徐元直稱薦，敬至仙莊，不遇空回。今特冒風雪而來，得瞻道貌，實
為萬幸！"那少年慌忙答禮曰："將軍莫非劉豫州，欲見家兄否？"玄
德驚訝曰："先生又非臥龍耶？"少年曰："某乃臥龍之弟諸葛均也。
愚兄弟三人：長兄諸葛瑾，現在江東孫仲謀處為幕賓。孔明乃二家
兄。"玄德曰："臥龍今在家否？"均曰："昨為崔州平相約，出外閒
遊去矣。"玄德曰："何處閒遊？"均曰："或駕小舟游於江湖之中；
或訪僧道於山嶺之上；或尋朋友於村落之間；或樂琴棋於洞府之內；
往來莫測，不知去所。"玄德曰："劉備直如此緣分淺薄，兩番不遇大
賢！"均曰："少坐獻茶。"張飛曰："那先生既不在，請哥哥上馬。"
玄德曰："我既到此間，如何無一語而回？"因問諸葛均曰："聞令兄
臥龍先生熟諳韜略，日看兵書，可得聞乎？"均曰："不知。"張飛曰：
"問他則甚！風雪甚緊，不如早歸。"玄德叱止之。均曰："家兄不在，
不敢久留車騎；容日卻來回禮。"玄德曰："豈敢望先生枉駕。數日
之後，備當再至。願借紙筆作一書，留達令兄，以表劉備慇懃之意。"
均遂進文房四寶。玄德呵開凍筆，拂展雲箋，寫書曰：

> 備久慕高名，兩次晉謁，不遇空回，惆悵何似！竊念
> 備漢朝苗裔，濫叨名爵，伏覩朝廷陵替[1]，綱紀崩摧，羣雄
> 亂國，惡黨欺君，備心膽俱裂。雖有匡濟之誠，實乏經綸之

策。仰望先生仁慈忠義，慨然展呂望之大才，施子房之鴻略，天下幸甚！社稷甚幸！先此布達，再容齋戒薰沐，特拜尊顏，面傾鄙悃。統希鑒原！

玄德寫罷，遞與諸葛均收了，拜辭出門。均送出，玄德再三慇懃致意而別。方上馬欲行，忽見童子招手籬外，叫曰：“老先生來也。”玄德視之，見小橋之西，一人煖帽遮頭，狐裘蔽體，騎着一驢，後隨一青衣小童，攜一葫蘆酒，踏雪而來；轉過小橋，口吟一首詩。詩曰：

　　一夜北風寒，萬里彤雲厚。長空雪亂飄，改盡江山舊。
仰面觀太虛，疑是玉龍鬥：紛紛鱗甲飛，頃刻遍宇宙。騎驢
過小橋，獨歎梅花瘦。

玄德聞歌曰：“此真臥龍矣！”滾鞍下馬，向前施禮曰：“先生冒寒不易！劉備等候久矣！”那人慌忙下驢答禮。諸葛均在後曰：“此非臥龍家兄，乃家兄岳父黃承彥也。”玄德曰：“適間所吟之句，極其高妙。”承彥曰：“老夫在小婿家觀〈梁父吟〉，記得這一篇，適過小橋，偶見籬落間梅花，故感而誦之。不期為尊客所聞。”玄德曰：“曾見令婿否？”承彥曰：“便是老夫也來看他。”玄德聞言，辭別承彥，上馬而歸。正值風雪又大，回望臥龍岡，悒怏不已。後人有詩單道玄德風雪訪孔明。詩曰：

　　一天風雪訪賢良，不遇空回意感傷。
凍合溪橋山石滑，寒侵鞍馬路途長。
當頭片片梨花落，撲面紛紛柳絮狂。
回首停鞭遙望處，爛銀堆滿臥龍岡。

玄德回新野之後，光陰荏苒，又早新春。乃令卜者揲蓍，選擇吉期，齋戒三日，薰沐更衣，再往臥龍岡謁孔明。關、張聞之不悅，遂一齊入諫玄德。正是：高賢未服英雄志，屈節偏生傑士疑。未知其言若何，下文便曉。

註　釋

1　陵替：衰敗。

# 第三十八回

## 定三分隆中決策
## 戰長江孫氏報讎

　　卻說玄德訪孔明兩次不遇，欲再往訪之。關公曰：“兄長兩次親往拜謁，其禮太過矣。想諸葛亮有虛名而無實學，故避而不敢見。兄何惑於斯人之甚也！”玄德曰：“不然。昔齊桓公欲見東郭野人，五反而方得一面。況吾欲見大賢耶？”張飛曰：“哥哥差矣。量此村夫，何足為大賢？今番不須哥哥去；他如不來，我只用一條麻繩縛將來！”玄德叱曰：“汝豈不聞周文王謁姜子牙之事乎？文王且如此敬賢，汝何太無禮！今番汝休去，我自與雲長去。”飛曰：“既兩位哥哥都去，小弟如何落後？”玄德曰：“汝若同往，不可失禮。”飛應諾。

　　於是三人乘馬引從者往隆中。離草廬半里之外，玄德便下馬步行，正遇諸葛均。玄德忙施禮，問曰：“令兄在莊否？”均曰：“昨暮方歸。將軍今日可與相見。”言罷，飄然自去。玄德曰：“今番僥倖得見先生矣！”張飛曰：“此人無禮！便引我等到莊也不妨，何故竟自去了！”玄德曰：“彼各有事，豈可相強。”三人來到莊前叩門，童子開門出問。玄德曰：“有勞仙童轉報：劉備專來拜見先生。”童子曰：“今日先生雖在家，但今在草堂上晝寢未醒。”玄德曰：“既如此，且休通報。”分付關、張二人，只在門首等着。玄德徐步而入，見先生仰臥於草堂几席之上。玄德拱立階下。半晌，先生未醒。關、張在外立久，不見動靜，入見玄德猶然侍立。張飛大怒，謂雲長曰：“這先生如何傲慢！見我哥哥侍立階下，他竟高臥，推睡不起！等我去屋後放一把火，看他起不起！”雲長再三勸住。玄德仍命二人出門外等候。望堂上時，見先生翻身將起，忽又朝裏壁睡着。童子欲報。玄德曰：“且勿驚動。”又立了一個時辰，孔明纔醒，口吟詩曰：

大夢誰先覺？平生我自知。草堂春睡足，窗外日遲遲。

孔明吟罷，翻身問童子曰：“有俗客來否？”童子曰：“劉皇叔在此，立候多時。”孔明乃起身曰：“何不早報！尚容更衣。”遂轉入後堂。又半晌，方整衣冠出迎。玄德見孔明身長八尺，面如冠玉，頭戴綸巾，身披鶴氅，飄飄然有神仙之概。玄德下拜曰：“漢室末冑、涿郡愚夫，久聞先生大名，如雷貫耳。昨兩次晉謁，不得一見，已書賤名於文几，未審得入覽否？”孔明曰：“南陽野人，疎懶性成，屢蒙將軍枉臨，不勝愧赧。”二人敘禮畢，分賓主而坐。童子獻茶。茶罷，孔明曰：“昨觀書意，足見將軍憂民憂國之心；但恨亮年幼才疎，有誤下問。”玄德曰：“司馬德操之言，徐元直之語，豈虛談哉？望先生不棄鄙賤，曲賜教誨。”孔明曰：“德操、元直，世之高士。亮乃一耕夫耳，安敢談天下事？二公謬舉矣。將軍奈何捨美玉而求頑石乎？”玄德曰：“大丈夫抱經世奇才，豈可空老於林泉之下？願先生以天下蒼生為念，開備愚魯而賜教。”孔明笑曰：“願聞將軍之志。”玄德屏人促席而告曰：“漢室傾頹，奸臣竊命，備不量力，欲伸大義於天下，而智術淺短，迄無所就。惟先生開其愚而拯其厄，實為萬幸！”孔明曰：“自董卓造逆以來，天下豪傑並起。曹操勢不及袁紹，而竟能克紹者，非惟天時，抑亦人謀也。今操已擁百萬之眾，挾天子以令諸侯，此誠不可與爭鋒。孫權據有江東，已歷三世，國險而民附，此可用為援而不可圖也。荊州北據漢、沔，利盡南海，東連吳會，西通巴、蜀，此用武之地，非其主不能守；是殆天所以資將軍，將軍豈有意乎？益州險塞，沃野千里，天府之國，高祖因之以成帝業；今劉璋闇弱，民殷國富，而不知存恤，智能之士，思得明君。將軍既帝室之胄，信義著於四海，總攬英雄，思賢如渴，若跨有荊、益，保其巖阻，西和諸戎，南撫彝、越，外結孫權，內修政理；待天下有變，則命一上將將荊州之兵以向宛、洛，將軍身率益州之眾以出秦川，百姓有不簞食壺漿以迎將軍者乎？誠如是，則大業可成，漢室可興矣。此亮所以為將軍謀者也。惟將軍圖之。”言罷，命童子取出畫一軸，挂於中堂，指謂玄德曰：“此西川五十四州之圖也。將軍欲成霸業，北讓曹操占天時，南讓孫權占地利，將軍可占人和。先取荊州為家，後即取西川建基業，以成鼎足之勢，然後可圖中原也。”玄德聞言，避席拱手謝曰：“先生之言，頓開茅塞，使備如撥雲霧而覩青天。但荊州劉表、益州劉璋，皆漢室宗親，備安忍奪之？”孔明曰：“亮夜觀天象，劉表不久人世；劉璋非立業之主，久後必歸將軍。”玄德聞言，頓首拜謝。只這一席話，乃孔明未出茅廬，已知三分天下，真萬古之人不及也！後人有詩讚曰：

> “豫州”當日歎孤窮，何幸南陽有臥龍！
> 欲識他年分鼎處，先生笑指畫圖中。

玄德拜請孔明曰：“備雖名微德薄，願先生不棄鄙賤，出山相助。

備當拱聽明誨。"孔明曰："亮久樂耕鋤，懶於應世，不能奉命。"玄德泣曰："先生不出，如蒼生何？"言畢，淚沾袍袖，衣襟盡濕。孔明見其意甚誠，乃曰："將軍既不相棄，願効犬馬之勞。"玄德大喜，遂命關、張入，拜獻金帛禮物。孔明固辭不受。玄德曰："此非聘大賢之禮，但表劉備寸心耳。"孔明方受。於是玄德等在莊中共宿一宵。次日，諸葛均回，孔明囑付曰："吾受劉皇叔三顧之恩，不容不出。汝可躬耕於此，勿得荒蕪田畝。待我功成之日，即當歸隱。"後人有詩歎曰：

> 身未升騰思退步，功成應憶去時言。
> 只因先主丁寧後，星落秋風五丈原。

又有古風一篇曰：

> 高皇手提三尺雪，芒碭白蛇夜流血；
> 平秦滅楚入咸陽，二百年前幾斷絕。
> 大哉光武興洛陽，傳至桓靈又崩裂；
> 獻帝遷都幸許昌，紛紛四海生豪傑；
> 曹操專權得天時，江東孫氏開鴻業；
> 孤窮玄德走天下，獨居新野愁民厄。
> 南陽臥龍有大志，腹內雄兵分正奇；
> 只因徐庶臨行語，茅廬三顧心相知；
> 先生爾時年三九，收拾琴書離隴畝；
> 先取荊州後取川，大展經綸補天手；
> 縱橫舌上鼓風雷，談笑胸中換星斗；
> 龍驤虎視安乾坤，萬古千秋名不朽！

玄德等三人別了諸葛均，與孔明同歸新野。玄德待孔明如師，食則同桌，寢則同榻，終日共論天下之事。孔明曰：“曹操於冀州作玄武池以練水軍，必有侵江南之意，可密令人過江探聽虛實。”玄德從之，使人往江東探聽。

卻說孫權自孫策死後，據住江東，承父兄基業，廣納賢士，開賓館於吳會，命顧雍、張紘延接四方賓客。連年以來，你我相薦。時有會稽闞澤，字德潤；彭城嚴畯，字曼才；沛縣薛綜，字敬文；汝南程秉，字德樞；吳郡朱桓，字休穆；陸績，字公紀；吳人張溫，字惠恕；鳥傷駱統，字公緒；烏程吾粲，字孔休：此數人皆至江東，孫權敬禮甚厚。又得良將數人，乃汝陽呂蒙，字子明；吳郡陸遜，字伯言；瑯琊徐盛，字文嚮；東郡潘璋，字文珪；廬江丁奉，字承淵。文武諸人，共相輔佐。由此江東稱得人之盛。建安七年，曹操破袁紹，遣使往江東，命孫權遣子入朝隨駕。權猶豫未決。吳太夫人命周瑜、張昭等面議。張昭曰：“操欲令我遣子入朝，是牽制諸侯之法也。然若不令去，恐其興兵下江東，勢必危矣。”周瑜曰：“將軍承父兄遺業，兼六郡之眾，兵精糧足，將士用命，有何逼迫而欲送質於人？質一入，不得不與曹氏連和；彼有命召，不得不往：如此，則見制於人也。不如勿遣，徐觀其變，別以良策禦之。”吳太夫人曰：“公瑾之言是也。”權遂從其言，謝使者，不遣子。自此曹操有下江南之意。但正值北方未寧，無暇南征。建安八年十一月，孫權引兵伐黃祖，戰於大江之中。祖軍敗績。權部將凌操，輕舟當先，殺入夏口，被黃祖部將甘寧一箭射死。凌操子凌統，時年方十五歲，奮力往奪父屍而歸。權見風色不利，收軍還東吳。

卻說孫權弟孫翊為丹陽太守。翊性剛好酒，醉後嘗鞭撻士卒。丹陽督將媯覽、郡丞戴員二人，常有殺翊之心，乃與翊從人邊洪結為心腹，共謀殺翊。時諸將縣令，皆集丹陽。翊設宴相待。翊妻徐氏美而慧，極善卜《易》；是日卜一卦，其象大凶，勸翊勿出會客。翊不從，遂與眾大會。至晚席散，邊洪帶刀跟出門外，即抽刀砍死孫翊。媯覽、戴員乃歸罪邊洪，斬之於市。二人乘勢擄翊家貲侍妾。媯覽見徐氏美貌，乃謂之曰：「吾為汝夫報讎，汝當從我；不從則死。」徐氏曰：「夫死未幾，不忍便相從；可待至晦日，設祭除服，然後成親未遲。」覽從之。徐氏乃密召孫翊心腹舊將孫高、傅嬰二人入府，泣告曰：「先夫在日，常言二公忠義。今媯、戴二賊，謀殺我夫，只歸罪邊洪，將我家貲童婢盡皆分去。媯覽又欲強占妾身，妾已詐許之，以安其心。二將軍可差人星夜報知吳侯，一面設密計以圖二賊，雪此讎辱，生死啣恩！」言畢再拜。孫高、傅嬰皆泣曰：「我等平日感府君恩遇，今日所以不即死難者，正欲為復讎計耳。夫人所命，敢不效力！」於是密遣心腹使者往報孫權。至晦日，徐氏先召孫、傅二人，伏於密室幃幕之中，然後設祭於堂上。祭畢，即除去孝服，沐浴薰香，濃妝豔裹，言笑自若。媯覽聞之甚喜。至夜，徐氏遣婢妾請覽入府。設席堂中飲酒。飲既醉，徐氏乃邀覽入密室。覽喜，乘醉而入。徐氏大呼曰：「孫、傅二將軍何在！」二人即從幃幕中持刀躍出。媯覽措手不及，被傅嬰一刀砍倒在地，孫高再復一刀，登時殺死。徐氏復傳請戴員赴宴。員入府來，至堂中，亦被孫、傅二將所殺。一面使人誅戮二賊家小，及其餘黨。徐氏遂重穿孝服，將媯覽、戴員首級，祭於孫翊靈前。不一日，孫權自領軍馬至丹陽，見徐氏已殺媯、戴二賊，乃封孫高、傅嬰為牙門將，令守丹陽，取徐氏歸家養老。江東人無不稱徐氏之德。後人有詩讚曰：

才節雙全世所無，姦回一旦受摧鋤。

庸臣從賊忠臣死，不及東吳女丈夫。

　　且說東吳各處山賊，盡皆平復。大江之中，有戰船七千餘隻。孫權拜周瑜為大都督，總統江東水陸軍馬。建安十二年，冬十月，權母吳太夫人病危，召周瑜、張昭二人至，謂曰：“我本吳人，幼亡父母，與弟吳景徙居越中。後嫁與孫氏，生四子。長子策生時，吾夢月入懷；後生次子權，又夢日入懷；卜者云：‘夢日月入懷者，其子大貴。’不幸策早喪。今將江東基業付權。望公等同心助之，吾死不朽矣！”又囑權曰：“汝事子布、公瑾以師傅之禮，不可怠慢。吾妹與我共嫁汝父，則亦汝之母也，吾死之後，事吾妹如事我。汝妹亦當恩養，擇佳壻以嫁之。”言訖遂終。孫權哀哭，具喪葬之禮，自不必說。

　　至來年春，孫權商議欲伐黃祖。張昭曰：“居喪未及期年，不可動兵。”周瑜曰：“報讎雪恨，何待期年？”權猶豫未決。適北平都尉呂蒙入見，告權曰：“某把龍湫水口，忽有黃祖部將甘寧來降。某細詢之：寧字興霸，巴郡臨江人也；頗通書史，有氣力，好游俠；嘗招合亡命，縱橫於江湖之中；腰懸銅鈴，人聽鈴聲，盡皆避之。又嘗以西川錦作帆幔，時人皆稱為‘錦帆賊’。後悔前非，改行從善，引眾投劉表。見表不能成事，即欲來投東吳，卻被黃祖留住在夏口。前東吳破祖時，祖得甘寧之力，救回夏口；乃待寧甚薄。都督蘇飛屢薦寧於祖。祖曰：‘寧乃劫江之賊，豈可重用？’寧因此懷恨。蘇飛知其意，乃置酒邀寧到家，謂之曰：‘吾薦公數次，奈主公不能用。日月逾邁，人生幾何；宜自遠圖。吾當保公為邾縣長，自作去就之計。’寧因此得過夏口，欲投江東，恐江東恨其救黃祖殺凌操之事。某具言主公求賢若渴，不記舊恨；況各為其主，又何恨焉？寧欣然引眾渡江，來見主公。乞鈞旨定奪。”孫權大喜曰：“吾得興霸，破黃祖必矣。”遂命呂蒙引甘寧入見。參拜已畢，權曰：「興霸來此，大獲我心，豈有記恨之理？請無懷疑。願教我以破黃祖之策。」寧曰：「今漢祚日危，曹操終必篡竊。南荊之地，操所必爭也。劉表無遠慮，其子又愚劣，不能承業傳基，明公宜早圖之；若遲，則操先圖之矣。今宜先取黃祖。祖今年老昏邁，務於貨利；侵求吏民，人心皆怨；戰具不修，軍無法律。明公若往攻之，其勢必破。既破祖軍，鼓行而西，據楚關而圖巴、蜀，霸業可定也。」孫權曰：「此金玉之論也！」

遂命周瑜為大都督，總水陸軍兵；呂蒙為前部先鋒；董襲與甘寧為副將；權自領大軍十萬，征討黃祖。細作探知，報至江夏。黃祖急聚眾商議，令蘇飛為大將，陳就、鄧龍為先鋒，盡起江夏之兵迎敵。陳就、鄧龍各引一隊艨艟截住沔口，艨艟上各設強弓硬弩千餘張，將大索繫定艨艟於水面上。東吳兵至，艨艟上鼓響，弓弩齊發，兵不敢進，約退數里水面。甘寧謂董襲曰：「事已至此，不得不進。」乃選小船百餘隻，每船用精兵五十人：二十人撐船，三十人各披衣甲，手執鋼刀，不避矢石，直至艨艟傍邊，砍斷大索，艨艟遂橫。甘寧飛上艨艟，將鄧龍砍死。陳就棄船而走。呂蒙見了，跳下小船，自舉櫓棹，直入船隊，放火燒船。陳就急待上岸，呂蒙捨命趕到跟前，當胸一刀砍翻。比及蘇飛引軍於岸上接應時，東吳諸將，一齊上岸，勢不可當。祖軍大敗。蘇飛落荒而走，正遇東吳大將潘璋，兩馬相交，戰不數合，被璋生擒過去，逕至船中來見孫權。權命左右以檻車囚之，待活捉了黃祖，一并誅戮。催動三軍，不分晝夜，攻打夏口。正是：只因不用錦帆賊，至令衝開大索船。未知黃祖勝負如何，且看下文分解。

# 第三十九回

## 荆州城公子三求計
## 博望坡軍師初用兵

　　卻說孫權督眾攻打夏口，黃祖兵敗將亡，情知守把不住，遂棄江夏，望荊州而走。甘寧料得黃祖必走荊州，乃於東門外伏兵等候。祖帶數十騎突出東門，正走之間，一聲喊起，甘寧攔住。祖於馬上謂寧曰：「我向日不會輕待汝，今何相逼耶？」寧叱曰：「吾昔在江夏，多立功績，汝乃以劫江賊待我，今日尚有何說？」黃祖自知難免，撥馬而走。甘寧衝開士卒，直趕將來，只聽得後面喊聲起處，又有數騎趕來。寧視之，乃程普也。寧恐普來爭功，慌忙拈弓搭箭，背射黃祖，祖中箭翻身落馬；寧梟其首級，回馬與程普合兵一處，回見孫權，獻黃祖首級。權命以木匣盛貯，待回江東祭獻於亡父靈前。重賞三軍，陞甘寧為都尉。商議欲分兵守江夏。張昭曰：「孤城不可守，不如且回江東。劉表知我破黃祖，必來報讎；我以逸待勞，必敗劉表。表敗而後乘勢攻之，荊襄可得也。」權從其言，遂棄江夏，班師回江東。

　　蘇飛在檻車內，密使人告甘寧求救。寧曰：「飛即不言，吾豈忘之？"大軍既至吳會，權命將蘇飛梟首，與黃祖首級一同祭獻。甘寧乃入見權，頓首哭告曰："某向日若不得蘇飛，則骨填溝壑矣，安能効命將軍麾下哉？今飛罪當誅，某念其昔日之恩情，願納還官爵，以贖飛罪。"權曰："彼既有恩於君，吾為君赦之，但彼若逃去奈何？"寧曰："飛得免誅戮，感恩無地，豈肯走乎！若飛去，寧願將首級獻於階下。"權乃赦蘇飛，止將黃祖首級祭獻。祭畢設宴，大會文武慶功。正飲酒間，忽見座上一人大哭而起，拔劍在手，直取甘寧。寧忙舉坐椅以迎之。權驚視其人，乃凌統也。因甘寧在江夏時，射死他父親凌操，今日相見，故欲報讎。權連忙勸住，謂統曰："興霸射死卿父，彼時各為其主，不容不盡力。今既為一家人，豈可復理舊讎？萬事皆看吾面。"凌統叩頭大哭曰："不共戴天之讎，豈容不報！"權與眾官再三勸之，凌統只是怒目而視甘寧。權即日命甘寧領兵五千、戰船一百隻，往夏口鎮守，以避凌統。寧拜謝，領兵自往夏口去了。權又加封凌統為承烈都尉，統只得含恨而止。東吳自此廣造戰船，分兵守把江岸；又命孫靜引一枝軍守吳會；孫權自領大軍，屯柴桑；周瑜日於鄱陽湖教練水軍，以備攻戰。

話分兩頭。卻說玄德差人打探江東消息，回報："東吳已攻殺黃祖，現今屯兵柴桑。"玄德便請孔明計議。正話間，忽劉表差人來請玄德赴荊州議事。孔明曰："此必因江東破了黃祖，故請主公商議報讎之策也。"某當與主公同往，相機而行，自有良策。"玄德從之，留雲長守新野，令張飛引五百人馬跟隨往荊州來。玄德在馬上謂孔明曰："今見景升，當若何對答？"孔明曰："當先謝襄陽之事。他若令主公去征討江東，切不可應允。但說容歸新野，整頓軍馬。"玄德依言，來到荊州，館驛安下。留張飛屯兵城外。玄德與孔明入城見劉表。禮畢，玄德請罪於階下。表曰："吾已悉知賢弟被害之事。當時即欲斬蔡瑁之首，以獻賢弟。因眾人告免，故姑恕之。賢弟幸勿見罪。"玄德曰："非干蔡將軍之事，想皆下人所為耳。"表曰："今江夏失守，黃祖遇害，故請賢弟共議報復之策。"玄德曰："黃祖性暴，不能用人，故致此禍。今若興兵南征，倘曹操北來，又將奈何？"表曰："吾今年老多病，不能理事，賢弟可來助我。我死之後，弟便為荊州之主也。"玄德曰："兄何出此言？量備安敢當此重任？"孔明以目視玄德。玄德曰："容徐思良策。"遂辭出，回至館驛。孔明曰："景升欲以荊州付主公，奈何卻之？"玄德曰："景升待我，恩禮交至，安忍乘其危而奪之？"孔明歎曰："真仁慈之主也！"

正商論間，忽報公子劉琦來見。玄德接入。琦泣拜曰："繼母不能相容，性命只在旦夕，望叔父憐而救之。"玄德曰："此賢姪家事耳，奈何問我？"孔明微笑，玄德求計於孔明。孔明曰："此家事，亮不敢與聞。"少時，玄德送琦出，附耳低言曰："來日我使孔明回拜賢姪，可如此如此，彼定有妙計相告。"琦謝而去。次日，玄德只推腹痛，乃浼孔明代往回拜劉琦。孔明允諾，來至公子宅前，下馬入見公子。公子邀入後堂。茶罷，琦曰："琦不見容於繼母，幸先生一言相救。"孔明曰："亮客寄於此，豈敢與人骨肉之事：倘有漏泄，為害不淺。"說罷，起身告辭。琦曰："既承光顧，安敢慢別。"乃挽留孔明入密室共飲。飲酒之間，琦又曰："繼母不見容，乞先生一言救我。"孔明曰："此非亮所敢謀也。"言訖，又欲辭去。琦曰："先生不言則已，何便欲去？"孔明乃復坐。琦曰："琦有一古書，請先生一觀。"乃引孔明登一小樓。孔明曰："書在何處？"琦泣拜曰："繼母不見容，琦命在旦夕，先生忍無一言相救乎？"孔明作色而起，便欲下樓，只見樓梯已撤去。琦告曰："琦欲求教良策，先生恐有泄漏，不肯出言；

今日上不至天，下不至地，出君之口，入琦之耳：可以賜教矣。"孔明曰："'疏不間親'，亮何能為公子謀？"琦曰："先生終不幸教琦乎！琦命固不保矣，請即死於先生之前。"乃掣劍欲自刎。孔明止之曰："已有良計。"琦拜曰："願即賜教。"孔明曰："公子豈不聞申生、重耳之事乎？申生在內而亡，重耳在外而安。今黃祖新亡，江夏乏人守禦，公子何不上言，乞屯兵守江夏，則可以避禍矣。"琦再拜謝教，乃命人取梯送孔明下樓。孔明辭別，回見玄德，具言其事，玄德大喜。

次日，劉琦上言，欲守江夏；劉表猶豫未決，請玄德共議。玄德曰："江夏重地，固非他人可守，正須公子自往。東南之事，兄父子當之；西北之事，備願當之。"表曰："近聞曹操於鄴郡作玄武池以練水軍，必有南征之意，不可不防。"玄德曰："備已知之，兄勿憂慮。"遂拜辭回新野。劉表令劉琦引兵三千往江夏鎮守。

卻說曹操罷三公之職，自以丞相兼之，以毛玠為東曹掾，崔琰為西曹掾，司馬懿為文學掾。懿字仲達，河內溫人也，潁川太守司馬雋之孫，京兆尹司馬防之子，主簿司馬朗之弟也。自是文官大備，乃聚武將商議南征。夏侯惇進曰："近聞劉備在新野，每日教演士卒，必為後患，可早圖之。"操即命夏侯惇為都督；于禁、李典、夏侯蘭、韓浩為副將，領兵十萬，直抵博望城，以窺新野。荀彧諫曰："劉備英雄，今更兼諸葛亮為軍師，不可輕敵。"惇曰："劉備鼠輩耳，吾必擒之。"徐庶曰："將軍勿輕視劉玄德。今玄德得諸葛亮為輔，如虎生翼矣。"操曰："諸葛亮何人也？"庶曰："亮字孔明，道號臥龍先生。有經天緯地之才，出鬼入神之計，真當世奇士，非可小覷。"操曰："比公若何？"庶曰："庶安敢比亮？庶如螢火之光，亮乃皓月之明也。"夏侯惇曰："元直之言謬矣。吾看諸葛亮如草芥耳，何足懼哉！

吾若不一陣生擒劉備，活捉諸葛，願將首級獻與丞相。"操曰："汝早報捷書，以慰吾心。"惇奮然辭曹操，引軍登程。

卻說玄德自得孔明，以師禮待之。關、張二人不悅，曰："孔明年幼，有甚才學？兄長待之太過！又未見他真實效驗！"玄德曰："吾得孔明，猶魚之得水也。兩弟勿復多言。"關、張見說，不言而退。一日，有人送犛牛尾至，玄德取尾親自結帽。孔明入見，正色曰："明公無復有遠志，但事此而已耶？"玄德投帽於地而謝曰："吾聊假此以忘憂耳。"孔明曰："明公自度比曹操若何？"玄德曰："不如也。"孔明曰："明公之眾，不過數千人，萬一曹兵至，何以迎之？"玄德曰："吾正愁此事，未得良策。"孔明曰："可速招募民兵，亮自教之，可以待敵。"玄德遂招新野之民，得三千人。孔明朝夕教演陣法。

忽報曹操差夏侯惇引兵十萬，殺奔新野來了。張飛聞知，謂雲長曰："可着孔明前去迎敵便了。正說之間，玄德召二人入，謂曰："夏侯惇引兵到來，如何迎敵？"張飛曰："哥哥何不使'水'去？"玄德曰："智賴孔明，勇須二弟，何可推調？"關、張出，玄德請孔明商議。孔明曰："但恐關、張二人，不肯聽吾號令；主公若欲亮行兵，乞假劍印。"玄德便以劍印付孔明，孔明遂聚集眾將聽令。張飛謂雲長曰："且聽令去，看他如何調度。"孔明令曰："博望之左有山，名曰豫山；右有林，名曰安林：可以埋伏軍馬。雲長可引一千軍往豫山埋伏，等彼軍至，放過休敵，其輜重糧草，必在後面，但看南面火起，可縱兵出擊，就焚其糧草。翼德可引一千軍去安林背後山谷中埋伏，只看南面火起，便可出，向博望城舊屯糧草處縱火燒之。關平、劉封可引五百軍，預備引火之物，於博望坡後兩邊等候，至初更兵到，便可放火矣。"又命於樊城取回趙雲，令為前部，不要贏，只要輸。"主公自引一軍為後援。各須依計而行，勿使有失。”雲長曰：“我等皆出迎敵，未審軍師卻作何事？”孔明曰：“我只坐守縣城。”張飛大笑曰：“我們都去廝殺，你卻在家裏坐地，好自在！”孔明曰：“劍印在此，違令者斬！”玄德曰：“豈不聞‘運籌帷幄之中，決勝千里之外’？二弟不可違令。”張飛冷笑而去。雲長曰：“我們且看他的計應也不應，那時卻來問他未遲。”二人去了。眾將皆未知孔明韜略，今雖聽令，卻都疑惑不定。孔明謂玄德曰：“主公今日可便引兵就博望山下屯住。來日黃昏，敵軍必到，主公便棄營而走；但見火起，即回軍掩殺。亮與糜竺、糜芳引五百軍守縣；命孫乾、簡雍準備慶喜筵席，安排‘功勞簿’伺候。”派撥已畢，玄德亦疑惑不定。

卻說夏侯惇與于禁等引兵至博望，分一半精兵作前隊，其餘盡護糧車而行。時當秋月，商飆徐起。人馬趲行之間，望見前面塵頭忽起。惇便將人馬擺開，問鄉導官曰：“此間是何處？”答曰：“前面便是博望坡，後面是羅川口。”惇令于禁、李典押住陣腳，親自出馬陣前。遙望軍馬來到，惇忽然大笑。眾問：“將軍為何而笑？”惇曰：“吾笑徐元直在丞相面前，誇諸葛亮為天人；今觀其用兵，乃以此等軍馬為前部，與吾對敵，正如驅犬羊與虎豹鬥耳。吾於丞相前誇口，要活捉劉備、諸葛亮，今必應吾言矣。”遂自縱馬向前。趙雲出馬。惇罵曰：“汝等隨劉備，如孤魂隨鬼耳！”雲大怒，縱馬來戰。兩馬相交，不數合，雲詐敗而走。夏侯惇從後追趕。雲約走十餘里，回馬又戰，不數合又走。韓浩拍馬向前諫曰：“趙雲誘敵，恐有埋伏。”惇曰：“敵軍如此，雖十面埋伏，吾何懼哉！”遂不聽浩言，直趕至博望坡。一聲礮響，玄德自引軍衝將過來，接應交戰。夏侯惇笑謂韓浩曰：“此即埋伏之兵也！吾今晚不到新野，誓不罷兵！”乃催軍前進。玄德、趙雲退後便走。

　時天色已晚，濃雲密布，又無月色；晝風既起，夜風愈大。夏侯惇只顧催軍趕殺。于禁、李典趕到窄狹處，兩邊都是蘆葦。典謂禁曰："欺敵者必敗。南道路狹，山川相逼，樹木叢雜，倘彼用火攻，奈何？"禁曰："君言是也。吾當往前為都督言之；君可止住後軍。"李典便勒回馬，大叫："後軍慢行！"人馬走發，那裏攔當得住。于禁驟馬大叫："前軍都督且住！"夏侯惇正走之間，見于禁從後軍奔來，便問何故。禁曰："南道路狹，山川相逼，樹木叢雜，可防火攻。"夏侯惇猛省，即回馬令軍馬勿進。言未已，只聽背後喊聲震起，早望見一派火光燒着，隨後兩邊蘆葦亦着。一霎時，四面八方，盡皆是火；又值風大，火勢愈猛。曹家人馬，自相踐踏，死者不計其數。趙雲回軍趕殺，夏侯惇冒煙突火而走。

　且說李典見勢頭不好，急奔回博望城時，火光中一軍攔住。當先大將，乃關雲長也。李典縱馬混戰，奪路而走。于禁見糧草車輛，都被火燒，便投小路奔逃去了。夏侯蘭、韓浩來救糧草，正遇張飛。戰不數合，張飛一槍刺夏侯蘭於馬下。韓浩奪路走脫。直殺到天明，卻纔收軍。殺得屍橫遍野，血流成河。後人有詩曰：

> 博望相持用火攻，指揮如意笑談中。
> 直須驚破曹公膽，初出茅廬第一功！

夏侯惇收拾殘軍，自回許昌。

　卻說孔明收軍。關、張二人相謂曰："孔明真英傑也！"行不數里，見糜竺、糜芳引軍簇擁着一輛小軍，車中端坐一人，乃孔明也。關、張下馬拜伏於車前。須臾，玄德、趙雲、劉封、關平等皆至，收聚眾軍，把所獲糧草輜重，分賞將士，班師回新野。新野百姓望塵遮

道而拜，曰：“吾屬生全，皆使君得賢人之力也！”孔明回至縣中，謂
玄德曰：“夏侯惇雖敗去，曹操必自引大軍來。”玄德曰：“似此如之
奈何？”孔明曰：“亮有一計，可敵曹軍。”正是：破敵未堪息戰馬，
避兵又必賴良謀。未知其計若何，且看下文分解。

# 第 四 十 回

# 蔡夫人議獻荆州
# 諸葛亮火燒新野

卻說玄德問孔明求拒曹兵之計。孔明曰："新野小縣，不可久居。近聞劉景升病在危篤，可乘此機會，取彼荆州為安身之地，庶可拒曹操也。"玄德曰："公言甚善。但備受景升之恩，安忍圖之！"孔明曰："今若不取，後悔何及？"玄德曰："吾寧死，不忍作負義之事。"孔明曰："且再作商議。"

卻說夏侯惇敗回許昌，自縛見曹操，伏地請死。操釋之。惇曰："惇遭諸葛亮詭計，用火攻破我軍。"操曰："汝自幼用兵，豈不知狹處須防火攻？"惇曰："李典、于禁曾言及此，悔之不及！"操乃賞二人。惇曰："劉備如此猖獗，真腹心之患也，不可不急除。"操曰："吾所慮者，劉備、孫權耳，餘皆不足介意。今當乘此時掃平江南。"便傳令起大兵五十萬，令曹仁、曹洪為第一隊，張遼、張郃為第二隊，夏侯淵、夏侯惇為第三隊，于禁、李典為第四隊，操自領諸將為第五隊；每隊各引兵十萬。又令許褚為折衝將軍，引兵三千為先鋒。選定建安十三年秋七月丙午日出師。

太中大夫孔融諫曰：“劉備、劉表皆漢室宗親，不可輕伐；孫權虎踞六郡，且有大江之險，亦不易取。今丞相興此無義之師，恐失天下之望。”操怒曰：“劉備、劉表、孫權皆逆命之臣，豈容不討！”遂叱退孔融，下令“如有再諫者必斬”。孔融出府，仰天歎曰：“以至不仁伐至仁，安得不敗乎！”時御史大夫郗慮家客聞此言，報知郗慮。慮常被孔融侮慢，心正恨之，乃以此言入告曹操；且曰：“融平日每每狎侮丞相，又與禰衡相善。衡贊融曰：‘仲尼不死。’融贊衡曰：‘顏回復生。’向者禰衡之辱丞相，乃融使之也。”操大怒，遂命廷尉捕捉孔融。融有二子，年尚少，時方在家，對坐弈棋。左右急報曰：“尊君被廷尉執去，將斬矣。二公子何不急避？”二子曰：“破巢之下，安有完卵乎？”言未已，廷尉又至，盡收融家小，并二子皆斬之，號令融屍於市。京兆脂習伏屍而哭。操聞之，大怒，欲殺之。荀彧曰：“彧聞脂習常諫融曰：‘公剛直太過，乃取禍之道。’今融死而來哭，乃義人也，不可殺。”操乃止。習收融父子屍首，皆葬之。後人有詩讚孔融曰：

> 孔融居北海，豪氣貫長虹；
> 坐上客長滿，樽中酒不空。
> 文章驚世俗，談笑侮王公。
> 史筆褒忠直，存官紀“太中”。

曹操既殺孔融，傳令五隊軍馬次第起行，只留荀彧等守許昌。

卻說荊州劉表病重，使人請玄德來託孤。玄德引關、張至荊州見劉表。表曰：“我病已入膏肓，不久便死矣，特託孤於賢弟。我子無才，恐不能承父業；我死之後，賢弟可自領荊州。”玄德泣拜曰：“備當竭力以輔賢姪，安敢有他意乎？”正說間，人報曹操自統大兵至。玄德急辭劉表，星夜回新野。劉表病中聞此信，吃驚不小，商議寫遺囑，令玄德輔佐長子劉琦為荊州之主。蔡夫人聞之大怒，關上內門，使蔡瑁、張允二人把住外門。時劉琦在江夏，知父病危，來至荊州探病。方到外門，蔡瑁當住曰：“公子奉父命鎮守江夏，其任至重；今擅離職守，倘東吳兵至，如之奈何？若入見主公，主公必生嗔怒，病將轉增，非孝也。宜速回。”劉琦立於門外，大哭一場，上馬仍回江夏。劉表病勢危篤，望劉琦不來，至八月戊申日，大叫數聲而死。後人有詩歎劉表曰：

昔聞袁氏居河朔，又見劉君霸漢陽。
總為牝晨致家累，可憐不久盡銷亡！

劉表既死，蔡夫人與蔡瑁、張允商議，假寫遺囑，令次子劉琮為荊州之主，然後舉哀報喪。時劉琮年方十四歲，頗聰明，乃聚眾言曰：“吾父棄世，吾兄現在江夏，更有叔父玄德在新野。汝等立我為主，倘兄與叔興兵問罪，如何解釋？”眾官未及對，幕官李珪答曰：“公子之言甚善。今可急發哀書至江夏，請大公子為荊州之主，就命玄德一同理事。北可以敵曹操，南可以拒孫權，此萬全之策也。”蔡瑁叱曰：“汝何人，敢亂言以逆主公遺命！”李珪大罵曰：“汝內外朋謀，假稱遺命，廢長立幼，眼見荊襄九郡，送於蔡氏之手！故主有靈，必當殛汝！”蔡瑁大怒，喝令左右推出斬之，李珪至死大罵不絕。於是蔡瑁遂立劉琮為主。蔡氏宗族，分領荊州之兵；命治中鄧義、別駕劉先守荊州；蔡夫人自與劉琮前赴襄陽駐紮，以防劉琦、劉備。就葬劉表之棺於襄陽城東漢陽之原，竟不訃告劉琦與玄德。

　　劉琮至襄陽，方纔歇馬，忽報曹操引大軍逕望襄陽而來。琮大驚，遂請蒯越、蔡瑁等商議。東曹掾傅巽進言曰：「不特曹操兵來為可憂；今大公子在江夏，玄德在新野，我皆未往報喪，若彼興兵問罪，荊襄危矣。巽有一計，可使荊襄之民，安如泰山，又可保全主公名爵。」琮曰：「計將安出？」巽曰：「不如將荊襄九郡，獻與曹操，操必重待主公也。」琮叱曰：「是何言也！孤受先君之基業，坐尚未穩，豈可便棄之他人？」蒯越曰：「傅公悌之言是也。夫逆順有大體，強弱有定勢。今曹操南征北討，以朝廷為名，主公拒之，其名不順。且主公新立，外患未寧，內憂將作。荊襄之民，聞曹兵至，未戰而膽先寒，安能與之敵哉？」琮曰：「諸公善言，非我不從，但以先君之業，一旦棄與他人，恐貽笑於天下耳。」

　　言未已，一人昂然而進曰：「傅公悌、蒯異度之言甚善，何不從之？」眾視之，乃山陽高平人，姓王，名粲，字仲宣。粲容貌瘦弱，身材短小；幼時往見中郎蔡邕，時邕高朋滿座，聞粲至，倒履迎之。賓客皆驚曰：「蔡中郎何獨敬此小子耶？」邕曰：「此子有異才，吾不如也。」粲博聞強記，人皆不及：嘗觀道旁碑文一過，便能記誦；觀人弈棋，棋局亂，粲復為擺出，不差一子。又善算術。其文詞妙絕一時。年十七，辟為黃門侍郎，不就。後因避亂至荊襄，劉表以為上賓。當日謂劉琮曰：「將軍自料比曹公何如？」琮曰：「不如也。」粲曰：「曹公兵強將勇，足智多謀。擒呂布於下邳，摧袁紹於官渡，逐劉備於隴右，破烏桓於白狼：梟除蕩定者，不可勝計。今以大軍南下荊襄，勢難抵敵。傅、蒯二君之謀，乃長策也。將軍不可遲疑，致生後悔。」琮曰：「先生見教極是。但須稟告母親知道。」只見蔡夫人從屏後轉出，謂琮曰：「既是仲宣、公悌、異度三人所見相同，何必告我？」於是劉琮意決，便寫降書，令宋忠潛地往曹操軍前投獻。宋忠領命，直至宛城，接着曹操，獻上降書。操大喜，重賞宋忠，分付教劉琮出城迎接，便着他永為荊州之主。

　　宋忠拜辭曹操，取路回荊襄。將欲渡江，忽見一枝人馬到來，視之，乃關雲長也。宋忠迴避不迭，被雲長喚住，細問荊州之事。忠初時隱諱，後被雲長盤問不過，只得將前後事情，一一實告。雲長大驚，隨捉宋忠至新野見玄德，備言其事。玄德聞之大哭。張飛曰：“事已如此，可先斬宋忠，隨起兵渡江，奪了襄陽，殺了蔡氏、劉琮，然後與曹操交戰。”玄德曰：“你且緘口，我自有斟酌。”乃叱宋忠曰：“你知眾人作事，何不早來報我？今雖斬汝，無益於事，可速去。”忠拜謝，抱頭鼠竄而去。

　　玄德正憂悶間，忽報公子劉琦差伊籍到來。玄德感伊籍昔日相救之恩，降階迎之，再三稱謝。籍曰：“大公子在江夏，聞荊州已故，蔡夫人與蔡瑁等商議，不來報喪，竟立劉琮為主。公子差人往襄陽探聽，回說是實；恐使君不知，特差某齎哀書呈報，並求使君盡起麾下精兵，同往襄陽問罪。”玄德看書畢，謂伊籍曰：“機伯只知劉琮僭立，更不知劉琮已將荊襄九郡，獻與曹操矣！”籍大驚曰：“使君從何知之？”玄德具言拿獲宋忠之事。籍曰：“若如此，使君不如以弔喪為名，前赴襄陽，誘劉琮出迎，就便擒下，誅其黨類，則荊州屬使君矣。”孔明曰：“機伯之言是也，主公可從之。”玄德垂淚曰：“吾兄臨危託孤於我，今若執其子而奪其地，異日死於九泉之下，何面目復見吾兄乎？”孔明曰：“如不行此事，今曹兵已至宛城，何以拒敵？”玄德曰：“不如走樊城以避之。”

　　正商議間，探馬飛報曹兵已到博望了。玄德慌忙發付伊籍回江夏整頓軍馬，一面與孔明商議拒敵之計。孔明曰：“主公且寬心，前番一把火，燒了夏侯惇大半人馬；今番曹軍又來，必教他中這條計。我等在新野住不得了，不如早到樊城去。"便差人四門張榜，曉諭居民："無論老幼男女，願從者，即於今日皆跟我往樊城暫避，不可自誤。"差孫乾往河邊調撥船隻，救濟百姓；差糜竺護送各官家眷到樊城；一面聚諸將聽令，先教雲長："引一千軍去白河上流頭埋伏。各帶布袋，多裝沙土，遏住白河之水；至來日三更後，只聽下流頭人喊馬嘶，急取起布袋，放水淹之，卻順水殺將下來接應。"又喚張飛："引一千軍去博陵渡口埋伏。此處水勢最慢，曹軍被淹，必從此逃難，可便乘勢殺來接應。"又喚趙雲："引軍三千，分為四隊，自領一隊伏於東門外，其三隊分伏西、南、北三門，卻先於城內人家屋上，多藏硫黃燄硝引火之物。曹軍入城，必安歇民房。來日黃昏後，必有大風；但看風起，便令西、南、北三門伏軍盡將火箭射入城去。待城中火勢大作，卻於城外吶喊助威，只留東門放他出走；汝卻於東門外從後擊之。天明會合關、張二將，收軍回樊城。"再令糜芳、劉封二人："帶二千軍，一半紅旗，一半青旗，去新野城外三十里鵲尾坡前屯住。一見曹軍到，紅旗軍走在左，青旗軍走在右。他心疑必不敢追。汝二人卻去分頭埋伏。只望城中火起，便可追殺敗兵，然後卻來白河上流頭接應。"孔明分撥已定，乃與玄德登高瞭望，只候捷音。

　　卻說曹仁、曹洪引軍十萬為前隊，前面已有許褚引三千鐵甲軍開路，浩浩蕩蕩，殺奔新野來。是日午牌時分，來到鵲尾坡，望見坡前一簇人馬，盡打青、紅旗號。許褚催軍向前。劉封、糜芳分為四隊，青、紅旗各歸左右。許褚勒馬，教："且休進，前面必有伏兵。我兵只在此處住下。"許褚一騎馬飛報前隊曹仁。曹仁曰："此是疑兵，必無埋伏。可速進兵，我當催軍繼至。"許褚復回坡前，提兵殺入。至林下追尋時，不見一人。時日已墜西。許褚方欲前進，只聽得山上大吹大擂。抬頭看時，只見山頂上一簇旗，旗叢中兩把傘蓋：左玄德，右孔明，二人對坐飲酒。許褚大怒，引軍尋路上山。山上擂木礮石打將下來，不能前進。又聞山後喊聲大震。欲尋路廝殺，天色已晚。

曹仁領兵到，教且奪新野城歇馬。軍士至城下時，只見四門大開。曹兵突入，並無阻當。城中亦不見一人，竟是一座空城了。曹洪曰：「此是勢孤計窮，故盡帶百姓逃竄去了。我軍權且在城安歇，來日平明進兵。」此時各軍走乏，都已飢餓，皆去奪房造飯。曹仁、曹洪就在衙內安歇。初更已後，狂風大作。守門軍士飛報火起。曹仁曰：「此必軍士造飯不小心，遺漏之火，不可自驚。」說猶未了，接連幾次飛報，西、南、北三門皆火起。曹仁急令眾將上馬時，滿縣火起，上下通紅。是夜之火，更勝前日博望燒屯之火。後人有詩歎曰：

> 奸雄曹操守中原，九月南征到漢川。
> 風伯怒臨新野縣，祝融飛下燄摩天。

曹仁引眾將突煙冒火，尋路奔走，聞說東門無火，急急奔出東門。軍士自相踐踏，死者無數。曹仁等方纔脫得火厄，背後一聲喊起，趙雲引軍趕來混戰，敗軍各逃性命，誰肯回身廝殺。正奔走間，糜芳引一軍至。又衝殺一陣，曹仁大敗，奪路而走。劉封又引一軍截殺一陣。到四更時分，人困馬乏，軍士大半焦頭爛額；奔至白河邊，喜得河水不甚深，人馬都下河吃水。人相喧嚷，馬盡嘶鳴。

卻說雲長在上流用布袋遏住河水。黃昏時分，望見新野火起，至四更，忽聽得下流頭人喊馬嘶，急令軍士一齊掣起布袋，水勢滔天，望下流衝去，曹軍人馬俱溺於水中，死者極多。曹仁引眾將望水勢慢處奪路而走。行到博陵渡口，只聽喊聲大起，一軍攔路，當先大將，乃張飛也，大叫：「曹賊快來納命！」曹軍大驚。正是：城內纔看紅燄吐，水邊又遇黑風來。未知曹仁性命如何，且看下文分解。

# 第四十一回

# 劉玄德攜民渡江
# 趙子龍單騎救主

卻說張飛因關公放了上流水，遂引軍從下流殺將來，截住曹仁混殺。忽遇許褚，便與交鋒；許褚不敢戀戰，奪路走脫。張飛趕來，接着玄德、孔明，一同沿河到上流。劉封、糜芳已安排船隻等候，遂一齊渡河，盡望樊城而去。孔明教將船筏放火燒毀。

卻說曹仁收拾殘軍，就新野屯住，使曹洪去見曹操，具言失利之事。操大怒曰："諸葛村夫，安敢如此！"催動三軍，漫山塞野，盡至新野下寨。傳令軍士一面搜山，一面填塞白河。令大軍分作八路，一齊去取樊城。劉曄曰："丞相初至襄陽，必須先買民心。今劉備盡遷新野百姓入樊城，若我兵逕進，二縣為虀粉矣；不如先使人招降劉備。備即不降，亦可見我愛民之心；若其來降，則荊州之地，可不戰而定也。"操從其言，便問："誰可為使？"劉曄曰："徐庶與劉備至厚，今現在軍中，何不命他一往？"操曰："他去恐不復來。"曄曰："他若不來，貽笑於人矣。丞相勿疑。”操乃召徐庶至，謂曰：“我今欲踏平樊城，奈憐眾百姓之命。公可往說劉備：如肯來降，免罪賜爵；若更執迷，軍民共戮，玉石俱焚。吾知公忠義，故特使公往，願勿相負。”徐庶受命而行。至樊城，玄德、孔明接見，共訴舊日之情。庶曰：“曹操使庶來招降使君，乃假買民心也。今彼分兵八路，填白河而進，樊城恐不可守，宜速作行計。”玄德欲留徐庶。庶謝曰：“某若不還，恐惹人笑。今老母已喪，抱恨終天。身雖在彼，誓不為設一謀。公有臥龍輔佐，何愁大業不成？庶請辭。”玄德不敢強留。

徐庶辭回，見了曹操，言玄德並無降意。操大怒，即日進兵。玄德問計於孔明。孔明曰：“可速棄樊城，取襄陽暫歇。”玄德曰：“奈百姓相隨許久，安忍棄之？”孔明曰：“可令人遍告百姓：有願隨者同去，不願者留下。”先使雲長往江岸整頓船隻，令孫乾、簡雍在城中聲揚曰：“今曹兵將至，孤城不可久守，百姓願隨者，便同過江。”兩縣之民，齊聲大呼曰：“我等雖死，亦願隨使君！”即日號泣而行。扶老攜幼，將男帶女，滾滾渡河，兩岸哭聲不絕。玄德於船上望見，大慟曰：“為吾一人而使百姓遭此大難，吾何生哉！”欲投江而死，左右急救止，聞者莫不痛哭。船到南岸，回顧百姓，有未渡者，望南而哭。玄德急令雲長催船渡之，方纔上馬。

行至襄陽東門，只見城上遍插旌旗，壕邊密布鹿角。玄德勒馬大叫曰：“劉琮賢姪，吾但欲救百姓，並無他念，可快開門。”劉琮聞玄德至，懼而不出。蔡瑁、張允逕來敵樓上，叱軍士亂箭射下。城外百姓，皆望敵樓而哭。城中忽有一將，引數百人逕上城樓，大喝：“蔡瑁、張允賣國之賊！劉使君乃仁德之人，今為救民而來投，何得相拒！”眾觀其人，身長八尺，面如重棗；乃義陽人也，姓魏，名延，字文長。當下魏延輪刀砍死守門將士，開了城門，放下弔橋，大叫：

"劉皇叔快領兵入城，共殺賣國之賊！"張飛便躍馬欲入。玄德急止之曰："休驚百姓！"魏延只管招呼玄德軍馬入城。只見城內一將飛馬引軍而出，大喝："魏延無名小卒，安敢造亂！認得我大將文聘麼！"魏延大怒，挺槍躍馬，便來交戰。兩下軍兵在城邊混殺，喊聲大震。玄德曰："本欲保民，反害民也！吾不願入襄陽！"孔明曰："江陵乃荊州要地，不如先取江陵為家。"玄德曰："正合吾心。"於是引着百姓，盡離襄陽大路，望江陵而走。襄陽城中百姓，多有乘亂逃出城來，跟玄德而去。魏延與文聘交戰，從巳至未，手下兵卒，皆已折盡。延乃撥馬而逃，卻尋不見玄德，自投長沙太守韓玄去了。

卻說玄德同行軍民十餘萬，大小車數千輛，挑擔背包者不計其數。路過劉表之墓，玄德率眾將拜於墓前，哭告曰："辱弟備無德無才，負兄寄託之重，罪在備一身，與百姓無干。望兄英靈，垂救荊襄之民！"言甚悲切，軍民無不下淚。忽哨馬報說："曹操大軍已屯樊城，使人收拾船筏，即日渡江趕來也。"眾將皆曰："江陵要地，足可拒守。今擁民眾數萬，日行十餘里，似此幾時得至江陵？倘曹兵到，如何迎敵？不如暫棄百姓，先行為上。"玄德泣曰："舉大事者必以人為本。今人歸我，奈何棄之？"百姓聞玄德此言，莫不傷感。後人有詩讚之曰：

> 臨難仁心存百姓，登舟揮淚動三軍。
> 至今憑弔襄江口，父老猶然憶使君。

卻說玄德擁着百姓，緩緩而行。孔明曰："追兵不久即至，可遣雲長往江夏求救於公子劉琦，教他速起兵乘船會於江陵。"玄德從之，即修書令雲長同孫乾領五百軍往江夏求救；令張飛斷後；趙雲保護老小；其餘俱管顧百姓而行。每日只走十餘里便歇。

卻說曹操在樊城，使人渡江至襄陽，召劉琮相見。琮懼怕不敢往見。蔡瑁、張允請行。王威密告琮曰：「將軍既降，玄德又走，曹操必懈弛無備。願將軍奮整奇兵，設於險處擊之，操可獲矣。獲操則威震天下，中原雖廣，可傳檄而定。此難遇之機，不可失也。」琮以其言告蔡瑁。瑁叱王威曰：「汝不知天命，安敢妄言！」威怒罵曰：「賣國之徒，吾恨不生啖汝肉！」瑁欲殺之，蒯越勸止。瑁遂與張允同至樊城，拜見曹操。瑁等辭色甚是諂佞。操問：「荊州軍馬錢糧，今有多少？」瑁曰：「馬軍五萬，步軍十五萬，水軍八萬：共二十八萬。錢糧大半在江陵；其餘各處，亦足供給一載。」操曰：「戰船多少？原是何人管領？」瑁曰：「大小戰船，共七千餘隻，原是瑁等二人掌管。」操遂加瑁為鎮南侯水軍大都督、張允為助順侯水軍副都督。二人大喜拜謝。操又曰：「劉景升既死，其子降順，吾當表奏天子，使永為荊州之主。」二人大喜而退。荀攸曰：「蔡瑁、張允乃諂佞之徒，主公何遂加以如此顯爵，更教都督水軍乎？」操笑曰：「吾豈不識人？止因吾所領北地之眾，不習水戰，故且權用此二人；待成事之後，別有理會。」

卻說蔡瑁、張允歸見劉琮，具言：「曹操許保奏將軍永鎮荊襄。」琮大喜；次日，與母蔡夫人齎奉印綬兵符，親自渡江拜迎曹操。操撫慰畢，即引隨征軍將，進屯襄陽城外。蔡瑁、張允令襄陽百姓，焚香拜接。曹操俱用好言撫諭；入城至府中坐定，即召蒯越近前，撫慰曰：「吾不喜得荊州，喜得異度也。」遂封蒯越為江陵太守樊城侯；傅巽、王粲等皆為關內侯；而以劉琮為青州刺史，便教起程。琮聞命大驚，辭曰：「琮不願為官，願守父母鄉土。」操曰：「青州近帝都，教你隨朝為官，免在荊襄被人圖害。」琮再三推辭，曹操不准。琮只得與母蔡夫人同赴青州，只有故將王威相隨，其餘官員俱送至江口而回。操喚于禁囑付曰：「你可引輕騎追劉琮母子殺之，以絕後患。」于禁得令，領眾趕上，大喝曰：「我奉丞相令，教來殺汝母子！可早納下首級！」蔡夫人抱劉琮而大哭。于禁喝令軍士下手。王威忿怒，奮力相鬥，竟被眾軍所殺。軍士殺死劉琮及蔡夫人。于禁回報曹操，操重賞于禁。便使人往隆中搜尋孔明妻小，卻不知去向。原來孔明先已令人搬送至內江內隱避矣。操深恨之。

襄陽既定，荀攸進言曰：「江陵乃荊襄重地，錢糧極廣。劉備若據此地，急難動搖。」操曰：「孤豈忘之！」隨命於襄陽諸將中，選一員引軍開道。諸將中卻獨不見文聘。操使人尋問，方纔來見。操曰：「汝來何遲？」對曰：「為人臣而不能使其主保全境土，心實悲慚，無顏早見耳。」言訖，歔欷流涕。操曰：「真忠臣也！」除江夏太守，賜爵關內侯，便教引軍開道。探馬報說：「劉備帶領百姓，日行止十數里，計程只有三百餘里。」操教各部下精選五千鐵騎，星夜前進，限一日一夜，趕上劉備。大軍陸續隨後而進。


卻說玄德引十數萬百姓、三千餘軍馬，一程程挨着往江陵進發。趙雲保護老小，張飛斷後。孔明曰：「雲長往江夏去了，絕無回音，不知若何。」玄德曰：「敢煩軍師親自走一遭。劉琦感公昔日之教，今若見公親至，事必諧矣。」孔明允諾，便同劉封引五百軍先往江夏求救去了。當日玄德自與簡雍、糜竺、糜芳同行。正行間，忽然一陣狂風就馬前刮起，塵土沖天，平遮紅日。玄德驚曰：「此何兆也？」簡雍頗明陰陽，袖占一課，失驚曰：「此大凶之兆也。應在今夜，主公可速棄百姓而走。」玄德曰：「百姓從新野相隨至此，吾安忍棄之？」雍曰：「主公若戀而不棄，禍不遠矣。」玄德問：「前面是何處？」左右答曰：「前面是當陽縣。有座山名為景山。」玄德便教就此山紮住。時秋末冬初，涼風透骨，黃昏將近，哭聲遍野。至四更時分，只聽得西北喊聲震地而來。玄德大驚，急上馬引本部精兵二千餘人迎敵。曹兵掩至，勢不可當。玄德死戰。正在危迫之際，幸得張飛引軍至，殺開一條血路，救玄德望東而走。文聘當先攔住。玄德罵曰："背主之賊，尚有何面目見人！"文聘羞慚滿面，引兵自投東北去了。張飛保着玄德，且戰且走。奔至天明，聞喊聲漸漸遠去，玄德方纔歇馬。看手下隨行人，止有百餘騎；百姓老小并糜竺、糜芳、簡雍、趙雲等一干人，皆不知下落。玄德大哭曰："十數萬生靈，皆因戀我，遭此大難；諸將及老小，皆不知存亡：雖土木之人，寧不悲乎！"

正悽惶時，忽見糜芳面帶數箭，踉蹌而來，口言："趙子龍反投曹操去了也！"玄德叱曰："子龍是我故交，安肯反乎？"張飛曰："他今見我等勢窮力盡，或者反投曹操，以圖富貴耳。"玄德曰："子龍從我於患難，心如鐵石，非富貴所能動搖也。"糜芳曰："我親見他投西北去了。"張飛曰："待我親自尋他去，若撞見時，一槍刺死！"玄德曰："休錯疑了。豈不見你二兄誅顏良、文醜之事乎？子龍此去，必有事故。吾料子龍必不棄我也。"張飛那裏肯聽，引二十餘騎，至長坂橋。見橋東有一帶樹木，飛生一計，教所從二十餘騎，都砍下樹枝，拴在馬尾上，在樹林內往來馳騁，沖起塵土，以為疑兵。飛卻親自橫矛立馬於橋上，向西而望。

卻說趙雲自四更時分，與曹軍廝殺，往來衝突，殺至天明，尋不見玄德，又失了玄德老小。雲自思曰："主人將甘、糜二夫人與小主人阿斗，託付在我身上；今日軍中失散，有何面目去見主人？不如去決一死戰，好歹要尋主母與小主人下落！"回顧左右，只有三四十騎相隨。雲拍馬在亂軍中尋覓，二縣百姓號哭之聲，震天動地；中箭着槍，拋男棄女而走者，不計其數。趙雲正走之間，見一人臥在草中，視之，乃簡雍也。雲急問曰：“曾見兩位主母否？”雍曰：“二主母棄了車仗，抱阿斗而走。我飛馬趕去，轉過山坡，被一將刺了一槍，跌下馬來，馬被奪了去。我爭鬥不得，故臥在此。”雲乃將從卒所騎之馬，借一匹與簡雍騎坐；又着二卒扶護簡雍先去，報與主人：“我上天入地，好歹尋主母與小主人來。如尋不見，死在沙場上也！”

說罷，拍馬望長坂坡而去。忽一人大叫：“趙將軍那裏去？”雲勒馬問曰：“你是何人？”答曰：“我乃劉使君帳下護送車仗的軍士，被箭射倒在此。”趙雲便問二夫人消息。軍士曰：“恰纔見甘夫人披頭跣足，相隨一夥百姓婦女，投南而走。”雲見說，也不顧軍士，急縱馬望南趕去。只見一夥百姓男女數百人，相攜而走。雲大叫曰：“內中有甘夫人否？”夫人在後面望見趙雲，放聲大哭。雲下馬插槍而泣曰：“使主母失散，雲之罪也！糜夫人與小主人安在？”甘夫人曰：“我與糜夫人被逐，棄了車仗，雜於百姓內步行，又撞見一枝軍馬衝散。糜夫人與阿斗不知何往。我獨自逃生至此。”正言間，百姓發喊，又撞出一枝軍來。趙雲拔槍上馬看時，面前馬上綁着一人，乃糜竺也。背後一將，手提大刀，引着千餘軍，乃曹仁部將淳于導，拿住糜竺，正要解去獻功。趙雲大喝一聲，挺槍縱馬，直取淳于導。導抵敵不住，被雲一槍刺落馬下，向前救了糜竺，奪得馬二匹。雲請甘夫人上馬，殺開條大路，直送至長坂坡。只見張飛橫矛立馬於橋上，大叫：“子龍！你如何反我哥哥？”雲曰：“我尋不見主母與小主人，因此落後，何言反耶？”飛曰：“若非簡雍先來報信，我今見你，怎肯干休也！”雲曰：“主公在何處？”飛曰：“只在前面不遠。”雲謂糜竺曰：“糜子仲保甘夫人先行，待我仍往尋糜夫人與小主人去。”言罷，引數騎再回舊路。

正走之間，見一將手提鐵槍，背着一口劍，引十數騎躍馬而來。

趙雲更不打話，直取那將。交馬只一合，把那將一槍刺倒，從騎皆走。原來那將乃曹操隨身背劍之將夏侯恩也。曹操有寶劍二口：一名「倚天」，一名「青釭」；倚天劍自佩之，青釭劍令夏侯恩佩之。那青釭劍砍鐵如泥，鋒利無比。當時夏侯恩自恃勇力，背着曹操，只顧引人搶奪擄掠。不想撞着趙雲，被他一槍刺死，奪了那口劍，看靶上有金嵌「青釭」二字，方知是寶劍也。雲插劍提槍，復殺入重圍；回顧手下從騎，已沒一人，只剩得孤身。雲並無半點退心，只顧往來尋覓；但逢百姓，便問麋夫人消息。忽一人指曰：「夫人抱着孩兒，左腿上着了槍，行走不得，只在前面牆缺內坐地。」

趙雲聽了，連忙追尋。只見一個人家，被火燒壞土牆，麋夫人抱着阿斗，坐於牆下枯井之傍啼哭。雲急下馬伏地而拜。夫人曰：「妾得見將軍，阿斗有命矣。望將軍可憐他父親飄蕩半世，只有這點骨血。將軍可護持此子，教他得見父面，妾死無恨！」雲曰：「夫人受難，雲之罪也。不必多言，請夫人上馬。雲自步行死戰，保夫人透出重圍。」麋夫人曰：「不可！將軍豈可無馬？此子全賴將軍保護。妾已重傷，死何足惜！望將軍速抱此子前去，勿以妾為累也。」雲曰：「喊聲將近，追兵已至，請夫人速速上馬。」麋夫人曰：「妾身委實難去，休得兩誤。」乃將阿斗遞與趙雲曰：「此子性命全在將軍身上！」趙雲三回五次，請夫人上馬，夫人只不肯上馬。四邊喊聲又起。雲厲聲曰：「夫人不聽吾言，追軍若至，為之奈何？」麋夫人乃棄阿斗於地，翻身投入枯井中而死。後人有詩讚之曰：

> 戰將全憑馬力多，步行怎把幼君扶？
> 拚將一死存劉嗣，勇決還虧女丈夫。

趙雲見夫人已死，恐曹軍盜屍，便將土牆推倒，掩蓋枯井。掩訖，解開勒甲絛，放下掩心鏡，將阿斗抱護在懷，綽槍上馬。早有一將，引一隊步軍至，乃曹洪部將晏明也，持三尖兩刃刀來戰趙雲。不三合，被趙雲一槍刺倒，殺散眾軍，衝開一條路。正走間，前面又一枝軍馬攔路。當先一員大將，旗號分明，大書“河間張郃”。雲更不答話，挺槍便戰。約十餘合，雲不敢戀戰，奪路而走。背後張郃追來，雲加鞭而行，不想跐蹉一聲，連馬和人，顛入土坑之內。張郃挺槍來刺，忽然一道紅光，從土坑中滾起，那匹馬平空一躍，跳出坑外。後人有詩曰：

> 紅光罩體困龍飛，征馬衝開長坂圍。
> 四十二年真命主，將軍因得顯神威。

張郃見了，大驚而退。趙雲縱馬正走，背後忽有二將大叫：“趙雲休走！”前面又有二將，使兩般軍器，截住去路：後面趕的是馬延、張顗，前面阻的是焦觸、張南，都是袁紹手下降將。趙雲力戰四將，曹軍一齊擁至。雲乃拔青釭劍亂砍。手起處，衣甲平過，血如湧泉。殺退眾軍將，直透重圍。

卻說曹操在景山頂上，望見一將，所到之處，威不可當，急問左右是誰。曹洪飛馬下山大叫曰：“軍中戰將可留姓名！”雲應聲曰：“吾乃常山趙子龍也！”曹洪回報曹操。操曰：“真虎將也！吾當生致之。”遂令飛馬傳報各處：“如趙雲到，不許放冷箭，只要捉活的。”因此趙雲得脫此難。此亦阿斗之福所致也。這一場殺：趙雲懷抱後主，直透重圍，砍倒大旗兩面，奪槊三條；前後槍刺劍砍，殺死曹營名將五十餘員。後人有詩曰：

> 血染征袍透甲紅，當陽誰敢與爭鋒！

古來衝陣扶危主，只有常山趙子龍。

趙雲當下殺透重圍，已離大陣，血滿征袍。正行間，山坡下又撞出兩枝軍，乃夏侯惇部將鍾縉、鍾紳兄弟二人，一個使大斧，一個使畫戟，大喝：“趙雲快下馬受縛！”正是：纔離虎窟逃生去，又遇龍潭鼓浪來。畢竟子龍怎地脫身，且聽下文分解。

# 第四十二回

# 張翼德大鬧長坂橋
# 劉豫州敗走漢津口

卻説鍾縉、鍾紳二人攔住趙雲厮殺。趙雲挺槍便刺，鍾縉當先揮大斧來迎。兩馬相交，戰不三合，被雲一槍刺落馬下，奪路便走。背後鍾紳持戟趕來，馬尾相啣，那枝戟只在趙雲後心內弄影。雲急撥轉馬頭，恰好兩胸相拍。雲左手持槍隔過畫戟，右手拔出青釭寶劍砍去，帶盔連腦，砍去一半，紳落馬而死，餘衆奔散。趙雲得脱，望長坂橋而走。只聞後面喊聲大震，原來文聘引軍趕來。趙雲到得橋邊，人困馬乏。見張飛挺矛立馬於橋上，雲大呼曰：“翼德援我！”飛曰：“子龍速行，追兵我自當之。”

雲縱馬過橋，行二十餘里，見玄德與衆人憩於樹下。雲下馬伏地而泣，玄德亦泣。雲喘息而言曰：“趙雲之罪，萬死猶輕！糜夫人身帶重傷，不肯上馬，投井而死。雲只得推土牆掩之；懷抱公子，身突重圍；賴主公洪福，幸而得脱。適來公子尚在懷中啼哭，此一會不見動靜，多是不能保也。”遂解視之。原來阿斗正睡着未醒。雲喜曰：

"幸得公子無恙！"雙手遞與玄德。玄德接過，擲之於地曰："為汝這孺子，幾損我一員大將！"趙雲忙向地下抱起阿斗，泣拜曰："雲雖肝腦塗地，不能報也！"後人有詩曰：

> 曹操軍中飛虎出，趙雲懷內小龍眠。
> 無由撫慰忠臣意，故把親兒擲馬前。

卻說文聘引軍追趙雲至長坂橋，只見張飛倒豎虎鬚，圓睜環眼，手綽蛇矛，立馬橋上；又見橋東樹林之後，塵頭大起，疑有伏兵，便勒住馬，不敢近前。俄而曹仁、李典、夏侯惇、夏侯淵、樂進、張遼、張郃、許褚等都至。見飛怒目橫矛，立馬於橋上，又恐是諸葛孔明之計，都不敢近前。紮住陣腳，一字兒擺在橋西，使人飛報曹操。操聞知，急上馬，從陣後來。張飛圓睜環眼，隱隱見後軍青羅傘蓋、旄鉞旌旗來到，料得是曹操心疑，親自來看。飛乃厲聲大喝曰："我乃燕人張翼德也！誰敢與我決一死戰？"聲如巨雷。曹軍聞之，盡皆股慄。曹操急令去其傘蓋，回顧左右曰："我向曾聞雲長言：翼德於百萬軍中，取上將之首，如探囊取物。今日相逢，不可輕敵。"言未已，張飛睜目又喝曰："燕人張翼德在此！誰敢來決死戰？"曹操見張飛如此氣概，頗有退心。飛望見曹操後軍陣腳移動，乃挺矛又喝曰："戰又不戰，退又不退，卻是何故！"喊聲未絕，曹操身邊夏侯傑驚得肝膽碎裂，倒撞於馬下。操便回馬而走。於是諸軍眾將一齊望西逃奔。正是：黃口孺子，怎聞霹靂之聲；病體樵夫，難聽虎豹之吼。一時棄槍落盔者，不計其數。人如潮湧，馬似山崩，自相踐踏。後人有詩讚曰：

> 長坂橋頭殺氣生，橫槍立馬眼圓睜。
> 一聲好似轟雷震，獨退曹家百萬兵。

卻說曹操懼張飛之威，驟馬望西而走，冠簪盡落，披髮奔逃。張遼、許褚趕上，扯住轡環。曹操倉皇失措。張遼曰：“丞相休驚。料張飛一人，何足深懼！今急回軍殺去，劉備可擒也。”曹操方纔神色稍定，乃令張遼、許褚再至長坂橋探聽消息。

且說張飛見曹軍一擁而退，不敢追趕；速喚回原隨二十餘騎，解去馬尾樹枝，令將橋梁拆斷，然後回馬來見玄德，具言斷橋一事。玄德曰：“吾弟勇則勇矣，惜失於計較。”飛問其故。玄德曰：“曹操多謀。汝不合拆斷橋梁，彼必追至矣。”飛曰：“他被我一喝，倒退數里，何敢再追？”玄德曰：“若不斷橋，彼恐有埋伏，不敢進兵；今拆斷了橋，彼料我無軍而怯，必來追趕。彼有百萬之眾，雖涉江、漢，可填而過，豈懼一橋之斷耶？”於是即刻起身，從小路斜投漢津，望沔陽路而走。

卻說曹操使張遼、許褚探長坂橋消息，回報曰：“張飛已拆斷橋梁而去矣。”操曰：“彼斷橋而去，乃心怯也。”遂傳令差一萬軍，速搭三座浮橋，只今夜就要過。李典曰：“此恐是諸葛亮之詐謀，不可輕進。”操曰：“張飛一勇之夫，豈有詐謀？”遂傳下號令，火速進兵。

卻說玄德行近漢津，忽見後面塵頭大起，鼓聲連天，喊聲震地。玄德曰：“前有大江，後有追兵，如之奈何？”急命趙雲準備抵敵。曹操下令軍中曰：“今劉備釜中之魚，穽中之虎，若不就此時擒捉，如放魚入海，縱虎歸山矣。眾將可努力向前。”眾將領令，一個個奮威追趕。忽山坡後鼓聲響處，一隊軍馬飛出，大叫曰：“我在此等候多時了！”當頭那員大將，手執青龍刀，坐下赤兔馬。原來是關雲長，去江夏借得軍馬一萬，探知當陽長坂大戰，特地從此路截出。曹操一見雲長，即勒住馬回顧眾將曰：“又中諸葛亮之計也！”傳令大軍速退。

雲長追趕十數里，即回軍保護玄德等到漢津，已有船隻伺候；

雲長請玄德并甘夫人、阿斗至船中坐定。雲長問曰："二嫂嫂如何不見？"玄德訴說當陽之事。雲長歎曰："曩日獵於許田時，若從吾意，可無今日之患。"玄德曰："我於此時亦'投鼠忌器'耳。"正說之間，忽見江南岸戰鼓大鳴，舟船如蟻，順風揚帆而來。玄德大驚。船來至近，只見一人白袍銀鎧，立於船頭上大呼曰："叔父別來無恙！小姪得罪！"玄德視之，乃劉琦也。琦過船哭拜曰："聞叔父困於曹操，小姪特來接應。"玄德大喜，遂合兵一處，放舟而行。在船中正訴情由，江西南上戰船一字兒擺開，乘風唰哨而至。劉琦驚曰："江夏之兵，小姪已盡起至此矣。今有戰船攔路，非曹操之軍，即江東之軍也，如之奈何？"玄德出船頭視之，見一人綸巾道服，坐在船頭上，乃孔明也。背後立着孫乾。玄德慌請過船，問其何故卻在此。孔明曰："亮自至江夏，先令雲長於漢津登陸地而接。我料曹操必來追趕，主公必不從江陵來，必斜取漢津矣，故特請公子先來接應，我竟往夏口，盡起軍前來相助。"玄德大悅，合為一處，商議破曹之策。孔明曰："夏口城險，頗有錢糧，可以久守。請主公且到夏口屯住。公子自回江夏，整頓戰船，收拾軍器，為掎角之勢，可以抵當曹操。若共歸江夏，則勢反孤矣。"劉琦曰："軍師之言甚善。但愚意欲請叔父暫至江夏，整頓軍馬停當，再回夏口不遲。"玄德曰："賢姪之言亦是。"遂留下雲長，引五千軍守夏口。玄德、孔明、劉琦共投江夏。

　　卻說曹操見雲長在旱路引軍截出，疑有伏兵，不敢來追；又恐水路先被玄德奪了江陵，便星夜提兵赴江陵來。荊州治中鄧義、別駕劉先，已備知襄陽之事，料不能抵敵曹操，遂引荊州軍民出郭投降。曹操入城，安民已定，釋韓嵩之囚，加為大鴻臚。其餘眾官，各有封賞。曹操與眾將議曰："今劉備已投江夏，恐結連東吳，是滋蔓也。當用何計破之？"荀攸曰："我今大振兵威，遣使馳檄江東，請孫權會獵於江夏，共擒劉備，分荊州之地，永結盟好。孫權必驚疑而來降，則吾事濟矣。"操從其計，一面發檄遣使赴東吳；一面計點馬步水軍共八十三萬，詐稱一百萬，水陸並進，船騎雙行，沿江而來。西連荊、峽，東接蘄、黃，寨柵聯絡三百餘里。

話分兩頭。卻說江東孫權，屯兵柴桑郡，聞曹操大軍至襄陽，劉琮已降，今又星夜兼道取江陵，乃集眾謀士商議禦守之策。魯肅曰："荊州與國鄰接，江山險固，士民殷富。吾若據而有之，此帝王之資也。今劉表新亡，劉備新敗，肅請奉命往江夏弔喪，因說劉備使撫劉表眾將，同心一意，共破曹操；備若喜而從命，則大事可成矣。"權喜從其言，即遣魯肅齎禮往江夏弔喪。

卻說玄德至江夏，與孔明、劉琦共議良策。孔明曰："曹操勢大，急難抵敵，不如往投東吳孫權，以為應援。使南北相持，吾等於中取利，有何不可？"玄德曰："江東人物極多，必有遠謀，安肯相容耶？"孔明笑曰："今操引百萬之眾，虎踞江、漢，江東安得不使人來探聽虛實？若有人到此，亮借一帆風，直至江東，憑三寸不爛之舌，說南北兩軍互相吞併。若南軍勝，共誅曹操以取荊州之地；若北軍勝，則我乘勢以取江南，可也。"玄德曰："此論甚高。但如何得江東人到？"

正說間，人報江東孫權差魯肅來弔喪，船已傍岸。孔明笑曰："大事濟矣！"遂問劉琦曰："往日孫策亡時，襄陽曾遣人去弔喪否？"琦曰："江東與我家有殺父之讎，安得通慶弔之禮？"孔明曰："然則魯肅之來，非為弔喪，乃來探聽軍情也。"遂謂玄德曰："魯肅至，若問曹操動靜，主公只推不知。再三問時，主公只說可問諸葛亮。"計會已定，使人迎接魯肅。肅入城弔喪；收過禮物，劉琦請肅與玄德相見。禮畢，邀入後堂飲酒。肅曰："久聞皇叔大名，無緣拜會；今幸得見，實為欣慰。近聞皇叔與曹操會戰，必知彼虛實：敢問操軍約有幾何？”玄德曰：“備兵微將寡，一聞操至即走，竟不知彼虛實。”魯肅曰：“聞皇叔用諸葛孔明之謀，兩場火燒得曹操魂亡膽落，何言不知耶？”玄德曰：“除非問孔明，便知其詳。”肅曰：“孔明安在？願求一見。”玄德教請孔明出來相見。

　　肅見孔明禮畢，問曰：“向慕先生才德，未得拜晤；今幸相遇，願聞目今安危之事。”孔明曰：“曹操奸計，亮已盡知；但恨力未及，故且避之。”肅曰：“皇叔今將止於此乎？”孔明曰：“使君與蒼梧太守吳臣有舊，將往投之。”肅曰：“吳臣糧少兵微，自不能保，焉能容人？”孔明曰：“吳臣處雖不足久居，今且暫依之，別有良圖。”肅曰：“孫將軍虎踞六郡，兵精糧足，又極敬賢禮士，江表英雄，多歸附之；今為君計，莫若遣心腹往結東吳，以共圖大事。”孔明曰：“劉使君與孫將軍自來無舊，恐虛費詞說，且別無心腹之人可使。”肅曰：“先生之兄，現為江東參謀，日望與先生相見。肅不才，願與公同見孫將軍，共議大事。”玄德曰：“孔明是吾之師，頃刻不可相離，安可去也？”肅堅請孔明同去。玄德佯不許。孔明曰：“事急矣，請奉命一行。”玄德方纔許諾。魯肅遂別了玄德、劉琦，與孔明登舟，望柴桑郡來。正是：只因諸葛扁舟去，致使曹兵一旦休。不知孔明此去畢竟如何，且看下文分解。

# 第四十三回

## 諸葛亮舌戰羣儒
## 魯子敬力排眾議

　　卻說魯肅、孔明辭了玄德、劉琦，登舟望柴桑郡來。二人在舟中共議。魯肅謂孔明曰：“先生見孫將軍，切不可實言曹操兵多將廣。”孔明曰：“不須子敬叮嚀，亮自有對答之語。”及船到岸，肅請孔明於館驛中暫歇，先自往見孫權。權正聚文武於堂上議事，聞魯肅回，急召人問曰：“子敬往江夏，體探虛實若何？”肅曰：“已知其略，尚容徐稟。”權將曹操檄文示肅曰：“操昨遣使齎文至此，孤先發遣來使，現今會眾商議未定。”肅接檄文觀看。其略曰：

　　　　孤近承帝命，奉詞伐罪。旌麾南指，劉琮束手；荊襄
　　之民，望風歸順。今統雄兵百萬，上將千員，欲與將軍會獵
　　於江夏，共伐劉備，同分土地，永結盟好。幸勿觀望，速賜
　　回音。

魯肅看畢曰：“主公尊意若何？”權曰：“未有定論。”張昭曰：“曹

操擁百萬之眾，借天子之名，以征四方，拒之不順。且主公大勢可以拒操者，長江也。今操既得荊州，長江之險，已與我共之矣，勢不可敵。以愚之計，不如納降，為萬安之策。」眾謀士皆曰：「子布之言，正合天意。」孫權沉吟不語。張昭又曰：「主公不必多疑。如降操則東吳民安，江南六郡可保矣。」孫權低頭不語。須臾，權起更衣，魯肅隨於權後。權知肅意，乃執肅手而言曰：「卿欲如何？」肅曰：「恰纔眾人所言，深誤將軍。眾人皆可降曹操，惟將軍不可降曹操。」權曰：「何以言之？」肅曰：「如肅等降操，當以肅還鄉黨，累官故不失州郡也；將軍降操，欲安所歸乎？位不過封侯，車不過一乘，騎不過一匹，從不過數人，豈得南面稱孤哉！眾人之意，各自為己，不可聽也。將軍宜早定大計。」權歎曰：「諸人議論，大失孤望。子敬開說大計，正與吾見相同。此天以子敬賜我也！但操新得袁紹之眾，近又得荊州之兵，恐勢大難以抵敵。」肅曰：「肅至江夏，引諸葛瑾之弟諸葛亮在此，主公可問之，便知虛實。」權曰：「臥龍先生在此乎？」肅曰：「現在館驛中安歇。」權曰：「今日天晚，且未相見。來日聚文武於帳下，先教見我江東英俊，然後升堂議事。」

肅領命而去。次日至館驛中見孔明，又囑曰：「今見我主，切不可言曹操兵多。」孔明笑曰：「亮自見機而變，決不有誤。」肅乃引孔明至幕下。早見張昭、顧雍等一班文武二十餘人，峨冠博帶，整衣端坐。孔明逐一相見，各問姓名。施禮已畢，坐於客位。張昭等見孔明丰神飄灑，器宇軒昂，料道此人必來游說。張昭先以言挑之曰：「昭乃江東微末之士，久聞先生高臥隆中，自比管、樂。此語果有之乎？」孔明曰：「此亮平生小可之比也。」昭曰：「近聞劉豫州三顧先生於草廬之中，幸得先生，以為如魚得水，思欲席捲荊襄。今一旦以屬曹操，未審是何主見？」孔明自思張昭乃孫權手下第一個謀士，若不先難倒他，如何説得孫權，遂答曰："吾觀取漢上之地，易如反掌。我主劉豫州躬行仁義，不忍奪同宗之基業，故力辭之。劉琮孺子，聽信佞言，暗自投降，致使曹操得以猖獗。今我主屯兵江夏，別有良圖，非等閒可知也。"昭曰："若此，是先生言行相違也。先生自比管、樂——管仲相桓公，霸諸侯，一匡天下；樂毅扶持微弱之燕，下齊七十餘城：此二人者，真濟世之才也。先生在草廬之中，但笑傲風月，抱膝危坐。今既從事劉豫州，當為生靈興利除害，剿滅亂賊。且劉豫州未得先生之前，尚且縱橫寰宇，割據城池；今得先生，人皆仰望。雖三尺童蒙，亦謂彪虎生翼，將見漢室復興，曹氏即滅矣。朝廷舊臣，山林隱士，無不拭目而待：以為拂高天之雲翳，仰日月之光輝，拯民於水火之中，措天下於袵席[1]之上，在此時也。何先生自歸豫州，曹兵一出，棄甲抛戈，望風而竄；上不能報劉表以安庶民，下不能輔孤子而據疆土；乃棄新野，走樊城，敗當陽，奔夏口，無容身之地：是豫州既得先生之後，反不如其初也。管仲、樂毅，果如是乎？愚直之言，幸勿見怪！"孔明聽罷，啞然而笑曰："鵬飛萬里，其志豈羣鳥能識哉？譬如人染沉痾，當先用糜粥以飲之，和藥以服之；待其腑臟調和，形體漸安，然後用肉食以補之，猛藥以治之，則病根盡去，人得全生也。若不待氣脈和緩，便投以猛藥厚味，欲求安保，誠為難矣。吾主劉豫州，向日軍敗於汝南，寄跡劉表，兵不滿千，將止關、張、趙雲而已，此正如病勢尪羸已極之時也。新野山僻小縣，人民稀少，糧食鮮薄，豫州不過暫借以容身，豈真將坐守於此耶？夫以甲兵不完，城郭不固，軍不經練，糧不繼日，然而博望燒屯，白河用水，使夏侯惇、曹仁輩心驚膽裂。竊謂管仲、樂毅之用兵，未必過此。至於劉琮降操，豫州實出不知，且又不忍乘亂奪同宗之基業，此真大仁大義也。當陽之敗，豫州見有數十萬赴義之民，扶老攜幼相隨，不忍棄之，日行十里，不思進取江陵，甘與同敗，此亦大仁大義也。寡不敵眾，勝負乃其常事。昔高皇數敗於項羽，而垓下一戰成功，此非韓信之良謀乎？夫信久事高皇，未嘗累勝。蓋國家大計，社稷安危，是有主謀。非比誇辯之徒，虛譽欺人，坐議立談，無人可及；臨機應變，百無一能。誠為天下笑耳！"這一篇言語，說得張昭並無一言回答。

座上忽一人抗聲問曰："今曹公兵屯百萬，將列千員，龍驤虎視，平吞江夏，公以為何如？"孔明視之，乃虞翻也。孔明曰："曹操收袁紹蟻聚之兵，劫劉表烏合之眾，雖數百萬不足懼也。"虞翻冷笑曰："軍敗於當陽，計窮於夏口，區區求救於人，而猶言不懼，此真大言欺人也！"孔明曰："劉豫州以數千仁義之師，安能敵百萬殘暴之眾？退守夏口，所以待時也。今江東兵精糧足，且有長江之險，猶欲使其主屈膝降賊，不顧天下恥笑。由此論之，劉豫州真不懼操賊者矣！"虞翻不能對。

座間又一人問曰："孔明欲效儀、秦之舌，游說東吳耶？"孔明視之，乃步騭也。孔明曰："步子山以蘇秦、張儀為辯士，不知蘇秦、張儀亦豪傑也：蘇秦佩六國相印，張儀兩次相秦，皆有匡扶人國之謀，非比畏強凌弱，懼刀避劍之人也。君等聞曹操虛發詐偽之詞，便畏懼請降，敢笑蘇秦、張儀乎？"步騭默默然無語。

忽一人問曰："孔明以曹操何如人也。"孔明視其人，乃薛綜也。孔明答曰："曹操乃漢賊也，又何必問？"綜曰："公言差矣。漢歷傳至今，天數將終。今曹公已有天下三分之二，人皆歸心。劉豫州不識天時，強欲與爭，正如以卵擊石，安得不敗乎？"孔明厲聲曰："薛敬文安得出此無父無君之言乎！夫人生天地間，以忠孝為立身之本。公既為漢臣，則見有不臣之人，當誓共戮之，臣之道也。今曹操祖宗叨食漢祿，不思報效，反懷篡逆之心，天下之所共憤；公乃以天數歸之，真無父無君之人也！不足與語！請勿復言！”薛綜滿面羞慚，不能對答。

座上又一人應聲問曰：“曹操雖挾天子以令諸侯，猶是相國曹參之後。劉豫州雖云中山靖王苗裔，卻無可稽考，眼見只是織蓆販屨之夫耳，何足與曹操抗衡哉！”孔明視之，乃陸績也。孔明笑曰：“公非袁術座間懷橘之陸郎乎？請安坐，聽吾一言：曹操既為曹相國之後，則世為漢臣矣；今乃專權肆橫，欺凌君父，是不惟無君，亦且蔑祖；不惟漢室之亂臣，亦曹氏之賊子也。劉豫州堂堂帝胄，當今皇帝，按譜賜爵，何云無可稽考？且高祖起身亭長，而終有天下；織蓆販屨，又何足為辱乎？公小兒之見，不足與高士共語！”陸績語塞。

座上一人忽曰：“孔明所言，皆強詞奪理，均非正論，不必再言。且請問孔明治何經典？”孔明視之，乃嚴畯也。孔明曰：“尋章摘句，世之腐儒也，何能興邦立事？且古耕莘伊尹，釣渭子牙，張良、陳平之流，鄧禹、耿弇之輩，皆有匡扶宇宙之才，未審其生平治何經典。豈亦效書生區區於筆硯之間，數黑論黃，舞文弄墨而已乎？”嚴畯低頭喪氣而不能對。

忽又一人大聲曰：“公好為大言，未必真有實學，恐適為儒者所笑耳。”孔明視其人，乃汝南程德樞也。孔明答曰：“儒有君子小人之別。君子之儒，忠君愛國，守正惡邪，務使澤及當時，名留後世。若夫小人之儒，惟務雕蟲，專工翰墨，青春作賦，皓首窮經，筆下雖有千言，胸中實無一策。且如揚雄以文章名世，而屈身事莽，不免投閣而死，此所謂小人之儒也；雖日賦萬言，亦何取哉！”程德樞不能對。眾人見孔明對答如流，盡皆失色。

時座上張溫、駱統二人，又欲問難。忽一人自外而入，厲聲言曰：“孔明乃當世奇才，君等以脣舌相難，非敬客之禮也。曹操大軍臨境，不思退敵之策，乃徒鬥口耶！”眾視其人，乃零陵人，姓黃，名蓋，字公覆，現為東吳糧官。當時黃蓋謂孔明曰：“愚聞多言獲利，不如默而無言。何不將金石之論為我主言之，乃與眾人辯論也？”孔明曰：“諸君不知世務，互相問難，不容不答耳。”於是黃蓋與魯肅引孔明入。至中門，正遇諸葛瑾，孔明施禮。瑾曰：“賢弟既到江東，如何不來見我？”孔明曰：“弟既事劉豫州，理宜先公後私。公事未畢，不敢及私。望兄見諒。”瑾曰：“賢弟見過吳侯，卻來敘話。”說罷自去。

　　魯肅曰：“適間所囑，不可有誤。”孔明點頭應諾。引至堂上，孫權降階而迎，優禮相待。施禮畢，賜孔明坐。眾文武分兩行而立。魯肅立於孔明之側，只看他講話。孔明致玄德之意畢，偷眼看孫權：碧眼紫鬚，堂堂一表。孔明暗思：“此人相貌非常，只可激，不可說。等他問時，用言激之便了。”獻茶已畢，孫權曰：“多聞魯子敬談足下之才，今幸得相見，敢求教益。”孔明曰：“不才無學，有辱明問。”權曰：“足下近在新野，佐劉豫州與曹操決戰，必深知彼軍虛實。”孔明曰：“劉豫州兵微將寡，更兼新野城小無糧，安能與曹操相持？”權曰：“曹兵共有多少？”孔明曰：“馬步水軍，約有一百餘萬。”權曰：“莫非詐乎？”孔明曰：“非詐也。曹操就兗州已有青州軍二十萬；平了袁紹，又得五六十萬；中原新招之兵三四十萬；今又得荊州之軍二三十萬：以此計之，不下一百五十萬。亮以百萬言之，恐驚江東之士也。”魯肅在旁，聞言失色，以目視孔明，孔明只做不見。權曰：“曹操部下戰將，還有多少？”孔明曰：“足智多謀之士，能征慣戰之將，何止一二千人！”權曰：“今曹操平了荊、楚，復有遠圖乎？”孔明曰：“即今沿江下寨，準備戰船，不欲圖江東，待取何地？”權曰：“若彼有吞併之意，戰與不戰，請足下為我一決。”孔明曰：“亮有一言，但恐將軍不肯聽從。”權曰：“願聞高論。”孔明曰：“向者宇內大亂，故將軍起江東，劉豫州收眾漢南，與曹操並爭天下。今操芟除大難，略已平矣；近又新破荊州，威震海內；縱有英雄，無用武之地，故豫州遁逃至此。願將軍量力而處之。若能以吳、越之眾，與中國抗衡，不如早與之絕；若其不能，何不從眾謀士之論，按兵束甲，北面而事之？"權未及答。孔明又曰："將軍外託服從之名，內懷疑貳之見，事急而不斷，禍至無日矣。"權曰："誠如君言，劉豫州何不降操？"孔明曰："昔田橫，齊之壯士耳，猶守義不辱；況劉豫州王室之胄，英才蓋世，眾士仰慕？事之不濟，此乃天也，又安能屈處人下乎？"

孫權聽了孔明此言，不覺勃然變色，拂衣而起，退入後堂。眾皆哂笑而散。魯肅責孔明曰："先生何故出此言？幸是吾主寬洪大度，不即面責。先生之言，藐視吾主甚矣。"孔明仰面笑曰："何如此不能容物耶！我自有破曹之計，彼不問我，我故不言。"肅曰："果有良策，肅當請主公求教。"孔明曰："吾視曹操百萬之眾，如群蟻耳！但我一舉手，則皆為虀粉矣！"肅聞言，便入後堂，見孫權。權怒氣未息，顧謂肅曰："孔明欺吾太甚！"肅曰："臣亦以此責孔明，孔明反笑主公不能容物，破曹之策，孔明不肯輕言。主公何不求之？"權回嗔作喜曰："原來孔明有良謀，故以言詞激我。我一時淺見，幾誤大事。"便同魯肅重復出堂，再請孔明敘話。權見孔明，謝曰："適來冒瀆威嚴，幸勿見罪。"孔明亦謝曰："亮言語冒犯，望乞恕罪。"權邀孔明入後堂，置酒相待。

數巡之後，權曰："曹操平生所惡者：呂布、劉表、袁紹、袁術、豫州與孤耳。今數雄已滅，獨豫州與孤尚存。孤不能以全吳之地，受制於人。吾計決矣。非劉豫州莫與當曹操者；然豫州新敗之後，安能抗此難乎？"孔明曰："豫州雖新敗，然關雲長猶率精兵萬人；劉琦領江夏戰士，亦不下萬人。曹操之眾，遠來疲憊；近追豫州，輕騎一日夜行三百里。此所謂'強弩之末，勢不能穿魯縞'者也。且北方之人，不習水戰。荊州士民附操者，迫於勢耳，非本心也。今將軍誠能與豫州協力同心，破曹軍必矣。操軍破，必北還，則荊、吳之勢強，而鼎足之形成矣。成敗之機，在於今日。惟將軍裁之。"權大悅曰："先生之言，頓開茅塞。吾意已決，更無他疑。即日商議起兵，共滅曹操。"遂令魯肅將此意傳諭文武官員，就送孔明於館驛安歇。

張昭知孫權欲興兵，遂與眾議曰："中了孔明之計也！"急入見權曰："昭等聞主公將興兵與曹操爭鋒。主公自思比袁紹若何？曹操向日兵微將寡，尚能一鼓克袁紹；何況今日擁百萬之眾南征，豈可輕敵？若聽諸葛亮之言，妄動甲兵，此所謂負薪救火也。"孫權只低頭不語。顧雍曰："劉備因為曹操所敗，故欲借我江東之兵以拒之，主公奈何為其所用乎？願聽子布之言。"孫權沉吟未決。張昭等出，魯肅入見曰："適張子布等，又勸主公休動兵，力主降議，此皆全軀保妻子之臣，為自謀之計耳。願主公勿聽也。"孫權尚在沉吟。肅曰："主公若遲疑，必為眾人誤矣。"權曰："卿且暫退，容我三思。"肅乃退出。時武將或有要戰的，文官都是要降的，議論紛紛不一。

且說孫權退入內宅，寢食不安，猶豫不決。吳國太見權如此，問曰："何事在心，寢食俱廢？"權曰："今曹操屯兵於江、漢，有下江南之意。問諸文武，或欲降者，或欲戰者。欲待戰來，恐寡不敵眾；欲待降來，又恐曹操不容，因此猶豫不決。"吳國太曰："汝何不記吾姐臨終之語乎？"孫權如醉方醒，似夢初覺，想出這句話來。正是：追思國母臨終語，引得周郎立戰功。畢竟說着甚的，且看下文分解。

註　釋

1　袵席：牀席。比喻舒適安全的地方。

# 第四十四回

# 孔明用智激周瑜
# 孫權決計破曹操

卻説吳國太見孫權疑惑不決，乃謂之曰：“先姊遺言云：‘伯符臨終有言：內事不決問張昭，外事不決問周瑜。’今何不請公瑾問之？”權大喜，即遣使往鄱陽請周瑜議事。原來周瑜在鄱陽湖訓練水師，聞曹操大軍至漢上，便星夜回柴桑郡議軍機事。使者未發，周瑜已先到。魯肅與瑜最厚，先來接着，將前項事細述一番。周瑜曰：“子敬休憂，瑜自有主張。今可速請孔明來相見。”魯肅上馬去了。

周瑜方纔歇息。忽報張昭、顧雍、張紘、步騭四人來相探。瑜接入堂中坐定，敍寒溫畢。張昭曰：“都督知江東之利害否？”瑜曰：“未知也。”昭曰：“曹操擁眾百萬，屯於漢上，昨傳檄文至此，欲請主公會獵於江夏。雖有相吞之意，尚未露其形。昭等勸主公且降之，庶免江東之禍。不想魯子敬從江夏帶劉備軍師諸葛亮至此，彼因自欲雪憤，特下説詞以激主公。子敬卻執迷不悟。正欲待都督一決。”瑜曰：“公等之見皆同否？”顧雍等曰：“所議皆同。”瑜曰：“吾亦欲降久矣。

公等請回。明早見主公，自有定議。”昭等辭去。

少頃，又報程普、黃蓋、韓當等一班戰將來見。瑜迎入，各問慰訖。程普曰：“都督知江東早晚屬他人否？”瑜曰：“未知也。”普曰：“吾等自隨孫將軍開基創業，大小數百戰，方纔戰得六郡城池。今主公聽謀士之言，欲降曹操，此真可恥可惜之事！吾等寧死不辱。望都督勸主公決計興兵。吾等願效死戰。”瑜曰：“將軍等所見皆同否？”黃蓋忿然而起，以手拍額曰：“吾頭可斷，誓不降曹！”眾人皆曰：“吾等皆不願降。”瑜曰：“吾正欲與曹操決戰，安肯投降？將軍等請回。瑜見主公，自有定議。”程普等別去。

又未幾，諸葛瑾、呂範等一班兒文官相候。瑜迎入，講禮畢。諸葛瑾曰：“舍弟諸葛亮自漢上來，言劉豫州欲結東吳，共伐曹操，文武商議未定。因舍弟為使，瑾不敢多言，專候都督來決此事。”瑜曰：“以公論之若何？”瑾曰：“降者易安，戰者難保。”周瑜笑曰：“瑜自有主張。來日同至府下定議。”瑾等辭退。

忽又報呂蒙、甘寧等一班兒來見。瑜請入，亦敘談此事。有要戰者，有要降者，互相爭論。瑜曰：“不必多言，來日都到府下公議。”眾乃辭去。周瑜冷笑不止。

至晚，人報魯子敬引孔明來拜。瑜出中門迎入。敘禮畢，分賓主而坐。肅先問瑜曰：“今曹操驅眾南侵，和與戰二策，主公不能決，一聽於將軍。將軍之意若何？”瑜曰：“曹操以天子為名，其師不可拒。且其勢大，未可輕敵。戰則必敗，降則易安。吾意已決。來日見主公，便當遣使納降。”魯肅愕然曰：“君言差矣！江東基業，已歷三世，豈可一旦棄於他人？伯符遺言，外事付託將軍。今正欲仗將軍保全國家，為泰山之靠，奈何亦從懦夫之議耶？”瑜曰：“江東六郡，生靈無限；若罹兵革之禍，必有歸怨於我，故決計請降耳。”肅曰：“不然。以將軍之英雄，東吳之險固，操未必便能得志也。”二人互相爭辯，孔明只袖手冷笑。瑜曰：“先生何故哂笑？”孔明曰：“亮不笑別人，笑子敬不識時務耳。”肅曰：“先生如何反笑我不識時務？”孔明曰：“公瑾主意欲降操，甚為合理。”瑜曰：“孔明乃識時務之士，必與吾有同心。”肅曰：“孔明，你也如何說此？”孔明曰：“操極善用兵，天下莫敢當。向只有呂布、袁紹、袁術、劉表敢與對敵。今數人皆被操滅，天下無人矣。獨有劉豫州不識時務，強與爭衡；今孤身江夏，存亡未保。將軍決計降曹，可以保妻子，可以全富貴。國祚遷移，付之天命，何足惜哉！”魯肅大怒曰：“汝教吾主屈膝受辱於國賊乎！”

　　孔明曰：“愚有一計，並不勞牽羊擔酒，納土獻印，亦不須親自渡江，只須遣一介之使，扁舟送兩個人到江上。操若得此兩人，百萬之眾，皆卸甲捲旗而退矣。”瑜曰：“用何二人，可退操兵？”孔明曰：“江東去此兩人，如大木飄一葉，太倉減一粟耳。而操得之，必大喜而去。”瑜又問：“果用何二人？”孔明曰：“亮居隆中時，即聞操於漳河新造一臺，名曰銅雀，極其壯麗；廣選天下美女以實其中。操本好色之徒，久聞江東喬公有二女，長曰大喬，次曰小喬，有沉魚落雁之容，閉月羞花之貌。操曾發誓曰：‘吾一願掃平四海，以成帝業；一願得江東二喬，置之銅雀臺，以樂晚年，雖死無恨矣。’今雖引百萬之眾，虎視江南，其實為此二女也。將軍何不去尋喬公，以千金買此二女，差人送與曹操，操得二女，稱心滿意，必班師矣。此范蠡獻西施之計，何不速為之？”瑜曰：“操欲得二喬，有何證驗？”孔明曰：“曹操幼子曹植，字子建，下筆成文。操嘗命作一賦，名曰〈銅雀臺賦〉。賦中之意，單道他家合為天子，誓取二喬。”瑜曰：“此賦公能記否？”孔明曰：“吾愛其文華美，嘗竊記之。”瑜曰：“試請一誦。”孔明即時誦〈銅雀臺賦〉云：

從明后以嬉游兮，登層臺以娛情。見太府之廣開兮，觀聖德之所營。建高門之嵯峨兮，浮雙闕乎太清。立中天之華觀兮，連飛閣乎西城。臨漳水之長流兮，望園果之滋榮。立雙臺於左右兮，有玉龍與金鳳。攬“二喬”[1] 於東南兮，樂朝夕之與共。俯皇都之宏麗兮，瞰雲霞之浮動。欣羣才之來萃兮，協飛熊之吉夢。仰春風之和穆兮，聽百鳥之悲鳴。天雲垣其既立兮，家願得乎雙逞。揚仁化於宇宙兮，盡肅恭於上京。惟桓文之為盛兮，豈足方乎聖明？

休矣！美矣！惠澤遠揚。翼佐我皇家兮，寧彼四方。同天地之規量兮，齊日月之輝光。永貴尊而無極兮，等君壽於東皇。御龍旂以遨遊兮，迴鸞駕而周章。恩化及乎四海兮，嘉物阜而民康。願斯臺之永固兮，樂終古而未央！

周瑜聽罷，勃然大怒，離座指北而罵曰：“老賊欺吾太甚！”孔明急起止之曰：“昔單于屢侵疆界，漢天子許以公主和親，今何惜民間二女乎？”瑜曰：“公有所不知：大喬是孫伯符將軍主婦，小喬乃瑜之妻也。”孔明佯作惶恐之狀，曰：“亮實不知。失口亂言，死罪！死罪！”瑜曰：“吾與老賊誓不兩立！”孔明曰：“事須三思，免致後悔。”瑜曰：“吾承伯符寄託，安有屈身降操之理？適來所言，故相試耳。吾自離鄱陽湖，便有北伐之心，雖刀斧加頭，不易其志也。望孔明助一臂之力，同破操賊。”孔明曰：“若蒙不棄，願效犬馬之勞，早晚拱聽驅策。”瑜曰：“來日入見主公，便議起兵。”孔明與魯肅辭出，相別而去。

次日清晨，孫權升堂。左邊文官張昭、顧雍等三十餘人；右邊武官程普、黃蓋等三十餘人。衣冠濟濟，劍佩鏘鏘，分班侍立。少頃，周瑜入見。禮畢，孫權問慰罷。瑜曰：“近聞曹操引兵屯漢上，馳書至此，主公尊意若何？”權即取檄文與周瑜看。瑜看畢，笑曰：“老賊以我江東無人，敢如此相侮耶！”權曰：“君之意若何？”瑜曰：“主公曾與眾文武商議否？”權曰：“連日議此事：有勸我降者，有勸我戰者。吾意未定，故請公瑾一決。”瑜曰：“誰勸主公降？”權曰：“張子布等皆主其意。”瑜即問張昭曰：“願聞先生所以主降之意。”昭曰：“曹操挾天子而征四方，動以朝廷為名；近又得荊州，威勢愈大。吾江東可以拒操者，長江耳。今操艨艟戰艦，何止千百？水陸並進，何可當之？不如且降，更圖後計。”瑜曰：“此迂儒之論也！江東自開國以來，今歷三世，安忍一旦廢棄！”權曰：“若此，計將安出？”瑜曰：“操雖託名漢相，實為漢賊。將軍以神武雄才，仗父兄餘業，據有江東，兵精糧足，正當橫行天下，為國家除殘去暴，奈何降賊耶？且操今此來，多犯兵家之忌：北土未平，馬騰、韓遂為其後患，而操久於南征，一忌也；北軍不熟水戰，操捨鞍馬，仗舟楫，與東吳爭衡，二忌也；又時值隆冬盛寒，馬無藁草，三忌也；驅中國士卒，遠涉江湖，不服水土，多生疾病，四忌也。操兵犯此數忌，雖多必敗。將軍擒操，正在今日。瑜請得精兵數千，進屯夏口，為將軍破之！”權矍然[2]起曰：“老賊欲廢漢自立久矣，所懼二袁、呂布、劉表與孤耳。今數雄已滅，惟孤尚存。孤與老賊，誓不兩立！卿言當伐，甚合孤意。此天以卿授我也。”瑜曰：“臣為將軍決一血戰，萬死不辭。只恐將軍狐疑不定。”權拔佩劍砍面前奏案一角曰：“諸官將有再言降操者，與此案同！”言罷，便將此劍賜周瑜，即封瑜為大都督，程普為副都督，魯肅為贊軍校尉。如文武官將有不聽號令者，即以此劍誅之。瑜受了劍，對眾言曰：“吾奉主公之命，率眾破曹。諸將官吏來日俱於江畔行營聽令。如遲誤者，依七禁令、五十四斬施行。”言罷，辭了孫權，起身出府。眾文武各無言而散。

周瑜回到下處，便請孔明議事。孔明至。瑜曰：“今日府下公議已定，願求破曹良策。”孔明曰：“孫將軍心尚未穩，不可以決策也。”瑜曰：“何謂心不穩？”孔明曰：“心怯曹兵之多，懷寡不敵眾之意。將軍以軍數開解，使其了然無疑，然後大事可成。”瑜曰：“先生之論甚善。”乃復入見孫權。權曰：“公瑾夜至，必有事故。”瑜曰：“來日調撥軍馬，主公心有疑否？”權曰：“但憂曹操兵多，寡不敵眾耳。他無所疑。”瑜笑曰：“瑜特為此來開解主公。主公因見操檄文，言水陸大軍百萬，故懷疑懼，不復料其虛實。今以實較之：彼將中國之兵，不過十五六萬，且已久疲；所得袁氏之眾，亦止七八萬耳，尚多懷疑未服。未以久疲之卒，御狐疑之眾，其數雖多，不足畏也。瑜得五萬兵，自足破之。願主公勿以為慮。”權撫瑜背曰：“公瑾此言，足釋吾疑。子布無謀，深失孤望；獨卿及子敬，與孤同心耳。卿可與子敬、程普即日選軍前進。孤當續發人馬，多載資糧，為卿後應。卿前軍倘不如意，便還就孤。孤當親與曹賊決戰，更無他疑。”周瑜謝出，暗忖曰：“孔明早已料着吳侯之心，其計畫又高我一頭。久必為江東之患，不如殺之。”乃令人連夜請魯肅入帳，言欲殺孔明之事。肅曰：“不可。今操賊未破，先殺賢士，是自去其助也。”瑜曰：“此人助劉備，必為江東之患。”肅曰：“諸葛瑾乃其親兄，可令招此人同事東吳，豈不妙哉？”瑜善其言。

次日平明，瑜赴行營，升中軍帳高坐。左右立刀斧手，聚集文官武將聽令。原來程普年長於瑜，今瑜爵居其上，心中不樂；是日乃託病不出，令長子程咨自代。瑜令眾將曰：“王法無親，諸君各守乃職。方今曹操弄權，甚於董卓：囚天子於許昌，屯暴兵於境上。吾今奉命討之，諸君幸皆努力向前。大軍到處，不得擾民。賞勞罰罪，並不徇縱。”令畢，即差韓當、黃蓋為前部先鋒，領本部戰船，即日起行，前至三江口下寨，別聽將令；蔣欽、周泰為第二隊；凌統、潘璋為第三隊；太史慈、呂蒙為第四隊；陸遜、董襲為第五隊；呂範、朱治為四方巡警使，催督六部官軍，水陸並進，剋期取齊。調撥已畢，諸將各自收拾船隻軍器起行。程咨回見父程普，說周瑜調兵，動止有法。普大驚曰：“吾素欺周郎懦弱，不足為將；今能如此，真將才也！我如何不服！”遂親詣行營謝罪。瑜亦遜謝。

次日，瑜請諸葛瑾，謂曰：“令弟孔明有王佐之才，如何屈身事劉備？今幸至江東，欲煩先生不惜齒牙餘論，使令弟棄劉備而事東吳，則主公既得良輔，而先生兄弟又得相見，豈不美哉？先生幸即一行。”瑾曰：“瑾自至江東，愧無寸功。今都督有命，敢不效力？”即時上馬，逕投驛亭來見孔明。孔明接入，哭拜，各訴闊情。瑾泣曰：“弟知伯夷、叔齊乎？”孔明暗思：“此必周郎教來說我也。”遂答曰：“夷、齊，古之聖賢也。”瑾曰：“夷、齊雖至餓死首陽山下，兄弟二人亦在一處。我今與你同胞共乳，乃各事其主，不能旦暮相聚，視夷、齊之為人，能無愧乎？”孔明曰：“兄所言者，情也；弟所守者，義也。弟與兄皆漢人。今劉皇叔乃漢室之胄，兄若能去東吳，而與弟同事劉皇叔，則上不愧為漢臣，而骨肉又得相聚，此情義兩全之策也。不識兄意以為何如？”瑾思曰：“我來說他，反被他說了我也。”遂無言回答，起身辭去，回見周瑜，細述孔明之言。瑜曰：“公意若何？”瑾曰：“吾受孫將軍厚恩，安肯相背？”瑜曰：“公既忠心事主，不必多言。吾自有伏孔明之計。”正是：智與智逢宜必合，才和才角又難容。畢竟周瑜何計伏孔明，且看下文分解。

1　二喬：〈銅雀臺賦〉裏作“二橋”，是兩條橋的意思。諸葛亮在這裏故意說成“二喬”，是為了激怒周瑜，因為“大喬”是指孫策的妻子，“小喬”是指周瑜的妻子。

2　蹙然：急遽貌。

# 第四十五回

## 三江口曹操折兵
## 羣英會蔣幹中計

　　卻說周瑜聞諸葛瑾之言，轉恨孔明，存心欲謀殺之。次日點齊軍將，入辭孫權。權曰："卿先行，孤即起兵繼後。"瑜辭出，與程普、魯肅領兵起行，便邀孔明同往。孔明欣然從之。一同登舟，駕起帆檣，迤邐望夏口而進。離三江口五六十里，船依次第歇定。周瑜在中央下寨，岸上依西山結營，周圍屯住。孔明只在一葉小舟內安身。

　　周瑜分撥已定，使人請孔明議事。孔明至中軍帳，敘禮畢。瑜曰："昔曹操兵少，袁紹兵多，而操反勝紹者，因用許攸之謀，先斷烏巢之糧也。今操兵八十三萬，我兵只五六萬，安能拒之？亦必須先斷操之糧，然後可破。我已探知操軍糧草，俱屯於聚鐵山。先生久居漢上，熟知地理。敢煩先生與關、張、子龍輩——吾亦助兵千人——星夜往聚鐵山斷操糧道。彼此各為主人之事，幸勿推調。"孔明暗思："此因說我不動，設計害我。我若推調，必為所笑。不如應之，別有計議。"乃欣然領諾。瑜大喜。孔明辭出。魯肅密謂瑜曰："公使孔明劫糧，是何意見？"瑜曰："吾欲殺孔明，恐惹人笑，故借曹操之手殺之，以絕後患耳。"肅聞言，乃往見孔明，看他知也不知。只見孔明略無難色，整點軍馬要行。肅不忍，以言挑之曰："先生此去可成功否？"孔明笑曰："吾水戰、步戰、馬戰、車戰，各盡其妙，何愁功績不成，非比江東公與周郎輩止一能也。"肅曰："吾與公瑾何謂一能？"孔明曰："吾聞江南小兒謠言云：'伏路把關饒子敬，臨江水戰有周郎。'公等於陸地但能伏路把關；周公瑾但堪水戰，不能陸戰耳。"

肅乃以此言告知周瑜。瑜怒曰："何欺我不能陸戰耶！不用他去！我自引一萬馬軍，往聚鐵山斷操糧道。"肅又將此言告孔明。孔明笑曰："公瑾令吾斷糧者，實欲使曹操殺吾耳。吾故以片言戲之，公瑾便容納不下。目今用人之際，只願吳侯與劉使君同心，則功可成；如各相謀害，大事休矣。操賊多謀，他平生慣斷人糧道，今如何不以重兵隄備？公瑾若去，必為所擒。今只當先決水戰，挫動北軍銳氣，別尋妙計破之。望子敬善言以告公瑾為幸。"魯肅遂連夜回見周瑜，備述孔明之言。瑜搖首頓足曰："此人見識勝吾十倍，今不除之，後必為我國之禍！"肅曰："今用人之際，望以國家為重。且待破曹之後，圖之未晚。"瑜然其說。

卻說玄德分付劉琦守江夏，自領眾將引兵往夏口。遙望江南岸旗旛隱隱，戈戟重重，料是東吳已動兵矣，乃盡移江夏之兵，至樊口屯紮。玄德聚眾曰："孔明一去東吳，杳無音信，不知事體如何。誰人可去探聽虛實回報？"糜竺曰："竺願往。"玄德乃備羊酒禮物，令糜竺至東吳，以犒軍為名，探聽虛實。竺領命，駕小舟順流而下，逕至周瑜大寨前。軍士入報周瑜，瑜召入。竺再拜，致玄德相敬之意，獻上酒禮。瑜受訖，設宴款待糜竺。竺曰："孔明在此已久，今願與同回。"瑜曰："孔明方與我同謀破曹,豈可便去?吾亦欲見劉豫州,共議良策;奈身統大軍,不可暫離。若豫州肯枉駕來臨,深慰所望。"竺應諾,拜辭而回。肅問瑜曰："公欲見玄德,有何計議?"瑜曰:"玄德世之梟雄,不可不除。吾今乘機誘至殺之,實為國家除一後患。"魯肅再三勸諫,瑜只不聽,遂傳密令:"如玄德至,先埋伏刀斧手五十人於壁衣中,看我擲盃為號,便出下手。"

卻說糜竺回見玄德,具言周瑜欲請主公到彼面會,別有商議。玄德便教收拾快船一隻,只今便行。雲長諫曰:"周瑜多謀之士,又無孔明書信,恐其中有詐,不可輕去。"玄德曰:"我今結東吳以共破曹操,周郎欲見我,我若不往,非同盟之意。兩相猜忌,事不諧矣。"雲長曰:"兄長若堅意要去,弟願同往。"張飛曰:"我也跟去。"玄德曰:"只雲長隨我去。翼德與子龍守寨,簡雍固守鄂縣。我去便回。"分付畢,即與雲長乘小舟,并從者二十餘人,飛棹赴江東。玄德觀看江東艨艟戰艦、旌旗甲兵,左右分布整齊,心中甚喜。軍士飛報周瑜:"劉豫州來了。"瑜問:"帶多少船隻來?"軍士答曰:"只有一隻船,二十餘從人。"瑜笑曰:"此人命合休矣!"乃命刀斧手先埋伏定,然後出寨迎接。玄德引雲長等二十餘人,直到中軍帳,敍禮畢,瑜請玄德上坐。玄德曰:"將軍名傳天下,備不才,何煩將軍重禮?"乃分賓主而坐。周瑜設宴相待。

且說孔明偶來江邊,聞說玄德來此與都督相會,喫了一驚,急入中軍帳窺看動靜。只見周瑜面有殺氣,兩邊壁衣中密排刀斧手。孔明大驚曰:"似此如之奈何!"回視玄德,談笑自若;卻見玄德背後一人,按劍而立,乃雲長也。孔明喜曰:"吾主無危矣。"遂不復入,仍回身至江邊等候。

周瑜與玄德飲宴,酒行數巡,瑜起身把盞,猛見雲長按劍立於玄德背後，忙問何人。玄德曰："吾弟關雲長也。"瑜驚曰："非向日斬顏良、文醜者乎？"玄德曰："然也。"瑜大驚，汗流滿背，便斟酒與雲長把盞。少頃，魯肅入。玄德曰："孔明何在？煩子敬請來一會。"瑜曰："且待破了曹操，與孔明相會未遲。"玄德不敢再言。雲長以目視玄德。玄德會意，即起身辭瑜曰："備暫告別。即日破敵收功之後，專當叩賀。"瑜亦不留，送出轅門。玄德別了周瑜，與雲長等來至江邊，只見孔明已在舟中。玄德大喜。孔明曰："主公知今日之危乎？"玄德愕然曰："不知也。"孔明曰："若無雲長，主公幾為周瑜所害矣。"玄德方纔省悟，便請孔明同回樊口。孔明曰："亮雖居虎口，安如泰山。今主公但收拾船隻軍馬候用，以十一月二十甲子日後為期，可令子龍駕小舟來南岸邊等候。切勿有誤。"玄德問其意。孔明曰："但看東南風起，亮必還矣。"玄德再欲問時，孔明催促玄德作速開船。言訖自回。玄德與雲長及從人開船，行不數里，忽見上流頭放下五六十隻船來。船頭上一員大將，橫矛而立，乃張飛也。因恐玄德有失，雲長獨力難支，特來接應。於是三人一同回寨，不在話下。

卻說周瑜送了玄德，回至寨中，魯肅入問曰："公既誘玄德至此，為何又不下手？"瑜曰："關雲長，世之虎將也，與玄德行坐相隨，吾若下手，他必來害我。"肅愕然。忽報曹操遣使送書至。瑜喚入。使者呈上書看時，封面上判云："漢大丞相付周都督開拆"。瑜大怒，更不開看，將書扯碎，擲於地上，喝斬來使。肅曰："兩國相爭，不斬來使。"瑜曰："斬使以示威。"遂斬使者，將首級付從人持回。隨令甘寧為先鋒，韓當為左翼，蔣欽為右翼。瑜自部領諸將接應。來日四更造飯，五更開船，鳴鼓吶喊而進。

卻說曹操知周瑜毀書斬使，大怒，便喚蔡瑁、張允等一班荊州降將為前部。操自為後軍，催督戰船，到三江口。早見東吳船隻，蔽江而來。為首一員大將，坐在船頭上大呼曰：“吾乃甘寧也！誰敢來與我決戰？”蔡瑁令弟蔡壎前進。兩船將近，甘寧拈弓搭箭，望蔡壎射來，應弦而倒。寧遂驅船大進，萬弩齊發。曹軍不能抵當。右邊蔣欽，左邊韓當，直衝入曹軍隊中。曹軍大半是青、徐之兵，素不習水戰，大江面上，戰船一擺，早立腳不住。甘寧等三路戰船，縱橫水面。周瑜又催船助戰。曹軍中箭着礮者，不計其數。從巳時直殺到未時，周瑜雖得利，只恐寡不敵眾，遂下令鳴金收住船隻。曹軍敗回，操登旱寨，再整軍士，喚蔡瑁、張允責之曰：“東吳兵少，反為所敗，是汝等不用心耳！”蔡瑁曰：“荊州水軍，久不操練；青、徐之軍，又素不習水戰，故爾致敗。今當先立水寨，令青、徐軍在中，荊州軍在外，每日教習精熟，方可用之。”操曰：“汝既為水軍都督，可以便宜從事，何必稟我？”於是張、蔡二人，自去訓練水軍。沿江一帶分二十四座水門，以大船居於外為城郭，小船居於內，可通往來。至晚點上燈火，照得天心水面通紅。旱寨三百餘里，煙火不絕。

　　卻說周瑜得勝回寨，犒賞三軍，一面差人到吳侯處報捷。當夜瑜登高觀望，只見西邊火光接天。左右告曰：“此皆北軍燈火之光也。”瑜亦心驚。次日，瑜欲親往探看曹軍水寨，乃命收拾樓船一隻，帶着鼓樂，隨行健將數員，各帶強弓硬弩，一齊上船迤邐前進。至操寨邊，瑜命下了矴石，樓船上鼓樂齊奏。瑜暗窺他水寨，大驚曰：“此深得水軍之妙也！”問：“水軍都督是誰？”左右曰：“蔡瑁、張允。”瑜思曰：“二人久居江東，諳習水戰，吾必設計先除此二人，然後可以破曹。”正窺看間，早有曹軍飛報曹操，說：“周瑜偷看吾寨。”操命縱船擒捉。瑜見水寨中旗號動，急教收起矴石，兩邊四下一齊輪轉櫓棹，望江面上如飛而去。比及曹寨中船出時，周瑜的樓船，已離了十數里遠，追之不及，回報曹操。

操問眾將曰：「昨日輸了一陣，挫動銳氣，今又被他深窺吾寨。吾當作何計破之？」言未畢，忽帳下一人出曰：「某自幼與周郎同窗交契，願憑三寸不爛之舌，往江東說此人來降。」曹操大喜，視之，乃九江人，姓蔣，名幹，字子翼，見為帳下幕賓。操問曰：「子翼與周公瑾相厚乎？」幹曰：「丞相放心。幹到江左，必要成功。」操問：「要將何物去？」幹曰：「只消一童隨往，二僕駕舟，其餘不用。」操甚喜，置酒與蔣幹送行。幹葛巾布袍，駕一隻小舟，逕到周瑜寨中，命傳報：「故人蔣幹相訪。」周瑜正在帳中議事，聞幹至，笑謂諸將曰：「說客至矣！」遂與眾將附耳低言，如此如此。眾皆應命而去。

瑜整衣冠，引從者數百，皆錦衣花帽，前後簇擁而出。蔣幹引一青衣小童，昂然而來，瑜拜迎之。幹曰：「公瑾別來無恙！」瑜曰：「子翼良苦：遠涉江湖，為曹氏作說客耶？」幹愕然曰：「吾久別足下，特來敘舊，奈何疑我作說客也？」瑜笑曰：「吾雖不及師曠[1]之聰，聞絃歌而知雅意。」幹曰：「足下待故人如此，便請告退。」瑜笑而挽其臂曰：「吾但恐兄為曹氏作說客耳。既無此心，何速去也？」遂同入帳。敘禮畢，坐定，即傳令悉召江左英傑與子翼相見。

須臾，文官武將，各穿錦衣；帳下偏裨將校，都披銀鎧：分兩行而入。瑜都教相見畢，就列於兩傍而坐。大張筵席，奏軍中得勝之樂，輪換行酒。瑜告眾官曰：「此吾同窗契友也。雖從江北到此，卻不是曹家說客。公等勿疑。」遂解佩劍付太史慈曰：「公可佩我劍作監酒：今日宴飲，但敘朋友交情；如有提起曹操與東吳軍旅之事者，即斬之！」太史慈應諾，按劍坐於席上。蔣幹驚愕，不敢多言。周瑜曰：「吾自領軍以來，滴酒不飲；今日見了故人，又無疑忌，當飲一醉。」說罷，大笑暢飲。座上觥籌交錯。飲至半酣，瑜攜幹手，同步出帳外。

左右軍士，皆全裝慣帶，持戈執戟而立。瑜曰：“吾之軍士，頗雄壯否？”幹曰：“真熊虎之士也。”瑜又引幹到帳後一望，糧草堆積如山。瑜曰：“吾之糧草，頗足備否？”幹曰：“兵精糧足，名不虛傳。”瑜佯醉大笑曰：“想周瑜與子翼同學業時，不曾望有今日。”幹曰：“以吾兄高才，實不為過。”瑜執幹手曰：“大丈夫處世，遇知己之主，外託君臣之義，內結骨肉之恩，言必行，計必從，禍福共之。假使蘇秦、張儀、陸賈、酈生復出，口似懸河，舌如利刃，安能動我心哉！”言罷大笑。蔣幹面如土色。瑜復攜幹入帳，會諸將再飲；因指諸將曰：“此皆江東之英傑。今日此會，可名‘羣英會’。”飲至天晚，點上燈燭，瑜自起舞劍作歌。歌曰：

　　丈夫處世兮立功名；立功名兮慰平生。慰平生兮吾將醉；
　吾將醉兮發狂吟！

歌罷，滿座歡笑。至夜深，幹辭曰：“不勝酒力矣。”瑜命撤席，諸將辭出。瑜曰：“久不與子翼同榻，今宵抵足而眠。”於是佯作大醉之狀，攜幹入帳共寢。瑜和衣臥倒，嘔吐狼藉。蔣幹如何睡得着？伏枕聽時，軍中鼓打二更，起視殘燈尚明。看周瑜時，鼻息如雷。幹見帳內桌上，堆着一卷文書，乃起牀偷視之，卻都是往來書信。內有一封，上寫“蔡瑁張允謹封”。幹大驚，暗讀之。書略曰：

　　某等降曹，非圖仕祿，迫於勢耳。今已賺北軍困於寨
　中，但得其便，即將操賊之首，獻於麾下。早晚人到，便有
　關報。幸勿見疑。先此敬覆。

幹思曰：“原來蔡瑁、張允結連東吳！……”遂將書暗藏於衣內。再欲檢看他書時，牀上周瑜翻身，幹急滅燈就寢。瑜口內含糊曰：“子

翼，我數日之內，教你看曹賊之首！"幹勉強應之。瑜又曰："子翼，且住！……教你看曹賊之首！……"及幹問之，瑜又睡着。幹伏於牀上，將近四更，只聽得有人入帳喚曰："都督醒否？"周瑜夢中做忽覺之狀，故問那人曰："牀上睡着何人？"答曰："都督請子翼同寢，何故忘卻？"瑜懊悔曰："吾平日未嘗飲醉；昨日醉後失事，不知可曾説甚言語？"那人曰："江北有人到此。"瑜喝："低聲！"便喚："子翼。"蔣幹只妝睡着。瑜潛出帳。幹竊聽之，只聞有人在外曰："張、蔡二都督道：'急切不得下手。'……"後面言語頗低，聽不真實。少頃，瑜入帳，又喚："子翼。"蔣幹只是不應，蒙頭假睡。瑜亦解衣就寢。幹尋思："周瑜是個精細人，天明尋書不見，必然害我。"睡至五更，幹起喚周瑜，瑜卻睡着。幹戴上巾幘，潛步出帳，喚了小童，逕出轅門。軍士問："先生那裏去？"幹曰："吾在此恐誤都督事，權且告別。"軍士亦不阻當。

　　幹下船，飛棹回見曹操。操問："子翼幹事若何？"幹曰："周瑜雅量高致，非言詞所能動也。"操怒曰："事又不濟，反為所笑！"幹曰："雖不能説周瑜，卻與丞相打聽得一件事。乞退左右。"幹取出書信，將上項事逐一説與曹操。操大怒曰："二賊如此無禮耶！"即便喚蔡瑁、張允到帳下。操曰："我欲使汝二人進兵。"瑁曰："軍尚未曾練熟，不可輕進。"操怒曰："軍若練熟，吾首級獻於周郎矣！"蔡、張二人不知其意，驚慌不能回答。操喝武士推出斬之。須臾，獻頭帳下，操方省悟曰："吾中計矣！"後人有詩歎曰：

　　　　曹操奸雄不可當，一時詭計中周郎。
　　　　蔡張賣主求生計，誰料今朝劍下亡！

眾將見殺了蔡、張二人，入問其故。操雖心知中計，卻不肯認錯，乃謂眾將曰：“二人怠慢軍法，吾故斬之。”眾皆嗟呀不已。操於眾將內選毛玠、于禁為水軍都督，以代蔡、張二人之職。

　　細作探知，報過江東。周瑜大喜曰：“吾所患者，此二人耳。今既剿除，吾無憂矣。”肅曰：“都督用兵如此，何愁曹賊不破乎！”瑜曰：“吾料諸將不知此計，獨有諸葛亮識見勝我，想此謀亦不能瞞也。子敬試以言挑之，看他知也不知，便當回報。”正是：還將反間成功事，去試從旁冷眼人。未知肅去問孔明還是如何，且看下文分解。

註　釋

1　師曠：春秋時晉國的樂師，善於辨音。

# 第四十六回

## 用奇謀孔明借箭
## 獻密計黃蓋受刑

卻說魯肅領了周瑜言語，逕來舟中相探孔明。孔明接入小舟對坐。肅曰：「連日措辦軍務，有失聽教。」孔明曰：「便是亮亦未與都督賀喜。」肅曰：「何喜？」孔明曰：「公瑾使先生來探亮知也不知，便是這件事可賀喜耳。」諕得魯肅失色問曰：「先生何由知之？」孔明曰：「這條計只好弄蔣幹。曹操雖被一時瞞過，必然便省悟，只是不肯認錯耳。今蔡、張兩人既死，江東無患矣，如何不賀喜！吾聞曹操換毛玠、于禁為水軍都督，則這兩個手裏，好歹送了水軍性命。」魯肅聽了，開口不得，把些言語支吾了半晌，別孔明而回。孔明囑曰：「望子敬在公瑾面前勿言亮先知此事。恐公瑾心懷妒忌，又要尋事害亮。」魯肅應諾而去，回見周瑜，把上項事只得實說了。瑜大驚曰：「此人決不可留！吾決意斬之！」肅勸曰：「若殺孔明，卻被曹操笑也。」瑜曰：「吾自有公道斬之，教他死而無怨。」肅曰：「以何公道斬之？」瑜曰：「子敬休問，來日便見。」

次日，聚眾將於帳下，教請孔明議事。孔明欣然而至。坐定，瑜問孔明曰：“即日將與曹軍交戰，水路交兵，當以何兵器為先？”孔明曰：“大江之上，以弓箭為先。”瑜曰：“先生之言，甚合愚意。但今軍中正缺箭用，敢煩先生監造十萬枝箭，以為應敵之具。此係公事，先生幸勿推卻。”孔明曰：“都督見委，自當效勞。敢問十萬枝箭，何時要用？”瑜曰：“十日之內，可辦完否？”孔明曰：“操軍即日將至，若候十日，必誤大事。”瑜曰：“先生料幾日可完辦？”孔明曰：“只消三日，便可拜納十萬枝箭。”瑜曰：“軍中無戲言。”孔明曰：“怎敢戲都督！願納軍令狀：三日不辦，甘當重罰。”瑜大喜，喚軍政司當面取了文書，置酒相待曰：“待軍事畢後，自有酬勞。”孔明曰：“今日已不及，來日造起。至第三日，可差五百小軍到江邊搬箭。”飲了數盃，辭去。魯肅曰：“此人莫非詐乎？”瑜曰：“他自送死，非我逼他。今明白對眾要了文書，他便兩脅生翅，也飛不去。我只分付軍匠人等，教他故意遲延，凡應用物件，都不與齊備。如此，必然誤了日期。那時定罪，有何理說？公今可去探他虛實，卻來回報。”

　　肅領命來見孔明。孔明曰：“吾曾告子敬，休對公瑾說，他必要害我。不想子敬不肯為我隱諱，今日果然又弄出事來。三日內如何造得十萬箭？子敬只得救我！”肅曰：“公自取其禍，我如何救得你？”孔明曰：“望子敬借我二十隻船，每船要軍士三十人，船上皆用青布為幔，各束草千餘個，分布兩邊。吾別有妙用。第三日包管有十萬枝箭。只不可又教公瑾得知；若彼知之，吾計敗矣。”肅允諾，卻不解其意，回報周瑜，果然不提起借船之事，只言孔明並不用箭竹、翎毛、膠漆等物，自有道理。瑜大疑曰：“且看他三日後如何回覆我！”

　　卻說魯肅私自撥輕快船二十隻，各船三十餘人，並布幔束草等物，盡皆齊備，候孔明調用。第一日卻不見孔明動靜；第二日亦只不動。至第三日四更時分，孔明密請魯肅到船中。肅問曰："公召我來何意？"孔明曰："特請子敬同往取箭。"肅曰："何處去取？"孔明曰："子敬休問，前去便見。"遂命將二十隻船，用長索相連，逕望北岸進發。是夜大霧漫天，長江之中，霧氣更甚，對面不相見。孔明促舟前進，果然是好大霧！前人有篇〈大霧垂江賦〉曰：

　　大哉長江！西接岷、峨，南控三吳，北帶九河。匯百川而入海，歷萬古以揚波。至若龍伯、海若、江妃、水母，長鯨千丈，天蜈九首，鬼怪異類，咸集而有。蓋夫鬼神之所憑依，英雄之所戰守也。

　　時而陰陽既亂，昧爽不分。訝長空之一色，忽大霧之四屯。雖輿薪而莫覩，惟金鼓之可聞。初若溟濛，纔隱南山之豹；漸而充塞，欲迷北海之鯤。然後上接高天，下垂厚地。渺乎蒼茫，浩乎無際。鯨鯢出水而騰波，蛟龍潛淵而吐氣。又如梅霖收溽，春陰釀寒；溟溟漠漠，浩浩漫漫。東失柴桑之岸，南無夏口之山。戰船千艘，俱沉淪於岩壑；漁舟一葉，驚出沒於波瀾。甚則穹昊無光，朝陽失色；返白晝為昏黃，變丹山為水碧。雖大禹之智，不能測其深淺；離婁之明，焉能辨乎咫尺？

　　於是馮夷息浪，屏翳收功；魚鱉遁迹，鳥獸潛蹤。隔斷蓬萊之島，暗圍閶闔之宮。恍惚奔騰，如驟雨之將至；紛紜雜沓，若寒雲之欲同。乃能中隱毒蛇，因之而為瘴癘；內藏妖魅，憑之而為禍害。降疾厄於人間，起風塵於塞外。小民遇之夭傷，大人觀之感慨。蓋將返元氣於洪荒，混天地為大塊。

當夜五更時候，船已近曹操水寨。孔明教把船隻頭西尾東，一帶擺開，就船上擂鼓吶喊。魯肅驚曰：「倘曹兵齊出，如之奈何？」孔明笑曰：「吾料曹操於重霧中必不敢出。吾等只顧酌酒取樂，待霧散便回。」

卻說曹操寨中，聽得擂鼓吶喊，毛玠、于禁二人慌忙飛報曹操。操傳令曰：「重霧迷江，彼軍忽至，必有埋伏，切不可輕動。可撥水軍弓弩手亂箭射之。」又差人往旱寨內喚張遼、徐晃各帶弓弩軍三千，火速到江邊助射。比及號令到來，毛玠、于禁怕南軍搶入水寨，已差弓弩手在寨前放箭；少頃，旱寨內弓弩手亦到，約一萬餘人，盡皆向江中放箭：箭如雨發。孔明教把船弔回，頭東尾西，逼近水寨受箭，一面擂鼓吶喊。待至日高霧散，孔明令收船急回。二十隻船兩邊束草上，排滿箭枝。孔明令各船上軍士齊聲叫曰：「謝丞相箭！」比及曹軍寨內報知曹操時，這裏船輕水急，已放回二十餘里，追之不及。曹操懊悔不已。

卻說孔明回船謂魯肅曰：「每船上箭約五六千矣。不費江東半分之力，已得十萬餘箭。明日即將來射曹軍，卻不甚便！」肅曰：「先生真神人也！何以知今日如此大霧？」孔明曰：「為將而不通天文，不識地利，不知奇門，不曉陰陽，不看陣圖，不明兵勢，是庸才也。亮於三日前已算定今日有大霧，因此敢任三日之限。公瑾教我十日完辦，工匠料物，都不應手，將這一件風流罪過，明白要殺我。我命繫於天，公瑾焉能害我哉！」魯肅拜服。

船到岸時，周瑜已差五百軍在江邊等候搬箭。孔明教於船上取之，可得十餘萬枝，都搬入中軍帳交納。魯肅入見周瑜，備說孔明取箭之事。瑜大驚，慨然歎曰：「孔明神機妙算，吾不如也！」後人有詩讚曰：

一天濃霧滿長江，遠近難分水渺茫。

驟雨飛蝗來戰艦，孔明今日伏周郎。

少頃，孔明入寨見周瑜。瑜下帳迎之，稱羨曰：“先生神算，使人敬服。”孔明曰：“詭譎小計，何足為奇？”瑜邀孔明入帳共飲。瑜曰：“昨吾主遣使來催督進軍，瑜未有奇計，願先生教我。”孔明曰：“亮乃碌碌庸才，安有妙計？”瑜曰：“某昨觀曹操水寨，極其嚴整有法，非等閒可攻。思得一計，不知可否。先生幸為我一決之。”孔明曰：“都督且休言。各自寫於手內，看同也不同。”瑜大喜，教取筆硯來，先自暗寫了，卻送與孔明，孔明亦暗寫了。兩個移近坐榻，各出掌中之字，互相觀看，皆大笑。原來周瑜掌中字，乃一“火”字，孔明掌中，亦一“火”字。瑜曰：“既我兩人所見相同，更無疑矣。幸勿漏泄。”孔明曰：“兩家公事，豈有漏泄之理！吾料曹操雖兩番經我這條計，然必不為備。今都督儘行之可也。”飲罷分散，諸將皆不知其事。

卻說曹操平白折了十五六萬箭，心中氣悶。荀攸進計曰：“江東有周瑜、諸葛亮二人用計，急切難破。可差人去東吳詐降，為奸細內應，以通消息，方可圖也。”操曰：“此言正合吾意。汝料軍中誰可行此計？”攸曰：“蔡瑁被誅，蔡氏宗族，皆在軍中。瑁之族弟蔡中、蔡和現為副將。丞相可以恩結之，差往詐降東吳，必不見疑。”操從之，當夜密喚二人入帳囑付曰：“汝二人可用些少軍士，去東吳詐降。但有動靜，使人密報。事成之後，重加封賞。休懷二心！”二人曰：“吾等妻子俱在荊州，安敢懷二心，丞相勿疑。某二人必取周瑜、諸葛亮之首，獻於麾下。”操厚賞之。次日，二人帶五百軍士，駕船數隻，順風望着南岸來。

且說周瑜正理會進兵之事，忽報江北有船來到江口，稱是蔡瑁之弟蔡和、蔡中，特來投降。瑜喚入。二人哭拜曰：“吾兄無罪，被操賊所殺。吾二人欲報兄讎，特來投降。望賜收錄，願為前部。”瑜大喜，重賞二人，即命與甘寧引軍為前部。二人拜謝，以為中計。瑜密喚甘寧分付曰：“此二人不帶家小，非真投降，乃曹操使來為奸細者。吾今欲將計就計，教他通報消息。汝可慇懃相待，就裏隄防。至出兵之日，先要殺他兩個祭旗。汝切須小心，不可有誤。”甘寧領命而去。魯肅入見周瑜曰：“蔡中、蔡和之降，多應是詐，不可收用。”瑜叱曰：“彼因曹操殺其兄，欲報讎而來降，何詐之有？你若如此多疑，安能容天下之士乎？”肅默然而退，乃往告孔明，孔明笑而不言。肅曰：“孔明何故哂笑？”孔明曰：“吾笑子敬不識公瑾用計耳。大江隔遠，細作極難往來。操使蔡中、蔡和詐降，竊探我軍中事，公瑾將計就計，正要他通報消息。兵不厭詐，公瑾之謀是也。”肅方纔省悟。

卻說周瑜夜坐帳中，忽見黃蓋潛入中軍來見周瑜。瑜曰：“公覆夜至，必有良謀見教。”蓋曰：“彼眾我寡，不宜久持，何不用火攻之？”瑜曰：“誰教公獻此計？”蓋曰：“某出自己意，非他人之所教也。”瑜曰：“吾正欲如此，故留蔡中、蔡和詐降之人，以通消息；但恨無一人為我行詐降計耳。”蓋曰：“某願行此計。”瑜曰：“不受些苦，彼如何肯信？”蓋曰：“某受孫氏厚恩，雖肝腦塗地，亦無怨悔。”瑜拜而謝之曰：“君若肯行此苦肉計，則江東之萬幸也。”蓋曰：“某死亦無怨。”遂謝而出。

次日，周瑜鳴鼓大會諸將於帳下。孔明亦在座。周瑜曰：“操引百萬之眾，連絡三百餘里，非一日可破。今令諸將各領三個月糧草，準備禦敵。”言未訖，黃蓋進曰：“莫說三個月，便支三十個月糧草，也不濟事！若是這個月破的，便破；若是這個月破不的，只可依張子布之言，棄甲倒戈，北面而降之耳！"周瑜勃然變色，大怒曰："吾奉主公之命，督兵破曹，敢有再言降者必斬。今兩軍相敵之際，汝敢出此言，慢我軍心，不斬汝首，難以服眾！"喝左右將黃蓋斬訖報來。黃蓋亦怒曰："吾自隨破虜將軍，縱橫東南，已歷三世，那有你來？"瑜大怒，喝令速斬。甘寧進前告曰："公覆乃東吳舊臣，望寬恕之。"瑜喝曰："汝何敢多言，亂吾法度！"先叱左右將甘寧亂棒打出。眾官皆跪告曰："黃蓋罪固當誅，但於軍不利。望都督寬恕，權且記罪。破曹之後，斬亦未遲。"瑜怒未息，眾官苦苦告求。瑜曰："若不看眾官面皮，決須斬首！今且免死！"命左右拖翻，打一百脊杖，以正其罪。眾官又告免。瑜推翻案桌，叱退眾官，喝教行杖。將黃蓋剝了衣服，拖翻在地，打了五十脊杖。眾官又復苦苦求免。瑜躍起指蓋曰："汝敢小覷我耶！且記下五十棍！再有怠慢，二罪俱罰！"恨聲不絕而入帳中。

眾官扶起黃蓋，打得皮開肉綻，鮮血逬流，扶歸本寨，昏絕幾次。動問之人，無不下淚。魯肅也往看問了，來至孔明船中，謂孔明曰："今日公瑾怒責公覆，我等皆是他部下，不敢犯顏苦諫；先生是客，何故袖手旁觀，不發一語？"孔明笑曰："子敬欺我。"肅曰："肅與先生渡江以來，未嘗一事相欺。今何出此言？"孔明曰："子敬豈不知公瑾今日毒打黃公覆，乃其計耶？如何要我勸他？"肅方悟。孔明曰："不用苦肉計，何能瞞過曹操？今必令黃公覆去詐降，卻教蔡中、蔡和報知其事矣。子敬見公瑾時，切勿言亮先知其事，只說亮也埋怨都督便了。"肅辭去，入帳見周瑜。瑜邀入帳後。肅曰："今日何故痛責黃公覆？"瑜曰："諸將怨否？"肅曰："多有心中不安者。"瑜曰："孔明之意若何？"肅曰："他也埋怨都督忒情薄。"瑜笑曰："今番須瞞過他也。"肅曰："何謂也？"瑜曰："今日痛打黃蓋，乃計也。吾欲令他詐降，先須用苦肉計，瞞過曹操，就中用火攻之，可以取勝。”
肅乃暗思孔明之高見，卻不敢明言。

　　且說黃蓋臥於帳中，諸將皆來動問。蓋不言語，但長吁而已。忽
報參謀闞澤來問。蓋令請入臥內，叱退左右。闞澤曰：“將軍莫非與
都督有讎？”蓋曰：“非也。”澤曰：“然則公之受責，莫非苦肉計乎？”
蓋曰：“何以知之？”澤曰：“某觀公瑾舉動，已料着八九分。”蓋
曰：“某受吳侯三世厚恩，無以為報，故獻此計，以破曹操。吾雖受
苦，亦無所恨。吾遍觀軍中，無一人可為心腹者。惟公素有忠義之心，
敢以心腹相告。”澤曰：“公之告我，無非要我獻詐降書耳。”蓋曰：
“實有此意。未知肯否？”闞澤欣然領諾。正是：勇將輕身思報主，謀
臣為國有同心。未知闞澤所言若何，且看下文分解。

# 第四十七回

## 闞澤密獻詐降書
## 龐統巧授連環計

卻說闞澤字德潤，會稽山陰人也。家貧好學，與人傭工，嘗借人書來看。看過一遍，更不遺忘。口才辨給，少有膽氣。孫權召為參謀，與黃蓋最相善。蓋知其能言有膽，故欲使獻詐降書。澤欣然應諾曰：“大丈夫處世，不能立功建業，不幾與草木同腐乎！公既捐軀報主，澤又何惜微生！”黃蓋滾下牀來，拜而謝之。澤曰：“事不可緩，即今便行。”蓋曰：“書已修下了。”

澤領了書，只就當夜扮作漁翁，駕小舟，望北岸而行。是夜寒星滿天，三更時候，早到曹軍水寨。巡江軍士拏住，連夜報知曹操。操曰：“莫非是奸細麼？”軍士曰：“只一漁翁，自稱是東吳參謀闞澤，有機密事來見。”操便教引將入來。軍士引闞澤至，只見帳上燈燭輝煌，曹操憑几危坐，問曰：“汝既是東吳參謀，來此何幹？”澤曰：“人言曹丞相求賢若渴，今觀此問，甚不相合。黃公覆，汝又錯尋思了也！”操曰：“吾與東吳旦夕交兵，汝私行到此，如何不問？”澤曰：

"黃公覆乃東吳三世舊臣，今被周瑜於眾將之前，無端毒打，不勝忿恨。因欲投降丞相，為報讎之計，特謀之於我。我與公覆，情同骨肉，逕來為獻密書。未知丞相肯容納否？"操曰："書在何處？"闞澤取書呈上。操拆書，就燈下觀看。書略曰：

> 蓋受孫氏厚恩，本不當懷二心。然以今日事勢論之：用江東六郡之卒，當中國百萬之師，眾寡不敵，海內所共見也。東吳將吏，無論智愚，皆知其不可。周瑜小子，偏懷淺戇，自負其能，輒欲以卵敵石；兼之擅作威福，無罪受刑，有功不賞。蓋係舊臣，無端為所摧辱，心實恨之！伏聞丞相誠心待物，虛懷納士；蓋願率眾歸降，以圖建功雪恥。糧草車仗，隨船獻納。泣血拜白，萬勿見疑。

曹操於几案上翻覆將書看了十餘次，忽然拍案張目大怒曰："黃蓋用苦肉計，令汝下詐降書，就中取事，卻敢來戲侮我耶！"便教左右推出斬之。左右將闞澤簇下。澤面不改容，仰天大笑。操教牽回，叱曰："吾已識破奸計，汝何故哂笑？"澤曰："吾不笑你。吾笑黃公覆不識人耳。"操曰："何不識人？"澤曰："殺便殺，何必多問！"操曰："吾自幼熟讀兵書，深知奸偽之道。汝這條計，只好瞞別人，如何瞞得我！"澤曰："你且說書中那件事是奸計？"操曰："我說出你那破綻，教你死而無怨：你既是真心獻書投降，如何不明約幾時？如今你有何理說？"闞澤聽罷，大笑曰："虧汝不惶恐，敢自誇熟讀兵書！還不及早收兵回去！倘若交戰，必被周瑜擒矣！無學之輩！可惜吾屈死汝手！"操曰："何謂我無學？"澤曰："汝不識機謀，不明道理，豈非無學？"操曰："你且說我那幾般不是處？"澤曰："汝無待賢之禮，吾何必言！但有死而已。"操曰："汝若說得有理，我自然敬服。"澤曰："豈不聞'背主作竊，不可定期'？倘今約定日期，急切下不得手，這裏反來接應，事必泄漏。但可覷便而行，豈可預期相訂乎？汝不明此理，欲屈殺好人，真無學之輩也！"操聞言，改容下席而謝曰："某見事不明，誤犯尊威，幸勿挂懷。"澤曰："吾與黃公覆，傾心投降，如嬰兒之望父母，豈有詐乎？"操大喜曰："若二人能建大功，他日受爵，必在諸人之上。"澤曰："某等非為爵祿而來，實應天順人耳。"操取酒待之。

少頃，有人入帳，於操耳邊私語。操曰："將書來看。"其人以密書呈上。操觀之，顏色頗喜。闞澤暗思："此必蔡中、蔡和來報黃蓋受刑消息，操故喜我投降之事為真實也。"操曰："煩先生再回江東，與黃公覆約定，先通消息過江，吾以兵接應。"澤曰："某已離江東，不可復還。望丞相別遣機密人去。"操曰："若他人去，事恐泄漏。"澤再三推辭；良久，乃曰："若去則不敢久停，便當行矣。"

操賜以金帛，澤不受。辭別出營，再駕扁舟，重回江東，來見黃蓋，細說前事。蓋曰："非公能辯，則蓋徒受苦矣。"澤曰："吾今去甘寧寨中，探蔡中、蔡和消息。"蓋曰："甚善。"澤至寧寨，寧接入。澤曰："將軍昨為救黃公覆，被周公瑾所辱，吾甚不平。"寧笑而不答。正話間，蔡和、蔡中至。澤以目送甘寧，寧會意，乃曰："周公瑾只自恃其能，全不以我等為念。我今被辱，羞見江左諸人！"說罷，咬牙切齒，怕案大叫。澤乃虛與寧耳邊低語。寧低頭不言，長歎數聲。蔡和、蔡中見澤、寧皆有反意，以言挑之曰："將軍何故煩惱？先生有何不平？"澤曰："吾等腹中之苦，汝豈知耶！"蔡和曰："莫非欲背吳投曹耶？"闞澤失色。甘寧拔劍而起曰："吾事已為窺破，不可不殺之以滅口！"蔡和、蔡中慌曰："二公勿憂。吾亦當以心腹之事相告。"寧曰："可速言之！"蔡和曰："吾二人乃曹公使來詐降者。

二公若有歸順之心，吾當引進。"寧曰："汝言果真乎？"二人齊聲曰："安敢相欺？"寧佯喜曰："若如此，是天賜其便也！"二蔡曰："黃公覆與將軍被辱之事，吾已報知丞相矣。"澤曰："吾已為黃公覆獻書丞相，今特來見興霸，相約同降耳。"寧曰："大丈夫既遇明主，自當傾心相投。"於是四人共飲，同論心事。二蔡即時寫書，密報曹操，說甘寧與某同為內應。闞澤另自修書，遣人密報曹操。書中具言黃蓋欲來，未得其便；但看船頭插青牙旗而來者，即是也。

卻說曹操連得二書，心中疑感不定，聚眾謀士商議曰："江左甘寧，被周瑜所辱，願為內應；黃蓋受責，令闞澤來納降；俱未可深信。誰敢直入周瑜寨中，探聽實信？"蔣幹進曰："某前日空往東吳，未得成功，深懷慚愧。今願捨身再往，務得實信，回報丞相。"操大喜，即時令蔣幹上船。幹駕小舟，逕到江南水寨邊，便使人傳報。周瑜聽得幹又到，大喜曰："吾之成功，只在此人身上！"遂囑付魯肅："請龐士元來，為我如此如此。"原來襄陽龐統，字士元，因避亂寓居江東。魯肅曾薦之於周瑜，統未及往見。瑜先使肅問計於統曰："破曹當用何策？"統密謂肅曰："欲破曹兵，須用火攻；但大江面上，一船着火，餘船四散；除非獻'連環計'，教他釘作一處，然後功可成也。"肅以告瑜，瑜深服其論，因謂肅曰："為我行此計者，非龐士元不可。"肅曰："只怕曹操奸猾，如何去得？"

周瑜沉吟未決。正尋思沒個機會，忽報蔣幹又來。瑜大喜，一面分付龐統用計；一面坐於帳上，使人請幹。幹見不來接，心中疑慮，教把船於僻靜岸口繫纜，乃入寨見周瑜。瑜作色曰："子翼何故欺吾太甚？"蔣幹笑曰："吾想與你乃舊日弟兄，特來吐心腹事，何言相欺也？"瑜曰："汝要說我降，除非海枯石爛！前番吾念舊日交情，請你痛飲一醉，留你同榻；你卻盜吾私書，不辭而去，歸報曹操，殺了蔡瑁、張允，致使吾事不成。今日無故又來，必不懷好意！吾不看舊日之情，一刀兩段！本待送你過去，爭奈吾一二日間，便要破曹賊；待留你在軍中，又必有泄漏。」便教左右：「送子翼往西山庵中歇息。待吾破了曹操，那時渡你過江未遲。」

蔣幹再欲開言，周瑜已入帳後去了。左右取馬與蔣幹乘坐，送到西山背後小庵歇息，撥兩個軍人伏侍。幹在庵內，心中憂悶，寢食不安。是夜星露滿天，獨步出庵後，只聽得讀書之聲。信步尋去，見山巖畔有草屋數椽，內射燈光。幹往窺之，只見一人挂劍燈前，誦孫、吳兵書。幹思此必異人也，叩戶請見。其人開門出迎，儀表非俗。幹問姓名，答曰：「姓龐，名統，字士元。」幹曰：「莫非鳳雛先生否？」統曰：「然也。」幹喜曰：「久聞大名，今何僻居此地？」答曰：「周瑜自恃才高，不能容物，吾故隱居於此。公乃何人？」幹曰：「吾蔣幹也。」統乃邀入草庵，共坐談心。幹曰：「以公之才，何往不利？如肯歸曹，幹當引進。」統曰：「吾亦欲離江東久矣。公既有引進之心，即今便當一行。如遲則周瑜聞之，必將見害。」

於是與幹連夜下山，至江邊尋着原來船隻，飛棹投江北。既至操寨，幹先入見，備述前事。操聞鳳雛先生來，親自出帳迎入，分賓主坐定，問曰：「周瑜年幼，恃才欺眾，不用良謀。操久聞先生大名，今得惠顧，乞不吝教誨。」統曰：「某素聞丞相用兵有法，今願一覩軍容。」操教備馬，先邀統同觀旱寨。統與操並馬登高而望。統曰：「傍山依林，前後顧盼，出入有門，進退曲折，雖孫、吳再生，穰苴復出，亦不過此矣。」操曰：「先生勿得過譽，尚望指教。」於是又與同觀水寨。見向南分二十四座門，皆有艨艟戰艦，列為城郭，中藏小船，往來有巷，起伏有序。統笑曰：「丞相用兵如此，名不虛傳！」因指江南而言曰："周郎！周郎！剋期必亡！"

操大喜。回寨，請入帳中，置酒共飲，同說兵機。統高談雄辯，應答如流。操深敬服，慇懃相待。統佯醉曰："敢問軍中有良醫否？"操問何用。統曰："水軍多疾，須用良醫治之。"時操軍因不服水土，俱生嘔吐之疾，多有死者。操正慮此事，忽聞統言，如何不問？統曰："丞相教練水軍之法甚妙，但可惜不全。"操再三請問。統曰："某有一策，使大小水軍，並無疾病，安穩成功。"操大喜，請問妙策。統曰："大江之中，潮生潮落，風浪不息。北兵不慣乘舟，受此顛播，便生疾病。若以大船小船各皆配搭，或三十為一排，或五十為一排，首尾用鐵環連鎖，上鋪闊板，休言人可渡，馬亦可走矣。乘此而行，任他風浪潮水上下，復何懼哉？"曹操下席而謝曰："非先生良謀，安能破東吳耶？"統曰："愚淺之見，丞相自裁之。"操即時傳令，喚軍中鐵匠，連夜打造連環大釘，鎖住船隻。諸軍聞之，俱各喜悅。後人有詩曰：

> 赤壁鏖兵用火攻，運籌決策盡皆同。
> 若非龐統連環計，公瑾安能立大功？

龐統又謂操曰："某觀江左豪傑，多有怨周瑜者。某憑三寸舌，為丞相說之，使皆來降。周瑜孤立無援，必為丞相所擒。瑜既破，則劉備無所用矣。"操曰："先生果能成大功，操請奏聞天子，封為三公之列。"統曰："某非為富貴，但欲救萬民耳。丞相渡江，慎勿殺害。"操曰："吾替天行道，安忍殺戮人民？"統拜求榜文，以安宗族。操曰："先生家屬，見居何處？"統曰："只在江邊。若得此榜，可保全矣。"操命寫榜僉押付統。統拜謝曰："別後可速進兵，休待周郎知覺。"操然之。

統拜別，至江邊，正欲下船，忽見岸上一人，道袍竹冠，一把扯住統曰：「你好大膽！黃蓋用苦肉計，闞澤下詐降書，你又來獻連環計，只恐燒不盡絕！你們把出這等毒手來，只好瞞曹操，也須瞞我不得！」嚇得龐統魂飛魄散。正是：莫道東南能制勝，誰云西北獨無人？畢竟此人是誰，且看下文分解。

# 第四十八回

# 宴長江曹操賦詩
# 鎖戰船北軍用武

　　卻說龐統聞言，吃了一驚，急回視其人，原來卻是徐庶。統見是故人，心下方定。回顧左右無人，乃曰：“你若說破我計，可惜江南八十一州百姓，皆是你送了也！”庶笑曰：“此間八十三萬人馬，性命如何？”統曰：“元直真欲破我計耶？”庶曰：“吾感劉皇叔厚恩，未嘗忘報。曹操送死吾母，吾已說過終身不設一謀，今安肯破兄良策？只是我亦隨軍在此，兵敗之後，玉石不分，豈能免難？君當教我脫身之術，我即緘口遠避矣。”統笑曰：“元直如此高見遠識，諒此有何難哉！”庶曰：“願先生賜教。”統去徐庶耳邊略說數句。庶大喜，拜謝。龐統別卻徐庶，下船自回江東。

　　且說徐庶當晚密使近人去各寨中暗布謠言。次日，寨中三三五五，交頭接耳而說。早有探事人報知曹操，說：“軍中傳言西涼州韓遂、馬騰謀反，殺奔許都來。”操大驚，急聚眾謀士商議曰：“吾引兵南征，心中所憂者，韓遂、馬騰耳。軍中謠言，雖未辨虛實，然不可不防。」言未畢，徐庶進曰：「庶蒙丞相收錄，恨無寸功報效。請得三千人馬，星夜往散關把住隘口。如有緊急，再行告報。」操喜曰：「若得元直去，吾無憂矣。散關之上，亦有軍兵，公統領之。目下撥三千馬步軍，命臧霸為先鋒，星夜前去，不可稽遲。」徐庶辭了曹操，與臧霸便行。此便是龐統救徐庶之計。後人有詩曰：

曹操征南日日憂，馬騰韓遂起戈矛。
鳳雛一語教徐庶，正似游魚脫釣鈎。

　　曹操自遣徐庶去後，心中稍安，遂上馬先看沿江旱寨，次看水寨。乘大船一隻，於中央上建「帥」字旗號，兩傍皆列水寨，船上埋伏弓弩千張。操居於上。時建安十三年冬十一月十五日，天氣晴明，平風靜浪。操令：「置酒設樂於大船之上，吾今夕欲會諸將。」天色向晚，東山月上，皎皎如同白日。長江一帶，如橫素練。操坐大船之上，左右侍御者數百人，皆錦衣繡襖，荷戈執戟。文武眾官，各依次而坐。操見南屏山色如畫，東視柴桑之境，西觀夏口之江，南望樊山，北覷烏林，四顧空闊，心中歡喜，謂眾官曰：「吾自起義兵以來，與國家除兇去害，誓願掃清四海，削平天下；所未得者江南也。今吾有百萬雄師，更賴諸公用命，何患不成功耶？收服江南之後，天下無事，與諸公共享富貴，以樂太平。」文武皆起謝曰：「願得早奏凱歌。我等終身皆賴丞相福蔭。」操大喜，命左右行酒。飲至半夜，操酒酣，遙指南岸曰：「周瑜、魯肅，不識天時。今幸有投降之人，為彼心腹之患，此天助吾也。」荀攸曰：「丞相勿言，恐有泄漏。」操大笑曰：「座上諸公，與近侍左右，皆吾心腹之人也，言之何礙？」又指夏口曰：「劉備、諸葛亮，汝不料螻蟻之力，欲撼泰山，何其愚耶！」顧謂諸將曰：“吾今年五十四歲矣。如得江南，竊有所喜。昔日喬公與吾至契，吾知其二女皆有國色。後不料為孫策、周瑜所娶。吾今新構銅雀臺於漳水之上，如得江南，當娶二喬置之臺上，以娛暮年，吾願足矣。”言罷大笑。唐人杜牧之有詩曰：

> 折戟沉沙鐵未消，自將磨洗認前朝。
> 東風不與周郎便，銅雀春深鎖二喬。

曹操正笑談間，忽聞鴉聲望南飛鳴而去。操問曰：“此鴉緣何夜鳴？”左右答曰：“鴉見月明，疑是天曉，故離樹而鳴也。”操又大笑。時操已醉，乃取槊立於船頭上，以酒奠於江中，滿飲三爵，橫槊謂諸將曰：“我持此槊，破黃巾、擒呂布、滅袁術、收袁紹，深入塞北，直抵遼東，縱橫天下，頗不負大丈夫之志也。今對此景，甚有慷慨。吾當作歌，汝等和之。”歌曰：

> 對酒當歌，人生幾何：譬如朝露，去日苦多。
> 慨當以慷，憂思難忘。何以解憂？惟有杜康。
> 青青子衿，悠悠我心。但為君故，沉吟至今。
> 呦呦鹿鳴，食野之苹。我有嘉賓，鼓瑟吹笙。
> 皎皎如月，何時可輟？憂從中來，不可斷絕。
> 越陌度阡，枉用相存。契闊談讌，心念舊恩。
> 月明星稀，烏鵲南飛，遶樹三匝，無枝可依。
> 山不厭高，水不厭深。周公吐哺，天下歸心。

歌罷，眾和之，共皆歡笑。忽座間一人進曰：“大軍相當之際，將士用命之時，丞相何故出此不吉之言？”操視之，乃揚州刺史，沛國相人，姓劉，名馥，字元穎。馥起自合淝，創立州治，聚逃散之民，立學校，廣屯田，興治教，久事曹操，多立功績。當下操橫槊問曰：
"吾言有何不吉？"馥曰："'月明星稀，烏鵲南飛，遶樹三匝，無枝可
依。'此不吉之言也。"操大怒曰："汝安敢敗吾興！"手起一槊，刺
死劉馥。眾皆驚駭，遂罷宴。次日，操酒醒，懊恨不已。馥子劉熙，
告請父屍歸葬。操泣曰："吾昨因醉誤傷汝父，悔之無及。可以三公
厚禮葬之。"又撥軍士護送靈柩，即日回葬。

　　次日，水軍都督毛玠、于禁詣帳下，請曰："大小船隻，俱已配
搭連鎖停當。旌旗戰具，一一齊備。請丞相調遣，剋日進兵。"操至
水軍中央大戰船上坐定，喚集諸將，各各聽令。水旱二軍，俱分五色
旗號：水軍中央黃旗毛玠、于禁，前軍紅旗張郃，後軍皂旗呂虔，左
軍青旗文聘，右軍白旗呂通。馬步前軍紅旗徐晃，後軍皂旗李典，左
軍青旗樂進，右軍白旗夏侯淵。水陸路都接應使：夏侯惇、曹洪；護
衛往來監戰使：許褚、張遼。其餘驍將，各依隊伍。令畢，水軍寨中
發擂三通，各隊伍戰船，分門而出。是日西北風驟起，各船拽起風帆，
衝波激浪，穩如平地。北軍在船上，踴躍施勇，刺槍使刀。前後左右
各軍，旗旛不雜。又有小船五十餘隻，往來巡警催督。操立於將臺之
上，觀看調練，心中大喜，以為必勝之法；教且收住帆幔，各依次序
回寨。操升帳謂眾謀士曰："若非天命助吾，安得鳳雛妙計？鐵索連
舟，果然渡江如履平地。"程昱曰："船皆連鎖，固是平穩，但彼若用
火攻，難以迴避。不可不防。"操大笑曰："程仲德雖有遠慮，卻還有
見不到處。"荀攸曰："仲德之言甚是。丞相何故笑之？"操曰："凡
用火攻，必藉風力。方今隆冬之際，但有西風北風，安有東風南風耶？
吾居於西北之上，彼兵皆在南岸，彼若用火，是燒自己之兵也，吾何
懼哉？若是十月小春之時，吾早已隄備矣。"諸拜皆拜伏曰："丞相高
見，眾人不及。"操顧諸將曰："青、徐、燕、代之眾，不慣乘舟，今

非此計，安能涉大江之險！”只見班部中二將挺身出曰：“小將雖幽、燕之人，也能乘舟。今願借巡船二十隻，直至北江口，奪旗鼓而還，以顯北軍亦能乘舟也。”

操視之，乃袁紹手下舊將焦觸、張南也。操曰：“汝等皆生長北方，恐乘舟不便。江南之兵，往來水上，習練精熟，汝勿輕以性命為兒戲也。”焦觸、張南大叫曰：“如其不勝，甘受軍法。”操曰：“戰船盡已連鎖，惟有小舟。每舟可容二十人，只恐未便接戰。”觸曰：“若用大船，何足為奇？乞付小舟二十餘隻。某與張南各引一半，只今日直抵江南水寨，須要奪旗斬將而還。”操曰：“吾與汝二十隻船，差撥精銳軍五百人，皆長槍硬弩。到來日天明，將大寨船出到江面上，遠為之勢。更差文聘亦領三十隻巡船接應汝回。”焦觸、張南欣喜而退。次日四更造飯，五更結束已定，早聽得水寨中擂鼓鳴金。船皆出寨，分布水面，長江一帶，青紅旗號交雜。焦觸、張南領哨船二十隻，穿寨而出，望江南進發。

卻說南岸隔夜聽得鼓聲喧震，遙望曹操調練水軍，探事人報知周瑜。瑜往山頂觀之，操軍已收回。次日，忽又聞鼓聲震天，軍士急登高觀望，見有小船衝波而來，飛報中軍。周瑜問帳下誰敢先出。韓當、周泰二人齊出曰：“某當權為先鋒破敵。”瑜喜，傳令各寨嚴加守禦，不可輕動。韓當、周泰各引哨船五隻，分左右而出。

卻說焦觸、張南憑一勇之氣，飛棹小船而來。韓當獨披掩心，手執長槍，立於船頭。焦觸船先到，便命軍士亂箭望韓當船上射來。當用牌遮隔。焦觸撚長槍與韓當交鋒。當手起一槍，刺死焦觸。張南隨後大叫趕來。隔斜裏周泰船出。張南挺槍立於船頭，兩邊弓矢亂射。周泰一臂挽牌，一手提刀。兩船相離七八尺，泰即飛身一躍，直躍過張南船上，手起刀落，砍張南於水中，亂殺駕舟軍士。眾船飛棹急回。

韓當、周泰催船追趕，到半江中，恰與文聘船相迎。兩邊便擺定船廝殺。

卻說周瑜引眾將立於山頂，遙望江北水面艨艟戰船，排合江上，旗幟號帶，皆有次序；回看文聘與韓當、周泰相持。韓當、周泰奮力攻擊，文聘抵敵不住，回船而走。韓、周二人，急催船追趕。周瑜恐二人深入重地，便將白旗招颭，令眾鳴金。二人乃揮棹而回。周瑜於山頂看隔江戰船，盡入水寨。瑜顧謂眾將曰：“江北戰船，如蘆葦之密，操又多謀，當用何計以破之？”眾未及對，忽見曹軍寨中，被風吹折中央黃旗，飄入江中。瑜大笑曰：“此不祥之兆也！”正觀之際，忽狂風大作，江中波濤拍岸。一陣風過，刮起旗角於周瑜臉上拂過。瑜猛然想起一事在心，大叫一聲，往後便倒，口吐鮮血。諸將急救起時，卻早不省人事。正是：一時忽笑又忽叫，難使南軍破北軍。畢竟周瑜性命如何，且看下文分解。

# 第四十九回

# 七星壇諸葛祭風
# 三江口周瑜縱火

　　卻説周瑜立於山頂，觀望良久，忽然望後而倒，口吐鮮血，不省人事。左右救回帳中。諸將皆來動問，盡皆愕然相顧曰："江北百萬之眾，虎踞鯨吞。不爭都督如此，倘曹兵一至，如之奈何？"慌忙差人申報吳侯，一面求醫調治。

　　卻説魯肅見周瑜臥病，心中憂悶，來見孔明，言周瑜猝病之事。孔明曰："公以為何如？"肅曰："此乃曹操之福，江東之禍也。"孔明笑曰："公瑾之病，亮亦能醫。"肅曰："誠如此，則國家萬幸！"即請孔明同去看病。肅先入見周瑜。瑜以被蒙頭而臥。肅曰："都督病勢若何？"周瑜曰："心腹攪痛，時復昏迷。"肅曰："曾服何藥餌？"瑜曰："心中嘔逆，藥不能下。"肅曰："適來去望孔明，言能醫都督之病。見在帳外，煩來醫治，何如？"瑜命請入，教左右扶起，坐於牀上。孔明曰："連日不晤君顏，何期貴體不安！"瑜曰："'人有旦夕禍福'，豈能自保？"孔明笑曰："'天有不測風雲'，人又豈能料乎？"瑜聞失色，乃作呻吟之聲。孔明曰："都督心中似覺煩積否？"瑜曰："然。"孔明曰："必須用涼藥以解之。"瑜曰："已服涼藥，全然無效。"孔明曰："須先理其氣；氣若順，則呼吸之間，自然痊可。"瑜料孔明必知其意，乃以言挑之曰："欲得順氣，當服何藥？"孔明笑曰："亮有一方，便教都督氣順。"瑜曰："願先生賜教。"孔明索紙筆，屏退左右，密書十六字曰：

欲破曹公，宜用火攻；萬事俱備，只欠東風。

寫畢，遞與周瑜曰："此都督病源也。"瑜見了大驚，暗思："孔明真神人也！早已知我心事！只索以實情告之。"乃笑曰："先生已知我病源，將用何藥治之？事在危急，望即賜教。"孔明曰："亮雖不才，曾遇異人，傳授奇門遁甲天書，可以呼風喚雨。都督若要東南風時，可於南屏山建一臺，名曰'七星壇'：高九尺，作三層，用一百二十人，手執旗旛圍遶。亮於臺上作法，借三日三夜東南大風，助都督用兵，何如？"瑜曰："休道三日三夜，只一夜大風，大事可成矣。只是事在目前，不可遲緩。"孔明曰："十一月二十日甲子祭風，至二十二日丙寅風息，如何？"瑜聞言大喜，矍然而起。便傳令差五百精壯軍士，往南屏山築壇；撥一百二十人，執旗守壇，聽候使令。

孔明辭別出帳，與魯肅上馬，來南屏山相度地勢，令軍士取東南方赤土築壇。方圓二十四丈，每一層高三尺，共是九尺。下一層插二十八宿旗：東方七面青旗，按角、亢、氐、房、心、尾、箕，布蒼龍之形；北方七面皂旗，按斗、牛、女、虛、危、室、壁，作玄武之勢；西方七面白旗，按奎、婁、胃、昴、畢、觜、參，踞白虎之威；南方七面紅旗，按井、鬼、柳、星、張、翼、軫，成朱雀之狀。第二層周圍黃旗六十四面，按六十四卦，分八位而立。上一層用四人，各人戴束髮冠，穿皂羅袍，鳳衣博帶，朱履方裾。前左立一人，手執長竿，竿尖上用雞羽為葆，以招風信；前右立一人，手執長竿，竿上繫七星號帶，以表風色；後左立一人，捧寶劍；後右立一人，捧香爐。壇下二十四人，各持旌旗、寶蓋、大戟、長戈、黃鉞、白旄、朱幡、皂纛，環遶四面。孔明於十一月二十日甲子吉辰，沐浴齋戒，身披道衣，跣足散髮，來到壇前。分付魯肅曰：“子敬自往軍中相助公瑾調兵。倘亮所祈無應，不可有怪。”魯肅別去。孔明囑付守壇將士：“不許擅離方位。不許交頭接耳。不許失口亂言。不許失驚打怪。如違令者斬！”眾皆領命。孔明緩步登壇，觀瞻方位已定，焚香於爐，注水於盂，仰天暗祝。下壇入帳中少歇，令軍士更替吃飯。孔明一日上壇三次，下壇三次，卻不見有東南風。

　　且説周瑜請程普、魯肅一班軍官，在帳中伺侯，只等東南風起，便調兵出；一面關報孫權接應。黃蓋已自準備火船二十隻，船頭密布大釘；船內裝載蘆葦乾柴，灌以魚油，上鋪硫黃、燄硝引火之物，各用青布油單遮蓋；船頭上插青龍牙旗，船尾各繫走舸：在帳下聽侯，只等周瑜號令。甘寧、闞澤窩盤蔡和、蔡中在水寨中，每日飲酒，不放一卒登岸。周圍盡是東吳軍馬，把得水泄不通：只等帳上號令下來。周瑜正在帳中坐議，探子來報：“吳侯船隻離寨八十五里停泊，只等都督好音。”瑜即差魯肅遍告各部下官兵將士：“俱各收拾船隻、軍器、帆櫓等物。號令一出，時刻休違。倘有違誤，即按軍法。”眾兵將得令，一個個磨拳擦掌，準備廝殺。是日看看近夜，天色清明，微風不動。瑜謂魯肅曰：“孔明之言謬矣：隆冬之時，怎得東南風乎？”肅曰：“吾料孔明必不謬談。”將近三更時分，忽聽風聲響，旗旛轉動。瑜出帳看時，旗帶竟飄西北，霎時間東南風大起。

　　瑜駭然曰：“此人有奪天地造化之法、鬼神不測之術！若留此人，乃東吳禍根也。及早殺卻，免生他日之憂。」急喚帳前護軍校尉丁奉、徐盛二將：「各帶一百人。徐盛從江內去，丁奉從旱路去，都到南屏山七星壇前。休問長短，拏住諸葛亮便行斬首，將首級來請功。」二將領命。徐盛下船，一百刀斧手，蕩開棹槳；丁奉上馬，一百弓弩手，各跨征駒：往南屏山來。於路正迎着東南風起。後人有詩曰：

七星壇上臥龍登，一夜東風江水騰，
不是孔明施妙計，周郎安得逞才能？

丁奉馬軍先到，見壇上執旗將士，當風而立。丁奉下馬提劍上壇，不見孔明，慌問守壇將士。答曰：「恰纔下壇去了。」丁奉忙下壇尋時，徐盛船已到。二人聚於江邊。小卒報曰：「昨晚一隻快船停在前面灘口，適間卻見孔明披髮下船。那船望上水去了。」丁奉、徐盛便分水陸兩路追襲。徐盛教拽起滿帆，搶風而使。遙望前船不遠，徐盛在船頭上高聲大叫：「軍師休去！都督有請！」只見孔明立於船尾大笑曰：「上覆都督：好好用兵。諸葛亮暫回夏口，異日再容相見。」徐盛曰：「請暫少住，有緊話說。」孔明曰：「吾已料定都督不能容我，必來加害，預先教趙子龍來相接。將軍不必追趕！」徐盛見前船無篷，只顧趕去。看看至近，趙雲拈弓搭箭，立於船尾大叫曰：「吾乃常山趙子龍也！奉令特來接軍師。你如何來追趕？本待一箭射死你來，顯得兩家失了和氣。教你知我手段！」言迄，箭到處，射斷徐盛船上篷索。那篷墮落下水，其船便橫。趙雲卻教自己船上拽起滿帆，乘順風而去。其船如飛，追之不及。岸上丁奉喚徐盛船近岸，言曰：「諸葛亮神機妙算，人不可及。更兼趙雲有萬夫不當之勇，汝知他當陽長坂時否？吾等只索回報便了。」於是二人回見周瑜，言孔明預先約趙雲迎接去了。周瑜大驚曰：「此人如此多謀，使我曉夜不安矣！」魯肅曰：「且待破曹之後，卻再圖之。"

瑜從其言，喚集諸將聽令。先教甘寧帶了蔡中并降卒沿南岸而走："只打北軍旗號，直取烏林地面，正當曹操屯糧之所。深入軍中，舉火為號。只留下蔡和一人在帳下，我有用處。"第二喚太史慈分付："你可領三千兵，直奔黃州地界，斷曹操合淝接應之兵，就逼曹兵，放火為號；只看紅旗，便是吳侯接應兵到。"這兩隊兵最遠，先發。第三喚呂蒙領三千兵去烏林接應甘寧，焚燒曹操寨柵。第四喚凌統領三千兵，直接彝陵界首，只看烏林火起，以兵應之。第五喚董襲領三千兵，直取漢陽；從漢川殺奔曹操寨中，看白旗接應。第六喚潘璋領三千兵，盡打白旗往漢陽接應董襲。六隊船隻各自分路去了。卻令黃蓋安排火船，使小卒馳書約曹操，今夜來降。一面撥戰船四隻，隨於黃蓋船後接應。第一隊領兵軍官韓當，第二隊領兵軍官周泰，第三隊領兵軍官蔣欽，第四隊領兵軍官陳武：四隊各引戰船三百隻，前面各排列火船二十隻。周瑜自與程普在大艨艟上督戰，徐盛、丁奉為左右護衛，只留魯肅共闞澤及眾謀士守寨。程普見周瑜調軍有法，甚相敬服。

卻說孫權差使命持兵符至，說已差陸遜為先鋒，直抵蘄、黃地面進兵，吳侯自為後應。瑜又差人西山放火礮，南屏山舉旗號。各各準備停當，只等黃昏舉動。


話分兩頭。且說劉玄德在夏口專候孔明回來，忽見一隊船到，乃是公子劉琦自來探聽消息。玄德請上敵樓坐定，說："東南風起多時，子龍去接孔明，至今不見到，吾心甚憂。"小校遙指樊口港上："一帆風送扁舟來到，必軍師也。"玄德與劉琦下樓迎接。須臾船到，孔明、子龍登岸。玄德大喜。問候畢，孔明曰："且無暇告訴別事。前者所約軍馬戰船，皆已辦否？”玄德曰：“收拾久矣，只候軍師調用。”孔明便與玄德、劉琦升帳坐定，謂趙雲曰：“子龍可帶三千軍馬，渡江逕取烏林小路，揀樹禾蘆葦密處埋伏。今夜四更已後，曹操必然從那條路奔走。等他軍馬過，就半中間放起火來。雖然不殺他盡絕，也殺一半。”雲曰：“烏林有兩條路：一條通南郡，一條取荊州。不知向那條路來？”孔明曰：“南郡勢迫，曹操不敢往，必來荊州，然後大軍投許昌而去。”雲領計去了。又喚張飛曰：“翼德可領三千兵渡江，截斷彝陵這條路，去葫蘆谷口埋伏。曹操不敢走南彝陵，必望北彝陵去。來日雨過，必然來埋鍋造飯。只看煙起，便就山邊放起火來。雖然不捉得曹操，翼德這場功料也不小。”飛領計去了。又喚糜竺、糜芳、劉封三人各駕船隻，遶江剿擒敗軍，奪取器械。三人領計去了。孔明起身，謂公子劉琦曰：“武昌一望之地，最為緊要。公子便請回。率領所部之兵，陳於岸口。操一敗必有逃來者，就而擒之，卻不可輕離城郭。”劉琦便辭玄德、孔明去了。孔明謂玄德曰：“主公可放樊口屯兵，憑高而望，坐看今夜周郎成大功也。”

　　時雲長在側，孔明全然不睬。雲長忍耐不住，乃高聲曰：“關某自隨兄長征戰，許多年來，未嘗落後。今日逢大敵，軍師卻不委用，此是何意？”孔明笑曰：“雲長勿怪！某本欲煩足下把一個最緊要的隘口，怎奈有些違礙處，不敢教去。”雲長曰：“有何違礙？願即見諭。”孔明曰：“昔日曹操待足下甚厚，足下當有以報之。今日操兵敗，必走華容道。若令足下去時，必然放他過去。因此不敢教去。”雲長曰：“軍師好心多！當日曹操果是重待某，某已斬顏良，誅文醜，解白馬之圍，報過他了。今日撞見，豈肯輕放！”孔明曰：“倘若放了時，卻如何？”雲長曰：“願依軍法。”孔明曰：“如此，立下文書。”雲長便與了軍令狀。雲長曰：“若曹操不從那條路上來，如何？”孔明曰：“我亦與你軍令狀。"雲長大喜。孔明曰:"雲長可於華容小路高山之處,堆積柴草,放起一把火煙,引曹操來。"雲長曰:"曹操望見煙,知有埋伏,如何肯來?"孔明笑曰:"豈不聞兵法虛虛實實之論?操雖能用兵,只此可以瞞過他也。他見煙起,將謂虛張聲勢,必然投這條路來。將軍休得容情。"雲長領了將令,引關平、周倉并五百校刀手,投華容道埋伏去了。玄德曰:"吾弟義氣深重,若曹操果然投華容道去時,只恐端的放了。"孔明曰:"亮夜觀乾象,操賊未合身亡。留這人情,教雲長做了,亦是美事。"玄德曰:"先生神算,世所罕及!"孔明遂與玄德往樊口,看周瑜用兵,留孫乾、簡雍守城。

卻說曹操在大寨中,與眾將商議,只等黃蓋消息。當日東南風起甚緊,程昱入告曹操曰:"今日東南風起,宜預隄防。"操笑曰:"冬至一陽生,來復之時,安得無東南風?何足為怪!"軍士忽報江東一隻小船來到,說有黃蓋密書。操急喚入,其人呈上書。書中訴說:"周瑜關防得緊,因此無計脫身。今有鄱陽湖新運到糧,周瑜差蓋巡哨,已有方便。好歹殺江東名將,獻首來降。只在今晚二更,船上插青龍牙旗者,即糧船也。"操大喜,遂與眾將來到水寨中大船上,觀望黃蓋船到。

且說江東,天色向晚,周瑜喚出蔡和,令軍士縛倒。和叫:"無罪!"瑜曰:"汝是何等人,敢來詐降!吾今缺少福物祭旗,願借你首級。"和抵賴不過,大叫曰:"汝家闞澤、甘寧亦曾與謀!"瑜曰:"此乃吾之所使也。"蔡和悔之無及。瑜令捉至江邊皂纛旗下,奠酒燒紙,一刀斬了蔡和,用血祭旗畢,便令開船。黃蓋在第三隻火船上,獨披掩心,手提利刃,旗上大書"先鋒黃蓋"。蓋乘一天順風,望赤壁進發。是時東風大作,波浪洶湧。操在中軍遙望隔江,看看月上,照耀江水，如萬道金蛇，翻波戲浪。操迎風大笑，自以為得志。忽一軍指說：「江南隱隱一簇帆幔，使風而來。」操憑高望之。報稱：「皆插青龍牙旗。內中有大旗，大書先鋒黃蓋名字。」操笑曰：「公覆來降，此天助我也！」來船漸近。程昱觀望良久，謂操曰：「來船必詐。且休教近寨。」操曰：「何以知之？」程昱曰：「糧在船中，船必穩重。今觀來船，輕而且浮，更兼今夜東南風甚緊，倘有詐謀，何以當之？」操省悟，便問：「誰去止之？」文聘曰：「某在水上頗熟，願請一往。」言畢，跳下小船，用手一指，十數隻巡船，隨文聘船出。聘立在船頭，大叫：「丞相鈞旨：南船且休近寨，就江心拋住。」眾軍齊喝：「快下了篷！」言未絕，弓弦響處，文聘被箭射中左臂，倒在船中。船上大亂，各自奔回。南船距操寨止隔二里水面。黃蓋用刀一招，前船一齊發火。火趁風威，風助火勢，船如箭發，煙燄障天。二十隻火船，撞入水寨。曹寨中船隻一時盡着；又被鐵環鎖住，無處逃避。隔江礮響，四下火船齊到，但見三江面上，火逐風飛，一派通紅，漫天徹地。

　　曹操回觀岸上營寨，幾處煙火。黃蓋跳在小船上，背後數人駕舟，冒煙突火，來尋曹操。操見勢急，方欲跳上岸，忽張遼駕一小腳船，扶操下得船時，那隻大船，已自着了。張遼與十數人保護曹操，飛奔岸口。黃蓋望見穿絳紅袍者下船，料是曹操，乃催船速進，手提利刃，高聲大叫：「曹賊休走！黃蓋在此！」操叫苦連聲。張遼拈弓搭箭，覷着黃蓋較近，一箭射去。此時風聲正大，黃蓋在火光中，那裏聽得弓弦響？正中肩窩，翻身落水。正是：火厄盛時遭水厄，棒瘡愈後患金瘡。未知黃蓋性命如何，且看下文分解。

# 第 五 十 回

## 諸葛亮智算華容
## 關雲長義釋曹操

　　卻說當夜張遼一箭射黃蓋下水，救得曹操登岸，尋着馬匹走時，軍已大亂。韓當冒煙突火來攻水寨，忽聽得士卒報道："後梢舵上一人，高叫將軍表字。"韓當細聽，但聞高叫"公義救我！"當曰："此黃公覆也！"急教救起。見黃蓋負箭着傷，咬出箭桿，箭頭陷在肉內。韓當急為脫去濕衣，用刀剜出箭頭，扯旗束之，脫自己戰袍與黃蓋穿了，先令別船送回大寨醫治。原來黃蓋深知水性，故大寒之時，和甲墮江，也逃得性命。

　　卻說當日滿江火滾，喊聲震地。左邊是韓當、蔣欽兩軍從赤壁西邊殺來；右邊是周泰、陳武兩軍從赤壁東邊殺來；正中是周瑜、程普、徐盛、丁奉大隊船隻都到。火須兵應，兵仗火威。此正是：三江水戰，赤壁鏖兵。曹軍着槍中箭、火焚水溺者，不計其數。後人有詩曰：

　　　　魏吳爭鬥決雌雄，赤壁樓船一掃空。

烈火初張照雲海，周郎曾此破曹公。

又有一絕云：

山高月小水茫茫，追歎前朝割據忙。
南士無心迎魏武，東風有意便周郎。

不說江中鏖兵。且說甘寧令蔡中引入曹寨深處，寧將蔡中一刀砍於馬下，就草上放起火來。呂蒙遙望中軍火起，也放十數處火，接應甘寧。潘璋、董襲分頭放火吶喊。四下裏鼓聲大震。曹操與張遼引百餘騎，在火林內走，看前面無一處不着。正走之間，毛玠救得文聘，引十數騎到。操令軍尋路。張遼指道：「只有烏林，地面空闊可走。」操逕奔烏林。正走間，背後一軍趕到，大叫：「曹賊休走！」火光中現出呂蒙旗號。操催軍馬向前，留張遼斷後，抵敵呂蒙。卻見前面火把又起，從山谷中擁出一軍，大叫：「凌統在此！」曹操肝膽皆裂。忽刺斜裏一彪軍到，大叫：「丞相休慌！徐晃在此！」彼此混戰一場，奪路望北而走。忽見一隊軍馬，屯在山坡前。徐晃出問，乃是袁紹手下降將馬延、張顗，有三千北地軍馬，列寨在彼；當夜見滿天火起，未敢轉動，恰好接着曹操。操教二將引一千軍馬開路，其餘留着護身。操得這枝生力軍馬，心中稍安。馬延、張顗二將飛騎前行。不到十里，喊聲起處，一彪軍出。為首一將，大呼曰：「吾乃東吳甘興霸也！」馬延正欲交鋒，早被甘寧一刀斬於馬下；張顗挺槍來迎，寧大喝一聲，顗措手不及，被寧手起一刀，翻身落馬。後軍飛報曹操。操此時指望合淝有兵救應，不想孫權在合淝路口，望見江中火光，知是我軍得勝，便教陸遜舉火為號，太史慈見了，與陸遜合兵一處，衝殺將來。操只得望彝陵而走。路上撞見張郃，操令斷後。

縱馬加鞭，走至五更，回望火光漸遠，操心方定，問曰：“此是何處？”左右曰：“此是烏林之西，宜都之北。”操見樹林叢雜，山川險峻，乃於馬上仰面大笑不止。諸將問曰：“丞相何故大笑？”操曰：“吾不笑別人，單笑周瑜無謀，諸葛亮少智。若是吾用兵之時，預先在這裏伏下一軍，如之奈何？”說猶未了，兩邊鼓聲震響，火光竟天而起，驚得曹操幾乎墜馬。刺斜裏一彪軍殺出，大叫：“我趙子龍奉軍師將令，在此等候多時了！”操教徐晃、張郃雙敵趙雲，自己冒煙突火而去。子龍不來追趕，只顧搶奪旗幟。曹操得脫。

天色微明，黑雲罩地，東南風尚不息。忽然大雨傾盆，濕透衣甲。操與軍士冒雨而行，諸軍皆有飢色。操令軍士往村落中劫掠糧食，尋覓火種。方欲造飯，後面一軍趕到。操心甚慌，原來卻是李典、許褚保護着眾謀士來到。操大喜，令軍馬且行，問：“前面是那裏地面？”人報：“一邊是南彝陵大路，一邊是北彝陵山路。”操問：“那裏投南郡江陵去近？”軍士稟曰：“取南彝陵過葫蘆口去最便。”操教走南彝陵。行至葫蘆口，軍皆飢餒，行走不上，馬亦困乏，多有倒於路者。操教前面暫歇。馬上有帶得鑼鍋的，也有村中掠得糧米的，便就山邊揀乾處埋鍋造飯，割馬肉燒吃，盡皆脫去濕衣，於風頭吹曬。馬皆摘鞍野放，咽咬草根。操坐於疏林之下，仰面大笑。眾官問曰：“適來丞相笑周瑜、諸葛亮，引惹出趙子龍來，又折了許多人馬。如今為何又笑？”操曰：“吾笑諸葛亮、周瑜畢竟智謀不足。若是我用兵時，就這個去處，也埋伏一彪軍馬，以逸待勞；我等縱然脫得性命，也不免重傷矣。彼見不到此，我是以笑之。”正說間，前軍後軍一齊發喊。操大驚，棄甲上馬。眾軍多有不及收馬者。早見四下火煙布合，山口一軍擺開，為首乃燕人張翼德，橫矛立馬，大叫：“操賊走那裏去！”諸軍眾將見了張飛，盡皆膽寒。許褚騎無鞍馬來戰張飛。張遼、徐晃二將，縱馬也來夾攻。兩邊軍馬混戰做一團。操先撥馬走脫，諸將各自脫身。張飛從後趕來。操迤邐奔逃，追兵漸遠，回顧眾將多已帶傷。

正行間，軍士稟曰：“前面有兩條路，請問丞相從那條路去？”操問：“那條路近？”軍士曰：“大路稍平，卻遠五十餘里；小路投華容道，卻近五十餘里；只是地窄路險，坑坎難行。”操令人上山觀望，回報：“小路山邊有數處煙起。大路並無動靜。”操教前軍便走華容道小路。諸將曰：“烽煙起處，必有軍馬，何故反走這條路？”操曰：“豈不聞兵書有云：‘虛則實之，實則虛之。’諸葛亮多謀，故使人於山僻燒煙，使我軍不敢從這條山路走，他卻伏兵於大路等着。吾料已定，偏不教中他計！”諸將皆曰：“丞相妙算，人所不及。”遂勒兵走華容道。此時人皆飢倒，馬盡困乏。焦頭爛額者扶策[1]而行，中箭着槍者勉強而走。衣甲濕透，個個不全。軍器旗旛，紛紛不整。大半皆是彝陵道上被趕得慌，只騎得禿馬，鞍轡衣服，盡皆拋棄。正值隆冬嚴寒之時，其苦何可勝言。

操見前軍停馬不進，問是何故。回報曰：“前面山僻路小，因早晨下雨，坑塹內積水不流，泥陷馬蹄，不能前進。”操大怒，叱曰：“軍旅逢山開路，遇水疊橋，豈有泥濘不堪行之理！”傳下號令，教老弱中傷軍士在後慢行，強壯者擔土束柴，搬草運蘆，填塞道路，務要即時行動，如違令者斬。眾軍只得都下馬，就路旁砍伐竹木，填塞山路。操恐後軍來趕，令張遼、許褚、徐晃引百騎執刀在手，但遲慢者便斬之。此時軍已餓乏，眾皆倒地。操喝令人馬踐踏而行，死者不可勝數。號哭之聲，於路不絕。操怒曰：“生死有命，何哭之有！如再哭者立斬！”三停人馬，一停落後，一停填了溝塹，一停跟隨曹操。過了險峻，路稍平坦。操回顧止有三百餘騎隨後，並無衣甲袍鎧整齊者。操催速行。眾將曰：“馬盡乏矣，只好少歇。”操曰：“趕到荊州將息未遲。”又行不到數里，操在馬上揚鞭大笑。眾將問：“丞相何又大笑？”操曰：“人皆言周瑜、諸葛亮足智多謀，以吾觀之，到底是無能之輩。若使此處伏一旅之師，吾等皆束手受縛矣。”

言未畢，一聲礮響，兩邊五百校刀手擺開，為首大將關雲長，提青龍刀，跨赤兔馬，截住去路。操軍見了，亡魂喪膽，面面相覷。操曰：“既到此處，只得決一死戰！”眾將曰：“人縱然不怯，馬力已乏，安能復戰？”程昱曰：“某素知雲長傲上而不忍下，欺強而不凌弱；恩怨分明，信義素著。丞相舊日有恩於彼，今只親自告之，可脫此難。”操從其說，即縱馬向前，欠身謂雲長曰：“將軍別來無恙！”雲長亦欠身答曰：“關某奉軍師將令，等候丞相多時。”操曰：“曹操兵敗勢危，到此無路，望將軍以昔日之情為重。”雲長曰：“昔日關某雖蒙丞相厚恩，然已斬顏良，誅文醜，解白馬之危，以奉報矣。今日之事，豈敢以私廢公？”操曰：“五關斬將之時，還能記否？大丈夫以信義為重。將軍深明《春秋》，豈不知庾公之斯追子濯孺子之事[2]乎？”雲長是個義重如山之人，想起當日曹操許多恩義，與後來五關斬將之事，如何不動心？又見曹軍惶惶皆欲垂淚，一發心中不忍。於是把馬頭勒回，謂眾軍曰：“四散擺開。”這個分明是放曹操的意思。操見雲長回馬，便和眾將一齊衝將過去。雲長回身時，曹操已與眾將過去了。雲長大喝一聲，眾軍皆下馬，哭拜於地。雲長愈加不忍。正猶豫間，張遼驟馬而至。雲長見了，又動故舊之情；長歎一聲，並皆放去。後人有詩曰：

> 曹瞞兵敗走華容，正與關公狹路逢。
> 只為當初恩義重，放開金鎖走蛟龍。

曹操既脱華容之難，行至谷口，回顧所隨軍兵，止有二十七騎。比及天晚，已近南郡，火把齊明，一簇人馬攔路。操大驚曰："吾命休矣！"只見一羣哨馬衝到，方認得是曹仁軍馬，操纔心安。曹仁接着，言："雖知兵敗，不敢遠離，只得在附近迎接。"操曰："幾與汝不相見也！"於是引眾入南郡安歇。隨後張遼也到，説雲長之德。操點將校，中傷者極多，操皆令將息。曹仁置酒與操解悶。眾謀士俱在座，操忽仰天大慟。眾謀士曰："丞相於虎窟中逃難之時，全無懼怯；今到城中，人已得食，馬已得料，正須整頓軍馬復讎，何反痛哭？"操曰："吾哭郭奉孝耳！若奉孝在，決不使吾有此大失也！"遂搥胸大哭曰："哀哉，奉孝！痛哉，奉孝！惜哉，奉孝！"眾謀士皆默然自慚。次日，操喚曹仁曰："吾今暫回許都，收拾軍馬，必來報讎。汝可保全南郡。吾有一計，密留在此，非急休開，急則開之。依計而行，使東吳不敢正視南郡。"仁曰："合淝、襄陽，誰可保守？"操曰："荊州託汝管領；襄陽吾已撥夏侯惇守把；合淝最為緊要之地，吾命張遼為主將，樂進、李典為副將，保守此地。但有緩急，飛報將來。"操分撥已定，遂上馬引眾奔回許昌。荊州原降文武各官，依舊帶回許昌調用。曹仁自遣曹洪據守彝陵、南郡，以防周瑜。

　　卻説關雲長放了曹操，引軍自回。此時諸路軍馬，皆得馬匹、器械、錢糧，已回夏口；獨雲長不獲一人一騎，空身回見玄德。孔明正與玄德作賀，忽報雲長至。孔明忙離坐席，執盃相迎曰："且喜將軍立此蓋世之功，與普天下除大害。合宜遠接慶賀。"雲長默然。孔明曰："將軍莫非因吾等不曾遠接，故爾不樂？"回顧左右曰："汝等緣何不先報？"雲長曰："關某特來請死。"孔明曰："莫非曹操不曾投華容道上來？"雲長曰："是從那裏來。關某無能，因此被他走脫。"

孔明曰：“拏得甚將士來？”雲長曰：“皆不曾拏。”孔明曰：“此是雲長想曹操昔日之恩，故意放了。但既有軍令狀在此，不得不按軍法。”遂叱武士推出斬之。正是：拚將一死酬知己，致令千秋仰義名。未知雲長性命如何，且看下文分解。

---

**註　釋**

1　策：拐杖。

2　庾公之斯追子濯孺子之事：春秋時，鄭國派子濯孺子侵略衛國，衛國派庾公之斯追擊他。子濯孺子因疾病發作而不能拿弓。庾公之斯追上他，說：“我跟隨尹公之他學射箭，尹公之他跟隨您學射箭。我不忍心用您的技藝反過來傷害您。儘管如此，今日是君王命令的事，我不敢怠慢。”於是庾公之斯抽出箭，在車輪上敲敲，拆去金屬箭頭，發了四箭空箭，回去了。

# 第五十一回

# 曹仁大戰東吳兵
# 孔明一氣周公瑾

卻說孔明欲斬雲長，玄德曰："昔吾三人結義時，誓同生死。今雲長雖犯法，不忍違卻前盟。望權記過，容將功贖罪。"孔明方纔饒了。

且說周瑜收軍點將，各各敘功，申報吳侯。所得降卒，盡皆發付渡江。大犒三軍，遂進兵攻取南郡。前隊臨江下寨，前後分五營。周瑜居中。瑜正與眾商議征進之策，忽報："劉玄德使孫乾來與都督作賀。"瑜命請入。乾施禮畢，言："主公特命乾拜謝都督大德，有薄禮上獻。"瑜問曰："玄德在何處？"乾答曰："見移兵屯油江口。"瑜驚曰："孔明亦在油江否？"乾曰："孔明與主公同在油江。"瑜曰："足下先回，某親來相謝也。"瑜收了禮物，發付孫乾先回。肅曰："卻纔都督為何失驚？"瑜曰："劉備屯兵油江，必有取南郡之意。我等費了許多軍馬，用了許多錢糧，目下南郡反手可得；彼等心懷不仁，要就見成，須放着周瑜不死！"肅曰："當用何策退之？"瑜曰："吾自去和他説話。好便好；不好時，不等他取南郡，先結果了劉備！"肅曰："某願同往。"於是瑜與魯肅引三千輕騎，逕投油江口來。

先説孫乾回見玄德，言周瑜將親來相謝。玄德乃問孔明曰："來意若何？"孔明笑曰："那裏為這些薄禮，肯來相謝。止為南郡而來。"玄德曰："他若提兵來，何以待之？"孔明曰："他來便可如此如此應答。"遂於油江口擺開戰船，岸上列着軍馬。人報："周瑜、魯肅引兵到來。"孔明使趙雲領數騎來接。瑜見軍勢雄壯，心甚不安。行至營門外，玄德、孔明迎入帳中。各叙禮畢，設宴相待。玄德舉酒致謝鏖兵之事。酒至數巡，瑜曰："豫州移兵在此，莫非有取南郡之意否？"玄德曰："聞都督欲取南郡，故來相助。若都督不取，備必取之。"瑜笑曰："吾東吳久欲吞併漢江，今南郡已在掌中，如何不取？"玄德曰："勝負不可預定。曹操臨歸，令曹仁守南郡等處，必有奇計；更兼曹仁勇不可當，但恐都督不能取耳。"瑜曰："吾若取不得，那時任從公取。"玄德曰："子敬、孔明在此為證，都督休悔。"魯肅躊躇未對。瑜曰："大丈夫一言既出，何悔之有！"孔明曰："都督此言，甚是公論。先讓東吳去取；若不下，主公取之，有何不可？"瑜與肅辭別玄德、孔明，上馬而去。玄德問孔明曰："卻纔先生教備如此回答，雖一時説了，展轉尋思，於理未然。我今孤窮一身，無置足之地，欲得南郡，權且容身；若先教周瑜取了，城池已屬東吳矣，卻如何得住？"孔明大笑曰："當初亮勸主公取荊州，主公不聽，今日卻想耶？"玄德曰："前為景升之地，故不忍取；今為曹操之地，理合取之。"孔明曰："不須主公憂慮。儘着周瑜去廝殺，早晚教主公在南郡城中高坐。"玄德曰："計將安出？"孔明曰："只須如此如此。"玄德大喜，只在江口屯紮，按兵不動。

卻說周瑜、魯肅回寨。肅曰：「都督如何亦許玄德取南郡？」瑜曰：「吾彈指可得南郡，落得虛做人情。」隨問帳下將士：「誰敢先取南郡？」一人應聲而出，乃蔣欽也。瑜曰：「汝為先鋒，徐盛、丁奉為副將，撥五千精銳軍馬，先渡江。吾隨後引兵接應。」

且說曹仁在南郡，分付曹洪守彝陵，以為掎角之勢。人報：「吳兵已渡漢江。」仁曰：「堅守勿戰為上。」驍騎牛金奮然進曰：「兵臨城下而不出戰，是怯也。況吾兵新敗，正當重振銳氣。某願借精兵五百，決一死戰。」仁從之，令牛金引五百軍出戰。丁奉縱馬來迎。約戰四五合，奉詐敗，牛金引軍追趕入陣。奉指揮眾軍一裹圍牛金於陣中。金左右衝突，不能得出。曹仁在城上望見牛金困在垓心，遂披甲上馬，引麾下壯士數百騎出城，奮力揮刀，殺入吳陣。徐盛迎戰，不能抵當。曹仁殺到垓心，救出牛金，回顧尚有數十騎在陣，不能得出，遂復翻身殺入，救出重圍。正遇蔣欽攔路，曹仁與牛金奮力衝散。仁弟曹純，亦引兵接應。混殺一陣，吳軍敗走，曹仁得勝而回。蔣欽兵敗，回見周瑜，瑜怒欲斬之，眾將告免。

瑜即點兵，要親與曹仁決戰。甘寧曰：「都督未可造次。今曹仁令曹洪據守彝陵，為掎角之勢。某願以精兵三千，逕取彝陵，都督然後可取南郡。」瑜服其論，先教甘寧引三千兵攻打彝陵。早有細作報知曹仁，仁與陳矯商議。矯曰：「彝陵有失，南郡亦不可守矣。宜速救之。」仁遂令曹純與牛金暗地引兵救曹洪。曹純先使人報知曹洪，令洪出城誘敵。甘寧引兵至彝陵，洪出與甘寧交鋒。戰有二十餘合，洪敗走。寧奪了彝陵。至黃昏時，曹純、牛金兵到，兩下相合，圍了彝陵。探馬飛報周瑜，說甘寧困於彝陵城中，瑜大驚。程普曰：「可急分兵救之。」瑜曰：「此地正當衝要之處，若分兵去救，倘曹仁引兵來襲，奈何？」呂蒙曰：「甘興霸乃江東大將，豈可不救？」瑜曰：「吾欲自往救之；但留何人在此，代當吾任？"蒙曰："留凌公績當之。蒙為前驅，都督斷後；不須十日，必奏凱歌。"瑜曰："未知凌公績肯暫代吾任否？"凌統曰："若十日為期，可當之；十日之外，不勝其任矣。"瑜大喜，遂留兵萬餘，付與凌統；即日起大兵投彝陵來。蒙謂瑜曰："彝陵南僻小路，取南郡極便。可差五百軍去砍倒樹木，以斷其路。彼軍若敗，必走此路；馬不能行，必棄馬而走，吾可得其馬也。"瑜從之，差軍去訖。大兵將至彝陵，瑜問："誰可突圍而入，以救甘寧？"周泰願往，即時綽刀縱馬，直殺入曹軍之中，逕到城下。甘寧望見周泰至，自出城迎之。泰言："都督自提兵至。"寧傳令教軍士嚴裝飽食，準備內應。卻說曹洪、曹純、牛金聞周瑜兵將至，先使人往南郡報知曹仁，一面分兵拒敵。及吳兵至，曹兵迎之。比及交鋒，甘寧、周泰分兩路殺出，曹兵大亂，吳兵四下掩殺。曹洪、曹純、牛金果然投小路而走，卻被亂柴塞道，馬不能行，盡皆棄馬而走。吳兵得馬五百餘匹。周瑜驅兵星夜趕到南郡，正遇曹仁軍來救彝陵。兩軍接着，混戰一場。天色已晚，各自收兵。

　　曹仁回城中，與眾商議。曹洪曰："目今失了彝陵，勢已危急，何不拆丞相遺計觀之，以解此危？"曹仁曰："汝言正合吾意。"遂拆書觀之，大喜，便傳令教五更造飯；平明，大小軍馬，盡皆棄城；城上遍插旌旗，虛張聲勢，軍分三門而出。

　　卻說周瑜救出甘寧，陳兵於南郡城外。見曹兵分三門而出，瑜上將臺觀看。只見女牆[1]邊虛捌旌旗，無人守護；又見軍士腰下各束縛包裹。瑜暗忖曹仁必先準備走路，遂下將臺號令，分布兩軍為左右翼；如前軍得勝，只顧向前追趕，直待鳴金，方許退步。命程普督後軍，瑜親自引軍取城。對陣鼓聲響處，曹洪出馬搦戰。瑜自至門旗下，使韓當出馬，與曹洪交鋒；戰到三十餘合，洪敗走。曹仁自出接戰。

周泰縱馬相迎；鬥十餘合，仁敗走。陣勢錯亂。周瑜麾兩翼軍殺出，曹軍大敗。瑜自引軍馬追至南郡城下，曹軍皆不入城，望西北而走。韓當、周泰引前部盡力追趕。瑜見城門大開，城上又無人，遂令眾軍搶城。數十騎當先而入。瑜在背後縱馬加鞭，直入甕城。陳矯在敵樓上，望見周瑜親自入城來，暗暗喝采道：「丞相妙算如神！」一聲梆子響，兩邊弓弩齊發，勢如驟雨。爭先入城的，都顛入陷坑內。周瑜急勒馬回時，被一弩箭，正射中左肋，翻身落馬。牛金從城中殺出，來捉周瑜；徐盛、丁奉二人捨命救去。城中曹兵突出，吳兵自相踐踏，落塹坑者無數。程普急收軍時，曹洪、曹仁分兵兩路殺回。吳兵大敗。幸得凌統引一軍從刺斜裏殺來，敵住曹兵。曹仁引得勝兵進城，程普收敗軍回寨。丁、徐二將救得周瑜到帳中，喚行軍醫者用鐵鉗子拔出箭頭，將金瘡藥敷掩瘡口，疼不可當，飲食俱廢。醫者曰：「此箭頭上有毒，急切不能痊可。若怒氣沖激，其瘡復發。」程普令三軍緊守各寨，不許輕出。三日後，牛金引軍來搦戰，程普按兵不動。牛金罵至日暮方回，次日又來罵戰。程普恐瑜生氣，不敢報知。第三日，牛金直至寨門外叫罵，聲聲只道要捉周瑜。程普與眾商議，欲暫且退兵，回見吳侯，卻再理會。

卻說周瑜雖患瘡痛，心中自有主張；已知曹兵常來寨前叫罵，卻不見眾將來稟。一日，曹仁自引大軍，擂鼓吶喊，前來搦戰。程普拒住不出。周瑜喚眾將入帳問曰：「何處鼓譟吶喊？」眾將曰：「軍中教演士卒。」瑜怒曰：「何欺我也！吾已知曹兵常來寨前辱罵。程德謀既同掌兵權，何敢坐視？」遂命人請程普入帳問之。普曰：「吾見公瑾病瘡，醫者言勿觸怒，故曹兵搦戰，不敢報知。」瑜曰：「公等不戰，主意若何？」普曰：「眾將皆欲收兵暫回江東。待公箭瘡平復，再作區處。」瑜聽罷，於牀上奮然躍起曰：「大丈夫既食君祿，當死於戰場，以馬革裹屍還，幸也！豈可為我一人，而廢國家大事乎？"言訖，即披甲上馬。諸軍眾將，無不駭然，遂引數百騎出營前。望見曹軍已布成陣勢，曹仁自立馬於門旗下，揚鞭大罵曰："周瑜孺子，料必橫夭，再不敢正覷我兵！"罵猶未絕，瑜從羣騎內突然出曰："曹仁匹夫！見周郎否！"曹軍看見，盡皆驚駭。曹仁回顧眾將曰："可大罵之！"眾軍厲聲大罵。周瑜大怒，使潘璋出戰。未及交鋒，周瑜忽大叫一聲，口中噴血，墜於馬下。曹兵衝來，眾將向前抵住，混戰一場，救起周瑜，回到帳中。程普問曰："都督貴體若何？"瑜密謂普曰："此吾之計也。"普曰："計將安出？"瑜曰："吾身本無甚痛楚；吾所以為此者，欲令曹兵知我病危，必然欺敵。可使心腹軍士去城中詐降，説吾已死。今夜曹仁必來劫寨。吾卻於四下埋伏以應之，則曹仁可一鼓而擒也。"程普曰："此計大妙！"隨就帳下舉起哀聲。眾軍大驚，盡傳言都督箭瘡大發而死，各寨盡皆挂孝。

卻說曹仁在城中與眾商議，言周瑜怒氣沖發，金瘡崩裂，以致口中噴血，墜於馬下，不久必亡。正論間，忽報："吳寨內有十數個軍士來降。中間亦有二人，原是曹兵被擄過去的。"曹仁忙喚入問之。軍士曰："今日周瑜陣前金瘡碎裂，歸寨即死。今眾將皆已挂孝舉哀。我等因受程普之辱，故特歸降，便報此事。"曹仁大喜，隨即商議今夜便去劫寨，奪周瑜之屍，斬其首級，送赴許都。陳矯曰："此計速行，不可遲誤。"曹仁遂令牛金為先鋒，自為中軍，曹洪、曹純為合後，只令陳矯領些少軍士守城，其餘軍兵盡起。初更後出城，逕投周瑜大寨。來到寨門，不見一人，但見虛插旗槍而已。情知中計，急忙退軍。四下礮聲齊發：東邊韓當、蔣欽殺來，西邊周泰、潘璋殺來，南邊徐盛、丁奉殺來，北邊陳武、呂蒙殺來。曹兵大敗，三路軍皆被衝散，首尾不能相救。曹仁引十數騎殺出重圍，正遇曹洪，遂引敗殘軍馬一同奔走。殺到五更，離南郡不遠，一聲鼓響，凌統又引一軍攔住去路，截殺一陣。曹仁引軍刺斜而走，又遇甘寧大殺一陣。曹仁不敢回南郡，逕投襄陽大路而行。吳軍趕了一程，自回。

周瑜、程普收住眾軍，逕到南郡城下，見旌旗布滿，敵樓上一將叫曰："都督少罪！吾奉軍師將令，已取城了。吾乃常山趙子龍也。"周瑜大怒，便命攻城。城上亂箭射下。瑜命且回軍商議，使甘寧引數千軍馬，逕取荊州；凌統引數千軍馬，逕取襄陽；然後卻再取南郡未遲。正分撥間，忽然探馬急來報說："諸葛亮自得了南郡，遂用兵符，星夜詐調荊州守城軍馬來救，卻教張飛襲了荊州。"又一探馬飛來報說："夏侯惇在襄陽，被諸葛亮差人齎兵符，詐稱曹仁求救，誘惇引兵出，卻教雲長襲取了襄陽。二處城池，全不費力，皆屬劉玄德矣。"周瑜曰："諸葛亮怎得兵符？程普曰："他拏住陳矯，兵符自然盡屬之矣。"周瑜大叫一聲，金瘡迸裂。正是：幾郡城池無我分，一場辛苦為誰忙！未知性命如何，且看下文分解。

## 註　釋

1　女牆：城牆上呈凹凸形的小牆。

# 第五十二回

# 諸葛亮智辭魯肅
# 趙子龍計取桂陽

　　卻説周瑜見孔明襲了南郡，又聞他襲了荊襄，如何不氣？氣傷箭瘡，半晌方甦。眾將再三勸解。瑜曰：“若不殺諸葛村夫，怎息我心中怨氣？程德謀可助我攻打南郡，定要奪還東吳。”正説問，魯肅至。瑜謂之曰：“吾欲起兵與劉備、諸葛亮共決雌雄，復奪城池。子敬幸助我。”魯肅曰：“不可。方今與曹操相持，尚未分成敗；主公見攻合淝不下，不爭自家互相吞併，倘曹兵乘虛而來，其勢危矣。況劉玄德舊曾與曹操相厚，若逼得緊急，獻了城池，一同攻打東吳，如之奈何？”瑜曰：“吾等用計策，損兵馬，費錢糧，他去圖見成，豈不可恨！”肅曰：“公瑾且耐。容某親見玄德，將理來説他。若説不通，那時動兵未遲。”諸將曰：“子敬之言甚善。”

　　於是魯肅引從者逕投南郡來，到城下叫門。趙雲出問。肅曰：“我要見劉玄德有話説。”雲答曰：“吾主與軍師在荊州城中。”肅遂不入南郡，逕奔荊州。見旌旗整列，軍容甚盛，肅暗羨曰：“孔明真非常人也！"軍士報入城中，說魯子敬要見。孔明令大開城門，接肅入衙。講禮畢，分賓主而坐。茶罷，肅曰："吾主吳侯，與都督公瑾，教某再三申意皇叔：前者，操引百萬之眾，名下江南，實欲來圖皇叔，幸得東吳殺退曹兵，救了皇叔，所有荊州九郡，合當歸於東吳。今皇叔用詭計，奪占荊襄，使江東空費錢糧軍馬，而皇叔安受其利，恐於理未順。"孔明曰："子敬乃高明之士，何故亦出此言？常言道：'物必歸主。'荊襄九郡，非東吳之地，乃劉景升之基業。吾主固景升之弟也。景升雖亡，其子尚在；以叔輔姪，而取荊州，有何不可？"肅曰："若果係公子劉琦占據，尚有可解；今公子在江夏，須不在這裏。"孔明曰："子敬欲見公子乎？"便命左右："請公子出來。"只見兩從者從屏風後扶出劉琦。琦謂肅曰："病軀不能施禮，子敬勿罪。"魯肅吃了一驚，默然無語，良久，言曰："公子若不在，便如何？"孔明曰："公子在一日，守一日；若不在，別有商議。"肅曰："若公子不在，須將城池還我東吳。"孔明曰："子敬之言是也。"遂設宴相待。

　　宴罷，肅辭出城，連夜歸寨，具言前事。瑜曰："劉琦正青春年少，如何便得他死？這荊州何日得還？"肅曰："都督放心。只在魯肅身上，務要討荊襄還東吳。"瑜曰："子敬有何高見？"肅曰："吾觀劉琦過於酒色，病入膏肓，見今面色羸瘦，氣喘嘔血；不過半年，其人必死。那時往取荊州，劉備須無得推故。"周瑜猶自忿氣未消，忽孫權遣使至。瑜令請入。使曰："主公圍合淝，累戰不捷。特令都督收回大軍，且撥兵赴合淝相助。"周瑜只得班師回柴桑養病，令程普部領戰船士卒，來合淝聽孫權調用。

　　卻說劉玄德自得荊州、南郡、襄陽，心中大喜，商議久遠之計。忽見一人上廳獻策，視之，乃伊籍也。玄德感其舊日之恩，十分相敬,坐而問之。籍曰:「要知荊州久遠之計,何不求賢士以問之?」玄德曰:「賢士安在?」籍曰:「荊襄馬氏兄弟五人,並有才名:幼者名謖,字幼常;其最賢者,眉間有白毛,名良,字季常。鄉里為之諺曰:『馬氏五常,白眉最良。』公何不求此人而與之謀?」玄德遂命請之。馬良至,玄德優禮相待,請問保守荊襄之策。良曰:「荊襄四面受敵之地,恐不可久守;可令公子劉琦於此養病,招諭舊人以守之,就表奏公子為荊州刺史,以安民心。然後南征武陵、長沙、桂陽、零陵四郡,積收錢糧,以為根本。此久遠之計也。」玄德大喜,遂問:「四郡當先取何郡?」良曰:「湘江之西,零陵最近,可先取之。次取武陵。然後湘江之東取桂陽。長沙為後。」玄德遂用馬良為從事,伊籍副之。請孔明商議送劉琦回襄陽,替雲長回荊州。便調兵取零陵,差張飛為先鋒,趙雲合後,孔明、玄德為中軍,人馬一萬五千;留雲長守荊州;糜竺、劉封守江陵。

　　卻說零陵太守劉度,聞玄德軍馬到來,乃與其子劉賢商議。賢曰:「父親放心。他雖有張飛、趙雲之勇,我本州上將邢道榮,力敵萬人,可以抵對。」劉度遂命劉賢與邢道榮引兵萬餘,離城三十里,依山靠水下寨。探馬報說:「孔明自引一軍到來。」道榮便引軍出戰。兩陣對圓,道榮出馬,手使開山大斧,厲聲高叫:「反賊安敢侵我境界!」只見對陣中,一簇黃旗出。旗開處,推出一輛四輪車。車中端坐一人,頭戴綸巾,身披鶴氅,手執羽扇,用扇招邢道榮曰:「吾乃南陽諸葛孔明也。曹操引百萬之眾,被吾聊施小計,殺得片甲不回。汝等豈堪與我對敵?我今來招汝等,何不早降?」道榮大笑曰:「赤壁鏖兵,乃周郎之謀也,干汝何事,敢來誑語!」輪大斧竟奔孔明。孔明便回車,望陣中走,陣門復閉。道榮直衝殺過來,陣勢急分兩下而走。道榮遙望中央一簇黃旗,料是孔明,乃只望黃旗而趕。抹過山腳,黃旗紮住，忽地中央分開，不見四輪車，只見一將挺矛躍馬，大喝一聲，直取道榮，乃張翼德也。道榮輪大斧來迎，戰不數合，氣力不加，撥馬便走。翼德隨後趕來，喊聲大震，兩下伏兵齊出，道榮捨死衝過，前面一員大將，攔住去路，大叫：“認得常山趙子龍否？”道榮料敵不過，又無處奔走，只得下馬請降。子龍縛來寨中見玄德、孔明。玄德喝教斬首。孔明急止之，問道榮曰：“汝若與我捉了劉賢，便准你投降。”道榮連聲願往。孔明曰：“你用何法捉他？”道榮曰：“軍師若肯放某回去，某自有巧說。今晚軍師調兵劫寨，某為內應，活捉劉賢，獻與軍師。劉賢既擒，劉度自降矣。”玄德不信其言。孔明曰：“邢將軍非謬言也。”遂放道榮歸。道榮得放回寨，將前事實訴劉賢。賢曰：“如之奈何？”道榮曰：“可將計就計。今夜將兵伏於寨外，寨中虛立旗旛，待孔明來劫寨，就而擒之。”劉賢依計。

當夜二更，果然有一彪軍到寨口，每人各帶草把，一齊放火。劉賢、道榮兩下殺來，放火軍便退。劉賢、道榮兩軍乘勢追趕，趕了十餘里，軍皆不見。劉賢、道榮大驚，急回本寨，只見火光未滅，寨中突出一將，乃張翼德也。劉賢叫道榮：“不可入寨，卻去劫孔明寨便了。”於是復回軍。走不十里，趙雲引一軍刺斜裏殺出，一槍刺道榮於馬下。劉賢急撥馬奔走，背後張飛趕來，活捉過馬，綁縛見孔明。賢告曰：“邢道榮教某如此，實非本心也。”孔明令釋其縛，與衣穿了，賜酒壓驚，教人送入城說父投降；如其不降，打破城池，滿門盡誅。劉賢回零陵見父劉度，備述孔明之德，勸父投降。度從之，遂於城上豎起降旗，大開城門，齎捧印綬出城，竟投玄德大寨納降。孔明教劉度仍為郡守，其子劉賢赴荊州隨軍辦事。零陵一郡居民，盡皆喜悅。

玄德入城安撫已畢，賞勞三軍，乃問眾將曰：“零陵已取了，桂陽郡何人敢取？"趙雲應曰："某願往。"張飛奮然出曰："飛亦願往！"二人相爭。孔明曰："終是子龍先應，只教子龍去。"張飛不服，定要去取。孔明教拈鬮，拈着的便去。又是子龍拈着。張飛怒曰："我並不要人相幫，只獨領三千軍去，穩取城池。"趙雲曰："某也只領三千軍去。如不得城，願受軍令。"孔明大喜，責了軍令狀，選三千精兵付趙雲去。張飛不服，玄德喝退。

趙雲領了三千人馬，逕往桂陽進發。早有探馬報知桂陽太守趙範。範急聚眾商議。管軍校尉陳應、鮑隆願領兵出戰。原來二人都是桂陽嶺山鄉獵戶出身。陳應會使飛叉，鮑隆曾射殺雙虎。二人自恃勇力，乃對趙範曰："劉備若來，某二人願為前部。"趙範曰："我聞劉玄德乃大漢皇叔，更兼孔明多謀，關、張極勇；今領兵來的趙子龍，在當陽長坂百萬軍中，如入無人之境。我桂陽能有多少人馬？不可迎敵，只可投降。"應曰："某請出戰。若擒不得趙雲，那時任太守投降不遲。"趙範拗不過，只得應允。

陳應領三千人馬出城迎敵，早望見趙雲領軍來到。陳應列成陣勢，飛馬綽叉而出。趙雲挺槍出馬，責罵陳應曰："吾主劉玄德，乃劉景升之弟。今輔公子劉琦同領荊州，特來撫民。汝何敢迎敵？"陳應罵曰："我等只服曹丞相，豈順劉備！"趙雲大怒，挺槍驟馬，直取陳應。應撚叉來迎。兩馬相交，戰到四五合，陳應料敵不過，撥馬便走。趙雲追趕。陳應回顧趙雲馬來相近，用飛叉擲去，被趙雲接住，回擲陳應。應急躲過，雲馬早到，將陳應活捉過馬，擲於地下，喝軍士綁縛回寨。敗軍四散奔走。雲入寨叱陳應曰："量汝安敢敵我！我今不殺汝，放汝回去；說與趙範，早來投降。"陳應謝罪，抱頭鼠竄，回到城中，對趙範盡言其事。範曰："我本欲降，汝強要戰，以致如此。"遂叱退陳應，齎捧印綬，引十數騎出城投大寨納降。

雲出寨迎接，待以賓禮，置酒共飲，納了印綬。酒至數巡，範曰：「將軍姓趙，某亦姓趙，五百年前，合是一家。將軍乃真定人，某亦真定人，又是同鄉。倘得不棄，結為兄弟，實為萬幸。」雲大喜，各敘年庚。雲與範同年，雲長範四個月，範遂拜雲為兄。二人同鄉，同年，又同姓，十分相得。至晚席散，範辭回城。次日，範請雲入城安民。雲教軍士休動，只帶五十騎隨入城中。居民執香伏道而接。雲安民已畢，趙範邀請入衙飲宴。酒至半酣，範復邀雲入後堂深處，洗盞更酌。雲飲微醉，範忽請一婦人，與雲把酒。子龍見婦人身穿縞素，有傾國傾城之色，乃問範曰：「此何人也？」範曰：「家嫂樊氏也。」子龍改容敬之。樊氏把盞畢，範令就坐。雲辭謝。樊氏辭歸後堂。雲曰：「賢弟何必煩令嫂舉盃耶？」範笑曰：「中間有個緣故，乞兄勿阻：先兄棄世已三載，家嫂寡居，終非了局，弟常勸其改嫁。嫂曰：『若得三件事兼全之人，我方嫁之：第一要文武雙全，名聞天下；第二要相貌堂堂，威儀出眾；第三要與家兄同姓。』你道天下那得有這般湊巧的？今尊兄堂堂儀表，名震四海，又與家兄同姓，正合家嫂所言。若不嫌家嫂貌陋，願備嫁資，與將軍為妻，結累世之親，何如？」雲聞言大怒而起，厲聲曰：「吾既與汝結為兄弟，汝嫂即吾嫂也，豈可作此亂人倫之事乎！」趙範羞慚滿面，答曰：「我好意相待，如何這般無禮！」遂目視左右，有相害之意。雲已覺，一拳打倒趙範，逕出府門，上馬出城去了。

範急喚陳應、鮑隆商議。應曰：「這人發怒去了，只索與他廝殺。」範曰：「但恐贏他不得。」鮑隆曰：「我兩個詐降到他軍中，太守卻引兵來搦戰，我二人就陣上擒之。」陳應曰：「必須帶些人馬。」隆曰：「五百騎足矣。」當夜二人引五百軍逕奔趙雲寨來投降。雲已心知其詐，遂教喚入。二將到帳下，說：「趙範欲用美人計賺將軍，只等將軍醉了，扶入後堂謀殺，將頭去曹丞相處獻功：如此不仁。某二人見將軍怒出，必連累於某，因此投降。"趙雲佯喜，置酒與二人痛飲。二人大醉，雲乃縛於帳中，擒其手下人問之，果是詐降。雲喚五百軍人，各賜酒食，傳令曰："要害我者，陳應、鮑隆也，不干眾人之事。汝等聽吾行計，皆有重賞。"眾軍拜謝，將降將陳、鮑二人當時斬了，卻教五百軍引路，雲引一千軍在後，連夜到桂陽城下叫門。城上聽時，說陳、鮑二將軍殺了趙雲回軍，請太守商議事務。城上將火照看，果是自家軍馬。趙範急忙出城，雲喝左右捉下。遂入城，安撫百姓已定，飛報玄德。

玄德與孔明親赴桂陽。雲迎接入城，推趙範於階下。孔明問之，範備言以嫂許嫁之事。孔明謂雲曰："此亦美事，公何如此？"雲曰："趙範既與某結為兄弟，今若娶其嫂，惹人唾罵，一也；其婦再嫁，使失大節，二也；趙範初降，其心難測，三也。主公新定江、漢，枕席未安，雲安敢以一婦人而廢主公之大事？"玄德曰："今日大事已定，與汝娶之，若何？"雲曰："天下女子不少，但恐名譽不立，何患無妻子乎？"玄德曰："子龍真丈夫也！"遂釋趙範，仍令為桂陽太守，重賞趙雲。

張飛大叫曰："偏子龍幹得功！偏我是無用之人！只撥三千軍與我去取武陵郡，活捉太守金旋來獻！"孔明大喜曰："翼德要去不妨，但要依一件事。"正是：軍師決勝多奇策，將士爭先立戰功。未知孔明說出那一件事來，且看下文分解。

# 第五十三回

# 關雲長義釋黃漢升
# 孫仲謀大戰張文遠

　　卻説孔明謂張飛曰："前者子龍取桂陽郡時，責下軍令狀而去。今日翼德要取武陵，必須也責下軍令狀，方可領兵去。"張飛遂立軍令狀，欣然領三千軍，星夜投武陵界上來。金旋聽得張飛引兵到，乃集將校，整點精兵器械，出城迎敵。從事鞏志諫曰："劉玄德乃大漢皇叔，仁義布於天下，加之張翼德驍勇非常，不可迎敵，不如納降為上。"金旋大怒曰："汝欲與賊通連為內變耶？"喝令武士推出斬之。眾官皆告曰："先斬家人，於軍不利。"金旋乃喝退鞏志，自率兵出。離城二十里，正迎張飛。飛挺矛立馬，大喝金旋。旋問部將："誰敢出戰？"眾皆畏懼，莫敢向前。旋自驟馬舞刀迎之。張飛大喝一聲，渾如巨雷。金旋失色，不敢交鋒，撥馬便走。飛引眾軍隨後掩殺。金旋走至城邊，城上亂箭射下。旋驚視之，見鞏志立於城上曰："汝不順天時，自取敗亡，吾與百姓自降劉矣。"言未畢，一箭射中金旋面門，墜於馬下。軍士割頭獻張飛，鞏志出城納降。飛就令鞏志齎印綬，往桂陽見玄德。玄德大喜，遂令鞏志代金旋之職。

玄德親至武陵安民畢，馳書報雲長，言翼德、子龍各得一郡。雲長乃回書上請曰：“聞長沙尚未取，如兄長不以弟為不才，教關某幹這件功勞甚好。”玄德大喜，遂教張飛星夜去替雲長守荊州，令雲長來取長沙。雲長既至，入見玄德、孔明。孔明曰：“子龍取桂陽，翼德取武陵，都是三千軍去。今長沙太守韓玄，固不足道。只是他有一員大將，乃南陽人，姓黃，名忠，字漢升，是劉表帳下中郎將，與劉表之姪劉磐共守長沙，後事韓玄；雖今年近六旬，卻有萬夫不當之勇，不可輕敵。雲長去，必須多帶軍馬。”雲長曰：“軍師何故長別人銳氣，滅自己威風？量一老卒，何足道哉！關某不須用三千軍，只消本部下五百名校刀手，決定斬黃忠、韓玄之首，獻來麾下。”玄德苦擋。雲長不依，只領五百校刀手而去。孔明謂玄德曰：“雲長輕敵黃忠，只恐有失。主公當往接應。”玄德從之，隨後引兵望長沙進發。

卻說長沙太守韓玄，平生性急，輕於殺戮，眾皆惡之。是時聽知雲長軍到，便喚老將黃忠商議。忠曰：“不須主公憂慮。憑某這口刀，這張弓，一千個來，一千個死！”原來黃忠能開二石力[1]之弓，百發百中。言未畢，階下一人應聲而出曰：“不須老將軍出戰，只就某手中定活捉關某。”韓玄視之，乃管軍校尉楊齡。韓玄大喜，遂令楊齡引軍一千，飛奔出城。約行五十里，望見塵頭起處，雲長軍馬早到。楊齡挺槍出馬，立於陣前罵戰。雲長大怒，更不打話，飛馬舞刀，直取楊齡。齡挺槍來迎。不三合，雲長手起刀落，砍楊齡於馬下。追殺敗兵，直至城下。韓玄聞之大驚，便教黃忠出馬。玄自來城上觀看。忠提刀縱馬，引五百騎兵飛過弔橋。雲長見一老將出馬，知是黃忠，把五百校刀手一字擺開，橫刀立馬而問曰：“來將莫非黃忠否？”忠曰：“既知我名，焉敢犯我境！”雲長曰：“特來取汝首級！”言罷，兩馬交鋒，鬥一百餘合，不分勝負。韓玄恐黃忠有失，鳴金收軍。黃忠收軍入城。雲長也退軍，離城十里下寨，心中暗忖：「老將黃忠，名不虛傳：鬥一百合，全無破綻。來日必用拖刀計，背砍贏之。」

次日早飯畢，又來城下搦戰。韓玄坐在城上，教黃忠出馬。忠引數百騎殺過弔橋，再與雲長交馬。又鬥五六十合，勝負不分。兩軍齊聲喝采。鼓聲正急時，雲長撥馬便走。黃忠趕來。雲長方欲用刀砍去，忽聽得腦後一聲響；急回頭看時，見黃忠被戰馬前失，掀在地下。雲長急回馬，雙手舉刀猛喝曰：「我且饒你性命！快換馬來廝殺！」黃忠急提起馬蹄，飛身上馬，奔入城中。玄驚問之。忠曰：「此馬久不上陣，故有此失。」玄曰：「汝箭百發百中，何不射之？」忠曰：「來日再戰，必然詐敗，誘到弔橋邊射之。」玄以自己所乘一匹青馬與黃忠。忠拜謝而退，尋思：「難得雲長如此義氣！他不忍殺害我，我又安忍射他？若不射，又恐違了將令。」是夜躊躇未定。次日天曉，人報雲長搦戰。忠領兵出城。雲長兩日戰黃忠不下，十分焦躁，抖擻威風，與忠交馬。戰不到三十餘合，忠詐敗，雲長趕來。忠想起昨日不殺之恩，不忍便射，帶住刀，把弓虛拽弦響。雲長急閃，卻不見箭；雲長又趕，忠又虛拽，雲長急閃，又無箭；只道黃忠不會射，放心趕來。將近弔橋，黃忠在橋上搭箭開弓，弦響箭到，正射在雲長盔纓根上。前面軍齊聲喊起。雲長吃了一驚，帶箭回寨，方知黃忠有百步穿楊之能，今日只射盔纓，正是報昨日不殺之恩也。雲長領兵而退。

黃忠回到城中來見韓玄，玄便喝左右捉下黃忠。忠叫曰：「無罪！」玄大怒曰：「我看了三日，汝敢欺我！汝前日不力戰，必有私心；昨日馬失，他不殺汝，必有關通[2]；今日兩番虛拽弓弦，第三箭卻止射他盔纓，如何不是外通內連？若不斬汝，必為後患！」喝令刀斧手推下城門外斬之。眾將欲告，玄曰：「但告免黃忠者，便是同情！」

剛推到門外，恰欲舉刀，忽然一將揮刀殺入，砍死刀手，救起黃忠，大叫曰：「黃漢升乃長沙之保障，今殺漢升，是殺長沙百姓也！韓玄殘暴不仁，輕賢慢士，當眾共殛之！願隨我者便來！」眾視其人，面如重棗，目若朗星，乃義陽人魏延也──自襄陽趕劉玄德不着，來投韓玄；玄怪其傲慢少禮，不肯重用，故屈沉於此。當日救下黃忠，教百姓同殺韓玄，袒臂一呼，相從者數百餘人。黃忠攔當不住。魏延直殺上城頭，一刀砍韓玄為兩段，提頭上馬，引百姓出城，投拜雲長。雲長大喜，遂入城，安撫已畢，請黃忠相見。忠託病不出。雲長即使人去請玄德、孔明。

卻說玄德自雲長來取長沙，與孔明隨後催促人馬接應。正行間，青旗倒捲，一鴉自北南飛，連叫三聲而去。玄德曰：「此應何禍福？」孔明就在馬上袖占一課，曰：「長沙郡已得，又主得大將。午時後定見分曉。」少頃，見一小校飛報前來，說：「關將軍已得長沙郡，降將黃忠、魏延。尚等主公到彼。」玄德大喜，遂入長沙。雲長接入廳上，具言黃忠之事，玄德乃親往黃忠家相請，忠方出降，求葬韓玄屍首於長沙之東。後人有詩讚黃忠曰：

> 將軍氣概與天參，白髮猶然困漢南。
> 至死甘心無怨望，臨降低首尚懷慚。
> 寶刀燦雪彰神勇，鐵騎臨風憶戰酣。
> 千古高名應不泯，長隨孤月照湘潭。

玄德待黃忠甚厚。雲長引魏延來見，孔明喝令刀斧手推下斬之。玄德驚問孔明曰：「魏延乃有功無罪之人，軍師何故欲殺之？」孔明曰：「食其祿而殺其主，是不忠也；居其土而獻其地，是不義也。吾觀魏延腦後有反骨，久後必反，故先斬之，以絕禍根。」玄德曰：「若斬此人，恐降者人人自危。望軍師恕之。”孔明指魏延曰：“吾今饒汝性命。汝可盡忠報主，勿生異心；若生異心，我好歹取汝首級。”魏延喏喏連聲而退。黃忠薦劉表姪劉磐——見在攸縣閒居，玄德取回，教掌長沙郡。四郡已平，玄德班師回荊州，改油江口為公安。自此錢糧廣盛，賢士歸之，將軍馬四散屯於隘口。

卻説周瑜自回柴桑養病，令甘寧守巴陵郡，令凌統守漢陽郡。二處分布戰船，聽候調遣。程普引其餘將士投合淝縣來。原來孫權自從赤壁鏖兵之後，久在合淝，與曹兵交鋒，大小十餘戰，未決勝負，不敢逼城下寨，離城五十里屯兵。聞程普兵到，孫權大喜，親自出營勞軍。人報魯子敬先至，權乃下馬立待之，肅慌忙滾鞍下馬施禮。眾將見權如此待肅，皆大驚異。權請肅上馬，並轡而行，密謂曰：“孤下馬相迎，足顯公否？”肅曰：“未也。”權曰：“然則如何而後為顯耶？”肅曰：“願明公威德加於四海，總括九州，克成帝業，使肅名書竹帛，始為顯矣。”權撫掌大笑，同至帳中，大設飲宴，犒勞鏖戰將士，商議破合淝之策。

忽報張遼差人來下戰書。權拆書觀畢，大怒曰：“張遼欺吾太甚！汝聞程普軍來，故意使人搦戰！來日吾不用新軍赴敵，看我大戰一場！”傳令當夜五更，三軍出寨，望合淝進發。辰時左右，軍馬行至半途，曹兵已到，兩邊布成陣勢。孫權金盔金甲，披挂出馬；左宋謙，右賈華，二將使方天畫戟，兩邊護衛。三通鼓罷，曹軍陣中，門旗兩開，三員將全裝慣帶，立於陣前：中央張遼，左邊李典，右邊樂進。張遼縱馬當先，專搦孫權決戰。權綽槍欲自戰，陣門中一將挺槍驟馬早出，乃太史慈也。張遼揮刀來迎，兩將戰有七八十合，不分勝負。曹陣上李典謂樂進曰：“對面金盔者，孫權也。若捉得孫權，足可與八十三萬大軍報讎。”説猶未了，樂進一騎馬，一口刀，從刺斜裏逕取孫權，如一道電光，飛至面前，手起刀落。宋謙、賈華急將畫戟遮架。刀到處，兩枝戟齊斷，只將戟幹望馬頭上打。樂進回馬，宋謙綽軍士手中槍趕來。李典搭上箭，望宋謙心窩裏便射，應弦落馬。太史慈見背後有人墮馬，棄卻張遼，望本陣便回。張遼乘勢掩殺過來，吳兵大亂，四散奔走。張遼望見孫權，驟馬趕來。看看趕上，刺斜裏撞出一軍，為首大將，乃程普也；截殺一陣，救了孫權。張遼收軍自回合淝。

程普保孫權歸大寨，敗軍陸續回營。孫權因見折了宋謙，放聲大哭。長史張紘曰：“主公恃盛壯之氣，輕視大敵，三軍之眾，莫不寒心。即使斬將搴旗，威振疆場，亦偏將之任，非主公所宜也。願抑賁、育之勇[3]，懷王霸之計。且今日宋謙死於鋒鏑之下，皆主公輕敵之故。今後切宜保重。”權曰：“是孤之過也。從今當改之。”少頃，太史慈入帳，言：“某手下有一人，姓戈，名定，與張遼手下養馬後槽是弟兄。後槽被責懷怨，今晚使人報來，舉火為號，刺殺張遼，以報宋謙之讎，某請引兵為外應。”權曰：“戈定何在？”太史慈曰：“已混入合淝城中去了。某願乞五千兵去。”諸葛瑾曰：“張遼多謀，恐有準備，不可造次。”太史慈堅執要行，權因傷感宋謙之死，急要報讎，遂令太史慈引兵五千，去為外應。

卻說戈定乃太史慈鄉人。當日雜在軍中，隨入合淝城，尋見養馬後槽，兩個商議。戈定曰：“我已使人報太史慈將軍去了，今夜必來接應。你如何用事？”後槽曰：“此間離軍中較遠，夜間急不能進，只就草堆上放起一把火，你去前面叫反，城中兵亂，就裏刺殺張遼，餘軍自走也。”戈定曰：“此計大妙！”是夜張遼得勝回城，賞勞三軍，傳令不許解甲宿睡。左右曰：“今日全勝，吳兵遠遁，將軍何不卸甲安息？"遼曰："非也。為將之道：勿以勝為喜，勿以敗為憂。倘吳兵度我無備，乘虛攻擊，何以應之？今夜防備，當比每夜更加謹慎。"說猶未了，後寨火起，一片聲叫反，報者如麻。張遼出帳上馬，喚親從將校十數人，當道而立。左右曰："喊聲甚急，可往觀之。"遼曰："豈有一城皆反者？此是造反之人，故驚軍士耳。如亂者先斬！"無移時，李典擒戈定并後槽至。遼詢得其情，立斬於馬前。只聽得城門外鳴鑼擊鼓，喊聲大震。遼曰："此是吳兵外應，可就計破之。"便令人於城門內放起一把火，眾皆叫反，大開城門，放下弔橋。太史慈見城門大開，只道內變，挺槍縱馬先入。城上一聲礮響，亂箭射下，太史慈急退，身中數箭。背後李典、樂進殺出。吳兵折其大半，乘勢直趕到寨前。陸遜、董襲殺出，救了太史慈。曹兵自回。孫權見太史慈身帶重傷，愈加傷感。張昭請權罷兵。權從之，遂收兵下船，回南徐潤州。比及屯住軍馬，太史慈病重。權使張昭等問安，太史慈大叫曰："大丈夫生於亂世，當帶三尺劍立不世之功；今所志未遂，奈何死乎！"言訖而亡，年四十一歲。後人有詩讚曰：

> 矢志全忠孝，東萊太史慈。
> 姓名昭遠塞，弓馬震雄師。
> 北海酬恩日，神亭酣戰時。
> 臨終言壯志，千古共嗟咨！

孫權聞慈死，傷悼不已，命厚葬於南徐北固山下，養其子太史亨於府中。

卻說玄德在荊州整頓軍馬，聞孫權合淝兵敗，已回南徐，與孔明商議。孔明曰："亮夜觀星象，見西北有星墜地，必應折一皇族。"正言間，忽報公子劉琦病亡。玄德聞之，痛哭不已。孔明勸曰："生死分定，主公勿憂，恐傷貴體，且理大事：可急差人到彼守禦城池，并料理葬事。"玄德曰："誰可去？"孔明曰："非雲長不可。"即時便教雲長前去襄陽保守。玄德曰："今日劉琦已死，東吳必來討荊州，如何對答？"孔明曰："若有人來，亮自有言對答。"過了半月，人報東吳魯肅特來弔喪。正是：先將計策安排定，只等東吳使命來。未知孔明如何對答，且看下文分解。

**註　釋**

1　二石力：相當於二百四十斤之力。古代以一百二十斤為一石。

2　關通：串通。

3　賁、育之勇：孟賁、夏育的勇武。孟賁、夏育分別是戰國、周朝時的勇士。

# 第五十四回

# 吳國太佛寺看新郎
# 劉皇叔洞房續佳偶

　　卻說孔明聞魯肅到，與玄德出城迎接，接到公廨，相見畢。肅曰：
"主公聞令姪棄世，特具薄禮，遣某前來致祭。周都督再三致意劉皇
叔、諸葛先生。"玄德、孔明起身稱謝，收了禮物，置酒相待。肅曰："前
者皇叔有言：'公子不在，即還荊州。'今公子已去世，必然見還。不
識幾時可以交割？"玄德曰："公且飲酒，有一個商議。"肅強飲數盃，
又開言相問。玄德未及回答，孔明變色曰："子敬好不通理，直須待人
開口！自我高皇帝斬蛇起義，開基立業，傳至於今；不幸奸雄並起，各
據一方；少不得天道好還，復歸正統。我主人乃中山靖王之後，孝景皇
帝玄孫，今皇上之叔，豈不可分茅裂土？況劉景升乃我主之兄也，弟承
兄業，有何不順？汝主乃錢塘小吏之子，素無功德於朝廷；今倚勢力，
占據六郡八十一州，尚自貪心不足，而欲併吞漢土。劉氏天下，我主姓
劉倒無分，汝主姓孫反要強爭？且赤壁之戰，我主多負勤勞，眾將並皆
用命，豈獨是汝東吳之力？若非我借東南風，周郎安能展半籌之功？江

南一破，休說二喬置於銅雀宮，雖公等家小，亦不能保。適來我主人不即答應者，以子敬乃高明之士，不待細說。何公不察之甚也！」

一席話，説得魯子敬緘口無言；半晌乃曰：「孔明之言，怕不有理；爭奈魯肅身上甚是不便。」孔明曰：「有何不便處？」肅曰：「昔日皇叔當陽受難時，是肅引孔明渡江，見我主公；後來周公瑾要興兵取荊州，又是肅擋住；至説待公子去世還荊州，又是肅擔承：今卻不應前言，教魯肅如何回覆？我主與周公瑾必然見罪。肅死不恨，只恐惹惱東吳，興動干戈，皇叔亦不能安坐荊州，空為天下恥笑耳。」孔明曰：「曹操統百萬之眾，動以天子為名，吾亦不以為意，豈懼周郎一小兒乎！若恐先生面上不好看，我勸主人立紙文書，暫借荊州為本；待我主別圖得城池之時，便交付還東吳。此論如何？」肅曰：「孔明待奪得何處，還我荊州？」孔明曰：「中原急未可圖；西川劉璋闇弱，我主將圖之。若圖得西川，那時便還。」肅無奈，只得聽從。玄德親筆寫成文書一紙，押了字。保人諸葛孔明也押了字。孔明曰：「亮是皇叔這裏人，難道自家作保？煩子敬先生也押個字，回見吳侯也好看。」肅曰：「某知皇叔乃仁義之人，必不相負。」遂押了字，收了文書。宴罷辭回。玄德與孔明，送到船邊。孔明囑曰：「子敬回見吳侯，善言伸意，休生忘想。若不准我文書，我翻了面皮，連八十一州都奪了。今只要兩家和氣，休教曹賊笑話。」

肅作別下船而回，先到柴桑郡見周瑜。瑜問曰：「子敬討荊州如何？」肅曰：「有文書在此。」呈與周瑜。瑜頓足曰：「子敬中諸葛之謀也！名為借地，實是混賴。他説取了西川便還，知他幾時取西川？假如十年不得西川，十年不還？這等文書，如何中用，你卻與他做保！他若不還時，必須連累足下。倘主公見罪，奈何？」肅聞言，呆了半晌，曰：「恐玄德不負我。」瑜曰：「子敬乃誠實人也。劉備梟雄之輩，諸葛亮奸猾之徒，恐不似先生心地。”肅曰：“若此，如之奈何？”瑜曰：“子敬是我恩人，想昔日指困相贈之情，如何不救你？你且寬心住數日，待江北探細的回，別有區處。”魯肅踟躕[1]不安。

過了數日，細作回報：“荊州城中揚起布旛做好事，城外別建新墳，軍士各挂孝。”瑜驚問曰：“沒了甚人？”細作曰：“劉玄德沒了甘夫人，即日安排殯葬。”瑜謂魯肅曰：“吾計成矣：使劉備束手就縛，荊州反掌可得！”肅曰：“計將安出？”瑜曰：“劉備喪妻，必將續娶。主公有一妹，極其剛勇，侍婢數百，居常帶刀，房中軍器擺列遍滿，雖男子不及。我今上書主公，教人去荊州為媒，説劉備來入贅。賺到南徐，妻子不能勾得，幽囚在獄中，卻使人去討荊州換劉備。等他交割了荊州城池，我別有主意。於子敬身上，須無事也。”魯肅拜謝。周瑜寫了書呈，選快船送魯肅投南徐見孫權，先説借荊州一事，呈上文書。權曰：“你卻如此糊塗！這樣文書，要他何用？”肅曰：“周都督有書呈在此，説用此計，可得荊州。”權看畢，點頭暗喜，尋思：“誰人可去？”猛然省曰：“非呂範不可。”遂召呂範至，謂曰：“近聞劉玄德喪婦。吾有一妹，欲招贅玄德為壻，永結姻親，同心破曹，以扶漢室。非子衡不可為媒，望即往荊州一言。”範領命，即日收拾船隻，帶數個從人，望荊州來。

卻説玄德自沒甘夫人，晝夜煩惱。一日，正與孔明閒敍，人報東吳差呂範到來。孔明笑曰：“此乃周瑜之計，必為荊州之故。亮只在屏風後潛聽。但有甚説話，主公都應承了。留來人在館驛中安歇，別作商議。”玄德教請呂範入，禮畢坐定。茶罷，玄德問曰：“子衡來，必有所諭？”範曰：“範近聞皇叔失偶，有一門好親，故不避嫌，特來作媒。未知尊意若何？”玄德曰：“中年喪妻，大不幸也。骨肉未寒，安忍便議親？"範曰："人若無妻，如屋無梁，豈可中道而廢人倫？吾主吳侯有一妹，美而賢，堪奉箕帚。若兩家共結秦晉之好，則曹賊不敢正視東南也。此事家國兩便，請皇叔勿疑。但我國太吳夫人甚愛幼女，不肯遠嫁，必求皇叔到東吳就婚。"玄德曰："此事吳侯知否？"範曰："不先稟吳侯，如何敢造次來説？"玄德曰："吾年已半百，鬢髮斑白；吳侯之妹，正當妙齡：恐非配偶。"範曰："吳侯之妹，身雖女子，志勝男兒。常言：'若非天下英雄，吾不事之。'今皇叔名聞四海，正所謂淑女配君子，豈以年齒上下相嫌乎？"玄德曰："公且少留，來日回報。"是日設宴相待，留於館舍。至晚，與孔明商議。孔明曰："來意亮已知道了。適間卜《易》，得一大吉大利之兆。主公便可應允。先教孫乾和呂範回見吳侯。面許已定，擇日便去就親。"玄德曰："周瑜定計欲害劉備，豈可以身輕入危險之地？"孔明大笑曰："周瑜雖能用計，豈能出諸葛亮之料乎！略用小謀，使周瑜半籌不展；吳侯之妹，又屬主公；荊州萬無一失。"玄德懷疑未決。孔明竟教孫乾往江南説合親事。孫乾領了言語，與呂範同到江南，來見孫權。權曰："吾願將小妹招贅玄德，並無異心。"孫乾拜謝，回荊州見玄德，言吳侯專候主公去結親。玄德懷疑不敢往。孔明曰："吾已定下三條計策，非子龍不可行也。"遂喚趙雲近前，附耳言曰："汝保主公入吳，當領此三個錦囊。囊中有三條妙計，依次而行。"即將三個錦囊，與雲貼肉收藏。孔明先使人往東吳納了聘，一切完備。

　　時建安十四年冬十月。玄德與趙雲、孫乾取快船十隻，隨行五百餘人，離了荊州，前往南徐進發。荊州之事，皆聽孔明裁處。玄德心中怏怏不安。到南徐州，船已傍岸。雲曰："軍師分付三條妙計，依次而行。今已到此，當先開第一個錦囊來看。"於是開囊看了計策，便喚五百隨行軍士，一一分付如此如此，眾軍領命而去。又教玄德先往見喬國老。那喬國老乃二喬之父，居於南徐。玄德牽羊擔酒，先往拜見，說呂範為媒，娶夫人之事。隨行五百軍士，俱披紅掛綵，入南徐買辦物件，傳說玄德入贅東吳，城中人盡知其事。孫權知玄德已到，教呂範相待，且就館舍安歇。

卻說喬國老既見玄德，便入見吳國太賀喜。國太曰：“有何喜事？”喬國老曰：“令愛已許劉玄德為夫人，今玄德已到，何故相瞞？”國太驚曰：“老身不知此事！”便使人請吳侯問虛實，一面先使人於城中探聽。人皆回報：“果有此事。女婿已在館驛安歇。五百隨行軍士都在城中買豬羊果品，準備成親。做媒的女家是呂範，男家是孫乾，俱在館驛中相待。”國太吃了一驚。少頃，孫權入後堂見母親。國太搥胸大哭。權曰：“母親何故煩惱？”國太曰：“你直如此將我看承得如無物！我姐姐臨危之時，分付你甚麼話來？”孫權失驚曰：“母親有話明說，何苦如此？”國太曰：“男大須婚，女大須嫁，古今常理。我為你母親，事當稟命於我。你招劉玄德為婿，如何瞞我？女兒須是我的！”權吃了一驚，問曰：“那裏得這話來？”國太曰：“若要不知，除非莫為。滿城百姓，那一個不知？你倒瞞我！”喬國老曰：“老夫已知多日了，今特來賀喜。”權曰：“非也。此是周瑜之計。因要取荊州，故將此為名，賺劉備來拘囚在此，要他把荊州來換；若其不從，先斬劉備。此是計策，非實意也。”國太大怒，罵周瑜曰：“汝做六郡八十一州大都督，直恁無條計策去取荊州，卻將我女兒為名，使美人計！殺了劉備，我女便是望門寡，明日再怎的說親？須誤了我女兒一世！你們好做作！”喬國老曰：“若用此計，便得荊州，也被天下恥笑。此事如何行得！”說得孫權默然無語。

國太不住口的罵周瑜。喬國老勸曰：“事已如此，劉皇叔乃漢室宗親，不如真個招他為壻，免得出醜。"權曰："年紀恐不相當。"國老曰："劉皇叔乃當世豪傑，若招得這個女壻，也不辱了令妹。"國太曰："我不曾認得劉皇叔，明日約在甘露寺相見。如不中我意，任從你們行事；若中我的意，我自把女兒嫁他。"孫權乃大孝之人，見母親如此言語，隨即應承，出外喚呂範，分付來日甘露寺方丈設宴，國太要見劉備。呂範曰："何不令賈華部領三百刀斧手，伏於兩廊？若國太不喜時，一聲號舉，兩邊齊出，將他擎下。"權遂喚賈華分付預先準備，只看國太舉動。

卻說喬國老辭吳國太歸，使人去報玄德，言："來日吳侯、國太親自要見，好生在意！"玄德與孫乾、趙雲商議。雲曰："來日此會，多凶少吉，雲自引五百軍保護。"次日，吳國太、喬國老先在甘露寺方丈裏坐定。孫權引一班謀士，隨後都到，卻教呂範來館驛中請玄德。玄德內披細鎧，外穿錦袍，從人背劍緊隨，上馬投甘露寺來。趙雲全裝慣帶，引五百軍隨行。來到寺前下馬，先見孫權。權觀玄德儀表非凡，心中有畏懼之意。二人敘禮畢，遂入方丈見國太。國太見了玄德，大喜，謂喬國老曰："真吾壻也！"國老曰："玄德有龍鳳之姿，天日之表，更兼仁德布於天下，國太得此佳壻，真可慶也！"玄德拜謝，共宴於方丈之中。少刻，子龍帶劍而入，立於玄德之側。國太問曰："此是何人？"玄德答曰："常山趙子龍也。"國太曰："莫非當陽長坂抱阿斗者乎？"玄德曰："然。"國太曰："真將軍也！"遂賜以酒。趙雲謂玄德曰："卻纔某於廊下巡視，見房內有刀斧手埋伏，必無好意。可告知國太。"玄德乃跪於國太席前，泣而告曰："若殺劉備，就此請誅。"國太曰："何出此言？"玄德曰："廊下暗伏刀斧手，非殺備而何？"國太大怒，責罵孫權："今日玄德既為我壻，即我之兒女也。何故伏刀斧手於廊下？"權推不知，喚呂範問之；範推賈華；

國太喚賈華責罵，華默然無言。國太喝令斬之。玄德告曰：“若斬大將，於親不利。備難久居膝下矣。”喬國老也相勸。國太方叱退賈華。刀斧手皆抱頭鼠竄而去。

玄德更衣出殿前，見庭下有一石塊。玄德拔從者所佩之劍，仰天祝曰：“若劉備能勾回荊州，成王霸之業，一劍揮石為兩段。如死於此地，劍剁石不開。”言訖，手起劍落，火光迸濺，砍石為兩段。孫權在後面看見，問曰：“玄德公如何恨此石？”玄德曰：“備年近五旬，不能為國家剿除賊黨，心常自恨。今蒙國太招為女婿，此平生之際遇也。恰纔問天買卦，如破曹興漢，砍斷此石。今果然如此。”權暗思：“劉備莫非用此言瞞我？”亦掣劍謂玄德曰：“吾亦問天買卦。若破得曹賊，亦斷此石。”卻暗暗祝告曰：“若再取得荊州，與旺東吳，砍石為兩半！”手起劍落，巨石亦開。至今有十字紋“恨石”尚存。後人觀此勝蹟，作詩讚曰：

> 寶劍落時山石斷，金環響處火光生。
> 兩朝旺氣皆天數，從此乾坤鼎足成。

二人棄劍，相攜入席。又飲數巡，孫乾目視玄德，玄德辭曰：“備不勝酒力，告退。”孫權送出寺前，二人並立，觀江山之景。玄德曰：“此乃天下第一江山也！”至今甘露寺碑上云：“天下第一江山”。後人有詩讚曰：

> 江山雨霽擁青螺，境界無憂樂最多。
> 昔日英雄凝目處，巖崖依舊抵風波。

二人共覽之次[2]，江風浩蕩，洪波滾雪，白浪掀天。忽見波上一葉小舟，行於江面上，如行平也。玄德歎曰：“‘南人駕船，北人乘馬’，信有之也。"孫權聞言自思曰:"劉備此言,戲我不慣乘馬耳。"乃令左右牽過馬來,飛身上馬,馳驟下山,復加鞭上嶺,笑謂玄德曰:"南人不能乘馬乎?"玄德聞言,撩衣一躍,躍上馬背,飛走下山,復馳騁而上。二人立馬於山坡之上,揚鞭大笑。至今此處名為"駐馬坡"。後人有詩曰:

> 馳驟龍駒氣概多,二人並轡望山河。
> 東吳西蜀成王霸,千古猶存駐馬坡。

當日二人並轡而回。南徐之民,無不稱賀。

玄德自回館驛,與孫乾商議。乾曰:"主公只是哀求喬國老,早早畢姻,免生別事。"次日,玄德復至喬國老宅前下馬。國老接入,禮畢,茶罷,玄德告曰:"江左之人,多有要害劉備者,恐不能久居。"國老曰:"玄德寬心。吾為公告國太,令作護持。"玄德拜謝自回。喬國老入見國太,言玄德恐人謀害,急急要回。國太大怒曰:"我的女婿,誰敢害他!"即時便教搬入書院暫住,擇日畢姻。玄德自入告國太曰:"只恐趙雲在外不便,軍士無人約束。"國太教盡搬入府中安歇,休留在館驛中,免得生事。玄德暗喜。

數日之內,大排筵會,孫夫人與玄德結親。至晚客散,兩行紅炬,接引玄德入房。燈光之下,但見槍刀簇滿;侍婢皆佩劍懸刀,立於兩傍。諕得玄德魂不附體。正是:驚看侍女橫刀立,疑是東吳設伏兵。畢竟是何緣故,且看下文分解。

## 註　釋

1　踞踏:局促不安。
2　之次:之際。

## 第五十五回

# 玄德智激孫夫人
# 孔明二氣周公瑾

却説玄德見孫夫人房中兩邊槍刀森列，侍婢皆佩劍，不覺失色。管家婆進曰："貴人休得驚懼。夫人自幼好觀武事，居常令侍婢擊劍為樂，故爾如此。"玄德曰："非夫人所觀之事，吾甚心寒，可命暫去。"管家婆稟覆孫夫人曰："房中擺列兵器，嬌客不安，今且去之。"孫夫人笑曰："廝殺半生，尚懼兵器乎！"命盡撤去，令侍婢解劍伏侍。當夜玄德與孫夫人成親，兩情歡洽。玄德又將金帛散給侍婢，以買其心，先教孫乾回荊州報喜。自此連日飲酒。國太十分愛敬。

却説孫權差人來柴桑郡報周瑜，説："我母親力主，已將吾妹嫁劉備。不想弄假成真。此事還復如何？"瑜聞大驚，行坐不安，乃思一計，修密書付來人持回見孫權。權拆書視之。書略曰：

　　瑜所謀之事，不想反覆如此。既已弄假成真，又當就此用計。劉備以梟雄之姿，有關、張、趙雲之將，更兼諸葛用謀，必非久屈人下者。愚意莫如輭困之於吳中，盛為築宮室，以喪其心志；多送美色玩好，以娛其耳目；使分開關、張之情，隔遠諸葛之契，各置一方，然後以兵擊之，大事可定矣。今若縱之，恐蛟龍得雲雨，終非池中物也。願明公熟思之。

孫權看畢，以書示張昭。昭曰：“公瑾之謀，正合愚意。劉備起身微末，奔走天下，未嘗受享富貴。今若以華堂大廈，子女金帛，令彼享用，自然疏遠孔明、關、張等。使彼各生怨望，然後荊州可圖也。主公可依公瑾之計而速行之。”權大喜，即日修整東府，廣栽花木，盛設器用，請玄德與妹居住；又增女樂數十餘人，并金玉錦綺玩好之物。國太只道孫權好意，喜不自勝。玄德果然被聲色所迷，全不想回荊州。

卻說趙雲與五百軍在東府前住，終日無事，只去城外射箭走馬。看看年終，雲猛省：“孔明分付三個錦囊與我，教我一到南徐，開第一個；住到年終，開第二個；臨到危急無路之時，開第三個：於內有神出鬼沒之計，可保主公回家。此時歲已將終，主公貪戀女色，並不見面，何不拆開第二個錦囊，看計而行？”遂拆開視之。原來如此神策。即日逕到府堂，要見玄德。侍婢報曰：“趙子龍有緊急事來報貴人。”玄德喚入問之。雲佯作失驚之狀曰：“主公深居畫堂，不想荊州耶？”玄德曰：“有甚事如此驚怪？”雲曰：“今早孔明使人來報，說曹操要報赤壁鏖兵之恨，起精兵五十萬，殺到荊州，甚是危急，請主公便回。”玄德曰：“必須與夫人商議。”雲曰：“若和夫人商議，必不肯教主公回。不如休說，今晚便好起程。遲則誤事。”玄德曰：“你且暫退，我自有道理。”雲故意催逼數番而出。玄德入見孫夫人，暗暗垂淚。孫夫人曰：“夫君何故煩惱？”玄德曰：“念備一身飄蕩異鄉，生不能侍奉二親，又不能祭祀宗祖，乃大逆不孝也。今歲旦在邇，使備悒怏不已。”孫夫人曰：“你休瞞我，我已聽知了也！方纔趙子龍報說荊州危急，你欲還鄉，故推此意。”玄德跪而告曰：“夫人既知，備安敢相瞞？備欲不去，使荊州有失，被天下人恥笑；欲去，又捨不得夫人，因此煩惱。”夫人曰：“妾已事君，任君所之，妾當相隨。”玄德曰：“夫人之心，雖則如此，爭奈國太與吳侯安肯容夫人去？夫人若可憐劉備，暫時辭別。”言畢，淚如雨下。孫夫人勸曰：“丈夫休得煩惱。妾當苦告母親，必放妾與君同去。”玄德曰：“縱然國太肯時，吳侯必然阻擋。”孫夫人沉吟良久，乃曰：“妾與君正旦拜賀時，推稱江邊祭祖，不告而去，若何？”玄德又跪而謝曰：“若如此，生死難忘。切勿漏泄。”兩個商議已定。玄德密喚趙雲分付：“正旦日，你先引軍士出城，於官道等候。吾推祭祖，與夫人同走。”雲領諾。建安十五年春正月元旦，吳侯大會文武於堂上。玄德與孫夫人入拜國太。孫夫人曰：“夫主想父母宗祖墳墓，俱在涿郡，晝夜傷感不已。今日欲往江邊，望北遙祭，須告母親得知。”國太曰：“此孝道也，豈有不從？汝雖不識舅姑，可同汝夫前去祭拜，亦見為婦之禮。”孫夫人同玄德拜謝而出。

此時只瞞着孫權。夫人乘車，止帶隨身一應細軟。玄德上馬，引數騎跟隨出城，與趙雲相會。五百軍士前遮後擁，離了南徐，趲程而行。當日孫權大醉，左右近侍扶入後堂，文武皆散。比及眾官探得玄德、夫人逃遁之時，天色已晚。要報孫權，權醉不醒。及至睡覺，已是五更。次日，孫權聞知走了玄德，急喚文武商議。張昭曰：“今日走了此人，早晚必生禍亂。可急追之。”孫權令陳武、潘璋選五百精兵，無分晝夜，務要趕上拏回。二將領命去了。孫權深恨玄德，將案上玉硯摔為粉碎。程普曰：「主公空有沖天之怒。某料陳武、潘璋必擒此人不得。」權曰：「焉敢違我令！」普曰：「郡主自幼好觀武事，嚴毅剛正，諸將皆懼。既肯順劉備，必同心而去。所追之將，若見郡主，豈肯下手？」權大怒，掣所佩之劍，喚蔣欽、周泰聽令，曰：「汝二人將這口劍去取吾妹并劉備頭來！違令者立斬！」蔣欽、周泰領命，隨後引一千軍趕來。

卻說玄德加鞭縱轡，趲程而行；當夜於路暫歇兩個更次，慌忙起行。看看來到柴桑界首，望見後面塵頭大起，人報追兵至矣。玄德慌問趙雲曰：「追兵既至，如之奈何？」趙雲曰：「主公先行，某願當後。」轉過前面山腳，一彪軍馬攔住去路。當先兩員大將，厲聲高叫曰：「劉備早早下馬受縛！吾奉周都督將令，守候多時！」原來周瑜恐玄德走脫，先使徐盛、丁奉引三千軍馬於衝要之處紮營等候，時常令人登高遙望，料得玄德若投旱路，必經此道而過。當日徐盛、丁奉瞭望得玄德一行人到，各綽兵器截住去路。玄德驚慌勒回馬問趙雲曰：「前有攔截之兵，後有追趕之兵：前後無路，如之奈何？」雲曰：「主公休慌：軍師有三條計，多在錦囊之中。已拆了兩個，並皆應驗。今尚有第三個在此，分付遇危難之時，方可拆看。今日危急，當拆觀之。」便將錦囊拆開，獻與玄德。玄德看了，急來車前泣告孫夫人曰：「備有心腹之言，至此盡當實訴。」夫人曰：「丈夫有何言語，實對我說。」玄德曰：「昔日吳侯與周瑜同謀，將夫人招嫁劉備，實非為夫人計，乃欲幽困劉備而奪荊州耳。奪了荊州，必將殺備。是以夫人為香餌而釣備也。備不懼萬死而來，蓋知夫人有男子之胸襟，必能憐備。昨聞吳侯將欲加害，故託荊州有難，以圖歸計。幸得夫人不棄，同至於此。今吳侯又令人在後追趕，周瑜又使人於前截住，非夫人莫解此禍。如夫人不允，備請死於車前，以報夫人之德。”夫人怒曰：“吾兄既不以我為親骨肉，我有何面目重相見乎！今日之危，我當自解。”於是叱從人推車直出，捲起車簾，親喝徐盛、丁奉曰：“你二人欲造反耶？”徐、丁二將慌忙下馬，棄了兵器，聲喏於車前曰：“安敢造反。為奉周都督將令，屯兵在此專候劉備。”孫夫人大怒曰：“周瑜逆賊！我東吳不曾虧負你！玄德乃大漢皇叔，是我丈夫。我已對母親、哥哥說知回荊州去。今你兩個於山腳去處，引着軍馬攔截道路，意欲劫我夫妻財物耶？”徐盛、丁奉喏喏連聲，口稱：“不敢。請夫人息怒。這不干我等之事，乃是周都督的將令。”孫夫人叱曰：“你只怕周瑜，獨不怕我？周瑜殺得你，我豈殺不得周瑜？”把周瑜大罵一場，喝令推車前進。徐盛、丁奉自思：“我等是下人，安敢與夫人違拗？”又見趙雲十分怒氣，只得把兵喝住，放條大路教過去。

　　恰纔行不得五六里，背後陳武、潘璋趕到。徐盛、丁奉備言其事。陳、潘二將曰：“你放他過去差了。我二人奉吳侯旨意，特來追捉他回去。”於是四將合兵一處，趲程趕來。玄德正行間，忽聽得背後喊聲大起。玄德又告孫夫人曰：“後面追兵又到，如之奈何？”夫人曰：“丈夫先行，我與子龍當後。”玄德先引三百軍，望江岸去了。子龍勒馬於車傍，將士卒擺開，專候來將。四員將見了孫夫人，只得下馬，叉手而立。夫人曰：“陳武、潘璋，來此何幹？”二將答曰：“奉主公之命，請夫人、玄德回。”夫人正色叱曰：“都是你這夥匹夫，離間我兄妹不睦！我已嫁他人，今日歸去，須不是與人私奔。我奉母親慈旨，令我夫婦回荊州。便是我哥哥來，也須依禮而行。你二人倚仗兵威，欲待殺害我耶？”罵得四人面面相覷，各自尋思：“他一萬年也只是兄妹。更兼國太作主；吳侯乃大孝之人，怎敢違逆母言？明日翻過臉來，只是我等不是。不如做個人情。”軍中又不見玄德，但見趙雲怒目睜眉，只待厮殺，因此四將喏喏連聲而退。孫夫人令推車便行。徐盛曰：「我四人同去見周都督，告稟此事。」四人猶豫未定，忽見一軍如旋風而來；視之，乃蔣欽、周泰。二將問曰：「你等曾見劉備否？」四人曰：「早晨過去，已半日矣。」蔣欽曰：「何不拏下？」四人各言孫夫人發話之事。蔣欽曰：「便是吳侯怕道如此，封一口劍在此，教先殺他妹，後斬劉備。違者立斬！」四將曰：「去之已遠，怎生奈何？」蔣欽曰：「他終是些步軍，急行不上。徐、丁二將軍，可飛報都督，教水路棹快船追趕，我四人在岸上追趕。無問水旱之路，趕上殺了，休聽他言語。」於是徐盛、丁奉飛報周瑜；蔣欽、周泰、陳武、潘璋四個領兵沿江趕來。

卻說玄德一行人馬，離柴桑較遠，來到劉郎浦，心纔稍寬。沿着江岸尋渡，一望江水瀰漫，並無船隻。玄德俯首沉吟。趙雲曰：「主公在虎口中逃出，今已近本界，吾料軍師必有調度，何用憂疑？」玄德聽罷，驀然想起在吳繁華之事，不覺淒然淚下。後人有詩歎曰：

> 吳蜀成婚此水潯，明珠步障屋黃金。
> 誰知一女輕天下，欲易劉郎鼎峙心。

玄德令趙雲望前哨探船隻，忽報後面塵土沖天而起。玄德登高望之，但見軍馬蓋地而來，歎曰：「連日奔走，人困馬乏，追兵又到，死無地矣！」看看喊聲漸近。正慌急間，忽見江岸邊一字兒拋着拖篷船二十餘隻。趙雲曰：「天幸有船在此！何不速下，棹過對岸，再作區處！」玄德與孫夫人便奔上船。子龍引五百軍亦都上船。只見船艙中一人綸巾道服，大笑而出，曰：「主公且喜！諸葛亮在此等候多時。」船中扮作客人的，皆是荆州水軍。玄德大喜。不移時，四將趕到。孔明笑指岸上人言曰：「吾已算定多時矣。汝等回去傳示周郎，教休再使美人局手段。"岸上亂箭射來，船已開的遠了。蔣欽四將，只好呆看。

玄德與孔明正行間，忽然江聲大震，回頭視之，只見戰船無數。帥字旗下，周瑜自領慣戰水軍，左有黃蓋，右有韓當，勢如飛馬，疾似流星，看看趕上。孔明教棹船投北岸，棄了船，盡皆上岸而走，車馬登程。周瑜趕到江邊，亦皆上岸追襲。大小水軍，盡是步行，止有為首官軍騎馬。周瑜當先，黃蓋、韓當、徐盛、丁奉緊隨。周瑜曰："此處是那裏？"軍士答曰："前面是黃州界首。"望見玄德軍馬不遠，瑜令併力追襲。正趕之間，一聲鼓響，山崦內一彪刀手擁出，為首一員大將，乃關雲長也。周瑜舉止失措，急撥馬便走；雲長趕來，周瑜縱馬逃命。正奔走間，左邊黃忠，右邊魏延，兩軍殺出。吳兵大敗。周瑜急急下得船時，岸上軍士齊聲大叫曰："周郎妙計安天下，陪了夫人又折兵！"瑜怒曰："可再登岸決一死戰！"黃蓋、韓當力阻。瑜自思曰："吾計不成，有何面目去見吳侯！"大叫一聲，金瘡迸裂，倒於船上。眾將急救，卻早不省人事。正是：兩番弄巧翻成拙，此日含嗔卻帶羞。未知周郎性命如何，且看下文分解。

# 第五十六回

## 曹操大宴銅雀臺
## 孔明三氣周公瑾

　　卻說周瑜被諸葛亮預先埋伏關公、黃忠、魏延三枝軍馬，一擊大敗。黃蓋、韓當急救下船，折卻水軍無數。遙觀玄德、孫夫人車馬僕從，都停住於山頂之上，瑜如何不氣？箭瘡未愈，因怒氣沖激，瘡口迸裂，昏絕於地；眾將救醒，開船逃去。孔明教休追趕，自和玄德歸荊州慶喜，賞賜眾將。

　　周瑜自回柴桑。蔣欽等一行人馬自歸南徐報孫權。權不勝忿怒，欲拜程普為都督，起兵取荊州。周諭又上書，請興兵雪恨。張昭諫曰："不可。曹操日夜思報赤壁之恨，因恐孫、劉同心，故未敢興兵。今主公若以一時之忿，自相吞併，操必乘虛來攻，國勢危矣。"顧雍曰："許都豈無細作在此？若知孫、劉不睦，操必使人勾結劉備。備懼東吳，必投曹操。若此，則江南何日得安？為今之計，莫若使人赴許都，表劉備為荊州牧。曹操知之，則懼而不敢加兵於東南，且使劉備不恨於主公。然後使心腹用反間之計，令曹、劉相攻，吾乘隙而圖之，斯為得耳。"權曰："元歎之言甚善。但誰可為使？"雍曰："此間有一人，乃曹操敬慕者，可以為使。"權問何人。雍曰："華歆在此，何不遣之？"權大喜，即遣歆齎表赴許都。歆領命起程，逕到許都求見曹操。聞操會羣臣於鄴郡，慶賞銅雀臺，歆乃赴鄴郡候見。

操自赤壁敗後，常思報讎；只疑孫、劉併力，因此不敢輕進。時建安十五年春，造銅雀臺成。操乃大會文武於鄴郡，設宴慶賀。其臺正臨漳河。中央乃銅雀臺，左邊一座名玉龍臺，右邊一座名金鳳臺，各高十丈，上橫二橋相通，千門萬戶，金碧交輝。是日，曹操頭戴嵌寶金冠，身穿綠錦羅袍，玉帶珠履，憑高而坐。文武侍立臺下。

操欲觀武官比試弓箭，乃使近侍將西川紅錦戰袍一領，挂於垂楊枝上，下設一箭垛，以百步為界。分武官為兩隊：曹氏宗族俱穿紅，其餘將士俱穿綠；各帶雕弓長箭，跨鞍勒馬，聽候指揮。操傳令曰："有能射中箭垛紅心者，即以錦袍賜之；如射不中，罰水一盃。"號令方下，紅袍隊中，一個少年將軍驟馬而出，眾視之，乃曹休也。休飛馬往來，奔馳三次，扣上箭，拽滿弓，一箭射去，正中紅心。金鼓齊鳴，眾皆喝采。曹操於臺上望見大喜，曰："此吾家千里駒也！"方欲使人取錦袍與曹休，只見綠袍隊中，一騎飛出，叫曰："丞相錦袍，合讓俺外姓先取，宗族中不宜攙越。"操視其人，乃文聘也。眾官曰："且看文仲業射法。"文聘拈弓縱馬一箭，亦中紅心。眾皆喝采，金鼓亂鳴。聘大呼曰："快取袍來！"只見紅袍隊中，又一將飛馬而出，厲聲曰："文烈先射，汝何得爭奪？看我與你兩個解箭！"拽滿弓，一箭射去，也中紅心。眾人齊聲喝采。視其人，乃曹洪也。洪方欲取袍，只見綠袍隊裏又一將出，揚弓叫曰："你三人射法，何足為奇！看我射來！"眾視之，乃張郃也。郃飛馬翻身，背射一箭，也中紅心。四枝箭齊齊的攢在紅心裏。眾人都道："好射法！"郃曰："錦袍須該是我的！"言未畢，紅袍隊中一將飛馬而出，大叫曰："汝翻身背射，何足稱異！看我奪射紅心！"眾視之，乃夏侯淵也。淵驟馬至界口，紐回身一箭射去，正在四箭當中。金鼓齊鳴。淵勒馬按弓大叫曰："此箭可奪得錦袍麼？"只見綠袍隊裏，一將應聲而出，大叫："且留下錦袍與我徐晃！"淵曰："汝更有何射法，可奪我袍？"晃曰："汝奪射紅心，不足為異。看我單取錦袍！"拈弓搭箭，遙望柳條射去，恰好射斷柳條，錦袍墜地。徐晃飛取錦袍，披於身上，驟馬至臺前聲喏曰："謝丞相袍！"曹操與眾官無不稱羨。晃纔勒馬要回，猛然臺邊躍出一個綠袍將軍，大呼曰："你將錦袍那裏去？早早留下與我！"眾視之，乃許褚也。晃曰："袍已在此，汝何敢強奪！"褚更不回答，竟飛馬來奪袍。兩馬相近，徐晃便把弓打許褚。褚一手按住弓，把徐晃拖離鞍轎。晃急棄了弓，翻身下馬，褚亦下馬，兩個揪住廝打。操急使人解開。那領錦袍已是扯得粉碎。操令二人都上臺。徐晃睜眉怒目，許褚切齒咬牙：各有相鬥之意。操笑曰："孤特視公等之勇耳。豈惜一錦袍哉？"便教諸將盡都上臺，各賜蜀錦一疋。諸將各各稱謝。操命各依位次而坐。樂聲競奏，水陸並陳。文官武將輪次把盞，獻酬交錯。

操顧謂眾文官曰："武將既以騎射為樂，足顯威勇矣。公等皆飽學之士，登此高臺，可不進佳章以紀一時之勝事乎？"眾官皆躬身而言曰："願從鈞命。"時有王朗、鍾繇、王粲、陳琳一班文官，進獻詩章。詩中多有稱頌曹操功德巍巍、合當受命之意。曹操遂一覽畢，笑曰："諸公佳作，過譽甚矣。孤本愚陋，始舉孝廉。後值天下大亂，築精舍於譙東五十里，欲春夏讀書，秋冬射獵，以待天下清平，方出仕耳。不意朝廷徵孤為典軍校尉，遂更其意，專欲為國家討賊立功，圖死後得題墓道曰：'漢故征西將軍曹侯之墓'，平生願足矣。念自討董卓、剿黃巾以來，除袁術、破呂布、滅袁紹、定劉表，遂平天下。

身為宰相，人臣之貴已極，又復何望哉？如國家無孤一人，正不知幾人稱帝，幾人稱王。或見孤權重，妄相忖度，疑孤有異心，此大謬也。孤常念孔子稱文王之至德，此言耿耿在心。但欲孤委捐[1]兵眾，歸就所封武平侯之職，實不可耳：誠恐一解兵柄，為人所害；孤敗則國家傾危，是以不得慕虛名而處實禍也。諸公必無知孤意者。"眾皆起拜曰："雖伊尹、周公，不及丞相矣。"後人有詩曰：

> 周公恐懼流言日，王莽謙恭下士時。
> 假使當年身便死，一生真偽有誰知！

　　曹操連飲數盃，不覺沉醉，喚左右捧過筆硯，亦欲作銅雀臺詩。剛纔下筆，忽報："東吳使華歆表奏劉備為荊州牧，孫權以妹嫁劉備，漢上九郡大半已屬備矣。"操聞之，手腳慌亂，投筆於地。程昱曰："丞相在萬軍之中，矢石交攻之際，未嘗動心；今聞劉備得了荊州，何故如此失驚？"操曰："劉備，人中之龍也，生平未嘗得水。今得荊州，是困龍入大海矣。孤安得不動心哉！"程昱曰："丞相知華歆來意否？"操曰："未知。"昱曰："孫權本忌劉備，欲以兵攻之，但恐丞相乘虛而擊，故今華歆為使，表薦劉備。乃安備之心，以塞丞相之望耳。"操點頭曰："是也。"昱曰："某有一計，使孫、劉自相吞併，丞相乘間圖之，一鼓而二敵俱破。"操大喜，遂問其計。程昱曰："東吳所倚者，周瑜也。丞相今表奏周瑜為南郡太守、程普為江夏太守，留華歆在朝重用之；瑜必自與劉備為讎敵矣。我乘其相併而圖之，不亦善乎？"操曰："仲德之言，正合孤意。"遂召華歆上臺，重加賞賜。當日筵散，操即引文武回許昌，表奏周瑜為總領南郡太守、程普為江夏太守。封華歆為大理少卿，留在許都。使命至東吳，周瑜、程普各受職訖。

周瑜既領南郡，愈思報讎，遂上書吳侯，乞命魯肅去討還荊州。孫權乃命肅曰：「汝昔保借荊州與劉備，今備遷延不還，等待何時？」肅曰：「文書上明白寫着，得了西川便還。」權叱曰：「只説取西川，至今又不動兵，不等老了人！」肅曰：「某願往言之。」遂乘船投荊州而來。

卻説玄德與孔明在荊州廣聚糧草，調練軍馬，遠近之士多歸之。忽報魯肅到，玄德問孔明曰：「子敬此來何意？」孔明曰：「昨者孫權表主公為荊州牧，此是懼曹操之計。操封周瑜為南郡太守，此欲令我兩家自相吞併，他好於中取事也。今魯肅此來，又是周瑜既受太守之職，要來索荊州之意。」玄德曰：「何以答之？」孔明曰：「若肅提起荊州之事，主公便放聲大哭。哭到悲切之處，亮自出來解勸。」計會已定，接魯肅入府，禮畢，敍坐。肅曰：「今日皇叔做了東吳女婿，便是魯肅主人，如何敢坐？」玄德笑曰：「子敬與我舊交，何必太謙？」肅乃就坐。茶罷，肅曰：「今奉吳侯鈞命，專為荊州一事而來。皇叔已借住多時，未蒙見還。今既兩家結親，當看親情面上，早早交付。」玄德聞言，掩面大哭。肅驚曰：「皇叔何故如此？」玄德哭聲不絕。孔明從屏後出曰：「亮聽之久矣。子敬知吾主人哭的緣故麼？」肅曰：「某實不知。」孔明曰：「有何難見？當初我主人借荊州時，許下取得西川便還。仔細想來：益州劉璋是我主人之弟，一般都是漢朝骨肉。若要興兵去取他城池時，恐被外人唾罵；若要不取，還了荊州，何處安身？若不還時，於尊舅面上又不好看。事實兩難，因此淚出痛腸。」孔明説罷，觸動玄德衷腸，真個搥胸頓足，放聲大哭。魯肅勸曰：「皇叔且休煩惱，與孔明從長計議。」孔明曰：「有煩子敬，回見吳侯，勿惜一言之勞，將此煩惱情節，懇告吳侯，再容幾時。」肅曰：「倘吳侯不從，如之奈何？」孔明曰：「吳侯既以親妹聘嫁皇叔，安得不從乎？望子敬善言回覆。”

魯肅是個寬仁長者，見玄德如此哀痛，只得應允。玄德、孔明拜謝。宴畢，送魯肅下船。逕到柴桑，見了周瑜，具言其事。周瑜頓足曰：“子敬又中諸葛亮之計也！當初劉備依劉表時，常有吞併之意，何況西川劉璋乎？似此推調，未免累及老兄矣。吾有一計，使諸葛亮不能出吾算中。子敬便當一行。”肅曰：“願聞妙策。”瑜曰：“子敬不必去見吳侯，再去荊州對劉備說：孫、劉兩家，既結為親，便是一家；若劉氏不忍去取西川，我東吳起兵去取；取得西川時，以作嫁資，卻把荊州交還東吳。”肅曰：“西川迢遞，取之非易。都督此計，莫非不可？”瑜笑曰：“子敬真長者也。你道我真個去取西川與他？我只以此為名，實欲去取荊州，且教他不做準備。東吳軍馬收川，路過荊州，就問他索要錢糧，劉備必然出城勞軍。那時乘勢殺之，奪取荊州，雪吾之恨，解足下之禍。”魯肅大喜，便再往荊州來。玄德與孔明商議。孔明曰：“魯肅必不曾見吳侯，只到柴桑和周瑜商量了甚計策，來誘我耳。但說的話，主公只看我點頭，便滿口應承。”計會已定，魯肅入見，禮畢，曰：“吳侯甚是稱讚皇叔盛德，遂與諸將商議，起兵替皇叔收川。取了西川，卻換荊州，以西川權當嫁資。但軍馬經過，卻望應些錢糧。”孔明聽了，忙點頭曰：“難得吳侯好心！”玄德拱手稱謝曰：“此皆子敬善言之力。”孔明曰：“如雄師到日，即當遠接犒勞。”魯肅暗喜，宴罷辭回。玄德問孔明曰：“此是何意？”孔明大笑曰：“周瑜死日近矣！這等計策，小兒也瞞不過！”玄德又問如何。孔明曰：“此乃‘假途滅虢’之計也。虛名收川，實取荊州。等主公出城勞軍，乘勢拏下，殺入城來，攻其無備，出其不意也。”玄德曰：“如之奈何？”孔明曰：“主公寬心，只顧‘準備窩弓以擒猛虎，安排香餌以釣鰲魚’。等周瑜到來，他便不死，也九分無氣。”便喚趙雲聽計：“如此如此，其餘我自有擺布。”玄德大喜。後人有詩歎云：

> 周瑜決策取荊州，諸葛先知第一籌。
> 指望長江香餌穩，不知暗裏釣魚鉤。

卻說魯肅回見周瑜，說玄德、孔明歡喜一節，準備出城勞軍。周瑜大笑曰：“原來今番也中了計！”便教魯肅稟報吳侯，並遣程普引軍接應。周瑜此時箭瘡已漸平愈，身軀無事，使甘寧為先鋒，自與徐盛、丁奉為第二；凌統、呂蒙為後隊。水陸大兵五萬，望荊州而來。周瑜在船中，時復歡笑，以為孔明中計。前軍至夏口，周瑜問：“荊州有人在前面接否？”人報：“劉皇叔使糜竺來見都督。”瑜喚至，問勞軍如何。糜竺曰：“主公皆準備安排下了。”瑜曰：“皇叔何在？”竺曰：“在荊州城門外相等，與都督把盞。”瑜曰：“今為汝家之事，出兵遠征；勞軍之禮，休得輕易。”糜竺領了言語先回。戰船密密排在江上，依次而進。看看至公安，並無一隻軍船，又無一人遠接。周瑜催船速行。離荊州十餘里，只見江面上靜蕩蕩的。哨探的回報：“荊州城上，插兩面白旗，並不見一人之影。”瑜心疑，教把船傍岸，親自上岸乘馬，帶了甘寧、徐盛、丁奉一班軍官，引親隨精軍三千人，逕望荊州來。既至城下，並不見動靜。瑜勒住馬，令軍士叫門。城上問是誰人。吳軍答曰：“是東吳周都督親自在此。”言未畢，忽一聲梆子響，城上軍一齊都豎起槍刀。敵樓上趙雲出曰：“都督此行，端的為何？”瑜曰：“吾替汝主取西川，汝豈猶未知耶？”雲曰：“孔明軍師已知都督‘假途滅虢’之計，故留趙雲在此。吾主公有言：‘孤與劉璋，皆漢室宗親，安忍背義而取西川？若汝東吳端的取蜀，吾當披髮入山，不失信於天下也。’”周瑜聞之，勒馬便回。只見一人打着令字旗，於馬前報說：“探得四路軍馬，一齊殺到：關某從江陵殺來，張飛從秭歸殺來，黃忠從公安殺來，魏延從屛陵小路殺來，四路正不知多少軍馬。喊聲遠近震動百餘里，皆言要捉周瑜。"瑜馬上大叫一聲，箭瘡復裂，墜於馬下。正是：一着棋高難對敵，幾番算定總成空。未知性命如何，且看下文分解。

### 註　釋

1　委捐：放棄。

# 第五十七回

## 柴桑口臥龍弔喪
## 耒陽縣鳳雛理事

卻説周瑜怒氣填胸，墜於馬下，左右急救歸船。軍士傳説："玄德、孔明在前山頂上飲酒取樂。"瑜大怒，咬牙切齒曰："你道我取不得西川，吾誓取之！"正恨間，人報吳侯遣弟孫瑜到。周瑜接入，具言其事。孫瑜曰："吾奉兄命來助都督。"遂令催軍前行。行至巴丘，人報上流有劉封、關平二人領軍截住水路。周瑜愈怒。忽又報孔明遣人送書至。周瑜拆封視之。書曰：

> 漢軍師中郎將諸葛亮，致書於東吳大都督公瑾先生麾下：亮自柴桑一別，至今戀戀不忘。聞足下欲取西川，亮竊以為不可。益州民強地險，劉璋雖闇弱，足以自守；今勞師遠征，轉運萬里，欲收全功，雖吳起不能定其規，孫武不能善其後也。曹操失利於赤壁，志豈須臾忘報讎哉？今足下興兵遠征，倘操乘虛而至，江南虀粉矣。亮不忍坐視，特此告

知，幸垂照鑒。

周瑜覽畢，長歎一聲，喚左右取紙筆作書上吳侯。乃聚眾將曰："吾非不欲盡忠報國，奈天命已絕矣！汝等善事吳侯，共成大業。"言訖，昏絕。徐徐又醒，仰天長歎曰："既生瑜，何生亮？"連叫數聲而亡。壽三十六歲。後人有詩歎曰：

> 赤壁遺雄烈，青年有俊聲。
>
> 絃歌知雅意，盃酒謝良朋。
>
> 曾謁三千斛，常驅十萬兵。
>
> 巴丘終命處，憑弔欲傷情。

周瑜停喪於巴丘。眾將將所遺書緘，遣人飛報孫權。權聞瑜死，放聲大哭。拆視其書，乃薦魯肅以自代也。書略曰：

> 瑜以凡才，荷蒙殊遇，委任腹心，統御兵馬，敢不竭股肱之力，以圖報効？奈死生不測，修短有命；愚志未展，微軀已殞，遺恨何極！方今曹操在北，疆場未靜；劉備寄寓，有似養虎；天下之事，尚未可知。此正朝士旰食[1]之秋，至尊垂慮之日也。魯肅忠烈，臨事不苟，可以代瑜之任。"人之將死，其言也善"。倘蒙垂鑒，瑜死不朽矣！

孫權覽畢，哭曰："公瑾有王佐之才，今忽短命而死，孤何賴哉？既遺書特薦子敬，孤敢不從之。"即日便命魯肅為都督，總統兵馬；一面教發周瑜靈柩回葬。

卻說孔明在荊州，夜觀天文，見將星墜地，乃笑曰："周瑜死矣。"至曉，告於玄德。玄德使人探之，果然死了。玄德問孔明曰："周瑜既死，還當如何？"孔明曰："代瑜領兵者，必魯肅也。亮觀天象，將星聚於東方。亮當以弔喪為由，往江東走一遭，就尋賢士佐助主公。"玄德曰："只恐吳中將士加害於先生。"孔明曰："瑜在之日，亮猶不懼；今瑜已死，又何患乎？"乃與趙雲引五百軍，具祭禮，下船赴巴丘弔喪。於路探聽得孫權已令魯肅為都督，周瑜靈柩已回柴桑。孔明逕至柴桑，魯肅以禮迎接。周瑜部將皆欲殺孔明，因見趙雲帶劍相隨，不敢下手。孔明教設祭物於靈前，親自奠酒，跪於地下，讀祭文曰：

嗚呼公瑾，不幸夭亡！修短故天，人豈不傷？
我心實痛，酹酒一觴；君其有靈，享我烝嘗！
弔君幼學，以交伯符；仗義疎財，讓舍以居。
弔君弱冠，萬里鵬搏；定建霸業，割據江南。
弔君壯力，遠鎮巴丘；景升懷慮，討逆無憂。
弔君丰度，佳配小喬；漢臣之婿，不愧當朝。
弔君氣概，諫阻納質；始不垂翅，終能奮翼。
弔君鄱陽，蔣幹來說；揮灑自如，雅量高志。
弔君弘才，文武籌略；火攻破敵，挽強為弱。
想君當年，雄姿英發。哭君早逝，俯地流血。
忠義之心，英靈之氣。命終三紀，名垂百世。
哀君情切，愁腸千結。惟我肝膽，悲無斷絕。
昊天昏暗，三軍愴然。主為哀泣，友為淚漣。
亮也不才，丐計求謀。助吳拒曹，輔漢安劉。
掎角之援，首尾相儔。若存若亡，何慮何憂？
嗚呼公瑾！生死永別！朴守其貞，冥冥滅滅。

魂如有靈，以鑒我心。從此天下，更無知音！

嗚呼痛哉！伏惟尚饗！

孔明祭畢，伏地大哭，淚如湧泉，哀慟不已。眾將相謂曰：“人盡道公瑾與孔明不睦，今觀其祭奠之情，人皆虛言也。”魯肅見孔明如此悲切，亦為感傷，自思曰：“孔明自是多情，乃公瑾量窄，自取死耳。”後人有詩歎曰：

> 臥龍南陽睡未醒，又添列曜下舒城。
> 蒼天既已生公瑾，塵世何須出孔明？

魯肅設宴款待孔明。宴罷，孔明辭回，方欲下船，只見江邊一人道袍竹冠，皂絛素履，一手揪住孔明大笑曰：“汝氣死周郎，卻又來弔孝，明欺東吳無人耶？”孔明急視其人，乃鳳雛先生龐統也。孔明亦大笑。兩人攜手登舟，各訴心事。孔明乃留書一封與統，囑曰：“吾料孫仲謀必不能重用足下。稍有不如意，可來荊州共扶玄德。此人寬仁厚德，必不負公平生之所學。”統允諾而別。孔明自回荊州。

卻說魯肅送周瑜靈柩至蕪湖，孫權接着，哭祭於前，命厚葬於本鄉。瑜有兩男一女，長男循，次男胤。權皆厚恤之。魯肅曰：“肅碌碌庸才，誤蒙公瑾重薦，其實不稱所職。願舉一人以助主公。此人上通天文，下曉地理；謀略不減於管、樂，樞機可並於孫、吳。往日周公瑾多用其言，孔明亦深服其智。見在江南，何不重用？”權聞言大喜，便問此人姓名。肅曰：“此人乃襄陽人。姓龐，名統，字士元，道號鳳雛先生。”權曰：“孤亦聞其名久矣。今既來此，可即請來相見。”於是魯肅邀請龐統入見孫權，施禮畢。權見其人濃眉掀鼻，黑面短髯，形容古怪，心中不喜。乃問曰："公平生所學，以何為主？"統曰："不必拘執，隨機應變。"權曰："公之才學，比公瑾如何？"統笑曰："某之所學，與公瑾大不相同。"權平生最喜周瑜，見統輕之，心中愈不樂，乃謂統曰："公且退，待有用公之時，卻來相請。"統長歎一聲而出。魯肅曰："主公何不用龐士元？"權曰："狂士也，用之何益？"肅曰："赤壁鏖兵之時，此人曾獻連環策，成第一功。主公想必知之。"權曰："此時乃曹操自欲釘船，未必此人之功也。吾誓不用之。"魯肅出謂龐統曰："非肅不薦足下，奈吳侯不肯用公。公且耐心。"統低頭長歎不語。肅曰："公莫非無意於吳中乎？"統不答。肅曰："公抱匡濟之才，何往不利？可實對肅言，將欲何往？"統曰："吾欲投曹操去也。"肅曰："此明珠暗投矣。可往荊州投劉皇叔，必然重用。"統曰："統意實欲如此，前言戲耳。"肅曰："某當作書奉薦。公輔玄德，必令孫、劉兩家，無相攻擊，同力破曹。"統曰："此某平生之素志也。"乃求肅書，逕往荊州來見玄德。

此時孔明按察四郡未回。門吏傳報江東名士龐統，特來相投。玄德久聞統名，便教請入相見。統見玄德，長揖不拜。玄德見統貌陋，心中亦不悅，乃問統曰："足下遠來不易？"統不即取出魯肅書并孔明投呈，但答曰："聞皇叔招賢納士，特來相投。"玄德曰："荊、楚稍定，苦無閒職。此去東北一百三十里，有一縣名耒陽縣，缺一縣宰，屈公任之。如後有缺，卻當重用。"統思玄德待我何薄，欲以才學動之；見孔明不在，只得勉強相辭而去。統到耒陽縣，不理政事，終日飲酒為樂；一應錢糧詞訟，並不理會。有人報知玄德，言龐統將耒陽縣事盡廢。玄德怒曰："豎儒焉敢亂吾法度！"遂喚張飛分付："引從人去荊南諸縣巡視。如有不公不法者，就便究問。恐於事有不明處，可與孫乾同去。"

張飛領了言語，與孫乾前至耒陽縣。軍民官吏，皆出郭迎接，獨不見縣令。飛問曰：“縣令何在？”同僚覆曰：“龐縣令自到任及今，將百餘日，縣中之事，並不理問，每日飲酒，自旦及夜，只在醉鄉。今日宿酒未醒，猶臥不起。”張飛大怒，欲擒之。孫乾曰：“龐士元乃高明之人，未可輕忽。且到縣問之。如果於理不當，治罪未晚。”飛乃入縣，正廳上坐定，教縣令來見。統衣冠不整，扶醉而出。飛怒曰：“吾兄以汝為人，令作縣宰，汝焉敢盡廢縣事？”統笑曰：“將軍以吾廢了縣中何事？”飛曰：“汝到任百餘日，終日在醉鄉，安得不廢政事？”統曰：“量百里小縣，些小公事，何難決斷？將軍少坐，待我發落。”隨即喚公吏，將百餘日所積公務，都取來剖斷。吏皆紛然齎抱案卷上廳，訴詞被告人等，環跪階下。統手中批判，口中發落，耳內聽詞，曲直分明，並無分毫差錯。民皆叩首拜伏。不到半日，將百餘日之事，盡斷畢了，投筆於地而對張飛曰：“所廢之事何在？曹操、孫權，吾視之若掌上觀文，量此小縣，何足介意！”飛大驚，下席謝曰：“先生大才，小子失敬。吾當於兄長處極力舉薦。”統乃將出魯肅薦書。飛曰：“先生初見吾兄，何不將出？”統曰：“若便將出，似乎專藉薦書來干謁矣。”飛顧謂孫乾曰：“非公則失一大賢也。”遂辭統回荊州見玄德，具說龐統之才。玄德大驚曰：“屈待大賢，吾之過也！”飛將魯肅薦書呈上。玄德拆視之。書略曰：

　　龐士元非百里之才，使處治中別駕之任，始當展其驥足。如以貌取之，恐負所學，終為他人所用，實可惜也。

　　玄德看畢，正在嗟歎，忽報孔明回。玄德接入，禮畢。孔明先問曰：“龐軍師近日無恙否？”玄德曰：“近治耒陽縣，好酒廢事。”孔明笑曰：“士元非百里之才，胸中之學，勝亮十倍。亮曾有薦書在士元處，曾達主公否？"玄德曰："今日方得子敬書，卻未見先生之書。"孔明曰："大賢若處小任，往往以酒糊塗，倦於視事。"玄德曰："若非吾弟所言，險失大賢。"隨即令張飛往耒陽縣敬請龐統到荊州。玄德下階請罪。統方將出孔明所薦之書。玄德看書中之意，言鳳雛到日，宜即重用。玄德喜曰："昔司馬德操言：'伏龍、鳳雛，兩人得一，可安天下。'今吾二人皆得，漢室可興矣。"遂拜龐統為副軍師中郎將，與孔明共贊方略，教練軍士，聽候征伐。

早有人報到許昌，言劉備有諸葛亮、龐統為謀士，招軍買馬，積草屯糧，連結東吳，早晚必興兵北伐。曹操聞之，遂聚謀士商議南征。荀攸進曰："周瑜新死，可先取孫權，次攻劉備。"操曰："我若遠征，恐馬騰來襲許都。前在赤壁之時，軍中有訛言，亦傳西涼入寇之事，今不可不防也。"荀攸曰："以愚所見，不若降詔加馬騰為征南將軍，使討孫權；誘入京師，先除此人，則南征無患矣。"操大喜，即日遣人齎詔至西涼召馬騰。

卻說騰字壽成，漢伏波將軍馬援之後。父名肅，字子碩，桓帝時為天水蘭干縣尉；後失官流落隴西，與羌人雜處，遂娶羌女生騰。騰身長八尺，體貌雄異，稟性溫良，人多敬之。靈帝末年，羌人多叛，騰招募民兵破之。初平中年，因討賊有功，拜征西將軍，與鎮西將軍韓遂為兄弟。當日奉詔，乃與長子馬超商議曰："吾自與董承受衣帶詔以來，與劉玄德約共討賊，不幸董承已死，玄德屢敗。我又僻處西涼，未能協助玄德。今聞玄德已得荊州，我正欲展昔日之志，而曹操反來召我，當是如何？"馬超曰："操奉天子之命以召父親，今若不往，彼必以逆命責我矣。當乘其來召，竟往京師，於中取事，則昔日之志可展也。"馬騰兄子馬岱諫曰："曹操心懷叵測，叔父若往，恐遭其害。”超曰：“兒願盡起西涼之兵，隨父親殺入許昌，為天下除害，有何不可？”騰曰：“汝自統羌兵保守西涼，只教次子馬休、馬鐵并姪馬岱隨我同往。曹操見有汝在西涼，又有韓遂相助，諒不敢加害於我也。”超曰：“父親欲往，切不可輕入京師。當隨機應變，觀其動靜。”騰曰：“吾自有處，不必多慮。”於是馬騰乃引西涼兵五千，先教馬休、馬鐵為前部，留馬岱在後接應，迤邐望許昌而來。離許昌二十里屯住軍馬。

曹操聽知馬騰已到，喚門下侍郎黃奎分付曰：“目今馬騰南征，吾命汝為行軍參謀，先至馬騰寨中勞軍，可對馬騰説：西涼路遠，運糧甚難，不能多帶人馬。我當更遣大兵，協同前進。來日教他入城面君，吾就應付糧草與之。”奎領命，來見馬騰。騰置酒相待。奎酒半酣而言曰：“吾父黃琬死於李傕、郭汜之難，嘗懷痛恨。不想今日又遇欺君之賊。”騰曰：“誰為欺君之賊？”奎曰：“欺君者操賊也。公豈不知之，而問我耶？”騰恐是操使來相探，急止之曰：“耳目較近，休得亂言。”奎叱曰：“公竟忘卻衣帶詔乎？”騰見他説出心事，乃密以實情告之。奎曰：“操欲公入城面君，必非好意。公不可輕入。來日當勒兵城下。待曹操出城點軍，就點軍處斬之，大事濟矣。”二人商議已定，黃奎回家，恨氣未息。其妻再三問之，奎不肯言。不料其妾李春香，與奎妻弟苗澤私通。澤欲得春香，正無計可施。妾見黃奎憤恨，遂對澤曰：“黃侍郎今日商議軍情回，意甚憤恨，不知為誰？”澤曰：“汝可以言挑之曰：‘人皆説劉皇叔仁德，曹操奸雄，何也？’看他説甚言語。”是夜黃奎果到春香房中。妾以言挑之。奎乘醉言曰：“汝乃婦人，尚知邪正，何況我乎？吾所恨者，欲殺曹操也。”妾曰：“若欲殺之，如何下手？”奎曰：“吾已約定馬將軍，明日在城外點兵時殺之。”妾告於苗澤，澤報知曹操。操便密喚曹洪、許褚分付如此如此；又喚夏侯淵、徐晃分付如此如此。各人領命去了，一面先將黃奎一家老小拏下。

次日，馬騰領着西涼兵馬，將次近城，只見前面一簇紅旗，打着丞相旗號。馬騰只道曹操自來點軍，拍馬向前。忽聽得一聲礮響，紅旗開處，弓弩齊發。一將當先，乃曹洪也。馬騰急撥馬回時，兩下喊聲又起。左邊許褚殺來，右邊夏侯淵殺來，後面又是徐晃領兵殺至，截斷西涼軍馬，將馬騰父子三人困在垓心。馬騰見不是頭，奮力衝殺。馬鐵早被亂箭射死。馬休隨着馬騰，左衝右突，不能得出。二人身帶重傷，坐下馬又被箭射倒，父子二人俱被執。曹操教將黃奎與馬騰父子，一齊綁至。黃奎大叫：“無罪！”操教苗澤對證。馬騰大罵曰：“豎儒誤我大事！我不能為國殺賊，是乃天也！”操命牽出。馬騰罵不絕口，與其子馬休，及黃奎，一同遇害。後人有詩歎馬騰曰：

> 父子齊芳烈，忠貞著一門。
> 捐生圖國難，誓死答君恩。
> 嚼血盟言在，誅奸義狀存。
> 西涼推世冑，不愧伏波孫！

苗澤告操曰：“不願加賞，只求李春香為妻。”操笑曰：“你為了一婦人，害了你姐夫一家，留此不義之人何用！”便教將苗澤、李春香與黃奎一家並斬於市。觀者無不歎息。後人有詩歎曰：

> 苗澤因私害藎臣，春香未得反傷身。
> 奸雄亦不相容恕，枉自圖謀作小人。

曹操教招安西涼兵馬，諭之曰：“馬騰父子謀反，不干眾人之事。”一面使人分付把住關隘，休教走了馬岱。

且說馬岱自引一千兵在後。早有許昌城外逃回軍士，報知馬岱。岱大驚，只得棄了兵馬，扮作客商，連夜逃遁去了。曹操殺了馬騰等，便決意南征。忽人報曰：“劉備調練軍馬，收拾器械，將欲取川。”操驚曰：“若劉備收川，則羽翼成矣。將何以圖之？”言未畢，階下一人進言曰：“某有一計，使劉備、孫權不能相顧，江南、西川皆歸丞相。”正是：西川豪傑方遭戮，南國英雄又受殃。未知獻計者是誰，且看下文分解。

註　釋

1　旰食：忙於處理事務，很晚才吃飯。旰，晚。

# 第五十八回

## 馬孟起興兵雪恨
## 曹阿瞞割鬚棄袍

卻說獻策之人，乃治書侍御史陳羣，字長文。操問曰："陳長文有何良策？"羣曰："今劉備、孫權結為脣齒，若劉備欲取西川，丞相可命上將提兵，會合淝之眾，逕取江南，則孫權必求救於劉備。備意在西川，必無心救權；權無救則力乏兵衰：江東之地，必為丞相所得。若得江東，則荊州一鼓可平也。荊州既平，然後徐圖西川，天下定矣。"操曰："長文之言，正合吾意。"即時起大兵三十萬，逕下江南；令合淝張遼，準備糧草，以為供給。

早有細作報知孫權。權聚眾將商議。張昭曰："可差人往魯子敬處，教急發書到荊州，使玄德同力拒曹。子敬有恩於玄德，其言必從；且玄德既為東吳之婿，亦義不容辭。若玄德來相助，江南可無患矣。"權從其言，即遣人諭魯肅，使求救於玄德。肅領命，隨即修書使人送玄德。玄德看了書中之意，留使者於館舍，差人往南郡請孔明。孔明到荊州，玄德將魯肅書與孔明看畢。孔明曰："也不消動江南之兵，也不必動荊州之兵，自使曹操不敢正覷東南。"便回書與魯肅，教："高枕無憂。若但有北兵侵犯，皇叔自有退兵之策。"使者去了。玄德問曰："今操起三十萬大軍，會合淝之眾，一擁而來，先生有何妙計，可以退之？"孔明曰："操平生所慮者，乃西涼之兵也。今操殺馬騰，其子馬超，見統西涼之眾，必切齒操賊。主公可作一書，往結馬超，使超興兵入關，則操又何暇下江南乎？"玄德大喜，即時作書，遣一心腹人，逕往西涼州投下。

卻說馬超在西涼州，夜感一夢：夢見身臥雪地，羣虎來咬。驚懼而覺，心中疑惑，聚帳下將佐，告說夢中之事。帳下一人應聲曰："此夢乃不祥之兆也。"眾視其人，乃帳前心腹校尉，姓龐，名德，字令明。超問："令明所見若何？"德曰："雪地遇虎，夢兆殊惡。莫非老將軍在許昌有事否？"言未畢，一人踉蹌而入，哭拜於地曰："叔父與弟皆死矣！"超視之，乃馬岱也。超驚問何為。岱曰："叔父與侍郎黃奎同謀殺操，不幸事泄，皆被斬於市。二弟亦遇害。惟岱扮作客商，星夜走脫。"超聞言，哭倒於地。眾將救起。超咬牙切齒，痛恨操賊。忽報荊州劉皇叔遣人齎書至。超拆視之，書略曰：

> 伏念漢室不幸，操賊專權，欺君罔上，黎民凋殘。備昔與令先君同受密詔，誓誅此賊。今令先君被操所害，此將軍不共天地、不同日月之讎也。若能率西涼之兵，以攻操之右，備當舉荊襄之眾，以遏操之前。則逆操可擒，姦黨可滅，讎辱可報，漢室可興矣。書不盡言，立待回音。

馬超看畢，即時揮涕回書，發使者先回，隨後便起西涼軍馬。正欲進發；忽西涼太守韓遂，使人請馬超往見。超至遂府，遂將出曹操書示之。內云：“若將馬超擒赴許都，即封汝為西涼侯。”超拜伏於地曰：“請叔父就縛俺兄弟二人，解赴許昌，免叔父戈戟之勞。”韓遂扶起曰：“吾與汝父結為兄弟，安忍害汝？汝若興兵，吾當相助。”馬超拜謝。韓遂便將操使者推出斬之，乃點手下八部軍馬，一同進發。那八部？乃侯選、程銀、李堪、張橫、梁興、成宜、馬玩、楊秋也。八將隨着韓遂，合馬超手下龐德、馬岱共起二十萬大兵，殺奔長安來。長安郡守鍾繇，飛報曹操，一面引軍拒敵，布陣於野。西涼州前部先鋒馬岱，引軍一萬五千，浩浩蕩蕩，漫山遍野而來。鍾繇出馬答話。岱使寶刀一口，與繇交戰。不一合，繇大敗奔走。岱提刀趕來。馬超、韓遂引大軍都到，圍住長安。鍾繇上城守護。長安乃西漢建都之處，城郭堅固，壕塹險深，急切攻打不下。一連圍了十日，不能攻破。龐德進計曰：“長安城中土硬水鹹，甚不堪食，更兼無柴。今圍十日，軍民饑荒，不如暫且收軍。只須如此如此，長安唾手可得。”馬超曰：此計大妙！”即時差“令”字旗傳於各部，盡教退軍，馬超親自斷後。各部軍馬漸漸退去。鍾繇次日登城看時，軍皆退了，只恐有計。令人哨探，果然遠去，方纔放心。縱令軍民出城打柴取水，大開城門，放人出入。至第五日，人報馬超兵又到，軍民競奔入城，鍾繇仍復閉城堅守。

　　卻說鍾繇弟鍾進，守把西門。約近三更，城門裏一把火起。鍾進急來救時，城邊轉過一人，舉刀縱馬大喝曰：“龐德在此！”鍾進措手不及，被龐德一刀斬於馬下，殺散軍校，斬關斷鎖，放馬超、韓遂軍馬入城。鍾繇從東門棄城而走。馬超、韓遂得了城池，賞勞三軍。鍾繇退守潼關，飛報曹操。操知失了長安，不敢復議南征。遂喚曹洪、徐晃分付：“先帶一萬人馬，替鍾繇緊守潼關。如十日內失了關隘，皆斬；十日外，不干汝二人之事。我統大軍隨後便至。”二人領了將令，星夜便行。曹仁諫曰：「洪性躁，誠恐誤事。」操曰：「你與我押送糧草，便隨後接應。」

卻說曹洪、徐晃到潼關，替鍾繇堅守關隘，並不出戰。馬超領軍來關下，把曹操三代毀罵。曹洪大怒，要提兵下關廝殺。徐晃諫曰：「此是馬超要激將軍廝殺，切不可與戰。待丞相大軍來，必有主畫。」馬超軍日夜輪流來罵。曹洪只要廝殺。徐晃苦苦擋住。至第九日，在關上看時，西涼軍都棄馬在於關前草地上坐；多半困乏，就於地上睡臥。曹洪便教備馬，點起三千兵殺下關來。西涼兵棄馬拋戈而走。洪迤邐追趕。時徐晃正在關上點視糧草，聞曹洪下關廝殺，大驚，急引兵隨後趕來，大叫曹洪回馬；忽然背後喊聲大震，馬岱引軍殺至。曹洪、徐晃急回走時，一棒鼓響，山背後兩軍截出：左是馬超，右是龐德，混殺一陣。曹洪抵擋不住，折軍大半，撞出重圍，奔到關上。西涼兵隨後趕來，洪等棄關而走。龐德直追過潼關，撞見曹仁軍馬，救了曹洪等一軍。馬超接應龐德上關。曹洪失了潼關，奔見曹操。操曰：「與你十日限，如何九日失了潼關？」洪曰：「西涼軍兵，百般辱罵。因見彼軍懈怠，乘勢趕去，不想中賊奸計。」操曰：「洪年幼躁暴，徐晃你須曉事！」晃曰：「累諫不從。當日晃在關上點糧車，比及知道，小將軍已下關了。晃恐有失，連忙趕去，已中賊奸計矣。」操大怒，喝斬曹洪。眾官告免。曹洪服罪而退。

操進兵直叩潼關。曹仁曰：「可先下定寨柵，然後打關未遲。」操令砍伐樹木，起立排柵，分作三寨：左寨曹仁，右寨夏侯淵，操自居中寨。次日，操引三寨大小將校，殺奔關隘前去，正遇西涼軍馬。兩邊各布陣勢。操出馬於門旗下，看西涼之兵，人人勇健，個個英雄。又見馬超生得面如傅粉，脣若抹硃，腰細膀寬，聲雄力猛，白袍銀鎧，手執長槍，立馬陣前；上首龐德，下首馬岱。操暗暗稱奇，自縱馬謂超曰：「汝乃漢朝名將子孫，何故背反耶？」超咬牙切齒，大罵：「操賊！欺君罔上，罪不容誅！害我父弟，不共戴天之讎！吾當活捉生啖汝肉！」說罷，挺槍直殺過來。曹操背後于禁出迎。兩馬交戰，鬥得八九合，于禁敗走。張郃出迎，戰二十合亦敗走。李通出迎，超奮威交戰，數合之中，一槍刺李通於馬下。超把槍望後一招，西涼兵一齊衝殺過來。操兵大敗。西涼兵來得勢猛，左右將佐，皆抵擋不住。馬超、龐德、馬岱引百餘騎，直入中軍來捉曹操。操在亂軍中，只聽得西涼軍大叫：「穿紅袍的是曹操！」操就馬上急脫下紅袍。又聽得大叫：「長髯者是曹操！」操驚慌，掣所佩刀斷其髯。軍中有人將曹操割髯之事，告知馬超。超遂令人叫拏：「短髯者是曹操！」操聞知，即扯旗角包頸而逃。後人有詩曰：

> 潼關戰敗望風逃，孟德愴惶脫錦袍。
> 劍割髭髯應喪膽，馬超聲價蓋天高。

曹操正走之間，背後一騎趕來，回頭視之，正是馬超。操大驚。左右將校見超趕來，各自逃命，只撇下曹操。超厲聲大叫曰：「曹操休走！」操驚得馬鞭墜地。看看趕上，馬超從後使槍搠來。操遶樹而走，超一槍搠在樹上；急拔下時，操已走遠。超縱馬趕來，山坡邊轉過一將，大叫：「勿傷吾主！曹洪在此！」輪刀縱馬，攔住馬超。操得命走脫。洪與馬超戰到四五十合，漸漸刀法散亂，氣力不加。夏侯淵引數十騎隨到。馬超獨自一人，恐被所算，乃撥馬而回，夏侯淵也不來趕。

曹操回寨，卻得曹仁死據定了寨柵，因此不曾多折軍馬。操入帳歎曰：「吾若殺了曹洪，今日必死於馬超之手也！」遂喚曹洪，重加賞賜。收拾敗軍，堅守寨柵；深溝高壘，不許出戰。超每日引兵來寨前辱罵搦戰，操傳令教軍士堅守，如亂動者斬。諸將曰：「西涼之兵，盡使長槍，當選弓弩迎之。」操曰：「戰與不戰，皆在於我，非在賊也。賊雖有長槍，安能便刺？諸公但堅壁觀之，賊自退矣。」諸將皆私相議曰：「丞相自來征戰，一身當先；今敗於馬超，何如此之弱也？」過了幾日，細作報來：「馬超又添二萬生力兵來助戰，乃是羌人部落。」操聞知大喜。諸將曰：「馬超添兵，丞相反喜，何也？」操曰：「待吾勝了，卻對汝等說。」三日後又報關上又添軍馬。操又大喜，就於帳中設宴作賀。諸將皆暗笑。操曰：「諸公笑我無破馬超之謀，公等有何良策？」徐晃進曰：「今丞相盛兵在此，賊亦全部見屯關上，此去河西，必無準備；若得一軍暗渡蒲阪津，先截賊歸路，丞相逕發河北擊之，賊兩不相應，勢必危矣。」操曰：「公明之言，正合吾意。」便教徐晃引精兵四千，和朱靈同去逕襲河西，伏於山谷之中，「待我渡河北同時擊之。」徐晃、朱靈領命，先引四千軍暗暗去了。操下令，先教曹洪於蒲阪津，安排船筏。留曹仁守寨，操自領兵渡渭河。早有細作報知馬超。超曰：「今操不攻潼關，而使人準備船筏，欲渡河北，必將過吾之後也。吾當引一軍沿河拒住岸北。操兵不得渡，不消二十日，河東糧盡，操兵必亂，卻循河南而擊之，操可擒矣。」韓遂曰：「不必如此。豈不聞兵法有云：『兵半渡可擊。』待操兵渡至一半，汝卻於南岸擊之，操兵皆死於河內矣。」超曰：「叔父之言甚善。」即使人探聽曹操幾時渡河。

卻說曹操整兵已畢，分三停軍，前渡渭河，比及人馬到河口時，日光初起。操先發精兵渡過北岸，開創營寨。操自引親隨護衛軍將百人，按劍坐於南岸，看軍渡河。忽然人報：「後邊白袍將軍到了！」眾皆認得是馬超，一擁下船。河邊軍爭上船者，聲喧不止。操猶坐而不動，按劍指約休鬧。只聽得人喊馬嘶，蜂擁而來，船上一將躍身上岸，呼曰：“賊至矣！請丞相下船！”操視之，乃許褚也。操口內猶言：“賊至何妨？”回頭視之，馬超已離不得百餘步。許褚拖操下船時，船已離岸一丈有餘，褚負操一躍上船。隨行將士盡皆下水，扳住船邊，爭欲上船逃命。船小將翻，褚掣刀亂砍，傍船手盡折，倒於水中，急將船望下水棹去。許褚立於梢上，忙用木篙撐之。操伏在許褚腳邊。馬超趕到河岸，見船已流在半河，遂拈弓搭箭，喝令驍將遶河射之，矢如雨急。褚恐傷曹操，以左手舉馬鞍遮之。馬超箭不虛發，船上駕舟之人，應弦落水；船中數十人皆被射倒。其船反撐不定，於急水中旋轉。許褚獨奮神威，將兩腿夾舵搖撼，一手使篙撐船，一手舉鞍遮護曹操。

時有渭南縣令丁斐，在南山之上，見馬超追操甚急，恐傷操命，遂將寨內牛隻馬匹，盡驅於外，漫山遍野，皆是牛馬。西涼兵見之，都回身爭取牛馬，無心追趕，曹操因此得脫。方到北岸，便把船筏鑿沉。諸將聽得曹操在河中逃難，急來救時，操已登岸。許褚身被重鎧，箭皆嵌在甲上。眾將保操至野寨中，皆拜於地而問安。操大笑曰：“我今日幾為小賊所困！”褚曰：“若非有人縱馬放牛以誘賊，賊必努力渡河矣。”操問曰：“誘賊者誰也？”有知者答曰：“渭南縣令丁斐也。”少頃，斐入見。操謝曰：“若非公之良謀，則吾被賊所擒矣。”遂命為典軍校尉。斐曰：“賊雖暫去，明日必復來。須以良策拒之。”操曰：“吾已準備了也。”遂喚諸將各分頭循河築起甬道，暫為寨腳。賊若來時，陳兵於甬道外，內虛立旌旗，以為疑兵；更沿河掘下壕塹，虛立柵蓋河內，以兵誘之；賊急來必陷，賊陷便可擊矣。

卻說馬超回見韓遂，說：“幾乎捉住曹操！有一將奮勇負操下船去了，不知何人。”遂曰：“吾聞曹操選極壯之人，為帳前侍衛，名曰‘虎衛軍’，以驍將典韋、許褚領之。典韋已死，今救曹操者，必許褚也。此人勇力過人，人皆稱為‘虎癡’；如遇之，不可輕敵。”超曰：“吾亦聞其名久矣。”遂曰：“今操渡河，將襲我後，可速攻之，不可令他創業營寨。若立營寨，急難剿除。”超曰：“以姪愚意，還只拒住北岸，使彼不得渡河，乃為上策。”遂曰：“賢姪守寨，吾引軍循河戰操，若何？”超曰：“令龐德為先鋒，跟叔父前去。”於是韓遂與龐德將兵五萬，直奔渭南。操令眾將於甬道兩旁誘之。龐德先引鐵騎千餘，衝突而來。喊聲起處，人馬俱落於陷馬坑內。龐德踴身一跳，躍出土坑，立於平地，立殺數人，步行砍出重圍。韓遂已被困在垓心。龐德步行救之，正遇着曹仁部將曹永；被龐德一刀砍於馬下，奪其馬，殺開一條血路，救出韓遂，投東南而走。背後曹兵趕來，馬超引軍接應，殺敗曹兵，復救出大半軍馬。戰至日暮方回。計點人馬，折了將佐程銀、張橫，陷坑中死者二百餘人。超與韓遂商議：“若遷延日久，操於河北立了營寨，難以退敵；不若乘今夜引輕騎去劫野營。”遂曰：“須分兵前後相救。”於是超自為前部，令龐德、馬岱為後應，當夜便行。

　　卻說曹操收兵屯渭北，喚諸將曰：“賊欺我未立寨柵，必來劫野營。可四散伏兵，虛其中軍。號礮響時，伏兵盡起，一鼓可擒也。”眾將依令，伏兵已畢。當夜馬超卻先使成宜引三十騎往前哨探。成宜見無人馬，逕入中軍。操軍見西涼兵到，遂放號礮。四面伏兵皆出，只圍得三十騎。成宜被夏侯淵所殺。馬超卻自從背後與龐德、馬岱分兵三路蜂擁而殺來。正是：縱有伏兵能候敵，怎當健將共爭先？未知勝負若何，且看下文分解。

## 第五十九回

# 許褚裸衣鬥馬超
# 曹操抹書間韓遂

　　卻說當夜兩兵混戰，直到天明，各自收兵。馬超屯兵渭口，日夜分兵，前後攻擊。曹操在渭河內，將船筏鎖鍊作浮橋三條，接連南岸。曹仁引軍夾河立寨，將糧草車輛穿連，以為屏障。馬超聞之，教軍士各挾草一束，帶着火種，與韓遂引軍併力殺到寨前，堆積草把，放起烈火。操兵抵敵不住，棄寨而走。車乘、浮橋，盡被燒毀。西涼兵大勝，截住渭河。曹操立不起營寨，心中憂懼。荀攸曰："可取渭河沙土築起土城，可以堅守。"操撥三萬軍擔土築城。馬超又差龐德、馬岱各引五百馬軍，往來衝突；更兼沙土不實，築起便倒，操無計可施。時當九月盡，天氣暴冷，彤雲密布，連日不開。曹操在寨中納悶。忽人報曰："有一老人來見丞相，欲陳說方略。"操請入。見其人鶴骨松姿，形貌蒼古。問之，乃京兆人也，隱居終南山，姓婁，字子伯，道號"夢梅居士"。操以客禮待之，子伯曰："丞相欲跨渭安營久矣，今何不乘時築之？"操曰："沙土之地，築壘不成。隱士有何良策賜教？"子伯曰："丞相用兵如神，豈不知天時乎？連日陰雲布合，朔風一起，必大凍矣。風起之後，驅兵士運土潑水，比及天明，土城已就。"操大悟，厚賞子伯。子伯不受而去。

是夜北風大作。操盡驅兵士擔土潑水；為無盛水之具，作縑囊[1]盛水澆之，隨築隨凍。比及天明，沙水凍緊，土城已築完。細作報知馬超。超領兵觀之，大驚，疑有神助。次日，集大軍鳴鼓而進。操自乘馬出營，止有許褚一人隨後。操揚鞭大呼曰："孟德單騎至此，請馬超出來答話。"超乘馬挺槍而出。操曰："汝欺我營寨不成，今一夜天已築就，汝何不早降！"馬超大怒，意欲突前擒之，見操背後一人睜圓怪眼，手提鋼刀，勒馬而立。超疑是許褚，乃揚鞭問曰："聞汝軍中有虎侯，安在哉？"許褚提刀大叫曰："吾即譙郡許褚也！"目射神光，威風抖擻。超不敢動，乃勒馬回。操亦引許褚回寨。兩軍觀之，無不駭然。操謂諸將曰："賊亦知仲康乃虎侯也？"自此軍中皆稱褚為虎侯。許褚曰："某來日必擒馬超。"操曰："馬超英勇，不可輕敵。"褚曰："某誓與死戰！"即使人下戰書，說虎侯單搦馬超來日決戰。超接書大怒曰："何敢如此相欺耶！"即批次日誓殺"虎癡"。

次日，兩軍出營布成陣勢。超分龐德為左翼，馬岱為右翼，韓遂押中軍。超挺槍縱馬，立於陣前，高叫："虎癡快出！"曹操在門旗下回顧眾將曰："馬超不減呂布之勇。"言未絕，許褚拍馬舞刀而出。馬超挺槍接戰。鬥了一百餘合，勝負不分。馬匹困乏，各回軍中，換了馬匹，又出陣前。又鬥一百餘合，不分勝負。許褚性起，飛回陣中，卸了盔甲，渾身筋突，赤體提刀，翻身上馬，來與馬超決戰。兩軍大駭。兩個又鬥到三十餘合，褚奮威舉刀便砍馬超。超閃過，一槍望褚心窩刺來。褚棄刀將槍挾住。兩個在馬上奪槍。許褚力大，一聲響，拗斷槍桿，各拿半節在馬上亂打。操恐褚有失，遂令夏侯淵、曹洪兩將齊出夾攻。龐德、馬岱見操將齊出，麾兩翼鐵騎，橫衝直撞，渾殺將來。操兵大亂。許褚臂中兩箭。諸將慌退入寨。馬超直殺到河邊，操兵折傷大半。操令堅閉休出。馬超回至渭口，謂韓遂曰："吾見惡戰者莫如許褚，真'虎癡'也！"

卻說曹操料馬超可以計破，乃密令徐晃、朱靈盡渡河西結營，前後夾攻。一日，操於城上見馬超引數百騎，直臨寨前，往來如飛。操觀良久，擲兜鍪於地曰："馬兒不死，吾無葬地矣！"夏侯淵聽了，心中氣忿，厲聲曰："吾寧死於此地，誓滅馬賊！"遂引本部千餘人，大開寨門，直趕去。操急止不住，恐其有失，慌自上馬前來接應。馬超見曹兵至，乃將前軍作後隊，後隊作先鋒，一字兒排開。夏侯淵到，馬超接住廝殺。超於亂軍中遙見曹操，就撇了夏侯淵，直取曹操。操大驚，撥馬而走。曹兵大亂。正追之際，忽報操有一軍，已在河西下了營寨。超大驚，無心追趕，急收軍回寨，與韓遂商議，言："操兵乘虛已渡河西，吾軍前後受敵，如之奈何？"部將李堪曰："不如割地請和，兩家且各罷兵。捱過冬天，到春煖別作計議。"韓遂曰："李堪之言最善，可從之。"

超猶豫未決。楊秋、侯選皆勸求和。於是韓遂遣楊秋為使，直往操寨下書，言割地請和之事。操曰："汝且回寨。吾來日使人回報。"楊秋辭去。賈詡入見操曰："丞相主意若何？"操曰："公所見若何？"詡曰："兵不厭詐，可偽許之；然後用反間計，令韓、馬相疑，則一鼓可破也。"操撫掌大喜曰："天下高見，多有相合。文和之謀，正吾心中之事也。"於是遣人回書，言："待我徐徐退兵，還汝河西之地。"一面教搭起浮橋，作退軍之意。馬超得書，謂韓遂曰："曹操雖然許和，奸雄難測。倘不準備，反受其制。超與叔父輪流調兵，今日叔向操，超向徐晃；明日超向操，叔向徐晃；分頭隄備，以防其詐。"韓遂依計而行。

　　早有人報知曹操。操顧賈詡曰：“吾事濟矣！”問：“來日是誰合向我這邊？”人報曰：“韓遂。”次日，操引眾將出營，左右圍繞。操獨顯一騎於中央，韓遂部卒多有不識操者，出陣觀看。操高叫曰：“汝諸軍欲觀曹公耶？吾亦猶人也，非有四目兩口，但多智謀耳。”諸軍皆有懼色。操使人過陣謂韓遂曰：“丞相謹請韓將軍會話。”韓遂即出陣，見操並無甲仗，亦棄衣甲，輕服匹馬而出。二人馬頭相交，各按轡對語。操曰：“吾與將軍之父，同舉孝廉，吾嘗以叔事之。吾亦與公同登仕路，不覺有年矣。將軍今年妙齡幾何？”韓遂答曰：“四十歲矣。”操曰：“往日在京師，皆青春年少，何期又中旬矣！安得天下清平共樂耶！”只把舊事細說，並不提起軍情。說罷大笑。相談有一個時辰，方回馬而別，各自歸寨。早有人將此事報知馬超。超慌來問韓遂曰：“今日曹操陣前所言何事？”遂曰：“只訴京師舊事耳。”超曰：“安得不言軍務乎？”遂曰：“曹操不言，吾何獨言之？”超心甚疑，不言而退。

　　卻說曹操回寨，謂賈詡曰：“公知吾陣前對話之意否？”詡曰：“此意雖妙，尚未足間二人。某有一策，令韓、馬自相離殺。”操問其計。賈詡曰：“馬超乃一勇之夫，不識機密。丞相親筆作一書，單與韓遂，中間朦朧字樣，於要害處，自行塗抹改易，然後封送與韓遂，故意使馬超知之。超必索書來看。若看見上面要緊之處，盡皆改抹，只猜是韓遂恐超知甚機密事，自行改抹，正合着單騎會話之疑，疑則必生亂。我更暗結韓遂部下諸將，使互相離間，超可圖矣。”操曰：“此計甚妙。”隨寫書一封，將緊要處盡皆改抹，然後實封，故意多遣從人送過寨去，下了書自回。果然有人報知馬超。超心愈疑，逕來韓遂處索書看。韓遂將書與超。超見上面有改抹字樣，問遂曰：“書上如何都改抹糊塗？"遂曰："原書如此，不知何故。"超曰："豈有以草稿送與人耶？必是叔父怕我知了詳細，先改抹了。"遂曰："莫非曹操錯將草稿誤封來了。"超曰："吾又不信。曹操是精細之人，豈有差錯？吾與叔父併力殺賊，奈何忽生異心？"遂曰："汝若不信吾心，來日吾在陣前賺操說話，汝從陣內突出，一槍刺殺便了。"超曰："若如此，方見叔父真心。"

　　兩人約定。次日，韓遂引侯選、李堪、梁興、馬玩、楊秋五將出陣。馬超藏在門影裏。韓遂使人到操寨前，高叫："韓將軍請丞相攀話。"操乃令曹洪引數十騎逕出陣前與韓遂相見。馬離數步，洪馬上欠身言曰："夜來丞相拜意將軍之言，切莫有誤。"言訖便回馬。超聽得大怒，挺槍驟馬，便刺韓遂。五將攔住，勸解回寨。遂曰："賢姪休疑，我無歹心。"馬超那裏肯信，恨怨而去。韓遂與五將商議曰："這事如何解釋？"楊秋曰："馬超倚仗武勇，常有欺凌主公之心，便勝得曹操，怎肯相讓？以某愚見，不如暗投曹公，他日不失封侯之位。"遂曰："吾與馬騰結為兄弟，安忍背之？"楊秋曰："事已至此，不得不然。"遂曰："誰可以通消息？"楊秋曰："某願往。"遂乃寫密書，遣楊秋逕來操寨，說投降之事。操大喜，許封韓遂為西涼侯、楊秋為西涼太守，其餘皆有官爵。約定放火為號，共謀馬超。楊秋拜辭，回見韓遂，備言其事："約定今夜放火，裏應外合。"遂大喜，就令軍士於中軍帳後堆積乾柴，五將各懸刀劍聽候。韓遂商議，欲設宴賺請馬超，就席圖之，猶豫未決。

　　不想馬超早已探知備細，便帶親隨數人，仗劍先行，令龐德、馬岱為後應。超潛入韓遂帳中，只見五將與韓遂密語，只聽得楊秋口中說道："事不宜遲，可速行之！"超大怒，揮劍直入，大喝曰："羣賊焉敢謀害我！"眾皆大驚。超一劍望韓遂面門剁去，遂慌以手迎之，左手早被砍落。五將揮刀齊出。超縱步出帳外，五將圍繞溷殺。超獨揮寶劍，力敵五將。劍光明處，鮮血濺飛：砍翻馬玩，剁倒梁興，三將各自逃生。超復入帳中來殺韓遂時，已被左右救去。帳後一把火起，各寨兵皆動。超連忙上馬。龐德、馬岱亦至，互相溷戰。超領軍殺出時，操兵四至：前有許褚，後有徐晃，左有夏侯淵，右有曹洪。西涼之兵，自相併殺。超不見了龐德、馬岱，乃引百餘騎，截於渭橋之上。天色微明，只見李堪引一軍從橋下過，超挺槍縱馬逐之。李堪拖槍而走。恰好于禁從馬超背後趕來，禁開弓射馬超。超聽得背後弦響，急閃過，卻射中前面李堪，落馬而死。超回馬來殺于禁，禁拍馬走了。超回橋上住紮。操兵前後大至，虎衛軍當先，亂箭夾射馬超。超以槍撥之，矢皆紛紛落地。超令從騎往來突殺，爭奈曹兵圍裹堅厚，不能衝出。超於橋上大喝一聲，殺入河北，從騎皆被截斷。超獨在陣中衝突，卻被暗弩射倒坐下馬。馬超墮於地上，操軍逼合。正在危急，忽西北角上一彪軍殺來，乃龐德、馬岱也。二人救了馬超，將軍中戰馬與馬超騎了，翻身殺條血路，望西北而走。曹操聞馬超走脫，傳令諸將：「無分曉夜，務要趕到馬兒。如得首級者，千金賞，萬戶侯。生獲者封大將軍。」眾將得令，各要爭功，迤邐追襲。馬超顧不得人馬困乏，只顧奔走。從騎漸漸皆散。步兵走不上者，多被擒去，止剩得三十餘騎，與龐德、馬岱望隴西臨洮而去。

　　曹操親自追至安定，知馬超去遠，方收兵回長安。眾將畢集。韓遂已無左手，做了殘疾之人，操教就於長安歇馬，授西涼侯之職。楊秋、侯選皆封列侯，令守渭口。下令班師回許都。涼州參軍楊阜，字義山，逕來長安見操。操問之。楊阜曰：「馬超有呂布之勇，深得羌人之心。今丞相若不乘勢剿絕，他日養成氣力，隴上諸郡，非復國家之有也。望丞相且休回兵。」操曰：「吾本欲留兵征之，奈中原多事，南方未定，不可久留。君當為孤保之。"阜領諾，又保薦韋康為涼州刺史，同領兵屯冀城，以防馬超。阜臨行，請於操曰："長安必留重兵以為後援。"操曰："吾已定下，汝但放心。"阜辭而去。眾將皆問曰："初賊據潼關，渭北道缺，丞相不從河東擊馮翊，而反守潼關，遷延日久，而後北渡，立營固守，何也？"操曰："初賊守潼關，若吾初到，便取河東，賊必以各寨分守諸渡口，則河西不可渡矣。吾故盛兵皆聚於潼關前，使賊盡南守，而河西不準備，故徐晃、朱靈得渡也。吾然後引兵北渡，連車樹柵為甬道，築冰城，欲賊知吾弱，以驕其心，使不準備。吾乃巧用反間，畜士卒之力，一旦擊破之。正所謂'疾雷不及掩耳'。兵之變化，固非一道也。"眾將又請問曰："丞相每聞賊加兵添眾，則有喜色，何也？"操曰："關中邊遠，若羣賊各依險阻，征之非一二年不可平復；今皆來聚一處，其眾雖多，人心不一，易於離間，一舉可滅，吾故喜也。"眾將拜曰："丞相神謀，眾不及也！"操曰："亦賴汝眾文武之力。"遂重賞諸軍。留夏侯淵屯兵長安，所得降兵，分撥各部。夏侯淵保舉馮翊高陵人，姓張，名既，字德容，為京兆尹，與淵同守長安。操班師回都。獻帝排鑾駕出郭迎接，詔操"贊拜不名，入朝不趨，劍履上殿"：如漢相蕭何故事。自此威震中外。

　　這消息播入漢中，早驚動了漢寧太守張魯。原來張魯乃沛國豐人。其祖張陵在西川鵠鳴山中造作道書以惑人，人皆敬之。陵死之後，其子張衡行之。百姓但有學道者，助米五斗，世號"米賊"。張衡死，張魯行之。魯在漢中自號為"師君"；其來學道者皆號為"鬼卒"；為首者號為"祭酒"；領眾多者號為"治頭大祭酒"。務以誠信為主，不許欺詐。如有病者，即設壇使病人居於靜室之中，自思己過，當面陳首 [2]，然後為之祈禱；主祈禱之事者，號為"姦令祭酒"。祈禱之法，書病人姓名，説服罪之意，作文三通，名為“三官手書”：一通放於山頂以奏天，一通埋於地以奏地，一通沉於水以申水官。如此之後，但病痊可，將米五斗為謝。又蓋義舍：舍內飯米、柴火、肉食齊備，許過往人量食多少，自取而食；多取者受天誅。境內有犯法者，必恕三次；不改者，然後施刑。所在並無官長，盡屬祭酒所管。如此雄據漢中之地已三十年。國家以為地遠不能征伐，就命魯為鎮南中郎將，領漢寧太守，通進貢而已。當年聞操破西涼之眾，威震天下，乃聚眾商議曰：“西涼馬騰遭戮，馬超新敗，曹操必將侵我漢中。我欲自稱漢寧王，督兵拒曹操，諸軍以為何如？”閻圃曰：“漢川之民，戶出十萬餘眾，財富糧足，四面險固；今馬超新敗，西涼之兵，從子午谷奔入漢中者，不下數萬。愚意益州劉璋昏弱，不如先取西川四十一州為本，然後稱王未遲。”張魯大喜，遂與弟張衛商議起兵。早有細作報入川中。

卻說益州劉璋，字季玉，即劉焉之子，漢魯恭王之後。章帝元和中，徙封竟陵，支庶因居於此。後焉官至益州牧，興平元年患病疽而死。州大吏趙韙等，共保璋為益州牧。璋曾殺張魯母及弟，因此有讎。璋使龐羲為巴西太守，以拒張魯。時龐羲探知張魯欲興兵取川，急報知劉璋。璋平生懦弱，聞得此信，心中大憂，急聚眾官商議。忽一人昂然而出曰：“主公放心。某雖不才，憑三寸不爛之舌，使張魯不敢正眼來覷西川。”正是：只因蜀地謀臣進，致引荊州豪傑來。未知此人是誰，且看下文分解。

註　釋

1　縑囊：細絹製成的袋子。縑是一種很細密、不易漏水的絲織物。
2　陳首：供認自己的過失。

# 第 六 十 回

# 張永年反難楊修
# 龐士元議取西蜀

卻説那進計於劉璋者，乃益州別駕，姓張，名松，字永年。其人生得額钁頭尖，鼻偃齒露，身短不滿五尺，言語有若銅鐘。劉璋問曰："別駕有何高見，可解張魯之危？"松曰："某聞許都曹操，掃蕩中原。呂布、二袁皆為所滅，近又破馬超，天下無敵矣。主公可備進獻之物，松親往許都，説曹操興兵取漢中，以圖張魯。則魯拒敵不暇，何敢復窺蜀中耶？"劉璋大喜，收拾金珠錦綺，為進獻之物，遣張松為使。松乃暗畫西川地理圖本藏之，帶從人數騎，取路赴許都。早有人報入荊州。孔明便使人入許都打探消息。

卻説張松到了許都館驛中住定，每日去相府伺候，求見曹操。原來曹操自破馬超回，傲睨得志，每日飲宴，無事少出，國政皆在相府商議。張松候了三日，方得通姓名。左右近侍先要賄賂，卻纔引入。操坐於堂上。松拜畢，操問曰："汝主劉璋連年不進貢，何也？"松曰："為路途艱難，賊寇竊發，不能通進。"操叱曰："吾掃清中原，有何盜賊？”松曰：“南有孫權，北有張魯，西有劉備，至少者亦帶甲十餘萬，豈得謂太平耶？”操先見張松人物猥瑣，五分不喜，又聞語言衝撞，遂拂袖而起，轉入後堂。左右責松曰：“汝為使命，何不知禮，一味衝撞？幸得丞相看汝遠來之面，不見罪責。汝可急速回去！”松笑曰：“吾川中無諂佞之人也。”而忽階下一人大喝曰：“汝川中不會諂佞，吾中原豈有諂佞者乎？”

松觀其人，單眉細眼，貌白神清。問其姓名，乃太尉楊彪之子楊修，字德祖，現為丞相門下掌庫主簿。此人博學能言，智識過人。松知修是個舌辯之士，有心難之。修亦自恃其才，小覷天下之士。當時見張松言語譏諷，遂邀出外面書院中，分賓主而坐，謂松曰：“蜀道崎嶇，遠來勞苦。”松曰：“奉主之命，雖赴湯蹈火，弗敢辭也。”修問：“蜀中風土何如？”松曰：“蜀為西郡，古號益州。路有錦江之險，地連劍閣之雄。回還二百八程，縱橫三萬餘里。雞鳴犬吠相聞，市井閭閻不斷。田肥地茂，歲無水旱之憂；國富民豐，時有管絃之樂。所產之物，阜如山積。天下莫可及也！”修又問曰：“蜀中人物如何？”松曰：“文有相如之賦，武有伏波之才；醫有仲景之能，卜有君平之隱。九流三教，‘出乎其類，拔乎其萃’者，不可勝記，豈能盡數！”修又問曰：“方今劉季玉手下，如公者還有幾人？”松曰：“文武全才，智勇足備，忠義慷慨之士，動以百數。如松不才之輩，車載斗量，不可勝記。”修曰：“公近居何職？”松曰：“濫充別駕之任，甚不稱職。敢問公為朝廷何官？”修曰：“見為丞相府主簿。”松曰：“久聞公世代簪纓[1]，何不立於廟堂，輔佐天子，乃區區作相府門下一吏乎？”楊修聞言，滿面羞慚，強顏而答曰：“某雖居下寮，丞相委以軍政錢糧之重，早晚多蒙丞相教誨，極有開發，故就此職耳。”松笑曰：“松聞曹丞相文不明孔、孟之道，武不達孫、吳之機，專務強霸而居大位，安能有所教誨，以開發明公耶？"修曰："公居邊隅，安知丞相大才乎？吾試令公觀之。"呼左右於篋中取書一卷，以示張松。松觀其題曰："孟德新書。"從頭至尾，看了一遍，共一十三篇，皆用兵之要法。松看畢，問曰："公以此為何書耶？"修曰："此是丞相酌古準今，倣《孫子十三篇》而作。公欺丞相無才，此堪以傳後世否？"松大笑曰："此書吾蜀中三尺小童，亦能暗誦，何為'新書'？此是戰國時無名氏所作，曹丞相盜竊以為己能，止好瞞足下耳！"修曰："丞相祕藏之書，雖已成帙，未傳於世。公言蜀中小兒暗誦如流，何相欺乎？"松曰："公如不信，吾試誦之。"遂將《孟德新書》從頭至尾，朗誦一遍，並無一字差錯。修大驚曰："公過目不忘，真天下奇才也！"後人有詩讚曰：

> 古怪形容異，清高體貌疎。
> 語傾三峽水，目視十行書。
> 膽量魁西蜀，文章貫太虛。
> 百家并諸子，一覽更無餘。

當下張松欲辭回。修曰："公且暫居館舍，容某再稟丞相，令公面君。"松謝而退。

修入見操曰："適來丞相何慢張松乎？"操曰："言語不遜，吾故慢之。"修曰："丞相尚容一禰衡，何不納張松？"操曰："禰衡文章，播於當今，吾故不忍殺之。松有何能？"修曰："且無論其口似懸河，辯才無礙。適修以丞相所撰《孟德新書》示之，彼觀一遍，即能暗誦。如此博聞強記，世所罕有。松言此書乃戰國時無名氏所作，蜀中小兒，皆能熟記。"操曰："莫非古人與我暗合否？"令扯碎其書燒之。修曰："此人可使面君，教見天朝氣象。"操曰："來日我於西教場點軍，汝可先引他來，使見我軍容之盛，教他回去傳說：吾即日下了江南，便來收川。”修領命。

至次日，與張松同至西教場。操點虎衛雄兵五萬，布於教場中。果然盔甲鮮明，衣袍燦爛；金鼓震天，戈矛耀日；四方八面，各分隊伍；旌旗颺彩，人馬騰空。松斜目視之。良久，操喚松指而示曰：“汝川中曾見此英雄人物否？”松曰：“吾蜀中不曾見此兵革，但以仁義治人。”操變色視之。松全無懼意。楊修頻以目視松。操謂松曰：“吾視天下鼠輩猶草芥耳。大軍到處，戰無不勝，攻無不取。順吾者生，逆吾者死。汝知之乎？”松曰：“丞相驅兵到處，戰必勝，攻必取，松亦素知。昔日濮陽攻呂布之時，宛城戰張繡之日；赤壁遇周郎，華容逢關羽；割鬚棄袍於潼關，奪船避箭於渭水，此皆無敵於天下也！”操大怒曰：“豎儒怎敢揭吾短處！”喝令左右推出斬之。楊修諫曰：“松雖可斬，奈從蜀道而來入貢，若斬之，恐失遠人之意。”操怒氣未息。荀彧亦諫，操方免其死，令亂棒打出。

松歸館舍，連夜出城，收拾回川。松自思曰：“吾本欲獻西川州郡與曹操，誰想如此慢人！我來時於劉璋之前，開了大口；今日怏怏空回，須被蜀中人所笑。吾聞荊州劉玄德仁義遠播久矣，不如逕由那條路回。試看此人如何，我自有主見。”於是乘馬引僕從望荊州界上而來。前至郢州界口，忽見一隊軍馬，約有五百餘騎，為首一員大將，輕妝軟扮，勒馬前問曰：“來者莫非張別駕乎？”松曰：“然也。”那將慌忙下馬，聲喏曰：“趙雲等候多時。”松下馬答禮曰：“莫非常山趙子龍乎？”雲曰：“然也。某奉主公劉玄德之命，為大夫遠涉路途，鞍馬驅馳，特命趙雲聊奉酒食。”言罷，軍士跪奉酒食，雲敬進之。松自思曰：“人言劉玄德寬仁愛客，今果如此。”遂與趙雲飲了數盃，上馬同行。來到荊州界首，是日天晚，前到館驛，見驛門外百餘人侍立，擊鼓相接。一將於馬前施禮曰：「奉兄長將令，為大夫遠涉風塵，令關某灑掃驛庭，以待歇宿。」松下馬，與雲長、趙雲同入館舍，講禮敘坐。須臾，排上酒筵，二人慇懃相勸。飲至更闌，方始罷席，宿了一宵。

次日早膳畢，上馬行不到三五里，只見一簇人馬到。乃是玄德引着伏龍、鳳雛，親自來接。遙見張松，早先下馬等候。松亦慌忙下馬相見。玄德曰：「久聞大夫高名，如雷灌耳。恨雲山迢遠，不得聽教。今聞回都，專此相接。倘蒙不棄，到荒州暫歇片時，以敘渴仰之思，實為萬幸！」松大喜，遂上馬並轡入城。至府堂上各各敘禮，分賓主依次而坐，設宴款待。飲酒間，玄德只說閒話，並不提起西川之事。松以言挑之曰：「今皇叔守荊州，還有幾郡？」孔明答曰：「荊州乃暫借東吳的，每每使人取討。今我主因是東吳女婿，故權且在此安身。」松曰：「東吳據六郡八十一州，民強國富，猶且不知足耶？」龐統曰：「吾主漢朝皇叔，反不能占據州郡；其他皆漢之蠹賊，卻都恃強侵占地土：惟智者不平焉。」玄德曰：「二公休言。吾有何德，敢多望乎？」松曰：「不然。明公乃漢室宗親，仁義充塞乎四海。休道占據州郡，便代正統而居帝位，亦非分外。」玄德拱手謝曰：「公言太過，備何敢當！」

自此一連留張松飲宴三日，並不提起川中之事。松辭去，玄德於十里長亭，設宴送行。玄德舉酒酹松曰：「甚荷大夫不棄，留敘三日；今日相別，不知何時再得聽教。」言罷，潸然淚下。張松自思：「玄德如此寬仁愛士，安可捨之？不如說之，令取西川。」乃言曰：「松亦思朝暮趨侍，恨未有便耳。松觀荊州：東有孫權，常懷虎踞；北有曹操，每欲鯨吞；亦非可久戀之地也。」玄德曰：「故知如此，但未有安迹之所。」松曰：「益州險塞，沃野千里，民殷國富；智能之士，久慕皇叔之德；若起荊襄之眾，長驅西指，霸業可成，漢室可興矣。”玄德曰：
“備安敢當此？劉益州亦帝室宗親，恩澤布蜀中久矣。他人豈可得而動
搖乎？”松曰：“某非賣主求榮；今遇明公，不敢不披瀝肝膽：劉季玉
雖有益州之地，稟性闇弱，不能任賢用能；加之張魯在北，時思侵犯，
人心離散，思得明主。松此一行，專欲納款於操；何期逆賊恣逞奸雄，
傲賢慢士，故特來見明公。明公先取西川為基，然後北圖漢中，收取
中原，匡正天朝，名垂青史，功莫大焉。明公果有取西川之意，松願
施犬馬之勞，以為內應。未知鈞意若何？”玄德曰：“深感君之厚意。
奈劉季玉與備同宗，若攻之，恐天下唾罵。”松曰：“大丈夫處世，當
努力建功立業，著鞭在先。今若不取，為他人所取，悔之晚矣。”玄
德曰：“備聞蜀道崎嶇，千山萬水，車不能方軌，馬不能聯轡；雖欲
取之，用何良策？”松於袖中取出一圖，遞與玄德曰：“松感明公盛
德，敢獻此圖。但看此圖，便知蜀中道路矣。”玄德略展視之，上面
盡寫着地理行程，遠近闊狹，山川險要，府庫錢糧，一一俱載明白。
松曰：“明公可速圖之。松有心腹契友二人：法正、孟達。此二人必
能相助。如二人到荊州時，可以心事共議。”玄德拱手謝曰：“青山不
老，綠水長存。他日事成，必當厚報。”松曰：“松遇明主，不得不盡
情相告，豈敢望報乎？”說罷作別。孔明命雲長等護送數十里方回。

　　張松回益州，先見友人法正。正字孝直，古扶風郡人也，賢士法
真之子。松見正，備說：“曹操輕賢傲士，只可同憂，不可同樂。吾
已將益州許劉皇叔矣。專欲與兄共議。”法正曰：“吾料劉璋無能，已
有心見劉皇叔久矣。此心相同，又何疑焉？”少頃，孟達至。達字子
慶，與法正同鄉。達入，見正與松密語。達曰：“吾已知二公之意。
將欲獻益州耶？”松曰：“是欲如此。兄試猜之，合獻與誰？”達曰：
“非劉玄德不可。”三人撫掌大笑。松正謂松曰：“兄明日見劉璋，當

若何？"松曰："吾薦二公為使，可往荊州。"二人應允。

次日，張松見劉璋。璋問："幹事若何？"松曰："操乃漢賊，欲篡天下，不可為言。彼已有取川之心。"璋曰："似此如之奈何？"松曰："松有一謀，使張魯、曹操必不敢輕犯西川。"璋曰："何計？"松曰："荊州劉皇叔，與主公同宗，仁慈寬厚，有長者風。赤壁鏖兵之後，操聞之而膽裂，何況張魯乎？主公何不遣使結好，使為外援，可以拒曹操、張魯矣。"璋曰："吾亦有此心久矣。誰可為使？"松曰："非法正、孟達，不可往也。"璋即召二人入，修書一封，令法正為使，先通情好；次遣孟達領精兵五千，迎玄德入川為援。正商議間，一人自外突入，汗流滿面，大叫曰："主公若聽張松之言，則四十一州郡，已屬他人矣！"松大驚；視其人，乃西閬中巴人，姓黃，名權，字公衡，現為劉璋府下主簿。璋問曰："玄德與我同宗，吾故結之為援；汝何出此言？"權曰："某素知劉備寬以待人，柔能克剛，英雄莫敵。遠得人心，近得民望。兼有諸葛亮、龐統之智謀，關、張、趙雲、黃忠、魏延為羽翼。若召到蜀中，以部曲待之，劉備安肯伏低做小？若以客禮待之，又一國不容二主。今聽臣言，則西蜀有泰山之安；不聽臣言，則主公有累卵之危矣。張松昨從荊州過，必與劉備同謀。可先斬張松，後絕劉備，則西川萬幸也。"璋曰："曹操、張魯到來，何以拒之？"權曰："不如閉境絕塞，深溝高壘，以待時清。"璋曰："賊兵犯界，有燒眉之急；若待時清，則是慢計也。"遂不從其言，遣法正行。又一人阻曰："不可！不可！"璋視之，乃帳前從事官王累也。累頓首言曰："主公今聽張松之言，自取其禍。"璋曰："不然。吾結好劉玄德，實欲拒張魯也。"累曰："張魯犯界，乃癬疥之疾；劉備入川，乃心腹之大患。況劉備世之梟雄，先事曹操，便思謀害；後從孫權，便奪荊州。心術如此，安可同處乎？今若召來，西川休矣！"璋叱曰："再休亂道！玄德是我同宗，他安肯奪我基業？"便教扶二人出。遂命法正便行。

法正離益州，逕取荊州，來見玄德。參拜已畢，呈上書信。玄德拆封視之。書曰：

> 族弟劉璋，再拜致書於玄德宗兄將軍麾下：久伏電天，蜀道崎嶇，未及齎貢，甚切惶愧。璋聞"吉凶相救，患難相扶"，朋友尚然，況宗族乎？今張魯在北，旦夕興兵，侵犯璋界，甚不自安。專人謹奉尺書，上乞鈞聽。倘念同宗之情，全手足之義，即日興師剿滅狂寇，永為脣齒，自有重酬。書不盡言，岡候車騎。

玄德看畢大喜，設宴相待法正。酒過數巡，玄德屏退左右，密謂正曰："久仰孝直英名，張別駕多談盛德。今獲聽教，甚慰平生。"法正謝曰："蜀中小吏，何足道哉！蓋聞馬逢伯樂而嘶，人遇知己而死。張別駕昔日之言，將軍復有意乎？"玄德曰："備一身寄客，未嘗不傷感而歎息。嘗思鷦鷯尚存一枝，狡兔猶藏三窟，何況人乎？蜀中豐餘之地，非不欲取；奈劉季玉係備同宗，不忍相圖。"法正曰："益州天府之國，非治亂之主，不可居也。今劉季玉不能用賢，此業不久必屬他人。今日自付與將軍，不可錯失。豈不聞'逐兔先得'之語[2]乎？將軍欲取，某當効死。"玄德拱手謝曰："尚容商議。"

當日席散，孔明親送法正歸館舍。玄德獨坐沉吟。龐統進曰："事當決而不決者，愚人也。主公高明，何多疑耶？"玄德問曰："以公之意，當復何如？"統曰："荊州東有孫權，北有曹操，難以得志。益州戶口百萬，土廣財富，可資大業。今幸張松、法正為內助，此天賜也。何必疑哉？"玄德曰："今與吾水火相敵者，曹操也。操以急，吾以寬；操以暴，吾以仁；操以譎，吾以忠：每與操相反，事乃可成。若以小利而失信義於天下，吾不忍也。」龐統笑曰：「主公之言，雖合天理，奈離亂之時，用兵爭強，固非一道；若拘執常理，寸步不可行矣。宜從權變。且兼弱攻昧，逆取順守，湯、武之道也。若事定之後，報之以義，封為大國，何負於信？今日不取，終被他人取耳。主公幸熟思焉。」玄德乃恍然曰：「金石之言，當銘肺腑。」於是遂請孔明，同議起兵西行。孔明曰：「荊州重地，必須分兵守之。」玄德曰：「吾與龐士元、黃忠、魏延前往西川；軍師可與關雲長、張翼德、趙子龍守荊州。」孔明應允。於是孔明總守荊州；關公拒襄陽要路，當青泥隘口；張飛領四郡巡江；趙雲屯江陵，鎮公安。玄德令黃忠為前部，魏延為後軍，玄德自與劉封、關平在中軍，龐統為軍師，馬步兵五萬，起程西行。臨行時，忽廖化引一軍來降。玄德便教廖化輔佐雲長以拒曹操。

　　是年冬月，引兵望西川進發。行不數程，孟達接着，拜見玄德，說劉益州令某領兵五千遠來迎接。玄德使人入益州，先報劉璋。璋便發書告報沿途州郡，供給錢糧。璋欲自出涪城親接玄德，即下令準備車乘帳幔，旌旗鎧甲，務要鮮明。主簿黃權入諫曰：「主公此去，必被劉備之害。某食祿多年，不忍主公中他人奸計。望三思之！」張松曰：「黃權此言，疎間宗族之義，滋長寇盜之威，實無益於主公。」璋乃叱權曰：「吾意已決，汝何逆吾！」權叩首流血，近前口銜璋衣而諫。璋大怒，扯衣而起。權不放，頓落門牙兩個。璋喝左右，推出黃權，權大哭而歸。

　　璋欲行，一人叫曰：「主公不納黃公衡忠言，乃欲自就死地耶？」伏於階前而諫。璋視之，乃建寧俞元人也，姓李，名恢。叩首諫曰：「竊聞『君有諍臣，父有諍子』。黃公衡忠義之言，必當聽從。若容劉備入川，是猶迎虎於門也。"璋曰："玄德是吾宗兄，安肯害吾？再言者必斬！"叱左右推出李恢。張松曰："今蜀中文官各顧妻子，不復為主公效力；諸將恃功驕傲，各有外意。不得劉皇叔，則敵攻於外，民攻於內，必敗之道也。"璋曰："公所謀，深於吾有益。"次日，上馬出榆橋門。人報："從事王累，自用繩索倒弔於城門之上，一手執諫章，一手仗劍，口稱如諫不從，自割斷其繩索，撞死於此地。"劉璋教取所執諫章觀之。其略曰：

> 益州從事臣王累，泣血懇告：竊聞"良藥苦口利於病，忠言逆耳利於行"。昔楚懷王不聽屈原之言，會盟於武關，為秦所困。今主公輕離大郡，欲迎劉備於涪城，恐有去路而無回路矣。倘能斬張松於市，絕劉備之約，則蜀中老幼幸甚，主公之基業亦幸甚！

劉璋觀畢，大怒曰："吾與仁人相會，如親芝蘭，如何數侮於吾耶！"王累大叫一聲，自割斷其索，撞死於地。後人有詩歎曰：

> 倒挂城門捧諫章，拚將一死報劉璋。
> 黃權折齒終降備，矢節何如王累剛！

劉璋將三萬人馬往涪城來。後軍裝載資糧錢帛一千餘輛，來接玄德。

卻說玄德前軍已到墊江，所到之處，一者是西川供給；二者是玄德號令嚴明，如有妄取百姓一物者斬。於是所到之處，秋毫無犯。百姓扶老攜幼，滿路瞻觀，焚香禮拜。玄德皆用好言撫慰。

卻說法正密謂龐統曰："近張松有密書到此，言於涪城相會劉璋，便可圖之。機會切不可失。"統曰："此意且勿言。待二劉相見，乘便圖之。若預走洩，於中有變。"法正乃祕而不言。涪城離成都三百六十里。璋已到，使人迎接玄德。兩軍皆屯於涪江之上。玄德入城，與劉璋相見，各敍兄弟之情。禮畢，揮淚訴告衷情。飲宴畢，各回寨中安歇。

璋謂眾官曰：“可笑黃權、王累等輩，不知宗兄之心，妄相猜疑。吾今日見之，真仁義之人也。吾得他為外援，又何慮曹操、張魯耶？非張松則失之矣。”乃脫所穿綠袍，并黃金五百兩，令人往成都賜與張松。時部下將佐劉璝、泠苞、張任、鄧賢等一班文武官曰：“主公且休歡喜。劉備柔中有剛，其心未可測，還宜防之。”璋笑曰：“汝等皆多慮。吾兄豈有二心哉！”眾皆嗟歎而退。

卻說玄德歸到寨中。龐統入見曰：“主公今日席上見劉季玉動靜乎？”玄德曰：“季玉真誠實人也。”統曰：“季玉雖善，其臣劉璝、張任等皆有不平之色，其間吉凶未可保也。以統之計，莫若來日設宴，請季玉赴席；於壁衣中埋伏刀斧手一百人，主公擲盃為號，就筵上殺之；一擁入成都，刀不出鞘，弓不上弦，可坐而定也。”玄德曰：“季玉是吾同宗，誠心待吾，更兼吾初到蜀中，恩信未立；若行此事，上天不容，下民亦怨。公此謀，雖霸者亦不為也。”統曰：“此非統之謀，是法孝直得張松密書，言事不宜遲，只在早晚當圖之。”言未已，法正入見，曰：“某等非為自己，乃順天命也。”玄德曰：“劉季玉與吾同宗，不忍取之。”正曰：“明公差矣。若不如此，張魯與蜀有殺母之讎，必來攻取。明公遠涉山川，驅馳士馬，既到此地，進則有功，退則無益。若執狐疑之心，遷延日久，大為失計。且恐機謀一洩，反為他人所算。不若乘此天與人歸之時，出其不意，早立基業，實為上策。”龐統亦再三相勸。正是：人主幾番存厚道，才臣一意進權謀。未知玄德心下如何，且看下文分解。

**註 釋**

1　簪纓：指貴族的打扮。簪，結髮用的頭飾；纓，繫帽子用的帶子。

2　"逐兔先得"之語：當時世人有語："萬人逐兔，一人獲之，貪者悉止，分定故也。"

# 三國演義

（下）

羅貫中 著

商務印書館

# 第六十一回

# 趙雲截江奪阿斗
# 孫權遺書退老瞞

卻說龐統、法正二人，勸玄德就席間殺劉璋，西川唾手可得。玄德曰：“吾初入蜀中，恩信未立，此事決不可行。”二人再三說之，玄德只是不從。次日，復與劉璋宴於城中，彼此細敍衷曲，情好甚密，酒至半酣，龐統與法正商議曰：“事已至此，由不得主公了。”便教魏延登堂舞劍，乘勢殺劉璋，延遂拔劍進曰：“筵間無以為樂，願舞劍為戲。”龐統便呼眾武士入，列於堂下，只待魏延下手，劉璋手下諸將，見魏延舞劍筵前，又見階下武士手按刀靶，直視堂上，從事張任亦掣劍舞曰：“舞劍必須有對，某願與魏將軍同舞。”二人對舞於筵前。魏延目視劉封，封亦拔劍助舞，於是劉瑣、泠苞、鄧賢各掣劍出曰：“我等當羣舞，以助一笑。”玄德大驚，急掣左右所佩之劍，立於席上曰：“吾兄弟相逢痛飲，並無疑忌，又非‘鴻門會’上，何用舞劍？不棄劍者立斬！”劉璋亦叱曰：“兄弟相聚，何必帶刀？”命侍衛者盡去佩劍。眾皆紛然下堂。玄德喚諸將士上堂，以酒賜之，曰：“吾弟兄同宗骨血，共議大事，並無二心。汝等勿疑。"諸將皆拜謝。劉璋執玄德之手而泣曰："吾兄之恩，誓不敢忘！"二人歡飲至晚而散。玄德歸寨，責龐統曰："公等奈何欲陷備於不義耶？今後斷勿為此。"統嗟歎而退。

卻說劉璋歸寨，劉璝等曰："主公見今日席上光景乎？不如早回，免生後患。"劉璋曰："吾兄劉玄德，非比他人。"眾將曰："雖玄德無此心，他手下人皆欲併西川，以圖富貴。"璋曰："汝等無間吾兄弟之情。"遂不聽，日與玄德歡敘。忽報張魯整頓兵馬，將犯葭萌關。劉璋便請玄德往拒之。玄德慨然領諾，即日引本部兵望葭萌關去了。眾將勸劉璋令大將緊守各處關隘，以防玄德兵變。璋初時不從，後因眾人苦勸，乃令白水都督楊懷、高沛二人，把守涪水關。劉璋自回成都。玄德到葭萌關，嚴禁軍士，廣施恩惠，以收民心。


早有細作報入東吳。吳侯孫權會文武商議。顧雍進曰："劉備分兵遠涉山險而去，未易往還。何不差一軍先截川口，斷其歸路，後盡起東吳之兵，一鼓而下荊襄？此不可失之機會也。"權曰："此計大妙！"正商議間，忽屏後一人大喝而出曰："進此計者可斬之！欲害吾女之命耶？"眾驚視之，乃吳國太也。國太怒曰："吾一生唯有一女，嫁與劉備。今若動兵，吾女性命如何？"因叱孫權曰："汝掌父兄之業，坐領八十一州，尚自不足，乃顧小利而不念骨肉！"孫權諾諾連聲，答曰："老母之訓，豈敢有違！"遂叱退眾官。國太恨恨而入。孫權立於軒下，自思："此機會一失，荊襄何日可得？"正沈吟間，只見張昭入問曰："主公有何憂疑？"孫權曰："正思適間之事。"張昭曰："此極易也。今差心腹將一人，只帶五百軍，潛入荊州，下一封密書與郡主，只說國太病危，欲見親女，取郡主星夜回東吳。玄德平生只有一子，就教帶來。那時玄德定把荊州來換阿斗。如其不然，一任動兵，更有何礙？」權曰：「此計大妙！吾有一人，姓周，名善，最有膽量。自幼穿房入戶，多隨吾兄。今可差他去。」昭曰：「切勿漏洩。只此便令起行。」

於是密遣周善，將五百人，扮為商人，分作五船；更詐修國書，以備盤詰。船內暗藏兵器。周善領命，取荊州水路而來。船泊江邊，善自入荊州，令門吏報孫夫人。夫人命周善入。善呈上密書。夫人見說國太病危，灑淚動問。周善拜訴曰：「國太好生病重，旦夕只是思念夫人。倘去得遲，恐不能相見。就教夫人帶阿斗去見一面。」夫人曰：「皇叔引兵遠出，我今欲回，須使人知會軍師，方可以行。」周善曰：「若軍師回言道：『須報知皇叔，候了回命，方可下船』，如之奈何？」夫人曰：「若不辭而去，恐有阻當。」周善曰：「大江之中，已準備下船隻。只今便請夫人上車出城。」孫夫人聽知母病危急，如何不慌？便將七歲孩兒阿斗，載在車中；隨行帶三十餘人，各跨刀劍，上馬離荊州城，便來江邊上船。府中人欲報時，孫夫人已到沙頭鎮，下在船中了。

周善方欲開船，只聽得岸上有人大叫：「且休開船，容與夫人餞行！」視之，乃趙雲也。原來趙雲巡哨方回，聽得這個消息，吃了一驚，只帶四五騎旋風般沿江趕來。周善手執長戈，大喝曰：「汝何人，敢當主母！」叱令軍士一齊開船，各將軍器出來，擺列在船上。風順水急，船皆隨流而去。趙雲沿江趕叫：「任從夫人去。只有一句話拜稟。」周善不睬，只催船速進。趙雲沿江趕到十餘里，忽見江灘斜纜一隻漁船在那裏。趙雲棄馬執槍，跳上漁船。只兩人駕船前來，望着夫人所坐大船追趕。周善教軍士放箭。趙雲以槍撥之，箭皆紛紛落水。離大船懸隔丈餘，吳兵用槍亂刺。趙雲棄槍在小船上，掣所佩青釭劍在手，分開槍搠，望吳船湧身一跳，早登大船。吳兵盡皆驚倒。趙雲入艙中，見夫人抱阿斗於懷中，喝趙雲曰："何故無禮！"雲插劍聲喏曰："主母欲何往？何故不令軍師知會？"夫人曰："我母親病在危篤，無暇報知。"雲曰："主母探病，何故帶小主人去？"夫人曰："阿斗是吾子，留在荊州，無人看覷。"雲曰："主母差矣。主人一生，只有這點骨血。小將在當陽長坂坡百萬軍中救出。今日夫人卻欲抱將去，是何道理？"夫人怒曰："量汝只是帳下一武夫，安敢管我家事！"雲曰："夫人要去便去，只留下小主人。"夫人喝曰："汝半路輒入船中，必有反意！"雲曰："若不留下小主人，縱然萬死，亦不敢放夫人去。"夫人喝侍婢向前揪摔，被趙雲推倒，就懷中奪了阿斗，抱出船頭上。欲要傍岸，又無幫手；欲要行兇，又恐礙於道理；進退不得。夫人喝侍婢奪阿斗，趙雲一手抱定阿斗，一手仗劍，人不敢近。周善在後梢挾住舵，只顧放船下水。風順水急，望中流而去。趙雲孤掌難鳴，只護得阿斗，安能移舟傍岸？

正在危急，忽見下流頭港內一字兒排出十餘隻船來，船上磨旗擂鼓。趙雲自思："今番中了東吳之計！"只見當頭船上一員大將，手執長矛，高聲大叫："嫂嫂留下姪兒！"原來張飛巡哨，聽得這個消息，急來油江夾口，正撞着吳船，急忙截住。當下張飛提劍跳上吳船。周善見張飛上船，提刀來迎，被張飛手起一劍砍倒，提頭擲於孫夫人前。夫人大驚曰："叔叔何故無禮？"張飛曰："嫂嫂不以俺哥哥為重，私自歸家，這便無禮！"夫人曰："吾母病重，甚是危急。若等你哥哥回報，須誤了我事。若你不放我回去，我情願投江而死！"

張飛與趙雲商議："若逼死夫人，非為臣下之道。只護着阿斗過船去罷。"乃謂夫人曰："俺哥哥大漢皇叔，也不辱沒嫂嫂。今日相別，若思哥哥恩義，早早回來。"說罷，抱了阿斗，自與趙雲回船，放孫夫人五隻船去了。後人有詩讚子龍曰：

> 昔年救主在當陽，今日飛身向大江。
> 船上吳兵皆膽裂，子龍英勇世無雙！

又有詩讚翼德曰：

> 長坂橋邊怒氣騰，一聲虎嘯退曹兵。
> 今朝江上扶危主，青史應傳萬載名。

二人歡喜回船。行不數里，孔明引大隊船隻接來。見阿斗已奪回，大喜。三人並馬而歸。孔明自申文書往葭萌關，報知玄德。

卻說孫夫人回吳，具說張飛、趙雲殺了周善，截江奪了阿斗。孫權大怒曰：“今吾妹已歸，與彼不親，殺周善之讎，如何不報！”喚集文武，商議起軍攻取荊州。正商議調兵，忽報曹操起軍四十萬來報赤壁之讎。孫權大驚，且按下荊州，商議拒敵曹操。人報長史張紘辭疾回家，今已病故，有哀書上呈。權拆視之，書中勸孫權遷居秣陵，言秣陵山川有帝王之氣，可速遷於此，以為萬世之業。孫權覽書大哭，謂眾家曰：“張子綱勸我遷居秣陵，吾如何不從？”即命遷治建業，築石頭城。呂蒙進曰：“曹操兵來，可於濡須水口築塢以拒之。”諸將皆曰：“上岸擊賊，跣足入船，何用築城？”蒙曰：“兵有利鈍，戰無必勝。如猝然遇敵，步騎相促，人尚不暇及水，何能入船乎？”權曰：“‘人無遠慮，必有近憂’。子明之見甚遠。”便差軍數萬築濡須塢。曉夜併工，刻期告竣。

卻說曹操在許都，威福日甚。長史董昭進曰：“自古以來，人臣未有如丞相之功者。雖周公、呂望，莫可及也：櫛風沐雨，三十餘年，掃蕩羣凶，與百姓除害，使漢室復存。豈可與諸臣宰同列乎？合受魏公之位，加‘九錫’[1]以彰功德。"你道那九錫？

一，車馬

大輅、戎輅各一。大輅，金車也。戎輅，兵車也。

玄牡二駟，黃馬八匹。

二，衣服

衮冕之服，赤舃副焉。

衮冕，王者之服。赤舃，朱履也。

三，樂則

樂則，王者之樂也。

四，朱戶

居以朱戶，紅門也。

五，納陛

納陛以登。陛，階也。

六，虎賁

虎賁三百人，守門之軍也。

七，鈇鉞

鈇、鉞各一。鈇，即斧也。鉞，斧屬。

八，弓矢

彤弓一，彤矢百。彤，赤色也。

旅引十，旅矢千。旅，黑色也。

九，秬鬯圭瓚

秬鬯一卣，圭瓚副焉。

秬，黑黍也。鬯，香酒，灌地以求神於陰。卣，中樽也。

圭瓚，宗廟祭器，以祀先王也。

侍中荀彧曰："不可。丞相本興義兵，匡扶漢室，當秉忠貞之志，守謙退之節。君子愛人以德，不宜如此。"曹操聞言，勃然變色。董昭曰：
"豈可以一人而阻眾望？"遂上表請尊操為魏公，加九錫。荀彧歎曰：
"吾不想今日見此事！"操聞深恨之，以為不助己也。建安十七年冬十
月，曹操興兵下江南，就命荀彧同行。彧已知操有殺己之心，託病止
於壽春。忽曹操使人送飲食一盒至。盒上有操親筆封記。開盒視之，
並無一物。彧會其意，遂服毒而亡。年五十歲。後人有詩歎曰：

> 文若才華天下聞，可憐失足在權門。
> 後人漫把留侯比，臨沒無顏見漢君。

其子荀惲，發哀書報曹操。操甚懊悔，命厚葬之，謚曰敬侯。

　　且說曹操大軍至濡須，先差曹洪領三萬鐵甲馬軍，哨至江邊。回
報云："遙望沿江一帶，旗幡無數，不知兵聚何處。"操放心不下，自
領兵前進，就濡須口排開軍陣。操領百餘人上山坡，遙望戰船，各分
隊伍，依次排列。旗分五色，兵器鮮明。當中大船上青羅傘下，坐着
孫權。左右文武，侍立兩邊。操以鞭指曰："生子當如孫仲謀！若劉
景升兒子，豚犬耳！"忽一聲響動，南船一齊飛奔過來。濡須塢內又
一軍出，衝動曹兵。曹操軍馬退後便走，止喝不住。忽有千百騎趕到
山邊，為首馬上一人，碧眼紫髯。眾人認得正是孫權。權自引一隊馬
軍來擊曹操。操大驚，急回馬時，東吳大將韓當、周泰，兩騎馬直衝
將上來。操背後許褚縱馬舞刀，敵住二將，曹操得脫歸寨。許褚與二
將戰三十合方回。操回寨，重賞許褚，責罵眾將："臨敵先退，挫吾
銳氣！後若如此，盡皆斬首！"是夜二更時分，忽寨外喊聲大震。操
急上馬，見四下裏火起，卻被吳兵劫入大寨。殺至天明，曹兵退五十
餘里下寨。操心中鬱悶，開看兵書。程昱曰："丞相既知兵法，豈不
知'兵貴神速'乎？丞相起兵，遷延日久，故孫權得以準備。夾濡須水

口為塢，難於攻擊。不若且退兵回許都，別作良圖。"操不應。

程昱出。操伏几而臥，忽聞潮聲洶湧，如萬馬爭奔之狀。操急視之，見大江中推出一輪紅日，光華射目；仰望天上，又有兩輪太陽對照。忽見江心那輪紅日，直飛起來，墜於寨前山中，其聲如雷。猛然驚覺，原來在帳中做了一夢。帳前軍報道午時。曹操教備馬，引五十餘騎，逕奔出寨，至夢中所見落日山邊。正看之間，忽見一簇人馬，當先一人，金盔金甲。操視之，乃孫權也。權見操至，也不慌忙，在山上勒住馬，以鞭指操曰："丞相坐鎮中原，富貴已極，何故貪心不足，又來侵我江南？"操答曰："汝為臣下，不尊王室。吾奉天子詔，特來討汝！"孫權笑曰："此言豈不羞乎？天下豈不知你挾天子令諸侯？吾非不尊漢朝，正欲討汝以正國家耳。"操大怒，叱諸將上山捉孫權。忽一聲鼓響，山背後兩彪軍出：右邊韓當、周泰，左邊陳武、潘璋。四員將帶三千弓弩手亂射，矢如雨發。操急引眾將回走。背後四將趕來甚急。趕到半路，許褚引眾虎衞軍敵住，救回曹操。吳兵齊奏凱歌，回濡須去了。操還營自思："孫權非等閒人物。紅日之應，久後必為帝王。"於是心中有退兵之意。又恐東吳恥笑，進退未決。兩邊又相拒了月餘，戰了數場，互相勝負。直至來年正月，春雨連綿，水港皆滿，軍士多在泥水之中，困苦異常。操心甚憂。當日正在寨中，與眾謀士商議。或勸操收兵，或云目今春煖，正好相持，不可退歸。操猶豫未定。忽報東吳有使齎書到。操啟視之。書略曰：

孤與丞相，彼此皆漢朝臣宰。丞相不思報國安民，乃妄動干戈，殘虐生靈，豈仁人之所為哉？即日春水方生，公當速去。如其不然，復有赤壁之禍矣。公宜自思焉。

書背後又批兩行云："足下不死，孤不得安。"

曹操看畢，大笑曰："孫仲謀不欺我也。"重賞來使，遂下令班師，命廬江太守朱光，鎮守皖城，自引大軍回許昌。孫權亦收軍歸秣陵。權與眾將商議："曹操雖然北去，劉備尚在葭萌關未還。何不引拒曹操之兵，以取荊州？"張昭獻計曰："且未可動兵。某有一計，使劉備不能再還荊州。"正是：孟德雄兵方退北，仲謀壯志又圖南。不知張昭說出甚計來，且看下文分解。

## 註　釋

1　九錫：古代帝王賜給有權勢或有大功的諸侯之九種物品。

# 第六十二回

## 取涪關楊高授首
## 攻雒城黃魏爭功

　　卻説張昭獻計曰："且休要動兵。若一興師，曹操必復至。不如修書二封：一封與劉璋，言劉備結連東吳，共取西川，使劉璋心疑而攻劉備；一封與張魯，教進兵向荊州來，着劉備首尾不能救應。我然後起兵取之，事可諧矣。"權從之，即發使二處去訖。

　　且説玄德在葭萌關日久，甚得民心。忽接得孔明文書，知孫夫人已回東吳。又聞曹操興兵犯濡須，乃與龐統議曰："曹操擊孫權，操勝必將取荊州，權勝亦必取荊州矣。為之奈何？"龐統曰："主公勿憂。有孔明在彼，料想東吳不敢犯荊州。主公可馳書去劉璋處，只推：'曹操攻擊孫權，權求救於荊州。吾與孫權脣齒之邦，不容不相援。張魯自守之賊，決不敢來犯界。吾今欲勒兵回荊州，與孫權會同破曹操，奈兵少糧缺。望推同宗之誼，速發精兵三、四萬，行糧十萬斛相助。請勿有誤。'若得軍馬錢糧，卻另作商議。"

玄德從之，遣人往成都。來到關前，楊懷、高沛聞知此事，遂教高沛守關，楊懷同使者入成都，見劉璋呈上書信。劉璋看畢，問楊懷為何亦同來。楊懷曰：“專為此書而來。劉備自從入川，廣布恩德，以收民心，其意甚是不善。今求軍馬錢糧，切不可與。如若相助，是把薪助火也。”劉璋曰：“吾與玄德有兄弟之情，豈可不助？”一人出曰：“劉備梟雄，久留於蜀而不遣，是縱虎入室矣。今更助之以軍馬錢糧，何異與虎添翼乎？”眾視其人，乃零陵烝陽人，姓劉，名巴，字子初。劉璋聞劉巴之言，猶豫未決。黃權又復苦諫。璋乃量撥老弱軍四千，米一萬斛，發書遣使報玄德。仍令楊懷、高沛緊守關隘。劉璋使者到葭萌關見玄德，呈上回書。玄德大怒曰：“吾為汝禦敵，費力勞心。汝今惜財吝賞，何以使士卒效命乎？”遂扯毀回書，大罵而起。使者逃回成都。龐統曰：“主公只以仁義為重，今日毀書發怒，前情盡棄矣。”玄德曰：“如此，當若何？”龐統曰：“某有三條計策，請主公自擇而行。”

　　玄德問：“那三條計？”統曰：“只今便選精兵，晝夜兼道逕襲成都：此為上計。楊懷、高沛乃蜀中名將，各仗強兵拒守關隘；今主公佯以回荊州為名，二將聞知，必來相送；就送行處，擒而殺之，奪了關隘，先取涪城，然後卻向成都：此中計也。退還白帝，連夜回荊州，徐圖進取：此為下計。若沉吟不去，將至大困，不可救矣。”玄德曰：“軍師上計太促，下計太緩；中計不遲不疾，可以行之。”

　　於是發書致劉璋，只說曹操令部將樂進引兵至青泥鎮，眾將抵敵不住，吾當親往拒之，不及面會，特書相辭。書至成都，張松聽得說劉玄德欲回荊州，只道是真心，乃修書一封，欲令人送與玄德。卻值親兄廣漢太守張肅到，松急藏書於袖中，與肅相陪說話。肅見松神情恍惚，心中疑惑。松取酒與肅共飲。獻酬之間，忽落此書於地，被肅從人拾得。席散後，從人以書呈肅。肅開視之。書略曰：

> 松昨進言於皇叔，並無虛謬，何乃遲遲不發？逆取順守，
> 古人所貴。今大事已在掌握之中，何故欲棄此而回荊州乎？
> 使松聞之，如有所失。書呈到日，疾速進兵。松當為內應，
> 萬勿自誤！

張肅見了，大驚曰：“吾弟作滅門之事，不可不首。”連夜將書見
劉璋，具言弟張松與劉備同謀，欲獻西川。劉璋大怒曰：“吾平日未
嘗薄待他，何故欲謀反！”遂下令捉張松全家，盡斬於市。後人有詩
歎曰：

> 一覽無遺自古稀，誰知書信泄天機。
> 未觀玄德興王業，先向成都血染衣。

劉璋既斬張松，聚集文武商議曰：“劉備欲奪吾基業，當如之何？”黃
權曰：“事不宜遲，即便差人告報各處關隘，添兵守把，不許放荊州
一人一騎入關。”璋從其言，星夜馳檄各關去訖。

卻說玄德提兵回涪城，先令人報上涪水關，請楊懷、高沛出關相
別。楊、高二將聞報，商議曰：“玄德此回若何？”高沛曰：“玄德合
死。我等各藏利刃在身，就送行處刺之，以絕吾主之患。”楊懷曰：“此
計大妙。”二人只帶隨行二百人，出關送行，其餘並留在關上。玄德
大軍盡發。前至涪水之上，龐統在馬上謂玄德曰：“楊懷、高沛若欣
然而來，可隄防之；若彼不來，便起兵逕取其關，不可遲緩。”正說
間，忽起一陣旋風，把馬前“帥”字旗吹倒。玄德問龐統曰：“此何兆
也？”統曰：“此警報也。楊懷、高沛二人必有行刺之意，宜善防之。”

玄德乃身披重鎧，自佩寶劍防備。人報楊、高二將軍前來送行。玄德令軍馬歇定。龐統分付魏延、黃忠："但關上來的軍士，不問多少，馬步軍兵，一個也休放回。"二將得令而去。

　　卻說楊懷、高沛二人身邊各藏利刃，帶二百軍兵，撑羊送酒，直至軍前。見並無準備，心中暗喜，以為中計。入至帳下，見玄德正與龐統坐於帳中。二將聲喏曰："聞皇叔遠回，特具薄禮相送。"遂進酒勸玄德。玄德曰："二將軍守關不易，當先飲此盃。"二將飲酒畢，玄德曰："吾有密事與二將軍商議，閒人退避。"遂將帶來二百人盡趕出中軍。玄德叱曰："左右與吾捉下二賊！"帳後劉封、關平應聲而出。楊、高二人急待爭鬥，劉封、關平各捉住一人。玄德喝曰："吾與汝主是同宗兄弟，汝二人何故同謀，離間親情？"龐統叱左右搜其身畔，果然各搜出利刃一口。統便喝斬二人；玄德猶豫未決。統曰："二人本意欲殺吾主，罪不容誅。"遂叱刀斧手斬楊懷、高沛於帳前。黃忠、魏延早將二百從人，先自捉下，不曾走了一個。玄德喚入，各賜酒壓驚。玄德曰："楊懷、高沛離間吾兄弟，又藏利刃行刺，故行誅戮。爾等無罪，不必驚疑。"眾皆拜謝。龐統曰："吾今即用汝等引路，帶吾軍取關。各有重賞。"眾皆應允。是夜二百人先行。大軍隨後。前軍至關下叫曰："二將軍有急事回，可速開關。"城上聽得是自家軍，即時開關。大軍一擁而入，兵不血刃，得了涪關。蜀兵皆降。玄德各加重賞，遂即分兵前後守把。次日勞軍，設宴於公廳。玄德酒酣，顧龐統曰："今日之會，可為樂乎！"龐統曰："伐人之國而以為樂，非仁者之兵也。"玄德曰："吾聞昔日武王伐紂，作樂象功，此亦非仁者之兵歟？汝言何不合道理？可速退！"龐統大笑而起。左右亦扶玄德入後堂。睡至半夜，酒醒。左右以逐龐統之言，告知玄德。玄德大悔。次早穿衣陞堂，請龐統謝罪曰："昨日酒醉，言語觸忤。幸勿挂懷。"

龐統談笑自若。玄德曰：“昨日之言，惟吾有失。”龐統曰：“君臣俱失，何獨主公？”玄德亦大笑，其樂如初。

卻說劉璋聞玄德殺了楊、高二將，襲了涪關，大驚曰：“不料今日果有此事！”遂聚文武，問退兵之策。黃權曰：“可連夜遣兵屯雒縣，塞住咽喉之路。劉備雖有精兵猛將，不能過也。”璋遂令劉璝、泠苞、張任、鄧賢點五萬大軍，星夜往守雒縣，以拒劉備。

四將行兵之次，劉璝曰：“吾聞錦屏山中有一異人，道號‘紫虛上人’，知人生死貴賤。吾輩今日行軍，正從錦屏山過。何不試往問之？”張任曰：“大丈夫行兵拒敵，豈可問於山野之人乎？”璝曰：“不然。聖人云：‘至誠之道，可以前知。’吾等問於高明之人，當趨吉避凶。”於是四人引五六十騎至山下，問徑樵夫。樵夫指高山絕頂上，便是上人所居。四人上山至庵前，見一道童出迎。問了姓名，引入庵中。只見紫虛上人，坐於蒲墩之上。四人下拜，求問前程之事。紫虛上人曰：“貧道乃山野廢人，豈知休咎？”劉璝再三拜問。紫虛遂命道童取紙筆，寫下八句言語，付與劉璝。其文曰：

> 左龍右鳳，飛入西川。雛鳳墜地，臥龍升天。
>
> 一得一失，天數當然。見機而作，勿喪九泉。

劉璝又問曰：“我四人氣數如何？”紫虛上人曰：“定數難逃，何必再問？”璝又請問時，上人眉垂目合，恰似睡着的一般，並不答應。四人下山。劉璝曰：“仙人之言，不可不信。”張任曰：“此狂叟也，聽之何益？”遂上馬前行。既至雒縣，分調人馬，守把各處隘口。劉璝曰：“雒城乃成都保障，失此則成都難保。吾四人公議，着二人守城，二人去雒縣前面，依山傍險，紮下兩個寨子，勿使敵兵臨城。”泠苞、鄧賢曰：“某願往結寨。”劉璝大喜，分兵二萬，與泠、鄧二人，離城六十里下寨。劉瓊、張任守護雒城。

卻說玄德既得涪水關，與龐統商議進取雒城。人報劉璋撥四將前來，即日泠苞、鄧賢領二萬軍離城六十里，紥下兩個大寨。玄德聚眾將問曰：“誰敢建頭功，去取二將寨柵？”老將黃忠應聲出曰：“老夫願往。”玄德曰：“老將軍率本部人馬，前至雒城，如取得泠苞、鄧賢營寨，必當重賞。”

黃忠大喜，即領本部兵馬，謝了要行。忽帳下一人出曰：“老將軍年紀高大，如何去得？小將不才願往。”玄德視之，乃是魏延。黃忠曰：“我已領下將令，你如何敢攙越？”魏延曰：“老者不以筋骨為能。吾聞泠苞、鄧賢乃蜀中名將，血氣方剛。恐老將軍近他不得，豈不誤了主公大事？因此願相替，本是好意。”黃忠大怒曰：“汝說吾老，敢與我比試武藝麼？”魏延曰：“就主公之前，當面比試。贏得的便去，何如？”黃忠遂趨步下階，便叫小校：“將刀來！”玄德急止之曰：“不可。吾今提兵取川，全仗汝二人之力。今兩虎相鬥，必有一傷，須誤了我大事。吾與你二人解勸，休得爭論。”龐統曰：“汝二人不必相爭。即今泠苞、鄧賢下了兩個營寨。今汝二人自領本部軍馬，各打一寨。如先奪得者，便為頭功。”於是分定黃忠打泠苞寨，魏延打鄧賢寨。二人各領命去了。龐統曰：“此二人去，恐於路中相爭。主公可自引軍為後應。”玄德留龐統守城，自與劉封、關平引五千軍隨後進發。

卻說黃忠歸寨，傳令來日四更造飯，五更結束，平明進兵，取左邊山谷而進。魏延卻暗使人探聽黃忠甚時起兵。探事人回報：“來日四更造飯，五更起兵。”魏延暗喜，分付眾軍士二更造飯，三更起兵，平明要到鄧賢寨邊。軍士得令，都飽餐一頓，馬摘鈴，人唧枚，捲旗束甲，暗地去劫寨。三更前後，離寨前進。到半路，魏延馬上尋思：“只去打鄧賢寨，不顯能處；不如先去打泠苞寨，卻將得勝兵打鄧賢寨。兩處功勞，都是我的。"就馬上傳令，教軍士都投左邊山路裏去。天色微明，離泠苞寨不遠，教軍士少歇，排挪金鼓旗旛、槍刀器械。

早有伏路小軍飛報入寨，泠苞已有準備了。一聲礮響，三軍上馬，殺將出來。魏延縱馬提刀，與泠苞接戰。二將交馬，戰到三十合，川兵分兩路來襲漢軍。漢軍走了半夜，人馬力乏，抵當不住，退後便走。魏延聽得背後陣腳亂，撇了泠苞，撥馬回走。川兵隨後趕來，漢軍大敗。走不到五里，山背後鼓聲震地，鄧賢引一彪軍從山谷裏截出來，大叫："魏延快下馬受降！"魏延策馬飛奔，那馬忽失前蹄，雙足跪地，將魏延掀將下來。鄧賢馬奔到，挺槍來刺魏延。槍未到處，弓弦響，鄧賢倒撞下馬。後面泠苞方欲來救，一員大將，從山坡上躍馬而來，厲聲大叫："老將黃忠在此！"舞刀直取泠苞。泠苞抵敵不住，望後便走。黃忠乘勢追趕，川兵大亂。

黃忠一枝軍救了魏延，殺了鄧賢，直趕到寨前。泠苞回馬與黃忠再戰。不到十餘合，後面軍馬擁將上來，泠苞只得棄了左寨，引敗軍來投右寨。只見寨中旗幟全別。泠苞大驚。兜住馬看時，當頭一員大將，金甲錦袍，乃是劉玄德——左邊劉封，右邊關平——大喝道："寨子吾已奪下，汝欲何往？"原來玄德引兵從後接應，便乘勢奪了鄧賢寨子。泠苞兩頭無路，取山僻小徑，要回雒城。行不到十里，狹路伏兵忽起，搭鉤齊舉，把泠苞活捉了。原來卻是魏延自知罪犯，無可解釋，收拾後軍，令蜀兵引路，伏在這裏，等個正着。用索縛了泠苞，解投玄德寨來。

卻說玄德立起免死旗，但川兵倒戈卸甲者，並不許殺害，如傷者償命；又諭眾降兵曰："汝川人皆有父母妻子，願降者充軍，不願降者放回。"於是歡聲動地。黃忠安下寨腳，逕來見玄德，說魏延違了軍令，可斬之。玄德急召魏延，魏延解泠苞至。玄德曰：“延雖有罪，此功可贖。”令魏延謝黃忠救命之恩，今後毋得相爭。魏延頓首伏罪。玄德重賞黃忠。使人押泠苞到帳下，玄德去其縛，賜酒壓驚，問曰：“汝肯降否？”泠苞曰：“既蒙免死，如何不降？劉璝、張任與某為生死之交；若肯放某回去，當即招二人來降，就獻雒城。”玄德大喜，便賜衣服鞍馬，令回雒城。魏延曰：“此人不可放回。若脫身一去，不復來矣。”玄德曰：“吾以仁義待人，人不負我。”

　　卻説泠苞得回雒城，見劉璝、張任，不説捉去放回，只説：“被我殺了十餘人，奪得馬匹逃回。”劉璝忙遣人往成都求救。劉璋聽知折了鄧賢，大驚，慌忙聚眾商議。長子劉循進曰：“兒願領兵前去守雒城。”璋曰：“既吾兒肯去，當遣誰人為輔？”一人出曰：“某願往。”璋視之，乃舅氏吳懿也。璋曰：“得尊舅去最好。誰可為副將？”吳懿保吳蘭、雷銅二人為副將，點二萬軍馬來到雒城。劉璝、張任接着，具言前事。吳懿曰：“兵臨城下，難以拒敵；汝等有何高見？”泠苞曰：“此間一帶，正靠涪江，江水大急；前面寨占山腳，其形最低。某乞五千軍，各帶鍬鋤前去，決涪江之水，可盡淹死劉備之兵也。”吳懿從其計，即令泠苞前往決水，吳蘭、雷銅引兵接應。泠苞領命，自去準備決水器械。

　　卻説玄德令黃忠、魏延各守一寨，自回涪城，與軍師龐統商議。細作報説：“東吳孫權遣人結好東川張魯，將欲來攻葭萌關。”玄德驚曰：“若葭萌關有失，截斷後路，吾進退不得，當如之何？”龐統謂孟達曰：“公乃蜀中人，多知地理，去守葭萌關如何？”達曰：“某保一人與某同去守關，萬無一失。”玄德問何人。達曰：“此人曾在荊州劉表部下為中郎將，乃南郡枝江人，姓霍，名峻，字仲邈。”玄德大喜，即時遣孟達、霍峻守葭萌關去了。

龐統退歸館舍，門吏忽報：“有客特來相訪。”統出迎接，見其人身長八尺，形貌甚偉；頭髮截短，披於頸上；衣服不甚齊整。統問曰：“先生何人也？”其人不答，逕登堂仰臥牀上。統甚疑之，再三請問。其人曰：“且消停，吾當與汝説知天下大事。”統聞之愈疑，命左右進酒食。其人起而便食，並無謙遜；飲食甚多，食罷又睡。統疑惑不定，使人請法正視之，恐是細作。法正慌忙到來。統出迎接，謂正曰：“有一人如此如此。”法正曰：“莫非彭永言乎？”陞階視之。其人躍起曰：“孝直別來無恙！”正是：只為川人逢舊識，遂令涪水息洪流。畢竟此人是誰，且看下文分解。

# 第六十三回

## 諸葛亮痛哭龐統
## 張翼德義釋嚴顏

　　卻説法正與那人相見，各撫掌而笑。龐統問之，正曰："此公乃廣漢人，姓彭，名羕，字永言，蜀中豪傑也。因直言觸忤劉璋，被璋髡鉗[1]為徒隸，因此短髮。"統乃以賓禮待之，問羕從何而來。羕曰："吾特來救汝數萬人性命，見劉將軍方可説。"法正忙報玄德。玄德親自謁見，請問其故。羕曰："將軍有多少軍馬在前寨？"玄德實告："有黃忠、魏延在彼。"羕曰："為將之道，豈可不知地理乎？前寨緊靠涪江，若決動江水，前後以兵塞之，一人無可逃也。"玄德大悟。彭羕曰："罡星在西方，太白臨於此地，當有不吉之事，切宜慎之。"玄德即拜彭羕為幕賓，使人密報魏延、黃忠，教朝暮用心巡警，以防決水。黃忠、魏延商議："二人各輪一日；如遇敵軍到來，互相通報。"

　　卻説泠苞見當夜風雨大作，引了五千軍，逕循江邊而進，安排決江，只聽得後面喊聲亂起。泠苞知有準備，急急回軍。後面魏延引軍趕來，川兵自相踐踏。泠苞正奔走間，撞着魏延。交馬不數合，被魏延活捉去了。比及吳蘭、雷銅來接應時，又被黃忠一軍殺退。魏延解泠苞到涪關。玄德責之曰：“吾以仁義相待，放汝回去，何敢背我！今次難饒！”將泠苞推出斬之，重賞魏延。玄德設宴管待彭羕。忽報荊州諸葛亮軍師，特遣馬良奉書至此。玄德召入問之。馬良禮畢曰：“荊州平安，不勞主公憂念。”遂呈上軍師書信。玄德拆書觀之，略云：

亮夜算太乙數，今年歲次癸巳，罡星在西方；又觀乾象，
太白臨於雒城之分：主將帥身上多凶少吉。切宜謹慎。

玄德看了書，便教馬良先回。玄德曰：“吾將回荊州，去論此事。”龐統暗思：“孔明怕我取了西川，成了功，故意將此書相阻耳。”乃對玄德曰：“統亦算太乙數，已知罡星在西，應主公合得西川，別不主凶事。統亦占天文，見太白臨於雒城，先斬蜀將泠苞，已應凶兆矣。主公不可疑心，可急進兵。”

玄德見龐統再三催促，乃引軍前進。黃忠同魏延接入寨去。龐統問法正曰：“前至雒城，有多少路？”法正畫地作圖。玄德取張松所遺圖本對之，並無差錯。法正言：“山北有條大路，正取雒城東門；山南有條小路，卻取雒城西門：兩條路皆可進兵。”龐統謂玄德曰：“統令魏延為先鋒，取南小路而進；主公令黃忠作先鋒，從山北大路而進：並到雒城取齊。”玄德曰：“吾自幼熟於弓馬，多行小路。軍師可從大路去取東門，吾取西門。”龐統曰：“大路必有軍邀攔，主公引兵當之。統取小路。”玄德曰：“軍師不可。吾夜夢一神人，手執鐵棒擊吾右臂，覺來猶自臂痛。此行莫非不佳。”龐統曰：“壯士臨陣，不死帶傷，理之自然也。何故以夢寐之事疑心乎？”玄德曰：“吾所疑者，孔明之書也。軍師還守涪關，如何？”龐統大笑曰：“主公被孔明所惑矣。彼不欲令統獨成大功，故作此言以疑主公之心。心疑則致夢，何凶之有？

統肝腦塗地，方稱本心。主公再勿多言。來早准行。"當日傳下號令，軍士五更造飯，平明上馬。黃忠、魏延領軍先行。玄德再與龐統約會，忽坐下馬眼生前失，把龐統掀將下來。玄德跳下馬，自來籠住那馬。玄德曰："軍師何故乘此劣馬？"龐統曰："此馬乘久，不曾如此。"玄德曰："臨陣眼生，誤人性命。吾所騎白馬，性極馴熟。軍師可騎，萬無一失。劣馬吾自乘之。"遂與龐統更換所騎之馬。龐統謝曰："深感主公厚恩。雖萬死亦不能報也。"遂各上馬取路而進。玄德見龐統去了，心中甚覺不快，快快而行。

卻說雒城中吳懿、劉璝聽知折了冷苞，遂與眾商議。張任曰："城東南山僻有一條小路，最為要緊，某自引一軍守之。諸公緊守雒城，勿得有失。"忽報漢兵分兩路前來攻城。張任急引三千軍，先來抄小路埋伏。見魏延兵過，張任教儘放過去，休得驚動。後見龐統軍來，張任軍士，遙指軍中大將："騎白馬者必是劉備。"張任大喜，傳令教如此如此。

卻說龐統迤邐前進，擡頭見兩山逼窄，樹木叢雜；又值夏末秋初，枝葉茂盛。龐統心下甚疑，勒住馬問："此處是何地？"數內有新降軍士，指道："此處地名落鳳坡。"龐統驚曰："吾道號鳳雛，此處名落鳳坡，不利於吾。"令後軍疾退。只聽山坡前一聲礮響，箭如飛蝗，只望騎白馬者射來。可憐龐統竟死於亂箭之下。時年止三十六歲。後人有詩歎曰：

古峴相連紫翠堆，士元有宅傍山隈。
兒童慣識呼鳩曲，閭巷曾聞展驥才。
預計三分平刻削，長驅萬里獨徘徊。
誰知天狗流星墜，不使將軍衣錦回。

先是東南有童謠云：

　　　　一鳳并一龍，相將到蜀中。

　　　　纔到半路裏，鳳死落坡東。

　　　　風送雨，雨隨風，

　　　　隆漢興時蜀道通，蜀道通時只有龍。

　　當日張任射死龐統，漢軍擁塞，進退不得，死者大半。前軍飛報魏延。魏延忙勒兵欲回，奈山路狹窄，廝殺不得。又被張任截斷歸路，在高阜處用強弓硬弩射來。魏延心慌。有新降蜀兵曰：「不如殺奔雒城下，取大路而進。」延從其言，當先開路，殺奔雒城來。塵埃起處，前面一軍殺至，乃雒城守將吳蘭、雷銅也；後面張任引兵追來。前後夾攻，把魏延圍在垓心。魏延死戰不能得脫。但見吳蘭、雷銅後軍自亂，二將急回馬去救。魏延乘勢趕去，當先一將，舞刀拍馬，大叫：「文長，吾特來救汝！」視之，乃老將黃忠也。兩下夾攻，殺敗吳、雷二將，直衝至雒城之下。劉璝引兵殺出，卻得玄德在後當住接應。黃忠、魏延翻身便回。玄德軍馬比及奔到寨中，張任軍馬又從小路裏截出。劉璝、吳蘭、雷銅當先趕來。玄德守不住二寨，且戰且走，奔回涪關。蜀兵得勝，迤邐追趕。玄德人困馬乏，那裏有心廝殺，且只顧奔走。將近涪關，張任一軍追趕至緊。幸得左邊劉封，右邊關平，二將引三萬生力兵截出，殺退張任；還趕二十里，奪回戰馬極多。

　　玄德一行軍馬，再入涪關。問龐統消息。有落鳳坡逃得性命的軍士，報說：「軍師連人帶馬，被亂箭射死於坡前。」玄德聞言，望西痛哭不已，遙為招魂設祭。諸將皆哭。黃忠曰：「今番折了龐統軍師，張任必然來攻打涪關，如之奈何？不若差人往荊州，請諸葛亮軍師來商議收川之計。」正說之間，人報張任引軍直臨城下搦戰。黃忠、魏延皆要出戰。玄德曰：“銳氣新挫，宜堅守以待軍師來到。”黃忠、魏延領命，只謹守城池。玄德寫一封書，教關平分付：“你與我往荊州請軍師去。”關平領了書，星夜往荊州來。玄德自守涪關，並不出戰。

卻說孔明在荊州，時當七夕佳節，大會眾官夜宴，共說收川之事。只見正西上一星，其大如斗，從天墜下，流光四散。孔明失驚，擲盃於地，掩面哭曰：“哀哉！痛哉！”眾官慌問其故。孔明曰：“吾前者算今年罡星在西方，不利於軍師；天狗犯於吾軍，太白臨於雒城，已拜書主公，教謹防之。誰想今夕西方星墜，龐士元命必休矣！”言罷，大哭曰：“今吾主喪一臂矣！”眾官皆驚，未信其言。孔明曰：“數日之內，必有消息。”是夕酒不盡歡而散。

數日之後，孔明與雲長等正坐間，人報關平到。眾官皆驚。關平入，呈上玄德書信。孔明視之，內言：“本年七月初七日，龐軍師被張任在落鳳坡前箭射身故。”孔明大哭，眾官無不垂淚。孔明曰：“既主公在涪關進退兩難之際，亮不得不去。”雲長曰：“軍師去，誰人保守荊州？荊州乃重地，干係非輕。”孔明曰：“主公書中雖不明寫其人，吾已知其意了。”乃將玄德書與眾官看曰：“主公書中，把荊州託在吾身上，教我自量才委用。雖然如此，今交關平齎書前來，其意欲雲長公當此重任。雲長想桃園結義之情，可竭力保守此地。責任非輕，公宜勉之。”雲長更不推辭，慨然領諾。孔明設宴，交割印綬。雲長雙手來接。孔明擎着印曰：“這干係都在將軍身上。”雲長曰：“大丈夫既領重任，除死方休。”孔明見雲長說個“死”字，心中不悅；欲待不與，其言已出。孔明曰：“倘曹操引兵來到，當如之何？”雲長曰：“以力拒之。”孔明又曰：“倘曹操、孫權，齊起兵來，如之奈何？”雲長曰：“分兵拒之。”孔明曰：“若如此，荊州危矣。吾有八個字，將軍牢記，可保守荊州。”雲長問：“那八個字？”孔明曰：“北拒曹操，東和孫權。"雲長曰："軍師之言，當銘肺腑。"

孔明遂與了印綬，令文官馬良、伊籍、向朗、糜竺；武將糜芳、廖化、關平、周倉，一班兒輔佐雲長，同守荊州。一面親自統兵入川。先撥精兵一萬，教張飛部領，取大路殺奔巴州、雒城之西，先到者為頭功。又撥一枝兵，教趙雲為先鋒，泝江而上，會於雒城。孔明隨後引簡雍、蔣琬等起行。那蔣琬字公琰，零陵湘鄉人也，乃荊襄名士，現為書記。

當日孔明引兵一萬五千，與張飛同日起行。張飛臨行時，孔明囑付曰："西川豪傑甚多，不可輕敵。於路戒約三軍，勿得擄掠百姓，以失民心。所到之處，並宜存恤，勿得恣逞鞭撻士卒。望將軍早會雒城，不可有誤。"

張飛欣然領諾，上馬而去，迤邐前行。所到之處，但降者秋毫無犯。逕取漢、川路，前至巴郡。細作回報："巴郡太守嚴顏，乃蜀中名將，年紀雖高，精力未衰，善開硬弓，使大刀，有萬夫不當之勇：據住城郭，不豎降旗。"張飛教離城十里下寨，差人："入城去說與老匹夫：早早來降，饒你滿城百姓性命！若不歸順，即踏平城郭，老幼不留！"

卻說嚴顏在巴郡，聞劉璋差法正請玄德入川，拊心而歎曰："此所謂獨坐窮山，引虎自衛者也！"後聞玄德據住涪關，大怒，屢欲提兵往戰，又恐這條路上有兵來。當日聞知張飛兵到，便點起本部五六千人馬，準備迎敵。或獻計曰："張飛在當陽長坂，一聲喝退曹兵百萬之眾。曹操亦聞風而避之，不可輕敵。今只宜深溝高壘，堅守不出。彼軍無糧，不過一月，自然退去。更兼張飛性如烈火，專要鞭撻士卒；如不與戰，必怒；怒則必以暴厲之氣，待其軍士。軍心一變，乘勢擊之，張飛可擒也。"嚴顏從其言，教軍士盡數上城守護。忽見一個軍士，大叫：「開門！」嚴顏教放入問之。那軍士告說是張將軍差來的，把張飛言語依直便說。嚴顏大怒，罵：「匹夫怎敢無禮！吾嚴將軍豈降賊者乎！借你口說與張飛！」喚武士把軍士割下耳鼻，卻放回寨。

軍人回見張飛，哭告嚴顏如此毀罵。張飛大怒，咬牙睜目，披挂上馬，引數百騎來巴郡城下搦戰。城上眾軍百般痛罵。張飛性急，幾番殺到弔橋，要過護城河，又被亂箭射回。到晚全無一個人出，張飛忍一肚氣還寨。次日早晨，又引軍去搦戰。那嚴顏在城敵樓上，一箭射中張飛頭盔。飛指而退曰：「若拏住你這老匹夫，必親自食你肉！」到晚又空回。第三日，張飛引了軍，沿城去罵。原來那座城子是個山城，周圍都是亂山。張飛自乘馬登山，下視城中，見軍士盡皆披挂，分列隊伍，伏在城中，只是不出；又見民夫來來往往，搬磚運石，相助守城。張飛教馬軍下馬，步軍皆坐，引他出敵，並無動靜。又罵了一日，依舊空回。張飛在寨中，自思：「終日叫罵，彼只不出，如之奈何？」猛然思得一計，教眾軍不要前去搦戰，都結束了在寨中等候；卻只教三五十個軍士，直去城下叫罵，引嚴顏軍出來，便與廝殺。張飛磨拳擦掌，只等敵軍來。小軍連罵了三日，全然不出。張飛眉頭一縱，又生一計，傳令教軍士四散砍打柴草，尋覓路徑，不來搦戰。嚴顏在城中，連日不見張飛動靜，心中疑惑，着十數個小軍，扮作張飛砍柴的軍，潛地出城，雜在軍內，入山中探聽。

當日諸軍回寨。張飛坐在寨中，頓足大罵：「嚴顏老匹夫！枉氣殺我！」只見帳前三四個人說道：「將軍不須心焦。這幾日打探得有一條小路，可以偷過巴郡。」張飛故意大叫曰：「既有這個去處，何不早來說？」眾應曰：「這幾日卻纔哨探得出。」張飛曰：「事不宜遲，只今二更造飯，趁三更月明，拔寨都起，人啣枚，馬去鈴，悄悄而行。我自前面開路，汝等依次而行。」傳了令便滿寨告報。

探細的軍聽得這個消息，盡回城中來，報與嚴顏。顏大喜曰：「我算定這匹夫忍耐不得！你偷小路過去，須是糧草輜重在後；我截住後路，你如何得過？好無謀匹夫，中我之計！」即時傳令，教軍士準備赴敵：「今夜二更也造飯，三更出城，伏於樹木叢雜去處。只等張飛過咽喉小路去了，車仗來時，只聽鼓響，一齊殺出。」傳了號令，看看近夜，嚴顏全軍盡皆飽食，披挂停當，悄悄出城，四散伏住，只聽鼓響；嚴顏自引十數裨將，下馬伏於林中。約三更後，遙望見張飛親自在前，橫矛縱馬，悄悄引軍前進。去不得三四里，背後車仗人馬，陸續進發。嚴顏看得分曉，一齊擂鼓，四下伏兵盡起。正來搶奪車仗，背後一聲鑼響，一彪軍掩到，大喝：「老賊休走！我等的你恰好！」嚴顏猛回頭看時，為首一員大將，豹頭環眼，燕頷虎鬚，使丈八矛，騎深烏馬：乃是張飛。四下裏鼓聲大震，眾軍殺來。嚴顏見了張飛，舉手無措。交馬戰不十合，張飛賣個破綻，嚴顏一刀砍來，張飛閃過，撞將入去，扯住嚴顏勒甲縧，生擒過來，擲於地下；眾軍向前，用索綁縛住了。原來先過去的是假張飛。料道嚴顏擊鼓為號，張飛卻教鳴金為號：金響諸軍齊到。川兵大半棄甲倒戈而降。

張飛殺到巴郡城下，後軍已自入城。張飛叫休殺百姓，出榜安民。羣刀手把嚴顏推至。張飛坐於廳上，嚴顏不肯跪下。飛怒目咬牙大叱曰：「大將到此，為何不降，而敢拒敵？」嚴顏全無懼色，回叱飛曰：「汝等無義，侵我州郡！但有斷頭將軍，無降將軍！」飛大怒，喝左右斬來。嚴顏喝曰：「賊匹夫！要砍便砍，何怒也？」張飛見嚴顏聲音雄壯，面不改色，乃回嗔作喜，下階喝退左右，親解其縛，取衣衣之，扶在正中高坐，低頭便拜曰：「適來言語冒瀆，幸勿見責。吾素知老將軍乃豪傑之士也。」嚴顏感其恩義，乃降。後人有詩讚嚴顏曰：

白髮居西蜀，清名震大邦。

忠心如皎日，浩氣捲長江。

寧可斷頭死，安能屈膝降。

巴州年老將，天下更無雙。

又有讚張飛詩曰：

生獲嚴顏勇絕倫，惟憑義氣服軍民。

至今廟貌留巴蜀，社酒雞豚日日春。

張飛請問入川之計。嚴顏曰："敗軍之將，荷蒙厚恩，無可以報，願施犬馬之勞。不須張弓隻箭，逕取成都。"正是：只因一將傾心後，致使連城唾手降。未知其計如何，且看下文分解。

## 註　釋

1　髡鉗：古代的一種刑罰。剃掉頭髮叫髡；用鐵圈束住脖子叫鉗。

## 第六十四回

# 孔明定計捉張任
# 楊阜借兵破馬超

　　卻說張飛問計於嚴顏，顏曰："從此至雒城，凡守禦關隘，都是老夫所管，官軍皆出於掌握之中。今感將軍之恩，無可以報，老夫當為前部，所到之處，盡喚出拜降。"張飛稱謝不已。於是嚴顏為前部，張飛領軍隨後。凡到之處，盡是嚴顏所管，都喚出投降。有遲疑未決者，顏曰："我尚且投降，何況汝乎？"自是望風歸順，並不曾廝殺一場。

　　卻說孔明已將起程日期申報玄德，教都會聚雒城。玄德與眾官商議："今孔明、翼德分兩路取川，會於雒城，同入成都。水陸舟車，已於七月二十日起程，此時將及待到。今我等便可進兵。"黃忠曰："張任每日來搦戰，見城中不出，彼軍懈怠，不做準備，今日夜間分兵劫寨，勝如白晝廝殺。"玄德從之，教黃忠引兵取左，魏延引兵取右，玄德取中路。當夜二更，三路軍馬齊發。張任果然不做準備。漢軍擁入大寨，放起火來，烈燄騰空。蜀兵奔走，連夜直趕到雒城，城中兵接應入去。玄德還中路下寨；次日，引兵直到雒城，圍住攻打。張任按兵不出。攻到第四日，玄德自提一軍攻打西門，令黃忠、魏延在東門攻打，留南門北門放軍行走。原來南門一帶都是山路，北門有涪水，因此不圍。張任望見玄德在西門，騎馬往來，指揮打城，從辰至未，人馬漸漸力乏。張任教吳蘭、雷銅二將引兵出北門，轉東門，敵黃忠、魏延；自己卻引軍出南門，轉西門，單迎玄德。城內盡撥民兵上城，擂鼓助喊。

卻說玄德見紅日平西，教後軍先退。軍士方回身，城上一片聲喊起，南門內軍馬突出。張任逕來軍中捉玄德，玄德軍中大亂。黃忠、魏延又被吳蘭、雷銅敵住，兩下不能相顧。玄德敵不住張任，撥馬往山僻小路而走。張任從背後追來，看看趕上。玄德獨自一人一馬，張任引數騎趕來。玄德正望前儘力加鞭而行，忽山路一軍衝出。玄德馬上叫苦曰：“前有伏兵，後有追兵，天亡我也！”只見來軍當頭一員大將，乃是張飛。原來張飛與嚴顏正從那條路上來，望見塵埃起，知與川兵交戰。張飛當先而來，正撞着張任，便就交馬。戰到十餘合，背後嚴顏引兵大進。張任火速回身。張飛直趕到城下。張任退入城，拽起弔橋。

張飛回見玄德曰：“軍師泝江而來，尚且未到，反被我奪了頭功。”玄德曰：“山路險阻，如何無軍阻當，長驅大進，先到於此？”張飛曰：“於路關隘四十五處，皆出老將嚴顏之功；因此一路並不曾費分毫之力。”遂把義釋嚴顏之事，從頭說了一遍，引嚴顏見玄德。玄德謝曰：“若非老將軍，吾弟安能到此？”即脫身上黃金鎖子甲以賜之。嚴顏拜謝。正待安排宴飲，忽聞哨馬回報：“黃忠、魏延和川將吳蘭、雷銅交鋒，城中吳懿、劉璝又引兵助戰，兩下夾攻，我軍抵敵不住，魏、黃二將敗陣投東去了。"張飛聽得,便請玄德分兵兩路,殺去救援。於是張飛在左,玄德在右,殺奔前來。吳懿、劉璝見後面喊聲起,慌退入城中。吳蘭、雷銅只顧引兵追趕黃忠、魏延,卻被玄德、張飛截住歸路。黃忠、魏延又回馬轉攻。吳蘭、雷銅料敵不住,只得將本部軍馬前來投降。玄德准其降,收兵近城下寨。

卻說張任失了二將,心中疑慮。吳懿、劉璝曰:"兵勢甚危,不決一死戰,如何得兵退?一面差人去成都見主公告急,一面用計敵之。"張任曰:"吾來日領一軍搦戰,詐敗,引轉城北;城內再以一軍衝出,截斷其中,可獲勝也。"吳懿曰:"劉將軍相輔公子守城,我引兵衝出助戰。"約會已定。次日,張任引數千人馬,搖旗吶喊,出城搦戰。張飛上馬出迎,更不打話,與張任交鋒。戰不十餘合,張任詐敗,遶城而走。張飛盡力追之。吳懿一軍截住,張任引軍復回,把張飛圍在垓心,進退不得。正沒奈何,只見一隊軍從江邊殺出。當先一員大將,挺槍躍馬,與吳懿交鋒;只一合,生擒吳懿,戰退敵軍,救出張飛。視之,乃趙雲也。飛問:"軍師何在?"雲曰:"軍師已至。想此時已與主公相見了也。"二人擒吳懿回寨。張任自退入東門去了。

張飛、趙雲回寨中,見孔明、簡雍、蔣琬已在帳中。飛下馬來參軍師。孔明驚問曰:"如何得先到?"玄德具述義釋嚴顏之事。孔明賀曰:"張將軍能用謀,皆主公之洪福也。"趙雲解吳懿見玄德。玄德曰:"汝降否?"吳懿曰:"我既被捉,如何不降?"玄德大喜,親解其縛。孔明問:"城中有幾人守城?"吳懿曰:"有劉季玉之子劉循,輔將劉璝、張任。劉璝不打緊;張任乃蜀郡人,極有膽略,不可輕敵。"孔明曰:"先捉張任,然後取雒城。"問:"城東這座橋名為何橋?"吳懿曰:"金雁橋。"孔明遂乘馬至橋邊,遶河看了一遍,回到寨中,喚黃忠、魏延聽令曰:"離金雁橋南五六里,兩岸都是蘆葦蒹葭,可以埋伏。魏延引一千槍手伏於左，單戳馬上將；黃忠引一千刀手伏於右，單砍坐下馬。殺散彼軍，張任必投山東小路而去。張翼德引一千軍伏在那裏，就彼處擒之。"又喚趙雲伏於金雁橋北：待我引張任過橋，你便將橋拆斷，卻勒兵於橋北，遙為之勢，使張任不敢望北而走，退投南去，卻好中計。"調遣已定，軍師自去誘敵。

卻說劉璋差卓膺、張翼二將，前至雒城助戰。張任教張翼與劉璝守城，自與卓膺為前後二隊——任為前隊，膺為後隊——出城退敵。孔明引一隊不整不齊軍，過金雁橋來，與張任對陣。孔明乘四輪車，綸巾羽扇而出，兩邊百餘騎簇捧，搖指張任曰："曹操以百萬之眾，聞吾之名，望風而走；今汝何人，敢不投降？"張任看見孔明軍伍不齊，在馬上冷笑曰："人說諸葛亮用兵如神，原來有名無實！"把槍一招，大小軍校齊殺過來。孔明棄了四輪車，上馬退走過橋。張任從背後趕來。過了金雁橋，見玄德軍在左，嚴顏軍在右，衝殺將來。張任知是計，急回軍時，橋已拆斷了；欲投北去，只見趙雲一軍隔岸排開，遂不敢投北，逕往南遶河而走。走不到五七里，早到蘆葦叢雜處。魏延一軍從蘆中忽起，都用長槍亂戳。黃忠一軍伏在蘆葦裏，用長刀只剁馬蹄。馬軍盡倒，皆被執縛。步軍那裏敢來？張任引數十騎望山路而走，正撞着張飛。張任方欲退走，張飛大喝一聲，眾軍齊上，將張任活捉了。原來卓膺見張任中計，已投趙雲軍前降了，一發都到大寨。玄德賞了卓膺。張飛解張任至。孔明亦坐於帳中。玄德謂張任曰："蜀中諸將，望風而降，汝何不早投降？"張任睜目怒叫曰："忠臣豈肯事二主乎？"玄德曰："汝不識天時耳。降即免死。"任曰："今日便降，久後也不降！可速殺我！"玄德不忍殺之。張任厲聲高罵。孔明命斬之以全其名。後人有詩讚曰：

烈士豈甘從二主，張君忠勇死猶生。

高明正似天邊月，夜夜流光照雒城。

玄德感歎不已，令收其屍首，葬於金雁橋側，以表其忠。

次日，令嚴顏、吳懿等一班蜀中降將為前部，直至雒城，大叫：「早開門受降，免一城生靈受苦！」劉璝在城中大罵，嚴顏方待取箭射之，忽見城上一將，拔劍砍翻劉璝，開門投降。玄德軍馬入雒城，劉循開西門走脫，投成都去了。玄德出榜安民。殺劉璝者，乃武陽人張翼也。玄德得了雒城，重賞諸將。孔明曰：「雒城已破，成都只在目前；惟恐外州郡不寧。可令張翼、吳懿引趙雲撫外水江陽、犍為等處所屬州郡，令嚴顏、卓膺引張飛撫巴西德陽所屬州郡；就委官按治平靖，即勒兵回成都取齊。」張飛、趙雲領命，各自引兵去了。孔明問：「前去有何處關隘？」蜀中降將曰：「止綿竹有重兵守禦；若得綿竹，成都唾手可得。」孔明便商議進兵。法正曰：「雒城既破，蜀中危矣。主公欲以仁義服眾，且勿進兵。某作一書上劉璋，陳說利害，璋自然降矣。」孔明曰：「孝直之言最善。」便令寫書遣人逕往成都。

卻說劉循逃回見父，說雒城已陷，劉璋慌聚眾官商議。從事鄭度獻策曰：「今劉備雖攻城奪地，然兵不甚多，士眾未附，野穀是資，軍無輜重。不如盡驅巴西梓潼民，過涪水以西。其倉廩野穀，盡皆燒除，深溝高壘，靜以待之。彼至請戰，勿許。久無所資，不過百日，彼兵自走。我乘虛擊之，備可擒也。」劉璋曰：「不然。吾聞拒敵以安民，未聞動民以備敵也。此言非保全之計。」正議間，人報法正有書至。劉璋喚入，呈上書，璋拆開視之。其略曰：

前蒙遣差結好荊州，不意主公左右不得其人，以致如此。

今荊州眷念舊情，不忘族誼。主公若能幡然歸順，量不薄待。

望三思裁示。

劉璋大怒，扯毀其書，大罵：“法正賣主求榮、忘恩背義之賊！”逐其使者出城。即時遣妻弟費觀，提兵前去，守把綿竹。費觀舉保南陽人姓李，名嚴，字正方，一同領兵。當下費觀、李嚴點三萬軍來守綿竹。益州太守董和，字幼宰，南郡枝江人也，上書於劉璋，請往漢中借兵。璋曰：“張魯與吾世讎，安肯相救？”和曰：“雖然與我有讎，劉備軍在雒城，勢在危急，脣亡則齒寒，若以利害說之，必然肯從。”璋乃修書遣使前赴漢中。

卻說馬超自兵敗入羌，二載有餘，結好羌兵，攻取隴西州郡。所到之處，盡皆歸降，惟冀城攻打不下。刺史韋康，累遣人求於夏侯淵。淵不得曹操言語，未敢動兵。韋康見救兵不來，與眾商議：“不如投降馬超。”參軍楊阜哭諫曰：“超等叛君之徒，豈可降之？”康曰：“事勢至此，不降何待？”阜苦諫不從。韋康大開城門，投拜馬超。超大怒曰：“汝今事急請降，非真心也！”將韋康等四十餘人盡斬之，不留一人。有人言：“楊阜勸韋康休降，可斬之。”超曰：“此人守義，不可斬也。”復用楊阜為參軍。阜薦梁寬、趙衢二人，超盡用為軍官。楊阜告馬超曰：“阜妻死於臨洮，乞告兩個月假，歸葬其妻，便回。”馬超從之。

楊阜過歷城，來見撫彝將軍姜敘。敘與阜是姑表兄弟：敘之母是阜之姑，時年已八十二。當日楊阜入姜敘內宅，拜見其姑，哭告曰：“阜守城不能保，主亡不能死，愧無面目見姑。馬超叛君，妄殺郡守，一州士民，無不恨之。今吾兄坐據歷城，竟無討賊之心，此豈人臣之理乎？”言罷，淚流出血。敘母聞言，喚姜敘入，責之曰：“韋使君遇害，亦爾之罪也。"又謂阜曰："汝既降人，且食其祿，何故又興心討之？"阜曰："吾從賊者，欲留殘生，與主報冤也。"敘曰："馬超英勇，急難圖之。"阜曰："有勇無謀，易圖也。吾已暗約下梁寬、趙衢。兄若肯興兵，二人必為內應。"敘母曰："汝不早圖，更待何時？誰不有死？死於忠義，死得其所也。勿以我為念。汝若不聽義山之言，吾當先死，以絕汝念。"

敘乃與統兵校尉尹奉、趙昂商議。原來趙昂之子趙月，現隨馬超為裨將。趙昂當日應允，歸見其妻王氏曰："吾今日與姜敘、楊阜、尹奉一處商議，欲報韋康之讎。想吾子趙月現隨馬超，今若興兵，超必先殺吾子，奈何？"其妻厲聲曰："雪君父之大恥，雖喪身亦不惜，何況一子乎？君若顧子而不行，吾當先死矣。"趙昂乃決。次日一同起兵。姜敘、楊阜屯歷城，尹奉、趙昂屯祁山。王氏乃盡將首飾資帛，親自往祁山軍中，賞勞軍士，以勵其眾。

馬超聞姜敘、楊阜會合尹奉、趙昂興兵舉事，大怒，即將趙月斬之；令龐德、馬岱盡起軍馬，殺奔歷城來。姜敘、楊阜引兵出。兩陣圓處，楊阜、姜敘衣白袍而出，大罵曰："叛君無義之賊！"馬超大怒，衝將過來，兩軍混戰。姜敘、楊阜如何抵得馬超，大敗而走。馬超驅兵趕來。背後喊聲起處，尹奉、趙昂殺來。超急回時，兩下夾攻，首尾不能相顧。正鬥間，刺斜裏大隊軍馬殺來。原來是夏侯淵得了曹操軍令，正領軍來破馬超。超如何當得了三路軍馬，大敗奔回，走了一夜。比及平明，到得冀城叫門時，城上亂箭射下。梁寬、趙衢立在城上，大罵馬超；將馬超妻楊氏從城上一刀砍了，撇下屍首來；又將馬超幼子三人，并至親十餘口，都從城上一刀一個，剁將下來。超氣噎塞胸，幾乎墜下馬來。背後夏侯淵引兵追趕。超見勢大，不敢戀戰，與龐德、馬岱殺開一條路走。前面又撞見姜敘、楊阜，殺了一陣；衝得過去，又撞着尹奉、趙昂，殺了一陣。零零落落，剩得五六十騎，連夜奔走。四更前後，走到歷城下，守門者只道姜敍兵回，大開城門接入。超從城南門邊殺起，盡洗城中百姓。至姜敍宅拏出老母。母全無懼色，指馬超而大罵。超大怒，自取劍殺之。尹奉、趙昂全家老幼，亦盡被馬超所殺。昂妻王氏因在軍中，得免於難。次日，夏侯淵大軍至，馬超棄城殺出，望西而逃。行不得二十里，前面一軍擺開，為首的是楊阜。超切齒而恨，拍馬挺槍刺之。阜兄弟七人，一齊來助戰。馬岱、龐德敵住後軍。阜兄弟七人，皆被馬超殺死。阜身中五槍，猶然死戰。後面夏侯淵大軍趕來，馬超遂走。只有龐德、馬岱六七騎後隨而去。夏侯淵自行安撫隴西諸州人民，令姜敍等各各分守，用車載楊阜赴許都，見曹操。操封阜為關內侯。阜辭曰：“阜無捍難之功，又無死難之節，於法當誅，何顏受職？”操嘉之，卒與之爵。

　　卻說馬超與龐德、馬岱商議，逕往漢中投張魯。張魯大喜，以為得馬超，則西可以吞益州，東可以拒曹操，乃商議欲以女招超為壻。大將楊柏諫曰：“馬超妻子遭慘禍，皆超之貽害也。主公豈可以女與之？”魯從其言，遂罷招壻之議。或以楊柏之言，告知馬超。超大怒，有殺楊柏之意。楊柏知之，與兄楊松商議，亦有圖馬超之心。正直劉璋遣使求救於張魯，魯不從。忽報劉璋又遣黃權到。權先來見楊松，說：“東西兩川，實為脣齒；西川若破，東川亦難保矣。今若肯相救，當以二十州相酬。”松大喜，即引黃權來見張魯，說脣齒利害，更以二十州相謝。魯喜其利，從之。巴西閻圃諫曰：“劉璋與主公世讎，今事急求救，詐許割地，不可從也。”忽階下一人進曰：“某雖不才，願乞一旅之師，生擒劉備。務要割地以還。”正是：方看真主來西蜀，又見精兵出漢中。未知其人是誰，且看下文分解。

# 第六十五回

# 馬超大戰葭萌關
# 劉備自領益州牧

卻說閻圃正勸張魯勿助劉璋，只見馬超挺身出曰："超感主公之恩，無可上報。願領一軍攻取葭萌關，生擒劉備。務要劉璋割二十州奉還主公。"張魯大喜，先遣黃權從小路而回，隨即點兵二萬與馬超。此時龐德臥病不能行，留於漢中。張魯令楊柏監軍。超與弟馬岱選日起程。

卻說玄德軍馬在雒城。法正所差下書人回報說："鄭度勸劉璋盡燒野穀，并各處倉廩，率巴西之民，避於涪水西，深溝高壘而不戰。"玄德、孔明聞之，皆大驚曰："若用此言，吾勢危矣！"法正笑曰："主公勿憂。此計雖毒，劉璋必不能用也。"不一日，人傳劉璋不肯遷動百姓，不從鄭度之言。玄德聞之，方始寬心。孔明曰："可速進兵取綿竹，如得此處，成都易取矣。"遂遣黃忠、魏延領兵前進。費觀聽知玄德兵來，差李嚴出迎。嚴領三千兵出，各布陣完。黃忠出馬，與李嚴戰四五十合，不分勝負。孔明在陣中教鳴金收軍，黃忠回陣，問曰：“正待要擒李嚴，軍師何故收兵？”孔明曰：“吾已見李嚴武藝，不可力取。來日再戰，汝可詐敗，引入山峪，出奇兵以勝之。”黃忠領計。次日，李嚴再引兵來，黃忠又出戰，不十合詐敗，引兵便走。李嚴趕來，迤邐趕入山峪，猛然省悟。急待回時，前面魏延引兵擺開。孔明自在山頭，喚曰：“公如不降，兩下已伏強弩，欲與吾龐士元報讎矣。”李嚴慌下馬卸甲投降，軍士不曾傷害一人。孔明引李嚴見玄德，玄德待之甚厚。嚴曰：“費觀雖是益州親戚，與某甚密，當往說之。”玄德即命李嚴回城招降費觀。嚴入綿竹城，對費觀讚玄德如此仁德；今若不降，必有大禍。觀從其言，開門投降。玄德遂入綿竹，商議分兵取成都。忽流星馬急報，言孟達、霍峻守葭萌關，今被東川張魯遣馬超與楊柏、馬岱領兵攻打甚急，救遲則關隘休矣。”玄德大驚。孔明曰：“須是張、趙二將，方可與敵。”玄德曰：“子龍引兵在外未回。翼德已在此，可急遣之。”孔明曰：“主公且勿言，容亮激之。”

卻說張飛聞馬超攻關，大叫而入曰：“辭了哥哥，便去戰馬超也！”孔明佯作不聞，對玄德曰：“今馬超侵犯關隘，無人可敵；除非往荊州取關雲長來，方可與敵。”張飛曰：“軍師何故小覷吾？吾曾獨拒曹操百萬之兵，豈愁馬超一匹夫乎？”孔明曰：“翼德拒水斷橋，此因曹操不知虛實耳。若知虛實，將軍豈得無事？今馬超之勇，天下皆知。渭橋六戰，殺得曹操割鬚棄袍，幾乎喪命，非等閒之比。雲長且未必可勝。”飛曰：“我只今便去，如勝不得馬超，甘當軍令！”孔明曰：“既爾肯寫文書，便為先鋒。請主公親自去一遭，留亮守綿竹。待子龍來，卻作商議。”魏延曰：“某亦願往。”孔明令魏延帶五百哨馬先行，張飛第二，玄德後隊，望葭萌關進發。魏延哨馬先到關下，正遇楊柏。魏延與楊柏交戰，不十合，楊柏敗走。魏延要奪張飛頭功，乘勢趕去，前面一軍擺開，為首乃是馬岱。魏延只道是馬超，舞刀躍馬迎之。與馬岱戰不十合，岱敗走。延趕去，被岱回身一箭，中了魏延左臂。延急回馬走。馬岱趕至關前，只見一將喊聲如雷，從關上飛奔至面前。原來是張飛初到關上，聽得關前廝殺，便來看時，正見魏延中箭，因驟馬下關，救了魏延。飛喝馬岱曰：「汝是何人？先通姓名，然後廝殺！」馬岱曰：「吾乃西涼馬岱是也。」張飛曰：「你原來不是馬超！快回去！非吾對手！只令馬超那廝自來！說道燕人張飛在此！」馬岱大怒曰：「汝焉敢小覷我！」挺槍躍馬，直取張飛。戰不十合，馬岱敗走。張飛欲待追趕，關上一騎馬到來，叫：「兄弟且休去！」飛回視之，原來是玄德到來。飛遂不趕，一同上關。玄德曰：「恐怕你性躁，故我隨後趕來到此。既然勝了馬岱，且歇一宵，來日戰馬超。」

次日天明，關下鼓聲大震，馬超兵到。玄德在關上看時，門旗影裏，馬超縱馬提槍而出，獅盔獸帶，銀甲白袍：一來結束非凡，二者人才出眾。玄德歎曰：「人言『錦馬超』，名不虛傳！」張飛便要下關。玄德急止之曰：「且休出戰，先當避其銳氣。」關下馬超單搦張飛出戰，關上張飛恨不得平吞馬超，三五番皆被玄德擋住。看看午後，玄德望見馬超陣上人馬皆倦，遂選五百騎，跟着張飛，衝下關來。馬超見張飛軍到，把槍望後一招，約退軍有一箭之地，張飛軍馬一齊紮住；關上軍馬，陸續下來。張飛挺槍出馬，大呼：「認得燕人張翼德麼！」馬超曰：「吾家屢世公侯，豈識村野匹夫！」張飛大怒。兩馬齊出，二槍並舉。約戰百餘合，不分勝負。玄德觀之，歎曰：「真虎將也！」恐張飛有失，急鳴金收軍。兩將各回。張飛回到陣中，略歇馬片時，不用頭盔，只裹包巾上馬，又出陣前搦馬超廝殺。超又出。兩個再戰。玄德恐張飛有失，自披挂下關，直至陣前；看張飛與馬超又鬥百餘合，兩個精神倍加，玄德教鳴金收軍。二將分開，各回本陣。是日天色已晚。玄德謂張飛曰：“馬超英勇，不可輕敵，且退上關，來日再戰。”張飛殺得性起，那裏肯休，大叫曰：“誓死不回！”玄德曰：“今日天晚，不可戰矣。”飛曰：“多點火把，安排夜戰！”馬超亦換了馬，再出陣前，大叫曰：“張飛！敢夜戰麼？”張飛性起，向玄德換了坐下馬，搶出陣來，叫曰：“我捉你不得，誓不上關！”超曰：“我勝你不得，誓不回寨！”兩軍吶喊，點起千百火把，照耀如白日。兩將又向陣前鏖戰。到二十餘合，馬超撥回馬便走。張飛大叫曰：“走那裏去！”原來馬超見贏不得張飛，心生一計，詐敗佯輸，賺張飛趕來，暗掣銅鎚在手，扭回身覷着張飛便打將來。張飛見馬超走，心中也隄防；比及銅鎚打來時，張飛一閃，從耳朵邊過去。張飛便勒回馬時，馬超卻又趕來。張飛帶住馬，拈弓搭箭，回射馬超，超卻閃過，兩將各自回陣。玄德自於陣前叫曰：“吾以仁義待人，不施譎詐。馬孟起，你收兵歇息，我不乘勢趕你。”馬超聞言，親自斷後，諸軍漸退。玄德亦收軍上關。

次日，張飛又欲下關戰馬超。人報軍師來到。玄德接着孔明。孔明曰：“亮聞孟起世之虎將，若與翼德死戰，必有一傷；故令子龍、漢升守住綿竹，我星夜來此。可用條小計，令馬超歸降主公。”玄德曰：“吾見馬超英勇，甚愛之。如何可得？”孔明曰：“亮聞東川張魯，欲自立為‘漢寧王’。手下謀士楊松，極貪賄賂。可差人從小路逕投漢中，先用金銀結好楊松，後進書與張魯云：‘吾與劉璋爭西川，是與汝報讎。不可聽信離間之語。事定之後，保汝為漢寧王。’令其撤回馬超兵。待其來撤時，便可用計招降馬超矣。”玄德大喜，即時修書，差孫乾齎金珠從小路逕至漢中，先來見楊松，説知此事，送了金珠。松大喜，先引孫乾見張魯，陳言方便。魯曰：“玄德只是左將軍，如何保得我為漢寧王？”楊松曰：“他是大漢皇叔，正合保奏。”張魯大喜，便差人教馬超罷兵。孫乾只在楊松家聽回信。

不一日。使者回報：“馬超言未成功，不可退兵。”張魯又遣人去喚，又不肯回。一連三次不至。楊松曰：“此人素無言信行，不肯罷兵，其意必反。”遂使人流言云：“馬超意欲奪西川，自為蜀主，與父報讎，不肯臣於漢中。”張魯聞之，問計於楊松。松曰：“一面差人去說與馬超：‘汝既欲成功，與汝一月限，要依我三件事。若依得，便有賞，否則必誅：一要取西川，二要劉璋首級，三要退荊州兵。三件事不成，可獻頭來。’一面教張衛點軍守把關隘，防馬超兵變。”魯從之，差人到馬超寨中，說這三件事。超大驚曰：“如何變得恁的！”乃與馬岱商議：“不如罷兵。”楊松又流言曰：“馬超回兵，必懷異心。”於是張衛分七路軍，堅守隘口，不放馬超兵入。超進退不得，無計可施。孔明謂玄德曰：“今馬超正在進退兩難之際，亮憑三寸不爛之舌，親往超寨，說馬超來降。”玄德曰：“先生乃吾之股肱心腹，倘有疏虞，如之奈何？”孔明堅意要去。玄德再三不肯放去。

正躊躇間，忽報趙雲有書薦西川一人來降。玄德召入問之。其人乃建寧俞元人也，姓李，名恢，字德昂。玄德曰：“向日聞公苦諫劉璋，今何故歸我？”恢曰；“吾聞：‘良禽相木而棲，賢臣擇主而事。’前諫劉益州者，以盡人臣之心；既不能用，知必敗矣。今將軍仁德布於蜀中，知事必成，故來歸耳。”玄德曰：“先生此來，必有益於劉備。”恢曰：“今聞馬超在進退兩難之際。恢昔在隴西，與彼有一面之交，願往說馬超歸降，若何？”孔明曰：“正欲得一人替吾一往。願聞公之說詞。”李恢於孔明耳畔陳說如此如此。孔明大喜，即時遣行。

恢行至超寨，先使人通名姓。馬超曰：“吾知李恢乃辯士，今必來說我。”先喚二十刀斧手伏於帳下，囑曰：“令汝砍，即砍為肉醬！”

須臾，李恢昂然而入。馬超端坐於帳中不動，叱李恢曰：“汝來為何？”恢曰：“特來作説客。”超曰：“吾匣中寶劍新磨。汝試言之。其言不通，便請試劍！”恢笑曰；“將軍之禍不遠矣！但恐新磨之劍，不能試吾之頭，將欲自試也！”超曰：“吾有何禍？”恢曰：“吾聞越之西子，善毀者不能閉其美；齊之無鹽，善美者不能掩其醜；‘日中則昃，月滿則虧’：此天下之常理也。今將軍與曹操有殺父之讎，而隴西又有切齒之恨；前不能救劉璋而退荊州之兵，後不能制楊松而見張魯之面；目下四海難容，一身無主；若復有渭橋之敗，冀城之失，何面目見天下之人乎？”超頓首謝曰：“公言極善，但超無路可行。”恢曰：“公既聽吾言，帳外何故伏刀斧手？”超大慚，盡叱退。恢曰：“劉皇叔禮賢下士，吾知其必成，故捨劉璋而歸之。公之尊人，昔年曾與皇叔約共討賊，公何不棄暗投明，以圖上報父讎，下立功名乎？”馬超大喜，即喚楊柏入，一劍斬之，將首級共恢一同上關來降玄德。玄德親自接入，待以上賓之禮。超頓首謝曰：“今遇明主，如撥雲霧而見青天！”時孫乾已回。玄德復命霍峻、孟達守關，便撤兵來取成都。趙雲、黃忠接入綿竹。人報蜀將劉晙、馬漢引軍到。趙雲曰：“某願往擒此二人！”言訖，上馬引軍出。玄德在城上款待馬超喫酒。未曾安席，子龍已斬二人之頭，獻於筵前。馬超亦驚，倍加敬重。超曰：“不須主公廝殺，超自喚出劉璋來降。如不肯降，超自與弟馬岱取成都，雙手奉獻。”玄德大喜。是日盡歡。

卻説敗兵回到益州，報劉璋。璋大驚，閉門不出。人報城北馬超救兵到，劉璋方敢登城望之。見馬超、馬岱立於城下，大叫：“請劉季玉答話。”劉璋在城上問之。超在馬上以鞭指曰：“吾本領張魯兵來救益州，誰想張魯聽信楊松讒言，反欲害我。今已歸降劉皇叔。公可納士拜降，免致生靈受苦。如或執迷，吾先攻城矣！”劉璋驚得面如土色，氣倒於城上。眾官救醒。璋曰：“吾之不明，悔之何及！不若開門投降，以救滿城百姓。”董和曰：“城中兵尚有三萬餘人；錢帛糧草，可支一年，奈何便降？”劉璋曰：“吾父子在蜀二十餘年，無恩德以加百姓；攻戰三年，血肉捐於草野，皆我罪也。我心何安？不如投降以安百姓。”眾人聞之，皆墮淚。忽一人進曰：“主公之言，正合天意。”視之，乃巴西西充國人也，姓譙，名周，字允南。此人素曉天文。璋問之，周曰：“某夜觀乾象，見羣星聚於蜀郡，其大星光如皓月，乃帝王之象也。況一載之前，小兒謠云：‘若要吃新飯，須待先主來。’此乃預兆。不可逆天道。”黃權、劉巴聞言皆大怒，欲斬之，劉璋當住。忽報蜀郡太守許靖，踰城出降矣。劉璋大哭歸府。

次日，人報劉皇叔遣幕賓簡雍在城下喚門。璋令開門接入。雍坐車中，傲睨自若。忽一人掣劍大喝曰：“小輩得志，傍若無人！汝敢藐視吾蜀中人物耶！”雍慌下車迎之。此人乃廣漢綿竹人也，姓秦，名宓，字子勑。雍笑曰：“不識賢兄，幸勿見責。”遂同入見劉璋，具說玄德寬洪大度，並無相害之意。於是劉璋決計投降，厚待簡雍。次日，親齎印綬文籍，與簡雍同車出城投降。玄德出寨迎接，握手流涕曰：“非吾不行仁義，奈勢不得已也！”共入寨，交割印綬文籍，並馬入城。

玄德入成都，百姓香花燈燭，迎門而接。玄德到公廳，陞堂坐定。郡內諸官，皆拜於堂下，惟黃權、劉巴，閉門不出。眾將忿怒，欲往殺之。玄德慌忙傳令曰：“如有害此二人者，滅其三族！”玄德親自登門，請二人出仕。二人感玄德恩禮，乃出。孔明請曰：“今西川平定，難容二主，可將劉璋送去荊州。”玄德曰：“吾方得蜀郡，未可令季玉遠去。”孔明曰：“劉璋失基業者，皆因太弱也。主公若以婦人之仁，臨事不決，恐此土難以長久。"玄德從之，設一大宴，請劉璋收拾財物，佩領振威將軍印綬，令將妻子良賤，盡赴南郡公安住歇，即日起行。

玄德自領益州牧。其所降文武，盡皆重賞，定擬名爵：嚴顏為前將軍，法正為蜀郡太守，董和為掌軍中郎將，許靖為左將軍長史，龐羲為營中司馬，劉巴為左將軍，黃權為右將軍。其餘吳懿、費觀、彭羕、卓膺、李嚴、吳蘭、雷銅、李恢、張翼、秦宓、譙周、呂義、霍峻、鄧芝、楊洪、周羣、費禕、費詩、孟達，文武投降官員，共六十餘人，並皆擢用。諸葛亮為軍師，關雲長為盪寇將軍、漢壽亭侯，張飛為征遠將軍、新亭侯，趙雲為鎮遠將軍，黃忠為征西將軍，魏延為揚武將軍，馬超為平西將軍。孫乾、簡雍、糜竺、糜芳、劉封、吳班、關平、周倉、廖化、馬良、馬謖、蔣琬、伊籍，及舊日荊襄一班文武官員，盡皆陞賞。遣使齎黃金五百斤、白銀一千斤、錢五千萬、蜀錦一千疋，賜與雲長。其餘官將，給賞有差。殺牛宰馬，大餉士卒，開倉賑濟百姓，軍民大悅。

益州既定，玄德欲將成都有名田宅，分賜諸官。趙雲諫曰："益州人民，屢遭兵火，田宅皆空。今當歸還百姓，令安居復業，民心方服，不宜奪之為私賞也。"玄德大喜，從其言，使諸葛軍師定擬治國條例，刑法頗重。法正曰："昔高祖約法三章，黎民皆感其德。願軍師寬刑省法，以慰民望。"孔明曰："君知其一，未知其二：秦用法暴虐，萬民皆怨，故高祖以寬仁得之。今劉璋闇弱，德政不舉，威刑不肅；君臣之道，漸以陵替。寵之以位，位極則殘；順之以恩，恩竭則慢。所以致弊，實由於此。吾今威之以法，法行則知恩；限之以爵，爵加則知榮。恩榮並濟，上下有節。為治之道，於斯著矣。"法正拜服。自此軍民安堵[1]。四十一州地面，分兵鎮撫，並皆平定。法正為蜀郡太守，凡平日一餐之德，睚眦之怨，無不報復。或告孔明曰："孝直太橫，宜稍斥之。"孔明曰："昔主公困守荊州，北畏曹操，東憚孫權，賴孝直為之輔翼，遂翻然翱翔，不可復制。今奈何禁止孝直，使不得少行其意耶？"因竟不問。法正聞之，亦自斂戢[2]。

一日，玄德正與孔明閒敍，忽報雲長遣關平來謝所賜金帛。玄德召入。平拜罷，呈上書信曰："父親知馬超武藝過人，要入川來與之比試高低。教就稟伯父此事。"玄德大驚曰："若雲長入蜀，與孟起比試，勢不兩立。"孔明曰："無妨。亮自作書回之。"玄德只恐雲長性急，便教孔明寫了書，發付關平星夜回荊州。平回至荊州，雲長問曰："我欲與馬孟起比試，汝曾說否？"平答曰："軍師有書在此。"雲長拆開視之。其書曰：

> 亮聞將軍欲與孟起分別高下。以亮度之，孟起雖雄烈過人，亦乃黥布、彭越之徒耳；當與翼德並驅爭先，猶未及美髯公之絕倫超羣也。今公受任荊州，不為不重；倘一入川，若荊州有失，罪莫大焉。惟冀明照。

雲長看畢，自綽其髯笑曰："孔明知我心也。"將書遍示賓客，遂無入川之意。


卻說東吳孫權，知玄德併吞西川，將劉璋逐於公安，遂召張昭，顧雍商議曰："當初劉備借我荊州時，說取了西川，便還荊州。今已得巴、蜀四十一州，須用取索漢上諸郡。如其不還，即動干戈。"張昭曰："吳中方寧，不可動兵。昭有一計，使劉備將荊州雙手奉還主公。"正是：西蜀方開新日月，東吳又索舊山川。未知其計如何，且看下文分解。

**註　釋**

1　安堵：安居。

2　斂戢：收斂；約束行為。

# 第六十六回

# 關雲長單刀赴會
# 伏皇后爲國捐生

　　卻説孫權要索荆州。張昭獻計曰：“劉備所倚重者，諸葛亮耳。其兄諸葛瑾今仕於吳，何不將瑾老小執下，使瑾入川告其弟，令勸劉備交割荆州：‘如其不還，必累及我老小。’亮念同胞之情，必然應允。”權曰：“諸葛瑾乃誠實君子，安忍拘其老小？”昭曰：“明教知是計策，自然放心。”權從之，召諸葛瑾老小虛監在府；一面修書，打發諸葛瑾往西川去。不數日，早到成都，先使人報知玄德。玄德問孔明曰：“令兄來此為何？”孔明曰：“來索荆州耳。”玄德曰：“何以答之？”孔明曰：“只須如此如此。”

　　計會已定，孔明出郭接瑾。不到私宅，逕入賓館。參拜畢，瑾放聲大哭。亮曰：“兄長有事但説。何故發哀？”瑾曰：“吾一家老小休矣！”亮曰：“莫非為不還荆州乎？因弟之故，執下兄長老小，弟心何安？兄休憂慮，弟自有計還荆州便了。”瑾大喜，即同孔明入見玄德，呈上孫權書。玄德看了，怒曰：“孫權既以妹嫁我，卻乘我不在荆州，竟將妹子潛地取去，情理難容！我正要大起川兵，殺下江南，報我之恨，卻還想來索荊州乎？”孔明哭拜於地，曰：“吳侯執下亮兄長老小，倘若不還，吾兄將全家被戮。兄死，亮豈能獨生？望主公看亮之面，將荊州還了東吳，全亮兄弟之情！”玄德再三不肯，孔明只是哭求。玄德徐徐曰：“既如此，看軍師面，分荊州一半還之：將長沙、零陵、桂楊三郡與他。”亮曰：“既蒙見允，便可寫書與雲長令交割三郡。”玄德曰：“子瑜到彼，須用善言求吾弟。吾弟性如烈火，吾尚懼之。切宜仔細。”

　　瑾求了書，辭了玄德，別了孔明，登途逕到荊州。雲長請入中堂，賓主相敍。瑾出玄德書曰：“皇叔許先以三郡還東吳，望將軍即日交割，令瑾好回見吾主。”雲長變色曰：“吾與吾兄桃園結義，誓共匡扶漢室。荊州本大漢疆土，豈得妄以尺寸與人？‘將在外，君命有所不受’。雖吾兄有書來，我卻只不還。”瑾曰：“今吳侯執下瑾老小，若不還荊州，必將被誅。望將軍憐之！”雲長曰：“此是吳侯譎計，如何瞞得我過！”瑾曰：“將軍何太無面目？”雲長執劍在手曰：“休再言！此劍上並無目面！”關平告曰：“軍師面上不好看，望父親息怒。”雲長曰：“不看軍師面上，教你回不得東吳！”

　　瑾滿面羞慚，急辭下船，再往西川見孔明。孔明已自出巡去了。瑾只得再見玄德，哭告雲長欲殺之事。玄德曰：“吾弟性急，極難與言。子瑜可暫回，容吾取了東川、漢中諸郡，調雲長往守之，那時方得交付荊州。”瑾不得已，只得回東吳見孫權，具言前事。孫權大怒曰：“子瑜此去，反覆奔走，莫非皆是諸葛亮之計？”瑾曰：“非也。吾弟亦哭告玄德，方許將三郡先還，又無奈雲長恃頑不肯。”孫權曰：“既劉備有先還三郡之言，便可差官前去長沙、零陵、桂楊三郡赴任，且看如何。”瑾曰：“主公所言極是。”權乃令瑾取回老小，一面差官往三郡赴任。不一日，三郡差去官吏，盡被逐回，告孫權曰：“關雲長不肯相容，連夜趕逐回東吳。遲後者便要殺。”孫權大怒，差人召魯肅責之曰：“子敬昔為劉備作保，借吾荊州；今劉備已得西川，不肯歸還，子敬豈得坐視？”肅曰：“肅已思得一計，正欲告主公。”權問：“何計？”肅曰：“今屯兵於陸口，使人請關雲長赴會。若雲長肯來，以善言說之；如其不從，伏下刀斧手殺之。如彼不肯來，隨即進兵，與決勝負，奪取荊州便了。”孫權曰：“正合吾意。可即行之。”闞澤進曰：“不可。關雲長乃世之虎將，非等閒可及。恐事不諧，反遭其害。”孫權怒曰：“若如此，荊州何日可得？”便命魯肅速行此計。肅乃辭孫權，至陸口，召呂蒙、甘寧商議，設宴於陸口寨外臨江亭上，修下請書，選帳下能言快語一人為使，登舟渡江。江口關平問了，遂引使人入荊州，叩見雲長，具道魯肅相邀赴會之意，呈上請書。雲長看書畢，謂來人曰：“既子敬相請，我明日便來赴宴。汝可先回。”

使者辭去。關平曰：“魯肅相邀，必無好意，父親何故許之？”雲長笑曰：“吾豈不知耶？此是諸葛瑾回報孫權，說吾不肯還三郡，故令魯肅屯兵陸口，邀我赴會，便索荊州。吾若不往，道吾怯矣。吾來日獨駕小舟，只用親隨十餘人，單刀赴會，看魯肅如何近我。”平諫曰：“父親奈何以萬金之軀，親蹈虎狼之穴？恐非所以重伯父之寄託也。”雲長曰：“吾於千槍萬刃之中，矢石交攻之際，匹馬縱橫，如入無人之境，豈憂江東羣鼠乎！”馬良亦諫曰：“魯肅雖有長者之風，但今事急，不容不生異心。將軍不可輕往。”雲長曰：“昔戰國時趙人藺相如，無縛雞之力，於澠池會上，覷秦國君臣如無物，況吾曾學萬人敵者乎！既已許諾，不可失信。”良曰：“縱將軍去，亦當有準備。”雲長曰：“只教吾兒選快船十隻，藏善水軍五百，於江上等候。看吾認旗起處，便過江來。”平領命自去準備。

卻說使者回報魯肅，說雲長慨然應允，來日準到。肅與呂蒙商議：「此來若何？」蒙曰：「彼帶軍馬來，某與甘寧各人領一軍伏於岸側，放礮為號，準備廝殺；如無軍來，只於庭後伏刀斧手五十人，就筵間殺之。」計會已定。次日肅令人於岸口遙望。辰時後，見江面上一隻船來，梢公水手只數人，一面紅旗，風中招颭，顯出一個大「關」字來。船漸近岸，見雲長青巾綠袍，坐於船上；傍邊周倉捧着大刀，八九個關西大漢，各跨腰刀一口。魯肅驚疑，接入亭內。敘禮畢，入席飲酒，舉盃相勸，不敢仰視。雲長談笑自若。

　　酒至半酣，肅曰：「有一言訴與君侯，幸垂聽焉：昔日令兄皇叔，使肅於吾主之前，保借荊州暫住，約於取西川之後歸還。今西川已得，而荊州未還，得毋失信乎？」雲長曰：「此國家大事，筵間不必論之。」肅曰：「吾主只區區江東之地，而肯以荊州相借者，為念君侯等兵敗遠來，無以為資故也。今已得益州，則荊州自應見還；乃皇叔但肯先割三郡，而君侯又不從，恐於理上說不去。」雲長曰：「烏林之役，左將軍親冒矢石，戮力破敵，豈得徒勞而無尺土相資？今足下復來索地耶？」肅曰：「不然。君侯始與皇叔同敗於長坂，計窮慮極，將欲遠竄，吾主矜愍皇叔身無處所，不愛土地，使有所託足，以圖後功；而皇叔愆德隳好，已得西川，又占荊州，貪而背義，恐為天下所恥笑。惟君侯察之。」雲長曰：「此皆吾兄之事，非某所宜與也。」肅曰：「某聞君侯與皇叔桃園結義，誓同生死。皇叔即君侯也，何得推托乎？」雲長未及回答，周倉在階下厲聲言曰：「天下土地，惟有德者居之。豈獨是汝東吳當有耶？」雲長變色而起，奪周倉所執大刀，立於庭中，目視周倉而叱曰：「此國家之事，汝何敢多言！可速去！」倉會意，先到岸口，把紅旗一招。關平船如箭發，奔過江東來。雲長右手提刀，左手挽住魯肅手，佯推醉曰：「公今請吾赴宴，莫提起荊州之事。吾今已醉，恐傷故舊之情。他日令人請公到荊州赴會，另作商議。”魯肅魂不附體，被雲長扯至江邊。呂蒙、甘寧，各引本部軍欲出，見雲長手提大刀，親握魯肅，恐肅被傷，遂不敢動。雲長到船邊，卻纔放手，早立於船首，與魯肅作別。肅如癡似呆，看關公船已乘風而去。後人有詩讚關公曰：

> 藐視吳臣若小兒，單刀赴會敢平欺。
> 當年一段英雄氣，尤勝相如在澠池。

雲長自回荊州。魯肅與呂蒙共議：“此計又不成，如之奈何？”蒙曰：“可申報主公，起兵與雲長決戰。”肅即使人申報孫權。權聞之大怒，商議起傾國之兵，來取荊州。忽報：“曹操又起三十萬大軍來也。”權大驚，且教魯肅休惹荊州之兵，移兵向合淝、濡須，以拒曹操。

卻說操將欲起程南征，參軍傅幹，字彥材，上書諫操。書略曰：

> 幹聞用武則先威，用文則先德；威德相濟，而後王業成。往者天下大亂，明公用武攘之，十平其九；今未承王命者，吳與蜀耳。吳有長江之險，蜀有崇山之阻，難以威戰。愚以為且宜增修文德，按甲寢兵，息軍養士，待時而動。今若舉數十萬之眾，頓長江之濱，倘賊憑險深藏，使我士馬不得逞其能，奇變無所用其權，則天威屈矣。惟明公詳察焉。

曹操覽畢，遂罷南征，興設學校，延禮文士。於是侍中王粲、杜襲、衛凱、和洽四人，議欲尊曹操為“魏王”。中書令荀攸曰：“不可。丞相官至魏公，榮加九錫，位已極矣。今又進陞王位，於理不可。”曹操聞之，怒曰：“此人欲效荀彧耶！”荀攸知之，憂憤成疾，臥病十數日而卒，亡年五十八歲。操厚葬之，遂罷“魏王”事。

　　一日，曹操帶劍入宮，獻帝正與伏后共坐。伏后見操來，慌忙起身。帝見曹操，戰慄不已。操曰：“孫權、劉備各霸一方，不尊朝廷，當如之何？”帝曰：“盡在魏公裁處。”操怒曰：“陛下出此言，外人聞之，只道吾欺君也。”帝曰：“君若肯相輔則幸甚；不爾，願垂恩相捨。”操聞言，怒目視帝，恨恨而出。左右或奏帝曰：“近聞魏公欲自立為王，不久必將篡位。”帝與伏后大哭。后曰：“妾父伏完常有殺操之心，妾今當修書一封，密與父圖之。”帝曰：“昔董承為事不密，反遭大禍；今又恐泄漏，朕與汝皆休矣！”后曰：“旦夕如坐針氈，似此為人，不如早亡！妾看宦官之忠義可託者，莫如穆順。當今寄此書。”乃即召穆順入屏後，退去左右近侍。帝后大哭，告順曰：“操賊欲為‘魏王’，早晚必行篡奪之事。朕欲令后父伏完密圖此賊，而左右之人，俱賊心腹，無可託者。欲汝將皇后密書，寄與伏完。量汝忠義，必不負朕。”順泣曰：“臣感陛下大恩，敢不以死報？臣即請行。”后乃修書付順。順藏書於髮中，潛出禁宮，逕至伏完宅，將書呈上。完見是伏后親筆，乃謂穆順曰：“操賊心腹甚眾，不可遽圖。除非江東孫權，西川劉備，二處起兵於外，操必自往。此時卻求在朝忠義之臣，一同謀之。內外夾攻，庶可有濟。”順曰：“皇丈可作書覆帝后，求密詔，暗遣人往吳、蜀二處，令約會起兵，討賊救主。”伏完即取紙寫書付順。順乃藏於頭髻內，辭完回宮。

　　原來早有人報知曹操。操先於宮門等侯。穆順回遇曹操，操問：“那裏去來？”順答曰：“皇后有病，命求醫去。”操曰：“召得醫人何在？”順曰：“還未召至。”操喝左右，遍搜身上，並無夾帶，放行。忽然風吹落其帽。操又喚回，取帽視之，遍觀無物，還帽令戴。穆順雙手倒戴其帽。操心疑，令左右搜其頭髮中，搜出伏完書來。操看時，書中言欲結連孫、劉為外應。操大怒，執下穆順於密室問之，順不肯招。操連夜點甲兵三千，圍住伏完私宅，老幼並皆拏下；搜出伏后親筆之書，隨將伏氏三族盡皆下獄。平明，使御林將軍郗慮持節入宮，先收皇后璽綬。

是日帝在外殿，見郗慮引三百甲兵直入。帝問曰："有何事？"慮曰："奉魏公命收皇后璽。"帝知事泄，心膽皆碎。慮至後宮，伏后方起。慮便喚管璽綬人索取玉璽而出。伏后情知事發，便於殿後椒房內夾壁中藏躲。少頃，尚書令華歆引五百甲兵入到後殿，問宮人："伏后何在？"宮人皆推不知。歆教甲兵打開朱戶，尋覓不見，料在壁中，便喝甲士破壁搜尋。歆親自動手揪后頭髻拖出。后曰："望免我一命！"歆叱曰："汝自見魏公訴去！"后披髮跣足，二甲士推擁而出。原來華歆素有才名，向與邴原、管寧相友善。時人稱三人為一龍：華歆為龍頭，邴原為龍腹，管寧為龍尾。一日，寧與歆共種園蔬，鋤地見金。寧揮鋤不顧；歆拾而視之，然後擲下。又一日，寧與歆同坐觀書，聞戶外傳呼之聲，有貴人乘軒而過。寧端坐不動，歆棄書往觀。寧自此鄙歆之為人，遂割席分坐，不復與之為友。後來管寧避居遼東，常戴白帽，坐臥一樓，足不履地，終身不肯仕魏，而歆乃先事孫權，後歸曹操，至此乃有收捕伏皇后一事。後人有詩歎華歆曰：

> 華歆當日逞凶謀，破壁生將母后收。
> 助虐一朝添虎翼，罵名千載笑"龍頭"！

又有詩讚管寧曰：

> 遼東傳有管寧樓，人去樓空名獨留。
> 笑殺子魚貪富貴，豈如白帽自風流。

且説華歆將伏后擁至外殿。帝望見后，乃下殿抱后而哭。歆曰：
“魏公有命，可速行！”后哭謂帝曰：“不能復相活耶？”帝曰：“我命
亦不知在何時也！”甲士擁后而去，帝搥胸大慟。見郗慮在側，帝曰：
“郗公！天下寧有是事乎！”哭倒在地。郗慮令左右扶帝入宮。華歆拏
伏后見操。操罵曰：“吾以誠心待汝等，汝等反欲害我耶！吾不殺汝，
汝必殺我！”喝左右亂棒打死。隨即入宮，將伏后所生二子，皆酖殺
之。當晚將伏完、穆順等宗族二百餘口，皆斬於市。朝野之人，無不
驚駭。時建安十九年十一月也。後人有詩歎曰：

　　　　曹瞞兇殘世所無，伏完忠義欲何如？
　　　　可憐帝后分離處，不及民間婦與夫！

　　獻帝自從壞了伏后，連日不食。操入曰：“陛下無憂，臣無異心。
臣女已與陛下為貴人，大賢大孝，宜居正宮。”獻帝安敢不從！於建
安二十年正月朔，就慶賀正旦之節，冊立曹操女曹貴人為正宮皇后。
羣下莫敢有言。

　　此時曹操威勢日甚，會大臣商議收吳滅蜀之事。賈詡曰：“須召
夏侯惇、曹仁二人回，商議此事。”操即時發使，星夜喚回。夏侯惇
未至，曹仁先到，連夜便入府中見操。操方被酒而臥，許褚仗劍立於
堂門之內。曹仁欲入，被許褚當住。曹仁大怒曰：“吾乃曹氏宗族，
汝何敢阻當耶？”許褚曰：“將軍雖親，乃外藩鎮守之官；許褚雖疎，
現充內侍。主公醉臥堂上，不敢放入。”仁乃不敢入。曹操聞之，歎曰：
“許褚真忠臣也！”不數日，夏侯惇亦至，共議征伐。惇曰：“吳、蜀
急未可攻，宜先取漢中張魯，以得勝之兵取蜀，可一鼓而下也。”曹
操曰：“正合吾意。”遂起兵西征。正是：方逞兇謀欺弱主，又驅勁卒
掃偏邦。未知後事如何，且看下文分解。

## 第六十七回

# 曹操平定漢中地
# 張遼威震逍遙津

　　卻説曹操興師西征，分兵三隊：前部先鋒夏侯淵、張郃，操自
領諸將居中，後部曹仁、夏侯惇押運糧草。早有細作報入漢中來。張
魯與弟張衛，商議退敵之策。衛曰："漢中最險無如陽平關。可於關
之左右，依山傍林，下十餘個寨柵，迎敵曹兵。兄在漢寧，多撥糧草
應付。"張魯依言，遣大將楊昂、楊任，與其弟即日起程。軍馬到陽
平關，下寨已定。夏侯淵、張郃前軍隨到，聞陽平關已有準備，離關
一十五里下寨。是夜軍士疲困，各自歇息。忽寨後一把火起，楊昂、
楊任兩路兵殺來劫寨。夏侯淵、張郃急上得馬，四下裏大兵擁入，曹
兵大敗，退見曹操。操怒曰："汝二人行軍許多年，豈不知'兵若遠行
疲困，可防劫寨'？如何不作準備？"欲斬二人，以明軍法。眾官告免。
　　操次日自引兵為前隊，見山勢險惡，林木叢雜，不知路徑，恐有
伏兵，即引軍回寨，謂許褚、徐晃二將曰："吾若知此處如此險惡，
必不起兵來。"許褚曰："兵已至此，主公不可憚勞。"次日操上馬，

只帶許褚、徐晃二人,來看張衛寨柵。三匹馬轉過山坡,早望見張衛寨柵。操揚鞭遙指,謂二將曰:“如此堅固,急切難下!”言未已,背後一聲喊起,箭如雨發。楊昂、楊任分兩路殺來。操大驚。許褚大呼曰:“吾當敵賊!徐公明善保主公!”說罷,提刀縱馬向前,力敵二將。楊昂、楊任不能當許褚之勇,回馬退去,其餘不敢向前。徐晃保着曹操奔過山坡,前面又一軍到;看時,卻是夏侯淵、張郃二將,聽得喊聲,故引軍殺來接應。於是殺退楊昂、楊任,救得曹操回寨。操重賞四將。自此兩邊相拒五十餘日,只不交戰。曹操傳令退軍。賈詡曰:“賊勢未見強弱,主公何故自退耶?”操曰:“吾料賊兵每日隄備,急難取勝。吾以退軍為名,使賊懈而無備,然後分輕騎抄襲其後,必勝賊矣。”賈詡曰:“丞相神機,不可測也。”於是令夏侯淵、張郃分兵兩路,各引輕騎三千,取小路抄陽平關後。曹操一面引大軍拔寨盡起。楊昂聽得曹兵退,請楊任商議,欲乘勢擊之。楊任曰:“操詭計極多,未知真實,不可追趕。”楊昂曰:“公不往,吾當自去。”楊任苦諫不從。楊昂盡提五寨軍馬前進,只留些少軍士守寨。是日大霧迷漫,對面不相見。楊昂軍至半路,不能行,且權紮住。

卻說夏侯淵一軍抄過山後,見重霧垂空,又聞人語馬嘶,恐有伏兵,急催人馬行動,大霧中誤走到楊昂寨前。守寨軍士,聽得馬蹄響,只道是楊昂兵回,開門納之。曹軍一擁而入,見是空寨,便就寨中放起火來。五寨軍士,盡皆棄寨而走。比及霧收,楊任領兵來救,與夏侯淵戰不數合,背後張郃兵到。楊任殺條大路,奔回南鄭。楊昂待要回時,已被夏侯淵、張郃兩個占了寨柵。背後曹操大隊軍馬趕來。兩下夾攻,四邊無路。楊昂欲突陣而出,正撞着張郃。兩個交手,被張郃殺死。敗兵回投陽平關,來見張衛。原來衛知二將敗走,諸營已失,半夜棄關,奔回去了。曹操遂得陽平關并諸寨。張衛、楊任回見張魯。

衛言二將失了隘口，因此守關不住。張魯大怒，欲斬楊任。任曰：“某曾諫楊昂，休追操兵。他不肯聽信，故有此敗。任再乞一軍前去挑戰，必斬曹操。如不勝，甘當軍令。”張魯取了軍令狀。楊任上馬，引二萬軍離南鄭下寨。

卻說曹操提軍將進，先令夏侯淵領五千軍，往南鄭路上哨探，正迎着楊任軍馬，兩軍擺開。任遣部將昌奇出馬，與淵交鋒；戰不三合，被淵一刀斬於馬下。楊任自挺槍出馬，與淵戰三十餘合，不分勝負。淵佯敗而走，任從後追來，被淵用拖刀計，斬於馬下。軍士大敗而回。曹操知夏侯淵斬了楊任，即時進兵，直抵南鄭下寨。張魯慌聚文武商議。閻圃曰：“某保一人，可敵曹操手下諸將。”魯問是誰。圃曰：“南安龐德，前隨馬超投主公；後馬超往西川，龐德臥病不曾行。見今蒙主公恩養，何不令此人去？”

張魯大喜，即召龐德至，厚加賞勞；點一萬軍馬，令龐德出。離城十餘里，與曹兵相對，龐德出馬搦戰。曹操在渭橋時，深知龐德之勇，乃囑諸將曰：“龐德乃西涼勇將，原屬馬超；今雖依張魯，未稱其心。吾欲得此人。汝等須皆與緩鬥，使其力乏，然後擒之。”張郃先出，戰了數合便退。夏侯淵也戰數合退了。徐晃又戰三五合也退了。臨後許褚戰五十餘合亦退。龐德力戰四將，並無懼怯。各將皆於操前誇龐德好武藝。曹操心中大喜，與眾將商議：“如何得此人投降？”賈詡曰：“某知張魯手下，有一謀士楊松。其人極貪賄賂。今可暗以金帛送之，使譖龐德於張魯，便可圖矣。”操曰：“何由得入南鄭？”詡曰：“來日交鋒，詐敗佯輸，棄寨而走，使龐德據我寨，我卻於黃夜引兵劫寨；龐德必退入城，卻選一能言軍士，扮作彼軍，雜在陣中，便得入城。”操聽其計，選一精細軍校，重加賞賜，付與金掩心甲一付，令披在貼肉，外穿漢中軍士號衣，先於半路上等候。次日，先撥夏侯淵、張郃兩枝軍，遠去埋伏，卻教徐晃挑戰，不數合敗走。龐德招軍掩殺，曹兵盡退。龐德卻奪了曹操寨柵。見寨中糧草極多，大喜，即時申報張魯；一面在寨中設宴慶賀。當夜二更之後，忽然三路火起：正中是徐晃、許褚，左張郃，右夏侯淵。三路軍馬，齊來劫寨。龐德不及隄備，只得上馬衝殺出來，望城而走。背後三路兵追來。龐德即喚開城門，領兵一擁而入。

　　此時細作已雜到城中，逕投楊松府下謁見，具說：「魏公曹丞相久聞盛德，特使某送金甲為信。更有密書呈上。」松大喜，看了密書中言語，謂細作曰：「上覆魏公，但請放心。某自有良策奉報。」打發來人先回，便連夜入見張魯，說龐德受了曹操賄賂，賣此一陣。張魯大怒，喚龐德責罵，欲斬之。閻圃苦諫。張魯曰：「你來日出戰，不勝必斬！」龐德抱恨而退。

　　次日，曹兵攻城，龐德引兵衝出。操令許褚交戰。褚詐敗，龐德趕來。操自乘馬於山坡上喚曰：「龐令明何不早降？」龐德尋思：「拏住曹操，抵一千員上將！」遂飛馬上坡。一聲喊起，天崩地塌，連人和馬，跌入陷坑內去；四壁鈎索一齊上前，活捉了龐德，押上坡來。曹操下馬，叱退軍士，親釋其縛，問龐德肯降否。龐德尋思張魯不仁，情願拜降。曹操親扶上馬，共回大寨，故意教城上望見。人報張魯，德與操並馬而行。魯益信楊松之言為實。

　　次日，曹操三面豎立雲梯，飛礮攻打。張魯見其勢已極，與弟張衛商議。衛曰：「放火盡燒倉廩府庫，出奔南山，去守巴中可也。」楊松曰：「不如開門投降。」張魯猶豫不定。衛曰：「只是燒了便行。」張魯曰：「我向本欲歸命國家，而意未得達；今不得已而出奔，倉廩府庫，國家之有，不可廢也。」遂盡封鎖。是夜二更，張魯引全家老小，開南門殺出。曹操教休追趕，提兵入南鄭，見魯封閉庫藏，心甚憐之，遂差人往巴中，勸使投降。張魯欲降，張衞不肯。楊松以密書報操，便教進兵，松為內應。操得書，親自引兵往巴中。張魯使弟衞領兵出敵，與許褚交鋒，被褚斬於馬下。敗軍回報張魯，魯欲堅守。楊松曰：「今若不出，坐以待斃矣。某守城，主公當親與決一死戰。」魯從之。閻圃諫魯休出。魯不聽，遂引軍出迎。未及交鋒，後軍已走。張魯急退，背後曹兵趕來。魯到城下，楊松閉門不開。張魯無路可走，操從後追至，大叫：「何不早降！」魯乃下馬投拜。操大喜，念其封倉庫之心，優禮相待，封魯為鎮南將軍。閻圃等皆封列侯。於是漢中皆平。曹操傳令各郡分設太守，置都尉，大賞士卒。惟有楊松賣主求榮，即命斬之於市曹示眾。後人有詩歎曰：

> 妨賢賣主逞奇功，積得金銀總是空。
> 家未榮華身受戮，令人千載笑楊松。

曹操已得東川。主簿司馬懿進曰：「劉備以詐力取劉璋，蜀人尚未歸心。今主公已得漢中，益州震動。可速進兵攻之，勢必瓦解。知者貴於乘時，時不可失也。」曹操歎曰：「『人苦不知足，既得隴，復望蜀』耶？」劉曄曰：「司馬仲達之言是也。若少遲緩，諸葛亮明於治國而為相，關、張等勇冠三軍而為將，蜀民既定，據守關隘，不可犯矣。」操曰：「士卒遠涉勞苦，且宜存恤。」遂按兵不動。

卻說西川百姓，聽知曹操已取東川，料必來取西川，一日之間，數遍驚恐。玄德請軍師商議，孔明曰：「亮有一計，曹操自退。」玄德問何計。孔明曰：「曹操分軍屯合淝，懼孫權也。今我若分江夏、長沙、桂陽三郡還吳，遣舌辯之士，陳說利害，令吳起兵襲合淝，牽動其勢，操必勒兵南向矣。」玄德問：「誰可為使？」伊籍曰：「某願往。」

玄德大喜，遂作書具禮，令伊籍先到荊州，知會雲長，然後入吳。到秣陵，來見孫權，先通了姓名。權召籍入。籍見權禮畢，權問曰：“汝到此何為？”籍曰：“昨承諸葛子瑜取長沙等三郡，為軍師不在，有失交割，今傳書送還。所有荊州南郡、零陵，本欲送還；被曹操襲取東川，使關將軍無容身之地。今合淝空虛，望君侯起兵攻之，使曹操撤兵回南。吾主若取了東川，即還荊州全土。”權曰：“汝且歸館舍，容吾商議。”伊籍退出，權問計於眾謀士。張昭曰：“此是劉備恐曹操取西川，故為此謀。雖然如此，可因操在漢中，乘勢取合淝，亦是上計。”權從之，發付伊籍回蜀去訖，便議起兵攻操：令魯肅收取長沙、江夏、桂楊三郡，屯兵於陸口；取呂蒙、甘寧回；又去餘杭取凌統回。

不一日，呂蒙、甘寧先到。蒙獻策曰：“見今曹操令廬江太守朱光屯兵於皖城，大開稻田，納穀於合淝，以充軍實。今可先取皖城，然後攻合淝。”權曰：“此計甚合吾意。”遂教呂蒙、甘寧為先鋒，蔣欽、潘璋為合後，權自引周泰、陳武、董襲、徐盛為中軍。時程普、黃蓋、韓當在各處鎮守，都未隨征。

卻說軍馬渡江，取和州，逕到皖城。皖城太守朱光，使人往合淝求救；一面固守城池，堅壁不出。權自到城下看時，城上箭如雨發，射中孫權麾蓋。權回寨，問眾將曰：“如何取得皖城？”董襲曰：“可差軍士築起土山攻之。”徐盛曰：“可豎雲梯，造虹橋，下觀城中而攻之。”呂蒙曰：“此法皆費日月而成，合淝救軍一至，不可圖矣。今我軍初到，士氣方銳，正可乘此銳氣，奮力攻擊。來日平明進兵，午未時便當破城。”權從之。次日五更飯畢，三軍大進。城上矢石齊下。甘寧手執鐵練，冒矢石而上。朱光令弓弩手齊射，甘寧撥開箭林，一練打倒朱光。呂蒙親自擂鼓，士卒皆一擁而上，亂刀砍死朱光。餘眾多降，得了皖城，方纔辰時。張遼引軍至半路，哨馬回報皖城已失。

遼即回兵歸合淝。

孫權入皖城，淩統亦引軍到。權慰勞畢，大犒三軍，重賞呂蒙、甘寧諸將，設宴慶功。呂蒙遜甘寧上坐，盛稱其功勞。酒至半酣，淩統想起甘寧殺父之讎，又見呂蒙誇美之，心中大怒，瞪目直視良久，忽拔左右所佩之劍，立於筵上曰：“筵前無樂，看吾舞劍。”甘寧知其意，推開果桌起身，兩手取兩枝戟挾定，縱步出曰：“看我筵前使戟。”呂蒙見二人各無好意，便一手挽牌，一手提刀，立於其中曰：“二公雖能，皆不如我巧也。”說罷，舞起刀牌，將二人分於兩下。早有人報知孫權。權慌跨馬，直至筵前。眾見權至，方各放下軍器。權曰：“吾常言二人休念舊讎，今日又何如此？”淩統哭拜於地。孫權再三勸止。至次日，起兵進取合淝，三軍盡發。

張遼為失了皖城，回到合淝，心中愁悶。忽曹操差薛悌送木匣一個，上有操封，傍書云：“賊來乃發。”是日報說孫權自引十萬大軍，來攻合淝。張遼便開匣觀之。內書云：“若孫權至，張、李二將軍出戰，樂將軍守城。”張遼將教帖與李典、樂進觀之。樂進曰：“將軍之意若何？”張遼曰：“主公遠征在外，吳兵以為破我必矣。今可發兵出迎，奮力與戰，折其鋒銳，以安眾心，然後可守也。”李典素與張遼不睦，聞遼此言，默然不答。樂進見李典不語，便道：“賊眾我寡，難以迎敵，不如堅守。”張遼曰：“公等皆是私意，不顧公事。吾今自出迎敵，決一死戰。”便教左右備馬。李典慨然而起曰：“將軍如此，典豈敢以私憾而忘公事乎？願聽指揮。”張遼大喜曰：“既曼成肯相助，來日引一軍於逍遙津北埋伏，待吳兵殺過來，可先斷小師橋，吾與樂文謙擊之。”李典領命，自去點軍埋伏。

卻說孫權令呂蒙、甘寧為前隊，自與淩統居中。其餘諸將陸續進發，望合淝殺來。呂蒙、甘寧前隊兵進，正與樂進相迎。甘寧出馬與樂進交鋒，戰不數合，樂進詐敗而走。甘寧招呼呂蒙一齊引軍趕去。孫權在第二隊，聽得前軍得勝，催兵行兵至逍遙津北，忽聞連珠礮響，左邊張遼一軍殺來，右邊李典一軍殺來。孫權大驚，急令人喚呂蒙、甘寧回救時，張遼兵已到。凌統手下，止有三百餘騎，當不得曹軍，勢如山倒。凌統大呼曰：“主公何不速渡小師橋！”言未畢，張遼引二千餘騎，當先殺至。凌統翻身死戰。孫權縱馬上橋，橋南已拆丈餘，並無一片板。孫權驚手足無措。牙將谷利大呼曰：“主公可約馬退後，再放馬向前，跳過橋去。”孫權收回馬來有三丈餘遠，然後縱轡加鞭，那馬一跳飛過橋南。後人有詩曰：

> 的盧當日跳檀溪，又見吳侯敗合淝。
> 退後着鞭馳駿騎，逍遙津上玉龍飛。

孫權跳過橋南，徐盛、董襲駕舟相迎。凌統、谷利抵住張遼。甘寧、呂蒙引軍回救，卻被樂進從後追來，李典又截住廝殺，吳兵折了大半。凌統所領三百餘人，盡被殺死。統身中數槍，殺到橋邊，橋已拆斷，遶河而逃。孫權在舟中望見，急令董襲棹舟接之，乃得渡回。呂蒙、甘寧皆死命逃過河南。這一陣殺得江南人人害怕，聞張遼大名，小兒也不敢夜啼。眾將保護孫權回營。權乃重賞凌統、谷利，收軍回濡須，整頓船隻，商議水陸並進；一面差人回江南，再起人馬來助戰。

卻說張遼聞孫權在濡須，將欲興兵進攻，恐合淝兵少難以抵敵，急令薛悌星夜往漢中，報知曹操，求請救兵。操同眾官議曰：“此時可收西川否？”劉曄曰：“今蜀中稍定，已有隄備，不可擊也。不如撤兵去救合淝之急，就下江南。”操乃留夏侯淵守漢中定軍山隘口，留張郃守蒙頭巖等隘口。其餘軍兵拔寨都起，殺奔濡須塢來。正是：鐵騎甫能平隴右，旌旄又復指江南。未知勝負如何，且看下文分解。

# 第六十八回

## 甘寧百騎劫魏營
## 左慈擲盃戲曹操

　　卻說孫權在濡須口收拾軍馬，忽報曹操自漢中領兵四十萬前來救合淝。孫權與謀士計議，先撥董襲、徐盛二人領五十隻大船，在濡須口埋伏；令陳武帶領人馬，往來江岸巡哨。張昭曰：“今曹操遠來，必須先挫其銳氣。”權乃問帳下曰：“曹操遠來，誰敢當先破敵，以挫其銳氣？”凌統出曰：“某願往。”權曰：“帶多少軍去？”統曰：“三千人足矣。”甘寧曰：“只須百騎，便可破敵，何必三千？”凌統大怒。兩個就在孫權面前爭競起來。權曰：“曹軍勢大，不可輕敵。”乃命凌統帶三千軍出濡須口去哨探，遇曹兵，便與交戰。凌統領命，引着三千人馬，離濡須塢。塵頭起處，曹兵早到。先鋒張遼與凌統交鋒，鬥五十合，不分勝敗。孫權恐凌統有失，令呂蒙接應回營。

　　甘寧見凌統回，即告權曰：“寧今夜只帶一百人馬去劫曹營；若折了一人一騎，也不算功。”孫權壯之，乃調撥帳下一百精銳馬兵付寧；又以酒五十瓶，羊肉五十斤，賞賜軍士。甘寧回到營中，教一百人皆列坐，先將銀碗斟酒，自吃兩碗，乃語百人曰："今夜奉命劫寨，請諸公各滿飲一觴，努力向前。"眾人聞言，面面相覷。甘寧見眾人有難色，乃拔劍在手，怒叱曰："我為上將，且不惜命，汝等何得遲疑！"眾人見甘寧作色，皆起拜曰："願效死力。"甘寧將酒肉與百人共飲。食盡，約至二更時候，取白鵝翎一百根，插於盔上為號；都披甲上馬，飛奔曹操寨邊，拔開鹿角，大喊一聲，殺入寨中，逕奔中軍來殺曹操。原來中軍人馬，以車仗伏路穿連，圍得鐵桶相似，不能得進。甘寧只將百騎，左衝右突。曹兵驚慌，正不知敵兵多少，自相擾亂。那甘寧百騎，在營內縱橫馳驟，逢着便殺。各營鼓譟，舉火如星，喊聲大震。甘寧從寨之南門殺出，無人敢當。孫權令周泰引一枝兵來接應。甘寧將百騎回到濡須。操兵恐有埋伏，不敢追襲。後人有詩讚曰：

> 鼙鼓聲喧震地來，吳師到處鬼神哀！
> 百翎直貫曹家寨，盡說甘寧虎將才。

甘寧引百騎到寨，不折一人一騎；至營門，令百人皆擊鼓吹笛，口稱："萬歲！"歡聲大震。孫權自來迎接。甘寧下馬拜伏。權扶起，攜寧手曰："將軍此去，足使老賊驚駭。非孤相捨：正欲觀卿膽耳。"即賜絹千疋，利刀百口。寧拜受訖，遂分賞百人。權語諸將曰："孟德有張遼，孤有甘興霸，足以相敵也。"

次日。張遼引兵搦戰。凌統見甘寧有功，奮然曰："統願敵張遼。"權許之。統遂領兵五千，離濡須。權自引甘寧臨陣觀戰。對陣圓處，張遼出馬，左有李典，右有樂進。凌統縱馬提刀，出至陣前。張遼使樂進出迎。兩個鬥至五十合，未分勝敗。曹操聞知，親自策馬到門旗下來看，見二將酣鬥，乃令曹休暗放冷箭。曹休便閃在張遼背後，開弓一箭，正中凌統坐下馬。那馬直立起來，把凌統掀翻在地。樂進連忙持槍來刺。槍還未到，只聽得弓弦響處，一箭射中樂進面門，翻身落馬。兩軍齊出，各救一將回營，鳴金罷戰。凌統回到寨中拜謝孫權。權曰：「放箭救你者，甘寧也。」凌統乃頓首拜寧曰：「不想公能如此垂恩！」自此與甘寧結為生死之交，再不為惡。

且説曹操見樂進中箭，令自到帳中調治。次日，分兵五路來襲濡須：操自領中路；左一路張遼，二路李典；右一路徐晃，二路龐德。每路各帶一萬人馬，殺奔江邊來。時董襲、徐盛二將，樓船上見五路軍馬來到，諸軍各有懼色。徐盛曰：「食君之祿，忠君之事，何懼哉？」遂引猛士數百人，用小船渡過江邊，殺入李典軍中去了。董襲在船上，令眾軍擂鼓吶喊助威。忽然江上猛風大作，白浪掀天，波濤洶湧。軍士見大船將覆，爭下腳艦逃命。董襲仗劍大喝曰：「將受君命，在此防賊，怎敢棄船而去？」立斬下船軍士十餘人。須臾，風急船覆，董襲竟死於江口水中。徐盛在李典軍中，往來衝突。

卻説陳武聽得江邊廝殺，引一軍來，正與龐德相遇，兩軍混戰。孫權在濡須塢中，聽得曹兵殺到江邊，親自與周泰引軍前來助戰。正見徐盛在李典軍中攪做一團廝殺，便麾軍殺入接應，卻被張遼、徐晃兩枝軍，把孫權困在垓心。曹操上高阜處看見孫權被圍，急令許褚縱馬持刀殺入軍中，把孫權軍衝作兩段，彼此上不能相救。

卻説周泰從軍中殺出，到江邊，不見了孫權，勒回馬，從外又殺入陣中，問本部軍：「主公何在？」軍人以手指兵馬厚處，曰：「主公被圍甚急！」周泰挺身殺入，尋見孫權。泰曰：「主公可隨泰殺出。」於是泰在前，權在後，奮力衝突。泰到江邊，回顧又不見孫權，乃復翻身殺入圍中，又尋見孫權。權曰：「弓弩齊發，不能得出，如何？」泰曰：「主公在前，某在後，可以出圍。」孫權乃縱馬前行。周泰左右遮護，身被數槍，箭透重鎧，救得孫權。到江邊，呂蒙引一枝水軍前來接應下船。權曰：「吾虧周泰三番衝殺，得脫重圍。但徐盛在垓心，如何得脫？」周泰曰：「吾再救去。」遂輪槍復翻身殺入重圍之中，救出徐盛。二將各帶重傷。呂蒙教軍士亂箭射住岸上兵，救二將下船。

卻說陳武與龐德大戰，後面又無應兵，被龐德趕到峪口，樹林叢密；陳武再欲回身交戰，被樹株抓住袍袖，不能迎敵，為龐德所殺。曹操見孫權走脫了，自策馬驅兵，趕到江邊對射。呂蒙箭盡。正慌間，忽對江一宗船到，為首一員大將，乃孫策女壻陸遜，自引十萬兵到。一陣射退曹兵，乘勢登岸追殺曹兵，復奪戰馬數千匹。曹兵傷者，不計其數，大敗而回。於亂軍中尋見陳武屍首。

孫權知陳武已亡，董襲又沉江而死，哀痛至切，令人入水中尋見董襲屍首，與陳武屍一齊厚葬之。又感周泰救護之功，設宴款之。權親自把盞，撫其背，淚流滿面，曰：「卿兩番相救，不惜性命，被槍數十，膚如刻畫，孤亦何心不待卿以骨肉之恩、委卿以兵馬之重乎？卿乃孤之功臣，孤當與卿共榮辱、同休戚也。」言罷，令周泰解衣與眾將視之：皮肉肌膚，如同刀剜，盤根遍體。孫權手指其痕，一一問之。周泰具言戰鬥被傷之狀。一處傷令喫一觥酒。是日周泰大醉。權以青羅傘賜之，令出入張蓋，以為顯耀。

權在濡須，與操相拒月餘，不能取勝。張昭、顧雍上言：「曹操勢大，不可力取；若與久戰，大損士卒，不若求和安民為上。」孫權從其言，令步騭往曹營求和，許年納歲貢。操見江南急未可下，乃從之，令：「孫權先撤人馬，吾然後班師。」步騭回覆，權只留蔣欽、周泰守濡須口，盡發大兵上船回秣陵。

操留曹仁、張遼屯合淝，班師回許昌。文武眾官皆議立曹操為「魏王”，尚書崔琰力言不可。眾官曰：“汝獨不見荀文若乎？”琰大怒曰：“時乎！時乎！會當有變！任自為之！”有與琰不和者，告知操。操大怒，收琰下獄問之。琰虎目虬髯，只是大罵曹操欺君奸賊。廷尉白操，操令杖殺崔琰在獄中。後人有讚曰：

> 清河崔琰：天性堅剛；
> 虬髯虎目，鐵石心腸；
> 奸邪辟易，聲節顯昂；
> 忠心漢主，千古名揚！

　　建安二十一年，夏五月，羣臣表奏獻帝，頌魏公曹操功德，極天際地，伊、周莫及，宜進爵為王。獻帝即令鍾繇草詔，冊立曹操為“魏王”。曹操假意上書三辭。詔三報不許，操乃拜命受“魏王”之爵，冕十二旒，乘金根車，駕六馬，用天子車服鑾儀，出警入蹕，於鄴郡蓋魏王宮，議立世子。操大妻丁夫人無出。妾劉氏生子曹昂，因征張繡時死於宛城。卞氏所生四子：長曰丕，次曰彰，三曰植，四曰熊。於是黜丁夫人，而立卞氏為魏王妃。第三子曹植，字子建，極聰明，舉筆成章，操欲立之為後嗣。長子曹丕，恐不得立，乃問計於中大夫賈詡。詡教如此如此。自是但凡操出征，諸子送行，曹植乃稱述功德，發言成章，惟曹丕辭父，只是流涕而拜，左右皆感傷。於是操疑植乖巧，誠心不及丕也。丕又使人買囑近侍，皆言丕之德。操欲立後嗣，躊躇不定，乃問賈詡曰：“孤欲立後嗣，當立誰？”賈詡不答，操問其故。詡曰：“正有所思，故不能即答耳。”操曰：“何所思？”詡對曰：“思袁本初、劉景升父子也。”操大笑，遂立長子曹丕為王世子。

　　冬十月，魏王宮成，差人往各處收取奇花異果，栽植後苑。有使者到吳地，見了孫權，傳魏王令旨，再往溫州取柑子。時孫權正尊讓魏王，便令人於本城選了大柑子四十餘擔，星夜送往鄴郡。至中途，挑擔役夫疲困，歇於山腳下，見一先生，眇一眼，跛一足，頭戴白藤冠，身穿青懶衣，來與腳夫作禮，言曰："你等挑擔勞苦，貧道都替你挑一肩何如？"眾人大喜。於是先生每擔各挑五里。但是先生挑過的擔兒都輕了。眾皆驚疑。先生臨去，與領柑子官說："貧道乃魏王鄉中故人，姓左，名慈，字元放，道號'烏角先生'。如你到鄴郡，可說左慈申意[1]。"遂拂袖而去。

　　取柑人至鄴郡見操，呈上柑子。操親剖之，但只空殼，內並無肉。操大驚，問取柑人。取柑人以左慈之事對。操未肯信。門吏忽報："有一先生，自稱左慈，求見大王。"操召入。取柑人曰："此正途中所見之人。"操叱之曰："汝以何妖術，攝吾佳果？"慈笑曰："豈有此事？"取柑剖之，內皆有肉，其味甚甜。但操自剖者，皆空殼。操愈驚，乃賜左慈坐而問之。慈索酒肉，操令與之，飲酒五斗不醉，肉食全羊不飽。操問曰："汝有何術，以至於此？"慈曰："貧道於西川嘉陵峨嵋山中，學道三十年，忽聞石壁中有聲呼我之名，及視，不見。如此者數日。忽有天雷震碎石壁，得天書三卷，名曰'遁甲天書'。上卷名'天遁'，中卷名'地遁'，下卷名'人遁'。天遁能騰雲跨風，飛升太虛；地遁能穿山透石；人遁能雲游四海，藏形變身，飛劍擲刀，取人首級。大王位極人臣，何不退步，跟貧道往峨嵋山中修行？當以三卷天書相授。"操曰："我亦久思急流勇退，奈朝廷未得其人耳。"慈笑曰："益州劉玄德乃帝室之胄，何不讓此位與之？不然，貧道當飛劍取汝之頭也。"操大怒曰："此正是劉備細作！"喝左右拏下。慈大笑不止。操令十數獄卒，捉下拷之。獄卒着力痛打，看左慈時，卻齁齁熟睡，全無痛楚。操怒，命取大枷，鐵釘釘了，鐵鎖鎖了，送入牢中監收，令人看守。只見枷鎖盡落，左慈臥於地上，並無傷損。連監禁七日，不與飲食。及看時，慈端坐於地上，面皮轉紅。獄卒報知曹操，操取出問之。慈曰：“我數十年不食，亦不妨；日食千羊，亦能盡。”操無可奈何。

是日，諸官皆至王宮大宴。正行酒間，左慈足穿木履，立於筵前。眾官驚怪。左慈曰：“大王今日水陸俱備，大宴群臣，四方異物極多，內中欠少何物，貧道願取之。”操曰：“我要龍肝作羹，汝能取否？”慈曰：“有何難哉！”取墨筆於粉牆上畫一條龍，以袍袖一拂，龍腹自開。左慈於龍腹中提出龍肝一副，鮮血尚流。操不信，叱之曰：“汝先藏於袖中耳！”慈曰：“即今天寒，草木枯死；大王要甚好花，隨意所欲。”操曰：“吾只要牡丹花。”慈曰：“易耳。”令取大花盆放筵前，以水噀之。頃刻發出牡丹一株，開放雙花。眾官大驚，邀慈同坐而食。少頃，庖人進魚膾。慈曰：“膾必松江鱸魚者方美。”操曰：“千里之隔，安能取之？”慈曰：“此亦何難！”教把釣竿來，於堂下魚池中釣之。頃刻釣出數十尾大鱸魚，放在殿上。操曰：“吾池中原有此魚。”慈曰：“大王何相欺耶？天下鱸魚只兩腮，惟松江鱸魚有四腮：此可辨也。”眾官視之，果是四腮。慈曰：“烹松江鱸魚，須紫芽薑方可。”操曰：“汝亦能取之否？”慈曰：“易耳。”令取金盆一個，慈以衣覆之。須臾，得紫芽薑滿盆，進上操前。操以手取之，忽盆內有書一本，題曰《孟德新書》。操取視之，一字不差。操大疑。慈取桌上玉盃，滿斟佳釀進操曰：“大王可飲此酒，壽有千年。”操曰：“汝可先飲。”慈遂拔冠上玉簪，於盃中一畫，將酒分為兩半；自飲一半，將一半奉操。操叱之。慈擲盃於空中，化成一白鳩，遶殿而飛。眾官仰面視之，左慈不知所往。左右忽報：“左慈出宮門去了。”操曰：“如此妖人，必當除之！否則必將為害。”遂命許褚引三百鐵甲軍追擒之。褚上馬引軍趕至城門，望見左慈穿木履在前，慢步而行。褚飛馬追之，卻只追不上。直趕到一山中，有牧羊小童，趕着一羣羊而來，慈走入羊羣內。褚取箭射之，慈即不見。褚盡殺羣羊而回。牧羊小童守羊而哭。忽見羊頭在地上作人言，喚小童曰：「汝可將羊頭都湊在死羊腔子上。」小童大驚，掩面而走。忽聞有人在後呼曰：「不須驚走。還你活羊。」小童回顧，見左慈已將地上死羊湊活，趕將來了。小童急欲問時，左慈已拂袖而去，其行如飛，倏忽不見。

　　小童歸告主人，主人不敢隱諱，報知曹操。操畫影圖形，各處捉拏左慈。三日之內，城裏城外，所捉眇一目、跛一足、白藤冠、青懶衣、穿木履先生，都一般模樣者，有三四百個。鬧動街市。操令眾將，將豬羊血潑之，押送城南教場。曹操親引甲兵五百人圍住，盡皆斬之。人人頸腔內各起一道青氣，飛到上天，聚成一處，化成一個左慈，向空招白鶴一隻騎坐，拍手大笑曰：「土鼠隨金虎，奸雄一旦休！」操令眾將以弓箭射之。忽然狂風大作，走石揚沙；所斬之屍，皆跳起來，手提其頭，奔上演武廳來打曹操。文官武將，掩面驚倒，各不相顧。正是：奸雄權勢能傾國，道士仙機更異人。未知曹操性命如何，且看下文分解。

註　釋

1　申意：致意。

# 第六十九回

# 卜周易管輅知機
# 討漢賊五臣死節

卻說當日曹操，見黑風中羣屍首皆起，驚倒於地。須臾風定，羣屍皆不見。左右扶操回宮，驚而成疾。後人有詩讚左慈曰：

> 飛步凌雲遍九州，獨憑遁甲自遨遊。
> 等閒施設神仙術，點悟曹瞞不轉頭。

曹操染病，服藥無愈。適太史丞許芝，自許昌來見操。操令芝卜《易》。芝曰：“大王曾聞神卜管輅否？”操曰：“頗聞其名，未知其術。汝可詳言之。”芝曰：“管輅字公明，平原人也。容貌龐醜，好酒疎狂。其父曾為瑯琊即丘長。輅自幼便喜仰視星辰，夜不能寐。父母不能禁止。常云：‘家雞野鵠，尚自知時，何況為人在世乎？’與鄰兒共戲，輒畫地為天文，分布日月星辰。及稍長，即深明《周易》，仰觀風角[1]，數學通神，兼善相術。瑯琊太守單子春聞其名，召輅相見。時有坐客百餘人，皆能言之士。輅謂子春曰：‘輅年少膽氣未堅，先請美酒三升，飲而後言。’子春奇之，遂與酒三升。飲畢，輅問子春：
‘今欲與輅為對者，若府君四座之士耶？’子春曰：‘吾自與卿旗鼓相
當。’於是與輅講論《易》理。輅亹亹[2]而談，言言精奧。子春反覆辯
難，輅對答如流，從曉至暮，酒食不行。子春及眾賓客，無不歎服。
於是天下號為‘神童’。後有居民郭恩者，兄弟三人，皆得躄疾，請輅
卜之。輅曰：‘卦中有君家本墓中女鬼，非君伯母即叔母也。昔饑荒
之年，謀數升米之利，推之落井，以大石壓破其頭，孤魂痛苦，自訴
於天，故君兄弟有此報。不可禳也。’郭恩等涕泣伏罪。安平太守王
基，知輅神卜，延輅至家。適信都令妻，常患頭風，其子又患心痛，
因請輅卜之。輅曰：‘此堂之西角有二死屍：一男持矛，一男持弓箭。
頭在壁內，腳在壁外。持矛者主刺頭，故頭痛；持弓箭者主刺胸腹，
故心痛。’乃掘之。入地八尺，果有二棺。一棺中有矛，一棺中有角
弓及箭，木俱已朽爛。輅令徙骸骨去城外十里埋之，妻與子遂無恙。
館陶令諸葛原，遷新興太守，輅往送行。客言輅能覆射。諸葛原不信，
暗取燕卵、蜂窠、蜘蛛三物，分置三盒之中，令輅卜之。卦成，各
寫四句於盒上。其一曰：‘含氣須變，依乎宇堂；雌雄以形，羽翼舒
張：此燕卵也。’其二曰：‘家室倒懸，門戶眾多；藏精育毒，得秋乃
化：此蜂窠也。’其三曰：‘觳觫[3]長足，吐絲成羅；尋網求食，利在
昏夜：此蜘蛛也。’滿座驚駭。鄉中有老婦失牛，求卜之。輅判曰：
‘北溪之濱，七人宰烹；急往追尋，皮肉尚存。’老婦果往尋之，七人
於茅舍後煮食，皮肉猶存。婦告本郡太守劉邠，捕七人罪之，因問老
婦曰：‘汝何以知之？’婦告以管輅之神卜。劉邠不信，請輅至府，取
印囊及山雞毛藏於盒中，令卜之。輅卜其一曰：‘內方外圓，五色成
文；含寶守信，出則有章：此印囊也。’其二曰：‘巖巖有鳥，錦體朱
衣；羽翼玄黃，鳴不失晨：此山雞毛也。’劉邠大驚，遂待為上賓。

一日出郊閒行，見一少年耕於田中，輅立道傍，觀之良久，問曰：'少年高姓、貴庚？'答曰：'姓趙，名顏，年十九歲矣。敢問先生為誰？'輅曰：'吾管輅也。吾見汝眉間有死氣，三日內必死，汝貌美，可惜無壽。'趙顏回家，急告其父。父聞之，趕上管輅，哭拜於地曰：'請歸救吾子！'輅曰：'此乃天命也，安可禳乎？'父告曰：'老夫止有此子，望乞垂救！'趙顏亦哭求。輅見父子情切，乃謂趙顏曰："汝可備淨酒一瓶，鹿脯一塊，來日齎往南山之中，大樹之下，看盤石上有二人弈棋：一人向南坐，穿白袍，其貌甚惡；一人向北坐，穿紅袍，其貌甚美。汝可乘其弈興濃時，將酒及鹿跪進之。待其飲食畢，汝乃哭拜求壽，必得益算[4]矣。但切勿言是吾所教。'老人留輅在家。次日，趙顏攜酒脯盃盤入南山之中。約行五六里，果有二人於大松樹下盤石上着棋，全然不顧。趙顏跪進酒脯。二人貪着棋，不覺飲酒已盡。趙顏哭拜於地而求壽，二人大驚。穿紅袍者曰：'此必管子之言也。吾二人既受其私，必須憐之。'穿白袍者，乃於身邊取出簿籍檢看，謂趙顏曰：'汝今年十九歲，當死。吾今於"十"字上添上一"九"字，汝壽可至九十九。回見管輅，教再休泄漏天機；不然，必致天譴。'穿紅者出筆添訖，一陣香風過處，二人化作二白鶴，沖天而去。趙顏歸問管輅。輅曰：'穿紅者，南斗也；穿白者，北斗也。'顏曰：'吾聞北斗九星，何止一人？'輅曰：'散而為九，合而為一也。北斗注死，南斗注生。今已添注壽算，子復何憂？'父子拜謝。自此管輅恐泄天機，更不輕為人卜。此人見在平原，大王欲知休咎，何不召之？"

操大喜，即差人往平原召輅。輅至，參拜訖，操令卜之。輅答曰："此幻術耳，何必為憂？"操心安，病乃漸可。操令卜天下之事。輅卜曰："三八縱橫，黃豬遇虎；定軍之南，傷折一股。"又令卜傳祚修短之數。輅卜曰："獅子宮中，以安神位；王道鼎新，子孫極貴。"操問其詳。輅曰："茫茫天數，不可預知。待後自驗。"操欲封輅為太史。輅曰："命薄相窮，不稱此職，不敢受也。"操問其故。答曰："輅額無主骨，眼無守睛，鼻無梁柱，腳無天根，背無三甲，腹無三壬，只可泰山治鬼，不能治生人也。"操曰："汝相吾若何？"輅曰："位極人臣，又何必相？"再三問之，輅但笑而不答。操令輅遍相文武官僚。輅曰："皆治世之臣也。"操問休咎，皆不肯盡言。後人有詩讚曰：

> 平原神卜管公明，能算南辰北斗星。
> 八卦幽微通鬼竅，六爻玄奧究天庭。
> 預知相法應無壽，自覺心源極有靈。
> 可惜當年奇異術，後人無復授遺經。

　　操令卜東吳、西蜀二處。輅設卦云："東吳主亡一大將，西蜀有兵犯界。"操不信。忽合淝報來："東吳陸口守將魯肅身故。"操大驚，便差人往漢中探聽消息。不數日，飛報劉玄德遣張飛、馬超屯兵下辨取關。操大怒，便欲自領兵再入漢中，令管輅卜之。輅曰："大王未可妄動。來春許都必有火災。"操見輅言累驗，故不敢輕動，留居鄴郡，使曹洪領兵五萬，往助夏侯淵、張郃同守東川；又差夏侯惇領兵三萬，於許都來往巡警，以備不虞；又教長史王必總督御林軍馬。主簿司馬懿曰："王必嗜酒性寬，恐不堪任此職。"操曰："王必是孤披荊棘歷艱難時相隨之人，忠而且勤，心如鐵石，最足相當。"遂委王必領御林軍馬屯於許都東華門外。

　　時有一人姓耿，名紀，字季行，洛陽人也；舊為丞相府掾，後遷侍中少府，與司直韋晃甚厚；見曹操進封王爵，出入用天子車服，心甚不平。時建安二十三年春正月。耿紀與韋晃密議曰："操賊奸惡日甚，將來必為篡逆之事。吾等為漢臣，豈可同惡相濟？"韋晃曰："吾有心腹人，姓金，名褘，乃漢相金日磾之後，素有討操之心，更兼與王必甚厚。若得得同謀，大事濟矣。」耿紀曰：「他既與王必交厚。豈肯與我同謀乎？」韋晃曰：「且往說之，看是如何。」於是二人同至金褘宅中。褘接入後堂，坐定。晃曰：「德偉與王長史甚厚，吾二人特來告求。」褘曰：「所求何事？」晃曰：「吾聞魏王早晚受禪，將登大寶，公與王長史必高遷。望不相棄，曲賜提攜，感德非淺！」褘拂袖而起。適從者奉茶至，便將茶潑於地上。晃佯驚曰：「德偉故人，何薄情也？」褘曰：「吾與汝交厚，為汝等是漢朝臣宰之後；今不思報本，欲輔造反之人，吾有何面目與汝為友！」耿紀曰：「奈天數如此，不得不然耳！」褘大怒。耿紀、韋晃見褘果有忠義之心，乃以實情相告曰：「吾等本欲討賊，來求足下。前言特相試耳。」褘曰：「吾累世漢臣，安能從賊！公等欲扶漢室，有何高見？」晃曰：「雖有報國之心，未有討賊之計。」褘曰：「吾欲裏應外合，殺了王必，奪其兵權，扶助鑾輿。更結劉皇叔為外援，操賊可滅矣。」二人聞之，撫掌稱善。

褘曰：「我有心腹二人，與操賊有殺父之讎，見居城外，可用為羽翼。」耿紀問是何人。褘曰：「太醫吉平之子，長名吉邈，字文然；次名吉穆，字思然。操昔為董承衣帶詔事，曾殺其父。二子逃竄遠鄉，得免於難。今已潛歸許都。若使相助討賊，無有不從。」耿紀、韋晃大喜。金褘即使人密喚二吉。須臾，二人至。褘具言其事。二人感憤流淚，怨氣沖天，誓殺國賊。金褘曰：「正月十五日夜間，城中大張燈火，慶賞元宵。耿少府、韋司直，你二人各領家僮，殺至王必營前；只看營中火起，分兩路殺入；殺了王必，逕跟我入內，請天子登五鳳樓，召百官面諭討賊。吉文然兄弟於城外殺入，放火為號，各要揚聲，叫百姓誅殺國賊，截住城內救軍；待天子降詔，招安已定，便進兵殺投鄴郡擒曹操，即發使齎詔召劉皇叔。今日約定，至期二更舉事，勿似董承自取其禍。”五人對天説誓，歃血為盟，各自歸家，整頓軍馬器械，臨期而行。

　　且説耿紀、韋晃二人，各有家僮三四百，預備器械。吉邈兄弟，亦聚三百人口，只推圍獵，安排已定。金禕先期來見王必，言：“方今海宇稍安，魏王威震天下。今值元宵令節，不可不放燈火以示太平氣象。”王必然其言，告諭城內居民，盡張燈結彩，慶賞佳節。至正月十五夜，天色晴霽，星月交輝。六街三市，競放花燈。真個金吾不禁，玉漏無催[5]！王必與御林諸將，在營中飲宴。二更以後，忽聞營中吶喊，人報營後火起。王必慌忙出帳看時，只見火光亂滾，又聞喊殺連天，知是營中有變，急上馬出南門，正遇耿紀，一箭射中肩膊，幾乎墜馬，遂望西門而走。背後有軍趕來。王必着忙，棄馬步行，至金禕門首，慌叩其門。原來金禕一面使人於營中放火，一面親領家僮隨後助戰，只留婦女在家。時家中聞王必叩門之聲，只道金禕歸來。禕妻從隔門便問曰：“王必那廝殺了麼？”王必大驚，方悟金禕同謀，逕投曹休家報知金禕、耿紀等同謀反。休急披挂上馬，引千餘人在城中拒敵。城內四下火起，燒着五鳳樓，帝避於深宮。曹氏心腹爪牙，死據宮門。城中但聞人叫：“殺盡曹賊，以扶漢室！”

　　原來夏侯惇奉曹操命，巡警許昌，領三萬軍，離城五里屯紮；是夜遙望見城中火起，便領大軍前來，圍住許都，使一枝軍入城接應曹休。直混殺至天明。耿紀、韋晃等無人相助。人報金禕、二吉皆被殺死。耿紀、韋晃奪路殺出城門，正遇夏侯惇大軍圍住，活捉去了。手下百餘人皆被殺。夏侯惇入城，救滅遺火，盡收五人老小宗族，使人飛報曹操。操傳令教將耿、韋二人，及五家宗族老小，皆斬於市，並將在朝大小百官，盡行拏解鄴郡，聽侯發落。夏侯惇押耿、韋二人至市曹。耿紀厲聲大叫曰：“曹阿瞞，吾生不能殺汝，死當作厲鬼以擊賊！”劊子手以刀搠其口，流血滿地，大罵不絕而死。韋晃以面頰頓地曰：“可恨！可恨！”咬牙皆碎而死。後人有詩讚曰：

耿紀精忠韋晃賢，各持空手欲扶天。
誰知漢祚相將盡，恨滿心胸喪九泉。

夏侯惇盡斬五家老小宗族，將百官解赴鄴郡。曹操於教場立紅旗於左、白旗於右，下令曰：“耿紀、韋晃等造反，放火焚許都，汝等亦有出救火者，亦有閉門不出者。如曾救火者，可立於紅旗下；如不曾救火者，可立於白旗下。”眾官自思救火者必無罪，於是多奔紅旗之下。三停內只有一停立於白旗下。操教盡拏立於紅旗下者。眾官各言無罪。操曰：“汝當時之心，非是救火，實欲助賊耳。”盡命牽出漳河邊斬之，死者三百餘員。其立於白旗下者，盡皆賞賜，仍令還許都。時王必已被箭瘡發而死，操命厚葬之。令曹休總督御林軍馬，鍾繇為相國，華歆為御史大夫。遂定侯爵六等十八級，關中侯爵十七級，皆金印紫綬。又置關內外侯十六級，銀印龜紐墨綬；五大夫十五級，銅印鐶紐綬。定爵封官，朝廷又換一班人物。曹操方悟管輅火災之說，遂重賞輅。輅不受。

卻說曹洪領兵到漢中，令張郃、夏侯淵各據險要。曹洪親自進兵拒敵。時張飛自與雷銅守把巴西。馬超兵至下辨，令吳蘭為先鋒，領軍哨出，正與曹洪軍相遇，吳蘭欲退。牙將任夔曰：“賊兵初至，若不先挫其銳氣，何顏見孟起乎？”於是驟馬挺槍搦曹洪戰。洪自提刀躍馬而出。交馬三合，斬夔於馬下，乘勢掩殺。吳蘭大敗，回見馬超。超責之曰：“汝不得吾令，何故輕敵致敗？”吳蘭曰：“任夔不聽吾言，故有此敗。”馬超曰：“可緊守隘口，勿與交鋒。”一面申報成都，聽候行止。曹洪見馬超連日不出，恐有詐謀，引軍退回南鄭。張郃來見曹洪，問曰：“將軍既已斬將，如何退兵？”洪曰：“吾見馬超不出，恐有別謀。且我在鄴都，聞神卜管輅有言：當於此地折一員大將。吾疑此言，故不敢輕進。”張郃大笑曰：“將軍行兵半生，今奈何信卜者之言而惑其心哉！郃雖不才，願以本部兵取巴西。若得巴西，蜀郡易耳。”洪曰：“巴西守將張飛，非比等閒，不可輕敵。”張郃曰：“人皆怕張飛，吾視之如小兒耳！此去必擒之！”洪曰：“倘有疏失，若何？”郃曰：“甘當軍令。”洪勒了文狀，張郃進兵。正是：自古驕兵多致敗，從來輕敵少成功。未知勝負如何，且看下文分解。

## 註　釋

1　風角：古代以風的動向來卜吉凶的方術。

2　亹亹：不疲倦的樣子。

3　𪗆㰤：顫抖的樣子。

4　益算：加添壽命。

5　金吾不禁，玉漏無催：人們在夜裏遊玩，不受禁軍的干涉和時間的限制。金吾，掌理京城治安的官；漏，古代的計時器。

# 第七十回

## 猛張飛智取瓦口隘
## 老黃忠計奪天蕩山

卻說張郃部兵三萬，向分三寨，各傍山險：一名宕渠寨，一名蒙頭寨，一名蕩石寨。當日張郃於三寨中，各分軍一半，去取巴西，留一半守寨。早有探馬報到巴西，說張郃引兵來了。張飛急喚雷銅商議。銅曰：「閬中地惡山險，可以埋伏。將軍引兵出戰，我出奇兵相助，郃可擒矣。」張飛撥精兵五千與雷銅去訖。飛自引兵一萬，離閬中三十里，與張郃兵相遇。兩軍排開，張飛出馬，單搦張郃。郃挺槍縱馬而出。戰到二十餘合，郃後軍忽然喊起：原來望見山背後有蜀兵旗旛，故此擾亂。張郃不敢戀戰，撥馬回走。張飛從後掩殺，前面雷銅又引兵殺出。兩下夾攻，郃兵大敗。張飛、雷銅連夜追襲，直趕到宕渠山。張郃仍舊分兵守住三寨，多置擂木礮石，堅守不戰。張飛離宕渠十里下寨，次日引兵搦戰。郃在山上大吹大擂飲酒，並不下山。張飛令軍士大罵，郃只不出。飛只得還營。次日，雷銅又去山下搦戰，郃又不出。雷銅驅軍士上山，山上擂木礮石打將下來。雷銅急退。蕩石、蒙頭兩寨兵出，殺敗雷銅。次日，張飛又去搦戰，張郃又不出。飛使軍人百般穢罵，郃在山上亦罵。張飛尋思，無計可施。相拒五十餘日，飛就在山前紮住大寨，每日飲酒；飲至大醉，坐在山前辱罵。

玄德差人犒軍，見張飛終日飲酒，使者回報玄德。玄德大驚，忙來問孔明。孔明笑曰：「原來如此！軍前恐無好酒；成都佳釀極多，可將五十甕作三車裝，送到軍前與張將軍飲。」玄德曰：「吾弟自來飲酒失事，軍師何故反送酒與他？」孔明笑曰：「主公與翼德做了許多年兄弟，還不知其為人耶？翼德自來剛強，然前於收川之時，義釋嚴顏，此非勇夫所為也。今與張郃相拒五十餘日，酒醉之後，便坐山前辱罵，傍若無人：此非貪盃，乃敗張郃之計耳。」玄德曰：「雖然如此，未可託大。可使魏延助之。」孔明令魏延解酒赴軍前，車上各插黃旗，大書「軍前公用美酒」。魏延領命，解酒到寨中，見張飛，傳說主公賜酒。飛拜受訖，分付魏延、雷銅各引一枝人馬，為左右翼；只看軍中紅旗起，便各進兵；教將酒擺列帳下，令軍士大開旗鼓而飲。有細作報上山來，張郃自來山頂觀望。見張飛坐於帳下飲酒，令二小卒於面前相撲為戲。郃曰：「張飛欺我太甚！」傳令今夜下山劫飛寨。令蒙頭、蕩石二寨，皆出為左右援。當夜張郃乘着月色微明，引軍從山側而下，逕到寨前。遙望張飛大明燈燭，正在帳中飲酒。張郃當先大喊一聲，山前擂鼓為助，直殺入中軍。但見張飛端坐不動。張郃驟馬到面前，一槍刺倒，卻是一個草人。急勒馬回時，帳後連珠礮起。一將當先，攔住去路，睜圓環眼，聲如巨雷：乃張飛也 —— 挺矛躍馬，直取張郃。兩將在火光中，戰到三五十合。張郃只盼兩寨來救，誰知兩寨救兵，已被魏延、雷銅兩將殺退，就勢奪了二寨。張郃不見救兵至，正沒奈何，又見山上火起，已被張飛後軍奪了寨柵。張郃三寨俱失，只得奔瓦口關去了。張飛大獲勝捷，報入成都。玄德大喜，方知翼德飲酒是計，只要誘張郃下山。

卻說張郃退守瓦口關，三萬軍已折了二萬，遣人向曹洪求救。洪大怒曰：“汝不聽吾言，強要進兵，失了緊要隘口，卻又來求救！”遂不肯發兵，使人催督張郃出戰。郃心慌，只得定計，分兩軍去關口前山僻埋伏；分付曰：“我詐敗，張飛必然趕來，汝等就截其歸路。”當日張郃引軍前進，正遇雷銅。戰不數合，張郃敗走，雷銅趕來。兩軍齊出，截斷回路。張郃復回，刺雷銅於馬下。敗軍回報張飛。飛自來與張郃挑戰，郃又詐敗，張飛不趕。郃又回戰，不數合，又敗走。張飛知是計，收軍回寨，與魏延商議曰：“張郃用埋伏計，殺了雷銅，又要賺吾，何不將計就計？”延問曰：“如何？”飛曰：“我明日先引一軍前往，汝卻引精兵於後，待伏兵出，汝可分兵擊之。用車十餘乘，各藏柴草，塞住小路，放火燒之。吾乘勢擒張郃，與雷銅報讎。”魏延領計。次日，張飛引兵前進。張郃兵又至，與張飛交鋒。戰到十合，郃又詐敗。張飛引馬步軍趕來，郃且戰且走。引張飛過山峪口，郃將後軍為前，復紮住營，與飛又戰，指望兩彪伏兵出，要圍困張飛，不想伏兵卻被魏延精兵到，趕入峪口，將車輛截住山路，放火燒車，山谷草木皆着，煙迷其徑，兵不得出。張飛只顧引軍衝突，張郃大敗，死命殺開條路，走上瓦口關，收聚殘兵，堅守不出。

張飛和魏延連日攻打關隘不下。飛見不濟事，把軍退二十里，卻和魏延引數十騎，自來兩邊哨探小路。忽見男女數人，各背小包，於山僻路攀藤附葛而走。飛於馬上用鞭指與魏延曰：“奪瓦口關，只在這幾個百姓身上。”便喚軍士分付：“休要驚恐他，好生喚那幾個百姓來。”軍士連忙喚到馬前。飛用好言以安其心，問其何來。百姓告曰：“某等皆漢中居民，今欲還鄉，聽知大軍廝殺，塞閉閬中官道；今過蒼溪，從梓潼山檜釘川入漢中，還家去。"飛曰："這條路取瓦口關遠近若何？"百姓曰："從梓潼山小路，卻是瓦口關背後。"飛大喜，帶百姓入寨中，與了酒食，分付魏延："引兵扣關攻打，我親自引輕騎出梓潼山攻關後。"便令百姓引路，選輕騎五百，從小路而進。

卻說張郃為救軍不到，心中正悶。人報魏延在關下攻打。張郃披掛上馬，卻待下山，忽報："關後四五路火起，不知何處兵來。"郃自領兵來迎。旗開處，早見張飛。郃大驚，急往小路而走，馬不堪行。後面張飛追趕甚急，郃棄馬上山，尋徑而逃，方得走脫。隨行只有十餘人，步行入南鄭，見曹洪。洪見張郃只剩下十餘人，大怒曰："吾教汝休去，汝取下文狀要去；今日折盡大兵，尚不自死，還來做甚？"喝令左右推出斬之。行軍司馬郭淮諫曰："'三軍易得，一將難求'。張郃雖然有罪，乃魏王所深愛者也，不可便誅。可再與五千兵逕取葭萌關，牽動其各處之兵，漢中自安矣。如不成功，二罪俱罰。"曹洪從之，又與兵五千，教張郃取葭萌關。郃領命而去。

卻說葭萌關守將孟達、霍峻知張郃兵來，霍峻只要堅守，孟達定要迎敵，引軍下關與張郃交鋒，大敗而回。霍峻急申文書到成都。玄德聞知，請軍師商議。孔明聚眾將於堂上，問曰："今葭萌關緊急，必須閬中取翼德，方可退張郃也。"法正曰："今翼德兵屯瓦口，鎮守閬中，亦是緊要之地，不可取回。帳中諸將內選一人去破張郃。"孔明笑曰："張郃乃魏之名將，非等閒可及。除非翼德，無人可當。"忽一人厲聲而出曰："軍師何輕視眾人耶？吾雖不才，願斬張郃首級，獻於麾下。"眾視之，乃老將黃忠也。孔明曰："漢升雖勇，爭奈年老，恐非張郃對手。"忠聽了，白鬚倒豎而言曰："某雖老，兩臂尚開三石之弓，渾身還有千斤之力，豈不足敵張郃匹夫耶？"孔明曰："將軍年近七十，如何不老？"忠趨步下堂，取架上大刀，輪動如飛；壁上硬弓，連拽折兩張。孔明曰："將軍要去，誰為副將？"忠曰："老將嚴顏，可同我去。但有疎虞，先納下這白頭。"玄德大喜，即時令嚴顏、黃忠去與張郃交戰。趙雲諫曰："今張郃親犯葭萌關，軍師休為兒戲。若葭萌關一失，益州危矣。何故以二老將當此大敵乎？"孔明曰："汝以二人老邁，不能成事，吾料漢中必於此二人手內可得。"趙雲等各各哂笑而退。

卻說黃忠、嚴顏到關上，孟達、霍峻見了，心中亦笑孔明欠調度："是這般緊要去處，如何只教兩個老的來！"黃忠謂嚴顏曰："你見諸人動靜麼？他笑我二人年老，今可建奇功，以服眾心。"嚴顏曰："願聽將軍之令。"兩個商議定了，黃忠引軍下關，與張郃對陣。張郃出馬，見了黃忠，笑曰："你許大年紀，猶不識羞，尚欲出戰耶！"忠怒曰："豎子欺吾年老！吾手中寶刀卻不老！"遂拍馬向前與郃決戰。二馬相交，約戰二十餘合，忽然背後喊聲起，原來是嚴顏從小路抄在張郃軍後。兩軍夾攻，張郃大敗。連夜趕去，張郃兵退八九十里。黃忠、嚴顏收兵入寨，俱各按兵不動。曹洪聽知張郃輸了一陣，又欲見罪。郭淮曰："張郃被逼，必投西蜀；今可遣將助之，就如監臨，使不生外心。"曹洪從之，即遣夏侯惇之姪夏侯尚并降將韓玄之弟韓浩，二人引五千兵，前來助戰。二將即時起行，到張郃寨中，問及軍情。郃言："老將黃忠，甚是英雄，更有嚴顏相助，不可輕敵。"韓浩曰："我在長沙知此老賊利害。他和魏延獻了城池，害吾親兄，今既相遇，必當報讎。"遂與夏侯尚引新軍離寨前進。原來黃忠連日哨探，已知路徑。嚴顏曰："此去有山，名天蕩山，山中乃是曹操屯糧積草之地。若取得那個去處，斷其糧草，漢中可得也。"忠曰："將軍之言，正合吾意。可與吾如此如此。"嚴顏依計，自領一枝軍去了。

卻說黃忠聽知夏侯尚、韓浩來，遂引軍馬出營。韓浩在陣前，大罵黃忠：“無義老賊！”拍馬挺槍，來取黃忠。夏侯尚便出夾攻。黃忠力戰二將，各鬥十餘合，黃忠敗走。二將趕二十餘里，奪了黃忠營寨。忠又草創一營。次日，夏侯尚、韓浩趕來，忠又出陣，戰數合，又敗走。二將又趕二十餘里，奪了黃忠營寨，喚張郃守後寨。郃來前寨諫曰：“黃忠連退二日，於中必有詭計。”夏侯尚叱張郃曰：“你如此膽怯，可知屢次戰敗！今再休多言，看吾二人建功！”張郃羞赧而退。次日，二將又戰，黃忠又敗退二十里，二將迤邐趕上。次日，二將兵出，黃忠望風而走，連敗數陣，直退在關上。二將扣關下寨，黃忠堅守不出。孟達暗暗發書，申報玄德，說：“黃忠連輸數陣，今退在關上。”玄德慌問孔明。孔明曰：“此乃老將驕兵之計也。”趙雲等不信。玄德差劉封來關上接應黃忠。忠與封相見，問劉封曰：“小將軍來助戰何意？”封曰：“父親得知將軍數敗，故差某來。”忠笑曰：“此老夫驕兵之計也。看今夜一陣，可盡復諸營，奪其糧食馬匹。此是借寨與彼屯輜重耳。今夜留霍峻守關，孟將軍可與我搬糧草奪馬匹。小將軍看我破敵。”

是夜二更，忠引五千軍開關直下。原來夏侯尚、韓浩二將連日見關上不出，盡皆懈怠；被黃忠破寨直入，人不及甲，馬不及鞍，二將各自逃命而走，軍馬自相踐踏，死者無數。比及天明，連奪三寨。寨中丟下軍器鞍馬無數，盡教孟達搬運入關。黃忠催軍馬隨後而進。劉封曰：“軍士力困，可以暫歇。”忠曰：“‘不入虎穴，焉得虎子？’”策馬先進。士卒皆努力向前。張郃軍兵，反被自家敗兵衝動，都屯紮不住，望後而走，盡棄了許多寨柵，直奔至漢水傍。

張郃尋見夏侯尚、韓浩議曰：“此天蕩山，乃糧草之所；更接米倉山，亦屯糧之地；是漢中軍士養命之源。倘若疏失，是無漢中也。

當思所以保之。"夏侯尚曰:"米倉山有吾叔夏侯淵分兵守護,那裏正接定軍山,不必憂慮。天蕩山有吾兄夏侯德鎮守,我等宜往投之,就保此山。"於是張郃與二將連夜投天蕩山來,見夏侯德,具言前事。夏侯德曰:"吾此處屯十萬兵,你可引去,復取原寨。"郃曰:"只宜堅守,不可妄動。"忽聽山前金鼓大震,人報黃忠兵到。夏侯德大笑曰:"老賊不諳兵法,只恃勇耳!"郃曰:"黃忠有謀,非止勇也。"德曰:"川兵遠涉而來,連日疲困,更兼深入敵境,此無謀也。"郃曰:"亦不可輕敵,且宜堅守。"韓浩曰:"願借精兵三千擊之,當無不克。"德遂分兵與浩下山。黃忠整兵來迎。劉封諫曰:"日已西沉矣,軍皆遠來勞困,且宜暫息。"忠笑曰:"不然。此天賜奇功,不取是逆天也。"言畢,鼓譟大進。韓浩引兵來戰。黃忠揮刀直取浩,只一合,斬浩於馬下。蜀兵大喊,殺上山來。張郃、夏侯尚急引軍來迎。忽聽山後大喊,火光沖天而起,上下通紅。夏侯德提兵來救火時,正遇老將嚴顏,手起刀落,斬夏侯德於馬下。原來黃忠預先使嚴顏引軍埋伏於山僻去處,只等黃忠軍到,卻來放火,柴草堆上,一齊點着,烈燄飛騰,照耀山峪。嚴顏既斬夏侯德,從山後殺來。張郃、夏侯尚前後不能相顧,只得棄天蕩山,望定軍山投奔夏侯淵去了。黃忠、嚴顏守住天蕩山,捷音飛報成都。玄德聞之,聚眾將慶喜。法正曰:"昔曹操降張魯,定漢中,不因此勢以圖巴、蜀,乃留夏侯淵、張郃二將屯守,而自引大軍北還:此失計也。今張郃新敗,天蕩失守,主公若乘此時,舉大兵親往征之,漢中可定也。既定漢中,然後練兵積粟,觀釁伺隙,進可討賊,退可自守。此天與之時,不可失也。"

玄德、孔明皆深然之,遂傳令趙雲、張飛為先鋒,玄德與孔明親自引兵十萬,擇日圖漢中;傳檄各處,嚴加隄備。時建安二十三年,秋七月吉日。玄德大軍出葭萌關下營,召黃忠、嚴顏到寨,厚賞之。

玄德曰：“人皆言將軍老矣，惟軍師獨知將軍之能。今果立奇功。但今漢中定軍山，乃南鄭保障，糧草積聚之所；若得定軍山，陽平一路，無足憂矣。將軍還敢取定軍山否？”黃忠慨然應諾，便要領兵前去。孔明急止之曰：“老將軍雖然英勇，然夏侯淵非張郃之比也。淵深通韜略，善曉兵機。曹操倚之為西涼藩蔽：先曾屯兵長安，拒馬孟起；今又屯兵漢中。操不託他人，而獨託淵者，以淵有將才也。今將軍雖勝張郃，未卜能勝夏侯淵。吾欲酌量着一人去荊州，替回關將軍來，方可敵之。”忠奮然答曰：“昔廉頗年八十，尚食斗米、肉十斤，諸侯畏其勇，不敢侵犯趙界，何況黃忠未及七十乎？軍師言吾老，吾今並不用副將，只將本部兵三千人去，立斬夏侯淵首級，納於麾下。”孔明再三不容。黃忠只是要去。孔明曰：“既將軍要去，吾使一人為監軍同去，若何？”正是：請將須行激將法，少年不若老年人。未知其人是誰，且看下文分解。

# 第七十一回

# 占對山黃忠逸待勞
# 據漢水趙雲寡勝眾

　　卻説孔明分付黃忠："你既要去，吾教法正助你。凡事計議而行。吾隨後撥人馬來接應。"黃忠應允，和法正領本部兵去了。孔明告玄德曰："此老將不着言語激他，雖去不能成功。他今既去，須撥人馬前去接應。"乃喚趙雲："將一枝人馬，從小路出奇兵接應黃忠：若忠勝，不必出戰；倘忠有失，即去救應。"又遣劉封、孟達："領三千兵於山中險要去處，多立旌旗，以壯我兵之聲勢，令敵人驚疑。"三人各自領兵去了。又差人往下辨，授計與馬超，令他如此而行。又差嚴顏往巴西閬中守隘，替張飛、魏延來同取漢中。

　　卻説張郃與夏侯尚來見夏侯淵，説："天蕩山已失，折了夏侯德、韓浩。今聞劉備親自領兵來取漢中，可速奏魏王，早發精兵猛將，前來策應。"夏侯淵便差人報知曹洪。洪星夜前到許昌，稟知曹操。操大驚，急聚文武，商議發兵救漢中。長史劉曄進曰："漢中若失，中原震動。大王休辭勞苦，必須親自征討。"操自悔曰："恨當時不用卿言，以致如此！"忙傳令旨，起兵四十萬親征。時建安二十三年秋七月也。曹操兵分三路而進：前部先鋒夏侯惇，操自領中軍，使曹休押後。三軍陸續起行。操騎白馬金鞍，玉帶錦衣。武士手執大紅羅銷金傘蓋。左右金瓜銀鉞，鐙棒戈矛，打日月龍鳳旌旗；護駕龍虎官軍二萬五千，分為五隊，每隊五千，按青、黃、赤、白、黑五色，旗旛甲馬，並依本色：光輝燦爛，極其雄壯。

　　兵出潼關，操在馬上望見一簇林木，極其茂盛，問近侍曰："此何處也？"答曰："此名藍田。林木之間，乃蔡邕莊也。今邕女蔡琰，與其夫董紀居此。"原來操素與蔡邕相善。先時其女蔡琰，乃衛道玠之妻；後被北方擄去，於北地生二子，作〈胡笳十八拍〉，流入中原。操深憐之，使人持千金入北方贖之。左賢王懼操之勢，送蔡琰還漢。操乃以琰配與董紀為妻。當日到莊前，因想起蔡邕之事，令軍馬先行，操引近侍百餘騎，到莊門下馬。時董紀出仕於外，止有蔡琰在家。琰聞操至，忙出迎接。操至堂，琰起居畢，侍立於側。操偶見壁間懸一碑文圖軸，起身觀之。問於蔡琰，琰答曰："此乃曹娥之碑也。昔和帝時，上虞有一巫者，名曹旰，能娑婆樂神；五月五日，醉舞舟中，墮江而死。其女年十四歲，遶江啼哭七晝夜，跳入波中；後五日，負父之屍浮於江面，里人葬之江邊。上虞令度尚奏聞朝廷，表為孝女。度尚令邯鄲淳作文鐫碑以記其事。時邯鄲淳年方十三歲，文不加點，一揮而就，立石墓側，時人奇之。妾父蔡邕聞而往觀，時日已暮，乃於暗中以手摸碑文而讀之，索筆大書八字於其背。後人鐫石，並鐫此八字。"操讀八字云："黃絹幼婦，外孫𩈀臼。"操問琰曰："汝解此意否？"琰曰："雖先人遺筆，妾實不解其意。"操回顧眾謀士曰："汝等解否？"眾皆不能答。於內一人出曰："某已解其意。"操視之，乃主簿楊修也。操曰："卿且勿言，容吾思之。"遂辭了蔡琰，引眾出莊。

上馬行三里，忽省悟，笑謂修曰：“卿試言之。”修曰：“此隱語耳。‘黃絹’乃顏色之絲也：色傍加絲，是‘絕’字。‘幼婦’者，少女也：女傍少字，是‘妙’字。‘外孫’乃女之子也：女傍子字，是‘好’字。‘虀臼’乃受五辛之器也：受傍辛字，是‘辭’字。總而言之，是‘絕妙好辭’四字。”操大驚曰：“正合孤意！”眾皆歎羨楊修才識之敏。

不一日，軍至南鄭。曹洪接着，備言張郃之事。操曰：“非郃之罪，勝負乃兵家常事耳。”洪曰：“目今劉備使黃忠攻打定軍山，夏侯淵知大王兵至，固守未曾出戰。”操曰：“若不出戰，是示懦也。”便差人持節到定軍山，教夏侯淵進兵。劉曄諫曰：“淵性太剛，恐中奸計。”操乃作手書與之。使命持節到淵營，淵接入。使者出書，淵拆視之。略曰：

> 凡為將者，當以剛柔相濟，不可徒恃其勇。若但任勇，則是一夫之敵耳。吾今屯大軍於南鄭，欲觀卿之“妙才”，勿辱二字可也。

夏侯淵覽畢大喜，打發使命回訖，乃與張郃商議曰：“今魏王率大兵屯於南鄭，以討劉備。吾與汝久守此地，豈能建立功業？來日吾出戰，務要生擒黃忠。”張郃曰：“黃忠謀勇兼備，況有法正相助，不可輕敵。此間山路險峻，只宜堅守。”淵曰：“若他人建了功勞，吾與汝有何面目見魏王耶？汝只守山，吾去出戰。”遂下令曰：“誰敢出哨誘敵？”夏侯尚曰：“吾願往。”淵曰：“汝去出哨，與黃忠交戰，只宜輸，不宜贏。吾有妙計，如此如此。”尚受令，引三千軍離定軍山大寨前行。

卻說黃忠與法正引兵屯於定軍山口，累次挑戰，夏侯淵堅守不出；欲要進攻，又恐山路危險，難以料敵，只得據守。是日，忽報山上曹兵下來搦戰。黃忠恰待引兵出迎，牙將陳式曰：“將軍休動，某願當之。"忠大喜，遂令陳式引軍一千，出山口列陣。夏侯尚兵至，遂與交鋒。不數合，尚詐敗而走。式趕去，行到半路，被兩山上擂木礧石，打將下來，不能前進。正欲回時，背後夏侯淵引兵突出，陳式不能抵當，被夏侯淵生擒回寨，部卒多降。有敗軍逃得性命，回報黃忠，説陳式被擒。忠慌與法正商議。正曰："淵為人輕躁，恃勇少謀。可激勵士卒，拔寨前進，步步為營，誘淵來戰而擒之：此乃'反客為主'之法。"忠用其謀，將應有之物，盡賞三軍，歡聲滿谷，願効死戰。黃忠即日拔寨而進，步步為營；每營住數日，又進。淵聞知，欲出戰。張郃曰："此乃'反客為主'之計，不可出戰，戰則有失。"淵不從，令夏侯尚引數千兵出戰，直到黃忠寨前。忠上馬提刀出迎，與夏侯尚交馬，只一合，生擒夏侯尚歸寨。餘皆敗走，回報夏侯淵。淵急使人到黃忠寨，言願將陳式來換夏侯尚。忠約定來日陣前相換。次日，兩軍皆到山谷闊處，布成陣勢。黃忠、夏侯淵各立馬於本陣門旗之下。黃忠帶着夏侯尚，夏侯淵帶着陳式，各不與袍鎧，只穿蔽體薄衣。一聲鼓響，陳式、夏侯尚各望本陣奔回。夏侯尚比及到陣門時，被黃忠一箭，射中後心。尚帶箭而回。淵大怒，驟馬逕取黃忠。忠正要激淵厮殺。兩將交馬，戰到二十餘合，曹營內忽然鳴金收兵。淵慌撥馬而回，被忠乘勢殺了一陣。淵回陣問押陣官："為何鳴金？"答曰："某見山凹中有蜀兵旗旛數處，恐是伏兵，故急招將軍回。"淵信其説，遂堅守不出。

　　黃忠逼到定軍山下，與法正商議。正以手指曰："定軍山西，巍然有一座高山，四下皆是險道。此山上足可下視定軍山之虛實。將軍若取得此山，定軍山只在掌中也。"忠仰見山頭稍平，山上有些少人馬。是夜二更，忠引軍士鳴金擊鼓，直殺上山頂。此山有夏侯淵部將杜襲把守，止有數百餘人。當時見黃忠大隊擁上，只得棄山而走。忠得了山頂，正與定軍山相對。法正曰："將軍可守在半山，某居山頂。待夏侯淵兵至，吾舉白旗為號，將軍卻按兵勿動；待他倦怠無備，吾卻舉起紅旗，將軍便下山擊之：以逸待勞，必當取勝。"忠大喜，從其計。

卻說杜襲引軍逃回，見夏侯淵，說黃忠奪了對山。淵大怒曰："黃忠占了對山，不容我不出戰。"張郃諫曰："此乃法正之謀也。將軍不可出戰，只宜堅守。"淵曰："占了吾對山，觀吾虛實，如何不出戰？"郃苦諫不聽。淵分軍圍住對山，大罵挑戰。法正在山上舉起白旗，任從夏侯淵百般辱罵，黃忠只不出戰。午時以後，法正見曹兵倦怠，銳氣已墮，多下馬坐息，乃將紅旗招展。鼓角齊鳴，喊聲大震。黃忠一馬當先，馳下山來，猶如天崩地塌之勢。夏侯淵措手不及，被黃忠趕到麾蓋之下，大喝一聲，猶如雷吼。淵未及相迎，黃忠寶刀已落，連頭帶肩，砍為兩段。後人有詩讚黃忠曰：

> 蒼頭臨大敵，皓首逞神威。
> 力趁雕弓發，風迎雪刃揮。
> 雄聲如虎吼，駿馬似龍飛。
> 獻馘功勳重，開疆展帝畿。

黃忠斬了夏侯淵，曹兵大潰，各自逃生。黃忠乘勢去奪定軍山，張郃領兵來迎。忠與陳式兩人夾攻，混殺一陣，張郃敗走。忽然山傍閃出一彪人馬，當住去路；為首一員大將，大叫："常山趙子龍在此！"張郃大驚，引敗軍奪路望定軍山而走。只見前面一枝兵來迎，乃杜襲也。襲曰："今定軍山已被劉封、孟達奪了。"郃大驚，遂與杜襲引敗兵到漢水紮營；一面令人飛報曹操。操聞淵死，放聲大哭，方悟管輅所言："三八縱橫"，乃建安二十四年也；"黃豬遇虎"，乃歲在己亥正月也；"定軍之南"，乃定軍山之南也；"傷折一股"，乃淵與操有兄弟之親情也。操令人尋管輅時，不知何處去了。操深恨黃忠，遂親統率大軍，來定軍山與夏侯淵報讎，令徐晃作先鋒。行到漢水，張郃、杜襲接着曹操。二將曰："今定軍山已失，可將米倉山糧草移於北山寨中屯積，然後進兵。"曹操依允。

卻說黃忠斬了夏侯淵首級，來葭萌關上見玄德獻功。玄德大喜，加忠為征西大將軍，設宴慶賀。忽牙將張著來報說："曹操自引大軍二十萬，來與夏侯淵報讎。目今張郃在米倉山搬運糧草，移於漢水北山腳下。"孔明曰："今操引大兵至此，恐糧草不敷，故勒兵不進；若得一人深入其境，燒其糧草，奪其輜重，則操之銳氣挫矣。"黃忠曰："老夫願當此任。"孔明曰："操非夏侯淵之比，不可輕敵。"玄德曰："夏侯淵雖是總帥，乃一勇夫耳，安及張郃？若斬得張郃，勝斬夏侯淵十倍也。"忠奮然曰："吾願往斬之。"孔明曰："你可與趙子龍同領一枝兵去；凡事計議而行，看誰立功。"忠應允便行。孔明就令張著為副將同去。雲謂忠曰："今操引二十萬眾，分屯十營，將軍在主公前要去奪糧，非小可之事。將軍當用何策？"忠曰："看我先去，如何？"雲曰："等我先去。"忠曰："我是主將，你是副將，如何爭先？"雲曰："我與你都一般為主公出力，何必計較？我二人拈鬮，拈着的先去。"忠依允。當時黃忠拈着先去。雲曰："既將軍先去，某當相助。可約定時刻。如將軍依時而還，某按兵不動；若將軍過時而不還，某即引軍來接應。"忠曰："公言是也。"於是二人約定午時為期。雲回本寨，謂部將張翼曰："黃漢升約定明日去奪糧草，若午時不回，我當往助。吾營前臨漢水，地勢危險；我若去時，汝可謹守寨柵，不可輕動。"張翼應諾。

卻說黃忠回到寨中，謂副將張著曰："我斬了夏侯淵，張郃喪膽；

吾明日領命去劫糧草，只留五百軍守營。你可助吾。今夜三更，盡皆飽食；四更離營，殺到北山腳下，先捉張郃，後劫糧草。」張著依令。當夜黃忠領人馬在前，張著在後，偷過漢水，直到北山之下。東方日出，見糧積如山。有些少軍士看守，見蜀兵到，盡棄而走。黃忠教馬軍一齊下馬，取柴堆於米糧之上。正欲放火，張郃兵到，與忠混戰一處。曹操聞知，急令徐晃接應。晃領兵前進，將黃忠困於垓心。張著引三百軍走脫，正要回寨，忽一枝兵撞出，攔住去路；為首大將，乃是文聘；後面曹兵又至，把張著圍住。

卻說趙雲在營中，看看等到午時，不見忠回，急忙披挂上馬，引三千軍向前接應；臨行，謂張翼曰：「汝可堅守營寨。兩壁廂多設弓弩，以為準備。」翼連聲應諾。雲挺槍驟馬直殺往前去。迎頭一將攔路，乃文聘部將慕容烈也，拍馬舞刀來迎趙雲，被雲手起一槍刺死。曹兵敗走。雲直殺入重圍，又一枝兵截住；為首乃魏將焦炳。雲喝問曰：「蜀兵何在？」炳曰：「已殺盡矣！」雲大怒，驟馬一槍，又刺死焦炳。殺散餘兵，直至北山之下，見張郃、徐晃兩人圍住黃忠，軍士被困多時。雲大喊一聲，挺槍驟馬，殺入重圍；左衝右突，如入無人之境。那槍渾身上下，若舞梨花；遍體紛紛，如飄瑞雪。張郃、徐晃心驚膽戰，不敢迎敵。雲救出黃忠，且戰且走，所到之處，無人敢阻。操於高處望見，驚問眾將曰：「此將何人也？」有識者告曰：「此乃常山趙子龍也。」操曰：「昔日當陽長坂英雄尚在！」急傳令曰：「所到之處，不許輕敵。」趙雲救了黃忠，殺透重圍，有軍士指曰：「東南上圍的，必是副將張著。」雲不回本寨，遂望東南殺來。所到之處，但見「常山趙雲」四字旗號，曾在當陽長坂知其勇者，互相傳說，盡皆逃竄。雲又救了張著。

曹操見雲東衝西突，所向無前，莫敢迎敵，救了黃忠，又救了張著，奮然大怒，自領左右將士來趕趙雲。雲已殺回本寨。部將張翼接着，望見後面塵起，知是曹兵追來，即謂雲曰：「追兵漸近，可令軍士閉上寨門，上敵樓防護。」雲喝曰：「休閉寨門！汝豈不知吾昔在當陽長坂時，單槍匹馬，覷曹兵八十三萬如草芥！今有軍有將，又何懼哉！」遂撥弓弩手於寨外壕中埋伏；將營內旗槍，盡皆倒偃，金鼓不鳴。雲匹馬單槍，立於營門之外。

卻說張郃、徐晃領兵追至蜀寨，天色已暮；見寨中偃旗息鼓，又見趙雲匹馬單槍，立於營外，寨門大開，二將不敢前進。正疑之間，曹操親到，急催督眾軍向前。眾軍聽令，大喊一聲，殺奔營前；見趙雲全然不動，曹兵翻身就回。趙雲把槍一招，壕中弓弩齊發。時天色昏黑，正不知蜀兵多少。操先撥回馬走。只聽得後面喊聲大震，鼓角齊鳴，蜀兵趕來。曹兵自相踐踏，擁到漢水河邊，落水死者，不知其數。趙雲、黃忠、張著各引兵一枝，追殺甚急。操正奔走間，忽劉封、孟達率二枝兵，從米倉山路殺來，放火燒糧草。操棄了北山糧草，忙回南鄭。徐晃、張郃紮腳不住，亦棄本寨而走。趙雲占了曹寨，黃忠奪了糧草、漢水，所得軍器無數，大獲勝捷，差人去報玄德。玄德遂同孔明前至漢水，問趙雲的部卒曰：「子龍如何廝殺？」軍士將子龍救黃忠、拒漢水之事，細述一遍。玄德大喜，看了山前山後險峻之路，欣然謂孔明曰：「子龍一身都是膽也！」後人有詩讚曰：

> 昔日戰長坂，威風猶未減。
> 突陣顯英雄，被圍施勇敢。
> 鬼哭與神號，天驚并地慘：
> 常山趙子龍，一身都是膽！

於是玄德號子龍為虎威將軍，大勞將士，歡宴至晚。

忽報曹操復遣大軍從斜谷小路而進，來取漢水。玄德笑曰：「操此來無能為也。我料必得漢水矣。」乃率兵於漢水之西以迎之。曹操命徐晃為先鋒，前來決戰。帳前一人出曰：「某深知地理，願助徐將軍同去破蜀。」操視之，乃巴西宕渠人也，姓王，名平，字子均，見充牙門將軍。操大喜，遂命王平為副先鋒，相助徐晃。操屯兵於定軍山北。徐晃、王平引軍至漢水，晃令前軍渡水列陣。平曰：「軍若渡水，倘要急退，如之奈何？」晃曰：「昔韓信背水為陣，所謂『致之死地而後生』也。」平曰：「不然。昔者韓信料敵人無謀而用此計。今將軍能料趙雲、黃忠之意否？」晃曰：「汝可引步軍拒敵，看我引馬軍破之。」遂令搭起浮橋，隨即過河來戰蜀兵。正是：魏人妄意宗韓信，蜀相那知是子房。未知勝負如何，且看下文分解。

# 第七十二回

## 諸葛亮智取漢中
## 曹阿瞞兵退斜谷

卻說徐晃引軍渡漢水，王平苦諫不聽，渡過漢水紮營。黃忠、趙雲告玄德曰：“某等各引本部兵去迎曹兵。”玄德應允。二人引兵而行。忠謂雲曰：“今徐晃恃勇而來，且休與敵；待日暮兵疲，你我分兵兩路擊之可也。”雲然之，各引一軍據住寨柵。徐晃引兵從辰時搦戰，直至申時，蜀兵不動。晃盡教弓弩手向前，望蜀營射去。黃忠謂趙雲曰：“徐晃令弓弩射者，其軍必將退也，可乘時擊之。”言未已，忽報曹兵後隊果然退動。於是蜀營鼓聲大震：黃忠領兵左出，趙雲領兵右出。兩下夾攻，徐晃大敗。軍士逼入漢水，死者無數。晃死戰得脫，回營責王平曰：“汝見吾軍勢將危，如何不救？”平曰：“我若來救，此寨亦不能保。我曾諫公休去，公不肯聽，以致此敗。”晃大怒，欲殺王平。平當夜引本部軍就營中放起火來，曹兵大亂，徐晃棄營而走。王平渡漢水來投趙雲，雲引見玄德。王平盡言漢水地理。玄德大喜曰：“孤得王子均，取漢中無疑矣。”遂命王平為偏將軍，領鄉導使。

卻説徐晃逃回見操，説王平反去降劉備矣。操大怒，親統大軍來奪漢水寨柵。趙雲恐孤軍難立，遂退於漢水之西。兩軍隔水相拒。玄德與孔明來觀形勢。孔明見漢水上流頭，有一帶土山，可伏千餘人，乃回到營中，喚趙雲分付："汝可引五百人，皆帶鼓角，伏於土山之下；或半夜，或黃昏，只聽我營中礮響：礮響一番，擂鼓一番，只不要出戰。"子龍受計去了。孔明卻在高山上暗窺。次日，曹兵到來搦戰，蜀營中一人不出，弓弩亦都不發。曹兵自回。當夜更深，孔明見曹營燈火方息，軍士歇定，遂放號礮。子龍聽得，令鼓角齊鳴。曹兵驚慌，只疑劫寨。及至出營，不見一軍。方纔回營欲歇，號礮又響，鼓角又鳴，吶喊震地，山谷應聲。曹兵徹夜不安。一連三夜，如此驚疑，操心怯，拔寨退三十里，就空闊處紮營。孔明笑曰："曹操雖知兵法，不知詭計。"遂請玄德親渡漢水，背水結營。玄德問計，孔明曰："可如此如此。"

曹操見玄德背水下寨，心中疑惑，使人來下戰書。孔明批來日決戰。次日，兩軍會於中路五界山前，列成陣勢。操出馬立於門旗下，兩行布列龍鳳旌旗，擂鼓三通，喚玄德答話。玄德引劉封、孟達并川中諸將而出。操揚鞭大罵曰："劉備，忘恩失義、反叛朝廷之賊！"玄德曰："吾乃大漢宗親，奉詔討賊。汝上弑母后，自立為王，僭用天子鑾輿，非反而何？"操怒，命徐晃出馬來戰。劉封出迎。交戰之時，玄德先走入陣。封敵晃不住，撥馬便走。操下令："捉得劉備，便為西川之王。"大軍齊吶喊殺過陣來。蜀兵望漢水而逃，盡棄營寨；馬匹軍器，丟滿道上。曹軍皆爭取。操急鳴金收軍。眾將曰："某等正待捉劉備，大王何故收軍？"操曰："吾見蜀兵背漢水安營，其可疑一也；多棄馬匹軍器，其可疑二也。可急退軍，休取衣物。"遂下令曰："妄取一物者立斬。火速退兵。"曹兵方回頭時，孔明號旗舉起：玄德中軍領兵便出，黃忠左邊殺來，趙雲右邊殺來。曹兵大潰而逃。孔明連夜追趕。操傳令軍回南鄭。只見五路火起。原來魏延、張飛得嚴顏代守閬中，分兵殺來，先得了南鄭。操心驚，望陽平關而走。玄德大兵追至南鄭褒州。安民已畢，玄德問孔明曰：“曹操此來，何敗之速也？”孔明曰：“操平生為人多疑，雖能用兵，疑則多敗。吾以疑兵勝之。”玄德曰：“今操退守陽平關，其勢已孤，先生將何策以退之？”孔明曰：“亮已算定了。”便差張飛、魏延分兵兩路去截曹操糧道，令黃忠、趙雲分兵兩路去放火燒山。四路軍將，各引鄉導官軍去了。

卻說曹操退守陽平關，令軍哨探。回報曰：“今蜀兵將遠近小路，盡皆塞斷；砍柴去處，盡放火燒絕。不知兵在何處。”操正疑惑間，又報張飛、魏延分兵劫糧。操問曰：“誰敢敵張飛？”許褚曰：“某願往！”操令許褚引一千精兵，去陽平關路上護接糧草。解糧官接着，喜曰：“若非將軍到此，糧不得到陽平矣。”遂將車上的酒肉，獻與許褚。褚痛飲，不覺大醉，便乘酒興，催糧車行。解糧官曰：“日已暮矣，前褒州之地，山勢險惡，未可過去。”褚曰：“吾有萬夫之勇，豈懼他人哉！今夜乘着月色，正好使糧車行走。”許褚當先，橫刀縱馬，引軍前進。二更已後，往褒州路上而來。行至半路，忽山凹裏鼓角震天，一枝軍當住。為首大將，乃張飛也，挺矛縱馬，直取許褚。褚舞刀來迎，卻因酒醉，敵不住張飛；戰不數合，被飛一矛刺中肩膀，翻身落馬；軍士急忙救起，退後便走。張飛盡奪糧草車輛而回。

卻說眾將保着許褚，回見曹操。操令醫士療治金瘡，一面親自提兵來與蜀兵決戰。玄德引軍出迎。兩陣對圓，玄德令劉封出馬。操罵曰：“賣履小兒，常使假子拒敵！吾若喚黃鬚兒來，汝假子為肉泥矣！”劉封大怒，挺槍驟馬，逕取曹操。操令徐晃來迎，封詐敗而走。操引兵追趕，蜀兵營中，四下礮響，鼓角齊鳴。操恐有伏兵。急教退軍。曹兵自相踐踏，死者極多。奔回陽平關，方纔歇定，蜀兵趕到城下，東門放火，西門吶喊；南門放火，北門擂鼓。操大懼，棄關而走。蜀兵從後追襲。操正走之間，前面張飛引一枝兵截住，趙雲引一枝兵從背後殺來，黃忠又引兵從褒州殺來。操大敗。諸將保護曹操，奪路而走。方逃至斜谷界口，前面塵頭忽起，一枝兵到。操曰："此軍若是伏兵，吾休矣！"及兵將近，乃操次子曹彰也。

彰字子文，少善騎射；膂力過人，能手格猛獸。操嘗戒之曰："汝不讀書而好弓馬，此匹夫之勇，何足貴乎？"彰曰："大丈夫當學衛青、霍去病，立功沙漠，長驅數十萬眾，縱橫天下，何能作博士[1]耶？"操嘗問諸子之志。彰曰："好為將。"操問："為將何如？"彰曰："披堅執銳，臨難不顧，身先士卒；賞必行，罰必信。"操大笑。建安二十三年，代郡烏桓反，操令彰引兵五萬討之。臨行戒之曰："居家為父子，受事為君臣。法不徇情，爾宜深戒。"彰到代北，身先戰陣，直殺至桑乾，北方皆平；因聞操在陽平敗陣，故來助戰。操見彰至，大喜曰："我黃鬚兒來，破劉備必矣！"遂勒兵復回，於斜谷界口安營。有人報玄德，言曹彰到。玄德問曰："誰敢去戰曹彰？"劉封曰："某願往。"孟達又說要去。玄德曰："汝二人同去，看誰成功。"各引兵五千來迎：劉封在先，孟達在後。曹彰出馬與封交戰，只三合，封大敗而回。孟達引兵前進，方欲交鋒，只見曹兵大亂。原來馬超、吳蘭兩軍殺來，曹兵驚動。孟達引兵夾攻。馬超士卒，蓄銳日久，到此耀武揚威，勢不可當。曹兵敗走。曹彰正遇吳蘭，兩個交鋒，不數合，曹彰一戟刺吳蘭於馬下。三軍混戰。操收兵於斜谷界口紮住。

操屯兵日久，欲要進兵，又被馬超拒守；欲收兵回，又恐被蜀兵恥笑：心中猶豫不決。適庖官進雞湯。操見碗中有雞肋，因而有感於懷。正沈吟間，夏侯惇入帳，稟請夜間口號。操隨口曰："雞肋！雞肋！"惇傳令眾官，都稱"雞肋"。行軍主簿楊修，見傳"雞肋"二字，便教隨行軍士，各收拾行裝，準備歸程。有人報知夏侯惇。惇大驚，遂請楊修至帳中問曰："公何收拾行裝？"修曰："以今夜號令，便知魏王不日將退兵歸也。雞肋者，食之無肉，棄之有味。今進不能勝，退恐人笑，在此無益，不如早歸：來日魏王必班師矣。故先收拾行裝，免得臨行慌亂。"夏侯惇曰："公真知魏王肺腑也！"遂亦收拾行裝。於是寨中諸將，無不準備歸計。當夜曹操心亂，不能穩睡，遂手提鋼斧，遶寨私行。只見夏侯惇寨內軍士，各準備行裝。操大驚，急回帳召惇問其故。惇曰："主簿楊德祖，先知大王欲歸之意。"操喚楊修問之，修以雞肋之意對。操大怒曰："汝怎敢造言，亂我軍心！"喝刀斧手推出斬之，將首級號令於轅門外。

原來楊修為人恃才放曠，數犯曹操之忌：操嘗造花園一所；造成，操往觀之，不置褒貶，只取筆於門上書一"活"字而去。人皆不曉其意。修曰："'門'內添'活'字，乃'闊'字也。丞相嫌園門闊耳。"於是再築牆圍。改造停當，又請操觀之。操大喜，問曰："誰知吾意？"左右曰："楊修也。"操雖稱美，心甚忌之。又一日，塞北送酥一盒至。操自寫"一合酥"三字於盒上，置之案頭。修入見之，竟取匙與眾分食訖。操問其故，修答曰："盒上明書'一人一口酥'，豈敢違丞相之命乎？"操雖喜笑，而心惡之。操恐人暗中謀害己身，常分付左右："吾夢中好殺人，凡吾睡着，汝等切勿近前。"一日，晝寢帳中，落被於地。一近侍慌取覆蓋。操躍起拔劍斬之，復上牀睡；半晌而起，佯驚問："何人殺吾近侍？"眾以實對。操痛哭，命厚葬之。人皆以為操果夢中殺人，惟修知其意，臨葬時指而歎曰："丞相非在夢中，君乃在夢中耳！"操聞而愈惡之。操第三子曹植，愛修之才，常邀修談論，終夜不息。操與眾商議，欲立植為世子。曹丕知之，密請朝歌長吳質入內府商議；因恐有人知覺，乃用大簏藏吳質於中，只說是絹疋在內，載入府中。修知其事，逕來告操。操令人於丕府門伺察之。丕慌告吳質，質曰：“無憂也。明日用大簏裝絹，再入以惑之。”丕如其言，以大簏載絹入。使者搜看簏中，果絹也，回報曹操。操因疑修譖害曹丕，愈惡之。操欲試曹丕、曹植之才幹。一日，令各出鄴城門，卻密使人分付門吏，令勿放出。曹丕先至，門吏阻之，丕只得退回。植聞知，問於修。修曰：“君奉王命而出，如有阻當者，竟斬之可也。”植然其言。及至門，門吏阻住。植叱曰：“吾奉王命，誰敢阻當！”立斬之。於是曹操以植為能。後有人告操曰：“此乃楊修之所教也。”操大怒，因此亦不喜植。修又嘗為曹植作答教十餘條，但操有問，植即依條答之。操每以軍國之事問植，植對答如流。操心中甚疑。後曹丕暗買植左右，偷答教來告操。操見了大怒曰：“匹夫安敢欺我耶！”此時已有殺修之心。今乃借惑亂軍心之罪殺之。修死年三十四歲。後人有詩曰：

> 聰明楊德祖，世代繼簪纓。
> 筆下龍蛇走，胸中錦繡成。
> 開談驚四座，捷對冠羣英。
> 身死因才誤，非關欲退兵。

曹操既殺楊修，佯怒夏侯惇，亦欲斬之。眾官告免。操乃叱退夏侯惇，下令來日進兵。次日，兵出斜谷界口，前面一軍相迎，為首大將乃魏延也。操招魏延歸降，延大罵。操令龐德出戰。二將正鬥間，曹寨內火起。人報馬超劫了中後二寨。操拔劍在手曰：“諸將退後者斬！”眾將努力上前。魏延詐敗而走，操方麾軍回戰馬超，自立馬於高阜處，看兩軍爭戰。忽一彪軍撞至面前，大叫：“魏延在此！”拈弓搭箭，射中曹操。操翻身落馬。延棄弓綽刀，驟馬上山坡來殺曹操。刺斜裏閃出一將，大叫："休傷吾主！"視之，乃龐德也。德奮力向前，戰退魏延，保操前行。馬超已退。操帶傷歸寨：原來被魏延射中人中，折卻門牙兩個，急令醫士調治。方憶楊修之言，隨將修屍收回厚葬，就令班師，卻教龐德斷後。操臥於氈車之中，左右虎賁軍護衛而行。忽報斜谷山上兩邊火起，伏兵趕來。曹兵人人驚恐。正是：依稀昔日潼關厄，彷彿當年赤壁危。未知曹操性命如何，且看下文分解。

註　釋

1　博士：專掌經學傳授的官。

# 第七十三回

## 玄德進位漢中王
## 雲長攻拔襄陽郡

　　卻說曹操退兵至斜谷，孔明料他必棄漢中而走，故差馬超等諸將，分兵十數路，不時攻劫。因此操不能久住；又被魏延射了一箭，急急班師。三軍銳氣墮盡。前隊纔行，兩下火起，乃是馬超伏兵追趕。曹兵人人喪膽。操令軍士急行，曉夜奔走無停，直至京兆，方始安心。

　　且說玄德命劉封、孟達、王平等，攻取上庸諸郡。申耽等聞操已棄漢中而走，遂皆投降。玄德安民已定，大賞三軍，人心大悅。於是眾將皆有推尊玄德為帝之心；未敢逕啟，卻來稟告諸葛軍師。孔明曰："吾意已有定奪了。"隨引法正等入見玄德曰："今曹操專權，百姓無主；主公仁義著於天下，今已撫有兩川之地，可以應天順人，即皇帝位，名正言順，以討國賊。事不宜遲，便請擇吉。"玄德大驚曰："軍師之言差矣。劉備雖然漢之宗室，乃臣子也；若為此事，是反漢矣。"孔明曰："非也。方今天下分崩，英雄並起，各霸一方，四海才德之士，捨死亡生而事其上者，皆欲攀龍附鳳，建立功名也。今主公避嫌守義，恐失眾人之望。願主公熟思之。”玄德曰：“要吾僭居尊位，吾必不敢。可再商議長策。”諸將齊言曰：“主公若只推卻，眾心解矣。”孔明曰：“主公平生以義為本，未肯便稱尊號。今有荊襄、兩川之地，可暫為漢中王。”玄德曰：“汝等雖欲尊吾為王，不得天子明詔，是僭也。”孔明曰：“今宜從權，不可拘執常理。”張飛大叫曰：“異姓之人，皆欲為君，何況哥哥乃漢朝宗派！莫說漢中王，就稱皇帝，有何不可？”玄德叱曰：“汝勿多言！”孔明曰：“主公宜從權變，先進位漢中王，然後表奏天子，未為遲也。”

玄德再三推遲不過，只得依允。建安二十四年秋七月，築壇於沔陽，方圓九里，分布五方，各設旌旗儀仗。羣臣皆依次序排列。許靖、法正請玄德登壇，進冠冕璽綬訖，面南而坐，受文武官員拜賀為漢中王。子劉禪，立為王世子。封許靖為太傅，法正為尚書令。諸葛亮為軍師，總理軍國重事。封關羽、張飛、趙雲、馬超、黃忠為五虎大將；魏延為漢中太守。其餘各擬功勳定爵。

玄德既為漢中王，遂修表一道，差人齎赴許都。表曰：

備以具臣之才，荷上將之任，總督三軍，奉辭於外；不能掃除寇難，靖匡王室，久使陛下聖教陵遲，六合之內，否而未泰；惟憂反側，疢如疾首[1]。

曩者，董卓偽為亂階。自是之後，羣凶縱橫，殘剝海內。賴陛下聖德威臨，人臣同應，或忠義奮討，或上天降罰，暴逆並殄，以漸冰消。惟獨曹操久未梟除，侵擅國權，恣心極亂。臣昔與車騎將軍董承圖謀討操，機事不密，承見陷害。臣播越失據，忠義不果，遂使操窮凶極逆：主后戮殺，皇子鴆害。雖糾合同盟，念在奮力；懦弱不武，歷年未效。常恐殞越，辜負國恩；寤寐永歎，夕惕若厲。

今臣羣僚以為：在昔《虞書》，敦敍九族，庶明勵翼；帝王相傳，此道不廢。周監二代，並建諸姬，實賴晉、鄭夾輔之力。高祖龍興，尊王子弟，大啟九國，卒斬諸呂，以安大宗。今操惡直醜正，實繁有徒，包藏禍心，篡盜已顯；既宗室微弱，帝族無位，斟酌古式，依假權宜，上臣為大司馬漢中王。

臣伏自三省：受國厚恩，荷任一方，陳力未效，所獲已過，不宜復忝高位，以重罪謗。羣僚見逼，迫臣以義。臣退惟寇賊不梟，國難未已；宗廟傾危，社稷將墜：誠臣憂心碎首之日。若應權通變，以寧靜聖朝，雖赴水火，所不得辭：輒順眾議，拜受印璽，以崇國威。

仰惟爵號，位高寵厚；俯思報效，憂深責重：驚怖惕息，如臨於谷。敢不盡力輸誠，獎勵六師，率齊羣義，應天順時，以寧社稷。謹拜表以聞。

表到許都，曹操在鄴郡聞知玄德自立為漢中王，大怒曰："織蓆小兒，安敢如此！吾誓滅之！"即時傳令，盡起傾國之兵，赴兩川與漢中王決雌雄。一人出班諫曰："大王不可因一時之怒，親勞車駕遠征。臣有一計，不須張弓隻箭，令劉備在蜀自受其禍；待其兵衰力盡，只須一將往征之，便可成功。"操視其人，乃司馬懿也。操喜問曰："仲達有何高見？"懿曰："江東孫權，以妹嫁劉備，而又乘間竊取回去；劉備又據占荊州不還：彼此俱有切齒之恨。今可差一舌辯之士，齎書往說孫權，使興兵取荊州，劉備必發兩川之兵以救荊州。那時大王興兵去取漢川，令劉備首尾不能相救，勢必危矣。”

操大喜，即修書令滿寵為使，星夜投江東來見孫權。權知滿寵到，遂與謀士商議。張昭進曰：“魏與吳本無讎，前因聽諸葛之説詞，致兩家連年征戰不息，生靈遭其塗炭。今滿伯寧來，必有講和之意，可以禮接之。”權依其言，令眾謀士接滿寵入城相見。禮畢，權以賓禮待寵。寵呈上操書，曰：“吳、魏自來無讎，皆因劉備之故，致生釁隙。魏王差某到此，約將軍攻取荊州，魏王以兵臨漢川，首尾夾擊。破劉之後，共分疆土，誓不相侵。”孫權覽書畢，設筵相待滿寵，送歸館舍安歇。

權與眾謀士商議。顧雍曰：“雖是説詞，其中有理。今可一面送滿寵回，約會曹操，首尾相擊；一面使人過江探雲長動靜，方可行事。”諸葛瑾曰：“某聞雲長自到荊州，劉備娶與妻室，先生一子，次生一女。其女尚幼，未許字人。某願往與主公世子求婚。若雲長肯許，即與雲長計議共破曹操；若雲長不肯，然後助曹取荊州。”孫權用其謀，先送滿寵回許都，卻遣諸葛瑾為使，投荊州來。入城見雲長，禮畢。雲長曰：“子瑜此來何意？”瑾曰：“特來求結兩家之好：吾主吳侯有一子，甚聰明；聞將軍有一女，特來求親。兩家結好，併力破曹。此誠美事。請君侯思之。”雲長勃然大怒曰：“吾虎女安肯嫁犬子乎！不看汝弟之面，立斬汝首！再休多言！”遂喚左右逐出。瑾抱頭鼠竄，回見吳侯，不敢隱匿，遂以實告。權大怒曰：“何太無禮耶！”便喚張昭等文武官員，商議取荊州之策。步騭曰：“曹操久欲篡漢，所懼者劉備也；今遣使來令吳興兵吞蜀，此嫁禍於吳也。”權曰：“孤亦欲取荊州久矣。”騭曰：“今曹仁見屯兵於襄陽、樊城，又無長江之險，旱路可取荊州；如何不取，卻令主公動兵？只此便見其心。主公可遣使去許都見操，令曹仁旱路先起兵取荊州，雲長必掣荊州之兵而取樊城。

若雲長一動，主公可遣一將，暗取荊州，一舉可得矣。"權從其議，即時遣使過江，上書曹操，陳說此事。操大喜，發付使者先回，隨遣滿寵往樊城助曹仁，為參謀官，商議動兵；一面馳檄東吳，令領兵水路接應，以取荊州。

卻說漢中王令魏延總督軍馬，守禦東川。遂引百官回成都。差官起造宮廷，又置館舍，自成都至白水，共建四百餘處館舍亭郵。廣積糧草，多造軍器，以圖進取中原。細作人探聽得曹操結連東吳，欲取荊州，即飛報入蜀。漢中王忙請孔明商議。孔明曰："某已料曹操必有此謀，然吳中謀士極多，必教操令曹仁先興兵矣。"漢中王曰："似此如之奈何？"孔明曰："可差使命就送官誥與雲長，令先起兵取樊城，使敵軍膽寒，自然瓦解矣。"漢中王大喜，即差前部司馬費詩為使，齎捧誥命投荊州來。雲長出郭，迎接入城。至公廨禮畢，雲長問曰："漢中王封我何爵？"詩曰："'五虎大將'之首。"雲長問："那五虎將？"詩曰："關、張、趙、馬、黃是也。"雲長怒曰："翼德吾弟也；孟起世代名家；子龍久隨吾兄，即吾弟也，位與吾相並，可也。黃忠何等人，敢與吾同列！大丈夫終不與老卒為伍！"遂不肯受印。詩笑曰："將軍差矣。昔蕭何、曹參與高祖同舉大事，最為親近，而韓信乃楚之亡將也，然信位為王，居蕭、曹之上，未聞蕭、曹以此為怨。今漢中王雖有'五虎將'之封，而與將軍有兄弟之義，視同一體。將軍即漢中王，漢中王即將軍也。豈與諸人等哉？將軍受漢中王厚恩，當與同休戚、共禍福，不宜計較官號之高下。願將軍熟思之。"雲長大悟，乃再拜曰："某之不明，非足下見教，幾誤大事。"即拜受印綬。

費詩方出王旨，令雲長領兵取樊城。雲長領命，即時便差傅士仁、糜芳二人為先鋒，先引一軍於荊州城外屯紮；一面設宴城中，款待費詩。飲至二更，忽報城外寨中火起。雲長急披挂上馬，出城看時，乃是傅士仁、糜芳飲酒，帳後遺火，燒着火礟，滿營撼動，把軍器糧草，盡皆燒燬。雲長引兵救撲，至四更方纔火滅。雲長入城，召傅士仁、糜芳責之曰：“吾令汝二人作先鋒，不曾出師，先將許多軍器糧草燒燬，火礟打死本部軍人：如此誤事，要你二人何用！”叱令斬之。費詩告曰：“未曾出師，先斬大將，於軍不利。可暫免其罪。”雲長怒氣不息，叱二人曰：“吾不看費司馬之面，必斬汝二人之首！”乃喚武士各決四十，摘去先鋒印綬，罰糜芳守南郡，傅士仁守公安，且曰：“吾若得勝回來之日，稍有差池，二罪俱罰！”二人滿面羞慚，喏喏而去。雲長便令廖化為先鋒，關平為副將，自總中軍，馬良、伊籍為參謀，一同征進。先是，有胡華之子胡班，到荊州來降投關公；公念其舊日相救之情，甚愛之；令隨費詩入川，見漢中王受爵。費詩辭別關公，帶了胡班，自回蜀中去了。

　　且說關公是日祭了“帥”字大旗，假寐於帳中。忽見一豬，其大如牛，渾身黑色，奔入帳中，逕咬雲長之足。雲長大怒，急拔劍斬之，聲如裂帛。霎然驚覺，乃是一夢。便覺左足陰陰疼痛，心中大疑。喚關平至，以夢告之。平對曰：“豬亦有龍象。龍附足，乃升騰之意，不必疑忌。”雲長聚多官於帳下，告以夢兆。或言吉祥者，或言不祥者，眾論不一。雲長曰：“吾大丈夫年近六旬，即死何憾！”正言間，蜀使至，傳漢中王旨，拜雲長為前將軍，假節鉞，都督荊襄九郡事。雲長受命訖，眾官拜賀曰：“此足見豬龍之瑞也。”於是雲長坦然不疑，遂起兵奔襄陽大路而來。

　　曹仁正在城中，忽報雲長自領兵來。仁大驚，欲堅守不出。副將翟元曰：“今魏王令將軍約會東吳取荊州，今彼自來，是送死也，何故避之？”參謀滿寵諫曰：“吾素知雲長勇而有謀，未可輕敵。不如堅守，乃為上策。”驍將夏侯存曰：“此書生之言耳。豈不聞‘水來土掩，將至兵迎'？我軍以逸代勞，自可取勝。"曹仁從其言，令滿寵守樊城，自領兵來迎雲長。雲長知曹兵來，喚關平、廖化二將，受計而往。與曹兵兩陣對圓。廖化出馬搦戰，翟元出迎。二將戰不多時，化詐敗，撥馬便走，翟元從後追殺，荊州兵退二十里。次日，又來搦戰。夏侯存、翟元一齊出迎，荊州兵又敗。又追殺二十餘里，忽聽得背後喊聲大震，鼓角齊鳴。曹仁急命前軍速回，背後關平、廖化殺來，曹兵大亂。曹仁知是中計，先撃一軍飛奔襄陽；離城數里，前面繡旗招颭，雲長勒馬橫刀，攔住去路。曹仁膽戰心驚，不敢交鋒，望襄陽斜路而走。雲長不趕。須臾，夏侯存軍至，見了雲長，大怒，便與雲長交鋒，只一合，被雲長砍死。翟元便走，被關平趕上，一刀斬之。乘勢追殺，曹兵大半死於襄江之中。曹仁退守樊城。

雲長得了襄陽，賞軍撫民。隨軍司馬王甫曰："將軍一鼓而下襄陽，曹兵雖然喪膽，然以愚意論之：今東吳呂蒙屯兵陸口，常有吞併荊州之意；倘率兵逕取荊州，如之奈何？"雲長曰："吾亦念及此。汝便可提調此事：去沿江上下，或二十里，或三十里，選高阜處置一烽火臺。每臺用五十軍守之。倘吳兵渡江，夜則明火，晝則舉煙為號。吾當親往擊之。"王甫曰："糜芳、傅士仁守二隘口，恐不竭力，必須再得一人以總督荊州。"雲長曰："吾已差治中潘濬守之，有何慮焉？"甫曰："潘濬平生多忌而好利，不可任用。可差軍前都督糧料官趙累代之。趙累為人忠誠廉直，若用此人，萬無一失。"雲長曰："吾素知潘濬為人，今既差定，不必更改。趙累現掌糧料，亦是重事。汝勿多疑，只與我築烽火臺去。"王甫怏怏拜辭而行。雲長令關平準備船隻渡襄江，攻打樊城。

卻說曹仁折了二將，退守樊城，謂滿寵曰："不聽公言，兵敗將亡，失卻襄陽，如之奈何？"寵曰："雲長虎將，足智多謀，不可輕敵，只宜堅守。"正言間，人報雲長渡江而來，攻打樊城。仁大驚。寵曰：
"只宜堅守。"部將呂常奮然曰："某乞兵數千，願當來軍於襄江之內。"
寵諫曰："不可。"呂常怒曰："據汝等文官之言，只宜堅守，何能退
敵？豈不聞兵法云：'軍半渡可擊。'今雲長半渡襄江，何不擊之？若
兵臨城下，將至壕邊，急難抵當矣。"仁即與兵二千，令呂常出樊城
迎戰。呂常來至江口，只見前面繡旗開處，雲長橫刀出馬。呂常卻欲
來迎，後面眾軍見雲長神威凜凜，不戰先走，呂常喝止不住。雲長混
殺過來，曹兵大敗，馬步軍折其大半。殘敗軍奔入樊城，曹仁急差人
求救。使命星夜至長安，將書呈上曹操，言："雲長破了襄陽，現圍
樊城甚急，望撥大將前來救援。"曹操指班部內一人而言曰："汝可去
解樊城之圍。"其人應聲而出。眾視之，乃于禁也。禁曰："某求一將
作先鋒，領兵同去。"操又問眾人曰："誰敢作先鋒？"一人奮然出曰：
"某願施犬馬之勞，生擒關某，獻於麾下。"操觀之大喜。正是：未見
東吳來伺隙，先看北魏又添兵。未知此人是誰，且看下文分解。

註 釋

1 疢如疾首：煩熱得有如患了頭痛的疾病。比喻憂傷到極點。

# 第七十四回

# 龐令明擡櫬決死戰
# 關雲長放水淹七軍

　　卻說曹操欲使于禁赴樊城救援，問眾將誰敢作先鋒。一人應聲願往。操視之，乃龐德也。操大喜曰："關某威震華夏，未逢對手；今遇令明，真勁敵也。"遂加于禁為征南將軍，加龐德為征西都先鋒，大起七軍，前往樊城。這七軍，皆北方強壯之士。兩員領軍將校：一名董衡，一名董超。當日引各頭目參拜于禁。董衡曰："今將軍提七枝重兵，去解樊城之厄，期在必勝；乃用龐德為先鋒，豈不誤事？"禁驚問其故。衡曰："龐德原係馬超手下副將，不得已而降魏；今其故主在蜀，職居'五虎上將'，況其親兄龐柔亦在西川為官，今使他為先鋒，是潑油救火也。將軍何不啟知魏王，別換一人去？"

　　禁聞此語，遂連夜入府啟知曹操。操省悟，即喚龐德至階下，令納下先鋒印。德大驚曰："某正欲與大王出力，何故不肯見用？"操曰："孤本無猜疑，但今馬超見在西川，汝兄龐柔亦在西川，俱佐劉備，孤縱不疑，奈眾口何？"龐德聞之，免冠頓首，流血滿面而告曰："某自漢中投降大王，每感厚恩，雖肝腦塗地，不能補報。大王何疑於德也？德昔在故鄉時，與兄同居，嫂甚不賢，德乘醉殺之，兄恨德入骨髓，誓不相見，恩已斷矣。故主馬超，有勇無謀，兵敗地亡，孤身入川，今與德各事其主，舊義已絕。德感大王恩遇，安敢萌異志？惟大王察之。”操乃扶起龐德，撫慰曰：“孤素知卿忠義，前言特以安眾人之心耳。卿可努力建功，卿不負孤，孤亦必不負卿也。”

德拜謝回家，令匠人造一木櫬。次日，請諸友赴席，列櫬於堂。眾親友見之，皆驚問曰：“將軍出師，何用此不祥之物？”德舉盃謂親友曰：“吾受魏王重恩，誓以死報。今去樊城，與關某決戰，我若不能殺彼，必為彼所殺；即不為彼所殺，我亦當自殺，故先備此櫬，以示無空回之理。”眾皆嗟歎。德喚其妻李氏與其子龐會出，謂其妻曰：“吾今為先鋒，義當効死疆場。我若死，汝好生看養吾兒。吾兒有異相，長大必當與吾報讎也。”妻子痛哭送別，德令扶櫬而行。臨行，謂部將曰：“吾今去與關某死戰，我若被關某所殺，汝等急取吾屍置此櫬中；我若殺了關某，吾亦即取其首，置此櫬內，回獻魏王。”部將五百人皆曰：“將軍如此忠勇，某等敢不竭力相助！”於是引軍前進。有人將此言報知曹操。操喜曰：“龐德忠勇如此，孤何憂焉！”賈詡曰：“龐德恃血氣之勇，欲與關某決死戰，臣竊慮之。”操然其言，急令人傳旨戒龐德曰：“關某智勇雙全，切不可輕敵。可取則取，不可取則宜謹守。”龐德聞命，謂眾將曰：“大王何重視關某也？吾料此去，當挫關某三十年之聲價。”禁曰：“魏王之言，不可不從。”德奮然趲軍前至樊城，耀武揚威，鳴鑼擊鼓。

卻說關公正坐帳中，忽探馬飛報：“曹操差于禁為將，領七枝精壯兵到來。前部先鋒龐德，軍前擡一木櫬，口出不遜之言，誓欲與將軍決一死戰。兵離城止三十里矣。”關公聞言，勃然變色，美髯飄動，大怒曰：“天下英雄，聞吾之名，無不畏服；龐德豎子，何敢藐視吾耶！關平一面攻打樊城，吾自去斬此匹夫，以雪吾恨！”平曰：“父親不可以泰山之重，與頑石爭高下。辱子願代父去戰龐德。”關公曰：“汝試一往，吾隨後便來接應。”關平出帳，提刀上馬，領兵來迎龐德。兩陣對圓，魏營一面皂旗上大書“南安龐德”四個白字。龐德青袍銀鎧，鋼刀白馬，立於陣前；背後五百軍兵緊隨，步卒數人肩擡木櫬而出。關平大罵龐德：“背主之賊！”龐德問部卒曰：“此何人也？”或答曰：“此關公義子關平也。”德叫曰：“吾奉魏王旨，來取汝父之首！汝乃疥癩小兒，吾不殺汝！快喚汝父來！”平大怒，縱馬舞刀，來取龐德。德橫刀來迎。戰三十合，不分勝負，兩家各歇。

早有人報知關公。公大怒，令廖化去攻樊城，自己親來迎敵龐德。關平接着，言與龐德交戰，不分勝負。關公隨即橫刀出馬，大叫曰：“關雲長在此，龐德何不早來受死！”鼓聲響處，龐德出馬曰：“吾奉魏王旨，特來取汝首！恐汝不信，備櫬在此。汝若怕死，早下馬受降！”關公大罵曰：“量汝一匹夫，亦何能為！可惜我青龍刀斬汝鼠賊！”縱馬舞刀，來取龐德。德輪刀來迎。二將戰有百餘合，精神倍長。兩軍各看得癡呆了。魏軍恐龐德有失，急令鳴金收軍。關平恐父年老，亦急鳴金。二將各退。龐德歸寨，對眾曰：“人言關公英雄，今日方信也。”正言間，于禁至。相見畢，禁曰：“聞將軍戰關公，百合之上，未得便宜，何不且退軍避之？”德奮然曰：“魏王命將軍為大將，何太弱也？吾來日與關某共決一死，誓不退避！”禁不敢阻而回。

卻說關公回寨，謂關平曰：“龐德刀法慣熟，真吾敵手。”平曰：“俗云：‘初生之犢不懼虎。’父親縱然斬了此人，只是西羌一小卒耳；倘有疎虞，非所以重伯父之託也。”關公曰：“吾不殺此人，何以雪恨？吾意已決，再勿多言！”次日，上馬引兵前進。龐德亦引兵來迎。兩陣對圓，二將齊出，更不打話，出馬交鋒。鬥至五十餘合，龐德撥回馬，拖刀而走。關公從後追趕。關平恐有疎失，亦隨後趕去。關公口中大罵：「龐賊！欲使拖刀計！吾豈懼汝？」原來龐德虛作拖刀勢，卻把刀就鞍轎挂住，偷拽雕弓，搭上箭，射將來。關平眼快，見龐德拽弓，大叫：「賊將休放冷箭！」關公急睜眼看時，弓弦響處，箭早到來；躲閃不及，正中左臂。關平馬到，救父回營。龐德勒回馬輪刀趕來，忽聽得本營鑼聲大震。德恐後軍有失，急勒馬回。原來于禁見龐德射中關公，恐他成了大功，滅禁威風，故鳴金收軍。龐德回馬，問：「何故鳴金？」于禁曰：「魏王有戒，關公智勇雙全，他雖中箭，只恐有詐，故鳴金收軍。」德曰：「若不收軍，吾已斬了此人也。」禁曰：「緊行無好步，當緩圖之。」龐德不知于禁之意，只懊悔不已。

卻說關公回營，拔了箭頭。幸得箭射不深，用金瘡藥敷之。關公痛恨龐德，謂眾將曰：「吾誓報此一箭之讎！」眾將對曰：「將軍且待安息幾日，然後與戰未遲。」次日，人報龐德引軍搦戰。關公就要出戰，眾將勸住。龐德令小軍毀罵。關平把住隘口，分付眾將休報知關公。龐德搦戰十餘日，無人出迎，乃與于禁商議曰：「眼見關公箭瘡舉發，不能動止，不若乘此機會，統七軍一擁殺入寨中，可救樊城之圍。」于禁恐龐德成功，只把魏王戒旨相推，不肯動兵。龐德累欲動兵，于禁只不允，乃移七軍轉山口，離樊城北十里，依山下寨。禁自領兵截斷大路，令龐德屯兵於谷後，使德不能進兵成功。

卻說關平見關公箭瘡已合，甚是喜悅。忽聽得于禁移七軍於樊城之北下寨，未知其謀，即報知關公。公遂上馬，引數騎上高阜處望之，見樊城城上旗號不整，軍士慌亂；城北十里山谷之內，屯着軍馬；又見襄江水勢甚急。看了半晌，喚鄉導官問曰：「樊城北十里山谷，是何地名？」對曰：「罾口川也。」關公喜曰：「于禁必為我擒矣。」眾軍士問曰：「將軍何以知之？」關公曰：「『魚』入『罾口』，豈能久乎？」諸將未信。公回本寨。時值八月秋天，驟雨數日。公令人預備船筏，收拾水具。關平問曰：「陸地相持，何用水具？」公曰：「非汝所知也。于禁七軍不屯於廣易之地，而聚於罾口川險隘之處；方今秋雨連綿，襄江之水，必然泛漲；吾已差人堰住各處水口，待水發時，乘高就船，放水一淹，樊城、罾口川之兵皆為魚鱉矣。」關平拜服。

卻說魏軍屯於罾口川，連日大雨不止。督將成何來見于禁曰：「大軍屯於川口，地勢甚低；雖有土山，離營稍遠。即今秋雨連綿，軍士艱辛。近有人報說荊州兵移於高阜處，又於漢水口預備戰筏；倘江水泛漲，我軍危矣，宜早為計。」于禁叱曰：「匹夫惑吾軍心耶！再有多言者斬之！」成何羞慚而退，卻來見龐德，說此事。德曰：「汝所見甚當。于將軍不肯移兵，吾明日自移軍屯於他處。」

計議方定，是夜風雨大作。龐德坐在帳中，只聽得萬馬爭奔，征鼙震地。德大驚，急出帳上馬看時，四面八方，大水驟至；七軍亂竄，隨波逐浪者，不計其數；平地水深丈餘。于禁、龐德與諸將各登小山避水。比及平明，關公及眾將皆搖旗鼓譟，乘大船而來。于禁見四下無路，左右止有五六十人，料不能逃，口稱願降。關公令盡去衣甲，拘收入船，然後來擒龐德。時龐德并二董及成何，與步卒五百人，皆無衣甲，立在堤上。見關公來，龐德全無懼怯，奮然前來接戰。關公將船四面圍定，軍士一齊放箭，射死魏兵大半。董衡、董超見勢已危，乃告龐德曰：「軍士折傷大半，四下無路，不如投降。」龐德大怒曰：「吾受魏王厚恩，豈肯屈節於人！」遂親斬董衡、董超於前，厲聲曰：「再說降者，以此二人為例！」於是眾皆奮力禦敵。自平明戰至日中，勇力倍增。關公催四面急攻，矢石如雨。德令軍士用短兵接戰。德回顧成何曰：「吾聞『勇將不怯死以苟免，壯士不毀節而求生』。今日乃我死日也。汝可努力死戰。"成何依令向前,被關公一箭射落水中。眾軍皆降,止有龐德一人力戰。正遇荊州數十人,駕小船近堤來,德提刀飛身一躍,早上小船,立殺十餘人,餘皆棄船赴水逃命。龐德一手提刀,一手使短棹,欲向樊城而走。只見上流頭,一將撐大筏而至,將小船撞翻,龐德落於水中。船上那將跳下水去,生擒龐德上船,眾視之,擒龐德者,乃周倉也。倉素知水性,又在荊州住了數年,愈加慣熟;更兼力大,因此擒了龐德。于禁所領七軍,皆死於水中。其會水者料無去路,亦俱投降。後人有詩曰:

> 夜半征鼙響震天,襄樊平地作深淵,
> 關公神算誰能及,華夏威名萬古傳。

關公回到高阜去處,升帳而坐。羣刀手押過于禁來。禁拜伏於地,乞哀請命。關公曰:"汝怎敢抗吾?"禁曰:"上命差遣,身不由己。望君侯憐憫,誓以死報。"公綽髯笑曰:"吾殺汝,猶殺狗彘耳,空汙刀斧!"令人縛送荊州大牢內監候:"待吾回,別作區處。"發落去訖。關公又令押過龐德。德睜眉怒目,立而不跪,關公曰:"汝兄見在漢中,汝故主馬超亦在蜀中為大將,汝如何不早降?"德大怒曰:"吾寧死於刀下,豈降汝耶!"罵不絕口。公大怒,喝令刀斧手推出斬之。德引頸受刑。關公憐而葬之。於是乘水勢未退,復上戰船,引大小將校來攻樊城。

卻說樊城周圍,白浪滔天,水勢益甚,城垣漸漸浸塌,男女擔土搬磚,填塞不住。曹軍眾將,無不喪膽,慌忙來告曹仁曰:"今日之危,非力可救,可趁敵軍未至,乘舟夜走。雖然失城,尚可全身。"仁從其言。方欲備船出走,滿寵諫曰:"不可。山水驟至,豈能長存?不旬日即當自退。關公雖未攻城,已遣別將往郟下。其所以不敢輕進者,慮吾軍襲其後也。今若棄城而去，黃河以南，非國家之有矣。願將軍固守此城，以為保障。"仁拱手稱謝曰："非伯寧之教，幾誤大事。"乃騎白馬上城，聚眾將發誓曰："吾受魏王命，保守此城，但有言棄城而去者斬！"諸將皆曰："某等願以死據守！"仁大喜，就城上設弓弩數百。軍士晝夜防護，不敢懈怠。老幼居民，擔土石填塞城垣。旬日之內，水勢漸退。

關公自擒魏將于禁等，威震天下，無不驚駭。忽次子關興來寨內省親。公就令興齎諸官立功文書去成都見漢中王，各求陞遷。興拜辭父親，逕投成都去訖。

卻說關公分兵一半，直抵郟下。公自領兵四面攻打樊城。當日關公自到北門，立馬揚鞭，指而問曰："汝等鼠輩，不早來降，更待何時？"正言間，曹仁在敵樓上，見關公身上止披掩心甲，斜袒着綠袍，乃急招五百弓弩手，一齊放箭。公急勒馬回時，右臂上中一弩箭，翻身落馬。正是：水裏七軍方喪膽，城中一箭忽傷身。未知關公性命如何，且看下文分解。

# 第七十五回

# 關雲長刮骨療毒
# 呂子明白衣渡江

　　卻說曹仁見關公落馬，即引兵衝出城來；被關平一陣殺回，救關公歸寨，拔出臂箭。原來箭頭有藥，毒已入骨，右臂青腫，不能運動。關平慌與眾將商議曰："父親若損此臂，安能出敵？不如暫回荊州調理。"於是與眾將入帳見關公。公問曰："汝等來有何事？"眾對曰："某等因見君侯右臂損傷，恐臨敵致怒，衝突不便。眾議可暫班師回荊州調理。"公怒曰："吾取樊城，只在目前；取了樊城，即當長驅大進，逕到許都，剿滅曹賊，以安漢室。豈可因小瘡而誤大事？汝等敢慢吾軍心耶！"平等默然而退。

　　眾將見公不肯退兵，瘡又不痊，只得四方訪問名醫。忽一日，有人從江東駕小舟而來，直至寨前。小校引見關平。平視其人：方巾闊服，臂挽青囊；自言姓名："乃沛國譙郡人，姓華，名佗，字元化。因聞關將軍乃天下英雄，今中毒箭，特來醫治。"平曰："莫非昔日醫東吳周泰者乎？"佗曰："然。"平大喜，即與眾將同引華佗入帳見關公。時關公本是臂疼，恐慢軍心，無可消遣，正與馬良弈棋，聞有醫者至，即召入。禮畢，賜坐。茶罷，佗請臂視之。公袒下衣袍，伸臂令佗看視。佗曰：「此乃弩箭所傷，其中有烏頭之藥，直透入骨；若不早治，此臂無用矣。」公曰：「用何物治之？」佗曰：「某自有治法。但恐君侯懼耳。」公笑曰：「吾視死如歸，有何懼哉？」佗曰：「當於靜處立一標柱，上釘大環，請君侯將臂穿於環中，以繩繫之，然後以被蒙其首。吾用尖刀割開皮肉，直至於骨，刮去骨上箭毒，用藥敷之，以線縫其口，方可無事。但恐君侯懼耳。」公笑曰：「如此，容易！何用柱環？」令設酒席相待。

公飲數盃酒畢，一面仍與馬良弈棋，伸臂令佗割之。佗取尖刀在手，令一小校，捧一大盆於臂下接血。佗曰：「某便下手，君侯勿驚。」公曰：「任汝醫治。吾豈比世間俗子，懼痛者耶？」佗乃下刀，割開皮肉，直至於骨，骨上已青；佗用刀刮骨，悉悉有聲。帳上帳下見者皆掩面失色。公飲酒食肉，談笑弈棋，全無痛苦之色。

須臾，血流盈盆。佗刮盡其毒，敷上藥，以線縫之。公大笑而起，謂眾將曰：「此臂伸舒如故，並無痛矣。先生真神醫也！」佗曰：「某為醫一生，未嘗見此。君侯真天神也！」後人有詩曰：

> 治病須分內外科，世間妙藝苦無多。
> 神威罕及惟關將，聖手能醫說華佗。

關公箭瘡既愈，設席款謝華佗。佗曰：「君侯箭瘡雖治，然須愛護。切勿怒氣傷觸。過百日後，平復如舊矣。」關公以金百兩酬之。佗曰：「某聞君侯高義，特來醫治，豈望報乎？」堅辭不受，留藥一帖，以敷瘡口，辭別而去。

卻說關公擒了于禁，斬了龐德，威名大震，華夏皆驚。探馬報到許都。曹操大驚，聚文武商議曰："某素知雲長智勇蓋世，今據荊襄，如虎生翼，于禁被擒，龐德被斬，魏兵挫銳；倘彼率兵直至許都，如之奈何？孤欲遷都以避之。"司馬懿諫曰："不可。于禁等被水所淹，非戰之故；於國家大計，本無所損。今孫、劉失好，雲長得志，孫權必不喜。大王可遣使去東吳陳說利害，令孫權暗暗起兵躡雲長之後，許事平之日，割江南之地以封孫權，則樊城之危自解矣。"主簿蔣濟曰："仲達之言是也。今可即發使往東吳，不必遷都動眾。"操依允，遂不遷都；因歎謂諸將曰："于禁從孤三十年，何期臨危反不如龐德也！今一面遣使致書東吳，一面必得一大將以當雲長之銳⋯⋯"言未畢，階下一將應聲而出曰："某願往。"操視之，乃徐晃也。操大喜，遂撥精兵五萬，令徐晃為將，呂建副之，剋日起兵，前到陽陵陂駐紮；看東南有應，然後征進。

卻說孫權接得曹操書信，覽畢，欣然應允，即修書發付使者先回，乃聚文武商議。張昭曰："近聞雲長擒于禁，斬龐德，威震華夏，操欲遷都以避其鋒。今樊城危急，遣使求救，事定之後，恐有反覆。"權未及發言，忽報呂蒙乘小舟自陸口來，有事面稟。權召入問之。蒙曰："今雲長提兵圍樊城，可乘其遠出，襲取荊州。"權曰："孤欲北取徐州，如何？"蒙曰："今操遠在河北，未暇東顧。徐州守兵無多，往自可克；然其地勢利於陸戰，不利水戰，縱然得之，亦難保守。不如先取荊州，全據長江，別作良圖。"權曰："孤本欲取荊州，前言特以試卿耳。卿可速為孤圖之，孤當隨後便起兵也。"

呂蒙辭了孫權，回至陸口。早有哨馬報說："沿江上下，或二十里，或三十里，高阜處各有烽火臺。"又聞荊州軍馬整肅，預有準備，蒙大驚曰：“若如此，急難圖也。我一時在吳侯面前勸取荊州，今卻如何處置？”尋思無計，乃託病不出，使人回報孫權。權聞呂蒙患病，心甚怏怏。陸遜進言曰：“呂子明之病，乃詐耳，非真病也。”權曰：“伯言既知其詐，可往視之。”陸遜領命，是夜至陸口寨中，來見呂蒙，果然面無病色。遜曰：“某奉吳侯命，敬探子明貴恙。”蒙曰：“賤軀偶病，何勞探問？”遜曰：“吳侯以重任付公，公不乘時而動，空懷鬱結，何也？”蒙目視陸遜，良久不語。遜又曰：“愚有小方，能治將軍之疾，未審可用否？”蒙乃屏退左右而問曰：“伯言良方，乞早賜教。”遜笑曰：“子明之疾，不過因荊州兵馬整肅，沿江有烽火臺之備耳。予有一計，令沿江守吏，不能舉火；荊州之兵，束手歸降，可乎？”蒙驚謝曰：“伯言之語，如見我肺腑。願聞良策。”陸遜曰：“雲長倚恃英雄，自料無敵，所慮者惟將軍耳。將軍乘此機會，託疾辭職，以陸口之任讓之他人，使他人卑辭讚美關公，以驕其心，彼必盡撤荊州之兵，以向樊城。若荊州無備，用一旅之師，別出奇計以襲之，則荊州在掌握之中矣。”蒙大喜曰：“真良策也！”

由是呂蒙託病不起，上書辭職。陸遜回見孫權，具言前計。孫權乃召呂蒙還建業養病。蒙至，入見權。權問曰：“陸口之任，昔周公瑾薦魯子敬以自代；後子敬又薦卿自代；今卿亦須薦一才望兼隆者，代卿為妙。”蒙曰：“若用望重之人，雲長必然隄備。陸遜意思深長，而未有遠名，非雲長所忌；若即用以代臣之任，必有所濟。”權大喜，即日拜陸遜為偏將軍右都督，代蒙守陸口。遜謝曰：“某年幼無學，恐不堪大任。”權曰：“子明保卿，必不差錯。卿毋得推辭。”遜乃拜受印綬，連夜往陸口；交割馬步水三軍已畢，即修書一封，具名馬、異錦、酒禮等物，遣使齎赴樊城見關公。

時公正將息箭瘡，按兵不動。忽報：“江東陸口守將呂蒙病危，孫權取回調理，近拜陸遜為將，代呂蒙守陸口。今遜差人齎書具禮，特來拜見。”關公召入，指來使而言曰：“仲謀見識短淺，用此孺子為將！”來使伏地告曰：“陸將軍呈書備禮，一來與君侯作賀，二來求兩家和好，幸乞笑留。”公拆書視之，書詞極其卑謹。關公覽畢，仰面大笑，令左右收了禮物，發付使者回去。

使者回見陸遜曰：“關公欣喜，無復有憂江東之意。”遜大喜，密遣人探得關公果然撤荊州大半兵赴樊城聽調，只待箭瘡痊可，便欲進兵。遜察知備細，即差人星夜報知孫權。孫權召呂蒙商議曰：“今雲長果撤荊州之兵，攻取樊城，便可設計襲取荊州。卿與吾弟孫皎同引大軍前去，何如？”孫皎字叔明，乃孫權叔父孫靜之次子也。蒙曰：“主公若以蒙可用則獨用蒙；若以叔明可用則獨用叔明。豈不聞昔日周瑜、程普為左右都督，事雖決於瑜，然普自以舊臣而居瑜下，頗不相睦；後因見瑜之才，方始敬服？今蒙之才不及瑜，而叔明之親勝於普，恐未必能相濟也。”

權大悟，遂拜呂蒙為大都督，總制江東諸路軍馬；令孫皎在後接應糧草。蒙拜謝，點兵三萬，快船八十餘隻，選會水者扮作商人，皆穿白衣，在船上搖櫓，卻將精兵伏於𦪇𦨴船中。次調韓當、蔣欽、朱然、潘璋、周泰、徐盛、丁奉等七員大將，相繼而進。其餘皆隨吳侯為合後救應。一面遣使致書曹操，令進兵以襲雲長之後；一面先傳報陸遜，然後發白衣人，駕快船往潯陽江去。晝夜趲行，直抵北岸。江邊烽火臺上守臺軍盤問時，吳人答曰：“我等皆是客商，因江中阻風，到此一避。”隨將財物送與守臺軍士。軍士信之，遂任其停泊江邊。約至二更，𦪇𦨴中精兵齊出，將烽火臺上官軍縛倒，暗號一聲，八十餘船精兵俱起，將緊要去處墩臺之軍，盡行捉入船中，不曾走了一個。於是長驅大進，逕取荊州，無人知覺。將至荊州，呂蒙將沿江墩臺所獲官軍，用好言撫慰，各各重賞，令賺開城門，縱火為號。眾軍領命，呂蒙便教前導。比及半夜，到城下叫門。門吏認得是荊州之兵，開了城門。眾軍一聲喊起，就城門裏放起號火。吳兵齊入，襲了荊州。呂蒙便傳令軍中：「如有妄殺一人，妄取民間一物者，定按軍法。」原任官吏，並依舊職。將關公家屬另養別宅，不許閒人攪擾。一面遣人申報孫權。

一日大雨，蒙上馬引數騎點看四門。忽見一人取民間箬笠以蓋鎧甲，蒙喝左右執下問之，乃蒙之鄉人也。蒙曰：「汝雖係我同鄉，但吾號令已出，汝故犯之，當按軍法。」其人泣告曰：「某恐雨濕官鎧，故取遮蓋，非為私用。乞將軍念同鄉之情。」蒙曰：「吾固知汝為覆官鎧，然終是不應取民間之物。」叱左右推下斬之。梟首傳示畢，然後收其屍首，泣而葬之。自是三軍震肅。

不一日，孫權領眾至。呂蒙出郭迎接入衙。權慰勞畢，仍命潘濬為治中，掌荊州事；監內放出于禁，遣歸曹操；安民賞軍，設宴慶賀。權謂呂蒙曰：「今荊州已得，但公安傅士仁、南郡糜芳，此二處如何收復？」言未畢，忽一人出曰：「不須張弓隻箭，某憑三寸不爛之舌，說公安傅士仁來降，可乎？」眾視之，乃虞翻也。權曰：「仲翔有何良策，可使傅士仁歸降？」翻曰：「某自幼與士仁交厚，今若以利害說之，彼必歸矣。」權大喜，遂令虞翻領五百軍，逕奔公安來。

卻說傅士仁聽知荊州有失，急令閉城堅守。虞翻至，見城門緊閉，遂寫書拴於箭上，射入城中。軍士拾得，獻與傅士仁。士仁拆書視之，乃招降之意。覽畢，想起關公去日恨吾之意，不如早降，即令大開城門，請虞翻入城。二人禮畢，各訴舊情。翻說吳侯寬洪大度，禮賢下士。士仁大喜，即同虞翻齎印綬來荊州投降。孫權大悅，仍令去守公安。呂蒙密謂權曰：「今雲長未獲，留士仁於公安，久必有變；不若使往南郡招糜芳歸降。"權乃召傅士仁謂曰："糜芳與卿交厚,卿可招來歸降,孤自當有重賞。"傅士仁慨然領諾,遂引十餘騎,逕投南郡招安糜芳。正是:今日公安無守志,從前王甫是良言。未知此去如何,且看下文分解。

# 第七十六回

# 徐公明大戰沔水
# 關雲長敗走麥城

　　卻說糜芳聞荊州已失，正無計可施。忽報公安守將傅士仁至，芳忙接入城，問其事故。士仁曰：「吾非不忠。勢危力困，不能支持，我今已降東吳，將軍亦不如早降。」芳曰：「吾等受漢中王厚恩，安忍背之？」士仁曰：「關公去日，痛恨吾二人；倘一日得勝而回，必無輕恕。公細察之。」芳曰：「吾兄弟久事漢中王，豈可一朝相背？」正猶豫間，忽報關公遣使至，接入廳上。使者曰：「關公軍中缺糧，特來南郡、公安二處取白米十萬石，令二將軍星夜去解軍前交割，如遲立斬。」芳大驚，顧謂傅士仁曰：「今荊州已被東吳所取，此糧怎得過去？」士仁厲聲曰：「不必多疑！」遂拔劍斬來使於堂上。芳驚曰：「公如何？」士仁曰：「關公此意，正要斬我二人。我等安可束手受死？公今不早降東吳，必被關公所殺。」正說間，忽報呂蒙引兵殺至城下。芳大驚，乃同傅士仁出城投降。蒙大喜，引見孫權。權重賞二人。安民已畢，大犒三軍。

時曹操在許都，正與眾謀士議荊州之事，忽報東吳遣使奉書至。操召入，使者呈上書信。操拆視之，書中具言吳兵將襲荊州，求操夾攻雲長；且囑：“勿洩漏，使雲長有備也。”操與眾謀士商議。主簿董昭曰：“今樊城被困，引頸望救，不如令人將書射入樊城，以寬軍心；且使關公知東吳將襲荊州。彼恐荊州有失，必速退兵，卻令徐晃乘勢掩殺，可獲全功。”操從其謀，一面差人催徐晃急戰；一面親統大兵，逕往雒陽之南陽陸坡駐紮，以救曹仁。

卻說徐晃正坐帳中，忽報魏王使至。晃接入問之。使曰：“今魏王引兵，已過雒陽；令將軍急戰關公，以解樊城之困。”正說間，探馬報說：“關平屯兵在偃城，廖化屯兵在四冢。前後一十二個寨柵，連絡不絕。”晃即差副將徐商、呂建假着徐晃旗號，前赴偃城與關平交戰。晃卻自引精兵五百，循沔水去襲偃城之後。

且說關平聞徐晃自引兵至，遂提本部兵迎敵。兩陣對圓，關平出馬，與徐商交鋒，只三合，商大敗而走；呂建出戰，五六合亦敗走。平乘勝追殺二十餘里，忽報城中火起。平知中計，急勒兵回救偃城，正遇一彪軍擺開。徐晃立馬在門旗下，高叫曰：“關平賢姪，好不知死！汝荊州已被東吳奪了，猶然在此狂為！”平大怒，縱馬輪刀，直取徐晃；不三四合，三軍喊叫，偃城中火光大起。平不敢戀戰，殺條大路，逕奔四冢寨來。廖化接着。化曰：“人言荊州已被呂蒙襲了，軍心驚慌，如之奈何？”平曰：“此必訛言也。軍士再言者斬之。”忽流星馬到，報說正北第一屯被徐晃領兵攻打。平曰：“若第一屯有失，諸營豈得安寧？此間皆靠沔水，賊兵不敢到此。吾與汝同去救第一屯。”廖化喚部將分付曰：“汝等堅守營寨，如有賊到，即便舉火。”部將曰：“四冢寨鹿角十重，雖飛鳥亦不能入，何慮賊兵？”於是關平、廖化盡起四冢寨精兵，奔至第一屯駐紮。關平看見魏兵屯於淺山之上，謂廖化曰：「徐晃屯兵，不得地利，今夜可引兵劫寨。」化曰：「將軍可分兵一半前去，某當謹守本寨。」

是夜，關平引一枝兵殺入魏寨，不見一人。平知是計，火速退時，左邊徐商，右邊呂建，兩下夾攻。平大敗回營，魏兵乘勢追殺前來，四面圍住。關平、廖化支持不住，棄了第一屯，逕投四冢寨來。早望見寨中火起。急到寨前，只見皆是魏兵旗號。關平等退兵，忙奔樊城大路而走。前面一軍攔住，為首大將，乃是徐晃也。平、化二人奮力死戰，奪路而走，回到大寨，來見關公曰：「今徐晃奪了偃城等處；又兼曹操自引大軍，分三路來救樊城；多有人言荊州已被呂蒙襲了。」關公喝曰：「此敵人訛言，以亂我軍心耳！東吳呂蒙病危，孺子陸遜代之，不足為慮！」

言未畢，忽報徐晃兵至，公令備馬。平諫曰：「父體未痊，不可與敵。」公曰：「徐晃與我有舊，深知其能；若彼不退，吾先斬之，以警魏將。」遂披挂提刀上馬，奮然而出。魏軍見之，無不驚懼。公勒馬問曰：「徐公明安在？」魏營門旗開處，徐晃出馬，欠身而言曰：「自別君侯，倏忽數載。不想君侯鬚髮已蒼白矣！憶昔壯年相從，多蒙教誨，感謝不忘。今君侯英風震於華夏，使故人聞之，不勝歎羨！茲幸得一見，深慰渴懷。」公曰：「吾與公明交契深厚，非比他人，今何故數窮吾兒耶？」晃回顧眾將，厲聲大叫曰：「若取得雲長首級者，重賞千金！」公驚曰：「公明何出此言？」晃曰：「今日乃國家之事，某不敢以私廢公。」言訖，揮大斧直取關公。公大怒，亦揮刀迎之，戰八十餘合。公雖武藝絕倫，終是右臂少力。關平恐公有失，火急鳴金。公撥馬回寨，忽聞四下裏喊聲大震。原來是樊城曹仁聞曹操救兵至，引軍殺出城來，與徐晃會合，兩下夾攻。荊州兵大亂。關公上馬，引眾將急奔襄江上流頭。背後魏兵追至。關公急渡過襄江，望襄陽而奔。忽流星馬到，報說：“荊州已被呂蒙所奪，家眷被陷。”關公大驚，不敢奔襄陽，提兵投公安來。探馬又報：“公安傅士仁已降東吳了。”關公大怒。忽催糧人到，報說：“公安傅士仁往南郡，殺了使命，招糜芳都降東吳去了。”

關公聞言，怒氣沖塞，瘡口迸裂，昏絕於地。眾將救醒。公顧謂司馬王甫曰：“悔不聽足下之言，今日果有此事！”因問：“沿江上下，何不舉火？”探馬答曰：“呂蒙使水手盡穿白衣，扮作客商渡江，將精兵伏於艫䑲之中，先擒了守臺士卒，因此不得舉火。”公跌足歎曰：“吾中奸賊之謀矣！有何面目見兄長耶！”管糧都督趙累曰：“今事急矣，可一面差人往成都求救，一面從旱路去取荊州。”關公依言，差馬良、伊籍齎文三道，星夜赴成都求救；一面引兵來取荊州，自領前隊先行，留廖化、關平斷後。

卻說樊城圍解，曹仁引眾將來見曹操，泣拜請罪。操曰：“此乃天數，非汝等之罪也。”操重賞三軍，親至四冢寨，周圍閱視，顧謂諸將曰：“荊州兵圍塹鹿角數重，徐公明深入其中，竟獲全功。孤用兵三十餘年，未敢長驅逕入敵圍。公明真膽識兼優者也！”眾皆歎服。操班師還於摩陂駐紮。徐晃兵至，操親出寨迎之。見晃軍皆按隊伍而行，並無差亂。操大喜曰：“徐將軍真有周亞夫之風矣！”遂封徐晃為平南將軍，同夏侯尚守襄陽，以遏關公之師。操因荊州未定，就屯兵於摩陂，以候消息。

卻說關公在荊州路上，進退無路，謂趙累曰：“目今前有吳兵，後有魏兵，吾在其中，救兵不至，如之奈何？”累曰：“昔呂蒙在陸口時，嘗致書君侯，兩家約好，共誅操賊；今卻助曹而襲我，是背盟也。君侯暫駐軍於此，可差人遺書呂蒙責之，看彼如何對答。”關公從其言，遂修書遣使赴荊州來。

卻說呂蒙在荊州，傳下號令：凡荊州諸郡，有隨關公出征將士之
家，不許吳兵攪擾，按月給與糧米；有患病者，遣醫治療。將士之家，
感其恩惠，安堵不動。忽報關公使至，呂蒙出郭迎接入城，以賓禮相
待。使者呈書與蒙。蒙看畢，謂來使曰：“蒙昔日與關將軍結好，乃
一己之私見；今日之事，乃上命差遣，不得自主。煩使者回報將軍，
善言致意。”遂設宴款待，送歸館驛安歇。於是隨征將士之家，皆來
問信。有附家書者，有口傳音信者，皆言家門無恙，衣食不缺。

使者辭別呂蒙，蒙親送出城。使者回見關公，具道呂蒙之語，並
說荊州城中，君侯寶眷并諸將家屬，俱各無恙，供給不缺。公大怒曰：
“此奸賊之計也！我生不能殺此賊，死必殺之，以雪我恨。”喝退使者。
使者出寨，眾將皆來探問家中之事。使者具言各家安好，呂蒙極其恩
恤，並將書信傳送各將。各將欣喜，皆無戰心。

關公率兵取荊州，軍行之次，將士多有逃回荊州者。關公愈加恨
怒，遂催軍前進。忽然喊聲大震，一彪軍攔住；為首大將，乃蔣欽也，
勒馬挺槍大叫曰：“雲長何不早降！”關公罵曰：“吾乃漢將，豈降
賊乎！”拍馬舞刀，直取蔣欽。不三合，欽敗走。關公提刀追殺二十
餘里，喊聲忽起，左邊山谷中，韓當領兵衝出；右邊山谷中，周泰
引軍衝出；蔣欽回馬復戰：三路夾攻。關公急撤軍回走。行無數里，
只見南山岡上人煙聚集，一面白旗招颭，上寫“荊州土人[1]”四字，
眾人都叫：“本處人速速投降！”關公大怒，欲上岡殺之。山崦內又
有兩軍撞出，左邊丁奉，右邊徐盛，并合蔣欽等三路軍馬，喊聲震
地，鼓角喧天，將關公困在垓心。手下將士，漸漸消疎。比及殺到
黃昏，關公遙望四山之上，皆是荊州土兵，呼兄喚弟，覓子尋爺，
喊聲不住。軍心盡變，皆應聲而去。關公止喝不住，部從止有三百

餘人。殺至三更，正東上喊聲連天，乃是關平、廖化分為兩路兵殺入重圍，救出關公。關平告曰："軍心亂矣。必得城池暫屯，以待援兵。麥城雖小，足可屯紮。"關公從之，催促殘軍前至麥城，分兵緊守四門，聚將士商議。趙累曰："此處相近上庸，現有劉封、孟達在彼把守，可速差人往求救兵。若得這枝軍馬接濟，以待川兵大至，軍心自安矣。"

正議間，忽報吳兵已至，將城四面圍定。公問曰："誰敢突圍而出，往上庸求救？"廖化曰："某願往。"關平曰："我護送汝出重圍。"關公即修書付廖化藏於身畔，飽食上馬，開門出城。正遇吳將丁奉截住，被關平奮力衝殺。奉敗走。廖化乘勢殺出重圍，投上庸去了。關平入城，堅守不出。

且說劉封、孟達自取上庸，太守申耽率眾歸降，因此漢中王加劉封為副將軍，與孟達同守上庸。當日探知關公兵敗，二人正議間，忽報廖化至。封令請入問之。化曰："關公兵敗，見困於麥城，被圍至急。蜀中授兵，不能旦夕即至。特令某突圍而出，來此求救。望二將軍速起上庸之兵，以救此危。倘稍遲延，公必陷矣。"封曰："將軍且歇，容某計議。"

化乃至館驛安歇，岸候發兵。劉封謂孟達曰："叔父被困，如之奈何？"達曰："東吳兵精將勇，且荊州九郡，俱已屬彼，止有麥城，乃彈丸之地；又聞曹操親督大軍四五十萬，屯於摩陂，量我等山城之眾，安能敵得兩家之強兵？不可輕敵。"封曰："吾亦知之。奈關公是吾叔父，安忍坐視而不救乎？"達笑曰："將軍以關公為叔，恐關公未必以將軍為姪也。某聞漢中王初嗣將軍之時，關公即不悅。後漢中王登位之後，欲立後嗣，問於孔明。孔明曰：'此家事也，問關、張可矣。'漢中王遂遣人至荊州問關公。關公以將軍乃螟蛉之子，不可僭立，勸漢中王遠置將軍於上庸山城之地，以杜後患。此事人人知之，將軍豈反不知耶？何今日猶沾沾以叔姪之義，而欲冒險輕動乎？」封曰：「君言雖是，但以何詞郤之？」達曰：「但言山城初附，民心未定，不敢造次興兵，恐失所守。」封從其言。次日請廖化至，言：「此山城初附之所，未能分兵相救。」化大驚，以頭叩地曰：「若如此，則關公休矣！」達曰：「我今即往，一盃之水，安能救一車薪之火乎？將軍速回，靜候蜀兵至可也。」化大慟告求。劉封、孟達皆拂袖而入。廖化知事不諧，尋思須告漢中王求救，遂上馬大罵出城，望成都而去。

卻說關公在麥城盼望上庸兵到，卻不見動靜；手下止有五六百人，多半帶傷；城中無糧，甚是苦楚。忽報城下一人教休放箭，有話來見君侯。公令放入，問之，乃諸葛瑾也。禮畢茶罷，瑾曰：「今奉吳侯命，特來勸諭將軍。自古道：『識時務者為俊傑。』今將軍所統漢上九郡，皆已屬他人矣；止有孤城一區，內無糧草，外無救兵，危在旦夕。將軍何不從瑾之言，歸順吳侯，復鎮荊襄，可以保全家眷。幸君侯熟思之。」關公正色而言曰：「吾乃解良一武夫，蒙吾主以手足相待，安肯背義投敵國乎？城若破，有死而已。玉可碎而不可改其白，竹可焚而不可毀其節。身雖殞，名可垂於竹帛也。汝勿多言，速請出城。吾欲與孫權決一死戰！」瑾曰：「吳侯欲與君侯結秦晉之好，同力破曹，共扶漢室，別無他意。君侯何執迷如是？」言未畢，關平拔劍而前，欲斬諸葛瑾。公止之曰：「彼弟孔明在蜀，佐汝伯父，今若殺彼，傷其兄弟之情也。」遂令左右逐出諸葛瑾。瑾滿面羞慚，上馬出城，回見吳侯曰：「關公心如鐵石，不可說也。」孫權曰：「真忠臣也！似此如之奈何？」呂範曰：「某請卜其休咎。」權即令卜之。範揲蓍成象，乃「地水師卦」，更有玄武臨應，主敵人遠奔。權問呂蒙曰：「卦主敵人遠奔，卿以何策擒之？」蒙笑曰：「卦象正合某之機也。關公雖有沖天之翼，飛不出吾羅網矣！"正是：龍游溝壑遭蝦戲，鳳入牢籠被鳥欺。畢竟呂蒙之計若何，且看下文分解。

# 第七十七回

## 玉泉山關公顯聖
## 洛陽城曹操感神

卻說孫權求計於呂蒙。蒙曰：“吾料關某兵少，必不從大路而逃。麥城正北有險峻小路，必從此路而去。可令朱然引精兵五千，伏於麥城之北二十里。彼軍至，不可與敵，只可隨後掩殺。彼軍定無戰心，必奔臨沮。卻令潘璋引精兵五百，伏於臨沮山僻小路，關某可擒矣。今遣將士各門攻打，只空北門，待其出走。”權聞計，令呂範再卜之。卦成，範告曰：“此卦主敵人投西北而走。今夜亥時必然就擒。”權大喜，遂令朱然、潘璋領兩枝精兵，各依軍令埋伏去訖。

且說關公在麥城，計點馬步軍兵，止剩三百餘人，糧草又盡。是夜城外吳兵招喚各軍姓名，越城而去者甚多。救兵又不見到。心中無計，謂王甫曰：“吾悔昔日不用公言！今日危急，將復如何？”甫哭告曰：“今日之事，雖子牙復生，亦無計可施也。”趙累曰：“上庸救兵不至，乃劉封、孟達按兵不動之故。何不棄此孤城，奔入西川，再整兵來，以圖恢復？”公曰：“吾亦欲如此。”遂上城觀之。見北門外敵軍不多，因問本城居民：“此去往北，地勢若何？”答曰：“此去皆是山僻小路，可通西川。”公曰：“今夜可走此路。”王甫諫曰：“小路有埋伏，可走大路。”公曰：“雖有埋伏，吾何懼哉！”即下令：馬步官軍，嚴整裝束，準備出城。甫哭曰：“君侯於路，小心保重！某與部卒百餘人，死據此城；城雖破，身不降也！專望君侯速來救援！”

公亦與泣別，遂留周倉與王甫同守麥城。關公自與關平、趙累引殘卒二百餘人，突出北門。關公橫刀前進，行至初更以後，約走二十餘里，只見山凹處，金鼓齊鳴，喊聲大震，一彪軍到，為首大將朱然，驟馬挺槍叫曰：“雲長休走！趁早投降，免得一死！”公大怒，拍馬輪刀來戰。朱然便走，公乘勢追殺。一棒鼓響，四下伏兵皆起。公不敢戰，望臨沮小路而走。朱然率兵掩殺。關公所隨之兵，漸漸稀少。走不得四五里，前面喊聲又震，火光大起，潘璋驟馬舞刀殺來。公大怒，輪刀相迎，只三合，潘璋敗走。公不敢戀戰，急望山路而走。背後關平趕來，報說趙累已死於亂軍中。關公不勝悲惶，遂令關平斷後，公自在前開路，隨行止剩得十餘人。行至決石，兩下是山，山邊皆蘆葦敗草，樹木叢雜。時已五更將盡。正走之間，一聲喊起，兩下伏兵盡出，長鈎套索，一齊並舉，先把關公坐下馬絆倒。關公翻身落馬，被潘璋部將馬忠所獲。關平知父被擒，火速來救；背後潘璋、朱然率兵齊至，把關平四下圍住。平孤身獨戰，力盡亦被執。至天明，孫權聞關公父子已被擒獲，大喜，聚眾將於帳中。

少時，馬忠簇擁關公至前。權曰：“孤久慕將軍盛德，欲結秦晉之好，何相棄耶？公平昔自以為天下無敵，今日何由被吾所擒？將軍今日還服孫權否？”關公厲聲罵曰：“碧眼小兒，紫髯鼠輩！吾與劉皇叔桃園結義，誓扶漢室，豈與汝叛漢之賊為伍耶！我今誤中奸計，有死而已，何必多言！”權回顧眾官曰：“雲長世之豪傑，孤深愛之。今欲以禮相待，勸使歸降，何如？”主簿左咸曰：“不可。昔曹操得此人時，封侯賜爵。三日一小宴，五日一大宴；上馬一提金，下馬一提銀。如此恩禮，畢竟留之不住，聽其斬關殺將而去，致使今日反為所逼，幾欲遷都以避其鋒。今主公既已擒之，若不即除，恐貽後患。”孫權沈吟半响，曰：“斯言是也。”遂命推出。於是關公父子皆遇害。時建安二十四年冬十二月也。關公亡年五十八歲。後人有詩歎曰：

漢末才無敵，雲長獨出羣：
神威能奮武，儒雅更知文。
天日心如鏡，《春秋》義薄雲。
昭然垂萬古，不止冠三分。

又有詩曰：

人傑惟追古解良，士民爭拜漢雲長。
桃園一日兄和弟，俎豆千秋帝與王。
氣挾風雷無匹敵，志垂日月有光芒。
至今廟貌盈天下，古木寒鴉幾夕陽。

關公既歿，坐下赤兔馬被馬忠所獲，獻與孫權。權即賜馬忠騎坐。其馬數日不食草料而死。

卻說王甫在麥城中，骨顫肉驚，乃問周倉曰：“昨夜夢見主公渾身血汙，立於前；急問之，忽然驚覺。不知主何吉凶？”正說間，忽報吳兵在城下，將關公父子首級招安。王甫、周倉大驚，急登城視之，果關公父子首級也。王甫大叫一聲，墮城而死；周倉自刎而亡。於是麥城亦屬東吳。

卻說關公英魂不散，蕩蕩悠悠，直至一處：乃荊門州當陽縣一座山，名為玉泉山。山上有一老僧，法名普靜，原是汜水關鎮國寺中長老；後因雲遊天下，來到此處，見山明水秀，就此結草為庵，每日坐禪參道；身邊只有一小行者，化飯度日。是夜月白風清，三更已後，普靜正在庵中默坐，忽聞空中有人大呼曰：“還我頭來！”普靜仰面諦視，只見空中一人，騎赤兔馬，提青龍刀，左有一白面將軍，右有一黑臉虬髯之人相隨，一齊按落雲頭，至玉泉山頂。普靜認得是關公，遂以手中塵尾擊其戶曰：“雲長安在？”關公英魂領悟，即下馬乘風落於庵前，叉手問曰：“吾師何人？願求法號。”普靜曰：“老僧普靜，昔日汜水關前鎮國寺中，曾與君侯相會，今日豈遂忘之耶？”公曰：“向蒙相救，銘感不忘。今某已遇禍而死，願求清誨，指點迷途。”普靜曰：“昔非今是，一切休論；後果前因，彼此不爽。今將軍為呂蒙所害，大呼‘還我頭來’，然則顏良、文醜五關六將等眾人之頭，又將向誰索耶？”於是關公恍然大悟，稽首皈依而去。後往往於玉泉山顯聖護民。鄉人感其德，就於山頂上建廟，四時致祭。後人題一聯於其廟云：

赤面秉赤心、騎赤兔追風，馳驅時、無忘赤帝。
青燈觀青史、仗青龍偃月，隱微處、不愧青天。

卻說孫權既害了關公，遂盡收荊襄之地，賞犒三軍，設宴大會諸將慶功；置呂蒙於上位，顧謂眾將曰：“孤久不得荊州，今唾手而得，皆子明之功也。”蒙再三遜謝。權曰：“昔周郎雄略過人，破曹操於赤壁，不幸早殀，魯子敬代之：子敬初見孤時，便及帝王大略，此一快也；曹操東下，諸人皆勸孤降，子敬獨勸孤召公瑾逆而擊之，此二快也。惟勸吾借荊州與劉備，是其一短。今子明設計定謀，立取荊州，勝子敬、周郎多矣。"

於是親酌酒賜呂蒙。呂蒙接酒欲飲，忽然擲盃於地，一手揪住孫權，厲聲大罵曰："碧眼小兒！紫髯鼠輩，還識我否？"眾將大驚。急救時，蒙推倒孫權，大步前進，坐於孫權位上，兩眉倒豎，雙眼圓睜，大喝曰："我自破黃巾以來，縱橫天下三十餘年，今被汝一旦以奸計圖我，我生不能啖汝之肉，死當追呂賊之魂！我乃漢壽亭侯關雲長也。"權大驚，慌忙率大小將士，皆下拜。只見呂蒙倒於地上，七竅流血而死。眾將見之，無不恐懼。權將呂蒙屍首，具棺安葬，贈南郡太守潺陵侯；命其子呂霸襲爵。孫權自此感關公之事，驚訝不已。

忽報張昭自建業而來。權召入問之。昭曰："今主公損了關公父子，江東禍不遠矣。此人與劉備桃園結義之時，誓同生死。今劉備已有兩川之兵；更兼諸葛亮之謀，張、黃、馬、趙之勇；備若知雲長父子遇害，必起傾國之兵，奮力報讎，恐東吳難與敵也。"權聞之大驚，跌足曰："孤失計較也！似此如之奈何？"昭曰："主公勿憂，某有一計，令西蜀之兵不犯東吳，荊州如磐石之安。"權問何計。昭曰："今曹操擁百萬之眾，虎視華夏，劉備急欲報讎，必與操約和。若二處連兵而來，東吳危矣；不如先遣人將關公首級，轉送與曹操，明教劉備知是操之所使，必痛恨於操。西蜀之兵，不向吳而向魏矣。吾乃觀其勝負，於中取事。此為上策。"

權從其言，隨遣使者以木匣盛關公首級，星夜送與曹操。時操從摩陂班師回洛陽，聞東吳送關公首級至，喜曰："雲長已死，吾夜眠貼席矣。"階下一人出曰："此乃東吳移禍之計也。"操視之，乃主簿司馬懿也。操問其故，懿曰："昔劉、關、張三人桃園結義之時，誓同生死。今東吳害了關公，懼其復讎，故將首級獻與大王，使劉備遷怒大王，不攻吳而攻魏，他卻於中乘便而圖事耳。"操曰："仲達之言是也。孤以何策解之？”懿曰：“此事極易。大王可將關公首級，刻一香木之軀以配之，葬以大臣之禮。劉備知之，必深恨孫權，盡力南征。我卻觀其勝負，蜀勝則擊吳，吳勝則擊蜀。二處若得一處，那一處亦不久也。”操大喜，從其計，遂召吳使入，呈上木匣。操開匣視之，見關公面如平日。操笑曰：“雲長公別來無恙！”言未訖，只見關公口開目動，鬚髮皆張，操驚倒。眾官急救，良久方醒，顧謂眾官曰：“關將軍真天神也！”吳使又將關公顯聖附體、罵孫權追呂蒙之事告操。操愈加恐懼，遂設牲醴祭祀，刻沈香木為軀，以王侯之禮，葬於洛陽南門外，令大小官員送殯，操自拜祭，贈為荊王，差官守墓；即遣吳使回江東去訖。

卻說漢中王自東川回成都，法正奏曰：“王上先夫人去世；孫夫人又南歸，未必再來。人倫之道，不可廢也。必納王妃，以襄內政。”漢中王從之。法正復奏曰：“吳懿有一妹，美而且賢。嘗聞有相者，相此女後必大貴。先曾許劉焉之子劉瑁，瑁早殀。其女至今寡居，大王可納之為妃。”漢中王曰：“劉瑁與我同宗，於理不可。”法正曰：“論其親疏，何異晉文之與懷嬴乎？”漢中王乃依允，遂納吳氏為王妃。後生二子：長劉永，字公壽；次劉理，字奉孝。

且說東西兩川，民安國富，田禾大成。忽有人自荊州來，言東吳求婚於關公，關公力拒之。孔明曰：“荊州危矣！可使人替關公回。”正商議間，荊州捷報使命，絡繹而至。不一日，關興到，具言水淹七軍之事。忽又報馬到來，報說關公於江邊多設墩臺，隄防甚密，萬無一失。因此玄德放心。

忽一日，玄德自覺渾身肉顫，行坐不安；至夜，不能寧睡，起坐內室，秉燭看書，覺神思昏迷，伏几而臥；就室中起一陣冷風，燈滅復明，擡頭見一人立於燈下。玄德問曰：「汝何人，黃夜至吾內室？」其人不答。玄德疑怪，自起視之，乃是關公於燈影下，往來躲避。玄德曰：「賢弟別來無恙！夜深至此，必有大故。吾與汝情同骨肉，因何迴避？」關公泣告曰：「願兄起兵，以雪弟恨！」言訖，冷風驟起，關公不見。玄德忽然驚覺，乃是一夢。時正三鼓。玄德大疑，急出前殿，使人請孔明來。孔明入見。玄德細言夢警。孔明曰：「此乃王上心思關公，故有此夢。何必多疑？」玄德再三疑慮，孔明以善言解之。

孔明辭出，至中門外，迎見許靖。靖曰：「某纔赴軍師府下報一機密，聽知軍師入宮，特來至此。」孔明曰：「有何機密？」靖曰：「某適聞外人傳說，東吳呂蒙已襲荊州，關公已遇害，故特來密報軍師。」孔明曰：「吾夜觀天象，見將星落於荊、楚之地，已知雲長必然被禍，但恐王上憂慮，故未敢言。」二人正說之間，忽然殿內轉出一人，扯住孔明衣袖而言曰：「如此凶信，公何瞞我！」孔明視之，乃玄德也。孔明、許靖奏曰：「適來所言，皆傳聞之事，未足深信。願王上寬懷，勿生憂慮。」玄德曰：「吾與雲長，誓同生死，彼若有失，孤豈能獨生耶！」

孔明、許靖正勸解之間，忽近侍奏曰：「馬良、伊籍至。」玄德急召入問之。二人具說荊州有失，關公兵敗求救，呈上表章。未及拆觀，侍臣又奏荊州廖化至。玄德急召入。化哭拜於地，細奏劉封、孟達不發救兵之事。玄德大驚曰：「若如此，吾弟休矣！」孔明曰：「劉封、孟達如此無禮，罪不容誅！王上寬心，亮親提一旅之師，去救荊襄之急。」玄德泣曰：「雲長有失，孤斷不獨生！孤來日自提一軍去救雲長！」遂一面差人赴閬中報知翼德，一面差人會集人馬。未及天明，一連數次報，說關公夜走臨沮，為吳將所獲，義不屈節，父子歸神。

玄德聽罷，大叫一聲，昏絕於地。正是：為念當年同誓死，忍教今日獨捐生！未知玄德性命如何，且看下文分解。

## 第七十八回

### 治風疾神醫身死
### 傳遺命奸雄數終

　　卻說漢中王聞關公父子遇害，哭倒於地；眾文武急救，半晌方醒，扶入內殿。孔明勸曰："王上少憂。自古道：'死生有命。'關公平日剛而自矜，故今日有此禍。王上且宜保養尊體，徐圖報讎。"玄德曰："孤與關、張二弟桃園結義時，誓同生死。今雲長已亡，孤豈能獨享富貴乎！"言未已，只見關興號慟而來。玄德見了，大叫一聲，又哭絕於地。眾官救醒。一日哭絕三五次，三日水漿不進，只是痛哭；淚濕衣襟，斑斑成血。孔明與眾官再三勸解。玄德曰："孤與東吳，誓不同日月也！"孔明曰："聞東吳將關公首級獻與曹操，操以王侯禮祭葬之。"玄德曰："此何意也？"孔明曰："此是東吳欲移禍於曹操，操知其謀，故以厚禮葬關公，令主上歸怨於吳也。"玄德曰："吾今即提兵問罪於吳，以雪吾恨！"孔明諫曰："不可。方今吳欲令我伐魏，魏亦欲令我伐吳，各懷譎計，伺隙而乘。主上只宜按兵不動，且與關公發喪。待吳、魏不和，乘時而伐之，可也。"眾官又再三勸諫，玄德方纔進膳，傳旨川中大小將士，盡皆挂孝。漢中王親出南門招魂祭奠，號哭終日。

卻説曹操在洛陽，自葬關公後，每夜合眼便見關公。操甚驚懼，問於眾官。眾官曰："洛陽行宮舊殿多妖，可造新殿居之。"操曰："吾欲起一殿，名建始殿。恨無良工。"賈詡曰："洛陽良工有蘇越者，最有巧思。"操召入，令畫圖像。蘇越畫成九間大殿，前後廊廡樓閣，呈與操。操視之曰："汝畫甚合孤意，但恐無棟梁之材。"蘇越曰："此去離城三十里，有一潭，名躍龍潭。前有一祠，名躍龍祠。祠傍有一株大梨樹，高十餘丈，堪作建始殿之梁。"

操大喜，即令人工到彼砍伐。次日，回報此樹鋸解不開，斧砍不入，不能斬伐。操不信，親領數百騎，直至躍龍祠前下馬，仰觀那樹，亭亭如華蓋，直侵雲漢[1]，並無曲節。操命砍之，鄉老數人前來諫曰："此樹已數百年矣，常有神人居其上，恐未可伐。"操大怒曰："吾平生游歷普天之下，四十餘年，上至天子，下至庶人，無不懼孤；是何妖神，敢違孤意！"言訖，拔所佩劍親自砍之，錚然有聲，血濺滿身。操愕然大驚，擲劍上馬，回至宮內。是夜二更，操睡臥不安，坐於殿中，隱几而寢。忽見一人披髮仗劍，身穿皂衣，直至面前，指操喝曰："吾乃梨樹之神也。汝蓋建始殿，意欲篡逆，卻來伐吾神木！吾知汝數盡，特來殺汝！"操大驚，急呼："武士安在？"皂衣人仗劍欲砍操。操大叫一聲，忽然驚覺，頭腦疼痛不可忍，急傳旨遍求良醫治療，不能痊可。眾官皆憂。

華歆入奏曰："大王知有神醫華佗否？"操曰："即江東醫周泰者乎？"歆曰："是也。"操曰："雖聞其名，未知其術。"歆曰："華佗字元化，沛國譙郡人也。其醫術之妙，世所罕有。但有患者，或用藥，或用鍼，或用灸，隨手而愈。若患五臟六腑之疾，藥不能效者，以麻肺湯飲之，令病者如醉死，卻用尖刀剖開其腹，以藥湯洗其臟腑，病人略無疼痛。洗畢，然後以藥線縫口，用藥敷之。或一月，或二十日，即平復矣。其神妙如此。一日，佗行於道上，聞一人呻吟之聲。佗曰：‘此飲食不下之病。’問之果然。佗令取蒜虀汁三升飲之，吐蛇一條，長二三尺，飲食即下。廣陵太守陳登，心中煩懣，面赤，不能飲食，求佗醫治。佗以藥飲之，吐蟲三升，皆赤頭，首尾動搖。登問其故。佗曰：‘此因多食魚腥，故有此毒。今日雖愈，三年之後，必將復發，不可救也。’後陳登果三年而死。又有一人眉間生一瘤，癢不可當，令佗視之。佗曰：‘內有飛物。’人皆笑之。佗以刀割開，一黃雀飛去，病者即愈。有一人被犬咬足指，隨長肉二塊，一痛一癢，俱不可忍。佗曰：‘痛者內有針十個，癢者內有黑白棋子二枚。’人皆不信。佗以刀割開，果應其言。此人真扁鵲、倉公之流也。見居金城，離此不遠，大王何不召之？”

操即差人星夜請華佗入內，令診脈視疾。佗曰：“大王頭腦疼痛，因患風而起。病根在腦袋中，風涎不能出。枉服湯藥，不可治療。某有一法：先飲麻肺湯，然後用利斧砍開腦袋，取出風涎，方可除根。”操大怒曰：“汝要殺孤耶！”佗曰：“大王曾聞關公中毒箭，傷其右臂，某刮骨療毒，關公略無懼色？今大王小可之疾，何多疑焉？”操曰：“臂痛可刮，腦袋安可砍開？汝必與關公情熟，乘此機會，欲報讎耳！”呼左右擎下獄中，拷問其情。賈詡諫曰：“似此良醫，世罕其匹，未可廢也。”操叱曰：“此人欲乘機害我，正與吉平無異！”急令追拷。

華佗在獄，有一獄卒，姓吳，人皆稱為“吳押獄”。此人每日以酒食供奉華佗。佗感其恩，乃告曰：“我今將死，恨有《青囊書》，未傳於世。感公厚意，無可為報；我修一書，公可遣人送與我家，取《青囊書》來贈公，以繼吾術。"吳押獄大喜曰："我若得此書，棄了此役，醫治天下病人，以傳先生之德。"佗即修書付吳押獄。吳押獄直至金城，問佗之妻取了《青囊書》，回至獄中，付與華佗。檢看畢，佗即將書贈與吳押獄。吳押獄持回家中藏之。旬日之後，華佗竟死於獄中。吳押獄買棺殯殮訖，脫了差役回家，欲取《青囊書》看習，只見其妻正將書在那裏焚燒。吳押獄大驚，連忙搶奪，全卷已被燒毀，只剩得一兩葉。吳押獄怒罵其妻。妻曰："縱然學得與華佗一般神妙，只落得死於牢中，要他何用？"吳押獄嗟歎而止。因此《青囊書》不曾傳於世，所傳者止閹雞豬等小法，乃燒剩一兩葉中所載也。後人有詩歎曰：

> 華佗仙術比長桑，神識如窺垣一方。
> 惆悵人亡書亦絕，後人無復見《青囊》！

卻說曹操自殺華佗之後，病勢愈重，又憂吳、蜀之事。正慮間，近臣忽奏東吳遣使上書。操取書拆視之。略曰：

> 臣孫權久知天命已歸王上，伏望早正大位，遣將剿滅劉備，掃平兩川，臣即率羣下納土歸降矣。

操觀畢大笑，出示羣臣曰："是兒欲使吾居爐火上耶！"侍中陳羣等奏曰："漢室久已衰微，殿下功德巍巍，生靈仰望。今孫權稱臣歸命，此天人之應，異氣齊聲。殿下宜應天順人，早正大位。"操笑曰："吾事漢多年，雖有功德及民，然位至於王，名爵已極，何敢更有他望？苟天命在孤，孤為周文王矣。"司馬懿曰："今孫權既稱臣歸附，王上可封官賜爵，令拒劉備。"操從之，表封孫權為驃騎將軍南昌侯，領荊州牧。即日遣使齎誥勅赴東吳去訖。

操病勢轉加。忽一夜夢三馬同槽而食，及曉，問賈詡曰："孤向日曾夢三馬同槽,疑是馬騰父子為禍;今騰已死,昨宵復夢三馬同槽。主何吉凶?"詡曰:"祿馬吉兆也。祿馬歸於曹,主上何必疑乎?"操因此不疑。後人有詩曰:

> 三馬同槽事可疑,不知已植晉根基。
> 曹瞞空有奸雄略,豈識朝中司馬師?

是夜操臥寢室,至三更,覺頭目昏眩,乃起,伏几而臥。忽聞殿中聲如裂帛,操驚視之,忽見伏皇后、董貴人、二皇子并伏完、董承等二十餘人,渾身血汗,立於愁雲之內,隱隱聞索命之聲。操急拔劍望空砍去,忽然一聲響亮,震塌殿宇西南一角。操驚倒於地,近侍救出,遷於別宮養病。次夜又聞殿外男女哭聲不絕。至曉,操召羣臣入曰:"孤在戎馬之中,三十餘年,未嘗信怪異之事。今日為何如此?"羣臣奏曰:"大王當命道士設醮修禳。"操歎曰:"聖人云:'獲罪於天,無所禱也。'孤天命已盡,安可救乎?"遂不允設醮。

次日,覺氣沖上焦[2],目不見物,急召夏侯惇商議。惇至殿門前,忽見伏皇后、董貴人、二皇子、伏完、董承等,立在陰雲之中。惇大驚昏倒,左右扶出,自此得病。操召曹洪、陳羣、賈詡、司馬懿等,同至臥榻前,囑以後事。曹洪等頓首曰:"大王善保玉體,不日定當霍然。"操曰:"孤縱橫天下三十餘年,羣雄皆滅,止有江東孫權,西蜀劉備,未曾剿除。孤今病危,不能再與卿等相敍,特以家事相託:孤長子曹昂,劉氏所生,不幸早年歿於宛城。今卞氏生四子:丕、彰、植、熊。孤平生所愛第三子植,為人虛華少誠實,嗜酒放縱,因此不立;次子曹彰,勇而無謀;四子曹熊,多病難保;惟長子曹丕,篤厚恭謹,可繼我業。卿等宜輔佐之。"

曹洪等涕泣領命而出。操令近侍取平日所藏名香,分賜諸侍妾,且囑曰：“吾死之後，汝等須勤習女工，多造絲履，賣之可以得錢自給。”又命諸妾多居於銅雀臺中，每日設祭，必令女伎奏樂上食。又遺命於彰德府講武城外，設立疑塚七十二，勿令後人知吾葬處：恐為人所發掘故也。囑畢，長歎一聲，淚如雨下。須臾，氣絕而死。壽六十六歲，時建安二十五年春正月也。後人有〈鄴中歌〉一篇，歎曹操云：

> 鄴則鄴城水漳水，定有異人從此起。
> 雄謀韻事與文心，君臣兄弟而父子。
> 英雄未有俗胸中，出沒豈隨人眼底？
> 功首罪魁非兩人，遺臭流芳本一身。
> 文章有神霸有氣，豈能苟爾化為羣？
> 橫流築臺距太行，氣與理勢相低昂。
> 安有斯人不作逆，小不為霸大不王？
> 霸王降作兒女鳴，無可奈何中不平。
> 向帳明知非有益，分香未可謂無情。
> 嗚呼！古人作事無鉅細，寂寞豪華皆有意。
> 書生輕議塚中人，塚中笑爾書生氣！

卻說曹操身亡，文武百官，盡皆舉哀；一面遣人赴世子曹丕、鄢陵侯曹彰、臨淄侯曹植、蕭懷侯曹熊處報喪。眾官用金棺銀槨將操入殮，星夜舉靈櫬赴鄴郡來。曹丕聞知父喪，放聲痛哭，率大小官員出城十里，伏道迎櫬入城，停於偏殿。官僚挂孝，聚哭於殿上。忽一人挺身而出曰：“請世子息哀，且議大事。”眾視之，乃中庶子司馬孚也。孚曰：“魏王既薨，天下震動；當早立嗣王，以安眾心，何但哭泣耶？”羣臣曰：“世子宜嗣位，但未得天子詔命，豈可造次而行？”兵部尚書陳矯曰：“王薨於外，愛子私立，彼此生變，則社稷危矣。”遂拔劍割下袍袖，厲聲曰：“即今日便請世子嗣位。眾官有異議者，以此袍為例！”百官悚懼。忽報華歆自許昌飛馬而至，眾皆大驚。須臾華歆入。眾問其來意。歆曰：“今魏王薨逝，天下震動，何不早請世子嗣位？”眾官曰：“正因不及候詔命，方議欲以王后卞氏慈旨立世子為王。”歆曰：“吾已於漢帝處索得詔命在此。”眾皆踴躍稱賀。歆於懷中取出詔命開讀。原來華歆諂事魏，故草此詔，威逼獻帝降之；帝只得聽從，故下詔即封曹丕為魏王、丞相、冀州牧。丕即日登位，受大小官僚拜舞起居。

　　正宴會慶賀間，忽報鄢陵侯曹彰，自長安領十萬大軍來到。丕大驚，遂問群臣曰：“黃鬚小弟，平日性剛，深通武藝。今提兵遠來，必與孤爭王位也。如之奈何？”忽階下一人應聲出曰：“臣請往見鄢陵侯，以片言折之。”眾皆曰：“非大夫莫能解此禍也。”正是：試看曹氏丕彰事，幾作袁家譚尚爭。未知此人是誰，且看下文分解。

註　釋

1　雲漢：銀河。

2　上焦：在胃上口，屬中醫術語。泛指頭部或上半身。

# 第七十九回

# 兄逼弟曹植賦詩
# 姪陷叔劉封伏法

　　卻說曹丕聞曹彰提兵而來，驚問眾官；一人挺身而出，願往折服之。眾視其人，乃諫議大夫賈逵也。曹丕大喜，即命賈逵前往。逵領命出城，迎見曹彰。彰問曰：「先王璽綬安在？」逵正色而言曰：「家有長子，國有儲君，先王璽綬，非君侯之所宜問也。」彰默然無語，乃與賈逵同入城。至宮門前，逵問曰：「君侯此來，欲奔喪耶？欲爭位耶？」彰曰：「吾來奔喪，別無異心。」逵曰：「既無異心，何故帶兵入城？」彰即時叱退左右將士，隻身入內，拜見曹丕。兄弟二人，相抱大哭。曹彰將本部軍馬盡交與曹丕。丕令彰回鄢陵自守，彰拜辭而去。

　　於是曹丕安居王位，改建安二十五年為延康元年。封賈詡為太尉，華歆為相國，王朗為御史大夫。大小官僚，盡皆陞賞。謚曹操曰武王，葬於鄴郡高陵。令于禁董治陵事。禁奉命到彼，只見陵屋中白粉壁上，圖畫關雲長水淹七軍擒獲于禁之事：畫雲長儼然上坐，龐德憤怒不屈，于禁拜伏於地，哀求乞命之狀。原來曹丕以于禁兵敗被擒，不能死節，即降敵而復歸，心鄙其為人，故先令人圖畫陵屋粉壁，故意使之往見以愧之。當下于禁見此畫像，又羞又惱，氣憤成病，不久而死。後人有詩歎曰：

> 三十年來說舊交，可憐臨難不忠曹。
> 知人未向心中識，畫虎今從骨裏描。

卻說華歆奏曹丕曰："鄢陵侯已交割軍馬，赴本國去了；臨淄侯植、蕭懷侯熊，二人竟不來奔喪，理當問罪。"丕從之，即分遣二使往二處問罪。不一日，蕭懷使者回報："蕭懷侯曹熊懼罪，自縊身死。"丕令厚葬之，追贈蕭懷王。又過了一日，臨淄使者回報，說："臨淄侯日與丁儀、丁廙兄弟二人酣飲，悖慢無禮；聞使命至，臨淄侯端坐不動。丁儀罵曰：'昔日先王本欲立吾主為世子，被讒臣所阻；今王喪未遠，便問罪於骨肉，何也？'丁廙又曰：'據吾主聰明冠世，自當承嗣大位，今反不得立。汝那廟堂之臣，何不識人才若此！'臨淄侯因怒叱武士，將臣亂棒打出。"

丕聞之，大怒，即令許褚領虎衛軍三千，火速至臨淄擒曹植等一干人來。褚奉命，引軍至臨淄城。守將攔阻，褚立斬之，直入城中，無一人敢當鋒銳，逕到府堂。只見曹植與丁儀、丁廙等盡皆醉倒。褚皆縛之，載於車上，并將府下大小屬官，盡行拿解鄴郡，聽候曹丕發落。丕下令，先將丁儀、丁廙等盡皆誅戮。丁儀字正禮，丁廙字敬禮，沛郡人，乃一時文士；及其被殺，人多惜之。

卻說曹丕之母卞氏，聽得曹熊縊死，心甚悲傷；忽又聞曹植被擒，其黨丁儀等已殺，大驚。急出殿，召曹丕相見。丕見母出殿，慌來拜謁。卞氏哭謂丕曰："汝弟植平生嗜酒疎狂，蓋因自恃胸中之才，故爾放縱。汝可念同胞之情，存其性命。吾至九泉亦瞑目也。"丕曰："兒亦深愛其才，安肯害他？今正欲戒其性耳。母親勿憂。"

卞氏灑淚而入。丕出偏殿，召曹植入見。華歆問曰："適來莫非太后勸殿下勿殺子建乎？"丕曰："然。"歆曰："子建懷才抱智，終非池中物；若不早除，必為後患。"丕曰："母命不可違。"歆曰："人皆言子建出口成章，臣未深信。主上可召入，以才試之。若不能，即殺之；若果能，則貶之，以絕天下文人之口。"丕從之。須臾，曹植入見，惶恐伏拜請罪。丕曰："吾與汝情雖兄弟，義屬君臣，汝安敢恃才蔑禮？昔先君在日，汝常以文章誇示於人，吾深疑汝必用他人代筆。吾今限汝行七步吟詩一首。若果能，則免一死；若不能，則從重治罪，決不姑恕。"植曰："願乞題目。"時殿上懸一水墨畫，畫着兩隻牛，鬥於土牆之下，一牛墜井而亡。丕指畫曰："即以此畫為題。詩中不許犯着'二牛鬥牆下，一牛墜井死'字樣。"植行七步，其詩已成。詩曰：

兩肉齊道行，頭上帶凹骨。
相遇塊山下，欻起相搪突。
二敵不俱剛，一肉臥土窟。
非是力不如，盛氣不泄畢。

曹丕及羣臣皆驚。丕又曰："七步成章，吾猶以為遲。汝能應聲而作詩一首否？"植曰："願即命題。"丕曰："吾與汝乃兄弟也。以此為題。亦不許犯着'兄弟'字樣。"植略不思索，即口占一首曰：

煮豆燃豆萁，豆在釜中泣。
本是同根生，相煎何太急！

曹丕聞之，潸然淚下。其母卞氏，從殿後出曰：“兄何逼弟之甚耶？”丕慌忙離坐告曰：“國法不可廢耳。”於是貶曹植為安鄉侯。植拜辭上馬而去。

　　曹丕自繼位之後，法令一新，威逼漢帝，甚於其父。早有細作報入成都。漢中王聞之，大驚，即與文武商議曰：“曹操已死，曹丕繼位，威逼天子，更甚於操。東吳孫權，拱手稱臣。孤欲先伐東吳，以報雲長之讎；次討中原，以除亂賊。”言未畢，廖化出班，哭拜於地曰：“關公父子遇害，實劉封、孟達之罪。乞誅此二賊。”玄德便欲遣人擒之。孔明諫曰：“不可。且宜緩圖之。急則生變矣。可陞此二人為郡守，分調開去，然後可擒。”

　　玄德從之，遂遣使陞劉封去守綿竹。原來彭羕與孟達甚厚，聽知此事，急回家作書，遣心腹人馳報孟達。使者方出南門外，被馬超巡視軍捉獲，解見馬超。超審知此事，即往見彭羕。羕接入，置酒相待。酒至數巡，超以言挑之曰：“昔漢中王待公甚厚，今何漸薄也？”羕因酒醉，恨罵曰：“老革[1]荒悖，吾必有以報之！”超又探曰：“某亦懷怨心久矣。”羕曰：“公起本部軍，結連孟達為外合，某領川兵為內應，大事可圖也。”超曰：“先生之言甚當。來日再議。”超辭了彭羕，即將人與書解見漢中王，細言其事。玄德大怒，即令擒彭羕下獄，拷問其情。羕在獄中，悔之無及。玄德問孔明曰：“彭羕有謀反之意，當何以治之？”孔明曰：“羕雖狂士，然留之久必生禍。”於是玄德賜彭羕死於獄。

　　羕既死，有人報知孟達。達大驚，舉止失措。忽使命至，調劉封回守綿竹去訖。孟達慌請上庸、房陵都尉申耽、申儀弟兄二人商議曰：“我與法孝直同有功於漢中王；今孝直已死，而漢中王忘我前功，乃欲見害，為之奈何？”耽曰：“某有一計，使漢中王不能加害於公。”達大喜，急問何計。耽曰：“吾弟兄欲投魏久矣；公可作一表，辭了漢中王，投魏王曹丕，丕必重用。吾二人亦隨後來降也。”達猛然省悟，即寫表一通，付與來使；當晚引五十餘騎投魏去了。使命持表回成都，奏漢中王，言孟達投魏之事。先主大怒。覽其表曰：

> 臣達伏惟殿下：將建伊、呂之業，追桓、文之功，大事草創，假勢吳、楚，是以有為之士，望風歸順。臣委質以來，愆戾山積；臣猶自知，況於君乎？今王朝英俊鱗集，臣內無輔佐之器，外無將領之才，列次功臣，誠足自愧！

> 臣聞范蠡識微，浮於五湖；舅犯謝罪，遂巡河上。夫際會之間，請命乞身，何哉？欲潔去就之分也。況臣卑鄙，無元功巨勳，自繫於時，竊慕前賢，早思遠恥。昔申生至孝，見疑於親；子胥至忠，見誅於君；蒙恬拓境而被大刑，樂毅破齊而遭讒佞。臣每讀其書，未嘗不感慨流涕；而親當其事，益用傷悼！

> 邇者，荊州覆敗，大臣失節，百無一還；惟臣尋事，自致房陵、上庸，而復乞身自放於外。伏想殿下聖恩感悟，愍臣之心，悼臣之舉。臣誠小人，不能始終。知而為之，敢謂非罪？臣每聞“交絕無惡聲，去臣無怨辭”。臣過奉教於君子，顧君王勉之。臣不勝惶恐之至！

玄德看畢，大怒曰：“匹夫叛吾，安敢以文辭相戲耶！”即欲起兵擒之。孔明曰：“可就遣劉封進兵，令二虎相併；劉封或有功，或敗績，必歸成都，就而除之，可絕兩害。”玄德從之，遂遣使到綿竹，傳諭劉封。封受命，率兵來擒孟達。

卻說曹丕正聚文武議事，忽近臣奏曰：「蜀將孟達來降。」丕召入問曰：「汝此來，莫非詐降乎？」達曰：「臣為不救關公之危，漢中王欲殺臣，因此懼罪來降，別無他意。」曹丕尚未准信，忽報劉封引五萬兵來取襄陽，單搦孟達廝殺。丕曰：「汝既是真心，便可去襄陽取劉封首級來，孤方准信。」達曰：「臣以利害說之，不必動兵，令劉封亦來降也。」丕大喜，遂加孟達為散騎常侍、建武將軍、平陽亭侯，領新城太守，去守襄陽、樊城。原來夏侯尚、徐晃已先在襄陽，正將收取上庸諸部。孟達到了襄陽，與二將禮畢，探得劉封離城五十里下寨。達即修書一封，使人齎赴蜀寨招降劉封。劉封覽書大怒曰：「此賊誤吾叔姪之義，又間吾父子之親，使吾為不忠不孝之人也！」遂扯碎來書，斬其使。次日，引軍前來搦戰。

孟達知劉封扯書斬使，勃然大怒，亦領兵出迎。兩陣對圓，封立馬於門旗下，以刀指罵曰：「背國反賊，安敢亂言！」孟達曰：「汝死已臨頭，還自執迷不省！」封大怒，拍馬輪刀，直奔孟達。戰不三合，達敗走，封乘虛追殺二十餘里，一聲喊起，伏兵盡出。左邊夏侯尚殺來，右邊徐晃殺來，孟達回身復戰：三軍夾攻。劉封大敗而走，連夜奔回上庸，背後魏兵趕來。劉封到城下叫門，城上亂箭射下。申耽在敵樓上叫曰：「吾已降了魏也！」封大怒，欲要攻城，背後追軍將至。封立腳不牢，只得望房陵而奔，見城上已盡插魏旗。申儀在敵樓上將旗一颭，城後一彪軍出，旗上大書「右將軍徐晃」。封抵敵不住，急望西川而走。晃乘勢追殺。劉封部下只剩得百餘騎，到了成都，入見漢中王，哭拜於地，細奏前事。玄德怒曰：「辱子有何面目復來見吾！」封曰：「叔父之難，非兒不救，因孟達諫阻故耳。」玄德轉怒曰：「汝須食人食、穿人衣，非土木偶人！安可聽讒賊所阻！」命左右推出斬之。漢中王既斬劉封，後聞孟達招之，毀書斬使之事，心中頗悔；又哀痛關公，以致染病，因此按兵不動。

　　且說魏王曹丕，自即王位，將文武官僚，盡皆陞賞；遂統甲兵三十萬，南巡沛國譙縣，大饗先塋[2]。鄉中父老，揚塵遮道，奉觴進酒，效漢高祖還沛之事。人報大將軍夏侯惇病危，丕即還鄴郡。時惇已卒，丕為挂孝，以厚禮殯葬。

　　是歲八月間，報稱石邑縣鳳凰來儀，臨淄城麒麟出現，黃龍現於鄴郡。於是中郎將李伏、太史丞許芝商議：種種瑞徵，乃魏當代漢之兆，可安排受禪之禮，令漢帝將天下讓於魏王。遂同華歆、王朗、辛毗、賈詡、劉廙、劉曄、陳矯、陳羣、桓階等，一班文武官僚，四十餘人，直入內殿，來奏漢獻帝，請禪位於魏王曹丕。正是：魏家社稷今將建，漢代江山忽已移。未知獻帝如何回答，且看下文分解。

註　釋

1　老革：老兵。革，武器軍備。
2　先塋：祖先的墳墓。

# 第 八 十 回

## 曹丕廢帝篡炎劉
## 漢王正位續大統

　　卻說華歆等一班文武，入見獻帝。歆奏曰：“伏覩魏王，自登位以來，德布四方，仁及萬物；越古超今，雖唐、虞無以過此。羣臣會議，言漢祚已終，望陛下效堯、舜之道，以山川社稷，禪與魏王：上合天心，下合民意。則陛下安享清閒之福。祖宗幸甚！生靈幸甚！臣等議定，特來奏請。”帝聞奏大驚，半晌無言，覷百官而哭曰：“朕想高祖提三尺劍，斬蛇起義，平秦滅楚，創造基業，世統相傳，四百年矣。朕雖不才，初無過惡，安忍將祖宗大業，等閒棄了？汝百官再從公計議。”

　　華歆引李伏、許芝近前奏曰：“陛下若不信，可問此二人。”李伏奏曰：“自魏王即位以來，麒麟降生，鳳凰來儀，黃龍出現，嘉禾蔚生，甘露下降：此是上天示瑞，魏當代漢之象也。”許芝又奏曰：“臣等職掌司天，夜觀乾象，見炎漢氣數已終，陛下帝星隱匿不明；魏國乾象，極天察地，言之難盡。更兼上應圖讖，其讖曰：‘鬼在邊，委相連；當代漢，無可言。言在東，午在西；兩日並光上下移。'以此論之，陛下可早禪位。'鬼在邊'，'委相連'，是'魏'字也；'言在東，午在西'，乃'許'字也；'兩日並光上下移'，乃'昌'字也：此是魏在許昌應受漢禪也。願陛下察之。"帝曰："祥瑞圖讖，皆虛妄之事；奈何以虛妄之事，而遽欲朕捨祖宗之基業乎？"王朗奏曰："自古以來，有興必有廢，有盛必有衰。豈有不亡之國、不敗之家乎？漢室相傳四百餘年，延至陛下，氣數已盡，宜早退避，不可遲疑；遲則生變矣。"帝大哭，入後殿去了。百官哂笑而退。

次日，官僚又集於大殿，令宦官入請獻帝。帝憂懼不敢出。曹后曰："百官請陛下設朝，陛下何故推阻？"帝泣曰："汝兄欲篡位，令百官相逼，朕故不出。"曹后大怒曰："吾兄奈何為此亂逆之事耶！"言未畢，只見曹洪、曹休帶劍而入，請帝出殿。曹后大罵曰："俱是汝等亂賊，希圖富貴，共造逆謀！吾父功蓋寰區，威震天下，然且不敢篡竊神器。今吾兄嗣位未幾，輒思篡漢，皇天必不祚爾！"言罷，痛哭入宮。左右侍者皆歔欷流涕。

曹洪、曹休力請獻帝出殿。帝被逼不過，只得更衣出前殿。華歆奏曰："陛下可依臣等昨日之議，免遭大禍。"帝痛哭曰："卿等皆食漢祿久矣，中間多有漢朝功臣子孫，何忍作此不臣之事？"歆曰："陛下若不從眾議，恐旦夕蕭牆禍起，非臣等不忠於陛下也。"帝曰："誰敢弒朕耶？"歆厲聲曰："天下之人，皆知陛下無人君之福，以致四方大亂！若非魏王在朝，弒陛下者，何止一人？陛下尚不知恩報德，直欲令天下人共伐陛下耶？"帝大驚，拂袖而起。王朗以目視華歆。歆縱步向前，扯住龍袍，變色而言曰："許與不許，早發一言！"帝戰慄不能答。曹洪、曹休拔劍大呼曰："符寶郎何在？"祖弼應聲出曰："符寶郎在此！"曹洪索要玉璽。祖弼叱曰："玉璽乃天子之寶，安得擅索！”洪喝令武士推出斬之。祖弼大罵不絕口而死。後人有詩讚曰：

姦宄專權漢室亡，詐稱禪位效虞唐。

滿朝百辟皆尊魏，僅見忠臣符寶郎。

帝顫慄不已。只見階下披甲持戈數百餘人，皆是魏兵。帝泣謂羣臣曰：“朕願將天下禪於魏王，幸留殘喘，以終天年。”賈詡曰：“魏王必不負陛下。陛下可急降詔，以安眾心。”帝只得令陳羣草禪國之詔，令華歆齎捧詔璽，引百官直至魏王宮獻納。曹丕大喜。開讀詔曰：

朕在位三十二年，遭天下蕩覆，幸賴祖宗之靈，危而復存。然今仰瞻天象，俯察民心，炎精之數既終，行運在乎曹氏。是以前王既樹神武之蹟，今王又光耀明德，以應其期。歷數昭明，信可知矣。夫大道之行，天下為公；唐堯不私於厥子，而名播於無窮：朕竊慕焉。今其追踵堯典，禪位於丞相魏王。王其毋辭！

曹丕聽畢，便欲受詔。司馬懿諫曰：“不可。雖然詔璽已至，殿下宜且上表謙辭，以絕天下之謗。”丕從之，令王朗作表，自稱德薄，請別求大賢以嗣天位。帝覽表，心甚驚疑，謂羣臣曰：“魏王謙遜，如之奈何？”華歆曰：“昔魏武王受王爵之時，三辭而詔不許，然後受之。今陛下可再降詔，魏王自當允從。”

帝不得已，又令桓階草詔，遣高廟使張音，持節奉璽至魏王宮。曹丕開讀詔曰：

咨爾魏王，上書謙讓。朕竊為漢道陵遲，為日已久；幸賴武王操，德膺符運，奮揚神武，芟除凶暴，清定區夏。今王丕纘承前緒，至德光昭，聲教被四海，仁風扇八區；天之歷數，實在爾躬。昔虞舜有大功二十，而放勳禪以天下；大禹有疏導之績，而重華禪以帝位。漢承堯運，有傳聖之義。加順靈祇，紹天明命，使行御史大夫張音，持節奉皇帝璽綬。王其受之！

曹丕接詔欣喜，謂賈詡曰：“雖二次有詔，然終恐天下後世，不免簒竊之名也。”詡曰：“此事極易。可再命張音齎回璽綬，卻教華歆令漢帝築一臺，名‘受禪臺’；擇吉日良辰，集大小公卿，盡到臺下，令天子親奉璽綬，禪天下與王，便可以釋羣疑而絕眾議矣。”

丕大喜，即令張音齎回璽綬，仍作表謙辭。音回奏獻帝。帝問羣臣曰：“魏王又讓，其意若何？”華歆奏曰：“陛下可築一臺，名曰‘受禪臺’，聚集公卿庶民，明白禪位，則陛下子子孫孫，必蒙魏恩矣。”帝從之，乃遣太常院官，卜地於繁陽，築起三層高臺，擇於十月庚午日寅時禪讓。

至期，獻帝請魏王曹丕登臺受禪。臺下集大小官僚四百餘員，御林虎賁禁軍三十餘萬。帝親捧玉璽奉曹丕。丕受之。臺下羣臣跪聽冊曰：

咨爾魏王！昔者唐堯禪位於虞舜，舜亦以命禹：天命不於常，惟歸有德。漢道陵遲，世失其序；降及朕躬，大亂滋昏：羣凶恣逆，宇內顛覆。賴武王神武，拯茲難於四方，惟清區夏，以保綏我宗廟；豈予一人獲乂，俾九服實受其賜。今王欽承前緒，光於乃德；恢文武之大業，昭爾考之弘烈。皇靈降瑞，人神告徵；誕惟亮采，師錫朕命。僉曰：爾度克協於虞舜，用率我唐典，敬遜爾位。於戲！天之歷數在爾躬，君其祇順大禮，饗萬國以肅承天命！

讀冊已畢，魏王曹丕即受八般大禮，登了帝位。賈詡引大小官僚朝於臺下。改延康元年為黃初元年。國號大魏。丕即傳旨，大赦天下。諡父曹操為太祖武皇帝。華歆奏曰："'天無二日，民無二王'。漢帝既禪天下，理宜退就藩服。乞降明旨，安置劉氏於何地？"言訖，扶獻帝跪於臺下聽旨。丕降旨封帝為山陽公，即日便行。華歆按劍指帝，厲聲而言曰："立一帝，廢一帝，古之常道！今上仁慈，不忍加害，封汝為山陽公。今日便行，非宣召不許入朝！"獻帝含淚拜謝，上馬而去。臺下軍民人等見之，傷感不已。丕謂羣臣曰："舜、禹之事，朕知之矣！"羣臣皆呼萬歲。後人觀此受禪臺，有詩歎曰：

> 兩漢經營事頗難，一朝失卻舊江山。
> 黃初欲學唐虞事，司馬將來作樣看。

百官請曹丕答謝天地。丕方下拜，忽然臺前捲起一陣怪風，飛砂走石，急如驟雨，對面不見；臺上火燭，盡皆吹滅。丕驚倒於臺上，百官急救下臺，半晌方醒。侍臣扶入宮中，數日不能設朝。後病稍可，方出殿受羣臣朝賀。封華歆為司徒，王朗為司空。大小官僚，一一陞賞。丕疾未痊，疑許昌宮室多妖，乃自許昌幸洛陽，大建宮室。

早有人到成都，報說曹丕自立為大魏皇帝，於洛陽蓋造宮殿，且傳言漢帝已遇害。漢中王聞知，痛哭終日，下令百官掛孝，遙望設祭，上尊諡曰"孝愍皇帝"。玄德因此憂慮，致染成疾，不能理事，政務皆託與孔明。孔明與太傅許靖、光祿大夫譙周商議，言天下不可一日無君，欲尊漢中王為帝。譙周曰："近有祥風慶雲之瑞；成都西北角有黃氣數十丈，沖霄而起；帝星見於畢、胃、昴之分，煌煌如月：此正應漢中王當即帝位，以繼漢統。更復何疑？"

於是孔明與許靖，引大小官僚上表，請漢中王即皇帝位。漢中王覽表，大驚曰："卿等欲陷孤為不忠不義之人耶？"孔明奏曰："非也。曹丕篡漢自立，主上乃漢室苗裔，理合繼統以延漢祀。"漢中王勃然變色曰："孤豈效逆賊所為！"拂袖而起，入於後宮。眾官皆散。三日後，孔明又引眾官入朝，請漢中王出。眾皆拜伏於前。許靖奏曰："今漢天子已被曹丕所弒，王上不即帝位，興師討逆，不得為忠義也。今天下無不欲王上為君，為孝愍皇帝雪恨。若不從臣等所議，是失民望矣。"漢中王曰："孤雖是景帝之孫，並未有德澤以布於民；今一旦自立為帝，與篡竊何異？"孔明苦勸數次，漢中王堅執不從。孔明乃設一計，謂眾官曰："如此如此。"於是孔明託病不出。

漢中王聞孔明病篤，親到府中，直入臥榻邊問曰："軍師所感何疾？"孔明答曰："憂心如焚，命不久矣。"漢中王曰："軍師所憂何事？"連問數次，孔明只推病重，瞑目不答。漢中王再三請問。孔明喟然歎曰："臣自出茅廬，得遇大王，相隨至今，言聽計從；今幸大王有兩川之地，不負臣夙昔之言。目今曹丕篡位，漢祀將斬，文武官僚，咸欲奉大王為帝，滅魏興劉，共圖功名；不想大王堅執不肯，眾官皆有怨心，不久必盡散矣。若文武皆散，吳、魏來攻，兩川難保，臣安得不憂乎？"漢中王曰："吾非推阻，恐天下人議論耳。"孔明曰："聖人云：'名不正，則言不順。'今大王名正言順，有何可議？豈不聞'天與弗取，反受其咎'？"漢中王曰："待軍師病可，行之未遲。"孔明聽罷，從榻上躍然而起，將屏風一擊，外面文武眾官皆入，拜伏於地曰："主上既允，便請擇日以行大禮。"漢中王視之，乃是太傅許靖、安漢將軍糜竺、青衣侯向舉、陽泉侯劉豹、別駕趙祚、治中楊洪、議曹杜瓊、從事張爽、太常卿賴恭、光祿卿黃權、祭酒何宗、學士尹默、司業譙周、大司馬殷純、偏將軍張裔、少府王謀、昭文博士伊籍、從事郎秦宓等眾也。

漢中王驚曰："陷孤於不義，皆卿等也。"孔明曰："王上既允所請，便可築臺擇吉，恭行大禮。"即時送漢中王還宮，一面令博士許慈、諫議郎孟光掌禮，築臺於成都武擔之南。諸事齊備，多官整設鑾駕，迎請漢中王登壇致祭。譙周在壇上，高聲朗讀祭文曰：

> 惟建安二十六年四月丙午朔，越十二日丁巳，皇帝備，敢昭告於皇天后土：漢有天下，歷數無疆。曩者，王莽篡盜，光武皇帝震怒致誅，社稷復存。今曹操阻兵殘忍，戮殺主后，罪惡滔天；操子丕，載肆凶逆，竊據神器。羣下將士，以為漢祀墮廢，備宜延之，嗣武二祖，躬行天罰。備懼無德忝帝位，詢於庶民，外及遐荒君長，僉曰：天命不可以不答，祖業不可以久替，四海不可以無主。率土式望[1]，在備一人。備畏天明命，又懼高、光之業，將墜於地，謹擇吉日，登壇祭告，受皇帝璽綬，撫臨四方。惟神饗祚漢家，永綏歷服！

讀罷祭文，孔明率眾官恭上玉璽。漢中王受了，捧於壇上，再三推讓曰："備無才德，請擇有才德者受之。"孔明奏曰："王上平定四海，功德昭於天下，況是大漢宗派，宜即正位。已祭告天神，復何讓焉？"文武各官，皆呼萬歲。拜舞禮畢，改元章武元年。立妃吳氏為皇后，長子劉禪為太子。封次子劉永為魯王，三子劉理為梁王。封諸葛亮為丞相，許靖為司徒。大小官僚，一一陞賞。大赦天下。兩川軍民，無不欣躍。

次日設朝，文武官僚拜畢，列為兩班。先主降詔曰："朕自桃園

與關、張結義，誓同生死；不幸二弟雲長，被東吳孫權所害。若不報
讎，是負盟也。朕欲起傾國之兵，攻伐東吳，生擒逆賊，以雪此恨！"
言未畢，班內一人，拜伏於階下，諫曰："不可。"先主視之，乃虎威
將軍趙雲也。正是：君王未及行天討，臣下曾聞進直言。未知子龍所
諫若何，且看下文分解。

## 註　釋

1　率土式望：全國百姓都在盼望。

# 第八十一回

# 急兄讎張飛遇害
# 雪弟恨先主興兵

　　卻說先主起兵東征。趙雲諫曰："國賊乃曹操，非孫權也。今曹丕篡漢，神人共怒。陛下可早圖關中，屯兵渭河上流，以討凶逆，則關東義士，必裹糧策馬以迎王師；若捨魏以伐吳，兵勢一交，豈能驟解？願陛下察之。"先主曰："孫權害了朕弟；又兼傅士仁、糜芳、潘璋、馬忠皆有切齒之讎；啖其肉而滅其族，方雪朕恨。卿何阻耶？"雲曰："漢賊之讎，公也；兄弟之讎，私也。願以天下為重。"先主答曰："朕不為弟報讎，雖有萬里江山，何足為貴？"遂不聽趙雲之諫，下令起兵伐吳；且發使往五谿，借番兵五萬，共相策應；一面差使往閬中，遷張飛為車騎將軍，領司隸校尉，封西鄉侯，兼閬中牧。使命齎詔而去。

　　卻說張飛在閬中，聞知關公被東吳所害，旦夕號泣，血濕衣襟。諸將以酒勸解，酒醉，怒氣愈加。帳上帳下，但有犯者即鞭撻之，多有鞭死者。每日望南切齒睜目怒恨，放聲痛哭不已。忽報使至，慌忙接入，開讀詔旨。飛受爵望北拜畢，設酒款待來使。飛曰："吾兄被害，讎深似海；廟堂之臣，何不早奏興兵？"使者曰："多有勸先滅魏而後伐吳者。"飛怒曰："是何言也！昔我三人桃園結義，誓同生死；今不幸二兄半途而逝，吾安得獨享富貴耶！吾當面見天子，願為前部先鋒，挂孝伐吳，生擒逆賊，祭告二兄，以踐前盟！"言訖，就同使命望成都而來。

卻說先主每日自下教場操演軍馬，尅日興師，御駕親征。於是公卿都至丞相府中，見孔明曰："今天子初臨大位，親統軍伍，非所以重社稷也。丞相秉鈞衡之職，何不規諫？"孔明曰："吾苦諫數次，只是不聽。今日公等隨我入教場諫去。"當下孔明引百官來奏先主曰："陛下初登寶位，若欲北討漢賊，以伸大義於天下，方可親統六師；若只欲伐吳，命一上將統軍伐之可也，何必親勞聖駕？"先主見孔明苦諫，心中稍回。忽報張飛到來，先主急召入。飛至演武廳拜伏於地，抱先主足而哭。先主亦哭。飛曰："陛下今日為君，早忘了桃園之誓！二兄之讎，如何不報？"先主曰："多官諫阻，未敢輕舉。"飛曰："他人豈知昔日之盟？若陛下不去，臣捨此軀與二兄報讎！若不能報時，臣寧死不見陛下也！"先主曰："朕與卿同往。卿提本部兵，自閬州而出；朕統精兵會於江州，共伐東吳，以雪此恨。"飛臨行，先主囑曰："朕素知卿酒後暴怒，鞭撻健兒，而復令在左右，此取禍之道也。今後務宜寬容，不可如前。"飛拜辭而去。

次日，先生整兵要行。學士秦宓奏曰："陛下捨萬乘之軀，而徇小義，古人所不取也。願陛下思之。"先主曰："雲長與朕，猶一體也。大義尚在，豈可忘耶？"宓伏地不起曰："陛下不從臣言，誠恐有失。"先主大怒曰："朕欲興兵，爾何出此不利之言！"叱武士推出斬之。宓面不改色，回顧先主而笑曰："臣死無恨，但可惜新創之業，又將顛覆耳！"眾官皆為秦宓告免。先主曰："暫且囚下，待朕報讎回時發落。"孔明聞知，即上表救秦宓。其略曰：

> 臣亮等切以吳賊逞奸詭之計，致荊州有覆亡之禍；隕將星於斗、牛，折天柱於楚地：此情哀痛，誠不可忘。但念遷漢鼎者，罪由曹操；移劉祚者，過非孫權。竊謂魏賊若除，則吳自賓服。願陛下納秦宓金石之言，以養士卒之力，別作良圖，則社稷幸甚！天下幸甚！

先主看畢，擲表於地曰："朕意已決，無得再諫！"遂命丞相諸葛亮保太子守兩川；驃騎將軍馬超并弟馬岱，助鎮北將軍魏延守漢中，以當魏兵；虎威將軍趙雲為後應，兼督糧草；黃權、程畿為參謀；馬良、陳震掌理文書；黃忠為前部先鋒；馮習、張南為副將；傅彤、張翼為中軍護尉；趙融、廖淳為合後。川將數百員，并五谿番將等，共兵七十五萬。擇定章武元年七月丙寅日出師。

卻說張飛回到閬中，下令軍中：限三日內製辦白旗白甲，三軍挂孝伐吳。次日，帳下兩員末將范疆、張達入帳告曰："白旗白甲，一時無措，須寬限方可。"飛大怒曰："吾急欲報讎，恨不明日便到逆賊之境，汝安敢違我將令！"叱武士縛於樹上，各鞭背五十。鞭畢，以手指之曰："來日俱要完備！若違了限，即殺汝二人示眾！"打得二人滿口出血，回到營中商議。范疆曰："今日受了刑責，着我等如何辦得？其人性暴如火，倘來日不完，你我皆被殺矣！"張達曰："比如他殺我，不如我殺他。"疆曰："怎奈不得近前。"達曰："我兩個若不當死，則他醉於牀上；若是當死，則他不醉。"二人商議停當。

卻說張飛在帳中，神思皆亂，動止恍惚，乃問部將曰："吾今心驚肉顫，坐臥不安，此何意也？”部將答曰：“此是君侯思念關公，以致如此。”飛令人將酒來，與部將同飲，不覺大醉，臥於帳中。范、張二賊，探知消息，初更時分，各藏短刀，密入帳中，詐言欲稟機密重事，直至牀前。原來張飛每睡不合眼。當夜寢於帳中，二賊見他鬚豎目張，本不敢動手；因聞鼻息如雷，方敢近前，以短刀刺入飛腹。飛大叫一聲而亡。時年五十五歲。後人有詩歎曰：

> 安喜曾聞鞭督郵，黃巾掃盡佐炎劉。
> 虎牢關上聲先震，長坂橋邊水逆流。
> 義釋嚴顏安蜀境，智欺張郃定中州。
> 伐吳未克身先死，秋草長遺閬地愁。

卻說二賊當夜割了張飛首級，便引數十人連夜投東吳去了。次日，軍中聞知，起兵追之不及。時有張飛部將吳班，向自荊州來見先主，先主用為牙門將，使佐張飛守閬中。當下吳班先發表章，奏知天子；然後令長子張苞具棺槨盛貯，令弟張紹守閬中，苞自來報先主，時先主已擇期出師。大小官僚，皆隨孔明送十里方回。孔明回至成都，怏怏不樂，顧謂眾官曰：“法孝直若在，必能制主上東行也。”

卻說先主是夜心驚肉顫，寢臥不安。出帳仰觀天文，見西北一星，其大如斗，忽然墜地。先主大疑，連夜令人求問孔明。孔明回奏曰：“合損一上將。三日之內，必有驚報。”先主因此按兵不動。忽侍臣奏曰：“閬中張車騎部將吳班，差人齎表至。”先主頓足曰：“噫！三弟休矣！”及至覽表，果報張飛凶信。先主放聲大哭，昏絕於地。眾官救醒。次日，人報一隊軍馬驟風而至。先主出營觀之。良久，見一員小將，白袍銀鎧，滾鞍下馬，伏地而哭，乃張苞也。苞曰：“范疆、張達殺了臣父，將首級投東吳去了！”先主哀痛至甚，飲食不進。

羣臣苦諫曰：“陛下方欲為二弟報讎，何可先自摧殘龍體？”先主方纔進膳；遂謂張苞曰：“卿與吳班，敢引本部軍作先鋒，為卿父報讎否？”苞曰：“為國為父，萬死不辭！”先主正欲遣苞起兵，又報一彪軍風擁而至。先主令侍臣探之。須臾，侍臣引一小將軍，白袍銀鎧，入營伏地而哭。先主視之，乃關興也。先主見了關興，想起關公，又放聲大哭。眾官苦勸。先主曰：“朕想布衣時，與關、張結義，誓同生死；朕今為天子，正欲與兩弟共享富貴，不幸俱死於非命！見此二姪，能不斷腸！”言訖又哭。眾官曰：“二小將軍且退。容聖上將息龍體。”侍臣奏曰：“陛下年過六旬，不宜過於哀痛。”先主曰：“二弟俱亡，朕安忍獨生！”言訖，以頭頓地而哭。

多官商議曰：“今天子如此煩惱，將何解勸？”馬良曰：“主上親統大兵伐吳，終日號泣，於軍不利。”陳震曰：“吾聞成都青城山之西，有一隱者，姓李，名意。世人傳說此老已三百餘歲，能知人之生死吉凶，乃當世之神仙也。何不奏知天子，召此老來，問他吉凶？勝如吾等之言。”遂入奏先主。先主從之，即遣陳震齎詔，往青城山宣召。震星夜到了青城，令鄉人引入山谷深處，遙望仙莊，清雲隱隱，瑞氣非凡。忽見一小童來迎曰：“來者莫非陳孝起乎？”震大驚曰：“仙童如何知我姓字？”童子曰：“吾師昨者有言：‘今日必有皇帝詔命至，使者必是陳孝起。’”震曰：“真神仙也！人言信不誣矣！”遂與小童同入仙莊，拜見李意，宣天子詔命。李意推老不行。震曰：“天子急欲見仙翁一面，幸勿吝鶴駕。”再三敦請，李意方行。既至御營，入見先主。先主見李意鶴髮童顏，碧眼方瞳，灼灼有光，身如古柏之狀，知是異人，優禮相待。李意曰：“老夫乃荒山村叟，無學無識。辱陛下宣召，不知有何見諭？”先主曰：“朕與關、張二弟結生死之交，三十餘年矣。今二弟被害，親統大軍報讎，未知休咎如何。久聞仙翁通曉玄機，望乞賜教。”李意曰：“此乃天數，非老夫所知也。”先主再三求問，意乃索紙筆畫兵馬器械四十餘張，畫畢便一一扯碎。又畫一大人仰臥於地上，傍邊一人掘土埋之，上寫一大“白”字，遂稽首而去。先主不悅，謂羣臣曰：“此狂叟也！不足為信！”即以火焚之，便催軍前進。

張苞入奏曰：“吳班軍馬已至，小臣乞為先鋒。”先主壯其志，即取先鋒印賜張苞。苞方欲掛印，又一少年將奮然出曰：“留下印與我！”視之，乃關興也。苞曰：“我已奉詔矣。”興曰：“汝有何能，敢當此任？”苞曰：“我自幼習學武藝，箭無虛發。”先主曰：“朕正要觀賢姪武藝，以定優劣。”苞令軍士於百步之外，立一面旗，旗上畫一紅心。苞拈弓取箭，連射三箭，皆中紅心。眾皆稱善。關興挽弓在手曰：“射中紅心，何足為奇！”正言間，忽值頭上一行雁過。興指曰：“吾射這飛雁第三隻。”一箭射去，那隻雁應弦而落。文武官僚，齊聲喝采。苞大怒，飛身上馬，手挺父所使丈八點鋼矛，大叫曰：“你敢與我比試武藝否？”興亦上馬，綽家傳大砍刀縱馬而出曰：“偏你能使矛！吾豈不能使刀！”

二將方欲交鋒，先主喝曰：“二子休得無禮！”興、苞二人慌忙下馬，各棄兵器，拜伏請罪。先主曰：“朕自涿郡與卿等之父結異姓之交，親如骨肉；今汝二人亦是昆仲之分，正當同心協力，共報父讎；奈何自相爭競，失其大義！父喪未遠而猶如此，況日後乎？”二人再拜伏罪。先主問曰：“卿二人誰年長？”苞曰：“臣長關興一歲。”先主即命興拜苞為兄。二人就帳前折箭為誓，永相救護。先主下詔使吳班為先鋒，令張苞、關興護駕。水陸並進，船騎雙行。浩浩蕩蕩，殺奔吳國來。

卻說范疆、張達將張飛首級，投獻吳侯，細告前事。孫權聽罷，收了二人，乃謂百官曰：「今劉玄德即了帝位，統精兵七十餘萬，御駕親征，其勢甚大，如之奈何？」百官盡皆失色，面面相覷。諸葛瑾出曰：「某食君侯之祿久矣，無可報効，願捨殘生，去見蜀主，以利害說之，使兩國相和，共討曹丕之罪。」權大喜，即遣諸葛瑾為使，來說先主罷兵。正是：兩國相爭通使命，一言解難賴行人。未知諸葛瑾此去如何，且看下文分解。

# 第八十二回

## 孫權降魏受九錫
## 先主征吳賞六軍

　　卻說章武元年秋八月，先主起大軍至夔關，駕屯白帝城，前隊軍馬已出川口。近臣奏曰："吳使諸葛瑾至。"先主傳旨教休放入。黃權奏曰："瑾弟在蜀為相，必有事而來，陛下何故絕之？當召入，看他言語。可從則從；如不可，則就借彼口說與孫權，令知問罪有名也。"先主從之，召瑾入城。瑾拜伏於地。先主問曰："子瑜遠來，有何事故？"瑾曰："臣弟久事陛下，臣故不避斧鉞，特來奏荊州之事：前者，關公在荊州時，吳侯數次求親，關公不允。後關公取襄陽，曹操屢次致書吳侯，使襲荊州；吳侯本不肯許，因呂蒙與關公不睦，故擅自興兵，誤成大事。今吳侯悔之不及。此乃呂蒙之罪，非吳侯之過也。今呂蒙已死，冤讐已息。孫夫人一向思歸。今吳侯令臣為使，願送歸夫人，縛還降將，並將荊州仍舊交還，永結盟好，共滅曹丕，以正篡逆之罪。"先主怒曰："汝東吳害了朕弟，今日敢以巧言來說乎！"瑾曰："臣請以輕重大小之事，與陛下論之：陛下乃漢朝皇叔，今漢帝已被曹丕篡奪，不思剿除，卻為異姓之親，而屈萬乘之尊，是捨大義而就小義也。中原乃海內之地，兩都皆大漢創業之方，陛下不取，而但爭荊州，是棄重而取輕也。天下皆知陛下即位，必興漢室，恢復山河；今陛下置魏不問，反欲伐吳：竊為陛下不取。”先主大怒曰：“殺吾弟之讐，不共戴天！欲朕罷兵，除死方休！不看丞相之面，先斬汝首！今且放汝回去，說與孫權：洗頸就戮！”諸葛瑾見先主不聽，只得自回江南。

卻說張昭見孫權曰：“諸葛子瑜知蜀兵勢大，故假以講和為辭，欲背吳入蜀。此去必不回矣。”權曰：“孤與子瑜，有生死不易之盟。孤不負子瑜，子瑜亦不負孤。昔子瑜在柴桑時，孔明來吳，孤欲使子瑜留之。子瑜曰：‘弟已事玄德，義無二心；弟之不留，猶瑾之不往。’其言足貫神明。今日豈肯降蜀乎？孤與子瑜可謂神交，非外言所得間也。”正言間，忽報諸葛瑾回。權曰：“孤言若何？”張昭滿面羞慚而退。瑾見孫權，言先主不肯通和之意。權大驚曰：“若如此，則江南危矣！”階下一人進曰：“某有一計，可解此危。”視之，乃中大夫趙咨也。權曰：“德度有何良策？”咨曰：“主公可作一表，某願為使，往見魏帝曹丕，陳說利害，使襲漢中，則蜀兵自危矣。”權曰：“此計最善。但卿此去，休失了東吳氣象。”咨曰：“若有些小差失，即投江而死，安有面目見江南人物乎？”

權大喜，即寫表稱臣，令趙咨為使。星夜到了許都，先見太尉賈詡等，並大小官僚。次日早朝，賈詡出班奏曰：“東吳遣中大夫趙咨上表。”曹丕笑曰：“此欲退蜀兵故也。”即令召入。咨拜伏於丹墀。丕覽表畢，遂問咨曰：“吳侯乃何如主也？”咨曰：“聰明、仁智、雄略之主也。”丕笑曰：“卿褒獎毋乃太甚？”咨曰：“臣非過譽也。吳侯納魯肅於凡品，是其聰也；拔呂蒙於行陣，是其明也；獲于禁而不害，是其仁也；取荊州兵不血刃，是其智也；據三江虎視天下，是其雄也；屈身於陛下，是其略也。以此論之，豈不為聰明、仁智、雄略之主乎？”丕又問曰：“吳王頗知學乎？”咨曰：“吳主浮江萬艘，帶甲百萬，任賢使能，志存經略；少有餘閒，博覽書傳，歷觀史籍，採其大旨，不效書生尋章摘句而已。”丕曰：“朕欲伐吳，可乎？”咨曰：“大國有征伐之兵，小國有禦備之策。”丕曰：“吳畏魏乎？”咨曰：“帶甲百萬，江、漢為池，何畏之有？”丕曰：“東吳如大夫者幾人？”咨曰：“聰明特達者八九十人；如臣之輩，車載斗量，不可勝數。”丕歎曰：“‘使於四方，不辱君命’，卿可以當之矣。”於是即降詔，命太常卿邢貞齎冊封孫權為吳王，加九錫。趙咨謝恩出城。

大夫劉曄諫曰：“今孫權懼蜀兵之勢，故來請降。以臣愚見，蜀、吳交兵，乃天亡之也。今若遣上將提數萬之兵，渡江襲之，蜀攻其外，魏攻其內，吳國之亡，不出旬日。吳亡則蜀孤矣。陛下何不早圖之？”丕曰：“孫權既以禮服朕，朕若攻之，是沮天下欲降者之心，不若納之為是。”劉曄又曰：“孫權雖有雄才，乃殘漢驃騎將軍南昌侯之職。官輕則勢微，尚有畏中原之心；若加以王位，則去陛下一階耳。今陛下信其詐降，崇其位號以封殖之，是與虎添翼也。”丕曰：“不然。朕不助吳，亦不助蜀。待看吳、蜀交兵，若滅一國，止存一國，那時除之，有何難哉？朕意已決，卿勿復言。”遂命太常卿邢貞同趙咨捧執冊錫，逕至東吳。

卻說孫權聚集百官，商議禦蜀之策。忽報魏帝封主公為王，禮當遠接。顧雍諫曰：“主公宜自稱上將軍、九州伯之位，不當受魏帝封爵。”權曰：“當日沛公受項羽之封，蓋因時也，何故卻之？”遂率百官出城迎接。邢貞自恃上國天使，入門不下車。張昭大怒，厲聲曰：

“禮無不敬，法無不肅，而君敢自尊大，豈以江南無方寸之刃耶？”邢貞慌忙下車，與孫權相見，並車入城。忽車後一人放聲哭曰：“吾等不能奮身捨命，為主併魏吞蜀，乃令主公受人封爵，不亦辱乎！”眾視之，乃徐盛也。邢貞聞之，歎曰：“江東將相如此，終非久在人下者也！”

卻說孫權受了封爵，眾文武官僚拜賀已畢，命收拾美玉明珠等物，遣人齎進謝恩。早有細作報說：“蜀主引本國大兵，及蠻王沙摩柯番兵數萬，又有洞溪漢將杜路、劉寧二枝兵，水陸並進，聲勢震天。水路軍已出巫口，旱路軍已到秭歸。”時孫權雖登王位，奈魏主不肯接應，乃問文武曰：“蜀兵勢大，當復如何？”眾皆默然。權歎曰：“周郎之後有魯肅；魯肅之後有呂蒙；今呂蒙已亡，無人與孤分憂也！”言未畢，忽班部中一少年將，奮然而出，伏地奏曰：“臣雖年幼，頗習兵書。願乞數萬之兵，以破蜀兵。”權視之，乃孫桓也。桓字叔武，其父名河，本姓俞氏，孫策愛之，賜姓孫，因此亦係吳王宗族。河生四子。桓居其長，弓馬熟嫻，常從吳王征討，累立奇功，官授武衛都尉；時年二十五歲。權曰：“汝有何策勝之？”桓曰：“臣有大將二員：一名李異，一名謝旌，俱有萬夫不當之勇。乞數萬之眾，往擒劉備。”權曰：“姪雖英勇，爭奈年幼；必得一人相助，方可。”虎威將軍朱然出曰：“臣願與小將軍同擒劉備。”權許之，遂點水陸軍五萬，封孫桓為左都督，朱然為右都督，即日起兵。哨馬探得蜀兵已至宜都下寨，孫桓引二萬五千軍馬，屯於宜都界口，前後分作三營，以拒蜀兵。

卻說蜀將吳班領先鋒之印，自出川以來，所到之處，望風而降，兵不血刃，直到宜都；探知孫桓在彼下寨，飛奏先主。時先主已到秭歸，聞奏怒曰：“量此小兒，安敢與朕抗耶！”關興奏曰：“既孫權令此子為將，不勞陛下遣大將，臣願往擒之。”先主曰：“朕正欲觀汝壯氣。"即命關興前往。興拜辭欲行，張苞出曰："既關興前去討賊，臣願同行。"先主曰："二姪同行甚妙，但須謹慎，不可造次。"

二人拜辭先主，會合先鋒，一同進兵，列成陣勢。孫桓聽知蜀兵大至，合寨多起。兩陣對圓，桓領李異、謝旌立馬於門旗之下，見蜀營中，擁出二員大將，皆銀盔銀鎧，白馬白旗：上首張苞挺丈八點鋼矛，下首關興橫着大砍刀。苞大罵曰："孫桓豎子！死在臨時，尚敢抗拒天兵乎！"桓亦罵曰："汝父已作無頭之鬼；今汝又來討死，好生不智！"張苞大怒，挺槍直取孫桓。桓背後謝旌，驟馬來迎。兩將戰三十餘合，旌敗走，苞乘勝趕來。李異見謝旌敗了，慌忙拍馬掄蘸金斧接戰。張苞與戰二十餘合，不分勝負。吳軍中裨將譚雄，見張苞英勇，李異不能勝，卻放一冷箭，正射中張苞所騎之馬。那馬負痛奔回本陣，未到門旗邊，撲地便倒，將張苞掀在地上。李異向前掄起大斧，望張苞腦袋便砍。忽一道紅光閃處，李異頭早落地。原來關興見張苞馬回，正待接應，忽見張苞馬倒，李異趕來，興大喝一聲，劈李異於馬下，救了張苞，乘勢掩殺。孫桓大敗。各自鳴金收軍。

次日，孫桓又引軍來。張苞、關興齊出。關興立馬於陣前，單搦孫桓交鋒。桓大怒，拍馬揮刀，與關興戰三十餘合，氣力不加，大敗回陣。二小將追殺入營，吳班引着張南、馮習驅兵掩殺。張苞奮勇當先，殺入吳軍，正遇謝旌，被苞一矛刺死。吳軍四散奔走。蜀將得勝收兵，只不見了關興。張苞大驚曰："安國有失，吾不獨生！"言訖，綽槍上馬。尋不數里，只見關興左手提刀，右手活挾一將。苞問曰："此是何人？"興笑答曰："吾在亂軍中，正遇讐人，故生擒來。"苞視之，乃昨日放冷箭的譚雄也。苞大喜，同回本營，斬首瀝血，祭了死馬。逐寫表差人赴先主處報捷。

孫桓折了李異、謝旌、譚雄等許多將士，力窮勢孤，不能抵敵，及差人回吳求救。蜀將張南、馮習謂吳班曰：“目今吳兵勢敗，正好乘虛劫寨。”班曰：“孫桓雖然折了許多將士，朱然水軍見今結營江上，未曾損折。今日若去劫寨，倘水軍上岸，斷我歸路，如之奈何？”南曰：“此事至易。可教關、張二將軍，各引五千軍伏於山谷中；如朱然來救，左右兩軍齊出夾攻，必然取勝。”班曰：“不如先使小卒，詐作降兵，卻將劫寨事告知朱然；然見火起，必來救應，卻令伏兵擊之，則大事濟矣。”馮習等大喜，遂依計而行。

卻說朱然聽知孫桓損兵折將，正欲來救，忽伏路軍引幾個小卒上船投降。然問之，小卒曰：“我等是馮習帳下士卒，因賞罰不明，特來投降，就報機密。”然曰：“所報何事？”小卒曰：“今晚馮習乘虛要劫孫將軍營寨，約定舉火為號。”朱然聽畢，即使人報知孫桓。報事人行至半途，被關興殺了。朱然一面商議，欲引兵去救應孫桓。部將崔禹曰：“小卒之言，未可深信。倘有疎虞，水陸二軍，盡皆休矣。將軍只宜穩守水寨，某願替將軍一行。”然從之，遂令崔禹引一萬軍前去。是夜馮習、張南、吳班分兵三路，直殺入孫桓寨中，四面火起，吳兵大亂，尋路奔走。

且說崔禹正行之間，忽見火起，急催兵前進。剛纔轉過山來，忽山谷鼓聲大震：左邊關興，右邊張苞，兩路夾攻。崔禹大驚，方欲奔走，正遇張苞；交馬只一合，被苞生擒而回。朱然聽知危急，將船往下水退五六十里去了。孫桓引敗軍逃走，問部將曰：“前去何處城堅糧廣？”部將曰：“此去正北彝陵城，可以屯兵。”桓引敗軍急望彝陵而走，方進得城，吳班等追至，將城四面圍定。關興、張苞等解崔禹到秭歸來。先主大喜，傳旨將崔禹斬卻，大賞三軍。自此威風震動，江南諸將，無不膽寒。

卻説孫桓令人求救於吳王，吳王大驚，即召文武商議曰：“今孫桓受困於彝陵，朱然大敗於江中，蜀兵勢大，如之奈何？”張昭奏曰：“今諸將雖多物故[1]，然尚有十餘人，何慮於劉備？可命韓當為正將，周泰為副將，潘璋為先鋒，凌統為合後，甘寧為救應，起兵十萬拒之。”權依所奏，即命諸將速行。此時甘寧已患痢疾，帶病從征。

卻説先主從巫峽建平起，直接彝陵界分，七十餘里，連結四十餘寨；見關興，張苞屢立大功，歎曰：“昔日從朕諸將，皆老邁無用矣；復有二姪如此英雄，朕何慮孫權乎！”正言間，忽報韓當、周泰領兵到來。先主方欲遣將迎敵，近臣奏曰：“老將黃忠，引五六人投東吳去了。”先主笑曰：“黃漢升非反叛之人也；因朕失口誤言老者無用，彼必不服老，故奮力去相持矣。”即召關興、張苞曰：“黃漢升此去必然有失，賢姪休辭勞苦，可去相助。略有微功。便可令回，勿使有失。”二小將拜辭先生，引本部軍來助黃忠。正是：老臣素矢忠君志，年少能成報國功。未知黃忠此去如何，且看下文分解。

**註 釋**

1　物故：死亡。

# 第八十三回

## 戰猇亭先主得讎人
## 守江口書生拜大將

　　卻説章武二年春正月，武威後將軍黃忠隨先主伐吳，忽聞先主
言老將無用，即提刀上馬，引親隨五六人，逕到彝陵營中。吳班與張
南、馮習接入，問曰：“老將軍此來，有何事故？”忠曰：“吾自長沙
跟天子到今，多負勤勞。今雖七旬有餘，尚食肉十斤，臂開二石之弓，
能乘千里之馬，未足為老。昨日主上言吾等老邁無用，故來此與東吳
交鋒，看吾斬將，老也不老！”

　　正言間，忽報吳兵前部已到，哨馬臨營。忠奮然而起，出帳上馬。
馮習等勸曰：“老將軍且休輕進。”忠不聽，縱馬而去。吳班令馮習
引兵助戰。忠在吳軍陣前，勒馬橫刀，單搦先鋒潘璋交戰。璋引部將
史蹟出馬。蹟欺忠年老，挺槍出戰；鬥不三合，被忠一刀斬於馬下。
潘璋大怒，揮關公使的青龍刀，來戰黃忠。交馬數合，不分勝負。忠
奮力惡戰，璋料敵不過，撥馬便走。忠乘勢追殺，全勝而回。路逢關
興、張苞。興曰：“我等奉聖旨來助老將軍；既已立了功，速請回營。”

忠不聽。

次日，潘璋又來搦戰。黃忠奮然上馬。興、苞二人要助戰，忠不從；吳班要助戰，忠亦不從；只自引五千軍出迎。戰不數合，璋拖刀便走。忠縱馬追之，厲聲大叫曰：「賊將休走！吾今為關公報讎！」追至三十餘里，四面喊聲大震，伏兵齊出：右邊周泰，左邊韓當，前有潘璋，後有凌統，把黃忠困在垓心。忽然狂風大起，忠急退時，山坡上馬忠引一軍出，一箭射中黃忠肩窩，險些兒落馬。吳兵見忠中箭，一齊來攻。忽後面喊聲大起，兩路軍殺來，吳兵潰散。救出黃忠，乃關興、張苞也。二小將保送黃忠逕到御前營中。忠年老血衰，箭瘡痛裂，病甚沉重。先主御駕自來看視，撫其背曰：「令老將軍中傷，朕之過也！」忠曰：「臣乃一武夫耳，幸遇陛下。臣今年七十有五，壽亦足矣。望陛下善保龍體，以圖中原！」言訖，不省人事，是夜殂於御營。後人有詩歎曰：

> 老將說黃忠，收川立大功。
> 重披金鎖甲，雙挽鐵胎弓。
> 膽氣驚河北，威名鎮蜀中。
> 臨亡頭似雪，猶自顯英雄。

先主見黃忠氣絕，哀傷不已，敕具棺槨，葬於成都。先主歎曰：「五虎大將，已亡三人。朕尚不能復讎，深可痛哉！」乃引御林軍直至猇亭，大會諸將，分軍八路，水陸俱進。水路令黃權領兵，先主自率大軍於旱路進發。時章武二年二月中旬也。

韓當、周泰聽知先主御駕來征，引兵出迎。兩陣對圓，韓當、周泰出馬，只見蜀營門旗開處，先主自出，黃羅銷金傘蓋，左右白旄黃鉞，金銀旌節，前後圍繞。當大叫曰：「陛下今為蜀主，何自輕出？

倘有疎虞，悔之何及！"先主遙指罵曰："汝等吳狗，傷朕手足，誓不與立於天地之間！"當回顧眾將曰："誰敢衝突蜀兵？"部將夏恂，挺槍出馬。先主背後張苞挺丈八矛，縱馬而出，大喝一聲，直取夏恂。恂見苞聲若巨雷，心中驚懼；恰待要走，周泰弟周平見恂抵敵不住，揮刀縱馬而來。關興見了，躍馬提刀來迎。張苞大喝一聲，一矛刺中夏恂，倒撞下馬。周平大驚，措手不及，被關興一刀斬了。二小將便取韓當、周泰。韓、周二人，慌退入陣。先主見之，歎曰："虎父無犬子也！"用御鞭一指，蜀兵一齊掩殺過去，吳兵大敗。那八路兵，勢如泉湧，殺的那吳軍屍橫遍野，血流成河。

卻説甘寧正在船中養病，聽知蜀兵大至，火急上馬，正遇一彪蠻兵，人皆披髮跣足，皆使弓弩長槍，搪牌刀斧；為首乃是番王沙摩柯，生得面如噀血，碧眼突出，使一個鐵蒺藜骨朵，腰帶兩張弓，威風抖擻。甘寧見其勢大，不敢交鋒，撥馬而走，被沙摩柯一箭射中頭顱。寧帶箭而走，到於富池口，坐於大樹之下而死。樹上羣鴉數百，圍繞其屍。吳王聞之，哀痛不已，具禮厚葬，立廟祭祀。後人有詩歎曰：

> 吳郡甘興霸，長江錦幔舟。
> 酬君重知己，報友化仇讎。
> 劫寨將輕騎，驅兵飲巨甌。
> 神鴉能顯聖，香火永千秋。

卻説先主乘勢追殺，遂得猇亭。吳兵四散逃走。先主收兵，只不見關興。先主慌令張苞等四面跟尋。原來關興殺入吳陣，正遇讎人潘璋，驟馬追之。璋大驚，奔入山谷內，不知所往。興尋思只在山裏，往來尋覓不見。看看天晚，迷蹤失路。幸得星月有光，追至山僻之間，時已二更。到一莊上，下馬叩門。一老者出問何人。興曰："吾是戰將，迷路到此，求一飯充飢。"老人引入，興見堂內點着明燭，中堂繪畫關公神像。興大哭而拜。老人問曰："將軍何故哭拜？"興曰："此吾父也。"老人聞言，即便下拜。興曰："何故供養吾父？"老人答曰："此間皆是尊神地方。在生之日，家家侍奉，何況今日為神乎？老夫只望蜀兵早早報讎。今將軍到此，百姓有福矣。"遂置酒食待之，卸鞍餵馬。

三更已後，忽門外又一人擊戶。老人出而問之，乃吳將潘璋亦來投宿。恰入草堂，關興見了，按劍大喝曰："反賊休走！"璋回身便出。忽門外一人，面如重棗，丹鳳眼，臥蠶眉，飄三縷美髯，綠袍金鎧，按劍而入。璋見是關公顯聖，大叫一聲，神魂驚散，欲待轉身，早被關興手起劍落，斬於地上，取心瀝血，就關公神像前祭祀。興得了父親的青龍偃月刀，卻將潘璋首級，摜於馬項之下，辭了老人，就騎了潘璋的馬，望本營而來。老人自將潘璋之屍拖出燒化。

且說關興行無數里，忽聽得人言馬嘶，一彪軍到來；為首一將，乃潘璋部將馬忠也。忠見興殺了主將潘璋，將首級摜於馬項之下，青龍刀又被興得了，勃然大怒，縱馬來取關興。興見馬忠是害父讎人，氣沖牛斗，舉青龍刀望忠便砍。忠部下三百軍併力上前，一聲喊起，將關興圍在垓心。興力孤勢危。忽見西北上一彪軍殺來，乃是張苞。馬忠見救兵到來，慌忙引軍自退。關興、張苞一處趕來。趕不數里，前面糜芳、傅士仁引兵來尋馬忠。兩軍相合，混戰一場。苞、興二人兵少，慌忙撤退，回至猇亭，來見先主，獻上首級，具言此事。先主驚異，賞犒三軍。

卻說馬忠回見韓當、周泰，收聚敗軍，各分頭守把。軍士中傷者不計其數。馬忠帶傅士仁、糜芳於江渚屯紮。當夜三更，軍士皆哭聲不止。糜芳暗聽之，有一夥軍言曰："我等皆是荊州之兵，被呂蒙詭計送了主公性命，今劉皇叔御駕親征，東吳早晚休矣。所恨者，糜芳、傅士仁也。我等何不殺此二賊，去蜀營投降？功勞不小。"又一夥軍言曰："不要性急，等個空兒，便就下手。"

糜芳聽畢，大驚，遂與傅士仁商議曰："軍心變動，我二人性命難保。今蜀主所恨者馬忠耳；何不殺了他，將首級去獻蜀主，告稱：'我等不得已而降吳，今知御駕前來，特地詣營請罪。'"仁曰："不可。去必有禍。"芳曰："蜀主寬仁厚德；目今阿斗太子是我外甥，彼但念我國戚之情，必不肯加害。"二人計較已定，先備了馬。三更時分，入帳刺殺馬忠，將首級割了，二人帶數十騎，逕投猇亭而來。伏路軍人，先引見張南、馮習，具說其事。次日，到御營中來見先主，獻上馬忠首級，哭告於前曰："臣等實無反心，被呂蒙詭計，稱言關公已亡，賺開城門，臣等不得已而降。今聞聖駕前來，特殺此賊，以雪陛下之恨。伏乞陛下恕臣等之罪。"先主大怒曰："朕自離成都許多時，你兩個如何不來請罪？今見勢危，故來巧言，欲全性命！朕若饒你，至九泉之下，有何面目見關公乎！"言訖，令關興在御營中，設關公靈位。先主親捧馬忠首級，詣前祭祀。又令關興將糜芳、傅士仁剝去衣服，跪於靈前，親自用刀剮之，以祭關公。忽張苞上帳哭拜於前曰："二伯父讎人皆已誅戮；臣父冤讎，何日可報？"先主曰："賢姪勿憂。朕當削平江南，殺盡吳狗，務擒二賊，與汝親自醢[1]之，以祭汝父。"苞泣謝而退。

此時先主威聲大震，江南之人，盡皆膽裂，日夜號哭。韓當、周泰大驚，急奏吳王，具言糜芳、傅士仁殺了馬忠，去歸蜀帝，亦被蜀帝殺了。孫權心怯，遂聚文武商議。步騭奏曰："蜀主所恨者，乃呂蒙、潘璋、馬忠、糜芳、傅士仁也。今此數人皆亡，獨有范疆、張達二人，現在東吳。何不擒此二人，并張飛首級，遣使送還，交與荊州，送歸夫人，上表求和，再會前情，共圖滅魏，則蜀兵自退矣。"權從其言，遂具沈香木匣，盛貯飛首，綁縛范疆、張達，囚於檻車之內，令程秉為使，齎國書，望猇亭而來。

卻說先主欲發兵前進。忽近臣奏曰："東吳遣使送張車騎之首，并囚范疆、張達二賊至。"先主兩手加額曰："此天之所賜，亦由三弟之靈也！"即令張苞設飛靈位。先主見張飛首級在匣中面不改色，放聲大哭。張苞自仗利刀，將范疆、張達萬剮凌遲，祭父之靈。

祭畢，先主怒氣不息，定要滅吳。馬良奏曰："讎人盡戮，其恨可雪矣。吳大夫程秉到此，欲還荊州，送回夫人，永結盟好，共圖滅魏，伏候聖旨。"先主怒曰："朕切齒讎人，乃孫權也。今若與之連和，是負二弟當日之盟矣。今先滅吳，次滅魏。"便欲斬來使，以絕吳情。多官苦告方免。程秉抱頭鼠竄，回奏吳主曰："蜀不從講和，誓欲先滅東吳，然後伐魏。眾臣苦諫不聽，如之奈何？

權大驚，舉止失措。闞澤出班奏曰："見有擎天之柱，如何不用耶？"權急問何人。澤曰："昔日東吳大事，全任周郎；後魯子敬代之；子敬亡後，決於呂子明；今子明雖喪，見有陸伯言在荊州。此人名雖儒生，實有雄才大略，以臣論之，不在周郎之下；前破關公，其謀皆出於伯言。主上若能用之，破蜀必矣。如或有失，臣願與同罪。"權曰："非德潤之言，孤幾誤大事。"張昭曰："陸遜乃一書生耳，非劉備敵手，恐不可用。"顧雍亦曰："陸遜年幼望輕，恐諸公不服；若不服則生禍亂，必誤大事。"步騭亦曰："遜才堪治郡耳，若託以大事，非其宜也。"闞澤大呼曰："若不用陸伯言，則東吳休矣！臣願以全家保之！"權曰："孤亦素知陸伯言乃奇才也！孤意已決，卿等勿言。"

於是命召陸遜。遜本名陸議，後改名遜，字伯言，乃吳郡吳人也；漢城門校尉陸紆之孫，九江都尉陸駿之子。身長八尺，面如美玉。

官領鎮西將軍。當下奉召而至。參拜畢，權曰：“今蜀兵臨境，孤特命卿總督軍馬，以破劉備。”遜曰：“江東文武，皆大王故舊之臣；臣年幼無才，安能制之？”權曰：“闞德潤以全家保卿，孤亦素知卿才。今拜卿為大都督，卿勿推辭。”遜曰：“倘文武不服，何如？”權取所佩劍與之曰：“如有不聽號令者，先斬後奏。”遜曰：“荷蒙重託，敢不拜命？但乞大王於來日會聚眾官，然後賜臣。”闞澤曰：“古之命將，必築壇會眾，賜白旄黃鉞、印綬兵符，然後威行令肅。今大王宜遵此禮，擇日築壇，拜伯言為大都督，假節鉞，則眾人自無不服矣。”權從之，命人連夜築壇完備，大會百官，請陸遜登壇，拜為大都督、右護軍鎮西將軍，進封婁侯，賜以寶劍印綬，令掌六郡八十一州兼荊、楚諸路軍馬。吳王囑之曰：“闑以內，孤主之；闑以外，將軍制之。”

遜領命下壇，令徐盛、丁奉為護衛，即日出師；一面調諸路軍馬，水陸並進。文書到猇亭，韓當、周泰大驚曰：“主上如何以一書生總兵耶？”比及遜至，眾皆不服。遜升帳議事，眾人勉強參賀。遜曰：“主上命吾為大將，督軍破蜀。軍有常法，公等各宜遵守。違者王法無親，勿致後悔。”眾皆默然。周泰曰：“目今安東將軍孫桓，乃主上之姪，見困於彝陵城中，內無糧草，外無救兵，請都督早施良策，救出孫桓，以安主上之心。”遜曰：“吾素知孫安東深得軍心，必能堅守，不必救之。待吾破蜀後，彼自出矣。”眾皆暗笑而退。韓當謂周泰曰：“命此孺子為將，東吳休矣！公見彼所行乎？”泰曰：“吾聊以言試之，並無一計，安能破蜀也？”

次日，陸遜傳下號令，教諸將各處關防，牢守隘口，不許輕敵。眾皆笑其懦，不肯堅守。次日，陸遜升帳喚諸將曰：“吾欽奉王命，總督諸軍，昨已三令五申，令汝等各處堅守；俱不遵吾令，何也？”韓當曰：“吾自從孫將軍平定江南，經數百戰；其餘諸將，或從討逆將軍，或從當今大王，皆披堅執銳，出生入死之士。今主上命公為大都督，令退蜀兵，宜早定計，調撥軍馬，分頭征進，以圖大事；乃只令堅守勿戰，豈欲待天自殺賊耶？吾非貪生怕死之人，奈何使吾等墮其銳氣？於是帳下諸將，皆應聲而言曰：「韓將軍之言是也，吾等情願決一死戰！」陸遜聽畢，掣劍在手，厲聲曰：「僕雖一介書生，今蒙主上託以重任者，以吾有尺寸可取，能忍辱負重故也。汝等各宜守隘口，牢把險要，不許妄動。如違令者皆斬！」眾皆憤憤而退。

卻說先主自猇亭布列軍馬，直至川口，接連七百里，前後四十營寨，晝則旌旗蔽日，夜則火光耀天。忽細作報說：「東吳用陸遜為大都督，總制軍馬。遜令諸將各守險要不出。」先主問曰：「陸遜何如人也？」馬良奏曰：「遜雖東吳一書生，然年幼多才，深有謀略；前襲荊州，皆係此人之詭計。」先主大怒曰：「豎子詭謀，損朕二弟，今當擒之！」便傳令進兵。馬良諫曰：「陸遜之才，不亞周郎，未可輕敵。」先主曰：「朕用兵老矣，豈反不如一黃口孺子耶！」遂親領前軍，攻打諸處關津隘口。

韓當見先主兵來，差人報知陸遜。遜恐韓當妄動，急飛馬自來觀看，正見韓當立馬於山上，遠望蜀兵漫山遍野而來，軍中隱隱有黃羅蓋傘。韓當接着陸遜，並馬而觀。當指曰：「軍中必有劉備，吾欲擊之。」遜曰：「劉備舉兵東下，連勝十餘陣，銳氣正盛；今只乘高守險，不可輕出，出則不利。但宜獎勵將士，廣布守禦之策，以觀其變。今彼馳騁於平原廣野之間，正自得志；我堅守不出，彼求戰不得，必移屯於山林樹木間。吾當以奇計勝之。」韓當口雖應諾，心中只是不服。

先主使前隊搦戰，辱罵百端。遜令塞耳休聽，不許出迎，親自遍歷諸關隘口，撫慰將士，皆令堅守。先主見吳軍不出，心中焦躁。馬良曰：「陸遜深有謀略，今陛下遠來攻戰，自春歷夏；彼之不出，欲待我軍之變也。願陛下察之。"先主曰："彼有何謀？但怯敵耳。向者數敗，今安敢再出？"先鋒馮習奏曰："即今天氣炎熱，軍屯於赤火之中，取水深為不便。"先主遂命各營，皆移於山林茂盛之地，近溪傍澗，待過夏到秋，併力進兵。馮習遂奉旨，將諸寨皆移於林木陰密之處。馬良奏曰："吾軍若動，倘吳兵驟至，如之奈何？"先主曰："朕令吳班引萬餘弱兵，近吳寨平地屯住；朕親選八千精兵，伏於山谷之中。若陸遜知朕移營，必乘勢來擊，卻令吳班詐敗；遜若追來，朕引兵突出，斷其歸路，小子可擒矣。"文武皆賀曰："陛下神機妙算，諸臣不及也！"

馬良曰："近聞諸葛丞相在東川點看各處隘口，恐魏兵入寇。陛下何不將各營移居之地，畫成圖本，問於丞相？"先主曰："朕亦頗知兵法，何必又問丞相？"良曰："古云：'兼聽則明，偏聽則蔽。'望陛下察之。"先主曰："卿可自去各營，畫成四至八道圖本，親到東川去問丞相。如有不便，可急來報知。"馬良領命而去。於是先主移兵於林木陰密處避暑。早有細作報知韓當、周泰。二人聽得此事，大喜，來見陸遜曰："目今蜀兵四十餘營，皆移於山林密處，依溪傍澗，就水歇涼。都督可乘虛擊之。"正是：蜀主有謀能設伏，吳兵好勇定遭擒。未知陸遜可聽其言否，且看下文分解。

註　釋

1　醢：把人剁成肉醬。是古代酷刑。

# 第八十四回

# 陸遜營燒七百里
# 孔明巧布八陣圖

　　卻說韓當、周泰探知先主移營就涼，急來報知陸遜。遜大喜，遂引兵自來觀看動靜：只見平地一屯，不滿萬餘人，大半皆是老弱之眾，大書“先鋒吳班”旗號。周泰曰：“吾視此等兵如兒戲耳。願同韓將軍分兩路擊之。如其不勝，甘當軍令。”陸遜看了良久，以鞭指曰：“前面山谷中，隱隱有殺氣起；其下必有伏兵，故於平地設此弱兵，以誘我耳。諸公切不可出。”

　　眾將聽了，皆以為懦。次日，吳班引兵到關前搦戰，耀武揚威，辱罵不絕；多有解衣卸甲，赤身裸體，或睡或坐。徐盛、丁奉入帳稟陸遜曰：“蜀兵欺我太甚！某等願出擊之！”遜笑曰：“公等但恃血氣之勇，未知孫、吳妙法。此彼誘敵之計也。三日後必見其詐矣。”徐盛曰：“三日後，彼移營已定，安能擊之乎？”遜曰：“吾正欲令彼移營也。”諸將哂笑而退。過三日後，會諸將於關上觀望，見吳班兵已退去。遜指曰：“殺氣起矣，劉備必從山谷中出也。”言未畢，只見蜀兵皆全裝慣束，擁先主而過。吳兵見了，盡皆膽裂。遜曰：“吾之不聽諸公擊班者，正為此也。今伏兵已出，旬日之內，必破蜀矣。”諸將皆曰：“破蜀當在初時；今連營五六百里，相守經七八月，其諸要害，皆已固守，安能破乎？”遜曰；“諸公不知兵法。備乃世之梟雄，更多智謀，其兵始集，法度精專；今守之久矣，不得我便，兵疲意阻，取之正在今日。”諸將方纔歎服。後人有詩讚曰：

虎帳談兵按《六韜》，安排香餌釣鯨鰲。
三分自是多英俊，又顯江南陸遜高。

卻說陸遜已定了破蜀之策，遂修箋遣使奏聞孫權，言指日可以破蜀之意。權覽畢，大喜曰：“江東復有此異人，孤何憂哉？諸將皆上書言其懦，孤獨不信。今觀其言，果非懦也。”於是大起吳兵來接應。

卻說先主於猇亭盡驅水軍，順流而下，沿江屯紮水寨，深入吳境。黃權諫曰：“水軍沿江而下，進則易，退則難。臣願為前驅，陛下宜在後陣，庶萬無一失。”先主曰：“吳賊膽落，朕長驅大進，有何礙乎？”眾官苦諫，先主不從，遂分兵兩路：命黃權督江北之兵，以防魏寇；先主自督江南諸軍，夾江分立營寨，以圖進取。細作探知，連夜報知魏主，言蜀兵伐吳，樹柵連營，縱橫七百餘里，分四十餘屯，皆傍山林下寨；今黃權督兵在江北岸，每日出哨百餘里，不知何意。

魏主聞之，仰面笑曰：“劉備將敗矣。”羣臣請問其故。魏主曰：“劉玄德不曉兵法，豈有連營七百里，而可以拒敵者乎？包原隰險阻[1]屯兵者，此兵法之大忌也。玄德必敗於東吳陸遜之手。旬日之內，消息必至矣。”羣臣猶未信，皆請撥兵備之。魏主曰：“陸遜若勝，必盡舉吳兵去取西川；吳兵遠去，國中空虛，朕虛託以兵助戰，令三路一齊進兵，東吳唾手可取也。"眾皆拜服。魏主下令，使曹仁督一軍出濡須，曹休督一軍出洞口，曹真督一軍出南郡："三路軍馬會合日期，暗襲東吳。朕隨後自來接應。"調遣已定。

不說魏兵襲吳。且說馬良至川，入見孔明，呈上圖本而言曰："今移營夾江，橫占七百里，下四十餘屯，皆依溪傍澗，林木茂盛之處。皇上令良將圖本來與丞相觀之。"孔明看訖，拍案叫苦曰："是何人教主上如此下寨？可斬此人！"馬良曰："皆主上自為，非他人之謀。"孔明歎曰："漢朝氣數休矣！"良問其故。孔明曰："包原隰險阻而結營，此兵家之大忌。倘彼用火攻，何以解救？又豈有連營七百里而可拒敵乎？禍不遠矣！陸遜拒守不出，正為此也。汝當速去見天子，改屯諸營，不可如此。"良曰："倘今吳兵已勝，如之奈何？"孔明曰："陸遜不敢來追，成都可保無虞。"良曰："遜何故不追？"孔明曰："恐魏兵襲其後也。主上若有失，當投白帝城避之。吾入川時，已伏下十萬兵在魚腹浦矣。"良大驚曰："某於魚腹浦往來數次，未嘗見一卒，丞相何作此詐語？"孔明曰："後來必見，不勞多問。"馬良求了表章，火速投御營來。孔明自回成都，調撥軍馬救應。


卻說陸遜見蜀兵懈怠，不復隄防，升帳聚大小將士聽令曰："吾自受命以來，未嘗出戰。今觀蜀兵，足知動靜，故欲先取江南岸一營。誰敢去取？"言未畢，韓當、周泰、凌統等應聲而出曰："某等願往。"遜教皆退不用，獨喚階下末將淳于丹曰："吾與汝五千軍，去取江南第四營：蜀將傅彤所守。今晚就要成功。吾自提兵接應。"淳于丹引兵去了，又喚徐盛、丁奉曰："汝等各領兵三千，屯於寨外五里，如淳于丹敗回，有兵趕來，當出救之，卻不可追去。"二將自引軍去了。

卻說淳于丹於黃昏時分，領兵前進。到蜀寨時，已三更之後。丹令眾軍鼓譟而入。蜀營內傅彤引兵殺出，挺槍直取淳于丹；丹敵不住，撥馬便回。忽然喊聲大震，一彪軍攔住去路，為首大將趙融。丹奪路而走，折其大半。正走之間，山後一彪蠻兵攔住，為首番將沙摩柯。丹死戰得脫，背後三路軍趕來。比及離營五里，吳軍徐盛、丁奉二人兩下殺來，蜀兵退去，救了淳于丹回營。丹帶箭入見陸遜請罪。遜曰：「非汝之過也。吾欲試敵人之虛實耳。破蜀之計，吾已定矣。」徐盛、丁奉曰：「蜀兵勢大，難以破之，空自損兵折將耳。」遜笑曰：「吾這條計，但瞞不過諸葛亮耳。天幸此人不在，使我成大功也。」遂集大小將士聽令：使朱然於水路進兵，來日午後東南風大作，用船裝載茅草，依計而行。韓當引一軍攻江北岸，周泰引一軍攻江南岸。每人手執茅草一把，內藏硫黃焰硝，各帶火種，各執槍刀，一齊而上。但到蜀營，順風舉火。蜀兵四十屯，只燒二十屯，每間一屯燒一屯。各軍預帶乾糧，不許暫退。晝夜追襲，只擒了劉備方止。眾將聽了軍令，各受計而去。

卻說先主在御營尋思破吳之計，忽見帳前中軍旗旛，無風自倒。乃問程畿曰：「此為何兆？」畿曰：「今夜莫非吳兵來劫營？」先主曰：「昨夜殺盡，安敢再來？」畿曰：「倘是陸遜試敵，奈何？」正言間，人報山上遠遠望見吳兵盡沿山望東去了。先主曰：「此是疑兵。」令眾休動，令關興、張苞各引五百騎出巡。黃昏時分，關興回奏曰：「江北營中火起。」先主急令關興往江北，張苞往江南，探看虛實：「倘吳兵到時，可急回報。」

二將領命去了。初更時分，東南風驟起。只見御營左屯火發。方欲救時，御營右屯又火起。風緊火急，樹木皆着。喊聲大震。兩屯軍馬齊出，奔離御營中。御營軍自相踐踏，死者不知其數。後面吳兵殺到，又不知多少軍馬。先主急上馬，奔馮習營時，習營中火光連天而起。江南、江北，照耀如同白日。馮習慌上馬引數十騎而走，正逢吳將徐盛軍到，敵住廝殺。先主見了，撥馬投西便走。徐盛捨了馮習，引兵追來。先主正慌，前面又一軍攔住，乃是吳將丁奉。兩下夾攻，先主大驚，四面無路。忽然喊聲大震，一彪軍殺入重圍，乃是張苞，救了先主，引御林軍奔走。正行之間，前面一軍又到，乃蜀將傅彤也，合兵一處而行。背後吳兵追至。先主前到一山，名馬鞍山。張苞、傅彤請先主上得山時，山下喊聲又起，陸遜大隊人馬，將馬鞍山圍住。張苞、傅彤死據山口。先主遙望遍野火光不絕，死屍重疊，塞江而下。

次日，吳兵又四下放火燒山，軍士亂竄，先主驚慌。忽然火光中一將引數騎殺上山來，視之乃關興也。興伏地請曰："四下火光逼近，不可久停。陛下速奔白帝城，再收軍馬可也。"先主曰："誰敢斷後？"傅彤奏曰："臣願以死當之！"當日黃昏，關興在前，張苞在中，留傅彤斷後，保着先主，殺下山來。吳兵見先主奔走，皆要爭功，各引大軍，遮天蓋地，往西追趕。先主令軍士盡脫袍鎧，塞道而焚，以斷後軍。正奔走間，喊聲大震，吳將朱然引一軍從江岸邊殺來，截住去路。先主叫曰："朕死於此矣！"關興、張苞縱馬衝突，被亂箭射回，各帶重傷，不能殺出。背後喊聲又起，陸遜引大軍從山谷中殺來。

先主正慌急之間 —— 此時天色已微明 —— 只見前面喊聲震天，朱然軍紛紛落澗，滾滾投巖；一彪軍殺入，前來救駕。先主大喜，視之，乃常山趙子龍也。時趙雲在川中江州，聞吳、蜀交兵，遂引軍出；忽見東南一帶火光沖天，雲心驚，遠遠探視，不想先主被困，雲奮勇衝殺而來。陸遜聞是趙雲，急令軍退。雲正殺之間，忽遇朱然，便與交鋒；不一合，一槍刺朱然於馬下，殺散吳兵，救出先主，望白帝城而走。先主曰："朕雖得脫，諸將士將奈何？"雲曰："敵軍在後，不可久遲。陛下且入白帝城歇息，臣再引兵去救應諸將。"此時先主僅存百餘人入白帝城。後人有詩讚陸遜曰：

> 持矛舉火破連營，玄德窮奔白帝城。
> 一旦成名驚蜀魏，吳王寧不敬書生。

卻說傅彤斷後，被吳軍八面圍住。丁奉大叫曰：“川兵死者無數，降者極多。汝主劉備已被擒獲。今汝力窮勢孤，何不早降？”傅彤叱曰：“吾乃漢將，安肯降吳狗乎！”挺槍縱馬，率蜀軍奮力死戰；不下百餘合，往來衝突，不能得脫。彤長歎曰：“吾今休矣！”言訖，口中吐血，死於吳軍之中。後人讚傅彤詩曰：

> 彝陵吳蜀大交兵，陸遜施謀用火焚。
> 至死猶然罵“吳狗”，傅彤不愧漢將軍。

蜀祭酒程畿，匹馬奔至江邊，招呼水軍赴敵，吳兵隨後追來，水軍四散奔逃。畿部將叫曰：“吳兵至矣！程祭酒快走罷！”畿怒曰：“吾自從主上出軍，未嘗赴敵而逃！”言未畢，吳兵驟至，四下無路，畿拔劍自刎。後人有詩讚曰：

> 慷慨蜀中程祭酒，身留一劍答君王。
> 臨危不改平生志，博得聲名萬古香。

時吳班、張南久圍彝陵城，忽馮習到，言蜀兵敗，遂引軍來救先主，孫桓方纔得脫。張、馮二將正行之間，前面吳兵殺來，背後孫桓從彝陵城殺出，兩下夾攻。張南、馮習奮力衝突，不能得脫，死於亂軍之中。後人有詩讚曰：

> 馮習忠無二，張南義少雙；
> 沙場甘戰死，史冊共流芳。

吳班殺出重圍，又遇吳兵追趕，幸得趙雲接着，救回白帝城去了。時有蠻王沙摩柯，匹馬奔走，正逢周泰，戰二十餘合，被泰所殺。蜀將杜路、劉寧盡皆降吳。蜀營一應糧草器仗，尺寸不存。蜀將川兵，降者無數。時孫夫人在吳，聞猇亭兵敗，訛傳先主死於軍中，遂驅車至江邊，望西遙哭，投江而死。後人立廟江濱，號曰梟姬祠。尚論者作詩歎之曰：

> 先主兵歸白帝城，夫人聞難獨捐生。
> 至今江畔遺碑在，猶著千秋烈女名。

卻說陸遜大獲全功，引得勝之兵，往西追襲。前離夔關不遠，遜在馬上看見前面臨山傍江，一陣殺氣，沖天而起，遂勒馬回顧眾將曰："前面必有埋伏，三軍不可輕進。"即倒退十餘里，於地勢空闊處，排成陣勢，以禦敵軍；即差哨馬前去探視。回報並無軍屯在此，遜不信，下馬登山望之，殺氣復起。遜再令人仔細探視，哨馬回報，前面並無一人一騎。遜見日將西沈，殺氣越加，心中猶豫，令心腹人再往探看。回報江邊止有亂石八九十堆，並無人馬。遜大疑，令尋土人問之。須臾，有數人到。遜問曰："何人將亂石作堆？如何亂石堆中有殺氣沖起？"土人曰："此處地名魚腹浦。諸葛亮入川之時，驅兵到此，取石排成陣勢於沙灘之上。自此常常有氣如雲，從內而起。"

陸遜聽罷，上馬引數十騎來看石陣；立馬於山坡之上，但見四面八方，皆有門有戶。遜笑曰："此乃惑人之術耳，有何益焉！"遂引數騎下山坡來，直入石陣觀看。部將曰："日暮矣，請都督早回。"遜方欲出陣，忽然狂風大作。一霎時，飛沙走石，遮天蓋地。但見怪石嵯峨，槎枒似劍；橫沙立土，重疊如山；江聲浪湧，有如劍鼓之聲。遜大驚曰：“吾中諸葛之計也！”急欲回時，無路可出。正驚疑間，忽見一老人立於馬前，笑曰：“將軍欲出此陣乎？”遜曰：“願長者引出。”老人策杖徐徐而行，逕出石陣，並無所礙，送至山坡之上。遜問曰：“長者何人？”老人答曰：“老夫乃諸葛孔明之岳父黃承彥也。昔小壻入川之時，於此布下石陣，名‘八陣圖’。反復八門，按遁甲休、生、傷、杜、景、死、驚、開。每日每時，變化無端，可比十萬精兵。臨去之時，曾分付老夫道：‘後有東吳大將迷於陣中，莫要引他出來。’老夫適於山巖之上，見將軍從死門而入，料想不識此陣，必為所迷。老夫平生好善，不忍將軍陷沒於此，故特從生門引出也。”遜曰：“公曾學此陣法否？”黃承彥曰：“變化無窮，不能學也。”遜慌忙下馬拜謝而回。後杜工部有詩曰：

> 功蓋三分國，名成八陣圖。
> 江流石不轉，遺恨失吞吳。

　　陸遜回寨，歎曰：“孔明真‘臥龍’也！吾不能及！”於是下令班師。左右曰：“劉備兵敗勢窮，困守一城，正好乘勢擊之；今見石陣而退，何也？”遜曰：“吾非懼石陣而退，吾料魏主曹丕，其奸詐與父無異，今知吾追趕蜀兵，必乘虛來襲。吾若深入西川，急難退矣。”遂令一將斷後，遜率大軍而回。退兵未及二日，三處人來飛報：“魏兵曹仁出濡須，曹休出洞口，曹真出南郡：三路兵馬數十萬，星夜至境，未知何意。”遜笑曰：“不出吾之所料。吾已令兵拒之矣。”正是：雄心方欲吞西蜀，勝算還須禦北朝。未知如何退兵，且看下文分解。

### 註　釋

1　包原隰險阻：指地形複雜的地方。包，草木叢生的地方；原，高平的地方；隰，低濕的地方。

# 第八十五回

# 劉先主遺詔託孤兒
# 諸葛亮安居平五路

卻說章武二年夏六月，東吳陸遜大破蜀兵於猇亭、彝陵之地。先主奔回白帝城，趙雲引兵據守。忽馬良至，見大軍已敗，懊悔不及，將孔明之言，奏知先主。先主歎曰："朕早聽丞相之言，不致今日之敗！今有何面目復回成都見羣臣乎！"遂傳旨就白帝城駐紮，將館驛改為永安宮。人報馮習、張南、傅彤、程畿、沙摩柯等皆歿於王事，先主傷感不已。又近臣奏稱："黃權引江北之兵，降魏去了。陛下可將彼家屬送有司問罪。"先主曰："黃權被吳兵隔斷在江北岸，欲歸無路，不得已而降魏：是朕負權，非權負朕也。何必罪其家屬？"仍給祿米以養之。

卻說黃權降魏，諸將引見曹丕。丕曰："卿今降朕，欲追慕於陳、韓耶？"權泣而奏曰："臣受蜀帝之恩，殊遇甚厚，令臣督諸軍於江北，被陸遜絕斷。臣歸蜀無路，降吳不可，故來投陛下。敗軍之將，免死為幸，安敢追慕於古人耶？"丕大喜，遂拜黃權為鎮南將軍。權堅辭不受。忽近臣奏曰：“有細作人自蜀中來，說蜀主將黃權家屬盡皆誅戮。”權曰：“臣與蜀主，推誠相信，知臣本心，必不肯殺臣之家小也。”丕然之。後人有詩責黃權曰：

降吳不可卻降曹，忠義安能事兩朝？
堪歎黃權惜一死，紫陽書法不輕饒。

曹丕問賈詡曰：“朕欲一統天下：先取蜀乎？先取吳乎？”詡曰：“劉備雄才，更兼諸葛亮善能治國；東吳孫權，能識虛實，陸遜見屯兵於險要，隔江泛湖，皆難卒謀。以臣觀之，諸將之中，皆無孫權、劉備敵手。雖以陛下天威臨之，亦未見萬全之勢也。只可持守，以待二國之變。”丕曰：“朕已遣三路大兵伐吳，安有不勝之理？”尚書劉曄曰：“近東吳陸遜，新破蜀兵七十萬，上下齊心，更有江湖之阻，不可卒制。陸遜多謀，必有準備。”丕曰：“卿前勸朕伐吳，今又諫阻，何也？”曄曰：“時有不同也。昔東吳累敗於蜀，其勢頓挫，故可擊耳；今既獲全勝，銳氣百倍，未可攻也。”丕曰：“朕意已決，卿勿復言。”遂引御林軍親往接應三路兵馬。早有哨馬報說東吳已有準備：令呂範引兵拒住曹休，諸葛瑾引兵在南郡拒住曹真，朱桓引兵當住濡須以拒曹仁。劉曄曰：“既有準備，去恐無益。”丕不從，引兵而去。

卻說吳將朱桓，年方二十七歲，極有膽略，孫權甚愛之；時督軍於濡須，聞曹仁引大軍去取羨溪，桓遂盡撥軍守把羨溪去了，止留五千騎守城。忽報曹仁令大將常雕同諸葛虔、王雙，引五萬精兵飛奔濡須城來。眾軍皆有懼色。桓按劍而言曰：“勝負在將，不在兵之多寡。兵法云：‘客兵倍而主兵半者，主兵尚能勝於客兵。’今曹仁千里跋涉，人馬疲困。吾與汝等共據高城，南臨大江，北背山險，以逸待勞，以主制客，此乃百戰百勝之勢。雖曹丕自來，尚不足憂，況仁等耶？"於是傳令，教眾軍偃旗息鼓，只作無人守把之狀。

　　且說魏將先鋒常雕，領精兵來取濡須城，遙望城上並無軍馬。雕催軍急進，離城不遠，一聲礮響，旌旗齊豎。朱桓橫刀飛馬而出，直取常雕。戰不三合，被桓一刀斬常雕於馬下。吳兵乘勢衝殺一陣，魏兵大敗，死者無數。朱桓大勝，得了無數旌旗軍器戰馬。曹仁領兵隨後到來，卻被吳兵從羡溪殺出。曹仁大敗而退，回見魏主，細奏大敗之事。丕大驚。正議之間，忽探馬報："曹真、夏侯尚圍了南郡，被陸遜伏兵於內，諸葛瑾伏兵於外，內外夾攻，因此大敗。"言未畢，忽探馬又報："曹休亦被呂範殺敗。"丕聽知三路兵敗，乃喟然歎曰："朕不聽賈詡、劉曄之言，果有此敗！"時值夏天，大疫流行，馬步軍十死六七，遂引軍回洛陽。吳、魏自此不和。

　　卻說先主在永安宮，染病不起，漸漸沈重。至章武三年夏四月，先主自知病入四肢，又哭關、張二弟，其病愈深，兩目昏花，厭見侍從之人，乃叱退左右，獨臥於龍榻之上。忽然陰風驟起，將燈吹搖，滅而復明。只見燈影之下，二人侍立。先主怒曰，"朕心緒不寧，教汝等且退，何故又來！"叱之不退。先主起而視之，上首乃雲長，下首乃翼德也。先主大驚曰："二弟原來尚在！"雲長曰："臣等非人，乃鬼也。上帝以臣二人平生不失信義，皆敕命為神。哥哥與兄弟聚會不遠矣。"先主扯定大哭。忽然驚覺，二弟不見。即喚從人問之，時正三更。先主歎曰："朕不久於人世矣！"遂遣使往成都，請丞相諸葛亮、尚書令李嚴等，星夜來永安宮，聽受遺命。孔明等與先主次子魯王劉永、梁王劉理，來永安宮見帝，留太子劉禪守成都。

　　且說孔明到永安宮，見先主病危，慌忙拜伏於龍榻之下。先主傳旨，請孔明坐於龍榻之側，撫其背曰："朕自得丞相，幸成帝業；何期智識淺陋，不納丞相之言，自取其敗。悔恨成疾，死在旦夕。嗣子孱弱，不得不以大事相託。”言訖，淚流滿面。孔明亦涕泣曰：“願陛下善保龍體，以副天下之望！”先主以目遍視，只見馬良之弟馬謖在傍，先主令且退。謖退出，先主謂孔明曰：“丞相觀馬謖之才何如？”孔明曰：“此人亦當世之英才也。”先主曰：“不然。朕觀此人，言過其實，不可大用。丞相宜深察之。”分付畢，傳旨召諸臣入殿，取紙筆寫了遺詔，遞與孔明而歎曰：“朕不讀書，粗知大略。聖人云：‘鳥之將死，其鳴也哀；人之將死，其言也善。’朕本待與卿等同滅曹賊，共扶漢室，不幸中道而別。煩丞相將詔付與太子禪，令勿以為常言。凡事更望丞相教之！”孔明等泣拜於地曰：“願陛下將息龍體！臣等盡施犬馬之勞，以報陛下知遇之恩也。”先主命內侍扶起孔明，一手掩淚，一手執其手，曰：“朕今死矣！有心腹之言相告！”孔明曰：“有何聖諭？”先主泣曰：“君才十倍曹丕，必能安邦定國，終定大事。若嗣子可輔，則輔之；如其不才，君可自為成都之主。”孔明聽畢，汗流遍體，手足失措，泣拜於地曰：“臣安敢不竭股肱之力，盡忠貞之節，繼之以死乎！”言訖，叩頭流血。先主又請孔明坐於榻上，喚魯王劉永、梁王劉理近前，分付曰：“爾等皆記朕言：朕亡之後，爾兄弟三人，皆以父事丞相，不可怠慢。”言罷，遂命二王同拜孔明。二王拜畢，孔明曰：“臣雖肝腦塗地，安能報知遇之恩也！”

先主謂眾官曰：“朕已託孤於丞相，令嗣子以父事之。卿等俱不可怠慢，以負朕望。”又囑趙雲曰：“朕與卿於患難之中，相從到今，不想於此地分別。卿可想朕故交，早晚看覷吾子，勿負朕言。”雲泣拜曰：“臣敢不効犬馬之勞！”先主又謂眾官曰：“卿等眾官，朕不能一一分囑，願皆自愛。”言畢，駕崩，壽六十三歲。時章武三年夏四月二十四日也。後杜工部有詩歎曰：

蜀主窺吳向三峽，崩年亦在永安宮。

翠華想像空山外，玉殿盧無野室中。

古廟杉松巢水鶴，歲時伏臘走村翁。

武侯祠屋長鄰近，一體君臣祭祀同。

先主駕崩，文武官僚，無不哀痛。孔明率眾官奉梓宮還成都。太子劉禪出城迎接靈柩，安於正殿之內。舉哀行禮畢，開讀遺詔。詔曰：

朕初得疾，但下痢耳；後轉生雜病，殆不自濟。朕聞“人年五十，不稱夭壽”。今朕六十有餘，死復何恨？但以卿兄弟為念耳。勉之！勉之！勿以惡小而為之，勿以善小而不為。惟賢惟德，可以服人；卿父德薄，不足效也。卿與丞相從事，事之如父，勿怠！勿忘！卿兄弟更求聞達。至囑！至囑！

羣臣讀詔已畢。孔明曰：“國不可一日無君；請立嗣君，以承漢統。”乃立太子禪即皇帝位，改元建興。加諸葛亮為武鄉侯，領益州牧。葬先主於惠陵，諡曰昭烈皇帝。尊皇后吳氏為皇太后；諡甘夫人為昭烈皇后。糜夫人亦追諡為皇后，陞賞羣臣，大赦天下。

早有魏軍探知此事，報入中原。近臣奏知魏主。曹丕大喜曰：“劉備已亡，朕無憂矣。何不乘其國中無主，起兵伐之？”賈詡諫曰：“劉備雖亡，必託孤於諸葛亮。亮感備知遇之恩，必傾心竭力，扶持嗣主。陛下不可倉卒伐之。”正言間，忽一人從班部中奮然而出曰：“不乘此時進兵，更待何時？”眾視之，乃司馬懿也。丕大喜，遂問計於懿。懿曰：“若只起中國之兵，急難取勝。須用五路大兵，四面夾攻，令諸葛亮首尾不能救應，然後可圖。”

丕問何五路。懿曰：“可修書一封，差使往遼東鮮卑國，見國王軻比能，賂以金帛，令起遼西羌兵十萬，先從旱路取西平關：此一路也。再修書遣使齎官誥賞賜，直入南蠻，見蠻王孟獲，令起兵十萬，攻打益州、永昌、牂牁、越巂四郡，以擊西川之南：此二路也。再遣使入吳修好，許以割地，令孫權起兵十萬，攻兩川峽口，逕取涪城：此三路也。又可差使至降將孟達處，起上庸兵十萬，西攻漢中：此四路也。然後命大將軍曹真為大都督，提兵十萬，由京兆逕出陽平關取西川：此五路也。共大兵五十萬，五路並進。諸葛亮便有呂望之才，安能當此乎？”丕大喜，隨即密遣能言官四員為使前去；又命曹真為大都督，領兵十萬，逕取陽平關。此時張遼等一班舊將，皆封列侯，俱在冀、徐、青及合淝等處，據守關津隘口，故不復調用。

卻說蜀漢後主劉禪，自即位以來，舊臣多有病亡者，不能細說。凡一應朝廷、選法、錢糧、詞訟等事，皆聽諸葛丞相裁處。時後主未立皇后。孔明與羣臣上言曰：“故車騎將軍張飛之女甚賢，年十七歲，可納為正宮皇后。”後主即納之。

建興元年秋八月，忽有邊報說：“魏調五路大兵，來取西川：第一路，曹真為大都督，起兵十萬，取陽平關；第二路，乃反將孟達，起上庸兵十萬，犯漢中；第三路，乃東吳孫權，起精兵十萬，取峽口入川；第四路，乃蠻王孟獲，起蠻兵十萬，犯益州四郡；第五路，乃番王軻比能，起羌兵十萬，犯西平關。此五路軍馬，甚是利害，已先報知丞相，丞相不知為何，數日不出視事。”後主聽罷大驚，即差近侍齎旨，宣召孔明入朝。使命去了半日，回報：“丞相府下人言，丞相染病不出。”後主轉慌。次日，又命黃門侍郎董允、諫議大夫杜瓊，去丞相臥榻前，告此大事。董、杜二人，到丞相府前，皆不得入。杜瓊曰：“先帝託孤於丞相，今主上初登寶位，被曹丕五路兵犯境，軍情至急，丞相何故推病不出？”良久，門吏傳丞相令，言：“病體稍可，明早出都堂議事。"董、杜二人歎息而回。次日,多官又來丞相府前伺候。從早至晚,又不見出。多官惶惶,只得散去。杜瓊入奏後主曰:"請陛下聖駕,親往丞相府問計。"後主即引多官入宮,啟皇太后。太后大驚,曰:"丞相何故如此?有負先帝委託之意也!我當自往。"董允奏曰:"娘娘未可輕往。臣料丞相必有高明之見,且待主上先往,如果怠慢,請娘娘於太廟中,召丞相問之未遲。"太后依奏。

次日,後主車駕親至相府。門吏見駕到,慌忙拜伏於地而迎。後主問曰:"丞相在何處?"門吏曰:"不知在何處。只有丞相鈞旨,教擋住百官,勿得輒入。"後主乃下車步行,獨進第三重門,見孔明獨倚竹杖,在小池邊觀魚。後主在後立久,乃徐徐而言曰:"丞相安樂否?"孔明回顧,見是後主,慌忙棄杖,拜伏於地曰:"臣該萬死!"後主扶起,問曰;"今曹丕分兵五路,犯境甚急,相父緣何不肯出府視事?"孔明大笑,扶後主入內室坐定,奏曰:"五路兵至,臣安得不知?臣非觀魚,有所思也。"後主曰:"如之奈何?"孔明曰:"羌王軻比能,蠻王孟獲,反將孟達,魏將曹真:此四路兵,臣已皆退去了也。止有孫權這一路兵,臣已有退之計,但須一能言之人為使。因未得其人,故熟思之。陛下何必憂乎?"

後主聽罷,又驚又喜,曰:"相父果有鬼神不測之機也!願聞退兵之策。"孔明曰:"先帝以陛下付託與臣,臣安敢旦夕怠慢?成都眾官,皆不曉兵法之妙,貴在使人不測,豈可泄漏於人?老臣先知西番國王軻比能,引兵犯西平關;臣料馬超積祖西川人氏,素得羌人之心,羌人以超為神威天將軍;臣已先遣一人,星夜馳檄,令馬超緊守西平關,伏四路奇兵,每日交換,以兵拒之:此一路不必憂矣。又南蠻孟獲,兵犯四郡,臣亦飛檄遣魏延領一軍左出右入,右出左入,為疑兵之計,蠻兵惟憑勇力,其心多疑,若見疑兵,必不敢進:此一路又不足憂矣。又知孟達引兵出漢中，達與李嚴曾結生死之交，臣回成都時，留李嚴守永安宮；臣已作一書，只做李嚴親筆，令人送與孟達；達必然推病不出，以慢軍心：此一路又不足憂矣。又知曹真引兵犯陽平關，此地險峻，可以保守，臣已調趙雲引一軍守把關隘，並不出戰；曹真若見我軍不出，不久自退矣：此四路兵俱不足憂。臣尚恐不能全保，又密調關興、張苞二將，各引兵三萬，屯於緊要之處，為各路救應。此數處調遣之事，皆不曾經由成都，故無人知覺。只有東吳這一路兵，未必便動：如見四路兵勝，川中危急，必來相攻；若四路不濟，安肯動乎？臣料孫權想曹丕三路侵吳之怨，必不肯從其言。雖然如此，須用一舌辯之士，逕往東吳，以利害說之，則先退東吳；其四路之兵，何足憂乎？但未得說吳之人，臣故躊躇。何勞陛下聖駕來臨？”後主曰：“太后亦欲來見相父。今朕聞相父之言，如夢初覺，復何憂哉！”

　　孔明與後主共飲數盃，送後主出府。眾官皆環立於門外，見後主面有喜色。後主別了孔明，上御車回朝。眾皆疑惑不定。孔明見眾官中，一人仰天而笑，面亦有喜色。孔明視之，乃義陽新野人，姓鄧，名芝，字伯苗，見為戶部尚書，漢司馬鄧禹之後。孔明暗令人留住鄧芝。多官皆散。孔明請芝到書院中，問芝曰：“今蜀、魏、吳鼎分三國，欲討二國，一統中興，當先伐何國？”芝曰：“以愚意論之，魏雖漢賊，其勢甚大，急難搖動，當徐徐緩圖。今主上初登寶位，民心未安，當與東吳連合，結為脣齒，一洗先帝舊怨，此乃長久之計也。未審丞相鈞意若何？”孔明大笑曰：“吾思之久矣，奈未得其人。今日方得也！”芝曰：“丞相欲其人何為？”孔明曰：“吾欲使人往結東吳。公既能明此意，必能不辱君命。使乎之任，非公不可。”芝曰：“愚才疎智淺，恐不堪當此任。”孔明曰：“吾來日奏知天子，便請伯苗一行，切勿推辭。”芝應允而退。至次日，孔明奏准後主，差鄧芝往說東吳。芝拜辭，望東吳而來。正是：吳人方見干戈息，蜀使還將玉帛通。未知鄧芝此去若何，且看下文分解。

# 第八十六回

## 難張溫秦宓逞天辯
## 破曹丕徐盛用火攻

　　卻說東吳陸遜自退魏兵之後，吳王拜遜為輔國將軍江陵侯，領荊州牧；自此軍權皆歸於遜。張昭、顧雍啟奏吳王，請自改元。權從之，遂改為黃武元年。忽報魏主遣使至，權召入。使命陳說："蜀前使人求救於魏，魏一時不明，故發兵應之；今已大悔，欲起四路兵取川，東吳可來接應。若得蜀土，各分一半。"

　　權聞言，不能決，乃問於張昭、顧雍等。昭曰："陸伯言極有高見，可問之。"權即召陸遜至。遜奏曰："曹丕坐鎮中原，急不可圖；今若不從，必為讎矣。臣料魏與吳皆無諸葛亮之敵手。今且勉強應允，整軍預備，只探聽四路如何。若四路兵勝，川中危急，諸葛亮首尾不能救，主上則發兵以應之，先取成都，深為上策；如四路兵敗，別作商議。"權從之，乃謂魏使曰："軍需未辦，擇日便當起程。"使者拜辭而去。權令人探得西番兵出西平關，見了馬超，不戰自退；南蠻孟獲起兵攻四郡，皆被魏延用疑兵計殺退回洞去了；上庸孟達兵至半路，忽然染病不能行；曹真兵出陽平關，趙子龍拒住各處險道，果然「一將守關，萬夫莫開」。曹真屯兵於斜谷道，不能取勝而回。

孫權知了此信，乃謂文武曰："陸伯言真神算也。孤若妄動，又結怨於西蜀矣。"忽報西蜀遣鄧芝到。張昭曰："此又是諸葛亮退兵之計，遣鄧芝為說客也。"權曰："當何以答之？"昭曰："先於殿前立一大鼎，貯油數百斤，下用炭燒。待其油沸，可選身長面大武士一千人，各執刀在手，從宮門前直排至殿上，卻喚芝入見。休等此人開言下說詞，責以酈食其說齊故事，效此例烹之，看其人如何對答。"

權從其言，遂立油鼎，命武士立於左右，各執軍器，召鄧芝入。芝整衣冠而入。行至宮門前，只見兩行武士，威風凜凜，各持鋼刀、大斧、長戟、短劍，直列至殿上。芝曉其意，並無懼色，昂然而行。至殿前，又見鼎鑊內熱油正沸。左右武士以目視之，芝但微微而笑。近臣引至簾前，鄧芝長揖不拜。權令捲起珠簾，大喝曰："何不拜？"芝昂然而答曰："上國天使，不拜小邦之主。"權大怒曰："汝不自料，欲掉三寸之舌，效酈生說齊乎？可速入油鼎！"芝大笑曰："人皆言東吳多賢，誰想懼一儒生！"權轉怒曰："孤何懼爾一匹夫耶？"芝曰："既不懼鄧伯苗，何愁來說汝等也？"權曰："爾欲為諸葛亮作說客，來說孤絕魏向蜀，是否？"芝曰："吾乃蜀中一儒生，特為吳國利害而來。乃設兵陳鼎，以拒一使，何其局量之不能容物耶？"

權聞言惶愧，即叱退武士，命芝上殿，賜坐而問曰："吳、魏之利害若何？願先生教我。"芝曰："大王欲與蜀和，還是欲與魏和？"權曰："孤正欲與蜀主講和，但恐蜀主年輕識淺，不能全始全終耳。"芝曰："大王乃命世之英豪，諸葛亮亦一時之俊傑；蜀有山川之險，吳有三江之固：若二國連和，共為脣齒，進則可以兼吞天下，退則可以鼎足而立。今大王若委贄稱臣於魏，魏必望大王朝覲，求太子以為內侍；如其不從，則興兵夾攻，蜀亦順流而進取：如此則江南之地，不復為大王有矣。若大王以愚言為不然，愚將就死於大王之前，以絕說客之名也。”言訖，撩衣下殿，望油鼎中便跳。權急命止之，請入後殿，以上賓之禮相待。權曰：“先生之言，正合孤意。孤今欲與蜀主連和，先生肯為我介紹乎？”芝曰：“適欲烹小臣者，乃大王也。今欲使小臣者，亦大王也。大王猶自狐疑未定，安能取信於人？”權曰：“孤意已決，先生勿疑。”

於是吳王留住鄧芝，集多官問曰：“孤掌江南八十一州，更有荊、楚之地，反不如西蜀偏僻之處也。蜀有鄧芝，不辱其主；吳並無一人入蜀，以達孤意。”忽一人出班奏曰：“臣願為使。”眾視之，乃吳郡吳人，姓張，名溫，字惠恕，見為中郎將。權曰：“恐卿到蜀見諸葛亮，不能達孤之情。”溫曰：“孔明亦人耳，臣何畏彼哉？”權大喜，重賞張溫，使同鄧芝入川通好。

卻說孔明自鄧芝去後，奏後主曰：“鄧芝此去，其事必成。吳地多賢，定有人來答禮。陛下當禮貌之，令彼回吳，以通盟好。吳若通和，魏必不敢加兵於蜀矣。吳、魏寧靖，臣當征南，平定蠻方，然後圖魏。魏削則東吳亦不能久存，可以復一統之基業也。”後主然之。

忽報東吳遣張溫與鄧芝入川答禮，後主聚文武於丹墀，令鄧芝、張溫入。溫自以為得志，昂然上殿，見後主施禮。後主賜錦墩，坐於殿左，設御宴待之。後主但敬禮而已。宴罷，百官送張溫到館舍。次日，孔明設宴相待。孔明謂張溫曰：“先帝在日，與吳不睦，今已晏駕。當今主上，深慕吳王，欲捐舊忿，永結盟好，併力破魏。望大夫善言回奏。”張溫領諾。酒至半酣，張溫喜笑自若，頗有傲慢之意。

次日，後主將金帛賜與張溫，設宴於城南郵亭之上，命眾官相送。

孔明慇懃勸酒。正飲酒間，忽一人乘醉而入，昂然長揖，入席就坐。溫怪之，乃問孔明曰：“此何人也？”孔明答曰：“姓秦，名宓，字子勑，現為益州學士。”溫笑曰：“名稱學士，未知胸中曾學事否？”宓正色而言曰：“蜀中三尺小童，尚皆就學，何況於我？”溫曰：“且說公何所學？”宓對曰：“上至天文，下至地理，三教九流，諸子百家，無所不通；古今興廢，聖賢經傳，無所不覽。”溫笑曰：“公既出大言，請即以天為問：天有頭乎？”宓曰：“有頭。”溫曰：“頭在何方？”宓曰：“在西方。《詩》云：‘乃眷西顧。’以此推之，頭在西方也。”溫又問：“天有耳乎？”宓答曰：“天處高而聽卑。《詩》云：‘鶴鳴九皋，聲聞於天。’無耳何能聽？”溫又問：“天有足乎？”宓曰：“有足。《詩》云：‘天步艱難。’無足何能步？”溫又問：“天有姓乎？”宓曰：“豈得無姓！”溫曰：“何姓？”宓答曰：“姓劉。”溫曰：“何以知之？”宓曰：“天子姓劉，以故知之。”溫又問曰：“日生於東乎？”宓對曰：“雖生於東，而沒於西。”

此時秦宓語言清朗，答問如流，滿座皆驚。張溫無語。宓乃問曰：“先生東吳名士，既以天事下問，必能深明天之理。昔混沌既分，陰陽剖判；輕清者上浮而為天，重濁者下凝而為地；至共工氏戰敗，頭觸不周山，天柱折，地維缺[1]：天傾西北，地陷東南。天既輕清而上浮，何以傾其西北乎？又未知輕清之外，還有何物？願先生教我。”張溫無言可對，乃避席而謝曰：“不意蜀中多出俊傑！恰聞講論，使僕頓開茅塞。”孔明恐溫羞愧，故以善言解之曰：“席間問難，皆戲談耳。足下深知安邦定國之道，何在脣齒之戲哉？”溫拜謝。孔明又令鄧芝入吳答禮，就與張溫同行。張、鄧二人拜辭孔明，望東吳而來。

卻說吳王見張溫入蜀未還，乃聚文武商議。忽近臣奏曰：“蜀遣鄧芝同張溫入國答禮。”權召入。張溫拜於殿前，備稱後主、孔明之德，願求永結盟好，特遣鄧尚書又來答禮。權大喜，乃設宴待之。權問鄧芝曰：“若吳、蜀二國同心滅魏，得天下太平，二主分治，豈不樂乎？”芝答曰：“‘天無二日，民無二王’。如滅魏之後，未識天命所歸何人。但為君者，各修其德；為臣者，各盡其忠，則戰爭方息耳。”權大笑曰：“君之誠款，乃如是耶！”遂厚贈鄧芝還蜀。自此吳、蜀通好。

卻說魏國細作人探知此事，火速報入中原。魏主曹丕聽知，大怒曰：“吳、蜀連和，必有圖中原之意也。不若朕先伐之。”於是大集文武，商議起兵伐吳。此時大司馬曹仁、太尉賈詡已亡。侍中辛毗出班奏曰：“中原之地，土闊民稀，而欲用兵，未見其利。今日之計，莫若養兵屯田十年，足食足兵，然後用之，則吳、蜀方可破也。”丕怒曰：“此迂儒之論也！今吳、蜀連和，早晚必來侵境，何暇等待十年？”即傳旨起兵伐吳。司馬懿奏曰：“吳有長江之險，非船莫渡。陛下必御駕親征，可選大小戰船，從蔡、潁而入淮，取壽春，至廣陵，渡江口，逕取南徐：此為上策。”丕從之。於是日夜併工，造龍舟十隻，長二十餘丈，可容二千餘人；收拾戰船三千餘隻。魏黃初五年秋八月，會聚大小將士，令曹真為前部，張遼、張郃、文聘、徐晃等為大將先行，許褚、呂虔為中軍護衛，曹休為合後，劉曄、蔣濟為參謀官。前後水陸軍馬三十餘萬，剋日起兵。封司馬懿為尚書僕射，留在許昌。凡國政大事，並皆聽懿決斷。

不說魏兵起程。卻說東吳細作探知此事，報入吳國。近臣慌奏吳王曰：“今魏王曹丕，親自乘駕龍舟，提水陸大軍三十餘萬，從蔡、潁出淮，必取廣陵渡江，來下江南。甚為利害。”孫權大驚，即聚眾文武商議。顧雍曰：“今主上既與西蜀連和，可修書與諸葛孔明，令起兵出漢中，以分其勢；一面遣一大將，屯兵南徐以拒之。"權曰："非陸伯言不可當此重任。"雍曰："陸伯言鎮守荊州，不可輕動。"權曰："孤非不知，奈眼前無替力之人。"言未盡，一人從班部內應聲而出曰："臣雖不才，願統一軍以當魏兵。若曹丕親渡大江，臣必生擒，以獻殿下；若不渡江，亦殺魏兵大半，令魏兵不敢正視東吳。"權視之，乃徐盛也。權大喜曰："如得卿守江南一帶，孤何憂哉！"遂封徐盛為安東將軍，總鎮都督建業、南徐軍馬。盛謝恩，領命而退；即傳令教眾官軍多置器械，多設旌旗，以為守護江岸之計。

忽一人挺身出曰："今日大王以重任委託將軍，欲破魏兵以擒曹丕，將軍何不早發軍馬渡江，於淮南之地迎敵？直待曹丕兵至，恐無及矣。"盛視之，乃吳王姪孫韶也。韶字公禮，官授揚威將軍，曾在廣陵守禦；年幼負氣，極有膽勇。盛曰："曹丕勢大，更有名將為先鋒，不可渡江迎敵。待彼船皆集於北岸，吾自有計破之。"韶曰："吾手下自有三千軍馬，更兼深知廣陵路勢，吾願自去江北，與曹丕決一死戰。如不勝，甘當軍令。"盛不從。韶堅執要去。盛只是不肯，韶再三要行。盛怒曰："汝如此不聽號令，吾安能制諸將乎？"叱武士推出斬之。刀斧手擁孫韶出轅門之外，立起皂旗。韶部將飛報孫權。權聽知，急上馬來救。武士恰待行刑，孫權早到，喝散刀斧手，救了孫韶。韶哭奏曰："臣往年在廣陵，深知地利；不就那裏與曹丕廝殺，直待他下了長江，東吳指日休矣！"權逕入營來。徐盛迎接入帳，奏曰："大王命臣為都督，提兵拒魏；今揚威將軍孫韶，不遵軍法，違令當斬，大王何故赦之？"權曰："韶倚血氣之壯，誤犯軍法，萬希寬恕。"盛曰："法非臣所立，亦非大王所立，乃國家之典刑也。若以親而免之，何以令眾乎？"權曰："韶犯法，本應任將軍處治，奈此子雖本姓俞氏，然孤兄甚愛之，賜姓孫。於孤頗有勞績，今若殺之，負兄義矣。"盛曰：

“且看大王之面，寄下死罪。”權令孫韶拜謝。韶不肯拜，厲聲而言曰：“據吾之見，只是引軍去破曹丕！便死也不服你的見識！”徐盛變色。權叱退孫韶，謂徐盛曰：“便無此子，何損於吳？今後勿再用之。”言訖自回。是夜，人報徐盛說：“孫韶引本部三千精兵，潛地過江去了。盛恐有失，於吳王面上不好看，乃喚丁奉授以密計，引三千兵渡江接應。

　　卻說魏主駕龍舟至廣陵，前部曹真已領兵列於大江之岸。曹丕問曰：“江岸有多少兵？”真曰：“隔岸遠望，並不見一人，亦無旌旗營寨。”丕曰：“此必詭計也。朕自往觀其虛實。”於是大開江道，放龍舟直至大江，泊於江岸。船上建龍鳳日月五色旌旗，鑾儀簇擁，光耀射目。曹丕端坐舟中，遙望江南，不見一人，回顧劉曄、蔣濟曰：“可渡江否？”曄曰：“兵法實實虛虛。彼見大軍至，如何不作整備？陛下未可造次。且待三五日，看其動靜，然後發先鋒渡江以探之。”丕曰：“卿言正合朕意。”

　　是日天晚，宿於江中。當夜月黑。軍士皆執燈火，明耀天地，恰如白晝。遙望江南，並不見半點兒火光。丕問左右曰：“此何故也？”近臣奏曰：“想聞陛下天兵來到，故望風逃竄耳。”丕暗笑。及至天曉，大霧迷漫，對面不見。須臾風起，霧散雲收，望見江南一帶皆是連城：城樓上槍刀耀日，遍城盡插旌旗號帶。頃刻數次人來報：“南徐沿江一帶，直至石頭城，一連數百里，城郭舟車，連綿不絕，一夜成就。”曹丕大驚。原來徐盛束縛蘆葦為人，盡穿青衣，執旌旗，立於假城疑樓之上。魏兵見城上許多人馬，如何不膽寒？丕歎曰：“魏雖有武士千羣，無所用之。江南人物如此，未可圖也！”

　　正驚訝間，忽然狂風大作，白浪滔天，江水濺濕龍袍，大船將覆。曹真慌令文聘撐小舟急來救駕。龍舟上人立站不住。文聘跳上龍舟，負丕下得小舟，奔入河港。忽流星馬報道：「趙雲引兵出陽平關，逕取長安。」丕聽得，大驚失色，便教回軍。眾軍各自奔走。背後吳兵追至。丕傳旨教盡棄御用之物而走。龍舟將次入淮，忽然鼓角齊鳴，喊聲大震，刺斜裏一彪軍殺到，為首大將，乃孫韶也。魏兵不能抵當，折其大半，溺死者無數。諸將奮力救出魏主。魏主渡淮河，行不三十里，淮河中一帶蘆葦，預灌魚油，盡皆火着；順風而下，風勢甚急，火燄漫空，絕住龍舟。丕大驚，急下小船傍岸時，龍舟上早已火着。丕慌忙上馬，岸上一彪軍殺來，為首一將，乃丁奉也。張遼拍馬來迎，被奉一箭射中其腰，卻得徐晃救了，同保魏主而走，折軍無數。背後孫韶、丁奉奪得馬匹、車仗、船隻、器械，不計其數。魏兵大敗而回。吳將徐盛全獲大功。吳王重加賞賜。張遼回到許昌，箭瘡迸裂而亡。曹丕厚葬之，不在話下。

　　卻說趙雲引兵殺出陽平關之次，忽報丞相有文書到，說益州耆帥雍闓結連蠻王孟獲，起十萬蠻兵，侵掠四郡；因此宣雲回軍，令馬超堅守陽平關，丞相欲自南征。趙雲乃急收兵而回。此時孔明在成都整飭軍馬，親自南征。正是：方見東吳敵北魏，又看西蜀戰南蠻。未知勝負如何，且看下文分解。

註　釋

1　共工氏戰敗，頭觸不周山，天柱折，地維缺：水神共工氏戰敗給火神祝融氏，便一頭撞向不周山，結果撞斷了撐天的柱子，大地的一角也被撞壞了。

# 第八十七回

# 征南寇丞相大興師
# 抗天兵蠻王初受執

　　卻說諸葛丞相在於成都，事無大小，皆親自從公決斷。兩川之民，忻樂太平，夜不閉戶，路不拾遺。又幸連年大熟，老幼鼓腹謳歌，凡遇差徭，爭先早辦：因此軍需器械應用之物，無不完備；米滿倉廒，財盈府庫。

　　建興三年，益州飛報：「蠻王孟獲大起蠻兵十萬，犯境侵掠。建寧太守雍闓，乃漢朝什方侯雍齒之後，今結連孟獲造反。牂牁郡太守朱褒、越雋郡太守高定，二人獻了城，止有永昌太守王伉不肯反。現今雍闓、朱褒、高定三人部下人馬，皆與孟獲為鄉導官，攻打永昌郡。今王伉與功曹呂凱，會集百姓，死守此城，其勢甚急。」孔明乃入朝奏後主曰：「臣觀南蠻不服，實國家之大患也。臣當自領大軍，前去征討。」後主曰：「東有孫權，北有曹丕，今相父棄朕而去，倘吳、魏來攻，如之奈何？」孔明曰：「東吳方與我國講和，料無異心；若有異心，李嚴在白帝城，此人可當陸遜也。曹丕新敗，銳氣已喪，未能遠圖；且有馬超守把漢中諸處關口，不必憂也。臣又留關興、張苞等分兩軍為救應，保陛下萬無一失。今臣先去掃蕩蠻方，然後北伐，以圖中原，報先帝三顧之恩，託孤之重。”後主曰：“朕年幼無知，惟相父斟酌行之。”言未畢，班部內一人出曰：“不可！不可！”眾視之，乃南陽人也，姓王，名連，字文儀，見為諫議大夫。連諫曰：“南方不毛之地，瘴疫之鄉；丞相秉鈞衡之重任，而自遠征，非所宜也。且雍闓等乃疥癬之疾，丞相只須遣一大將討之，必然成功。”孔明曰：“南蠻之地，離國甚遠，人多不習王化，收伏甚難，吾當親往征之。可剛可柔，別有斟酌，非可容易託人。”

王連再三苦勸，孔明不從。是日，孔明辭了後主，令蔣琬為參軍；費禕為長史；董厥、樊建二人為掾史；趙雲、魏延為大將，總督軍馬；王平、張翼為副將；并川將數十員：共起川兵五十萬，前望益州進發。忽有關公第三子關索，入軍來見孔明曰：“自荊州失陷，逃難在鮑家莊養病。每要赴川見先帝報讎，瘡痕未合，不能起行。近已安痊，打探得東吳讎人已皆誅戮，逕來西川見帝，恰在途中遇見征南之兵，特來投見。”孔明聞之，嗟訝不已；一面遣人申報朝廷，就令關索為前部先鋒，一同征南。大隊人馬，各依隊伍而行。飢餐渴飲，夜住曉行，所經之處，秋毫無犯。

卻說雍闓聽知孔明自統大軍而來，即與高定、朱褒商議，分兵三路：高定取中路，雍闓在左，朱褒在右；三路各引兵五六萬迎敵。於是高定令鄂煥為前部先鋒。煥身長九尺，面貌醜惡，使一枝方天戟，有萬夫不當之勇；領本部兵，離了大寨，來迎蜀兵。

卻說孔明統大軍已到益州界分。前部先鋒魏延，副將張翼、王平繞入界口，正遇鄂煥軍馬。兩陣對圓，魏延出馬大罵曰：“反賊早早受降！”鄂煥拍馬與魏延交鋒。戰不數合，延詐敗走，煥隨後趕來。

走不數里，喊聲大震。張翼、王平兩路軍殺來，絕其後路。延復回。三員將併力拒戰，生擒鄂煥，解到大寨，入見孔明。孔明令去其縛，以酒食待之。問曰：“汝是何人部將？”煥曰：“某是高定部將。”孔明曰：“吾知高定乃忠義之士，今為雍闓所惑，以致如此。吾今放汝回去，令高太守早早歸降，免遭大禍。”鄂煥拜謝而去，回見高定，說孔明之德，定亦感激不已。次日，雍闓至寨。禮畢，闓曰：“如何得鄂煥回也？”定曰：“諸葛亮以義放之。”闓曰：“此乃諸葛亮反間之計：欲令我兩人不和，故施此謀也。”定半信不信，心中猶豫。忽報蜀將搦戰，闓自引三萬兵出迎。戰不數合，闓撥馬便走。延率兵大進，追殺二十餘里。次日，雍闓又起兵來迎。孔明一連三日不出。至第四日，雍闓、高定分兵兩路，來取蜀寨。

卻說孔明令魏延兩路伺候，果然雍闓、高定兩路兵來，被伏兵殺傷大半，生擒者無數，都解到大寨來。雍闓的人，囚在一邊；高定的人，囚在一邊。卻令軍士謠說：“但是高定的人免死，雍闓的人盡殺。”眾軍皆聞此言。少時，孔明令取雍闓的人到帳前，問曰：“汝等皆是何人部從？”眾偽曰：“高定部下人也。”孔明教皆免其死，與酒食賞勞，令人送出界首，縱放回寨。孔明又喚高定的人問之。眾皆告曰：“吾等實是高定部下軍士。”孔明亦皆免其死，賜以酒食；卻揚言曰：“雍闓今日使人投降，要獻汝主並朱褒首級以為功勞，吾甚不忍。汝等既是高定部下軍，吾放汝等回去，再不可背反。若再擒來，決不輕恕。”

眾皆拜謝而去；回到本寨，入見高定，說知此事。定乃密遣人去雍闓寨中探聽，卻有一半放回的人，言說孔明之德；因此雍闓部軍，多有歸順高定之心。雖然如此，高定心中不穩，又令一人來孔明寨中探聽虛實，被伏路軍捉來見孔明。孔明故意認做雍闓的人，喚入帳中問曰：“汝元帥既約下獻高定、朱褒二人首級，因何誤了日期？汝這廝不精細，如何做得細作！”軍士含糊答應。孔明以酒食賜之，修密書一封，付軍士曰：“汝持此書付雍闓，教他早早下手，休得誤事。”細作拜謝而去，回見高定，呈上孔明之書，說雍闓如此如此。定看書畢，大怒曰：“吾以真心待之，彼反欲害吾，情理難容！”便喚鄂煥商議。煥曰：“孔明乃仁人，背之不祥。我等謀反作惡，皆雍闓之故，不如殺闓以投孔明。”定曰：“如何下手？”煥曰：“可設一席，令人去請雍闓。彼若無異心，必坦然而來；若其不來，必有異心。我主可攻其前，某伏於寨後小路候之，闓可擒矣。”高定從其言，設席請雍闓。闓果疑前日放回軍士之言，懼而不來。

　　是夜高定引兵殺投雍闓寨中。原來有孔明放回免死的人，皆想高定之德，乘時助戰。雍闓軍不戰自亂，闓上馬望山路而走。行不二里，鼓聲響處，一彪軍出，乃鄂煥也，挺方天戟，驟馬當先。雍闓措手不及，被煥一戟刺於馬下，就梟其首級。闓部下軍士皆降高定。定引兩部軍來降孔明，獻雍闓首級於帳下。孔明高坐於帳上，喝令左右推轉高定，斬首報來。定曰：“某感丞相大恩，今將雍闓首級來降，何故斬也？”孔明大笑曰：“汝來詐降。敢瞞吾耶！”定曰：“丞相何以知吾詐降？”孔明於匣中取出一緘，與高定曰：“朱褒已使人密獻降書，說你與雍闓結生死之交，豈肯一旦便殺此人？吾故知汝詐也。”定叫屈曰：“朱褒乃反間之計也，丞相切不可信！”孔明曰：“吾亦難憑一面之詞。汝若捉得朱褒，方表真心。”定曰：“丞相休疑。某去擒朱褒來見丞相，若何？”孔明曰：“若如此，吾疑心方息也。”

　　高定即引部將鄂煥并本部兵，殺奔朱褒營來。比及離寨約有十里，山後一彪軍到，乃朱褒也。褒見高定軍來，慌忙與高定答話。定大罵曰：“汝如何寫書與諸葛丞相處，使反間之計害吾耶？”褒目瞪口呆，不能回答。忽然鄂煥於馬後轉過，一戟刺朱褒於馬下。定厲聲而言曰：
“如不順者皆戮之！”於是眾軍一齊拜降。定引兩部軍來見孔明，獻朱
褒首級於帳下。孔明大笑曰：“吾故使汝殺此二賊，以表忠心。”遂命
高定為益州太守，總攝三郡；令鄂煥為牙將。三路軍馬已平。

於是永昌太守王伉出城迎孔明。孔明入城已畢，問曰：“誰與公
守此城，以保無虞？”伉曰：“某今日得此郡無危者，皆賴永昌不韋人，
姓呂，名凱，字季平。皆此人之力。”孔明遂請呂凱至。凱入見，禮畢。
孔明曰：“久聞公乃永昌高士，多虧公保守此城。今欲平蠻方，公有
何高見？”呂凱遂取一圖，呈與孔明曰：“某自歷仕以來，知南人欲反
久矣，故密遣人入其境，察看可屯兵交戰之處，畫成一圖，名曰：‘平
蠻指掌圖’。今敢獻與明公。明公試觀之，可為征蠻之一助也。”孔明
大喜，就用呂凱為行軍教授，兼鄉導官。於是孔明提兵大進，深入南
蠻之境。

正行軍之次，忽報天子差使命至。孔明請入中軍，但見一人素袍
白衣而進：乃馬謖也。為兄馬良新亡，因此挂孝。謖曰：“奉主上敕
命，賜眾軍酒帛。”孔明接詔已畢，依命一一給散，遂留馬謖在帳敘
話。孔明問曰：“吾奉天子詔，削平蠻方，久聞幼常高見，望乞賜教。”
謖曰：“愚有片言，望丞相察之：南蠻恃其地遠山險，不服久矣；雖
今日破之，明日復叛。丞相大軍到彼，必然平服；但班師之日，必用
北伐曹丕：蠻兵若知內虛，其反必速。夫用兵之道：‘攻心為上，攻
城為下；心戰為上，兵戰為下。’願丞相但服其心足矣。”孔明歎曰：
“幼常足知吾肺腑也！”於是孔明遂令馬謖為參軍，即統大兵前進。

卻說蠻王孟獲，聽知孔明智破雍闓等，遂聚三洞元帥商議：第一
洞乃金環三結元帥，第二洞乃董荼那元帥，第三洞乃阿會喃元帥。三
洞元帥入見孟獲，獲曰：“今諸葛丞相領大軍來侵我境界，不得不併

力敵之。汝三人可分兵三路而進。如得勝者，便為洞主。"於是分金環三結取中路，董荼那取左路，阿會喃取右路，各引五萬蠻兵，依令而行。

卻說孔明正在寨中議事，忽哨馬飛報，說三洞元帥分兵三路到來。孔明聽畢，即喚趙雲、魏延至，卻都不分付；更喚王平、馬忠至，囑之曰："今蠻兵三路而來，吾欲令子龍、文長去；此二人不識地理，未敢用之。王平可往左路迎敵，馬忠可往右路迎敵。吾卻使子龍、文長隨後接應。今日整頓軍馬，來日平明進發。"二人聽令而去。又喚張嶷、張翼分付曰："汝二人同領一軍，往中路迎敵。今日整點軍馬，來日與王平、馬忠約會而進。吾欲令子龍、文長去取，奈二人不識地理，故未敢用之。"張嶷、張翼聽令去了。

趙雲、魏延見孔明不用，各有慍色。孔明曰："吾非不用汝二人，但恐以中年涉險，為蠻人所算，失其銳氣耳。"趙雲曰："倘我等識地理，若何？"孔明曰："汝二人只宜小心，休得妄動。"二人怏怏而退。趙雲請魏延到自己寨內商議曰："吾二人為先鋒，卻說不識地理而不肯用。今用此後輩，吾等豈不羞乎？"延曰："吾二人只今就上馬，親去探之；捉住土人，便教引進，以敵蠻兵，大事可成。"雲從之，遂上馬逕取中路而來。方行不數里，遠遠望見塵頭大起。二人上山坡看時，果見數十騎蠻兵，縱馬而來。二人兩路衝出。蠻兵見了，大驚而走。趙雲、魏延各生擒幾人，回到本寨，以酒食待之，卻細問其故。蠻兵告曰："前面是金環三結元帥大寨，正在山口。寨邊東西兩路，卻通五溪洞并董荼那、阿會喃各寨之後。"

趙雲、魏延聽知此話，遂點精兵五千，教擒來蠻兵引路。比及起軍時，已是二更天氣，月明星朗，趁着月色而行。剛到金環三結大寨之時，約有四更，蠻兵方起造飯，準備天明廝殺。忽然趙雲、魏延兩路殺入，蠻兵大亂。趙雲直殺入中軍，正逢金環三結元帥；交馬只一合，被雲一槍刺落馬下，就梟其首級。餘軍潰散。魏延便分兵一半，望東路抄董荼那寨來。趙雲分兵一半，望西路抄阿會喃寨來。比及殺到蠻兵大寨之時，天已平明。

先說魏延殺奔董荼那寨來；董荼那聽知寨後有軍殺至，便引兵出寨拒敵。忽然寨前門一聲喊起，蠻兵大亂。原來王平軍馬早已到了。兩下夾攻，蠻兵大敗。董荼那奪路走脫，魏延追趕不上。

卻說趙雲引兵殺到阿會喃寨後之時，馬忠已殺至寨前。兩下夾攻，蠻兵大敗，阿會喃乘亂走脫，各自收軍。回見孔明，孔明問曰：「三洞蠻兵，走了兩洞之主，金環三結元帥首級安在？」趙雲將首級獻功。眾皆言曰：「董荼那、阿會喃皆棄馬越嶺而去，因此趕他不上。」孔明大笑曰：「二人吾已擒下了。」趙、魏二人並諸將皆不信。少頃，張嶷解董荼那到，張翼解阿會喃到。眾皆驚訝。孔明曰：「吾觀呂凱圖本，已知他各人下的寨子，故以言激子龍、文長之銳氣，故教深入重地，先破金環三結，隨即分兵左右寨後抄出，以王平、馬忠應之。非子龍、文長不可當此任也。吾料董荼那、阿會喃必從便徑往山路而走，故遣張嶷、張翼以伏兵待之，令關索以兵接應，擒此二人。」諸將皆拜伏曰：「丞相機算，神鬼莫測！」

孔明令押過董荼那、阿會喃至帳下，盡去其縛，以酒食衣服賜之，令各自歸洞，勿得助惡。二人泣拜，各投小路而去。孔明謂諸將曰：「來日孟獲必然親自引兵廝殺，便可就此擒之。」乃喚趙雲、魏延至，付與計策，各引五千兵去了。又喚王平、關索同引一軍，授計而去。孔明分撥已畢，坐於帳上待之。

卻說蠻王孟獲在帳中正坐，忽哨馬報來，說三洞元帥，俱被孔明捉將去了；部下之兵，各自潰散。獲大怒，遂起蠻兵迤邐進發，正遇王平軍馬。兩陣對圓，王平出馬橫刀望之，只見門旗開處，數百南蠻騎將兩勢擺開。中間孟獲出馬，頭頂嵌寶紫金冠，身披纓絡紅錦袍，腰繫碾玉獅子帶，腳穿鷹嘴抹綠靴，騎一匹捲毛赤兔馬，懸兩口松紋鑲寶劍，昂然觀望，回顧左右蠻將曰：“人每說諸葛亮善能用兵；今觀此陣，旌旗雜亂，隊伍交錯；刀槍器械，無一可能勝吾者，始知前日之言謬也。早知如此，吾反多時矣。誰敢去擒蜀將，以振軍威？”言未盡，一將應聲而出，名喚忙牙長；使一口截頭大刀，騎一匹黃驃馬，來取王平。二將交鋒，戰不數合，王平便走。孟獲驅兵大進，迤邐追趕。關索略戰又走，約退二十餘里。孟獲正追殺之間，忽然喊聲大起，左有張嶷，右有張翼，兩路兵殺出，截斷歸路。王平、關索復兵殺回。前後夾攻，蠻兵大敗。孟獲引部將死戰得脫，望錦帶山而逃。背後三路兵追殺將來。獲正奔走之間，前面喊聲大起，一彪軍攔住：為首大將乃常山趙子龍也。獲見了大驚，慌忙奔錦帶山小路而走。子龍衝殺一陣，蠻兵大敗，生擒者無數。孟獲止與數十騎奔入山谷之中，背後追兵至近，前面路狹，馬不能行，乃棄了馬匹，爬山越嶺而逃。忽然山谷中一聲鼓響，乃是魏延受了孔明計策，引五百步軍，伏於此處。孟獲抵敵不住，被魏延生擒活捉了。從騎皆降。

魏延解孟獲到大寨來見孔明。孔明早已殺牛宰馬，設宴在寨；卻教帳中排開七重圍子手，刀槍劍戟，燦若霜雪；又執御賜黃金鉞斧，曲柄傘蓋，前後羽葆鼓吹，左右排開御林軍，布列得十分嚴整。孔明端坐於帳上，只見蠻兵紛紛穰穰，解到無數。孔明喚到帳中，盡去其縛，撫諭曰：“汝等皆是好百姓，不幸被孟獲所拘，今受驚唬。吾想汝等父母、兄弟、妻子必倚門而望；若聽知陣敗，定然割肚牽腸，眼中流血。吾今盡放汝等回去，以安各人父母、兄弟、妻子之心。”言訖，各賜酒食米糧而遣之。蠻兵深感其恩，泣拜而去。孔明教喚武士押過孟獲來。不移時，前推後擁，縛至帳前。獲跪於帳下。孔明曰："先帝待汝不薄，汝何敢背反？"獲曰："兩川之地，皆是他人所占地土；汝主倚強奪之，自稱為帝。吾世居此處，汝等無禮，侵我土地：何為反耶？"孔明曰："吾今擒汝，汝心服否？"獲曰："山僻路狹，誤遭汝手，如何肯服？"孔明曰："汝既不服，吾放汝去，若何？"獲曰："汝放我回去，再整軍馬，共決雌雄；若能再擒吾，吾方服也。"孔明即令去其縛，與衣服穿了，賜以酒食，給與鞍馬，差人送出路徑，望本寨而去。正是：寇入掌中還放去，人居化外未能降。未知再來交戰若何，且看下文分解。

# 第八十八回

# 渡瀘水再縛番王
# 識詐降三擒孟獲

　　卻說孔明放了孟獲，眾將上帳問曰："孟獲乃南蠻渠魁，今幸被擒，南方便定，丞相何故放之？"孔明笑曰："吾擒此人，如囊中取物耳。直須降伏其心，自然平矣。"諸將聞言，皆未有信。

　　當日孟獲行至瀘水，正遇手下敗殘的蠻兵，皆來尋探。眾兵見孟獲，且驚且喜，拜問曰："大王如何能勾回來？"獲曰："蜀人監我在帳中，被我殺死十餘人，乘夜黑而走。正行間，逢着一哨馬軍，亦被我殺之，奪了此馬，因此得脫。"眾皆大喜，擁孟獲渡了瀘水，下住寨柵，會集各洞酋長，陸續招聚原放回的蠻兵，約有十餘萬騎。此時董荼那、阿會喃已在洞中。孟獲使人去請，二人懼怕，只得也引洞兵來。獲傳令曰："吾已知諸葛亮之計矣，不可與戰，戰則中他詭計。彼川軍遠來勞苦，況即日天炎，彼兵豈能久住？吾等有此瀘水之險，將船筏盡拘在南岸，一帶皆築土城，深溝高壘，看諸葛亮如何施謀。"眾酋長從其計，盡拘船筏於南岸一帶，築起土城。有依山傍崖之地，高豎敵樓；樓上多設弓弩礮石，準備久處之計。糧草皆是各洞供運。孟獲以為萬全之策，坦然不憂。

卻說孔明提兵大進，前軍已至瀘水，哨馬飛報說：「瀘水之內，並無船筏；又兼水勢甚急，隔岸一帶築起土城，皆有蠻兵守把。」時值五月，天氣炎熱，南方之地，分外炎酷，軍馬衣甲，皆穿不得。孔明自至瀘水邊觀畢，回到本寨，聚諸將至帳中，傳令曰：「今孟獲兵屯瀘水之南，深溝高壘，以拒我兵；吾既提兵至此，如何空回？汝等各各引兵，依山傍樹，揀林木茂盛之處，與我將息人馬。」乃遣呂凱離瀘水百里，揀陰涼之地，分作四個寨子；使王平、張嶷、張翼、關索各守一寨，內外皆搭草棚，遮蓋馬匹，將士乘涼，以避暑氣。參軍蔣琬看了，入問孔明曰：「某看呂凱所造之寨甚不好：正犯昔日先帝敗於東吳時之地勢矣。倘蠻兵偷渡瀘水，前來劫寨，若用火攻，如何解救？」孔明笑曰：「公勿多疑，吾自有妙算。」蔣琬等皆不曉其意。

忽報蜀中差馬岱解暑藥并糧米到。孔明令入。岱參拜畢，一面將米藥分派四寨。孔明問曰：「汝今帶多少軍來？」馬岱曰：「有三千軍。」孔明曰：「吾軍累戰疲困，欲用汝軍，未知肯向前否？」岱曰：「皆是朝廷軍馬，何分彼我？丞相要用，雖死不辭。」孔明曰：「今孟獲拒住瀘水，無路可渡。吾欲先斷其糧道，令彼軍自亂。」岱曰：「如何斷得？」孔明曰：「離此一百五十里，瀘水下流沙口，此處水慢，可以紮筏而渡。汝提本部三千軍渡水，直入蠻洞，先斷其糧，然後會合董荼那、阿會喃兩個洞主，便為內應，不可有誤。」

馬岱欣然去了，領兵前到沙口，驅兵渡水；因見水淺，大半不下筏，只裸衣而過，半渡皆倒；急救傍岸，口鼻出血而死。馬岱大驚，連夜回告孔明。孔明隨喚鄉導土人問之。土人曰：「目今炎天，毒聚瀘水，日間甚熱，毒氣正發。有人渡水，必中其毒。或飲此水，其人必死。若要渡時，須待夜靜水冷，毒氣不起，飽食渡之，方可無事。"
孔明遂令土人引路，又選精壯軍五六百，隨着馬岱，來到瀘水沙口，
紮起木筏，半夜渡水，果然無事。岱領着二千壯軍，令土人引路，逕
取蠻洞運糧總路口夾山峪而來。那夾山峪，兩下是山，中間一條路，
止容一人一馬而過。馬岱占了夾山峪，分撥軍士，立起寨柵。洞蠻不
知，正解糧到，被岱前後截住，奪糧百餘車。蠻人報入孟獲大寨中。

此時孟獲在寨中，終日飲酒取樂，不理軍務，謂眾酋長曰："吾
若與諸葛亮對敵，必中奸計。今靠此瀘水之險，深溝高壘以待之；蜀
人受不過酷熱，必然退走。那時吾與汝等隨後擊之，便可擒諸葛亮
也。"言訖，呵呵大笑。忽然班內一酋長曰："沙口水淺，倘蜀兵透漏
過來，深為利害；當分軍守把。"獲笑曰："汝是本處土人，如何不知？
吾正要蜀兵來渡此水，渡則必死於水中矣。"酋長又曰："倘有土人說
與夜渡之法，當復何如？"獲曰："不必多疑。吾境內之人，安肯助敵
人耶？"正言之間，忽報蜀兵不知多少，暗渡瀘水，絕斷了夾山糧道，
打着"平北將軍馬岱"旗號。獲笑曰："量此小輩，何足道哉！"即遣
副將忙牙長，引三千兵投夾山峪來。

卻說馬岱望見蠻兵已到，遂將二千軍擺在山前。兩陣對圓，忙牙
長出馬，與馬岱交鋒；只一合，被岱一刀，斬於馬下。蠻兵大敗走回，
來見孟獲，細言其事。獲喚諸將問曰："誰敢去敵馬岱？"言未畢，董
荼那出曰："某願往。"孟獲大喜，遂與三千兵而去。獲又恐有人再渡
瀘水，即遣阿會喃，引三千兵，去守把沙口。

卻說董荼那引蠻兵到夾山峪下寨，馬岱引兵來迎。部內軍有認得
是董荼那，說與馬岱如此如此。岱縱馬向前大罵曰："無義背恩之徒！
吾丞相饒汝性命，今又背反，豈不自羞！"董荼那滿面慚愧，無言可
答，不戰而退。馬岱掩殺一陣而回。董荼那回見孟獲曰："馬岱英雄，

抵敵不住。"獲大怒曰："吾知汝原受諸葛亮之恩，今故不戰而退，正是賣陣之計！"喝教推出斬了。眾酋長再三哀告，方纔免死，叱武士將董荼那打了一百大棍，放歸本寨。諸多酋長，皆來告董荼那曰："我等雖居蠻方，未嘗敢犯中國，中國亦不曾侵我。今因孟獲勢力相逼，不得已而造反。想孔明神機莫測，曹操、孫權尚自懼之，何況我等蠻方乎？況我等皆受其活命之恩，無可為報。今欲捨一死命，殺孟獲去投孔明，以免洞中百姓塗炭之苦。"董荼那曰："未知汝等心下若何？"內有原蒙孔明放回的人，一齊同聲應曰："願往！"於是董荼那手執鋼刀，引百餘人，直奔大寨而來。時孟獲大醉於帳中，董荼那引眾人持刀而入，帳下有兩將侍立。董荼那以刀指曰："汝等亦受諸葛丞相活命之恩，宜當報効。"二將曰："不須將軍下手，某當生擒孟獲，去獻丞相。"於是一齊入帳，將孟獲執縛已定，押到瀘水邊，駕船直過北岸，先使人報知孔明。

卻說孔明已有細作探知此事，於是密傳號令，教各寨將士，整頓軍器，方教為首酋長解孟獲入來，其餘皆回本寨聽候。董荼那先入中軍見孔明，細說其事。孔明重加賞勞，用好言撫慰，遣董荼那引眾酋長去了，然後令刀斧手推孟獲入。孔明笑曰："汝前者有言：'但再擒得，便肯降服。'今日如何？"獲曰："此非汝之能也，乃吾手下之人自相殘害，以致如此，如何肯服？"孔明曰："吾今再放汝去，若何？"孟獲曰："吾雖蠻人，頗知兵法，若丞相端的肯放吾回洞中，吾當率兵再決勝負。若丞相這番再擒得我，那時傾心吐膽歸降，並不敢改移也。"孔明曰："這番生擒，如又不服，必無輕恕。"令左右去其繩索，仍前賜以酒食，列坐於帳上。孔明曰："吾自出茅廬，戰無不勝，攻無不取。汝蠻邦之人，何為不服？"

獲默然不答。孔明酒後，喚孟獲同上馬出寨，看視諸營寨柵所屯糧草，所積軍器。孔明指謂獲曰：「汝不降吾，真愚人也。吾有如此之精兵猛將，糧草兵器，汝安能勝吾哉？汝若早降，吾當奏聞天子，令汝不失王位，子子孫孫，永鎮蠻邦。意下若何？」獲曰：「某雖肯降，怎奈洞中之人，未肯心服。若丞相肯再放回去，就當招安本部人馬，同心合膽，方可歸順。」孔明忻然，又與孟獲回到大寨。飲酒至晚，獲辭去；孔明親自送至瀘水邊，以船送獲歸寨。

孟獲來到本寨，先伏刀斧手於帳下，差心腹人到董荼那、阿會喃寨中，只推孔明有使命至，將二人賺到大寨帳下，盡皆殺之，棄屍於澗。孟獲隨即遣親信之人，守把隘口，自引軍出了夾山峪，要與馬岱交戰，卻並不見一人。及問土人，皆言昨夜盡搬糧草復渡瀘水，歸大寨去了。獲再回洞中，與親弟孟優商議曰：「如今諸葛亮之虛實，吾已盡知，汝可去如此如此。」

孟優領了兄計，引百餘蠻兵，搬載金珠、寶貝、象牙、犀角之類，渡了瀘水，逕投孔明大寨而來；方纔過了河時，前面鼓角齊鳴，一彪軍擺開，為首大將，乃馬岱也。孟優大驚。岱問了來情，令在外廂，差人來報孔明。孔明正在帳中與馬謖、呂凱、蔣琬、費禕等共議平蠻之事，忽帳下一人，報稱孟獲差弟孟優來進寶貝。孔明回顧馬謖曰：「汝知其來意否？」謖曰：「不敢明言，容某暗寫於紙上，呈與丞相，看合鈞意否。」孔明從之。馬謖寫訖，呈與孔明。孔明看畢，撫掌大笑曰：「擒孟獲之計，吾已差派下也。汝之所見，正與吾同。」遂喚趙雲入，向耳畔分付如此如此；又喚魏延入，亦低言分付；又喚王平、馬忠、關索入，亦密密地分付。

各人受了計策，皆依令而去，方召孟優入帳。優再拜於帳下曰：「家兄孟獲感丞相活命之恩，無可奉獻，輒具金珠寶貝若干，權為賞軍之資。續後別有進貢天子禮物。」孔明曰：「汝兄今在何處？」優曰：

「為感丞相天恩，逕往銀坑山中收拾寶物去了，少時便回來也。」孔明曰：「汝帶多少人來？」優曰：「不敢多帶，只是隨行百餘人，皆運貨物者。」孔明盡教入帳看時，皆是青眼黑面，黃髮紫鬚，耳帶金環，鬅頭跣足，身長力大之士。孔明就令隨席而坐，教諸將勸酒，慇懃相待。

卻說孟獲在帳中專望回音，忽報有二人回了；喚入問之，具說：「諸葛亮受了禮物大喜，將隨行之人，皆喚入帳中，殺牛宰馬，設宴相待。二大王令某密報大王：今夜二更，裏應外合，以成大事。」

孟獲聽知甚喜，即點起三萬蠻兵，分為三隊。獲喚各洞酋長分付曰：「各軍盡帶火具。今晚到了蜀寨時，放火為號。吾當自取中軍，以擒諸葛亮。」諸多蠻將，受了計策，黃昏左側，各渡瀘水而來。孟獲帶領心腹蠻將百餘人，逕投孔明大寨，於路並無一軍阻當。前至寨門，獲率眾將驟馬而入，乃是空寨，並不見一人。獲撞入中軍，只見帳中燈燭熒煌，孟優並番兵盡皆醉倒。原來孟優被孔明教馬謖、呂凱二人管待，令樂人搬做雜劇，慇懃勸酒，酒內下藥，盡皆昏倒，渾如醉死之人。孟獲入帳問之，內有醒者，但指口而已。獲知中計，急救了孟優等一干人。卻待奔回中隊，前面喊聲大震，火光驟起，蠻兵各自逃竄。一彪軍殺到，乃是蜀將王平。獲大驚，急奔左隊時，火光衝天，一彪軍殺到，為首蜀將乃是魏延。獲慌忙望右隊而來，只見火光又起，又一彪軍殺到，為首蜀將乃是趙雲。三路軍夾攻將來，四下無路。孟獲棄了軍士，匹馬望瀘水而逃。正見瀘水上數十個蠻兵，駕一小舟，獲慌令近岸。人馬方纔下船，一聲號起，將孟獲縛住。原來馬岱受了計策，引本部兵扮作蠻兵，撐船在此，誘擒孟獲。

於是孔明招安蠻兵，降者無數。孔明一一撫慰，並不加害。就教救滅了餘火。須臾，馬岱擒孟獲至；趙雲擒孟優至；魏延、馬忠、王平、關索擒諸洞酋長至。孔明指孟獲而笑曰："汝先令汝弟以禮詐降，如何瞞得過吾！今番又被我擒，汝可服否？"獲曰："此乃吾弟貪口腹之故，誤中汝毒，因此失了大事。吾若自來，弟以兵應之，必然成功。此乃天敗，非吾之不能也，如何肯服？"孔明曰："今已三次，如何不服？"孟獲低頭無語。孔明笑曰："吾再放汝回去。"孟獲曰："丞相若肯放我弟兄回去，收拾家下親丁，和丞相大戰一場；那時擒得，方纔死心塌地而降。"孔明曰："再若擒住，必不輕恕。汝可小心在意，勤攻韜略之書，再整親信之士，早用良策，勿生後悔。"遂令武士去其繩索，放起孟獲并孟優及各洞酋長，一齊都放。孟獲等拜謝去了。此時蜀兵已渡瀘水。孟獲等過了瀘水，只見岸口陳兵列將，旗幟紛紛。獲到營前，馬岱高坐，以劍指之曰："這番拏住，必無輕放！"孟獲到了自己寨時，趙雲早已襲了此寨，布列兵馬。雲坐於大旗下，按劍而言曰："丞相如此相待，休忘大恩！"獲喏喏連聲而去。將出界口山坡，魏延引一千精兵，擺在坡上，勒馬厲聲而言曰："吾今已深入巢穴，奪汝險要，汝尚自愚迷，抗拒大軍！這回拏住，碎屍萬段，決不輕饒！"孟獲等抱頭鼠竄，望本洞而去。後人有詩讚曰：

> 五月驅兵入不毛，月明瀘水瘴煙高。
> 誓將雄略酬三顧，豈憚征蠻七縱勞？

卻說孔明渡了瀘水，下寨已畢，大賞三軍，聚諸將於帳下曰："孟獲第二番擒來，吾令遍觀各營虛實，正欲令其來劫營也。吾知孟獲頗曉兵法，吾以兵馬糧草炫耀，實令孟獲看吾破綻，必用火攻。彼令其弟詐降，欲為內應耳。吾三番擒之而不殺，誠欲服其心，不欲滅其類也。吾今明告汝等，勿得辭勞，可用心報國。"眾將拜伏曰："丞相智、仁、勇三者足備，雖子牙、張良不能及也。"孔明曰："吾今安敢望古人耶？皆賴汝等之力，共成功業耳。"帳下諸將聽得孔明之言，盡皆喜悅。

卻說孟獲受了三擒之氣，忿忿歸到銀坑洞中，即差心腹人齎金珠寶貝，往八番九十三甸等處，并蠻方部落，借使牌刀獠丁軍健數十萬，尅日齊備。各隊人馬，雲堆霧擁，俱聽孟獲調用。伏路軍探知其事，來報孔明。孔明笑曰："吾正欲令蠻兵皆至，見吾之能也。"遂上小車而行。正是：若非洞主威風猛，怎顯軍師手段高？未知勝負如何，且看下文分解。

# 第八十九回

## 武鄉侯四番用計
## 南蠻王五次遭擒

　　卻說孔明自駕小車，引數百騎前來探路。前有一河，名曰西洱河，水勢雖慢，並無一隻船筏。孔明令伐木為筏而渡，其木到水皆沈。孔明遂問呂凱。凱曰："聞西洱河上流有一山，其山多竹，大者數圍。可令人伐之，於河上搭起竹橋，以渡軍馬。"孔明即調三萬人入山，伐竹數十萬根，順水放下，於河面狹處，搭起竹橋，闊十餘丈。乃調大軍於河北岸一字兒下寨，便以河為壕塹，以浮橋為門，壘土為城；過橋南岸，一字下三個大營，以待蠻兵。

　　卻說孟獲引數十萬蠻兵，恨怒而來。將近西洱河，孟獲引前部一萬刀牌獠丁，直扣前寨搦戰。孔明頭戴綸巾，身披鶴氅，手執羽扇，乘駟馬車，左右眾將簇擁而出。孔明見孟獲身穿犀皮甲，頭頂朱紅盔，左手挽牌，右手執刀，騎赤毛牛，口中辱罵；手下萬餘洞丁，各舞刀牌，往來衝突。孔明急令退回本寨，四面緊閉，不許出戰。蠻兵皆裸衣赤身，直到寨門前叫罵。諸將大怒，皆來稟孔明曰："某等情願出寨，決一死戰！」孔明不許。諸將再三欲戰。孔明止曰：「蠻方之人，不遵王化，今此一來，狂惡正盛，不可迎也；且宜堅守數日，待其猖獗少懈，吾自有妙計破之。」

於是蜀兵堅守數日。孔明在高阜處探之，窺見蠻兵已多懈怠，乃聚諸將曰：「汝等敢出戰否？」眾將欣然要出。孔明先喚趙雲、魏延入帳，向耳畔低言，分付如此如此。二人受了計策先進。卻喚王平、馬忠入帳受計去了。又喚馬岱分付曰：「吾今棄此三寨，退過河北；吾軍一退，汝可便拆浮橋，移於下流，卻渡趙雲、魏延軍馬過河來接應。」岱受計而去。又喚張翼曰：「吾軍退去，寨中多設燈火。孟獲知之，必來追趕，汝卻斷其後。」張翼受計而退。孔明只教關索護車。眾軍退去，寨中多設燈火。蠻兵望見，不敢衝突。

次日平明，孟獲引大隊蠻兵逕到蜀寨之時，只見三個大寨，皆無人馬，於內棄下糧草車仗數百餘輛。孟優曰：「諸葛亮棄寨而走，莫非有計否？」孟獲曰：「吾料諸葛亮棄輜重而去，必因國中有緊急之事。若非吳侵，定是魏伐。故虛張燈火以為疑兵，棄車仗而去也。可速追之，不可錯過。」於是孟獲自驅前部，直到西洱河邊。望見河北岸上，寨中旗幟整齊如故，燦若雲錦；沿河一帶，又設錦城。蠻兵哨見，皆不敢進。獲謂優曰：「此是諸葛亮懼吾追趕，故就河北岸少住，不二日必走矣。」遂將蠻兵屯於河岸，又使人去山上砍竹為筏，以備渡河，卻將敢戰之兵，皆移於寨前面，卻不知蜀兵早已入自己之境。

是日，狂風大作。四壁廂火明鼓響，蜀兵殺到。蠻兵獠丁，自相衝突。孟獲大驚，急引宗族洞丁殺開條路，逕奔舊寨。忽一彪軍從寨中殺出，乃是趙雲。獲慌忙回西洱河，望山僻處而走。又一彪軍殺出，乃是馬岱。孟獲只剩得數十個敗殘兵，望山谷中而逃。見南、北、西三處，塵頭火光，因此不敢前進，只得望東奔走。方纔轉過山口，見一大林之前，數十從人，引輛小車；車上端坐孔明，呵呵大笑曰：
"蠻王孟獲！大敗至此，吾已等候多時也！"獲大怒，回顧左右曰："吾
遭此人詭計，受辱三次；今幸得這裏相遇。汝等奮力前去，連人帶車
砍為粉碎！"數騎蠻兵，猛力向前。孟獲當先吶喊。搶到大林之前，
趷踏一聲，踏了陷坑，一齊塌倒。大林之內，轉出魏延，引數百軍來，
一個個拖出，用索縛定。孔明先到寨中，招安蠻兵，并諸甸酋長洞丁。
此時大半皆歸本鄉去了，除死傷外，其餘盡皆歸降。孔明以酒肉相
待，以好言撫慰，盡令放回。蠻兵皆感歎而去。少頃，張翼解孟優至。
孔明誨之曰："汝兄愚迷，汝當諫之。今被吾擒了四番，有何面目再
見人耶？"孟優羞慚滿面，伏地告求免死。孔明曰："吾殺汝不在今日，
吾且饒汝性命，勸諭汝兄。"令武士解其繩索，放起孟優。優泣拜
而去。

　　不一時，魏延解孟獲至。孔明大怒曰："你今番又被吾擒了，有
何理說？"獲曰："吾今誤中詭計，死不瞑目！"孔明叱武士推出斬
之。獲全無懼色，回顧孔明曰："若敢再放吾回去，必然報四番之恨。"
孔明大笑，令左右去其縛，賜酒壓驚，就坐於帳中。孔明問曰："吾
今四次以禮相待，汝尚然不服，何也？"獲曰："吾雖是化外之人，不
似丞相專施詭計，吾如何肯服？"孔明曰："吾再放汝回去，復能戰
乎？"獲曰："丞相若再拏住吾，吾那時傾心降服，盡獻本洞之物犒軍，
誓不反亂。"

　　孔明即笑而遣之。獲忻然拜謝而去。於是聚得諸洞壯丁數千人，
望南迤邐而行。早望見塵頭起處，一隊兵到，乃是兄弟孟優，重整殘
兵，來與兄報讎。兄弟二人，抱頭相哭，訴說前事。優曰："我兵屢
敗，蜀兵屢勝，難以抵當。只可就山陰洞中，退避不出。蜀兵受不過
暑氣，自然退矣。"獲問曰："何處可避？"優曰："此去西南有一洞，

名曰禿龍洞。洞主朶思大王，與弟甚厚，可投之。"於是孟獲先教孟優到禿龍洞，見了朶思大王。朶思慌引洞兵出迎。孟獲入洞，禮畢，訴說前事。朶思曰："大王寬心。若川兵到來，令他一人一騎不得還鄉，與諸葛亮皆死於此處！"獲大喜，問計於朶思。朶思曰："此洞中，止有兩條路：東北上一路，就是大王所來之路：地勢平坦，土厚水甜，人馬可行；若以木石壘斷洞口，雖有百萬之眾，不能進也。西北上有一條路，山險嶺惡，道路窄狹；其中雖有小路，多藏毒蛇惡蝎；黃昏時分，煙瘴大起，直至巳、午時方收，惟未、申、酉三時，可以往來；水不可飲，人馬難行。此處更有四個毒泉：一名啞泉，其水頗甜，人若飲之，則不能言，不過旬日必死；二曰滅泉，此水與湯無異，人若沐浴，則皮肉皆爛，見骨必死；三曰黑泉，其水微清，人若濺之在身，則手足皆黑而死；四曰柔泉，其水如冰，人若飲之，咽喉無煖氣，身軀輭弱如綿而死。此處蟲鳥皆無，惟有漢伏波將軍曾到；自此以後，更無一人到此。今壘斷東北大路，令大王穩居敝洞，若蜀兵見東路截斷，必從西路而入；於路無水，若見此四泉，定然飲水，雖百萬之眾，皆無歸矣！何用刀兵耶？"孟獲大喜，以手加額曰："今日方有容身之地！"又望北指曰："任諸葛亮神機妙算，難以施設！四泉之水，足以報敗兵之恨也！"自此，孟獲、孟優終日與朶思大王筵宴。

　　卻說孔明連日不見孟獲兵出，遂傳號令教大軍離西洱河，望南進發。此時正當六月炎天，其熱如火。有後人詠南方苦熱詩曰：

> 山澤欲焦枯，火光覆太虛。
> 不知天地外，暑氣更何如？

又有詩曰：

赤帝施權柄，陰雲不敢生。

雲蒸孤鶴喘，海熱巨鰲驚。

忍捨溪邊坐？慵抛竹裏行。

如何沙塞客，擐甲復長征！

孔明統領大軍，正行之際，忽哨馬飛報：“孟獲退往禿龍洞中不出，將洞口要路壘斷，內有兵把守；山惡嶺峻，不能前進。”孔明請呂凱問之。凱曰：“某曾聞此洞有條路，實不知詳細。”蔣琬曰：“孟獲四次遭擒，既已喪膽，安敢再出？況今天氣炎熱，軍馬疲乏，征之無益，不如班師回國。”孔明曰：“若如此，正中孟獲之計也。吾軍一退，彼必乘勢追之。今已到此，安有復回之理？”遂令王平領數百軍為前部，卻教新降蠻兵引路，尋西北小路而入。前到一泉，人馬皆渴，爭飲此水。王平探有此路，回報孔明。比及到大寨之時，皆不能言，但指口而已。

孔明大驚，知是中毒，遂自駕小車，引數十人前來看時，見一潭清水，深不見底，水氣凜凜，軍不敢試。孔明下車，登高望之，四壁峯嶺，鳥雀不聞，心中大疑。忽望見遠遠山岡之上，有一古廟。孔明攀藤附葛而到，見一石屋之中，塑一將軍端坐，旁有石碑，乃漢伏波將軍馬援之廟：因平蠻到此，土人立廟祀之。孔明再拜曰：“亮受先帝託孤之重，今承聖旨，到此平蠻；欲待蠻方既平，然後伐魏吞吳，重安漢室。今軍士不識地理，誤飲毒水，不能出聲。萬望尊神，念本朝恩義，通靈顯聖，護祐三軍！”

祈禱已畢，出廟尋土人問之。隱隱望見對山一老叟扶杖而來，形容甚異。孔明請老叟入廟，禮畢，對坐於石上。孔明問曰：“丈者高姓？”老叟曰：“老夫久聞大國丞相隆名，幸得拜見！蠻方之人，多蒙丞相活命，皆感恩不淺。”孔明問泉水之故。老叟答曰：“軍所飲水，乃啞泉之水也：飲之難言，數日而死。此泉之外，又有三泉：東南有一泉，其水至冷，人若飲之，咽喉無煖氣，身軀輭弱而死，名曰柔泉；正南有一泉，人若濺之在身，手足皆黑而死，名曰黑泉；西南有一泉，沸如熱湯，人若浴之，皮肉盡脫而死，名曰滅泉。敝處有此四泉，毒氣所聚，無藥可治。又煙瘴甚起，惟未、申、酉三個時辰可往來；餘者時辰，皆瘴氣密布，觸之即死。”

　　孔明曰：“如此則蠻方不可平矣。蠻方不平，安能併吞吳、魏，再興漢室？有負先帝託孤之重，生不如死也！”老叟曰：“丞相勿憂。老夫指引一處，可以解之。”孔明曰：“老丈有何高見，望乞指教。”老叟曰：“此去正西數里，有一山谷。入內行二十里，有一溪名曰萬安溪。上有一高士，號為‘萬安隱者’。此人不出溪，有數十餘年矣。其草庵後有一泉，名安樂泉。人若中毒，汲其水飲之即愈。有人或生疥癩，或感瘴氣，於萬安溪內浴之，自然無事。更兼庵前有一等草，名曰‘薤葉芸香’。人若口含一葉，則瘴氣不染。丞相可速往求之。”孔明拜謝，問曰：“承丈者如此活命之德，感刻不勝。願聞高姓？”老叟入廟曰：“吾乃本處山神，奉伏波將軍之命，特來指引。”言訖，喝開廟後石壁而入。孔明驚訝不已，再拜廟神，尋舊路上車，回到大寨。

　　次日，孔明備信香禮物，引王平及眾啞軍，連夜望山神所言去處，迤邐而進。入山谷小徑，約行二十餘里，但見長松大柏，茂竹奇花，環繞一莊；籬落之中，有數間茅屋，聞得馨香噴鼻。孔明大喜，到莊前扣戶，有一小童出。孔明方欲通姓名，早有一人，竹冠草履，白袍皂絛，碧眼黃髮，忻然出曰：“來者莫非漢丞相否？”孔明笑曰：“高士何以知之？”隱者曰：“久聞丞相大纛南征，安得不知？”遂邀孔明入草堂。禮畢，分賓主坐定。孔明告曰："亮受昭烈皇帝託孤之重，今承嗣君聖旨，領大軍至此，欲服蠻邦，使歸王化。不期孟獲潛入洞中，軍士誤飲啞泉之水。夜來蒙伏波將軍顯聖，言高士有藥泉，可以治之。望乞矜念，賜神水以救眾兵殘生。"隱者曰："量老夫山野廢人，何勞丞相枉駕？此泉就在庵後。"教取來飲。

於是童子引王平等一起啞軍，來到溪邊，汲水飲之；隨即吐出惡涎，便能言語。童子又引眾軍到萬安溪中沐浴。隱者於庵中進柏子茶、松花菜，以待孔明。隱者告曰："此間蠻洞多毒蛇惡蝎，柳花飄入溪泉之間，水不可飲；但掘地為泉，汲水飲之方可。"孔明求"薤葉芸香"，隱者令眾軍儘意採取："各人口含一葉，自然瘴氣不侵。"孔明拜求隱者姓名。隱者笑曰："某乃孟獲之兄孟節是也。"孔明愕然。隱者又曰："丞相休疑，容伸片言：某一父母所生三人，長即老夫孟節，次孟獲，又次孟優。父母皆亡。二弟強惡，不歸王化。某屢諫不從，故更名改姓，隱居於此。今辱弟造反，又勞丞相深入不毛之地，如此生受[1]，孟節合該萬死，故先於丞相之前請罪。"孔明歎曰："方信盜跖、下惠之事[2]，今亦有之。"遂與孟節曰："吾申奏天子，立公為王，可乎？"節曰："為嫌功名而逃於此，豈復有貪富貴之意？"孔明乃具金帛贈之。孟節堅辭不受。孔明嗟歎不已，拜別而回。後人有詩曰：

> 高士幽棲獨閉關，武侯曾此破諸蠻。
> 至今古木無人境，猶有寒煙鎖舊山。

孔明回到大寨之中，令軍士掘地取水。掘下二十餘丈，並無滴水。凡掘十餘處，皆是如此。軍心驚慌。孔明夜半焚香告天曰："臣亮不才，仰承大漢之福，受命平蠻。今途中乏水，軍馬枯渴。倘上天不絕大漢，即賜甘泉！若氣運已終，臣亮等願死於此處！”是夜祝罷，平明視之，皆得滿井甘泉。後人有詩曰：

> 為國平蠻統大兵，心存正道合神明。
> 耿恭拜井甘泉出，諸葛虔誠水夜生。

孔明軍馬既得甘泉，遂安然由小徑直入禿龍洞前下寨。

蠻兵探知，來報孟獲曰：“蜀兵不染瘴疫之氣，又無枯渴之患，諸泉皆不應。”朵思大王聞知不信，自與孟獲來高山望之。只見蜀兵安然無事，大桶小擔，搬運水漿，飲馬造飯。朵思見之，毛髮聳然，回顧孟獲曰：“此乃神兵也！”獲曰：“吾兄弟二人與蜀兵決一死戰，就殞於軍前，安肯束手受縛！”朵思曰：“若大王兵敗，吾妻子亦休矣。當殺牛宰馬，大賞洞丁，不避水火，直衝蜀寨，方可得勝。”

於是大賞蠻兵。正欲起程，忽報洞後迤西銀冶洞二十一洞主楊鋒引三萬兵來助戰。孟獲大喜曰：“鄰兵助我，我必勝矣！”即與朵思大王出洞迎接。楊鋒引兵入曰：“吾有精兵三萬，皆披鐵甲，能飛山越嶺，足以敵蜀兵百萬；我有五子，皆武藝足備，願助大王。”鋒令五子入拜，皆彪軀虎體，威風抖擻。孟獲大喜，遂設席相待楊鋒父子。酒至半酣，鋒曰：“軍中少樂，吾隨軍有蠻姑，善舞刀牌，以助一笑。”獲忻然從之。須臾，數十蠻姑，皆披髮跣足，從帳外舞跳而入。群蠻拍手以歌和之。楊鋒令二子把盞。二子舉盃詣孟獲、孟優前。二人接盃，方欲飲酒，鋒大喝一聲，二子早將孟獲、孟優執下座來。朵思大王卻待要走，已被楊鋒擒了。蠻姑橫截於帳上，誰敢近前。獲曰：“‘兔死狐悲，物傷其類’。吾與汝皆是各洞之主，往日無冤，何故害我？”鋒曰：“吾兄弟子姪皆感諸葛丞相活命之恩，無可以報。今汝反叛，何不擒獻？”

於是各洞蠻兵，皆走回本鄉。楊鋒將孟獲、孟優、朵思等解赴孔明寨來。孔明令入。楊鋒等拜於帳下曰：“某等子姪皆感丞相恩德，故擒孟獲、孟優等呈獻。”孔明重賞之，令驅孟獲入。孔明笑曰：“汝今番心服乎？”獲曰：“非汝之能，乃吾洞中之人，自相殘害，以致如此。要殺便殺，只是不服！”孔明曰：“汝賺吾入無水之地，更以啞泉、滅泉、黑泉、柔泉如此之毒，吾軍無恙，豈非天意乎？汝何如此執迷？”獲又曰：“吾祖居銀坑山中，有三江之險，重關之固。汝若就彼擒之，吾當子子孫孫，傾心服事。”孔明曰：“吾再放汝回去，重整兵馬，與吾共決勝負；如那時擒住，汝再不服，當滅九族。”叱左右去其縛，放起孟獲。獲再拜而去。孔明又將孟優并朵思大王皆釋其縛，賜酒食壓驚。二人悚懼，不敢正視。孔明令鞍馬送回。正是：深臨險地非容易，更展奇謀豈偶然？未知孟獲整兵再來，勝負如何，且看下文分解。

## 註　釋

1　生受：難為；煩勞。

2　盜跖、下惠之事：傳説春秋時，盜跖為大盜，魯國大夫柳下惠則是品德高尚的典範；盜跖是柳下惠的弟弟。

# 第九十回

# 驅巨獸六破蠻兵
# 燒藤甲七擒孟獲

　　卻説孔明放了孟獲等一干人，楊鋒父子皆封官爵，重賞洞兵。楊鋒等拜謝而去。孟獲等連夜奔回銀坑洞。那洞外有三江，乃是瀘水、甘南水、西城水。三路水會合，故為三江。其洞北近平坦二百餘里，多產萬物。洞西二百餘里，有鹽井。西南二百里，直抵瀘、甘。正南三百里，乃是梁都洞。洞中有山，環抱其洞；山上出銀礦，故名為銀坑山。山中置宮殿樓臺，以為蠻王巢穴。其中建一祖廟，名曰“家鬼”。四時殺牛宰馬享祭，名曰“卜鬼”。每年常以蜀人并外鄉之人祭之。若人患病，不肯服藥，只禱師巫，名為“藥鬼”。其處無刑法，但犯罪即斬。有女長成，卻於溪中沐浴，男女自相混淆，任其自配，父母不禁，名為“學藝”。年歲雨水均調，則種稻穀；倘若不熟，殺蛇為羹，煮象為飯。每方隅之中，上戶號曰“洞主”，次曰“酋長”。每月初一、十五兩日，皆在三江城中買賣，轉易貨物。其風俗如此。

　　卻説孟獲在洞中，聚集宗黨千餘人，謂之曰：“吾屢受辱於蜀兵，立誓欲報之。汝等有何高見？"言未畢，一人應曰："吾舉一人，可破諸葛亮。"眾視之，乃孟獲妻弟，現為八番部長，名曰"帶來洞主"。獲大喜，急問何人。帶來洞主曰："此去西南八納洞，洞主木鹿大王，深通法術：出則騎象，能呼風喚雨，常有虎豹豺狼、毒蛇惡蝎跟隨。手下更有三萬神兵，甚是英勇。大王可修書具禮，某親往求之。此人若允，何懼蜀兵哉？"獲忻然，令國舅齎書而去。卻令朵思大王守把三江城，以為前面屏障。

卻說孔明提兵直至三江城，遙望見此城三面傍江，一面通旱；即遣魏延、趙雲同領一軍，於旱路打城。軍到城下時，城上弓弩齊發。原來洞中之人，多習弓弩，一弩齊發十矢，箭頭上皆用毒藥；但有中箭者，皮肉皆爛，見五臟而死。趙雲、魏延不能取勝，回見孔明，言藥箭之事。孔明自乘小車，到軍前看了虛實，回到寨中，令軍退數里下寨。蠻兵望見蜀兵遠退，皆大笑作賀，只疑蜀兵懼怯而退，因此夜間安心穩睡，不去哨探。

卻說孔明約軍退後，即閉寨不出。一連五日，並無號令。黃昏左側，忽起微風。孔明傳令曰："每軍要衣襟一幅，限一更時分應點。無者立斬。"諸將皆不知其意，眾軍依令預備。初更時分，又傳令曰："每軍衣襟一幅，包土一包。無者立斬。"眾軍亦不知其意，只得依令預備，孔明又傳令曰："諸軍包土，俱在三江城下交割，先到者有賞。"眾軍聞令，皆包淨土，飛奔城下。孔明令積土為蹬道[1]，先上城者為頭功。於是蜀兵十餘萬，并降兵萬餘，將所包之土，一齊棄於城下。一霎時，積土成山，接連城上。一聲暗號，蜀兵皆上城。蠻兵急放弩時，大半早被執下。餘者棄城而走。朵思大王死於亂軍之中。蜀將督軍分路剿殺。孔明取了三江城。所得珍寶，皆賞三軍。敗殘蠻兵逃回，見孟獲說："朵思大王身死，失了三江城。"獲大驚。

正慮之間，人報蜀兵已渡江，見在本洞前下寨。孟獲甚是慌張。忽然屏風後一人大笑而出曰：「既為男子，何無智也？我雖是一婦人，願與你出戰。」獲視之，乃妻祝融夫人也。夫人世居南蠻，乃祝融氏之後；善使飛刀，百發百中。孟獲起身稱謝。夫人忻然上馬，引宗黨猛將數百員、生力洞兵五萬，出銀坑宮闕來，與蜀兵對敵。方纔轉過洞口，一彪軍攔住，為首蜀將，乃是張嶷。蠻兵見之，卻早兩路擺開。祝融夫人背插五口飛刀，手挺丈八長標，坐下捲毛赤兔馬。張嶷見之，暗暗稱奇。二人驟馬交鋒，戰不數合，夫人撥馬便走。張嶷趕去，空中一把飛刀落下。嶷急用手隔，正中左臂，翻身落馬。蠻兵發一聲喊，將張嶷執縛去了。馬忠聽得張嶷被執，急出救時，早被蠻兵困住。望見祝融夫人挺標勒馬而立，忠忿怒向前去戰，坐下馬絆倒，亦被擒了。都解入洞中來見孟獲。獲設席慶賀。夫人叱刀斧手推出張嶷、馬忠要斬。獲止曰：「諸葛亮放吾五次，今番若斬彼將，是不義也。且囚在洞中，待擒住諸葛亮，殺之未遲。」夫人從其言，笑飲作樂。

卻說敗殘兵來見孔明，告知其事。孔明即喚馬岱、趙雲、魏延三人受計。各自領軍前去。次日，蠻兵報入洞中，說趙雲搦戰。祝融夫人即上馬出迎。二人戰不數合，雲撥馬便走。夫人恐有埋伏，勒兵而回。延又引軍來搦戰，夫人縱馬相迎。正交鋒緊急，延詐敗而逃，夫人只不趕。次日，趙雲又引軍來搦戰，夫人領洞兵出迎。二人戰不數合，雲詐敗而走，夫人按標不趕。欲收兵回洞時，魏延引軍齊聲辱罵，夫人急挺標來取魏延。延撥馬便走。夫人忿怒趕來，延驟馬奔入山僻小路。忽然背後一聲響亮，延回頭視之，夫人仰鞍落馬。原來馬岱埋伏在此，用絆馬索絆倒，就裏擒縛，解投大寨而來。蠻將洞兵皆來救時，趙雲一陣殺散。孔明端坐於帳上。馬岱解祝融夫人到，孔明急令武士去其縛，請在別帳賜酒壓驚，遣使往告孟獲，欲送夫人換張嶷、馬忠二將。

　　孟獲允諾，即放出張嶷、馬忠，還了孔明。孔明遂送夫人入洞。孟獲接入，又喜又惱。忽報八納洞主到。孟獲出帳迎接，見其人騎着白象，身穿金珠纓絡，腰懸兩口大刀，領着一班餵養虎豹豺狼之士，簇擁而入。獲再拜哀告，訴說前事。木鹿大王許以報讎。獲大喜，設宴相待。次日，木鹿大王引本洞兵帶猛獸而出。趙雲、魏延聽知蠻兵出，遂將軍馬布成陣勢。二將並轡立於陣前視之，只見蠻兵旗幟器械皆別：人多不穿衣甲，盡裸身赤體，面目醜陋；身帶四把尖刀；軍中不鳴鼓角，但篩金為號；木鹿大王腰挂兩把寶刀，手執蒂鐘，身騎白象，從大旗中而出。趙雲見了，謂魏延曰：“我等上陣一生，未嘗見如此人物。”二人正沈吟之際，只見木鹿大王口中不知念甚咒語，手搖蒂鐘。忽然狂風大作，飛砂走石，如同驟雨；一聲畫角響，虎豹豺狼，毒蛇猛獸，乘風而出，張牙舞爪，衝將過來。蜀兵如何抵當，往後便退。蠻兵隨後追殺，直趕到三江界路方回。

　　趙雲、魏延收聚敗兵，來孔明帳前請罪，細說此事。孔明笑曰：“非汝二人之罪。吾未出茅廬之時，先知南蠻有驅虎豹之法。吾在蜀中已辦下破此陣之物也：隨軍有二十輛車，俱封記在此。今日且用一半，留下一半，後有別用。”遂令左右取了十輛紅油櫃車到帳下，留十輛黑油櫃車在後。眾皆不知其意。孔明將櫃打開，皆是木刻綵畫巨獸，俱用五色絨線為毛衣，鋼鐵為牙爪，一個可騎坐十人。孔明選了精壯軍士一千餘人，領了一百口，內裝煙火之物，藏在車中。次日，孔明驅兵大進，布於洞口。蠻兵探知，入洞報與蠻王。木鹿大王自謂無敵，即與孟獲引洞兵而出。孔明綸巾羽扇，身衣道袍，端坐於車上。孟獲指曰：“車上坐的便是諸葛亮！若擒住此人，大事定矣！”木鹿大王口中念咒，手搖蒂鐘。頃刻之間，狂風大作，猛獸突出。孔明將羽扇一搖，其風便回吹彼陣中去了。蜀陣中假獸擁出。蠻洞真獸見蜀陣巨獸口吐火燄，鼻出黑煙，身搖銅鈴，張牙舞爪而來，諸惡獸不敢前進，皆奔回蠻洞，反將蠻兵衝倒無數。孔明驅兵大進，鼓角齊鳴，望前追殺。木鹿大王死於亂軍之中。洞內孟獲宗黨，皆棄宮闕，扒山越嶺而走。孔明大軍占了銀坑洞。

次日，孔明正要分兵緝擒孟獲，忽報："蠻王孟獲妻弟帶來洞主，恩勸孟獲歸降，獲不從，今將孟獲並祝融夫人及宗黨數百餘人盡皆擒來，獻與丞相。"孔明聽知，即喚張嶷、馬忠，分付如此如此。二將受了計，引二千精壯兵，伏於兩廊。孔明即令守門將，俱放進來。帶來洞主引刀斧手解孟獲等數百人，拜於殿下。孔明大喝曰："與吾擒下！"兩廊壯兵齊出，二人捉一人，盡被執縛。孔明大笑曰："量汝些小詭計，如何瞞得過我！汝見二次俱是本洞人擒汝來降，吾不加害汝，只道吾深信，故來詐降，欲就洞中殺吾！"喝令武士搜其身畔，果然各帶利刀。孔明問孟獲曰："汝原說在汝家擒住，方始心服，今日如何？"獲曰："此是我等自來送死，非汝之能也。吾心未服。"孔明曰："吾擒住六番，尚然不服，欲待何時耶？"獲曰："汝第七次擒住，吾方傾心歸服，誓不反矣。"孔明曰："巢穴已破，吾何慮哉？"令武士盡去其縛，叱之曰："這番擒住，再若支吾，必不輕恕！"孟獲等抱頭鼠竄而去。

卻說敗殘蠻兵有千餘人，大半中傷而逃，正遇蠻王孟獲。獲收了敗兵，心中稍喜，卻與帶來洞主商議曰："吾今洞府已被蜀兵所占，今投何地安身？"帶來洞主曰："止有一國可以破蜀。"獲喜曰："何處可去？"帶來洞主曰："此去東南七百里，有一國名烏戈國。國主兀突骨，身長丈二，不食五穀，以生蛇惡獸為飯；身有鱗甲，刀箭不能侵。其手下軍士，俱穿藤甲。其藤生於山澗之中，盤於石壁之內；國人採取浸於油中，半年方取出曬之；曬乾復浸，凡十餘遍，卻纔造成鎧甲；穿在身上，渡江不沈，經水不濕，刀箭皆不能入。因此號為‘藤甲軍’。今大王可往求之。若得彼相助，擒諸葛亮如利刀破竹也。”孟獲大喜，遂投烏戈國，來見兀突骨。其洞無宇舍，皆居土穴之內。孟獲入洞，再拜哀告前事。兀突骨曰：“吾起本洞之兵，與汝報讎。”獲欣然拜謝。於是兀突骨喚兩個領兵俘長：一名土安，一名奚泥，起三萬兵，皆穿藤甲，離烏戈國望東北而來。行至一江，名桃花水。兩岸有桃樹，歷年落葉於水中，若別國人飲之盡死；惟烏戈國人飲之，倍添精神。兀突骨兵至桃花渡口下寨，以待蜀兵。

卻說孔明令蠻人哨探孟獲消息，回報曰：“孟獲請烏戈國主，引三萬藤甲軍，見屯於桃花渡口。孟獲又在各番聚集蠻兵，併力拒戰。”孔明聽說，提兵大進，直至桃花渡口，隔岸望見蠻兵不類人形，甚是醜惡；又問土人，言說即日桃葉正落，水不可飲。孔明退五里下寨，留魏延守寨。

次日，烏戈國主引一彪藤甲軍過河來，金鼓大震。魏延引兵出迎。蠻兵捲地而至。蜀兵以弩箭射到藤甲之上，皆不能透，俱落於地；刀砍槍刺，亦不能入。蠻兵皆使利刀鋼叉，蜀兵如何抵當，盡皆敗走。蠻兵不趕而回。魏延復回，趕到桃花渡口，只見蠻兵帶甲渡水而去；內有困乏者，將甲脫下，放在水面，以身坐其上而渡。魏延急回大寨，來稟孔明，細言其事。孔明請呂凱并土人問之。凱曰：“某素聞南蠻中有一烏戈國，無人倫者也。更有藤甲護身，急切難傷。又有桃葉惡水，本國人飲之，反添精神；別國人飲之即死。如此蠻方，縱使全勝，有何益焉？不如班師早回。”孔明笑曰：“吾非容易到此，豈可便去？吾明日自有平蠻之策。”於是令趙雲助魏延守寨，且休輕出。

次日，孔明令土人引路，自乘小車到桃花渡口北岸山僻去處，遍

觀地理。山險嶺峻之處，車不能行，孔明棄車步行。忽到一山，望見
一谷，形如長蛇，皆危峭石壁，並無樹木，中間一條大路。孔明問土
人曰：「此谷何名？」土人答曰：「此處名為盤蛇谷。出谷則三江城大
路，谷前名塔郎甸。」孔明大喜曰：「此乃天賜吾成功於此也！」遂回
舊路，上車歸寨，喚馬岱分付曰：「與汝黑油櫃車十輛，須用竹竿千
條。櫃內之物，如此如此。可將本部兵去把住盤蛇谷兩頭，依法而行。
與汝半月限，一切完備。至期如此施設。倘有走漏，定按軍法。」馬
岱受計而去。又喚趙雲分付曰：「汝去盤蛇谷後，三江大路口如此守
把。所用之物，剋日完備。」趙雲受計而去。又喚魏延分付曰：「汝可
引本部兵去桃花渡口下寨。如蠻兵渡水來敵，汝便棄了寨。望白旗處
而走。限半個月內，須要連輸十五陣，棄七個寨柵。若輸了十四陣，
也休來見我。」魏延領命，心中不樂，怏怏而去。孔明又喚張翼另引
一軍，依所指之處，築立寨柵去了。卻令張嶷、馬忠引本洞所降千
人，如此行之。各人都依計而行。

　　卻說孟獲與烏戈國主兀突骨曰：「諸葛亮多有巧計，只是埋伏。
今後交戰，分付三軍：但見山谷之中，林木多處，不可輕進。」兀突
骨曰：「大王說的有理。吾已知道中國人多行詭計。今後依此言行之。
吾在前面廝殺，汝在背後教道。」兩人商量已定。忽報蜀兵在桃花渡
口北岸立起營寨。兀突骨即差二俘長引藤甲軍渡河來，與蜀兵交戰。
不數合，魏延敗走。蠻兵恐有埋伏，不趕自回。次日，魏延又去立了
營寨。蠻兵哨得，又引眾軍渡過河來戰。延出迎之。不數合，延敗
走。蠻兵追殺十餘里，見四下並無動靜，便在蜀寨中屯住。次日，二
俘長請兀突骨到寨，說知此事。兀突骨即引兵大進，將魏延追一陣。
蜀兵皆棄甲拋戈而走。只見前有白旗，延引敗兵，急奔到白旗處，早
有一寨，就寨中屯住。兀突骨驅兵追至，延引兵棄寨而走，蠻兵得了

蜀寨。次日，又望前追殺。魏延回兵交戰，不三合又敗，只看白旗處而走。又有一寨，延就寨屯住。次日，蠻兵又至。延略戰又走。蠻兵占了蜀寨。

話休絮煩：魏延且戰且走，已敗十五陣，連棄七個營寨。蠻兵大進追殺。兀突骨自在軍前破敵，於路但見林木茂盛之處，便不敢進；卻使人遠望，果見樹陰之中，旌旗招颭。兀突骨謂孟獲曰：“果不出大王所料。”孟獲大笑曰：“諸葛亮今番被吾識破！大王連日勝了他十五陣，奪了七個營寨，蜀兵望風而走。諸葛亮已是計窮，只此一進，大事定矣！”兀突骨大喜，遂不以蜀兵為念。至第十六日，魏延引敗殘兵來，與藤甲軍對敵。兀突骨騎象當先，頭戴日月狼鬚帽，身披金珠瓔絡，兩肋下露出生鱗甲，眼目中微露光芒，手指魏延大罵。延撥馬便走。後面蠻兵大進。魏延引兵轉過了盤蛇谷，望白旗而走。兀突骨統引兵眾，隨後追殺。兀突骨望見山上並無草木，料無埋伏，放心追殺。趕到谷中，見數十輛黑油櫃車在當路。蠻兵報曰：“此是蜀兵運糧道路，因大王兵至，撇下糧車而走。”兀突骨大喜，催兵追趕。將出谷口，不見蜀兵，只見橫木亂石滾下，壘斷谷口。兀突骨令兵開路而進，忽見前面大小車輛，裝載乾柴，盡皆火起。兀突骨忙教退兵，只聞後軍發喊，報說谷口已被乾柴壘斷。車中原來皆是火藥，一齊燒着。兀突骨見無草木，心尚不慌，令尋路而走。只見山上兩邊亂丟火把。火把到處，地中藥線皆着，就地飛起鐵礮。滿谷中火光亂舞。但逢藤甲，無有不着。將兀突骨并三萬藤甲軍，燒得互相擁抱，死於盤蛇谷中。孔明在山上往下看時，只見蠻兵被火燒的伸拳舒腿，大半被鐵礮打的頭臉粉碎，皆死於谷中，臭不可聞。孔明垂淚而歎曰：“吾雖有功於社稷，必損壽矣！”左右將士，無不感歎。

卻說孟獲在寨中，正望蠻兵回報。忽然千餘人笑拜於寨前，言説：“烏戈國兵與蜀兵大戰，將諸葛亮圍在盤蛇谷中了，特請大王前去接應。我等皆是本洞之人，不得已而降蜀。今知大王前來，特來助戰。”孟獲大喜，即引宗黨并所聚番人，連夜上馬；就令蠻兵引路。方到盤蛇谷時，只見火光甚烈，臭味難聞。獲知中計，急退兵時，左邊張嶷，右邊馬忠，兩路軍殺出。獲方欲抵敵，一聲喊起，蠻兵中大半皆是蜀兵，將蠻王宗黨并聚集的番人，盡皆擒了。孟獲匹馬殺出重圍，望山徑而走。

正走之間，見山凹裏一簇人馬，擁出一輛小車；車中端坐一人，綸巾羽扇，身衣道袍，乃孔明也。孔明大喝曰：“反賊孟獲！今番如何？”獲急回馬走。旁邊閃過一將，攔住去路，乃是馬岱。孟獲措手不及，被馬岱活捉了。此時王平、張翼已引一軍，趕到蠻寨中，將祝融夫人并一應老小皆活捉而來。

孔明歸到寨中，升帳而坐，謂眾將曰：“吾今此計，不得已而用之，大損陰德。我料敵人必算吾於林木多處埋伏，吾卻空設旌旗，實無兵馬，疑其心也。吾令魏文長連輸十五陣者，堅其心也。吾見盤蛇谷止一條路，兩壁廂皆是光石，並無樹木，下面都是沙石，因令馬岱將黑油車安排於谷中。車中油櫃內，皆是預先造下的火礮，名曰‘地雷’。一礮中藏九礮，三十步埋之。中用竹竿通節，以引藥線；纔一發動，山殞石裂。吾又令趙子龍預備草車，安排於谷口。又於山上準備大木亂石。卻令魏延賺兀突骨并藤甲軍入谷，放出魏延，即斷其路，隨後焚之。吾聞：‘利於水者必不利於火。’藤甲雖刀箭不能入，乃油浸之物，見火必着。蠻兵如此頑皮，非火攻安能取勝？使烏戈國之人不留種類者，是吾之大罪也！”眾將拜伏曰：“丞相天機，鬼神莫測也！”孔明令押過孟獲來。孟獲跪於帳下。孔明令去其縛，教且在別帳與酒食壓驚。孔明喚管酒食官至坐榻前，如此如此，分付而去。

卻説孟獲與祝融夫人並孟優、帶來洞主、一切宗黨在別帳飲酒。忽一人入帳謂孟獲曰：“丞相面羞，不欲與公相見。特令我來放公回去，再招人馬來決勝負。公今可速去。”孟獲垂淚言曰：“七擒七縱，自古未嘗有也。吾雖化外之人，頗知禮義，直如此無羞恥乎？”遂同兄弟妻子宗黨人等，皆匍匐跪於帳下，肉袒[2]謝罪曰：“丞相天威，南人不復反矣！”孔明曰：“公今服乎？”獲泣謝曰：“某子子孫孫皆感覆載生成之恩，安得不服？”孔明乃請孟獲上帳，設宴慶賀，就令永為洞主。所奪之地，盡皆退還。孟獲宗黨及諸蠻兵，無不感戴，皆欣然跳躍而去。後人有詩讚孔明曰：

> 羽扇綸巾擁碧幢，七擒妙策制蠻王。
> 至今溪洞傳威德，為選高原立廟堂。

長史費褘入諫曰：“今丞相親提士卒，深入不毛，收服蠻方；蠻王今既已歸服，何不置官吏，與孟獲一同守之？”孔明曰：“如此有三不易：留外人則當留兵，兵無所食，一不易也；蠻人傷破，父兄死亡，留外人而不留兵，必成禍患，二不易也；蠻人累有廢殺之罪，自有嫌疑，留外人終不相信，三不易也。今吾不留人，不運糧，與相安於無事而已。”眾人盡服。於是蠻方皆感孔明恩德，乃為孔明立生祠，四時享祭，皆呼之為“慈父”；各送珍珠金寶、丹漆藥材、耕牛戰馬，以資軍用，誓不相反，南方已定。

卻説孔明犒軍已畢，班師回蜀，令魏延引本部兵為前鋒。延引兵方至瀘水，忽然陰雲四合，水面上一陣狂風驟起，飛沙走石，軍不能進。延退兵回報孔明。孔明遂請孟獲問之。正是：塞外蠻人方帖服，水邊鬼卒又猖狂。未知孟獲所言若何，且看下文分解。

## 註　釋

1　蹬道：有階梯的坡道。
2　肉袒：把上衣脱掉一部分，露出身體，表示降服。

# 第九十一回

## 祭瀘水漢相班師
## 伐中原武侯上表

　　卻說孔明班師回國，孟獲率引大小洞主酋長，及諸部落羅拜相送。前軍至瀘水，時值九月秋天，忽然陰雲布合，狂風驟起；兵不能渡，回報孔明。孔明遂問孟獲，獲曰："此水原有猖神作禍，往來者必須祭之。"孔明曰："用何物祭享？"獲曰："舊時國中因猖神作禍，用七七四十九顆人頭並黑牛白羊祭之，自然風恬浪靜，更兼連年豐稔。"孔明曰："吾今事已平定，安可妄殺一人？"遂自到瀘水岸邊觀看。果見陰風大起，波濤洶湧，人馬皆驚。孔明甚疑，即尋土人問之。土人告說："自丞相經過之後，夜夜只聞得水邊鬼哭神號。自黃昏直至天曉，哭聲不絕。瘴煙之內，陰鬼無數。因此作禍，無人敢渡。"孔明曰："此乃我之罪愆也。前者馬岱引蜀兵千餘，皆死於水中；更兼殺死南人，盡棄此處：狂魂怨鬼，不能解釋[1]，以致如此。吾今晚當親自往祭。"土人曰："須依舊例，殺四十九顆人頭為祭，則怨鬼自散也。"孔明曰："本為人死而成怨鬼，豈可又殺生人耶？吾自有主意。"

喚行廚宰殺牛馬，和麵為劑，塑成人頭，內以牛羊等肉代之，名曰"饅頭"。當夜於瀘水岸上，設香案，鋪祭物，列燈四十九盞，揚旛招魂；將饅頭等物，陳設於地。三更時分，孔明金冠鶴氅，親自臨祭，令董厥讀祭文。其文曰：

維大漢建興三年秋九月一日，武鄉侯、領益州牧、丞相諸葛亮，謹陳祭儀，享於故歿王事蜀中將校及南人亡者陰魂曰：

我大漢皇帝，威勝五霸，明繼三王。昨自遠方侵境，異俗起兵；縱蠆尾以興妖，恣狼心而逞亂。我奉王命，問罪遐荒；大舉貔貅，悉除螻蟻；雄軍雲集，狂寇冰消；纔聞破竹之聲，便是失猿之勢。但士卒兒郎，盡是九州豪傑；官僚將校，皆為四海英雄：習武從戎，投明事主，莫不同申三令，共展七擒；齊堅奉國之誠，並效忠君之志。何期汝等偶失兵機，緣落奸計：或為流矢所中，魂掩泉臺；或為刀劍所傷，魄歸長夜：生則有勇，死則成名。今凱歌欲還，獻俘將及。汝等英靈尚在，祈禱必聞。隨我旌旗，逐我部曲，同回上國，各認本鄉，受骨肉之蒸嘗，領家人之祭祀；莫作他鄉之鬼，徒為異域之魂。我當奏之天子，使爾等各家盡霑恩露，年給衣糧，月賜廩祿：用茲酬答，以慰汝心。至於本境土神，南方亡鬼，血食有常，憑依不遠。生者既凜天威，死者亦歸王化。想宜寧帖，毋致號啕。聊表丹誠，敬陳祭祀。嗚呼，哀哉！伏惟尚饗！

讀畢祭文，孔明放聲大哭，極其痛切，情動三軍，無不下淚。孟獲等眾，盡皆哭泣。只見愁雲怨霧之中，隱隱有數千鬼魂，皆隨風而散。

於是孔明令左右將祭物盡棄於瀘水之中。

　　次日，孔明引大軍俱到瀘水南岸，但見雲收霧散，風靜浪平。蜀兵安然盡渡瀘水。果然"鞭敲金鐙響，人唱凱歌還"。行到永昌，孔明留王伉、呂凱守四郡；發付孟獲領眾自回，囑其勤政馭下，善撫居民，勿失農務。孟獲涕泣拜別而去。孔明自引大軍回成都。後主排鑾駕出郭三十里迎接，下輦立於道傍，以候孔明。孔明慌下車伏道而言曰："臣不能速平南方，使主上懷憂，臣之罪也。"後主扶起孔明，並車而回，設太平筵會，重賞三軍。自此遠邦進貢來朝者二百餘處。孔明奏准後主，將歿於王事者之家，一一優恤。人心懽悅，朝野清平。

　　卻說魏主曹丕在位七年，即蜀漢建興四年也。丕先納夫人甄氏，即袁紹次子袁熙之婦，前破鄴城時所得。後生一子，名叡，字元仲，自幼聰明，丕甚愛之。後丕又納安平廣宗人郭永之女為貴妃，甚有顏色。其父嘗曰："吾女乃女中之王也。"故號為"女王"。自丕納為貴妃，因甄夫人失寵，郭貴妃欲謀為后，卻與幸臣張韜商議。時丕有疾，韜乃詐稱於甄夫人宮中掘得桐木偶人，上書天子年月日時，為魘鎮[2]之事。丕大怒，遂將甄夫人賜死，立郭貴妃為皇后。因無出，養曹叡為己子；雖甚愛之，不立為嗣。叡年至十五歲，弓馬熟嫻。當年春二月，丕帶叡出獵。行於山塢之間，趕出子母二鹿，丕一箭射倒母鹿，回觀小鹿馳於曹叡馬前。丕大呼曰："吾兒何不射之？"叡在馬上泣告曰："陛下已殺其母，安忍復殺其子？"丕聞之，擲弓於地曰："吾兒真仁德之主也！"於是遂封叡為平原王。

　　夏五月，丕感寒疾，醫治不痊，乃召中軍大將軍曹真、鎮軍大將軍陳羣、撫軍大將軍司馬懿三人入寢宮。丕喚曹叡至，指謂曹真等曰："今朕病已沈重，不能復生。此子年幼，卿等三人，可善輔之，勿負朕心。"三人皆告曰："陛下何出此言？臣等願竭力以事陛下，至千秋萬歲。"丕曰："今年許昌城門無故自崩，乃不祥之兆，朕故自知必死也。"正言間，內侍奏征東大將軍曹休入宮問安。丕召入謂曰："卿等皆國家柱石之臣也，若能同心輔朕之子，朕死亦瞑目矣！"言訖，墮淚而薨。時年四十歲，在位七年。於是曹真、陳羣、司馬懿、曹休等，一面舉哀，一面擁立曹叡為大魏皇帝。諡父丕為文皇帝，諡母甄氏為文昭皇后。封鍾繇為太傅，曹真為大將軍，曹休為大司馬，華歆為太尉，王朗為司徒，陳羣為司空，司馬懿為驃騎大將軍。其餘文武官僚，各各封贈。大赦天下。時雍、涼二州缺人守把，司馬懿上表乞守西涼等處。曹叡從之，遂封懿提督雍、涼等處兵馬。領詔去訖。

早有細作飛報入川。孔明大驚曰："曹丕已死，孺子曹叡即位，餘皆不足慮，司馬懿深有謀略，今督雍、涼兵馬，倘訓練成時，必為蜀中之大患。不如先起兵伐之。"參軍馬謖曰："今丞相平南方回，軍馬疲敝，只宜存恤，豈可復遠征？某有一計，使司馬懿自死於曹叡之手，未知丞相鈞意允否？"孔明問是何計，馬謖曰："司馬懿雖是魏國大臣，曹叡素懷疑忌，何不密遣人往洛陽、鄴郡等處，布散流言，道此人欲反；更作司馬懿告示天下榜文，遍貼諸處，使曹叡心疑，必然殺此人也。"孔明從之，即遣人密行此計去了。

卻說鄴城門上，忽一日見貼下告示一道。守門者揭了，來奏曹叡。觀之，其文曰：

> 驃騎大將軍總領雍、涼等處兵馬事司馬懿，謹以信義
> 布告天下：昔太祖武皇帝，創立基業，本欲立陳思王子建為
> 社稷主；不幸奸讒交集，歲久潛龍。皇孫曹叡，素無德行，

妄自居尊，有負太祖之遺意。今吾應天順人，尅日興師，以
慰萬民之望。告示到日，各宜歸命新君。如不順者，當滅九
族！先此告聞，想宜知悉。

曹叡覽畢，大驚失色，急問群臣。太尉華歆奏曰：“司馬懿上表乞守
雍、涼，正為此也。先時太祖武皇帝嘗謂臣曰：‘司馬懿鷹視狼顧，
不可付以兵權；久必為國家大禍。’今日反情已萌，可速誅之。”王朗
奏曰：“司馬懿深明韜略，善曉兵機，素有大志；若不早除，久必為
禍。”叡乃降旨，欲興兵御駕親征。忽班部中閃出大將軍曹真奏曰：“不
可。文皇帝託孤於臣等數人，是知司馬仲達無異志也。今事未知真假，
遽爾加兵，乃逼之反耳。或者蜀、吳奸細行反間之計，使我君臣自亂，
彼卻乘虛而擊，未可知也。陛下幸察之。”叡曰：“司馬懿若果謀反，
將奈何？”真曰：“如陛下心疑，可倣漢高偽遊雲夢之計[3]。御駕幸安
邑，司馬懿必然來迎；觀其動靜，就車前擒之，可也。”叡從之，遂
命曹真監國，親自領御林軍十萬，逕到安邑。

司馬懿不知其故，欲令天子知其威嚴，乃整兵馬，率甲士數萬來
迎。近臣奏曰：“司馬懿果率兵十餘萬，前來抗拒，實有反心矣。”叡
慌命曹休先領兵迎之。司馬懿見兵馬前來，只疑車駕親至，伏道而迎。
曹休出曰：“仲達受先帝託孤之重，何故反耶？”懿大驚失色，汗流遍
體，乃問其故。休備言前事。懿曰：“此吳、蜀奸細反間之計，欲使
我君臣自相殘害，彼卻乘虛而襲。某當自見天子辨之。”遂急退了軍
馬，至叡車前俯伏泣奏曰：“臣受先帝託孤之重，安敢有異心？必是
吳、蜀之奸計。臣請提一旅之師，先破蜀，後伐吳，報先帝與陛下，
以明臣心。”叡疑慮未決。華歆奏曰：“不可付之兵權。可即罷歸田
里。”叡依言，將司馬懿削職回鄉，命曹休總督雍、涼兵馬。曹叡駕

回洛陽。

卻說細作探知此事，報入川中。孔明聞之大喜曰：「吾欲伐魏久矣，奈有司馬懿總雍、涼之兵。今既中計遭貶，吾有何憂？」次日，後主早朝，大會官僚。孔明出班上〈出師表〉一道。表曰：

臣亮言：先帝創業未半，而中道崩殂；今天下三分，益州罷敝，此誠危急存亡之秋也。然侍衛之臣，不懈於內；忠志之士，忘身於外者，蓋追先帝之殊遇，欲報之於陛下也。誠宜開張聖聽，以光先帝之遺德，恢弘志士之氣；不宜妄自菲薄，引喻失義，以塞忠諫之路也。宮中府中 [4]，俱為一體；陟罰臧否，不宜異同：若有作奸犯科，及為忠善者，宜付有司，論其刑賞，以昭陛下平明之治；不宜偏私，使內外異法也。侍中、侍郎郭攸之、費禕、董允等，此皆良實，志慮忠純，是以先帝簡拔以遺陛下；愚以為：宮中之事，事無大小，悉以咨之，然後施行，必得裨補闕漏，有所廣益。將軍向寵，性行淑均，曉暢軍事，試用之於昔日，先帝稱之曰「能」，是以眾議舉寵以為督；愚以為：營中之事，事無大小，悉以咨之，必能使行陣和穆，優劣得所也。親賢臣，遠小人，此先漢所以興隆也；親小人，遠賢臣，此後漢所以傾頹也。先帝在時，每與臣論此事，未嘗不歎息痛恨於桓、靈也！侍中、尚書、長史、參軍，此悉貞亮死節之臣也，願陛下親之、信之，則漢室之隆，可計日而待也。

臣本布衣，躬耕南陽，苟全性命於亂世，不求聞達於諸侯。先帝不以臣卑鄙，猥自枉屈，三顧臣於草廬之中，諮臣以當世之事，由是感激，遂許先帝以驅馳。後值傾覆，受任於敗軍之際，奉命於危難之間；爾來二十有一年矣。先帝知臣謹慎，故臨崩寄臣以大事也。受命以來，夙夜憂慮，恐付託不效，以傷先帝之明；故五月渡瀘，深入不毛。今南方已定，甲兵已足，當獎帥三軍，北定中原，庶竭駑鈍，攘除姦凶，興復漢室，還於舊都：此臣所以報先帝而忠陛下之職分也。至於斟酌損益，進盡忠言，則攸之、禕、允之任也。願陛下託臣以討賊興復之效，不效則治臣之罪，以告先帝之靈；若無興復之言，則責攸之、禕、允等之咎，以彰其慢。陛下亦宜自謀，以諮諏善道，察納雅言，深追先帝遺詔。臣不勝受恩感激！今當遠離，臨表涕泣，不知所云。

後主覽表曰：“相父南征，遠涉艱難；方始回都，坐未安席；今又欲北伐，恐勞神思。”孔明曰：“臣受先帝託孤之重，夙夜未嘗有怠。今南方已平，可無內顧之憂，不就此時討賊，恢復中原，更待何日？”忽班部中太史譙周出奏曰：“臣夜觀天象，北方旺氣正盛，星曜倍明，未可圖也。”乃顧孔明曰：“丞相深明天文，又何故強為？”孔明曰：“天道變易不常，豈可拘執？吾今且駐兵馬於漢中，觀其動靜而後行。”譙周苦諫不從。於是孔明乃留郭攸之、董允、費禕等為侍中，總攝宮中之事。又留向寵為大將，總督御林軍馬；蔣琬為參軍，張裔為長史，掌丞相府事；杜瓊為諫議大夫；杜微、楊洪為尚書；孟光、來敏為祭酒；尹默、李譔為博士；郤正、費詩為祕書；譙周為太史：內外文武官僚一百餘員，同理蜀中之事。

孔明受詔歸府，喚諸將聽令：前督部——鎮北將軍領丞相司馬涼州刺史都亭侯魏延；前軍都督——領扶風太守張翼；牙門將——裨將軍王平；後軍領兵使 —— 安漢將軍領建寧太守李恢，副將 —— 定遠將軍領漢中太守呂義；兼管運糧左軍領兵使 —— 平北將軍陳倉侯馬岱，副將 —— 飛衛將軍廖化；右軍領兵使 —— 奮威將軍博陽亭侯馬忠、撫戎將軍關內侯張嶷；行中軍師 —— 車騎大將軍都鄉侯劉琰；中監軍 —— 揚武將軍鄧芝；中參軍 —— 安遠將軍馬謖；前將軍 —— 都亭侯袁綝；左將軍 —— 高陽侯吳懿；右將軍 —— 玄都侯高翔；後將軍 —— 安樂侯吳班；領長史 —— 綏軍將軍楊儀；前將軍 —— 征南將軍劉巴；前護軍 —— 偏將軍漢城亭侯許允；左護軍 —— 篤信中郎將丁咸；右護軍 —— 偏將軍劉敏；後護軍 —— 典軍中郎將官雝；行參軍 —— 昭武中郎將胡濟；行參軍 —— 諫議將軍閻晏；行參軍 —— 偏將軍爨習；行參軍 —— 裨將軍杜義、武略中郎將杜祺、綏戎都尉盛敦；從事 —— 武略中郎將樊岐；典軍書記 —— 樊建；丞相令史 —— 董厥；帳前左護衛使 —— 龍驤將軍關興；右護衛使 —— 虎翼將軍張苞 —— 以上一應官員，都隨着平北大都督丞相武鄉侯領益州牧知內外事諸葛亮。分撥已定，又檄李嚴等守川口以拒東吳。選定建興五年春三月丙寅日，出師伐魏。忽帳下一老將，厲聲而進曰："我雖年邁，尚有廉頗之勇，馬援之雄。此二古人皆不服老，何故不用我耶？"眾視之，乃趙雲也。孔明曰："吾自平南回都，馬孟起病故，吾甚惜之，以為折一臂也。今將軍年紀已高，倘稍有參差，動搖一世英名，減卻蜀中銳氣。"雲厲聲曰："吾自隨先帝以來，臨陣不退，遇敵則先。大丈夫得死於疆場者，幸也，吾何恨焉？願為前部先鋒。"孔明再三苦勸不住。雲曰："如不教我為先鋒，就撞死於階下！"孔明曰："將軍既要為先鋒，須得一人同去……"言未盡，一人應曰："某雖不才，願助老將軍先引一軍前去破敵。"孔明視之，乃鄧芝也。孔明大喜，即撥精兵五千，副將十員，隨趙雲、鄧芝去訖。孔明出師，後主引百官送於北門外十里。

孔明辭了後主，旌旗蔽野，戈戟如林，率軍望漢中迤邐進發。

卻說邊庭探知此事，報入洛陽。是日曹叡設朝，近臣奏曰："邊官報稱：諸葛亮率大兵三十餘萬，出屯漢中，令趙雲、鄧芝為前部先鋒，引兵入境。"叡大驚，問羣臣曰："誰可為將，以退蜀兵？"忽一人應聲而出曰："臣父死於漢中，切齒之恨，未嘗得報。今蜀兵犯境，臣願引本部猛將，更乞陛下賜關西之兵，前往破蜀：上為國家効力，下報父讎，臣萬死不恨！"眾視之，乃夏侯淵之子夏侯楙也。楙字子休，其性最急，又最吝，自幼嗣與夏侯惇為子。後夏侯淵為黃忠所斬，曹操憐之，以女清河公主招楙為駙馬，因此朝中欽敬。雖掌兵權，未嘗臨陣。當時自請出征，曹叡即命為大都督，調關西諸路軍馬前去迎敵。司徒王朗奏曰："不可。夏侯駙馬素不曾經戰，今付以大任，非其所宜。更兼諸葛亮足智多謀，深通韜略，不可輕敵。"夏侯楙叱曰："司徒莫非結連諸葛亮，欲為內應耶？吾自幼從父學習韜略，深通兵法，汝何欺我年幼？吾若不生擒諸葛亮，誓不回見天子！"王朗等皆不敢言。夏侯楙辭了魏主，星夜到長安，調關西諸路軍馬二十餘萬，來敵孔明。正是：欲秉白旄麾將士，卻教黃吻掌兵權。未知勝負如何，且看下文分解。

## 註　釋

1　解釋：解脫。

2　魘鎮：以詛咒害人的巫術。

3　漢高偽遊雲夢之計：漢高祖劉邦得知楚王韓信造反，便用陳平的計謀，假裝巡遊雲夢，騙韓信迎接，而抓住韓信。

4　宮中府中：宮中，指皇宮中的侍臣；府中，指丞相府中的官員。

# 第九十二回

# 趙子龍力斬五將
# 諸葛亮智取三城

　　卻說孔明率兵前至沔陽，經過馬超墳墓，乃令其弟馬岱挂孝，孔明親自祭之。祭畢，回到寨中，商議進兵。忽哨馬報道："魏主曹叡遣駙馬夏侯楙，調關中諸路軍馬，前來拒敵。"魏延上帳獻策曰："夏侯楙乃膏粱子弟[1]，懦弱無謀。延願得精兵五千，取路出褒中，循秦嶺以東，當子午谷而投北，不過十日，可到長安。夏侯楙若聞某驟至，必然棄城望橫門邸閣而走。某卻從東方而來，丞相可大驅士馬，自斜谷而進。如此行之，則咸陽以西，一舉可定也。"孔明笑曰："此非萬全之計也。汝欺中原無好人物，倘有人進言，於山僻中以兵截殺，非惟五千人受害，亦大傷銳氣。決不可用。"魏延又曰："丞相兵從大路進發，彼必盡起關中之兵，於路迎敵：則曠日持久，何時而得中原？"孔明曰："吾從隴右取平坦大路，依法進兵，何憂不勝？"遂不用魏延之計。魏延怏怏不悅。孔明差人令趙雲進兵。

　　卻說夏侯楙在長安聚集諸路軍馬。時有西涼大將韓德，善使開山大斧，有萬夫不當之勇，引西羌諸路兵八萬到來；見了夏侯楙，楙重賞之，就遣為先鋒。德有四子，皆精通武藝，弓馬過人：長子韓瑛，次子韓瑤，三子韓瓊，四子韓琪。韓德帶四子并西羌兵八萬，取路至鳳鳴山，正遇蜀兵。兩陣對圓。韓德出馬，四子列於兩邊。德厲聲大罵曰："反國之賊，安敢犯吾境界！"趙雲大怒，挺槍縱馬，單搦韓德交戰。長子韓瑛，躍馬來迎，戰不三合，被趙雲一槍刺死於馬下。次子韓瑤見之，縱馬揮刀來戰，趙雲施逞舊日虎威，抖擻精神迎戰，瑤抵敵不住。三子韓瓊，急挺方天戟驟馬前來夾攻。雲全然不懼，槍法不亂。四子韓琪，見二兄戰雲不下，也縱馬掄兩口日月刀而來，圍住趙雲。雲在中央獨戰三將。少時，韓琪中槍落馬，韓陣中偏將急出救去。雲拖槍便走。韓瓊按戟，急取弓箭射之，連放三箭，皆被雲用槍撥落。瓊大怒，仍綽方天戟縱馬趕來，卻被雲一箭射中面門，落馬而死。韓瑤縱馬舉寶刀便砍趙雲。雲棄槍於地，閃過寶刀，生擒韓瑤歸陣，復縱馬取槍殺過陣來。韓德見四子皆喪於趙雲之手，肝膽皆裂，先走入陣去。西涼兵素知趙雲之名，今見其英勇如昔，誰敢交鋒；趙雲馬到處，陣陣倒退。趙雲匹馬單槍，往來衝突，如入無人之境。後人有詩讚曰：

> 憶昔常山趙子龍，年登七十建奇功。
> 獨誅四將來衝陣，猶似當陽救主雄。

鄧芝見趙雲大勝，率蜀兵掩殺，西涼兵大敗而走。韓德險被趙雲擒住，棄甲步行而逃。雲與鄧芝收軍回寨。芝賀曰："將軍壽已七旬，英勇如昨。今日陣前力斬四將，世所罕有！"雲曰："丞相以吾年邁，不肯見用，故聊以自表耳。"遂差人解韓瑤，申報捷書，以達孔明。

卻說韓德引敗軍回見夏侯楙，哭告其事。楙自統兵來迎趙雲。探馬報入蜀寨，說夏侯楙引兵到。雲上馬綽槍，引千餘軍，就鳳鳴山前擺成陣勢。當日夏侯楙戴金盔，坐白馬，手提大砍刀，立在門旗之下。見趙雲躍馬挺槍，往來馳騁，楙欲自戰。韓德曰：“殺吾四子之讎，如何不報！”縱馬輪開山大斧，直取趙雲。雲奮怒挺槍來迎；戰不三合，槍起處，刺死韓德於馬下，急撥馬直取夏侯楙。楙慌忙閃入本陣。鄧芝驅兵掩殺，魏兵又折一陣，退十餘里下寨。楙連夜與眾將商議曰：“吾久聞趙雲之名，未嘗見面；今日年老，英雄尚在，方信當陽長坂之事。似此無人可敵，如之奈何？”參軍程武，乃程昱之子也，進言曰：“某料趙雲有勇無謀，不足為慮。來日都督再引兵出，先伏兩軍於左右；都督臨陣先退，誘趙雲到伏兵處；都督卻登山指揮四面軍馬，重疊圍住，雲可擒矣。”楙從其言，遂遣董禧引三萬軍伏於左，薛則引三萬軍伏於右：二人埋伏已定。

次日，夏侯楙復整金鼓旗旛，率兵而進。趙雲、鄧芝出迎。芝在馬上謂趙雲曰：“昨夜魏兵大敗而走，今日復來，必有詐也。老將軍防之。”子龍曰：“量此乳臭小兒，何足道哉！吾今日必當擒之！”便躍馬而出，魏將潘遂出迎，戰不三合，撥馬便走。趙雲趕去，魏陣中八員將一齊來迎。放過夏侯楙先走，八將陸續奔走。趙雲乘勢追殺，鄧芝引兵繼進。趙雲深入重地，只聽得四面喊聲大震。鄧芝急收軍退回，左有董禧，右有薛則，兩路兵殺到。鄧芝兵少，不能解救。趙雲被困在垓心，東衝西突，魏兵越厚。時雲手下止有千餘人，殺到山坡之下，只見夏侯楙在山上指揮三軍。趙雲投東則望東指，投西則望西指，因此趙雲不能突圍，乃引兵殺上山來。半山中擂木礮石打將下來，不能上山。趙雲從辰時殺至酉時，不得脫走，只得下馬少歇，且待月明再戰。卻纔卸甲而坐，月光方出，忽四下火光沖天，鼓聲大震，矢石如雨，魏兵殺到，皆叫曰：“趙雲早降！”雲急上馬迎敵。四面軍馬漸漸逼近，八方弩箭交射甚急，人馬皆不能向前。雲仰天歎曰：“吾不服老，死於此地矣！”忽東北角上喊聲大起，魏兵紛紛亂竄；一彪軍殺到，為首大將持丈八點鋼矛，馬項下挂一顆人頭。雲視之，乃張苞也。苞見了趙雲，言曰：“丞相恐老將軍有失，特遣某引軍五千兵接應。聞老將軍被困，故殺透重圍。正遇魏將薛則攔路，被某殺之。”雲大喜，即與張苞殺出西北角來。只見魏兵棄戈奔走；一彪軍從外吶喊殺入，為首大將提偃月青龍刀，手挽人頭。雲視之，乃關興也。興曰：“奉丞相之命，恐老將軍有失，特引五千兵前來接應。卻纔陣上逢着魏將董禧，被吾一刀斬之，梟首在此。丞相隨後便到也。”雲曰：“二將軍已建奇功，何不趁今日擒住夏侯楙，以定大事？”張苞聞言，遂引兵去了。興曰：“我也幹功去。”遂亦引兵去了。雲回顧左右曰：“他兩個是吾子姪輩，尚且爭先幹功；吾乃國家上將，朝廷舊臣，反不如此小兒耶？吾當捨老命以報先帝之恩！”於是引兵來捉夏侯楙。當夜三路兵夾攻，大破魏軍一陣。鄧芝引兵接應，殺得屍橫遍野，血流成河。夏侯楙乃無謀之人，更兼年幼，不曾經戰，見軍大亂，遂引帳下驍將百餘人，望南安郡而走。眾軍因見無主，盡皆逃竄。興、苞二將，聞夏侯楙望南安郡去了，連夜趕來。楙走入城中，緊閉城門，驅兵守禦。興、苞二人趕到，將城圍住；趙雲隨後也到：三面攻打。少時，鄧芝亦引兵到。一連圍了十日，攻打不下。忽報丞相留後軍住沔陽，左軍屯陽平，右軍屯石城，自引中軍來到。趙雲、鄧芝、關興、張苞皆來拜問孔明，說連日攻城不下。

孔明遂乘小車親到城邊周圍看了一遍，回寨升帳而坐。眾將環立聽令。孔明曰：“此郡壕深城峻，不易攻也。吾正事不在此城，汝等如只久攻，倘魏兵分道而出，以取漢中，吾軍危矣。”鄧芝曰：“夏侯楙乃魏之駙馬，若擒此人，勝斬百將。今困於此，豈可棄之而去？”

孔明曰：“吾自有計。此處西連天水郡，北抵安定郡，二處太守，不知何人？”探卒答曰：“天水太守馬遵，安定太守崔諒。”孔明大喜，乃喚魏延受計，如此如此；又喚關興、張苞受計，如此如此；又喚心腹軍士二人受計，如此行之。各將領命，引兵而去。孔明卻在南安城外，令軍運柴草堆於城下，口稱燒城。魏兵聞知，皆大笑不懼。

卻說安定太守崔諒，在城中聞蜀兵圍了南安，困住夏侯楙，十分慌懼，即點軍馬約共四千，守住城池。忽見一人自正南而來，口稱有機密事。崔諒喚入問之，答曰：“某是夏侯都督帳下心腹將裴緒。今奉都督將令，特來求救於天水、安定二郡。南安其急，每日城上縱火為號，專望二郡救兵，並不見到；因復差某殺出重圍，來此告急。可星夜起兵為外應。都督若見二郡兵到，卻開城門接應也。”諒曰：“有都督文書否？”緒貼肉取出，汗已濕透；略教一視，急令手下換了匹馬，便出城望天水而去。不二日，又有報馬到，告天水太守已起兵救援南安去了，教安定早早接應。崔諒與府官商議。多官曰：“若不去救，失了南安，送了夏侯駙馬，皆我兩郡之罪也。只得救之。”諒即點起人馬，離城而去，只留文官守城。崔諒提兵向南安大進發，遙望見火光沖天，催兵星夜前進。離南安尚有五十餘田，忽聞前後喊聲大震，哨馬報道：“前面關興截住去路，背後張苞殺到！”安定之兵，四下逃竄。諒大驚，乃領手下百餘人，往小路死戰得脫，奔回安定。方到城壕邊，城上亂箭射下來。蜀將魏延在城上叫曰：“吾已取了城也！何不早降？”原來魏延扮作安定軍，黃夜賺開城門，蜀兵盡入，因此得了安定。

崔諒慌投天水郡來。行不到一程，前面一彪軍擺開。大旗之下，一人綸巾羽扇，道袍鶴氅，端坐於車上。諒視之，乃孔明也，急撥回馬走。關興、張苞兩路兵追到，只叫："早降！"崔諒見四面皆是蜀兵，不得已遂降，同歸大寨。孔明以上賓相待。孔明曰："南安太守與足下交厚否？"諒曰："此人乃楊阜之族弟楊陵也，與某鄰郡，交契甚厚。"孔明曰："今欲煩足下入城，說楊陵擒夏侯楙，可乎？"諒曰："丞相若令某去，可暫退軍馬，容某入城說之。"孔明從其言，即時傳令，教四面軍馬各退二十里下寨。崔諒匹馬到城邊叫開城門，入到府中，與楊陵禮畢，細言其事。陵曰："我等受魏主大恩，安忍背之？可將計就計而行。"遂引崔諒到夏侯楙處，備細說知。楙曰："當用何計？"楊陵曰："只推某獻城門，賺蜀兵入，卻就城中殺之。"

　　崔諒依計而行，出城見孔明，說："楊陵獻城門，放大軍入城，以擒夏侯楙。楊陵本欲自捉，因手下勇士不多，未敢輕動。"孔明曰："此事至易。今有足下原降兵百餘人，於內暗藏蜀將扮作安定軍馬，帶入城去，先伏於夏侯楙府下；卻暗約楊陵，待半夜之時，獻開城門，裏應外合。"崔諒暗思："若不帶蜀將去，恐孔明生疑。且帶入去，就內先斬之，舉火為號，賺孔明入來殺之，可也。"因此應允。孔明囑曰："吾遣親信將關興、張苞隨足下先去，只推救軍殺入城中，以安夏侯楙之心；但舉火，吾當親入城去擒之。"時值黃昏，關興、張苞受了孔明密計，披掛上馬，各執兵器，雜在安定軍中，隨崔諒來到南安城下。楊陵在城上撐起懸空板，倚定護心欄，問曰："何處軍馬？"崔諒曰："安定救軍來到。"諒先射號箭上城，箭上帶着密書曰："今諸葛亮先遣二將，伏於城中，要裏應外合；且不可驚動，恐泄漏計策。待入府中圖之。"楊陵將書見了夏侯楙，細言其事。楙曰："既然諸葛亮中計，可教刀斧手百餘人，伏於府中。如二將隨崔太守到府下馬，閉門斬之；卻於城上舉火，賺諸葛亮入城。伏兵齊出，亮可擒矣。"安排已畢，楊陵回到城上言曰："既是安定軍馬，可放入城。"關興跟崔諒先行，張苞在後。楊陵下城，在門邊迎接。興手起刀落，斬楊陵於馬下。崔諒大驚，急撥馬走。到弔橋邊，張苞大喝曰：「賊子休走！汝等詭計，如何瞞得丞相耶！」手起一槍，刺崔諒於馬下。關興早到城上，舉起火來。四面蜀兵奔入。夏侯楙措手不及，開南門併力殺出。一彪軍攔住，為首大將，乃是王平；交馬只一合，生擒夏侯楙於馬上，餘皆殺死。

孔明入南安，招諭軍民，秋毫無犯。眾將各各獻功。孔明將夏侯楙囚於車中。鄧芝問曰：「丞相何故知崔諒詐也？」孔明曰：「吾已知此人無降心，故意使入城。彼必盡情告與夏侯楙，欲將計就計而行。吾見來情，足知其詐，復使二將同去，以穩其心。此人若有真心，必然阻當；彼忻然同去者，恐吾疑也。他意中度二將同去，賺入城內殺之未遲；又令吾軍有託，放心而進。吾已暗囑二將，就城門下圖之。城內必無準備，吾軍隨後便到。此出其不意也。」眾將拜服。孔明曰：「賺崔諒者，吾使心腹人詐作魏將裴緒也。吾又去賺天水郡，至今未到，不知何故。今可乘勢取之。」乃留吳懿守南安，劉琰守安定，替出魏延軍馬去取天水郡。


卻說天水郡太守馬遵，聽知夏侯楙困在南安城中，乃聚文武百官商議。功曹梁緒、主簿尹賞、主記梁虔等曰：「夏侯駙馬乃金枝玉葉，倘有疏虞，難逃坐視之罪。太守何不盡起本部兵以救之？」馬遵正疑慮間，忽然夏侯駙馬差心腹裴緒到。緒入府，取公文付馬遵，說：「都督求安定、天水兩郡之兵，星夜救應。」言訖，匆匆而去。次日又有報馬到，稱說：「安定兵已先去了，教太守火急前來會合。」馬遵正欲起兵，忽一人自外而入曰：「太守中諸葛亮之計矣！」眾視之，乃天水冀人也，姓姜名維，字伯約。父名冏，昔日曾為天水郡功曹，因羌人亂，沒於王事。維自幼博覽羣書，兵法武藝，無所不通；奉母至孝，郡人敬之；後為中郎將，就參本部軍事。當日姜維謂馬遵曰：“近聞諸葛亮殺敗夏侯楙，困於南安，水泄不通，安得有人自重圍之中而出？又且裴緒乃無名下將，從不曾見；況安定報馬，又無公文。以此察之，此人乃蜀將詐稱魏將。賺得太守出城，料城中無備，必然暗伏一軍於左近，乘虛而取天水也。”馬遵大悟曰：“非伯約之言，則誤中奸計矣！”維笑曰：“太守放心。某有一計，可擒諸葛亮，解南安之危。”正是：運籌又遇強中手，鬥智還逢意外人。未知其計如何，且看下文分解。

## 註　釋

1　膏粱子弟：富貴人家的子弟。

# 第九十三回

# 姜伯約歸降孔明
# 武鄉侯罵死王朗

　　卻說姜維獻計於馬遵曰："諸葛亮必伏兵於郡後，賺我兵出城，乘虛襲我。某願請精兵三千，伏於要路。太守隨後發兵出城，不可遠去，止行三十里便回；但看火起為號，前後夾攻，可獲大勝。如諸葛亮自來，必為某所擒矣。"遵用其計，付精兵與姜維去訖，然後自與梁虔引兵出城等候；只留梁緒、尹賞守城。原來孔明果遣趙雲引一軍埋伏於山僻之中，只待天水人馬離城，便乘虛襲之。當日細作回報趙雲，說天水太守馬遵，起兵出城，只留文官守城。趙雲大喜，又令人報與張翼、高翔，教於要路截殺馬遵。此二處兵亦是孔明預先埋伏。

　　卻說趙雲引五千兵，逕投天水郡城下，高叫曰："吾乃常山趙子龍也。汝知中計，早獻城池，免遭誅戮。"城上梁緒大笑曰："汝中吾姜伯約之計，尚然不知耶？"雲恰待攻城，忽然喊聲大震，四面火光沖天。當先一員少年將軍，挺槍躍馬而言曰："汝見天水姜伯約乎！"雲挺槍直取姜維。戰不數合，維精神倍長。雲大驚，暗忖曰："誰想此處有這般人物！"正戰時，兩路軍夾攻來，乃是馬遵、梁虔引軍殺回。趙雲首尾不能相顧，衝開條路，引敗兵奔走，姜維趕來。虧得張翼、高翔兩路軍殺出，接應回去。趙雲歸見孔明，說中了敵人之計。孔明驚問曰："此是何人，識吾玄機？"有南安人告曰："此人姓姜，名維，字伯約，天水冀人也；事母至孝，文武雙全，智勇足備，真當世之英傑也。"趙雲又誇獎姜維槍法，與他人大不同。孔明曰："吾今欲取天水，不想有此人。"遂起大軍前來。

卻說姜維回見馬遵曰："趙雲敗去，孔明必然自來。彼料我軍必在城中。今可將本部軍馬，分為四枝：某引一軍伏於城東，如彼兵到則截之。太守與梁虔、尹賞各引一軍城外埋伏。梁緒率百姓在城上守禦。"分撥已定。

卻說孔明因慮姜維，自為前部，望天水郡進發。將到城邊，孔明傳令曰："凡攻城池，以初到之日，激勵三軍，鼓譟直上。若遲延日久，銳氣盡墮，急難破矣。"於是大軍逕到城下。因見城上旗幟整齊，未敢輕攻。候至半夜，忽然四下火光沖天，喊聲震地，正不知何處兵來，只見城上亦鼓譟吶喊相應，蜀兵亂竄。孔明急上馬，有關興、張苞二將保護，殺出重圍。回頭看時，正東上馬軍，一帶火光，勢若長蛇。孔明令關興探視，回報曰："此姜維兵也。"孔明歎曰："兵不在多，在人之調遣耳，此人真將才也！"收兵歸寨，思之良久，乃喚安定人問曰："姜維之母，現在何處？"答曰："維母今居冀縣。"孔明喚魏延分付曰："汝可引一軍，虛張聲勢，詐取冀縣。若姜維到，可放入城。"又問："此地何處緊要？"安定人曰："天水錢糧，皆在上邽；若打破上邽，則糧道自絕矣。"孔明大喜，教趙雲引一軍去攻上邽。孔明離城三十里下寨。早有人報入天水郡，說蜀兵分為三路：

一軍守此郡，一軍取上邽，一軍取冀城。姜維聞之，哀告馬遵曰：“維母現在冀城，恐母有失。維乞一軍往救此城，兼保老母。”馬遵從之，遂令姜維引三千軍去保冀城；梁虔引三千軍去保上邽。

卻說姜維引兵至冀城，前面一彪軍擺開，為首蜀將，乃是魏延。二將交鋒數合，延詐敗奔走。維入城閉門，率兵守護，拜見老母，並不出戰。趙雲亦放過梁虔入上邽城去了。孔明乃令人去南安郡，取夏侯楙至帳下。孔明曰：“汝懼死乎？”楙慌拜伏乞命。孔明曰：“目今天水姜維現守冀州，使人持書來說：‘但得駙馬在，我願來降。’吾今饒汝性命，汝肯招安姜維否？”楙曰：“情願招安。”孔明乃與衣服鞍馬，不令人跟隨，放之自去。楙得脫出寨，欲尋路而走，奈不知路徑。正行之間，逢數人奔走。楙問之，答曰：“我等是冀縣百姓，今被姜維獻了城池，歸降諸葛亮，蜀將魏延縱火劫財，我等因此棄家而走，投上邽去也。”楙又問曰：“今守天水城是誰？”土人曰：“天水城中乃馬太守也。”楙聞之，縱馬望天水而行。又見百姓攜男抱女而來，所說皆同。楙至天水城下叫門，城上人認得是夏侯楙，慌忙開門迎接。馬遵驚拜問之。楙細言姜維之事，又將百姓所言說了。遵歎曰：“不想姜維反投蜀矣！”梁緒曰：“彼意欲救都督，故以此言虛降。”楙曰：“今維已降，何為虛也？”正躊躇間，時已初更，蜀兵又來攻城。火光中見姜維在城下挺槍勒馬，大叫曰：“請夏侯都督答話！”夏侯楙與馬遵等皆到城上，見姜維耀武揚威大叫曰：“我為都督而降，都督何背前言？”楙曰：“汝受魏恩，何故降蜀？有何前言耶？”維應曰：“汝寫書教我降蜀，何出此言？汝欲脫身，卻將我陷了！我今降蜀，加為上將，安有還魏之理？”言訖，驅兵打城，至曉方退。原來夜間假妝姜維者，乃孔明之計，令部卒形貌相似者，假扮姜維攻城，因火光之中，不辨真偽。

孔明卻引兵來攻冀城。城中糧少，軍食不敷。姜維在城上，見蜀軍大車小輛，搬運糧草，入魏延寨中去了。維引三千兵出城，逕來劫糧。蜀兵盡棄了糧車，尋路而走。姜維奪得糧草，欲要入城，忽然一彪軍攔住，為首蜀將張翼也。二將交鋒，戰不數合，王平引一軍又到，兩下夾攻。維力窮抵敵不住，奪路歸城；城上早插蜀兵旗號，原來已被魏延襲了。維殺條路奔天水城，手下尚有十餘騎；又遇張苞殺了一陣，維止剩得匹馬單槍，來到天水城下叫門。城上軍見是姜維，慌報馬遵。遵曰：「此是姜維來賺我城門也。」令城上亂箭射下。姜維回顧蜀兵至近，遂飛奔上邽城來。城上梁虔見了姜維，大罵曰：「反國之賊，安敢來賺我城池！吾已知汝降蜀矣！」遂亂箭射下。姜維不能分說，仰天長歎，兩眼淚流，撥馬望長安而走。行不數里，前至一派大樹茂林之處，一聲喊起，數千兵擁出：為首蜀將關興，截住去路。維人困馬乏，不能抵當，勒回馬便走。忽然一輛小車從山坡中轉出。其人頭戴綸巾，身披鶴氅，手搖羽扇，乃孔明也。孔明喚姜維曰：「伯約此時何尚不降？」維尋思良久，前有孔明，後有關興，又無去路，只得下馬投降。孔明慌忙下車而迎，執維手曰：「吾自出茅廬以來，遍求賢者，欲搏授平生之學，恨未得其人。今遇伯約，吾願足矣。」維大喜拜謝。

孔明遂同姜維回寨，升帳商議取天水、上邽之計。維曰：「天水城中尹賞、梁緒，與某至厚；當寫密書二封，射入城中，使其內亂，城可得矣。」孔明從之。姜維寫了二封密書，拴在箭上，縱馬直至城下，射入城中。小校拾得，呈與馬遵。遵大疑，與夏侯楙商議曰：「梁緒、尹賞與姜維結連，欲為內應，都督宜早決之。」楙曰：「可殺二人。」尹賞知此消息，乃謂梁緒曰：「不如納城降蜀，以圖進用。」是夜，夏侯楙數次使人請梁、尹二人說話。二人料知事急，遂披挂上馬，各執兵器，引本部軍大開城門，放蜀兵入。夏侯楙、馬遵驚慌，引數百人出西門，棄城投羌胡城而去。梁緒、尹賞迎接孔明入城。安民已畢，孔明問取上邽之計。梁緒曰：“此城乃某親弟梁虔守之，願招來降。”孔明大喜。緒當日到上邽喚梁虔出城來降。孔明重加賞勞，就令梁緒為天水太守，尹賞為冀城令，梁虔為上邽令。孔明分撥已畢，整兵進發。諸將問曰：“丞相何不去擒夏侯楙？”孔明曰：“吾放夏侯楙，如放一鴨耳。今得伯約，得一鳳也。”

孔明自得三城後，威聲大震，遠近州郡，望風歸降。孔明整頓軍馬，盡提漢中之兵，前出祁山，兵臨渭水之西。細作報入洛陽。

時魏主曹叡太和元年，升殿設朝。近臣奏曰：“夏侯駙馬已失三郡，逃竄羌中去了。今蜀兵已到祁山，前軍臨渭水之西，乞早發兵破敵。”叡大驚，乃問羣臣曰：“誰可為朕退蜀兵耶？”司徒王朗出班奏曰：“臣觀先帝每用大將軍曹真，所到必克；今陛下何不拜為大都督，以退蜀兵？”叡准奏，乃宣曹真曰：“先帝託孤與卿，今蜀兵入寇中原，卿安忍坐視乎？”真奏曰：“臣才疏智淺，不稱其職。”王朗曰：“將軍乃社稷之臣，不可固辭。老臣雖駑鈍，願隨將軍一往。”真又奏曰：“臣受大恩，安敢推辭？但乞一人為副將。”叡曰：“卿自舉之。”真乃保太原陽曲人姓郭，名淮，字伯濟，官封射亭侯，領雍州刺史。叡從之，遂拜曹真為大都督，賜節鉞；命郭淮為副都督，王朗為軍師。朗時年已七十六歲矣。選撥東西二京軍馬二十萬與曹真。真命宗弟曹遵為先鋒，又命盪寇將軍朱讚為副先鋒。當年十一月出師，魏主曹叡親自送出西門之外方回。

曹真領大軍來到長安，過渭河之西下寨。真與王朗、郭淮共議退兵之策。朗曰：“來日可嚴整隊伍，大展旌旗。老夫自出，只用一席話，管教諸葛亮拱手而降，蜀兵不戰自退。"真大喜，是夜傳令：來日四更造飯，平明務要隊伍整齊，人馬威儀，旌旗鼓角，各按次序。當時使人先下戰書。次日，兩軍相迎，列成陣勢於祁山之前。蜀軍見魏兵甚是雄壯，與夏侯楙大不相同。

　　三軍鼓角已罷，司徒王朗乘馬而出。上首乃都督曹真，下首乃副都督郭淮，兩個先鋒壓住陣角。探子馬出軍前，大叫曰："請對陣主將答話！"只見蜀兵門旗開處，關興、張苞，分左右而出，立馬於兩邊；次後一隊隊驍將分列；門旗影下，中央一輛四輪車，孔明端坐車中，綸巾羽扇，素衣皂縧，飄然而出。孔明舉目見魏陣前三個麾蓋，旗上大書姓名：中央白髯老者，乃軍師司徒王朗。孔明暗忖曰："王朗必下說詞，吾當隨機應之。"遂教推車出陣外，令護軍小校傳曰："漢丞相與司徒會話。"王朗縱馬而出。孔明於車上拱手，朗在馬上欠身答禮。朗曰："久聞公之大名，今幸一會。公既知天命、識時務，何故興無名之兵？"孔明曰："吾奉詔討賊，何謂無名？"朗曰："天數有變，神器[1]更易，而歸有德之人，此自然之理也。曩自桓、靈以來，黃巾倡亂，天下爭橫。降至初平、建安之歲，董卓造逆，催、汜繼虐；袁術僭號於壽春，袁紹稱雄於鄴上；劉表占據荊州，呂布虎吞徐郡：盜賊蜂起，奸雄鷹揚，社稷有累卵之危，生靈有倒懸之急。我太祖武皇帝，掃清六合，席捲八荒；萬姓傾心，四方迎德：非以權勢取之，實天命所歸也。世祖文帝，神文聖武，以膺大統，應天合人，法堯禪舜，處中國以治萬邦：豈非天心人意乎？今公蘊大才、抱大器，欲自比於管、樂，何乃強欲逆天理、背人情而行事耶？豈不聞古人云：'順天者昌，逆天者亡。'今我大魏帶甲百萬，良將千員。諒腐草之螢光，怎及天心之皓月？公可倒戈卸甲，以禮來降，不失封侯之位。國安民樂，豈不美哉！"

孔明在車上大笑曰："吾以為漢朝大老元臣，必有高論，豈期出此鄙言！吾有一言，諸軍靜聽：昔桓、靈之世，漢統陵替，宦官釀禍；國亂歲凶，四方擾攘。黃巾之後，董卓、傕、氾等接踵而起，遷劫漢帝，殘暴生靈。因廟堂之上，朽木為官；殿陛之間，禽獸食祿。狼心狗行之輩，滾滾當朝；奴顏婢膝之徒，紛紛秉政。以致社稷丘墟，蒼生塗炭。吾素知汝所行：世居東海之濱，初舉孝廉入仕，理合匡君輔國，安漢興劉；何期反助逆賊，同謀篡位！罪惡深重，天地不容！天下之人，願食汝肉！今幸天意不絕炎漢，昭烈皇帝繼統西川。吾今奉嗣君之旨，興師討賊。汝既為諂諛之臣，只可潛身縮首，苟圖衣食；安敢在行伍之前，妄稱天數耶！皓首匹夫！蒼髯老賊！汝即日將歸於九泉之下，何面目見二十四帝乎！老賊速退！可叫反臣與吾共決勝負！"

王朗聽罷，氣滿胸膛，大叫一聲，撞死於馬下。後人有詩讚孔明曰：

兵馬出西秦，雄才敵萬人。

輕搖三寸舌，罵死老奸臣。

孔明以扇指曹真曰："吾不逼汝。汝可整頓軍馬，來日決戰。"言訖回車。於是兩軍皆退。曹真將王朗屍首，用棺木盛貯，送回長安去了。副都督郭淮曰："諸葛亮料吾軍中治喪，今夜必來劫寨。可分兵四路：兩路兵從山僻小路，乘虛去劫蜀寨；兩路兵伏於本寨外，左右擊之。"曹真大喜曰："此計與吾相合。"遂傳令喚曹遵、朱讚兩個先鋒分付曰："汝二人各引一萬軍，抄出祁山之後。但見蜀兵望吾寨而來，汝可進兵去劫蜀寨。如蜀兵不動，便撤兵回，不可輕進。"二人受計，引兵而去。真謂淮曰："我兩個各引一枝軍，伏於寨外，寨中虛堆柴草，只留數人。如蜀兵到，放火為號。"諸將皆分左右，各自準備去了。

卻說孔明歸帳，先喚趙雲、魏延聽令。孔明曰："汝二人各引本部軍去劫魏寨。"魏延進曰："曹真深明兵法，必料我乘喪劫寨。他豈不隄防？"孔明笑曰："吾正欲曹真知吾去劫寨也。彼必伏兵在祁山之後，待我兵過去，卻來襲我寨；吾故令汝二人，引兵前去，過山腳後路，遠下營寨，任魏兵來劫吾寨。汝看火起為號，分兵兩路：文長拒住山口；子龍引兵殺回。必遇魏兵，卻放彼走回，汝乘勢攻之，彼必自相掩殺。可獲全勝。"二將引兵受計而去。又喚關興、張苞分付曰："汝二人各引一軍，伏於祁山要路；放過魏兵，卻從魏兵來路，殺奔魏寨而去。"二人引兵受計了。又令馬岱、王平、張翼、張嶷四將，伏於寨外，四面迎擊魏兵。孔明乃虛立寨柵，居中堆起柴草，以備火號；自引諸將退於寨後，以觀動靜。

卻說魏先鋒曹遵、朱讚黃昏離寨，迤邐前進。二更左側，遙望山前隱隱有軍行動。曹遵自思曰："郭都督真神機妙算！"遂催兵急進。到蜀寨時，將及三更。曹遵先殺入寨，卻是空寨，並無一人，料知中計，急撤軍回，寨中火起。朱讚兵到，自相掩殺，人馬大亂。曹遵與朱讚交馬，方知自相踐踏。急合兵時，忽四面喊聲大震，王平、馬岱、張嶷、張翼殺到。曹、朱二人引心腹軍百餘騎，望大路奔走。忽然鼓角齊鳴，一彪軍截住去路，為首大將乃常山趙子龍也，大叫曰："賊將那裏去！早早受死！"曹、朱二人奪路而走。忽喊聲又起，魏延又引一彪軍殺到。曹、朱二人大敗，奪路奔回本寨。守寨軍士，只道蜀兵來劫寨，慌忙放起號火。左邊曹真殺至，右邊郭淮殺至，自相掩殺。背後三路蜀兵殺到：中央魏延，左邊關興，右邊張苞，大殺一陣。魏兵敗走十餘里，魏將死者極多。孔明全獲大勝，方始收兵。曹真、郭淮收拾敗軍回寨，商議曰：“今魏兵勢孤，蜀兵勢大，將何策以退之？”淮曰：“勝負乃兵家常事，不足為憂。某有一計，使蜀兵首尾不能相顧，定然自走矣。”正是：可憐魏將難成事，欲向西方索救兵。未知其計如何，且看下文分解。

# 第九十四回

# 諸葛亮乘雪破羌兵
# 司馬懿剋日擒孟達

卻說郭淮謂曹真曰："西羌之人，自太祖時連年入貢，文皇帝亦有恩惠加之；我等今可據住險阻，遣人從小路直入羌中求救，許以和親，羌人必起兵襲蜀之後。吾卻以大兵擊之，首尾夾攻，豈不大勝？"真從之，即遣人星夜馳書赴羌。

卻說西羌國王徹里吉，自曹操時年年入貢；手下有一文一武：文乃雅丹丞相，武乃越吉元帥。時魏使齎金珠并書到國，先來見雅丹丞相；送了禮物，具言求救之意。雅丹引見國王，呈上書禮。徹里吉覽了書，與眾商議。雅丹曰："我與魏國素相往來，今曹都督求救，且許和親，理合依允。"徹里吉從其言，即命雅丹與越吉元帥起羌兵一十五萬，皆慣使弓弩、槍刀、蒺藜、飛鎚等器；又有戰車，用鐵葉裹釘，裝載糧食軍器什物：或用駱駝駕車，或用騾馬駕車，號為"鐵車兵"。二人辭了國王，領兵直扣西平關。守關蜀將韓禎，急差人齎文報知孔明。

孔明聞報，問眾將曰：“誰敢去退羌兵？”張苞、關興應曰：“某等願往。”孔明曰：“汝二人要去，奈路途不熟。”遂喚馬岱曰：“汝素知羌人之性，久居彼處，可作鄉導。”便起精兵五萬，與興、苞二人同往。興、苞等引兵而去。行有數日，早遇羌兵。關興先引百餘騎登山坡看時，只見羌兵把鐵車首尾相連，隨處結寨；車上遍排兵器，就似城池一般。興睹之良久，無破敵之策，回寨與張苞、馬岱商議。岱曰：“且待來日見陣，觀看虛實，另作計議。”次早，分兵三路：關興在中，張苞在左，馬岱在右，三路兵齊進。羌兵陣裏，越吉元帥手挽鐵鎚，腰懸寶雕弓，躍馬奮勇而出。關興招三路兵逕進。忽見羌兵分在兩邊，中央放出鐵車，如潮湧一般，弓弩一齊驟發。蜀兵大敗。馬岱、張苞兩軍先退；關興一軍，被羌兵一裹，直圍入西北角上去了。

　　興在垓心，左衝右突，不能得脫；鐵車密圍，就如城池。蜀兵你我不能相顧。興望山谷中尋路而走。看看天晚，但見一簇皂旗，蠭擁而來；一員羌將，手提鐵鎚大叫曰：“小將休走！吾乃越吉元帥也！”關興急走到前面，儘力縱馬加鞭，正遇斷澗，只得回馬來戰越吉。興終是膽寒，抵敵不住，望澗中而逃，被越吉趕到，一鐵鎚打來，興急閃過，正中馬胯。那馬望澗中便倒，興落於水中。忽聽得一聲響處，背後越吉連人帶馬，平白地倒下水來。興就水中掙起看時，只見岸上一員大將，殺退羌兵。興提刀待砍越吉，吉躍水而走。關興得了越吉馬，牽到岸上，整頓鞍轡，綽刀上馬。只見那員將，尚在前面追殺羌兵。興自思此人救我性命，當與相見，遂拍馬趕來。看看至近，只見雲霧之中，隱隱有一大將，面如重棗，眉若臥蠶，綠袍金鎧，提青龍刀，騎赤兔馬，手綽美髯，分明認得是父親關公。興大驚。忽見關公以手望東南指曰：“吾兒可速望此路去，吾當護汝歸寨。”言訖不見。關興望東南急走。至半夜，忽一彪軍到，乃張苞也，問興曰：“你曾見二伯父否？”興曰：“你何由知之？”苞曰：“我被鐵車軍追急，忽見伯父自空而下，驚退羌兵，指曰：‘汝從這條路去救吾兒。’因此引軍逕來尋你。”關興亦説前事，共相嗟異。二人同歸寨內。馬岱接着，對二人説：“此軍無計可退。我守住寨柵，你二人去稟丞相，用計破之。”於是興、苞二人，星夜來見孔明，備説此事。

　　孔明隨命趙雲、魏延各引一軍埋伏去訖；然後點三萬軍，帶了姜維、張翼、關興、張苞，親自來到馬岱寨中歇定。次日上高阜處觀看，見鐵車連絡不絕，人馬縱橫，往來馳驟。孔明曰：“此不難破也。”喚馬岱、張翼分付如此如此。二人去了，乃喚姜維曰：“伯約知破車之法否？”維曰：“羌人惟恃一勇力，豈知妙計乎？”孔明笑曰：“汝知吾心也。今彤雲密布、朔風緊急，天將降雪，吾計可施矣。”便令關興、張苞二人引兵埋伏去訖；令姜維領兵出戰：但有鐵車兵來，退後便走；寨口虛立旌旗，不設軍馬。準備已定。

　　是時十二月終，果然天降大雪。姜維引軍出，越吉引鐵車兵來。姜維即退走。羌兵趕到寨前，姜維從寨後而去。羌兵直到寨外觀看，聽得寨內鼓琴之聲，四壁皆空豎旌旗，急回報越吉。越吉心疑，未敢輕進。雅丹丞相曰：“此諸葛亮詭計，虛設疑兵耳。可以攻之。”越吉引兵至寨前，但見孔明攜琴上車，引數騎入寨，望後而走。羌兵搶入寨柵，直趕過山口，見小車隱隱轉入林中去了。雅丹謂越吉曰：“這等兵雖有埋伏，不足為懼。”遂引大兵追趕。又見姜維兵俱在雪地之中奔走。越吉大怒，催兵急追。山路被雪漫蓋，一望平坦。正趕之間，忽報蜀兵自山後而出。雅丹曰：“縱有些小伏兵，何足懼哉！”只顧催趲兵馬，往前進發。忽然一聲響，如山崩地陷，羌兵俱落於坑塹之中；背後鐵車正行得緊溜，急難收止，併擁而來，自相踐踏。後兵急要回時，左邊關興，右邊張苞，兩軍衝出，萬弩齊發；背後姜維、馬岱、張翼三路兵又殺到。鐵車兵大亂。越吉元帥望後面山谷間而逃，正逢關興；交馬只一合，被興舉刀大喝一聲，砍死於馬下。雅丹丞相早被馬岱活捉，解投大寨來。羌兵四散逃竄。孔明升帳，馬岱押過雅丹來。孔明叱武士去其縛，賜酒壓驚，用好言撫慰。雅丹深感其德。孔明曰：“吾主乃大漢皇帝，今命吾討賊，爾如何反助逆？吾今放汝回去，說與汝主：吾國與爾乃鄰邦，永結盟好，勿聽反賊之言。”遂將所獲羌兵及車馬器械，盡給還雅丹，俱放回國。眾皆拜謝而去。孔明引三軍連夜投祁山大寨而來，命關興、張苞引軍先行；一面差人齎表奏報捷音。

卻說曹真連日望羌人消息，忽有伏路軍來報說：“蜀兵拔寨收拾起程。”郭淮大喜曰：“此因羌兵攻擊，故爾退去。”遂分兩路追趕。前面蜀兵亂走，魏兵隨後追趕。先鋒曹遵正趕之間，忽然鼓聲大震，一彪軍閃出，為首大將乃魏延也，大叫：“反賊休走！”曹遵大驚，拍馬交鋒；不三合，被魏延一刀斬於馬下。副先鋒朱讚引兵追趕，忽然一彪軍閃出，為首大將乃趙雲也。朱讚措手不及，被雲一槍刺死。曹真、郭淮見兩路先鋒有失，欲收兵回；背後喊聲大震，鼓角齊鳴，關興、張苞兩路兵殺出，圍了曹真、郭淮，痛殺一陣。曹、郭二人，引敗兵衝路走脫。蜀兵全勝，直追到渭水，奪了魏寨。曹真折了兩個先鋒，哀傷不已；只得寫本申朝，乞撥援兵。

卻說魏主曹叡設朝，近臣奏曰：“大都督曹真，數敗於蜀，折了兩個先鋒，羌兵又折了無數，其勢甚急。今上表求救，請陛下裁處。”叡大驚，急問退軍之策。華歆奏曰：“須是陛下御駕親征，大會諸侯，人皆用命，方可退也。不然，長安有失，關中危矣。”太傅鍾繇奏曰：“凡為將者，知過於人，則能制人。孫子云：‘知彼知己，百戰百勝。’

臣量曹真雖久用兵，非諸葛亮對手。臣以全家良賤保舉一人，可退蜀兵。未知聖意准否？"叡曰："卿乃大老元臣；有何賢士，可退蜀兵，早召來與朕分憂。"鍾繇奏曰："向者，諸葛亮欲興師犯境，但懼此人，故散流言，使陛下疑而去之，方敢長驅大進。今若復用之，則亮自退矣。"叡問何人。繇曰："驃騎大將軍司馬懿也。"叡歎曰："此事朕亦悔之。今仲達現在何地？"繇曰："近聞仲達在宛城閒住。"叡即降詔，遣使持節，復司馬懿官職，加為平西都督，就起南陽諸路軍馬，前赴長安。叡御駕親征，令司馬懿剋日到彼聚會。使命星夜到宛城去了。

卻說孔明自出師以來，累獲全勝，心中甚喜；正在祁山寨中，會聚議事，忽報鎮守永安宮李嚴令子李豐來見。孔明只道東吳犯境，心甚驚疑，喚入帳中問之。豐曰："特來報喜。"孔明曰："有何喜？"豐曰："昔日孟達降魏，乃不得已也。彼時曹丕愛其才，時以駿馬金珠賜之，曾同輦出入，封為散騎常侍，領新城太守，鎮守上庸、金城等處，委以西南之任。自丕死後，曹叡即位，朝中多人嫉妒，孟達日夜不安，常謂諸將曰：'我本蜀將，勢逼於此。'今累差心腹人，持書來見家父，教早晚代稟丞相：前者五路下川之時，曾有此意；今在新城，聽知丞相伐魏，欲起金城、新城、上庸三處軍馬，就彼舉事，逕取洛陽；丞相取長安，兩京大定矣。今某引來人并累次書信呈上。"孔明大喜，厚賞李豐等。忽細作人報說："魏主曹叡，一面駕幸長安；一面詔司馬懿復職，加為平西都督，起本處之兵，於長安聚會。"孔明大驚。參軍馬謖曰："量曹叡何足道！若來長安，可就而擒之。丞相何故驚訝？"孔明曰："吾豈懼曹叡耶？所患者惟司馬懿一人而已。今孟達欲舉大事，若遇司馬懿，事必敗矣。達非司馬懿對手，必被所擒。孟達若死，中原不易得也。"馬謖曰："何不急修書，令孟達隄防？"孔明從之，即修書令來人星夜回報孟達。

卻說孟達在新城，專望心腹人回報。一日，心腹人到來，將孔明回書呈上。孟達拆封視之。書略曰：

> 近得書，足知公忠義之心，不忘故舊，吾甚喜慰。若成大事，則公漢朝中興第一功臣也。然極宜謹密，不可輕易託人。慎之！戒之！近聞曹叡復詔司馬懿起宛、洛之兵，若聞公舉事，必先至矣。須萬全隄備，勿視為等閒也。

孟達覽畢，笑曰："人言孔明心多，今觀此事可知矣。"乃具回書，令心腹人來答孔明。孔明喚入帳中。其人呈上回書。孔明拆封視之。書曰：

> 適承鈞教，安敢少怠？竊謂司馬懿之事，不必懼也：宛城離洛陽約八百里，至新城一千二百里。若司馬懿聞達舉事，須表奏魏主，往復一月間事，達城池已固，諸將與三軍皆在深險之地。司馬懿即來，達何懼哉？丞相寬懷，惟聽捷報。

孔明看畢，擲書於地而頓足曰："孟達必死於司馬懿之手矣！"馬謖問曰："丞相何謂也？"孔明曰："兵法云：'攻其不備，出其不意。'豈容料在一月之期？曹叡既委任司馬懿，逢寇即除，何待奏聞？若知孟達反，不須十日，兵必到矣，安能措手耶？"眾將皆服。孔明急令來人回報曰："若未舉事，切莫教同事者知之，知則必敗。"其人拜辭，歸新城去了。

卻說司馬懿在宛城閒住，聞知魏兵累敗於蜀，乃仰天長歎。懿長子司馬師，字子元；次子司馬昭，字子尚；二人素有大志，通曉兵書。當日侍立於側，見懿長歎，乃問曰："父親何為長歎？"懿曰："汝輩豈知大事耶？"司馬師曰："莫非歎魏主不用乎？"司馬昭笑曰："早晚必來宣召父親也。"言未已，忽報天使持節至。懿聽詔畢，遂調宛城諸路軍馬。忽又報金城太守申儀家人，有機密事求見。懿喚入密室問之。其人細說孟達欲反之事。更有孟達心腹人李輔并達外甥鄧賢，隨狀出首。司馬懿聽畢，以手加額曰："此乃皇上齊天之洪福也！諸葛亮兵在祁山，殺得內外人皆膽落；今天子不得已而幸長安，若旦夕不用吾時，孟達一舉，兩京休矣！此賊必通謀諸葛亮；吾先破之，諸葛亮定然心寒，自退兵也。"長子司馬師曰："父親可急寫表申奏天子。"懿曰："若等聖旨，往復一月之間，事無及矣。"即傳令教人馬起程，一日要行兩日之路，如遲立斬；一面令參軍梁畿齎檄星夜去新城，教孟達等準備進征，使其不疑。梁畿先行，懿在後發兵。行了二日，山坡下轉出一軍，乃是右將軍徐晃。晃下馬見懿，說："天子駕到長安，親拒蜀兵，今都督何往？"懿低言曰："今孟達造反，吾去擒之耳。"晃曰："某願為先鋒。"懿大喜，合兵一處。徐晃為前部，懿在中軍，二子押後。又行了二日，前軍哨馬捉住孟達心腹人，搜出孔明回書，來見司馬懿。懿曰："吾不殺汝。汝從頭細說。"其人只得將孔明、孟達往復之事，一一告說。懿看了孔明回書，大驚曰："世間能者所見皆同。吾機先被孔明識破。幸得天子有福，獲此消息。孟達今無能為矣。"遂星夜催軍前行。

卻說孟達在新城，約下金城太守申儀、上庸太守申耽，尅日舉事。耽、儀二人佯許之，每日調練軍馬，只待魏兵到，便為內應；卻報孟達說軍器糧草，俱未完備，不敢約期起事。達信之不疑。忽報參軍梁畿來到，孟達迎入城中。畿傳司馬懿將令曰："司馬都督今奉天子詔，起諸路軍以退蜀兵。太守可集本部軍馬聽候調遣。”達問曰：“都督何日起程？”畿曰：“此時約離宛城，望長安去了。”達暗喜曰：“吾大事成矣！”遂設宴待了梁畿，送出城外，即報申耽、申儀知道，明日舉事，換上大漢旗號，發諸路軍馬，逕取洛陽。忽報城外塵土沖天，不知何處兵來。孟達登城視之，只見一彪軍，打着“右將軍徐晃”旗號，飛奔城下。達大驚，急扯起弔橋。徐晃坐下馬收拾不住，直來到壕邊，高叫曰：“反賊孟達，早早受降！”達大怒，急開弓射之，正中徐晃頭額，魏將救去。城上亂箭射下，魏兵方退。孟達恰待開門追趕，四面旌旗蔽日，司馬懿兵到。達仰天長歎曰：“果不出孔明所料也！”於是閉門堅守。

卻說徐晃被孟達射中頭額，眾軍救到寨中，取了箭頭，令醫調治；當晚身死，時年五十九歲。司馬懿令人扶柩還洛陽安葬。次日，孟達登城遍視，只見魏兵四面圍得鐵桶相似。達行坐不安，驚疑未定，忽見兩路兵自外殺來，旗上大書“申耽”、“申儀”。孟達只道是救軍到，忙引本部兵大開城門殺出。耽、儀大叫曰：“反賊休走！早早受死！”達見事變，撥馬望城中便走，城上亂箭射下。李輔、鄧賢二人在城上大罵曰：“吾等已獻了城也！”達奪路而走，申耽趕來。達人困馬乏，措手不及，被申耽一槍刺於馬下，梟其首級。餘軍皆降。李輔、鄧賢大開城門，迎接司馬懿入城。撫民勞軍已畢，遂遣人奏知魏主曹叡。叡大喜，教將孟達首級去洛陽城市示眾；加申耽、申儀官職，就隨司馬懿征進；命李輔、鄧賢守新城、上庸。

卻說司馬懿引兵到長安城外下寨。懿入城來見魏主。叡大喜曰：“朕一時不明，誤中反間之計，悔之無及！今達造反，非卿等制之，兩京休矣。”懿奏曰：“臣聞申儀密告反情，意欲表奏陛下，恐往復遲滯，故不待聖旨，星夜而去。若待奏聞，則中諸葛亮之計也。”言罷，將孔明回孟達密書奉上。叡看畢，大喜曰："卿之學識，過於孫、吳矣！"賜金鉞斧一對，後遇機密重事，不必奏聞，便宜行事。就令司馬懿出關破蜀。懿奏曰："臣舉一大將，可為先鋒。"叡曰："卿舉何人？"懿曰："右將軍張郃，可當此任。"叡笑曰："朕正欲用之。"遂命張郃為前部先鋒，隨司馬懿離長安來破蜀兵。正是：既有謀臣能用智，又求猛將助施威。未知勝負如何，且看下文分解。

# 第九十五回

# 馬謖拒諫失街亭
# 武侯彈琴退仲達

　　卻說魏主曹叡令張郃為先鋒，與司馬懿一同征進；一面令辛毗、孫禮二人領兵五萬，往助曹真。二人奉詔而去。且說司馬懿引二十萬軍，出關下寨，請先鋒張郃至帳下曰："諸葛亮生平謹慎，未敢造次行事。若吾用兵，先從子午谷逕取長安，早得多時矣。他非無謀，但恐有失，不肯弄險。今必出軍斜谷，來取郿城。若取郿城，必分兵兩路，一軍取箕谷矣。吾已發檄文，令子丹拒守郿城，若兵來不可出戰；令孫禮、辛毗截住箕谷道口，若兵來則出奇兵擊之。"郃曰："今將軍當於何處進兵？"懿曰："吾素知秦嶺之西，有一條路，地名街亭；傍有一城，名列柳城，此二處皆是漢中咽喉。諸葛亮欺子丹無備，定從此進。吾與汝逕取街亭，望陽平關不遠矣。亮若知吾斷其街亭要路，絕其糧道，則隴西一境，不能安守，必然連夜奔回漢中去也。彼若回動，吾提兵於小路擊之，可得全勝；若不歸時，吾卻將諸處小路，盡皆壘斷，俱以兵守之。一月無糧，蜀兵皆餓死，亮必被吾擒矣。"張郃大悟，拜伏於地曰："都督神算也！"懿曰："雖然如此，諸葛亮不比孟達。將軍為先鋒，不可輕進。當傳與諸將：循山西路，遠遠哨探。如無伏兵，方可前進。若是怠忽，必中諸葛亮之計。"張郃受計引軍而行。

卻說孔明在祁山寨中，忽報新城探細人來到。孔明急喚入問之。細作告曰："司馬懿倍道而行，八日已到新城，孟達措手不及；又被申耽、申儀、李輔、鄧賢為內應：孟達被亂軍所殺。今司馬懿撤兵到長安，見了魏主，同張郃引兵出關，來拒我師也。"孔明大驚曰："孟達作事不密，死固當然。今司馬懿出關，必取街亭，斷吾咽喉之路。"便問："誰敢引兵去守街亭？"言未畢，參軍馬謖曰："某願往。"孔明曰："街亭雖小，干係甚重，倘街亭有失，吾大軍皆休矣。汝雖深通謀略，此地奈無城郭，又無險阻，守之極難。"謖曰："某自幼熟讀兵書，頗知兵法。豈一街亭不能守耶？"孔明曰："司馬懿非等閒之輩；更有先鋒張郃，乃魏之名將，恐汝不能敵之。"謖曰："休道司馬懿、張郃，便是曹叡親來，有何懼哉！若有差失，乞斬全家。"孔明曰："軍中無戲言。"謖曰："願立軍令狀。"孔明從之。謖遂寫了軍令狀呈上。孔明曰："吾與汝二萬五千精兵，再撥一員上將，相助你去。"即喚王平分付曰："吾素知汝平生謹慎，故特以此重任相託。汝可小心謹守此地，下寨必當要道之處，使賊兵急切不能偷過。安營既畢，便畫四至八道地理形狀圖本來我看。凡事商議停當而行，不可輕易。如所守無危，則是取長安第一功也。戒之！戒之！"二人拜辭引兵而去。

孔明尋思，恐二人有失，又喚高翔曰："街亭東北上有一城，名列柳城，乃山僻小路，此可以屯兵紮寨。與汝一萬兵，去此城屯紮。但街亭危，可引兵救之。"高翔引兵而去。孔明又思：高翔非張郃對手，必得一員大將，屯兵於街亭之右，方可防之，遂喚魏延引本部兵去街亭之後屯紮。延曰：「某為前部，理合當先破敵，何故置某於安閒之地？」孔明曰：「前鋒破敵，乃偏裨之事耳。今令汝接應街亭，當陽平關衝要道路，總守漢中咽喉，此乃大任也。何為安閒乎？汝勿以等閒視之，失吾大事。切宜小心在意！」魏延大喜，引兵而去。孔明恰纔心安，乃喚趙雲、鄧芝分付曰：「今司馬懿出兵，與往日不同。汝二人各引一軍出箕谷，以為疑兵。如逢魏兵，或戰、或不戰，以驚其心。吾自統大軍，由斜谷逕取郿城：若得郿城，長安可破矣。」二人受命而去。孔明令姜維作先鋒，兵出斜谷。

　　卻說馬謖、王平二人兵到街亭，看了地勢。馬謖笑曰：「丞相何故多心也？量此山僻之處，魏兵如何敢來！」王平曰：「雖然魏兵不敢來，可就此五路總口下寨；卻令軍士伐木為柵，以圖久計。」謖曰：「當道豈是下寨之地？此處側邊一山，四面皆不相連，且樹木極廣，此乃天賜之險也。可就山上屯軍。」平曰：「參軍差矣。若屯兵當道，築起城垣，賊兵總有十萬，不能偷過；今若棄此要路，屯兵於山上，倘魏兵驟至，四面圍定，將何策保之？」謖大笑曰：「汝真女子之見！兵法云：『憑高視下，勢如破竹。』若魏兵到來，吾教他片甲不回！」平曰：「吾累隨丞相經陣，每到之處，丞相盡意指教。今觀此山，乃絕地也。若魏兵斷我汲水之道，軍士不戰自亂矣。」謖曰：「汝莫亂道！孫子云：『置之死地而後生。』若魏兵絕我汲水之道，蜀兵豈不死戰？以一可當百也。吾素讀兵書，丞相諸事尚問於我，汝奈何相阻耶？」平曰：「若參軍欲在山上下寨，可分兵與我，自於山西下一小寨，為掎角之勢。倘魏兵至，可以相應。」馬謖不從。忽然山中居民，成羣結隊，飛奔而來，報說魏兵已到。王平欲辭去。馬謖曰：「汝既不聽吾令，與汝五千兵自去下寨。待吾破了魏兵，到丞相面前須分不得功！」王平引兵離山十里下寨，畫成圖本，星夜差人去稟孔明，具說馬謖自於山上下寨。

卻說司馬懿在城中，令次子司馬昭去探前路：若街亭有兵守禦，即當按兵不行。司馬昭奉令探了一遍，回見父曰：「街亭有兵守把。」懿歎曰：「諸葛亮真乃神人，吾不如也！」昭笑曰：「父親何故自墮志氣耶？男料街亭易取。」懿問曰：「汝安敢出此大言？」昭曰：「男親自哨見，當道並無寨柵，軍皆屯於山上，故知可破也。」懿大喜曰：「若兵果在山上，乃天使吾成功矣！」遂更換衣服，引百餘騎親自來看。是夜天晴月朗，直至山下，周圍巡哨了一遍，方回。馬謖在山上見之，大笑曰：「彼若有命，不來圍山。」傳令與諸將：「倘兵來，只見山頂上紅旗招動，即四面皆下。」

卻說司馬懿回到寨中，使人打聽是何將引兵守街亭。回報曰：「乃馬良之弟馬謖也。」懿笑曰：「徒有虛名，乃庸才耳！孔明用如此人物，如何不誤事！」又問：「街亭左右別有軍否？」探馬報曰：「離山十里有王平安營。」懿乃命張郃引一軍，當住王平來路。又令申耽、申儀引兩路兵圍山，先斷了汲水道路；待蜀兵自亂，然後乘勢擊之。當夜調度已定。次日天明，張郃引兵先往背後去了。司馬懿大驅軍馬，一擁而進，把山四面圍定。馬謖在山上看時，只見魏兵漫山遍野，旌旗隊伍，甚是嚴整。蜀兵見之，盡皆喪膽，不敢下山。馬謖將紅旗招動，軍將你我相推，無一人敢動。謖大怒，自殺二將。眾軍驚懼，只得努力下山來衝魏兵；魏兵端然不動，蜀兵又退上山去。馬謖見事不諧，教軍緊守寨門，只等外應。

卻說王平見魏兵到，引軍殺來，正遇張郃；戰有數十餘合，平力窮勢孤，只得退去。魏兵自辰時困至戌時，山上無水，軍不得食，寨中大亂。嚷到半夜時分，山南蜀兵大開寨門，下山降魏。馬謖禁止不住。司馬懿又令人於沿山放火，山上蜀兵愈亂。馬謖料守不住，只得驅殘兵殺下山西逃奔。司馬懿放條大路，讓過馬謖。背後張郃引兵趕來。趕到三十餘里，前面鼓角齊鳴，一彪軍出，放過馬謖，攔住張郃；視之，乃魏延也，揮刀縱馬，直取張郃。郃回軍便走。延驅兵趕來，復奪街亭。趕到五十餘里，一聲喊起，兩邊伏兵齊出：左邊司馬懿，右邊司馬昭，卻抄在魏延背後，把延困在垓心。張郃復來，三路兵合在一處。魏延左衝右突，不得脫身，折兵大半。正危急間，忽一彪軍殺入，乃王平也。延大喜曰：“吾得生矣！”二將合兵一處，大殺一陣，魏兵方退。二將慌忙奔回寨時，營中皆是魏兵旌旗。申耽、申儀從營中殺出。王平、魏延逕奔列柳城，來投高翔。此時高翔聞知街亭有失，盡起列柳城之兵，前來救應，正遇延、平二人，訴說前事。高翔曰：“不如今晚去劫魏寨，再復街亭。”當時三人在山坡下商議已定。待天色將晚，兵分三路。魏延引兵先進，逕到街亭，不見一人，心中大疑，未敢輕進，且伏在路口等候。忽見高翔兵到，二人共說魏兵不知在何處。正沒理會，又不見王平兵到。忽然一聲礮響，火光沖天，鼓聲震地：魏兵齊出，把魏延、高翔圍在垓心。二人往來衝突，不得脫身。忽聽得山坡後喊聲若雷，一彪軍殺入，乃是王平，救了高、魏二人，逕奔列柳城來。比及奔到城下時，城邊早有一軍殺到，旗上大書“魏都督郭淮”字樣。原來郭淮與曹真商議，恐司馬懿得了全功，乃分淮來取街亭；聞知司馬懿、張郃成了此功，遂引兵逕襲列柳城。正遇三將，大殺一陣。蜀兵傷者極多。魏延恐陽平關有失，慌與王平、高翔望陽平關來。

卻說郭淮收了軍馬，乃謂左右曰：“吾雖不得街亭，卻取了列柳城，亦是大功。”引兵逕到城下叫門，只見城上一聲礮響，旗幟皆豎，當頭一面大旗，上書“平西都督司馬懿”。懿撐起懸空板，倚定護心木欄干，大笑曰："郭伯濟來何遲也？"淮大驚曰："仲達神機，吾不及也！"遂入城。相見已畢，懿曰："今街亭已失，諸葛亮必走。公可速與子丹星夜追之。"郭淮從其言，出城而去。懿喚張郃曰："子丹、伯濟恐吾全獲大功，故來取此城池。吾非獨欲成功，乃僥倖而已。吾料魏延、王平、馬謖、高翔等輩，必先去據陽平關。吾若去取此關，諸葛亮必隨後掩殺，中其計矣。兵法云：'歸師勿掩，窮寇莫追。'汝可從小路抄箕谷退兵。吾自引兵當斜谷之兵。若彼敗走，不可相拒，只宜中途截住，蜀兵輜重，可盡得也。"張郃受計，引兵一半去了。懿下令："竟取斜谷，由西城而進。西城雖山僻小縣，乃蜀兵屯糧之所，又南安、天水、安定三郡總路。若得此城，三郡可復矣。"於是司馬懿留申耽、申儀守列柳城，自領大軍望斜谷進發。

卻說孔明自令馬謖等守街亭去後，猶豫不定。忽報王平使人送圖本至。孔明喚入，左右呈上圖本。孔明就文几上拆開視之，拍案大驚曰："馬謖無知，坑陷吾軍矣！"左右問曰："丞相何故失驚？"孔明曰："吾觀此圖本，失卻要路，占山為寨。倘魏兵大至，四面圍合，斷汲水道路，不須二日，軍自亂矣。若街亭有失，吾等安歸？"長史楊儀進曰："某雖不才，願替馬幼常回。"孔明將安營之法，一一分付與楊儀。正待要行，忽報馬到來，說："街亭、列柳城，盡皆失了！"孔明跌足長歎曰："大事去矣！此吾之過也！"急喚關興、張苞分付曰："汝二人各引三千精兵，投武功山小路而行。如遇魏兵，不可大擊，只鼓譟吶喊，為疑兵驚之。彼當自走，亦不可追。待軍退盡，便投陽平關去。"又令張翼先引軍去修理劍閣，以備歸路。又密傳號令，教大軍暗暗收拾行裝，以備起程。又令馬岱、姜維斷後，先伏於山谷中，待諸軍退盡，方始收兵。又差心腹人，分路報與天水、南安、安定三郡官吏軍民，皆入漢中。又遣心腹人到冀縣搬取姜維老母，送入漢中。

孔明分撥已定，先引五千兵去西城縣搬運糧草。忽然十餘次飛馬報到，說司馬懿引大軍十五萬，望西城蜂擁而來。時孔明身邊並無大將，只有一班文官，所引五千軍，已分一半先運糧草去了，只剩二千五百軍在城中。眾官聽得這個消息，盡皆失色。孔明登城望之，果然塵土沖天，魏兵分兩路望西城縣殺來。孔明傳令，教將旌旗盡皆藏匿；諸將各守城鋪[1]，如有妄行出入，及高聲言語者，立斬；大開四門，每一門上用二十軍士，扮作百姓，灑掃街道，如魏兵到時，不可擅動，吾自有計。孔明乃披鶴氅，戴綸巾，引二小童攜琴一張，於城上敵樓前，憑欄而坐，焚香操琴。

卻說司馬懿前軍哨到城下，見了如此模樣，皆不敢進，急報與司馬懿。懿笑而不信，遂止住三軍，自飛馬遠遠望之。果見孔明坐於城樓之上，笑容可掬，焚香操琴。左有一童子，手捧寶劍；右有一童子，手執塵尾。城門內外，有二十餘百姓，低頭灑掃，旁若無人。懿看畢大疑，便到中軍，教後軍作前軍，前軍作後軍，望北山路而退。次子司馬昭曰："莫非諸葛亮無軍，故作此態？父親何故便退兵？"懿曰："亮平生謹慎，不曾弄險。今大開城門，必有埋伏。我兵若進，中其計也。汝輩豈知？宜速退。"於是兩路兵盡皆退去。孔明見魏軍遠去，撫掌而笑。眾官無不駭然。乃問孔明曰："司馬懿乃魏之名將，今統十五萬精兵到此，見了丞相，便速退去，何也？"孔明曰："此人料吾生平謹慎，必不弄險，見如此模樣，疑有伏兵，所以退去。吾非行險，蓋因不得已而用之。此人必引軍投山北小路去也。吾已令興、苞二人在彼等候。"眾皆驚服曰："丞相之機，神鬼莫測。若某等之見，必棄城而走矣。"孔明曰："吾兵止有二千五百，若棄城而走，必不能遠遁。

得不為司馬懿所擒乎？"後人有詩讚曰：

> 瑤琴三尺勝雄師，諸葛西城退敵時。
> 十五萬人回馬處，土人指點到今疑。

言訖，拍手大笑曰："吾若為司馬懿，必不便退也。"遂下令，教西城百姓，隨軍入漢中；司馬懿必將復來。於是孔明離西城望漢中而走。天水、安定、南安三郡官吏軍民，陸續而來。

卻說司馬懿望武功山小路而走。忽然山坡後喊殺連天，鼓聲震地。懿回顧二子曰："吾若不走，必中諸葛亮之計矣。"只見大路上一軍殺來，旗上大書"右護衛使虎翼將軍張苞"。魏兵皆棄甲拋戈而走。行不到一程，山谷中喊聲震地，鼓角喧天，前面一杆大旗，上書"左護衛使龍驤將軍關興"。山谷應聲，不知蜀兵多少；更兼魏軍心疑，不敢久停，只得盡棄輜重而去。興、苞二人皆遵將令，不敢追襲，多得軍器糧草而歸。司馬懿見山谷中皆是蜀兵，不敢出大路，遂回街亭。此時曹真聽知孔明退兵，急引兵追趕。山背後一聲礮響，蜀兵漫山遍野而來，為首大將，乃是姜維、馬岱。真大驚，急退軍時，先鋒陳造已被馬岱所斬。真引兵鼠竄而還，蜀兵連夜皆奔回漢中。

卻說趙雲、鄧芝伏兵於箕谷道中。聞孔明傳令回軍，雲謂芝曰："魏軍知吾兵退。必然來追。吾先引一軍伏於其後，公卻引兵打吾旗號，徐徐而退。吾一步步自有護送也。"

卻說郭淮提兵再回箕谷道中，喚先鋒蘇顒分付曰："蜀將趙雲，英勇無敵，汝可小心隄防。彼軍若退，必有計也。"蘇顒欣然曰："都督若肯接應，某當生擒趙雲。"遂引前部三千兵，奔入箕谷。看看趕上蜀兵，只見山坡後閃出紅旗白字，上書"趙雲"。蘇顒急收兵退走。

行不到數里，喊聲大震，一彪軍撞出；為首大將，挺槍躍馬，大喝曰：「汝識趙子龍否！」蘇顒大驚曰：「如何這裏又有趙雲？」措手不及，被趙雲一槍刺死於馬下。餘軍潰散。雲迤邐前進，背後又一軍到，乃郭淮部將萬政也。雲見魏兵追急，乃勒馬挺槍，立於路口，待來將交鋒。蜀兵已去三十餘里。萬政認得是趙雲，不敢前進。雲等得天色黃昏，方纔撥回馬緩緩而退。郭淮兵到，萬政言趙雲英勇如舊，因此不敢近前。淮傳令教軍急趕，政令數百騎壯士趕來。行至一大林，忽聽得背後大喝一聲曰：「趙子龍在此！」驚得魏兵落馬者百餘人，餘者皆越嶺而去。萬政勉強來敵，被雲一箭射中盔纓，驚跌於澗中。雲以槍指之曰：「吾饒汝性命回去！快教郭淮趕來！」萬政脫命而回。雲護送車仗人馬，望漢中而去，沿途並無遺失。曹真、郭淮復奪三郡，以為己功。

卻說司馬懿分兵而進，此時蜀兵盡回漢中去了。懿引一軍復到西城，因問遺下居民及山僻隱者，皆言孔明止有二千五百軍在城中，又無武將，只有幾個文官，別無埋伏。武功山小民告曰：「關興、張苞，只各有三千軍，轉山吶喊，鼓譟驚追，又無別軍，並不敢廝殺。」懿悔之不及，仰天歎曰：「吾不如孔明也！」遂安撫了諸處官民，引兵逕還長安，朝見魏主。叡曰：「今日復得隴西諸郡，皆卿之功也。」懿奏曰：「今蜀兵皆在漢中，未盡剿滅。臣乞大兵併力收川，以報陛下。」叡大喜，令懿即便興兵。忽班內一人出奏曰：「臣有一計，足可定蜀降吳。」正是：蜀中將相方歸國，魏地君臣又逞謀。未知獻計者是誰，且看下文分解。

---

**註　釋**

1　城鋪：城上各自防守、巡查的地段。

# 第九十六回

## 孔明揮淚斬馬謖
## 周魴斷髮賺曹休

　　卻說獻計者，乃尚書孫資也。曹叡問曰："卿有何妙計？"資奏曰："昔太祖武皇帝收張魯時，危而後濟；常對羣臣曰：'南鄭之地，真為天獄。'中斜谷道為五百里石穴，非用武之地。今欲盡起天下之兵伐蜀，則東吳又將入寇。不如以現在之兵，分命大將據守險要，養精蓄銳。不過數年，中國日盛，吳、蜀二國，必自相殘害。那時圖之，豈非勝算？乞陛下裁之。"叡乃問司馬懿曰："此論若何？"懿奏曰："孫尚書所言極當。"叡從之，命司馬懿分撥諸將守把險要，留郭淮、張郃守長安。大賞三軍，駕回洛陽。

　　卻說孔明回到漢中，計點軍士，只少趙雲、鄧芝，心中甚憂；乃令關興、張苞，各引一軍接應。二人正欲起身，忽報趙雲、鄧芝到來，並不曾折一人一騎；輜重等器，亦無遺失。孔明大喜，親引諸將出迎。趙雲慌忙下馬伏地曰："敗軍之將，何勞丞相遠接？"孔明急扶起，執手而言曰：“是吾不識賢愚，以致如此！各處兵將敗損，惟子龍不折一人一騎，何也？”鄧芝告曰：“某引兵先行，子龍獨自斷後，斬將立功，敵人驚怕，因此軍資什物，不曾遺棄。”孔明曰：“真將軍也！”遂取金五十斤以贈趙雲；又取絹一萬疋賞雲部卒。雲辭曰：“三軍無尺寸之功，某等俱各有罪；若反受賞，乃丞相賞罰不明也。且請寄庫，候今冬賜與諸軍未遲。”孔明歎曰：“先帝在日，常稱子龍之德，今果如此！”乃倍加欽敬。

忽報馬謖、王平、魏延、高翔至，孔明先喚王平入帳，責之曰：“吾令汝與馬謖同守街亭，汝何不諫之，致使失事？”平曰：“某再三相勸，要在當道築土城，安營守把。參軍大怒不從，某因此自引五千軍離山十里下寨。魏兵驟至，把山四面圍合，某引兵衝殺十餘次，皆不能入。次日土崩瓦解，降者無數。某孤軍難立，故投魏文長求救。半途又被魏兵困在山谷之中，某奮死殺出。比及歸寨，早被魏兵占了。及投列柳城時，路逢高翔，遂分兵三路去劫魏寨，指望克復街亭。因見街亭並無伏路軍，以此心疑。登高望之，只見魏延、高翔被魏兵圍住，某即殺入重圍，救出二將，就同參軍併在一處。某恐失卻陽平關，因此急來回守。非某之不諫也。丞相不信，可問各部將校。”孔明喝退，又喚馬謖入帳。謖自縛跪於帳前。孔明變色曰：“汝自幼飽讀兵書，熟諳戰法。吾累次丁寧告戒：街亭是吾根本。汝以全家之命，領此重任。汝若早聽王平之言，豈有此禍？今敗軍折將，失地陷城，皆汝之過也！若不明正軍律，何以服眾？汝今犯法，休得怨吾。汝死之後，汝之家小，吾按月給與祿糧，汝不必挂心。”叱左右推出斬之。謖泣曰：“丞相視某如子，某以丞相為父。某之死罪，實已難逃；願丞相思舜帝殛鯀用禹[1]之義，某雖死亦無恨於九泉！”言訖大哭。孔明揮淚曰：“吾與汝義同兄弟，汝之子即吾之子也，不必多囑。”左右推出馬謖於轅門之外，將斬。參軍蔣琬自成都至，見武士欲斬馬謖，大驚，高叫：「留人！」入見孔明曰：「昔楚殺得臣而文公喜。今天下未定，而戮智謀之臣，豈不可惜乎？」孔明流涕而答曰：「昔孫武所以能制勝於天下者，用法明也。今四方分爭，兵交方始，若復廢法，何以討賊耶？合當斬之。」須臾，武士獻馬謖首級於階下。孔明大哭不已。蔣琬問曰：「今幼常得罪，既正軍法，丞相何故哭耶？」孔明曰：「吾非為馬謖哭。吾想先帝在白帝城臨危之時，曾囑吾曰：『馬謖言過其實，不可大用。』今果應此言，乃深恨己之不明，追思先帝之言，因此痛哭耳！」大小將士，無不流涕。馬謖亡年三十九歲。時建興六年夏五月也。後人有詩曰：

> 失守街亭罪不輕，堪嗟馬謖枉談兵。
> 轅門斬首嚴軍法，拭淚猶思先帝明。

卻說孔明斬了馬謖，將首級遍示各營已畢，用線縫在屍上，具棺葬之，自修祭文享祀；將謖家小加意撫恤，按月給與祿米。於是孔明自作表文，令蔣琬申奏後主，請自貶丞相之職。琬回成都，入見後主，進上孔明表章。後主拆視之。表曰：

> 臣本庸才，叨竊非據，親秉旄鉞，以勵三軍。不能訓章明法，臨事而懼，至有街亭違命之闕，箕谷不戒之失。咎皆在臣：臣愚不知人，慮事多闇。《春秋》責備，罪何所逃？請自貶三等，以督厥咎。臣不勝慚愧，俯伏待命！

後主覽畢曰：「勝負兵家常事，丞相何出此言？」侍中費禕奏曰：「臣聞治國者，必以奉法為重。法若不行，何以服人？丞相敗績，自行貶降，正其宜也。」後主從之，乃詔貶孔明為右將軍，行丞相事，照舊總督軍馬，就命費禕齎詔到漢中。孔明受詔貶降訖，禕恐孔明羞赧，乃賀曰：「蜀中之民，知丞相初拔四縣，深以為喜。」孔明變色曰：「是何言也！得而復失，與不得同。公以此賀我，實足使我愧赧耳。」禕又曰：「近聞丞相得姜維，天子甚喜。」孔明怒曰：「兵敗師還，不曾奪得寸土，此吾之大罪也。量得一姜維，於魏何損？」禕又曰：「丞相現統雄師數十萬，可再伐魏乎？」孔明曰：「昔大軍屯於祁山、箕谷之時，我兵多於賊兵，而不能破賊，反為賊所破：此病不在兵之多寡，在主將耳。今欲減兵省將，明罰思過，較變通之道於將來；如其不然，雖兵多何用？自今以後，諸人有遠慮於國者，但勤攻吾之闕，責吾之短，則事可定，賊可滅，功可翹足而待矣。」費禕諸將皆服其論。費禕自回成都。孔明在漢中，惜軍愛民，勵兵講武，置造攻城渡水之器，聚積糧草，預備戰筏，以為後圖。細作探知，報入洛陽。

魏主曹叡聞之，即召司馬懿商議收川之策。懿曰：「蜀未可攻也。方今天道亢炎，蜀兵必不出。若我軍深入其地，彼守其險要，急切難下。」叡曰：「倘蜀兵再來入寇，如之奈何？」懿曰：「臣已算定今番諸葛亮必效韓信暗度陳倉之計。臣舉一人往陳倉道口，築城守禦，萬無一失。此人身長九尺，猿臂善射，深有謀略。若諸葛亮入寇，此人可足當之。」叡大喜，問曰：「此何人也？」懿奏曰：「乃太原人，姓郝，名昭，字伯道。現為雜霸將軍，鎮守河西。」

叡從之，加郝昭為鎮西將軍，命守把陳倉道口。遣使持詔去訖。忽報揚州司馬大都督曹休上表，說東吳鄱陽太守周魴，願以郡來降，密遣人陳言七事，說東吳可破，乞早發兵取之。叡就御牀上展開，與司馬懿同觀。懿奏曰：「此言極有理，吳當滅矣。臣願引一軍往助曹休。」忽班中一人進曰：「吳人之言，反覆不一，未可深信。周魴智謀之士，必不肯降。此特誘兵之詭計也。"眾視之，乃建威將軍賈逵也。懿曰："此言亦不可不聽，機會亦不可錯失。"魏主曰："仲達可與賈逵同助曹休。"二人領命去訖。於是曹休引軍逕取皖城；賈逵引前將軍滿寵、東莞太守胡質，逕取陽城，直向東關；司馬懿引本部軍逕取江陵。

卻說吳主孫權，在武昌東關，會多官商議曰："今有鄱陽太守周魴密表，奏稱魏揚州都督曹休，有入寇之意。今魴詐施詭計，暗陳七事，引誘魏兵深入重地，可設伏兵擒之。今魏兵分三路而來，諸卿有何高見？"顧雍進曰："此大任非陸伯言不敢當也。"權大喜，乃召陸遜，封為輔國大將軍、平北都元帥，統御林大兵，攝行王事；授以白旄黃鉞，文武百官，皆聽約束。權親自與遜執鞭。遜領命謝恩畢，乃保二人為左右都督，分兵以迎三道。權問何人，遜曰："奮威將軍朱桓，綏南將軍全琮，二人可為輔佐。"權從之，即命朱桓為左都督，全琮為右都督。於是陸遜總率江南八十一州并荊湖之眾七十餘萬，令朱桓在左，全琮在右，遜自居中，三路進兵。朱桓獻策曰："曹休以親見任，非智勇之將也。今聽周魴誘言，深入重地，元帥以兵擊之，曹休必敗。敗後必走兩條路：左乃夾石，右乃挂車。此二條路，皆山僻小徑，最為險峻。某願與全子璜各引一軍，伏於山險，先以柴木大石塞斷其路，曹休可擒矣。若擒了曹休，便長驅直進，唾手而得壽春，以窺許、洛，此萬世一時也。"遜曰："此非善策，吾自有妙用。"於是朱桓懷不平而退。遜令諸葛瑾等拒守江陵，以敵司馬懿。諸路俱各調撥停當。

卻說曹休兵臨皖城，周魴來迎，逕到曹休帳下。休問曰："近得足下之書，所陳七事，深為有理，奏聞天子，故起大軍三路進發。若得江東之地，足下之功不小。有人言足下多謀，誠恐所言不實。吾料足下必不欺我。”周魴大哭，急掣從人所佩劍欲自刎，休急止之。魴仗劍而言曰：“吾所陳七事，恨不能吐出心肝。今反生疑，必有吳人使反間之計也。若聽其言，吾必死矣。吾之忠心，惟天可表！”言訖，又欲自刎。曹休大驚，慌忙抱住曰：“吾戲言爾。足下何故如此？”魴乃用劍割髮擲於地曰：“吾以忠心待公，公以吾為戲，吾割父母所遺之髮，以表此心。”曹休乃深信之，設宴相待。席罷，周魴辭去。忽報建威將軍賈逵來見，休令入，問曰：“汝此來何為？”逵曰：“某料東吳之兵，必盡屯於皖城。都督不可輕進。待某兩下夾攻，賊兵可破矣。”休怒曰：“汝欲奪吾功耶？”逵曰：“又聞周魴截髮為誓，此乃詐也。昔要離斷臂，刺殺慶忌，未可深信。”休大怒曰：“吾正欲進兵，汝何出此言以慢軍心！”叱左右推出斬之。眾將告曰：“未及進兵，先斬大將，於軍不利。且乞暫免。”休從之，將賈逵兵留在寨中調用，自引一軍來取東關。時周魴聽知賈逵削去兵權，暗喜曰：“曹休若用賈逵之言，則東吳敗矣！今天使我成功也！”即遣人密到皖城，報知陸遜。遜喚諸將聽令曰：“前面石亭，雖是山路，足可埋伏。早先去占石亭闊處，布成陣勢，以待魏軍。”遂令徐盛為先鋒，引兵前進。

卻說曹休命周魴引兵前進。正行間，休問曰：“前至何處？”魴曰：“前面石亭也，堪以屯兵。”休從之，遂率大軍并車仗等器，盡赴石亭駐紮。次日，哨馬報道：“前面吳兵不知多少，據住山口。”休大驚曰：“周魴言無兵，為何有準備？”急尋魴問之。人報周魴引數十人，不知何處去了。休大悔曰：“吾中賊之計矣！雖然如此，亦不足懼。”遂令大將張普為先鋒，引兵數千來與吳兵交戰。兩陣對圓，張普出馬罵曰：“賊將早降！”徐盛出馬相迎。戰無數合，普抵敵不住，勒馬收兵，回見曹休，言徐盛勇不可當。休曰：“吾當以奇兵勝之。”就令張普引二萬軍伏於石亭之南，又令薛喬引二萬軍伏於石亭之北：「明日吾自引一千兵搦戰，卻佯輸詐敗，誘到北山之前，放礮為號，三面夾攻，必獲大勝。」二將受計，各引二萬軍到晚埋伏去了。

　　卻說陸遜喚朱桓、全琮分付曰：「汝二人各引三萬軍，從石亭山路抄到曹休寨後，放火為號；吾親率大軍從中路而進，可擒曹休也。」當日黃昏，二將受計引兵而進。二更時分，朱桓引一軍正抄到魏寨後，迎着張普伏兵。普不知是吳兵，逕來問時，被朱桓一刀斬於馬下。魏兵便走。桓令後軍放火。全琮引一軍抄到魏寨後，正撞在薛喬陣裏，就那裏大殺一陣。薛喬敗走，魏兵大損，奔回本寨。後面朱桓、全琮兩路殺來。曹休寨中大亂，自相衝擊。休慌上馬，望夾石道奔走。徐盛引大隊軍馬，從正路殺來。魏兵死者不可勝數，逃命者盡棄衣甲。曹休大驚，在夾石道中，奮力奔走。忽見一彪軍從小路衝出，為首大將，乃賈逵也。休驚慌少息，自愧曰：「吾不用公言，果遭此敗！」逵曰：「都督可速出此道，若被吳兵以木石塞斷，吾等皆危矣！」於是曹休驟馬而行，賈逵斷後。逵於林木盛茂處，及險峻小徑，多設旌旗以為疑兵。及至徐盛趕到，見山坡下閃出旗角，疑有埋伏，不敢追趕，收兵而回。因此救了曹休。司馬懿聽知休敗，亦引兵退去。

　　卻說陸遜正望捷音。須臾，徐盛、朱桓、全琮皆到。所得車仗、牛馬、驢騾、軍資、器械，不計其數，降兵數萬餘人。遜大喜，即同太守周魴并諸將班師還吳。吳主孫權，領文武官僚出武昌城迎接，以御蓋覆遜而入。諸將盡皆陞賞。權見周魴無髮，慰勞曰：「卿斷髮成此大事，功名當書於竹帛也。」即封周魴為關內侯，大設筵會，勞軍慶賀。陸遜奏曰：「今曹休大敗，魏已喪膽；可修國書，遣使入川，教諸葛亮進兵攻之。」權從其言，遂遣使齎書入川去。正是：只因東國能施計，致令西川又動兵。未知孔明再來伐魏，勝負如何，且看下文分解。

## 註　釋

1　舜帝殛鯀用禹：相傳上古時代洪水泛濫，舜帝用鯀治水失敗，而殺害鯀。後來舜帝用鯀的兒子禹治水，
　　終獲成功。

# 第九十七回

## 討魏國武侯再上表
## 破曹兵姜維詐獻書

卻說蜀漢建興六年秋九月，魏都督曹休被東吳陸遜大破於石亭，車仗馬匹，軍資器械，並皆罄盡。休惶恐之甚，氣憂成病，到洛陽，疽發背而死，魏主曹叡敕令厚葬。司馬懿引兵還，眾將接入問曰："曹都督兵敗，即元帥之干係，何故急回耶？"懿曰："吾料諸葛亮知吾兵敗，必乘虛來取長安。倘隴西緊急，何人救之？吾故回耳。"眾皆以為懼怯，哂笑而退。

卻說東吳遣使致書蜀中，請兵伐魏，并言大破曹休之事：一者顯自己威風，二者通和會之好。後主大喜，令人持書至漢中，報知孔明。時孔明兵強馬壯，糧草豐足，所用之物，一切完備，正要出師。聽知此信，即設宴大會諸將，計議出師。忽一陣大風，自東北角上而起，把庭前松樹吹折。眾皆大驚。孔明就占一課，曰："此風主損一大將！"諸將未信。正飲酒間，忽報鎮南將軍趙雲長子趙統、次子趙廣，來見丞相。孔明大驚，擲盃於地曰："子龍休矣！"二子入見，拜哭曰：“某父昨夜三更病重而死。”孔明跌足而哭曰：“子龍身故，國家損一棟梁，吾去一臂也！”眾將無不揮涕。孔明令二子入成都面君報喪。後主聞雲死，放聲大哭曰：“朕昔年幼，非子龍則死於亂軍之中矣！”即下詔追贈大將軍，謚封順平侯，勅葬於成都錦屏山之東；建立廟堂，四時享祭。後人有詩曰：

> 常山有虎將，智勇匹關張：
> 漢水功勳在，當陽姓字彰。
> 兩番扶幼主，一念答先皇。
> 青史書忠烈，應流百世芳。

卻說後主思念趙雲昔日之功，祭葬甚厚；封趙統為虎賁中郎，趙廣為牙門將，就令守墳。二人辭謝而去。忽近臣奏曰：“諸葛丞相將軍馬分撥已定，即日將出師伐魏。”後主問在朝諸臣，諸臣多言未可輕動。後主疑慮未決。忽奏丞相令楊儀齎出師表至。後主宣入，儀呈上表章。後主就御案上拆視。其表曰：

先帝慮漢、賊不兩立，王業不偏安，故託臣以討賊也。以先帝之明，量臣之才，故知臣伐賊，才弱敵強也。然不伐賊，王業亦亡。惟坐而待亡，孰與伐之？是故託臣而弗疑也。臣受命之日，寢不安席，食不甘味。思惟北征，宜先入南；故五月渡瀘，深入不毛，并日而食。臣非不自惜也，顧王業不可偏安於蜀都，故冒危難以奉先帝之遺意。而議者謂為非計。今賊適疲於西，又務於東，兵法乘勞，此進趨之時也。謹陳其事如左：

高帝明並日月，謀臣淵深，然涉險被創，危然後安。今陛下未及高帝，謀臣不如良、平，而欲以長策取勝，坐定天下：此臣之未解一也。劉繇、王朗，各據州郡，論安言計，動引聖人，羣疑滿腹，眾難塞胸；今歲不戰，明年不征，使孫權坐大，遂併江東：此臣之未解二也。曹操智計，殊絕於人，其用兵也，彷彿孫、吳；然困於南陽，險於烏巢，危於祁連，逼於黎陽，幾敗北山，殆死潼關，然後偽定一時耳。況臣才弱，而欲以不危而定之：此臣之未解三也。曹操五攻昌霸不下，四越巢湖不成，任用李服，而李服圖之；委任夏侯，而夏侯敗亡。先帝每稱操為能，猶有此失。況臣駑下，何能必勝？此臣之未解四也。自臣到漢中，中間期年耳，然喪趙雲、陽羣、馬玉、閻芝、丁立、白壽、劉郃、鄧銅等，及曲長屯將七十餘人，突將無前，賨叟、青羌，散騎武騎一千餘人，此皆數十年之內，所糾合四方之精銳，非一州之所有；若復數年，則損三分之二也，當何以圖敵？此臣之未解五也。今民窮兵疲，而事不可息；事不可息，則住與行，勞費正等；而不及早圖之，欲以一州之地，與賊持久：此臣之未解六也。

　　夫難平者，事也。昔先帝敗軍於楚，當此之時，曹操拊手，謂天下已定。然後先帝東連吳、越，西取巴、蜀，舉兵北征，夏侯授首，此操之失計，而漢事將成也。然後吳更違盟，關羽毀敗，秭歸蹉跌，曹丕稱帝。凡事如是，難可逆料。臣鞠躬盡瘁，死而後已；至於成敗利鈍，非臣之明所能逆覩也。

後主覽表甚喜，即勅令孔明出師。孔明受命，起三十萬精兵，令魏延總督前部先鋒，逕奔陳倉道口而來。

早有細作報入洛陽。司馬懿奏知魏主，大會文武商議。大將軍曹真出班奏曰：「臣昨守隴西，功微罪大，不勝惶恐。今乞引大軍往擒諸葛亮。臣近得一員大將，使六十斤大刀，騎千里征騧馬，開兩石鐵胎弓，暗藏三個流星鎚，百發百中，有萬夫不當之勇，乃隴西狄道人，姓王，名雙，字子全。臣保此人為先鋒。」叡大喜，便召王雙上殿。視之，身長九尺，面黑睛黃，熊腰虎背。叡笑曰：「朕得此大將，有何慮哉！」遂賜錦袍金甲，封為虎威將軍前部大先鋒。曹真為大都督。真謝恩出朝，遂引十五萬精兵，會合郭淮、張郃，分道把守隘口。

卻說蜀兵前隊哨至陳倉，回報孔明，說：「陳倉口已築起一城，內有大將郝昭守把，深溝高壘，遍排鹿角，十分謹嚴，不如棄了此城，從太白嶺鳥道出祁山甚便。」孔明曰：「陳倉正北是街亭，必得此城，方可進兵。」命魏延引兵到城下，四面攻之。連日不能破，魏延復來告孔明，說城難打。孔明大怒，欲斬魏延。忽帳下一人告曰：「某雖無才，隨丞相多年，未嘗報效。願去陳倉城中，說郝昭來降，不用張弓隻箭。」眾視之，乃部曲靳詳也。孔明曰：「汝用何言以說之？」詳曰：「郝昭與某，同是隴西人氏，自幼交契。某今到彼，以利害說之，必來降矣。」孔明即令前去。靳詳驟馬，逕到城下叫曰：「郝伯道故人靳詳來見。」城上人報知郝昭。昭令開門放入，登城相見。昭問曰：「故人因何到此？」詳曰：「吾在西蜀孔明帳下，參贊軍機，待以上賓之禮。特令某來見公，有言相告。」昭勃然變色曰：「諸葛亮乃我讎敵也！吾事魏，汝事蜀，各事其主！昔時為昆仲，今時為讎敵！汝再不必多言，便請出城！」靳詳又欲開言，郝昭已出敵樓上了。魏兵急催上馬，趕出城外。詳回頭視之，見昭倚定護心木欄杆。詳勒馬以鞭指之曰：“伯道賢弟，何太情薄耶？”昭曰：“魏國法度，兄所知也。吾受國恩，但有死而已。兄不必下說詞，早回見諸葛亮，教快來攻城，吾不懼也！”詳回告孔明曰：“郝昭未等某開言，便先阻卻。”孔明曰：“汝可再去見他，以利害說之。”詳又到城下，請郝昭相見。昭出到敵樓上。詳勒馬高叫曰：“伯道賢弟，聽吾忠言：汝據守一孤城，怎拒數十萬之眾？今不早降，後悔無及！且不順大漢而事奸魏，抑何不知天命、不辨清濁乎？願伯道思之。”郝昭大怒，拈弓搭箭，指靳詳而喝曰：“吾前言已定，汝不必再言！可速退！吾不射汝！”

　　靳詳回見孔明，具言郝昭如此光景。孔明大怒曰：“匹夫無禮太甚！豈欺吾無攻城之具耶？”隨叫土人問曰：“陳倉城中，有多少人馬？”土人告曰：“雖不知的數，約有三千人。”孔明笑曰：“量此小城，安能禦我！休等他救兵到，火速攻之！”於是軍中起百乘雲梯，一乘上可立十數人，周圍用木板遮護。軍士各把短梯輭索，聽軍中擂鼓，一齊上城。郝昭在敵樓上，望見蜀兵裝起雲梯，四面而來，即令三千軍各執火箭，分布四面；待雲梯近城，一齊射之。孔明只道城中無備，故大造雲梯，令三軍鼓譟吶喊而進；不期城上火箭齊發，雲梯盡着，梯上軍士多被燒死。城上矢石如雨，蜀兵皆退。孔明大怒曰：“汝燒吾雲梯，吾卻用‘衝車’之法！”於是連夜安排下衝車。次日，又四面鼓譟吶喊而進。郝昭急命運石鑿眼，用葛繩穿定飛打，衝車皆被打折。孔明又令人運土填城壕，教廖化引三千鍬钁軍，從夜間掘地道，暗入城去。郝昭又於城中掘重壕橫截之。如此晝夜相攻，二十餘日，無計可破。孔明正在營中憂悶。忽報：“東邊救兵到了，旗上書：‘魏先鋒大將王雙’。”孔明問曰：“誰可迎之？”魏延出曰：“某願往。”孔明曰：“汝乃先鋒大將，未可輕出。”又問：“誰敢迎之？”裨將謝雄應聲而出。孔明與三千軍去了。孔明又問曰：“誰敢再去？”裨將龔起應聲要去。孔明亦與三千兵去了。孔明恐城內郝昭引兵衝出,乃把人馬退二十里下寨。

卻說謝雄引軍前行,正遇王雙;戰不三合,被雙一刀劈死。蜀兵敗走。雙隨後趕來。龔起接着,交馬只三合,亦被雙所斬。敗兵回報孔明。孔明大驚,忙令廖化、王平、張嶷三人出迎。兩陣對圓,張嶷出馬。王平、廖化壓住陣角。王雙縱馬,來與張嶷交馬,數合不分勝負。雙詐敗便走,嶷隨後趕去。王平見張嶷中計,忙叫曰:“休趕!”嶷急回馬時,王雙流星鎚早到,正中其背。嶷伏鞍而走,雙回馬趕來。王平、廖化截住,救得張嶷回陣。王雙驅兵大殺一陣,蜀兵折傷甚多。嶷吐血數口,回見孔明,說:“王雙英雄無敵;如今將二萬兵就陳倉城外下寨,四圍立起排柵,築起重城,深挑壕塹,守禦甚嚴。”孔明見折二將,張嶷又被打傷,即喚姜維曰:“陳倉道口這條路不可行。別有何策?”維曰:“陳倉城池堅固,郝昭守禦甚密,又得王雙相助,實不可取。不若令一大將,依山傍水,下寨固守;再令良將守把要道,以防街亭之攻;卻統大軍去襲祁山,某卻如此如此用計,可捉曹真也。”孔明從其言,即令王平、李恢,引二枝兵守街亭小路;魏延引一軍守陳倉口。馬岱為先鋒,關興、張苞為前後救應使,從小徑出斜谷望祁山進發。

卻說曹真因思前番被司馬懿奪了功勞,因此到洛陽分調郭淮、孫禮東西守把;又聽的陳倉告急,已令王雙去救。聞知王雙斬將立功,大喜,乃令中護軍大將費耀,權攝前部總督,諸將各自守把隘口。忽報山谷中捉得細作來見。曹真令押入,跪於帳前。其人告曰:“小人不是奸細,乃教有機密來見都督,誤被伏路軍捉來,乞退左右。”真乃教去其縛,左右暫退。其人曰:“小人乃姜伯約心腹人也,蒙本官遺送密書。"真曰："書安在？"其人於貼肉衣內取出呈上，真拆視曰：

> 罪將姜維百拜，書呈大都督曹麾下：維念世食魏祿，忝
> 守城邊；叨竊厚恩，無門補報。昨日誤遭諸葛亮之計，陷身
> 於巔崖之中。思念舊國，何日忘之！今幸蜀兵西出，諸葛亮
> 甚不相疑。賴都督親提大兵而來：如遇敵人，可以詐敗；維
> 當在後，以舉火為號，先燒蜀人糧草，卻以大兵翻身掩之，
> 則諸葛亮可擒也。非敢立功報國，實欲自贖前罪。倘蒙照察，
> 速賜來命。

曹真看畢大喜，曰："天使吾成功也！"遂重賞來人，便令回報，
依期會合。真喚費耀商議曰："今姜維暗獻密書，令吾如此如此。"耀
曰："諸葛亮多謀，姜維智廣，或者是諸葛所使，恐其中有詐。"真
曰："他原是魏人，不得已而降蜀，又何疑乎？"耀曰："都督不可輕
去，只守定本寨。某願引一軍接應姜維。如成功，盡歸都督；倘有奸
計，某自支當。"真大喜，遂令費耀引五萬兵，望斜谷而進。行了兩
三程，屯下軍馬，令人哨探。當日申時分，回報："斜谷道下，有蜀
兵來也。"耀忙催兵進。蜀兵未及交戰先退，耀引兵追之。蜀兵又來，
方欲對陣，蜀兵又退。如此者三次，俄延至次日申時分。魏軍一日一
夜，不曾敢歇，只恐蜀兵攻擊。方欲屯軍造飯，忽然四面喊聲大震，
鼓角齊鳴，蜀兵漫山遍野而來。門旗開處，閃出一輛四輪車，孔明端
坐其中，令人請魏軍主將答話。耀縱馬而出，遙見孔明，心中暗喜，
回顧左右曰："如蜀兵掩至，便退後走。若見山後火起，卻回身殺去，
自有兵來相應。"分付畢，躍馬出呼曰："前者敗將，今何敢又來！"
孔明曰："喚汝曹真來答話！"耀罵曰："曹都督乃金枝玉葉，安肯與
反賊相見耶！"孔明大怒，把羽扇一招，左有馬岱，右有張嶷，兩路

兵衝出。魏兵便退。行不到三十里，望見蜀兵背後火起，喊聲不絕。費耀只道號火，便回身殺來。蜀兵齊退。耀提刀在前，只望喊處追趕。將次近火，山路又鼓角喧天，喊聲震地，兩軍殺出，左有關興，右有張苞。山上矢石如雨，往下射來。魏兵大敗。費耀知是中計，集退軍望山谷中而走，人馬困乏。背後關興引生力軍趕來，魏兵自相踐踏及落澗身死者，不知其數。耀逃命而走，正遇山坡口一彪軍，乃是姜維。耀大罵曰："反賊無信！吾不幸誤中汝奸計也！"維笑曰："吾欲擒曹真，誤賺汝矣！速下馬受降！"耀驟馬奪路，望山谷中而走。忽見谷中火光沖天，背後追兵又至。耀自刎身死，餘眾盡降。孔明連夜驅兵，直出祁山前下寨，收住軍馬，重賞姜維。維曰："某恨不得殺曹真也。"孔明亦曰："可惜大計小用矣。"

卻說曹真聽知折了費耀，悔之不及，遂與郭淮商議退兵之策。於是孫禮、辛毗星夜具表申奏魏主，言蜀兵又出祁山，曹真損兵折將，勢甚危急。叡大驚，即召司馬懿入內曰："曹真損兵折將，蜀兵又出祁山。卿有何策，可以退之？"懿曰："臣已有退諸葛亮之計。不用魏軍揚武耀威，蜀兵自然走矣。"正是：已見子丹無勝術，全憑仲達有良謀。未知其計如何，且看下文分解。

# 第九十八回

## 追漢軍王雙受誅
## 襲陳倉武侯取勝

卻說司馬懿奏曰：“臣嘗奏陛下，言孔明必出陳倉，故以郝昭守之。今果然矣。彼若從陳倉入寇，運糧甚便。今幸有郝昭、王雙守把，不敢從此路運糧。其餘小道，搬運艱難。臣算蜀兵行糧止有一月，利在急戰。我軍只宜久守。陛下可降詔，令曹真堅守諸路關隘，不要出戰。不須一月，蜀兵自走。那時乘虛而擊之，諸葛亮可擒也。”叡欣然曰：“卿既有先見之明，何不自引一軍以襲之？”懿曰：“臣非惜身重命，實欲存下此兵，以防東吳陸遜耳。孫權不久必僭號稱尊；如稱尊號，恐陛下伐之，定先入寇也：臣故欲以兵待之。”正言間，忽近臣奏曰：“曹都督奏報軍情。”懿曰：“陛下可即令人告戒曹真，凡追趕蜀兵，必須觀其虛實，不可深入重地，以中諸葛亮之計。”叡即時下詔，遣太常卿韓暨持節告戒曹真：“切不可戰，務在謹守；只待蜀兵退去，方纔擊之。”司馬懿送韓暨於城外，囑之曰：“吾以此功讓與子丹；公見子丹，休言是吾所陳之意，只道天子降詔，教保守為上。

追趕之人，大要仔細，勿遣性急氣躁者追之。”暨辭去。

卻說曹真正升帳議事，忽報天子遣太常卿韓暨持節至，真出寨接入。受詔已畢，退與郭淮、孫禮計議。淮笑曰：“此乃司馬仲達之見也。”真曰：“此見若何？”淮曰：“此言深識諸葛亮用兵之法。久後能禦蜀兵者，必仲達也。”真曰：“倘蜀兵不退，又將如何？”淮曰：“可密令人去教王雙，引兵於小路巡哨，彼自不敢運糧。待其糧盡兵退，乘勢追擊，可獲全勝。”孫禮曰：“某去祁山虛妝做運糧兵，車上盡裝乾柴茅草，以硫黃燄硝灌之，卻教人虛報隴西運糧到。若蜀人無糧，必然來搶。待入其中，放火燒車，外以伏兵應之，可勝矣。”真喜曰：“此計大妙！”即令孫禮引兵依計而行。又遣人教王雙引兵於小路上巡哨，郭淮引兵提調箕谷、街亭，令諸路軍馬守把險要。真又令張遼子張虎為先鋒，樂進子樂綝為副先鋒，同守頭營，不許出戰。

卻說孔明在祁山寨中，每日令人挑戰，魏兵堅守不出。孔明喚姜維商議曰：“魏兵堅守不出，是料吾軍中無糧也。今陳倉轉運不通，其餘小路盤涉艱難，吾算隨軍糧草，不敷一月用度，如之奈何？”正躊躇間，忽報隴西魏軍運糧數千車於祁山之西，運糧官乃孫禮也。孔明曰：“其人如何？”有魏人告曰：“此人曾隨魏主出獵於大石山，忽驚起一猛虎，直奔御前，孫禮下馬拔劍斬之。從此封為上將軍。乃曹真心腹人也”。孔明笑曰：“此是魏將料吾乏糧，故用此計。車上裝載者，必是茅草引火之物。吾平生專用火攻，彼乃欲以此計誘我耶？彼若知吾軍去劫糧車，必來劫我寨矣。可將計就計而行。”遂喚馬岱分付曰：“汝引三千軍逕到魏兵屯糧之所，不可入營，但於上風頭放火。若燒着車仗，魏兵必來圍吾寨。”又差馬忠、張嶷各引五千兵在外圍住，內外夾攻。三人受計去了。又喚關興、張苞分付曰：“魏兵頭營接連四通之路。今晚若山西火起，魏兵必來劫吾營。汝二人卻伏於魏寨左右。只等他兵出寨，汝二人便可劫之。又喚吳班、吳懿分付曰：「汝二人各引一軍伏於營外。若魏兵到，可截其歸路。」孔明分撥已畢，自在祁山上憑高而坐。魏兵探知蜀兵要來劫糧，慌忙報與孫禮。禮令人飛報曹真。真遣人去頭營分付看張虎、樂綝：「看今夜山西火起，蜀兵必來救應。可以出軍，如此如此。」二將受計，令人登樓專看號火。

卻說孫禮把軍伏於山西，只待蜀兵到。是夜二更馬岱引三千兵來，人皆銜枚，馬盡勒口，逕到山西。見許多車仗，重重疊疊，攢繞成營，車仗虛插旌旗。正值西南風起，岱令軍士逕去營南放火，車仗盡着，光火沖天。孫禮只道蜀兵到魏寨內放號火，急引兵一齊掩至。背後鼓角喧天，兩路兵殺來，乃是馬忠、張嶷，把魏軍圍在垓心。孫禮大驚。又聽的魏軍中喊聲起，一彪軍從火光邊殺來，乃是馬岱。內外夾攻，魏兵大敗。火緊風急，人馬亂竄，死者無數。孫禮引中傷軍，突煙冒火而走。

卻說張虎在營中，望見火光，大開寨門，與樂綝盡引人馬，殺奔蜀寨來，寨中卻不見一人。急收軍回時，吳班、吳懿兩路兵殺出，斷其歸路。張、樂二將急衝出重圍，奔回本寨，只見土城之上，箭如飛蝗，原來卻被關興、張苞襲了營寨。魏兵大敗，皆投曹真寨來。方欲入寨，只見一彪敗軍飛奔而來，乃是孫禮；遂同入寨見真，各言中計之事。真聽知，謹守大寨，更不出戰。蜀兵得勝，回見孔明。

孔明令人密授計與魏延，一面教拔寨齊起。楊儀曰：「今已大勝，挫盡魏兵銳氣，何故反欲收軍？」孔明曰：「吾兵無糧，利在急戰。今彼堅守不出，吾受其病矣。彼今雖暫時兵敗，中原必有添益。若以輕騎襲吾糧道，那時要歸不能。今乘魏兵新敗，不敢正視蜀兵，便可出其不意，乘機退去。所憂者但魏延一軍，在陳倉道口拒住王雙，急不能脫身；吾已令人授以密計，教斬王雙，使魏人不敢來追。只今後隊先行。”當夜孔明只留金鼓守在寨中打更。一夜，兵已盡退，只落空營。

卻説曹真正在寨中憂悶，忽報左將軍張郃領軍到。郃下馬入帳，謂真曰：“某奉聖旨，特來聽調。”真曰：“曾別仲達否？”郃曰：“仲達分付云：‘吾軍勝，蜀兵必不便去；若吾軍敗，蜀兵必即去矣。’今吾軍失利之後，都督曾往哨探蜀兵消息否？”真曰：“未也。”於是即令人往探之，果是虛營，只插着數十面旌旗，兵已去了二日也。曹真懊悔無及。

且説魏延受了密計，當夜二更拔寨，急回漢中。早有細作報知王雙，雙大驅軍馬，併力追趕。追到二十餘里，看看趕上，見魏延旗號在前，雙大叫曰：“魏延休走！”蜀兵更不回頭。雙拍馬趕來。背後魏兵叫曰：“城外寨中火起，恐中敵人奸計。”雙急勒馬回時，只見一片火光沖天，慌令退軍。行到山坡左側，忽一騎馬從林中驟出，大喝曰：“魏延在此！”王雙大驚，措手不及，被延一刀砍於馬下。魏兵疑有埋伏，四散逃走。延手下止有三十騎人馬，望漢中緩緩而行。後人有詩讚曰：

> 孔明妙算勝孫龐，耿若長星照一方。
> 進退行兵神莫測，陳倉道口斬王雙。

原來魏延受了孔明密計：先教存下三十騎，伏於王雙營邊；只待王雙起兵趕時，卻去他營中放火；待他回營，出其不意，突出斬之。魏延斬了王雙，引兵回到漢中見孔明，交割了人馬。孔明設宴大會，不在話下。

且說張郃追蜀兵不上，回到寨中。忽有陳倉城郝昭差人申報，言王雙被斬。曹真聞之，傷感不已，因此憂成疾病，遂回洛陽，命郭淮、孫禮、張郃守長安諸道。

　　卻說吳主孫權設朝，有細作人報知：“蜀諸葛丞相出兵兩次，魏都督曹真兵損將亡。”於是羣臣皆勸吳王興師伐魏，以圖中原。權猶疑未決。張昭奏曰：“近聞武昌東山，鳳凰來儀；大江之中，黃龍屢現。主公德配唐、虞，明並文、武，可即皇帝位，然後興兵。”多官皆應曰：“子布之言是也。”遂選定夏四月丙寅日，築臺於武昌南郊。是日，羣臣請權登壇即皇帝位，改黃武八年為黃龍元年。謚父孫堅為武烈皇帝。母吳氏為武烈皇后，兄孫策為長沙桓王。立子孫登為皇太子。命諸葛瑾長子諸葛恪為太子左輔，張昭次子張休為太子右弼。

　　恪字元遜，身長七尺，極聰明，善應對。權甚愛之。年六歲時，值東吳筵會，恪隨父在座。權見諸葛瑾面長，乃令人牽一驢來，用粉筆書其面曰：“諸葛子瑜”。眾皆大笑。恪趨至前，取粉筆添二字於其下曰：“諸葛子瑜之驢。”滿座之人，無不驚訝。權大喜，遂將驢賜之。又一日，大宴官僚，權命恪把盞。巡至張昭面前，昭不飲，曰：“此非養老之禮也。”權謂恪曰：“汝能強子布飲乎？”恪領命，乃謂昭曰：“昔姜尚父年九十，秉旄仗鉞，未嘗言老。今臨陣之日，先生在後；飲酒之日，先生在前：何謂不養老也？”昭無言可答，只得強飲。權因此愛之，故命輔太子。昭佐吳王，位列三公之上，故以其子張休為太子右弼。又以顧雍為丞相，陸遜為上將軍，輔太子守武昌。權復還建業。羣臣共議伐魏之策。張昭奏曰：“陛下初登寶位，未可動兵。只宜修文偃武，增設學校，以安民心；遣使入川，與蜀同盟，共分天下，緩緩圖也。”

　　權從其言，即令使命星夜入川，來見後主。禮畢，細奏其事。後主聞知，遂與羣臣商議。眾議皆謂孫權僭越，宜絕其盟好。蔣琬曰：「可令人問於丞相。」後主即遣使到漢中問孔明。孔明曰：「可令人齎禮物入吳作賀，乞遣陸遜興師伐魏。魏必令司馬懿拒之。懿若南拒東吳，我再出祁山，長安可圖也。」後主依言，遂令太尉陳震，將名馬、玉帶、金珠、寶貝，入吳作賀。震至東吳，見了孫權，呈上國書。權大喜，設宴相待，打發回蜀。權召陸遜入，告以西蜀約會興兵伐魏之事。遜曰：「此乃孔明懼司馬懿之謀也。既與同謀，不得不從。今卻虛作起兵之勢，遙與西蜀為應。待孔明攻魏急，吾可乘虛取中原也。」即時下令，教荊襄各處都要訓練人馬，擇日興師。

卻說陳震回到漢中，報知孔明。孔明尚憂陳倉不可輕進，先令人去哨探。回報說：「陳倉城中郝昭病重。」孔明曰：「大事成矣。」遂喚魏延、姜維分付曰：「汝二人領五千兵，星夜直奔陳倉城下；如見火起，併力攻城。」二人俱未深信，又來告曰：「何日可行？」孔明曰：「三日都要完備；不須辭我，即便起行。」二人受計去了。又喚關興、張苞至，附耳低言，如此如此。二人各受密計而去。

且說郭淮聞郝昭病重，乃與張郃商議曰：「郝昭病重，你可速去替他。我自寫表申奏朝廷，別行定奪。」張郃引着三千兵，急來替郝昭。時郝昭病危，當夜正呻吟之間，忽報蜀兵到城下了。昭急令人上城守把。時各門上火起，城中大亂。昭聽知驚死。蜀兵一擁入城。

卻說魏延、姜維領兵到陳倉城下看時，並不見一面旗號，又無打更之人。二人驚疑，不敢攻城。忽聽得城上一聲礮響，四面旗幟齊豎。只見一人綸巾羽扇，鶴氅道袍，大叫曰：「汝二人來的遲了。」二人視之，乃孔明也。二人慌忙下馬，拜伏於地曰：「丞相真神計也！」孔明令放入城，謂二人曰：「吾打探得郝昭病重，吾令汝三日內領兵取城，此乃穩眾人之心也。吾卻令關興、張苞，只推點軍，暗出漢中。吾即藏於軍中，星夜倍道逕到城下，使彼不能調兵。吾早有細作在城內放火、發喊相助，令魏兵驚疑不定。兵無主將，必自亂矣。吾因而取之，易如反掌。兵法云：‘出其不意，攻其無備。’正謂此也。”魏延、姜維拜伏。孔明憐郝昭之死，令彼妻小扶靈柩回魏，以表其忠。

孔明謂魏延、姜維曰：“汝二人且莫卸甲，可引兵去襲散關。把關之人，若知兵到，必然驚走。若稍遲便有魏兵至關，即難攻矣。”魏延、姜維受命，引兵逕到散關。把關之人，果然盡走。二人上關纔要卸甲，遙見關外塵頭大起，魏兵到來。二人相謂曰：“丞相神算，不可測度！”急登樓視之，乃魏將張郃也。二人乃分兵守住險道。張郃見蜀兵守住要路，遂令退軍。魏延隨後追殺一陣。魏兵死者無數，張郃乃大敗而去。延回到關上，令人報知孔明。孔明先自領兵，出陳倉斜谷，取了建威。後面蜀兵陸續進發。後主又命大將陳式來助。孔明驅大兵復出祁山。安下營寨，孔明聚眾言曰：“吾二次出祁山，不得其利；今又到此，吾料魏人必依舊戰之地，與吾相敵。彼意疑我取雍、郿二處，必以兵拒守；吾觀陰平、武都二郡，與漢連接，若得此城，亦可分魏兵之勢。何人敢取之？”姜維曰：“某願往。”王平亦曰：“某亦願往。”孔明大喜，遂令姜維引兵一萬取武都，王平引兵一萬取陰平。二人領兵去了。

再說張郃回到長安，見郭淮、孫禮，說：“陳倉已失，郝昭已亡，散關亦被蜀兵奪了。今孔明復出祁山，分道進兵。”淮大驚曰：“若如此，必取雍、郿矣！”乃留張郃守長安，令孫禮保雍城。淮自引兵星夜來郿城守禦，一面上表入洛陽告急。

卻說魏主曹叡設朝，近臣奏曰：“陳倉城已失，郝昭已亡，諸葛亮又出祁山，散關亦被蜀兵奪了。"叡大驚。忽又奏滿寵等有表，說："東吳孫權僭稱帝號，與蜀同盟。今遣陸遜在武昌訓練人馬，聽候調用。只在旦夕，必入寇矣。"叡聞知兩處危急，舉止失措，甚是驚慌。此時曹真病未痊，即召司馬懿商議。懿奏曰："以臣愚意所料，東吳必不舉兵。"叡曰："卿何以知之？"懿曰："孔明嘗思報猇亭之讎，非不欲吞吳也，只恐中原乘虛擊彼，故暫與東吳結盟。陸遜亦知其意，故假作興兵之勢以應之，實是坐觀成敗耳。陛下不必防吳，只須防蜀。"叡曰："卿真高見！"遂封懿為大都督，總攝隴西諸路軍馬，令近臣取曹真總兵將印來。懿曰："臣自去取之。"遂辭帝出朝，逕到曹真府下，先令人入府報知，懿方進見。問病畢，懿曰："東吳、西蜀會合，興兵入寇，今孔明又出祁山下寨，明公知之乎？"真驚訝曰："吾家人知我病重，不令我知。似此國家危急，何不拜仲達為都督，以退蜀兵耶？"懿曰："某才薄智淺，不稱其職。"真曰："取印與仲達。"懿曰："都督少慮。某願助一臂之力，只不敢受此印也。"真躍起曰："如仲達不領此任，中國必危矣！吾當抱病見帝以保之！"懿曰："天子已有恩命，但懿不敢受耳。"真大喜曰："仲達今領此任，可退蜀兵。"懿見真再三讓印，遂受之，入內辭了魏主，引兵往長安來與孔明決戰。正是：舊帥印為新帥取，兩路兵惟一路來。未知勝負如何，且看下文分解。

# 第九十九回

# 諸葛亮大破魏兵
# 司馬懿入寇西蜀

蜀漢建興七年，夏四月，孔明兵在祁山，分作三寨，專候魏兵。

卻說司馬懿引兵到長安，張郃接見，備言前事。懿令郃為先鋒，戴陵為副將，引十萬兵到祁山，於渭水之南下寨。郭淮、孫禮入寨參見。懿問曰：「汝等曾與蜀兵對陣否？」二人答曰：「未也。」懿曰：「蜀兵千里而來，利在速戰；今來此不戰，必有謀也。隴西諸路，曾有信息否？」淮曰：「已有細作探得各郡十分用心，日夜隄防，並無他事。只有武都、陰平二處，未曾回報。」懿曰：「吾自差人與孔明交戰。汝二人急從小路去救二郡，卻掩在蜀兵之後，彼必自亂矣。」二人受計，引兵五千，從隴西小路來救武都、陰平，就襲蜀兵之後。郭淮於路謂孫禮曰：「仲達比孔明如何？」禮曰：「孔明勝仲達多矣。」淮曰：「孔明雖勝，此一計足顯仲達有過人之智。蜀人如正攻兩郡，我等從後抄到，彼豈不自亂乎？」正言間，忽哨馬來報：「陰平已被王平打破了，武都已被姜維打破了。前離蜀兵不遠。」禮曰：「蜀兵既已打破了城池，

如何陳兵於外？必有詐也。不如速退。"郭淮從之。方傳令教軍退時，
忽然一聲礮響，山背後閃出一枝軍馬來，旗上大書"漢丞相諸葛亮"，
中央一輛四輪車，孔明端坐於上；左有關興，右有張苞。孫、郭二人
見之，大驚。孔明大笑曰："郭淮、孫禮休走！司馬懿之計，安能瞞
得過吾？他每日令人在前交戰，卻教汝等襲吾軍後。武都、陰平吾已
取了。汝二人不早來降，欲驅兵與吾決戰耶？"郭淮、孫禮聽畢，大
慌。忽然背後喊殺連天，王平、姜維引兵從後殺來。興、苞二將又引
軍從前面殺來。兩下夾攻，魏兵大敗。郭、孫二人棄馬爬山而走。張
苞望見，驟馬趕來；不期連人帶馬，跌入澗內。後軍急忙救起，頭已
跌破。孔明令人送回成都養病。

　　卻說郭、孫二人走脫，回見司馬懿曰："武都、陰平二郡已失。
孔明伏於要路，前後攻殺。因此大敗，棄馬步行，方得逃回。"懿曰：
"非汝等之罪，孔明智在吾先。可再引兵把守雍、郿二城，切勿出戰。
吾自有破敵之策。"二人拜辭而去。懿又喚張郃、戴陵分付曰："今孔
明得了武都、陰平，必然撫百姓以安民心，不在營中矣。汝二人各引
一萬精兵，今夜起身，抄在蜀兵營後，一齊奮勇殺將過來；吾卻引軍
在前布陣，只待蜀兵勢亂，吾大驅士馬，攻殺進去：兩軍併力，可奪
蜀寨也。若得此地山勢，破敵何難？"二人受計引兵而去。戴陵在左，
張郃在右，各取小路進發，深入蜀兵之後。三更時分，來到大路，兩
軍相遇，合兵一處，卻從蜀兵背後殺來。行不到三十里，前軍不行。
張、戴二人自縱馬視之，只見數百輛草車橫截去路。郃曰："此必有
準備，可急取路而回。"纔傳令退兵，只見滿山火光齊明，鼓角大震，
伏兵四下皆出，把二人圍住。孔明在祁山上大叫曰："戴陵、張郃可
聽吾言：司馬懿料吾往武都、陰平撫民，不在營中，故令汝二人來劫
吾寨，卻中吾之計也。汝二人乃無名下將，吾不殺害，下馬早降！"

郃大怒，指孔明而罵曰：“汝乃山野村夫，侵吾大國境界，如何敢發此言！吾若捉住汝時，碎屍萬段！”言訖，縱馬挺槍，殺上山來。山上矢石如雨。郃不能上山，乃拍馬舞槍，衝出重圍，無人敢當。蜀兵困戴陵在垓心。郃殺出舊路，不見戴陵，即奮勇翻身又殺入重圍，救出戴陵而回。孔明在山上，見郃在萬軍之中，往來衝突，英勇倍加，乃謂左右曰：“嘗聞張翼德大戰張郃，人皆驚懼。吾今日見之，方知其勇也。若留下此人，必為蜀中之害。吾當除之。”遂收軍還營。

卻說司馬懿引兵布成陣勢，只待蜀兵亂動，一齊攻之。忽見張郃、戴陵狼狽而來，告曰：“孔明先如此隄防，因此大敗而歸。”懿大驚曰：“孔明真神人也！不如且退。”即傳令教大軍盡回本寨，堅守不出。

且說孔明大勝，所得器械、馬匹，不計其數，乃引大軍回寨。每日令魏延挑戰，魏兵不出。一連半月，不曾交兵。孔明正在帳中思慮，忽報天子遣侍中費禕齎詔至。孔明接入營中，焚香禮畢，開詔讀曰：

街亭之役，咎由馬謖；而君引愆，深自貶抑。重違君意，聽順所守。前年耀師，馘斬王雙；今歲爰征，郭淮遁走；降集氐、羌，復興二郡，威震凶暴，功勳顯然。方今天下騷擾，元惡未梟，君受大任，幹國之重，而久自抑損，非所以光揚洪烈矣。今復君丞相，君其勿辭！

孔明聽詔畢，謂費禕曰：“吾國事未成，安可復丞相之職？”堅辭不受。禕曰：“丞相若不受職，拂了天子之意，又冷淡了將士之心。宜且權受。”孔明方纔拜受。禕辭去。

孔明見司馬懿不出，思得一計，傳令教各處皆拔寨而起。當有細作報知司馬懿，說孔明退兵了。懿曰：「孔明必有大謀，不可輕動。」張郃曰：「此必因糧盡而回，如何不追？」懿曰：「吾料孔明上年大收，今又麥熟，糧草豐足；雖然轉運艱難，亦可支吾半載，安肯便走？彼見吾連日不戰，故作此計引誘。可令人遠遠哨之。」軍士探知，回報說：「孔明離此三十里下寨。」懿曰：「吾料孔明果不走。且堅守寨柵，不可輕進。」住了旬日，絕無音信，並不見蜀將來戰。懿再令人哨探，回報說：「蜀兵已起營去了。」懿未信，乃更換衣服，雜在軍中，親自來看，果見蜀兵又退三十里下寨。懿回營謂張郃曰：「此乃孔明之計也，不可追趕。」又住了旬日，再令人哨探。回報說：「蜀兵又退三十里下寨。」郃曰：「孔明用緩兵計，漸退漢中，都督何故懷疑，不早追之？郃願往決一戰！」懿曰：「孔明詭計極多，倘有差失，喪我軍之銳氣。不可輕進。」郃曰：「某去若敗，甘當軍令。」懿曰：「既汝要去，可分兵兩枝。汝引一枝先行，須要奮力死戰；吾隨後接應，以防伏兵。汝次日先進，到半途駐紮，後日交戰，使兵力不乏。」遂分兵已畢。次日，張郃、戴陵引副將數十員、精兵三萬，奮勇先進，到半路下寨。司馬懿留下許多軍馬守寨，只引五千精兵，隨後進發。

原來孔明密令人哨探，見魏兵半路而歇。是夜，孔明喚眾將商議曰：「今魏兵來追，必然死戰，汝等須以一當十，吾以伏兵截其後：非智勇之將，不可當此任。」言畢，以目視魏延。延低頭不語。王平出曰：「某願當之。」孔明曰：「若有失，如何？」平曰：「願當軍令。」孔明歎曰：「王平肯捨身親冒矢石，真忠臣也！雖然如此，奈魏兵分兩枝前後而來，斷吾伏兵在中；平縱然智勇，只可當一頭，豈可分身兩處？須再得一將同去為妙。怎奈軍中再無捨死當先之人！」言未畢，一將出曰：「某願往！」孔明視之，乃張翼也。孔明曰：「張郃乃魏之名將，有萬夫不當之勇，汝非敵手。"翼曰："若有失事，願獻首於帳下。"孔明曰："汝既敢去，可與王平各引一萬精兵伏於山谷中；只待魏兵趕上，任他過盡，汝等各引伏兵從後掩殺。若司馬懿隨後趕來，卻分兵兩頭：張翼引一軍當住後隊，王平引一軍截其前隊。兩軍須要死戰，吾自有別計相助。"二人受計引兵而去。孔明又喚姜維、廖化分付曰："與汝二人一個錦囊，引三千精兵，偃旗息鼓，伏於前山之上。如見魏兵圍住王平、張翼，十分危急，不必去救，只開錦囊看視，自有解危之策。"二人受計引兵而去。又令吳班、吳懿、馬忠、張嶷四將，附耳分付曰："如來日魏兵到，銳氣正盛，不可便迎，且戰且走。只看關興引兵來掠陣之時，汝等便回軍趕殺，吾自有兵接應。"四將受計引兵而去。又喚關興分付曰："汝引五千精兵，伏於山谷；只看山上紅旗颭動，卻引兵殺出。"興受計引兵而去。

卻說張郃、戴陵領兵前來，驟如風雨。馬忠、張嶷、吳懿、吳班四將接着，出馬交鋒。張郃大怒，驅兵追殺。蜀兵且戰且走。魏兵追趕約有二十餘里，時值六月天氣，十分炎熱，人馬汗如潑水。走到五十里外，魏兵盡皆氣喘。孔明在山上把紅旗一招，關興引兵殺出。馬忠等四將，一齊引兵掩殺回來。張郃、戴陵死戰不退。忽然喊聲大震，兩路軍殺出，乃王平、張翼也。各奮勇追殺，截其後路。郃大叫眾將曰："汝等到此，不決一死戰，更待何時！"魏兵奮力衝突，不得脫身。忽然背後鼓角喧天，司馬懿自領精兵殺到。懿指揮眾將，把王平、張翼困在垓心。翼大呼曰："丞相真神人也！計已算定，必有良謀。吾等當決一死戰！"即分兵兩路：平引一軍截住張郃、戴陵；翼引一軍力當司馬懿。兩頭死戰，叫殺連天。姜維、廖化在山上探望，見魏兵勢大，蜀兵力危，漸漸抵當不住。維謂化曰："如此危急，可開錦囊看計。"二人拆開視之，內書云："若司馬懿兵來圍王平、張翼至急，汝二人可分兵兩枝，竟襲司馬懿之營；懿必急退，汝可乘亂攻之。營雖不得，可獲全勝。"二人大喜，即分兵兩路，逕襲司馬懿營中而去。

原來司馬懿亦恐中孔明之計，沿途不住的令人傳報。懿正催戰間，忽流星馬飛報，言蜀兵兩路竟取大寨去了。懿大驚失色，乃謂眾將曰："吾料孔明有計，汝等不信，勉強追來，卻誤了大事！"即提兵急回，軍心惶惶亂走。張翼隨後掩殺，魏兵大敗。張郃、戴陵見勢孤，亦望山僻小路而走，蜀兵大勝。背後關興引兵接應諸路。司馬懿大敗一陣，奔入寨時，蜀兵已自回去。懿收聚敗軍，責罵諸將曰："汝等不知兵法，只憑血氣之勇，強欲出戰，致有此敗。今後切不許妄動，再有不遵，決正軍法！"眾皆羞慚而退。這一陣，魏軍死者極多，遺棄馬匹、器械無數。

卻說孔明收得勝軍馬入寨，又欲起兵進取。忽報有人自成都來，說張苞身死。孔明聞知，放聲大哭，口中吐血，昏絕於地。眾人救醒。孔明自此得病臥牀不起。諸將無不感激。後人有詩歎曰：

> 悍勇張苞欲建功，可憐天不助英雄！
> 武侯淚向西風灑，為念無人佐鞠躬。

旬日之后，孔明喚董厥、樊建等入帳分付曰："吾自覺昏沈，不能理事！不如且回漢中養病，再作良圖。汝等切勿走泄：司馬懿若知，必來攻擊。"遂傳號令，教當夜暗暗拔寨，皆回漢中。孔明去了五日，懿方得知，乃長歎曰："孔明真有神出鬼沒之計，吾不能及也！"於是司馬懿留諸將在寨中，分兵守把各處隘口；懿自班師回。

卻說孔明將大軍屯於漢中，自回成都養病；文武官僚出城迎接，送入丞相府中；後主御駕自來問病，命御調治，日漸痊可。

　　建興八年秋七月，魏都督曹真病可，乃上表說：「蜀兵數次侵界，屢犯中原，若不剿除，後必為患。今時值秋涼，人馬安閒，正當征伐。臣願與司馬懿同領大軍，逕入漢中，殄滅奸黨，以清邊境。」魏主大喜，問侍中劉曄曰：「子丹勸朕伐蜀，若何？」曄奏曰：「大將軍之言是也。今若不剿除，後必為大患。陛下便可行之。」叡點頭。曄出內回家，有眾大臣相探，問曰：「聞天子與公計議興兵伐蜀，此事如何？」曄應曰：「無此事也。蜀有山川之險，非可易圖。空費軍馬之勞，於國無益。」眾官皆默然而出。楊暨入內奏曰：「昨聞劉曄勸陛下伐蜀；今日與眾臣議，又云不可伐，是欺陛下也。陛下何不召而問之？」叡即召劉曄入內問曰：「卿勸朕伐蜀，今又言不可。何也？」曄曰：「臣細詳之，蜀不可伐。」叡大笑。少時，楊暨出內。曄奏曰：「臣昨日勸陛下伐蜀，乃國之大事，豈可妄泄於人？夫兵者，詭道也；事未發切宜祕之。」叡大悟曰：「卿言是也。」自此愈加敬重。旬日內，司馬懿入朝，魏主將曹真表奏之事，逐一言之。懿奏曰：「臣料東吳必未敢動兵，今日正可乘此去伐蜀。」叡即拜曹真為大司馬征西大都督，司馬懿為大將軍征西副都督，劉曄為軍師。三人拜辭魏主，引四十萬大兵，前行至長安，逕奔劍閣，來取漢中。其餘郭淮、孫禮等，各取路而行。

　　漢中人報入成都。此時孔明病好多時，每日操練人馬，習學八陣之法，盡皆精熟，欲取中原；聽得這個消息，遂喚張嶷、王平分付曰：「汝二人先引一千兵去守陳倉古道，以當魏兵；吾卻提大兵便來接應。」二人告曰：「人報魏軍四十萬，詐稱八十萬，聲勢甚大，如何只與一千兵去守隘口？倘魏兵大至，何以拒之？」孔明曰：「吾欲多與，恐士卒辛苦耳。」嶷與平面面相覷，皆不敢去。孔明曰：「若有疏失，非汝等之罪。不必多言,可疾去。"二人又哀告曰:"丞相欲殺某二人,就此請殺,只不敢去。"孔明笑曰:"何其愚也!吾令汝等去,自有主見:吾昨夜仰觀天文,見畢星躔於太陰之分,此月內必有大雨淋漓。魏兵雖有四十萬,安敢深入山險之地?因此不用多軍,決不受害。吾將大軍皆在漢中安居一月,待魏兵退,那時以大兵掩之;以逸待勞,吾十萬之眾可勝魏兵四十萬也。"二人聽畢,方大喜,拜辭而去。孔明隨統大軍出漢中,傳令叫各處隘口,預備乾柴草料細糧,俱彀一月人馬支用,以防秋雨;將大軍寬限一月,先給衣食,伺候出征。

卻說曹真、司馬懿同領大軍,逕到陳倉城內,不見一間房屋;尋土人問之,皆言孔明回時放火燒毀。曹真便要從陳倉道進發。懿曰:"不可輕進。我夜觀天文,見畢星躔於太陰之分,此月內必有大雨。若深入重地,常勝則可;倘有疏虞,人馬受苦,要退則難。且宜在城中搭起窩鋪住紮,以防陰雨。"真從其言。未及半月,天雨大降,淋漓不止。陳倉城外,平地水深三尺,軍器盡濕,人不得睡,晝夜不安。大雨連降三十日,馬無草料,死者無數,軍士怨聲不絕。傳入洛陽,魏主設壇,求晴不得。黃門侍郎王肅上疏曰:

> 前志有之:"千里餽糧,士有飢色;樵蘇後爨[1],師不宿飽。"此謂平途之行軍者也。又況於深入險阻,鑿路而行,則其為勞,必相百也。今又加之以霖雨,山坡峻滑,眾逼而不展,糧遠而難繼,實行軍之大忌也。聞曹真發已逾月,而行方半谷,治道功夫,戰士悉作,是彼偏得以逸待勞,乃兵家之所憚也。言之前代,則武王伐紂,出關而復還;論之近事,則武、文征權,臨江而不濟:豈非順天知時,通於權變者哉?願陛下念水雨艱劇之故,休息士卒;後日有釁,乘時

用之。所謂"悦以犯難，民忘其死"者也。

魏主覽表，正在猶豫，楊阜、華歆亦上疏諫。魏主即下詔，遣使詔曹真、司馬懿還朝。

卻說曹真與司馬懿商議曰："今連陰三十日，軍無戰心，各有思歸之意，如何禁止？"懿曰："不如且回。"真曰："倘孔明追來，怎生退之？"懿曰："先伏兩軍斷後，方可回兵。"正議間，忽使命來召。二人遂將大軍前隊作後隊，後隊作前隊，徐徐而退。

卻說孔明計算一月秋雨，天氣未晴，自提一軍屯於城固，又傳令教大軍會於赤坡駐紮。孔明升帳喚眾將言曰："吾料魏兵必走，魏主必下詔來取曹真、司馬懿兵回。吾若追之，必有準備；不如任他且去，再作良圖。"忽王平令人報來，說魏兵已回。孔明分付來人，傳與王平："不可追襲，吾自有破魏兵之策。"正是：魏兵縱使能埋伏，漢相原來不肯追。未知孔明怎生破魏，且看下文分解。

## 註 釋

1　樵蘇後爨：打柴取草之後再燒飯。

# 第一〇〇回

# 漢兵劫寨破曹真
# 武侯鬥陣辱仲達

　　卻說眾將聞孔明不追魏兵，俱入帳告曰："魏兵苦雨，不能屯紮，因此回去，正好乘勢追之，丞相如何不追？"孔明曰："司馬懿善能用兵，今軍退必有埋伏。吾若追之，正中其計。不如縱他遠去，吾卻分兵逕出斜谷而取祁山，使魏人不隄防也。"眾將曰："取長安之地，別有路途，丞相只取祁山，何也？"孔明曰："祁山乃長安之首也。隴西諸郡，倘有兵來，必經由此地；更兼前臨渭濱，後靠斜谷，左出右入，可以伏兵，乃用武之地。吾故欲先取此，得地利也。"眾將皆拜服。孔明令魏延、張嶷、杜瓊、陳式出箕谷；馬岱、王平、張翼、馬忠出斜谷；俱會於祁山。調撥已定，孔明自提大軍，令關興、廖化為先鋒，隨後進發。

　　卻說曹真、司馬懿二人，在後監督人馬，令一軍入陳倉古道探視，回報說蜀兵不來。又行旬日，後面埋伏眾將皆回，說蜀兵全無音耗。真曰："連綿秋雨，棧道斷絕，蜀人豈知吾等退兵耶？"懿曰："蜀兵隨後出矣。"真曰:"何以知之?"懿曰:"連日晴明,蜀兵不趲,料吾有伏兵也,故縱吾兵遠去;待我兵過盡,他卻奪祁山矣。"曹真不信。懿曰:"子丹如何不信?吾料孔明必從兩谷而來。吾與子丹各守一谷口,十日為期。若無蜀兵來,我面塗紅粉,身穿女衣,來營中伏罪。"真曰:"若有蜀兵來,我願將天子所賜玉帶一條、御馬一匹與你。"即分兵兩路:真引兵屯於祁山之西,斜谷口;懿引軍屯於祁山之東,箕谷口。各下寨已畢。懿先引一枝兵伏於山谷中;其餘軍馬,各於要路安營。懿更換衣裝,雜在眾軍之內,遍觀各營。忽到一營,有一偏將仰天而怨曰:"大雨淋了許多時,不肯回去,今又在這裏頓住,強要賭賽,卻不苦了官軍!"懿聞言歸寨升帳,聚眾將皆到帳下,挨出那將來。懿叱之曰:"朝廷養軍千日,用在一時。汝安敢口出怨言,以慢軍心!"其人不招。懿叫出同伴之人對證,那將不能抵賴。懿曰:"吾非賭賽,欲勝蜀兵,令汝各人有功回朝。汝乃妄出怨言,自取罪戾!"喝令武士推出斬之。須臾,獻首帳下。眾將悚然。懿曰:"汝等諸將皆要盡心以防蜀兵。聽吾中軍礮響,四面皆進。"眾將受命而退。

卻說魏延、張嶷、陳式、杜瓊四將,引二萬兵,取箕谷而進。正行之間,忽報參謀鄧芝到來,四將問其故。芝曰:"丞相有令:如出箕谷,隄防魏兵埋伏,不可輕進。"陳式曰:"丞相用兵何多疑耶?吾料魏兵連遭大雨,衣甲皆毀,必然急歸;安得又有埋伏?今吾兵倍道而進,可獲大勝,如何又教休進?"芝曰:"丞相計無不中,謀無不成,汝安敢違令?"式笑曰:"丞相若果多謀,不致街亭之失!"魏延想起孔明向日不聽其計,亦笑曰:"丞相若聽吾言,逕出子午谷,此時休說長安,連洛陽皆得矣!今執定要出祁山,有何益耶?既令進兵,今又教休進，何其號令不明！」式曰：「吾自有五千兵，逕出箕谷，先到祁山下寨，看丞相羞也不羞！」芝再三阻當，式只不聽，逕自引五千兵出箕谷去了。鄧芝只得飛報孔明。

卻說陳式引兵行不數里，忽聽一聲礮響，四面伏兵皆出。式急退時，魏兵塞滿谷口，圍得鐵桶相似。式左衝右突，不能得脫。忽聞喊聲大震，一彪軍殺入，乃是魏延；救了陳式，回到谷中，五千兵只剩得四五百帶傷人馬。背後魏兵趕來，卻得杜瓊、張嶷引兵接應，魏兵方退。陳、魏兩人方信孔明先見如神，懊悔不及。

且說鄧芝回見孔明，言魏延、陳式如此無禮。孔明笑曰：「魏延素有反相，吾知彼常有不平之意；因憐其勇而用之，久後必生患害。」正言間，忽流星馬報到，說陳式折了四千餘人，止有四五百帶傷人馬，屯在谷中。孔明令鄧芝再來箕谷撫慰陳式，防其生變；一面喚馬岱、王平分付曰：「斜谷若有魏兵守把，汝二人引本部軍越山嶺，夜行晝伏，速出祁山之左，舉火為號。」又喚馬忠、張翼分付曰：「汝等亦從山僻小路，晝伏夜行，逕出祁山之右，舉火為號，與馬岱、王平會合，共劫曹真營寨。吾自從谷中三面攻之，魏兵可破也。」四人領命分頭引兵去了。孔明又喚關興、廖化分付曰：如此如此。兩人受了密計，引兵而去。孔明自領精兵倍道而行。正行間，又喚吳班、吳懿授與密計，亦引兵先行。

卻說曹真心中不信蜀兵來，以此怠慢，縱令軍士歇息；只等十日無事，要羞司馬懿。不覺守了七日，忽有人報谷中有些小蜀兵出來。真令副將秦良引五千兵哨探，不許縱令蜀軍近界。秦良領命，引兵剛到谷口，哨見蜀兵退去。良急引兵趕來，行到五六十里，不見蜀兵，心下疑惑，教軍士下馬歇息。忽哨馬報說：「前面有蜀兵埋伏。」良上馬看時，只見山中塵土大起，急令軍士隄防。不一時，四壁廂喊聲大震：前面吳班、吳懿引兵殺出，背後關興、廖化引兵殺來。左右是山，皆無走路。山上蜀兵大叫：“下馬投降者免死！”魏軍大半多降。秦良死戰，被廖化一刀斬於馬下。孔明把降卒拘於後軍，卻將魏軍衣甲與蜀軍五千人穿了，扮作魏兵，令關興、廖化、吳班、吳懿四將引着，逕奔曹真寨來；先令報馬入寨說：“只有些小蜀兵，盡趕去了。”真大喜。忽報司馬都督差心腹人至。真喚入問之。其人告曰：“今蜀兵用埋伏計，殺魏兵四千餘人。司馬都督致意將軍，教休將賭賽為念，務要用心隄備。”真曰：“吾這裏並無一個蜀兵。”遂打發來人回去。忽又報秦良引兵回來了。真自出帳迎之。比及到寨，人報前後兩把火起。真急回寨後看時，關興、廖化、吳班、吳懿四將，指麾蜀軍，就營前殺將進來；馬岱、王平從後面殺來；馬忠、張翼亦引兵殺到。魏軍措手不及，各自逃生。眾將保曹真望東而走，背後蜀兵趕來。曹真正奔走，忽然喊聲大震，一彪軍殺到。真膽戰心驚；視之，乃司馬懿也。懿大戰一場，蜀兵方退。真得脫，羞慚無地。懿曰：“諸葛亮奪了祁山地勢，吾等不可久居此處，宜去渭濱安營，再作良圖。”真曰：“仲達何以知吾遭此大敗也？”懿曰：“見來人報稱子丹說並無一個蜀兵，吾料孔明暗來劫寨，因此知之，故相接應。今果中計。切莫言賭賽之事，只同心報國。”曹真甚是惶恐，氣成疾病，臥牀不起。兵屯渭濱，懿恐軍心有亂，不敢教真引兵。

卻說孔明大驅士馬，復出祁山。勞軍已畢，魏延、陳式、杜瓊、張嶷入帳拜伏請罪。孔明曰：“是誰失陷了軍來？”延曰：“陳式不聽號令，潛入谷口，以此大敗。”式曰：“此事魏延教我行來。”孔明曰：“他倒救你，你反攀他！將令已違，不必巧說！”即令武士推出陳式斬之。須臾，懸首於帳前，以示諸將。此時孔明不殺魏延，欲留之以為後用也。孔明既斬了陳式，正議進兵，忽有細作報說曹真臥病不起，現在營中治療。孔明大喜。謂諸將曰：“若曹真病輕，必便回長安。今魏兵不退，必為病重，故留於軍中，以安眾人之心。吾寫下一書，教秦良的降兵持與曹真，真若見之，必然死矣。”遂喚降兵至帳下，問曰：“汝等皆是魏軍，父母妻子，多在中原，不宜久居蜀中。今放汝等回家，若何？”眾軍泣淚拜謝。孔明曰：“曹子丹與吾有約；吾有一書，汝等帶回，送與子丹，必有重賞。”魏軍領了書，奔回本寨，將孔明書呈與曹真。真扶病而起，拆封視之。其書曰：

> 漢丞相武鄉侯諸葛亮，致書於大司馬曹子丹之前：竊謂夫為將者，能去能就，能柔能剛；能進能退，能弱能強。不動如山岳，難知如陰陽；無窮如天地，充實如太倉；浩渺如四海，眩曜如三光。預知天文之旱潦，先識地理之平康。察陣勢之期會，揣敵人之短長。嗟爾無學後輩，上逆穹蒼，助篡國之反賊，稱帝號於洛陽；走殘兵於斜谷，遭霖雨於陳倉！水陸困乏，人馬猖狂！拋盈郊之戈甲，棄滿地之刀槍！都督心崩而膽裂，將軍鼠竄而狼忙！無面見關中之父老，何顏入相府之廳堂！史官秉筆而記錄，百姓眾口而傳揚：仲達聞陣而惕惕，子丹望風而遑遑！吾軍兵強而馬壯，大將虎奮以龍驤！掃秦川為平壤，蕩魏國作坵荒！

曹真看畢，恨氣填胸，至晚死於軍中。司馬懿用兵車裝載，差人送赴洛陽安葬。魏主聞知曹真已死，即下詔催司馬懿出戰。懿提大軍來與孔明交鋒，隔日先下戰書。

孔明謂諸將曰：“曹真必死矣。”遂批回來日交鋒。使者去了。孔明當夜教姜維受了密計，如此而行。又喚關興分付：如此如此。次日，孔明盡起祁山之兵前到渭濱：一邊是河，一邊是山，中央平川曠野，好片戰場！兩軍相迎，以弓箭射住陣角。三通鼓罷，魏陣中門旗開處，司馬懿出馬，眾將隨後而出。只見孔明端坐於四輪車上，手搖羽扇。懿曰：“吾主上法堯禪舜，相傳二帝，坐鎮中原，容汝蜀、吳二國者，乃吾主寬慈仁厚，恐傷百姓也。汝乃南陽一耕夫，不識天數，強要相侵，理宜殄滅！如省心改過，宜即早回，各守疆界，以成鼎足之勢，免致生靈塗炭，汝等皆得全生！”孔明笑曰：“吾受先帝託孤之重，安肯不傾心竭力以討賊乎？汝曹氏不久為漢所滅。汝祖父皆為漢臣，世食漢祿，不思報効，反助篡逆，豈不自恥？”懿羞慚滿面曰：“吾與汝決一雌雄！汝若能勝，吾誓不為大將！汝若敗時，早歸故里，吾並不加害！”

　　孔明曰：“汝欲鬥將？鬥兵？鬥陣法？”懿曰：“先鬥陣法。”孔明曰：“先布陣我看。”懿入中軍帳下，手執黃旗招颭，左右軍動，排成一陣，復上馬出陣，問曰：“汝識吾陣否？”孔明笑曰：“吾軍中末將，亦能布之！此乃‘混元一氣陣’也。”懿曰：“汝布陣我看。”孔明入陣，把羽扇一搖，復出陣前，問曰：“汝識我陣否？”懿曰：“量此‘八卦陣’，如何不識！”孔明曰：“識便識了，敢打我陣否？”懿曰：“既識之，如何不敢打！”孔明曰：“汝只管打來。”司馬懿回到本陣中，喚戴陵、張虎、樂綝三將，分付曰：“今孔明所布之陣，按休、生、傷、杜、景、死、驚、開八門。汝三人可從正東生門打入，往西南休門殺出，復從正北開門殺入：此陣可破。汝等小心在意！”於是戴陵在中，張虎在前，樂綝在後，各引三十騎，從生門打入。兩軍吶喊相助。三人殺入蜀陣，只見陣如連城，衝突不出。三人慌引騎轉過陣腳，往西南衝去，卻被蜀兵射住，衝突不出。陣中重重疊疊，都有門戶，那裏分東西南北？三將不能相顧，只管亂撞，但見愁雲漠漠，慘霧濛濛。喊聲起處，魏軍一個個皆被縛了，送到中軍。孔明坐於帳中，左右將張虎、戴陵、樂綝并九十個軍，皆縛在帳下。孔明笑曰：「吾縱然捉得汝等，何足為奇！吾放汝等回見司馬懿，教他再讀兵書，重觀戰策，那時來決雌雄，未為遲也。汝等性命既饒，當留下軍器戰馬。」遂將眾人衣服脫了，以墨塗面，步行出陣。司馬懿見之大怒，回顧諸將曰：「如此挫敗銳氣，有何面目回見中原大臣耶！」即指揮三軍，奮死掠陣。懿自拔劍在手，引百餘驍將，催督衝殺。兩軍恰纔相會，忽然陣後鼓角齊鳴，喊聲大震，一彪軍從西南上殺來，乃關興也。懿分後軍當之，復催軍向前厮殺。忽然魏兵大亂，原來姜維引一彪軍悄地殺來。蜀兵三路夾攻，懿大驚，急忙退軍。蜀兵周圍殺到，懿引三軍望南死命衝出。魏兵十傷六七。司馬懿退在渭濱南岸下寨，堅守不出。

　　孔明收得勝之兵，回到祁山時，永安城李嚴，遣都尉苟安解送糧米至軍中交割。苟安好酒，於路怠慢，違限十日。孔明大怒曰：「吾軍中專以糧為大事，誤了三日，便該處斬！汝今誤了十日，有何理說？」喝令推出斬之。長使楊儀曰：「苟安乃李嚴用人，又兼錢糧多出於西川，若殺此人，後無人敢送糧也。」孔明乃叱武士去其縛，仗八十放之。苟安被責，心中懷恨，連夜引親隨五六騎，逕奔魏寨投降。懿喚入，苟安拜告前事。懿曰：「雖然如此，孔明多謀，汝言難信。汝能為我幹一件大功，吾那時奏准天子，保汝為上將。」安曰：「但有甚事，即當効力。」懿曰：「汝可回成都布散流言，說孔明有怨上之意，早晚欲稱為帝，使汝主召回孔明，便是汝之功。」苟安允諾，逕回成都，見了宦官，布散流言，說孔明自倚大功，早晚必將篡國。宦官聞知大驚，即入內奏帝，細言前事。後主驚訝曰：「似此如之奈何？」宦官曰：「可詔還成都，削其兵權，免生叛逆。」後主下詔，宣孔明班師回朝。蔣琬出班奏曰：「丞相自出師以來，累建大功，何故宣回？」後主曰：“朕有機密事，必須與丞相面議。”即遣使齎詔星夜宣孔明回。使命逕到祁山大寨，孔明接入，受詔已畢，仰天歎曰：“主上年幼，必有佞臣在側！吾正欲建功，何故取回？我如不回，是欺主也。若奉命而退，日後再難得此機會也。”姜維問曰：“若大軍退，司馬懿乘勢掩殺，當復如何？”孔明曰：“吾今退軍，可分五路而退：今日先退此營。假如營內兵一千，卻掘二千竈。今日掘三千竈，明日掘四千竈，每日退軍，添竈而行。”楊儀曰：“昔孫臏擒龐涓，用添兵減竈之法；今丞相退兵，何故增竈？”孔明曰：“司馬懿善能用兵，知吾退兵，必然追趕；心中疑吾有伏兵，定於舊營內數竈；見每日增竈，兵又不知退與不退，則疑而不敢追。吾徐徐而退，自無損兵之患。”遂傳令退軍。

卻說司馬懿料苟安行計停當，只待蜀兵退時，一齊掩殺。正躊躇間，忽報蜀寨空虛，人馬皆去。懿因孔明多謀，不敢輕追，自引百餘騎前來蜀營內踏看，教軍士數竈，仍回本寨；次日，又教軍士趕到那個營內，查點竈數。回報說：“這營內之竈，比前又增一分。”司馬懿謂諸將曰：“吾料孔明多謀，今果添兵增竈，吾若追之，必中其計；不如且退，再作良圖。”於是回軍不追。孔明不折一人，望成都而去。次後，川口土人來報司馬懿，說孔明退兵之時，未見添兵，只見增竈。懿仰天長歎曰：“孔明效虞詡之法，瞞過吾也！其謀略吾不如之！”遂引大軍回洛陽。正是：棋逢敵手難相勝，將遇良才不敢驕。未知孔明回到成都，竟是如何，且看下文分解。

# 第一〇一回

# 出隴上諸葛妝神
# 奔劍閣張郃中計

　　卻說孔明用減兵添竈之法，退兵到漢中；司馬懿恐有埋伏，不敢追趕，亦收兵回長安去了；因此蜀兵不曾折了一人。孔明大賞三軍已畢，回到成都，入見後主，奏曰：“老臣出了祁山，欲取長安，忽承陛下降詔召回，不知有何大事？”後主無言可對；良久，乃曰：“朕久不見丞相之面，心甚思慕，故特詔同，別無他事。”孔明曰：“此非陛下本心，必有奸臣讒言，言臣有異志也。”後主聞言，默然無語。孔明曰：“老臣受先帝厚恩，誓以死報。今若內有奸邪，臣安能討賊乎？”後主曰：“朕因過聽宦官之言，一時召回丞相。今日茅塞方開，悔之不及矣。”孔明遂喚眾宦官究問，方知是苟安流言，急令人捕之，已投魏國去了。孔明將妄奏的宦官誅戮，餘皆廢出宮外；又深責蔣琬、費禕等不能覺察奸邪，規諫天子。二人唯唯服罪。孔明拜辭後主，復到漢中，一面發檄令李嚴應付糧草，仍運赴軍前；一面再議出師。楊儀曰：“前數興兵，軍力疲敝，糧又不繼；今不如分兵兩班，以三個月為期；且如二十萬之兵，只領十萬出祁山，住了三個月，卻教這十萬替回，循環相轉。若此則兵力不乏，然後徐徐而進，中原可圖矣。"孔明曰："此言正合我意。吾伐中原，非一朝一夕之事，正當為此長久之計。"遂下令，分兵兩班，限一百日為期，循環相轉，違限者按軍法處治。

建興九年春二月，孔明復出師伐魏。時魏太和五年也。魏主曹叡知孔明又伐中原，急召司馬懿商議。懿曰："今子丹已亡，臣願竭一人之力，剿除寇賊，以報陛下。"叡大喜，設宴待之。次日，人報蜀兵寇急。叡即命司馬懿出師禦敵，親排鑾駕送出城外。懿辭了魏主，逕到長安，大會諸路人馬，計議破蜀兵之策。張郃曰："吾願引一軍去守雍、郿，以拒蜀兵。"懿曰："吾前軍不能獨當孔明之眾，而又分兵為前後，非勝算也。不如留兵守上邽，餘眾悉往祁山。公肯為先鋒否？"郃大喜曰："吾素懷忠義，欲盡心報國，惜未遇知己；今都督肯委重任，雖萬死不辭。"於是司馬懿令張郃為先鋒，總督大軍；又令郭淮守隴西諸郡。其餘眾將各分道而進。前軍哨馬報說："孔明率大軍望祁山進發，前部先鋒王平、張嶷，逕出陳倉，過劍閣，由散關望斜谷而來。"司馬懿謂張郃曰："今孔明長驅大進，必將割隴西小麥，以資軍糧。汝可結營守祁山，吾與郭淮巡略天水諸郡，以防賊兵割麥。"郃領諾，遂領四萬兵守祁山。懿引大軍望隴西而去。

卻說孔明兵至祁山，安營已畢，見渭濱有魏兵隄備，乃謂諸將曰："此必是司馬懿也。即今營中乏糧，屢遣人催併李嚴運米應付，卻只是不到。吾料隴上麥熟，可密引兵割之。"於是留王平、張嶷、吳班、吳懿四將守祁山營，孔明自引姜維、魏延等諸將，前到鹵城。鹵城太守素知孔明，慌忙開城出降。孔明撫慰畢，問曰："此時何處麥熟？"太守告曰："隴上麥已熟。"孔明乃留張翼、馬忠守鹵城，自引諸將并三軍望隴上而來。前軍回報說：「司馬懿引兵在此。」孔明驚曰：「此人預知吾來割麥也！」即沐浴更衣，推過一般三輛四輪車來，車上皆要一樣妝飾。此車乃孔明在蜀中預先造下的。當下令姜維引一千軍護車，五百軍擂鼓，伏在上邽之後；馬岱在左，魏延在右，亦各引一千軍護車，五百軍擂鼓。每一輛車，用二十四人，皂衣跣足，披髮仗劍，手執七星皂旛，在左右推車。三人各受計，引兵推車而去。孔明又令三萬軍各執鐮刀、馱繩，伺候割麥。卻選二十四個精壯之士，各穿皂衣，披髮跣足，仗劍簇擁四輪車，為推車使者。令關興結束做天蓬[1]模樣，手執七星皂旛，步行於車前。孔明端坐於上，望魏營而來。

哨探軍見之大驚，不知是人是鬼，火速報知司馬懿。懿自出營視之，只見孔明簪冠鶴氅，手搖羽扇，端坐於車上；左右二十四人，披髮仗劍；前面一人，手執皂旛，隱隱似天神一般。懿曰：「這個又是孔明作怪也！」遂撥二千人馬分付曰：「汝等疾去，連車帶人，盡情都捉來！」魏兵領命，一齊追趕。孔明見魏兵追趕來，便教回車，遙望蜀營緩緩而行。魏兵皆驟馬趕，但見陰風習習，冷霧漫漫，儘力趕了一程，追之不上。各人大驚，都勒住馬言曰：「奇怪！我等急急趕了三十里，只見在前，追之不上。如之奈何？」孔明見兵不來，又令推車過來，朝着魏兵歇下。魏兵猶豫良久，又放馬趕來。孔明復回車慢慢而行。魏兵又趕了二十里，只見在前，不曾趕上，盡皆癡呆。孔明教回過車，朝着魏兵，推車倒行。魏兵又欲追趕。後面司馬懿自引一軍到。傳令曰：「孔明善會八門遁甲，能驅六丁六甲之神。此乃六甲天書內『縮地』之法也。眾軍不可追之。」眾軍方勒馬回時，左勢下戰鼓大震，一彪軍殺來。懿急令兵拒之。只見蜀兵隊裏二十四人，披髮仗劍，皂衣跣足，擁出一輛四輪車；車上端坐孔明，簪冠鶴氅，手搖羽扇。懿大驚曰：「方纔那個車上坐着孔明，趕了五十里，追之不上，這裏如何又有孔明？怪哉！怪哉！"言未畢，右勢下戰鼓又鳴，一彪軍殺來，四輪車上亦坐着一個孔明；左右亦有二十四人，皂衣跣足，披法仗劍，擁車而來。懿心中大疑，回顧諸將曰："此必神兵也！"眾軍心下大亂，不敢交戰，各自奔走。

正行之際，忽然鼓聲大震，又一彪軍殺來，當先一輛四輪車，孔明端坐於上，左右推車使者，同前一般。魏兵無不駭然。司馬懿不知是人是鬼，又不知多少蜀兵，十分驚懼，急急引兵奔入上邽，閉門不出。此時孔明早令三萬精兵將隴上小麥割盡，運赴鹵城打曬去了。司馬懿在上邽城中，三日不敢出城，後見蜀兵退去，方敢令軍出哨。於路捉得一蜀兵，來見司馬懿。懿問之。其人告曰："某乃割麥之人，因走失馬匹，被捉前來。"懿曰："前者是何神兵？"答曰："三路伏兵，皆不是孔明，乃姜維、馬岱、魏延也。每一路只有一千軍護車，五百軍擂鼓。只是先來誘陣的車上乃孔明也。"懿仰天長歎曰："孔明有神出鬼沒之機！"忽報副都督郭淮入見。懿接入，禮畢。淮曰："吾聞蜀兵不多，見在鹵城打麥，可以擊之。"懿細言前事。淮笑曰："只瞞過一時，今已識破，何足道哉！吾引一軍攻其後，公引一軍攻其前，鹵城可破，孔明可擒矣。"懿從之，遂分兵兩路而來。

卻說孔明引軍在鹵城打曬小麥，忽喚諸將聽令曰："今夜敵人必來攻城。吾料鹵城東西麥田之內，足可伏兵；誰敢為我一往？"姜維、魏延、馬忠、馬岱四將出曰："某等願往。"孔明大喜，乃命姜維、魏延各引二千兵，伏東南、西北兩處；馬岱、馬忠各引二千兵，伏在西南、東北兩處："只聽礮響，四角一齊殺來。"四將受計，引兵去了。孔明自引百餘人，各帶火礮出城，伏在麥田之內等候。

卻說司馬懿引兵逕到鹵城下，日已昏黑，乃謂諸將曰："若白日進兵，城中必有準備；今可乘夜晚攻之。此處城低壕淺，可便打破。"

遂屯兵城外。一更時分，郭淮亦引兵到。兩下合兵，一聲鼓響，把鹵城圍得鐵桶相似。城上萬弩齊發，矢石如雨，魏兵不敢前進。忽然魏軍中信礮連聲，三軍大驚，又不知何處兵來。淮令人去麥田搜時，四角上火光沖天，喊聲大震，四路蜀兵，一齊殺至；鹵城四門大開，城內兵殺出：裏應外合，大殺一陣，魏兵死者無數。司馬懿引敗兵奮死突出重圍，占住了山頭；郭淮亦引敗兵奔到山後紮住。孔明入城，令四將於四角上安營。郭淮告司馬懿曰："今與蜀兵相持許久，無策可退；目下又被殺了一陣，折傷三千餘人；若不早圖，日後難退矣。"懿曰："當復如何？"淮曰："可發檄文調雍、涼人馬併力剿殺。吾願引軍襲劍閣，截其歸路，使彼糧草不通，三軍慌亂。那時乘勢擊之，敵可滅矣。"懿從之，即發檄文星夜往雍、涼調撥人馬。不一日，大將孫禮引雍、涼諸郡人馬到。懿即令孫禮約會郭淮去襲劍閣。

　　卻說孔明在鹵城相拒日久，不見魏兵出戰，乃喚姜維、馬岱入城聽令曰："今魏兵守住山險，不與我戰：一者料吾麥盡無糧；二者令兵去襲劍閣，斷吾糧道也。汝二人各引一萬軍先去守住險要，魏兵見有準備，自然退去。"二人引兵去了。長史楊儀入帳告曰："向者丞相令大兵一百日一換，今已限足，漢中兵已出川口，前路公文已到，只待會兵交換：見存八萬軍，內四萬該與換班。"孔明曰："既有令，便教速行。"眾軍聞知，各各收拾起程。忽報孫禮引雍、涼人馬二十萬來助戰，去襲劍閣，司馬懿自引兵來攻鹵城了。蜀兵無不驚駭。楊儀入告孔明曰："魏兵來得甚急，丞相可將換班軍且留下退敵，待新來兵到，然後換之。"孔明曰："不可。吾用兵命將，以信為本。既有令在先，豈可失信？且蜀兵應去者，皆準備歸計，其父母妻子倚扉而望；吾今便有大難，決不留他。"即傳令教應去之兵，當日便行。眾軍聞之，皆大呼曰："丞相如此施恩於眾，我等願且不回，各捨一命，大殺魏兵，以報丞相！"孔明曰："爾等該還家，豈可復留於此？"眾軍皆要出戰，不願回家。孔明曰："汝等既要與我出戰，可出城安營，待魏兵到，莫待他息喘，便急攻之：此以逸待勞之法也。"眾兵領命，各執兵器，歡喜出城，列陣而待。

卻說西涼人馬倍道而來，走的人馬困乏；方欲下營歇息，被蜀兵一擁而進，人人奮勇，將銳兵驍，雍、涼兵抵敵不住，望後便退。蜀兵奮力追殺，殺得那雍、涼兵屍橫遍野，血流成渠。孔明出城，收聚得勝之兵，入城賞勞，忽報永安李嚴有書告急。孔明大驚，拆封視之。書云：

> 近聞東吳令人入洛陽，與魏連和。魏令吳取蜀，幸吳尚
> 未起兵。今嚴探知消息，伏望丞相，早作良圖。

孔明覽畢，甚是驚疑，乃聚眾將曰："若東吳興兵寇蜀，吾須索²速回也。"即傳令，教祁山大寨人馬，且退回西川："司馬懿知吾屯軍在此，必不敢追趕。"於是王平、張嶷、吳班、吳懿，分兵兩路，徐徐退入西川去了。

張郃見蜀兵退去，恐有計策，不敢來追，乃引兵往見司馬懿曰："今蜀兵退去，不知何意？"懿曰："孔明詭計極多，不可輕動。不如堅守，待他糧盡，自然退去。"大將魏平出曰："蜀兵拔祁山之營而退，正可乘勢追之。都督按兵不動，畏蜀如虎，奈天下笑何？"懿堅執不從。

卻說孔明知祁山兵已回，遂令楊儀、馬忠入帳，授以密計，令先引一萬弓弩手，去劍閣木門道，兩下埋伏；若魏兵追到，聽吾礮響，急滾下木石，先截其去路，兩頭一齊射之。二人引兵去了。又喚魏延、

關興引兵斷後，城上四面遍插旌旗，城內亂堆柴草，虛放煙火。大兵盡望木門道而去。

魏營巡哨軍來報司馬懿曰："蜀兵大隊已退，但不知城中還有多少兵。"懿自往視之，見城上插旗，城中煙起，笑曰："此乃空城也。"令人探之，果是空城。懿大喜曰："孔明已退，誰敢追之？"先鋒張郃曰："吾願往。"懿阻曰："公性急躁，不可去。"郃曰："都督出關之時，命吾為先鋒；今日正是立功之際，卻不用吾，何也？"懿曰："蜀兵退去，險阻處必有埋伏，須十分仔細，方可追之。"郃曰："吾已知得，不必挂慮。"懿曰："公自欲去，莫要追悔。"郃曰："大丈夫捨身報國，雖萬死無恨。"懿曰："公既堅執要去，可引五千兵先行；卻教魏平引二萬馬步兵後行，以防埋伏。吾卻自引三千兵隨後接應。"張郃領命，引兵火速望前追趕。行到三十餘里，忽然背後一聲喊起，樹林內閃出一彪軍，為首大將，橫刀勒馬大叫曰："賊將引兵那裏去！"郃回頭視之，乃魏延也。郃大怒，回馬交鋒。不十合，延詐敗而走。郃又追趕三十餘里，勒馬回顧，全無伏兵，又策馬前追。方轉過山坡，忽喊聲大起，一彪軍閃出，為首大將，乃關興也，橫刀勒馬大叫曰："張郃休趕！有吾在此！"郃就拍馬交鋒。不十合，興撥馬便走，郃隨後追之。趕到一密林內，郃心疑，令人四下哨探，並無伏兵，於是放心又趕。不想魏延卻抄在前面；郃又與戰十餘合，延又敗走。郃奮怒追來，又被關興抄在前面，截住去路。郃大怒，拍馬交鋒。戰有十合，蜀兵盡棄衣甲什物等件，塞滿道路。魏兵皆下馬爭取。延、興二將，輪流交戰。張郃奮勇追趕。看看天晚。趕到木門道口，魏延撥回馬，高聲大罵曰："張郃逆賊！吾不與汝相拒，汝只顧趕來！吾今與汝決一死戰！"郃十分忿怒，挺槍驟馬，直取魏延。延揮刀來迎，戰不十合，延大敗，盡棄衣甲、頭盔、匹馬，引敗兵望木門道中而走。張郃殺的性起，又見魏延大敗而逃，乃驟馬趕來。此時天色昏黑，一聲礮響，山上火光沖天，大石亂柴滾將下來，阻截去路。郃大驚曰：“我中計矣！”急回馬時，背後已被木石塞滿了歸路，中間只有一段空地，兩傍皆是峭壁，郃進退無路。忽一聲梆子響，兩下萬弩齊發，將張郃并百餘個部將皆射死於木門道中。後人有詩曰：

伏弩齊飛萬點星，木門道上射雄兵。
至今劍閣行人過，猶說軍師舊日名。

卻說張郃已死，隨後魏兵追到，見塞了道路，已知張郃中計。眾軍勒回馬急退。忽聽得山頭上大叫曰：“諸葛丞相在此！”眾軍仰視，只見孔明立於火光之中，指眾軍而言曰：“吾今日圍獵，欲射一‘馬’，誤中一‘獐’。汝各人安心而去；上覆仲達：早晚必為吾所擒矣。”魏兵回見司馬懿，細告前事。懿悲傷不已，仰天歎曰：“張雋義身死，吾之過也！”乃收兵回洛陽。魏主聞張郃死，揮淚歎息，令人收其屍，厚葬之。

卻說孔明入漢中，欲歸成都見後主。都護李嚴妄奏後主曰：“臣已備辦軍糧，行將運赴丞相軍前，不知丞相何故忽然班師。”後主聞奏，即命尚書費禕入漢中見孔明，問班師之故。禕至漢中，宣後主之意。孔明大驚曰：“李嚴發書告急，說東吳將興兵寇川，因此回師。”費禕曰：“李嚴奏稱軍糧已辦，丞相無故回師，天子因此命某來問耳。”孔明大怒，令人訪察：乃是李嚴因軍糧不濟，怕丞相見罪，故發書取回，卻又妄奏天子，遮飾己過。孔明大怒曰：“匹夫為一己之故，廢國家大事！”令人召至，欲斬之。費禕勸曰：“丞相念先帝託孤之意，姑且寬恕。”孔明從之。費禕即具表啟奏後主。後主覽表，勃然大怒，叱武士推李嚴出斬之。參軍蔣琬出班奏曰：“李嚴乃先帝託孤之臣，乞望恩寬恕。"後主從之，即謫為庶人，徙於梓潼郡閒住。

孔明回到成都，用李嚴子李豐為長史；積草屯糧，講陣論武，整治軍器，存恤將士：三年然後出征。兩川人民軍士，皆仰其恩德。光陰荏苒，不覺三年：時建興十二年春二月。孔明入朝奏曰："臣今存恤軍士，已經三年。糧草豐足，軍器完備，人馬雄壯，可以伐魏。今番若不掃清奸黨、恢復中原，誓不見陛下也！"後主曰："方今已成鼎足之勢，吳、魏不曾入寇，相父何不安享太平？"孔明曰："臣受先帝知遇之恩，夢寐之間，未嘗不設伐魏之策。竭力盡忠，為陛下克復中原，重興漢室，臣之願也。"言未畢，班部中一人出曰："丞相不可興兵。"眾視之，乃譙周也。正是：武侯盡瘁惟憂國，太史知機又論天。未知譙周有何議論，且看下文分解。

---

**註　釋**

1　天蓬：古代神話中的天神，即天蓬元帥。

2　須索：必須；一定。

# 第一〇二回

## 司馬懿占北原渭橋
## 諸葛亮造木牛流馬

　　卻說譙周官居太史，頗明天文；見孔明又欲出師，乃奏後主曰：
"臣今職掌司天臺，但有禍福，不可不奏。近有羣鳥數萬，自南飛來，
投於漢水而死，此不祥之兆。臣又觀天象，見奎星躔於太白之分，盛
氣在北，不利伐魏。又成都人民，皆聞柏樹夜哭：有此數般災異，丞
相只宜謹守，不可妄動。"孔明曰："吾受先帝託孤之重，當竭力討
賊，豈可以虛妄之災氛，而廢國家大事耶？"遂命有司設太牢祭於昭
烈之廟，涕泣拜告曰："臣亮五出祁山，未得寸土，負罪非輕！今臣
復統全師，再出祁山，誓竭力盡心，剿滅漢賊，恢復中原，鞠躬盡瘁，
死而後已！"祭畢，拜辭後主，星夜至漢中，聚集諸將商議出師。忽
報關興病亡，孔明放聲大哭，昏倒於地，半晌方甦。眾將再三勸解，
孔明歎曰："可憐忠義之人，天不與以壽！我今番出師，又少一員大
將也！"後人有詩歎曰：

生死人常理，蜉蝣一樣空。

但存忠孝節，何必壽喬松。

孔明引蜀兵三十四萬，分五路而進，令姜維、魏延為先鋒，皆出祁山取齊；令李恢先運糧草於斜谷道口伺候。

卻說魏國因舊歲有青龍自摩坡井內而出，改為青龍元年。此時乃青龍二年春二月也。近臣奏曰：“邊官飛報蜀兵三十餘萬，分五路復出祁山。”魏主曹叡大驚，急召司馬懿至，謂曰：“蜀人三年不曾入寇，今諸葛亮又出祁山，如之奈何？”懿奏曰：“臣夜觀天象，見中原旺氣正盛，奎星犯太白，不利於西川。今孔明自負才智，逆天而行，乃自取敗亡也。臣託陛下洪福，當往破之。但願保四人同去。”叡曰：“卿保何人？”懿曰：“夏侯淵有四子：長名霸，字仲權；次名威，字季權；三名惠，字雅權；四名和，字義權。霸、威二人，弓馬熟嫻；惠、和二人，諳知韜略：此四人常欲為父報讎。臣今保夏侯霸、夏侯威為左右先鋒，夏侯惠、夏侯和為行軍司馬，共贊軍機，以退蜀兵。”叡曰：“向者夏侯楙駙馬違誤軍機，失陷了許多人馬，至今羞慚不回。今此四人，亦與楙同否？”懿曰：“此四人非楙之比也。”叡乃從其請，即命司馬懿為大都督，凡將士悉聽量才委用，各處兵馬皆聽調遣。懿受命，辭朝出城。叡又以手詔賜懿曰：

卿到渭濱，宜堅壁固守，勿與交鋒。蜀兵不得志，必詐退誘敵，卿慎勿追。待彼糧盡，必將自走，然后乘虛攻之，則取勝不難，亦免軍馬疲勞之苦：計莫善此也。

司馬懿頓首受詔，即日到長安，聚集各處軍馬共四十萬，皆來渭濱下寨；又撥五萬軍，於渭水上搭起九座浮橋，令先鋒夏侯霸、夏侯威過渭水安營；又於大營之後東原，築起一城，以防不虞。懿正與眾將商議間，忽報郭淮、孫禮來見。懿迎入，禮畢。淮曰：「今蜀兵現在祁山，倘跨渭登原，接連北山，阻絕隴道，大可虞也。」懿曰：「所言甚善。公可就總督隴西軍馬，據北原下寨，深溝高壘，按兵休動；只待彼兵糧盡，方可攻之。」郭淮、孫禮領命，引兵下寨去了。

　　卻說孔明復出祁山，下五個大寨，按左右中前後；自斜谷直至劍閣，一連又下十四個大寨，分屯軍馬，以為久計。每日令人巡哨。忽報郭淮、孫禮領隴西之兵，於北原下寨。孔明謂諸將曰：「魏兵於北原安營者，懼吾取此路，阻絕隴道也。吾今虛攻北原，卻暗取渭濱。令人紮木筏百餘隻，上載草把，選慣熟水手五千人駕之。我黃夜只攻北原，司馬懿必引兵來救。彼若少敗，我把後軍先渡過岸去，然後把前軍下於筏中，休要上岸，順水取浮橋放火燒斷，以攻其後。吾自引一軍去取前營之門。若得渭水之南，則進兵不難矣。」諸將遵令而行。早有巡哨軍飛報司馬懿。懿喚諸將議曰：「孔明如此設施，其中有計。彼以取北原為名，順水來燒浮橋，亂吾後，卻攻吾前也。」即傳令與夏侯霸、夏侯威曰：「若聽得北原發喊，便提兵於渭水南山之中，待蜀兵至擊之。」又令張虎、樂綝，引二千弓弩手伏於渭水浮橋北岸：「若蜀兵乘木筏順水而來，可一齊射之，休令近橋。」又傳令郭淮、孫禮曰：「孔明來北原暗渡渭水，汝新立之營，人馬不多，可盡伏於半路。若蜀兵於午後渡水，黃昏時分，必來攻汝。汝詐敗而走，蜀兵必追。汝等皆以弓弩射之。吾水陸並進。若蜀兵大至，只看我指揮而擊之。」各處下令已畢，又令二子司馬師、司馬昭，引兵救應前營。懿自引一軍救北原。

　　卻說孔明令魏延、馬岱引兵渡渭水攻北原；令吳班、吳懿引木筏兵去燒浮橋；令王平、張嶷為前隊，姜維、馬忠為中隊，廖化、張翼為後隊：分兵三路，去攻渭水旱營。是日午時，人馬離大寨，盡渡渭水，列成陣勢，緩緩而行。卻說魏延、馬岱將近北原，天色已昏。孫禮哨見，便棄營而走。魏延知有準備，急退軍時，四下喊聲大震：左有司馬懿，右有郭淮，兩路兵殺來。魏延、馬岱奮力殺出，蜀兵多半落於水中，餘眾奔逃無路。幸得吳懿兵殺來，救了敗兵過岸拒住。吳班分一半兵撐筏順水來燒浮橋，卻被張虎、樂綝在岸上亂箭射住。吳班中箭，落水而死；餘軍跳水逃命，木筏盡被魏兵奪去。此時王平、張嶷，不知北原兵敗，直奔到魏營，已有二更天氣，只聽得喊聲四起。王平謂張嶷曰：“軍馬攻打北原，未知勝負。渭南之寨，現在面前，如何不見一個魏兵？莫非司馬懿知道了，先作準備也？我等且看浮橋火起，方可進兵。”二人勒住軍馬，忽背後一騎馬來報，說：“丞相教軍馬急回。北原兵、浮橋兵，俱失了。”王平、張嶷大驚，急退軍時，卻被魏兵抄在背後，一聲礮響，一齊殺來，火光沖天。王平、張嶷引兵相迎，兩軍混戰一場。平、嶷二人奮力殺出，蜀兵折傷大半。孔明回到祁山大寨，收聚敗兵，約折了萬餘人，心中憂悶。

忽報費禕自成都來見丞相。孔明請入。費禕禮畢，孔明曰：“吾有一書，正欲煩公去東吳投遞，不知肯去否？”禕曰：“丞相之命，豈敢推辭？”孔明即修書付費禕去了。禕持書逕到建業，入見吳主孫權，呈上孔明之書。權拆視之。其略曰：

> 漢室不幸，王綱失紀，曹賊篡逆，蔓延及今。亮受昭烈
> 皇帝寄託之重，敢不竭力盡忠。今大兵已會於祁山，狂寇將
> 亡於渭水。伏望陛下念同盟之義，命將北征，共取中原，同
> 分天下。書不盡言，萬希聖聰！

權覽畢，大喜，乃謂費禕曰：“朕久欲興兵，未得會合孔明。今既有

書到，即日朕自親征，入居巢門，取魏新城；再令陸遜、諸葛瑾等屯兵於江夏、沔口取襄陽；孫韶、張承等出兵廣陵取淮陽等處：三處一齊進軍，共三十萬，尅日興師。”費禕拜謝曰：“誠如此，則中原不日自破矣！”權設宴款待費禕。飲宴間，權問曰：“丞相軍前，用誰當先破敵？”禕曰：“魏延為首。”權笑曰：“此人勇有餘，而心不正。若一朝無孔明，彼必為禍。孔明豈未知耶？”禕曰：“陛下之言極當！臣今歸去，即當以此言告孔明。”遂拜辭孫權，回到祁山，見了孔明，具言吳主起大兵三十萬，御駕親征，兵分三路而進。孔明又問曰：“吳主別有所言否？”費禕將論魏延之語告之。孔明歎曰：“真聰明之主也！吾非不知此人，為惜其勇，故用之耳。”禕曰：“丞相早宜區處。”孔明曰：“吾自有法。”禕辭別孔明，自回成都。

　　孔明正與諸將商議征進，忽報有魏將來投降。孔明喚入問之，答曰：“某乃魏國偏將鄭文也。近與秦朗同領人馬，聽司馬懿調用。不料司馬懿徇私偏向，加秦朗為前將軍，而視文如草芥，因此不平，特來投降丞相。願賜收錄。”言未已，人報秦朗引兵在寨外，單搦鄭文交戰。孔明曰：“此人武藝比汝若何？”鄭文曰：“某當立斬之。”孔明曰：“汝若先殺秦朗，吾方不疑。”鄭文欣然上馬出營，與秦朗交鋒。孔明親自出營視之。只見秦朗挺槍大罵曰：“反賊盜我戰馬來此，可早早還我！”言訖，直取鄭文。文拍馬舞刀相迎，只一合，斬秦朗於馬下。魏兵各自逃走。鄭文提首級入營。孔明回到帳中坐定，喚鄭文至，勃然大怒，叱左右：“推出斬之！”鄭文曰：“小將無罪！”孔明曰：“吾向識秦朗，汝今斬者，並非秦朗，安敢欺我！”文拜告曰：“此實秦朗之弟秦明也。”孔明笑曰：“司馬懿令汝來詐降，於中取事，卻如何瞞得我過！若不實說，必然斬汝！”鄭文只得訴告其實是詐降，泣求免死。孔明曰：“汝既求生，可修書一封，教司馬懿自來劫營，

吾便饒汝性命。若捉住司馬懿，便是汝之功，還當重用。"鄭文只得
寫了一書，呈與孔明。孔明令將鄭文監下。樊建問曰："丞相何以知
此人詐降？"孔明曰："司馬懿不輕用人。若加秦朗為前將軍，必武藝
高強；今與鄭文交馬只一合，便為文所殺，必不是秦朗也。以故知其
詐也。"眾皆拜服。

　　孔明選一舌辯軍士，附耳分付如此如此。軍士領命，持書逕來魏
寨，求見司馬懿。懿喚入拆書看畢，問曰："汝何人也？"答曰："某
乃中原人，流落蜀中，鄭文與某同鄉。今孔明因鄭文有功，用為先鋒。
鄭文特託某來獻書，約於明日晚間，舉火為號。望乞都督盡提大軍前
來劫寨。鄭文在內為應。"司馬懿反覆詰問，又將來書仔細檢看，果
然是實；即賜軍士酒食，分付曰："本日二更為期，我自來劫寨。大
事若成，必重用汝。"軍士拜別，回到本寨告知孔明。孔明仗劍步罡，
禱祝已畢，喚王平、張嶷分付如此如此；又喚馬忠、馬岱分付如此如
此；又喚魏延分付如此如此。孔明自引數十人，坐於高山之上，指揮
眾軍。

　　卻說司馬懿見了鄭文之書，便欲引二子提大兵來劫蜀寨。長子司
馬師諫曰："父親何故據片紙而親入重地？倘有疏虞，如之奈何？不
如令別將先去，父親為後應，可也。"懿從之，遂令秦朗引一萬兵，
去劫蜀寨，懿自引兵接應。是夜初更，風清月朗。將及二更時分，忽
然陰雲四合，黑氣漫空，對面不見。懿大喜曰："天使我成功也！"於
是人盡啣枚，馬皆勒口，長驅大進。秦朗當先，引一萬兵直殺入蜀寨
中，並不見一人。朗知中計，忙叫退兵。四下火把齊明，喊聲震地：
左有王平、張嶷，右有馬岱、馬忠，兩路兵殺來。秦朗死戰，不能得
出。背後司馬懿見蜀寨火光沖天，喊聲不絕，又不知魏兵勝負，只顧
催兵接應，望火光中殺來。忽然一聲喊起，鼓角喧天，火礮震地：左

有魏延，右有姜維，兩路兵殺來。魏兵大敗，十傷八九，四散逃奔。此時秦朗所引一萬兵，都被蜀兵圍住，箭如飛蝗。秦朗死於亂軍之中。司馬懿引敗兵奔入本寨。

三更以後，天復清朗。孔明在山頭上鳴金收軍。原來三更時陰雲暗黑，乃孔明用遁甲之法；後收兵已了，天復清朗，乃孔明驅六丁六甲掃蕩浮雲也。

當下孔明得勝回營內，命將鄭文斬了，再議取渭南之策。每日令兵搦戰，魏軍只不出迎。孔明自乘小車，來祁山前、渭水東西，踏看地理。忽到一谷口，見其形如葫蘆之狀，內中可容千餘人；兩山又合一谷，可容四五百人；背後兩山環抱，只可通一人一騎。孔明看了，心中大喜，問鄉導官曰：“此處是何地名？”答曰：“此名上方谷，又號葫蘆谷。”孔明回到帳中，喚裨將杜叡、胡忠二人，附耳授以密計。令喚集隨軍匠作一千餘人，入葫蘆谷中，製造“木牛”、“流馬”應用；又令馬岱領五百兵守住谷口。孔明囑馬岱曰：“匠作人等，不許放出；外人不許放入。吾還不時自來點視。捉司馬懿之計，只在此舉，切不可走漏消息。”馬岱受命而去。杜叡等二人在谷中監督匠作，依法製造。孔明每日往來指示。

忽一日，長史楊儀入告曰：“即今糧米皆在劍閣，人夫牛馬，搬運不便，如之奈何？”孔明笑曰：“吾已運謀多時也。前者所積木料，并西川收買下的大木，教人製造‘木牛’、‘流馬’，搬運糧米，甚是便利。牛馬皆不水食，可以轉運，晝夜不絕。”眾皆驚曰：“自古及今，未聞有‘木牛’、‘流馬’之事。不知丞相有何妙法，造此奇物？”孔明曰：“吾已令人依法製造，尚未完備。吾今先將造木牛流馬之法，尺寸方員，長短闊狹，開寫明白，汝等視之。”眾大喜。孔明即手書一紙，付眾觀看。眾將環遶而視。其造木牛之法云：

方腹曲脛，一腹四足；頭入領中，舌着於腹。載多而行
少：獨行者數十里，羣行者三十里。曲者為牛頭，雙者為牛
足，橫者為牛領，轉者為牛腳，覆者為牛背，方者為牛腹，
垂者為牛舌，曲者為牛肋，刻者為牛齒，立者為牛角，細者
為牛鞅，攝者為牛鞦軸。牛御雙轅，人行六尺，牛行四步。
人不大勞，牛不飲食。

造流馬之法云：

肋長三尺五寸，廣三寸，厚二寸二分；左右同。前軸
孔分墨去頭四寸，徑中二寸。前腳孔分墨去頭四寸五分，長
一寸五分，廣一寸。前杠孔去前腳孔分墨二寸七分，孔長二
寸，廣一寸。後軸杠去前杠孔分墨一尺五寸，大小與前同。
後杠孔去後腳孔分墨二寸二分。後杠孔分墨四寸五分。前杠
長一尺八寸，廣二寸，厚一寸五分。後杠與等。板方囊二
枚，厚八分，長二尺七寸，高一尺六寸五分，廣一尺六寸：
每枚受米二斛三斗。從上杠孔去肋下七寸：前後同。上杠孔
去下杠孔分墨一尺三寸，孔長一寸五分，廣七分：八孔同。
前後四腳廣二寸，厚一寸五分。形制如象，靬長四寸，徑面
四寸三分。孔徑中四腳杠長二尺一寸，廣一寸五分，厚一寸
四分。

眾將看了一遍，皆拜伏曰："丞相真神人也！"過了數日，木牛流馬皆
造完備，宛然如活者一般；上山下嶺，皆盡其便。眾軍見之，無不欣
喜。孔明令右將軍高翔，引一千兵駕着木牛流馬，自劍閣直抵祁山大
寨，往來搬運糧草，供給蜀兵之用。後人有詩讚曰：

劍關險峻驅流馬，斜谷崎嶇駕木牛。

後世若能行此法，輸將安得使人愁？

卻說司馬懿正憂悶間，忽哨馬報說：「蜀兵用木牛流馬轉運糧草，人不大勞，牛馬不食。」懿大驚曰：「吾所以堅守不出者，為彼糧草不能接濟，欲待其自斃耳。今用此法，必為久遠之計，不思退矣，如之奈何？」急喚張虎、樂綝二人分付曰：「汝二人各引五百軍，從斜谷小路抄出；待蜀兵驅過木牛流馬，任他過盡，一齊殺出；不可多搶，只搶三五匹便回。」二人依命，各引五百軍，扮作蜀兵，夜間偷過小路，伏在谷中，果見高翔引兵驅木牛流馬而來。將次過盡，兩邊一齊鼓譟殺出。蜀兵措手不及，棄下數匹。張虎、樂綝歡喜驅回本寨。司馬懿看了，果然進退如活的一般，乃大喜曰：「汝會用此法，難道我不會用！」便令巧匠百餘人，當面拆開，分付依其尺寸長短厚薄之法，一樣製造木牛流馬。不消半月，造成二千餘隻，與孔明所造者一般法則，亦能奔走。遂令鎮遠將軍岑威，引一千軍驅駕木牛流馬，去隴西搬運糧草，往來不絕。魏營軍將，無不歡喜。

卻說高翔回見孔明，說魏兵搶奪木牛流馬各五六匹去了。孔明笑曰：「吾正要他搶去。我只費了幾匹木牛流馬，卻不久便得軍中許多資助也。」諸將問曰：「丞相何以知之？」孔明曰：「司馬懿見了木牛流馬，必然做我法度，一樣製造。那時我又有計策。」數日後，人報魏軍也會造木牛流馬，往隴西搬運糧草。孔明大喜曰：「不出吾之算也。」便喚王平分付曰：「汝引一千兵，扮作魏人，星夜偷過北原，只說是巡糧軍，混入彼運糧軍中，將護糧之人，盡皆殺散；卻驅木牛流馬而回，逕奔過北原來。此處必有魏兵追趕，汝便將木牛流馬口內舌頭扭轉，牛馬就不能行動，汝等竟棄之而走。背後魏兵趕到，牽拽不動，扛擡不去。吾再有兵到，汝卻回身再將牛馬舌扭過來，長驅大行。魏兵必疑為怪也。”

王平受計引兵而去。孔明又喚張嶷分付曰：“汝引五百軍，都扮作六丁六甲神兵，鬼頭獸身，用五彩塗面，妝作種種怪異之狀：一手執繡旗，一手仗寶劍；身挂葫蘆，內藏煙火之物，伏於山傍。待木牛流馬到時，放起煙火，一齊擁出，驅牛馬而行。魏人見之，必疑是神鬼，不敢來追趕。”張嶷受計引兵而去。孔明又喚姜維、魏延分付曰：“汝二人同引一萬兵，去北原寨口接應木牛流馬，以防交戰。”又喚廖化、張翼分付曰：“汝二人引五千兵，去斷司馬懿來路。”又喚馬忠、馬岱分付曰：“汝二人引二千兵去渭南搦戰。”六人各各遵令而去。

且說魏將岑威引軍驅木牛流馬，裝載糧草，正行之間，忽報前面有兵巡糧。岑威令人哨探，果是魏兵，遂放心前進。兩軍合在一處。忽然喊聲大震，蜀兵就本隊裏殺起，大呼：“蜀中大將王平在此！”魏兵措手不及，被蜀兵殺死大半。岑威引敗兵抵敵，被王平一刀斬了。餘皆潰散。王平引兵盡驅木牛流馬而回。敗兵飛奔報入北原寨內。郭淮聞軍糧被劫，疾忙引軍來救。王平令兵扭轉木牛流馬舌頭，俱棄於道上，且戰且走。郭淮教且莫追，只驅回木牛流馬。眾軍一齊驅趕，卻那裏驅得動？郭淮心中疑惑。正無奈何，忽鼓角喧天，喊聲四起，兩路兵殺來，乃魏延、姜維也。王平復引兵殺回。三路夾攻，郭淮大敗而走。王平令軍士將牛馬舌頭，重復扭轉，驅趕而行。郭淮望見，方欲回兵再追，只見山後煙雲突起，一隊神兵擁出，一個個手執旗劍，怪異之狀，擁護木牛流馬，如風擁而去。郭淮大驚曰：“此必神助也！”眾軍見了，無不驚畏，不敢追趕。

卻說司馬懿聞北原兵敗，急自引軍來救。方到半路，忽一聲礮響，兩路兵自險峻處殺出，喊聲震地。旗上大書：“漢將張翼廖化”。

司馬懿見了大驚。魏軍着慌，各自逃竄。正是：路逢神將糧遭劫，身遇奇兵命又危。未知司馬懿怎地抵敵，且看下文分解。

# 上方谷司馬受困
# 五丈原諸葛禳星

　　卻說司馬懿被張翼、廖化一陣殺敗，匹馬單槍，望密林間而走，張翼收住後軍，廖化當先追趕。看看趕上，懿着慌，遶樹而轉。化一刀砍去，正砍在樹上；及拔出刀時，懿已走出林外。廖化隨後趕出，卻不知去向，但見樹林之東，落下金盔一個。廖化取盔捎在馬上，一直望東追趕。原來司馬懿把金盔棄於林東，卻反向西走去了。廖化追了一程，不見蹤跡，奔出谷口，遇見姜維，同回寨見孔明。張嶷早驅木牛流馬到寨。交割已畢，獲糧萬餘石。廖化獻上金盔，錄為頭功。魏延心中不悅，口出怨言。孔明只做不知。

　　且說司馬懿逃回寨中，心甚惱悶。忽使命齎詔至，言東吳三路入寇，朝廷正議命將抵敵，令懿等堅守勿戰。懿受命已畢，深溝高壘，堅守不出。

　　卻說曹叡聞孫權分兵三路而來，亦起兵三路迎之：命劉劭引兵救江夏，田豫引兵救襄陽，叡自與滿寵率大軍救合淝。滿寵先引一軍至巢湖口，望見東岸戰船無數，旌旗整肅。寵入軍中奏魏主曰：「吳人必輕我遠來，未曾隄備；今夜可乘虛劫其水寨，必得全勝。」魏主曰：「汝言正合朕意。」即令驍將張球領五千兵，各帶火具，從湖口攻之；滿寵引兵五千，從東岸攻之。是夜二更時分，張球、滿寵各引軍悄悄望湖口進發；將近水寨，一齊吶喊殺入。吳兵慌亂，不戰而走；被魏軍四下舉火，燒毀戰船、糧草、器具不計其數。諸葛瑾率敗兵逃走沔口。魏兵大勝而回。次日，哨軍報知陸遜。遜集諸將議曰：「吾當作表申奏主上，請撤新城之圍，以兵斷魏軍歸路，吾率眾攻其前：彼首尾不敵，一鼓可破也。」眾服其言。陸遜即具表，遣一小校密地齎往新城。小校領命，齎着表文，行至渡口，不期被魏軍伏路的捉住，解赴軍中見魏主曹叡。叡搜出陸遜表文，覽畢，歎曰：「東吳陸遜，真妙算也！」遂命將吳卒監下，令劉劭謹防孫權後兵。

　　卻說諸葛瑾大敗一陣，又值暑天，人馬多生疾病；乃修書一封，令人轉達陸遜，議欲撤兵還國。遜看書畢，謂來人曰：「拜上將軍：吾自有主意。」使者回報諸葛瑾。瑾問：「陸將軍作何舉動？」使者曰：「但見陸將軍催督眾人於營外種荳菽，自與諸將在轅門射戲。」瑾大驚，親自往陸遜營中，與遜相見；問曰：「今曹叡親來，兵勢甚盛，都督何以禦之？」遜曰：「吾前遣人奏表於主上，不料為敵人所獲。機謀既洩，彼必知備；與戰無益，不如且退。已差人奉表約主上緩緩退兵矣。」瑾曰：「都督既有此意，即宜速退，何又遲延？」遜曰：「吾軍欲退，當徐徐而動。今若退兵，魏人必乘勢追趕；此取敗之道也。足下宜先督船隻詐為拒敵之意。吾悉以人馬向襄陽而進，為疑敵之計，然後徐徐退歸江東，魏兵自不敢近耳。」瑾依其計，辭遜歸本營，整頓船隻，預備起行。陸遜整肅部伍，張揚聲勢，望襄陽進發。早有細作報知魏主，説吳兵已動，須用隄防。魏將聞之，皆要出戰。魏主素知陸遜之才，諭眾將曰：“陸遜有謀，莫非用誘敵之計。不可輕進。”眾將乃止。數日後，哨卒報來：“東吳三路兵馬皆退矣。”魏主未信，再令人探之，回報果然盡退。魏主曰：“陸遜用兵，不亞孫、吳。東南未可平也。”因勅諸將，各守險要，自引大軍屯合淝，以伺其變。

卻説孔明在祁山，欲為久駐之計，乃令蜀兵與魏民相雜種田：軍一分，民二分，並不侵犯，魏民皆安心樂業。司馬師入告其父曰：“蜀兵劫去我許多糧米，今又令蜀兵與我民相雜屯田於渭濱，以為久計，似此真為國家大患。父親何不與孔明約期大戰一場，以決雌雄？”懿曰：“吾奉旨堅守，不可輕動。”正議間，忽報魏延將着元帥前日所失金盔，前來罵戰。眾將忿怒，俱欲出戰。懿笑曰：“聖人云：‘小不忍則亂大謀。’但堅守為上。”諸將依令不出。魏延辱罵良久方回。孔明見司馬懿不肯出戰，乃密令馬岱造成木柵，營中掘下深塹，多積乾柴引火之物；周圍山上，多用柴草虛搭窩鋪，內外皆伏地雷。置備停當，孔明附耳囑之曰：“可將葫蘆谷後路塞斷，暗伏兵於谷中。若司馬懿追到，任他入谷，便將地雷乾柴一齊放起火來。”又令軍士晝舉七星號帶於谷口，夜設七盞明燈於山上，以為暗號。馬岱受計引兵而去。孔明又喚魏延分付曰：“汝可引五百兵去魏寨討戰，務要誘司馬懿出戰。不可取勝，只可詐敗。懿必追趕，汝卻望七星旗處而入；若是夜間，則望七盞燈處而走。只要引得司馬懿入葫蘆谷內，吾自有擒之之計。”魏延受計，引兵而去。孔明又喚高翔分付曰：“汝將木牛流馬或二三十為一羣，或四五十為一羣，各裝米糧，於山路往來行走。如魏兵搶去，便是汝之功。”高翔領計，驅駕木牛流馬去了。孔明將祁山兵一一調去，只推屯田；分付：“如別兵來戰，只許詐敗；若司馬懿自來，方併力只攻渭南，斷其歸路。"孔明分撥已畢，自引一軍近上方谷下營。

且說夏侯惠、夏侯和二人入寨告司馬懿曰："今蜀兵四散結營，各處屯田，以為久計；若不趁此時除之，縱令安居日久，深根固蒂，難以搖動。"懿曰："此必又是孔明之計。"二人曰："都督若如此疑慮，寇敵何時得滅？我兄弟二人，當奮力決一死戰，以報國恩。"懿曰："既如此，汝二人可分頭出戰。"遂令夏侯惠、夏侯和，各引五千兵去訖。懿坐待回音。

卻說夏侯惠、夏侯和二人分兵兩路，正行之間，忽見蜀兵驅木牛流馬而來。二人一齊殺將過去，蜀兵大敗奔走，木牛流馬被魏兵搶獲，解送司馬懿營中。次日又劫擄得人馬百餘，亦解赴大寨。懿將解到蜀兵，詰審虛實。蜀兵告曰："孔明只料都督堅守不出，盡命我等四散屯田，以為久計，不想卻被擒獲。"懿即將蜀兵盡皆放回。夏侯和曰："何不殺之？"懿曰："量此小卒，殺之無益。放歸本寨，令說魏將寬厚仁慈，釋彼戰心，此呂蒙取荊州之計也。"遂傳令今後凡有擒到蜀兵，俱當善遣之，仍重賞有功將史。諸將皆聽令而去。

卻說孔明令高翔佯作運糧，驅駕木牛流馬，往來於上方谷內；夏侯惠等不時截殺，半月之間，連勝數陣。司馬懿見蜀兵屢敗，心中歡喜。一日，又擒到蜀兵數十人。懿喚至帳下問曰："孔明今在何處？"眾告曰："諸葛丞相不在祁山，在上方谷西十里下營安住。今每日運糧屯於上方谷。"懿備細問了，即將眾人放去；乃喚諸將分付曰："孔明今不在祁山，在上方谷安營。汝等於明日，可一齊併力取祁山大寨。吾自引兵來接應。"眾將領命，各各準備出戰。司馬師曰："父親何故反欲攻其後？"懿曰："祁山乃蜀人之根本，若見我兵攻之，各營必盡來救；我卻取上方谷燒其糧草，使彼首尾不接，必大敗也。"司馬師拜服。懿即發兵起行，令張虎、樂綝各引五千兵，在後救應。

且說孔明正在山上望見魏兵或三五千一行，或一二千一行，隊伍紛紛，前後顧盼，料必來取祁山大寨，乃密傳令眾將：「若司馬懿自來，汝等便往劫魏寨，奪了渭南。」眾將各各聽令。

卻說魏兵皆奔祁山寨來，蜀兵四下一齊吶喊奔走，虛作救應之勢。司馬懿見蜀兵都去救祁山寨，便引二子并中軍護衛人馬，殺奔上方谷來。魏延在谷口，只盼司馬懿到來；忽見一枝魏兵殺到，延縱馬向前視之，正是司馬懿。延大喝曰：「司馬懿休走！」舞刀相迎。懿挺槍接戰。不上三合，延撥回馬便走，懿隨後趕來。延只望七星旗處而走，懿見魏延只一人，軍馬又少，放心追之；令司馬師在左，司馬昭在右，懿自居中，一齊攻殺將來。魏延引五百兵皆退入谷中去。懿追到谷口，先令人入谷中哨探。回報谷內並無伏兵，山上皆是草房。懿曰：「此必是積糧之所也。」遂大驅士馬，盡入谷中。懿忽見草房上盡是乾柴，前面魏延已不見了。懿心疑，謂二子曰：「倘有兵截斷谷口，如之奈何？」言未已，只聽得喊聲大震，山上一齊丟下火把來，燒斷谷口。魏兵奔逃無路。山上火箭射下，地雷一齊突出，草房內乾柴都着，刮刮雜雜，火勢沖天。司馬懿驚得手足無措，乃下馬抱二子大哭曰：「我父子三人皆死於此處矣！」正哭之間，忽然狂風大作，黑氣漫空，一聲霹靂響處，驟雨傾盆。滿谷之火，盡皆澆滅：地雷不震，火器無功。司馬懿大喜曰：「不就此時殺出，便待時何！」即引兵奮力衝殺。張虎、樂綝亦引兵殺來接應。馬岱軍少，不敢追趕。司馬懿父子與張虎、樂綝合兵一處，同歸渭南大寨，不想寨柵已被蜀兵奪了。郭淮、孫禮正在浮橋上與蜀兵接戰。司馬懿等引兵殺到，蜀兵退去。懿燒斷浮橋，據住北岸。

且說魏兵在祁山攻打蜀寨，聽知司馬懿大敗，失了渭南營寨，軍心慌亂；急退時，四面蜀兵衝殺將來，魏兵大敗，十傷八九，死者無數，餘眾奔過渭北逃生。孔明在山上見魏延誘司馬懿入谷，一霎時火光大起，心中甚喜，以為司馬懿此番必死。不期天降大雨，火不能着，哨馬報說司馬懿父子俱逃去了。孔明歎曰："'謀事在人，成事在天'。不可強也！"後人有詩歎曰：

> 谷口風狂烈燄飄，何期驟雨降青霄。
> 武侯妙計如能就，安得山河屬晉朝？

卻說司馬懿在渭北寨內傳令曰："渭南寨柵，今已失了。諸將如再言出戰者斬。"眾將聽令，據守不出。郭淮入告曰："近日孔明引兵巡哨，必將擇地安營。"懿曰："孔明若出武功，依山而東，我等皆危矣；若出渭南，西止五丈原，方無事也。"令人探之，回報果屯五丈原。司馬懿以手加額曰："大魏皇帝之洪福也！"遂令諸將堅守勿出，彼久必自變。

且說孔明自引一軍屯於五丈原，累令人搦戰，魏兵只不出。孔明乃取巾幗并婦人縞素之服，盛於大盒之內，修書一封，遣人送至魏寨。諸將不敢隱蔽，引來使入見司馬懿。懿對眾啟盒視之，內有巾幗婦人之衣，并書一封。懿拆視其書。略云：

> 仲達既為大將，統領中原之眾，不思披堅執銳，以決雌雄，乃甘窟守土巢，謹避刀箭：與婦人又何異哉！今遣人送巾幗素衣至，如不出戰，可再拜而受之。倘恥心未泯，猶有男子胸襟，早與批迴，依期赴敵。

司馬懿看畢，心中大怒，乃佯笑曰："孔明視我為婦人耶？"即受之，令重待來使。懿問曰：“孔明寢食及事之煩簡若何？”使者曰：“丞相夙興夜寐，罰二十以上皆親覽焉。所啖之食，日不過數升。”懿顧謂諸將曰：“孔明食少事煩，其能久乎？”使者辭去，回到五丈原，見了孔明，具說：“司馬懿受了巾幗女衣，看了書札，並不嗔怒，只問丞相寢食及事之煩簡，絕不提起軍旅之事。某如此應對，彼言：‘食少事煩，豈能長久？’”孔明歎曰：“彼深知我也！”主簿楊顒曰：“某見丞相常自校簿書，竊以為不必。夫為治有體，上下不可相侵。譬之治家之道，必使僕執耕，婢典爨，私業無曠，所求皆足，其家主從容自在，高枕飲食而已。若皆身親其事，將形疲神困，終無一成。豈其智之不如婢僕哉？失為家主之道也。是故古人稱坐而論道，謂之三公；作而行之，謂之士大夫。昔丙吉憂牛喘，而不問橫道死人[1]；陳平不知錢穀之數[2]，曰：‘自有主者。’今丞相親理細事，汗流終日，豈不勞乎？司馬懿之言，真至言也。”孔明泣曰：“吾非不知，但受先帝託孤之重，惟恐他人不似我盡心也！”眾皆垂淚。自此孔明自覺神思不寧。諸將因此未敢進兵。

卻說魏將皆知孔明以巾幗女衣辱司馬懿，懿受之不戰。眾將盡忿，入帳告曰：“我等皆大國名將，安忍受蜀人如此之辱？即請出戰，以決雌雄。”懿曰：“吾非不敢出戰，而甘心受辱也。奈天子明詔，令堅守無動。今若輕出，有違君命矣。”眾將俱忿怒不平。懿曰：“汝等既要出戰，待我奏准天子，同力赴敵，何如？”眾皆允諾。懿乃寫表遣使，直至合淝軍前，奏聞魏主曹叡。叡拆表覽之。表略曰：

臣才薄任重，伏蒙明旨，令臣堅守不戰，以待蜀人之自斃；奈今諸葛亮遺臣以巾幗，待臣如婦人，恥辱至甚！臣謹先達聖聰：旦夕將効死一戰，以報朝廷之恩，以雪三軍之恥。臣不勝激切之至！

叡覽訖，乃謂多官曰：“司馬懿堅守不出，今何故又上表求戰？”衛尉辛毗曰：“司馬懿本無戰心，必因諸葛亮恥辱，眾將忿怒之故，特上此表，欲更乞明旨，以遏諸將之心耳。”叡然其言，即令辛毗持節至渭北寨傳諭，令勿出戰。司馬懿接詔入帳，辛毗宣諭曰：“如再有敢言出戰者，即以違旨論。”眾將只得奉詔。懿暗謂辛毗曰：“公真知我心也。”於是令軍中傳說：魏主命辛毗持節，傳諭司馬懿勿得出戰。蜀將聞知此事，報與孔明。孔明笑曰：“此乃司馬懿安三軍之法也。”姜維曰：“丞相何以知之？”孔明曰：“彼本無戰心；所以請戰者，以示武於眾耳。豈不聞：‘將在外，君命有所不受。’安有千里而請戰者乎？此乃司馬懿因將士忿怒，故借曹叡之意，以制眾人。今又播傳此言，欲懈我軍心也。”

正論間，忽報費禕到，孔明請入問之。禕曰：“魏主曹叡聞東吳三路進兵，乃自引大軍至合淝，令滿寵、田豫、劉劭分兵三路迎敵。滿寵設計盡燒東吳糧草戰具，吳兵多病。陸遜上表於吳王，約會前後夾攻，不意齎表人中途被魏兵所獲，因此機關洩漏，吳兵無功而還。”孔明聽知此信，長歎一聲，不覺昏倒於地；眾將急救，半晌方甦。孔明歎曰：“吾心昏亂，舊病復發，恐不能生矣！”是夜孔明扶病出帳，仰觀天文，十分驚慌；入帳謂姜維曰：“吾命在旦夕矣！”維曰：“丞相何出此言？”孔明曰：“吾見三台星中，客星倍明，主星幽隱，相輔列曜，其光昏暗：天象如此，吾命可知！”維曰：“天象雖則如此，丞相何不用祈禳之法挽回之？”孔明曰：“吾素諳祈禳之法，但未知天意若何。汝可引甲士四十九人，各執皂旗，穿皂衣，環繞帳外；我自於帳中祈禳北斗。若七日內主燈不滅，吾壽可增一紀；如燈滅，吾必死矣。閒雜人等，休令放入。凡一應需用之物，只令二小童搬運。”姜維領命，自去準備。時值八月中秋，是夜銀河耿耿，玉露零零；旌旗不動，刁斗無聲。姜維在帳外引四十九人守護。孔明自於帳中設香花祭物。地上分布七盞大燈，外布四十九盞小燈，內安本命燈一盞。孔明拜祝曰：“亮生於亂世，甘老林泉；承昭烈皇帝三顧之恩，託孤之重，不敢不竭犬馬之勞，誓討國賊。不意將星欲墜，陽壽將終。謹書尺素，上告穹蒼：伏望天慈，俯垂鑒聽，曲延臣算，使得上報君恩，下救民命，克復舊物，永延漢祀。非敢妄祈，實由情切。”拜祝畢，就帳中俯伏待旦。次日，扶病理事，吐血不止；日則計議軍機，夜則步罡踏斗[3]。

　　卻說司馬懿在營中堅守，忽一夜仰觀天文，大喜，謂夏侯霸曰：“吾見將星失位，孔明必然有病，不久便死。你可引一千軍去五丈原哨探。若蜀人攘亂不出接戰，孔明必然患病矣。吾當乘勢擊之。”霸引兵而去。孔明在帳中祈禳已及六夜，見主燈明亮，心中甚嘉。姜維入帳，正見孔明披髮仗劍，踏罡步斗，壓鎮將星。忽聽得寨外吶喊，方欲令人出問，魏延飛步入告曰：“魏兵至矣！”延腳步急，竟將主燈撲滅。孔明棄劍而歎曰：“死生有命，不可得而禳也！”魏延惶恐，伏地請罪；姜維忿怒，拔劍欲殺延。正是：萬事不由人做主，一心難與命爭衡。未知魏延性命如何，且看下文分解。

註　釋

1　丙吉憂牛喘，而不問橫道死人：丙吉是漢朝丞相。春天出行，見路上有死傷的人，他並不過問，但看見牛喘卻很關心。有人譏諷他，他說：“路上死傷的人自有主管官吏負責。而天還不太熱，牛不應該喘，這可能會影響收成，是我丞相的職責所在。”

2　陳平不如錢穀之數：陳平是漢朝丞相。皇帝問他一年刑獄案件有多少，錢糧收入有多少，他回答說：“這些事可以問主管機關，丞相只主管羣臣，協助天子總理政務。”

3　步罡踏斗：道教祈天或作法的步伐。

# 隕大星漢丞相歸天
# 見木像魏都督喪膽

　　卻説姜維見魏延踏滅了燈，心中忿怒，拔劍欲殺之。孔明止之曰："此吾命當絕，非文長之過也。"維乃收劍。孔明吐血數口，臥倒牀上，謂魏延曰："此是司馬懿料吾有病，故令人來探視虛實。汝可急出迎敵。"魏延領命，出帳上馬，引兵殺出寨來。夏侯霸見了魏延，慌忙引軍退走。延追趕二十餘里方回。孔明令魏延自回本寨把守。

　　姜維入帳，直至孔明榻前問安。孔明曰："吾本欲竭忠盡力，恢復中原，重興漢室；奈天意如此，吾旦夕將死。吾平生所學已著書二十四篇，計十萬四千一百一十二字；內有八務、七戒、六恐、五懼之法。吾遍觀諸將，無人可授，獨汝可傳我書。切勿輕忽！"維哭拜而受。孔明又曰："吾有'連弩'之法，不曾用得。其法矢長八寸，一弩可發十矢，皆畫成圖本。汝可依法造用。"維亦拜受。孔明又曰："蜀中諸道，皆不必多憂；惟陰平之地，切須仔細。此地雖險峻，久必有失。"又喚馬岱入帳，附耳低言，授以密計；囑曰："我死之後，汝可依計行之。"岱領計而出。少頃，楊儀入。孔明喚至榻前，授與一錦囊，密囑曰："我死，魏延必反；待其反時，汝與臨陣，方開此囊。那時自有斬魏延之人也。"孔明一一調度已畢，便昏然而倒，至晚方甦，便連夜表奏後主。後主聞奏大驚，急命尚書李福，星夜至軍中問安，兼詢後事。李福領命，趲程赴五丈原，入見孔明，傳後主之命。問安畢，孔明流涕曰："吾不幸中道喪亡，虛廢國家大事，得罪於天下。我死後，公等宜竭忠輔主。國家舊制，不可改易。吾所用之人，亦不可輕廢。吾兵法皆授與姜維，他自能繼吾之志，為國家出力。吾命已在旦夕，當即有遺表上奏天子也。"李福領了言語，匆匆辭去。

孔明強支病體，令左右扶上小車，出寨遍觀各營，自覺秋風吹面，徹骨生寒，乃長歎曰："再不能臨陣討賊矣！悠悠蒼天，曷此其極！"歎息良久。回到帳中，病轉沉重，乃喚楊儀分付曰："馬岱、王平、廖化、張翼、張嶷等，皆忠義之士，久經戰陣，多負勤勞，堪可委用。我死之後，凡事俱依舊法而行。緩緩退兵，不可急驟。汝深通謀略，不必多囑。姜伯約智勇足備，可以斷後。"楊儀泣拜受命。孔明令取文房四寶，於臥榻上手書遺表，以達後主。表略曰：

> 伏聞生死有常，難逃定數；死之將至，願盡愚忠：臣亮賦性愚拙，遭時艱難；分符擁節，專掌鈞衡；興師北伐，未獲成功；何期病入膏肓，命垂旦夕，不及終事陛下，飲恨無窮！伏願陛下：清心寡慾，約己愛民；達孝道於先皇，布仁恩於宇下；提拔幽隱，以進賢良；屏斥奸邪，以厚風俗。

> 臣家有桑八百株，田五十頃，子孫衣食，自有餘饒。至於臣在外任，隨身所需，悉仰於官，不別治生產。臣死之日，不使內有餘帛，外有餘財，以負陛下也。

孔明寫畢，又囑楊儀曰：“我死之後，不可發喪。可作一大龕，將吾屍坐於龕中；以米七粒，放吾口內；腳下用明燈一盞；軍中安靜如常，切勿舉哀，則將星不墜。吾陰魂更自起鎮之。司馬懿見將星不墜，必然驚疑。吾軍可令後軍先行，然後一營一營緩緩而退。若司馬懿來追，汝可布成陣勢，回旗返鼓。等他來到，卻將我先時所雕木像，安於車上，推出軍前，令大小將士，分列左右。懿見之必驚走矣。”楊儀一一領諾。是夜孔明令人扶出，仰觀北斗，遙指一星曰：“此吾之將星也。”眾視之，見其色昏暗，搖搖欲墜。孔明以劍指之，口中念咒。咒畢，急回帳時，不省人事。眾將正慌亂間，忽尚書李福又至，見孔明昏絕，口不能言，乃大哭曰：“我誤國家之大事也！”須臾，孔明復醒，開目遍視，見李福立於榻前，孔明曰：“吾已知公復來之意也。”福謝曰：“福奉天子命，問丞相百年後，誰可任大事者。適因匆遽，失於諮請，故復來耳。”孔明曰：“吾死之後，可任大事者：蔣公琰其宜也。”福曰：“公琰之後，誰可繼之？”孔明曰：“費文偉可繼之。”福又問：“文偉之後，誰當繼者？”孔明不答。眾將近前視之，已薨矣。時建興十二年秋八月二十三日也，壽五十四歲。後杜工部有詩歎曰：

> 長星昨夜墜前營，訃報先生此日傾。
> 虎帳不聞施號令，麟臺誰復著勳名。
> 空餘門下三千客，辜負胸中十萬兵。
> 好看綠陰清晝裏，於今無復雅歌聲！

白樂天亦有詩曰：

> 先生晦迹臥山林，三顧欣逢賢主尋。

魚到南陽方得水，龍飛天外便為霖。

託孤既盡慇懃禮，報國還傾忠義心。

前後出師遺表在，令人一覽淚沾襟。

　　初，蜀長水校尉廖立，自謂才名宜為孔明之副，嘗以職位閒散，快快不平，怨謗無已。於是孔明廢之為庶人，徙之汶山。及聞孔明亡，乃垂泣曰：“吾終為左袵[1]矣！”李嚴聞之，亦大哭病死，蓋嚴嘗望孔明復收己，得自補前過；度孔明死後，人不能用之故也。後元微之有讚孔明詩曰：

撥亂扶危主，慇懃受託孤。

英才過管樂，妙策勝孫吳。

凜凜〈出師表〉，堂堂八陣圖。

如公全盛德，應歎古今無！

　　是夜，天愁地慘，月色無光，孔明奄然歸天。姜維、楊儀遵孔明遺命，不敢舉哀，依法成殮，安置龕中，令心腹將卒三百人守護；隨傳密令，使魏延斷後，各處營寨一一退去。

　　卻說司馬懿夜觀天文，見一大星，赤色，光芒有角，自東北方流於西南方，墜於蜀營內，三投再起，隱隱有聲。懿驚喜曰：“孔明死矣！”即傳令起大兵追之。方出寨門，忽又疑慮曰：“孔明善會六丁六甲之法，今見我久不出戰，故以此術詐死，誘我出耳。今若追之，必中其計。”遂復勒馬回寨不出，只令夏侯霸暗引數十騎，往五丈原山僻哨探消息。

　　卻說魏延在本寨中，夜作一夢，夢見頭上忽生二角，醒來甚是疑異。次日，行軍司馬趙直至，延請入問曰："久知足下深明《易》理，吾夜夢頭生二角，不知主何吉凶？煩足下為我決之。"趙直想了半晌，答曰："此大吉之兆。麒麟頭上有角，蒼頭頭上有角，乃變化飛騰之象也。"延大喜曰："如應公言，當有重謝！"直辭去，行不數里，正遇尚書費禕。禕問何來。直曰："適至魏文長營中，文長夢頭生角，令我決其吉凶。此本非吉兆，但恐直言見怪，因以麒麟蒼龍解之。"禕曰："足下何以知非吉兆？"直曰："角之字形乃刀下用也。今頭上有角，其凶甚矣。"禕曰："君且勿洩漏。"直別去。費禕至魏延寨中，屏退左右，告曰："昨夜三更，丞相已去世矣。臨終再三囑付，令將軍斷後以當司馬懿，緩緩而退，不可發喪。今兵符在此，便可起兵。"延曰："何人代理丞相之大事？"禕曰："丞相一應大事，盡託與楊儀；用兵密法，皆授與姜伯約。此兵符乃楊儀之令也。"延曰："丞相雖亡，吾今尚在。楊儀不過一長史，安能當此大任？他只宜扶柩入川安葬。我自率兵攻司馬懿，務要成功。豈可因丞相一人而廢國家大事耶？"禕曰："丞相遺令，教且暫退，不可有違。"延怒曰："丞相當時若依我計，取長安久矣！吾今官任前將軍、征西大將軍、南鄭侯，安肯與長史斷後！"禕曰："將軍之言雖是，然不可輕動，令敵人恥笑。待吾往見楊儀，以利害說之，令彼將兵權讓與將軍，何如？"延依其言。

禕辭延出營，急到大寨見楊儀，具述魏延之語。儀曰："丞相臨終，曾密囑我曰：'魏延必有異志。'今我以兵符往，實欲探其心耳。今果應丞相之言。吾自令伯約斷後可也。"於是楊儀領兵扶柩先行，令姜維斷後；依孔明遺令，徐徐而退。魏延在寨中，不見費禕來回覆，心中疑惑，乃令馬岱引十數騎往探消息。回報曰："後軍乃姜維總督，前軍大半退入谷中去了。"延大怒曰："豎儒安敢欺我！我必殺之！"因顧謂岱曰："公肯相助否？"岱曰："某亦素恨楊儀，今願助將軍攻之。"延大喜，即拔寨引本部兵望南而行。

卻說夏侯霸引兵至五丈原看時，不見一人，急回報司馬懿曰："蜀兵已盡退矣。"懿跌足曰："孔明真死矣！可速追之！"夏侯霸曰："都督不可輕追。當令偏將先往。"懿曰："此番須吾自行。"遂引兵同二子一齊殺奔五丈原來；吶喊搖旗，殺入蜀寨時，果無一人。懿顧二子曰："汝急催兵趕來，吾先引軍前進。"於是司馬師、司馬昭在後催軍；懿自引軍當先，追到山腳下，望見蜀兵不遠，乃奮力追趕。忽然山後一聲礮響，喊聲大震，只見蜀兵俱回旗返鼓，樹影中飄出中軍大旗，上書一行大字曰："漢丞相武鄉侯諸葛亮"。懿大驚失色。定睛看時，只見中軍數十員上將，擁出一輛四輪車來；車上端坐孔明，綸巾羽扇，鶴氅皂縧。懿大驚曰："孔明尚在，吾輕入重地，墮其計矣！"急勒回馬便走。背後姜維大叫："賊將休走！你中了我丞相之計也！"魏兵魂飛魄散，棄甲丟盔，拋戈撇戟，各逃性命，自相踐踏，死者無數。司馬懿奔走了五十餘里，背後兩員魏將趕上，扯住馬嚼環叫曰："都督勿驚。"懿用手摸頭曰："我有頭否？"二將曰："都督休怕，蜀兵去遠了。"懿喘息半晌，神色方定，睜目視之，乃夏侯霸、夏侯惠也，乃徐徐按轡，與二將尋小路奔歸本寨，使眾將引兵四散哨探。

過了兩日，鄉民奔告曰："蜀兵退入谷中之時，哀聲震地，軍中揚起白旗，孔明果然死了，止留姜維引一千兵斷後。前日車上之孔明，乃木人也。"懿歎曰："吾能料其生，不能料其死也！"因此蜀中人諺曰："死諸葛能走生仲達。"後人有詩歎曰：

長星半夜落天樞，奔走還疑亮未殂。
關外至今人冷笑，頭顱猶問有和無！

司馬懿知孔明死信已確，乃復引兵追趕。行至赤岸坡，見蜀兵已去遠，乃引還，顧謂眾將曰：「孔明已死，我等皆高枕無憂矣。」遂班師回。一路見孔明安營下寨之處，前後左右，整整有法，懿歎曰：「此天下奇才也！」於是引兵回長安，分調眾將，各守隘口。懿自回洛陽面君去了。

卻說楊儀、姜維排成陣勢，緩緩退入棧閣道口，然後更衣發喪，揚旛舉哀。蜀軍皆撞跌而哭，至有哭死者。蜀兵前隊正回到棧閣道口，忽見前面火光沖天，喊聲震地，一彪軍攔路。眾將大驚，急報楊儀。正是：已見魏營諸將去，不知蜀地甚兵來。未知來者是何處兵馬，且看下文分解。

**註　釋**

1　左衽：指少數民族。

# 武侯預伏錦囊計
# 魏主拆取承露盤

　　卻說楊儀聞報前路有兵攔截，忙令人哨探，回報說魏延燒絕棧道，引兵攔路。儀大驚曰：“丞相在日，料此人久後必反，誰想今日果然如此！今斷吾歸路，當復如何？”費禕曰：“此人必先捏奏天子，誣吾等造反，故燒絕棧道，阻遏歸路。吾等亦當表奏聞天子，陳魏延反情，然後圖之。”姜維曰：“此間有一小徑，名槎山，雖崎嶇險峻，可以抄出棧道之後。”一面寫表奏聞天子，一面將人馬望槎山小道進發。

　　且說後主在成都，寢食不安，動止不寧；夜作一夢，夢見成都錦屏山崩倒，遂驚覺，坐而待旦，聚集文武，入朝圓夢。譙周曰：“臣昨夜仰觀天文，見一星，赤色，光芒有角，自東北落於西南，主丞相有大凶之事。今陛下夢山崩，正應此兆。”後主愈加驚怖。忽報李福到，後主急召入問之。福頓首泣奏丞相已亡；將丞相臨終言語，細述一遍。後主聞言大哭曰：“天喪我也！”哭倒於龍牀之上。侍臣扶入後宮。吳太后聞之，亦放聲大哭不已。多官無不哀慟，百姓人人涕泣。

後主連日傷感，不能設朝。忽報魏延表奏楊儀造反，羣臣大駭，入宮啟奏後主。時吳太后亦在宮中。後主聞奏大驚，命近臣讀魏延表。其略曰：

> 征西大將軍、南鄭侯臣魏延，誠惶誠恐，頓首上言：楊儀自總兵權，率眾造反，劫丞相靈柩，欲引敵人入境。臣先燒絕棧道，以兵守禦。謹此奏聞。

讀畢，後主曰：「魏延乃勇將，足可拒楊儀等眾，何故燒絕棧道？」吳太后曰：「嘗聞先帝有言：孔明識魏延腦後有反骨，每欲斬之；因憐其勇，故姑留用。今彼奏楊儀等造反，未可輕信。楊儀乃文人，丞相委以長史之任，必其人可用。今日若聽此一面之詞，楊儀等必投魏矣。此事當深慮遠議，不可造次。」眾官正商議間，忽報長史楊儀，有緊急表到。近臣拆表讀曰：

> 長史、綏軍將軍臣楊儀，誠惶誠恐，頓首謹表：丞相臨終，將大事委於臣，照依舊制，不敢變更，使魏延斷後，姜維次之。今魏延不遵丞相遺語，自提本部人馬，先入漢中，放火燒斷棧道，劫丞相靈車，謀為不軌。變起倉卒，謹飛章奏聞。

太后聽畢，問：「卿等所見若何？」蔣琬奏曰：「以臣愚見：楊儀為人雖稟性過急，不能容物，至於籌度糧草，參贊軍機，與丞相辦事多時，今丞相臨終，委以大事，決非背反之人。魏延平日恃功務高，人皆下之。儀獨不假借，延心懷恨。今見儀總兵，心中不服，故燒棧道，斷其歸路，又誣奏而圖陷害。臣願將全家良賤，保楊儀不反，實不敢保魏延。」董允亦奏曰：「魏延自恃功高，常有不平之心，口出怨言。向所以不即反者，懼丞相耳。今丞相新亡，乘機為亂，勢所必然。若楊儀才幹敏達，為丞相所任用，必不背反。"後主曰："若魏延果反，當用何策禦之？"蔣琬曰："丞相素疑此人，必有遺計授與楊儀。若儀無恃，安能退入谷口乎？延必中計矣。陛下寬心。"不多時，魏延又表至，告稱楊儀反了。正覽表之間，楊儀又表到，奏稱魏延背反。二人接連具表，各陳是非。忽報費禕到。後主召入，禕細奏魏延反情。後主曰："若如此，且令董允假節釋勸，用好言撫慰。"允奉詔而去。

卻說魏延燒斷棧道，屯兵南谷，把住隘口，自以為得計；不想楊儀、姜維星夜引兵抄到南谷之後。儀恐漢中有失，令先鋒何平引三千兵先行。儀同姜維等引兵扶柩望漢中而來。

且說何平引兵逕到南谷之後，擂鼓吶喊。哨馬飛報魏延，說楊儀令先鋒何平引兵自槎山小路抄來搦戰。延大怒，急披掛上馬，提刀引兵來迎。兩陣對圓，何平出馬大罵曰："反賊魏延安在？"延亦罵曰："汝助楊儀造反，何敢罵我！"平叱曰："丞相新亡，骨肉未寒，汝焉敢造反！"及揚鞭指川兵曰："汝等軍士，皆是西川之人，川中多有父母妻子，兄弟親朋。丞相在日，不曾薄待汝等，今不可助反賊，宜各回家鄉，聽候賞賜。"眾軍聞言，大喊一聲，散去大半。延大怒，揮刀縱馬，直取何平。平挺槍來迎。戰不數合，平詐敗而走，延隨後趕來。眾軍弓弩齊發，延撥馬而回。見眾軍紛紛潰散，延轉怒，拍馬趕上，殺了數人；卻只止遏不住；只有馬岱所領三百人不動。延謂岱曰："公真心助我，事成之後，決不相負。"遂與馬岱追殺何平。平引兵飛奔而去。魏延收聚殘軍，與馬岱商議曰："我等投魏，若何？"岱曰："將軍之言，不智甚也。大丈夫何不自圖霸業，乃輕屈膝於人耶？吾觀將軍智勇足備，兩川之士，誰敢抵敵？吾誓同將軍先取漢中，隨後進攻兩川。"

延大喜，遂同馬岱引兵直取南鄭。姜維在南鄭城上，見魏延、馬岱耀武揚威，風擁而來。維急令拽起弔橋。延、岱二人，大叫："早降！"姜維令人請楊儀商議曰："魏延勇猛，更兼馬岱相助，雖然軍少，何計退之？"儀曰："丞相臨終，遺一錦囊，囑曰：'若魏延造反，臨城對敵之時，方可開拆，便有斬魏延之計。'今當取出一看。"遂出錦囊拆開看時，題曰："待與魏延對敵，馬上方許拆開。"維大喜曰："既丞相有戒約，長史可收執。吾先引兵出城，列為陣勢，公可便來。"姜維披掛上馬，綽槍在手，引三千軍，開了城門，一齊衝出，鼓聲大震，排成陣勢。維挺槍立馬於門旗之下，高聲大罵曰："反賊魏延！丞相不曾虧你，今日如何背反？"延橫刀勒馬而言曰："伯約，不干你事。只教楊儀來！"儀在門旗影裏，拆開錦囊視之，如此如此。儀大喜，輕騎而出，立馬陣前，手指魏延而笑曰："丞相在日，知汝久後必反，教我隄備，今果應其言。汝敢在馬上連叫三聲'誰敢殺我'，便是真大丈夫，吾就獻漢中城池與汝。"延大笑曰："楊儀匹夫聽着！若孔明在日，吾尚懼他三分；他今已亡，天下誰敢敵我？休道連叫三聲，便叫三萬聲，亦有何難？"遂提刀按轡，於馬上大叫曰："誰敢殺我？"一聲未畢，腦後一人厲聲而應曰："吾敢殺你！"手起刀落，斬魏延於馬下。眾皆駭然。斬魏延者，乃馬岱也。原來孔明臨終之時，授馬岱以密計，只待魏延喊叫時，便出其不意斬之；當日楊儀讀罷錦囊，已知伏下馬岱在彼，故依計而行，果然殺了魏延。後人有詩曰：

> 諸葛先機識魏延，已知日後反西川。
> 錦囊遺計人難料，卻見成功在馬前。

卻說董允未及到南鄭，馬岱已斬了魏延，與姜維合兵一處。楊儀具表星夜奏聞後主。後主降旨曰：“既已名正其罪，仍念前功，賜棺槨葬之。”楊儀等扶孔明靈柩到成都，後主引文武官僚，盡皆挂孝，出城二十里迎接。後主放聲大哭。上至公卿大夫，下及山林百姓，男女老幼，無不痛哭，哀聲震地。後主命扶柩入城，停於丞相府中。其子諸葛瞻守孝居喪。

後主還朝，楊儀自縛請罪。後主令近臣去其縛曰：“若非卿能依丞相遺教，靈柩何日得歸？魏延如何得滅？大事保全，皆卿之力也。”遂加楊儀為中軍師。馬岱有討逆之功，即以魏延之爵爵之。儀呈上孔明遺表。後主覽畢，大哭，降旨卜地安葬。費禕奏曰：“丞相臨終，命葬於定軍山，不用牆垣磚石，亦不用一切祭物。”後主從之。擇本年十月吉日，後主自送靈柩至定軍山安葬。後主降詔致祭，謚號忠武侯；令建廟於沔陽，四時享祭。後杜工部有詩曰：

> 丞相祠堂何處尋，錦官城外柏森森。
> 映階碧草自春色，隔葉黃鸝空好音。
> 三顧頻煩天下計，兩朝開濟老臣心。
> 出師未捷身先死，長使英雄淚滿襟！

又杜工部詩曰：

> 諸葛大名垂宇宙，宗臣遺像肅清高。
> 三分割據紆籌策，萬古雲霄一羽毛。
> 伯仲之間見伊呂，指揮若定失蕭曹。
> 運移漢祚終難復，志決身殲軍務勞。

卻說後主回到成都，忽近臣奏曰：“邊庭報來，東吳令全綜引兵數萬，屯於巴丘界口，未知何意。”後主驚曰：“丞相新亡，東吳負盟侵界，如之奈何？”蔣琬奏曰：“臣敢保王平、張嶷引兵數萬屯於永安，以防不測。陛下再命一人去東吳報喪，以探其動靜。”後主曰：“須得一舌辯之士為使。”一人應聲而出曰：“微臣願往。”眾視之，乃南陽安眾人，姓宗，名預，字德豔，官任參軍右中郎將。後主大喜，即命宗預往東吳報喪，兼探虛實。

宗預領命，逕到金陵，入見吳主孫權。禮畢，只見左右人皆着素衣。權作色而言曰：“吳、蜀已為一家，卿主何故而增白帝之守也？”預曰：“臣以為東益巴丘之戍，西增白帝之守，皆事勢宜然，俱不足以相問也。”權笑曰：“卿不亞於鄧芝。”乃謂宗預曰：“朕聞諸葛丞相歸天，每日流涕，令官僚盡皆挂孝。朕恐魏人乘喪取蜀，故增巴丘守兵萬人，以為救援，別無他意也。”預頓首拜謝。權曰：“朕既許以同盟，安有背義之理？”預曰：“天子因丞相新亡，特命臣來報喪。”權遂取金鈚箭一枝折之，設誓曰：“朕若負前盟，子孫絕滅！”又命使齎香帛奠儀，入川致祭。

宗預拜辭吳主，同吳使還成都，入見後主，奏曰：“吳主因丞相新亡，亦自流涕，令羣臣皆挂孝。其益兵巴丘者，恐魏人乘虛而入，別無異心。今折箭為誓，並不背盟。”後主大喜，重賞宗預，厚待吳使去訖。遂依孔明遺言，加蔣琬為丞相大將軍，錄尚書事；加費禕為尚書令，同理丞相事；加吳懿為車騎將軍，假節督漢中；姜維為輔漢將軍平襄侯，總督諸處人馬，同吳懿出屯漢中，以防魏兵；其餘將校，各依舊職。

楊儀自以為年宦先於蔣琬，而位出琬下；且自恃功高，未有重賞，口出怨言，謂費禕曰：“昔日丞相初亡，吾若將全師投魏，寧當寂寞如此耶！”費禕乃將此言具表密奏後主。後主大怒，命將楊儀下獄勘問，欲斬之。蔣琬奏曰：“儀雖有罪，但日前隨丞相多立功勞，未可斬也，當廢為庶人。"後主從之，遂貶楊儀赴漢嘉郡為民。儀羞慚自刎而死。

蜀漢建興十三年，魏主曹叡青龍三年，吳主孫權嘉禾四年，三國各不興兵。單說魏主封司馬懿為太尉，總督軍馬，安鎮諸邊。懿拜謝回洛陽去訖。魏主在許昌，大興土木，建蓋宮殿；又於洛陽造朝陽殿、太極殿，築總章觀：俱高十丈；又立崇華殿、青霄閣、鳳凰樓、九龍池，命博士馬鈞監造，極其華麗：雕梁華棟，碧瓦金磚，光輝耀日。選天下巧匠三萬餘人，民夫三十餘萬，不分晝夜而造。民力疲困，怨聲不絕。

叡又降旨起土木於芳林園，使公卿皆負土樹木於其中。司徒董尋上表切諫曰：

> 伏自建安以來，野戰死亡，或門殫戶盡；雖有存者，遺孤老弱。若今宮室狹小，欲廣大之，猶宜隨時，不妨農務，況作無益之物乎？陛下既尊羣臣，顯以冠冕，被以文繡，載以華輿，所以異於小人也。今又使負木擔土，沾體塗足，毀國之光，以崇無益：其無謂也。孔子云："君使臣以禮，臣事君以忠。"無忠無禮，國何以立？臣知言出必死；而自比於牛之一毛，生既無益，死亦無損。秉筆流涕，心與世辭。臣有八子，臣死之後，累陛下矣。不勝戰慄待命之至！

叡覽表怒曰："董尋不怕死耶！"左右奏請斬之。叡曰："此人素有忠義，今且廢為庶人。再有妄言者必斬！"時有太子舍人張茂，字彥材，亦上表切諫，叡命斬之。即日召馬鈞問曰："朕建高臺峻閣，欲與神仙往來，以求長生不老之方。"鈞奏曰："漢朝二十四帝，惟武帝享國最久，壽算極高，蓋因服天上日精月華之氣也：嘗於長安宮中，建柏梁臺；臺上立一銅人，手捧一盤，名曰‘承露盤’，接三更北斗所降沆瀣之水[1]，其名‘天漿’，又曰‘甘露’。取此水用美玉為屑，調和服之，可以返老還童。”叡大喜曰：“汝今可引人夫星夜至長安，拆取銅人，移置芳林園中。”

鈞領命，引一萬人至長安，令周圍搭起木架，上柏梁臺去。不移時間，五千人連繩引索，旋環而上。那柏梁臺高二十丈，銅柱圓十圍。馬鈞教先拆銅人。多人併力拆下銅人來，只見銅人眼中潸然淚下。眾皆大驚。忽然臺邊一陣狂風起處，飛砂走石，急若驟雨；一聲響喨，就如天崩地裂：臺傾柱倒，壓死千餘人。鈞取銅人及金盤回洛陽，入見魏主，獻上銅人、承露盤。魏主問曰：“銅柱安在？”鈞奏曰：“柱重百萬斤，不能運至。”叡令將銅柱打碎，運來洛陽，鑄成兩個銅人，號為“翁仲”，列於司馬門外；又鑄銅龍鳳兩個，龍高四丈，鳳高三丈餘，立在殿前。又於上林苑中，種奇花異木，蓄養珍禽怪獸。少傳楊阜上表諫曰：

　　臣聞堯尚茅茨，而萬國安居；禹卑宮室，而天下樂業；及至殷、周，或堂崇三尺，度以九筵耳：古之聖帝明王，未有以宮室高麗，以凋敝百姓之財力者也。桀作璇室象廊，紂為傾宮鹿臺，致喪社稷；楚靈以築章華而身受其禍；秦始皇作阿房宮而殃及其子，天下背叛，二世而滅：夫不度萬民之力，以從耳目之欲，未有不亡者也。陛下當以堯、舜、禹、湯、文、武為法，以桀、紂、秦、楚為誡。而乃自暇自逸，惟宮室是飾，必有危亡之禍矣。君作元首，臣為股肱，存亡一體，得失同之。臣雖駑怯，敢忘諍臣之義？言不切至，不足以感陛下。謹叩棺沐浴，伏候重誅。

表上，叡不省，只催督馬鈞建造高臺，安置銅人、承露盤。又降旨廣選天下美女，入芳林園中。眾官紛紛上表諫諍，叡俱不聽。

卻說曹叡之后毛氏，乃河內人也；先年叡為平原王時，最相恩愛；及即帝位，立為后；後叡因寵郭夫人，毛后失寵。郭夫人美而慧，叡甚嬖之，每日取樂，月餘不出宮闈。是歲春三月，芳林園中百花爭放，叡同郭夫人到園中賞玩飲酒。郭夫人曰：“何不請皇后同樂？”叡曰：“若彼在，朕涓滴不能下咽也。”遂傳諭宮娥，不許令毛后知道。毛后見叡月餘不入正宮，是日引十餘宮人，來翠花樓上消遣，只聽得樂聲嘹喨，乃問曰：“何處奏樂？”一宮官啟曰：“乃聖上與郭夫人於御花園中賞花飲酒。”毛后聞之，心中煩惱，回宮安歇。次日，毛皇后乘小車出宮遊玩，正迎見叡於曲廊之間，乃笑曰：“陛下昨遊北園，其樂不淺也！”叡大怒，即命擒昨日侍奉諸人到，叱曰：“昨遊北園，朕禁左右不許使毛后知道，何得又宣露！”喝令宮官將諸侍奉人盡斬之。毛后大驚，回車至宮，叡即降詔賜毛皇后死，立郭夫人為皇后。朝臣莫敢諫者。忽一日，幽州刺史毌丘儉上表，報稱遼東公孫淵造反，自號為燕王，改元紹漢元年，建宮殿，立宮職，興兵入寇，搖動北方。叡大驚，即聚文武官僚，商議起兵退淵之策。正是：纔將土木勞中國，又見干戈起外方。未知何以禦之，且看下文分解。

註 釋

1 沆瀣之水：露水。

# 公孫淵兵敗死襄平
# 司馬懿詐病賺曹爽

卻說公孫淵乃遼東公孫度之孫，公孫康之子也。建安十二年，曹操追袁尚，未到遼東，康斬尚首級獻操，操封康為襄平侯；後康死，有二子：長曰晃，次曰淵，皆幼；康弟公孫恭繼職。曹丕時封恭為車騎將軍襄平侯。太和二年，淵長大，文武兼備，性剛好鬥，奪其叔公孫恭之位，曹叡封淵為揚烈將軍遼東太守。後孫權遣張彌、許宴齎金寶珍玉赴遼東，封淵為燕王。淵懼中原，乃斬張、許二人，送首與曹叡。叡封淵為大司馬樂浪公。淵心不足，與眾商議，自號為燕王，改元紹漢元年。副將賈範諫曰："中原待主公以上公之爵，不為卑賤；今若背反，實為不順。更兼司馬懿善能用兵，西蜀諸葛武侯且不能取勝，何況主公呼？"淵大怒，叱左右縛賈範，將斬之。參軍倫直諫曰："賈範之言是也。聖人云：'國家將亡，必有妖孽。'今國中屢見怪異之事：近有犬戴巾幘，身披紅衣，上屋作人行；又城南鄉民造飯，飯甑之中，忽有一小兒蒸死於內；襄平北市中，地忽陷一穴，湧出一塊肉，周圍數尺，頭面眼耳口鼻都具，獨無手足，刀箭不能傷，不知何物。卜者占之曰：'有形不成，有口不聲；國家亡滅，故現其形。'有此三者，皆不祥之兆也。主公宜避凶就吉，不可輕舉妄動。"淵勃然大怒，叱武士綁倫直并賈範同斬於市，令大將軍卑衍為元帥，楊祚為先鋒，起遼兵十五萬，殺奔中原來。

邊官報知魏主曹叡。叡大驚，乃召司馬懿入朝計議。懿奏曰："臣部下馬步官軍四萬，足可破賊。"叡曰："卿兵少路遠，恐難收復。"懿曰："兵不在多，在能設奇用智耳。臣託陛下洪福，必擒公孫淵以獻陛下。"叡曰："卿料公孫淵作何舉動？"懿曰："淵若棄城預走，是上計也；守遼東拒大軍，是中計也；坐守襄平，是為下計，必被臣所擒矣。"叡曰："此去往復幾時？"懿曰："四千里之地，往百日，攻百日，休息六十日；大約一年足矣。"叡曰："倘吳、蜀入寇，如之奈何？"懿曰："臣已定下守禦之策，陛下勿憂。"叡大喜，即命司馬懿興師往討公孫淵。懿辭朝出城，令胡遵為先鋒，引前部兵先到遼東下寨。哨馬飛報公孫淵。淵令卑衍、楊祚分八萬兵屯於遼隧，圍塹二十餘里，環繞鹿角，甚是嚴密。胡遵令人報知司馬懿。懿笑曰："賊不與我戰，欲老我兵耳。我料賊眾大半在此，其巢穴空虛，不若棄卻此處，逕奔襄平；賊必往救，卻於中途擊之，必獲全功。"於是勒兵從小路向襄平進發。

卻說卑衍與楊祚商議曰："若魏兵來攻，休與交戰。彼千里而來，糧草不繼，難以持久，糧盡必退；待他退時，然後出奇兵擊之，司馬懿可擒也。昔司馬懿與蜀兵相拒，堅守渭南，孔明竟卒於軍中。今日正與此理相同。二人正商議間，忽報："魏兵往南去了。"卑衍大驚曰："彼知吾襄平軍少，去襲老營也。若襄平有失，我等守此處無益矣。"遂拔寨隨後而起。早有探馬飛報司馬懿。懿笑曰："中吾計矣！"

令夏侯霸、夏侯威，各引一軍伏於梁水之濱：「如遼兵到，兩下齊出。」二人受計而往。早望見卑衍、楊祚引兵前來。一聲礮響，兩邊鼓譟搖旗：左有夏侯霸，右有夏侯威，一齊殺出。卑、楊二人，無心戀戰，奪路而走；奔至首山，正逢公孫淵兵到，合兵一處，回馬再與魏兵交戰。卑衍出馬罵曰：「賊將休使詭計！汝敢出戰否？」夏侯霸縱馬揮刀來迎。戰不數合，被夏侯霸一刀斬卑衍於馬下，遼兵大亂。霸驅兵掩殺，公孫淵引敗兵奔入襄平城去，閉門堅守不出。魏兵四面圍合。

時值秋雨連綿，一月不止，平地水深三尺，運糧船自遼河口直至襄平城下。魏兵皆在水中，行坐不安。左都督裴景入帳告曰：「雨水不住，營中泥濘，軍不可停，請移於前面山上。」懿怒曰：「捉公孫淵只在旦夕，安可移營？如有再言移營者斬！」裴景喏喏而退。少頃，右都督仇連又來告曰：「軍士苦水，乞太尉移營高處。」懿大怒曰：「吾軍令已發，汝何敢故違！」即命推出斬之，懸首於轅門外。於是軍心震懾。

懿令兩寨人馬暫退二十里，縱城內軍民出城樵採柴薪，牧放牛馬。司馬陳羣問曰：「前太尉攻上庸之時，兵分八路，八日趕至城下，遂生擒孟達而成大功；今帶甲四萬，數千里而來，不令攻打城池，卻使久居泥濘之中，又縱賊眾樵牧：某實不知太尉是何主意。」懿笑曰：「公不知兵法耶？昔孟達糧多兵少，我糧少兵多，故不可不速戰；出其不意，突然攻之，方可取勝。今遼兵多，我兵少，賊飢我飽，何必力攻？正當任彼自走，然後乘機擊之。我今放開一條路，不絕彼之樵牧，是容彼自走也。」陳羣拜服。

於是司馬懿遣人赴洛陽催糧。魏主曹叡設朝。羣臣皆奏曰：「近日秋雨連綿，一月不止，人馬疲勞，可召回司馬懿，權且罷兵。」叡曰：「司馬太尉善能用兵，臨危制變，多有良謀，捉公孫淵計日而待，卿等何必憂也？"遂不聽羣臣之諫，使人運糧解至司馬懿軍前。懿在寨中，又過數日，雨止天晴。是夜懿出帳外，仰觀天文，忽見一星，其大如斗，流光數丈，自首出東北，墜於襄平東南，各營將士，無不驚駭。懿見之大喜，乃謂眾將曰："五日之後，星落處必斬公孫淵矣。來日可併力攻城。"

眾將得令，次日侵晨，引兵四面圍合，築土山，掘地道，立礮架，裝雲梯，日夜攻打不息，箭如急雨，射入城去。公孫淵在城中糧盡，皆宰牛馬為食。人人怨恨，各無守心，欲斬淵首，獻城歸降。淵聞之，甚是驚憂，慌令相國王建、御史大夫柳甫，往魏寨請降。二人自城上縋下，來告司馬懿曰："請太尉退二十里，我君臣自來投降。"懿大怒曰："公孫淵何不自來？殊為無理！"叱武士推出斬之，將首級付與從人。從人回報，公孫淵大驚，又遣侍中衞演來到魏營。司馬懿升帳，聚眾將立於兩邊。演膝行而進，跪於帳下，告曰："願太尉息雷霆之怒。剋日先送世子公孫修為質當，然後君臣自縛來降。"懿曰："軍事大要有五：能戰當戰，不能戰當守，不能守當走，不能走當降，不能降當死耳！何必送子為質當？"叱衞演回報公孫淵。演抱頭鼠竄而去，歸告公孫淵。淵大驚，乃與子公孫修密議停當，選下一千人馬，當夜二更時分，開了南門，往東南而走。淵見無人，心中暗喜。行不到十里，忽聽得山上一聲礮響，鼓角齊鳴，一枝兵攔住，中央乃司馬懿，左有司馬師，右有司馬昭，二人大叫曰："反賊休走！"淵大驚，急撥馬尋路奔逃。早有胡遵兵到；左有夏侯霸、夏侯威，右有張虎、樂綝：四面圍得鐵桶相似。公孫淵父子，只得下馬納降。懿在馬上顧諸將曰："吾前夜丙寅日，見大星落於此處，今夜壬申日應矣。"眾將稱賀曰："太尉真神機也！"懿傳令斬之。公孫淵父子對面受戮。司馬懿遂勒兵來取襄平。未及到城下時，胡遵早引兵入城中。人民焚香拜迎。魏兵盡皆入城。懿坐於衙上，將公孫淵宗族，並同謀官僚人等，俱殺之，計首級七十餘顆。出榜安民。人告懿曰：「賈範、倫直苦諫淵不可反叛，俱被淵所殺。」懿遂封其墓而榮其子孫；就將庫內財物，賞勞三軍，班師回洛陽。

卻說魏主在宮中，夜至三更，忽然一陣陰風，吹滅燈光，只見毛皇后引數十個宮人哭至座前索命。叡因此得病。病漸沉重，命侍中光祿大夫劉放、孫資，掌樞密院一切事務；又召文帝子燕王曹宇為大將軍，佐太子曹芳攝政。宇為人恭儉溫和，不肯當此大任，堅辭不受。叡召劉放、孫資問曰：「宗族之內，何人可任？」二人久得曹真之惠，乃保奏曰：「惟曹子丹之子曹爽可也。」叡從之。二人又奏曰：「欲用曹爽，當遣燕王歸國。」叡然其言。二人遂請叡降詔，齎出諭燕王曰：「有天子手詔，命燕王歸國，限即日就行；若無詔不許入朝。」燕王涕泣而去。遂封曹爽為大將軍，總攝朝政。叡病漸危，急令使持節詔司馬懿還朝。懿受命，逕到許昌，入見魏主。叡曰：「朕惟恐不得見卿；今日得見，死無恨矣。」懿頓首奏曰：「臣在途中，聞陛下聖體不安，恨不肋生兩翼，飛至闕下。今日得覩龍顏，臣之幸也。」叡宣太子曹芳，大將軍曹爽，侍中劉放、孫資等，皆至御榻之前。叡執司馬懿之手曰：「昔劉玄德在白帝城病危，以幼子劉禪託孤於諸葛孔明，孔明因此竭盡忠誠，至死方休。偏邦尚然如此，何況大國乎？朕幼子曹芳，年纔八歲，不堪掌理社稷。幸太尉及宗兄元勳舊臣，竭力相輔，無負朕心！」又喚芳曰：「仲達與朕一體，爾宜敬禮之。」遂命懿攜芳近前，芳抱懿頸不放。叡曰：「太尉勿忘幼子今日相戀之情！」言訖，潸然淚下。懿頓首流涕。魏主昏沉，口不能言，只以手指太子，須臾而卒。在位十三年，壽三十六歲。時魏景初三年春正月下旬也。

當下司馬懿、曹爽，扶太子曹芳即皇帝位。芳字蘭卿，乃叡乞養之子，祕在宮中，人莫知其所由來。於是曹芳諡叡為明帝，葬於高平陵；尊郭皇后為皇太后；改元正始元年。司馬懿與曹爽輔政。

爽事懿甚謹，一應大事，必先啟知。爽字昭伯，自幼出入宮中；明帝見爽謹慎，甚是愛敬。爽門下有客五百人，內有五人以浮華相尚，一是何晏，字平叔；一是鄧颺，字玄茂，乃鄧禹之後；一是李勝，字公昭；一是丁謐，字彥靖；一是畢軌，字昭先。又有大司農桓範，字元則，頗有智謀，人多稱為"智囊"——此數人皆爽所信任。何晏告爽曰："主公大權，不可委託他人，恐生後患。"爽曰："司馬公與我同受先帝託孤之命，安忍背之？"晏曰："昔日先公與仲達破蜀兵之時，累受此人之氣，因而致死，主公何不察也？"爽猛然省悟，遂與多官計議停當，入奏魏主曹芳："司馬懿功高德重，可加為太傅。"芳從之，自是兵權皆歸於爽。爽命弟曹羲為中領軍，曹訓為武衛將軍，曹彥為散騎常侍，各引三千御林軍，任其出入禁宮；又用何晏、鄧颺、丁謐為尚書，畢軌為司隸校尉，李勝為河南尹：此五人日夜與曹爽議事。於是曹爽門下賓客日盛。司馬懿推病不出，二子亦皆退職閒居。爽每日與何晏等飲酒作樂，凡用衣服器皿，與朝廷無異。各處進貢玩好珍奇之物，先取上等者入己，然後進宮；佳人美女，充滿府院。黃門張當，諂事曹爽，私選先帝侍妾七八人，送入府中；爽又選善歌舞良家子女三四十人，為家樂。又建重樓畫閣，造金銀器皿，用巧匠數百人，晝夜工作。

卻說何晏聞平原管輅明數術，請與論《易》。時鄧颺在座，問輅曰："君自謂善《易》，而語不及《易》中詞義，何也？"輅曰："夫善《易》者，不言《易》也。"晏笑而讚之曰："可謂要言不煩。"因謂輅曰："試為我卜一卦：可至三公否？"又問："連夢青蠅數十，來集鼻上，此是何兆？"輅曰："元、愷輔舜，周公佐周，皆以和惠謙恭，享有多福。今君侯位尊勢重，而懷德者鮮，畏威者眾，殆非小心求福之道。且鼻者，山也；山高而不危，所以長守貴也。今青蠅臭惡而集焉，位峻者顛，可不懼乎？願君侯裒多益寡，非禮勿履：然後三公可至，青蠅可驅也。"鄧颺怒曰："此老生之常談耳！"輅曰："老生者見不生，常談者見不談。"遂拂袖而去。二人大笑曰："真狂士也！"輅到家，與舅言之。舅大驚曰："何、鄧二人，威權甚重，汝奈何犯之？"輅曰："吾與死人語，何所畏耶？"舅問其故。輅曰："鄧颺行步，筋不束骨，脈不制肉，起立傾倚，若無手足，此為'鬼躁'之相。何晏視候，魂不守宅，血不華色，精爽煙浮，容若槁木，此為'鬼幽'之相。二人早晚必有殺身之禍，何足畏也？"其舅大罵輅為狂子而去。

卻說曹爽嘗與何晏、鄧颺等畋獵。其弟曹羲諫曰："兄威權太甚，而好出外游獵，倘為人所算，悔之無及。"爽叱曰："兵權在吾手中，何懼之有？"司農桓範亦諫，不聽。時魏主曹芳，改正始十年為嘉平元年。曹爽一向專權，不知仲達虛實。適魏主除李勝為青州刺史，即令李勝往辭仲達，就探消息。勝逕到太傅府下，早有門吏報入。司馬懿謂二子曰："此乃曹爽使來探吾病之虛實也。"乃去冠散髮，上牀擁被而坐；又令二婢扶策，方請李勝入府。勝至牀前拜曰："一向不見太傅，誰想如此病重。今天子命某為青州刺史，特來拜辭。"懿佯答曰："并州近朔方，好為之備。"勝曰："除青州刺史，非并州也。"懿笑曰："你方從并州來？"勝曰："山東青州耳。"懿大笑曰："你從青州來也！"勝曰："太傅如何病得這等了？"左右曰："太傅耳聾。"勝曰："乞紙筆一用。"左右取紙筆與勝。勝寫畢，呈上。懿看之，笑曰：“吾病的耳聾了。此去保重。”言訖，以手指口。侍婢進湯，懿將口就之，湯流滿襟，乃作哽噎之聲曰：“吾今衰老病篤，死在旦夕矣。二子不肖，望君教之。君若見大將軍，千萬看覷二子！”言訖，倒在牀上，聲嘶氣喘。李勝拜辭仲達，回見曹爽，細言其事。爽大喜曰：“此老若死，吾無憂矣！”

司馬懿見李勝去了，遂起身謂二子曰：“李勝此去，回報消息，曹爽必不忌我矣。只待他出城畋獵之時，方可圖之。”不一日，曹爽請魏主曹芳去謁高平陵，祭祀先帝。大小官僚，皆隨駕出城。爽引三弟，并心腹人何晏等，及御林軍護駕正行，司農桓範叩馬諫曰：“主公總典禁兵，不宜兄弟皆出。倘城中有變，如之奈何？”爽以鞭指而叱之曰：“誰敢為變！再勿亂言！”當日司馬懿見爽出城，心中大喜，即起舊日手下破敵之人，并家將數十，引二子上馬，逕來謀殺曹爽。正是：閉戶忽然有起色，驅兵自此逞雄風。未知曹爽性命如何，且看下文分解。

註　釋

1　裒多益寡：多接受別人的意見，以彌補自己的不足。裒，聚集。

# 魏主政歸司馬氏
# 姜維兵敗牛頭山

卻說司馬懿聞曹爽同弟曹羲、曹訓、曹彥并心腹何晏、鄧颺、丁謐、畢軌、李勝等及御林軍,隨魏主曹芳,出城謁明帝墓,就去畋獵。懿大喜,即到省中,令司徒高柔,假以節鉞行大將軍事,先據曹爽營;又令太僕王觀行中領軍事,據曹羲營。懿引舊官入後宮奏郭太后,言爽背先帝託孤之恩,奸邪亂國,其罪當廢。郭太后大驚曰:“天子在外,如之奈何?”懿曰:“臣有奏天子之表,誅奸臣之計,太后勿憂。”太后懼怕,只得從之。懿急令太尉蔣濟、尚書令司馬孚,一同寫表,遣黃門齎出城外,逕至帝前申奏。懿自引大軍據武庫。早有人報知曹爽家。其妻劉氏急出廳前,喚守府官問曰:“今主公在外,仲達起兵何意?”守門將潘舉曰:“夫人勿驚,我去問來。”乃引弓弩手數十人,登門樓望之。正見司馬懿引兵過府前,舉令人亂箭射下,懿不得過。偏將孫謙在後止之曰:“太傅為國家大事,休得放箭。”連止三次,舉方不射。司馬昭護父司馬懿而過,引兵出城屯於洛河,守住浮橋。

且説曹爽手下司馬魯芝，見城中事變，來與參軍辛敞商議曰：“今仲達如此變亂，將如之何？”敞曰：“可引本部兵出城去見天子。”芝然其言。敞急入後堂。其姊辛憲英見之，問曰：“汝有何事，慌速如此？”敞告曰：“天子在外，太傅閉了城門，必將謀逆。”憲英曰：“司馬公未必謀逆，特欲殺曹將軍耳。”敞驚曰：“此事未知如何？”憲英曰：“曹將軍非司馬公之對手，必然敗矣。”敞曰：“司馬魯芝教我同去，未知可去否？”憲英曰：“職守，人之大義也。凡人在難，猶或卹之。執鞭而棄其事，不祥莫大焉。”敞從其言，乃與魯芝引數十騎，斬關奪門而出。人報知司馬懿。懿恐桓範亦走，急令人召之。範與其子商議。其子曰：“車駕在外，不如南出。”範從其言，乃上馬至平昌門，城門已閉，把門將乃桓範舊吏司蕃也。範袖中取出一竹版曰：“太后有詔，可即開門。”司蕃曰：“請詔驗之。”範叱曰：“汝是吾故吏，何敢如此！”蕃只得開門放出。範出的城外，喚司蕃曰：“太傅造反，汝可速隨我去。”蕃大驚，追之不及。人報知司馬懿。懿大驚曰：“智囊洩矣！如之奈何？”蔣濟曰：“駑馬戀棧豆，必不能用也。”懿乃召許允、陳泰曰：“汝去見曹爽，説太傅別無他事，只是削汝兄弟兵權而已。”許、陳二人去了。又召殿中校尉尹大目至；令蔣濟作書，與目持去見爽。懿分付曰：“汝與爽厚，可領此任。汝見爽説吾與蔣濟指洛水為誓，只因兵權之事，別無他意。”尹大目依令而去。

　　卻説曹爽正飛鷹走犬之際，忽報城內有變，太傅有表。爽大驚，幾乎落馬。黃門官捧表跪於天子之前。爽接表拆封，令近臣讀之。表略曰：

　　　　征西大都督太傅臣司馬懿，誠惶誠恐，頓首謹表：臣昔
　　從遼東還，先帝詔陛下與秦王及臣等，升御牀，把臣臂，深

以後事為念。今大將軍曹爽，背棄顧命，敗亂國典；內則僭擬，外專威權；以黃門張當為都監，專共交關；看察至尊，伺候神器；離間二宮，傷害骨肉；天下洶洶，人懷危懼：此非先帝詔陛下及囑臣之本意也。

臣雖朽邁，敢忘往言？太尉臣濟、尚書臣孚等，皆以爽為有無君之心，兄弟不宜典兵宿衛，奏永寧宮皇太后，令敕臣表奏施行。臣輒敕主者及黃門令，罷爽、羲、訓吏兵，以侯就第，不得逗留，以稽車駕；敢有稽留，便以軍法從事。臣輒力疾將兵，屯於洛水浮橋，伺察非常。謹此上聞，伏干聖聽。

魏主曹芳聽畢，乃喚曹爽曰："太傅之言若此，卿如何裁處？"爽手足失措，回顧二弟曰："為之奈何？"羲曰："劣弟亦曾諫兄，兄執迷不聽，致有今日。司馬懿譎詐無比，孔明尚不能勝，況我兄弟乎？不如自縛見之，以免一死。"言未畢，參軍辛敞、司馬魯芝到。爽問之。二人告曰："城中把得鐵桶相似，太傅引兵屯洛水浮橋，勢將不可復歸。宜早定大計。"正言間，司農桓範驟馬而至，謂爽曰："太傅已變，將軍何不請天子幸許都，調外兵以討司馬懿耶？"爽曰："吾等全家皆在城中，豈可投他處求援？"範曰："匹夫臨難，尚欲望活！今主公身隨天子，號令天下，誰敢不應？豈可自投死地乎？"爽聞言不決，惟流涕而已。範又曰："此去許都，不過中宿。城中糧草，足支數載。今主公別營軍馬，近在關南，呼之即至。大司馬之印，某將在此。主公可急行，遲則休矣。"爽曰："多官勿太催逼，待吾細細思之。"少頃，侍中許允、尚書令陳泰至。二人告曰："太傅只為將軍權重，不過要削去兵權，別無他意。將軍可早歸城中。"爽默然不語。又只見殿中校尉尹大目至。目曰：「太傅指洛水為誓，並無他意。有蔣太尉書在此。將軍可削去兵權，早歸相府。」爽信為良言。桓範又告曰：「事急矣，休聽外言而就死地！」

是夜曹爽意不能決，乃拔劍在手，嗟歎尋思；自黃昏直流涕到曉，終是狐疑不定，桓範入帳催之曰：「主公思慮一晝夜，何尚不能決？」爽擲劍而歎曰：「我不起兵，情願棄官，但為富家翁足矣！」範大哭，出帳曰：「曹子丹以智謀自矜，今兄弟三人，真豚犢耳！」痛哭不已。許允、陳泰令爽先納印綬與司馬懿。爽先將印送去。主簿楊綜扯住印綬而哭曰：「主公今日捨兵權自縛去降，不免東市受戮也。」爽曰：「太傅必不失信於我。」於是曹爽將印綬與許、陳二人，先齎與司馬懿。眾軍見無將印，盡皆四散。爽手下只有數騎官僚。到浮橋時，懿傳令，教曹爽兄弟三人，且回私宅；餘皆發監，聽候敕旨。爽等入城時，並無一人侍從。桓範至浮橋邊，懿在馬上以鞭指之曰：「桓大夫何故如此？」範低頭不語，入城而去。

於是司馬懿請駕拔營入洛陽。曹爽兄弟三人回家之後，懿用大鎖鎖門，令居民八百人圍守其宅。曹爽心中憂悶。羲謂爽曰：「今家中乏糧，兄可作書與太傅借糧。如肯以糧借我，必無相害之心。」爽乃作書令人持去。司馬懿覽書，遂遣人送糧一百斛，運至曹爽府內。爽大喜曰：「司馬公本無害我之心也！」遂不以為憂。原來司馬懿先將黃門張當捉下獄中問罪。當曰：「非我一人，更有何晏、鄧颺、李勝、畢軌、丁謐等五人，同謀篡逆。」懿取了張當供詞，卻捉何晏等勘問明白，皆稱三月間欲反。懿用長枷釘了。城門守將司蕃，告稱桓範矯詔出城，口稱太傅謀反。懿曰：「誣人反情，抵罪反坐。」亦將桓範等皆下獄，然後押曹爽兄弟三人并一干人犯，皆斬於市曹，滅其三族；其家產財物，盡抄入庫。時有曹爽從弟文叔之妻，乃夏侯令女也；早寡而無子，其父欲改嫁之，女截耳自誓。及爽被誅，其父復將嫁之，女又斷去其鼻。其家驚惶，謂之曰：「人生世間，如輕塵棲弱草，何至自苦如此？且夫家又被司馬氏誅戮已盡，守此欲誰為哉？」女泣曰：「吾聞：『仁者不以盛衰改節，義者不以存亡易心。』曹氏盛時，尚欲保終；況今滅亡，何忍棄之？此禽獸之行，吾豈為乎！」懿聞而賢之，聽使乞子自養，為曹氏後。後人有詩曰：

> 弱草微塵盡達觀，夏侯有女義如山。
> 丈夫不及裙釵節，自顧鬚眉亦汗顏。

卻說司馬懿斬了曹爽，太尉蔣濟曰：「尚有魯芝、辛敞斬關奪門而出，楊綜奪印不與，皆不可縱。」懿曰：「彼各為其主，乃義人也。遂復各人舊職。辛敞歎曰：「吾若不問於姊，失大義矣！」後人有詩讚辛憲英曰：

> 為臣食祿當思報，事主臨危合盡忠。
> 辛氏憲英曾勸弟，古今千載頌高風。

司馬懿饒了辛敞等，乃出榜曉諭：但有曹爽門下一應人等，盡皆免死；有官者照舊復職。軍民各守家業，內外安堵。何、鄧二人死於非命，果應管輅之言。後人有詩讚管輅曰：

> 傳得聖賢真妙訣，平原管輅相通神。
> 「鬼幽」「鬼躁」分何鄧，未喪先知是死人。

卻說魏主曹芳封司馬懿為丞相，加九錫。懿固辭不肯受。芳不准，令父子三人同領國事。懿忽然想起：「曹爽全家雖誅，尚有夏侯霸守備雍州等處，係爽親族，倘驟然作亂，如何隄備？必當處置。」即下詔遣使往雍州，取征西將軍夏侯霸赴洛陽議事。夏侯霸聽知，大驚，便引本部三千兵造反。有鎮守雍州刺史郭淮，聽知夏侯霸反，即率本部兵來，與夏侯霸交戰。淮出馬大罵曰：“汝既是大魏皇族，天子又不曾虧汝，何故背反？”霸亦罵曰：“吾祖父於國家多建勤勞，今司馬懿何等人！滅吾曹氏宗族，又來取我，早晚必思篡位。吾仗義討賊，何反之有？”淮大怒，挺槍驟馬，直取夏侯霸。霸揮刀縱馬來迎。戰不十合，淮敗走，霸隨後趕來。忽聽的後軍吶喊，霸急回馬時，陳泰引兵殺來。郭淮復回。兩路夾攻，霸大敗而走，折兵大半；尋思無計，遂投漢中來降後主。

有人報與姜維，維心不信，令人體訪得實，方教入城。霸拜見畢，哭告前事。維曰：“昔微子去周，成萬古之名。公能匡扶漢室，無愧古人也。”遂設宴相待。維就席問曰：“今司馬懿父子掌握重權，有窺我國之志否？”霸曰：“老賊方圖謀逆，未暇及外。但魏國新有二人，正在妙齡之際，若使領兵馬，實吳、蜀之大患也。”維問：“二人是誰？”霸告曰：“一人見為祕書郎，乃潁川長社人，姓鍾，名會，字士季，太傅鍾繇之子，幼有膽智。繇嘗率二子見文帝，會時年七歲，其兄毓年八歲。毓見帝惶懼，汗流滿面。帝問毓曰：‘卿何以汗？’毓對曰：‘戰戰惶惶，汗出如漿。’帝問會曰：‘卿何以不汗？’會對曰：‘戰戰慄慄，汗不敢出。’帝獨奇之。及稍長，喜讀兵書，深明韜略。司馬懿與蔣濟皆稱其才。一人見為掾吏，乃義陽人也，姓鄧，名艾，字士載，幼年失父，素有大志，但見高山大澤，輒窺度指畫，何處可以屯兵，何處可以積糧，何處可以埋伏。人皆笑之，獨司馬懿奇其才，遂令參贊軍機。艾為人口吃，每奏事必稱‘艾……艾……’。懿戲謂曰：‘卿稱艾艾，當有幾艾？’艾應聲曰：‘鳳兮鳳兮，故是一鳳。’其資性敏捷，大抵如此。二人深可畏也。”維笑曰：“量此孺子，何足道哉！"

　　於是姜維引夏侯霸至成都，入見後主。維奏曰："司馬懿謀殺曹爽，又來賺夏侯霸，霸因此投降。目今司馬懿父子專權，曹芳懦弱，魏國將危。臣在漢中有年，兵精糧足；臣願領王師，即以霸為鄉導官，進取中原，重興漢室，以報陛下之恩，以終丞相之志。"尚書令費禕諫曰："近者，蔣琬、董允皆相繼而亡，內治無人。伯約只宜待時，不宜輕動。"維曰："不然。人生如白駒過隙，似此遷延歲月，何日恢復中原乎？"禕又曰："孫子云：'知彼知己，百戰百勝。'我等皆不如丞相遠甚，丞相尚不能恢復中原，何況我等？"維曰："吾久居隴上，深知羌人之心；今若結羌人為援，雖未能克復中原，自隴而西，可斷而有也。"後主曰："卿既欲伐魏，可盡忠竭力，勿墮銳氣，以負朕命。"於是姜維領勅辭朝，同夏侯霸逕到漢中，計議起兵。維曰："可先遣使去羌人處通盟，然後出西平，近雍州。先築二城於麴山之下，令兵守之，以為犄角之勢。我等盡發糧草於川口，依丞相舊制，次第進兵。"是年秋八月，先差蜀將句安、李歆同引一萬五千兵，往麴山前連築二城：句安守東城，李歆守西城。

　　早有細作報與雍州刺史郭淮。淮一面申報洛陽，一面遣副將陳泰引兵五萬，來與蜀兵交戰。句安、李歆各引一軍出迎；因兵少不能抵敵，退入城中。泰令兵四面圍住攻打，又以兵斷其漢中糧道。句安、李歆城中糧缺。郭淮自領兵亦到，看了地勢，忻然而喜。回到寨中，乃與陳泰計議曰："此城山勢高阜，必然水少，須出城取水；若斷其上流，蜀兵皆渴死矣。"遂令軍士掘土堰斷上流。城中果然無水。李歆引兵出城取水，雍州兵圍困甚急。歆死戰不能出，只得退入城去。句安城中亦無水，乃會了李歆，引兵出城，併在一處；大戰良久，又敗入城去。軍士枯渴。安與歆曰："姜都督之兵，至今未到，不知何故。"歆曰："我當捨命,殺出求救。"遂引數十騎,開了城門,殺將出來。雍州兵四面圍合,歆奮死衝突,方纔得脫;只落得獨自一人,身帶重傷,餘皆歿於亂軍之中。是夜北風大起,陰雲布合,天降大雪;因此,城內蜀兵分糧化雪而食。

卻說李歆撞出重圍,從西山小路行了兩日,正迎着姜維人馬。歆下馬伏地告曰："麴山二城,皆被魏兵圍困,絕了水道。幸得天降大雪,因此化雪度日。甚是危急。"維曰："吾非救遲;為聚羌兵未到,因此誤了。"遂令人送李歆入川養病。維問夏侯霸曰："羌兵未到,魏兵圍困麴山甚急,將軍有何高見?"霸曰："若等羌兵到麴山,二城皆陷矣。吾料雍州兵,必盡來麴山攻打。雍州城定然空虛,將軍可引兵逕往牛頭山,抄在雍州之後:郭淮、陳泰必回救雍州,則麴山之圍自解矣。"維大喜曰："此計最善!"於是姜維引兵望牛頭山而去。

卻說陳泰見李歆殺出城去了,乃謂郭淮曰："李歆若告急於姜維,姜維料吾大兵皆在麴山,必抄牛頭山襲吾之後。將軍可引一軍去取洮水,斷絕蜀兵糧道;吾分兵一半,逕往牛頭山擊之。彼若知糧道已絕,必然自走矣。"郭淮從之,遂引一軍暗取洮水。陳泰引一軍逕往牛頭山來。

卻說姜維兵至牛頭山,忽聽的前軍發喊,報說魏兵截住去路。維慌忙自到軍前視之。陳泰大喝曰："汝欲襲吾雍州!吾已等候多時了!"維怒,挺槍縱馬,直取陳泰。泰揮刀而迎。戰不三合,泰敗走。維揮兵掩殺。雍州兵退回,占住山頭。維收兵就牛頭山下寨。維每日令兵搦戰,不分勝負。夏侯霸謂姜維曰："此處不是久停之所。連日交戰,不分勝負,乃誘兵之計耳,必有異謀。不如暫退,再作良圖。"正言間,忽報郭淮引一軍取洮水,斷了糧道。維大驚,急令夏侯霸先退,維自斷後。陳泰分兵五路趕來。維獨拒五路總口,戰住魏兵。泰勒兵上山，矢石如雨。維急退到洮水之時，郭淮引兵殺來。維引兵往來衝突。魏兵阻其去路，密如鐵桶。維奮死殺出，折兵大半，飛奔上陽平關來。前面又一軍殺到，為首一員大將，縱馬橫刀而出。那人生得圓面大耳，方口厚脣，左目下生個黑瘤，瘤上生數十根黑毛，乃司馬懿長子驃騎將軍司馬師也。維大怒曰：“孺子焉敢阻吾歸路！”拍馬挺槍，直來刺師。師揮刀相迎。只三合，殺敗了司馬師，維脫身逕奔陽平關來。城上人開門放入姜維。司馬師也來搶關，兩邊伏弩齊發，一弩發十矢——乃武侯臨終時所遺‘連弩’之法也。正是：難支此日三軍敗，獨賴當年十矢傳。未知司馬師性命如何，且看下文分解。

# 第一〇八回

## 丁奉雪中奮短兵
## 孫峻席間施密計

　　卻説姜維正走，遇着司馬師引兵攔截。原來姜維取雍州之時，郭淮飛報入朝；魏主與司馬懿商議停當，懿遣長子司馬師引兵五萬，前來雍州助戰。師聽知郭淮敵退蜀兵，師料蜀兵勢弱，就來半路擊之，直趨到陽平關，卻被姜維用武侯所傳連弩法，於兩邊暗伏連弩百餘張，一弩發十矢，皆是藥箭。兩邊弩箭齊發，前軍連人帶馬射死不知其數。司馬師於亂軍之中，逃命而回。

　　卻説麴山城中蜀將句安，見援兵不至，乃開門降魏。姜維折兵數萬，領敗兵回漢中屯紮。司馬師自還洛陽。

　　至嘉平三年秋八月，司馬懿染病，漸漸沉重，乃喚二子至榻前囑曰：“吾事魏歷年，官授太傅，人臣之位極矣。人皆疑吾有異志，吾嘗懷恐懼。吾死之後，汝二人善理國政，慎之！慎之！”言訖而亡。長子司馬師，次子司馬昭，二人申奏魏主曹芳。芳厚加祭葬，優錫贈諡；封師為大將軍，總領尚書機密大事，昭為驃騎上將軍。

卻說吳主孫權，先有太子孫登，乃徐夫人所生，於吳赤烏四年身亡，遂立次子孫和為太子，乃瑯琊王夫人所生。和因與全公主不睦，被公主所譖，權廢之。和憂恨而死，又立三子孫亮為太子，乃潘夫人所生。此時陸遜、諸葛瑾皆亡，一應大小事務，皆歸於諸葛恪。太元元年秋八月初一日，忽起大風，江海湧濤，平地水深八尺。吳主先陵所種松柏，盡皆拔起，直飛到建業城南門外，倒插於道上。權因此受驚成病。至次年四月內，病勢沉重，乃召太傅諸葛恪、大司馬呂岱至榻前，囑以後事。囑訖而薨。在位二十四年，壽七十一歲。乃蜀漢延熙十五年也。後人有詩曰：

　　　　紫髯碧眼號英雄，能使臣僚肯盡忠。
　　　　二十四年興大業，龍盤虎踞在江東。

　　孫權既亡，諸葛恪立孫亮為帝，大赦天下，改元建興元年。諡權曰大皇帝，葬於蔣陵。早有細作探知其事，報入洛陽。司馬師聞孫權已死，遂議起兵伐吳。尚書傅嘏曰：“吳有長江之險，先帝屢次征伐，皆不遂意；不如各守邊疆，乃為上策。”師曰：“天道三十年一變，豈得常為鼎峙乎？吾欲伐吳。”昭曰：“今孫權新亡，孫亮幼懦，其隙正可乘也。”遂令征南大將軍王昶引兵十萬攻南郡，征東將軍胡遵引兵十萬攻東興，鎮南都督毋丘儉引兵十萬攻武昌：三路進發。又遣弟司馬昭為大都督，總領三路軍馬。是年冬十二月，司馬昭兵至東吳邊界，屯住人馬，喚王昶、胡遵、毋丘儉到帳中計議曰：“東吳最緊要處，惟東興郡也。今他築起大堤，左右又築兩城，以防巢湖後面攻擊，諸公須要仔細。”遂令王昶、毋丘儉各引一萬兵，列在左右：“且勿進發；待取了東興郡，那時一齊進兵。”昶、儉二人受令而去。昭又令胡遵為先鋒，總領三路兵前去：“先搭浮橋，取東興大堤；若奪得左右二城，便是大功。”遵領兵來搭浮橋。

卻説吳太傅諸葛恪，聽知魏兵三路而來，聚眾商議。平北將軍丁奉曰：“東興乃東吳緊要處所，若有失，則南郡、武昌危矣。”恪曰：“此論正合吾意。公可就引三千水兵從江中去。吾隨後令呂據、唐咨、留贊各引一萬馬步兵，分三路來接應。但聽連珠礮響，一齊進兵。吾自引大兵後至。”丁奉得令，即引三千水兵，分作三十隻船，望東興而來。

卻説胡遵渡過浮橋，屯軍於堤上，差桓嘉、韓綜攻打二城。左城中乃吳將全端守把，右城中乃吳將留略守把。此二城高峻堅固，急切攻打不下。全、留二人見魏兵勢大，不敢出戰，死守城池。胡遵在徐塘下寨。時值嚴寒，天降大雪，胡遵與眾將設席高會。忽報水上有三十隻戰船來到。遵出寨視之，見船將次傍岸，每船上約有百人。遂還帳中，謂諸將曰：“不過三千人耳，何足懼哉！”只令部將哨探，仍前飲酒。丁奉將船一字兒拋在水上，乃謂部將曰：“大丈夫立功名，取富貴，正在今日！”遂令眾軍脱去衣甲，卸了頭盔，不用長槍大戟，止帶短刀。魏兵見之大笑，更不準備。忽然連珠礮響了三聲，丁奉扯刀當先，一躍上岸。眾軍皆拔短刀，隨奉上岸，砍入魏寨。魏兵措手不及，韓綜急拔帳前大戟迎之，早被丁奉搶入懷內，手起刀落，砍翻在地。桓嘉從左邊轉出，忙綽槍刺丁奉，被奉挾住槍桿。嘉棄槍而走，奉一刀飛去，正中左肩，嘉望後便倒。奉趕上，就以槍刺之。三千吳兵，在魏寨中左衝右突。胡遵急上馬奪路而走。魏兵齊奔上浮橋，浮橋已斷，大半落水而死；殺倒在雪地者，不知其數。車仗馬匹軍器，皆被吳兵所獲。司馬昭、王昶、毋丘儉聽知東興兵敗，亦勒兵而退。

卻説諸葛恪引兵至東興，收兵賞勞了畢，乃聚諸將曰：“司馬昭兵敗北歸，正好乘勢進取中原。”遂一面遣人齎書入蜀，求姜維進兵攻其北，許以平分天下；一面起大兵二十萬，來伐中原。臨行時，忽見一道白氣，從地而起，遮斷三軍，對面不見。蔣延曰：「此氣乃白虹也，主喪兵之兆。太傅只可回朝，不可伐魏。」恪大怒曰：「汝安敢出不利之言，以慢吾軍心！」叱武士斬之。眾皆告免，恪乃貶蔣延為庶人，仍催兵前進。丁奉曰：「魏以新城為總隘口，若先取得此城，司馬昭破膽矣。」恪大喜，即趲兵直至新城。守城牙門將軍張特，見吳兵大至，閉門堅守。恪令兵四面圍定。早有流星馬報入洛陽。主簿虞松告司馬師曰：「今諸葛恪困新城，且未可與戰。吳兵遠來，人多糧少，糧盡自走矣。待其將走，然後擊之，必得全勝。但恐蜀兵犯境，不可不防。」師然其言，遂令司馬昭引一軍助郭淮防姜維；毋丘儉、胡遵拒住吳兵。

卻說諸葛恪連月攻打新城不下，下令眾將：「併力攻城，怠慢者立斬。」於是諸將奮力攻打，城東北角將陷。張特在城中定下一計，乃令一舌辯之士，齎捧冊籍，赴吳寨見諸葛恪，告曰：「魏國之法：若敵人困城，守城將堅守一百日，而無救兵至，然後出城降敵者，家族不坐罪。今將軍圍城已九十餘日，望乞再容數日，某主將盡率軍民出城投降，今先具冊籍呈上。」恪深信之，收了軍馬，遂不攻城。原來張特用緩兵之計，哄退吳兵，遂拆城中房屋，於破城處，修補完備，乃登城大罵曰：「吾城中尚有半年之糧，豈肯降吳狗耶！儘戰無妨！」恪大怒，催兵攻城。城上亂箭射下。恪額上正中一箭，翻身落馬。諸將救起還寨，金瘡舉發。眾軍皆無戰心，又因天氣亢炎，軍士多病。恪金瘡稍可，欲催兵攻城。營吏告曰：「人人皆病，安能戰乎？」恪大怒曰：「再說病者斬之！」眾軍聞知，逃者無數。忽報都督蔡林引本部軍投魏去了。恪大驚，自乘馬遍視各營，果見軍士面色黃腫，各帶病容，遂勒兵還吳。早有細作報知毋丘儉。儉盡起大兵，隨後掩殺。吳兵大敗而歸。恪甚羞慚，託病不朝。吳主孫亮，自幸其宅問安。文武官僚，皆來拜見。恪恐人議論，先搜求眾官將過失，輕則發遣邊方，重則斬首示眾。於是內外官僚，無不悚懼。又令心腹將張約、朱恩管御林軍，以為牙爪。

卻說孫峻字子遠，乃孫堅弟孫靜曾孫，孫恭之子也。孫權存日，甚愛之，命掌御林軍馬。今聞諸葛恪令張約、朱恩二人掌御林軍，奪其權，心中大怒。太常卿滕胤，素與諸葛恪有隙，乃乘間說峻曰：“諸葛恪專權恣虐，殺害公卿，將有不臣之心。公係宗室，何不早圖之？”峻曰：“我有是心久矣。今當即奏天子，請旨誅之。”

於是孫峻、滕胤入見吳主孫亮，密奏其事。亮曰：“朕見此人，亦甚恐怖，常欲除之，未得其便。今卿等果有忠義，可密圖之。”胤曰：“陛下可設席召恪，暗伏武士於壁衣中，擲盃為號，就席間殺之，以絕後患。”亮從之。

卻說諸葛恪自兵敗回朝，託病居家，心神恍惚。一日偶出中堂，忽見一人穿麻挂孝而入。恪叱問之，其人大驚無措。恪令挐下拷問，其人告曰：“某因新喪父親，入城請僧追薦；初見是寺院而入，卻不想是太傅之府。卻怎生來到此處也！”恪大怒，召守門軍士問之。軍士告曰：“某等數十人，皆荷戈把門，未嘗暫離，並不見一人入來。”恪大怒，盡數斬之。是夜恪睡臥不安，忽聽得正堂中聲響如霹靂。恪自出視之，見中梁折為兩段。恪驚歸寢室，忽然一陣陰風起處，見所殺披麻人與守門軍士數十人，各提頭索命。恪驚倒在地，良久方甦。次早洗面，聞水甚血臭。恪叱侍婢，連換數十盆，皆臭無異。恪正驚疑間，忽報天子有使至，宣太傅赴宴。恪令安排車仗。方欲出府，有黃犬啣住衣服，嚶嚶作聲，如哭之狀。恪怒曰：“犬戲我也！”叱左右逐去之，遂乘車出府。行不數步，見車前一道白虹，自地而起，如白練沖天而去。恪甚驚怪。心腹將張約進車前密告曰：“今日宮中設宴，未知好歹，主公不可輕入。"恪聽罷，便令回車。行不到十餘步，孫峻、滕胤乘馬至車前曰："太傅何故便回？"恪曰："吾忽然腹痛，不可見天子。"胤曰："朝廷為太傅軍回，不曾面敍，故特設宴相召，兼議大事。太傅雖感貴恙，還當勉強一行。"恪從其言，遂同孫峻、滕胤入宮，張約亦隨入。恪見吳主孫亮，施禮畢，就席而坐。亮命進酒，恪心疑，辭曰："病軀不勝盃酌。"孫峻曰："太傅府中常服藥酒，可取飲乎？"恪曰："可也。"遂令從人回府取自製藥酒到，恪方纔放心飲之。酒至數巡，吳主孫亮託事先起。孫峻下殿，脫了長服，着短衣，內披環甲，手提利刃，上殿大呼曰："天子有詔誅逆賊！"諸葛恪大驚，擲盃於地，欲拔劍迎之，頭已落地。張約見峻斬恪，揮刀來迎。峻急閃過，刀尖傷其左指。峻轉身一刀，砍中張約右臂。武士一齊擁出，砍倒張約，剁為肉泥。孫峻一面令武士收恪家眷，一面令人將張約并諸葛恪屍首，用蘆蓆包裹，以小車載出，棄於城南門外石子崗亂塚坑內。

卻說諸葛恪之妻，正在房中，心神恍惚，動止不寧。忽一婢女入房，恪妻問曰："汝遍身如何血臭？"其婢忽然反目切齒，飛身跳躍，頭撞屋梁，口中大叫："吾乃諸葛恪也！被奸賊孫峻謀殺！"恪合家老幼，驚惶號哭。不一時，軍馬至，圍住府第，將恪全家老幼，俱縛至市曹斬首。時吳建興二年冬十月也。昔諸葛瑾存日，見恪聰明盡顯於外，歎曰："此子非保家之主也！"又魏光祿大夫張緝，曾對司馬師曰："諸葛恪不久死矣！"師問其故，緝曰："威震其主，何能久乎？"至此果中其言。卻說孫峻殺了諸葛恪，吳主孫亮封峻為丞相大將軍富春侯，總督中外諸軍事。自此權柄盡歸孫峻矣。

且說姜維在成都，接得諸葛恪書，欲求相助伐魏，遂入朝，奏准後主，復起大兵，北伐中原。正是：一度興師未奏績，兩番討賊欲成功。未知勝負如何，且看下文分解。

# 第一〇九回

# 困司馬漢將奇謀
# 廢曹芳魏家果報

　　蜀漢延熙十六年秋，將軍姜維起兵二十萬，令廖化、張翼為左右先鋒，夏侯霸為參謀，張嶷為運糧使，大兵出陽平關伐魏。維與夏侯霸商議曰：“向取雍州，不克而還；今若再出，必又有準備。公有何高見？”霸曰：“隴上諸郡，只有南安錢糧最廣，若先取之，足可為本。向者不克而還，蓋因羌兵不至。今可先遣人會羌人於隴右，然後進兵出石營，從董亭直取南安。”維大喜曰：“公言甚妙！”遂遣郤正為使，齎金珠蜀錦入羌，結好羌王。羌天迷當，得了禮物，便起兵五萬，令羌將俄何燒戈為大先鋒，引兵南安來。

　　魏左將軍郭淮聞報，飛奏洛陽。司馬師問諸將曰：“誰敢去敵蜀兵？”輔國將軍徐質曰：“某願往。”師昔知徐質英勇過人，心中大喜，即令徐質為先鋒，令司馬昭為大都督，領兵望隴西進發。軍至董亭，正遇姜維，兩軍列成陣勢。徐質使開山大斧，出馬挑戰。蜀陣中廖化出迎。戰不數合，化拖刀敗回，張翼縱馬挺槍而迎，戰不數合，又敗入陣。徐質驅兵掩殺，蜀兵大敗，退三十餘里。司馬昭亦收兵回，各自下寨。

姜維與夏侯霸商議曰："徐質勇甚，當以何策擒之？"霸曰："來日詐敗，以埋伏之計勝之。"維曰："司馬昭乃仲達之子，豈不知兵法？若見地勢掩映，必不肯追。吾見魏兵累次斷吾糧道，今卻用此計誘之，可斬徐質矣。"遂喚廖化分付如此如此，又喚張翼分付如此如此，二人領兵去了。一面令軍士於路撒下鐵蒺藜，寨外多排鹿角，示以久計。

徐質連日引兵搦戰，蜀兵不出。哨馬報司馬昭說："蜀兵在鐵籠山後，用木牛流馬搬運糧草，以為久計，只待羌兵策應。"昭喚徐質曰："昔日所以勝蜀者，因斷彼糧道也。今蜀兵在鐵籠山後運糧，汝今夜引兵五千，斷其糧道，蜀兵自退矣。"徐質領令，初更時分，引兵望鐵籠山來，果見蜀兵二百餘人，驅百餘頭木牛流馬，裝載糧草而行。魏兵一聲喊起，徐質當先攔住。蜀兵盡棄糧草而走。質分兵一半，押送糧草回寨；自引兵一半追來。追不到十里，前面車仗橫截去路。質令軍士下馬拆開車仗，只見兩邊忽然火起。質急勒馬回走，後面山僻窄狹處，亦有車仗截路，火光迸起。質等冒煙突火，縱馬而出。一聲礮響，兩路軍殺來：左有廖化，右有張翼，大殺一陣，魏兵大敗。徐質奮死隻身而走，人困馬乏。

正奔走間，前面一枝兵殺到，乃姜維也。質大驚無措，被維一槍刺倒坐下馬，徐質跌下馬來，被眾軍亂刀砍死。質所分一半押糧兵，亦被夏侯霸所擒，盡降其眾。霸將魏兵衣甲馬匹，令蜀兵穿了，就令騎坐，打着魏軍旗號，從小路逕奔回魏寨來。魏軍見本部兵回，開門放入，蜀兵就寨中殺起。司馬昭大驚，慌忙上馬走時，前面廖化殺來。昭不能前進，急退時，姜維引兵從小路殺到。昭四下無路，只得勒兵上鐵籠山據守。原來此山只有一條路，四下皆險峻難上；其上惟有一泉，止豿百人之飲。此時昭手下有六千人，被姜維絕其路口，山上泉水不敷，人馬枯渴。昭仰天長歎曰："吾死於此地矣！"後人有詩曰：

> 妙算姜維不等閒，魏師受困鐵籠間；
> 龐涓始入馬陵道，項羽初圍九里山。

主簿王韜曰："昔日耿恭受困，拜井而得其泉。將軍何不效之？"昭從其言，遂上山頂泉邊，再拜而祝曰："昭奉詔來退蜀兵，若昭合死，令甘泉枯竭，昭自當刎頸，教部軍盡降；如壽祿未終，願蒼天早賜甘泉，以活眾命！"祝畢，泉水湧出，取之不竭，因此人馬不死。

　　卻說姜維在山下困住魏兵，謂眾將曰："昔日丞相在上方谷，不曾捉住司馬懿，吾深為恨；今司馬昭必被吾擒矣。"

　　卻說郭淮聽知司馬昭困於鐵籠山上，欲提兵來。陳泰曰："姜維會合羌兵，欲先取南安。今羌兵已到，將軍若撤兵去救，羌兵必乘虛襲我後也。可先令人詐降羌人，於中取事；若退了此兵，方可救鐵籠之圍。"郭淮從之，遂令陳泰引五千兵，逕到羌王寨內，解甲而入，泣拜曰："郭淮妄自尊大，常有殺泰之心，故來投降。郭淮軍中虛實，某俱知之。只今夜願引一軍前去劫寨，便可成功。如兵到魏寨，自有內應。"迷當大喜，遂令俄何燒戈同陳泰來劫魏寨。俄何燒戈教泰降兵在後，令泰引羌兵為前部。是夜二更，竟到魏寨，寨門大開。陳泰一騎馬先入。俄何燒戈驟馬挺槍入寨之時，只叫得一聲苦，連人帶馬，跌在陷坑裏。陳泰從後面殺來，郭淮從左邊殺來，羌兵大亂，自相踐踏，死者無數，生者盡降。俄何燒戈自刎而死。郭淮、陳泰，引兵直殺到羌人寨中，迷當大王急出帳上馬時，被魏兵生擒活捉，來見郭淮。淮慌下馬，親去其縛，用好言撫慰曰："朝廷素以公為忠義，今何故助蜀人也？"迷當慚愧伏罪。淮乃說迷當曰："公今為前部，去解鐵籠山之圍，退了蜀兵，吾奏准天子，自有厚賜。"

迷當從之，遂引羌兵在前，魏兵在後，逕奔鐵籠山。時值三更，先令人報知姜維。維大喜，教請入相見。魏兵多半雜在羌人部內；行到蜀寨前，維令大兵皆在寨外屯紮，迷當引百餘人到中軍帳前。姜維、夏侯霸二人出迎。魏將不等迷當開言，就從背後殺將起來。維大驚，急上馬而走。羌、魏之兵，一齊殺入。蜀兵四分五落，各自逃生。維手無器械，腰間止有一副弓箭，走得慌忙，箭皆落了，只有空壺。維望山中而走，背後郭淮引兵趕來，見維手無寸鐵，乃驟馬挺槍追之。看看至近，維虛拽弓弦，連響十餘次。淮連躲數番，不見箭到，知維無箭，乃挂住鋼槍，拈弓搭箭射之。維急閃過，順手接了，就扣在弓弦上；待淮追近，望面門上儘力射去，淮應弦落馬。維勒回馬來殺郭淮，魏軍驟至。維下手不及，只掣得淮槍而去。魏兵不敢追趕，急救淮歸寨，拔出箭頭，血流不止而死。司馬昭下山引兵追趕，半途而回。夏侯霸隨後逃至，與姜維一齊奔走。維折了許多人馬，一路收紮不住，自回漢中。雖然兵敗，卻射死郭淮，殺死徐質，挫動魏國之威，將功補罪。

卻說司馬昭犒勞羌兵，發遣回國去訖，班師回洛陽，與兄司馬師專制朝權，羣臣莫敢不服。魏主曹芳每見師入朝，戰慄不已，如針刺背。一日，芳設朝，見師挂劍上殿，慌忙下榻迎之。師笑曰："豈有君迎臣之禮也？請陛下穩便。"須臾，羣臣奏事，司馬師俱自剖斷，並不啟奏魏主。少時師退，昂然下殿，乘車出內，前遮後擁，不下數千人馬。芳退入後殿，顧左右止有三人，乃太常夏侯玄，中書令李豐，光祿大夫張緝。緝乃張皇后之父，曹芳之皇丈也。芳叱退近侍，同三人至密室商議。芳執張緝之手而哭曰：“司馬師視朕如小兒，戲百官如草芥，社稷早晚必歸此人矣！”言訖大哭。李豐奏曰：“陛下勿憂。臣雖不才，願以陛下之明詔，聚四方之英傑，以剿此賊。”夏侯玄奏曰：“臣兄夏侯霸降蜀，因懼司馬兄弟謀害故耳。今若剿除此賊，臣兄必回也。臣乃國家舊戚，安敢坐視奸賊亂國？願同奉詔討之。”芳曰：“但恐不能耳。”三人哭奏曰：“臣等誓當同心討賊，以報陛下！”芳脫下龍鳳汗衫，咬破指尖，寫了血詔，授與張緝，乃囑曰：“朕祖武皇帝誅董承，蓋為機事不密也。卿等須謹細，勿泄於外。”豐曰：“陛下何出此不利之言？臣等非董承之輩，司馬師安比武祖也？陛下勿疑。”三人辭出，至東華門左側，正見司馬師帶劍而來，從者數百人，皆持兵器。三人立於道旁。師問曰：“汝三人退朝何遲？”李豐曰：“聖上在內廷觀書，我三人侍讀故耳。”師曰：“所看何書？”豐曰：“乃夏、商、周三代之書也。”師曰：“上見此書，問何故事？”豐曰：“天子所問：伊尹扶商、周公攝政之事；我等皆奏曰：‘今司馬大將軍，即伊尹、周公也。’”師冷笑曰：“汝等豈將吾比伊尹、周公！其心實指吾為王莽、董卓！”三人皆曰：“我等皆將軍門下之人，安敢如此？”師大怒曰：“汝等乃口諛之人！適間與天子在密室中所哭何事？”三人曰：“實無此狀。”師叱曰：“汝三人淚眼尚紅，如何抵賴！”夏侯玄知事已泄，乃厲聲大罵曰：“吾等所哭者，為汝威震其主，將謀篡逆耳！”師大怒，叱武士捉夏侯玄。玄揎拳裸袖，逕擊司馬師，卻被武士擒住。師令將各人搜檢，於張緝身畔搜出一龍鳳汗衫，上有血字。左右呈與司馬師。師視之，乃密詔也。詔曰：

司馬師兄弟，共持大權，將圖篡逆。所行詔制，皆非朕意。各部官兵將士，可同仗忠義，討滅賊臣，匡扶社稷。功成之日，重加爵賞。

司馬師看畢，勃然大怒曰：“原來汝等正欲謀害吾兄弟！情理難容！”遂令將三人腰斬於市，滅其三族。三人罵不絕口。比臨東市中，牙齒盡被打落，各人含糊數罵而死。

師直入後宮。魏主曹芳正與張皇后商議此事。皇后曰：“內廷耳目頗多，倘事泄露，必累妾矣！”正言間，忽見師入，皇后大驚。師按劍謂芳曰：“臣父立陛下為君，功德不在周公之下；臣事陛下，亦與伊尹何別乎？今反以恩為讎，以功為過，欲與二三小臣，謀害臣兄弟，何也？”芳曰：“朕無此心。”師袖中取出汗衫，擲之於地曰：“此誰人所作耶？”芳魂飛天外，魄散九霄，戰慄而答曰：“此皆為他人所逼故也。朕豈敢興此心？”師曰：“妄誣大臣造反，當加何罪？”芳跪告曰：“朕合有罪，望大將軍恕之！”師曰：“陛下請起，國法未可廢也。”乃指張皇后曰：“此是張緝之女，理當除之！”芳大哭求免，師不從，叱左右將張后捉出，至東華門內，用白練絞死。後人有詩曰：

> 當年伏后出宮門，跣足哀號別至尊。
> 司馬今朝依此例，天教還報在兒孫。

次日，司馬師大會羣臣曰：“今主上荒淫無道，褻近娼優，聽信讒言，閉塞賢路：其罪甚於漢之昌邑，不能主天下。吾謹按伊尹、霍光之法，別立新君，以保社稷，以安天下，如何？”眾皆應曰：“大將軍行伊、霍之事，所謂應天順人，誰敢違命？”師遂同多官入永寧宮，奏聞太后。太后曰：“大將軍欲立何人為君？”師曰：“臣觀彭城王曹據，聰明仁孝，可以為天下之主。”太后曰：“彭城王乃老身之叔，今立為君，我何以當之？今有高貴鄉公曹髦，乃文皇帝之孫，此人溫恭克讓，可以立之。卿等大臣，從長計議。”一人奏曰：“太后之言是也。便可立之。”眾視之，乃司馬師宗叔司馬孚也。師遂遣使往元城召高貴鄉公；請太后升太極殿，召芳責之曰：“汝荒淫無度，褻近娼優，不可承天下；當納下璽綬，復齊王之爵，目下起程，非宣召不許入朝。”芳泣拜太后，納了國寶，乘王車大哭而去。只有數員忠義之臣，含淚而送。後人有詩曰：

> 昔日曹瞞相漢時，欺他寡婦與孤兒。
> 誰知四十餘年後，寡婦孤兒亦被欺！

卻說高貴鄉公曹髦，字彥士，乃文帝之孫，東海定王霖之子也。當日司馬師以太后命宣至，文武官僚，備鑾駕於西掖門外拜迎。髦慌忙答禮。太尉王肅曰：“主上不當答禮。”髦曰：“吾亦人臣也，安得不答禮乎？”文武扶髦上輦入宮，髦辭曰：“太后詔命，不知為何，吾安敢乘輦而入？”遂步行至太極東堂。司馬師迎着，髦先下拜，師急扶起。問候已畢，引見太后。后曰：“吾見汝年幼時，有帝王之相；汝今可為天下之主。務須恭儉節用，布德施仁，勿辱先帝也。”髦再三謙辭。師令文武請髦出太極殿，是日立為新君，改嘉平六年為正元元年，大赦天下，假大將軍司馬師黃鉞，入朝不趨，奏事不名，帶劍上殿。文武百官，各有封賜。

正元二年春正月，有細作飛報，說鎮東將軍毋丘儉、揚州刺史文欽，以廢主為名，起兵前來。司馬師大驚。正是：漢臣曾有勤王志，魏將還興討賊師。未知如何迎敵，且看下文分解。

# 第一一〇回

## 文鴦單騎退雄兵
## 姜維背水破大敵

卻說魏正元二年正月，揚州刺史、鎮東將軍、領淮南軍馬毋丘儉，——字仲聞，河南聞喜人也。——聞司馬師擅行廢立之事，心中憤怒。長子毋丘甸曰："父親官居方面[1]，司馬師專權廢主，國家有累卵之危，安可晏然自守？"儉曰："吾兒之言是也。"遂請刺史文欽商議。欽乃曹爽門下客，當日聞儉相請，即來拜謁。儉邀入後堂，禮畢；說話間，儉流淚不止。欽問其故，儉曰："司馬師專權廢主，天地反覆，安得不傷心乎？"欽曰："都督鎮守方面，若肯仗義討賊，欽願捨死相助。欽中子文淑，小字阿鴦，有萬夫不當之勇，常欲殺司馬師兄弟，與曹爽報讎，今可令為先鋒。"儉大喜，即時酹酒為誓。二人詐稱太后有密詔，令淮南大小官兵將士，皆入壽春城，立一壇於西，宰白馬歃血為盟，宣言司馬師大逆不道，今奉太后密詔，令盡起淮南軍馬，仗義討賊。眾皆悅服。儉提六萬兵，屯於項城。文欽領兵二萬在外為遊兵，往來接應。儉移檄諸郡，令各起兵相助。

卻說司馬師左眼肉瘤，不時痛癢，乃命醫官割之，以藥封閉，連日在府養病；忽聞淮南告急，乃請太尉王肅商議。肅曰：“昔關雲長威震華夏，孫權令呂蒙襲取荊州，撫恤將士家屬，因此關公軍勢瓦解。今淮南將士家屬皆在中原，可急撫恤，更以兵斷其歸路，必有土崩之勢矣。”師曰：“公言極善。但吾新割目瘤，不能自往，若使他人，心又不穩。”時中書侍郎鍾會在側，進言曰：“淮楚兵強，其鋒甚銳；若遣人領兵去退，多是不利。倘有疎虞，則大事廢矣。”師蹶然起曰：“非吾自往，不可破賊！”遂留弟司馬昭守洛陽，總攝朝政。師乘輭輿，帶病東行。令鎮東將軍諸葛誕，總督豫州諸軍，從安風津取壽春；又令征東將軍胡遵，領青州諸軍，出譙、宋之地，絕其歸路；又遣荊州刺史監軍王基，領前部兵，先取鎮南之地。師領大軍屯於襄陽，聚文武於帳下商議。光祿勳鄭袤曰：“毋丘儉好謀而無斷，文欽有勇而無智。今大軍出其不意，江、淮之卒，銳氣正盛，不可輕敵；只宜深溝高壘，以挫其銳——此亞夫之長策也。”監軍王基曰：“不可。淮南之反，非軍民思亂也；皆因毋丘儉勢力所逼，不得已而從之。若大軍一臨，必然瓦解。”師曰：“此言甚妙。”遂進兵於濦水之上，中軍屯於濦橋。基曰：“南頓極好屯兵，可提兵星夜取之。若遲則毋丘儉必先至矣。”師遂令王基前部兵來南頓城下寨。

卻說毋丘儉在項城，聞知司馬師自來，乃聚眾商議。先鋒葛雍曰：“南頓之地，依山傍水，極好屯兵；若魏兵先占，難以驅遣，可速取之。”儉從其言，起兵投南頓來。正行之間，前面流星馬報說，南頓已有人馬下寨。儉不信，自到軍前視之，果然旌旗遍野，營寨齊整。儉回到軍中，無計可施。忽哨馬飛報：“東吳孫峻提兵渡江襲壽春來了。”儉大驚曰：“壽春若失，吾歸何處！”是夜退兵於項城。

司馬師見毋丘儉軍退，聚多官商議。尚書傅嘏曰：“今儉兵退者，憂吳人襲壽春也，必回項城分兵拒守。將軍可令一軍取樂嘉城，一軍取項城，一軍取壽春，則淮南之卒必退矣。兗州刺史鄧艾，足智多謀；若領兵逕取樂嘉，更以重兵應之，破賊不難也。"師從之，急遣使持檄文，教鄧艾起兗州之兵破樂嘉城，師隨後引兵到彼會合。

卻説毋丘儉在項城，不時差人去樂嘉城哨探，只恐有兵來。請文欽到營共議，欽曰："都督勿憂。我與拙子文鴦，只消五千兵，敢保樂嘉城。"儉大喜。欽父子引五千兵投樂嘉來。前軍報説："樂嘉城西，皆是魏兵，約有萬餘。遙望中軍，白旄黃鉞，皂蓋朱旛，簇擁虎帳，內豎立一面錦鏽帥字旗，此必司馬師也。安立營寨，尚未完備。"時文鴦懸鞭立於父側，聞知此語，乃告父曰："趁彼營寨未成，可分兵兩路，左右擊之，可全勝也。"欽曰："何時可去？"鴦曰："今夜黃昏，父引二千五百兵，從城南殺來；兒引二千五百兵，從城北殺來。三更時分，要在魏寨會合。"欽從之，當晚分兵兩路。且説文鴦年方十八歲，身長八尺，全裝慣甲，腰懸鋼鞭，綽槍上馬，遙望魏寨而進。

是夜，司馬師兵到樂嘉，立下營寨，等鄧艾未至。師為眼下新割肉瘤，瘡口疼痛，臥於帳中，令數百甲士環立護衞。三更時分，忽然寨內喊聲大震，人馬大亂。師急問之，人報曰："一軍從寨北斬圍直入，為首一將，勇不可當！"師大驚，心如火烈，眼珠從肉瘤瘡口內迸出，血流遍地，疼痛難當；又恐有亂軍心，只咬被頭而忍，被皆咬爛。原來文鴦軍馬先到，一擁而進，在寨中左衝右突，所到之處，人不敢當，有相拒者，槍搠鞭打，無不被殺。鴦只望父到，以為外應，並不見來。數番殺到中軍，皆被弓弩射回。鴦直殺到天明，只聽得北邊鼓角喧天。鴦回顧從者曰："父親不在南面為應，卻從北至，何也？"鴦縱馬看時，只見一軍行如猛風，為首一將，乃鄧艾也，躍馬橫刀，大呼曰："反賊休走！"鴦大怒，挺槍迎之。戰有五十合，不分勝敗。

正鬥間，魏兵大進，前後夾攻。鴦部下兵各自逃散，只文鴦單人獨馬，衝開魏兵，望南而走。背後數百員魏將，抖擻精神，驟馬追來；將至樂嘉橋邊，看看趕上，鴦忽然勒回馬大喝一聲，直衝入魏將陣中來；鋼鞭起處，紛紛落馬，各自倒退。鴦復緩緩而行。魏將聚在一處，驚訝曰：「此人尚敢退我等之眾耶！可併力追之！」於是魏將百員，復來追趕。鴦勃然大怒曰：「鼠輩何不惜命也！」提鞭撥馬，殺入魏將叢中，用鞭打死數人，復回馬緩轡而行。魏將連追四五番，皆被文鴦一人殺退。後人有詩曰：

長坂當年獨拒曹，子龍從此顯英豪。
樂嘉城內爭鋒處，又見文鴦膽氣高。

原來文欽被山路崎嶇，迷入谷中，行了半夜，比及尋路而出，天色已曉；文鴦人馬不知所向，只見魏兵大勝，欽不戰而退。魏兵乘勢追殺，欽引兵望壽春而走。

卻說魏殿中校尉尹大目，乃曹爽心腹之人，因爽被司馬懿謀殺，故事司馬師，常有殺師報爽之心；又素與文欽交厚。今見師眼瘤突出，不能動止，乃入帳告曰：「文欽本無反心，今被毋丘儉逼迫，以致如此。某去說之，必然來降。」師從之。大目頂盔貫甲，乘馬來趕文欽；看看趕上，乃高聲大叫曰：「文刺史見尹大目麼？」欽回頭視之，大目除盔放在鞍轎之前，以鞭指曰：「文刺史何不忍耐數日也？」此是大目知師將亡，故來留欽。欽不解其意，厲聲大罵，便欲開弓射之。大目大哭而回。欽收聚人馬奔壽春時，已被諸葛誕引兵取了；卻復回項城時，胡遵、王基、鄧艾三路兵皆到。欽見勢危，遂投東吳孫峻去了。

卻說毋丘儉在項城內，聽知壽春已失，文欽勢敗，城外三路兵到，儉遂盡撤城中之兵出戰。正與鄧艾相遇，儉令葛雍出馬，與艾交鋒，不一合，被艾一刀斬之，引兵殺過陣來。毋丘儉死戰相拒。江淮兵大亂。胡遵、王基引兵四面夾攻。毋丘儉敵不住，引十餘騎奪路而走。前至慎縣城下，縣令宋白開門迎入，設席待之。儉大醉，被宋白令人殺了，將頭獻與魏兵。於是淮南平定。

司馬師臥病不起，喚諸葛誕入帳，賜以印綬，加為征東大將軍，都督揚州諸路軍馬；一面班師回許昌。師目痛不止，每夜只見李豐、張緝、夏侯玄三人立於榻前。師心神恍惚，自料難保，遂令人往洛陽取司馬昭到。昭哭拜於牀下。師遺言曰：“吾今權重，雖欲卸肩，不可得也。汝繼我為之，大事切不可輕託他人，自取滅族之禍。”言訖，以印綬付之，淚流滿面。昭急欲問時，師大叫一聲，眼睛迸出而死。時正元二年二月也。於是司馬昭發喪，申奏魏主曹髦。髦遣使持詔到許昌，即命暫留司馬昭屯軍許昌，以防東吳。昭心中猶豫未決。鍾會曰：“大將軍新亡，人心未定，將軍若留守於此，萬一朝廷有變，悔之何及？”昭從之，即起兵還屯洛水之南。髦聞之大驚。太尉王肅奏曰：“昭既繼其兄掌大權，陛下可封爵以安之。”髦遂令王肅持詔，封司馬昭為大將軍、錄尚書事。昭入朝謝恩畢。自此，中外大小事情，皆歸於昭。

卻說西蜀細作哨知此事，報入成都。姜維奏後主曰：“司馬師新亡，司馬昭初握重權，必不敢擅離洛陽。臣請乘間伐魏，以復中原。”後主從之，遂命姜維興師伐魏。維到漢中，整頓人馬。征西大將軍張翼曰：“蜀地淺狹，錢糧鮮薄，不宜遠征；不如據險守分，恤軍愛民，此乃保國之計也。”維曰：“不然。昔丞相未出茅廬，已定三分天下，然且六出祁山以圖中原；不幸半途而喪，以致功業未成。今吾既受丞相遺命，當盡忠報國以繼其志，雖死而無恨也。今魏有隙可乘，不就此時伐之，更待何時？”夏侯霸曰：“將軍之言是也。可將輕騎先出枹罕。若得洮西、南安，則諸郡可定。”張翼曰：“向者不克而還，皆因軍出甚遲也。兵法云：‘攻其無備，出其不意。’今若火速進兵，使魏人不能隄防，必然全勝矣。”

　　於是姜維引兵五萬，望枹罕進發。兵至洮水，守邊軍士報知雍州刺史王經、副將軍陳泰。王經先起馬步兵七萬來迎。姜維分付張翼如此如此，又分付夏侯霸如此如此，二人領計去了；維乃自引大軍背洮水列陣。王經引數員牙將出而問曰：“魏與吳、蜀，已成鼎足之勢。汝累次入寇，何也？”維曰：“司馬師無故廢主，鄰邦理宜問罪，何況讎敵之國乎？”

　　經回顧張明、花永、劉達、朱芳四將曰：“蜀兵背水為陣，敗則皆沒於水矣。姜維驍勇，汝四將可戰之。彼若退動，便可追擊。”四將分左右而去，來戰姜維。維略戰數合，撥回馬望本陣中便走。王經大驅士馬，一齊趕來。維引兵望洮西而走；將次近水，大呼將士曰：“事急矣！諸將何不努力！”眾將一齊奮力殺回，魏兵大敗。張翼、夏侯霸抄在魏兵之後，分兩路殺來，把魏兵困在垓心。維奮武揚威，殺入魏軍之中，左衝右突。魏兵大亂，自相踐踏，死者大半，逼入洮水者無數，斬首萬餘，壘屍數里。王經引敗兵百騎，奮力殺出，逕往狄道城而走；奔入城中，閉門保守。姜維大獲全功，犒軍已畢，便欲進兵攻打狄道城。張翼諫曰：“將軍功績已成，威聲大震，可以止矣。今若前進，倘不如意，正如畫蛇添足也。”維曰：“不然。向者兵敗，尚欲進取，縱橫中原；今日洮水一戰，魏人膽裂，吾料狄道唾手可得，汝勿自墮其志也。”張翼再三勸諫，維不從，遂勒兵來取狄道城。

　　卻說雍州征西將軍陳泰，正欲起兵與王經報兵敗之讎，忽兗州刺史鄧艾引兵到。泰接著，禮畢，艾曰：“今奉大將軍之命，特來助將軍破敵。"泰問計於鄧艾，艾曰："洮水得勝，若招羌人之眾，東爭關隴，傳檄四郡：此吾兵之大患也。今彼不思如此，卻圖狄道城，其城垣堅固，急切難攻，空勞兵費力耳。吾今陳兵於項嶺，然後進兵擊之，蜀兵必敗矣。"陳泰曰："真妙論也！"遂先撥二十隊兵，每隊五十人，盡帶旌旗、鼓角、烽火之類，日伏夜行，去狄道城東南高山深谷之中埋伏；只待兵來，一齊鳴鼓吹角為應，夜則舉火放礮以驚之。調度已畢，專候蜀兵到來。於是陳泰、鄧艾，各引二萬兵相繼而進。

却說姜維圍住狄道城，令兵八面攻之，連攻數日不下，心中鬱悶，無計可施。是日黃昏時分，忽三五次流星馬報說："有兩路兵來，旗上明書大字：一路是征西將軍陳泰，一路是兗州刺史鄧艾。"維大驚，遂請夏侯霸商議。霸曰："吾向嘗為將軍言：鄧艾自幼深明兵法，善曉地理。今領兵到，頗為勁敵。"維曰："彼軍遠來，我休容他住腳，便可擊之。"乃留張翼攻城，命夏侯霸引兵迎陳泰。維自引兵來迎鄧艾。行不到五里，忽然東南一聲礮響，鼓角震地，火光沖天。維縱馬看時，只見周圍皆是魏兵旗號。維大驚曰："中鄧艾之計矣！"遂傳令教夏侯霸、張翼各棄狄道而退。於是蜀兵皆退於漢中。維自斷後，只聽得背後鼓聲不絕。維退入劍閣之時，方知火鼓二十餘處，皆虛設也。維收兵退屯於鍾提。

且說後主因姜維有洮西之功，降詔封維為大將軍。維受了職，上表謝恩畢，再議出師伐魏之策。正是：成功不必添蛇足，討賊猶思奮虎威。不知此番北伐如何，且看下文分解。

## 註　釋

1　官居方面：擔任總攬一個地區軍政大權的官。

# 第一一一回

# 鄧士載智敗姜伯約
# 諸葛誕義討司馬昭

卻說姜維退兵屯於鍾提，魏兵屯於狄道城外。王經迎接陳泰、鄧艾入城，拜謝解圍之事，設宴相待，大賞三軍。泰將鄧艾之功，申奏魏主曹髦。髦封艾為安西將軍，假節領護東羌校尉，同陳泰屯兵於雍、涼等處。鄧艾上表謝恩畢，陳泰設席與鄧艾拜賀曰：“姜維夜遁，其力已竭，不敢再出矣。”艾笑曰：“吾料蜀兵其必出有五。”泰問其故。艾曰：“蜀兵雖退，終有乘勝之勢；吾兵終有弱敗之實：其必出一也。蜀兵皆是孔明教演，精銳之兵，容易調遣；吾將不時更換，軍又訓練不熟：其必出二也。蜀人多以船行，吾軍皆是旱地，勞逸不同：其必出三也。狄道、隴西、南安、祁山四處，皆是守戰之地；蜀人或聲東擊西，指南攻北，吾兵必須分頭守把；蜀兵合為一處而來，以一分當我四分：其必出四也。若蜀兵自南安、隴西，則可取羌人之穀為食；若出祁山，則有麥可就食：其必出五也。”陳泰歎服曰：“公料敵如神，蜀兵何足慮哉！”於是陳泰與鄧艾結為忘年之交。艾遂將雍、涼等處之兵，每日操練；各處隘口，皆立營寨，以防不測。

卻說姜維在鍾提大設筵宴，會集諸將，商議伐魏之事。令史樊建諫曰：「將軍屢出，未獲全勝；今日洮西之戰，魏人既服威名，何故又欲出也？萬一不利，前功盡棄。」維曰：「汝等只知魏國地寬人廣，急不可得，卻不知攻魏者有五可勝。」眾問之。維答曰：「彼洮西一敗，挫盡銳氣，吾兵雖退，不曾損折：今若進兵，一可勝也。吾兵船載而進，不致勞困，彼兵從旱地來迎：二可勝也。吾兵久經訓練之眾，彼皆烏合之徒，不曾有法度：三可勝也。吾兵自出祁山，抄掠秋穀為食：四可勝也。彼兵雖各守備，軍力分開，吾兵一處而去，彼安能救？五可勝也。不在此時伐魏，更待何時耶？」夏侯霸曰：「艾年雖幼，而機謀深遠；近封為安西將軍之職，必於各處準備，非同往日矣。」維厲聲曰：「吾何畏彼哉！公等休長他人銳氣，滅自己威風！吾意已決，必先取隴西。」眾不敢諫。維自領前部，令眾將隨後而進。於是蜀兵盡離鍾提，殺奔祁山來。哨馬報說魏兵已先在祁山立下九個寨棚。維不信，引數騎憑高望之，果見祁山九寨勢如長蛇，首尾相顧。維回顧左右曰：「夏侯霸之言，信不誣矣。此寨形勢絕妙，止吾師諸葛丞相能之；今觀鄧艾所為，不在吾師之下。」遂回本寨，喚諸將曰：「魏人既有準備，必知吾來矣。吾料鄧艾必在此間。汝等可虛張吾旗號，據此谷口下寨，每日令百餘騎出哨。每出哨一回，換一番衣甲、旗號，按青、黃、赤、白、黑五方旗幟更換。吾卻提大兵偷出董亭，逕襲南安去也。」遂令鮑素屯於祁山谷口。維盡率大兵，望南安進發。

卻說鄧艾知蜀兵出祁山，早與陳泰下寨準備；見蜀兵連日不來搦戰，一日五番哨馬出寨，或十里或十五里而回。艾憑高望畢，慌入帳與陳泰曰：「姜維不在此間，必取董亭襲南安去了。出寨哨馬只是這幾匹，更換衣甲，往來哨探，其馬皆困乏，主將必無能者。陳將軍可引一軍攻之，其寨可破也。破了寨柵，便引兵襲董亭之路，先斷姜維之後。吾當先引一軍救南安，逕取武城山。若先占此山頭，姜維必取上邽。上邽有一谷，名曰段谷，地狹山險，正好埋伏。彼來爭武城山時，吾先伏兩軍於段谷，破維必矣。」泰曰：「吾守隴西二三十年，未嘗如此明察地理。公之所言，真神算也。公可速去，吾自攻此處寨柵。」於是鄧艾引軍星夜倍道而行，逕到武城山；下寨已畢，蜀兵未到，即令子鄧忠，與帳前校尉師纂，各引五千兵，先去段谷埋伏，如此如此而行。二人受計而去。艾令偃旗息鼓，以待蜀兵。

卻說姜維從董亭望南安而來，至武城山前，謂夏侯霸曰：「近南安有一山，名武城山；若先得了，可奪南安之勢。只恐鄧艾多謀，必先隄防。」正疑慮間，忽然山上一聲礮響，喊聲大震，鼓角齊鳴，旌旗遍豎，皆是魏兵；中央風飄起一黃旗，大書「鄧艾」字樣。蜀兵大驚。山上數處精兵殺下，勢不可當，前軍大敗。維急率中軍人馬去救時，魏兵已退。維直來武城山下搦鄧艾戰，山上魏兵並不下來。維令軍士辱罵，至晚，方欲退軍，山上鼓角齊鳴，卻又不見魏兵下來。維欲上山衝殺，山上礮石甚嚴，不能得進。守至三更，欲回，山上鼓角又鳴。維移兵下山屯紮。比及令軍搬運木石，方欲豎立為寨，山上鼓角又鳴，魏兵驟至。蜀兵大亂，自相踐踏，退回舊寨。次日，姜維令軍士運糧草車仗，至武城山，穿連排定，欲立起寨柵，以為屯兵之計。是夜二更，鄧艾令五百人，各執火把，分兩路下山，放火燒車仗。兩兵混殺了一夜，營寨又立不成。維復引兵退，再與夏侯霸商議曰：「南安未得，不如先取上邽。上邽乃南安屯糧之所；若得上邽，南安自危矣。」遂留霸屯於武城山。維盡引精兵猛將，逕取上邽。行了一宿，將及天明，見山勢狹峻，道路崎嶇，乃問鄉導官曰：「此處何名？」答曰：「段谷。」維大驚曰：「其名不美：『段谷』者，『斷谷』也。倘有人斷其谷口，如之奈何？”正躊躇未決，忽報前軍來報：“山後塵頭大起，必有伏兵。”維急令退兵，師纂、鄧忠，兩軍殺出。維且戰且走，前面喊聲大震，鄧艾引兵殺到，三路夾攻，蜀兵大敗。幸得夏侯霸引兵殺到，魏兵方退，救了姜維，欲再往祁山。霸曰：“祁山寨已被陳泰打破，鮑素陣亡，全寨人馬皆退回漢中去了。”維不敢取董亭，急投山僻小路而回。後面鄧艾急追，維令諸軍前進，自為斷後。正行之際，忽然山中一軍突出，乃魏將陳泰也。魏兵一聲喊起，將姜維困在垓心。維人馬困乏，左衝右突，不能得出。盪寇將軍張嶷，聞姜維受困，引數百騎殺入重圍，維因乘勢殺出。嶷被魏兵亂箭射死。維得脫重圍，復回漢中；因感張嶷忠勇，歿於王事，乃表贈其子孫。於是蜀中將士多有陣亡者，皆歸罪於姜維。維照武侯街亭舊例，乃上表自貶為後將軍，行大將軍事。

卻說鄧艾見蜀兵退盡，乃與陳泰設宴相賀，大賞三軍。泰表鄧艾之功，司馬昭遣使持節，加艾官爵，賜印綬，並封其子鄧忠為亭侯。

時魏主曹髦，改正元三年為甘露元年。司馬昭自為天下兵馬大都督，出入常令三千鐵甲驍將前後簇擁，以為護衞；一應事務，不奏朝廷，就於相府裁處：自此常懷篡逆之心。有一心腹人姓賈，名充，字公閭，及故建威將軍賈逵之子，為昭府下長史。充語昭曰：“今主公掌握大柄，四方人心必然未安；且當暗訪，然後徐圖大事。”昭曰：“吾正欲如此。汝可為我東行，只推慰勞出征軍士為名，以探消息。”賈充領命，逕到淮南，入見鎮東大將軍諸葛誕。誕字公休，乃瑯琊南陽人，即武侯之族弟也，向事於魏，因武侯在蜀為相，因此不得重用；後武侯身亡，誕在魏歷任重職，封高平侯，總攝兩淮軍馬。當日賈充託名勞軍，至淮南見諸葛誕。誕設宴待之。酒至半酣，充以言挑誕曰：“近來洛陽諸賢，皆以主上懦弱，不堪為君。司馬大將軍三世輔國，功德彌天，可以禪代魏統。未審鈞意若何？"誕大怒曰："汝乃賈豫州之子，世食魏祿，安敢出此亂言！"充謝曰："某以他人之言告公耳。"誕曰："朝廷有難，吾當以死報之。"充默然。

次日辭歸，見司馬昭細言其事。昭大怒曰："鼠輩安敢如此！"充曰："誕在淮南，深得人心，久必為患，可速除之。"昭遂暗發密書與揚州刺史樂綝，一面遣使齎詔徵誕為司空。誕得了詔書，已知是賈充告變，遂捉來使拷問。使者曰："此事樂綝知之。"誕曰："他如何得知？"使者曰："司馬將軍已令人到揚州送密書與樂綝矣。"誕大怒，叱武士斬了來使，遂起部下兵千人，殺奔揚州來。將至南門，城門已閉，弔橋拽起。誕在城下叫門，城上並無一人回答。誕大怒曰："樂綝匹夫，安敢如此！"遂令將士打城。手下十餘驍騎，下馬渡壕，飛身上城，殺散軍士，大開城門。於是諸葛誕引兵入城，乘風放火，殺至綝家。綝慌上樓避之。誕提劍上樓，大喝曰："汝父樂進，昔日受魏國大恩！不思報本，反欲順司馬昭耶！"綝未及回言，為誕所殺。一面具表數司馬昭之罪，使人申奏洛陽；一面大聚兩淮屯田戶口十餘萬，并揚州新降兵四萬餘人，積草屯糧，準備進兵。又令長史吳綱送子諸葛靚入吳為質求援，務要合兵誅討司馬昭。

此時東吳丞相孫峻病亡，從弟孫綝輔政。綝字子通，為人強暴，殺大司馬滕亂、將軍呂據、王惇等，因此權柄皆歸於綝。吳主孫亮，雖然聰明，無可奈何。於是吳綱將諸葛靚至石頭城，入拜孫綝。綝問其故。綱曰："諸葛誕乃蜀漢諸葛武侯之族弟也，向事魏國；今見司馬昭欺君罔上，廢主弄權，欲興師討之，而力不及，故特來歸降。誠恐無憑，專送親子諸葛靚為質。伏望發兵相助。"綝從其請，便遣大將全懌、全端為主將，于詮為合後，朱異、唐咨為先鋒，文欽為鄉導，起兵七萬，分三隊而進。吳綱回壽春報知諸葛誕。誕大喜，遂陳兵準備。

卻說諸葛誕表文到洛陽，司馬昭見了大怒，欲自往討之。賈充諫曰："主公乘父兄之基業，恩德未及四海，今棄天子而去，若一朝有變，悔之何及？不如奏請太后及天子一同出征，可保無虞。"昭喜曰："此言正合吾意。"遂入奏太后曰："諸葛誕謀反，臣與文武官僚，計議停當：請太后同天子御駕親征，以繼先帝之遺意。"太后畏懼，只得從之。次日，昭請魏主曹髦起程。髦曰："大將軍都督天下軍馬，任從調遣，何必朕自行也？"昭曰："不然。昔日武祖縱橫四海，文帝、明帝有包括宇宙之志，併吞八荒之心，凡遇大敵，必須自行。陛下正宜追配先君，掃清故孽，何自畏也？"髦畏威權，只得從之。昭遂下詔，盡起兩都之兵二十六萬，命鎮南將軍王基為正先鋒，安東將軍陳騫為副先鋒，監軍石苞為左軍，兗州刺史州泰為右軍，保護車駕，浩浩蕩蕩，殺奔淮南而來。

東吳先鋒朱異，引兵迎敵。兩軍對圓，魏軍中王基出馬，朱異來迎。戰不三合，朱異敗走；唐咨出馬，戰不三合，亦大敗而走。王基驅兵掩殺，吳兵大敗，退五十里下寨，報入壽春城中。諸葛誕自引本部銳兵，會合文欽并二子文鴦、文虎，雄兵數萬，來敵司馬昭。正是：
方見吳兵銳氣墮，又看魏將勁兵來。未知勝負如何，且看下文分解。

# 第一一二回

# 救壽春于詮死節
# 取長城伯約鏖兵

卻說司馬昭聞諸葛誕會合吳兵前來決戰，乃召散騎長史裴秀、黃門侍郎鍾會，商議破敵之策。鍾會曰：“吳兵之助諸葛誕，實為利也；以利誘之，則必勝矣。”昭從其言，遂令石苞、州泰先引兩軍於石頭城埋伏，王基、陳騫領精兵在後，卻令偏將成倅引兵數萬先去誘敵；又令陳俊引車仗牛馬驢騾，裝載賞軍之物，四面聚集於陣中，如敵來則棄之。

是日諸葛誕令吳將朱異在左，文欽在右，見魏陣中人馬不整，誕乃大驅士馬逕進。成倅退走，誕驅兵掩殺，見牛馬驢騾，遍滿郊野，南兵爭取，無心戀戰。忽然一聲礮響，兩路兵殺來：左有石苞，右有州泰。誕大驚，急欲退時，王基、陳騫精兵殺到。誕兵大敗。司馬昭又引兵接應。誕引敗兵奔入壽春，閉門堅守。昭令兵四面圍困，併力攻城。

時吳兵退屯安豐，魏主車駕駐於項城。鍾會曰：“今諸葛誕雖敗，壽春城中糧草尚多，更有吳兵屯安豐以為掎角之勢。今吾兵四面攻圍，彼緩則堅守，急則死戰；吳兵或乘勢夾攻，吾軍無益。不如三面攻之，留南門大路，容賊自走；走而擊之，可全勝也。吳兵遠來，糧必不繼；我引輕騎抄在其後，可不戰而自破矣。"昭撫會背曰："君真吾之子房也！"遂令王基撤退南門之兵。

卻說吳兵屯於安豐，孫綝喚朱異責之曰："量一壽春城不能救，安可併吞中原？如再不勝必斬！"朱異乃回本寨商議。于詮曰："今壽春南門不圍，某願領一軍從南門入去，助諸葛誕守城。將軍與魏兵挑戰，我卻從城中殺出，兩路夾攻，魏兵可破矣。"異然其言。於是全懌、全端、文欽等，皆願入城。遂同于詮引兵一萬，從南門而入城。魏兵不得將令，未敢輕敵，任吳兵入城，乃報知司馬昭。昭曰："此欲與朱異內外夾攻，以破我軍也。"乃召王基、陳騫分付曰："汝可引五千兵截斷朱異來路，從背後擊之。"二人領命而去。朱異正引兵來，忽背後喊聲大震：左有王基，右有陳騫，兩路軍殺來。吳兵大敗。朱異回見孫綝。綝大怒曰："累兵之將，要汝何用！"叱軍士推出斬之。又責全端子全禕曰："若退不得魏兵，汝父子休來見我！"於是孫綝自回建業去了。

鍾會與昭曰："今孫綝退去，外無救兵，城可圍矣。"昭從之，遂催軍攻圍。全禕引兵欲入壽春，見魏兵勢大，尋思進退無路，遂降司馬昭。昭加禕為偏將軍。禕感昭恩德，乃修家書與父全端、叔全懌，言孫綝不仁，不若降魏，將書射入城中。懌得禕書，遂與端引數千人開門出降。諸葛誕在城中憂悶。謀士蔣班、焦彝進言曰："城中糧少兵多，不能久守，可率吳、楚之眾，與魏兵決一死戰。"誕大怒曰："吾欲守，汝欲戰，莫非有異心乎！再言必斬！"二人仰天長歎曰："誕將亡矣！我等不如早降，免至一死！"是夜二更時分，蔣、焦二人踰城降魏，司馬昭重用之。因此城中雖有敢戰之士，不敢言戰。

誕在城中見魏兵四下築起土城以防淮水，只望水泛，衝倒土城，驅兵擊之。不想自秋至冬，並無霖雨，淮水不泛。城中看看糧盡，文欽在小城內與二子堅守，見軍士漸漸餓倒，只得來告誕曰：“糧草盡絕，軍士餓損，不如將北方之兵盡放出城，以省其食。”誕大怒曰：“汝教我盡去北軍，欲謀我耶？”叱武士推出斬之。文鴦、文虎見父被殺，各拔短刀，立殺數十人，飛身上城，一躍而下，越壕赴魏寨投降。司馬昭恨文鴦昔日單騎退兵之讎，欲斬之。鍾會諫曰：“罪在文欽，今文欽已亡，二子勢窮來歸，若殺降將，是堅城內人之心也。”昭從之，遂召文鴦、文虎入帳，用好言撫慰，賜駿馬錦衣，加為偏將軍，封關內侯。二子拜謝上馬，遶城大叫曰：“我二人蒙大將軍赦罪賜爵，汝等何不早降！”城內人聞言，皆計議曰：“文鴦乃司馬氏讎人，尚且重用，何況我等乎？”於是皆欲投降。諸葛誕聞之大怒，日夜自來巡城，以殺為威。

鍾會知城中人心已變，乃入帳告昭曰：“可乘此時攻城矣。”昭大喜，遂激三軍，四面雲集，一齊攻打。守將曾宣獻了北門，放魏兵入城。誕知魏兵已入，慌引麾下數百人，自城中小路突出；至弔橋邊，正撞着胡奮，手起刀落，斬誕於馬下，數百人皆被縛。王基引兵殺到西門，正遇吳將于詮。基大喝曰：“何不早降！”詮大怒曰：“受命而出，為人救難，既不能救，又降他人，義所不為也！”乃擲盔於地，大呼曰：“人生在世，得死於戰場者，幸耳！”急揮刀死戰三十餘合，人困馬乏，為亂軍所殺。後人有詩讚曰：

司馬當年圍壽春，降兵無數拜車塵。
東吳雖有英雄士，誰及于詮肯殺身？

司馬昭入壽春，將諸葛誕老小盡皆梟首，滅其三族。武士將所擒諸葛誕部卒數百人縛至。昭曰：“汝等降否？”眾皆大叫曰：“願與諸葛公同死，決不降汝！”昭大怒，叱武士盡縛於城外，逐一問曰：“降者免死。”並無一人言降。直殺至盡，終無一人降者。昭深加歎息不已，令皆埋之。後人有詩歎曰：

> 忠君矢志不偷生，諸葛公休帳下兵。
> 〈薤露〉歌聲應未斷，遺蹤直欲繼田橫。

卻說吳兵大半降魏，裴秀告司馬昭曰：“吳兵老小，盡在東南江、淮之地，今若留之，久必為變，不如坑之。”鍾會曰：“不然。古之用兵者，全國為上，戮其元惡而已。若盡坑之，是不仁也。不如放歸江南，以顯中國之寬大。”昭曰：“此妙論也。”遂將吳兵盡皆放歸本國。唐咨因懼孫綝，不敢回國，亦來降魏。昭皆重用，令分布三河之地。淮南已平。正欲退兵，忽報西蜀姜維引兵來取長城，邀截糧草。昭大驚，與多官計議退兵之策。

時蜀漢延熙二十年，改為景耀元年。姜維在漢中選川將兩員，每日操練人馬：一是蔣舒，一是傅僉。兩人頗有膽勇，維甚愛之。忽報淮南諸葛誕起兵討司馬昭，東吳孫綝助之，昭大起兩淮之兵，將魏太后並魏主一同出征去了。維大喜曰：“吾今番大事濟矣！”遂表奏後主，願興兵伐魏。中散大夫譙周聽知，歎曰：“近來朝廷溺於酒色，信任中貴黃皓，不理國事，只圖歡樂；伯約累欲征伐，不恤軍士，國將危矣！”乃作〈讎國論〉一篇，寄與姜維。維拆封視之。論曰：

或問：古往能以弱勝強者，其術何如？曰：處大國無患者，恆多慢；處小國有憂者，恆思善：多慢則生亂，思善則

生治，理之常也。故周文養民，以少取多；句踐恤眾，以弱
斃強。此其術也。

或曰：曩者楚強漢弱，約分鴻溝；張良以為民志既定，
則難動也，率兵追羽，終斃項氏；豈必由文王、句踐之事乎！
曰：商、周之際，王侯世尊，君臣久固。當此之時，雖有漢祖，
安能仗劍取天下乎？及秦罷侯置守之後，民疲秦役，天下土
崩，於是豪傑並爭。今我與彼，皆傳國易世矣，既非秦末鼎
沸之時，實有六國併據之勢，故可為文王，難為漢祖。時可
而後動，數合而後舉，故湯、武之師，不再戰而克，誠重民
勞而度時審也。如遂極武黷征，不幸遇難，雖有智者，不能
謀之矣。

姜維看畢，大怒曰："此腐儒之論也！"擲之於地。遂提川兵來取
中原。又問傅僉曰："以公度之，可出何地？"僉曰："魏屯糧草，皆
在長城；今可逕取駱谷，度沉嶺，直到長城，先燒糧草，然後直取秦
川，則中原指日可得矣。"維曰："公之見與吾計暗合也。"即提兵逕
取駱谷，度沉嶺，望長城而來。

卻說長城鎮守將軍司馬望，乃司馬昭之族兄也。城內糧草甚多，
人馬卻少。望聽知蜀兵到，急與王真、李鵬二將，引兵離城二十里下
寨。次日蜀兵來到，望引二將出陣。姜維出馬，指望而言曰："今司
馬昭遷主於軍中，必有李傕、郭汜之意也。吾今奉朝廷明命，前來問
罪，汝當早降。若還愚迷，全家誅戮！"望大聲而答曰："汝等無禮，
數犯上國，如不早退，令汝片甲不歸！"言未畢，望背後王真挺槍出
馬，蜀陣中傅僉出迎。戰不十合，僉賣個破綻，王真便挺槍來刺。傅
僉閃過，活捉真於馬上，便回本陣。李鵬大怒，縱馬輪刀來救。僉故

意放慢，等李鵬將近，努力擲真於地，暗掣四楞鐵簡在手；待鵬趕上舉刀欲砍，傅僉偷身回顧，向李鵬面門只一簡，打得眼珠迸出，死於馬下。王真被蜀軍亂槍刺死。姜維驅兵大進。司馬望棄寨入城，閉門不出。維下令曰：“軍士今夜且歇一宿，以養銳氣。來日須要入城。”次日平明，蜀兵爭先大進，一擁至城下，用火箭火礮打入城中。城上草屋一派燒着，魏兵自亂。維又令人取乾柴堆滿城下，一齊放火，烈燄沖天。城已將陷，魏兵在城內嚎啕痛哭，聲聞四野。

　　正攻打之間，忽然背後喊聲大震，維勒馬回看，只見魏兵鼓譟搖旗，浩浩而來。維遂令後隊為前隊，自立於門旗下候之。只見魏陣中一小將，全裝慣帶，挺槍縱馬而出，約年二十餘歲，面如傅粉，脣似抹硃，厲聲大叫曰：“認得鄧將軍否！”維自思曰：“此必是鄧艾矣。”挺槍縱馬而來。二人抖擻精神，戰到三四十合，不分勝負。那小將軍槍法無半點放閒。維心中自思：“不用此計，安得勝乎？”便撥馬望左邊山路中而走。那小將驟馬追來，維挂住了鋼槍，暗取雕弓羽箭射之。那小將眼乖，早已見了，弓弦響處，把身望前一倒，放過羽箭。維回頭看，小將已到，挺槍來刺；維閃過，那槍從肋旁邊過，被維夾住，那小將棄槍，望本陣而走。維嗟歎曰：“可惜！可惜！”再撥馬趕來。追至陣門前，一將提刀而出曰：“姜維匹夫，勿趕吾兒！鄧艾在此！”維大驚，原來小將乃艾之子鄧忠也。維暗暗稱奇；欲戰鄧艾，又恐馬乏，乃虛指艾曰：“吾今日識汝父子也。各且收兵，來日決戰。”艾見戰場不利，亦勒馬應曰：“既如此，各且收兵。暗算者非丈夫也。”於是兩軍皆退。鄧艾據渭水下寨，姜維跨兩山安營。艾見蜀兵地理，乃作書於司馬望曰：“我等切不可戰，只宜固守。待關中兵至時，蜀兵糧草皆盡，三面攻之，無不勝也。今遣長子鄧忠相助守城。”一面差人於司馬昭處求救。

卻說姜維令人於艾寨中下戰書，約來日大戰，艾佯應之。次日五更，維令三軍造飯，平明布陣等候。艾營中偃旗息鼓，卻如無人之狀。維至晚方回。次日又令人下戰書，責以失期之罪。艾以酒食相待，答曰：“微軀小疾，有誤相持，明日會戰。”次日，維又引兵來，艾仍前不出。如此五六番。傅僉謂維曰：“此必有謀也。宜防之。”維曰：“此必揑關中兵到，三面擊我耳。吾今令人持書與東吳孫綝，使併力攻之。”忽探馬報說：“司馬昭攻打壽春，殺了諸葛誕，吳兵皆降。昭班師回洛陽，便欲引兵來救長城。”維大驚曰：“今番伐魏，又成畫餅矣。不如且回。”正是：已歎四番難奏績，又嗟五度未成功。未知如何退兵，且看下文分解。

# 第一一三回

# 丁奉定計斬孫綝
# 姜維鬥陣破鄧艾

卻說姜維恐救兵到，先將軍器車仗一應軍需，步兵先退，然後將馬軍斷後。細作報知鄧艾。艾笑曰：“姜維知大將軍到，故先退去。不必追之，追則中彼之計也。”乃令人哨探，回報果然駱谷道狹之處，堆積柴草，準備要燒追兵。眾皆稱艾曰：“將軍真神算也！”遂遣使齎表奏聞。於是司馬昭大喜，又加賞鄧艾。

卻說東吳大將軍孫綝，聽知全端、唐咨等降魏，勃然大怒，將各人家眷，盡皆斬之。吳主孫亮，時年方十六，見綝殺戮太過，心甚不然。一日出西苑，因食生梅，令黃門取蜜。須臾取至，見蜜內有鼠糞數塊，召藏吏責之。藏吏叩首曰：“臣封閉甚嚴，安有鼠糞？”亮曰：“黃門曾向爾求蜜食否？”藏吏曰：“黃門於數日前曾求蜜食，臣實不敢與。”亮指黃門曰：“此必汝怒藏吏不與爾蜜，故置糞於蜜中，以陷之也。”黃門不服。亮曰：“此事易知耳。若糞久在蜜中，則內外皆濕；若新在蜜中，則外濕內燥。"命剖視之，果然內燥，黃門服罪。亮之聰明，大抵如此。雖然聰明，卻被孫綝把持，不能主張。綝之弟威遠將軍孫據入蒼龍宿衞，武衞將軍孫恩、偏將軍孫幹、長水校尉孫闓分屯諸營。

一日，吳主孫亮悶坐，黃門侍郎全紀在側，紀乃國舅也。亮因泣告曰："孫綝專權妄殺，欺朕太甚；今不圖之，必為後患。"紀曰："陛下但有用臣處，臣萬死不辭。"亮曰："卿可只今點起禁兵，與將軍劉丞各把城門，朕自出殺孫綝。但此事切不可令卿母知之。卿母乃綝之姐也。倘若泄漏，誤朕匪輕。"紀曰："乞陛下草詔與臣。臨行事之時，臣將詔示眾，使綝手下人皆不敢妄動。"亮從之，即寫密詔付紀。紀受詔歸家，密告其父全尚。尚知此事，乃告妻曰："三日內殺孫綝矣。"妻曰："殺之是也。"口雖應之，卻私令人持書報知孫綝。綝大怒，當夜便喚弟兄四人，點起精兵，先圍大內[1]；一面將全尚、劉丞，並其家小俱拿下。比及平明，吳主孫亮聽得宮門外金鼓大震。內侍慌入奏曰："孫綝領兵圍了內苑。"亮大怒，指全后罵曰："汝父兄誤我大事矣！"乃拔劍欲出。全后與侍中近臣，皆牽其衣而哭，不放亮出。孫綝先將全尚、劉丞等殺訖，然後召文武於朝內，下令曰："主上荒淫久病，昏亂無道，不可以奉宗廟，今當廢之。汝諸文武，敢有不從者，以謀叛論！"眾皆畏懼，應曰："願從將軍之令。"尚書桓懿大怒，從班部中挺然而出，指孫綝大罵曰："今上乃聰明之主，汝何敢出此亂言！吾寧死不從賊臣之命！"綝大怒，自拔劍斬之，即入內指吳王孫亮罵曰："無道昏君，本當誅戮，以謝天下！看先帝之面，廢汝為會稽王，吾自選有德者立之！"叱中書郎李崇奪其印綬，令鄧程收之。亮大哭而去。後人有詩歎曰：

亂賊誣伊尹，奸臣冒霍光。

可憐聰明主，不得蒞朝堂。

　　孫綝遣宗正孫楷、中書郎董朝，往虎林迎請琅琊王孫休為君。休
字子烈，乃孫權第六子也；在虎林夜夢乘龍上天，回顧不見龍尾，失
驚而覺。次日，孫楷、董朝至，拜請回都。行至曲阿，有一老人，自
稱姓干，名休，叩頭言曰：「事久必變，願殿下速行。」休謝之。行至
布塞亭，孫恩將車駕來迎。休不敢乘輦，乃坐小車而入。百官拜迎道
傍。休慌忙下車答禮。孫綝出，令扶起，請入大殿，升御座即天子位。
休再三謙讓，方受玉璽。文官武將，朝賀已畢，大赦天下，改元永安
元年；封孫綝為丞相、荊州牧；多官各有封賞；又封兄之子孫皓為烏
程侯。孫綝一門五侯，皆典禁兵，權傾人主。吳主孫休，恐其內變，
陽示恩寵，內實防之。綝驕橫愈甚。

　　冬十二月，綝奉牛酒入宮上壽，吳主孫休不受。綝怒，乃以牛酒
詣左將軍張布府中共飲。酒酣，乃謂布曰：「吾初廢會稽王時，人皆
勸吾為君。吾為今上賢，故立之。今我上壽而見拒，是將我等閒相待。
吾早晚教你看！」布聞言，唯唯而已。次日，布入宮密奏孫休。休大
懼，日夜不安。數日後，孫綝遣中書郎孟宗，撥與中營所管精兵一萬
五千，出屯武昌；又盡將武庫內軍器與之。於是將軍魏邈、武衛士施
朔二人密奏孫休曰：「綝調兵在外，又搬盡武庫內軍器，早晚必為變
矣。」休大驚，急召張布計議。布奏曰：「老將丁奉，計略過人，能斷
大事，可與議之。」休乃召奉入內，密告其事。奉奏曰：「陛下勿憂，
臣有一計，為國除害。」休問何計。奉曰：「來朝臘日，只推大會羣
臣，召綝赴席，臣自有調遣。」休大喜。奉令魏邈、施朔為外事，張
布為內應。

是夜狂風大作，飛沙走石，將老樹連根拔起。天明風定，使者奉旨來請孫綝入宮赴宴。孫綝方起牀，平地如人推倒，心中不悅。使者十餘人，簇擁入內。家人止之曰：“一夜狂風不息，今早又無故驚倒，恐非吉兆，不可赴宴。”綝曰：“吾弟兄共典禁兵，誰敢近身？倘有變動，於府中放火為號。”囑訖，升車入內。吳主孫休忙下御座迎之，請綝高坐。酒行數巡，眾驚曰：“宮外望有火起。”綝便欲起身。休止之曰：“丞相穩便。外兵自多，何必懼哉？”言未畢，左將軍張布拔劍在手，引武士三十餘人，搶上殿來，口中厲聲而言曰：“有詔擒反賊孫綝！”綝急欲走時，早被武士擒下。綝叩頭曰：“願徙交州歸田里。”休叱曰：“爾何不徙滕胤、呂據、王惇耶？”命推下斬之。於是張布牽孫綝下殿東斬訖。從者皆不敢動。布宣詔曰：“罪在孫綝一人，餘皆不問。”眾心乃安。布請孫休升五鳳樓。丁奉、魏邈、施朔等，擒孫綝兄弟至。休命盡殺於市。宗黨死者數百人，滅其三族，命軍士掘開孫峻墳墓，戮其屍首。將被害諸葛恪、滕胤、呂據、王惇等家，重建墳墓，以表其忠。其牽累遠流[2]者，皆赦還鄉里。丁奉等重加封賞。

馳書報入成都。後主劉禪遣使回賀，吳使薛珝答禮。珝自蜀中歸，吳主孫休問蜀中近日作何舉動。珝奏曰：“近日中常侍黃皓用事，公卿多阿附之。入其朝，不聞直言；經其野，民有菜色。所謂‘燕雀處堂，不知大廈之將焚’者也。”休歎曰：“若諸葛武侯在時，何至如此乎！”於是又寫國書，教人齎入成都，說司馬昭不日篡魏，必將侵吳、蜀以示威，彼此各宜準備。

姜維聽得此信，忻然上表，再議出帥伐魏。時蜀漢景耀元年冬，大將軍姜維，以廖化、張翼為先鋒，王含、蔣斌為左軍，蔣舒、傅僉為右軍，胡濟為合後，維與夏侯霸為總中軍，共起蜀兵二十萬，拜辭後主，逕到漢中，與夏侯霸商議，當先攻取何地。霸曰：「祁山乃用武之地，可以進兵，故丞相昔日六出祁山。因他處不可出也。」維從其言，遂令三軍並望祁山進發，至谷口下寨。時鄧艾正在祁山寨中，整點隴右之兵。忽流星馬到，報說蜀兵見下三寨於谷口。艾聽知，遂登高看了，回寨升帳，大喜曰：「不出吾之所料也！」原來鄧艾先度了地脈，故留蜀兵下寨之地；地中自祁山寨直至蜀寨，早挖了地道，待蜀兵至時，於中取事。此時姜維至谷口分作三寨，地道正在左寨之中，乃王含、蔣斌下寨之處。鄧艾喚子鄧忠，與師纂各引一萬兵，為左右衝擊；卻喚副將鄭倫，引五百掘子軍，於當夜二更，逕從地道直至左營，從帳後地下擁出。

卻說王含、蔣斌因立寨未定，恐魏兵來劫寨，不敢解甲而寢。忽聞中軍大亂，急綽兵器上的馬時，寨外鄧忠引兵殺到。內外夾攻，王、蔣二將，奮死抵敵不住，棄寨而走。姜維在帳中聽得左寨中大喊，料道有內應外合之兵，遂急上馬，立於中軍帳前，傳令曰：「如有妄動者斬！便有敵兵到營邊，休要問他，只管以弓弩射之！」一面傳示右營，亦不許妄動。果然魏兵十餘次衝擊，皆被射回。只衝殺到天明，魏兵不敢殺入。鄧艾收兵回寨，乃歎曰：「姜維深得孔明之法！兵在夜而不驚，將聞變而不亂，真將才也！」次日，王含、蔣斌收聚敗兵，伏於大寨前請罪。維曰：「非汝等之罪，乃吾不明地脈之故也。」又撥軍馬，命二將安營訖。卻將傷死身屍，填於地道之中，以土掩之。令人下戰書單搦鄧艾來日交鋒。艾忻然應之。

次日，兩軍列於祁山之前。維按武侯八陣之法，依天、地、風、雲、鳥、蛇、龍、虎之形，分布已定。鄧艾出馬，見維布成八卦，乃亦布之，左右前後，門戶一般。維持槍縱馬大叫曰：「汝效吾排八陣，亦能變陣否？」艾笑曰：「汝道此陣只汝能布耶？吾既會布陣，豈不知變陣！”艾便勒馬入陣，令執法官把旗左右招颭，變成八八六十四個門戶；復出陣前曰：“吾變法若何？”維曰：“雖然不差，汝敢與吾八陣相圍麼？”艾曰：“有何不敢！”兩軍各依隊伍而進。艾在中軍調遣。兩軍衝突，陣法不曾錯動。姜維到中間，把旗一招，忽然變成“長蛇捲地陣”，將鄧艾困在垓心，四面喊聲大震。艾不知其陣，心中大驚。蜀兵漸漸逼進，艾引眾將衝突不出。只聽得蜀兵齊叫曰：“鄧艾早降！”鄧艾仰天長歎曰：“我一時自逞其能，中姜維之計矣！”

忽然西北角一彪軍殺入，艾見是魏兵，遂乘勢殺出。救鄧艾者，乃司馬望也。比及救出鄧艾時，祁山九寨，皆被蜀兵所奪。艾引敗兵，退於渭水南下寨。艾謂望曰：“公何以知此陣法而救出我也？”望曰：“吾幼年游學於荊南，曾與崔州平、石廣元為友，講論此陣。今日姜維所變者，乃‘長蛇捲地陣’也。若他處擊之，必不可破。吾見其頭在西北，故從西北擊之，自破矣。”艾謝曰：“我雖學得陣法，實不知變法。公既知此法，來日以此法復奪祁山寨柵，如何？”望曰：“我之所學，恐瞞不過姜維。”艾曰：“來日公在陣上與他鬥陣法，我卻引一軍暗襲祁山之後。兩下混戰，可奪舊寨也。”於是令鄭倫為先鋒，艾自引軍襲山後；一面令人下戰書，搦姜維來日鬥陣法。維批回去訖，乃謂眾將曰：“吾受武侯所傳密書，此陣變法，共三百六十五樣，按周天之數。今搦吾鬥陣法，乃‘班門弄斧’耳！但中間必有詐謀，公等知之乎？”廖化曰：“此必賺我鬥陣法，卻引一軍襲我後也。”維笑曰：“正合吾意。”即令張翼、廖化引一萬兵去山後埋伏。

次日，姜維盡收九寨之兵，分布於祁山之前。司馬望引兵離了渭南，迤到祁山之前，出馬與姜維答話。維曰：“汝請吾鬥陣法，汝先布與我看。”望布成了八卦。維笑曰：“此即吾所布八陣之法也，汝今盜襲，何足為奇！”望曰：“汝亦竊他人之法耳！”維曰：“此陣凡有幾變？"望笑曰："吾既能布，豈不會變？此陣有九九八十一變。"維笑曰："汝試變來。"望入陣變了數番，復出陣曰："汝識吾變否？"維笑曰："吾陣法按周天三百六十五變，汝乃井底之蛙，安知玄奧乎！"望自知有此變法，實不曾學全，乃勉強折辯曰："吾不信，汝試變來。"維曰："汝教鄧艾出來，吾當布與他看。"望曰："鄧將軍自有良謀，不好陣法。"維大笑曰："有何良謀！不過教汝賺吾在此布陣，他卻引兵襲吾山後耳！"望大驚，恰欲進兵混戰，被維以鞭梢一指，兩翼兵先出，殺的那魏兵棄甲拋戈，各逃性命。

卻說鄧艾催督先鋒鄭倫來襲山後。倫剛轉過山角，忽然一聲礮響，鼓角喧天，伏兵殺出，為首大將，乃廖化也。二人未及答話，兩馬交處，被廖化一刀，斬鄭倫於馬下。鄧艾大驚，急勒兵退時，張翼引一軍殺到。兩下夾攻，魏兵大敗。艾捨命突出，身被四箭。奔於渭南寨時，司馬望亦到。二人商議退兵之策。望曰："近日蜀主劉禪，寵幸中貴黃皓，日夜以酒色為樂，可用反間計召回姜維，此危可解。"艾問眾謀士曰："誰可入蜀交通黃皓？"言未畢，一人應聲曰："某願往。"艾視之，乃襄陽党均也。艾大喜，即令党均齎金珠寶物，逕到成都結連黃皓，布散流言，説姜維怨望天子，不久投魏。於是成都人人所説皆同。黃皓奏知後主，即遣人星夜宣姜維入朝。

卻說姜維連日搦戰，鄧艾堅守不出。維心中甚疑。忽使命至，詔維入朝。維不知何事，只得班師回朝。鄧艾、司馬望知姜維中計，遂拔渭南之兵，隨後掩殺。正是：樂毅伐齊遭間阻，岳飛破敵被讒回。未知勝敗如何，且看下文分解。

1　大內：皇宮。
2　遠流：流放到偏遠的地方。

# 第一一四回

## 曹髦驅車死南闕
## 姜維棄糧勝魏兵

卻說姜維傳令退兵。廖化曰："'將在外，君命有所不受。'今雖有詔，未可動也。"張翼曰："蜀人為大將軍連年動兵，皆有怨望；不如乘此得勝之時，收回人馬，以安民心，再作良圖。"維曰："善。"遂令各軍依法而退。命廖化、張翼斷後，以防魏兵追襲。

卻說鄧艾引兵追趕，只見前面蜀兵旗幟整齊，人馬徐徐而退。艾歎曰："姜維深得武侯之法也！"因此不敢追趕，勒軍回祁山寨去了。

且說姜維至成都，入見後主，問召回之故。後主曰："朕為卿在邊庭，久不還師，恐勞軍士，故詔卿回朝，別無他意。"維曰："臣已得祁山之寨，正欲收功，不期半途而廢。此必中鄧艾反間之計矣。"後主默然不語。姜維又奏曰："臣誓討賊，以報國恩。陛下休聽小人之言，致生疑慮。"後主良久乃曰："朕不疑卿；卿且回漢中，俟魏國有變，再伐之可也。"姜維歎息出朝，自投漢中去訖。

卻說党均回到祁山寨中，報知此事。鄧艾與司馬望曰："君臣不和，必有內變。”就令党均入洛陽，報知司馬昭。昭大喜，便有圖蜀之心，乃問中護軍賈充曰：“吾今伐蜀，如何？”充曰：“未可伐也。天子方疑主公，若一旦輕出，內難必作矣。舊年黃龍兩見於寧陵井中，羣臣表賀，以為祥瑞；天子曰：‘非祥瑞也。龍者君象，乃上不在天，下不在田，而在井中，是幽囚之兆也。’遂作〈潛龍詩〉一首。詩中之意，明明道着主公。其詩曰：

> 傷哉龍受困，不能躍深淵。
>
> 上不飛天漢，下不見於田。
>
> 蟠居於井底，鰍鱔舞其前。
>
> 藏牙伏爪甲，嗟我亦同然！”

司馬昭聞之大怒，謂賈充曰：“此人欲效曹芳也！若不早圖，彼必害我。”充曰：“某願為主公早晚圖之。”時魏甘露五年夏四月，司馬昭帶劍上殿，髦起迎之。羣臣皆奏曰：“大將軍功德巍巍，合為晉公，加九錫。”髦低頭不答。昭厲聲曰：“吾父子兄弟三人有大功於魏，今為晉公，得毋不宜耶？”髦乃應曰：“敢不如命！”昭曰：“〈潛龍〉之詩，視吾等如鰍鱔，是何禮也？”髦不能答。昭冷笑下殿，眾官凜然。髦歸後宮，召侍中王沈、尚書王經、散騎常侍王業三人入內計議。髦泣曰：“司馬昭將懷篡逆，人所共知！朕不能坐受廢辱，卿等可助朕討之！”王經奏曰：“不可。昔魯昭公不忍季氏，敗走失國；今重權已歸司馬氏久矣，內外公卿，不顧順逆之理，阿附奸賊，非一人也。且陛下宿衛寡弱，無用命之人。陛下若不隱忍，禍莫大焉。且宜緩圖，不可造次。”髦曰：“‘是可忍也，孰不可忍也’！朕意已決，便死何懼！”言訖，即入告太后。王沈、王業謂王經曰：“事已急矣。我等不可自取滅族之禍。當往司馬公府下出首，以免一死。”經大怒曰：“主憂臣辱，主辱臣死，敢懷二心乎？”王沈、王業見經不從，逕自往報司馬昭去了。

少頃，魏主曹髦出內，令護衛焦伯，聚集殿中宿衛蒼頭官僮三百餘人，鼓譟而出。髦仗劍升輦，叱左右逕出南闕。王經伏於車前，大哭而諫曰：“今陛下領數百人伐昭，是驅羊而入虎口耳，空死無益。臣非惜命，實見事不可行也。”髦曰：“吾軍已行，卿無阻當。”遂望龍門而來。

只見賈充戎服乘馬，左有成倅，右有成濟，引數千鐵甲禁兵，吶喊殺來。髦仗劍大喝曰：“吾乃天子也！汝等突入宮庭，欲弒君耶？”禁兵見了曹髦，皆不敢動。賈充呼成濟曰：“司馬公養你何用？正為今日之事也。”濟乃綽戟在手，回顧充曰：“當殺耶？當縛耶？”充曰：“司馬公有令，只要死的。”成濟撚戟直奔輦前。髦大喝曰：“匹夫敢無禮乎！”言未訖，被成濟一戟刺中前胸，撞出輦來；再一戟，刃從背上透出，死於輦傍。焦伯挺槍來迎，被成濟一戟刺死。眾皆逃走。王經隨後趕來，大罵賈充曰：“逆賊安敢弒君耶！”充大怒，叱左右縛定，報知司馬昭。昭入內，見髦已死，乃佯作大驚之狀，以頭撞輦而哭，令人報知各大臣。

時太傅司馬孚入內，見髦屍首，枕其股而哭曰：“弒陛下者，臣之罪也！”遂將髦屍用棺槨盛貯，停於偏殿之西。昭入殿中，召羣臣會議。羣臣皆至，獨有尚書僕射陳泰不至。昭令泰之舅尚書荀顗召之。泰大哭曰：“論者以泰比舅，今舅實不如泰也。”乃披麻帶孝而入，哭拜於靈前。昭亦佯哭而問曰：“今日之事，何法處之？”泰曰：“獨斬賈充，少可以謝天下耳。”昭沈吟良久，又問曰：“再思其次。”泰曰：“惟有進於此者，不知其次。”昭曰：“成濟大逆不道，可剮之，滅其三族。”濟大罵昭曰：“非我之罪，是賈充傳汝之命！”昭令先割其舌。

濟至死叫屈不絕。弟成倅亦斬於市，盡滅三族。後人有詩歎曰：

> 司馬當年命賈充，弒君南闕赭袍紅。
> 卻將成濟誅三族，只道軍民盡耳聾。

昭又使人收王經全家下獄。王經正在廷尉廳下，忽見縛其母至。經叩頭大哭曰：「不孝子累及慈母矣！」母大笑曰：「人誰不死？正恐不得死所耳。以此棄命，何恨之有？」次日，王經全家皆押赴東市。王經母子含笑受刑。滿城士庶，無不垂淚。後人有詩曰：

> 漢初誇伏劍，漢末見王經：
> 真烈心無異，堅剛志更清。
> 節如泰華重，命似鴻毛輕。
> 母子聲名在，應同天地傾。

太傅司馬孚請以王禮葬曹髦，昭許之。賈充等勸司馬昭受魏禪，即天子位。昭曰：「昔文王三分天下有其二，以服事殷，故聖人稱為至德。魏武帝不肯受禪於漢，猶吾之不肯受禪於魏也。」賈充等聞言，已知司馬昭留意於子司馬炎矣，遂不復勸進。是年六月，司馬昭立常道鄉公曹璜為帝，改元景元元年。璜改名曹奐，字景召，乃武帝曹操之孫，燕王曹宇之子也。奐封昭為丞相晉公，賜錢十萬、絹萬疋。其文武多官，各有封賞。

早有細作報入蜀中。姜維聞司馬昭弒了曹髦，立了曹奐，喜曰：「吾今日伐魏，又有名矣。」遂發書入吳，令起兵問司馬昭弒君之罪；一面奏准後主，起兵十五萬，車乘數千輛，皆置板箱於上；令廖化、張翼為先鋒：化取子午谷，翼取駱谷，維自取斜谷，皆要出祁山之前取齊。三路兵並起，殺奔祁山而來。

　　時鄧艾在祁山寨中，訓練人馬，聞報蜀兵三路殺到，乃聚諸將計議。參軍王瓘曰：“吾有一計，不可明言。見寫在此，謹呈將軍台覽。”艾接來展看畢，笑曰：“此計雖妙，只怕瞞不過姜維。”瓘曰：“某願捨命前去。”艾曰：“公志若堅，必能成功。”遂撥五千兵與瓘。

　　瓘連夜從斜谷迎來，正撞蜀兵前隊哨馬。瓘叫曰：“我魏國降兵，可報於主帥。”哨軍報知姜維，維令攔住餘兵，只叫為首的將來見。瓘拜伏於地曰：“某乃王經之姪王瓘也。近見司馬昭弒君，將叔父一門皆戮，某痛恨入骨。今幸將軍興師問罪，故特引本部兵五千來降。願從調遣，剿除奸黨，以報叔父之恨。”維大喜，謂瓘曰：“汝既誠心來降，吾豈不誠心相待？吾軍中所患者，不過糧耳。今有糧草，見在川口。汝可運赴祁山。吾只今去取祁山寨也。”瓘心中大喜，以為中計，忻然領諾。姜維曰：“汝去運糧，不必用五千人，但引三千人去，留下二千人引路，以打祁山。”瓘恐維疑惑，乃引三千兵去了。維令傅僉引二千魏兵隨征聽用。忽報夏侯霸到。霸曰：“都督何故准信王瓘之言也？吾在魏，雖不知備細，未聞王瓘是王經之姪。其中多詐，請將軍察之。”維大笑曰：“我已知王瓘之詐，故分其兵勢，將計就計而行。”霸曰：“公試言之。”維曰：“司馬昭奸雄比於曹操，既殺王經，滅其三族，安肯存親姪於關外領兵？故知其詐也。仲權之見，與我暗合。”於是姜維不出斜谷，卻令人於路暗伏，以防王瓘奸細。不旬日，果然伏兵捉得王瓘回報鄧艾下書人來見。維問了情節，搜出私書，書中約於八月二十日，從小路運糧大寨，卻教鄧艾遣兵於壜山谷中接應。維將下書人殺了，卻將書中之意，改作八月十五日，約鄧艾自率大兵於壜山谷中接應。一面令人扮作魏軍往魏營下書；一面令人將見有糧車數百輛卸了糧米，裝載乾柴茅草引火之物，用青布罩之，令傅僉引二千原降魏兵，執打着運糧旗號。維卻與夏侯霸各引一軍，去山谷中埋伏。令蔣舒出斜谷，廖化、張翼俱各進兵，來取祁山。

卻說鄧艾得了王瓘書信，大喜，急寫回書，令來人回報。至八月十五日，鄧艾引五萬精兵逕往壜山谷中來，遠遠使人憑高眺探，只見無數糧車，接連不斷，從山凹中而行。艾勒馬望之，果然皆是魏兵。左右曰：「天已昏暮，可速接應王瓘出谷口。」艾曰：「前面山勢掩映，倘有伏兵，急難退步，只可在此等候。」正言間，忽兩騎馬驟至，報曰：「王將軍因將糧草過界，背後人馬趕來，望早救應。」艾大驚，急催兵前進。時值初更，月明如晝。只聽得山後吶喊，艾只道王瓘在山後厮殺。逕奔過山後時，忽樹林一彪軍撞出，為首蜀將傅僉，縱馬大叫曰：「鄧艾匹夫！已中吾主將之計！何不早早下馬受死！」艾大驚，勒回馬便走。車上火盡着，那火便是號火。兩勢下蜀兵盡出，殺得魏兵七斷八續，但聞山下山上只叫：「拏住鄧艾的，賞千金，封萬戶侯！」諕得鄧艾棄甲丟盔，撇了坐下馬，雜在步軍之中，爬山越嶺而逃。姜維、夏侯霸只望馬上為首逕來捉擒，不想鄧艾步行走脫。維領得勝兵去接王瓘糧車。

卻說王瓘密約鄧艾，先期將糧草車仗，整備停當，專候舉事。忽有心腹人報：「事已洩漏，鄧將軍大敗，不知性命如何。」瓘大驚，令人哨探，回報三路兵圍殺將來，背後又有塵土大起，四下無路。瓘叱左右令放火，盡燒糧草車輛。一霎時，火光突起，烈火燒空。瓘大叫曰：「事已急矣！汝等宜死戰！」乃提兵望西殺出。背後姜維三路追趕。維只道王瓘捨命撞回魏國，不想反殺入漢中而去。瓘因兵少，只恐追兵趕上，遂將棧道并各關隘盡皆燒燬。姜維恐漢中有失，遂不追鄧艾，提兵連夜抄小路來追殺王瓘。瓘被四面蜀兵攻擊，投黑龍江而死。餘兵盡被姜維坑之。維雖然勝了鄧艾，卻折了許多糧草，又毀了棧道，乃引兵還漢中。鄧艾引部下敗兵，逃回祁山寨內，上表請罪，自貶其職。司馬昭見艾數有大功，不忍貶之，復加厚賜。艾將原賜財物，盡分給被害將士之家。昭恐蜀兵又出，遂添兵五萬，與艾守禦。姜維連夜修了棧道，又議出師。正是：連修棧道兵連出，不伐中原死不休。未知勝負如何，且看下文分解。

# 第一一五回

# 詔班師後主信讒
# 託屯田姜維避禍

　　卻說蜀漢景耀五年，冬十月，大將軍姜維差人連夜修了棧道，整頓軍糧兵器；又於漢中水路調撥船隻，俱已完備。上表奏後主曰：“臣累出戰，雖未成大功，已挫動魏人心膽；今養兵日久，不戰則懶，懶則致病。況今軍思効死，將思用命。臣如不勝，當受死罪。”後主覽表，猶豫未決。譙周出班奏曰：“臣夜觀天文，見西蜀分野，將星暗而不明。今大將軍又欲出師，此行甚是不利。陛下可降詔止之。”後主曰：“且看此行若何。果然有失，卻當阻之。”譙周再三諫勸不從，乃歸家歎息不已，遂推病不出。

　　卻說姜維臨興兵，乃問廖化曰：“吾今出師，誓欲恢復中原，當先取何處？”化曰：“連年征伐，軍民不寧；兼魏有鄧艾，足智多謀，非等閒之輩；將軍猶欲行強為之事，此化所以不敢專也。”維勃然大怒曰：“昔丞相六出祁山，亦為國也。吾今八次伐魏，豈為一己之私哉？今當先取洮陽。如有逆吾者必斬！”遂留廖化守漢中，自同諸將提兵三十萬，逕取洮陽而來。早有川口人報入祁山寨中。時鄧艾正與司馬望談兵，聞知此信，遂令人哨探。回報蜀兵盡從洮陽而出。司馬望曰：“姜維多計，莫非虛取洮陽而實來取祁山乎？”鄧艾曰：“今姜維實出洮陽也。”望曰：“公何以知之？”艾曰：“向者姜維累出吾有糧之地，今洮陽無糧，維必料吾只守祁山，不守洮陽，故逕取洮陽。如得此城，屯糧積草，結連羌人，以圖久計耳。”望曰：“若此，如之奈何？”艾曰：“可盡撤此處之兵，分為兩路去救洮陽。離洮陽二十五里，有侯河小城，乃洮陽咽喉之地。公引一軍伏於洮陽，偃旗息鼓，大開四門，如此如此而行；我卻引一軍伏侯河，必獲大勝也。”籌畫已定，各各依計而行。只留偏將師纂守祁山寨。

卻說姜維令夏侯霸為前部，先引一軍逕取洮陽。霸提兵前進，將近洮陽，望見城上並無一桿旌旗，四門大開。霸心下疑惑，未敢入城，回顧諸將曰：“莫非詐乎？”諸將曰：“眼見得是空城，只有些小百姓，聽知大將軍兵到，盡棄城而走了。”霸未信，自縱馬於城南視之，只見城後老小無數，皆望西北而逃。霸大喜曰：“果空城也。”遂當先殺入，餘眾隨後而進。方到甕城邊，忽然一聲礮響，城上鼓角齊鳴，旌旗遍豎，拽起弔橋。霸大驚曰：“誤中計矣！”慌欲退時，城上矢石如雨。可憐夏侯霸同五百軍，皆死於城下。後人有詩歎曰：

> 大膽姜維妙算長，誰知鄧艾暗隄防。
> 可憐投漢夏侯霸，頃刻城邊箭下亡。

司馬望從城內殺出，蜀兵大敗而逃。隨後姜維引接應兵到，殺退司馬望，就傍城下寨。維聞夏侯霸射死，嗟傷不已。是夜二更，鄧艾自侯河城內，暗引一軍潛地殺入蜀寨。蜀兵大亂，姜維禁止不住。城上鼓角喧天，司馬望引兵殺出。兩下夾攻，蜀兵大敗。維左衝右突，死戰得脫，退二十餘里下寨。蜀兵兩番敗走之後，心中搖動。維與諸將曰：“勝敗乃兵家之常。今雖損兵折將，不足為憂。成敗之事，在此一舉，汝等始終勿改。如有言退者立斬。”張翼進言曰：“魏兵皆在此處，祁山必然空虛。將軍整兵與鄧艾交鋒，攻打洮陽、侯河；某引一軍取祁山。取了祁山九寨，便驅兵向長安。此為上計。”

維從之，即令張翼引後軍逕取祁山。維自引兵到侯河搦鄧艾交戰，艾引軍出迎。兩軍對圓，二人交鋒數十餘合，不分勝負，各收兵回寨。次日，姜維又引兵挑戰，鄧艾按兵不出。姜維令軍辱罵。鄧艾尋思曰：“蜀人被吾大殺一陣，全然不退，連日反來搦戰，必分兵去襲祁山寨也。守寨將師纂，兵少智寡，必然敗矣。吾當親往救之。”乃喚子鄧忠分付曰：“汝用心守把此處，任他搦戰，卻勿輕出。吾今夜引兵去祁山救應。”是夜二更，姜維正在寨中設計，忽聽得寨外喊聲震地，鼓角喧天，人報鄧艾引三千精兵夜戰，諸將欲出。維止之曰：“勿得妄動。”原來鄧艾引兵至蜀寨前哨探了一遍，乘勢去救祁山。鄧忠自入城去了。姜維喚諸將曰：“鄧艾虛作夜戰之勢，必然去救祁山寨矣。”乃喚傅僉分付曰：“汝守此寨，勿輕與敵。”囑畢，維自引三千兵來助張翼。

卻說張翼正到祁山攻打，守寨將師纂兵少，支持不住。看看待破，忽然鄧艾兵至，衝殺了一陣，蜀兵大敗，把張翼隔在山後，絕了歸路。正慌急之間，忽然聽的喊聲大震，鼓角喧天，只見魏兵紛紛倒退。左右報曰：“大將軍姜伯約殺到。”翼乘勢驅兵相應。兩下夾攻，鄧艾折了一陣，急退上祁山寨不出。姜維令兵四面攻圍。

話分兩頭：卻說後主在成都，聽信宦官黃皓之言，又溺於酒色，不理朝政。時有大臣劉琰妻胡氏，極有顏色；因入宮朝見皇后，后留在宮中，一月方出。琰疑其妻與後主私通，乃喚帳下軍士五百人，列於前，將妻綁縛，令每軍以履撻其面數十，幾死復甦。後主聞之大怒，令有司議劉琰罪。有司議得：卒非撻妻之人，面非受刑之地，合當棄市。遂斬劉琰。自此命婦[1]不許入朝。然一時官僚以後主荒淫，多有疑怨者。於是賢人漸退，小人日進。時右將軍閻宇，身無寸功，只因阿附黃皓，遂得重爵；聞姜維統兵在祁山，乃說皓奏後主曰："姜維屢戰無功，可命閻宇代之。"後主從其言，遣使齎詔，召回姜維。維正在祁山攻打寨柵，忽一日三道詔至，宣維班師。維只得遵命，先令洮陽兵退，次後與張翼徐徐而退。鄧艾在寨中，只聽得一夜鼓角喧天，不知何意。至平明，人報蜀兵盡退，止留空寨。艾疑有計，不敢追襲。

姜維迤到漢中，歇住人馬，自與使命入成都見後主。後主一連十日不朝。維心中疑惑。是日至東華門，遇見祕書郎郤正。維問曰："天子召維班師，公知其故否？"正笑曰："大將軍何尚不知？黃皓欲使閻宇立功，奏聞朝廷，發詔取回將軍。今聞鄧艾善能用兵，因此寢[2]其事矣。"維大怒曰："我必殺此宦豎！"郤正止之曰："大將軍繼武侯之事，任大職重，豈可造次？倘若天子不容，反為不美矣。"維謝曰："先生之言是也。"次日，後主與黃皓在後園宴飲，維引數人逕入。早有人報知黃皓，皓急避於湖山之側。維至亭下，拜了後主，泣奏曰："臣困鄧艾於祁山，陛下連降三詔，召臣回朝，未審聖意為何？"後主默然不語。維又奏曰："黃皓奸巧專權，乃靈帝時十常侍也。陛下近則鑒於張讓，遠則鑒於趙高。早殺此人，朝廷自然清平，中原方可恢復。"後主笑曰："黃皓乃趨走小臣，縱然專權，亦無能為。昔者董允每切齒恨皓，朕甚怪之。卿何必介意？"維叩頭奏曰："陛下今日不殺黃皓，禍不遠也。"後主曰："'愛之欲其生，惡之欲其死。'卿何不容一宦官耶？"令近侍於湖山之側，喚出黃皓至亭下，命拜姜維伏罪。

皓哭拜維曰：“某早晚趨侍聖上而已，並不干與國政。將軍休聽外人之言，欲殺某也。某命係於將軍，惟將軍憐之。”言罷，叩頭流涕。

維忿忿而出，即往見郤正，備將此事告之。正曰：“將軍禍不遠矣。將軍若危，國家隨滅。”維曰：“先生幸教我以保國安身之策。”正曰：“隴西有一去處，名曰沓中，此地極其肥壯。將軍何不效武侯屯田之事，奏知天子，前去沓中屯田？一者，得麥熟以助軍實；二者，可以盡圖隴右諸郡；三者，魏人不敢正視漢中；四者，將軍在外掌握兵權，人不能圖，可以避禍。此乃保國安身之策也，宜早行之。”維大喜，謝曰：“先生金玉之言也。”次日，姜維表奏後主，求沓中屯田，效武侯之事。後主從之。維遂還漢中，聚諸將曰：“某累出師，因糧不足，未能成功。今吾提兵八萬，往沓中種麥屯田，徐圖進取。汝等久戰勞苦，今日斂兵聚穀，退守漢中；魏兵千里運糧，經涉山嶺，自然疲乏；疲乏必退；那時乘虛追襲，無不勝矣。”遂令胡濟守漢壽城，王含守樂城，蔣斌守漢城，蔣舒、傅僉同守關隘。分撥已畢，維自引兵八萬，來沓中種麥，以為久計。

卻說鄧艾聞姜維在沓中屯田，於路下四十餘營，連絡不絕，如長蛇之勢。艾遂令細作相了地形，畫成圖本，具表申奏。晉公司馬昭見之，大怒曰：“姜維屢犯中原，不能剿除，是吾心腹之患也。”賈充曰：“姜維深得孔明傳授，急難退之。須得一智勇之將，往刺殺之，可免動兵之勞。”從事中郎荀勖曰：“不然。今蜀主劉禪溺於酒色，信用黃皓，大臣皆有避禍之心。姜維在沓中屯田，正避禍之計也。若令大將伐之，無有不勝，何必用刺客乎？”昭大笑曰：“此言最善。吾欲伐蜀，誰可為將？”荀勖曰：“鄧艾乃世之良材，更得鍾會為副將，大事成矣。”昭大喜曰：“此言正合吾意。”乃召鍾會入而問曰：“吾欲令汝為大將，去伐東吳，可乎？"會曰："主公之意，本不欲伐吳，實欲伐蜀也。"昭大笑曰："子誠識吾心也。但卿往伐蜀，當用何策？"會曰："某料主公欲伐蜀，已畫圖本在此。"昭展開視之，圖中細載一路安營下寨屯糧積草之處，從何而進，從何而退，一一皆有法度。昭看了大喜曰："真良將也！卿與鄧艾合兵取蜀，何如？"會曰："蜀川道廣，非一路可進；當使鄧艾分兵各進，可也。"昭遂拜鍾會為鎮西將軍，假節鉞，都督關中人馬，調遣青、徐、兗、豫、荊、揚等處；一面差人持節令鄧艾為征西將軍，都督關外隴上，使約期伐蜀。

次日，司馬昭於朝外計議此事，前將軍鄧敦曰："姜維屢犯中原，我兵折傷甚多，只今守禦，尚自未保，奈何深入山川危險之地，自取禍亂耶？"昭怒曰："吾欲興仁義之師，伐無道之主，汝安敢逆吾意？"叱武士推出斬之。須臾，呈鄧敦首級於階下。眾皆失色。昭曰："吾自征東以來，息歇六年，治兵繕甲，皆已完備，欲伐吳、蜀久矣。今先定西蜀，乘順流之勢，水陸並進，併吞東吳，此滅虢取虞之道也。吾料西蜀將士，守成都者八九萬，守邊境者不過四五萬，姜維屯田者不過六七萬。今吾已令鄧艾引關外隴右之兵十餘萬，絆住姜維於沓中，使不得東顧；遣鍾會引關中精兵二三十萬，直抵駱谷，三路以襲漢中。蜀主劉禪昏闇，邊城外破，士女內震，其亡可必矣。"眾皆拜服。

卻說鍾會受了鎮西將軍之印，起兵伐蜀。會恐機謀或洩，卻以伐吳為名，令青、兗、豫、荊、揚等五處各造大船；又遣唐咨於登、萊等州傍海之處，拘集海船。司馬昭不知其意，遂召鍾會問之曰："子從旱路收川，何用造船耶？"會曰："蜀若聞我兵大進，必求救於東吳也，故先布聲勢，作伐吳之狀，吳必不敢妄動。一年之內，蜀已破，船已成，而伐吳，豈不順乎？"昭大喜，選日出師。時魏景元四年，秋七月初三日，鍾會出師。司馬昭送之於城外十里方回。西曹掾邵悌密謂司馬昭曰：“今主公遣鍾會領十萬兵伐蜀，愚料會志大心高，不可使獨掌大權。”昭笑曰：“吾豈不知之？”悌曰：“主公既知，何不使人同領其職？”昭言無數語，使邵悌疑心頓釋。正是：方當士馬驅馳日，早識將軍跋扈心。未知其言若何，且看下文分解。

註　釋

1　命婦：受有皇帝封號的婦女。

2　寢：停止。

# 第一一六回

# 鍾會分兵漢中道
# 武侯顯聖定軍山

　　卻說司馬昭謂西曹掾邵悌曰：“朝臣皆言蜀未可伐，是其心怯；若使強戰，必敗之道也。今鍾會獨建伐蜀之策，是其心不怯；心不怯，則破蜀必矣。蜀既破，則蜀人心膽已裂。‘敗軍之將，不可以言勇；亡國之大夫，不可以圖存。’會即有異志，蜀人安能助之乎？至若魏人得勝思歸，必不從會而反，更不足慮耳。此言乃吾與汝知之，切不可泄漏。”邵悌拜服。

　　卻說鍾會下寨已畢，升帳大集諸將聽令。時有監軍衛瓘，護軍胡烈，大將田續、龐會、田章、爰彭、丘建、夏侯咸、王買、皇甫闓、句安等八十餘員。會曰：“必須一大將為先鋒，逢山開路，遇水疊橋。誰敢當之？”一人應聲曰：“某願往。”會視之，乃虎將許褚之子許儀也。眾皆曰：“非此人不可為先鋒。”會喚許儀曰：“汝乃虎體猿班之將，父子有名；今眾將亦皆保汝。汝可挂先鋒印，領五千馬軍、一千步軍，逕取漢中。分兵三路：汝領中路，出斜谷；左軍出駱谷；右軍出子午谷。此皆崎嶇山險之地，當令軍填平道路，修理橋梁，鑿山破石，勿使阻礙。如違必按軍法。"許儀受命，領兵而進。鍾會隨後提十萬餘眾，星夜起程。

卻說鄧艾在隴西，既受伐蜀之詔，一面令司馬望往遏羌人，又遣雍州刺史諸葛緒，天水太守王頎，隴西太守牽弘，金城太守楊欣，各調本部兵前來聽令。比及軍馬雲集，鄧艾夜作一夢：夢見登高山，望漢中，忽於腳下迸出一泉，水勢上湧。須臾驚覺，渾身汗流，遂坐而待旦，乃召護衛緩邵問之。邵素明《周易》。艾備言其夢。邵答曰："《易》云：'山上有水曰蹇，《蹇卦》者："利西南，不利東北。'孔子云：'蹇利西南，往有功也；不利東北，其道窮也。'將軍此行，必然克蜀。但可惜蹇滯不能還。"艾聞言，愀然不樂。忽鍾會檄文至，約艾起兵，於漢中取齊。艾遂遣雍州刺史諸葛緒，引兵一萬五千，先斷姜維歸路；次遣天水太守王頎，引兵一萬五千，從左攻沓中；隴西太守牽弘，引一萬五千人，從右攻沓水；又遣金城太守楊欣，引一萬五千人，於甘松邀姜維之後。艾自引兵三萬，往來接應。

卻說鍾會出師之時，有百官送出城外，旌旗蔽日，鎧甲凝霜，人強馬壯，威風凜然，人皆稱羨，惟有相國參軍劉寔，微笑不語。太尉王祥，見寔冷笑，就馬上握其手而問曰："鍾、鄧二人，此去可平蜀乎？"寔曰："破蜀必矣，但恐皆不得還都耳。"王祥問其故，劉寔但笑而不答。祥遂不復問。

卻說魏兵既發，早有細作入沓中報知姜維。維即具表申奏後主："請降詔遣左車騎將軍張翼領兵守護陽安關，右車騎將軍廖化領兵守陰平橋頭：這二處最為要緊，若失二處，漢中不保矣。一面當遣使入吳求救。臣一面自起沓中之兵拒敵。"時後主改景耀六年為炎興元年，日與宦官黃皓在宮中遊樂。忽接姜維之表，即召黃皓問曰：“今魏國遣鍾會、鄧艾大起人馬，分道而來，如之奈何？”皓奏曰：“此乃姜維欲立功名，故上此表。陛下寬心，勿生疑慮。臣聞城中有一師婆，供奉一神，能知吉凶，可召來問之。”後主從其言，於後殿陳設香花紙燭享祭禮物，令黃皓用小車請入宮中，坐於龍牀之上。後主焚香祝畢。師婆忽然披髮跣足，就殿上跳躍數十遍，盤旋於案上。皓曰：“此神人降矣。陛下可退左右親禱之。”後主盡退侍臣，再拜祝之。師婆大叫曰：“吾乃西川土神也。陛下欣樂太平，何為求問他事？數年之後，魏國疆土亦歸陛下矣。陛下切勿憂慮。”言訖，昏倒於地，半晌方甦。後主大喜，重加賞賜。自此深信師婆之說，遂不聽姜維之言，每日只在宮中飲宴歡樂。姜維累申告急表文，皆被黃皓隱匿，因此誤了大事。

卻說鍾會大軍，迤邐望漢中進發。前軍先鋒許儀，要立頭功，先領兵至南鄭關。儀謂部將曰：“過此關即漢中矣。關上不多人馬，我等便可奮力搶關。”眾將領命，一齊并力向前。原來守關蜀將盧遜，早知魏兵將到，先於關前木橋左右，伏下軍士，裝起武侯所遺十矢連弩；比及許儀兵來搶關時，一聲梆子響處，矢石如雨。儀急退時，早射倒數十騎。魏兵大敗。儀回報鍾會。會自提帳下甲士百餘騎來看，果然箭弩一齊射下。會撥馬便回，關上盧遜引五百軍殺下來。會拍馬過橋，橋上土塌，陷住馬蹄，爭些兒掀下馬來。馬掙不起，會棄馬步行；跑下橋時，盧遜趕上，一槍刺來，卻被魏兵中荀愷回身一箭，射盧遜落馬。鍾會麾眾乘勢搶關，關上軍士因有蜀兵在關前，不敢放箭，被鍾會殺散，奪了山關。即以荀愷為護軍，以全副鞍馬鎧甲賜之。會喚許儀至帳下，責之曰：“汝為先鋒，理合逢山開路，遇水疊橋，專一修理橋梁道路，以便行軍。吾方纔到橋上，陷住馬蹄，幾乎墮橋；若非荀愷，吾已被殺矣！汝既違軍令，當按軍法！”叱左右推出斬之。諸將告曰：「其父許褚有助於朝廷，望都督恕之。」會怒曰：「軍法不明，何以令眾？」遂令斬首示眾。眾將無不駭然。

時蜀將王含守樂城，蔣斌守漢城，見魏兵勢大，不敢出戰，只閉門自守。鍾會下令曰：「兵貴神速，不可少停。」乃令前軍李輔圍樂城，護軍荀愷圍漢城，自引大軍取陽安關。守關蜀將傅僉與副將蔣舒商議戰守之策。舒曰：「魏兵甚眾，勢不可當，不如堅守為上。」僉曰：「不然。魏兵遠來，必然疲困，雖多不足懼。我等若不下關戰時，漢、樂二城休矣。」蔣舒默然不答。忽報魏兵大隊已至關前，蔣、傅二人至關上視之。鍾會揚鞭大叫曰：「吾今統十萬之眾到此，如早早出降，各依品級陞用；如執迷不降，打破關隘，玉石俱焚！」傅僉大怒，令蔣舒把關，自引三千兵殺下關來。鍾會便走，魏兵盡退。僉乘勢追之，魏兵復合。僉欲退入關時，關上已豎起魏家旗號。只見蔣舒叫曰：「吾已降了魏也！」僉大怒，厲聲罵曰：「忘恩背義之賊，有何面目見天下人乎！」撥回馬復與魏兵接戰。魏兵四面合來，將傅僉圍在垓心。僉左衝右突，往來死戰，不能得脫；所領蜀兵，十傷八九。僉乃仰天歎曰：「吾生為蜀臣，死亦當為蜀鬼！」乃復拍馬衝殺，身被數槍，血盈袍鎧；坐下馬倒，僉自刎而死。後人有詩歎曰：

> 一日抒忠憤，千秋仰義名。
> 寧為傅僉死，不作蔣舒生。

鍾會得了陽安關，關內所積糧草、軍器極多，大喜，遂犒三軍。是夜魏兵宿於陽安城中，忽聞西南上喊聲大震。鍾會慌忙出帳視之，絕無動靜。魏軍一夜不敢睡。次夜三更，西南上喊聲又起。鍾會驚疑，向曉，使人探之。回報曰：「遠哨十餘里，並無一人。」會驚疑不定，乃自引數百騎，俱全裝慣帶，望西南巡哨。前至一山，只見殺氣四面突起，愁雲布合，霧鎖山頭。會勒住馬，問鄉導官曰："此何山也？"
答曰："此乃定軍山，昔日夏侯淵歿於此處。"會聞之，悵然不樂，遂
勒馬而回。轉過山坡，忽然狂風大作，背後數千騎突出，隨風殺來。
會大驚，引眾縱馬而走。諸將墜馬者，不計其數。及奔到陽安關時，
不曾折一人一騎，只跌損面目，失了頭盔。皆言曰："但見陰雲中人
馬殺來，比及近身，卻不傷人，只是一陣旋風而已。"會問降將蔣舒
曰："定軍山有神廟乎？"舒曰："並無神廟，惟有諸葛武侯之墓。"
會驚曰："此必武侯顯聖也。吾當親往祭之。"次日，鍾會備祭禮，宰
太牢，自到武侯墓前再拜致祭。祭畢，狂風頓息，愁雲四散。忽然清
風習習，細雨紛紛。一陣過後，天色晴朗。魏兵大喜，皆拜謝回營。
是夜鍾會在帳中伏几而寢，忽然一陣清風過處，只見一人綸巾羽扇，
身衣鶴氅，素履皂絛，面如冠玉，脣若抹硃，眉清目朗，身長八尺，
飄飄然有神仙之概。其人步入帳中，會起身迎之曰："公何人也？"其
人曰："今早重承見顧。吾有片言相告：雖漢祚已衰，天命難違，然
兩川生靈，橫罹兵革，誠可憐憫。汝入境之後，萬勿妄殺生靈。"言
訖，拂袖而去。會欲挽留之，忽然驚醒，乃是一夢。會知是武侯之靈，
不勝驚異。於是傳令前軍，立一白旗，上書"保國安民"四字；所到
之處，如妄殺一人者償命。於是漢中人民，盡皆出城拜迎。會一一撫
慰，秋毫無犯。後人有詩讚曰：

　　　　數萬陰兵遶定軍，致令鍾會拜靈神。
　　　　生能決策扶劉氏，死尚遺言保蜀民。

　　卻說姜維在沓中，聽知魏兵大至，傳檄廖化、張翼、董厥提兵接
應；一面自分兵列將以待之。忽報魏兵至，維引兵出迎。魏陣中為首
大將乃天水太守王頎也。頎出馬大呼曰："吾今大兵百萬，上將千員，

分二十路而進，已到成都。汝不思早降，猶欲抗拒，何不知天命耶！”維大怒，挺槍縱馬，直取王頎。戰不三合，頎大敗而走。姜維驅兵追殺至二十里，只聽得金鼓齊鳴，一枝兵擺開，旗上大書“隴西太守牽弘”字樣。維笑曰：“此等鼠輩，非吾敵手！”遂催兵追之。又趕到十里，卻遇鄧艾領兵殺到。兩軍混戰。維抖擻精神，與艾戰有十餘合，不分勝負，後面鑼鼓又鳴。維急退時，後軍報說：“甘松諸寨，盡被金城太守楊欣燒毀了。”維大驚，急令副將虛立旗號，與鄧艾相拒。維自撤後軍，星夜來救甘松，正遇楊欣。欣不敢交戰，望山路而走。維隨後趕來。將至山巖下，巖上木石如雨，維不能前進。比及回到半路，蜀兵已被鄧艾殺敗。魏兵大隊而來，將姜維圍住。維引眾騎殺出重圍，奔入大寨堅守，以待救兵。忽然流星馬到，報說：“鍾會打破陽安關，守將蔣舒歸降，傅僉戰死，漢中已屬魏矣。樂城守將王含、漢城守將蔣斌知漢中已失，亦開門而降。胡濟抵敵不住，逃回成都求援去了。”

維大驚，即傳令拔寨。是夜兵至疆川口，前面一軍擺開，為首魏將，乃是金城太守楊欣。維大怒，縱馬交鋒，只一合，楊欣敗走，維拈弓射之，連射三箭皆不中。維轉怒，自折其弓，挺槍趕來。戰馬前失，姜維跌在地上。楊欣撥回馬來殺姜維。維躍起身，一槍刺去，正中楊欣馬腦。背後魏兵驟至，救欣去了。維騎上戰馬，欲待追時，忽報後面鄧艾兵到。維首尾不能相顧，遂收兵要奪漢中。哨馬報說：“雍州刺史諸葛緒已斷了歸路。”維據山險下寨。魏兵屯於陰平橋頭。維進退無路，長歎曰：“天喪我也！”副將甯隨曰：“魏兵雖斷陰平橋頭，雍州必然兵少，將軍若從孔函谷，逕取雍州，諸葛緒必撤陰平之兵救雍州，將軍卻引兵奔劍閣守之，則漢中可復矣。”維從之，即發兵入孔函谷，詐取雍州。細作報知諸葛緒。緒大驚曰：“雍州是吾合兵之地，倘有疎失，朝廷必然問罪。"急撤大兵從南路去救雍州，只留一枝兵守橋頭。姜維入北道，約行三十里，料知魏兵起行，乃勒回兵，後隊作前隊，逕到橋頭，果然魏兵大隊已去，只有些小兵把守；被維一陣殺散，盡燒其寨柵。諸葛緒聽知橋頭火起，復引兵回，姜維兵已過半日了，因此不敢追趕。

卻説姜維引兵過了橋頭，正行之間，前面一軍來到，乃左將軍張翼、右將軍廖化也，維問之，翼曰："黃皓聽信師巫之言，不肯發兵。翼聞漢中已危，自起兵來時，陽安關已被鍾會所取。今聞將軍受困，特來接應。"遂合兵一處，前赴白水關。化曰："今四面受敵，糧道不通，不如退守劍閣，再作良圖。"維疑慮未決。忽報鍾會、鄧艾分兵十餘路殺來。維欲與翼、化分兵迎之。化曰："白水地狹路多，非爭戰之所，不如且退去救劍閣可也。若劍閣一失，是絕路矣。"維從之，遂引兵來投劍閣。將近關前，忽報鼓角齊鳴，喊聲大起，旌旗遍豎，一枝軍把住關口。正是：漢中險峻已無有，劍閣風波又忽生。未知何處之兵，且看下文分解。

# 第一一七回

# 鄧士載偸度陰平
# 諸葛瞻戰死綿竹

　　卻説輔國大將軍董厥，聞魏兵十餘路入境，乃引二萬兵守住劍閣；當日見塵頭大起，疑是魏兵，急引兵把住關口。董厥自臨軍前視之，乃姜維、廖化、張翼也。厥大喜，接入關上，禮畢，哭訴後主黄皓之事。維曰：「公勿憂慮。若有維在，必不容魏來吞蜀也。且守劍閣，徐圖退敵之計。」厥曰：「此關雖然可守，爭奈成都無人；倘為敵人所襲，大勢瓦解矣。」維曰：「成都山險地峻，非可易取，不必憂也。」正言間，忽報諸葛緒領兵殺至關下。維大怒，急引五千兵殺下關來，直撞入魏陣中，左衝右突，殺得諸葛緒大敗而走，退數十里下寨。魏軍死者無數。蜀兵搶了許多馬匹器械。維收兵回關。

　　卻説鍾會離劍閣二十五里下寨，諸葛緒自來伏罪。會怒曰：「吾令汝守把陰平橋頭，以斷姜維歸路，如何失了！今又不得吾令，擅自進兵，以致此敗！」緒曰：「維詭計多端，詐取雍州；緒恐雍州有失，引兵去救，維乘機走脱；緒因趕至關下，不想又為所敗。」會大怒，叱令斬之。監軍衛瓘曰："緒雖有罪，乃鄧征西所督之人，不爭將軍殺之，恐傷和氣。"會曰："吾奉天子明詔、晉公鈞命：特來伐蜀。便是鄧艾有罪，亦當斬之。"眾皆力勸。會乃將諸葛緒用檻車載赴洛陽，任晉公發落；隨將緒所領之兵，收在部下調遣。有人報與鄧艾。艾大怒曰："吾與汝官品一般，吾久鎮邊疆，於國多勞，汝安敢妄自尊大耶！"子鄧忠勸曰："'小不忍則亂大謀'，父親若與他不睦，必誤國家大事。望且容忍之。"艾從其言，然畢竟心中懷怒，乃引十數騎來見鍾會。會聞艾至，便問左右："艾引多少軍來？"左右答曰："只有十數騎。"會乃令帳上帳下列武士數百人。艾下馬入見。會接入帳禮畢。艾見軍容甚肅，心中不安，乃以言挑之曰："將軍得了漢中，乃朝廷大幸也，可定策早取劍閣。"會曰："將軍明見若何？"艾再三推稱無能。會固問之。艾答曰："以愚意度之，可引一軍從陰平小路出漢中德陽亭，用奇兵逕取成都，姜維必撤兵來救，將軍乘虛就取劍閣，可獲全功。"會大喜曰："將軍此計甚妙！可即引兵去。吾在此專候捷音！"二人飲酒相別。會回本帳與諸將曰："人皆謂鄧艾有能。今日觀之，乃庸才耳！"眾問其故。會曰："陰平小路，皆高山峻嶺，若蜀以百餘人守其險要，斷其歸路，則鄧艾之兵皆餓死矣。吾只以正道而行，何愁蜀地不破乎！"遂置雲梯礟架，只打劍閣關。

　　卻說鄧艾出轅門上馬，回顧從者曰："鍾會待吾若何？"從者曰："觀其辭色，甚不以將軍之言為然，但以口強應而已。"艾笑曰："彼料我不能取成都，我偏欲取之！"回到本寨，師纂、鄧忠一班將士接問曰："今日與鍾鎮西有何高論？"艾曰："吾以實心告彼，彼以庸才視我。彼今得漢中，以為莫大之功；若非吾屯沓中絆住姜維，彼安能成功耶！吾今若取了成都，勝取漢中矣！"當夜下令，盡拔寨望陰平小路進兵，離劍閣七百里下寨。有人報鍾會，說：「鄧艾要去取成都了。」會笑艾不智。

卻說鄧艾一面修密書遣使馳報司馬昭，一面聚諸將於帳下問曰：「吾今乘虛去取成都，與汝等立功名於不朽，汝等肯從乎？」諸將應曰：「願遵軍令，萬死不辭！」艾乃先令子鄧忠引五千精兵，不穿衣甲，各執斧鑿器具，凡遇峻危之處，鑿山開路，搭造橋閣，以便行軍。艾選兵三萬，各帶乾糧繩索進發。約行百餘里，選下三千兵，就彼紮寨；又行百餘里，又選三千兵下寨。是年十月自陰平進兵，至於巔崖峻谷之中，凡二十餘日，行七百餘里，皆是無人之地。魏兵沿途下了數十寨，只剩下二千人馬。前至一嶺，名摩天嶺。馬不堪行，艾步行上嶺，正見鄧忠與開路壯士盡皆哭泣。艾問其故。忠告曰：「此嶺西背是峻壁巔崖，不能開鑿，虛廢前勞，因此哭泣。」艾曰：「吾軍到此，已行了七百餘里，過此便是江油，豈可復退？」乃喚諸軍曰：「『不入虎穴，焉得虎子？』吾與汝等來到此地，若得成功，富貴共之。」眾皆應曰：「願從將軍之命。」艾令先將軍器攛將下去。艾取氈自裹其身，先滾下去。副將有氈衫者裹身滾下，無氈衫者各用繩索束腰，攀木挂樹，魚貫而進。鄧艾、鄧忠，并二千軍，及開山壯士，皆度了摩天嶺。方纔整頓衣甲器械而行，忽見道傍有一石碣，上刻「丞相諸葛武侯題」。其文云：「二火初興，有人越此。二士爭衡，不久自死。」艾觀訖大驚，慌忙對碣再拜曰：「武侯真神人也！艾不能以師事之，惜哉！」後人有詩曰：

> 陰平峻嶺與天齊，玄鶴徘徊尚怯飛。
> 鄧艾裹氈從此下，誰知諸葛有先機。

卻說鄧艾暗度陰平，引兵行時，又見一個大空寨。左右告曰：「聞武侯在日，曾撥一千兵守此險隘。今蜀主劉禪廢之。"艾嗟呀不已，乃謂眾人曰："吾等有來路而無歸路矣！前江油城中，糧食足備。汝等前進可活，後退即死，須併力攻之。"眾皆應曰："願死戰！"於是鄧艾步行，引二千餘人，星夜倍道來搶江油城。

卻說江油城守將馬邈，聞東川已失，雖為準備，只是隄防大路；又仗着姜維全師，守住劍閣關，遂將軍情不以為重。當日操練人馬回家，與妻李氏擁爐飲酒。其妻問曰："屢聞邊情甚急，將軍全無憂色，何也？"邈曰："大事自有姜伯約掌握，干我甚事？"其妻曰："雖然如此，將軍所守城池，不為不重。"邈曰："天子聽信黃皓，溺於酒色，吾料禍不遠矣。魏兵一到，降之為上，何必慮哉？"其妻大怒，唾邈面曰："汝為男子，先懷不忠不義之心，枉受國家爵祿，吾有何面目與汝相見耶！"馬邈羞慚無語。忽家人慌入報曰："魏將鄧艾不知從何而來，引二千餘人，一擁而入城矣。"邈大驚，慌出納降，拜伏於公堂之下，泣告曰："某有心歸降久矣。今願招城中居民，及本部人馬，盡降將軍。"艾准其降。遂收江油軍馬於部下調遣，即用馬邈為鄉導官。忽報馬邈夫人自縊身死。艾問其故，邈以實告。艾感其賢，令厚禮葬之，親往致祭。魏人聞者，無不嗟歎。後人有詩讚曰：

> 後主昏迷漢祚顛，天差鄧艾取西川。
> 可憐巴蜀多名將，不及江油李氏賢。

鄧艾取了江油，遂接陰平小路諸軍，皆到江油取齊，逕來攻涪城。部將田續曰："我軍涉險而來，甚是勞頓，且當休養數日，然後進兵。"艾大怒曰："兵貴神速，汝敢亂我軍心耶！"喝令左右推出斬之。眾將苦告方免。艾自驅兵至涪城。城內官吏軍民疑從天降，盡皆出降。

蜀人飛報入成都。後主聞知，慌召黃皓問之。皓奏曰：「此詐傳耳。神人必不肯誤陛下也。」後主又宣師婆問時，卻不知何處去了。此時遠近告急表文，一似雪片，往來使者，絡繹不絕。後主設朝計議，多官面面相覷，並無一言。郤正出班奏曰：「事已急矣！陛下可宣武侯之子商議退兵之策。」原來武侯之子諸葛瞻，字思遠。其母黃氏，即黃承彥之女也。母貌甚陋，而有奇才：上通天文，下察地理；凡韜略遁甲諸書，無所不曉。武侯在南陽時，聞其賢，求以為室。武侯之學，夫人多所贊助焉。及武侯死後，夫人尋逝，臨終遺教，惟以忠孝勉其子瞻。瞻自幼聰敏，尚[1]後主女，為駙馬都尉。後襲父武鄉侯之爵。景耀四年，遷行軍護衛將軍。時為黃皓用事，故託病不出。當下後主從郤正之言，即時連發三詔，召瞻至殿下。後主泣訴曰：「鄧艾兵已屯涪城，成都危矣。卿看先君之面，救朕之命！」瞻亦泣奏曰：「臣父子蒙先帝厚恩、陛下殊遇，雖肝腦塗地，不能補報。願陛下盡發成都之兵，與臣領去決一死戰。」後主即撥成都兵將七萬與瞻。瞻辭了後主，整頓軍馬，聚集諸將問曰：「誰敢為先鋒？」言未訖，一少年將出曰：「父親既掌大權，兒願為先鋒。」眾視之，乃瞻長子諸葛尚也。尚時年一十九歲，博覽兵書，多習武藝。瞻大喜，遂命尚為先鋒。是日大軍離了成都，來迎魏兵。

卻說鄧艾得馬邈獻地理圖一本，備寫涪城至成都三百六十里山川道路，闊狹險峻，一一分明。艾看畢，大驚曰：「若只守涪城，倘被蜀人據住前山，何能成功耶？如遷延日久，姜維兵到，我軍危矣。」速喚師纂并子鄧忠，分付曰：「汝等可引一軍，星夜逕去綿竹，以拒蜀兵。吾隨後便至。切不可怠緩。若縱他先據了險要，決斬汝首！」

師、鄧二人，引兵將至綿竹，早遇蜀兵。兩軍各布成陣。師、鄧二人，勒馬於門旗下，只見蜀兵列成八陣。二縈鼓罷，門旗兩分，數十員將簇擁一輛四輪車，車上端坐一人，綸巾羽扇，鶴氅方裾，車上展開一面黃旗，上書「漢丞相諸葛武侯」。諕得師、鄧二人汗流遍身，回顧軍士曰：「原來孔明尚在，我等休矣！」

急勒兵回時，蜀兵掩殺將來，魏兵大敗而走。蜀兵掩殺二十餘里，遇見鄧艾援兵接應。兩家各自收兵。艾升帳而坐，喚師纂、鄧忠責之曰：「汝二人不戰而退，何也？」忠曰：「但見蜀陣中諸葛孔明領兵，因此奔還。」艾怒曰：「縱使孔明更生，我何懼哉！汝等輕退，以致於敗，宜速斬以正軍法！」眾皆苦勸，艾方息怒。令人哨探，回說孔明之子諸葛瞻為大將，瞻之子諸葛尚為先鋒，車上坐者乃木刻孔明遺像也。

艾聞之，謂師纂、鄧忠曰：「成敗之機，在此一舉。汝二人再不取勝，必當斬首！」師、鄧二人，又引一萬兵來戰。諸葛尚匹馬單槍，抖擻精神，戰退二人。諸葛瞻指揮兩掖兵衝出，直撞入魏陣中，左衝右突，往來殺有數十番，魏兵大敗，死者不計其數。師纂、鄧忠中傷而逃。瞻驅士馬隨後掩殺二十餘里，紮營相拒。師纂、鄧忠回見鄧艾。艾見二人俱傷，未便加責，乃與眾將商議曰：「蜀有諸葛瞻善繼父志，兩番殺吾萬餘人馬，今若不速破，後必為禍。」監軍丘本曰：「何不作一書以誘之？」艾從其言，遂作書一封，遣使送入蜀寨。守門將引至帳下，呈上其書。瞻拆封視之。書曰：

征西將軍鄧艾，致書於行軍護衛將軍諸葛思遠麾下：切觀近代賢才，未有如公之尊父也。昔自出茅廬，一言已分三國，掃平荊、益，遂成霸業，古今鮮有及者；後六出祁山，非其智力不足，乃天數耳。今後主昏弱，王氣已終，艾奉天子之命，以重兵伐蜀，已皆得其地矣。成都危在旦夕，公何不應天順人，仗義來歸？艾當表公為瑯琊王，以光耀祖宗，決不虛言。幸存照鑒。

　　瞻看畢，勃然大怒，扯碎其書，叱武士立斬來使，令從者持首級回魏營見鄧艾。艾大怒，即欲出戰。丘本諫曰：「將軍不可輕出，當用奇兵勝之。」艾從其言，遂令天水太守王頎、隴西太守牽弘，伏兩軍於後。艾自引兵而來。此時諸葛瞻正欲搦戰，忽報鄧艾自引兵到。瞻大怒，即引兵出，逕殺入魏陣中。鄧艾敗走，瞻隨後掩殺將來。忽然兩下伏兵殺出，蜀兵大敗，退入綿竹。艾令圍之。於是魏兵一齊吶喊，將綿竹圍的鐵桶相似。

　　諸葛瞻在城中，見事勢已迫，乃令彭和齎書殺出，往東吳求救。和至東吳，見了吳主孫休，呈上告急之書。吳主看罷，與羣臣計議曰：「既蜀中危急，孤豈可坐視不救？」即令老將丁奉為主帥，丁封、孫異為副將，率兵五萬，前往救蜀。丁奉領旨出師，分撥丁封、孫異引兵二萬向沔中而進，自率兵三萬向壽春而進：分兵三路而援。

　　卻說諸葛瞻見救兵不至，謂眾將曰：「久守非良圖。」遂留子尚與尚書張遵守城，瞻自披挂上馬，引三軍大開三門殺出。鄧艾見兵出，便撤兵退。瞻奮力追殺，忽然一聲礮響，四面兵合，把瞻困在垓心。瞻引兵左衝右突，殺死數百人。艾令眾軍放箭射之，蜀兵四散。瞻中箭落馬，乃大呼曰：「吾力竭矣！當以一死報國！」遂拔劍自刎而死。其子諸葛尚在城上，見父死於軍中，勃然大怒，遂披挂上馬。張遵諫曰：「小將軍勿得輕出。」尚歎曰：「吾父子祖孫，荷國厚恩，今父既死於敵，我何用生為！」遂策馬殺出，死於陣中。後人有詩讚瞻、尚父子曰：

　　　　不是忠臣獨少謀，蒼天有意絕炎劉。

當年諸葛留嘉胤，節義真堪繼武侯。

鄧艾憐其忠，將父子合葬，乘虛攻打綿竹。張遵、黃崇、李球三人，各引一軍殺出。蜀兵寡，魏兵眾，三人亦皆戰死。艾因此得了綿竹。勞軍已畢，遂來取成都。正是：試觀後主臨危日，無異劉璋受逼時。未知成都如何守禦，且看下文分解。

註　釋

1　尚：婚配。

# 第一一八回

# 哭祖廟一王死孝
# 入西川二士爭功

　　卻說後主在成都，聞鄧艾取了綿竹，諸葛瞻父子已亡，大驚，急召文武商議。近臣奏曰：“城外百姓，扶老攜幼，哭聲大震，各逃生命。”後主驚惶無措。忽哨馬報到，說魏兵將近城下。多官議曰：“兵微將寡，難以迎敵；不如早棄成都，奔南中七郡。其地險峻，可以自守，就借蠻兵，再來克復未遲。”光祿大夫譙周曰：“不可。南蠻久反之人，平昔無惠；今若投之，必遭大禍。”多官又奏曰：“蜀、吳既同盟，今事急矣，可以投之。”周又諫曰：“自古以來，無寄他國為天子者。臣料魏能吞吳，吳不能吞魏。若稱臣於吳，是一辱也。若吳被魏所吞，陛下再稱臣於魏，是兩番之辱矣。不如不投吳而降魏。魏必裂土以封陛下，則上能自守宗廟，下可以保安黎民。願陛下思之。”後主未決，退入宮中。

　　次日眾議紛然。譙周見事急，復上疏諍之。後主從譙周之言，正欲出降，忽屏風後轉出一人，厲聲而罵周曰：“偷生腐儒，豈可妄議社稷大事！自古安有降天子哉！”後主視之，乃第五子北地王劉諶也。後主生七子，長子劉璿，次子劉瑤，三子劉琮，四子劉瓚，五子即北地王劉諶，六子劉恂，七子劉璩。七子中惟諶自幼聰明，英敏過人，餘皆懦善。後主謂諶曰：“今大臣皆議當降，汝獨仗血氣之勇，欲令滿城流血耶？”諶曰：“昔先帝在日，譙周未嘗干預國政；今妄議大事，輒起亂言，甚非理也。臣切料成都之兵，尚有數萬；姜維全師，皆在劍閣；若知魏兵犯闕，必來救應，內外攻擊，可獲全功。豈可聽腐儒之言，輕廢先帝之基業乎？”後主叱之曰：“汝小兒豈識天時！”諶叩頭哭曰：“若勢窮力極，禍敗將及，便當父子君臣背城一戰，同死社稷，以見先帝可也。奈何降乎！”後主不聽。諶放聲大哭曰：“先帝非容易創立基業，今一旦棄之，吾寧死不辱也！”後主令近臣推出宮門，遂令譙周作降書，遣私署侍中張紹、駙馬都尉鄧良同譙周齎玉璽來雒城請降。

時鄧艾每日令數百鐵騎來成都哨探。當日見立了降旗，艾大喜。不一時，張紹等至，艾令人迎入。三人拜伏於階下，呈上降款玉璽。艾拆降書視之，大喜，受下玉璽，重待張紹、譙周、鄧良等。艾作回書，付三人齎回成都，以安人心。三人拜辭鄧艾，逕還成都，入見後主，呈上回書，細言鄧艾相待之善。後主拆封視之，大喜，即遣太僕蔣顯齎敕令姜維早降；遣尚書郎李虎，送文簿與艾：共戶二十八萬，男女九十四萬，帶甲將士十萬二千，官吏四萬，倉糧四十餘萬，金銀二千斤，錦綺絲絹各二十萬疋。餘物在庫，不及具數。擇十二月初一日，君臣出降。

北地王劉諶聞知，怒氣沖天，乃帶劍入宮。其妻崔夫人問曰：“大王今日顏色異常，何也？”諶曰：“魏兵將近，父皇已納降款，明日君臣出降，社稷從此殄滅。吾欲先死以見先帝於地下，不屈膝於他人也！"崔夫人曰："賢哉！賢哉！得其死矣！妾請先死，王死未遲。"諶曰："汝何死耶？"崔夫人曰："王死父，妾死夫：其義同也。夫亡妻死，何必問焉？"言訖，觸柱而死。諶乃自殺其三子，并割妻頭，提至昭烈廟中，伏地哭曰："臣羞見基業棄於他人，故先殺妻子，以絕罣念，後將一命報祖！祖如有靈，知孫之心！"大哭一場，眼中流血，自刎而死。蜀人聞知，無不哀痛。後人有詩讚曰：

> 君臣甘屈膝，一子獨悲傷。
> 去矣西川事，雄哉北地王！
> 捐身酬烈祖，搔首泣穹蒼。
> 凜凜人如在，誰云漢已亡？

後主聽知北地王自刎，乃令人葬之。

次日，魏兵大至。後主率太子諸王，及羣臣六十餘人，面縛輿櫬[1]，出北門十里而降。鄧艾扶起後主，親解其縛，焚其輿櫬，並車入城。後人有詩歎曰：

> 魏兵數萬入川來，後主偷生失自裁。
> 黃皓終存欺國意，姜維空負濟時才。
> 全忠義士心何烈，守節王孫志可哀。
> 昭烈經營良不易，一朝功業頓成灰。

於是成都之人，皆具香花迎接。艾拜後主為驃騎將軍，其餘文武，各隨高下拜官；請後主還宮，出榜安民，交割倉庫。又令太常張峻、益州別駕張紹，招安各郡軍民。又令人說姜維歸降。一面遣人赴洛陽報捷。艾聞黃皓奸險，欲斬之。皓用金寶賂其左右，因此得免。自是漢亡。後人因漢之亡，有追思武侯詩曰：

魚鳥猶疑畏簡書，風雲長為護儲胥。

徒令上將揮神筆，終見降王走傳車。

管樂有才真不忝；關張無命欲何如！

他年錦里經祠廟，〈梁父〉吟成恨有餘！

　　且說太僕蔣顯到劍閣，入見姜維，傳後主勅命，言歸降之事。維
大驚失語。帳下眾將聽知，一齊怨恨，咬牙怒目，鬚髮倒豎，拔刀砍
石大呼曰：“吾等死戰，何故先降耶！”號哭之聲，聞數十里。維見人
心思漢，乃以善言撫之曰：“眾將勿憂。吾有一計，可復漢室。”眾皆
求問。姜維與諸將附耳低言，說了計策，即於劍門關遍豎降旗，先令
人報入鍾會寨中，說姜維引張翼、廖化、董厥等來降。會大喜，令人
迎接維入帳。會曰：“伯約來何遲也？”維正色流涕曰：“國家全軍在
吾，今日至此，猶為速也。”會甚奇之，下座相拜，待為上賓。維說
會曰：“聞將軍自淮南以來，算無遺策；司馬氏之盛，皆將軍之力，
維故甘心俯首。如鄧士載，當與決一死戰，安肯降之乎？”會遂折箭
為誓，與維結為兄弟，情愛甚密，仍令照舊領兵。維暗喜，遂令蔣顯
回成都去了。

　　卻說鄧艾封師纂為益州刺史，牽弘、王頎等各領州郡；又於綿竹
築臺以彰戰功，大會蜀中諸官飲宴。艾酒至半酣，乃指眾官曰：“汝
等幸遇我，故有今日耳。若遇他將，必皆殄滅矣。”多官起身拜謝。
忽蔣顯至，說姜維自降鍾鎮西了。艾因此痛恨鍾會，遂修書令人齎赴
洛陽致晉公司馬昭。昭得書視之。書曰：

　　　臣艾切謂兵有先聲而後實者，今因平蜀之勢以乘吳，此
　　席捲之時也。然大舉之後，將士疲勞，不可便用；宜留隴右
　　兵二萬，蜀兵二萬，煮鹽興冶，並造舟船，預備順流之計；

然後發使，告以利害，吳可不征而定也。今宜厚待劉禪，以
致孫休；若便送禪來京，吳人必疑，則於向化之心不勸²。
且權留之於蜀，須來年冬月抵京；今即可封禪為扶風王，錫
以貲財，供其左右，爵其子為公卿，以顯歸命之寵：則吳人
畏威懷德，望風而從矣。

司馬昭覽畢，深疑鄧艾有自專之心，乃先發手書與衞瓘，隨後降封艾
詔曰：

征西將軍鄧艾：耀威奮武，深入敵境，使僭號之主，係
頸歸降；兵不踰時，戰不終日，雲徹席捲，蕩定巴、蜀；雖
白起破強楚，韓信克勁趙，不足比勳也。其以艾為太尉，增
邑二萬戶，封二子為亭侯，各食邑千戶。

鄧艾受詔畢，監軍衞瓘取出司馬昭手書與艾。書中說鄧艾所言之
事，須候奏報，不可輒行。艾曰：“‘將在外，君命有所不受。’吾既
奉詔專征，如何阻當？”遂又作書，令來使齎赴洛陽。時朝中皆言鄧
艾必有反意，司馬昭愈加疑忌。忽使命回，呈上鄧艾之書。昭拆封視
之。書曰：

艾銜命西征，元惡既服，當權宜行事，以安初附。若待
國命，則往復道途，延引日月。《春秋》之義：“大夫出疆，
有可以安社稷、利國家，專之可也。”今吳未賓，勢與蜀連，
不可拘常以失事機。兵法：進不求名，退不避罪。艾雖無古
人之節，終不自嫌以損於國也。先此申狀，見可施行。

司馬昭看畢大驚，慌與賈充計議曰：“鄧艾恃功而驕，任意行事，

反形露矣。如之奈何？"賈充曰："主公何不封鍾會以制之？"昭從其議，遣使齎詔封會為司徒，就令衛瓘監督兩路軍馬，以手書付瓘，使與會伺察鄧艾，以防其變。會接讀詔書。詔曰：

> 鎮西將軍鍾會：所向無敵，前無強梁，節制眾城，網羅逃逸；蜀之豪帥，面縛歸命；謀無遺策，舉無廢功。其以會為司徒，進封縣侯，增邑萬戶，封子二人亭侯，邑各千戶。

鍾會既受封，即請姜維計議曰："鄧艾功在吾之上，又封太尉之職；今司馬公疑艾有反志，故令衛瓘為監軍，詔吾制之，伯約有何高見？"維曰："愚聞鄧艾出身微賤，幼為農家養犢，今僥倖自陰平斜徑，攀木懸崖，成此大功；非出良謀，實賴國家洪福耳。若非將軍與維相拒於劍閣，艾安能成此功耶？今欲封蜀主為扶風王，乃大結蜀人之心，其反情不言可見矣。晉公疑之是也。"會深喜其言。維又曰："請退左右，維有一事密告。"會令左右盡退。維袖中取出一圖與會，曰："昔日武侯出草廬時，以此圖獻先帝，且曰：'益州之地，沃野千里，民殷國富，可為霸業。'先帝因此遂創成都。今鄧艾至此，安得不狂？"會大喜，指問山川形勢。維一一言之。會又問曰："當以何策除艾？"維曰："乘晉公疑忌之際，當急上表，言艾反狀；晉公必令將軍討之，一舉而可擒矣。"會依言，即遣人齎表進赴洛陽，言鄧艾專權恣肆，結好蜀人，早晚必反矣。於是朝中文武皆驚。會又令人於中途截了鄧艾表文，按艾筆法，改寫傲慢之辭，以實己之語。

司馬昭見了鄧艾表章，大怒，即遣人到鍾會軍前，令會收艾；又遣賈充引三萬兵入斜谷，昭乃同魏主曹奐御駕親征。西曹掾邵悌諫曰："鍾會之兵，多鄧艾六倍，當令會收艾足矣！何必明公自行耶？"昭笑曰："汝忘了舊日之言耶？汝曾道會後必反，吾今此行，非為艾，實為會耳。"悌笑曰:"某恐明公忘之,故以相問。今既有此意,切宜祕之,不可泄漏。"昭然其言,遂提大兵起程。時賈充亦疑鍾會有變,密告司馬昭。昭曰:"如遣汝,吾亦疑汝耶?且到長安,自有明白。"早有細作報知鍾會,説昭已至長安。會慌請姜維商議收艾之策。正是:

纔看西蜀收降將,又見長安動大兵。

未知姜維以何策破艾,且看下文分解。

註 釋

1　輿櫬:車上載着棺材。表示放棄抵抗,自請受刑。

2　於向化之心不勸:對於歸順之心起不了鼓勵作用。勸,鼓勵。

# 第一一九回

# 假投降巧計成虛話
# 再受禪依樣畫葫蘆

　　卻說鍾會請姜維計議收鄧艾之策。維曰："可先令監軍衞瓘收艾。艾欲殺瓘，則反情實矣。將軍卻起兵討之，可也。"會大喜，遂令衞瓘引數十人入成都，收鄧艾父子。瓘部卒止之曰："此是鍾司徒令鄧征西殺將軍，以正反情也。切不可行。"瓘曰："吾自有計。"遂先發檄文二三十道。其檄曰："奉詔收艾，其餘各無所問。若早來歸，爵賞如先；敢有不出者，滅三族。"隨備檻車兩乘，星夜望成都而來。

　　比及雞鳴，艾部將見檄文者，皆來投拜於衞瓘馬前。時鄧艾在府中未起。瓘引數十人突入大呼曰："奉詔收鄧艾父子！"艾大驚，滾下牀來。瓘叱武士縛於車上。其子鄧忠出問，亦被捉下，縛於車上。府中將吏大驚，欲待動手搶奪，早望見塵頭大起，哨馬報說鍾司徒大兵到了。眾各四散奔走。鍾會與姜維下馬入府，見鄧艾父子已被縛。會以鞭撻鄧艾之首而罵曰："養犢小兒，何敢如此！"姜維亦罵曰："匹夫行險徼幸，亦有今日耶？"艾亦大罵。會將艾父子送赴洛陽。會入成都，盡得鄧艾軍馬，威聲大震。乃謂姜維曰：“吾今日方趁平生之願矣。”維曰：“昔韓信不聽蒯通之説，而有未央宮之禍[1]；大夫種不從范蠡於五湖，卒伏劍而死[2]：斯二子者，其功名豈不赫然哉？徒以利害未明，而見幾[3]之不早也。今公大勳已就，威震其主，何不泛舟絕迹，登峨嵋之嶺，而從赤松子遊[4]乎？”會笑曰：“君言差矣。吾年未四旬，方思進取，豈能便效此退閒之事？”維曰：“若不退閒，當早圖良策，此則明公智力所能，無煩老夫之言矣。”會撫掌大笑曰：“伯約知吾心也。”二人自此每日商議大事。維密與後主書曰：“望陛下忍數日之辱，維將使社稷危而復安，日月幽而復明，必不使漢室終滅也。”

　　卻説鍾會正與姜維謀反，忽報司馬昭有書到。會接書。書中言：“吾恐司徒收艾不下，自屯兵於長安；相見在近，以此先報。”會大驚曰：“吾兵多艾數倍，若但要我擒艾，晉公知吾獨能辦之。今日自行兵來，是疑我也！”遂與姜維計議。維曰：“君疑臣則臣必死，豈不見鄧艾乎？”會曰：“吾意決矣！事成則得天下，不成則退西蜀，亦不失作劉備也。”維曰：“近聞郭太后新亡，可詐稱太后有遺詔，教討司馬昭，以正弑君之罪。據明公之才，中原可席捲而定。”會曰：“伯約當作先鋒。成事之後，同享富貴。”維曰：“願効犬馬微勞，但恐諸將不服耳。”會曰：“來日元宵佳節，於故宮大張燈火，請諸將飲宴。如不從者盡殺之。”維暗喜。次日，會、維二人，請諸將飲宴。數巡後，會執盃大哭。諸將驚問其故。會曰：“郭太后臨崩有遺詔在此，為司馬昭南闕弑君，大逆無道，早晚將篡魏，命吾討之。汝等各自僉名，共成此事。”眾皆大驚，面面相覷。會拔劍出鞘曰：“違令者斬！”眾皆恐懼，只得相從。畫字已畢，會乃困諸將於宮中，嚴兵禁守。維曰：“我見諸將不服，請坑之。”會曰：“吾已令宮中掘一坑，置大棒數千，如不從者，打死坑之。”

時有心腹將丘建在側。建乃護軍胡烈部下舊人也。時胡烈亦被監在宮，建乃密將鍾會所言，報知胡烈。烈大驚，泣告曰："吾兒胡淵，領兵在外，安知會懷此心耶？汝可念向日之情，透一消息，雖死無恨。"建曰："恩主勿憂，容某圖之。"遂出告會曰："主公頓監諸將在內，水食不便，可令一人往來傳遞。"會素聽丘建之言，遂令丘建監臨。會分付曰："吾以重事託汝，休得洩漏。"建曰："主公放心。某自有緊嚴之法。"建暗令胡烈親信人入內，烈以密書付其人。其人持書火速至胡淵營內，細言其事，呈上密書。淵大驚，遂遍示諸營知之。眾將大怒，急來淵營商議曰："我等雖死，豈肯從反臣耶？"淵曰："正月十八日中，可驟入內，如此行之。"監軍衛瓘，深喜胡淵之謀，即整頓了人馬，令丘建傳與胡烈。烈報知諸將。

卻說鍾會請姜維問曰："吾夜夢大蛇數千條咬吾，主何吉凶？"維曰："夢龍蛇者，皆吉慶之兆也。"會喜，信其言，乃謂維曰："器仗已備，放諸將出問之，若何？"維曰："此輩皆有不服之心，久必為害，不如乘早戮之。"會從之，即命姜維領武士往殺眾魏將。維領命，方欲行動，忽然一陣心疼，昏倒在地；左右扶起，半晌方甦。忽報宮外人聲沸騰。會方令人探時，喊聲大震，四面八方，無限兵到。維曰："此必是諸將作惡，可先斬之。"忽報兵已入內。會令關上殿門，使軍士上殿屋以瓦擊之，互相殺死數十人。宮外四面火起，外兵砍開殿門殺入。會自掣劍立殺數人，卻被亂箭射倒。眾將梟其首。維拔劍上殿，往來衝突，不幸心疼轉加。維仰天大叫曰："吾計不成，乃天命也！"遂自刎而死。時年五十九歲。宮中死者數百人。衛瓘曰："眾軍各歸營所，以待王命。"魏兵爭欲報讎，共剖維腹，其膽大如雞卵。眾將又盡取姜維家屬殺之。鄧艾部下之人，見鍾會、姜維已死，遂連夜去追劫鄧艾。早有人報知衛瓘。瓘曰："是我捉艾；今若留他，我無葬身之地矣。"護軍田續曰:"昔鄧艾取江油之時,欲殺續,得眾官告免。今日當報此恨。"瓘大喜,遂遣田續引五百兵趕至綿竹,正遇鄧艾父子放出檻車,欲還成都。艾只道是本部兵到,不作準備;欲待問時,被田續一刀斬之。鄧忠亦死於亂軍之中。後人有詩歎鄧艾曰:

> 自幼能籌畫,多謀善用兵。
> 凝眸知地理,仰面識天文。
> 馬到山根斷,兵來石徑分。
> 功成身被害,魂繞漢江雲。

又有詩歎鍾會曰:

> 髫年稱早慧,曾作祕書郎。
> 妙計傾司馬,當時號子房。
> 壽春多贊畫,劍閣顯鷹揚。
> 不學陶朱隱,遊魂悲故鄉。

又有詩歎姜維曰:

> 天水誇英俊,涼州產異才。
> 系從尚父出,術奉武侯來。
> 大膽應無懼,雄心誓不回。
> 成都身死日,漢將有餘哀。

卻說姜維、鍾會、鄧艾已死,張翼等亦死於亂軍之中。太子劉璿、漢壽亭侯關彝,皆被魏兵所殺。軍民大亂,互相踐踏,死者不計其數。旬日後,賈充先至,出榜安民,方始寧靖。留衛瓘守成都,乃遷後主赴洛陽。止有尚書令樊建、侍中張紹、光祿大夫譙周、祕書郎郤正等數人跟隨。廖化、董厥皆託病不起，後皆憂死。

時魏景元五年，改為咸熙元年。春三月，吳將丁奉，見蜀已亡，遂收兵還吳。中書承華覈奏吳主孫休曰："吳、蜀乃脣齒也，'脣亡則齒寒'：臣料司馬詔伐吳在即，乞陛下深加防禦。"休從其言，遂命陸遜子陸抗為鎮東大將軍，領荊州牧，守江口；左將軍孫異守南徐諸處隘口；又沿江一帶，屯兵數百營，老將丁奉總督之，以防魏兵。建寧太守霍戈聞成都不守，素服望西大哭三日。諸將皆曰："既漢主失位，何不速降？"戈泣謂曰："道路隔絕，未知吾主安危若何。若魏主以禮待之，則舉城而降，未為晚矣；萬一危辱吾主，則主辱臣死，何可降乎？"眾然其言，乃使人到洛陽，探聽後主消息去了。

且說後主至洛陽時，司馬昭已自回朝。昭責後主曰："公荒淫無道，廢賢失政，理宜誅戮。"後主面如土色，不知所為。文武皆奏曰："蜀主既失國紀，幸早歸降，宜赦之。"昭乃封禪為安樂公，賜住宅，月給用度，賜絹萬疋，僮婢百人。子劉瑤及羣臣樊建、譙周、郤正等，皆封侯爵。後主謝恩出內。昭因黃皓蠱國害民，令武士押出市曹，凌遲處死。時霍戈探聽得後主受封，遂率部下軍士來降。次日，後主親詣司馬昭府下拜謝。昭設宴款待，先以魏樂舞戲於前，蜀官感傷，獨後主有喜色。昭令蜀人扮蜀樂於前，蜀官盡皆墮淚，後主嬉笑自若。酒至半酣，昭謂賈充曰："人之無情，乃至於此！雖使諸葛孔明在，亦不能輔之久全，何況姜維乎？"乃問後主曰："頗思蜀否？"後主曰："此間樂，不思蜀也。"須臾，後主起身更衣，郤正跟至廂下曰："陛下如何答應不思蜀也？倘彼再問，可泣而答曰：'先人墳墓，遠在蜀地，乃心西悲，無日不思。'晉公必放陛下歸蜀矣。"後主牢記入席。酒將微醉，昭又問曰："頗思蜀否？"後主如郤正之言以對，欲哭無淚，遂閉其目。昭曰："何乃似郤正語耶？"後主開目驚視曰："誠如尊

命。"昭及左右皆笑之。昭因此深喜後主誠實,並不疑慮。後人有詩歎曰:

> 追歡作樂笑顏開,不念危亡半點哀。
> 快樂異鄉忘故國,方知後主是庸才。

卻說朝中大臣因昭收川有功,遂尊之為王,表奏魏主曹奐。時奐名為天子,實不能主張,政皆由司馬氏,不敢不從,遂封晉公司馬昭為晉王,諡父司馬懿為宣王,兄司馬師為景王。昭妻乃王肅之女,生二子:長曰司馬炎,人物魁偉,立髮垂地,兩手過膝,聰明英武,膽量過人;次曰司馬攸,性情溫和,恭儉孝悌,昭甚愛之,因司馬師無子,嗣攸以繼其後。昭常曰:"天下者,乃吾兄之天下也。"於是司馬昭受封晉王,欲立攸為世子。山濤諫曰:"廢長立幼,違禮不祥。"賈充、何曾、裴秀亦諫曰:"長子聰明神武,有超世之才;人望既茂,天表如此,非人臣之相也。"昭猶豫未決。太尉王祥、司空荀顗諫曰:"前代立少,多致亂國。願殿下思之。"昭遂立長子司馬炎為世子。

大臣奏稱:"當年襄武縣,天降一人,身長二丈餘,腳跡長三尺二寸,白髮蒼髯,着黃單衣,裹黃巾,拄藜頭杖,自稱曰:'吾乃民王也。今來報汝:天下換王,立見太平。'如此在市遊行三日,忽然不見。此乃殿下之瑞也。殿下可戴二十旒冠冕,建天子旌旗,出警入蹕,乘金根車,備六馬,進王妃為王后,立世子為太子。"昭心中暗喜;回到宮中,正欲飲酒,忽中風不語。次日,病危,太尉王祥、司徒何曾、司馬荀顗及諸大臣入宮問安,昭不能言,以手指太子司馬炎而死。時八月辛卯日也。何曾曰:"天下大事,皆在晉王;可立太子為晉王,然後祭葬。"是日司馬炎即晉王位,封何曾為晉丞相,司馬望為司徒,石苞為驃騎將軍,陳騫為車騎將軍,諡父為文王。

安葬已畢，炎召賈充、裴秀入宮問曰："曹操曾云：'若天命在吾，吾其為周文王乎！'果有此事否？"充曰："操世受漢祿，恐人議論篡逆之名，故出此言。乃明教曹丕為天子也。"炎曰："孤父王比曹操何如？"充曰："操雖功蓋華夏，下民畏其威而不懷其德。子丕繼業，差役甚重，東西驅馳，未有寧歲。後我宣王、景王，累建大功，布恩施德，天下歸心久矣。文王并吞西蜀，功蓋寰宇，又豈操之可比乎？"炎曰："曹丕尚紹漢統，孤豈不可紹魏統耶？"賈充、裴秀二人再拜而奏曰："殿下正當法曹丕紹漢故事，復築受禪臺，布告天下，以即大位。"

炎大喜，次日帶劍入內。此時魏主曹奐，連日不曾設朝，心神恍惚，舉止失措。炎直入後宮，奐慌下御榻而迎。炎坐畢，問曰："魏之天下，誰之力也？"奐曰："皆晉王父祖之賜耳。"炎笑曰："吾觀陛下，文不能論道，武不能經邦，何不讓有才德者主之？"奐大驚，口噤不能言。傍有黃門侍郎張節大喝曰："晉王之言差矣！昔日魏武祖皇帝，東蕩西除，南征北討，非容易得此天下；今天子有德無罪，何故讓與人耶？"炎大怒曰："此社稷乃大漢之社稷也。曹操挾天子以令諸侯，自立魏王，篡奪漢室，吾祖父三世輔魏，得天下者，非曹氏之能，實司馬氏之力也：四海咸知。吾今日豈不堪紹魏之天下乎？"節又曰："欲行此事，是篡國之賊也！"炎大怒曰："吾與漢家報讎，有何不可！"叱武士將張節亂瓜[5]打死於殿下。奐泣淚跪告。炎起身下殿而去。奐謂賈充、裴秀曰："事已急矣，如之奈何？"充曰："天數盡矣，陛下不可逆天，當照漢獻帝故事，重修受禪臺，具大禮，禪位與晉王：上合天心，下順民情，陛下可保無虞矣。"

奐從之，遂令賈充築受禪臺。以十二月甲子日，奐親捧傳國璽，立於臺上，大會文武。後人有詩歎曰：

魏吞漢室晉吞曹，天運循環不可逃。

張節可憐忠國死，一拳怎障泰山高？

請晉王司馬炎登壇，授與大禮。奐下壇，具公服立於班首。炎端坐於臺上。賈充、裴秀列於左右，執劍，令曹奐再拜伏地聽命。充曰：「自漢建安二十五年，魏受漢禪，已經四十五年矣。今天祿永終，天命在晉，司馬氏功德彌隆，極天際地，可即皇帝正位，以紹魏統。封汝為陳留王，出就金墉城居止；當時起程，非宣詔不許入京。」奐泣謝而去。太傅司馬孚哭拜於奐前曰：「臣身為魏臣，終不背魏也。」炎見孚如此，封孚為安平王。孚不受而退。是日文武百官，再拜於臺下，山呼萬歲。炎紹魏統，國號大晉，改元為泰始元年，大赦天下。魏遂亡。後人有詩歎曰：

晉國規模如魏王，陳留蹤迹似山陽。

重行受禪臺前事，回首當年止自傷。

晉帝司馬炎，追諡司馬懿為宣帝，伯父司馬師為景帝，父司馬昭為文帝，立七廟以光祖宗。那七廟？漢征西將軍司馬鈞，鈞生豫章太守司馬量，量生潁川太守司馬儁，儁生京兆尹司馬防，防生宣帝司馬懿，懿生景帝司馬師、文帝司馬昭：是為七廟也。大事已定，每日設朝計議伐吳之策。正是：漢家城郭已非舊，吳國江山將復更。未知怎生伐吳，且看下文分解。

## 註　釋

1　韓信不聽蒯通之說，而有未央宮之禍：漢朝開國功臣韓信手握兵權時，謀士蒯通曾勸他背叛漢高祖劉邦。韓信沒有聽從蒯通的意見，最後被劉邦之妻呂后設計殺死於未央宮。

2　大夫種不從范蠡於五湖，卒伏劍而死：春秋時，越國大夫范蠡、文種輔佐越王勾踐打敗吳國，復興越國。復國之後，范蠡知道勾踐"不可與共樂"，打算歸隱江湖，亦勸文種歸隱；文種不聽。最後文種被勾踐賜死。

3　見幾：同"見機"，即預見事件發生的徵兆。

4　從赤松子遊：漢朝開國功臣張良，見劉邦殺戮功臣，就跟着赤松子學道去了。赤松子，相傳是神仙，為神農時雨師。

5　瓜：形狀如瓜的兵器。

# 薦杜預老將獻新謀
# 降孫皓三分歸一統

　　卻説吳主孫休，聞司馬炎已篡魏，知其必將伐吳，憂慮成疾，臥牀不起，乃召丞相濮陽興入宮中，令太子孫霊出拜。吳主把興臂、手指霊而卒。興出，與眾臣商議，欲立太子孫霊為君。左典軍萬彧曰：「霊幼不能專政，不若取烏程侯孫皓立之。」左將軍張布亦曰：「皓才識明斷，堪為帝王。」丞相濮陽興不能決，入奏朱太后。太后曰：「吾寡婦人耳，安知社稷之事？卿等斟酌立之，可也。」興遂迎皓為君。

　　皓字元宗，大帝孫權太子孫和之子也。當年七月，即皇帝位，改元為元興元年，封太子孫霊為豫章王，追謚父和為文皇帝，尊母何氏為太后，加丁奉為左右大司馬。次年改為甘露元年。皓凶暴日甚，酷溺酒色，寵幸中常侍岑昏。濮陽興、張布諫之，皓怒，斬二人，滅其三族。由是廷臣緘口，不敢再諫。又改寶鼎元年，以陸凱、萬彧為左右丞相。時皓居武昌，揚州百姓泝流供給，甚苦之；又奢侈無度，公私匱乏。陸凱上疏諫曰：

今無災而民命盡，無為而國財空，臣竊痛之。昔漢室既衰，三家鼎立；今曹、劉失道，皆為晉有：此目前之明驗也。臣愚但為陛下惜國家耳。武昌土地險瘠，非王者之都。且童謠云："寧飲建業水，不食武昌魚。寧還建業死，不止武昌居。"此足明民心與天意也。今國無一年之蓄，有露根之漸；官吏為苛擾，莫之或恤。大帝時，後宮女不滿百；景帝以來，乃有千數：此耗財之甚者也。又左右皆非其人，羣黨相挾，害忠隱賢，此皆蠹政病民者也。願陛下省百役，罷苛擾，簡出宮女，清選百官，則天悅民附而國安矣。

疏奏，皓不悅。又大興土木，作昭明宮，令文武各官入山採木；又召術士尚廣，令筮蓍問取天下之事。尚對曰："陛下筮得吉兆：庚子歲，青蓋當入洛陽。"皓大喜，謂中書丞華覈曰："先帝納卿之言，分頭命將，沿江一帶，屯數百營，命老將丁奉總之。朕欲兼并漢土，以為蜀主復讎，當取何地為先？"覈諫曰："今成都不守，社稷傾崩，司馬炎必有吞吳之心。陛下宜修德以安吳民，乃為上計。若強動兵甲，正猶披麻救火，必致自焚也。願陛下察之。"皓大怒曰："朕欲乘時恢復舊業，汝出此不利之言！若不看汝舊臣之面，斬首號令！"叱武士推出殿門。華覈出朝歎曰："可惜錦繡江山，不久屬於他人矣！"遂隱居不出。於是皓令鎮東將軍陸抗部兵屯江口，以圖襄陽。

早有消息，報入洛陽。近臣奏知晉主司馬炎，晉主聞陸抗寇襄陽，與眾官商議。賈充出班奏曰："臣聞吳國孫皓，不修德政，專行無道。陛下可詔都督羊祜率兵拒之，俟其國中有變，乘勢攻取，東吳反掌可得也。"炎大喜，即降詔遣使到襄陽，宣諭羊祜。祜奉詔，整點軍馬，預備迎敵。自是羊祜鎮守襄陽，甚得軍民之心。吳人有降而欲去者，皆聽之。減戍邏之卒，用以墾田八百餘頃。其初到時，軍無百日之糧。及至末年，軍中有十年之積。祜在軍，嘗着輕裘、繫寬帶，不披鎧甲，侍衛帳前者不過十餘人。一日，部將入帳稟祜曰：“哨馬來報：吳兵皆懈怠，可乘其無備而襲之，必獲大勝。”祜笑曰：“汝眾人小覷陸抗耶？此人足智多謀，日前吳主命之攻拔西陵，斬了步闡及其將士數十人，吾救之無及。此人為將，我等只可自守；候其內有變，方可圖取。若不審時勢而輕進，此取敗之道也。”眾將服其論，只自守疆界而已。

一日，羊祜引諸將打獵，正值陸抗亦出獵。羊祜下令：“我軍不許過界。”眾將得令，止於晉地打圍，不犯吳境。陸抗望見，歎曰：“羊將軍有紀律，不可犯也。”日晚各退。祜歸至軍中，察問所得禽獸，被吳人先射傷者皆送還。吳人皆悅，來報陸抗。抗召來人入，問曰：“汝主帥能飲酒否？”來人答曰：“必得佳醸，則飲之。”抗笑曰：“吾有斗酒，藏之久矣。今付與汝持去，拜上都督。此酒陸某親醸自飲者，特奉一勺，以表昨日出獵之情。”來人領諾，攜酒而去。左右問抗曰：“將軍以酒與彼，有何主意？”抗曰：“彼既施德於我，我豈得無以酬之？”眾皆愕然。

卻說來人回見羊祜，以抗所問，并奉酒事，一一陳告。祜笑曰：“彼亦知吾能飲乎？”遂命開壺取飲。部將陳元曰：“其中恐有奸詐，都督且宜慢飲。”祜笑曰：“抗非毒人者也，不必疑慮。”竟傾壺飲之。自是使人通問，常相往來。一日，抗遣人候祜。祜問曰：“陸將軍安否？”來人曰：“主帥臥病數日未出。”祜曰：“料彼之病，與我相同。吾已合成熟藥在此，可送與服之。”來人持藥回見抗。眾將曰：“羊祜乃是吾敵也，此藥必非良藥。”抗曰：“豈有酖人羊叔子哉？汝眾人勿疑。”遂服之。次日病愈，眾將皆拜賀。抗曰：“彼專以德，我專以暴，是彼將不戰而服我也。今宜各保疆界而已，無求細利。"

　　眾將領命。忽報吳主遣使來到，抗接入問之。使曰："天子傳諭將軍，作急進兵，勿使晉人先入。"抗曰："汝先回，吾隨有疏章上奏。"使人辭去，抗即草疏遣使齎到建業。近臣呈上，皓拆觀其疏，疏中備言晉未可伐之狀，且勸吳主修德慎罰，以安內為念，不當以黷武為事。吳主覽畢，大怒曰："朕聞抗在邊境與敵人相通，今果然矣！"遂遣使罷其兵權，降為司馬，卻令左將軍孫冀代領其軍，羣臣皆不敢諫。吳主皓自改元建衡，至鳳凰元年，恣意妄為，窮兵屯戍，上下無不嗟怨。丞相萬彧、將軍留平、大司農樓玄三人見皓無道，直言苦諫，皆被所殺。前後十餘年，殺忠臣四十餘人。皓出入常帶鐵騎五萬。羣臣恐怖，莫敢奈何。

　　卻說羊祜聞陸抗罷兵，孫皓失德，見吳有可乘之機，乃作表遣人之洛陽請伐吳。其略曰：

　　　　夫期運雖天所授，而功業必因人而成。今江、淮之險，
　　不如劍閣；孫皓之暴，過於劉禪；吳人之困，甚於巴、蜀；
　　而大晉兵力，盛於往時：不於此際平一四海，而更阻兵相守，
　　使天下困於征戍，經歷盛衰，不可長久也。

　　司馬炎觀表，大喜，便令興師。賈充、荀勖、馮紞三人力言不可，炎因此不行。祜聞上不允其請，歎曰："天下不如意事，十常八九。今天與不取，豈不大可惜哉！"至咸寧四年，羊祜入朝，奏辭歸鄉養病。炎問曰："卿有何安邦之策，以教寡人？"祜曰："孫皓暴虐已甚，於今可不戰而克。若皓不幸而歿，更立賢君，則吳非陛下所能得也。"炎大悟曰："卿今便提兵往伐，若何？"祜曰："臣年老多病，不堪當此任。陛下另選智勇之士，可也。"遂辭炎而歸。是年十一月，羊祜

病危，司馬炎車駕親臨其家問安。炎至臥榻前，祜下淚曰：「臣萬死不能報陛下也！」炎亦泣曰：「朕深恨不能用卿伐吳之策。今日誰可繼卿之志？」祜含淚而言曰：「臣死矣，不敢不盡愚誠：右將軍杜預可任。若欲伐吳，須當用之。」炎曰：「舉善薦賢，乃美事也；卿何薦人於朝，即自焚其奏稿，不令人知耶？」祜曰：「拜官公朝，謝恩私門，臣所不取也。」言訖而亡。炎大哭回宮，勅贈太傅鉅平侯。南州百姓聞羊祜死，罷市而哭。江南守邊將士，亦皆哭泣。襄陽人思祜存日，常遊於峴山，遂建廟立碑，四時祭之。往來人見其碑文者，無不流涕，故名為「墮淚碑」。後人有詩歎曰：

> 曉日登臨感晉臣，古碑零落峴山春。
> 松間殘露頻頻滴，疑是當年墮淚人。

晉王以羊祜之言，拜杜預為鎮南大將軍都督荊州事。杜預為人，老成練達，好學不倦，最喜讀左丘明《春秋傳》，坐臥常自攜，每出入必使人持《左傳》於馬前，時人謂之「左傳癖」。及奉晉主之命，在襄陽撫民養兵，準備伐吳。

此時吳國丁奉、陸抗皆死，吳主皓每宴羣臣，皆令沉醉；又置黃門郎十人為糾彈官。宴罷之後，各奏過失，有犯者或剝其面，或鑿其眼。由是國人大懼。晉益州刺史王濬上疏請伐吳。其疏曰：

> 孫皓荒淫凶逆，宜速征伐。若一旦皓死，更立賢君，則強敵也；臣造船七年，日有朽敗；臣年七十，死亡無日：三者一乖，則難圖矣。願陛下無失事機。

晉主覽疏，遂與羣臣議曰：「王公之論，與羊都督暗合。朕意決矣。」侍中王渾奏曰：「臣聞孫皓欲北上，軍伍已皆整備，聲勢正盛，難與爭鋒。更遲一年以待其疲,方可成功。"晉主依其奏,乃降詔止兵莫動,退入後宮,與祕書丞張華圍棋消遣。近臣奏邊庭有表到。晉主開視之,乃杜預表也。表略云:

> 往者,羊祜不博謀於朝臣,而密與陛下計,故令朝臣多異同之議。凡事當以利害相較。度此舉之利,十有八九,而其害止於無功耳。自秋以來,討賊之形頗露;今若中止,孫皓恐怖,徙都武昌,完修江南諸城,遷其居民,城不可攻,野無所掠,則明年之計亦無及矣。

晉主覽表纔罷,張華突然而起,推卻棋枰,斂手奏曰:"陛下聖武,國富民強;吳主淫虐,民憂國敝。今若討之,可不勞而定。願勿以為疑。"晉主曰:"卿言洞見利害,朕復何疑?"即出升殿,命鎮南大將軍杜預為大都督,引兵十萬出江陵;鎮東大將軍琅琊王司馬伷出涂中;安東大將軍王渾出橫江;建威將軍王戎出武昌;平南將軍胡奮出夏口:各引兵五萬,皆聽預調用。又遣龍驤將軍王濬、廣武將軍唐彬,浮江東下:水陸兵二十餘萬,戰船數萬艘。又令冠軍將軍楊濟出屯襄陽,節制諸路人馬。

早有消息報入東吳。吳主皓大驚,急召丞相張悌、司徒何植、司空滕修,計議退兵之策。悌奏曰:"可令車騎將軍伍延為都督,進兵江陵,迎敵杜預;驃騎將軍孫歆進兵拒夏口等處軍馬。臣敢為軍師,領左將軍沈瑩,右將軍諸葛靚,引兵十萬,出兵牛渚,接應諸路軍馬。"皓從之,遂令張悌引兵去了。皓退入後宮,不安憂色。幸臣中常侍岑昏問其故,皓曰:"晉兵大至,諸路已有兵迎之;爭奈王濬率兵數萬,戰船齊備,順流而下,其鋒甚銳:朕因此憂也。"昏曰:"臣有一計,令王濬之舟,皆為齏粉矣。"皓大喜,遂問其計。岑昏奏曰:

“江南多鐵，可打連環索百餘條，長數百丈，每環重二三十斤，於沿江緊要去處橫截之。再造鐵錐數萬，長丈餘，置於水中。若晉船乘風而來，逢錐則破，豈能渡江也？”皓大喜，傳令撥匠工於江邊連夜造成鐵索、鐵錐，設立停當。

卻說晉都督杜預，兵出江陵，令牙將周旨引水手八百人，乘小舟暗渡長江，夜襲樂鄉，多立旌旗於山林之處，日則放礮擂鼓，夜則各處舉火。旨領命，引眾渡江，伏於巴山。次日，杜預領大軍水陸並進。前哨報道：“吳主遣伍延出陸路，陸景出水路，孫歆為先鋒：三路來迎。”杜預引兵前進，孫歆船早到。兩兵初交，杜預便退。歆引兵上岸，迤邐追時，不到二十里，一聲礮響，四面晉兵大至，吳兵急回。杜預乘勢掩殺，吳兵死者不計其數。孫歆奔到城邊，周旨八百軍混雜於中，就城上舉火。歆大驚曰：“北來諸軍乃飛渡江也？”急欲退時，被周旨大喝一聲，斬於馬下。陸景在船上，望見江南岸上一片火起，巴山上風飄出一面大旗，上書“晉鎮南將軍杜預”。陸景大驚，欲上岸逃命，被晉將張尚馬到斬之。伍延見各軍皆敗，乃棄城走，被伏兵捉住，縛見杜預。預曰：“留之無用！”叱令武士斬之。遂得江陵。於是沅、湘一帶，直抵廣州諸郡，守令皆望風齎印而降。預令人持節安撫，秋毫無犯，遂進兵攻武昌。武昌亦降。杜預軍威大振，遂大會諸將，共議取建業之策。胡奮曰：“百年之寇，未可盡服。方今春水泛漲，難以久住。可俟來春，更為大舉。”預曰：“昔樂毅濟西一戰而併強齊；今兵威大振，如破竹之勢，數節之後，皆迎刃而解，無復有着手處也。”遂馳檄約會諸將，一齊進兵，攻取建業。

時龍驤將軍王濬率水兵順流而下。前哨報說：“吳人造鐵索，沿江橫截；又以鐵錐置於水中為準備。”濬大笑，遂造大筏數十萬，上縛草為人，披甲執杖，立於周圍，順水於下。吳兵見之，以為活人，望風先走，暗錐着筏，盡提而去。又於筏上作大炬，長十餘丈，大十餘圍，以麻油灌之，但遇鐵索，燃炬燒之，須臾皆斷。兩路從大江而來，所到之處，無不克勝。

卻說東吳丞相張悌，令左將軍沈瑩、右將軍諸葛靚，來迎晉兵。瑩謂靚曰："上流諸軍不作隄防，吾料晉軍必至此，宜盡力以敵之。若幸得勝，江南自安。今渡江與戰，不幸而敗，則大事去矣。"靚曰："公言是也。"言未畢，人報晉兵順流而下，勢不可當。二人大驚，慌來見張悌商議。靚謂悌曰："東吳危矣，何不遁去？"悌垂泣曰："吳之將亡，賢愚共知；今若君臣皆降，無一人死於國難，不亦辱乎？"諸葛靚亦垂泣而去。張悌與沈瑩揮兵抵敵，晉兵一齊圍之。周旨首先殺入吳營，張悌獨奮力博戰，死於亂軍之中。沈瑩被周旨所殺。吳兵四散敗走。後人有詩讚張悌曰：

> 杜預巴山見大旗，江東張悌死忠時。
> 已拚王氣南中盡，不忍偷生負所知。

卻說晉兵克了牛渚，深入吳境。王濬遣人馳報捷音。晉主炎聞知大喜。賈充奏曰："吾兵久勞於外，不服水土，必生疾病。宜召軍還，再作後圖。"張華曰："今大兵已入其巢，吳人膽落，不出一月，孫皓必擒矣。若輕召還，前功盡廢，誠可惜也。"晉主未及應，賈充叱華曰："汝不省天時地利，欲妄邀功勳，困弊士卒，雖斬汝不足以謝天下！"炎曰："此是朕意，華但與朕同耳，何必爭辯？"忽報杜預馳表到。晉主視表，亦言宜急進兵之意，晉主遂不復疑，竟下征進之命。王濬等奉了晉主之命，水陸並進，風雷鼓動，吳人望旗而降。吳主皓聞之，大驚失色。諸臣告曰："北兵日近，江南軍民不戰而降，將如之何？"皓曰："何故不戰？"眾對曰："今日之禍，皆岑昏之罪，請陛下誅之。臣等出城決一死戰。"皓曰:"量一中貴,何能誤國?"眾大叫曰:"陛下豈不見蜀之黃皓乎?"遂不待吳主之命,一齊擁入宮中,碎割岑昏,生啖其肉。陶濬奏曰:"臣領戰船皆小,願得二萬兵乘大船以戰,自足破之。"皓從其言,遂撥御林諸軍與陶濬上流迎敵。前將軍張象,率水兵下江迎敵。二人部兵正行,不想西北風大起,吳兵旗幟,皆不能立,盡倒豎於舟中;兵各不肯下船,四散奔走,只有張象數十軍待敵。

卻說晉將王濬,揚帆而行,過三山,舟師曰:"風波甚急,船不能行,且待風勢少息行之。"濬大怒,拔劍叱之曰:"吾目下欲取石頭城,何言住耶!"遂擂鼓大進。吳將張象引從軍請降。濬曰:"若是真降,便為前部立功。"象回本船,直至石頭城下,叫開城門,接入晉兵。孫皓聞晉兵已入城,欲自刎。中書令胡沖、光祿勳薛瑩奏曰:"陛下何不效安樂公劉禪乎?"皓從之,亦輿櫬自縛,率諸文武,詣王濬軍前歸降。濬釋其縛,焚其櫬,以王禮待之。唐人有詩歎曰:

> 西晉樓船下益州,金陵王氣黯然收。
> 千尋鐵鎖沉江底,一片降旗出石頭。
> 人世幾回傷往事,山形依舊枕寒流。
> 今逢四海為家日,故壘蕭蕭蘆荻秋。

於是東吳四州八十三郡,三百一十三縣,戶口五十二萬三千,軍吏三萬二千,兵二十三萬,男女老幼二百三十萬,米穀二百八十萬斛,舟船五千餘艘,後宮五千餘人,皆歸大晉。大事已定,出榜安民,盡封府庫倉廩。次日,陶濬兵不戰自潰。瑯琊王司馬伷并王戎大兵皆至;見王濬成了大功,心中忻喜。次日,杜預亦至,大犒三軍,開倉賑濟吳民。於是吳民安堵。惟有建平太守吾彥,拒城不下;聞吳亡,乃降。

王濬上表報捷，朝廷聞吳已平，君臣皆賀上壽。晉主執盃流涕曰：“此羊太傅之功也，惜其不親見之耳！”驃騎將軍孫秀退朝，向南而哭曰：“昔討逆壯年，以一校尉創立基業；今孫皓舉江南而棄之！‘悠悠蒼天，此何人哉！’”

卻説王濬班師，遷吳主皓赴洛陽面君。皓登殿稽首以見晉帝。帝賜坐曰：“朕設此座以待卿久矣。”皓對曰：“臣於南方，亦設此座以待陛下。”帝大笑。賈充問皓曰：“聞君在南方，每鑿人眼目，剝人面皮：此何等刑耶？”皓曰：“人臣弑君及奸回不忠者，則加此刑耳。”充默然甚愧。帝封皓為歸命侯，子孫封中郎，隨降宰輔皆封列侯。丞相張悌陣亡，封其子孫。封王濬為輔國大將軍。其餘各加封賞。

自此三國歸於晉帝司馬炎，為一統之基矣。此所謂“天下大勢，合久必分，分久必合”者也。後來後漢皇帝劉禪亡於晉泰始七年，魏主曹奐亡於太安元年，吳主孫皓亡於太康四年，皆善終。後人有古風一篇，以敍其事曰：

> 高祖提劍入咸陽，炎炎紅日升扶桑。
> 光武龍興成大統，金烏飛上天中央。
> 哀哉獻帝紹海宇，紅輪西墜咸池傍，
> 何進無謀中貴亂，涼州董卓居朝堂；
> 王允定計誅逆黨，李催郭氾興刀槍。
> 四方盜賊如蟻聚，六合奸雄皆鷹揚；
> 孫堅孫策起江左，袁紹袁術興河梁；
> 劉焉父子據巴蜀，劉表軍旅屯荊襄；
> 張燕張魯霸南鄭，馬騰韓遂守西涼；
> 陶謙張繡公孫瓚，各逞雄才占一方。
> 曹操專權居相府，牢籠英俊用文武；

威震天子令諸侯，總領貔貅鎮中土。
樓桑玄德本皇孫，義結關張願扶主；
東西奔走恨無家，將寡兵微作羈旅；
南陽三顧情何深，臥龍一見分寰宇；
先取荊州後取川，霸業圖王在天府；
嗚呼三載逝升遐，白帝託孤堪痛楚；
孔明六出祁山前，願以隻手將天補；
何期歷數到此終，長星半夜落山塢！
姜維獨憑氣力高，九伐中原空劬勞；
鍾會鄧艾分兵進，漢室江山盡屬曹。
丕叡芳髦纔及奐，司馬又將天下交；
受禪臺前雲霧起，石頭城下無波濤；
陳留歸命與安樂，王侯公爵從根苗。
紛紛世事無窮盡，天數茫茫不可逃。
鼎足三分已成夢，後人憑弔空牢騷。

# 三國大事紀要

| | |
|---|---|
| 184 年（光和七年） | 張角領導黃巾起事，天下大亂。 |
| 189 年（光熹元年） | 袁紹引兵入宮，殺宦官二千餘人。 |
| 190 年（初平元年） | 董卓挾持獻帝專政。 |
| 192 年（初平三年） | 孫堅戰死，兒子孫策繼承其位。<br>王允誅董卓。 |
| 194 年（興平元年） | 孫策據江東。 |
| 196 年（建安元年） | 曹操迎獻帝於許。 |
| 197 年（建安二年） | 袁術稱帝。 |
| 198 年（建安三年） | 呂布為曹操所擒，被殺。 |
| 199 年（建安四年） | 袁術死。 |
| 200 年（建安五年） | 官渡之戰，曹操大敗袁紹，統一北方。<br>孫策死，弟孫權襲其位。 |
| 202 年（建安七年） | 袁紹死。 |
| 207 年（建安十二年） | 諸葛亮隆中對策，向劉備提出“東聯孫吳，西據荊益，南和夷越，北抗曹操”的統一策略。 |
| 208 年（建安十三年） | 赤壁之戰，孫權、劉備聯軍打敗曹操，三國鼎立局面逐漸形成。 |
| 210 年（建安十五年） | 孫權借荊州給劉備。 |

| | |
|---|---|
| | 周瑜圖取蜀，未行，病死。 |
| 211 年（建安十六年） | 劉備入蜀。 |
| 219 年（建安二十四年） | 劉備破斬夏侯淵於定軍山，奪取漢中，立為漢中王。 |
| | 荊州之戰，關羽兵敗，被孫吳所殺。 |
| 220 年（黃初元年） | 曹操病死，時年六十六歲。子曹丕廢獻帝，自立魏國，定都洛陽。東漢亡。 |
| 221 年（黃初二年） | 劉備稱帝於成都，建立蜀（史稱蜀漢），以諸葛亮為丞相。 |
| | 張飛為部下殺害，部下持其首投奔孫權。 |
| 222 年（黃初三年） | 孫權自稱吳王。 |
| | 猇亭之戰，吳將陸遜敗蜀，劉備敗遁白帝城。 |
| 223 年（黃初四年） | 劉備病死，時年六十三歲。 |
| | 子劉禪繼其位，年十七歲，諸葛亮輔政。 |
| 225 年（黃初六年） | 諸葛亮南征，七擒七縱孟獲，孟獲心服，諸葛亮授予官職，從此蜀無南方夷越來侵之憂。 |
| 226 年（黃初七年） | 曹丕死，子曹叡嗣位。 |
| 227 年（太和元年） | 諸葛亮首次出師漢中，北伐魏國。 |
| 228 年 1 月（太和二年） | 諸葛亮首次攻魏，進軍街亭，魏姜維歸降。馬謖因未依諸葛亮的軍令失守街亭，諸葛亮因而斬馬謖。 |
| 12 月 | 諸葛亮第二次攻魏，進軍陳倉，糧盡而退。 |
| 229 年（太和三年） | 諸葛亮第三次攻魏，取武都、陰平二郡。 |

| | |
|---|---|
| | 吳王孫權稱帝，建都建業。 |
| 231 年（太和五年） | 諸葛亮第四次攻魏，進軍祁山，以木牛運糧，終因糧盡而退。 |
| 234 年（青龍二年） | 諸葛亮第五次攻魏，進軍五丈原。 |
| | 諸葛亮病死軍中，時年五十四歲。蜀停止北伐。 |
| 247 年（正始八年） | 曹爽專擅朝政。 |
| 249 年（正始十年） | 魏司馬懿政變，殺曹爽。 |
| 252 年（嘉平四年） | 孫權死，時年七十一歲。 |
| 253 年（嘉平五年） | 吳諸葛恪攻魏新城失敗，遷怒部下，士卒怨起。結果，諸葛恪為孫峻等所殺。 |
| 255 年（正元二年） | 蜀姜維攻魏狄道，兵敗，退駐鍾提。 |
| 256 年（正元三年） | 蜀姜維與魏鄧艾戰於段谷，姜維敗退，蜀人怨起。 |
| 258 年（甘露三年） | 吳帝孫休和左將軍丁奉密謀，用計殺孫綝，並誅其三族。 |
| 262 年（景元三年） | 蜀姜維攻魏洮陽，為鄧艾所敗，退駐沓中。 |
| 263 年（景元四年） | 魏攻蜀，姜維退守劍閣。鄧艾破綿竹，直侵成都，蜀主劉禪出降，蜀亡。 |
| 264 年（景元五年） | 孫休死，孫皓繼位。 |
| 265 年（咸熙二年） | 司馬昭死。子司馬炎篡魏立晉，建都洛陽。 |
| 280 年（太康元年） | 晉滅吳，統一中國。 |

《三國演義》是中國第一部長篇歷史章回小說，由元末明初羅貫中根據歷史典籍和民間傳說撰寫，描繪了三國時代魏國、蜀國、吳國間的軍事和智謀鬥爭，一輩叱吒風雲的時代俊傑紛紛登場，猶如展開一幅雲譎波詭的歷史風雲畫卷。成書以來，魅力經久不衰，遠播至日本、韓國、東南亞等地區，書中的典型人物形象、"忠義"等思想亦在當地產生廣泛影響。時至今日，《三國演義》更成為影視、動漫、遊戲等文化產業的創意源泉。